KRÖNERS TASCHENAUSGABE BAND 465

LEXIKON
DER
ENGLISCHEN LITERATUR

von
HORST W. DRESCHER

in Verbindung mit
RÜDIGER AHRENS
und
KARL-HEINZ STOLL

ALFRED KRÖNER VERLAG STUTTGART

CIP-Kurztitelaufnahme der Deutschen Bibliothek

Drescher, Horst W.:
Lexikon der englischen Literatur / von
H. W. Drescher. In Verbindung mit
R. Ahrens u. K.-H. Stoll. –
Stuttgart: Kröner, 1979.
(Kröners Taschenbuchausgabe; Bd. 465)
ISBN 3-520-46501-9

Gesamtherstellung: Ebner Ulm

VORWORT

Das vorliegende LEXIKON DER ENGLISCHEN LITERATUR als Taschenausgabe will dem Benutzer in komprimierter Form möglichst umfassende Information vermitteln. Der Forderung nach Auswahl, damit der Notwendigkeit des Weglassens, steht die Forderung nach weitgehender Vollständigkeit im Sinne eines brauchbaren Nachschlagewerkes für das genannte Sachgebiet gegenüber, wobei »Englische Literatur« nicht im Sinne einer engen nationalen Kategorisierung, sondern, unter Eingliederung der anglo-schottischen und anglo-irischen Literatur, als übergreifende Bezeichnung zu verstehen ist. Abgrenzung erfolgt zu anderen englischsprachigen Literaturen, etwa des Commonwealth, oder der anglophonen Literatur Afrikas und der Karibik.
Als Handbuch wendet sich das Lexikon nicht nur an Studierende der Anglistik, an den Fachphilologen, Literaturwissenschaftler oder Bibliothekar, sondern gleichermaßen an den interessierten Laien, der eine erste Einführung und Anregung zur Lektüre sucht. In Autoren-, Werk- und Sachwortartikeln erfolgt eine Bestandsaufnahme von den Anfängen der englischen Literatur bis in die unmittelbare Gegenwart. Aufbau und inhaltliche Bestimmung verweisen zunächst auf das Beispiel des *Oxford Companion to English Literature.* Doch liegt ein grundlegender Unterschied, wie zu *Kindlers Literatur Lexikon* und Gero v. Wilperts *Lexikon der Weltliteratur,* die ebenfalls herangezogen wurden, in der bewußt vorgenommenen Gewichtung zugunsten der Moderne. Das zeitgenössische Literaturgeschehen erfährt hier erstmals – in Ergänzung und Erweiterung auch der großen mehrbändigen Nachschlagewerke – in seiner ganzen Breite angemessene Berücksichtigung. Gleiches gilt für Literaturtheorie und -kritik, für literarische Abläufe im soziokulturellen Kontext, die Wechselbeziehungen zwischen Literatur einerseits und den geistigen Strömungen, gesellschaftlichen, wirtschaftlichen und politischen Gegebenheiten andererseits. Diese Absicht verdeutlicht sich u. a. in entsprechenden Sachbeiträgen, im Einbezug trivialer Formen, in Artikeln über Künstler, Philologen, Philosophen, Politiker, Regisseure, Schauspieler, Verleger, Werke und Persönlichkeiten, die das kulturelle Klima einer Epoche mitbestimmen. Gattungs- und formspezifische Aspekte, Stoffe, Schlagworte, Tendenzen, Gruppierungen und Randerscheinungen der englischen Literatur werden bearbeitet und erläutert; Fachausdrücke erscheinen nur dann, wenn sie

sich gezielt oder vorwiegend auf typisch englisch-literarische Erscheinungsformen beziehen und in Übersetzung nur annähernd zu präzisieren sind.

Die im Anschluß an die Einzelartikel zusammengestellten Kurzbibliographien möchten einem doppelten Anspruch gerecht werden. Sie verzeichnen wichtige Ausgaben und deuten im Bereich der Sekundärliteratur den Weg zu einer vertieften Beschäftigung mit dem Autor, Werk oder Sachgebiet; zugleich wollen sie den Stand der Forschung reflektieren, Lücken in der kritischen Auseinandersetzung aufzeigen, Ungeklärtes ansprechen. Eine Auswahlbibliographie am Schluß des Bandes bringt Angaben zu weiteren Fachveröffentlichungen (Bibliographien – Nachschlagewerke, Handbücher – Literaturgeschichte – Literaturtheorie, Literaturkritik – Gattungen – Epochen – Kultur- und geistesgeschichtlicher Hintergrund).

Die auf engstem Raum mitgeteilten Beschreibungen, Fakten, Charakteristiken, Wertungen, Ausrichtungen und Anknüpfungspunkte können zwangsläufig nur eine geraffte, einführende und stichwortartig vereinfachende Darstellung eines Autors oder Werkes bieten. Auch läßt sich die Bedeutung eines Schriftstellers nicht aus dem Umfang des ihm zugedachten Eintrags oder bibliographischen Anhangs ableiten, vor allem dann nicht, wenn Arbeiten aus seiner Feder in Werkartikeln gesondert behandelt werden. Das Netz der Querverweise soll den Blick für Zusammenhänge öffnen, der anderweitig bei einem alphabetisch geordneten Sachlexikon, wenn überhaupt, dann meist nur im Ansatz realisierbar ist. Soweit zu bewerkstelligen, wurde die Fortführung der Daten und Titel bis 1979 angestrebt, vor allem im Hinblick auf das zeitgenössische literarische Schaffen. Alle Angaben sind mit Sorgfalt erfaßt und geprüft worden. Dennoch mag das eine oder andere Versehen unkorrigiert geblieben sein, was sich aber mittels sachdienlicher Kritik, die von den Benutzern erbeten wird, künftig richtigstellen läßt.

Zu großem Dank verpflichtet bin ich meinen Kollegen Rüdiger Ahrens und Karl-Heinz Stoll für ihre Bereitschaft zur Mitarbeit. So konnte das Vorhaben trotz starker und vielfältiger Beanspruchung im Universitätsalltag gemeinsam zum Abschluß gebracht werden. Dank schulde ich auch Frau Ursula Reck und Frau Edelgard Piroth, die den Text in vorbildlicher Weise maschinenschriftlich übertrugen, Dr. Ian Campbell und Professor J. K. Fielding am Department of English Literature, University of Edinburgh, für Hinweise auf schwer zugängliches Material, und insbesondere meinen Mitarbeitern am Institut für Anglistik und Amerikanistik des Fachbereichs Angewandte Sprachwissenschaft der Johannes Gutenberg-Universität Mainz in Germersheim, die unter großem

Zeitaufwand halfen, das Manuskript letztlich für den Druck vorzubereiten: Joachim Schwend, der außerdem Teilgebiete der alt- und mittelenglischen Literatur übernahm, und Hermann Völkel, dessen bibliographische Berichtigungen und Ergänzungen allen Beiträgen zugute kamen. Dem Verlag, im besonderen Herrn Kohrs und Herrn Andresen, sei gedankt für stete und verständnisvolle Unterstützung.

Mainz/Germersheim, August 1979 H. W. D.

ABKÜRZUNGEN

Abh.	Abhandlung, -en
ae.	altenglisch
afrz.	altfranzösisch
ags.	angelsächsisch
am.	amerikanisch
angl.	anglikanisch
ASE	Anglo-Saxon England
AT	Altes Testament
AUMLA	Journal of the Australasian Universities Language and Literature Association
Ausg.	Ausgabe
b.	bei
Bd., Bde.	Band, Bände
Bibl.	Bibliographie
Biogr.	Biographie
Bz.	Bezeichnung
Cent.	Century
Comp. Lit.	Comparative Literature
crit.	critical
Crit.	Critique: Studies in Modern Fiction
Crit. Q.	Critical Quarterly
ders.	derselbe
dt.	deutsch, -er, -e, -es
Dtl.	Deutschland
DR	Dalhousie Review
DVJS	Deutsche Vierteljahresschrift für Literaturwissenschaft und Geistesgeschichte
dies.	dieselbe, -n
e.	ein, -er, -e, -es
EA	Erstausgabe
ebda	ebenda
ED	Erstdruck
EETS, OS, ES	Early English Text Society, Original Series, English Series
eig.	eigentlich
EIC	Essays in Criticism
ELH	Journal of English Literary History
elisab.	elisabethanisch
ELR	English Literary Renaissance
ES	English Studies
E&S	Essays and Studies
ETJ	Educational Theatre Journal
Forts.	Fortsetzung
frz.	französisch
Fs.	Festschrift
Ged.	Gedicht, -e
gen.	genannt
Gesch.	Geschichte
Gesellsch.	Gesellschaft
GRM	Germanisch-Romanische Monatsschrift
Hdb.	Handbuch
hg.	herausgegeben
Hg.	Herausgeber, Herausgabe
hist.	historisch
HLQ	Huntingdon Library Quarterly
insb.	insbesondere
JAAC	Journal of Aesthetics and Art Criticism
JEGP	Journal of English and Germanic Philology
Jh.	Jahrhundert, -s, -e
JHI	Journal of the History of Ideas
JML	Journal of Modern Literature
JWCI	Journal of the Warburg and Courtauld Institutes
Kap.	Kapital
Kg., Kgs.	König, Königs
kgl.	königlich
Kom.	Komödie
KR	Kenyon Review
Krit.	Kritik
lat.	lateinisch
lit.	literarisch, literary
Lit.	Literatur, literature
lit. crit.	literary criticism
Lit. krit.	Literaturkritik
lit. krit.	literaturkritisch
MA	Mittelalter
ma.	mittelalterlich
MAE	Medium AEvum
ME	Middle English
me.	mittelenglisch
MFS	Modern Fiction Studies
Mich. A.	Michigan Academician: Papers of the Michigan Academy of Science, Arts, and Letters
MLN	Modern Language Notes
MLQ	Modern Language Quarterly

MLR	Modern Language Review
mod.	modern
MP	Modern Philology
Ms., Mss.	Manuskript, Manuskripte
MS	Mediaeval Studies (Toronto)
n.	neu herausgegeben
NA	Neuaufführung
NCF	Nineteenth-Century Fiction
Neophil.	Neophilologus (Groningen)
NM	Neuphilologische Mitteilungen
N&Q	Notes and Queries
NS	Die Neueren Sprachen
NT	Neues Testament
OE	Old English
o. J.	ohne Jahresangabe
Philos.	Philosophie
PLL	Papers on Language and Literature
PMLA	Publications of the Modern Language Association of America
PQ	Philological Quarterly
Ps.	Pseudonym
psych.	psychologisch
QQ	Queen's Quarterly
rel.	religiös
REL	Review of English Literature
RES	Review of English Studies
repr.	reprint
RMS	Renaissance and Modern Studies
SAB	South Atlantic Bulletin
Schr.	Schrift, -en
SEL	Studies in English Literature
SEP	Studien zur englischen Philologie
Slg., Slgn.	Sammlung, Sammlungen
SLJ	Southern Literary Journal
SMC	Studies in Medieval Culture
SN	Studia Neophilologica
SP	Studies in Philology
SR	Sewanee Review
SSL	Studies in Scottish Literature
STS	Scottish Text Society
Stud.	Studium
TC	Twentieth Century
Theol.	Theologie
theol.	theologisch, -er, -e, -es
TLS	Times Literary Supplement
TN	Theatre Notebook
Trag.	Tragödie
TSLL	Texas Studies in Literature and Language
u. a.	unter anderem
UA	Uraufführung
u.d.T.	unter dem Titel
Übs.	Übersetzung, -en; Übersetzer, -in
UTQ	University of Toronto Quarterly
V.	Vers, -es, -e
v. a.	vor allem
Vf.	Verfasser, -in
VQR	Virginia Quarterly Review
VS	Victorian Studies
WHR	Western Humanities Review
Wiss.	Wissenschaft
YES	Yearbook of English Studies
ZAA	Zeitschrift für Anglistik und Amerikanistik
Zs.	Zeitschrift

Die Endsilben -ich und -isch werden im allgemeinen nicht ausgeschrieben. Hochgestellte Ziffern vor Jahreszahlen bezeichnen die Auflage. Eine römische Ziffer gibt die Anzahl der Bände an.

Abbey Theatre, Dublin. 1904 wurde e. altes Theater in der Abbey Street zum sog. Abbey Theatre umgebaut; Heim der Irish National Theatre Society. Eröffnung im Dezember des gleichen Jahres mit Dramen von → Yeats, Lady Gregory u. → Synge. Am 26. 1. 1907 verursachte die Auff. von Synges → *Playboy of the Western World* e. Theaterskandal. Das A.T. wurde 1924 zum 1. staatl. subventionierten Theater der englischsprachigen Welt. 1923–26 UA von O'Caseys *The Shadow of a Gunman*, → *Juno and the Paycock* u. *The Plough and the Stars*. Nach e. Brand im alten Gebäude wurde e. kleinerer Neubau errichtet u. 1966 eingeweiht. *ks*

Lady Gregory, Journals 1916–30, hg. L. Robinson, 1946. R. Hogan and J. Kilroy, A.T. The Years of Synge 1905–1909, 1978.

The Abbott, hist. Roman von W. Scott; → *Waverley*.

Abingdon Chronicle → Anglo-Saxon Chronicle.

Absalom and Achitophel (1681), satir. Ged. in → heroic couplets von J. → Dryden. Im Auftrag des Kgs. geschrieben, sollte es e. innenpolit. Zweck erfüllen. Gibt in allegor. Form die Versuche des Earl of Shaftesbury wieder, auf parlamentar. Wege den kath. Duke of York von der engl. Thronfolge auszuschließen u. stattdessen den Duke of Monmouth, illegitimer Sohn Charles' II, als Erben einzusetzen. Die Satire soll die polit. Überzeugung der Anhänger diskreditieren. Darum benutzt Dryden die sehr durchsichtige Verkleidung in e. bekannte Gesch. des AT (2 Samuel, 13–18). Während die Bibel Ereignisse um Absalom, s. Vater David, s. Ratgeber Achitophel etc. berichtet, gibt Dryden nur die polit. Verhältnisse u. deren Exponenten wieder. Die ersten 150 V. zeigen iron. die innenpolit. Situationen auf, danach folgt der Hauptteil mit s. Charakterportraits. Kunst u. die Subtilität der Charakterzeichnungen sind eklatant. Dryden versteht es, mit Lob zu tadeln. Achitophel (Shaftesbury) wird nach negat. Kritik e. gewisse Größe zugestanden. Weniger kraß der Charakter von Absalom (Monmouth), da e. Versöhnung zwischen ihm u. dem Kg. nicht ausgeschlossen erscheint. Dagegen wird Zimri (George Villiers, Duke of → Buckingham) verurteilt, aus gutem Grunde, denn dieser hatte Dryden 10 Jahre zuvor in s. Drama *The Rehearsal* unter dem Spottnamen Bayes angegriffen. Stil u. Metrum sorgfältig aufeinander abgestimmt. Durch Dryden werden die ›heroic couplets‹, Präzision u. epigrammat. Kürze, rhetor. Kunstgriffe (Parallelismus, Antithese, Wiederholung etc.) u. ausgewähltes Vokabular zum Ideal des klassizist. V. Das Werk, das e. neuen satir. Stil einleitet, gilt als Musterbeispiel polem. Charakterzeichnung u. engagierter Lit. *ra*

Hg. J. and H. Kinsley, 1961. – H.H. Schless, D's ›A. and A.‹, and a Dialogue between Nathan and Absalom (PQ, 40 1961, 39–43). B.N. Schilling, D. and the Conservative Myth, a Reading of ›A. and A.‹, 1961. E. Späth, D. als Poeta Laureatus, 1969. S.N. Zwicker, D's Political Poetry, 1972.

Abse, Dannie, 22. 9. 1923 Cardiff; Arzt, RAF-Offizier. Die Kindheit in Südwales u. das Medizinstud. in Cardiff u. London bilden den Hintergrund des Romans *Ash on a Young Man's Sleeve* (1954) u. der Autobiogr. *A Poet in the Family* (1974). *Some Corner of an English Field* (1956) stellt die Schalheit des Alltags in der RAF nach dem 2. Weltkrieg dar. Bedeutender Lyriker mit schlichten, humanist., autobiogr. beeinflußten Versen (*Selected Poems*, 1970; *Funland and Other Poems*, 1973; *Collected Poems 1948–76*, 1977). S. mit allegor. u. zugleich naturalist. Elementen durchsetzten Dramen (am bekanntesten: *Fire in Heaven*, 1956; *House of Cowards*, 1967; *Gone*, 1967) um die Themen von Christentum u. Pazifismus wurden für die Amateurgruppe Questers geschrieben. *ks*

The Absentee, Roman von M. → Edgeworth.

Absurd Theatre → Theatre of the Absurd.

Academic Drama → School Plays.

AC/DC, Drama von H. → Williams.

Ackland, Rodney, 18. 5. 1908 Westcliffe-on-Sea/Essex. S. an Tschechow erinnernden → well-made plays spielen im Milieu von idiosynkrat. Randfiguren u. Gescheiterten der Londoner Mittelklasse, z. B. *Strange Orchestra* (1932). Das 1938 zuerst aufgeführte Drama *The Dark River* (1942), e. meisterhafte Studie der Zeit kurz vor dem 2. Weltkrieg, verallgemeinert den Eindruck, daß das Leben e. stagnierendes, totes Wasser ist, wenn es nicht zu dem noch schlimmeren reißenden Strom des Krieges wird. *ks*

Adam Bede, Roman von G. → Eliot, entstanden 1857–58, EA 1859. Die Handlung spielt um die Wende des 18. zum 19. Jh. in einem Dorf in Warwickshire. Der tüchtige Schreiner Adam Bede, e. sittenstrenger u. charakterfester junger Mann, verliebt sich in Hetty Sorrel, die hübsche, aber sehr oberflächl. Nichte des reichen Bauern Martin Poyser. Leichtfertig nimmt sie die Nachstellungen Arthur Donnithornes, Sohn des reichen Gutsherrn, hin u. läßt sich von ihm verführen. Kurz darauf wird sie von Arthur verlassen. Sie flieht u. tötet schließl. ihr unehel. Kind, nachdem sie vergebl. versuchte, den Vater, mittlerweile Soldat, ausfindig zu machen. Zum Tode verurteilt, erreicht sie die von Arthur erwirkte Begnadigung; sie wird deportiert. Im Gegensatz u. als Gegenspielerin ist Dinah Morris konzipiert, e. Methodistenpredigerin, die ihr in den schwersten Stunden beisteht. Sie ist e. Frau von festen, in Religion u. Moral ruhenden Grundsätzen. Adam u. Dinah heiraten nach Hettys Deportation. Bereits in ihrem 1. Roman gibt G. Eliot die für ihr gesamtes Werk typ. Eigenart u. Stärke zu erkennen: Zustandsschilderungen aus alltägl. Umgebung, exakte Beobachtung der in dem gewählten Milieu aus individuellen Beweggründen handelnden Figuren u. Aufbau e. Handlung aus den geschilderten Verhaltensweisen, wobei die Frage nach der moral. Konsequenz nicht fehlt. Neben guten Einblicken in die ländl.

Gemeinschaft vermittelt *A.B.* in der Gestalt der Dinah Morris e. Vorstellung vom tief empfundenen rel. Leben jener Tage. Das Werk steht am Anfang des mod. engl. Romans. *hd*

Hg. G.S. Haight, 1948, n. G. Bullet, 1952, n. M. Goldberg, 1956. – W. Mottram, The True Story of G.E. in Relation to ›A.B.‹, 1905. G.S. Haight, Introduction to ›A.B.‹, 1948.

Adam Blair, Roman von J.G. → Lockhart.

Addison, Joseph, 1. 5. 1672 Wilston/Wiltshire – 17.6.1719 London. Dichter u. Essayist. Vater Lancelot ab 1682 Dean of Lichfield, Mutter Jane Schwester des Bischofs von Bristol. Schulbesuch in Amesbury, Salisbury u. Lichfield; an der Charterhouse Schule Bekanntschaft mit R. → Steele. Ab 1687 Stud. Oxford, verschaffte sich schon früh klass.-lit. Reputation durch lat. Ged. u. ab 1694 durch s. Mitarbeit an den von J. → Dryden besorgten Übs. klass. Texte. 1697 Dozent Oxford; 1699–1703 ausgedehnte Reisen auf dem Kontinent zur Vorbereitung auf e. dipl. Karriere, finanziert durch e. staatl. Rente. 1704 lit. Durchbruch mit s. Ged. ›The Campaign‹. Auf Anregung von Lord Hailfax entstanden, feiert es den Sieg Marlboroughs in der Schlacht von Höchstädt (Blenheim). Der Erfolg öffnet ihm die Staatslaufbahn: 1706 Under-Secretary of State, 1708 Unterhaus, 1709 Chief Secretary unter Lord Wharton in Irland. 1711 Verlust aller polit. Ämter durch Sturz der Whig-Regierung, jedoch 1715–18 Wiederaufnahme s. Amtes in Irland. 1716 Heirat mit Charlotte, Countess Dowager of Warwick. Eig. Ruhm A.s gründet sich auf s. Mithg. versch. Zs., ›Moral Weeklies‹, zusammen mit R. Steele: 1709/11 ›The → Tatler‹, 1711/12 ›The → Spectator‹ (als alleiniger Hg.). Die brillant abgefaßten Essays setzen sich für Toleranz u. Menschlichkeit ein, zeigen individuelle Charaktere auf, porträtieren humorvoll (A. ist der eig. Begründer des engl. humorvollen Essays). Bes. im ›Spectator‹ wird A.s Beitrag zur Theoriebildung in der Lit.krit. deutl., die zu scharfen Auseinandersetzungen mit s. Freunden Steele (Kontroverse im *Old Whig* 1719) u. Pope (der ihn 1723 als ›Atticus‹ satir. darstellte) führte. A.s Bemühen, den Blick der Zeitgenossen auf die Schönheit der Natur zu lenken, gilt als revolutionäre Vorstufe der engl. Romantik. S. Abh. über die Einbildungskraft beeinflußten die Ästhetik bis Kant. A. gilt durch s. Charakterzeichnungen als e. Wegbereiter des bürgerl. Romans. S. Trag. *Cato* (UA 1713, von Gottsched ins Dt. übertragen) wurde berühmter als s. Kom. *The Drummer, or the Haunted House.* *ra*

Works, hg. H.G. Bohn, VI 1902–11. Miscellaneous Works, hg. A.C. Guthkelch, II 1914; n. 1971. – Letters, hg. W. Graham, 1941. J. Lannering, Studies in the Prose Style of A., 1951. F. Rau, Texte, Ausgaben u. Vf. d. ›Tatler‹ u. ›Spectator‹; Forschungsbericht, (GRM, 39 1958, 126–144). G. Klotz, D. Werturteil d. Erzählers: Formen d. Bewertung d. ep. Gestalten i. ›Tatler‹ u. ›Spectator‹, 1960. G. Schuch, A. u. d. lat. Augustäer, 1961. L.A. Elioseff, The Cultural Milieu of A's Lit. Crit., 1963. H.J. Possin, Natur u. Landschaft bei A., 1965. P. Smithers, The Life of A., ²1968. R.P. Bond, ›The Tatler‹: The Making of a Lit. Journal, 1971. H.-J. Müllenbrock, D. Lit.theorie J.A.s (Engl. u. am. Lit.theorie, hg. R. Ahrens u.E. Wolff; Bd. 1, 1978, 266–84).

The Advancement of Learning, philosoph. Traktat von F. → Bacon, 1605 in engl. Sprache erschienen, 1623 in erweiterter Fassung u. u. d. lat. T. *De Dignitate et Augmentis Scientiarum,* als 1. Teil der *Instauratio Magna* (1620–1658) eingegliedert. B. charakterisiert die für den Menschen typ. u. entscheidenden Eigenschaften: Erinnerungsfähigkeit, Phantasie, Vernunft. Jedes dieser Phänomene wird in e. Teil des Buches untersucht. Der ›memory‹ werden die hist. Disziplinen Natur- u. Menschheitsgesch., Entwicklung der Kirche, Philos. u. Lit. zugeordnet. ›Imagination‹ bleibt der Dichtung vorbehalten, wobei B. 3 Arten unterscheidet: erzählende, dramat. u. parabol. Dichtung (letzterer billigt er den größten Nutzen zu, weil durch sie alte Fabeln u. Mythen der Völker zur Belehrung der Menschen erschlossen werden können). Wichtigste Eigenschaft bleibt ›reason‹, die mit Philos. gleichgesetzt werden kann. B. unterscheidet, jeweils dichotom. vorgehend, 3 Teildisziplinen: ›Natur‹ (diese wird durch e. induktives, aus den Erscheinungen auf Gesetzmäßigkeiten schließendes Verfahren erschlossen, gegenüber dem deduktiven Verfahren, bei dem, ausgehend von bekannten Gesetzmäßigkeiten, Erscheinungen analysiert werden), ›Mensch‹ (hier erfolgen die Trennungen in Individuum/Gemeinschaftswesen, Physiol./Psychol. sowie die grundsätzl. Unterscheidung von Verstand u. Logik, denen Willen u. Ethik gegenüberstehen), ›Gott‹ (jedoch kann die Theol. nach Auffassung B.s nur dann den Anspruch e. wiss. Disziplin erheben, wenn die Existenz ihres Forschungsbereiches, also die Existenz Gottes, aus der Anschauung der Natur ›bewiesen‹ werden kann; obwohl B. scharf gegen jede Spekulation polemisiert, bleibt er den schlüssigen Beweis der Existenz Gottes schuldig). In diesem Werk begründet B. s. Methode der Wissenserneuerung. *ra*

›A. o. L.‹, 1605 u.d.T. De Dignitate et Augmentis Scientiarum, 1623; n. W.A. Wright, 1900; Case, 1906, [2]1967. – C.D. Broad, The Philos. of F.B., 1926. F.H. Anderson, The Philos. of F. B., 1948. J.C. Crowther, F.B., 1960. F.B., hg. A. Johnston, 1965. R.F. Jones, Ancients and Moderns. A Study of the Rise of the Scientific Movement in 17th Cent. Engl., 1965. K.R. Wallace, F.B. on the Nature of Man, 1967. P. Rosse, F.B.: From Magic to Science, 1967.

The Adventurer → Periodical Essay.

The Adventures of Master F.J. → Gascoigne, G.

Ælfric, 955(?) – 1020(?), gen. Grammaticus; Prosaist, Schüler von Æthelwold, bis 987 Mönch in Winchester, anschl. in Cernel; 1005 Abt von Eynsham, Oxfordshire. In s. umfassenden Prosawerk sind v.a. die rund 80 → Homilies (*Catholic Homilies,* 990–92) sowie s. Heiligenleben zu nennen. In e. lat. Vorwort zu den Homilien nennt er als s. hauptsächl. Quellen die Schr. von St. Augustinus, → Bede u. Gregor dem Großen. Während der 1. Teil mehr bibl. Themen behandelt, liegt die Betonung im 2. Teil eher auf Legenden. Æ. verfolgt ähnl. Ziele wie s. Vorbild → Alfred. Neben s. erbaul. didakt. Werken übersetzte er e. lat. Grammatik (995) von Priscianus u. das *Colloquy* (Cotton, Tiberius A III), e. Dialog zwischen e. Lehrer u. Vertretern versch. Berufe (Mönch, Bauer, Hirte etc.), das in der Form e. Übungsbuches für Lateinschüler gehalten ist. S. rund 40 Biogr., *Lives of the Saints* (996), sind in Stil u. Zweck eng mit den Homilien verwandt. A. beschränkt s. Betrachtungen nicht allein auf engl. Heilige, sondern erwähnt auch Figuren aus dem AT. A.s Übs. der Bibel ist v. a. darauf ausgerichtet, des Schreibens u. Lesens Unkundigen vorgetragen zu werden, wofür sich der alliterierende Prosastil gut eignet. Die ae. Paraphrasen der ersten 7 Bücher Moses, *Heptateuch* (vor 998), sind nicht alle eindeutig A. zuzuordnen, wohingegen die Abh. über das AT u. das NT, *On the Old and New Testaments* (kurz nach 1006), von A. während s. Zeit als Abt in Eynsham geschrieben wurde. Sie bietet e. volkstüml. Einführung in die Bibel, die A. für e. Adligen, Sigferth oder Sigweard aus Mercia, abfaßte. A.s *Pastoral Letters* (998) zeigen ebenfalls alliterierenden, rhythm. Prosastil. Stärker als s. Vorbild Alfred, der nach pragmat. Gesichtspunkten vorging, strebte A. e. Poetisierung s. Texte an. Er war der herausragende Prosaschriftsteller u. Theologe s. Zeit; griff jedoch im wesentl. auf vorhandene Texte zurück, mit dem Anliegen, dem einfachen Volk die Lehren der großen Kirchenväter nahezubringen. Unter s. Führung wurde das Engl. literaturfähig. Gerade in s. frühen Werken zeigt sich die Kraft des einfach erzählenden Stils, den er später durch e. dem volkstüml. Geschmack angepaßte, rhetor. u. blumige Sprache ersetzte. *js*

›Sermones Catholici‹ or ›Homilies of A.‹, hg. B. Thorpe, II 1844–46. ›Lives of Saints‹, hg. W.W. Skeat, EETS, OS, 76, 82, 94, ²1966. Lives of 3 Engl. Saints, hg. G.I. Needham, 1966. ›Canones‹, hg. B. Fehr, Bibl. d. ags. Prosa, 9, 1914; n. 1966. A.s Grammatik u. Glossar, hg. J. Zupitza, ²1966. Homilies of A., hg. J.C. Pope, EETS, 259, 260, 1967–68. ›Colloquy‹, hg. G.W. Garmonsway, ²1947; n. 1968. – J.H. Ott, Übs. d. Quellen d. Heiligen Leben i. A.s ›Lives of the Saints‹, 1892. C.L. White, A., a New Study of his Life and Writings (mit Bibl.), Yale Studies in Engl., 2, 1898. S.S. Gem, An Anglo-Saxon Abbot: A. of Eynsham, 1912. C.W. Jones, Saints' Lives and Chronicles in Early England, 1947. F.R. Lipp, A's OE Prose Style (SP, 66 1969, 689–718). J. Hurt, A., (TEAS, 131 1972). H. Minkoff, Some Stylistic Consequences of A's Theory of Translation (SP, 73 1976, 29–41).

Affective Fallacy, von W.K. Wimsatt, Jr. (*The Verbal Icon,* 1954) u. M.C. Beardsley in die kontemporäre Lit.krit. eingeführter Begriff. Zeigt den Irrtum auf, der auftreten kann, wenn e. Kunstwerk nach s. Resultaten, insb. nach emotionalen Effekten, beurteilt wird. Beschreibt die Verwirrung zwischen e. Ged. oder Drama einerseits u. dem Resultat andererseits (»What it is and what it does«). Im Gegensatz dazu steht die Intentional Fallacy. Berühmte Beispiele für die a. f. stellen Aristoteles' ›catharsis‹ u. Longinus' ›transport‹ dar. *ra*

Afore Night Come, Drama von D. → Rudkin.

The Age of Anxiety, Drama von W. H. → Auden.

Agnes Grey, Roman von A. → Brontë.

Ainsworth, William Harrison, 4. 2. 1805 Manchester – 3. 1. 1882 Reigate; Manchester Grammar School, Jurastud. Vf. von 39, meist von hist. Ereignissen ausgehenden, in der Gestaltung der geschichtl. Vorlage jedoch sehr freien Romanen; mit Illustrationen von H.K. → Browne. Sehr beliebter Autor s. Zeit. A.s erfolgreiches, noch von Elementen des Schauerromans getragenes Erstlingswerk *Rockwood* (III 1834) schildert das Leben des Straßenräubers Dick Turpin im Stil der → Newgate Novel. *hd*

Novels, XVI 1875 (Original Illustrated Edition). Historical Romances, XX ca. 1910 (Library Edition). – H. Locke, Bibl., 1925. – S.M. Ellis, W.H.A. and His Friends, II 1911.

The Alchemist, Kom. von B. → Jonson.

Alcuin, oder Albinus, ae. Ealhwine, 735 – 19. 5. 804; Theologe, Schüler in York; s. wahrscheinl. Lehrer war Erzbischof Ecgbert; schuf Verbindung zwischen kultureller Renaissance am Hof Karls des Großen u. der ae. Lit. Ab 796 Abt von Tours. Vermutl. maßgebl. an der Revision der *Vulgata* beteiligt. A.s Bedeutung liegt mehr in dem Vorbild des gebildeten Weltmanns als in s. lit. Schaffen, das hinter dem → Bedes zurücksteht. Schuf v.a. Traktate über die Bibel, sowie hist. Abh., u.a. e. lat. Elegie über die Zerstörung von Lindisfarne durch die Dänen. S. Werke sind weniger originell, eher eklekt.; mehr der europ. Geistesgesch. als der ae. Lit. verwandt. *js*

Works, hg. Froben, 1777. Alcuini Opera Omnia, hg. J.P. Migne, 1863. The Letters of A., hg. R.B. Page, 1909. – G.F. Browne, A. of York, 1908. C.J.B. Gaskoin, A. His Life and Work, 1904. W.S. Howell, The Rhetoric of A. and Charlemagne, 1941.

Aldhelm, 640(?) – 25. 5. 709; Abt von Malmesbury, Bischof von Sherborne. Ausbildung in Irland, was s. lat. Stil prägte. Schrieb neben lat. Werken Ged. in der Landessprache. Schüler von Abt Hadrian von Canterbury; umfassendes Wissen in Lat. u. Griech. Von A.s Werken sind u.a. Briefe, e. Abh. über die Jungfräulichkeit, sowie Ged. u. Rätsel erhalten. In s. Briefen zeigt sich die Variationsbreite s. Stils, von der Form des einfachen bis zu der des poet. wirkenden Texts. S. Abh. über die Jungfräulichkeit existiert in e. stilist. ausgefeilten Prosa- u. e. späteren, leicht abgewandelten, metr. Version. A.s *Letter to Acircius (Epistola ad Acircium)* ist e. Abh. über den Hexameter, in der er s. umfassende Kenntnis klass. u. christl. Dichter demonstriert. Als weiteres Beispiel für A.s umfangreiches Werk seien s. Rätsel genannt, meistens als myst. Naturbeobachtungen oder über Tiere wie Heuschrecken oder Krähen, aber auch Alltagsdinge. A.s Gesamtwerk zeigt s. breites Wissen in lat. u. griech. Lit. sowie s. Vorliebe für kelt. Wortgut. Die große Popularität A.s beweisen die vielen noch vorhandenen Kopien s. Werke, wie auch e. Schule engl. Latinisten nach s. Vorbild, darunter Tatwine, Erzbischof von Canterbury, Eusebius, wahrscheinl. Abt von Wearmouth u. Jarrow (gest. 716), u. Bonifatius (gest. 755). *js*

J.H. Pitman, The Riddles of A. (mit metr. Übs.), 1925. M.R. James, Two Ancient Engl. Scholars, 1931. G.F. Browne, St. A. His Life and Times, 1903. Antiquissimorum Aldhelmi Opera, hg. R. Ehwald (Monumenta Germaniae Historica: Auctorum, 15 1913 – 19).

Aldiss, Brian Wilson, 18. 8. 1925 Dereham/Norfolk; Militärdienst 1943 – 47, Buchverkäufer, Journalist, Lektor. Bekannt durch anspruchsvolle → SF, z. T. mit humorist. Zügen. In *Non-Stop* (1958) wird e. steuerlos im Weltraum umhertreibendes Raumschiff zum Mikrokosmos der Erde. In *Hothouse* (1962) zeichnet A. e. von überwältigender Vegetation erstickte

Welt; *Greybeard* (1964) spielt in e. postatomaren Oxford; *The Eighty-Minute Hour* (1974) schildert e. von e. Riesencomputer beherrschte Welt; *Enemies of the System* (1978) thematisiert anhand e. in 7 Mill. Jahre in die Zukunft gerückten Welt das Paradoxon der Freiheit – zum Guten wie zum Bösen. *Billion Year Spree* (1973) stellt die Gesch. der SF dar. Die ›sexual-social novels‹ (Aldiss) *The Hand-Reared Boy* (1970) u. *A Soldier Erect* (1971) sind Teile der von den 30ern bis 60ern unseres Jh. angesiedelten fiktiven Autobiogr. e. Horatio Stubbs. *The Malacia Tapestry* (1976) schildert lebendig u. voller Vitalität das Leben in e. auf dem Balkan gelegenen Renaissancestadt. *ks*

M. Manson, Item Forty-Three. B.W.A. Bibl., 1954–62, 1963.

Alexandria Quartet, Romantetralogie von L. → Durrell, bestehend aus *Justine* (1957), *Balthazar* (1958), *Mountolive* (1958), *Clea* (1960). Die Stadt Alexandria ist in diesem → roman fleuve mehr als nur Hintergrund: ihr genius loci wird zur dominierenden Kraft, fast zur Hauptfigur. Sie erweist sich als vielfältig, schillernd, undurchschaubar u. trüger. Der chaot. Charakter der Liebe, Perversität u. Promiskuität sind Symptome e. desintegrierten Wirklichkeit u. e. fragwürdigen menschl. Identität. Die Romane deuten die Vielfalt nebeneinander bestehender ›Wahrheiten‹ u. die Relativität menschl. Erkenntnis an, indem sie – von der Relativitätstheorie beeinflußt – in 3 Raumebenen u. e. Zeitebene e. komplexes Gewebe von immer wechselnden Perspektiven u. Erzähltechniken entwickeln. Realität läßt sich nicht in e. Schema pressen. Suche nach absoluter Wahrheit ist e. selbstzerstörer. Unterfangen. Zentrales Thema der Romane ist die Identitätssuche u. -findung des Künstlers Darley. In *Justine* u. *Balthazar* scheitert Darley bei dem Versuch, von Zypern aus rückblickend die wahre Bedeutung s. in Alexandria verlebten Zeit u. der Freundschaften mit der Bartänzerin Melissa u. der Bankiersfrau Justine herauszufinden, aber jedes Scheitern bringt ihm neue Erkenntnisse über sich u. die Welt; *Mountolive* zeigt etwa das gleiche Geschehen vom Standpunkt e. anonymen, allwissenden, → auktorialen Erzählers aus; in *Clea* schließl. erlangt Darley durch e. Rückkehr in die Gegenwart u. e. Akzeptieren der Vielschichtigkeit der Welt menschl. u. künstler. Reife. Er akzeptiert Leben, Sexualität u. Subjektivität u. entdeckt in sich die Fähigkeit zu entschlossener Aktion. Die Dichotomien werden nicht aufgelöst, aber sie durchdringen u. bereichern einander. *ks*

B. Romberg, ›The A. Q.‹ Studies in the Narrative Technique of the First-Person Novel, 1962. A. W. Friedman, L.D. and ›The A.Q.‹, 1970. W. H. Rubrecht, D.s ›A.Q.‹, 1972. G. Lampert, Symbolik u. Leitmotivik i. L.D.s ›A. Q.‹, 1974. W. Hoops, D. Antinomie von Theorie u. Praxis i. L.D.s ›A.Q.‹, 1976.

Alfred, Ælfred, gen. der Große, 849 Wantage/Berkshire – 28. 10. 901, Kg. von Wessex (871–901), als solcher 1. engl. Kg., Begründer der ae. Prosa. Vielseitige Persönlichkeit: Heerführer, polit. Stratege, Gelehrter. Die zentrale Stellung, die Wessex unter s. Führung erlangte, ermöglichte das Wachstum e. sich vergrößernden u. in sich geschlossenen Königreichs. A. war stets bemüht, den Kontakt mit dem europ. Kontinent aufrechtzuerhalten. Nach dem Sieg über die Dänen u. dem Frieden von Wedmore (878) galt A.s Hauptaugenmerk der Bildung; er holte Gelehrte wie Grimbald u. John of Corbie an s. Hof, um die Kultur kontinentaler Höfe nach England zu übertragen. A. veranlaßte die Übs. wichtiger lat. Werke ins Ae., regte zur Schaffung des → *Anglo-Saxon Chronicle* an sowie zur Kodifizierung von Gesetzen. Ging bei s. Übs. von rein pragmat. u. rel., nicht jedoch von schöngeistigen Gesichtspunkten aus. Im Vorwort zur Übs. der *Cura Pastoralis* (hg. H. Sweet, EETS, 45 Part I, 50 Part II) beklagt A. den Verfall der ae. Sprache u. Kultur, das Unvermögen vieler Kleriker, Lat. zu verstehen. A.s Vorwort gilt als 1. bedeutender ae. Prosatext. Die Übs. enthält Hinzufügungen, Auslassungen u. Kommentare, jedoch weniger als A.s spätere freie Übs. der apologet. Weltgesch. des span. Mönchs Paulus Orosius, *Historia adversus Paganos libri septem* (418; hg. H. Sweet, EETS, 79; ae. Text u. lat. Original). Neben Auslassungen kam es zu Erweiterungen durch je 1 Reisebericht des Norwegers Ohthere über das Polarmeer u. des Dänen Wulfstan über die Ostsee. Die Übs. von → Bedes *Historia Ecclesiastica* ist weniger frei gestaltet als die von Orosius' *Historia*. In A.s Bede-Übs. ist → Caedmons Schöpfungshymnus in westsächs. Form eingefügt. Durch gelegentl. zu wörtl. Übs. u. Übernahme lat. Konstruktionen leidet der Text. A.s alleinige Autorschaft an der Übs. der *Historia* ist nicht unbestritten. Der Text wird aus sprachl. Gründen eher auf merz. Ursprung zurückgeführt. Auch in der freien Übs. von Boethius' *De consolatione philosophiae* zeigt sich die Hand A.s, der in Boethius' Aussage den christl. Aspekt verstärkte. A.s Übs. liegt in metr. (Cotton Otho A VI) u. in Prosaversionen (Bodleian NE. C. 3. II) vor, letztere vermutl. 2 Jh. später. Die metr. Version ist didakt. geprägt, betont christl. Auslegung. A.s Übs. ins Westsächs. von St. Augustinus' *Soliloquia* gilt als das letzte von A.s Werken, wobei s. ausschließl. Übersetzertätigkeit erneut nicht zu beweisen ist. In Vokabular u. Gedankenführung finden sich viele Ähnlichkeiten mit der Übs. von Boethius' *De consolatione*. In beiden Fällen vermitteln Hinzufügungen den Eindruck des Konkreten u. Bestimmten, was dem theoret. Text des St. Augustinus oft fehlt. Das Vorwort zu den *Soliloquies* wirkt wie e. Epilog auf A.s lit. Schaffen u. übersetzer. Werk, ähnl. dem Vorwort zur *Cura Pastoralis*, das als e. Art Prolog angesehen werden kann. A.s Bedeutung liegt in der Betonung der Landessprache: förderte die Entwicklung e. eigenständigen engl. Lit. Die von A. begonnene Arbeit an e. ›engl.‹ Prosa setzte knapp 100 Jahre später → Ælfric fort, ohne dadurch die Bedeutung A.s als Begründer zu schmälern. S. Werk verkörpert die Geisteshaltung der Zeit, Streben nach Wahrheit u. tiefe Religiosität. Nach der Zerstörung der kulturellen u. geistigen Zentren im Norden Englands war es A.s Verdienst, Wessex zu e. neuen Mittelpunkt zu machen. In den *Proverbs of Alfred* zeigt sich die ihm zugemessene Stellung als kluger Staatsmann, als großmütiger u. aufrichtiger Lehrer, so wie ihn s. Zeitgenossen sahen u. wie er aus s. Übs. zu erkennen ist. *js*

Dialoge Gregors, hg. J. Zupitza and H. Hecht, Bibl. d. ags. Prosa, 5 1900–07. King A's West Saxon Version of Gregory's Pastoral Care, hg. H. Sweet, EETS, OS, 45, 50, [2]1958. King A's Orosius, hg. H. Sweet, EETS, OS, 79, [2]1959. King A's OE Version of Boethius ›De Consolatione Philosophiae‹, hg. W. J. Sedgefield, 1899; n. 1968. A. the Great: The Whole Works, hg. J. A. Giles, II [2]1969. – Ch. Plummer, The Life and Times of A. the Great, 1902. F. Liebermann, D. Gesetze d. Angelsachsen, 3 1903–16. W. W. Skeat, The Proverbs of A., 1907. L. Borinski, D. Stil Kg. A.s, 1931. R. W. Chambers, On the Continuity of Engl. Prose from A. to More and His School, 1932. W. H. Brown, Jr., A Syntax of King A's ›Pastoral Care‹, 1970. M. M. Gatch, Beginnings Continued: A Decade of Studies of OE Prose, (ASE, 5 1976, 225–43).

Alice's Adventures in Wonderland, Kinderbuch von L. → Carroll, entstanden 1862–64, EA 1865. Die der → Nonsense-Lit. zuzuordnende Traumgesch. zählt, wie auch die Forts. *Through the Looking-Glass* (1872), zu den klass., meistzitierten Büchern dieser Art. Zahlreiche Neuaufl., Übs. u. Bearbeitungen (auch Bühne u. Film). Das etwa 10jährige Mädchen Alice folgt im Traum e. sprechenden Kaninchen u. gerät dabei in e. Wunderland, wo es auf gar merkwürdige Gestalten trifft, z. B. e. rauchende Raupe, grinsende Katze (›Cheshire cat‹), weinende Mockturtle, e. herr. Kartenkönigin oder den ›Mad Hatter‹, e. verrückten Hutmacher, u. s. ebenso verrückte Teegesellsch. Ehe Alice dieses skurrile Wunderland betreten kann, schrumpft sie zusammen, wächst aber dann kurz darauf wieder versehentl. ins Riesenhafte. So wie sich ihre Größe ständig wandelt, erlebt sie e. sich ständig wandelnde Umgebung. *A. A. in W.* ist im Grunde kein Kinderbuch: C.s Wortspiele u. s. grotesk-abstrakte Logik, die andeutungsweisen Bezüge zur mod. Wiss. u. Philos. stehen außerhalb kindl. Denk- u. Verstehenskategorien. Der Unterschied zum Märchen liegt im ›Nonsense‹ der Rätsel u. Paradoxa. *hd*

Hg. M. Gardner, [2]1964. – H. M. Ayres, C's ›Alice‹, 1936. S. H. Williams and P. Madan, The L. C.-Handbook, [2]1962. A. Schöne, Humor u. Komik in L. C.s Nonsense-Traummärchen (DVJS, 28 1951, 102–14).

All for Love, or The World Well Lost (1677), hist. Trag. von J. → Dryden, UA London, Dez. 1677, Drury Lane Theatre. Basiert auf Shakespeares *Antony and Cleopatra* (1606/7). In diesem s. besten Drama wendet sich Dryden von den gereimten Verspaaren ab u. benutzt den → Blankvers. Die dramat. Einheiten von Handlung, Ort u. Zeit werden unter dem Einfluß der frz. Klassik beibehalten, daher Konzentration auf die letzte Phase des damaligen hist. Geschehens u. der Beziehung Antonius-Cleopatra. Nach der Niederlage des Antonius in Alexandria kämpfen Cleopatra auf der einen u. Antonius' General Ventidius, s. Freund Dolabella u. s. Ehefrau Octavia auf der anderen Seite um Antonius, wobei letztere schon beinahe die Oberhand gewonnen haben. Man will mit Caesar (Octavian, der spätere Augustus) Verhandlungen aufnehmen. Antonius u. Cleopatra sollen sich trennen. Inzwischen wird Antonius jedoch von Caesar immer stärker bedrängt; mit der Niederlage der ägypt. Flotte ist er endgültig besiegt. Auf die falsche Nachricht von Cleopatras Selbstmord stürzt sich Antonius in s. Schwert. Cleopatra findet den sterbenden Geliebten u. tötet sich durch den Biß e. Giftschlange. In der Beschränkung des Stoffes wirkt die Handlungsführung wesentl. klarer u. eindringl. als bei Shakespeare. Dramatisch wirkungsvoll, galt bis Mitte des 19. Jh. als erstklassig aufzuführendes Theaterstück; nur von versierten Akteuren gespielt. 1922 erfolgreiche NA in London. *ra*

N. Suckling, Drama in Egypt: Reflections on ›A. for L.‹ (Durham University Journal, 14 1952). S. C. Osborn, Heroical Love in D's Heroic Drama (PMLA, 73 1958, 480–90).

All in a Lifetime, Roman von W. → Allen.

All the Year Round, 1859–68 wöchentl. erscheinende Zs., hg. von Ch. → Dickens, 20 Bde. Mit zahlreichen Beitr. des Hg. sowie von E. → Gaskell, W. W. → Collins, → Hunt, → Bulwer-Lytton, E. B. → Browning, → Meredith u. a. Vorläufer war die ebenfalls von D. betreute Wochenzs. ›Household Words‹, 1850–59, 19 Bde. *hd*

All's Well that Ends Well, → problem plays, Shakespeare.

Allen, Walter Ernest, 23. 2. 1911 Birmingham; Stud. Engl. Birmingham University; Lehrer, Redakteur, Engl.-Prof. Die Romane *Innocence is Drowned* (1938), *Blind Man's Ditch* (1939) u. *Living Space* (1940) werfen Schlaglichter auf das Leben der Arbeiter in Birmingham in der Zeit vor dem 2. Weltkrieg. *All in a Lifetime* (1959) zeichnet – in der Form e. langen fiktiven Briefes – anhand der (am Vater des Autors orientierten) Lebensgesch. des Arbeiters Bill Ashted die Gesch. der Labour Party u. die geistige Entwicklung der ›working class‹ in den letzten Jahrzehnten. Zahlreiche lit.wissenschaftl. Monographien, vorwiegend über den engl. Roman. *ks*

Allworthy, Squire in H. Fieldings Roman → *Tom Jones;* Ziehvater des Titelhelden.

Alms for Oblivion, Romanzyklus von S. → Raven.

Alton Locke, Roman von Ch. → Kingsley.

The Ambassadors, Roman von H. → James.

Amelia, Roman von H. → Fielding; myst. Dichtung von C. K. → Patmore.

America. A Prophecy → Blake, W.

The American, Roman von H. → James.

American Notes → Dickens, Ch.

Amis, Kingsley (Ps. Robert Markham), 16. 4. 1922 Clapham; Stud. Oxford, ab 1948 Dozent für Anglistik Swansea u. Cambridge. Mehrfach Gastdozent in USA, seit 1963 freier Schriftsteller. A.s Romane sind konventionell erzählte ›seriocomedies‹ voll satir. Passagen, Parodien u. farcenhafter Ereignisse. Zentrales Thema ist der Versuch junger Männer, aus spießigen gesellschaftl. Konventionen auszubrechen u. sich über Standesschranken hinwegzusetzen; sie lernen indessen meist, den status quo zu akzeptieren, passen sich an. *Lucky Jim* (1954), e. humorvoll-sarkast.

Enthüllung der Hohlheit u. Prätentionen des Lebens an e. engl. Universität, war e. der erfolgreichsten engl. Romane seit dem 2. Weltkrieg. *That Uncertain Feeling* (1955) wirbt um Verständnis für e. Mann, dem die Anpassung nicht gelingt. In *I Want It Now* (1968) wird die Anpassung als Tugend gesehen, Nonkonformismus als selbstsüchtige modische Exzentrizität. *Girl, 20* (1971) persifliert die Eskapaden e. alternden Dirigenten, der s. Frau u. s. Familie für e. verrohten 17jährigen Teenager im Stich läßt. *Ending Up* (1974) ist e. alptraumhafte Farce um wahnsinnige alte Leute. *Jake's Thing* (1978) erzählt die köstl. Gesch. e. Mannes, der nach e. Leben voll sexueller Ausschweifungen s. Libido verloren hat u. sich in den Dschungel der Psychotherapie begibt, um sie wiederzufinden. A. befaßt sich mit → SF u. bewundert insb. → Flemings James Bond-Romane (*New Maps of Hell: a Survey of Science Fiction*, 1960; *The James Bond Dossier*, 1965). Die Schr. *Socialism and the Intellectuals* entstand für die → Fabian Society (F. Tract 304, 1957). *ks*

R. B. Smith, An Analysis of the Novels of K.A., 1965. D. Lodge, The Modern, the Contemporary, and the Importance of Being Amis (Language of Fiction, 1966, 243–67, 279). W. G. Rothermel, K.A. (Engl. Lit. d. Gegenw., hg. H. W. Drescher, 1970, 150–72).

The Anatomy of Melancholy, (1621), pseudo-med.-wiss. Abh. von R. → Burton über e. Modekrankheit des beginnenden 17. Jh., die Melancholie. 3teiliges Werk: im 1. u. 2. Teil werden Definition, Ursachen, Symptome, Eigenarten u. Heilungsmöglichkeiten gegeben. Dabei wird die ma.-traditionelle Humoralpathologie zugrundegelegt, nach der der Körper des Menschen von bestimmten Säften (›humores‹) beherrscht wird: blood (›sanguis‹), e. heißer, roter, süßer ›humour‹, der in der Leber entsteht u. den Körper nährt, kräftigt u. ihm Farbe gibt; ›pituita‹ oder ›phlegm‹, e. kalter u. feuchter ›humour‹; ›choler‹, heiß u. trocken, fließt von der Leber zur Galle u. unterstützt die Sinne; ›melancholy‹ entsteht aus der Nahrung, wird durch die Milz gereinigt, ist kalt, trocken, dickflüssig, schwarz u. sauer, reguliert die heißen ›humours‹. Nur die Ausgewogenheit der 4 ›humours‹ ermöglicht e. reibungslosen Ablauf der Körperfunktionen. Der anschließende bes. lange 3. Teil befaßt sich mit 2 wichtigen Arten der Melancholie, der Liebes- u. der rel. Melancholie. Bereits in der satir. Exposition, in der sich B. als Democritus Jr. vorstellt, wird deutl., daß die Untersuchung dieser Krankheit für den Vf. e. Darstellung der Torheiten dieser Welt impliziert, denn »'Tis an inbred malady in every one of us«. Vernunft, Humor, Toleranz u. Mitgefühl sprechen aus dem mit zahlreichen Zitaten u. Paraphrasen aus der Bibel, antiker u. elisab. Autoren durchsetzten Werk. Es finden sich auch Ansätze mod. induktiven Argumentierens, daher wird das Buch oft als Brücke zwischen ma.-scholast. u. mod.-empir. Denken bezeichnet. *A. o. M.* wurde unmittelbar nach Erscheinen zur Modelektüre, wurde als Bildungslektüre betrachtet sowie zur Unterhaltung herangezogen, da Romane u. sonstige Erbauungslit. noch relativ unbekannt waren. In der Folgezeit diente es zahlreichen Autoren als Quelle, z. B. J. → Fords frühes Drama *The Lover's Melancholy* (1629) oder → Keats' Ged. ›Lamia‹ (1819). *ra*

Hg. F. Dell and P. Jordan-Smith, III 1927–30. – P. Jordan-Smith, Bibliographia Burtoniana: A Study of R. B's ›A. o. M.‹, 1931. – L. Babb, Sanity in Bedlam, A Study of R. B's ›A. o. M.‹, 1959. R. M. Browne, The A. o. R. B's Engl., 1952. Th. L. Canavan, R. B., J. Swift and the Tradition of Anti-puritan Invective (JHI, 34 1973, 227–42). K. J. Höltgen, D. astrolog. Zeichen in B.s ›A. o. M.‹ (Anglia, 82 1964, 485–98). Ders., R. B.s ›A. o. M.‹ Struktur u. Gattungsproblematik i. Licht d. ramist. Logik (Anglia, 94 1976, 388–403). R. L. Nochimson, Studies in the Life of R. B. (YES, 4 1974, 85–111).

Ancient Mariner, The Rime of the, Ged. von S. T. → Coleridge, ED → *Lyrical Ballads,* 1798. Der alte Seemann trifft auf 3 vornehme Herren, die sich auf dem Weg zu e. Hochzeitsgesellsch. befinden. E. von ihnen erzählt er s. Gesch. u. berichtet, wie s. Schiff im Sturm in Richtung Südpol getrieben, schließl. ganz von Packeis u. Nebel eingehüllt wurde. E. Albatros läßt sich nieder, willkommenes Zeichen existierenden Lebens. Als er den Vogel erschießt, lädt er e. schweren Fluch auf sich u. das Schiff. Die Mannschaft hängt ihm den Albatros um den Hals, da sie die folgende Windstille s. frevelhaften Tat zuschreibt. Alle sterben mit Ausnahme des Seemanns, der in furchtbringender Einsamkeit zurückbleibt. Als er Wasserschlangen erblickt, die das Schiff umschwimmen, wird er von e. plötzl. Liebe zu Gottes Kreatur erfüllt. Der Fluch ist gewichen, der Albatros fällt ab, versinkt im Meer, das Schiff segelt wie von Geisterhand bewegt nach England zurück. Als es untergeht, treffen den alten Seemann Erlösung u. Strafe zugleich: er wird gerettet, muß jedoch ruhelos umherwandern, um sich immer wieder von s. Schuld zu reinigen u. durch s. Beispiel Achtung vor allen Geschöpfen Gottes zu lehren. Das Thema von Schuld u. Sühne wird im Stil der traditionellen engl. Ballade behandelt. C. bedient sich dieser Form, ihrer einfachen, aber einprägsamen rhythm. u. musikal. Qualitäten, um die erstrebte Verbindung von Realität u. übernatürl. Erscheinungen möglichst glaubhaft machen zu können. Versch. Elemente spielen herein: Reiseberichte, Südseegesch., Heiligenlegenden, die Sage vom Totenschiff, vom ewigen Juden. Das Ged., e. von C.s wenigen vollendeten, bietet in s. Vielschichtigkeit Ansatz zu unterschiedl. Auslegung. Es ist beispielhaft für C.s Bemühen, dem phantasievollen, von mag. Kräften gesteuerten Ereignis den Anschein der Tatsächlichkeit u. menschl. Bezogenheit zu verleihen (→ *Biographia Literaria*). *hd*

Hg. R. P. Warren, 1946. – G. Whalley, The Mariner and the Albatross (UTQ, 16 1947, 381–98). E. M. W. Tillyard, ›A.M.‹ (Five Poems 1470–1870, 1948, 66–86). E. E. Stoll, Symbolism in Coleridge (PMLA, 63 1948, 214–33). B. Martin, ›A.M.‹ and the ›Authentic Narrative‹, 1949. C. O. Parsons, The Mariner and the Albatross (VQR, 26 1950, 102–23). J. L. Lowes, The Road to Xanadu, [2]1951. T. P. Coffin, C's Use of the Ballad Stanza in ›A.M.‹ (MLQ, 12 1951, 437–45). C. S. Wilkinson, The Wake of the ›Bounty‹, 1953. ›A.M.‹, A Handbook, hg. R. A. Gettmann, 1961. C. ›A.M.‹ and other Poems, hg. A. R. Jones and W. Tydeman, 1973 (Casebook).

The Ancrene Riwle (›Rule for Anchoresses‹), um 1200, oder *The Ancrene Wisse,* 1230 (Ms. Corpus Christi College 402), stärker volkstüml. Bearbeitung des ursprüngl. Texts; in der Tradition der Prosalegende u. → Homilies geschriebene Anachoretinnenregeln in 8 Büchern, überliefert in 11 engl., 4 lat. u. 2 frz. Handschr. Als Originaltext wird heute die engl. Fassung angesehen. Bedeutendstes Zeugnis engl. Prosalit. zwischen → Alfred u. → Malory. Der unbekannte Autor, vermutl. Richard Poore, Bischof von Salisbury (1217–29), gibt 3 ›pious sisters‹ in rhetor. ausgefeiltem Stil Regeln für e. Einsiedlerdasein. Buch 1 u. 8 beziehen sich auf Themen wie rel. Zeremonien u. äußere Belange des Lebens, 2 bis 7 ist e. Allegorisierung der 7 Todsünden. Buch 7 beschreibt in der höf.-ritterl. Tradition die Liebeswerbung e. Ritters (Christus) um e. Dame (Seele), die in der Burg von Feinden (Teufel) belagert wird; eingeflochten sind Schilderungen vom Leben der Anachoretinnen. Der im Text erwähnte Brief des Ailred of Rievaulx (ca. 1131–61), *De Vita Eremitica,* zeigt e. ähnl. Struktur u. kann als Gerüst benutzt worden sein. Verzicht auf überspitzte Forderungen, dagegen viel ›common sense‹ u. Humor, verbunden mit direkter, drast. Ausdrucksweise, bes. in der Version von 1230; häufiger Gebrauch von Sprichwörtern u. Bildern aus dem Alltag. Ähnl. Texte (Thema, Handschr., Anspielungen), jedoch nicht vom gleichen Autor, sind in der um 1200 entstandenen sog. Katharinengruppe enthalten, Slg. von Heiligenlegenden (*Katharina, Margaret, Juliana*) u. 2 Homilien (*Hali Meidenhad, Sawles Warde*): ursprüngl. Übs. aus dem Lat., doch hochentwickelte rhythm.-alliterierende Prosa mit eigenständigem Charakter. *Hali Meidenhad* beschreibt die Vorzüge der Jungfräulichkeit als Kontrast zum tägl. Ärger im Eheleben, ähnl. schon → Aldhelm in s. *De Laudibus Virginitatis* (709). *Katharina,* wohl auch zur Unterweisung der Anachoretinnen gedacht, betont die jungfräul. Vermählung mit Christus. *Sawles Warde* wirkt stärker dramatisiert, mehr direkte Rede. Im Umkreis der *A. R.* dürfte auch die in kent. Dialekt abgefaßte gleichnishafte Erzählung *An Bispel* (Cotton Vespasianus A 22) entstanden sein.

js

›A.R.‹, hg. J. Morton, 1853. ›A.W.‹ (pts. 6 & 7), hg. G. Shepherd, 1959. Facs. of Ms Bodley 34: ›St. Katherine‹, ›St. Margaret‹, ›St. Juliana‹, ›Hali Meithhad‹, ›Sawles Warde‹, hg. N. R. Ker, EETS, OS, 247, 1960. ME Sermons, hg. W. O. Ross, EETS, 209, ²1960. Religious Pieces in Prose and Verse, hg. G. G. Perry, EETS, OS, 26, 1867; n. ²1914. ME Religious Prose, hg. N. F. Blake, 1972. – T. Mühe, Über d. i. Ms Cotton Titus Text d. ›A.R.‹, 1901. G. C. Macaulay, The ›A.R.‹ (MLR, IX 1914, 63, 145, 324, 463). D. Knowles, The Engl. Mystics, 1927. J. R. R. Tolkien, ›A.W.‹ and ›Hali Meidenhad‹ (E & S, 14 1929, 104–26). H. Käsmann, Zur Frage d. ursprüngl. Fassung der ›A.R.‹ (Anglia, 75 1957, 134–56). John H. Fisher, The French Versions of the ›A.R.‹ (Fs. John G. Kunstman, 1959, 65–74). E. J. Dobson, The Affiliations of the Mss of ›A.W.‹ (Fs. J. R. R. Tolkien, 1962, 128–63).

Andreas, Ged. aus der → Cynewulf-Schule, → Vercelli Book, 1722 V. Verbindung von Märtyrerlegende u. Apostelgesch., basiert auf lat. Bearbeitung der griech. A.- u. Matthäus-Legende. Der Anfang erinnert mit der Einführung der Jünger Christi als german. Helden an → *Beowulf.* Die Seefahrt des A. zu den Myrmidonen wird mit Ironie u. Humor geschildert, mit Gott als Kapitän u. 2 Engeln als Matrosen des Schiffes. A. wird gefangengenommen; durch e. Wunder gelingt es ihm jedoch, die Myrmidonen zu bekehren u. Matthäus zu befreien. Bes. deutl. sind die Bezüge zur german. Heldensage u. heroischen Dichtung. Trotz e. oriental. Schauplatzes wird die Gegend nach nordgerman. Vorbildern mit Winterlandschaften u. -stürmen geschildert. Die Beschreibung des Meeres u. der Seereise erinnert an den → *Seafarer,* der Heilige gleicht eher e. Wikinger als e. christl.-frommen Mann. *js*

›A.‹ and ›The Fates of the Apostles‹, hg. K. R. Brooks, 1961.

Andrewes, Lancelot, 1555 Barking/London – 26. 9. 1626 London. Theol. Ausbildung (Cambridge), in versch. Pfarreien als Vikar tätig, 1601 Ernennung zum Dekan der Westminster Abbey, anschließend Bischofsämter in Chichester (1605), Ely (1609), Winchester (1618). Theol. Ratgeber am Hofe. Neben der eig. geistl. Tätigkeit hob sich A. vor allem als Theologe u. Kasuist hervor. Vorlesungen über die Hl. Schr., wovon zahlreiche, darunter *Orphan Lectures* (1957), posthum veröffentlicht wurden. Trug viel zur Festigung des Anglikanismus bei, insb. hinsichtl. der Abgrenzung vom röm.-kath. Glauben, dessen Episkopalprinzip er übernahm, dessen Dogmen er aber, z. T. polem., kritisierte u. verwarf. Bestritt energ. den röm. Anspruch der Katholizität, den er allein der angl. Kirche zubilligte. A. machte unpräzise Aussagen zur Transsubstantiation: zwar werden die Elemente bei der Segnung (Konsekration) verwandelt, doch geht er nicht näher auf Art, Umfang u. Dauer der Transsubstantiation ein. S. *Book of Private Prayer* (1648) erlangte bleibende Bedeutung. Beschränkte sich nicht auf streng rel. Fragen. Als 1605 die Pulververschwörung (Gunpowder Plot) aufgedeckt u. niedergeschlagen wurde, lieferte er in der Schr. *Tortura Tori* die eth. Legitimation des kgl. Vorgehens. Stand in der geistigen Nachfolge von R. Hooker, enger Freund von Hugo Grotius. *ra*

T. S. Eliot, For L. A., 1928. F. Higham, L. A., 1958. P. A. Wilsby, L. A. 1555 – 1626, 1958. M. A. C. Johnson, Homiletic Theory and Practice in the Sermons of John Donne and L.A., 1970. R. R. Burke, The Figures of Language in the Sermons of L.A., 1971.

Anglo-Catholic Revival → Oxford Movement.

Anglo-Irish Literature. Englischsprachige Lit. bes. in Irland lebender ir. Autoren. Verarbeitung kelt. Stoffe, Stilfärbung durch Idiomatismen, > Hibernian English. *hd*

Anglo-Saxon Attitudes, Roman von A. → Wilson (1956). Im Zentrum des Werkes steht der emeritierte Historiker Gerald Middleton, e. mit Einsicht u. Mitgefühl dargestellter charakterschwacher, lebensuntüchtiger Versager (»a failure with a conscience«), der privat wie berufl. Schiffbruch erlitten hat. Er verschwieg schlechten Gewissens e. vor 40 Jahren geschehene archäolog. Fälschung, an der e. Freund maßgebl. beteiligt war, u. beschließt jetzt, die Wahrheit aufzudecken. Dies bringt ihn in den Grenzbereich des Heroischen, zugleich des Lächerl. u. Schuldhaften: er schädigt unwiderrufl. das Ansehen s. Freundes; e. Kollegin, deren Lebenswerk von der Fälschung abhing, wird in den Wahnsinn getrieben; s. Familie reagiert mit Verständnislosigkeit u. Verachtung. Typ. für W. ist der unlösbare Widerspruch zwischen öffentl. u. privatem Bereich. Berufl. ist Middletons Tat gerechtfertigt, menschl. hat sie katastrophale Folgen. Anders als Sands in *Hemlock and After,* aber ähnl. wie Mrs. Eliot in *The Middle Age of Mrs. Eliot* akzeptiert Middleton s. Situation u. nimmt die Einsamkeit s. zukünftigen Lebens auf sich. *ks*

The Anglo-Saxon Chronicle, ursprüngl. von→ Alfred angeregte Annalen, die sich von 60 v. Chr. bis 1154 erstrecken; erstellt in versch. Klöstern, v.a. Winchester, Canterbury u. Peterborough; in 7 Mss. (Handschr.) überliefert: A_1 *Winchester Chronicle* bis 1070 (Corpus Christi College Cambridge 173); A_2 Abschrift von A_1, nur fragmentar. erhalten (Otho B XI); B, bis 977 (Cotton Tiberius A VI) u. C *Abingdon Chronicle,* bis 1056 u. 1056-66, (Cotton Tiberius B I) als weitgehend ident. Vorlagen; D *Worcester Chronicle,* bis 1079 (Cotton Tiberius B IV); E *Peterborough Chronicle,* normann. Eroberung, bis 1154, eigentl. schon der me. Lit. zuzurechnen (Laud 636); F *Canterbury Chronicle,* bis 1058 (Cotton Domitian VIII). Im Inhalt sehr unterschiedl., teils kurze Vermerke, teils ausschmückende Erzählungen, z.B. für die Kriegsjahre 911-924. Von versch. Autoren erstellt, daher versch. genaue Berichte zu bestimmten Epochen, häufig v.a. lokale Ereignisse. Die Chroniken geben e. umfassendes Bild der ständigen Kriege, der damit verbundenen unruhigen Zeiten u. Grausamkeiten. Wichtiges Hilfsmittel e. diachron. Betrachtung des sprachl. Übergangs von frühae. (bis 901) zu spätae. u. me. Prosa: Lautwandel, Grammatik, stilist. Fortentwicklung. Neben den als ae. Annalen überlieferten Ged. *The Battle of → Brunanburh* (937) u. *The Battle of → Maldon* tauchen weitere, kürzere hist. Ged. auf, etwa *The Liberation of the Five Towns* über e. Feldzug (942) von Kg. Edmund of Wessex zur Befreiung der von merz. Truppen belagerten Städte Derby, Lincoln, Nottingham, Stamford u. Leicester; *The Capture and Death of Alfred* (1036) schildert die Gefangennahme u. Verstümmelung des Sohnes von Kg. Ethelred, Alfred. *js*

Parker Chronicle and Laws: Ms CCC 173, facs. hg. R. Flower and A. H. Smith, EETS 208, 1941; n. A. H. Smith, 1957. The ›A.-S. Chr.‹, hg. D. Whitelock, 1961. ›Peterborough Chronicle‹, hg. C. Clark, 1969. J. Bately, The Compilation of the ›A.-S.Chr.‹, 1979.

Anglo-Scottish Literature. Englischsprachige Lit. schott. Autoren. Einbeziehung schott. Stoffe aus Gesch. u. Gegenwart, Stilfärbung durch Idiomatismen u. Regionaldialekte. Weniger ausgeprägt als → Anglo-Irish Lit., seit dem 18./19. Jh. gewöhnl. der engl. Lit. zugeordnet (Scott, Carlyle, Stevenson). *hd*

Angry Young Men, zornige junge Männer; nach dem Titel von Leslie Allen Pauls Autobiogr. (1951) u. v. a. Osbornes → *Look Back in Anger* (1956) geprägte Sammelbezeichnung für die Autoren der 50er Jahre, die mit sozialkrit. Dramen u. Romanen etablierte Ordnung u. Wohlfahrtsstaat attackierten, ohne jedoch reformist. Alternativmodelle vorzulegen. Wichtigste Repräsentanten sind → Arden, → Behan, → Braine, → Delaney, → Osborne, → Rudkin, → Shaffer, → Wain u. → Wesker. Durch ihre Verweigerungshaltung u. Kritik stellen sie weniger die Gesellschaftsordnung an sich in Frage, als sie die Tatsache monieren, selbst keinen angemessenen Platz in der Hierarchie einzunehmen. E. der frühesten Werke, das den Ausbruchsversuch e. jungen Antihelden aus der konventionellen bürgerl. Gesellsch. darstellt, ist Amis' humorist. Universitätsroman → *Lucky Jim.* Der Protagonist dieses Romans wird allerdings ebenso wie der von Wains → *Hurry on Down* schließl. von e. wohlwollenden Gesellsch. integriert. *Look Back in Anger* artikuliert »experiences and frustrations of the new generation« in Attacken gegen das Establishment, aber die vehementen sozialkrit. Tiraden Jimmy Porters erscheinen heute mehr von Nostalgie als von tiefgehendem Zorn geprägt. Das Ziel Joe Lamptons in Braines → *Room at the Top* ist von vornherein e. Platz im Establishment. *ks*

J. R. Taylor, Anger and After, 1962. K. Allsop, The Angry Decade, [2]1969. J. Kreuzer, Entfremdung u. Anpassung: D. Lit d. A.Y.M. i. Engl. d. 50er Jahre, 1972.

Animal Farm, Roman von G. → Orwell.

Annals of the Parish, Roman von J. → Galt.

The Anniversaries, Ged. von J. → Donne.

Annus Mirabilis → Dryden, J.

Antony and Cleopatra, → Roman plays, Shakespeare.

Anti-hero, Protagonist e. Erzählwerkes oder e. Dramas, dem nicht nur alle heroischen Züge fehlen, sondern der den Ereignissen passiv getrieben gegenübersteht. E. frühes Beispiel e. a.-h. ist Sternes → Tristram Shandy. Der a.-h. ist in der Lit. nach dem 2. Weltkrieg weit verbreitet, die bekanntesten Beispiele sind Charles Lumley in Wains → *Hurry on Down*, Jim Dixon in Amis' → *Lucky Jim*, Jimmy Porter in Osbornes → *Look Back in Anger* u. die Hauptfiguren e. ganzen Reihe von → Greenes Romanen. *ks*

Anti-Masque → Masque.

Apollonius of Tyre, Anfang 11. Jh. entstandene → Prosaromanze, fragmentar. überliefert; Motive des vertriebenen Kgs., der totgeglaubten Ehefrau u. des entführten Kindes. Typ. Merkmale des Romanhaften sind abenteuerl. Ereignisse, Verrat u. romant. Liebe; fehlt im ae. Epos. Die neue Gattung zeigt, daß Geschichts- oder Sagenstoffe nicht mehr nur aus didakt. Gründen erzählt werden, sondern auch um ihrer selbst willen. Im Falle des *Apollonius* ist der Vf. weder → Skop noch Kleriker, sondern offensichtl. e. weitgereister u. gebildeter Weltmann. Übergang von ae. Lit. zur Romanze des MA. Der auf e. griech. Original zurückzuführende Stoff wird in den *Gesta Romanorum,* in → Gowers *Confessio Amantis* u. schließl. von Shakespeare als heiteres Spiel in *Pericles* symbol. überhöht aufgegriffen. *js*

The OE ›A. of T.‹, hg. P. Goolden, 1958. – H. Taylor, The Classical Heritage of the Middle Ages (Bibl.), 1911, – E. Klebs, D. Erzählung von ›A. von T.‹, 1899.

Apologia pro Vita sua (Newman) → Oxford Movement.

Arbuthnot, John, 29. 4. 1667 Bervie (Schottland) – 27. 2. 1735 London; Arzt, Mathematiker, satir. Schriftsteller. Stud. Aberdeen u. Oxford; 1704 Royal Soc. of Arts, 1705 Leibarzt von Königin Anne. Mitglied des → Scriblerus Club, befreundet mit → Swift u. → Pope (›Epistle to Dr. A.‹); schrieb zahlreiche Beitr. für die *Memoirs of Martinus Scriblerus,* in denen Alleswissen als im Grunde Nichtwissen angeprangert wird. Trat schriftsteller. für die Beendigung des Krieges mit Frankreich ein. S. Veröffentlichungen wurden 1727 u.d.T. *History of John Bull* zusammengefaßt (in Pope-Swift, *Miscellanies*). Von der Titelfigur leitet sich der Spitzname für den typ. Engländer ab, auch bei → Colman d.J. A.s *Essays* (III 1731-33) behandeln e. Vielzahl von Themen. Vf. der witzigen Satire *The Art of Political Lying,* 1712. *hd*

L.M. Beattie, J.A., 1935.

Arcadia, The Countess of Pembroke's, Prosaromanze von Sir Ph. → Sidney, begonnen 1580, ED 1590 (als Fragment); Mischung aus Staatsroman u. heroisch-galanter Romanze; in e. 2. Fassung überarbeitet u. erweitert (1593). Die 1. *Arcadia* umfaßt 5 Bücher, auch Akte genannt, die durch Eklogen teils in V., teils in lyr. oder narrativer Prosa getrennt sind. Die Gesch. handelt von Pyrocles, dem Sohn des Kgs.von Mazedonien, u. s. Freund u. Vetter Musidorus, dem Sohn der Herzogin von Thessalien, die durch e. Schiffbruch in das Land des Kgs. Basilius von Arkadien verschlagen werden u. sich dort in dessen Töchter Pamela u. Philoclea verlieben. Aufgrund e. delph. Orakelspruchs hat Basilius s. Töchter aus Angst vor drohenden polit. Gefahren e. Schäferehepaar zur Obhut gegeben. Die Freunde erklären sich den Mädchen, doch dann bestimmen polit. Ereignisse die Erzählung (2. Buch). E. Teil des Volkes erhebt sich gegen Basilius. Es gelingt den Freunden, den Aufstand niederzuschlagen u. zudem das Volk durch begeisternde Reden wieder für den Kg. einzunehmen. Musidorus u. Pyrocles gewinnen zwar dann (3. Buch) die Liebe der Mädchen, doch es kommt nicht zur geplanten Flucht. Basilius trinkt e. für Pyrocles bestimmten Schlaftrunk u. wird für tot gehalten; die beiden Paare werden gefangengesetzt. Der Scheintod ruft erneute Unruhen hervor; der zufällig ins Land gekommene Kg. Euarchus von Mazedonien verurteilt s. Sohn u. s. Neffen zum Tode wegen des vermeintl. Mordes an Basilius. Dieser erwacht jedoch rechtzeitig aus s. Schlaf, u. die Erzählung endet mit e. Doppelhochzeit u. Versöhnung. Die polit. u. moral. Intention des Buches wird deutl. in der Kritik am unfähigen Herrscher in der Gestalt des Basilius, in der Darstellung des wankelmütigen Volkscharakters u. in der Rolle der Fürsten als Träger des Rechts. Das Bild des elisab. Gentleman wird in den beiden Freunden u. e. großen Zahl anderer Charaktere verkörpert. Unter dem Einfluß klass. u. neoklass. Studien, die S. für s. *Defence of Poesie* betrieb, schrieb er die *A.* in e. Prosa-Epos um, das den Ansprüchen der Aristotelianer genügen sollte. Dieser Versuch der Neubearbeitung blieb unvollendet. Teilweise entfernen sich hier einzelne Passagen völlig von der alten Vorlage; es wird bezweifelt, daß S. die viel komplexer angelegte Neufassung zu e. harmon. Ende hätte führen können.

ra

Prose Works, hg. A. Feuillerat, IV 1912; n. 1962, Bd. 4. – M.S. Goldman, Sir Ph.S. and ›The A.‹, 1934. W.R. Davies, S's ›A.‹, 1965. R.A. Lanham, The ›Old A.‹, 1965. J.S. Lawry, S's Two Arcadias: Pattern and Proceeding, 1972. R.E. Levine, A Comparison of S's Old and New ›A.‹, 1974.

Arden, John, 26. 10. 1930 Barnsley; besuchte Public School u. studierte Architektur in Cambridge u. Edinburgh. Nach kurzer Zeit als Assistent e. Architekten freier Schriftsteller. Schreibt seit Mitte der 60er die Mehrzahl s. Stücke gemeinsam mit s. Frau Margaretta d'Arcy. Die Ardens leben in Irland. Äußerst sprachgewaltiger u. experimentierfreudiger Vertreter des → New English Drama. In den meisten s. Werke präsentiert er mit großer Objektivität die polar entgegengesetzten weltanschaul. Positionen von ›freedom and/or order‹, so in dem balladenhaft düsteren → *Serjeant Musgrave's Dance* (1960), dem lauten, turbulenten Asozialenstück → *Live Like Pigs* (1961), der burlesken, handlungsreichen Unterhaltung *The* → *Waters of Babylon* (1964), dem unter – mit Halbmasken typenhaft gezeichneten – Insassen e. Altersheims spielenden *The Happy Haven* (1964) oder dem in e. dem alten schott. Lowlands-Dialekt nachempfundenen Sprache geschriebenen hist. ›action drama‹ → *Armstrong's Last Goodnight* (1965). Das autobiograph. Traumstück *The Bagman* (1971) dokumentiert die unter dem Eindruck e. Indienreise erfolgte Wende in A.s weltanschaul. Haltung hin zu klarem marxist. Engagement. Dieses kommt voll zum Tragen in *The Ballygombeen Bequest* (1972). In der Trilogie *The Island of the Mighty* (1974) versucht e. alter u. gebrechl. Arthur als letzter Exponent der röm. Herrschaft in Britannien, dem Rückfall in Wildheit u. Anarchie, indiziert durch Kleinkriege, Raub- u. Mordzüge, Einhalt zu gebieten. Die Zerstörung der röm. Ordnung bringt indessen Freiheit, Selbstverwirklichung des einzelnen u. Ungebundenheit, das Drama bejaht die rituelle Anarchie der Pikten, die Restauration des anarch. Gemeinwesens der Vorfahren. Das 6teilige, 24 Std. Spielzeit erfordernde Mammutspektakel *The Non-Stop Connolly Show* (I-III 1978) über den im ir. Osteraufstand 1916 getöteten sozialist. Freiheitshelden James Connolly ist e. Plädoyer für Marxismus u. Unabhängigkeit Irlands.

ks

Ronald Hayman, J.A., 1968. S. Trussler, J.A., 1973. Albert Hunt, A. A Study of His Plays, 1974. K.-H. Stoll, A.s Sprachkunst (Pinter, 1977, 196–211).

Armstrong's Last Goodnight. An Exercise in Diplomacy, Drama von J. → Arden; UA 5. 5. 1964 → Glasgow Citizens' Theatre; EA 1965. Den aktuellen Bezug zu dieser Gesch. e. schott. Raubritters aus dem 16. Jh. bildet die Ermordung Lumumbas, wie sie in O'Brians *To Katanga and Back* geschildert wird. Quellen waren das → Morality Play *The Thrie Estaitis* (1540) von Lyndsay u. e. alte Ballade, aus der A. Verse für das Lied s. Armstrong unter dem Galgen übernommen hat. Das Stück zeigt Einflüsse von Goethes *Götz von Berlichingen*, dessen Bearbeitung *Ironhand* A. 1960 publizierte. Es ist e. hist. ›action drama‹ in e. dem alten schott. Lowlands-Dialekt nachempfundenen neuen Sprache u. wirkt wie e. in Bildern erzählte Ballade, in welche sich die 3aktige, in mehreren Strängen entfaltete, komplexe Handlung, die Lieder u. die Tänze organ. einfügen. Gegenspieler des anarch. kraftvollen Armstrong of Gilnockie, Verkörperung der ungebärdigen, zügellosen Individualität e. Freibeuters, der nach dem primitiven Recht des Stärkeren u. Listigeren lebt, ist der humanist. Staatsmann Lindsay, e. kühler, nüchterner Realpolitiker, der die besten Absichten hat, um der Wiederherstellung staatl. Ordnung willen aber gezwungen ist, Armstrong mit List u. Verrat in e. Falle zu locken. Armstrong ist indessen nicht nur romantisiertes edles Opfer; er erweist sich als arrogant, egoist., machtbesessen u. tötet skrupellos den mit ihm rivalisierenden Lord Wamphray. Dennoch wirken gegenüber s. ehrl. Direktheit die trickreichen Machenschaften Lindsays, so unbestritten notwendig sie auch sein mögen, hinterhältig u. verlogen. A. ist klar denkender Rationalist genug, die Unmöglichkeit e. zügellos anarch. Existenz einzusehen. Zugleich aber gehören s. Sympathien in der unwirkl. Balladenwelt dieses Dramas ganz s. pittoresk anachronist. Nonkonformisten. *ks*

Arnold, Matthew, 24. 12. 1822 Laleham – 15. 4. 1888 Liverpool, Dichter u. Kritiker. Sohn des bekannten Predigers u. Schulreformers Dr. Th. Arnold, dem er Pflichtbewußtsein, Aufrichtigkeit sowie die Tendenz zum Lehrhaften verdankte. S. Stud. der ›Literae Humaniores‹ in Oxford vertiefte s. Beziehungen zur griech. Antike. 1851 – 86 nahm er mit wachsender Autorität u. Beliebtheit das Amt e. ›school inspector‹ wahr. 1857 – 67 Professor of Poetry, Oxford, was ihn zum Lit.- u. Kulturkritiker werden ließ. 1851 Heirat mit Frances Lucy Wightman. A. war befreundet mit A. H. Clough u. anderen Oxforder Berühmtheiten s. Tage. Nach vielen lyr. Ged. (›The Forsaken Merman‹, ›A Summer Night‹, ›Thyrsis‹) Schwerpunkt von A.s Schaffen auf s. krit. Prosawerk, Ausgangspunkt für die mod. Lit.krit. Sorgfältige Beobachtung, objektive Maßstäbe bei der Beurteilung lit. Phänomene sind die Basis s. Kritik, e. Haltung, die die berühmte These, Dichtung sei die Kritik des Lebens, rechtfertigt. Lit. u. Kritik sollen nach A. am Wandel der Gesellsch. mitarbeiten; er weitet den Begriff der Lit.krit. zu e. Untersuchung der Probleme des Menschl. generell aus. Dem Kritiker fällt die Aufgabe zu, für die Erweiterung der Bildung u. für e. Atmosphäre der ›urbanity‹ zu sorgen, von der der zeitgenöss. engl. Provinzialismus in der Meinung A.s weit entfernt ist u. was nur durch das Stud. ausländ. Lit. zu erreichen sei. Das Wesentl. dieser lit. Kritik findet sich in den *Essays in Criticism* (II, 1865; 1888). In *Culture and Anarchy. An Essay in Political and Social Criticism* (1869) faßte A. s. Kulturkrit. zusammen. Nicht aktuelles Zeitgeschehen, sondern die Symptome der geistigen

Anarchie interessieren ihn. In der neuen (nach der Frz. u. Industriellen Revolution entstandenen) demokrat. Welt fand A. kein sinnvolles geistiges Zentrum, sondern nur Drang nach materiellem Fortschritt u. Geldgier. Dagegen setzte er s. Begriff der Kultur, »the growth and predominance of our humanity proper, as distinguished from our animality, and as a study of perfection,«. Kultur steht für ihn in der Nähe der Religion, ist etwas Innerl., aber von e. überpersönl. Natur. Sie strebt nach Harmonie von Schönheit u. Verstand. A. versuchte, e. Verbindung mit der Antike (Griechentum) u. mit der eigenen Tradition (Wordsworth) sowie der kontinentalen Lit. (Goethe) u. Krit. (Saint-Beuve) herzustellen. Klare u. überzeugende Sprache. Nachwirkung s. Forderungen bis ins 20. Jh. *ra*

Complete Prose Works, hg. R. H. Super, X 1960–1974. Poetical Works, hg. C. B. Tinker, H. F. Lowry, 1950; n. 1966. – C. B. Tinker and H. F. Lowry, The Poetry of M. A., 1940; n. 1969. G. Müller-Schwefe, D. persönl. Menschenbild A.s i. d. dichter. Gestaltung, 1955. N. T. Francis, The Critical Reception of A's Poetry: The Religious Issue, 1961. L. Gottfried, M. A. and the Romantics, 1963. E. Alexander, M. A. and J. S. Mill, 1964. D. D. Moews, Humanism and Biology: A Study of A's Ideas on Man and Society, 1964. W. D. Anderson, A. and the Classical Tradition, 1965. A. D. Culler, Imaginative Reason: The Poetry of A., 1966. G. R. Strange, A.: The Poet as Humanist, 1967. M. Thorpe, M.A., 1969. W.A. Madden, M.A. A Study of the Aesthetic Temperament in Victorian England, 1967. R. H. Super, The Time-spirit of M. A., 1970. D. Bush, M. A. A Survey of His Poetry and Prose, 1971. M. Trevor, The Arnolds: Thomas A. and His Family, 1973. G. Watson, M. A. and the Victorian Mind (Engl. u. am. Lit.theorie, hg. R. Ahrens u. E. Wolff; Bd. 1, 1978, 127 – 42). B. Lüking, Von M. A. zu T. S. Eliot, ebda., 143 – 212.

Art for Art's Sake, bezeichnet die Kunstauffassung des Aesthetic Movement u. geht ursprüngl. auf die von T. Gautier im Vorwort zu s. Roman *Mademoiselle de Maupin* (1836) erhobene Forderung (›l'art pour l'art‹) zurück. Diese provozierende Formulierung richtet sich gegen die moral. Auffassung von Kunst u. betont ihre Autonomie gegenüber anderen Standpunkten (moral., polit., rel.). Einziges Ziel der Kunst besteht in der Erfüllung der Idee des Schönen u. in der Vollkommenheit der Form. Hauptvertreter dieser Idee waren → Swinburne, → Pater u. s. Schüler → Wilde, der alle Kunst für nutzlos erklärte. Die Auffassung von der Unabhängigkeit der Kunst trug dazu bei, den Viktorianismus zu überwinden u. die fin-de-siècle-Stimmung mitzuprägen. *ra*

L. Rosenblatt, L'idée de l'art pour l'art dans la littérature anglaise pendant la période Victorienne, 1931. L. Singer, The Aesthetics of A. f. A's S. (Journal of Aesthetics and Art Criticism, 12 1953, 343 – 59). E. Starkie, From Gautier to T. S. Eliot: The Influence of France on Engl. Lit., 1851 – 1939, 1960. A. L. Guérard, A. f. A's S., 1963. – L. Hönninghausen, Grundprobleme d. engl. Lit. theorie d. 19. Jh., 1977.

Arts Council. 1940 wurde der C.E.M.A. (Council for the Encouragement of Music and the Arts) gegr., um während des Krieges die darstellenden Künste zu fördern. Er führte vielfach e. neues Publikum heran, das vorher nicht an Theater u. Konzerten interessiert gewesen war. Gleich nach dem Kriege rekonstituierte sich die Organisation als A.C. of Great Britain. Gründungsdirektor war Lord Keynes. Die Subventionen des A.C. waren der wichtigste Faktor für die Wiederbelebung des Theaters nach dem Krieg u.e. unerläßl. Beitrag zur Entstehung des → New English Drama. Finanziert wird der A.C.

vor allem durch Gelder der Regierung, zu e. geringen Teil auch durch Finanzierungshilfen einzelner Städte, Firmen u. privater Spender. Derzeit werden in GB einige Dutzend Theater regelmäßig subsidiert; den Hauptanteil erhalten das → National Theatre u. die → Royal Shakespeare Company. Zu den subventionierten Provinzbühnen gehören das Belgrade Theatre in Coventry, das Nottingham Theatre, das Bristol Old Vic u. das Oxford Playhouse. Außer Zuschüssen an solche Institutionen gibt der A.C. Gelder für Bauvorhaben u. fördert die Auff. bestimmter Stücke; die ca. £ 2,5 Mio. des Etats verteilen sich auf fast 200 Einzelbeträge. Neben dem A.C. gewähren vor allem örtl. Behörden (z.B. Greater London Council) direkte Zuschüsse an Theater. *ks*

Arthur and Merlin, spätes 13. Jh; Ged. zwischen Chronik u. Romanze. Schildert A.s Geburt u. s. frühe Regierungszeit. Der Zauberer M., aus der Verbindung des Teufels mit e. Nonne hervorgegangen, hilft als Berater gegen A.s Feinde. Die Legende um M. geht zurück auf die *Historia Britonum* (ED 1691) von Nennius (spätes 8. Jh.). → Geoffrey of Monmouth identifiziert den bei Nennius genannten Ambrosius mit M. Beide erzählen die Gesch. von Vortigern, der e. Festung gegen die Sachsen unter Hengest zu bauen versuchte. Mit M.s Hilfe werden die Steine von Naas in Irland nach Stonehenge gebracht. Der Legendenstoff wird später von Spenser (→ *Faerie Queene*), in → Malorys *Morte Darthur* u. von → Tennyson (*The Idylls of the King*) erneut aufgegriffen. *js*

Hg. E. Kölbing, 1890; n. O. D. Macrae-Gibson, EETS, 268, 1973. – M. Gaster, Jewish Sources of and Parallels to ›A. and M.‹, 1887. R. S. Loomis, The Development of Arthurian Romance, 1963.

As If By Magic, Roman von A. → Wilson.

As You Like It, e. der späteren → happy comedies von Shakespeare.

Ascham, Roger, 1515 – 1568; Stud. Cambridge, dort 1538 Dozent. *Toxophilus* (1545) ist e. in der Form des platon. Dialogs gefaßte engl.-sprachige Abh. über das Bogenschießen, welche die Bedeutung der Körperertüchtigung in der Erziehung betont. 1548 Lehrer der Prinzessin Elizabeth, 1550 – 53 Reisen durch Europa als Sekretär von Sir Thomas Morrison, Botschafter Englands bei Karl V. 1553 Lateinsekretär von Queen Mary, 1558 Privatlehrer von Elizabeth I. A.s 1579 posthum veröffentlichtes Werk *Scholemaster*, e. lange Zeit beliebtes prakt. Handbuch zur Erziehung, trug ebenso wie *Toxophilus* u. s. *Letters* wesentl. zur Entwicklung e. an antiken Rhetoren geschulten engl. Kunstprosa bei. *ks*

Whole Works, IV, hg. A. Giles, 1864 – 65. – S. A. and D. R. Tannenbaum, Concise Bibl., 1946; Suppl. R. C. Johnson, 1968. – A. Katterfeld, A.s Leben u. s. Werk, 1879. A. Hettler, A. S. Stil u. s. Beziehung zur Antike, 1915. L. V. Ryan, R. A., 1963.

Aside, beiseite, dramat. Sprechweise, bei der die unrealist. Fiktion besteht, die Mitspieler auf der Bühne könnten das Gesagte nicht hören, während es dem Publikum sehr wohl verstehbar ist. V.a. in Kom. wird es als direkte – Komplizenschaft erzeugende – Publikumsansprache eingesetzt. Das a. enthält dementsprechend meist Kommentierungen e. Situation oder spontan reagierende Ausrufe; meist nur e. oder einige Sätze. Im Unterschied zum Monolog ist der Sprecher weder allein auf der Bühne noch glaubt er sich allein. Das a. findet sich schon in der antiken Trag., ist z.B. bei Shakespeare sehr zahlreich, wurde aber auf der Illusionsbühne des Naturalismus vermieden. *ks*

G. Bell, D. Beiseitesprechen i. älteren engl. Drama, 1927. M. Braun, Symbolismus u. Illusionismus i. engl. Drama vor 1620, 1962. W. Riehle, D. Beiseitesprechen b. Shakespeare, 1964.

Aspects of the Novel, lit.theoret. Veröffentl. von E. M. → Forster.

Asser gest. 909 (?) Geistlicher aus Wales, Lehrer u. Freund von → Alfred dem Großen, unterstützte diesen bei s. Übs. Später Bischof von Sherborne. Vf. der Biogr. Alfreds, *De vita et rebus gestis Alfredi,* früheste Biogr. e. engl. Laien. Nur in 1 Ms. bruchstückhaft u. stark beschädigt erhalten. Die Ausgabe von Erzbischof Parker (1574) enthält zahlreiche Veränderungen u. Hinzufügungen. Das Original weist mit den walis. u. lat. Zitaten auf das späte 9. oder frühe 10. Jh., kann evtl. nach A.s Tod geschrieben worden sein. A. beginnt mit e. Genealogie Alfreds. Das Schwergewicht liegt jedoch auf der Schilderung s. Kampfes gegen die Dänen u. auf Alfreds lit. Schaffen. *js*

A's ›Life of King Alfred‹, hg. W. H. Stevenson, 1904; n. D. Whitelock, 1959.

Association for Scottish Literary Studies, gegr. 1970. Zielsetzung der Gesellschaft ist, über die Lit. Schottlands zu informieren u. die Forschung auf diesem Gebiet international zu fördern. Diesem Zweck dienen Texteditionen (1750 bis Gegenwart) als Jahresbände, die Veröffentlichung der Fachzeitschrift ›Scottish Literary Journal‹ nebst ›Newsletter‹ u. Supplementheften (›Year's Work‹ u. Besprechungen), Jahrestagungen u. die Ausrichtung von Fachkonferenzen. E. Sektion der Gesellschaft befaßt sich vornehml. mit linguist. Aspekten, bes. Regional- u. Dialektausprägungen. *hd*

Astraea Redux, Ged. von J. → Dryden.

Astrophel, pastorale Elegie von E. → Spenser.

Astrophel and Stella, Sonettzyklus von Sir Ph. → Sidney.

Attic. Klarer, reiner Stil der att. Schriftsteller, 5. u. 4. Jh. v. Chr. Betonung der klass. Einfachheit, Eleganz u. geistvollen Diktion; als Stilideal bes. im 18. Jh., → Addison. > attic prose, attic wit. *hd*

Auden, Wystan Hugh, 21. 2. 1907 York – 28. 9. 1973 Wien; Jugend in den Midlands u. Birmingham; Stud. Oxford, dort führende Rolle unter den Pylon Poets, e. linksgerichteten Intellektuellengruppe, zu der u.a. C. D. → Lewis, → Spender, u. → MacNeice gehörten. 1928/29 Berlin, dann Lehrer in England. 1935 Heirat mit Erika Mann, Tochter Th. Manns; lebte vorübergehend in Dtl. S. Teilnahme am Span. Bürgerkrieg auf republikan. Seite fand ihren Niederschlag im Gedichtbd. *Spain* (1937), die Reise nach China zum chines.-japan. Krieg im Jahr 1938 in dem zusammen mit → Isherwood hg. Gedichtbd.

Journey to a War (1939). Was A. von s. frühen Ged. zu erhalten wünschte, ist in den *Collected Shorter Poems 1930–44* (1955) enthalten. Der letzte Bd. s. frühen Phase sind die 1940 erschienenen Ged. *Another Time*. Das von Brecht beeinflußte ›dramat. Ged.‹ *The Dance of Death* (1933) projiziert alltägl. Ereignisse auf e. myth. Ebene u. ist e. bitterer Kommentar über die europ. Bourgeoisie. 1935–38 zusammen mit Isherwood mehrere polit. aggressive expressionist. Stücke (z.B. *The Dog Beneath the Skin*, 1935; *The Ascent of F6*, 1936; *On the Frontier*, 1938), in die Elemente aus Radio, Varieté u. Zeitungssprache aufgenommen wurden. 1938 emigrierte A. nach den USA; 1941 am. Staatsbürgerschaft. Lehrer u. Universitätsdozent. Beginnende Abkehr vom Kommunismus, mehr christl.-rel. Töne, so in der philosoph. Dichtung *New Year Letter* (1941). Wie → Huxley u. Isherwood gehörte A. der von fernöstl. Religionen beeinflußten → Vedanta Society an. 1956–61 Professor of Poetry, Oxford. E. der bedeutendsten u. vielseitigsten engl. Lyriker des 20. Jh. Radikaler Neuerer von starkem Einfluß: leidenschaftl. Antiromantiker, von Alltagsbeobachtung u. Freudscher Psychoanalyse geprägt. Assimilierte vielseitige Einflüsse von → Hopkins, → Yeats, → Eliot, Housman, D. H. → Lawrence, Rilke, den Imagisten über die Metaphysical Poets bis zu Kierkegaard. Er war ebenso offen für Elemente aus alten Sagas wie für solche aus Jazz, Revue u. Reportage. A.s Sprache verschmilzt traditionelle u. mod. Elemente, ist symbolreich, kühl, klar u. intellektuell. Als Höhepunkt s. Schaffens gilt *The Age of Anxiety* (1947), im Untertitel »a baroque eclogue« genannt, e. Drama, das in V., die den german. Stabreim meisterhaft nachahmen, u. in erläuternder Prosa in e. an Eliots → *Waste Land* erinnernden Haltung e. trag.-iron. Deutung der ›anxiety‹, der Verlassenheit u. Einsamkeit des heutigen Menschen bietet, u. von A.s Suche nach e. geistigen u. moral. Ordnung zeugt. Es klingt aus in der myst. Annahme der Liebe u. des Erbarmens Gottes durch den einzelnen. Das von Hogarths Kupferstichserie angeregte Opernlibretto *The Rake's Progress* (zusammen mit C. Kallmann, Musik Igor Strawinskij, 1951) überhöht das Geschehen durch existentialist., mytholog., märchenhafte, groteske u. trag. Elemente. *ks*

Collected Poetry, 1945. Collected Shorter Poems, 1930–44, 1955. Collected Shorter Poems 1927–57, 1966. Collected Longer Poems, 1968. Collected Poems, 1976. – B. C. Bloomfield, W.H.A. A Bibl., 1964. – J. G. Blair, The Poetic Art of W.H.A., 1965. H. Greenberg, Quest for the Necessary, 1968. G. Nelson, Changes of Heart, 1970. P. Goetsch, Die Lit. Theorie W.H.A.s (Engl. u. am. Lit. Theorie, hg. R. Ahrens u. E. Wolff, Bd. 2, 1979, 437–59).

Augustan Age; Bezeichnung für e. Zeitabschnitt, in dem die Lit. e. Landes sich zur höchsten Blüte entfaltet. Geht zurück auf die Herrschaftszeit von Gaius Julius Caesar Octavianus (27 v. Chr. – 14 n. Chr.), dem wegen s. Verdienste um das röm. Reich vom Senat der Titel Augustus verliehen wurde. S. Regierungsjahre u. die Schaffenszeit von Cicero (70–43 v. Chr.) bilden zusammen das ›Goldene Zeitalter‹ der lat. Lit. Begünstigt durch e. allg. Frieden u. Prosperität, schufen Virgil, Horaz, Tibull, Titus Livius etc. ihre Meisterwerke. Mit dem Tode von Ovid (18 n. Chr.) ging auch das ›Goldene Zeitalter‹ zu Ende. Für die frz. Lit. wird der Begriff auf das 17. Jh. (Corneille, Racine, Molière) angewandt. England erlebte s. ›Goldenes Zeitalter‹ unter → Pope, → Addison, → Steele, → Gay etc. → Goldsmith beschränkte in s. Essay *The Augustan Age in England* diese Blütezeit lit. Schaffens auf die Regierungszeit von Queen Anne (1702–14). Vielfach geht man aber in die 2. Hälfte des 17. Jh. zurück, um → Dryden in das A. A. einzubeziehen, oder man erweitert ebenso häufig, um → Johnson erfassen zu können. Gegen Ende des 17. Jh. herrschte in England e. bes. starkes Interesse an den klass. lat. u. griech. Autoren. Die engl. Dichter imitierten entweder direkt Virgil, Horaz u. die anderen, oder aber eiferten den Werken von Dryden nach. Die herausragende dichter. Persönlichkeit der Zeit wurde Pope mit s. Satiren, kom.-heroischen Ged. u. Essays. *ra*

J. Butt, The A. A., 1950. A. R. Humphreys, The A. World, Life and Letters in 18th Cent. Engl., 1954. D. Marshall, 18th Cent. Engl., 1962. S. Korninger, Engl. Lit. and its Background: The Restoration Period and the 18th Cent., 1660–1780, 1964. B. Dobrée, Engl. Lit. in the Early 18th Cent., 1700–1740, 1959, repr. 1968. R. W. Harris, Reason and Nature in the 18th Cent., 1968.

Auktoriale Erzählweise. Durch Leseranreden, Kommentare zur Handlung, Wertungen, Deutungen, Reflexionen usw. tritt der Autor hervor, um für den Leser die Kluft zwischen s. eigenen u. der fiktiven Welt zu überbrükken. Die auktoriale Wiedergabe von gesprochenen Worten ist die indirekte Rede, auktoriale Gedankenwiedergabe liegt in der → internal analysis vor. *ks*

F. Stanzel, D. typ. Erzählsit. i. Roman, 1955.

Auld Lang Syne → Burns, R.

Austen, Jane, 16. 12. 1775 Steventon/Hampshire – 18. 7. 1817 Winchester. Wuchs als Tochter e. Geistlichen in der Gesellschaftsschicht auf, die sie später in ihrem Werk beschrieb. Inmitten e. großen Familie u. deren Freundeskreis, in ländl.-kleinstädt. Umgebung, verlief ihr Leben äußerl. ebenso ereignislos wie das ihrer Romanfiguren. Entstehungsdaten u. Publikation ihrer 6 Romane sind nicht deckungsgleich. Begann früh zu schreiben, zunächst Parodien auf die gängigen lit. Moderichtungen des empfindsamen Romans (→ sentimental novel) u. der → Gothic Novel. Aus e. frühen Versuch, ›Elinor and Marianne‹, entstand später ihr 1. Roman *Sense and Sensibility* (1811), der echte u. übersteigerte Empfindsamkeit in den unterschiedl. Veranlagungen der beiden Schwestern kontrastiert. A.s Wertesystem liegen Aufrichtigkeit u. Selbstlosigkeit zugrunde. Die Fehler ihrer Heldinnen, z.B. Elizabeth Bennet in *Pride and Prejudice* (1813), entstanden aus den ›First Impressions‹, offenbart sie mit feiner Ironie (›social comedy‹). Das 1797 begonnene Ms. von *Northanger Abbey* wurde 1803 dem Verleger überlassen, jedoch erst 1818 posthum veröffentlicht. Die Anfänge von *Mansfield Park* (1814) gehen auf 1811 zurück. Handlungsschauplatz ist e. jener für A. typ. Landsitze. Die Gestalt der Fanny Price wird von der Kritik uneinheitl. beurteilt, zumal sie nicht mit der gewohnten iron.

Distanz gesehen wird. → *Emma* (1814) u. *Persuasion* (1815) erschienen 1815 bzw. 1818. Unveröffentlicht blieben die Brieferzählung *Lady Susan* u. das Fragment *The Watsons;* später in J. E. Austen-Leigh, *A Memoir of Jane Austen* (1871; hg. R. W. Chapman, 1926), aufgenommen. Ein weiteres, etwa um 1817 entstandenes Fragment *(Sanditon)* wurde 1925 herausgegeben. 1960–70 erfuhren A.s Romane, z.T. mehrfach, krit. Neuauflagen als Einzelbde. A. zeichnet ihre Protagonisten mit den Augen e. Frau u. schildert die Personen ihrer begrenzten Welt mit Humor, feiner Ironie, fester Moralvorstellung u. Einfühlungsvermögen, meidet Katastrophen oder herausragende Geschehnisse. Die Konzentration auf den Lebensbereich des niederen Landadels u. gehobenen Bürgertums bedeutet keine Einbuße, sondern ist die Stärke ihres Werks. Führte den engl. Roman aus der Masse des gängigen Prosaschrifttums heraus. Die später, vor allem im 19. Jh., sich offenbarende Ausprägung u. Bandbreite dieser Gattung, zu deren Hauptvertretern A. gehört, geht nicht zuletzt auf ihre Leistung zurück. *hd*

Oxford Illustrated Jane Austen, hg. R. W. Chapman, V 1923; n. 1967. Minor Works, hg. B. C. Southam, VI 1954. Fragments, hg. R. B. Johnson, 1934. – Letters, hg. ders., 1925; n. R. W. Chapman, II ²1952. – R. W. Chapman, Bibl., ²1955. – W. & R. A. Austen-Leigh, J. A. Her Life and Letters, 1913. M. M. Lascelles, J. A. and Her Art, 1939. E. Jenkins, J. A., 1949. M. Mudrick, J. A. Irony as Defense and Discovery, 1952. From J. A. to J. Conrad, hg. R. C. Rathburn & M. Steinmann, 1958. A. Wright, J. A's Novels: A Study in Structure, ²1964. B. C. Southam, J. A's Lit. Ms., 1964. W. A. Craik, J. A. Her Six Novels, 1965. W. Litz, J. A. A Study of Her Artistic Development, 1965. A. Fleischman, A Reading of ›Mansfield Park‹, 1967. J. A. (The Critical Heritage), hg. B. C. Southam, 1968. N. Page, The Language of J. A., 1972. D. Bush, J. A. A Study of Her Novels, 1974. M. Butler, J. A. and the War of Ideas, 1975. ›Northanger Abbey‹ and ›Persuasion‹, hg. B. C. Southam, 1976 (Casebook). ›Sense and Sensibility‹, ›Pride and Prejudice‹ and ›Mansfield Park‹, hg. ders., 1976 (Casebook). D. Cecil, A Portrait of J. A., 1978. B. J. Paris, Character and Conflict in J. A's Novels: A Psychological Study, 1978.

Austin, Alfred, 30. 5. 1835 Leeds – 2. 6. 1913 Swineford Old Manor/Kent, Dichter. Stonyhurst u. Oscott Coll., 1853 B. A. London, 1857 Jurastud. Inner Temple. 1866–69 Korrespondent beim ›Standard‹. Ab 1883 zus. mit W. J. Courthorpe Hg. der ›National Review‹; Anhänger Disraelis. 1871–1908 veröffentlichte A. 20 Bde. Naturlyrik. 1896 Poet Laureate in Nachfolge Tennysons. S. Romane sind ohne Bedeutung; 1911 *Autobiography* (II). Kritisierte → Browning in *The Poetry of the Period.* *hd*

N. B. Crowell, A. A. (mit Bibl.) 1953.

Authorized Version; Übs. der Bibel ins Engl., welche mit e. 1604 von James I nach Hampton Court einberufenen Konferenz ihren Anfang nahm. Das Unternehmen ging zurück auf den Vorschlag des Präsidenten des Corpus Christi College in Oxford u. erfreute sich der Unterstützung des Kgs. 47 der hervorragendsten Gelehrten u. Theologen der Zeit bearbeiteten in kleinen Gruppen jeweils Teile des Bibeltextes u. publizierten 1611 die A. V., welche im wesentl. auf William Tyndales Übs. (1525–31) beruht, aber auch Elemente der → Wycliffe-Bibel verwendet. Die ›Revised Version‹ erschien 1881 (NT) u. 1885 (AT). *The New English Bible* ist das Ergebnis e. Empfehlung an die ›General Assembley of the Church of Scotland‹ vom Mai 1946, e. neue Bibelübs. in Übereinstimmung mit dem heutigen Sprachgebrauch zu veranlassen. Unter Mitwirkung der Church of England, der Methodisten, Baptisten u. Congregationalist Church wurde 1948 e. Joint Committee eingesetzt, das von da ab für die Durchführung des Projekts verantwortl. zeichnete. *ks*

F. H. A. Scrivener, The Authorized Edition of the Engl. Bible 1611: Its Subsequent Reprints and Modern Representatives, 1884. – E. E. Willoughby, The Making of the King James Bible, 1956.

Ayckbourn, Alan, 12. 4. 1939 London; Schauspieler, Regisseur, Intendant. Autor traditioneller, bühnenwirksamer Farcen, deren einziges Ziel originelle, witzige Unterhaltung ist. S. 1. Erfolg, *Standing Room Only* (1962), gestaltet die kom. Implikationen e. totalen Verkehrsstaus. *Relatively Speaking* (1968) bezieht s. Komik aus dem Besuch e. jungen Mannes im Haus des früheren Liebhabers s. Freundin in dem Glauben, er sei im Haus ihrer Eltern, *How the Other Half Loves* (1970) aus der Kontrastierung von Paaren aus versch. Gesellschaftsschichten. Die Trilogie *The Norman Conquests* (1975) gibt die witzige Beschreibung e. Familientreffens. *Three Plays (Absurd Person Singular, Absent Friends, Bedroom Farce),* 1977, präsentieren glaubwürdige Alltagscharaktere in überraschenden, ausgefallenen Situationen. *ks*

Back to Methuselah. A Metabiological Pentateuch, Schauspiel von G. B. → Shaw, EA 1921; umfaßt in 5 Traktaten die gesamte Menschheitsgesch. vom Sündenfall bis hin zur heutigen Zeit u. projiziert die weitere Entwicklung des Menschen in e. ferne Zukunft, das Jahr 31920. Das Vorwort erhellt die Intention S.s, mit diesem dramat.-philosoph. Opus den Anfang e. von zukünftigen Generationen zu vollendenden ›Bible for Creative Evolution‹ zu schreiben. Im 1. Teil ›In the Beginning‹ werden Adam u. Eva beschrieben, die über die Vorstellung, ewig leben zu müssen, entsetzt sind. Durch die Schlange entdecken sie den ihnen noch unbekannten Tod, was jedoch e. Mißachtung des metaphys. Urprinzips der Life Force, der Kraft, der sie ihr Leben verdanken, beinhaltet. Mit dem Eintritt des Todes in den Lebensrhythmus wird das menschl. Dasein zunächst auf 1000 Jahre reduziert. Später kommen Mord u. Krieg hinzu, die das Leben erneut verkürzen. Das 2. Drama ›The Gospel of the Brothers Barnabas‹ ist e. zeitkrit. Analyse, die unter Beweis stellen will, daß der Mensch e. reines Reflexwesen ist u. bleibt, da s. kurze Lebensdauer ihn in s. Dummheit u. Verantwortungslosigkeit verharren läßt, anstatt ihn zur Weisheit zu führen. Im 3. Teil ›The Thing Happens‹ werden einige Ausnahmen gezeigt, wie Menschen die normale Kurzlebigkeit überwinden u. über 200 Jahre alt werden. Die Konsequenz aus diesem Teil wird in der ›Tragedy of an Elderly Gentleman‹ gezeigt, wo die Langlebigen sich gegen die normalen Menschen zusammengeschlossen haben u. von letzteren sogar als göttl. Wesen verehrt werden. Im letzten Teil ›As Far as Thought Can Reach‹ existieren die Kurzlebigen nicht mehr. Die Langlebigen entschlüpfen bereits voll entwickelt im Alter von 20 Jahren e. Ei. Nach e. 4jährigen Kindheit, die 50 Jahren menschl. Daseins entspricht, altern sie u. leben nur noch der Kontemplation, was sie dem Geheimnis des Lebens näher bringen soll. Bes. im letzten Traktat wird S.s Religion deutl.: der Mensch wird, nachdem er durch die Bejahung des Todes die göttl. Life Force negiert hat, auf dem Weg der Evolution zum Übermenschen. Dieser findet nach e. Emanzipation des Geistes zur Life Force zurück u. erkennt die Wahrheit allen Lebens. S.s Religion basiert auf Gedankengängen Lamarcks, Schopenhauers, Nietzsches u. Bergsons u. besticht durch Originalität, nicht aber durch Stringenz. Aus techn. Gründen wurde *B. M.* nie auf der Bühne gezeigt. *ra*

D. Leary and R. Forster, Adam and Eve; Evolving Archetypes in ›B. M.‹ (Shaw Review, 3 1960, 18–26). M. M. Morgan, ›B. M.‹ (Essays and Studies, 13 1960, 82–98). L. Hugo, B. S.: Playwright and Preacher, 1971. M. Valenca, The Cant and the Trumpet: The Plays of G. B. S., 1973.

Bacon, Francis, Lord Verulam and Viscount St. Albans, 22. 1. 1561 London – 9. 4. 1626 ebda; Philosoph, Jurist, Politiker u. Höfling. Jüngerer Sohn von Sir Nicholas B., Lordsiegelbewahrer von Queen Elizabeth I. 1573–5 Stud. Trinity College, Cambridge, 1576 Rechtswiss., Gray's Inn. Mit dem engl. Botschafter Sir Amyas Paulet nach Paris, wo er wertvolle polit. Erkenntnisse gewann. Der plötzl. Tod s. Vaters 1579 zwang B. zur Rückkehr nach England; beendete s. Stud., 1582 als Rechtsanwalt zugelassen. Ab 1584 Parlamentsmitglied; s. finanziellen Schwierigkeiten wurden durch e. großzügige Förderung des Earl of Essex behoben (als B. 1601 die Ursachen von Essex' Revolte gegen die Regierung zu untersuchen hatte, war er dessen Gegner). 1601 geadelt, 1606 Heirat mit Alice Barnham. Unter James I (1566–1625) glanzvolle polit. Karriere: 1613 Attorney-General, 1616 Privy-Councillor, 1617 Lord Keeper, 1618 Lord High Chancellor von England. 1621 vom House of Lords der Bestechung angeklagt u. für schuldig befunden, verlor er alle polit. Ämter. Später durch Charles I (1600–1649) rehabilitiert, lehnte er e. Zurückberufung ab, zog sich auf s. väterl. Gutsbesitz bei Gorhambury/Hertford zurück u. widmete sich wiss. Experimenten u. s. philosoph.-lit. Interessen, die bisher wegen s. polit. Karriere ruhen mußten. B. gilt als Begründer der engl. Renaissancephilos., des Utilitarismus u. des Empirismus. Um s. Werken Dauer zu verleihen, verfaßte er sie in lat. Sprache. B.s Arbeiten lassen sich in philosoph., lit. u. berufl. Schr. untergliedern. Zu s. philosoph. Schr. gehören → *Advancement of Learning* (hg. in engl. 1605), *Novum Organum* (hg. in lat. 1620) u. *De Augmentis Scientiarum* (hg. in lat. 1623). B. stellte sich gegen Scholastik u. ma. Aristotelismus, indem er versuchte, mit Hilfe der Induktionsmethode e. neues erkenntnistheoret. Philosophie-System zu begründen, welches auf der Erforschung der nach Gesetzen regierten Natur beruhen sollte (empir. Methode). Die spätere empir. Philos. baut auf B. auf. S. lit. Werk zeichnet sich durch stilist. hervorragende *Essays* aus (58 Essays bis 1625) sowie durch s. *De Sapientia Veterum* (1609), *Apophthegms New and Old* (1624), *History of the Reign of King Henry VII* (1622) u. durch den unvollendet posthum veröffentl. Staatsroman *New Atlantis* (1627). Die wichtigsten berufl. Schr. sind *Maxims of the Law* (1630) u. *Reading on the Statute of Uses*. B.s umfassendes Werk beweist geistige Universalität. Trotz sehr versch. Thematik ist allen Veröffentlichungen Sorgfalt, Präzision, klare Gedankenführung u. Originalität gemeinsam. *ra*

Works, hg. J. Spedding, R. L. Ellis and D. D. Heath XIV 1857–74; n. 1963. Philosophical Works, hg. J. M. Robertson, 1905. – K. R. Wallace, F.B. on Communication and Rhetoric, 1943. T. H. Jameson, F.B. Criticism and the Modern World, 1954. J. C. Crowther, F.B., 1960. K. Whitaker, F.B's Intellectual Milieu, 1962. C. D. Bowen, B. The Temper of a Man, 1963. K. R. Wallace, F.B. and the Nature of Man, 1967. H. B. White, Peace among the Willows: The Political Philosophy of B., 1968. B. Vickers, B. and Renaissance Prose, 1968. E. McCutcheon, B. and the Cherubin. An Iconographical Reading of the ›New Atlantis‹ (ELR, 2 1972, 334-55). M. B. McNamee, F.B's Inductive Method and Humanistic Grammar. (SLJ, 4 1972, 81–106). R. Ahrens, D. Essays von F.B., 1974. Ders., Lit. u. d. System d. Wiss. i. d. Lit.theorie d. Renaissance (Engl. u. am. Lit.theorie, hg. R. Ahrens, E. Wolff; Bd. 1, 1978, 121–148).

Bagnold, Enid, 27. 10. 1889 Rochester; Erziehung in Godalming, Marburg, Lausanne, Paris. Kunststud. *A Diary Without Dates* (1918) u. *The Happy Foreigner* (1920) sind krit. Berichte über ihre Erlebnisse als Krankenschwester u. Fahrerin im 1. Weltkrieg. Ihr berühmtestes Werk, das Jugendbuch *National Velvet* (1935), handelt von e. Mädchen, das mit s. Pferd das Grand National-Rennen gewinnt. Erfolgreiche Bühnenwerke: das romant. Drama *Lottie Dundass* (1943) u. die glitzernden, brillant ›künstlichen‹, aristokrat. Kom. *The Chalk Garden* (1956), *The Chinese Prime Minister* (1964) u. *Call me Jacky* (1970). *ks*

Bainbridge, Beryl (Margaret), 21. 11. 1934 Liverpool; 1949–60 Schauspielerin, 1970 Arbeit in e. Flaschenfabrik. B.s Romane bringen kühle Umsetzungen persönl. Erfahrungen; zentrale Themen der Handlungen sind immer wieder Gewalttätigkeit u. Tod. Die ersten 4 Romane sind von der Brutalität des Kriegs überschattet. *The Dressmaker* (1973) erzählt vor dem Hintergrund der Ereignisse des 2. Weltkriegs in Liverpool die Gesch. e. ersten Liebe u. e. Mordes. *Harriet Said* (1972) ist in der Zeit unmittelbar nach dem Krieg angesiedelt u. von den Erinnerungen italien. Kriegsgefangener durchzogen; der Roman handelt von e. 13jährigen Kind als Mörder. Die makabere Kom. *A Weekend with Claude* (1967) evoziert die Erinnerungen e. alten Jüdin an die Konzentrationslager. Konzentrationslager sind auch die Obsession des ›Kommandanten‹ e. Zeltlagers in *Another Part of the Wood* (1968); hier kommt e. Kind durch die Gleichgültigkeit der Erwachsenen zu Tode. *The Bottle Factory Outing* (1974) zeichnet mit schwarzem Humor e. Gruppe italien. Gastarbeiter. *Sweet William* (1975) handelt von der Liebesgesch. zwischen e. einsamen BBC-Angestellten u. e. erfolgreichen, dicken Dramenautor mit homosexuellen

Neigungen u. enormem Erfolg bei Frauen. *A Quiet Life* (1976) kontrastiert die aus der Kindheitserfahrung endlos streitender Eltern resultierende Lebensführung e. Geschwisterpaares, der freiheitsliebenden, unkonventionellen Madge u. dem unauffällig alltägl. Alan. *Injury Time* (1977) schildert die Schwierigkeiten der geschiedenen Binny mit ihren unfolgsamen Kindern und ihrem Geliebten Edward. E. Dinner-Party, die sie gibt, um gesellschaftl. wieder Anschluß zu finden, wird durch ungebetene Gäste brutal gesprengt. *ks*

Baldwin, William → *Mirror for Magistrates.*

Ballad, Ballade (spätlat. ballare); ursprüngl. von Tanz begleitetes Lied, allmähl. Bz. für erzählendes Ged. Vielfach mündl. Überlieferung; einfache u. unverschlüsselte, folklorist. Darbietungsweise, meist romant. oder hist. Kolorit; Reimschema in der Regel abcb, alternierend 8-u. 6silbige Jambenverse. Bekannte Beispiele sind das Balladengut um Robin Hood, *The Battle of Otterburn* u. *Chevy Chase,* Percys *Reliques of Antient Poetry*, Scotts *Minstrelsy of the Scottish Border,* Coleridges *The Rime of the Ancient Mariner.* Nach Einführung der Buchdruckerkunst gerne zur Kommentierung polit. oder anderer aktueller Tagesereignisse eingesetzt (→ Broadside Ballads), Höhepunkt im 16. u. 17. Jh.; im ausgehenden 19. Jh. vorwiegend als sentimentales Lied. Wichtigste u. bis heute maßgebl. Slg. ist die von F. J. Child besorgte Ausgabe *The English and Scottish Popular Ballads,* VIII 1857–58, n. V 1882–98; davon mehrere Nachdrucke. Die sog. höf. ›ballade‹ aus dem Frz. wirkt formal einheitlicher, Reimschema ababbcc; z. B. Rossetti u. Swinburne. *hd*

F. B. Gummere, The Popular B., 1907. L. Pound, Poetic Origins and the B., 1919. D. C. Fowler, Lit. Hist. of the Popular B., 1968. A. Bold, The B., 1979 (Critical Idiom).

Ballad Opera, burleske Form, ursprüngl. Parodie auf die gekünstelte italien. Oper. In Nachahmung der → *Beggar's Opera* (1728), bekanntestes Beispiel der Gattung, entstanden zahlreiche andere Stücke aus dem gleichen oder ähnl. Milieu. *hd*

Ballantyne, James, 1772 Kelso – 17. 1. 1833 Edinburgh. Gründete 1802 mit Unterstützung s. Freundes → Scott e. gewinnbringende Verlagsdruckerei. Im gleichen Jahr Publikation von S.s *Minstrelsy of the Scottish Border.* 1821–24 erschien B.s *Novelists' Library* mit den ›Lives of the Novelists‹ von S., dessen Gesamtwerk B. als Erstverleger betreute. Hg. des ›Edinburgh Weekly Journal‹ u. Vf. lit.-krit. Beitr. Der Bankrott des geschäftl. verbundenen Londoner Verlags Constable & Co., 1826, brachte finanziellen Ruin. S., zur Mithaftung herangezogen, entstanden hohe Verbindlichkeiten, die er mit großer Entschlossenheit durch den Ertrag s. lit. Arbeit abzulösen suchte, doch erst nach s. Tode durch den Copyright-Gewinn ganz zurückgezahlt werden konnten. *hd*

H. J. C. Grierson, Sir Walter Scott, 1933.

Barbour, John, 1316 (?) bei Aberdeen – 13. 3. 1395 ebda; schott. Geistlicher u. Dichter; vermutl. Stud. in Oxford u. Paris; mehrmals Revisor am Hofe von Kg. Robert II; ab 1357 Archidiakon in Aberdeen. S. Verschronik *The Bruce* (1376, 13000 8silbige V.) feiert die Heldentaten von Robert the Bruce u. James Douglas (Black Douglas) in den Kämpfen um Schottlands Unabhängigkeit, wobei der entscheidenden Schlacht von Bannockburn (1314) bes. breiter Raum zugestanden wird. Kann als 1. Werk e. schott. Lit. gelten; verbindet hist. Fakten mit anekdot., gelegentl. lehrhaften Ausführungen; einfacher Stil, anschaul. Schilderung. B. vermeidet einseitige Darstellungen von Freund u. Feind, zeigt gute wie schlechte Anlagen auf beiden Seiten. E. Vf. schaft der Ged. *The Legend of Troy* u. *Legends of Saints*, Übs. von Guido da Colonnas *Historia Destructionis Troiae* u. *Legenda Aurea,* ist nicht zweifelsfrei nachzuweisen. Der *Bruce* diente → Scott als Quelle für s. Roman *Castle Dangerous*. *js*

›The Bruce‹ or The Book of the Most Excellent and Noble Prince Robert de Broyss, King of Scots, hg. W. W. Skeat, EETS, ES, 11, 21, 29, 55, 1870–89, n. II [3]1968. – F. Brie, D. nationale Lit. Schottlands von d. Anfängen bis zur Renaissance, 1937.

Barchester Towers, 2. Roman im Zyklus der *Barsetshire Novels* von A. → Trollope, EA 1857. Die Handlung, im Milieu der anglikan. Geistlichkeit e. engl. Kleinstadt um die Mitte des 19. Jh. angesiedelt, setzt ein mit dem Tod Bischof Grantlys, auf dessen Nachfolge sich s. Sohn Dr. Grantly eingerichtet hat. Doch e. neue Regierung ernennt Dr. Proudie, der kurz darauf in Begleitung s. mit den Ansichten der ›Low Church‹ sympathisierenden Frau u. Chaplain Obadiah Slope, deren Schützling, in Barchester eintrifft. Slopes erste Predigt schockiert die konservative Einwohnerschaft. Neben den dogmat. Auseinandersetzungen gibt die Bestellung des Leiters von Hiram's Hospital, Heimstätte für mittellose alte Männer, Anlaß zu weiteren Meinungsverschiedenheiten. Schließl. zwingt Dr. Proudie alle auswärts lebenden Geistlichen der Diözese zurückzukehren. Davon betroffen ist auch Dr. Stanhope, in Italien lebender Kunstdilettant. Mit s. bemerkenswerten Familie kommt er nach Barchester zurück, auch s. Tochter, die sich seit ihrer unglückl. Heirat mit e. Italiener La Signora Madeline Vesey Stanhope Neroni nennt. Slope ist von ihrer Eleganz u. exot. Schönheit fasziniert. Mrs. Proudie beschließt, ihn u. ihren Mann fürderhin noch stärker unter Kontrolle zu halten. Nach weiteren gesellschaftl. Intrigen kehrt wieder Friede ein: Slope verläßt die Stadt, die Stanhopes zieht es erneut nach Italien, Mr. Quiverful, von Mrs. Proudie unterstützt, wird zum Leiter von Hiram's Hospital ernannt, Dr. Grants Protegé Mr. Arabin als Dean zu Barchester eingesetzt. Er heiratet die schöne Witwe Eleanor Bold, die er schon lange verehrte. Trollopes Kleriker sind mit ihren Wünschen u. Ambitionen ganz alltägl. Menschen, der Disput zwischen ›High Church‹ u. ›Low Church‹ ist mehr e. polit. Manövrieren denn theol. Grundsatzdiskussion. Die Gesellschaftssatire von *B. T.* erscheint weniger geistvoll, weniger scharf als die von Thackerays → *Vanity Fair*. In s. Beurteilung versucht T. so gerecht wie mögl. zu sein. Weder gibt es für ihn ausgemachte Schurken noch tadellose Helden. Die Erzählhaltung ist → auktorial, wenn auch in der Leseranrede gedämpfter moralisierend als beispielsweise bei Dickens. Die *B. N.*, mit den wiederkehrenden Personen, in ihrer themat. u. geograph. Einheitlichkeit, lassen sich zu → Hardys *Wessex Novels* in Vergleich setzten, bieten jedoch nicht deren die gesellschaftl. Oberfläche durchdringende Analyse menschl. Erfahrungen. *hd*

Hg. M. Sadleir, 1956. – J. H. Wildman, A. T's England, 1940. G. F. A. Best, The Road to Hiram's Hospital (VS, 5 1961, 135 – 50). W. Cadbury, Character and the Mock Heroic in ›B.T.‹ (Texas Stud. in Lit. and Lang., 5 1964, 509 – 19).

Barker, A(udrey) L(ilian), 13. 4. 1918 St. Paul's Gray/Kent; Büroangestellte. *Apology for a Hero* (1950), *A Case Examined* (1965), *The Middling* (1967), *A Source of Embarrassment* (1974) u. *A Heavy Feather* (1978) sind sensible, präzise, psych. einfühlende Romane um die Themen Ambivalenz der Liebe u. Gefahren des Egoismus. Zentralfiguren sind Kinder, Außenseiter, Kranke, Einsame. Lakon., originelle Sprache; Szenen von großer Komik. E. großer Teil von B.s Kurzgesch. (etwa in *Innocents,* 1947; *The Joy-Ride and After,* 1963; *Lost upon the Round-abouts,* 1964) zeigen e. Neigung zum Makaberen, führen Schreckenselemente in alltägl. Situationen ein. *Femina Real* (1971) bietet 9 Studien weibl. Charaktere. *ks*

Barnaby Rudge, Roman von Ch. → Dickens.

Barnes, Peter, 10. 1. 1931 London; Vf. böser nihilist. Grotesken. Mit s. Mischung der Gattungen, dem irrlichternden Nebeneinander von Komik u. Grauen, Religion, Obszönität u. Brutalität, etwa in dem bizarren Melodrama *The Ruling Class* (1969) sowie den Einaktern *Leonardo's Last Supper* (1970) u. *Noonday Demons* (1970), erscheint er als e. Erneuerer des phantast., spektakulären Barockdramas. In dem genial. überschäumenden Panoptikum *The Bewitched* (1974) präsentiert B. anhand des als impotent u. debil gezeichneten letzten Habsburgers in Spanien, Karl II., e. Beispiel der chaot. Unvernunft u. Sinnlosigkeit menschl. Handelns. *ks*

L. Černy, P. B., ›The Bewitched‹ (Engl. Lit. d. Gegenwart, 1971 – 1975, hg. R. Lengeler, 1977, 94 – 106).

Barrack-Room Ballads → Kipling, R.

Barrett-Browning, Elizabeth → Browning, E.

Barrie, James Matthew, 9. 5. 1860 Kirriemuir (Schottland) – 19. 6. 1937 London. Sohn e. Webers; Dramatiker u. Romanschriftsteller. Glasgow u. Edinburgh Academy, Stud. Edinburgh; 1913 geadelt; 1919 – 22 Rektor St. Andrews; 1922 Order of Merit; 1930 – 37 Rektor Univ. Edinburgh. Veröffentlichte 1889 bzw. 1891 s. in Kirriemuir (Thrums) spielenden Erzählungen *Auld Licht Idylls* u. *A. Window in Thrums,* mit ihren Schilderungen ländl.-häusl. Idylle typ. → Kailyard School. Das regionale Element bestimmt auch die Romane *Margaret Gilvy* (1896), *Sentimental Tommy* (1896) u. *Tommy and Grizel* (1900). B. wandte sich danach stärker dem Schauspiel zu. Die

Dramatisierung s. Romans *The Little Minister* (1891, UA 1898) brachte finanziellen Erfolg u. Ansehen; 1901 *Quality Street,* sentimentale Kom. zum engl. Gesellschaftssystem; 1904 *Peter Pan, or the Boy who wouldn't grow up,* heiteres Märchenspiel, in dem Traumwelt u. Realität ineinander übergehen. Peter Pan, halb Kind, halb Märchengestalt, führt s. Gefährten in das Land s. Phantasie; neuer Kindheitsmythos. Lange Jahre e. der beliebtesten Theaterstücke für Kindervorstellungen, z. T. noch heute. B.s verbleibendes dramat. Schaffen ist stärker satir. ausgerichtet. Ironie u. Groteske beherrschen s. Gesellschaftskrit., sentimentaler Unterton. Schott. Humor, Sinn für das Groteske. *hd*

Works, XXIII 1927–38 (Uniform Edition). Novels, Tales and Sketches, VIII 1896–1902. Plays XII 1918–38, hg. A. E. Wilson, 1942. Plays and Stories, hg. R. L. Green, 1962. – Letters, hg. V. Meynell, 1942. – H. Garland, Bibl., 1928. A. Block, Bibl., 1933. B. D. Cutler, Bibl., 1938. – J. A. Hammerton, J.M.B. and His Books, 1900. H. M. Walbrooke, J.M.B. and the Theatre, 1922. J. A. Hammerton, B. The Story of a Genius, 1929. Ders., Barrieland, 1929. W. Eschenauer, B. als Dramatiker, 1929. C. Sibley, B. and His Contemporaries, 1936. J. A. Roy, J.M.B. An Appreciation, 1937. P. R. Chalmers, The B. Inspiration, 1938. M.R.M. Mundell, D. Humor i. d. Gestaltenwelt B.s als Ausdr. s. Weltgefühls, 1938. G. Blake, B. and the Kailyard School, 1951. R. L. Green, J.M.B., 1960 (mit Bibl.). J. M. Cockburn, A Birthplace in Thrums, 1964. M. Elder, The Young J. B., 1968. J. Dunbar, J.M.B. The Man Behind the Image, 1970. A. Wright, J.M.B. Glamour of Twilight, 1976.

Barry, Elizabeth, 1658 – 7. 11. 1713 London; Schauspielerin. Führende Tragödin ihrer Zeit; spielte über 100 Rollen, bes. erfolgreich als Monimia in → Otways *The Orphan* (1680) u. Belvidera in *Venice Preserv'd* (1682). *hd*

Barry Lyndon, Roman von W. M. → Thackeray.

Barsetshire Novels (auch Barchester Novels), Romanserie von A. → Trollope.

Barstow, Stan(ley), 28. 6. 1928 Horbury; Regionalist, dessen Romane (z. B. *A Kind of Loving,* 1960; *Joby,* 1964; *The Watchers on the Shore,* 1966; *A Raging Calm,* 1968; *The Right True End,* 1976) in solider, konventioneller Erzählweise u. in dem realist. gehaltenen Kontext des Arbeitermilieus e. Entwicklung der Hauptfiguren von Selbstsucht zu menschl. Rücksicht u. Liebe darstellen. *ks*

Basic English. Von C. K. Ogden u. I. A. Richards erstelltes reduziertes Sprachsystem, bestehend aus 600 Substantiven, 150 Adjektiven, 100 ›operators‹ (Verben, Adverbien, Präp., Bindewörter). Versuchsweise Übertragung von Teilen des NT. *hd*

C. K. Ogden, B. E. A General Introduction with Rules and Grammar, 1930. Ders., The Basic Vocabulary. A Statistical Analysis, 1930. I. A. Richards, B. E. and Its Uses, 1943.

Bathos; Ergebnis u. Wirkung e. falschen Pathos, unbeabsichtigte Antiklimax, Abgleiten vom Erhabenen ins Lächerl. Pope brachte den Begriff in s. iron. Verteidigung der Gemeinplätze engl. Poetaster ins Spiel (*Peri Bathous, or, Of the Art of Sinking in Poetry,* 1728), wobei er Tiefe (›bathos‹) als lit. Tugend der Moderne im Gegensatz zur Höhe (›hypsos‹) der Klassiker pries. *hd*

The Battle of Books, Satire von J. → Swift.

Bawden, Nina, 19. 1. 1925 London; Stud. Philos., Politik u.

Wirtschaftswiss. Oxford. Vf. von rund 20 spannend erzählten Kinderbüchern u. Romanen, oft über Kinder u. Jugendl., deren Beziehungen zueinander u. zu den Erwachsenen mit subtiler Einfühlung u. Präzision dargestellt werden; (z. B. in *Tortoise by Candlelight,* 1963, *A Little Love, A Little Learning,* 1966, *Rebel on a Rock,* 1978). Der kriminalist. durchwobene Roman *Devil by the Sea* (1957) erforscht die noch traumnahen Bezirke kindl. Einbildungskraft, durch die e. klumpfüßiger alter Mann in den Verdacht des Mordes an e. kleinen Mädchen gerät. *Just Like a Lady* (1960), *A Woman of My Age* (1967), *The Birds on the Trees* (1970) stellen die Anstrengungen e. Menschen dar, zur Aufrichtigkeit vor sich selbst zu finden, ehrl. von heuchler. oder konventionsgebundener Motivation zu trennen. *George Beneath a Paper Moon* (1974) ist e. Studie der Skrupel u. Unsicherheiten e. Mannes mittleren Alters. In *Afternoon of a Good Woman* (1976) nimmt e. Friedensrichterin die Bestandsaufnahme ihres eigenen Lebens u. ihrer Ehe vor. *ks*

Beardsley, Aubrey Vincent, 24. 8. 1872 Brighton – 16. 3. 1898 Mentone; Zeichner, Illustrator, Schriftsteller. Arbeitete nach s. Schulzeit zunächst in e. Architekturbüro, anschließend Versicherungsangestellter. Wurde durch s. Zeichnungen relativ früh bekannt. 1894 Kunstredakteur u. Illustrator der Zs. ›The Yellow Book‹; zus. mit A. → Symons Hg. des ›Savoy‹. Verfaßte einige Ged. u. das Prosafragment *Under the Hill;* unter dem Einfluß von Baudelaire u. Flaubert e. der führenden engl. Vertreter der ›l'art pour l'art‹-Bewegung des ausgehenden Jh. Enge Freundschaft mit → Wilde, dessen *Salomé* er illustrierte. Verbindet das Morbide, die angedeutete Korruption, mit grotesken u. dekorativen Einzelheiten. *hd*

The Best of B., hg. R. A. Walker, 1948. A. B. Miscellany, hg. ders., 1949. – Letters, hg. H. Maas, 1970. – H. Macfall, A.B., the Man and His Work, 1928. S. Weintraub, A.B., 1967. B. Brophy, A.B., 1968.

Beaumont, Francis, 1584 Grace-Dieu/Leicestershire – 6. 3. 1616 London. Dramatiker; jüngster Sohn von Sir Francis B. Jurist. Stud. Oxford u. London. Gehörte ab 1604 zum lit. Kreis um → Jonson. Hier erste dichter. Versuche: Ovid-Übs. u. einführende V. zu Stücken von Jonson. 1607 bis zu s. Eheschließung mit Ursula Isley 1613 enge Zusammenarbeit mit → Fletcher. Starb 2 Jahre später, beigesetzt in Westminster Abbey. Lit. Werk von Beaumont-Fletcher kaum zu trennen. B. hat vermutl. *The Woman-Hater* (1607) u. *The → Knight of the Burning Pestle* (1607) allein geschrieben. Zusammen mit F. einige V. zu Jonsons *Volpone* (1606/7), Hg. vieler Kom. u. Tragikom. Nach der Folioausgabe von 1647: 34 Stücke, nach der von 1679: 52 Stücke, u. a. *Philaster, The Maid's Tragedy* (1608 – 10), *The Captain* (1609 – 12), *A King and No King* (1611), *Loves Pilgrimage* (1616?). Die bühnenwirksamen Stücke basieren meist auf frz. u. span. Novellenstoffen u. bauen themat. auf der Liebe als heiterem Spiel der Gesellsch. auf. Häufig Vermischung von Charakter- u. Sittenkom. Stilmerkmale: Verwechslung, Redegefechte, lyr. Verseinlagen. B. gilt als der begabtere der beiden ›twin brothers‹ u. steht der Tradition Shakespeares am nächsten. *ra*

Works, hg. Glover and A. R. Waller, X 1905–12; n. 1969. Dramatic Works in the B. and F. Canon, hg. F. Bowers, X 1966ff. – E. M. Waith, The Pattern of Tragic Comedy in B. and F., 1952. W. W. Appleton, B. and F. A Critical Study, 1956, ²1978. S. Gossett, Masque Influence on the Dramaturgy of B. and F. (MP, 69 1972, 199–208).

Beau Nash (Richard Nash), 18. 10. 1674 Swansea – 3. 2. 1762 Bath; Carmarthen Grammar School u. Jesus College, Oxford. Nach kurzer Zeit in der Armee Stud. der Rechte am Inner Temple, wo er sich bald als Autorität in Modefragen etablierte. Hielt sich mit Glücksspiel über Wasser; ging 1705 nach Bath u. richtete dort die bekannten Assembly Rooms ein. Die von ihm inspirierten Neubauten u. s. Regeln des gesellschaftl. Umgangs machten die Stadt zum führenden Badeort u. Treffpunkt der vornehmen Welt. Als das Gesetz gegen Glücksspiel (1755) s. wichtigste Einnahmequelle zum Versiegen brachte, wurde ihm e. Pension gewährt, die er durch den Verkauf von modischem Beiwerk u. kleineren Habseligkeiten aufbesserte. Erhielt e. öffentl. Begräbnis der Stadt Bath. S. Biogr. wurde von O. → Goldsmith geschrieben. *hd*

Beckett, Samuel Barclay, 13. 4. 1906 Dublin; Portora Royal School Enniskillen, 1923–27 Sprachenstud. Trinity College; 1928–30 Lektor der engl. Sprache, Ecole Normale Supérieure, Paris; 1930–32 Lektor der frz. Sprache, Trinity College. 1933–36 London, 1936–37 Dtl.; Freund von → Joyce, der ihn stark beeinflußte u. den er ins Frz. übersetzte. Seit 1937 lebt B. in s. Wahlheimat Frankreich, schreibt s. Werke vorwiegend in frz. Sprache u. übersetzt sie nachträgl. ins Engl. 1941 in der Résistance, 1942–45 Landarbeiter in der Vaucluse, dann wieder in Paris. 1969 Nobelpreis für Lit. Verfaßte Romane (*Murphy*, engl. 1938, frz. 1947; *Molloy*, frz. 1951, engl. 1955; *Malone meurt*, frz. 1951, engl. 1956; *L'Innommable*, frz. 1953, engl. 1958; *Watt*, engl. 1953) u. Lyrik (*Whoroscope*, 1930; *Echo's Bones*, 1935), die zunächst nur in kleinen avantgardist. Zirkeln bekannt waren. E. großen Publikumserfolg hatte B. erst mit → *Waiting for Godot* (frz. 1952; engl. 1954). B. ist geprägt von absolutem Pessimismus u. der Überzeugung von der Absurdität der menschl. Existenz. Die Romane sind vieldeutige, paradoxe, schablonierte Denken unzugängl. Chiffren e. postexistentialist. Welt- u. Selbstverständnisses, das in spiralförmig sich verengenden Kreisen das Mysterium des Schweigens tangiert; ihre Figuren präsentieren Reduktionsformen u. existential verkrüppelte Zerrbilder des Menschl., die Phantasiegeschöpfe produzieren, während sie ihrer Absorbierung durch das Nichts entgegenfiebern. B.s Dramen machen ihn zu e. der Hauptvertreter des → Theatre of the Absurd. Er parodiert nicht wie Ionesco bestimmte Aspekte heutigen Lebens, kondensiert vielmehr menschl. Welterfahrung in dramat. Metaphern u. Parabeln, präsentiert e. Endzustand, der von Lebensüberdruß, Langeweile u. Sinnentleerung jegl. Tätigkeit bestimmt ist. Existenz zeigt sich als Grenzsituation zwischen Leben und Tod, die Charaktere beharren auf der ewig getäuschten Illusion des Wartens oder überspielen in tragikom. Hilflosigkeit die Gewißheit ihres Verfalls. Regression manifestiert sich in phys. Hilflosigkeit der Personen, in der oszillierenden Unbeweglichkeit der Handlung, der Zusammenhanglosigkeit u. dem Zerbröckeln der Sprache. Das postapokalypt. *Endgame* (frz. 1957, engl. 1958) stellt die letzten Überlebenden des Menschengeschlechts in ihren sinnleeren sado-masochist. Spielen vor. Sie sind reduziert zu Blindheit, Lahmheit, stecken verkrüppelt u. infantil in Mülltonnen. E. Grenze ist überschritten, es hat sich e. Niemandsland aufgetan, in dem Leben u. Tod in endloser Agonie ineinander übergehen. In dem pantomim. *Act Without Words* (frz. 1957, engl. 1958) lernt die stumme Gestalt schmerzl. die Sinnlosigkeit der Bewegung. Die Titelfigur des ersten direkt engl. geschriebenen Theaterstücks, *Krapp's Last Tape* (1959), lauscht im Alter von 69 dem Tonband, auf dem sie vor 30 Jahren ihre Erlebnisse aufgezeichnet hat u. kommentiert diese Aufzeichnungen; e. Nachspiel zum Akt des Lebens, das zum sinnlosen Kreislauf von längst abgeschlossenen Erfahrungen, vergangenen Beziehungen u. irreparablen Fehlschlägen wird. In *Happy Days* (1961) vegetiert das ältl. Paar Winnie u. Willie in e. zeitl. u. geograph. Vakuum s. Ende entgegen. Winnie sinkt plappernd mit Banalitäten beschäftigt buchstäbl. in ihr Grab, ihren Partner Willie umfängt bereits das Schweigen, er ist nur noch zu seltenen schwachen Lebenszeichen fähig. Das Leben des Menschen wird s. sichernden Klischees entkleidet, die Sinnlosigkeit der Existenz kommt zum Vorschein. Während die bisherigen Figuren sich immer noch mit Partnern oder – im Fall Krapps – mit den auf Tonband fixierten früheren Stufen des eigenen Lebens auseinandersetzen, ist in dem monolog. *Not I* (1973) die Vereinsamung des Individuums bis zu der schon im Titel angedeuteten Flucht vor dem Ich fortgeschritten. Nur noch die patholog. Projektion des Ichs in die 3. Person Singular dient als ›Partner‹ endlosen verzweifelten Sprechens. Im Bühnenlicht ist ledigl. der Mund e. ansonsten im Schatten bleibenden Gesichts zu sehen. Allerdings repräsentiert die Gestalt e. vermummten ›auditor‹ ab u. zu mit »a gesture of helpless compassion« die Möglichkeit zum Du, die trotz aller Schwierigkeiten immer wieder gesucht wird. *ks*

Dramat. Dichtungen in 3 Sprachen, II 1963f. – R. Federman and J. Fletcher, S.B. His Works and his Critics, 1970. – N. Gessner, D. Unzulänglichkeit d. Sprache. E. Unters. über Formzerfall u. Beziehungslosigkeit bei B., 1957. H. Kenner, S.B. A Critical Study, 1961; dt. 1965. R. Cohn. B. the Comic Gamut, 1962. A. Marissel, S.B., 1963. The Testament of S.B., hg. J. Jacobsen & W.-R. Muellery, 1964. J. Fletcher, The Novels of S.B., 1964. R. N. Coe, S.B., 1964, ^{2}1966. R. Federman, Journey to Chaos, S.B's Early Fiction, 1965. S.B., hg. M. Esslin, 1965. J.-J. Mayoux, Über B., 1966. U. Schramm, Fiktion u. Reflexion, 1967. K. Schoell, D. Theater S.B.s, 1967. I. Hassan, The Lit. of Silence, 1967, J. Fletcher, S.B's Art, 1967, dt. 1969. O. Bernal, Langage et fiction dans le roman de B., 1969. U. Dreysse, Realität als Aufgabe. E. Unters. über Aufbaugesetze u. Gehalte d. Romanwerks von S.B., 1970. G. Hensel, S.B., 1970. A. Alvarez, B., 1973. H. Kenner, A Reader's Guide to S.B., 1973 R. Cohn, Back to B., 1973. J. Pilling, S.B., 1976. B. S. Fletcher et al., A Student's Guide to the Plays of S.B.,

1978. S.B. (Critical Heritage), hg. L. Graver and R. Federman, 1978. R. L. Admussen, The S.B. Mss., 1979.

Beckford, William, 29. 9. 1759 Fonthill – 2. 5. 1844 Bath. Erbte als Neunjähriger e. großes Vermögen, Erziehung durch Privatlehrer, ausgedehnte Reisen durch Europa; kostspielige Neigungen, Sammler von Kunstgegenständen u. Kuriositäten. Zog sich letztl. in die Abgeschiedenheit s. Besitzungen zurück, um sich ganz der Schriftstellerei zu widmen: *Memoirs of Extraordinary Painters* (1780), *Dreams, Waking Thoughts and Incidents* (1788), Reisetagebücher. B.s lit. Ruhm gründet sich auf *Vathek, An Arabian Tale,* phantast. Roman mit Anklängen der → Gothic Novel, ursprüngl. frz. abgefaßt, 1786 erstmals in engl. Übs. veröffentlicht. *hd*

Vathek, hg. G. Chapman, II 1929; n.R. Lonsdale, 1970. – Memoirs, hg. C. Redding, II 1859. – G. Chapman, Bibl., 1930.

Bede, the Venerable (Beda Venerabilis), Beda, 673 (?), b. Durham – 735 Jarrow; Historiker, Gelehrter; Ausbildung in Wearmouth; ab 682 Kloster Jarrow, 692 Deacon, 703 Priesterweihe. B.s Gesamtwerk von fast 40 Texten umfaßt neben theol. Werken solche über Naturwiss., Medizin, Grammatik u. Gesch. Mit *De Temporibus* (ca. 705) u. der Erweiterung *De Temporum Ratione* griff B. in den Streit um die Berechnung des Osterfests ein, der damals kelt. u. röm. Kirche trennte. Vf. versch. Biogr., u. a. von St. Cuthbert. S. Hauptwerk ist die *Historia Ecclesiastica Gentis Anglorum* (731), deren 1. Buch den Zeitraum vom Einfall Caesars bis zum Jahr 603, nach der Ankunft von Augustinus, einschließt. Das 2. Buch beginnt mit dem Tod Papst Gregors u. endet 633. Es enthält das bekannte Gleichnis vom Sperling, der aus der Nacht in die erleuchtete Halle der Krieger u. von da wieder in die Nacht fliegt. Das 3. Buch reicht bis 664, das 4. bis 698 u. handelt v. a. von Chad, Wilfrid, → Caedmon u. Cuthbert. Das 5. Buch schließt ab mit dem Jahr 731. B. verließ sich bei der Erstellung s. Geschichtswerks auf Gespräche mit Zeitgenossen sowie andere hist. Werke u. Dokumente, z. B. die *Historia Britonum* von Nennius. Die *Historia* steht mit ihrem einfachen, direkten Stil im Gegensatz zu → Aldhelms poet. Diktion. In den Text eingearbeitet sind kurze Biogr. bekannter Kirchenmänner, wie Aidan u. Gregor der Große, u. der Äbtissin Hilda, in deren Kloster Caedmon lebte. B. schrieb noch einige kleinere Werke wie die *Hymns*, 14 metr. Texte, u. die *Retraction to the Acts of the Apostles,* e. Art Epilog auf das eigene Werk. B. erlangte über England hinaus Ansehen; herausragender Vertreter ae. Schrifttums, auch wenn s. Werke in lat. Sprache abgefaßt sind. *js*

The Venerable B's Miscellaneous Works in Latin, with Translation of the Historical Works, hg. J. A. Giles, XII 1843–45. The O.E. Version of B's ›Ecclesiastical History‹, hg. T. Miller, EETS, OS, 95, 96, 110, 111, 1959–63. P. F. Jones, Concordance to the ›Hist. Eccl.‹ of B., 1929. M. L. W. Laistner, A Hand-List of B. Mss, 1943. ›Hist.‹, hg. O. Arngart, Early Engl. Mss in Facs., 1952. – W. F. Bolton, Bibl. (Traditio, 18 1962, 436–45). – A. H. Thompson, B. his Life, Times and Writing, 1935. H. M. Gillett, Saint B. the Venerable, 1935. E. S. Duchett, Anglo-Saxon Saints and Scholars, 1947. G. Bonner and Medieval Civilization (ASE, 2 1973, 71–90). T. R. Echenrode, The Growth of a Scientific Mind: B's Early and Late Scientific Writings (Down R., 94 1976, 197–212).

Bedford, Sybille, 16.3. 1911

Charlottenburg; Privaterziehung in England u. Italien. Lebte in England, Italien, den USA u. Frankreich. Ihre oft mit diabol. Humor gewürzten Romane *A Legacy* (1956), *A Favourite of the Gods* (1963) u. *A Compass Error* (1968) präsentieren anhand des Schicksals von Einzelpersonen u. Familien hist. Chroniken in dt., italien., engl. u. frz. Szenerie. Mehrere Reiseberichte u. Gerichtsreportagen. Seit 1968 mit der offiziellen Biographie A. → Huxleys betraut (*A. Huxley*, II 1973 u. 1974) *ks*

Beerbohm, Sir Max, 24. 8. 1872 London – 20. 5. 1956 Rapallo; Charterhouse Schule, Stud. Oxford. Gehörte in den 90er Jahren zum Kreis um → Wilde u. → Beardsley. Als 23jähriger gab er unter dem scherzhaft endgültigen Titel *The Works of M. B.* (1893) s. 1. Essayband heraus. Ab 1898 Shaws Nachfolger als Theaterkritiker der ›Saturday Review‹. Lebte seit 1910 meist in Rapallo, 1939 geadelt. B.s kapriolenreiche Phantasie fand in karikaturist. Zeichnungen (*The Poet's Corner*, 1904; *A Book of Caricatures*, 1917), in witzig-geistvollen Essays, Kurzgesch. sowie Bühnen- u. Gesellschaftskritiken ihren Ausdruck u. verschaffte ihm den von Shaw geprägten Scherznamen »The Incomparable Max«. Der in Oxforder Universitätskreisen spielende Roman *Zuleika Dobson* (1911) ist e. geistvolle, spritzig-iron. Darstellung der akad. Jugend der 90er Jahre. *A Christmas Garland* (1912) parodiert zeitgenöss. Autoren. Die Kurzgesch. in *Seven Men* (1919) bieten Charakteristiken fiktiver Gestalten von großer Lebensechtheit u. Originalität. *ks*

Works, X 1922–28. – A. E. Gallatin and L. M. Oliver, Bibl., 1952. – D. Cecil, Max, 1964.

The Beggar's Opera, Kom. von J. → Gay, Musik von J. Ch. Pepusch; UA 1728, Lincoln's Inn Fields Theatre. Dialog mit Liedern nach einfachen u. bekannten Melodien, berühmteste der → Ballad Operas. Helden dieser Gauneroper sind der Hehlerkönig Peachum, wenig schmeichelhafte Karikatur R. Walpoles als Premierminister, der Straßenräuber Macheath u. der Gefängnisdirektor Lockit, Karikatur von Walpoles Minister Townsend. Eingangs dankt der Bettlerkomponist dem Theater, daß er s. Oper auf e. richtigen Bühne zeigen darf. Polly, Tochter Peachums, verliebt sich in Macheath. Es kommt zur heiml. Heirat. Peachum, der für s. Tochter e. Ehemann aus gehobeneren Kreisen vorgesehen hat, bewerkstelligt die Verhaftung des unerwünschten Schwiegersohnes. Im Newgate-Gefängnis verliebt sich die Tochter Lockits ebenfalls in Macheath u. verhilft ihm zur Flucht. Von s. Damen verraten, landet Macheath wiederum im Gefängnis, soll hingerichtet werden, da gebietet der ›Mann vom Theater‹ dem Bettlerkomponisten Einhalt, da e. trag. Ende nicht zu dieser Oper passe. Dieser akzeptiert e. Kompromiß, e. Gnadenfrist; die Auff. endet mit e. Tanz, zu dem auch Macheath und Polly erscheinen. Die *B.O.* war e. gewagte polit. Satire in der Form e. kom. Parodie auf die italien. Oper; Sittenbild der Zeit, das allerdings nicht die sonst übl. Darstellung gibt, sondern die Welt der Armen vorführt. E. sozialkrit. Absicht kann nicht vermutet werden; Gay will ledigl. zeigen, daß Arme wie Reiche ihre Laster haben, erstere allerdings dafür bestraft werden. Bühnenwirksame Dramaturgie, getreue Wiedergabe von Milieu u. Gefängnisjargon; knappe, eindringl. Dialoge, mitreißende Songs. Nach der UA 62 Auff. in der gleichen Spielzeit; von anderen Theatern, auch auf dem Kontinent, begeistert nachgespielt; heute noch e. Klassiker der engl. Bühne. Freie Nachdichtung im 20. Jh. von B. Brecht (*Dreigroschenoper*), musikal. Neubearbeitung durch B. Britten (1948); verfilmt nach dem Text von C. → Fry, Musik von A. Bliss (1953). *hd*

EA 1728. Hg. G. C. Faber, 1926 (Poetical Works); n. F. W. Bateson, 1934; n. B. W. Griffith, 1962; n. J. V. Guhrinot and R. D. Jilg, 1977. – C. E. Pearce, Polly Peachum: The Story of Polly and ›The B.O.‹, 1915. F. Kidson, ›The B.O.‹ Its Predecessors and Successors, 1922. W. E. Schultz, G's ›B.O.‹ Its Content, History and Influence, 1923. C. Tolksdorf, J.G.s ›B.O.‹ u. B. Brechts ›Dreigroschenoper‹, 1934. B. H. Bronson, ›The B.O.‹, 1941. H. Höhne, J.G.s Bühnenwerke im Verhältnis zum zeitgenöss. Dramenschaffen, 1962.

Behan, Brendan, 23. 2. 1923 Dublin – 20. 3. 1964 ebda. Verließ 14jährig die Schule, wurde Anstreicher. Als IRA-Mitglied lange Jahre in Jugendstrafanstalten u. Gefängnissen (beschrieben in dem autobiogr. Roman *Borstal Boy*, 1958). Bohémien, enfant terrible, Alkoholiker. Das im faktentreu realist. dargestellten Zuchthausmilieu spielende Stück *The Quare Fellow* (1960) begründete 1956 unter der Regie von → Littlewood B.s Berühmtheit. Das Drama schildert in episch-balladeskem Ton die Vorbereitungen zu e. Exekution, es beschönigt nicht die Tat des Todeskandidaten, enthüllt aber s. Hinrichtung als institutionalisierten Mord. Handlungsort von *The Hostage* (1959) ist e. Dubliner Bordell, in dem die IRA e. engl. Soldaten als Geisel festhält. Das Drama stellt der Versklavung des Menschen durch doktrinäre ideolog. Systeme die – u. a. in den zahlreichen eingelegten Liedern hervorbrechende – unausrottbare Vitalität, die Liebe zum Leben gegenüber. Das aus B.s Nachlaß herausgebrachte *Richard's Cork Leg* (1973) ist e. laute, bunte Farce von etwas amorpher Struktur. *ks*

Plays, 1978 (Master Playwrights). – R. Jeffs, B.B., 1966. T. E. Boyle, B.B., 1969. U. O'Connor, B.B., 1970. R. J. Porter, B.B., 1973, Beatrice B., My Life with Brendan, 1974.

Behn, Aphra, geb. Johnson, 10. 7. 1640 (getauft) Wye – 16. 4. 1689 London; Romanschriftstellerin u. Dramatikerin. Von ihrem Pflegevater, der auf der Überfahrt starb, nach Surinam gebracht. 1658 Rückkehr u. Heirat mit dem holländ. Kaufmann Behn. Nach dem Tode ihres Mannes 1666 als Geheimagentin für Charles II in Antwerpen. Lebte anschließend in London. Ihre Bühnenstücke (1671–89) spiegeln die Sittenlosigkeit der Zeit; derbe Komik, bühnenwirksam. In dem Roman *Oroonoko* (1688) verurteilt sie die Sklaverei unter Vorwegnahme von Rousseaus Bild des ›edlen Wilden‹. B. kann als 1. engl. Berufsautorin bezeichnet werden. *hd*

Works, hg. M. Summers, VI 1915. – V. Sackville-West, A.B., 1927. G. Woodcock, The Incomparable Aphra, 1947. W. J. Cameron, New Light upon A.B., 1961.

The Bell, Roman von I. → Murdoch.

Belloc, Hilaire J(oseph) P(ierre), 27. 7. 1870 St. Cloud – 16. 7. 1953 Guildford; Sohn e. frz. Rechtsanwalts u. e. Engländerin. Stud. Oxford, wo Kardinal Newman zu s. Lehrern gehörte. Zuerst frz., ab 1902 engl. Staatsbürger. 1906–10 Mitglied des House of Commons. Vf. von über 150 Büchern: Lyrik (*Verses and Sonnets,* 1895; *The Bad Child's Book of Beasts,* 1896; *More Beasts for Worse Children,* 1898; *Cautionary Verses,* 1941), polit.-satir. Romane u. Erzählungen (*Emanuel Burden,* 1904; *A Change in the Cabinet,* 1909; *Mr. Petre,* 1925; *But Soft – We Are Observed,* 1928; *The Post-Master-General,* 1932), polem., herausfordernd satir. u. witzige Essays (*Avril,* 1904; *On Nothing,* 1908; *On Everything,* 1909; *On Anything,* 1910; *On Something,* 1911; *Europe and the Faith,* 1920; *The Jews,* 1922; *A Conversation with an Angel,* 1928; *A Conversation with a Cat,* 1931), populäre hist. Werke u. vielgelesene Biogr. (*Danton,* 1899; *Joan of Arc,* 1899; *Robespierre,* 1901; *Marie Antoinette,* 1910; *History of England,* IV 1925–27; *Richelieu,* 1929; *Wolsey,* 1930; *Oliver Cromwell,* 1931; *Napoleon,* 1932). In Oxford u. später als Parlamentarier e. glänzender Redner. Berühmt wurden B.s aus liberaler kath. Haltung heraus geführten Kontroversen gegen den Fortschrittsglauben der Sozialisten → Shaw u. → Wells. Mit → Chesterton e. der Begründer der mod. neukath. Lit. Englands. *ks*

Selected Essays, hg. J. B. Morton, 1958. – Letters, hg. R. Speaight, 1958 (Selection). – R. Hamilton, H.B., 1947. R. Haynes, H.B., 1953. J. B. Morton, H.B., 1955, R. Speaight, H.B., 1956. M. A. Belloc. The Young H.B., 1956.

Bennett, Alan, 9. 5. 1934 Leeds; Stud. Gesch. Oxford. B.s Dramen leben aus der faszinierenden Vielschichtigkeit u. Mehrdeutigkeit sprachl. Äußerungen, so in der Revue *Beyond the Fringe* (1962), in *Forty Years On* (1969), wo er anhand der Theaterauff. e. Schule brillante satir. Portraits u. a. von Virginia → Woolf, T. E. → Lawrence u. Oscar → Wilde zeichnet, in *Getting On* (1972), dessen zweideutiger Titel suggeriert, daß die Belohnung für harte Arbeit Alter u. Tod ist, oder in *The Old Country* (1978), e. Studie über das Leben e. engl. Diplomaten im russ. Exil. *ks*

Bennett, E(noch) Arnold, 27. 5. 1867 Shelton b. Hanley – 27. 3. 1931 London; Journalist, ab 1896 freier Schriftsteller; finanziell sehr erfolgreich. 1902–12 in Frankreich, heiratete dort 1907 die frz. Schauspielerin Marguerite Soulié-Hebrard, die 1931 über die Ehejahre bis 1921 e. Buch veröffentlichte. B. schrieb zahlreiche Romane, Essays u. Dramen von unterschiedl. Wert. Neben lit. bedeutsamen Werken in der Tradition → Fieldings zahlreiche Kolportageromane, von ihm selbst als »Phantasien über moderne Themen« bezeichnet. Stark vom frz. Realismus beeinflußt, insb. Balzac, Maupassant, Zola; pessimist. Grundhaltung. Die bedeutendsten Romane sind *The Old Wives' Tale* (1908), die Trilogie *Clayhanger* (1910), *Hilda Lessways* (1911) u. *These Twain* (1916). Sie schildern mit minuziöser Detailbeschreibung das Leben der viktorian. Zeit im ›pottery district‹ Staffordshires, aus dem B. stammt. In *The Old Wives' Tale,* s. ambitioniertester, am sorgfältigsten gestalteter Roman, wird der Ablauf der diskursiven Zeit zum eigentl. Hauptakteur: im Rahmen e. weitgespannten Zeitgemäldes zeigt B. an den beiden verschiedenartigen Schwestern Konstanze u. Sophie die allg. menschl. Tragik, das Leben mit Nichtigkeiten zu verbringen u. von Tag zu Tag dem Verfall näher zu eilen. Zugleich läßt die Weltsicht der Resignation u. Desillusion auch Raum für kom. Charaktertypen u. Situationen, die an → Dickens oder die frühen Romane von → Wells erinnern. B.s Hauptwerk, die Trilogie *Clayhanger*, schildert den Aufstieg des Darius Clayhanger vom Hilfsarbeiter zum reichen Druckereibesitzer u. den Konflikt zwischen ihm u. s. Sohn Edwin. Die Romane verdanken ihre Wirkung u. a. der Präzision u. Lebendigkeit des zeitgeschichtl. Hintergrunds u. des Milieus sowie der wortgewandten, beißenden Ironie, mit der B. in e. Art von Haßliebe die kleinbürgerl. Charaktere beschreibt. *Riceyman Steps* (1923) ist e. großartige Schilderung e. Geizhalses, der Reichtümer anhäuft u. dabei sich u. s. Frau in den Hungertod treibt. Auch B.s Kolportageromane sind brillant geschrieben, der beste von ihnen ist der amüsante *The Grand Babylon Hotel* (1902). In der anonym veröffentlichten Studie *The Truth about an Author* (1903) schildert B. s. lit. Beginn u. s. Ziele. *ks*

A.B., The ›Evening Standard‹ Years: Books and Persons 1926–31, hg. A. Mylett, 1974. E. Drabert, Frauengestalten i. A.B.s Romanen, 1936. J. Hall, A.B., Primitivism and Taste, 1959. J. G. Hepburn, The Art of A.B., 1963. D. Barker, Writer by Trade, 1966. J. Wain, A.B., 1967. M. Drabble, A.B., 1974. J. Lucas, A.B. A Study of His Fiction, 1975. F. Swinnerton, A.B. A Last Word, 1978.

Bentham, Jeremy, 15. 2. 1748 London – 6. 6. 1832 ebda; Sohn e. Rechtsanwalts. 1755–60 Westminster School; 1760–63 Queen's College, Oxford; 1763 B.A., 1766 M.A.; Jurastud. Lincoln's Inn, 1817 Zulassung als Anwalt. Übte s. Beruf kaum aus u. widmete sich mehr der Theorie, z. B. in s. *Fragment on Government* (anon. 1776), e. krit. Auseinandersetzung mit dem herrschenden Rechtssystem. Darin u. bes. in der *Introduction to Principles of Morals and Legislation* (1780) legte er die von ihm propagierten utilitarist. Prinzipien dar. Maßstab aller Dinge ist »the greatest happiness of the greatest number«, e. unter dem Vorzeichen der Aufklärung absolut rational bestimmtes u. bestimmbares Menschenbild. Die von den ›Philosophical Radicals‹ B., J. → Mill u. J. S. → Mill vertretene Auffassung fand als Reformphilos. im 19. Jh. großen Anklang, zerstörte jedoch durch e. konsequente Ausschaltung des Gefühls stärker persönl. motivierte Elemente des Schöpfer. u. Mitfühlens, insb. im Bereich der Erziehung u. der Armenfürsorge; von Dickens in s. Roman → *Hard Times* angeprangert. > Benthamites. *hd*

Works, hg. J. Bowring, XI 1838–43; repr. 1962. – L. Stephen, The Engl. Utilitarians, 1900. C. M. Atkinson, J.B., 1905. A. S. Pringle-Patterson, The Philosophical Radicals, 1907. F. R. Leavis, Mill on B. and Coleridge, 1950. E. Halévy, The Growth of Philosophic Radicalism, 1928. J. Steintrager, B., 1977.

Bentley, Edmund Clerihew → Clerihew.

Bentley, Richard, 27. 1. 1662 Oulton/Yorkshire – 14. 7. 1742 Cambridge. Nach Stud. am St. John's College, Cambridge, zunächst Erzieher, 1690 Kaplan. Bekannt wurde B. durch s. Boyle-Predigten, 1692. S. *Dissertation on the Epistles of Phalaris* (1699) beendete den Streit um deren Echtheit; → Temple. Wegen B.s Arroganz u. despot. Verhaltensweise als Master of Trinity College (1700) kam es zu ständigen Schwierigkeiten mit den Fellows. Zweimal wurden ihm deswegen vom Bischof formal die Universitätsgrade aberkannt. Von Pope in der → *Dunciad* karikiert. S. lit. Interesse galt den Klassikern, für deren Stud. er bemüht war, e. geeignete Basis zu schaffen, indem er sie von Fehlinterpretationen u. Fälschungen reinigte (Horaz, Manilius, Phalarisbriefe). *hd*

Works, hg. A. Dyce, III 1836–38.

Beowulf, anonymes Epos, 3182 Langzeilen (Cotton Vitellius A XV; Ms. spätes 10. Jh.), entstanden vermutl. 1. Hälfte 8. Jh. Kg. Hrothgar von Dänemark (um 500) läßt als Zeichen s. Ruhms die Halle Heorot bauen. Der Unhold Grendel, aus Kains Geschlecht, schaut voller Mißgunst auf die Met-Halle u. neidet die darin gefeierten Feste. Allnächtl. überfällt er die Kriegerschar u. verschlingt e. der Gefolgsmannen Hrothgars. B., e. gaut. Held aus dem heutigen Gotland oder Südschweden, erfährt von Hrothgars Unglück u. eilt ihm mit 14 Getreuen zur Hilfe. Als Grendel wiederum die Halle heimsucht, reißt ihm B. in e. schreckl. Zweikampf e. Arm aus. Der tödl. Verletzte flieht in s. Moorbehausung. In der folgenden Nacht rächt die Mutter Grendels ihren Sohn u. tötet e. der Ratgeber Kg. Hrothgars. B. verfolgt sie u. taucht in voller Rüstung in das unheiml. Moor. Beim Kampf in der Höhle versagt s. Schwert. Erst mit e. an der Wand hängenden Waffe gelingt es ihm, Grendel u. dessen Mutter schließl. zu erschlagen. Im 2. Teil des Epos sieht sich B. nach 50jähriger Herrscherzeit als Kg. der Gauten erneut e. Aufgabe gegenüber, noch einmal greift der nun schon ergraute Recke zur Waffe. Es gilt, e. Drachen zu besiegen. B. tötet ihn, wird aber selbst zu Tode verwundet. Der Kampfesbericht ist durchzogen von Todesahnungen, die auf das Ende B.s u. s. Volkes hinweisen. Wiglaf, der letzte beim Anblick des Drachens verbliebene Gefährte, ist bis zum Schluß Symbolgestalt german. Gefolgschaftstreue. Das Epos enthält christl. u. heidn. Elemente. Hrothgars Lob auf B. (V. 1724–1768) zeichnet das christl. Ideal e. bescheidenen, maßvollen u. weisen Königs, verbunden mit den heroischen Idealen e. german. Helden, betont durch B.s außergewöhnl. Körperkraft. Auch die Gefühle der Helden verraten christl. Hintergrund, während Gebräuche u. Zeremonien heidn. Herkunft bleiben. Dies u. die vom Dichter geäußerten Gedanken deuten auf die Umarbeitung e. ursprüngl. vorchristl. Textvorlage. Als Held ist B. der Repräsentant des Guten, während das Grendelpaar das Böse verkörpert, so wie der Grendelsee Ähnlichkeit zum christl. Vorstellungsbild der Hölle zeigt. B. ist am Schluß der Erlöser, der für s. Volk stirbt, vergleichbar mit dem Erzengel Michael. Die enge Verflechtung christl. u. heidn. Elemente zeigt sich auch in der Verschmelzung german. Schicksalsgebundenheit mit christl. Gottesglauben: ›wyrd‹ in s. ursprüngl. Bedeutung neben dem gottbezogenen ›wyrd‹-Begriff. Die Gestalt des B. wird häufig mit Böthvarr Biarki gleichgesetzt, der in *Hrolfs Saga* erwähnt wird. Biarki kam nach Leire, dem dän. Königssitz, wo er e. Ungeheuer, wahrscheinl. e. Bären, tötete. Das Ende in *B.* deckt sich jedoch nicht mit dem der *Saga*. Die anfangs in der Forschung vertretene Liedertheorie wurde allmähl. von der Auffassung verdrängt, daß nur ein Dichter anzunehmen sei. Die genaue Herkunft des Stoffs bleibt indes ungeklärt. Die nord. *Grettis Saga*, in der der Held e. weibl. u. e. männl. Widersacher besiegt, kann nicht zweifelsfrei als die ursprüngl. Fassung angesehen werden, trotz vieler Parallelen. Schwierig erweist sich die Fixierung der Entstehungszeit: vermutet wird das frühe 8. Jh., während als Entstehungsort, v. a. durch die Funde von → Sutton Hoo, nicht nur Mercia, sondern auch East Anglia in Frage kommt. Aufgrund sprachl. u. metr. Kriterien ist zu vermuten, daß das Original in e. nordengl. oder Midland-Dialekt entstand, jedoch nur in e. westsächs. Version erhalten ist; wahrscheinl. das Werk e. westsächs. christl. Autors, der in e. Zeit starken dän. Einflusses (dän. Eroberung) schrieb. Während früher noch der Dualismus (W. P. Ker) der Struktur betont wurde, wurde in jüngerer Zeit (Tolkien) die künstler. Einheit des Werkes unterstrichen, bes. anhand werkimmanenter Interpretation. E. Analyse des Stils u. der Diktion, verbunden mit e. Strukturanalyse, zeigt die Tendenz des Dichters zu Antizipation u. Rückgriff; Durchbrechung des chronolog. Ablaufes, d. h. keine log.-chronolog. Folge. Für den Dichter des *B.* scheint nicht der Stoff von überragender Bedeutung gewesen zu sein, sondern der Vortrag durch den → Skop. Die Anspielungen, nicht nur auf angelsächs., sondern auch auf Personen aus anderen german. Kulturkreisen, lassen vermuten, daß diese als bekannt vorausgesetzt wurden. German., bes. westgerman. Stilmittel (poet. Umschreibungen, sog. → kenning; Variation; Wiederholung; Litotes) u. die Verwendung des Stabreims vermitteln kraftvoll-bilderreiche Aussage u. Gewichtigkeit; bedeutendstes Lit.-denkmal der ae. Epoche, ältestes vollständig erhaltenes german. Heldenepos. *js*

Hg. J. Zupitza, EETS, OS, 77, 1882; n. N. Davis, EETS, 245, 1959. ›B.‹ and the ›Fight at Finnsburg‹, hg. F. Klaeber, [3]1936; n. 1950. The Thorkelin Transcripts of ›B.‹, hg. K. Malone, Early Engl. Mss in Facs., 1, 1951. C. L. Wrenn, ›B.‹ and the ›Finnsburg Fragment‹ (Übs. in Prosa), [2]1958; n. L. D. Pearson, 1965. Hg. M. Swanton, 1978. – A Concordance to ›B.‹, hg. J. Bessinger, 1969. – W. P. Ker, The Dark Ages, 1904. Ders., Epic and Romance, [2]1908. J. R. Tolkien, ›B.‹ The Monsters and the Critics, 1937. D. Whitelock, The Audience of ›B.‹, 1951. A. J. Bliss, The Metre of ›B.‹, 1958. The ›B.‹ Poet, hg. D. K. Fry, 1968. E. B. Irving, Jr., Introduction to ›B.‹, 1969. Th. M. Cable, Rules for Syntax and Metrics in ›B.‹ (JEGP, 69 1970, 81 – 88). M. E. Goldsmith, The Mode and Meaning of ›B.‹, 1970. R. Girvan and R. Bruce-Mitford, ›B.‹ and the 7th Cent., 1935; n. 1971. J. Turville-Petre, ›B.‹ and ›Grettis Saga‹: An Excursion (Saga Book, 19 1977, 347 – 57). Ch. W. Kennedy, ›B.‹ The Oldest Engl. Epic, 1979.

Beppo, iron.-satir. Dichtung von Lord → Byron.

Berkeley, George, 12. 3. 1685 Kilcrin b. Kilkenny (Irland) – 14. 1. 1753 Oxford; Philosoph, Theologe. Stud. Theol. Trinity College, 1707 Fellow; 1713 nach England, wo er mit Steele, Addison u. Swift verkehrte; 1728 Reise nach Amerika; 1734–52 Bischof zu Cloyne. B.s Hauptwerke sind der *Essay towards a New Theory of Vision* (1709), die *Principles of Human Knowledge* (1710) u. die *Dialogues between Hylas and Philonous* (1713). S. bekannter Essay gegen die ›Freethinkers‹ erschien 1713 in der Zs. ›Guardian‹ (→ periodical essay). B. schloß sich → Lockes Empirismus an, verneinte aber die Existenz von Dingen außerhalb menschl. Vorstellung. S. Philos. spricht von der ›Substanz‹ der Seele als Einheit u. nicht zerstörbar, daneben Vorstellungen, die dieser Seele in göttl. Gnade innewohnen. Während Lockes Philos. zum Skeptizismus führte, hielt B. an der Idee vom göttl. Geist fest, auch in e. vorwiegend rational ausgerichteten Zeitalter. *hd*

Works, hg. A. A. Luce and T. E. Jessop, IX 1948–57. – T. E. Jessop, Bibl., 1934. A. A. Luce, Life of G.B., 1949. Ders., B. and Spiritual Realism, 1908. I. H. Örtel, B. u. d. engl. Lit., 1934. F. Bender, B's Philos. Reexamined, 1946. J. J. Laky, A Study of G.B.'s Philos., 1950. D. M. Armstrong, B's Theory of Vision. A Critical Examination, 1960. C. W. R. Ardley, B's Philos. of Nature, 1962. A. D. Ritchie, G.B. A Reappraisal, 1967.

Bermange, Barry, 7. 11. 1933 London; Vf. experimentierfreudiger Dramen über die Lebensangst u. Orientierungslosigkeit des mod. Menschen mit Anklängen an das → Theatre of the Absurd, aber expliziterer Aussage. *Nathan and Tabileth* (1967) ist die Studie e. alten Paares, dessen Erinnerungsvermögen zunehmend nachläßt u. dessen Angst vor dem, was hinter der Tür zur Außenwelt liegt, immer stärker wird. In *No Quarter* (1968) beobachten die Gäste e. Hotels, wie vor ihren Augen das Mauerwerk nachgibt u. zerfällt; sie hoffen, es werde ihnen nichts geschehen, wenn sie sich nur ganz still verhalten. *Oldenburg* (1967) ist e. Allegorie menschl. Sehnsucht nach e. Änderung u. ihrer gleichzeitigen Angst vor dem Eindringen des Unbekannten. *ks*

Betjeman, John, 28. 8. 1906 London; in Oxford Bekanntschaft mit → Auden u. → MacNeice; 1941–42 brit. Presseattaché in Dublin, 1943 bei der Admiralität, 1944–46 British Council. Zahlreiche Ehrungen, 1969 geadelt; seit 1972 Poet Laureate. Eleganter Exzentriker u. kultivierter populärer Sänger des alten, altmodischen, gutbürgerl. England, auch mit verspielten u. satir.-parodist. Zügen. Distanz zu mod. Tendenzen. Frommer Anglikaner. Kunstkritiker u. Kenner viktorian. Architektur, zu deren neuerl. Wertschätzung er wesentl. beitrug. *ks*

Collected Poems, hg. Earl of Birkenhead, 1958; n. 1962; repr. 1972. D. Stanford, J. B., 1961.

Betrayal, Drama von H. → Pinter, UA 15. 11. 1978 National Theatre, London; EA 1978. Im Zentrum der Aufmerksamkeit stehen die ehebrecher. Beziehung von Jerry u. Emma u. die Reaktionen von Emmas Mann Robert. Während sich in → *Old Times* u. → *No Man's Land* die Charaktere in wachsenden Spekulationen über die Vergangenheit ergehen, sie teilweise wohl nach Laune erfinden, zeichnet *B.* die wichtigsten Stufen der Vergangenheit Schritt für Schritt nach, indem die 9 Szenen in 6 jeweils frühere Stadien zurückschreiten. Der Beginn des Dramas im Jahr 1977 etabliert das »Ergebnis«: die Trennung von Robert u. Emma u. die in Gleichgültigkeit versandenden Unterhaltungen Emma-Jerry wie Jerry-Robert. In Szene 3 wird die äußere Beendigung der sexuellen Affäre Jerry-Emma im Jahre 1975 gezeigt u. in 4 e. Treffen im Jahr zuvor, bei dem sich die Entfremdung der beiden manifestiert. In den 1973 angesiedelten Szenen 5–7 gesteht Emma ihrem Mann, daß sie seit 5 Jahren e. Beziehung zu Jerry unterhalte, verschweigt aber dieses Geständnis dem Liebhaber, während Robert s. anfängl. obliquen Aggressionen gegenüber Jerry mit höfl. Floskeln zukleistert. 1971, in ihrem Liebesnest, sind Jerry u. Emma kaum mit sich selbst beschäftigt, vielmehr verleiht Jerry s. Eifersucht über e. mögl. Untreue s. Frau Judith Ausdruck, während Emma ihm gesteht, daß sie von ihrem Mann schwanger ist. Schon Jerrys 1968 (Szene 9) erfolgtes Liebesgeständnis an Emma wird durch die Notwendigkeit, den hinzutretenden Robert zu täuschen, überschattet. Den 3 Jahren vielleicht relativ ungetrübten Glücks der Beziehung, 1968–71, wird keine Szene gewidmet. P. ist also offensichtl. weniger an dem interessiert, was ›funktioniert‹, als an den Stufen des Zerbrechens. Auch wirft die Tatsache, daß das Drama mit dem faden Nachgeschmack aufgegebener, vertaner Beziehungen beginnt, auch über frühere, glückl. Stadien den Schatten der Vergeblichkeit u. Sinnlosigkeit. Die Titelchiffre hat e. vielschichtige Bedeutung: alle Beteiligten betrügen einander u. werden betrogen. Das Stück besticht durch Ökonomie u. Präzision der meist stichomyth. Dialoge u. die meisterhafte Evokation subtextualer Implikationen: unter der Oberfläche höfl., klischeehafter, ritualisierter Alltagsunterhaltungen verbergen sich Verstellungen, Ahnungen, Mißtrauen, Geständnisse. Ehel. Beziehungen, außereheliche Affären, Freundschaft, gemeinsame Mahlzeiten, aber auch Schriftstellerei, werden als oberflächl., formelhaft erstarrter Zeitvertreib ohne Leidenschaft, Engagement u. Ehrlichkeit dargestellt. Unbefangene, offene Freundschaft zwischen Familien ist reduziert auf die Erinnerung an e. einzige glückl. Szene in ferner Vergangenheit, männl. Sportskameradschaft zu wiederholten vagen Erklärungen, man wolle sich in unbestimmter Zukunft mal wieder zum Squash treffen. Die Charaktere sind eingekapselt in ihr Rollenspiel, in Rücksichten u. Verstellungen, aber auch gleichgültig, ungefährdet in sich ruhend u. kaum existentiell betroffen. *ks*

The Bewitched, Drama von P. → Barnes.

Bickerstaff, Isaac, fiktive Gestalt im → ›Tatler‹, von R. → Steele gewähltes Ps.

Billy Liar, Roman von K. → Waterhouse.

Bingo, Scenes of Money and Death, Drama von E. → Bond (UA 14. 11. 1973, Northcott Theatre, Devon; EA 1974) über

Shakespeares letzte Lebensjahre in Stratford. B. nutzt ausgiebig den Freiraum, den ihm die wenigen bekannten Fakten lassen, ändert sie u. stellt sie um; er ist nicht an Shakespeares wirkl. Biographie interessiert, sondern an »the relationship between any writer and his society«. Den Hintergrund bildet das mit schockierender Brutalität dargestellte soziale Elend der Shakespeare-Zeit. B.s Shakespeare möchte gut u. mildtätig sein; er leidet an der Rolle des egoist. Besitzbürgers, die ihm das Gesellschaftssystem aufgezwungen hat, u. wird zerfressen von dem verzweifelten Gedanken, daß s. schriftsteller. Tätigkeit nicht das Geringste an den sozialen Übeln s. Zeit änderte, er vielmehr vom Elend der Armen profitierte. S. Frage »Was anything done?« durchzieht leitmotiv. das ganze Drama. Er betrinkt sich sinnlos mit Ben Jonson, stiehlt diesem Gift u. zieht die Konsequenz aus der Sinnlosigkeit s. Lebens, indem er Selbstmord begeht. Der Sohn s. Gärtners aber bricht am Ende des Dramas auf, um voller Zukunftshoffnung e. neues Leben anzufangen. *ks*

Biographia Literaria. Biographical Sketches of my Literary Life and Opinions, philosoph.-lit. Hauptwerk von → Coleridge; EA II 1817. Begonnen 1800, als sich C. bei → Wordsworth im Lake District aufhielt, um mit ihm die 2. Ausgabe ihrer 1798 gemeinsam veröffentlichten → *Lyrical Ballads* zu besprechen. Erst 17 Jahre später erschien die *B.L.*, in welcher sich C. mit der Philos. von Kant, Fichte u. Schelling auseinandersetzt. In bes. Maße geht C. in s. Kritik auf Wordsworth u. dessen Vorstellungen über Poesie ein, welche dieser in dem Vorwort zu den *Lyrical Ballads* begründete, u. versucht, das wahre Wesen der poet. Diktion zu ergründen. Während Wordsworth hoffte, im Leben u. in der Sprache einfacher Menschen (z. B. Bauern, Hirten, Handwerker) sprachererneuernde Quellen zu finden, vertritt C. die Ansicht, daß jede soziale Klasse ihre eigenen sprachl. Besonderheiten habe, sich aber alle in e. Art Gemeinsprache verständigten u. sich die Sprache e. Angehörigen e. sozial niederen Schicht nicht mehr u. nicht weniger zur Dichtung eigne als die Sprache e. sozial Höherstehenden. Die zentralen Begriffe der *B.L.* sind ›fancy‹ u. → ›imagination‹, welche unterteilt ist in ›primary imagination‹, e. Form allgemeinmenschl. Vorstellungskraft, u. in ›secondary imagination‹, den Zustand des dichter. Schöpfergeistes. Die spieler. ›fancy‹ betrachtet C. als e. von den Gesetzen von Zeit u. Raum losgelöste Art der Erinnerung, die schöpfer. ›imagination‹ hingegen transzendiert Empfindungen u. bringt den Geist in Verbindung mit der höchsten metaphys. Realität. *ra*

Hg. G. Watson, 1956. – I. A. Richards, Coleridge on Imagination, 1934; n. 1960. M. H. Abrams, The Mirror and the Lamp, 1953.

The Birthday Party, 1. abendfüllendes Drama von H. → Pinter (UA 28. 4. 1958 Arts Theatre, Cambridge; EA 1960, überarbeitet 1965) in 3 Akten u. Beispiel für s. ›comedy of menace‹. Der ehemalige Pianist Stanley hat sich vor den Nachstellungen unbekannter »they« in e. resigniert reduziertes, aber relativ selbstbestimmtes Leben in der schäbigen Pension Peteys u. s. schlampigen Frau Meg verkrochen. Doch die Vertreter des sozialen Konformismus, der pragmat., optimist. Goldberg u. der destruktive, nervöse ›Bluthund‹ McCann suchen ihn auf u. zerbrechen in e. brutalen Verhör, das rel. u. philosoph. Grundfragen, hist. Ereignisse, schlimmste Verbrechen u. triviale Peinlichkeiten mit gleicher Signifikanz durcheinanderwirbelt, die Reste s. individualist. Weltsicht, symbolisiert durch die Wegnahme u. Zerstörung s. Brille, d. h. s. Klarsicht u. Orientierungsfähigkeit. Nach Stans ›Neugeburt‹ zu e. hilflos konformist. Marionette u. der Ankündigung von Goldberg u. McCann, ihm e. neue Brille, d. h. e. Weltsicht nach ihren Vorstellungen, zu verpassen, fahren sie davon. Die geläufigste der divergierenden Interpretationen ist die, daß das Drama die Zerstörung des nonkonformist. Künstlers durch das von den Eindringlingen repräsentierte ›System‹ darstelle. Die existentielle Zerbrechlichkeit menschl. Identität dokumentiert sich in ihrer brutalen Vernichtung. *ks*

H. Zimmermann, H. Pinter. ›The B.P.‹ (D. zeitgen. engl. Drama, hg. K.-D. Fehse & N. H. Platz, 1975, 43 – 70). C. A. Carpenter, H. Pinter. ›The B.P.‹ (Insight IV, hg. H. J. Weiand, 1975, 103 – 12). K.-H. Stoll, ›The Room‹, ›The B.P.‹ u. ›The Dumb Waiter‹ – Außenperspektive u. Bedrohung (Pinter, 1977, 19 – 50).

Blackfriar's Theatre → Burbage, J.

Blackmore, Richard Doddridge, 7. 6. 1825 Longworth – 20. 6. 1900 Teddington b. London. Stud. Exeter College, Oxford; kurzzeitig Rechtsanwalt. Vf. der populären hist. Abenteuerromane *Lorna Doone* (1869) u. *Springhaven* (1887), e. Romanze aus den Tagen der Napoleon. Kriege. *hd*

Q. G. Burris, R.D.B., 1930. W. H. Dunn, R.D.B., the Author of ›L.D.‹, 1956.

Blackwood's Edinburgh Magazine, 1817 von W. Blackwood in Konkurrenz zur → ›Edinburgh Review‹ gegründete, den Whigs nahestehende, auf lit. Gebiet sehr einflußreiche Zs. Zu den bekannten frühen Mitarbeitern zählen J. Wilson (Ps. Christopher North), Lockhart, Hogg u. Scott. *B.E.M.* bezog Stellung gegen die jüngere Dichtergeneration (Byron, Shelley, Keats) u. die sog. → Cockney School, bes. L. → Hunt. 1822 – 35 erschienen regelmäßig die ›Noctes Ambrosianae‹: fiktive, geistreich-humorvolle Unterhaltungen in ›Ambrose's Tavern‹ zwischen → Hogg als Ettrick Shepherd, Wilson u.a. über e. weite Spanne von Themen, von Lit.krit., Theater, Politik über Handel u. Wandel bis zur Geflügelzucht. 1857 ED von G. → Eliots *Scenes from Clerical Life*. *hd*

M. Oliphant, Annals of a Publishing House; W. Blackwood and Sons, III 1897.

Blair, Robert, 17. 4. 1699 Edinburgh – 4. 2. 1746 Athelstaneford/Haddingtonshire. Sohn e. Geistlichen. Stud. Theol., ab 1731 selbst Geistlicher. Mit s. Blankversdichtung *The Grave* (1743; 1808 von → Blake illustriert) wurde B. zum Initiator der um die Mitte des 18. Jh. herrschenden lit. Mode der → Graveyard School of Poetry. *hd*

Works, 1814. Poetical Works of Beattie, B., and Falconer, hg. G. Gilfillan, 1854.

Blake, William, 28. 9. 1757 London – 12. 7. 1827 ebda; Dichter u. Kupferstecher. Ohne abgeschlossene Schulbildung; Lehre bei James Basire, Kupferstecher der Soc. of Antiquarians; Royal Academy of Art. Buchillustrator: Dante, Vergil, Chaucer, → Blairs ›The Grave‹, → Youngs ›Night Thoughts‹, Grays Ged. u.a. B. verstand Wort u. Bild als Gesamtkunstwerk, entsprechend Illustrationen zu s. Dichtungen: visionär, in ihrer Bedeutung u. myth. Bezogenheit schwer zugängl., z. T. eigene Mythologie. Begriff die Dinge nicht als Realität, sondern als Symbole e. höheren Welt, auch im Kreatürl. Bereits s. *Poetical Sketches* (1783), frühe meist imitative lyr. Ged., sind Ausdruck dieser Vorstellung, deutl. in *Songs of Innocence* (1789) u. den dazu antithet. *Songs of Experience* (1794): die konträren Seelenzustände kindl. Unschuld einerseits u. ›experience‹ als die bittere Erfahrung von Gut u. Böse andererseits, als die Zerstörung der Harmonie, um deren Wiedererlangung der Mensch in ständigem Kampfe steht. B.s. prophet. Bücher, auch s. Weltsicht in *The Marriage of Heaven and Hell* (1790), finden hier ihren Ursprung. Die Entscheidung für Gut oder Böse ist dem Menschen nicht mehr in freiem Willen selbst überlassen, sondern liegt bei den Kräften der Umwelt, die auf ihn eindrängen, u. in s. Anlagen. B. begriff die Frz. Revolution u. den Freiheitskampf der am. Kolonien nicht ausschließl. als Befreiung aus polit. motivierter Unterdrükkung, sondern pries die hist. Ereignisse in gleicher Weise als die Befreiung menschl. Geistes, das Freiwerden imaginativen Wirkens. *The French Revolution. A Prophecy* (1791) blieb unvollendet. In *America. A Prophecy* (1793) verknüpft B. den Kampf um Unabhängigkeit mit myth. Bildern (z. B. Jüngstes Gericht). Orc, als rebell. Prometheus-Held des Ged., tötet den Drachen der engl. Herrschaft. Von 1795 – 1804 arbeitete B. an e. Epos, in dem er s. zykl. Vision menschl. Lebens vom Sündenfall bis zum Jüngsten Gericht darstellen wollte. Ursprünglich *Vala or The Death and Judgement of the Ancient Man, A Dream of Nine Nights* (1797), erschien das Werk später überarbeitet u.d.T. *The Four Zoas, The Torments of Love and Jealousy in the Death and Judgement of Albion the Ancient Man* (1795 – 1804; hg. G. E. Bentley, Jr., 1963). 4 Kräfte (Zoas) entfalten ihre Wirksamkeit: Urizen (Zeus) als Gesetz u. Vernunft, Luvah als geistige, Tharmas als körperl. Liebe, Urthona als Instinkt. Auch die prophet. Bücher *Milton* (1804 – 08) u. *Jerusalem* (1804) thematisieren den Fall des Menschen u. s. Erlösung. Milton ist poet. Genie u. Prophet zugleich. Er kehrt in der Person des Dichters aus dem Jenseits in die Welt der Sterblichkeit zurück. Sündenfall, Kampf, Erlösung u. Offenbarung führen in dem 4teiligen *Jerusalem* zur Zerstörung der falschen Religion, letztl. zur Herrschaft der Vergebung u. Liebe. Mit s. Ablehnung der Natur als gefallene Welt steht B. im Gegensatz zu den Dichtern der frühen Hochromantik. In dem dramat. Dialog *The Ghost of Abel* (1822) widerspricht er unter Bezug auf → Byrons *Cain* der Vorstellung von Jehovahs Fluch auf Kain u.

schreibt ihn Satan zu. Neben einigen Ausnahmen, etwa ›The Morning‹ oder ›The Land of Dreams‹, ist B.s. Spätwerk von düsterem Mystizismus u. übersteigerter Symbolik beherrscht. In *The Everlasting Gospel* (1818) deutet er das Evangelium aus s. Sicht: Christus wird wegen s. Verheißungen u. Vergebung der Sünden von den Wortführern der ›Moral Virtues‹ ans Kreuz gebracht, so wie auch die Aufklärung, ›Common Sense‹ u. Vernunft, das Wesen Christi mißversteht. Als Künstler nahm B. e. revolutionäre Haltung ein, was gelegentl. auch in s. Dichtung durchschlägt. Zu s. Lebzeiten wenig beachtet, wurde er bevorzugter Dichter der Präraffaeliten (→ Pre-Raphaelitism), von → Swinburne (*W.B.*, 1868) u. → Yeats erstmals eingehend interpretiert. E. betont antimyst. Werkinterpretation legte 1946 M. Schorer *(The Politics of Vision)* vor, indem er B.s. Dichtung in den Kontext des zeitgenöss. polit. u. sozialen Denkens stellte. A. Gilchrists *Life of W.B.* (1863; hg. R. Todd, 1942) wurde zur Grundlage aller weiteren biograph. Studien. *hd*

Works, hg. E.J. Ellis and W. B. Yeats, III 1893. Writings of W.B., hg. G. Keynes, III 1925 (Nonesuch Edition; einschl. Briefe). Poetical Works, hg. J. Sampson, 1913. Prophetic Writings, hg. D. J. Sloss and J. P. R. Wallis, II 1926. Complete Writings with all Variant Readings, hg. G. Keynes, 1957. – Letters, hg. ders., 1956. – G. E. Bentley, Jr. and M. K. Nurmi, Bibl., 1965. G. Keynes and E. Wolf, B's Illuminated Books: A Census, 1953. – S. F. Damon, A B. Dictionary, 1965. D. V. Erdman, A. Concordance to the Writings of W. B., 1967. W. P. Witcutt, B. A Psychol. Study, 1946. J. G. Davies, The Theol. of W. B., 1948. M. Bottrall, The Divine Image: A Study of B's Interpretation of Christianity, 1950. S. Gardner, Infinity on the Anvil, 1954. H. Adams, B. and Yeats: The Contrary Vision, 1955. M. Rudd, Organiz'd Innocence: The Story of B's Prophetic Books, 1956. G. W. Digby, Symbol and Image in W.B., 1957. M.K. Nurmi, B's ›Marriage of Heaven and Hell‹: A Crit. Study, 1957. G. M. Harper, The Neoplatonism of W. B., 1961. P. F. Fisher, The Valley of Vision: B. as Prophet and Revolutionary, 1961. H. Bloom, B's Apocalypse: A Study in Poetic Argument, 1963. J. H. Hagstrum, W. B., Poet and Painter: An Introduction to the Illuminated Verse, 1964. A. Ostriker, Vision and Verse in W. B., 1965. W.B. ›Songs of Innocence and Experience‹, hg. M. Bottrall, 1969 (Casebook). M. Wilson, Life of W.B., 1971. G. Keynes, B. Studies, 1971. W.B. (Critical Heritage), hg. G. E. Bentley, 1977. C. A. Abrahams, W.B's Fourfold Man, 1978. D. E. James, Written Within and Without: A Study of B's Milton, 1978. P. Leuenberger, W.B's Esemplastic Power: A Study of W.B's Myth of Unification, 1978. B. Wilkie and M. L. Johnson, B's ›Four Zoas‹, 1978.

Blank Verse, Blankvers, reimloser (›blank‹ = leer, rein), 5hebiger Jambenvers (Pentameter); erstmals von → Surrey in s. *Aeneis*-Übs. (1557) verwandt. Beweggrund war die Auffassung, daß sich reimende Dichtung nicht mit der Erhabenheit des antiken Vorbilds in Einklang bringen lasse. Im weiteren Verlauf zunächst bes. im Drama von Shakespeare, Kyd u. Marlowe vorrangig genutzt u. zur Vollendung gebracht, dann auch in der Epik (z.B. Milton, → *Paradise Lost* u. *Paradise Regained*) u. Lyrik (z.B. Thomson, → *Seasons*, Young, *Night Thoughts* u. Shelley, *Prometheus Unbound*). Die Entwicklung zur einfacheren Form u. Sprachgebung zeigt sich bei Wordsworth u. Landor; sprachl. u. metr. anspruchsvoller wieder bei Swinburne u. Tennyson. T.S. Eliot bedient sich rhythm. Elemente aus der Alltagssprache; Fry schreibt erneut Blankversdramen. Der b.v. bietet viele Möglichkeiten der Ausgestaltung, vom strengen Ebenmaß des Metrums bis zur völligen Beliebigkeit; in der Breite s. Formen u. Ausprägungen entsprechend vielgestaltiges Ausdrucksmittel für gedankl. Inhalte unterschiedl. Gewichtung. Bevorzugter V. der engl. Dichtung seit Shakespeare. *hd*

G. S. Fraser, Metre, Rhyme and Free Verse, 1970 (Critical Idiom).

Bleak House, Roman von Ch. → Dickens.

Blickling Homilies → Homilies.

Blifil, Figur in H. Fieldings Roman → *Tom Jones*; Gegenspieler des Titelhelden.

Bloom, Leopold, ›Titelfigur‹ von Joyces → *Ulysses.*

Bloomsbury Group. Nach e. Londoner Stadtteil in der Nähe des British Museum benannte Gruppe von Intellektuellen, die sich in Cambridge zusammengefunden hatte u. deren Treffpunkt von ca. 1907–30 die Häuser von Clive u. Vanessa Bell u. von Leonard u. Virginia → Woolf war. Bedeutendste Mitglieder: R. Macauley, J. M. Murry, L. H. Myers, Desmond MacCarthy, Roger Fry, L. → Strachey, E. M. → Forster, → Sackville-West, D. Garnett u. J. M. Keynes. Man pflegte ohne einheitl. Programm ästhet., philosoph. u. eth. Diskussionen, lehnte in der Lit. die ›Edwardians‹ (→ Bennett, → Wells, → Galsworthy) ab u. setzte ihrem ›Naturalismus‹ neue Erzähltechniken entgegen, die das Bewußtsein enthüllen. Großen Einfluß auf die B. G. hatten G. E. Moores *Principia Ethica* (1903) u. A.N. Whiteheads u. B. Russells *Principia Mathematica* (1910–13). *ks*

J. K. Johnstone, The B.G. A Study of E. M. Forster, Lytton Strachey, Virginia Woolf and Their Circle, 1963. The B.G. A Collection of Memoirs, Commentary and Criticism, hg. S. P. Rosenbaum, 1975. E. F. Boyd, B. Heritage. Their Mothers and Their Aunts, 1976. L. Edel, B.: A House of Lions, 1979.

Blyton, Enid Mary, 11. 8. 1896 Beckenham/Kent – 28. 11. 1968 London; Vf. von rund 400 Kinderbüchern von beispielloser Popularität (60 Mill. Auflage in 63 Sprachen). *ks*

B. Stoney, E.B. A Biogr., 1974.

Bolingbroke, Henry St. John, 1st Viscount, 10. 10. 1678 Battersea – 12. 12. 1751 ebda. Erziehung in Eton u. Christ Church, Oxford; glänzender Redner. Als Politiker ebenso ehrgeizig wie begabt; konservativer Abgeordneter für Wooton-Basset/Wiltshire. Löste Harley (späterer Lord Oxford) nach dem Sieg der Whigs 1708 ab. 1710 im neuen Tory-Kabinett Außenminister unter Harley, maßgebl. Beteiligung an den Friedensverhandlungen zur Beendigung des Span. Erbfolgekriegs. Befürchtete durch die Thronbesteigung von George I e. Sieg der Whigs u. nahm Kontakte mit dem Stuartprätendenten James III auf. Nach der Thronbesteigung durch George I ging B. aller Ämter u. Würden verlustig, flüchtete nach Frankreich, wo er in das Schattenkabinett von James III aufgenommen, jedoch 1716 in Ungnade entlassen wurde. Während s. Zeit in Frankreich widmete sich B. der metaphys. Lit. u. traf mit Voltaire zusammen. S. → *Letter to Sir William Wyndham* entstand 1717. Teilweise rehabilitiert, kam B. im Mai 1723 zurück u. lebte in Dawley; verkehrte viel mit → Pope u. → Swift. Polit. blieb er einflußlos. 1735 zog sich B. nach Chanteloup/Touraine zurück. In s. *Letters on the Study* *and Use of History* (II 1752) kritisiert er das Versagen der engl. Geschichtsschreibung. Weitere polit. Schr. folgten 1736–49. Der Einfluß s. *Philosophical Works* (1752), worin er die Skepsis, das Humanitätsideal u. den Deismus der Aufklärung vertritt, auf Popes → *Essay on Man* ist feststellbar. B. dürfte e. der Vorbilder für die Figur des → John Bull gewesen sein. *hd*

Works, VII, hg. D. Mallet, 1754–98; IV 1841. Extracts from the Political Writings of Henry St. John, Viscount Bolingbroke, hg. St. Erskine, o.J. – Memoirs, hg. G. W. Cooke, II 1835. W. M. Merrill, From Statesman to Philosopher. A Study in B's Deism, 1949. G.G. Butler, The Tory Tradition 1957. D. A. E. Harkness, B., 1957. I. Kramnick, B. and His Circle: The Politics of Nostalgia in the Age of Walpole, 1968. H. J. Müllenbrock, Whigs contra Tories. Stud. z. Einfl. d. Politik a. d. engl. Lit. d. frühen 18. Jh., 1974.

Bolt, Robert O(xton), 15. 8. 1924 Sale bei Manchester; Geschichtsstud., 1943–46 Militärdienst, 1950–58 Lehrer. Vf. erfolgreich. hist. Dramen. Das epische Drama *A Man for All Seasons* (1963), e. der kommerziell erfolgreichsten engl. Stücke seit dem 2. Weltkrieg, gestaltet anhand des Thomas → More-Stoffes das Thema des Individuums, das gegen alle äußeren Widerstände s. Überzeugung lebt, s. persönl. Integrität gegen alle Ansprüche staatl. Macht verteidigt. E. weiterer großer Erfolg war das Historienstück *Vivat! Vivat Regina!* (1971) über Elizabeth I u. Mary Stuart, ebenfalls unter dem Gesichtspunkt des Konflikts von Nonkonformismus u. institutionalisierter Macht. *State of Revolution* (1977) zeichnet e. Panorama der Oktoberrevolution. Drehbücher für *Lawrence of Arabia*, *Dr. Zhivago* u. *A Man for All Seasons*. *ks*

R. Hayman, R. B., 1969.

Bond, Edward, 18. 7. 1934 London; Schulbesuch bis 14, Gelegenheitsarbeiten, Armee, Mitglied der Writers Group des → Royal Court Theatre. Bedeutendster engl. Vertreter des → Theatre of Cruelty. Nach Schwierigkeiten mit der engl. Theaterzensur erst ab 1969 in England für e. allg. Publikum aufgeführt. Schreibt über Brutalität, Gewalt u. Terror, um e. bigotte, heuchler. Gesellsch., die den Menschen zum geistig u. emotional verblendeten Objekt reduziert, durch schockierende Effekte in Frage zu stellen, zu reformieren, rationaler u. menschl. zu machen. In jedem Drama gibt es die Gestalt e. guten, unverdorbenen Menschen, e. Fragenden u. Lernenden, der unter der Bosheit der Gesellsch. leidet, am Ende aber e. von Stück zu Stück deutlichere positive Antwort findet. *The Pope's Wedding* (1969) handelt von e. einsamen jungen Mann, der mit e. Tat verzweifelter Aggression erfolglos versucht, e. Lebenssinn zu finden. Der Höhepunkt von → *Saved* (1966), die auf offener Bühne gezeigte spieler.-kaltblütige Steinigung e. Babys durch e. Gruppe infantil roher Londoner Jugendlicher, ist dramat. Ausdruck der Brutalität des mod. Lebens u. des Desinteresses gegenüber dem Mitmenschen. Die wilde, pseudohist. Satire → *Early Morning* (1968) zeigt Königin Victoria als ›üble, alte Frau‹, als ›patriotisches Monstrum‹, dem alle erdenkl. Laster zugeschrieben werden. Die abschließende kannibalist.

Szene im Himmel enthüllt den ›Kannibalismus‹ der viktorian. u. jeder Leistungsgesellsch., in der es dem Monstrum Mensch e. ›himml.‹ Vergnügen bereitet, unersättl. s. Artgenossen zu verzehren. Dennoch wird auch hier die Möglichkeit menschl. Liebe nicht ganz negiert. *Narrow Road to the Deep North* (1968) denunziert anhand grausamer Ereignisse aus dem Japan der Vergangenheit die destruktive Gewalt jegl. Herrschaft. Die Hauptfigur erkennt erst im Moment des verzweifelten Selbstmords die Notwendigkeit altruist. Hilfsbereitschaft. B.s. → *Lear* (1971), e. Neufassung des Shakespeare-Stückes, ist e. Schrei der Qual u. des Grauens über die Korrumpierbarkeit des Menschen durch die Macht. Zum 1. Mal wird hier aber e. Gesamtbild des Lebens gezeichnet, das auch die Hoffnung verbalisiert. In *The Sea* (1973) führen die kleinen Grausamkeiten des Alltags in e. viktorian. Provinzstadt zu Aggressionen. Der ›wise fool‹ Evans analysiert indessen nicht nur die permanente Selbstzerstörung des Lebens, sondern auch s. stete Erneuerung. Den Hintergrund von → *Bingo. Scenes of Money and Death* (1974) bildet das brutale soziale Elend der Shakespearezeit. *The Fool: Scenes of Bread and Love* (1976) stellt dar, wie die repressive viktorian. Gesellsch. den aus armen Landarbeiterverhältnissen stammenden Naturlyriker J. → Clare in geistige Umnachtung treibt. In *The Bundle or New Narrow Road to the Deep North* (1978) ist B.s. Weltsicht ähnl. düster wie in *Narrow Road* von 1968, doch wird aus dem von verzweifelten Eltern ausgesetzten Findelkind kein blutrünstiger Diktator, sondern e. lernwilliger, mitleidiger, räuber. Bauernführer, der die Menschen befreit u. zu konstruktiver Arbeit anleitet. *ks*

Plays I – II 1977 – 78 (Master Playwrights). – P. Iden, B., 1973. K.-H. Stoll, B.s Theater der Grausamkeit (Pinter, 1977, 161 – 182). T. Coult, The Plays of E.B., 1977. J. Franke, Elemente d. Theaters d. Grausamkeit u.d. Absurden i. Werk d. engl. Dramatikers E.B., 1978. M. Hay and P. Roberts, E.B. A Companion to his Plays, 1978.

Bond, James (Code-Nr. 007), Held der Agentenromane von I. → Fleming.

The Book of Snobs → Thackeray, W.M.

Border Ballads → Ballad; → Scott.

The Borderers, einziges Drama von → Wordsworth, Trag. in → Blankversen; geschrieben 1795 bis 1796. EA 1842. Oswald, der Protagonist, hat an e. vermeintl. Feind Rache genommen, muß aber zu s. Schrecken erkennen, daß er e. Unschuldigen bestraft hat. Aufkommende Gewissensbisse verbannt er, indem er alle menschl. Gefühle als Schwachheit abtut u. versucht, Marmaduke, den Anführer e. Räuberbande, die an der schott. Grenze zum Schutz der Entrechteten kämpft, mit Schuld zu beladen, um so dessen Schicksal s. eigenen anzugleichen. Dieses geschieht, indem Oswald Marmaduke dazu überredet, den alten, blinden Baron Herbert, dessen Tochter Idonea Marmaduke liebt, zu töten. Doch Marmaduke ermordet den Baron nicht, sondern setzt den hilflosen Blinden in e. unwegsamen Moor aus. Danach büßt er s. Schuld in ruheloser Wanderschaft, Oswald aber wird von der Räuberbande niedergemacht. Entscheidende Anregungen zu diesem Frühwerk erhielt W. von → Godwins Ideologien u. dessen Roman *Caleb Williams,* aber auch von Schiller (das Motiv der Räuberbande u. ihres Anführers) u. Shakespeare (Naturbeschreibungen erinnern an *King Lear;* Personen z.T. ebenfalls an Shakespeare-Charaktere angelehnt: Oswald – Jago, Marmaduke – Othello/Macbeth). Von poet. Eigenständigkeit ist wenig zu erkennen, ledigl. in den sozial niedrigstehenden Charakteren (alte Bettlerin, Bauer) deutet sich W.s. spätere Charakterkunst an; in Marmaduke findet man die Thematik s. Liebeslyrik wieder. Das Frühwerk wurde wegen der wenig ausgeprägten Handlung u. des erdrückenden Pathos nie aufgeführt. *ra*

J. H. Smith, Genesis of ›The B.‹ (MLN, 49 1934, 104–11). J. Wordsworth, Wordsworth's ›B.‹, hg. M. H. Abrams, Engl. Romantic Poets (Modern Essays in Criticism, ²1975, 170–87).

Borstal Boy, autobiogr. Roman von B. → Behan.

Boswell, James, 29. 10. 1740 Edinburgh – 19. 5. 1795 London. Privaterziehung, Schule, Univ. Edinburgh u. Glasgow; 1760 nach London, um das Offizierspatent zu erlangen. Auf Anraten des Duke of Argyll wurde dieser Plan jedoch aufgegeben; 1761 Rückkehr nach Edinburgh. 1762 erneut nach London. Lernte dort →Johnson kennen, freundschaftl. Beziehungen. 1763 Fortführung Stud. der Rechte, Utrecht; Grand Tour, Zusammentreffen mit Voltaire u. Rousseau. 1766 wieder in London. B.s. *Account of Corsica* (1768) verbindet Geschichtsdarstellung mit persönl. Reisebericht. 1773 Mitglied des → Literary Club; im gleichen Jahr mit Johnson Reise nach Schottland u. zu den Hebriden. Nach Johnsons Tod veröffentlichte er 1785 das *Journal of a Tour to the Hebrides* (hg. F. A. Pottle and C. H. Barnett, 1936). Als Essayist mit ›The Hypochondriack‹ (1777–83) nur mäßig erfolgreich. S. *Life of Johnson* (III 1791–99; hg. G. B. Hill, III 1887; n. L. F. Powell, 1934–50), für das er jahrelang Material gesammelt hatte, vermittelt e. äußerst lebendiges Bild der Person, ergänzt durch die Wiedergabe von Johnsons Gesprächen, zahlreichen Anekdoten, persönl. Erlebnissen u. Briefen. Die Darstellung fand uneingeschränktes Lob; e. der hervorragenden Biogr. der engl. Lit., Dokument der Geisteshaltung e. Epoche. B.s. Tagebücher *(Private Papers)* bekräftigen s. Talent als Biograph. Auch hier vereinen sich scharfe Beobachtungsgabe, Hochachtung vor dem Mitmenschen u. schriftsteller. Vermögen zu e. großen lit. Leistung. *hd*

Letters, hg. W. J. Temple, 1857; n. C. B. Tinker, 1924. Correspondence and Other Papers Relating to the ›Life of Johnson‹, hg. M. Waingrow, 1969. Correspondence of J. B. with Certain Members of the Club, hg. C. Fifer, III 1976. – Private Papers from Malahide Castle, hg. J. B. Scott and F. A. Pottle, XVIII 1928–34 (Register 1937). Yale Edition of the Private Papers of J. B., hg. F. A. Pottle, F. W. Hilles, F. Brady & W. K. Wimsatt, VII 1950–60 (Bd. II aus der Deluxe Edition). C. H. Bennett et al., VI 1950–60 (Trade Edition); n. 1966ff (Research Edition, im Erscheinen). – P. H. Fitzgerald, Life of B., II 1891. C. B. Tinker, Young B., 1922. G. Scott, The Making of the ›Life of Johnson‹, 1929. J. L. Smith-Dampier, Who's Who in B., 1935. H. Pearson, Johnson and B., 1958. F. Brady, B's Political Career, 1965. F. A. Pottle, The Lit. Career of J. B., ²1966 (mit Bibl.). M. Hyde, The Impossible Friendship, 1973.

Bottomley, Gordon, 20. 2. 1874 Keighley – 25. 8. 1948 Care b. Marlborough; Lyriker u. Dramatiker. Schrieb von → Yeats u. → Rossetti beeinflußte Ged., die häufig auf kelt. Legenden zurückgehen. In s. späteren Werk wandte er sich stärker Schottland zu, Heimat s. Mutter. Wiederkehrendes Thema sind die den Menschen formenden Erinnerungen. B. wies mit s. Versdramen, den *Lyric Plays* u. *Choric Plays* e. neue Richtung. Das Stilmittel des Chors wird als Ausdruck des Gewissens e. Charakters u. zur Verdeutlichung eingesetzt; Akzentuierung der Vergangenheitsbedeutung. Ging in dieser Hinsicht über Yeats hinaus. B.s Festspiel *Kate Kennedy* (1945) gehört zu den jährl. Ereignissen student. Lebens in St. Andrews. *hd*

Poems and Plays, hg. C. C. Abbot, 1953. – Poet and Painter: Being the Correspondence between G. B. and P. Nash 1910–46, hg. C. C. Abbot and A. Bertram, 1955. Letter from Edward Thomas to G.B., hg. R. G. Thomas, 1968.

Bowdler, Thomas, 11. 7. 1754 Ashley b. Bath – 24. 2. 1825 Rhyddings b. Swansea; nach frühem Unfall lebenslang kränkl.; finanziell unabhängig, entzog sich B. dem ungeliebten Arztberuf durch Reisen auf dem Kontinent u. karitative Tätigkeit an s. Wohnsitz London. Veröffentlichte 1807 s. *Family Shakespeare* (X), e. mit kleinl. Prüderie von ›anstößigen‹ Stellen gereinigte Textfassung, u. vollendete noch kurz vor s. Tod e. ähnl. Bearbeitung der *History of the Decline and Fall of the Roman Empire* von E. → Gibbon. >to bowdlerize. *hd*

Bowen, Elizabeth Dorothea Gole, 7. 6. 1899 Dublin – 22. 2. 1973 London; kam nach dem frühen Tod der Mutter als Kind nach England, dort freudlose Jugend, die sich oft in ihren Romanen spiegelt; urbane Persönlichkeit. Themen u. Darstellungsweise ihrer zahlreichen psych. Romane, Kurzgesch. u. Essays erinnern an V. → Woolf u. H. → James. Behutsam u. sensibel kreist B.s Sprache das Wesen des Geschehenden ein; die ›unknowableness‹ von Personen u. ihren Beziehungen wird in Gesprächen sichtbar. Enttäuschung ist das hervorstechendste Motiv etwa in *To the North* (1932), *The House in Paris* (1935) u. *The Death of the Heart* (1938). Hervorragend B.s Gestaltung von Räumen u. die psych. fundierten Schilderungen von labilen jungen Menschen in der Pubertät sowie von Frauengestalten. In *A World of Love* (1955), *The Little Girls* (1964) u. *Eva Trout* (1968) tritt der Realismus der Darstellung zugunsten von Mythos u. Parabel zurück. B.s komplexester Roman, *The Little Girls,* zeigt den Versuch e. alten Dame, über 50 Jahre gelebten Lebens hinweg e. Brücke in ihre Kindheit zu schlagen. Sie zerbricht an der Erkenntnis, daß ihre Rekonstruktion des Gewesenen auf e. falschen Einschätzung der Dinge beruht hat. *Pictures and Conversations* (1975) ist e. Kollektion von B.s letzten schriftsteller. Arbeiten. *ks*

W. Heath, E.B. An Introduction to Her Novels, 1961. V. Glendinning, E.B. A Portrait of a Writer, 1977.

Bowen, John Griffith, 5. 11. 1924 Kalkutta; Stud. Oxford u. Ohio State, Columbus; Militärdienst, Journalist, Regisseur. Hauptthemen von B.s Dramen u. Romanen sind gesellschaftl. Verhaltensweisen, Konflikte zwischen Apollonischem u. Dionysischem, Ratio u. Instinkt. Die Romane behandeln als Teilaspekte dieses Themas großstädt. Einsamkeit (*The Centre of the Green,* 1959), die Problematik des Überlebens nach e. Atomkrieg des 22. Jh. (*After the Rain,* 1958), die Schrecken der Ehe (*The Birdcage,* 1962) u. den Mythos des Philoktet als Parallele zur zeitgenöss. Politik (*A World Elsewhere,* 1966). Die vielgestaltigen Dramen verarbeiten Einflüsse von H. Ibsen, A. P. Tschechow, → Shaw, B. Brecht, L. Pirandello u. → Coward. *The Coffee Lace* (1968) u. *Trevor* (1968) sind amüsante, warme, konventionell geschriebene Stücke um die Isolation von Großstadtbewohnern. *ks*

Boz, Ps. für Ch. → Dickens als Vf. der *Sketches by Boz.*

Bradbury, Malcolm, 7. 9. 1932 Sheffield; Stud. London, Bloomington, Manchester, 1959 Dozent für Engl. in Hull, 1961 Birmingham, 1970 Prof. für Amerikanistik Univ. of East Anglia (Norwich). B.s Univ.-Romane zeichnen sich aus durch e. lässig-brillante Komik. Zentralthemen sind Probleme des bedrohten Liberalismus u. der moral. Verantwortung. *Eating People Is Wrong* (1959) spielt unter Menschen an e. Univ. in der engl. Provinz, die ihrem Leben durch die richtige Liebesbeziehung Bedeutung verleihen wollen. *Stepping Westward* (1965) handelt vom Amerikabesuch e. ›angry young man‹ aus der engl. Provinz als ›writer-in-residence‹ an e. Univ. im Zentrum Amerikas, »somewhere near the points where the various wests collide«. B.s bester Roman, *The History Man* (1975), an e. brit. ›new university‹ angesiedelt, zeichnet das Bild e. charakterlosen Hochschullehrers u. seziert scharfsinnig den Jargon der ›Neuen Linken‹. Die Sammelbände *All Dressed Up and Nowhere to Go* (1962), *Phogey! Or How to Have Class in a Classless Society* (1960) u. *Who Do You Think You Are?* (1976) bieten satir. u. humorist. Betrachtungen der mod. Welt. B.s wichtigste lit.-krit. Arbeiten sind: *Evelyn Waugh* (1962), *What Is a Novel?* (1969), *The Social Context of Modern Engl. Lit.* (1971), *Possibilities: Essays on the State of the Novel* (1972), *The Contemporary Engl. Novel* (Hg., 1979). *ks*

Braine, John, 13. 4. 1922 Bradford/Yorkshire. Entstammt bescheidenen Verhältnissen, 1940–51 u. 1954–57 Bibliothekar, dann freier Schriftsteller. Begann während e. 18monatigen Aufenthalts im Krankenhaus wegen Tbc s. Roman → *Room at the Top* (Fortsetzung *Life at the Top,* 1962) vom sozialen Aufstieg u. der bis zum »zombie« gehenden seel. Verkümmerung des Arbeitersohnes Joe Lampton. Ein charakterl. Gegenbild stellt der lungenkranke, lebensuntüchtige u. resignierte Held von *The Vodi* (1959) dar. Auch alle weiteren Romane handeln von den Versuchen u. Problemen der Menschen, ihre Individualität voll auszubilden u. zu bewahren. In *The Jealous God* (1964) kämpft e. Lehrer gegen den Konformitätsdruck ir.-kathol. Kleinstadtkreise. *The Crying Game* (1968) handelt von der Bedrohung menschl. Selbstverwirklichung durch modisch leichtlebige Gesellschaftskreise. *Stay with Me till Morning* (1970) u. *Waiting for Sheila* (1976) sind beunruhigende Analysen mod. Eheprobleme. Xavier Flynn, Held der komplizierten Handlung der auf zahlreiche aktuelle Themen anspielenden harten Spionageromane *The Pious Agent* (1975) u. *Finger of Fire* (1977) ist e. ir. ehemaliger Offizier der brit. Armee, der sich, obwohl frommer Katholik, ohne moral. Skrupel auf die Tötung feindl. Agenten spezialisiert. *Writing a Novel* (1974) will Anleitung für prospektive Autoren sein u. gibt zugleich Einblicke in B.s Arbeitsweise. *ks*

J. Lee, J.B., 1969. K.-H. Stoll, J.B. (Engl. Lit. d. Gegenw., hg. H. W. Drescher, 1970, 173–89).

Bramble, Squire Matthew → *Humphry Clinker.*

Brave New World von A. → Huxley, EA 1932, e. der bedeutendsten anti-utop. Romane des 20. Jh. Im 7. Jh. nach Ford ist es aufgrund e. nahezu perfekten Beherrschung von Wissenschaft u. Technik gelungen, e. stabiles utop. Weltreich zu errichten. Glück u. Zufriedenheit der Bewohner sind, wenn auch im erbärmlichsten materialist. Sinn, gewährleistet. Die Menschen werden nicht mehr geboren u. wachsen nicht mehr in Familien auf, vielmehr züchtet man sie in großen ident. Serien in Flaschen u. erzieht sie mit Hilfe von »Hypnopaedia« zu funktionsgerechten, glückl. Staatsbürgern. Vokabeln wie ›parent‹, ›father‹, ›mother‹, ›home‹ und ›family‹ werden als obszön empfunden. Treten dennoch psychische Spannungen auf, löst sie die Psychodroge Soma. Krankheiten gibt es nicht mehr, Jugendlichkeit u. Spannkraft bleiben erhalten bis zum Tod, welcher s. Schrecken verloren hat. Unbeschränkte, leichtlebige Promiskuität verhindert unerfreul. emotionale Verwicklungen. Umwelt u. polit. System sind total verändert. Indessen mangelt es dieser perfekten Welt an Raum für Liebe u. Mut, schöpfer. Kraft u. Individualität. E. im Reservat aufgewachsener Wilder, der traditionelle Eigenschaften beibehalten u. Shakespeare (aus dessen → *Tempest* der Titel des Romans stammt) gelesen hat, wird mit der utop. Welt konfrontiert, scheitert an ihr u. endet in Selbstgeißelung u. schließl. Selbstmord. Dem Negativbild zukünftiger Menschheitsentwicklung wird kein zukunftsweisendes neues Menschenbild entgegengesetzt, vielmehr zieht H. sich auf konservative individualist. Traditionen zurück. *ks*

R. B. Schmerl, The Two Future Worlds of Aldous Huxley (PMLA, 1962, 328–34). A. R. Wells, ›B.N.W.‹ (Insight II, hg. J. V. Hagopian and M. Dolch, 1965, 176–85).

Bread and Butter, Drama von C. → Taylor.

Brenton, Howard, 13. 12. 1942 Portsmouth/Hampshire; Stud. Engl. Cambridge, 1965 B.A.; 1972/73 Dramaturg am → Royal Court Theatre. B. verficht e. radikal linke Haltung u. zielt auf die sozialist. Veränderung der engl. Gesellsch. Theater ist für ihn »the place for really savage insight«, mit der Absicht »to stir things up«. Hauptthema in allen s. Dramen ist der oft abstrus kom. Kontrast zwischen dem grausamen Sadismus menschl. Phantasien u. den irrelevanten, überholten, äußerl. Restriktionen der Gesellsch., welche die Phantasien unterdrücken u. dadurch intensivieren, dargestellt z. B. anhand der Konfrontation des nekrophilen Massenmörders Christie (*Christie in Love*, 1970) u. des Verbrechers Adam Hepple (*Revenge,* 1970) mit der Polizei oder anhand sadomasochist. Kinderspiele in *Gum and Goo* (1972). *Hitler Dances* (1972) ist e. Studie der Rechtfertigung sadist. Instinkte durch ›Patriotismus‹. In *The Churchill Play* (1974) will B. am Beispiel e. nach W. Churchill benannten KZ die faschist. Degeneration Englands für das Orwellsche Jahr 1984 prophezeien. *Magnificence* (1973) handelt von Hausbesitzern, die durch e. Gefängnisaufenthalt zu e. wirr revolutionären Haltung radikalisiert werden u. beim Versuch e. Sprengstoffanschlags auf e. faschist. konservativen Politiker ums Leben kommen. Den bisherigen Höhepunkt von B.s Schaffen stellt *Weapons of Happiness* (1976) dar, dessen Titel sowohl e. Zitat als auch e. zentrales Thema aus *Magnificence* ist u. in dem u. a. e. Kritik des Stalinismus versucht wird. B. hat zahlreiche Stücke für die experimentellen → Fringe Theatres geschrieben, so *Christie in Love* für das Portable Theatre u. die kaleidoskopartige Show *Empson Downs* (1977) für die Joint Stock Theatre Group. *ks*

K. Bartenschlager, H. B. ›Magnificence‹ (Engl. Lit. d. Gegenwart, 1971–75, hg. R. Lengeler, 1977, 32–44).

Breton Lay, (kelt. lai, märchenhafte Ballade), im MA kurze Verserzählung nach kelt. Stoffen, meist über Abenteuer, höf. Liebe u. legendäre Taten. Typ. ist das Geheimnisvolle u. Übernatürl.; keine Ortsgebundenheit; bekannt u. a. durch Marie de France (spätes 12. Jh.), die als Schöpferin dieser Gattung in Frage kommt. Ihr können 12 Ged. mit Sicherheit zugeschrieben werden. Ursprüngl. waren die Texte zum Vortrag durch den Spielmann (›minstrel‹) bestimmt. Bekannteste Beispiele sind *King Orfeo* u. das in Schweifreimstrophen geschriebene *Sir Launfal* von Th. Chestre (um 1430), dessen Vorlage von der Liebe zwischen Sir L. u. Tryamour schon bei M. de F. erscheint. → Lay. *js*

Th. Chestre, ›Sir L.‹, hg. A. J. Bliss, 1960. The B.L. in ME, hg. T. C. Rumble, 1965. Lays of Marie de France, EL 557. – K. L. C. Münster, Unters. zu Thomas Chestres ›Launfal‹, 1886. The B.L. in ME, hg. Th. C. Rumble, 1965. M. J. Donovan, The B.L., 1969.

Brideshead Revisited, als 1. u. bedeutendster ›kath.‹ Roman von E. → Waugh (1945, überarbeitet 1960) e. Markstein in der Entwicklung des Autors. Kernthema sind die Beziehungen der Mitglieder der aristokrat. Familie Marchmain zu Gott u. den Forderungen ihrer Religion; zugleich entwirft der Roman e. breites Panorama der engl. Gesellsch. zwischen den beiden Weltkriegen. Anstelle der flächenhaft karikierenden Personenskizzierung in Waughs früheren satir. Romanen tritt in *B. R.* die Darstellung von → round characters, anstelle der verständnislosen Außenperspektive tiefschürfende Analyse durch den selbst in das Geschehen verwickelten personalen Erzähler Charles Ryder. Dieser gerät als Reserveoffizier im 2. Weltkrieg in e. Ausbildungslager nahe Schloß Brideshead, das für ihn mit wesentl. Stationen s. früheren Lebens verknüpft ist. In s. sehnsüchtigen Erinnerung erscheint der großzügige Lebensstil der mittlerweile verstreut lebenden Bewohner wie e. verlorenes Paradies. Als Oxford-Student hat er über s. Freund Sebastian, den exzentr. jüngeren Sohn des Marquis Marchmain, die Familie kennengelernt u. sich in Sebastians Schwester Julia verliebt. Sebastian, Julia u. der Vater suchen sich auf versch. Entwicklungsstadien den Forderungen ihrer Religion zu entziehen, während Lady Marchmain u. der älteste Sohn mit unerbittl. Strenge immer wieder auf sie hinweisen. Zunächst erhöht der Katholizismus der Familie für Ryder den fremdartigen Reiz ihrer Welt, doch als er s. Freund leiden u. sich verzehren sieht, lehnt er sich gegen die überholten Traditionen auf. Nachdem sowohl Ryder wie Julia unglückl. Ehen mit anderen Partnern durchgemacht haben, finden sie sich wieder, aber in starrem Anklammern an die Forderungen ihrer Religion lehnt Julia e. neue Ehe mit Ryder ab. Doch der Tod Lord Marchmains läßt Ryder die überlegene Wirklichkeit der Religion, die Überzeitlichkeit u. Beständigkeit ihrer Postulate verstehen. Der Roman war in England wie den USA e. großer Publikumserfolg. *ks*

Hg. R. Clark, 1968 (Heritage of Lit. Series).

Bridges, Robert Seymour, 23. 10. 1844 Walmer/Kent – 21. 4. 1930 Chilswell. Eton, anschließend Medizinstud. Corpus Christi College, Oxford. Praktizierte nur kurze Zeit, widmete sich dann ganz der Lit. 1873 *Poems,* 1876 Sonettfolge *The Growth of Love,* 1885 *Eros and Psyche,* 1889 *The Feast of Bacchus,* 1890 u. 1894 *Shorter Poems;* 1913 Poet Laureate. In s. Hauptwerk, *The Testament of Beauty* (1929), philosophiert B. über Kunst u. Leben, Schönheitskult; geschrieben in sog. gelockerten Alexandrinern (›loose Alexandrine‹), von s. Freund G. M. → Hopkins beeinflußt. Neben Ged. verfaßte B. 4 Blankversdramen, einige poet. Lesedramen, gelegentliche Lit.krit. (z. B. *Milton's Prosody,* 1893). Gern als ›letzter Viktorianer‹ apostrophiert. Lehnte als Klassizist die Kunstauffassung der Präraffaeliten ab. S. Dichtung verrät den Gelehrten; häufig Bezug auf wissenschaftl. Erörterungen, bes. der Evolutionstheorie, jener für die spätviktorian. Epoche typ. Problematik. Klass. Formen u. Metren, berücksichtigt neben Akzent auch Silbenwerte. Geschliffene Sprache, häufig rhythm. Prosa angenähert. 1913 Mitbegründer der Society for Pure English (S.P.E.), die, gemäß ihrer Zielsetzung, v. a. auf Erziehungsbehörden einzuwirken versuchte; zahlreiche Veröffentlichungen zu Fragen der engl. Grammatik, Aussprache, Etymologie usw. *hd*

Poetical Works, VI 1898–1905; n. 1928–32. Collected Essays, Papers, etc., X 1927–36. Poetry and Prose, hg. J. Sparrow, 1955. – G. L. McKay, Bibl., 1933. – T. H. Warren, R. B. Poet Laureate, 1913. L. P. Smith, R. B. (S.P.E. Tract 35, 1931). F. E. Brett Young, R.B.A Crit. Study, 1914. A. Guérard, Jr., R.B.A Study of Traditionalism, 1941. E. C. Wright, Metaphor, Sound, and Meaning in B's ›The Testament of Beauty‹, 1951. J.-G. Ritz, R. B. and G. Hopkins, 1960.

Bridie, James (eig. Osborne Henry Mavor), 3. 1. 1888 Glasgow – 29. 1. 1951 Edinburgh. Stud. Medizin Glasgow, 1913–38 prakt. Arzt. Verfaßte zahlreiche sozialkrit. Stücke, die mit ihrem Humor u. witzigen Dialogen an → Shaw erinnern. B. versuchte, existentiellen Fragen auf den Grund zu gehen; gegen jegl. Oberflächlichkeit. Stellte sich dem schott. Publikum mit *The Sunlight Sonata* (1928) u. *What it is to Be Young* (1929) vor, strebte jedoch zur Londoner Bühne. *Tobias and the Angel* (1930) war der 1. s. zahlreichen Erfolge. In *The Golden Legend of Shults* (1939), *What Say They?* (1940) u. *Mr. Bolfry* (1943) attackiert B. die Zwänge der presbyterian. Kirche. Moral. Anspruch erhebt er in *John Knox* (1947) u. *The Queen's Comedy* (1950), überläßt es aber dem Zuschauer, Folgerungen zu ziehen. Will mit der Zeitkritik s. ›Moral Plays‹ zum Nachdenken anregen; Verwendung des Verfremdungseffekts. Als Gründer des → Glasgow Citizens Theatre wie durch s. Stücke zu bibl. Themen (z. B. *The Baikie Charivari, or The Seven Prophets,* UA 1952), über Ärzte u. andere Berufsgruppen in Schottland trug er maßgebl. zur Wiederbelebung des Glasgower u. Edinburgher Schauspiels bei: günstige Ausgangsvoraussetzung für das Edinburgh Internation. Festival. Gelegentl. groteske Situationskomik vor dem Hintergrund durchaus ernster Handlungsproblematik, Mischung von Phantasie u. Realität. E. der führenden Dramatiker der 30er bis 50er Jahre; handwerkl. Können, gezielte Aussage, Aktualitätsbezug. *hd*

W. Bannister, J. B. and His Theatre, 1955. H. L. Luyben, J. B. Clown and Philosopher, 1965. M. Nentwich, D. ›schott. Shaw‹: Unters. z. dramat. Werk v. J.B., 1977.

Briefroman → Epistolary Novel.

Brighton Rock, Roman von G. → Greene.

The British Theatre, Slg. hg. von E. → Inchbald.

Broadside Ballad; einseitig bedruckte Flugblätter in Folioformat, 2 Seiten je Bogen mit 2 Spalten je Seite. Weitgespannte Thematik von zufälligen Alltagsereignissen bis zu Nachrufen u. krit. Kommentaren. Texte von unterschiedl. lit. Qualität, meist satir. Natur, oft ins Persönl. gehend; bes. 16. Jh. *hd*

Later Engl. B.B.s, hg. J. Holloway and J. Black. 1974.

Brobdingnag, Land der Riesen in → *Gulliver's Travels.*

Brontë, Anne (Ps. Acton Bell), 17. 1. 1820 Thornton – 28. 5. 1849 Scarborough, jüngste Schwester von Charlotte u. Emily Jane B. Veröffentlichte neben einigen Ged. in *Poems by Currer, Ellis, and Acton Bell* 2 Romane, *Agnes Grey* (1847) u. *The Tenant of Wildfell Hall* (1848), dramat. Schilderung menschl. Schicksale. Neben ihren Schwestern Charlotte u. Emily Jane nur von untergeordneter Bedeutung. *hd*

›Agnes Grey‹, hg. F. Hughes, 1966. Poems, hg. E. Chitham, 1979. – W. T. Hale, A. B., 1929. A. Harrison & D. Stanford, A.B., 1959. W. Gérin, A.B., 1959. → Brontë, Charlotte.

Brontë, Charlotte (Ps. Currer Bell), 21. 4. 1816 Thornton – 31. 3. 1855 Haworth. Tochter e. Geistlichen ir. Abstammung. Freudlose Jugend, früher Tod der Mutter u. ihrer 2 jüngeren Schwestern. 1831–32, 1835 – 38 Erzieherin an Miss Woolers Schule (Roehead), 1843–44 Sprachlehrerin in Brüssel. Alle 3 Schwestern dichter. begabt. Veranlaßte 1846 Druck e. Gedichtslg. *Poems by Currer, Ellis, and Acton Bell,* Ps. für Charlotte, Emily u. Anne. Großer Erfolg mit dem Erstlingsroman → *Jane Eyre* (1847). Steht mit s. Mischung aus Pathos u. Schreckenseffekten im Rahmen viktorian. Prosa, durchbricht aber in s. Betonung der Rolle der Frau die gängigen Konventionen. Jane Eyre erzählt ihre Gesch. selbst u. scheut sich nicht, Gefühle offen darzulegen. Ähnl. in dem Roman *Shirley* (1849), dessen Handlung die Arbeiterunruhen in Yorkshire 1812 zum Vorwurf hat. In der Novelle *Villette* (1853) u. dem 3. Roman *The Professor* (1857) finden Erlebnisse aus der Zeit in Brüssel Niederschlag. Fast alle Gestalten in B.s Werk sind nach Vorbildern aus ihrem Bekanntenkreis gezeichnet. Lebensnahe Schilderung, Erzählung in der Ich-Form, wobei viel Autobiogr. einfließt. Die rauhe Landschaft von West Riding u. das einsame Leben in der Landpfarrei von Haworth sind prägende Faktoren. Schlüssige Charakterdarstellung, trotz gelegentl. melodramat. Einbrüche. *hd*

Gesamtausg. der Schwestern Brontë: Novels, hg. T. Scott, XII 1901. Novels and Poems, hg. T. Watts-Dunton, VII 1901–07. Novels, hg. M. Sinclair, XII 1905, 1938. Shakespeare Head B., hg. T. J. Wise, J. A. Symington, XX 1931–38 (Novels XI, Life and Letters IV, Miscellaneous Writings II, Poems II, Bibl., I). Poems, hg. C. W. Hatfield, 1941. Works, hg. P. Bentley, VII 1949 (Heather Edition). Novels, hg. M. Lane, IV 1953–57 (Everyman). – Letters, hg. M. Spark, ²1966. – T. J. Wise, Bibl., 1917. – E. C. Gaskell, Ch.B., II 1857; hg. M. Sinclair, 1908. T. W. Reid, Ch.B., 1877. C. K. Shorter, Ch.B., 1896, n. 1914. Ders. The Bs., II 1908. L. Hinkley, The Bs., 1945. P. Bentley, The Bs., 1966. M. Lane, The B. Story: A Reconsideration of Mrs. Gaskell's ›Life of Ch.B.‹, 1953. I. S. Ewbank, Their Proper Sphere: A Study of the B. Sisters as Early-Victorian Female Novelists, 1966. R. B. Martin, The Accents of Persuasion: Ch.B's Novels, 1966. Critics on Ch. and E.B., hg. J. O'Neill, 1968. W. Craik, The B. Novels, 1968. A. Pollard, Ch.B., 1968. N. Sherry, The B. Sisters, 1969. Ch.B.: ›Jane Eyre‹ and ›Villette‹. A Casebook, hg. M. Allott, 1973. M. Peters, Ch.B. Style in the Novel, 1973. Ch.B., hg. M. Allott, 1974 (Critical Heritage). L. J. Desner, The Homely Web of Truth. A Study of Ch.B's Novels, 1975. L. R. R. Banks, Dark Quartet: The Story of the Bs, 1975. C. A. Linder, Romantic Imagery in the Novels of Ch.B., 1978.

Brontë, Emily Jane (Ps. Ellis Bell), 20. 8. 1818 Thornton – 19. 12. 1848 Haworth. Lebte abgeschieden im väterl. Pfarrhaus in Yorkshire, starb 30jährig an Tbc. Mit ihren Schwestern Anne u. Charlotte war sie an der Gedichtslg. *Poems by Currer, Ellis, and Acton Bell* (1846) beteiligt. Ihr Roman → *Wuthering Heights* (1847) gewann nur zögernd Anerkennung. Die urgewaltige Landschaft der Moore von West Riding gibt den Hintergrund, vor dem sich das Familiendrama der Lintons und Heathcliffs abspielt. Das Ungezähmte der Natur überträgt sich auf die Protagonisten, Gestalten von größter Leidenschaft. Landläufige Moralbegriffe verblassen. Liebe u. Haß erschüttern als elementare, dämon. Gewalten. Versuch e. psych. Begründung menschl. Gefühls. Der Roman nimmt in der viktorian. Lit. e. Sonderstellung ein. Zahlreiche Ausgaben in neuerer Zeit. *hd*

Complete Poems, hg. C. W. Hatfield, 1941; n. P. Henderson, 1951. – A. M. Robinson, E. B., 1883. C. Simpson, E.B., 1929. M. Spark & D. Stanford, E.B., 1953. J. Blondel, E.B. Expérience spirituelle et création poétique, 1955. J. Hewish, E.B., 1969. W. Gérin, E.B., 1971. → Brontë, Charlotte.

Brook, Peter, 22. 3. 1925 London; Stud. Oxford, wo er die Oxford Univ. Film Society gründete; seit 1943 Dramenregisseur, stets offen für Neues u. sehr experimentierfreudig. Stellte dem Londoner Publikum Jean Cocteau u. Jean-Paul Sartre vor. 1947–50 Royal Opera House, Covent Garden; 1962–68 → Royal Shakespeare Company, wo er sich um das → New English Drama sehr verdient machte. Bewunderer von Bertold Brecht, Jean Genet u. Antonin Artaud. Mit Charles Marowitz Initiator der → Theatre of Cruelty-Saison 1963. 1964 brachte er den *Marat/Sade* von Peter Weiss heraus; 1966 erarbeitete er mit der Royal Shakespeare Company das leidenschaftl. Anti-Vietnam-Drama *US*. *ks*

J. Heilpern, P. B.s Theater-Safari, 1979 (dt. Übs.).

Brophy, Brigid, 12. 6. 1929 London; Stud. Altphilologie Oxford; 1954 Heirat mit dem Kunsthistoriker Michael Levy. Allen Romanen, Kurzgesch. u. Dramen von B. liegt die Polarität von → Shaws ›Life Force‹ u. Destruktivität, von Eros u. Thanatos zugrunde. Die Heldin der kom. Anti-Romanze *The King of a Rainy County* (1956) gewinnt in schmerzl. Erfahrung die Einsicht, daß e. ideales Gleichgewicht zwischen beiden nicht mögl. ist. *The Snow Ball* (1964) gestaltet das Don Juan-Donna Anna-Thema als Paradigma menschl. Erotik. In dem Ideendrama *The Burglar* (1968) diskutieren e. sexuell puritan. Einbrecher u. 2 sexuell freizügige, materiell aber konventionelle Paare in e. an Shaw erinnernden Gegenüberstellung von Argumenten ihre Positionen. *Black Ship to Hell* (1962) ist e. Freudsche Studie selbstzerstörer. Impulse des Menschen, denen die Vf. Liebe u. künstler. Schaffen als positive Lebenserfüllung gegenüberstellt. Der Roman *In Transit* (1969) seziert die Schichten menschl. Wesens in e. wilden, an → Joyce erinnernden Sprachfluß. Autobiogr.: *Confessions of a Writer*, 1970. *ks*

Brown, George Douglas, 26. 1. 1869 Ochiltree (Schottland) – 28. 8. 1902 London. Stud. Glasgow; Snell Exhibitioner Balliol College, Oxford; Klassizist; ab 1895 als Schriftsteller in London. Schrieb mit *The House with the Green Shutters* (1901) e. realist.-sozialkrit. Werk im Gegensatz zur Tradition der → Kailyard School. B. gestaltete s. Roman strukturell nach dem Vorbild e. griech. Dramas (kommentierende Funktion des Chors, der ›bodies‹). Einfluß des frz. Realismus. Beschreibt den Aufstieg u. durch dessen Menschenverachtung herbeigeführten Sturz des Fuhrunternehmers Gourlay u. s. Familie. Das an B.s Heimatort erinnernde Barbie gibt den Hintergrund e. typ. schott. Kleinstadt im 19. Jh. B.s Romanversuch über Cromwell blieb unvollendet. *hd*

›The House with the Green Shutters‹, hg. J. T. Low, 1974. – J. D. Scott, Novelist-Philosophers – R. L. Stevenson and G.D.B. (Horizon 13, 1946 299–310). G. Blake, Barrie and the Kailyard School, 1951. J. Veitch, G.D.B., 1952. I. C. Smith, ›The House with the Green Shutters‹ (SSL 7, 1969, 3–10). J. D. McClure, Dialect in ›The House with the Green Shutters‹ (SSL 9, 1971/72, 148–63). I. Campbell, G. D. B's Kailyard Novel (SSL 12, 1974, 62–73).

Brown, George Mackay, 17. 10. 1921 Stromness (Orkney); Lyriker, Essayist, Romanschriftsteller; Sohn e. Postangestellten; 1926–40 Stromness Academy. Journalist. Tätigkeit u. Buchbesprechungen für den ›Orkney Herald‹. 1951 Newbattle Abbey College, wo s. Lehrer E. → Muir war, dessen autobiogr. Versuch *The Story and the Fable* auf B. großen Eindruck machte u. s. Auffassung von der Aufgabe des Dichters, Einzelereignisse zu e. tragenden u. überzeitl. Symbolik zusammenzufassen, erklärt. Auf Betreiben Muirs erschien 1959 die Gedichtslg. *Loaves and Fishes*. 1961 konvertierte B. zum kath. Glauben. Befaßt sich in s. Werk immer wieder mit den Auswirkungen der Reformation, zu der er e. ablehnende Haltung einnimmt. 1965 festigte *The Year of the Whale* s. Ruf als Lyriker. 1967 Rückkehr nach Stromness, Veröffentlichung s. Kurzgesch. *A Calendar of Love*. B.s Bindung an die Orkneys, s. Religion, steter Vergangenheitsbezug, Mystik u. Symbolismus bestimmen s. Werk, auch die Romane *Greenvoe* (1972) u. *Magnus* (1973) mit der hist. Figur des Earl Magnus, der im 12. Jh. unter der Krone Norwegens gemeinsam mit s. Vetter Hakon Paulson die Inseln regierte, was zu e. blutigen Zwist führte u. mit s. Ermordung endete. B. geht es weniger um die hist. Ereignisse als vielmehr um die Verdeutlichung, wie sich Menschen in ähnl. Umständen verhalten: die Ermordung von Earl Magnus wird, unter rel. Aspekt, zum Symbol des Opfertods an sich. Vergangenheitsbezüge beherrschen auch die Essay- u. Gedichtslg. *An Orkney Tapestry* (1969). Die Sichtbarmachung des Vergangenen ist für B. e. Weg zum Verständnis nicht nur s. Heimat, sondern alles Gegenwärtigen. *hd*

A. Bold, G.M.B., 1978.

Browne, Hablot Knight (Ps. Phiz), 15. 6. 1815 Kennington – 8. 7. 1882 West Brighton. Lehrjahre als Graphiker, später vorwiegend Aquarelltechnik. Nach → Seymours Selbstmord übernahm B. den Auftrag zur Bebilderung der → *Pickwick Papers*. Danach Illustrationen zu weiteren Dickens-Romanen, als letzter *A Tale of Two Cities*. Auch Arbeiten zum Werk von → Surtees, Smedley u. a. B.s Stärke lag in der humorist. Graphik. *hd*

J. Buchanan-Brown, Phiz!, 1978. M. Steig, Dickens and Phiz, 1978.

Browne, Sir Thomas, 19. 10. 1605 London – 19. 10. 1682 Norwich; Schriftsteller u. Arzt. Medizinstud. Oxford, Montpellier, Padua u. Leiden, wo er 1634 s. Examen ablegte. 1637 Praxiseröffnung in Norwich. 1641 heiratete er Dorothy Mileham. Neben s. Beruf war B. schriftsteller. tätig. Bereits 1635 hatte er s. 1. Schr., *Religio Medici* verfaßt, die 1643 als autorisierte Ausgabe erschien u. bereits e. Jahr später ins Lat., Dt., Frz. u. Holländ. übertragen wurde. B. faßt den menschl. Mikrokosmos als getreues Spiegelbild des Universums auf. Wie → Bacon sieht er in der Natur e. Offenbarung Gottes, die vor unser aller Augen ausgebreitet liegt. Noch nicht befreit vom Aberglauben, bezog er Schilderungen über Wunder, Hexen u. Geister, die er für real hält, mit in s. Ausführungen ein. Die Schr. wurde vom röm. Klerus auf den Index Expurgatorius gesetzt, da B. der Auffassung war, daß an den Stellen, die weder von der Bibel noch von der

Kirche präzise ausgelegt sind, jeder Christ für sich selbst entscheiden sollte. B.s umfangreichstes Werk *Pseudodoxia Epidemica, or Enquiries into the Very Many Received Tenents and Commonly Presumed Truths,* besser bekannt u.d.T. *Vulgar Errors* (1646, [6]1672) befaßt sich damit, generelle Vorurteile u. Irrtümer aufzudecken. Die Wahrheit der mod. Wiss. soll die Autorität der Tradition aufheben. Hauptsächl. werden die gültigen Prinzipien der neuen Naturwiss. vertreten. In dem Spätwerk *Hydriotaphia: Urneburial* (1658) meditiert er über e. Urnenfund in Norfolk u. endet mit e. rhetor. unübertroffenen Betrachtung über den Tod u. über das Leben nach dem Tode. Sämtl. Begriffe der Zeit läßt er in der untrügl. Dauer der Religion aufgehen. B.s Werke zeichnen sich durch gehobene Diktion, Analogien, Latinismen, Zitat- u. Bilderfülle aus. Sie gehören zu den wenigen lit. Publikationen, die während der engl. Bürgerkriegs- u. Revolutionszeit entstanden sind. 1671 von Charles II (1630–85) geadelt. *ra*

Works, hg. G. Keynes, VI 1928–31; n. 1964. – J. S. Finch, B. A Doctor's Life of Science and Faith, 1950. F. L. Huntley, B. A Biographical and Critical Study, 1962. R. R. Cawley and G. Yost, Studies in B., 1965. F. J. Warnke, Versions of Baroque, 1972. J. N. Wise, Sir T.B's ›Religio Medici‹ and 2 17th Cent. Critics, 1973.

Browning, Elizabeth Barrett, geb. Barrett Moulton, 6. 3. 1806 Coxhoe Hall/Durham – 30. 6. 1861 Florenz. E. Rückgratverletzung brachte jahrelanges Krankenlager u. Leben in Einsamkeit; lit. Studien, Neigung zur Schwermut. Heiratete 1846 den Dichter Robert → Browning, mit dem sie anschließend in Italien lebte u. wieder gesundete. 1826 erschien *An Essay on Mind; with other Poems,* 1833 die Nachdichtung *Prometheus Unbound* u. 1836 *The Seraphins and Other Poems.* In *The Cry of the Children* (1844) behandelt sie das Problem der Kinderarbeit in Fabriken u. Bergwerken, die *Sonnets from the Portuguese* (1850) sind reich an autobiogr. Zügen u. spiegeln ihre Zuneigung zu Robert B. Nahm lebhaften Anteil am Freiheitskampf der Italiener. Ihre Begeisterung kommt in der polit. Dichtung *Casa Guidi Windows* (1851) zum Ausdruck. Großen Anklang fand die Blankversdichtung *Aurora Leigh* (1856); vermittelt ihre Auffassung zu lit., moral. u. sozialen Fragestellungen, durch die Häufung theoret. Exkurse jedoch langatmig u. überladen. B.s Gesamtwerk zeigt Uneinheitlichkeit in Qualität u. Aussagekraft, Überwiegen des Sentimentalen. Ihre Lebensgesch. ist durch R. Besiers Erfolgsstück *The Barretts of Wimpole Street* (UA 1930) bekannter als ihre Dichtung. *hd*

Poetical Works, hg. F. G. Kenyon, 1897. ›Sonnets from the Portuguese‹, hg. F. Ratchford, 1950 (Centennial Variorum Edition). – Letters to her Sister, hg. L. Huxley, 1929. E.B.B. to Miss Mitford, hg. B. Miller, 1954. E.B.B. to Mr. Boyd, hg. B. McCarthy, 1955. E.B.B. to Mrs. Ogilvy 1849–61, hg. Peter Heydon and Ph. Kelley, 1975. – Diary 1831–32, hg. Ph. Kelley and R. Hudson, 1969. – W. Barnes, Bibl., 1968. – W. Winwar, The Immortal Lovers: E.B. and R.B., 1950. D. Hewlett, E.B.B., 1952. F. Wild, D. Dichterehepaar R. u. E.B.B., 1952. G.B. Taplin, Life of E.B.B., 1957. A. Hayter, Mrs. B. A Poet's Work and Its Setting, 1962. A. Hayter, E.B.B., 1965.

Browning, Robert, 7. 5. 1812 London – 12. 12. 1889 Venedig. Sohn e. Bankbeamten; wohlhabende Familie; vorwiegend Autodidakt. Heiratete 1846 unter dramat. Umständen die Dichterin Elizabeth Barrett (Browning) u. lebte mit ihr bis zu ihrem Tod 1861 in Italien, meist Florenz. Rückkehr nach England. B.s dichter. Werk fand erst spät Anerkennung. Schwer zugängl. durch eigenwilligen Sprachrhythmus, Gedankensprünge, verschlüsselte Aussage. *Pauline,* 1833 anonym veröffentlicht, entstand unter dem Einfluß Shelleys. Das dramat. Ged. *Paracelsus*(1835), von Carlyle u. Wordsworth bes. geschätzt, gibt die Schilderung e. Menschen, den es von Kindheit an drängte, die Geheimnisse dieser Welt zu erforschen. Die psych. Entwicklung e. Charakters versucht auch das im heroischen Reimpaar geschriebene Versepos *Sordello* (1840) nachzuzeichnen, für das B. den Kampf der Ghibellinen mit den Guelfen als themat. Vorwurf wählte. Bevorzugung des dramat. Monologs, v.a. in *Dramatis Personae* (1864) u. s. bedeutendsten Dichtung, *The Ring and the Book* (II 1868–69), die e. röm. Mordprozeß aus dem 17. Jh. in 12 Monologen aus unterschiedl. Perspektive beleuchtet, um so der objektiven Wahrheit nahezukommen. Häufig als das große Epos des 19. Jh. bezeichnet, von anderen Epen durch die Behandlung des Unheroischen unterschieden. Die Slg. *Men and Women* (1855, Überarbeitung 1868) enthält in ihrer 1. Ausgabe viele von B.s schönsten Liebesged., z.B. ›Love among the Ruins‹, ›A Woman's Last Word‹, ›One Word More‹; daneben die bekannten Ged. ›Fra Lippo Lippi‹, ›Cleon‹ u. ›Andrea del Sarto‹. Weitere Dichtung: *Dramatic Romances,* 1845; *Fifine at the Fair,* 1872; *Aristophane's Apology,* 1875; *The Inn Album,* 1875, u. die 2 Folgen der *Dramatic Idylls* 1879–80. B.s umfangreiches Werk schließt auch 9 Bühnendichtungen u.d.T. *Bells and Pomgranates* (1841–46) ein, darunter ›Pippa Passes‹ (1841), das G. Hauptmann zu *Und Pippa tanzt* anregte, 4 Szenenfolgen, in denen das Lied der vorbeigehenden Seidenweberin Pippa jeweils die Wendung zum Guten bringt. Stark persönl. Stil läßt B.s Werk kaum e. Schule zuordnen. Parallelen zu Shelley klingen im Frühwerk an, danach stärker von Wordsworth beeinflußt. Jugendl.-revolutionäre Ansichten bestimmen die Themen s. Frühwerke, später das klass. Griechenland u. Italien, MA, zeitgenöss. Leben in England u. Frankreich. Mittelpunkt der Darstellung bleibt stets der Mensch selbst. Verbundenheit in der Liebe u. Vertrauen auf göttl. Nachsicht; optimist. Lebensphilos. Die Gegensätzlichkeit menschl. Existenz u. Erfahrung offenbart sich für B. vornehml. im äußerl. Unscheinbaren. In der Kritik des 20. Jh. wird ihm e. gewisse Oberflächlichkeit der Gedanken vorgehalten. S. Technik des dramat. Monologs wurde von T. S. → Eliot (*Prufrock*) erneut aufgegriffen. *hd*

Works, hg. C. Porter and H. A. Clarke, XII 1910. Works, hg. F. G. Henyon, X 1912 (Centenary Edition). ›The Ring and the Book‹, hg. W. Sypher, 1961. Complete Works, hg. R. A. King, XIII, 1969ff. – Letters of R. B. and E.B.B., hg. E. Kinter, II 1899. Letters of R. B., Collected by T. J. Wise, hg. T. L. Hood, 1933. New Letters, hg. W. C. DeVane and K. L. Knickerbocker, 1950. Dearest Isa (Blagden), hg. E. C. Mc Aleer, 1951. Browning to His American Friends, 1841–90, hg. G. R. Hudson, 1965. – T. J. Wise, Bibl., 1897. L. N. Broughton, C. S. Northup and R. Pearsall, Bibl. 1830–1950, 1953. – W.C. De Vane, B.

Handbook, ²1955. – G. K. Chesterton, R. B., 1903. Ch. H. Herford, R.B., 1905. L. Whiting, The B.s: Their Life and Art, 1917. F. A. Pottle, Shelley and B., a Myth and Some Facts, 1923. O. Burdett, The B.s, 1929. F. G. R. Duckworth, B. Background and Conflict, 1931. J. P. McCormick, As a Flame Springs, 1940. B. Miller, R.B., 1952. J. M. Cohen, R. B., 1952. R. Langbaum, The Poetry of Experience: The Dramatic Monologue in Modern Lit. Tradition, 1957. B. Corrigan, Curious Annals: New Documents Relating to B's Roman Murder Story, 1956. P. Honan, B's Characters: A Study in Poetic Technique, 1961. N. B. Crowell, The Triple Soul: B's Theory of Knowledge, 1961. W. Whitla, The Central Truth: The Incarnation in R. B's Poetry, 1963. The B. Critics, hg. B. Litzinger and K. L. Knickerbocker, 1965. R. B. (The Critical Heritage), hg. B. Litzinger and D. Smalley, 1970.

Browning Society of London, gegr. 1970; Verbreitung, Erforschung u. Erläuterung des Werks von Robert u. Elizabeth Barrett B. Die Gesellschaft ist dem Browning Institute Inc. (New York) angeschlossen; organisiert Fachtagungen u. Ausstellungen. Veröffentlichung e. ›Journal‹. *hd*

The Bruce → Barbour, J.

Brunanburh, The Battle of, Preisged. zum Sieg (937) Kg. Æthelstans, Enkel von → Alfred dem Großen, über Schotten u. Wikinger unter ihren Kgn. Constantine u. Anlaf (Olaf) bei B.; verzeichnet in *Old Engl. Annals* unter dem Jahr 937. Der skandinav. Kg. wird in die Flucht geschlagen, am Ende der Schlacht tummeln sich Raben, Adler u. Wölfe auf der Walstatt. Im Gegensatz zum klass. Skopstil wird auf direkte Rede verzichtet; nur noch stilist. ausgefeilter Bericht. Für e. Zeugnis der ae. Lit. zeigt das Ged. stark patriot. Gesinnung u. Nationalbewußtsein. Das Element des Übernatürl. fehlt; kaum didakt. Anspruch. *js*

Hg. A. Campbell, 1938. – J. H. Cockburn, ›The B. of B.‹ and Its Period Elucidated by Place Names, 1931.

Bruno's Dream, Roman von I. → Murdoch.

Brut → Layamon.

Buchan, John (the Borderer), 1st Baron Tweedsmuir, 26. 8. 1875 Perth – 11. 2. 1940 Montreal; Sohn e. Geistlichen der Free Church; Schriftsteller u. Historiker. Stud. Jura Glasgow u. Oxford, 1927–35 Parlamentsmitglied, 1935 geadelt, Governor General von Kanada, 1938 Chancellor Univ. Edinburgh. Verfaßte neben hist. u. biograph. Studien (Scott, Montrose, Cromwell) zahlreiche, flüssig u. spannend erzählte Abenteuerromane, ›shockers‹, wie er sie nannte. Die besten s. Erzählungen gruppieren sich um die Gestalt des Richard Hannay: *Thirty-Nine Steps,* 1915; *Greenmantle,* 1916; *Mr. Standfast,* 1919; *The Island of Sheep,* 1936. Besseren Einblick in B.s Gedankenwelt gibt dagegen Edward Leithen in der Wilderergesch. *John Macnab* (1925) u. bes. dem letzten Roman *Sick Heart River* (1941). *hd*

A. Hanna, Bibl., 1953. – A. C. Turner, Mr. B., Writer, 1947. J. A. Smith, J.B., 1965.

Buchanan, Robert Williams, 18. 8. 1841 Caverswell – 10. 6. 1901 Streatham. Als Dichter u. Schriftsteller wenig erfolgreich; bekannt durch s. Krit. an den Präraffaeliten u. die sich anschließende Kontroverse mit D. G. → Rossetti. *hd*

Complete Poetical Works, II 1901.

Buckingham, George Villiers, 2nd Duke of, 30. 1. 1628 Wallingford House – 16. 4. 1687 Kirkby Moorside/Yorkshire.

Einflußreiche Persönlichkeit am Hofe Charles II, Mäzen. Vf. einiger Ged. u. der Burleske *The Rehearsal* (UA 7. 12. 1671, Theatre Royal; ED 1672), mit der die Mode des → heroic drama in bewußter Übersteigerung erstmals persifliert wurde. → Fieldings *Tom Thumb the Great* u. → Sheridans *Critic* sind Nachahmungen des sehr erfolgreichen u. beliebten Stücks. Vorbild für die Gestalt des Zimri in Drydens → *Absalom and Achitophel.* Obwohl nicht als Karikatur angelegt, war die satir. Absicht offenkundig, so daß sich B. zu der Entgegnung ›Poetic Reflections on a late Poem entitled Absalom and Achitophel‹ veranlaßt sah. Als Staatsmann zeigte er ausgesprochenes Machtstreben, nicht zuletzt getrieben von großer Eitelkeit; setzte sich für Toleranz in rel. Angelegenheiten ein. *hd*

Miscellaneous Works, hg. T. Brown, II 1704–05.

Bulwer, Edward George, 1st Baron Lytton, 25. 5. 1803 London – 18. 1. 1873 Torquay; Romanschriftsteller, Essayist, Lyriker, Staatsmann. Stud. Trinity College Cambridge u. Bonn. Diplomat. Laufbahn; 1832–34 Abgeordneter der Liberalen im Parlament, 1852–66 für die Konservativen; vertrat v.a. die Interessen des Landadels. 1858/59 Secretary for the Colonies. Lit. Erfolg erzielte er mit dem Roman *Pelham, or The Adventures of a Gentleman* (1828). Der Titelheld, geistreicher Dandy u. ehrgeiziger Politiker, hilft s. unter Mordverdacht stehenden Freund Sir Reginald Glanville, dessen Unschuld durch Überführung des eig. Mörders zu beweisen. Reich an zeitgenöss., polit. u. gesellschaftl. Kolorit. Es folgten *Disowned* (1828) u. *Devereux* (1829), durch die er s. lit. Position ausbaute. Mit *Paul Clifford* (1830) setzte sich B. für die Reform des Strafrechts ein. Er stand dem Kreis um J. S. → Mill nahe. Sehr produktiver u. populärer, wenn auch von der Kritik wenig beachteter Autor s. Zeit. Sog. ›silver fork school of fiction‹ (→ Fashionable Novel); Familien-, Bildungs- u. Verbrecherromane im Stil der → Newgate Novel (z.B. *Eugene Aram,* 1832), hist. Romane (z.B. *The Last Days of Pompeii,* 1834). S. Stücke *The Lady of Lyons* (UA 1838), *Richelieu* (UA 1839) u. *Money* (UA 1840) zählten zum Standardrepertoire des Theaters. *hd*

Works, XXXVII 1873–77 (Knebworth Edition). – Th. H. S. Escott, E.B., 1910. E. G. Bell, An Introduction to the Prose Romances, Plays and Comedies of E.B., 1914. E. B. Brugum, The Lit. Career of E.B., 1924.

The Bundle, Drama von E. → Bond.

Bunyan, John, 28. 11. 1628 Elstow/Bedfordshire – 31. 8. 1688 London. Rel. Schriftsteller u. Laienprediger, aus einfachen Verhältnissen, wurde zunächst Klempner wie s. Vater. Mit 16 trat er in die Armee des Parlaments ein u. verblieb dort bis 1646. S. Erfahrungen in der Armee fanden in *The Holy War* (1682) ihren Niederschlag. S. erste Frau brachte ihn rel. Problemen näher; 1653 trat er der puritan. Glaubensgemeinschaft in Bedford bei, wo er in Konflikt mit den Quäkern geriet, gegen die s. beiden Schr. *Some Gospel Truth Opened* (1656; Tod s. Frau) u. *A Vindication Thereof* (1657) gerichtet waren. 1657 wurde er Laienprediger, 2 Jahre später zweite Heirat. Da B. trotz Verbots von der Kanzel predigte, wurde er im Nov. 1660 verhaftet u. bis zu Charles' II (1630–85) ›Declaration of Indulgence‹ 12 Jahre in Haft gehalten. Im Gefängnis entstanden 9 Bücher, von denen *Grace Abounding to the Chief of Sinners* u. *The Holy City, or the New Jerusalem* (beide 1666) die wichtigsten sind; 1671 *A Confession of My Faith, and a Reason of My Practice.* Kurz nach s. Entlassung 1672 erneute Haft. B. schrieb nun den 1. Teil s. Hauptwerks → *The Pilgrim's Progress from this World to That which is to come: Delivered under the Similitude of a Dream* (EA 1678). Der 2. Teil wurde 1684 veröffentlicht. *The Life and Death of Mr. Badman* (1680) kann als Gegenstück zu *The Pilgrim's Progress* gesehen werden. *ra*

Collected Works, hg. H. Stebbing, IV 1859–60. Miscellaneous Works, hg. T. L. Underwood and R. Sharrock, Bd. 1, 1978 (im Erscheinen). – R. C. Greaves, Annotated Bibl., 1972. – B. Haferkamp, B. als Künstler: Stilkrit. Studien zu s. Hauptwerk ›P.P.‹, 1963. U. M. Kaufmann, ›P.P.‹ and the Traditions in Puritan Meditation, 1966. W. B. McCreary, J. B., the Immortal Dreamer, 1970. S. E. Fish, Progress in ›P.P.‹ (ELR, 1 1971, 261–293). M. Furlong, Puritan's Progress: A Study of J.B., 1975.

Burbage (auch Burbadge oder Burbege), Richard, 1567 Shoreditch – 13. 3. oder 9. 3. 1619 ebda; überragende Schauspielerpersönlichkeit der Zeit, berühmt durch s. Darstellung von Shakespeares großen Charakterfiguren wie Hamlet, Lear, Othello u. Richard III. S. Vater, James B., Zimmermann von Beruf, war der Erbauer des 1. Schauspielhauses in London, genannt ›The Theatre‹; Eröffnung 1576. Er hatte sich ca. 1572 der Schauspieltruppe des Earl of Leicester angeschlossen. 1596 übernahm er Blackfriars Theatre u. baute es zu e. geschlossenen Theaterraum um. 3 Jahre später ließ s. Sohn Cuthbert das Gebäude abreißen u. verwandte Teile der Holzkonstruktion für das → Globe Theatre, in dem dann R.B. s. großen Auftritte feierte. *hd*

Burden Stanza → Carol.

Burgess, Anthony (Ps. Joseph Kell, eig. John Anthony Burgess Wilson), 25. 2. 1917 Manchester; Schule u. Stud. ebda; 5 Jahre Armee, Sprachlehrer, 6 Jahre Education Officer in Malaia u. Brunei; seit 1959 freier Schriftsteller in England, Malta, Italien; mehrfach Gastdozent in USA; Jazzpianist u. Komponist. Äußerst produktiver u. vielseitiger Autor mit großer, oft spieler. sprachl. Variationsbreite. Hauptthema s. Romane ist der sündige Mensch, betrachtet aus der Perspektive e. manichäist. Weltanschauung. Die Erfahrungen im Fernen Osten nutzt B. in der *Malayan Trilogy: Time for a Tiger,* (1956); *The Enemy in the Blanket,* (1958); *Beds in the East* (1959) (in USA als *The Long Day Wanes,* 1965). *The Right to an Answer* (1960) ist e. äußerst kom. Roman, der das mod. England als e. ganz von den Massenmedien dominierte Stätte fader Lüsternheit darstellt. Der von Stanley Kubrick verfilmte Roman *A Clockwork Orange* (1962) spielt in naher Zukunft u. problematisiert anhand der Erlebnisse des jugendl. Vandalen Alex die Frage, ob freie Willensentscheidung – auch u. gerade, wenn sie zwecks Manifestation des Ichs für das Böse optiert – oder e. mit Hilfe psych. Konditionierung von außen aufgezwungene restriktive ›Moral‹ positiver sei. Bemerkenswert der unter Verwendung zahlreicher russ. Fremd- u. Lehnwörter von B. den Jugendlichen auf den Leib geschneiderte »Nadsat«-Slang. Das pessimist. Bild e. sich unendl. in den gleichen Zyklen bewegenden fernen Zukunftswelt zeichnet *The Wanting Seed* (1962). *Nothing Like the Sun* (1964) erfindet phantasievoll e. sehr abwechslungsreiches Liebesleben für → Shakespeare. Die Romane um den weltflüchtigen Poeten Enderby (*Inside Mr. Enderby,* 1963; *Enderby Outside,* 1968; *The Clockwork Testament. Or Enderby's End,* 1974) sowie *Beard's Roman Women* (1977), dessen Titelheld e. in Rom lebender Script-Writer ist, sind Meisterwerke der erbarmungslosen Satire, des schwarzen Humors u. der grotesken Charakterstudie. In der fiktiven Biographie *Napoleon Symphony* (1974) versucht B., Beethovens Musik in Sprache umzusetzen, indem er der *Eroica* bis in die feinsten Unterteilungen der musikal. Sätze folgt. Der ingeniöse, erschreckende Roman *1985* (1978) verbindet e. Kritik von Orwells → *1984* mit B.s Sicht e. von noch absoluterem Chaos u. brutalerer Tyrannei geprägten Zukunft. Zahlreiche lit. krit. Monographien (*Here Comes Everybody,* 1965, e. Einführung in → Joyce; *The Novel Now,* 1967). *ks*

P. W. Boytinck, A. B. An Enumerative Bibl., 1973. – C. M. Dix, A.B., 1971. R. K. Morris, The Consolation of Ambiguity, 1971. A. A. DeVitis, A.B., 1972.

Burke, Edmund, 12. 1. 1729 Dublin – 9. 7. 1797 Beaconsfield; Politiker, Philosoph, Kritiker. Stud. Rechtswiss., Trinity College, Dublin u. Middle Temple. An der klass. Stiltradition geschulte Prosa, gekennzeichnet durch Klarheit des Ausdrucks u. Flüssigkeit der Formulierung. Mit *A Philosophical Inquiry into the Origin of our Ideas of the Sublime and the Beautiful* (1756) unterstrich B., wie sehr führende Kritiker u. Denker der Epoche immer wieder die Auffassung vertreten, daß → Lockes streng rationalist. Vorgehen durch e. stärker gefühlsmäßig u. imaginativ reagierende Haltung zu ergänzen ist. Vor diesem Hintergrund sind auch s. *Reflections on the Revolution in France* (1790) zu sehen: e. evolutionären Gesellschaftsentwicklung gebührt gegenüber der brutalen u. zerstörerischen Gewalt revolutionärer Ansprüche der Vorzug. Diese klare Absage an die Frz. Revolution trug ihm den Vorwurf reaktionärer Geisteshaltung ein, doch war er ausgesprochen liberal eingestellt, typ. Vertreter der neu entstandenen Whig-Partei, bes. in der ir. Frage u. im Verhältnis zu den am. Kolonien; *Speech on American Taxation,* 1774, u. *Speech on Conciliation with the Colonies,* 1775. Schärfste Entgegnung auf die *Reflections* durch Th. → Paine, *Rights of Man* (1791–92). Glänzender Redner, auch in s. Sachprosa leidenschaftl. Verfechter s. Ideen u. Ansichten im polit. wie lit. Bereich; weitreichende Wirkung. Mitbegründer des → Literary Club. *hd*

Works, hg. F. Laurence and W. King, VIII 1792–1827. E. J. Payne, III 1874–78. – Correspondence, hg. E. Fitzwilliam and R. Bourke, IV 1844. Note-Book, hg. H. V. F. Somerset, 1957. Correspondence, hg. T. W. Copeland et al., 1958 ff. (im Erscheinen). –

A. P. J. Sammels, The Early Life and Correspondence, and Writings of B., 1913. J. MacCunn, The Political Philosophy of B., 1913. D. C. Bryant, E.B. and His Lit. Friends, 1939. T. W. Copeland, Our Eminent Friend E.B., 1949. Ch. Parkin, The Moral Basis of B's Pol. Thought, 1956. C. B. Cone, E.B. and the Nature of Politics, II 1957–64. T. H. D. Mahoney, E.B. and Ireland, 1960. J. T. Boulton, The Language of Politics in the Age of Wilkes and B., 1963. The Relevance of E.B., hg. P. P. Stanlis, 1964.

Burney, Frances (Fanny), Madame d'Arblay, 13. 6. 1752 King's Lynn, Norfolk – 6. 1. 1840 London; Tochter des Musikhistorikers Dr. Ch. Burney, der dem Kreis um → Johnson angehörte. Großer Zeiterfolg mit dem Briefroman *Evelina, or a Young Lady's Entrance into the World* (1778). Die nachfolgenden Romane *Cecilia* (1782), *Camilla* (1796) u. *Wanderer* (1814) waren finanziell ertragreich u. brachten B. in Kontakt mit den lit. u. polit. Persönlichkeiten ihrer Zeit, fallen jedoch qualitativ ab. B. schildert das gesellschaftl. Leben des gehobenen Bürgertums, v.a. in ihren Tagebüchern u. Briefen (1778–1840), hg. von ihrer Nichte Charlotte Barrett (VII 1842–46). Die fehlenden Teile (1768–78) erschienen als *The Early Diary of Frances Burney,* hg. A. R. Ellis (II 1889). Tagebücher u. Briefe geben auch Einblick in das Leben am Hof George III. u. die Situation in Brüssel während der Schlacht von Waterloo; zahlreiche Porträtskizzen (→ Johnson, → Garrick u.a.). Mit ihren Werken Vorläuferin des Familien- bzw. Frauenromans des 19. Jh., beeinflußte bes. J. → Austen, die den Titel *Pride and Prejudice* B.s *Cecilia* entnahm. *hd*

Diary and Letters 1768–1840, hg. A. Dobson, VI 1904; n. J. Wain, 1961 (Auswahl). – M. C. Hill, Juniper Hall, 1904. Dies. F.B. at the Court of Queen Charlotte, 1912. W. T. Hale, Madame d' A's Place in the Development of the Engl. Novel, 1916. J. Hemlow, F.B. and the Courtsey Books (PMLA, 65 1950, 732–61). Dies., The History of F.B., 1958. E. White, F. B. Novelist: A Study in Technique, 1960. W. Gérin, The Young F.B. A Biogr. 1961. R. Lonsdale, Dr. Charles B. A Lit. Biogr., 1965.

Burns, Robert, 25. 1. 1759 Alloway/Ayr – 21. 7. 1796 Dumfries; schott. Nationaldichter, Sohn e. armen Kleinbauern (›cotter‹), Autodidakt. Nach dem Tod des Vaters bemühten sich B. u. s. Bruder vergebl., weiterhin ihr Auskommen in der Landwirtschaft zu finden u. den Besitz zu erhalten. In dieser Zeit (1784–88) entstanden viele s. frühen, z.T. besten Ged.: ›The → Cotter's Saturday Night‹, ›The Twa Dogs‹, ›To a Mouse‹, ›To a Mountain Daisy‹, ›The Jolly Beggars‹, die Satiren auf den Dorfapotheker (›Death and Dr. Hornbook‹) u. die Selbstgerechtigkeit e. Kirchenältesten (›Holy Willie's Prayer‹). Trug sich mit Auswanderungsplänen u. veröffentlichte s. bisheriges Werk 1786 als *Poems, chiefly in the Scottish Dialect,* um sich Geld für die Überfahrt nach Jamaika zu beschaffen. Die Gedichtslg., von → Mackenzie im ›Lounger‹ (97) äußerst positiv besprochen, machte ihn augenblickl. bekannt u. brachte unerwarteten Ruhm. Auf Einladung reiste er nach Edinburgh, wo er überall willkommen war. Die städt. Gesellschaft sah in B. e. Phänomen; e. Naturgenie, den ›rustic bard‹, der durch s. ungezwungene Natürlichkeit begeisterte. Die 2. Auflage der *Poems* brachte £ 500. B. übernahm damit den kleinen Bauernhof Ellisland b. Dumfries. Heiratete 1788 Jean

Armour, e. s. früheren Geliebten. 1791 Steuereinnehmer in Dumfries; Angebote für weiteres Fortkommen schlug er ab u. widmete sich schließl. ganz s. lit. Neigungen. 1790 → *Tam o'Shanter,* s. wohl bekannteste Verssatire. B.s mitunter bewußt patriot. Lieder ließen ihn schon damals zum Volksdichter werden, sind aber leichter zu gewichten als s. übrige Dichtung. Trug an die 200 Lieder zu J. Johnsons *Scots Musical Museum* (1787–1803) bei, darunter ›Auld Lang Syne‹, (nach e. früheren Vorlage), ›Scots wha hae‹, ›A Red, Red Rose‹ u. ›My Heart's in the Highlands‹. 1792 folgte B. e. Aufforderung G. Thomsons zur Mitarbeit an dessen *Select Collection of the Original Scottish Airs*. S. scharfen Satiren, insb. gegen die Geistlichkeit, sowie s. offene Sympathie für das Anliegen der Frz. Revolution, die sich allerdings änderte, trugen ihm Kritik ein u. machten s. Gönner zurückhaltend. Zunehmender Alkoholgenuß unterhöhlte s. Gesundheit. Frühzeitig gealtert starb B. 38jährig. Nach → Scott die große Persönlichkeit der schott. Lit. Bediente sich des Lowland Scots als sprachl. Ausdrucksmittel s. Dichtung u. stand damit in der Tradition des frühen 16. Jh. Vorläufer im 18. Jh. waren A. → Ramsay u. R. → Fergusson. B.s Kunst ist gesellschaftsbezogen, interessiert am Menschen u. an dessen Verhältnis zum Mitmenschen, verrät e. offenes Auge für die erhabene Schönheit der Natur; konkrete u. ausdrucksstarke Sprache. Impulsgebend für die engl. Romantik, jedoch nicht in der oft beschworenen Pose des »Heaven-taught Ploughman« (vgl. Mackenzie). Zahlreiche Ausgaben s. Ged. u. Lieder. *hd*

Works, J. Currie, 1800; n. W. S. Douglas, IV 1877–79 (Variorum Edition); n. W. E. Henley & T. F. Henderson, IV 1896. Works, hg. J. Wilson ›Christopher North‹, IV 1850. Poems, hg. C. S. Dougall, 1927. Poetical Works, hg. J. L. Robertson, 1896; n. 1966. Poems and Songs, hg. J. Kinsley, 1968. Complete Works, 1937. – Poems, chiefly in the Scottish Dialect, 1971 (Facsimile Edition). – J. W. Egerer, A Bibl. of R.B., 1965. – M. Lindsay, B. Encyclopaedia, 1959. Concordance, hg. J. B. Reid, ²1967. – F. B. Snyder, Life of R.B., 1932. H. Hecht, R.B., ²1936 (mit Bibl.). J. DeLancey Ferguson, Pride and Passion, 1939. D. Daiches, R.B., 1950. C. Keith, The Russet Coat. A Crit. Study of B's Poetry and of Its Background, 1956. M. Lindsay, R.B. The Man, His Work, the Legend, ²1968. L. M. A. Butterworth, R.B. and the 18th-cent. Revival in Scott. Vernacular Poetry, 1969. T. Crawford, B. A Study of the Poems and Songs, 1960. C. Ericson-Roos, The Songs of R.B. A Study of the Unity of Poetry and Music, 1977.

Burton, Robert (Ps. Democritus Jr.), 8. 2. 1577 Lindley – 25. 1. 1640 Oxford. Geistlicher u. Schriftsteller. Stud. Theol. Oxford, lebte ebda. Vikar von St. Thomas', Oxford, Rektor von Segrave/Leicestershire. B.s Interesse an der Medizin klingt in s. Hauptwerk → *Anatomy of Melancholy* an. Große Wirkung unter den Zeitgenossen. Die 1606 entstandene u. 1617 in Christ Church aufgeführte Kom. *Philosophaster* wurde 1862 neu herausgegeben, nachdem das Ms. bei Rev. W. E. Buckley gefunden worden war. B. selbst macht auf Ähnlichkeiten zu → Jonsons *Alchemist* u. Tomkis' *Albumazar* aufmerksam. *ra*

B. Evans, The Psychiatry of R.B., 1944. A. Brownlee, W. Shakespeare and R. B. (Attributing some of the Works of Shakespeare to R.B.), 1960.

Bussy D'Ambois (1598), Trag. von G. → Chapman, 1607 veröffentlicht. Hist. eingeordnet zwischen dem Drama von Marlowe

u. dem heroischen ›love and honour‹-Drama Drydens, erfreute sich im 17. Jh. beim Publikum außerordentl. Beliebtheit. Der Stoff zu *Bussy d'Ambois* stammte aus der jüngsten Gesch. Louis de Clermont, Bussy-d'Amboise, war Kavalier des frz. Hofes (1579 ermordet). C. macht ihn zu einem vollkommenen Mann der Renaissance, der wagemutig u. ohne Gewissensbedenken s. Leidenschaften folgt. Unter anderem gewinnt er die Gunst der Frau des Grafen von Montsurry (Montsoreau). Monsieur, Bruder des Kgs., der ebenfalls e. Auge auf diese Dame geworfen hat, deckt, von Eifersucht getrieben, Montsurry die Liebschaft zwischen dessen Frau u. Bussy auf. Daraufhin zwingt Montsurry s. Frau, Bussy e. Brief zu schreiben, in dem sie ihn um e. Unterredung bittet. Bei B.s Ankunft wird er aus dem Hinterhalt erschossen. Die gleiche Gesch. in A. Dumas (Père), *La Dame de Montsoreau.* Auffällig ist, daß sowohl Chapman als auch Dumas Monsieur u. nicht den Kg. selbst die Liebschaft aufdecken läßt, obwohl es in Wirklichkeit genau umgekehrt war. Die Neigung zu allg. Betrachtungen u. Sentenzen ist groß. Der Ehrenstandpunkt des Kavaliers, der sich als Diener s. Dame fühlt, kommt den neuen Vorstellungen der adligen Theaterbesucher entgegen. Geister- u. Teufelsbeschwörungen, Folterungen, e. mit Blut geschriebener Brief u. Bühnentod verschiedenster Variationen trugen zur Popularität des Stückes bei. In der 1613 gedruckten Rachekom. *The Revenge of Bussy d'Ambois* greift Chapman das Thema nochmals auf, weicht jedoch von den vorgegebenen Fakten ab u. läßt das Racheelement beherrschend werden. *ra*

T. B. Tomlinson, A Study of Elizabethan and Jacobean Tragedy, 1964, A. R. Braunmuller, The Natural Course of Light Inverted: An Impresa in C's ›B.D'A.‹ (JWCI, 34 1971, 356–60). W. Dean, C's ›B.D'A.‹ A Case for the Aesthetic and Moral Priority of the 1607 Version (AUMLA, 38 1972, 159–76). D. Rolle, Ingenious Structure: D. dramat. Funktion d. Sprache i. d. Trag. d. Shakespearezeit, 1972. A. Tricomi, The Revised Version of Chapman's ›B.D'A.‹: A Shift in Point of View (SP, 70 1973, 288–305).

Butcher's Broom, hist. Roman von N.M. → Gunn.

Butler, Samuel, d. J., 4. 12. 1835 Langar – 18. 6. 1902 London; satir. Schriftsteller, Kritiker. Sohn e. Geistlichen; Shrewsbury School, Stud. Theol., St. John's College, Cambridge. Ohne Abschluß, wollte der Familientradition nicht folgen. Auswanderung; 1859–63 Schafzüchter in Neuseeland; ab 1865 London. B.s lit. Ruf beruht auf *Erewhon, or Over the Range* (1872) u. *Erewhon Revisited* (1901), satir.-utop. Romane, groteske Zukunftsphantasien, zeitkrit. die Selbstgefälligkeit der Kirche verurteilend. ›Erewhon‹ (Umkehrung von ›Nowhere‹) ist das Land verkehrter sittl. Normen u. Werte. Nähe zu → Swift. B.s autobiogr. Roman *The Way of All Flesh* (1872–84, EA posthum 1903) stellt die heuchler. Tyrannei der Familie Pontifex bloß, die den Sohn Ernest ins Verderben stürzt. Kritisiert die moral. Konventionen des viktorian. Zeitalters u. deren Unterdrückung jedweder Individualität. Der Reisebericht *Alps and Sanctuaries of Piedmont and the Ticino* (1881) zeigt B.s Humor, gute Beobachtungsgabe u. großes Verständnis für Land u.

Leute. Kraftvolle Prosaübs. der *Ilias* (1898) u. der *Odyssee* (1900). Setzte sich intensiv u. krit. mit Darwins Evolutionstheorie auseinander: *Life and Habit* (1877); *Evolution, Old and New* (1879); *Unconscious Memory* (1880); *Luck or Cunning?* (1887). *hd*

Complete Works, hg. H. F. Jones and A. T. Bartholomew, XX 1923–25, (Shrewsbury Edition); n. G. Keynes and B. Hill, 1951. – Correspondence with His Sister May, hg. D. F. Howard, 1962. Family Letters, hg. A. Silver, 1962. ›The Way of all Flesh‹, 1966 (Heritage of Lit. Series). – A. J. Hoppè, Bibl., 1925. B. Harkness, Bibl., 1955. – G. Cannan, S. B. A Crit. Study, 1915. J. F. Harris, S. B., the Man and His Work, 1916. H. F. Jones, S.B., a Memoir, II 1919. J. B. Fort, S.B. Etude d'un style, 1925. C. G. Stillman, S.B. A Mid-Vict. Modern, 1932. J. B. Fort, S.B. Etude d'un caractère et d'une intelligence, 1932. M. Muggeridge, The Earnest Atheist: A Study of S.B., 1936. G. D. H. Cole, S.B. and ›The Way of all Flesh‹, 1947. P. N. Furbank, S.B., 1948. J. J. Jones, The Cradle of ›Erewhon‹: S.B. in New Zealand. 1959. B. Willey, Darwin and B. Two Versions of Evolution, 1960. K. Simonson, Erzähltechnik u. Weltanschauung i. S.B.s lit. Werken, 1974.

Byron, George Gordon Noël, 6th Baron, 22. 1. 1788 London – 19. 4. 1824 Missolunghi (Griechenland). Verlor 3jährig den Vater, ›Mad Jack‹ Byron, Offizier der Garde. Im schott. Hochland, Heimat s. Mutter Catherine Gordon, aufgewachsen. 1798, durch den Tod s. Großonkels, wurde B. Erbe des Titels u. Vermögens. 1805 Stud. Trinity College, Cambridge. Faszinierende Ausstrahlungskraft s. Persönlichkeit, gut aussehend, zahlreiche Liebesaffären, angebl. auch mit s. Halbschwester Augusta Leigh; skandalumwitterte Begebenheiten, gesellschaftl. Ächtung nach der Scheidung von s. Frau, Leben im Exil. Enge Verbindung zu den Freiheitsbewegungen in Italien u. Griechenland. B.s Slg. früher Ged. *Hours of Idleness* (1807) erfuhr e. vernichtende Krit. in der → ›Edinburgh Review‹, worauf er mit *English Bards and Scotch Reviewers*, glänzende Satire im Stil Popes, antwortete. Reisen führten B. nach Spanien, Portugal, Griechenland u. in die Türkei. 1812 erschienen die ersten 2 Gesänge von → *Childe Harold's Pilgrimage*, 1813 die Verserzählungen *The Giaour* u. *The Bride of Abydos*, in der Form der → Lays von Scott, den er als führenden Dichter verdrängte. Traf den Geschmack der Zeitgenossen. 1814 *The Corsair;* im gleichen Jahr *Lara*, ebenfalls im heroischen Reimpaar geschrieben; 1815 *The Siege of Corinth*. Ab 1816 lebte B. ständig im Ausland, im Süden, der ihm Verkörperung alles Romant. zu sein schien; Rom, Ravenna, Pisa, Genua, schließl. Venedig. Liebesbeziehungen zu Claire Clairmont u. der Gräfin Guiccioli. Am Genfer See lernte er → Shelley kennen, entzweite sich mit ihm jedoch nach kurzer Freundschaft. Mit dem 3. u. 4. Gesang von *Childe Harold* begann B.s bedeutendste Schaffensphase. In diese Periode fallen u.a. s. großen iron.-satir. Dichtungen *Beppo, a Venetian Story* (1818), scherzhaft-symbol. Lebensdeutung vor dem Hintergrund des röm. Karnevals, *The Vision of Judgement* (1822) als Spott gegen den konservativ gewordenen → Southey, u. → *Don Juan* sowie die romant. Lesedramen. *Manfred* (1817), dessen Titelheld als faust. Gestalt, wie der Dichter selbst, als Ausgestoßener der Gesellsch. gequält von Selbstvorwürfen lebt. In der Einsamkeit s. Exils ruft er den Weltgeist an, der ihm alle Wünsche gewährt, nur nicht den des Vergessens; Erlösung erst durch den Tod. *Cain: A Mystery* (1821) zeigt den Menschen als geborenen Zweifler, auch an der Gerechtigkeit Gottes, e. menschl. Veranlagung, die B.s Einbildungskraft bes. anregte. *Heaven and Earth* wurde 1821 in der gemeinsam mit → Hunt hg. kurzlebigen Zs. ›The Liberal‹ veröffentlicht. Die hist. Dramen *Werner* (1815), *Marino Faliero* (1820), *The Two Foscari* u. *Sardanapalus* (beide 1821) sind nach klass. Vorbild gestaltet u. trugen durch die Darstellung dunkler, oft geheimnisvoller Leidenschaften wesentl. zur Lebenslegende des Dichters bei. B.s Werke sind im Grunde alle Selbstdarstellungen. Schon zu Lebzeiten galt er als der größte Dichter Englands, wenn auch aus moral. Auffassung heftig kritisiert. Lebendige Sprache, gefälliger Stil, gelegentl. zu leicht hingeworfen. Person u. Werk wurden zum Symbol e. herausfordernden Mißachtung gesellschaftl. Zwänge u. Vorurteile, Vorbild für viele, allerdings minder geistvolle, begabte u. sicher weniger privilegierte Nachahmer. Hochgeschätzt von Goethe, der in der Gestalt des Euphorion (*Faust II*) s. Idealbild zeichnete. B.s beherrschende Stellung unter den Dichtern der 2. Romantikergeneration ist unbestritten. S. Einfluß war beträchtl., über England hinausgehend, s. Verkörperung des Romant. großenteils nur Pose, Ausdruck ruhelosen Lebens u. innerer Unausgeglichenheit. Das Ms. s. Autobiogr. hatte B. dem Freund Th. → Moore in Verwahrung gegeben, der es nach B.s Tod verbrannte, um die zugesicherte Diskretion zu wahren. *hd*

Works (Poetry), hg. E. H. Coleridge, (Letters and Journals), hg. R. E. Prothero, XIII 1898–1904. Poetical Works, hg. P. E. More, 1905. Poems, hg. G. Pocock, III 1948. Collected Conversations, hg. E. J. Lovell, Jr., III 1954. Complete Poetical Works, hg. P. E. More, 1958. – Correspondence, hg. J. Murray, II 1922. Letters, hg. R. G. Howarth, 1936. Letters and Journals, hg. P. Quennell, II 1950. – T. J. Wise, Bibl., II 1932–33. – W. E. Leonard, B. and Byronism in America, 1905. E. Estève, B. et le romantisme français, 1907. R. Edgcumbe, B. The Last Phase, 1909. M. Simhart, B.s Einfl. auf d. ital. Lit., 1909. E. C. Mayne, B., II 1912; überarbeitet 1924. C. M. Fuess, B. as a Satirist in Verse, 1912. C. T. Goode, B. as Critic, 1923. H. Spender, B. and Greece, 1924. S. C. Chew, B. in Engl., 1924. J. Fox, The B. Mystery, 1924. H. Richter, B. Persönlichkeit u. Werk, 1929. A. Maurois, B., II 1930. W. J. Calvert, B. Romantic Paradox, 1935. C. L. Cline, B., Shelley, and Their Pisan Circle, 1952. G. W. Knight, B. Christian Virtues, 1952. E. M. Butler, B. and Goethe, 1956. L. A. Marchand, B. A Biogr., III 1957. D. L. Moore, The Late B., 1961. W. M. Marshall, The Structure of B's Major Poems, 1962. P. L. Thorsley, Jr., The Byronic Hero, 1962. B. Dobrèe, B's Dramas, 1962. N. K. Wells, Lord B. A Scottish Genius, 1962. L. A. Marchland, B's Poetry: A Crit. Introduction, 1965. J. J. McGann, Fiery Dust, 1968. B. (The Critical Heritage), hg. A. Rutherford, 1970. T. van Bremen, B. als Erfolgsautor, 1977. P. J. Manning, B. and his Fictions, 1978.

Caedmon, gest. 680(?). Nach → Bedes Schilderung in der *Historia* war C. e. einfacher Hirte aus Yorkshire, Laie im Kloster der Äbtissin Hilda zu Whitby. Begann nach göttl. Erleuchtung christl. Stoffe in german. V. zu besingen: *Hymn,* Schöpfungshymnus (Cotton Vesp. D. VI.), Lobpreisung Gottes als Schöpfer von Himmel, Erde u. Sonne, 9 V.; von Bede in lat. Sprache überliefert, unter → Alfred ins Ae. übersetzt. Die Autorschaft C.s läßt sich als nahezu gesichert darstellen. Der Hymnus ist wahrscheinl. nur der Anfang e.

ursprüngl. längeren Ged.; anstelle des weltl. Herrschers steht Gott; verbindet das german. Preislied mit rel. Thematik. Die versch. Bezeichnungen für Gott entstammen dem weltl. Bereich, doch ist der Wortschatz als Ganzes dem rel. Stoff angepaßt. Obwohl von Bede als früheste christl. Dichtung des Ae. bezeichnet, ist anzunehmen, daß noch frühere Zeugnisse existierten. E. vergleichbare Hymne erscheint in → *Beowulf* (V. 90–98). Die westsächs. Version des ursprüngl. größtenteils in nordhumbr. Dialekt verfaßten Originals liegt in der Übs. von Bedes *Historia* unter Alfred vor. Die Ged. der Caedmon-Schule wirken in Anlage u. Aussage früher als die der Cynewulf-Schule. Starke Verbindung von heidn. u. christl. Elementen. Paradies u. Hölle entsprechen den german. Vorstellungen von Walhalla u. Niflheim. *js*

The Oldest Engl. Texts, hg. H. Sweet, EETS, 83, 1885. The C. Poems (Übs.), hg. Ch. W. Kennedy, 1916. Facsimile Ed., hg. Sir I. Gollancz, 1927. The Mss. of C's ›Hymn‹ and Bede's ›Death Song‹, hg. E. V. K. Dobbie, 1937. Three Northumbrian Poems: C's ›Hymn‹; Bede's ›Death Song‹; ›The Leiden Riddle‹, hg. A. H. Smith, ²1968. – C. L. Wrenn, The Poetry of C., 1947.

Cain, Ged. von Lord → Byron.

Caleb Williams, The Adventures of, Tendenzroman von W. → Godwin.

Caledonian Antisyzygy → MacDiarmid, H.; ›antisyzygy‹ vgl. rhetor. Oxymoron (griech. oxys, scharf; moros, dumm); als Stilfigur in bewußter Verbindung zweier sich scheinbar widersprechender Begriffe: pointierte Aussage, auch als Ausdruck des an sich Unsagbaren, des Gefühlsmäßigen.

Caliban, das Ungeheuer in Shakespeares → *Tempest*, Ureinwohner der von → Prospero u. Miranda besiedelten Insel, Sohn des Teufels u. der Hexe Sycorax. S. Name ist e. Anagramm von ›canibal‹; wird – z. B. von dem westind. Autor G. Lamming – häufig als prototyp. Inkarnation des kolonialisierten ›Wilden‹ interpretiert. *ks*

Campbell, Thomas, 27. 7. 1777 Glasgow – 15. 6. 1844 Boulogne; Glasgow Grammar School; Rechtsstud. Glasgow u. Edinburgh, Reisen nach Dtl.; Stud. Göttingen. 1821–30 Hg. ›New Monthly Magazine‹, 1826–29 Lord Rector Univ. Glasgow. C.s lyr. Begabung zeigt sich bes. in s. patriot. Liedern wie ›Hohenlinden‹, ›The Battle of the Baltic‹, ›Ye Mariners of England‹ u. in kürzeren Ged. wie ›The Soldier's Dream‹, ›Lord Ullin's Daughter‹ (Ballade) oder ›Lines on Revisiting a Scene in Argyllshire‹. In *The Pleasures of Hope* (1799), e. Verherrlichung des Freiheitsideals, setzte er sich für das unterdrückte poln. Volk ein. S. in Spenserstrophen geschriebenes u. der Romantik verwandtes Ged. *Gertrude of Wyoming* (1809) spielt in Pennsylvanien u. beschreibt die Zerstörung e. Siedlung im Zuge e. Indianerüberfalls 1778. *hd*

Complete Poetical Works, hg. W. M. Rossetti, 1871; n. J. L. Robertson, 1907. – Life and Letters, hg. W. Beattie, III 1849. J. C. Hadden, T. C., 1899. W. M. Dixon, T. C. An Oration, 1928.

Campton, David, 5. 6. 1924 Leicester; 1941–49 Angestellter der Schulbehörde, 1949–56 bei

e. Gasgesellschaft. Sehr produktiver Theaterautor (über 100 Dramen), zahlreiche Hör- u. Fernsehspiele. Neben → Pinter e. der wichtigsten Vertreter des → Theatre of the Absurd. In s. ›comedies of menace‹ mischt sich, wie der Titel der 1969 erschienenen Anthologie von 9 Einaktern andeutet, *Laughter and Fear.* Handlung u. Dialoge haben in ihrer Gleichzeitigkeit von grotesker Komik u. Bedrohung große Ähnlichkeit mit denen Pinters, zugleich aber spricht C. deutl. als dieser soziale u. polit. Aspekte des mod. Lebens an mit dem erklärten Ziel, die Menschen aus ihrer Selbstzufriedenheit aufzurütteln, so in den beiden Einaktersequenzen *The Lunatic View* (1957) u. *Four Minute Warning* (1960). Der Subtext der Dialoge ist eindeutiger festgelegt als bei Pinter, die Bedrohtheit des Menschen weniger grundsätzl. u. allg. gesehen als – etwa in den Dramen *Mutatis Mutandis* (1960), *Then...* (1957) u. *Little Brother, Little Sister* (1960) – sehr konkret in der Atombombe. In *Soldiers from the Wars Returning* (1960) wird e. zunächst triumphierend stolzer Held allmähl. zur verstümmelten u. bandagierten Parodie derer, die er verwundet u. getötet hat. *Incident* (1967) enthüllt die Absurdität des Rassismus, indem es e. Welt darstellt, in der alle Menschen mit dem Namen Schmidt rass. verfolgt werden. *ks*

Canaway, William H., 12. 6. 1925 Altrincham; Stud. Bangor, Kriegsdienst in Italien u. im Nahen Osten, 1949–62 Hochschuldozent. Kernthema von C.s Romanen ist die phys. wie psychisch abenteuerl. Auseinandersetzung des Individuums mit s. Umwelt ebenso wie mit s. eigenen persönl. Problemen u. Schwächen. Der (auch verfilmte) Bestseller *Sammy Going South* (1961) schildert den gefahrvollen Weg e. 10jährigen Jungen durch Afrika. Von der Sinnlosigkeit des Krieges handelt *The Grey Seas of Jutland* (1966), von s. farcenhaften Aspekten *The Mules of Borgo San Marco* (1967). *ks*

Candida, Schauspiel in 3 Akten von G. B. → Shaw, das 2. der unmittelbar nach den ›Unpleasant Plays‹ verfaßten ›Pleasant Plays‹; UA 1895, EA 1898. Der dramat. Ausgangspunkt besteht in dem konventionellen Motiv des Dreiecksverhältnisses, hier zwischen Rev. James Mavor Morell, s. Frau Candida u. dem jungen, pueril erscheinenden Poeten Eugene Marchbanks, der äußerl. nach dem Modell des jungen Shelley gezeichnet ist. Morell, anerkannter u. geschätzter Geistlicher, hat über die Bewunderung s. eigenen Fähigkeiten vergessen, daß s. Ehefrau, indem sie die alltägl. Banalitäten von ihm fernhielt, entscheidend zu s. Erfolg beigetragen hat. Dies macht ihm Marchbanks zum Vorwurf: er behauptet, Morell sei s. Frau nicht würdig, u. gesteht gleichzeitig s. Liebe zu C. Nachdem Morell erfährt, daß C. die Gefühle Marchbanks erwidert, ist s. Selbstsicherheit erschüttert. Während des folgenden Streits zwischen den beiden Kontrahenten erkennt C., daß sie sich für e., den Schwächeren, entscheiden muß. Sie entscheidet sich für ihren Ehemann, da sie weiß, daß er ihre Kraft und Hilfe braucht, während Marchbanks gewohnt ist, von s. Umwelt verkannt zu werden u. außerhalb des bürgerl. Glücks zu leben. E. von S.s interessantesten Frauencharakteren, die Realistin des Dramas. Ihre Rolle ist ambivalent: sie differenziert das konventionelle Rollendenken nicht nur dialekt., sondern stellt auch die in Shaw's Augen melodramat. Suffragettenideale durch Demonstration e. realist. Position innerhalb e. Haushaltes gegenüber. C.s dramat.-intellektuelle Funktion liegt ferner in ihrer Rolle als Katalysator, die sowohl ihren selbstgefälligen Ehemann zur Einsicht s. eig. Position als auch den schwärmenden Poeten zur Wahrung s. realist.-visionären Berufung als Dichter führt. Als e. Vorlage für dieses Drama ist → Yeats' *The Land of Heart's Desire* angesehen worden, zusammen mit S.s *Arms and the Man* uraufgeführt. *ra*

W. N. King, The Rhetoric of ›C.‹ (Modern Drama, 2 1959, 71 – 83). ›C.‹, hg. S. S. Stanton, 1962 (Casebook). Ch. L. Holt, ›C.‹ The Music of Ideas, (SR, 9 1966, 2 – 14). A. Ganz, The Ascent to Heaven: A Shavian Pattern, (Modern Drama, 14 1971, 253 – 63). A. H. Nethercot, Who Was Eugene Marchbanks? (SR, 15 1972, 3 – 20). Ch. A. Berst, B. S. and the Art of Drama, 1973.

The Canterbury Tales, größte engl. Dichtung des MA u. Hauptwerk von → Chaucer. Die *C.T.* sind e. ca. 17000 Zeilen umfassender Zyklus von Versnovellen in Boccaccios Rahmentechnik u. entstanden ca. 1380 – 1400. Quellen für die Gesch. waren Boccaccio, frz. Contes u. Fabliaux, die Artussage, Heiligenlegenden u.a. Im Haus des Wirts der Herberge zum Heroldsrock, Southwark (heute e. Teil Londons), trifft e. Gruppe von Pilgern zusammen, um e. Wallfahrt zum Schrein des Hl. Thomas Becket von Canterbury zu unternehmen. Sie repräsentieren lebenstreu die bunte Fülle der ma. Welt: Vertreter des Adels, der hohen u. niederen Geistlichkeit, der studierten Berufe, wie Arzt u. Rechtsgelehrter, Kaufleute u. derb volkstüml. Personen. Nach dem Vorschlag des Wirts soll jeder Pilger auf dem Hin- u. Rückweg je 2 Gesch. erzählen. Dieser Plan, nach dem das Werk über 100 Erzählungen enthalten hätte, gelangte jedoch nicht zur Vollendung: es liegen nur 23 Erzählungen vor. Prolog u. überleitende Gespräche (›links‹) geben präzise u. lebensvolle Charakteristiken der Personen; überdies sind die einzelnen Gesch. auf den Charakter des jeweiligen Erzählers zugeschnitten. Z.B. erzählt der Ritter e. auf Boccaccio beruhende höf. Romanze, der Müller e. derben Schwank, die in 5 Ehen erfahrene Frau aus Bath e. Artusmärchen um das Thema der Herrschaft in der Ehe, der Kaufmann die Gesch. des Ehebruchs der jungen Frau e. alten Mannes, der Rechtsgelehrte u. die Nonnen Heiligenlegenden, der Nonnenpriester e. humorvolle Tierfabel. C.s eigener Beitr. ist e. Parodie auf modische Ritterromanzen. Das Werk ist von hohem kulturhist. Wert. C. verfügt über die ganze Breite ma. Bildung u. beweist zugleich feinen, frischen, urbanen, alles Menschl. verstehenden Humor u. psych. Einfühlungsvermögen. *ks*

The Text of the ›C.T.‹, hg. M. Manley and E. Rickert, VIII 1940. V. F. Hopper, Interlinear Translation, 1963. Major Tales, hg. M. Hoy & M. Stevens, 1970. – D. Hertwig, D. Einfluß v. C.s ›C.T.‹ auf d. engl. Lit., 1908. J.

M. Manley, ›C.T.‹, 1928. H. Engel, Structure and Plot in C's ›C.T.‹, 1931. W. S. McCormick u. J. E. Heseltine, Manuscripts of C's ›C.T.‹, 1933. E. F. Piper, Canterbury Pilgrims, 1935. W. W. Lawrence, C. and the ›C.T.‹, 1950. R. Baldwin, The Unity of the ›C.T.‹, 1955. R. M. Lumiansky, Of Sondry Folk, 1955. Sources and Analogues of C's ›C.T.‹, hg. W. F. Bryan u. G. Dempster, 1958. Discussions of the ›C.T.‹, hg. C. A. Owen, Jr., 1962. T. W. Craik, The Comic Tales of C., 1963. B. F. Huppé, A Reading of ›T.C.T.‹, 1964. A. H. MacLaine, The Student's Comprehensive Guide to ›T.C.T.‹, 1964. M. Mulvey, ›T.C.T.‹: Analytic Notes, 1965. P. G. Ruggiers, The Art of ›T.C.T.‹, 1965. R. R. Griffith, A Critical Study to C's ›C.T.‹, 1968. T. Whittock, A Reading of ›T.C.T.‹, 1968. J. Richardson, Blameth not Me: a Study of Imagery in C's Fabliaux, 1970. J. Mann, C. and Medieval Estates Satire, 1973. I. M. Ullmann, D. Erzähler d. ›C.T.‹, 1973. C.-›T.C.T.‹, hg. J. J. Anderson, 1974 (Casebook). D. R. Howard, The Idea of the ›C.T.‹, 1976. C. A. Owen, Jr., Pilgrimage and Storytelling in the ›C.T.‹, 1977.

Captain Singleton, Roman von D. → Defoe.

Cards of Identity, Roman von N. → Dennis.

The Careless Husband, Kom. von C. → Cibber.

The Caretaker, 3aktiges Drama aus H. → Pinters 2. Schaffensperiode; UA 27. 4. 1960 Arts Theatre, London; EA 1960, überarbeitet 1962. Der durch die gewaltsame Schockbehandlung in e. Nervenklinik in s. Denkfähigkeit u. Phantasie amputierte u. auf e. ruheloses Hantieren mit Objekten reduzierte Aston bringt den obdachlosen Landstreicher Davies in s. mit e. chaot. Masse nutzloser Dinge angefülltes Zimmer in e. ansonsten unbewohnten Haus, das ihm s. Bruder Mick überlassen hat. Aston ist um e. freundschaftl. Kontakt zu Davies bemüht, offeriert ihm e. Stelle als Hausmeister (»caretaker«) u. vertraut ihm sogar die Gesch. s. Krankenhausbehandlung an. Davies begegnet Astons Gunstbeweisen u. Kommunikationsversuchen mit Unverständnis u. streitsüchtigen Nörgeleien. Mit Hilfe Micks, der ihm ebenfalls die Hausmeisterstelle anbietet, versucht Davies, Astons Ausstoßung zu betreiben. Er begeht ironischerweise denselben Fehler wie Aston, indem er glaubt, in Mick e. mit ihm sympathisierenden Beschützer gefunden zu haben, während dieser bloß taktiert, um Davies loszuwerden. Astons gutmütige Hilfsbereitschaft kehrt sich um zu unumstößl. Abweisung, als Davies ihm mit erneuter Einlieferung in e. Heilanstalt droht u. den Sinn s. Basteleien bezweifelt. Aston weist ihn unerbittl. aus dem Haus. Gerade die Simplizität dieses Stückes hat zu zahlreichen unsinnigen, wild über symbol. Implikationen spekulierenden Interpretationen Anlaß gegeben. Objektiv faßbares Kernthema ist die Suche von Aston u. Davies nach e. neuen Identität u. ihr Scheitern bei diesem Versuch. Aston verstellt sich durch s. Festgelegtheit in irrelevanten Basteleien die Möglichkeit, zur konstruktiven Handlung des Baus e. Schuppens als Dokument s. wiedergefundenen Schaffenskraft zu gelangen. Davies verstellt sich durch die Angst, sich auch nur in kleinsten Details festzulegen, jede Möglichkeit, e. gesichertes Dasein, e. greifbare Identität zu erreichen. Die beiden scheitern aufgrund persönl. Unzulänglichkeiten, womit die Möglichkeit e. Identitätsfindung individuell, aber nicht grundsätzl. negiert wird. *ks*

K.-H. Stoll, ›A Slight Ache‹ u. ›T.C.‹ (Pinter, 1977, 50–85).

Carew, Thomas, 1595 West Wickham – 22. 3. 1639 London; typ. Vertreter der → Cavalier Poetry; Vater war Sir Thomas C., Rektor in Chancery. Stud. Oxford, anschließend 1612–16 Botschaftssekretär bei Sir Dudley Carleton in Venedig u. Den Haag, 1618–24 unter Lord Herbert von Cherbury in Paris. Zurück in England gewann er die Gunst von Charles I (1625–49) u. erhielt versch. Ämter am Hofe. Zusammen mit I. → Jones schrieb er e. amüsantes Maskenspiel, *Coelum Britannicum* (1634), welches in Whitehall aufgeführt wurde. Als Poet stand C. in der Tradition von → Jonson. Von der italien. Dichtung beeinflußt, verfaßte er u.a. die Ged. *To Saxham, A Rapture* u. *To my Friend G. N. from Wrest*, außerdem die *Elegy on the Death of Dr. Donne*, s. Vorbild, dessen Größe er jedoch nicht erreichte. Er zeichnet sich durch meisterl. Beherrschung des heroischen Reimpaars sowie durch eleganten Stil u. sprachl. Glätte aus. *ra*

Poems, hg. R. Dunlap, 1949. – B. King, The Strategy of C's Wit, (REL 5, n. 3, 1964, 42–51). D. Davison, C's Poetry: a Query. (Melbourne Critical Review, No. 4, 1961, 121–126). L. L. Martz, The Wit of Love: Donne, C., Crashaw, Marvell, 1970.

Carlyle, Thomas, 4. 12. 1795 Ecclefechan (Schottland) – 4. 2. 1881 London; Schriftsteller, Historiker, Lit.kritiker. 1809–14 Stud. Edinburgh, bis 1818 Lehrer in Annan u. Kirkaldy, danach als freier Schriftsteller in Edinburgh. Heiratete 1826 Jane Baillie Welsh u. lebte bis 1828 in Edinburgh, bis 1834 auf e. einsamen Bauernhof in Craigenputtoch, dann ständig in Chelsea/London. Intensive Beschäftigung mit dt. Philos. (Idealismus) u. Lit., Briefwechsel mit Goethe. Vf. e. *Life of Schiller* (›London Mag.‹, 1823–24, EA 1825), Übs. *Wilhelm Meisters Wanderjahre* (1827). Während mehrerer Aufenthalte in London lernte C. die lit. Szene der Stadt kennen u. verurteilte deren Tendenz zur Oberflächlichkeit. Die Ablehnung jegl. Protektion brachte ihn immer wieder in finanzielle Schwierigkeiten. Der stark autobiograph. Roman → *Sartor Resartus* erschien erstmals in ›Fraser's Mag.‹ (Nov. 1833 – Aug. 1834). Mit s. *History of the French Revolution* (III 1837, 1839, 1848) erlangte C. allg. Anerkennung als e. der führenden Intellektuellen des Landes. *Chartism* (1839) u. *Past and Present* (1834) erläutern s. Prinzipien, die sich von den polit. Vorstellungen der Zeitgenossen deutl. unterscheiden: Rückkehr zu e. theokrat. Geschichts- u. Staatsauffassung unter dem Zeichen starker Persönlichkeiten als Träger u. Verkörperung von Gesch., wobei es sich am jeweiligen Zeitalter entscheidet, ob die Helden sich zu Politikern, Philosophen, Dichtern oder Gesetzgebern ausbilden. C. mißtraute der Demokratie u. sprach ihr die Fähigkeit zur Lösung anstehender gesellschaftspolit. Probleme ab. Vielfach wurde er das Gewissen s. Zeit genannt; kämpfte bes. während seiner letzten Jahre leidenschaftlich gegen den wissenschaftl.-materialist. Zeitgeist, dem er e. tief empfundene Religiosität entgegensetzte: idealisierte Lebensform des Menschen unter Betonung des Wertes u. der zentralen Stellung der Arbeit. Glänzender Rhetoriker; Vorlesungen, darunter → ›On Heroes, Hero-Worship, and the

Heroic in History‹ (EA 1841). Der immer wieder vorgetragene Aspekt des Heldenkultes, C. begriff den ›Helden‹ verinnerlicht, bleibt maßgebend auch für s. 2 großen Werke *Oliver Cromwell's Letters and Speeches* (1845) u. die zeitkrit. *Latter-Day Pamphlets* (1850). Die Biogr. s. Freundes, *Life of John Sterling* (1851), u. die mit großem Aufwand vorbereitete *History of Friedrich II of Prussia, Called Frederick the Great* (VI 1858–65), erreichten nicht mehr den gleich hohen Grad an Beachtung. C.s Werk ist geprägt von der Kraft bildhafter Sprachgebung, persönl. gefärbter Stil. S. Stärke liegt in der hist. Biogr., wobei er die vorgezeichneten Fakten durch humorist. Episoden zu beleben versteht. Die zunächst enge Bindung zu den ›philosophical radicals‹ gab er schon früh auf; sah allerdings in e. Revolution nicht nur Zerstörung, sondern auch e. rekonstruktiven Prozeß. In C. verbinden sich prophet. Bewußtsein, Eindringlichkeit der Gedanken u. polit. Reformwille. C.s *Reminiscences* wurden 1881 von J. A. → Froude herausgegeben, dessen späteres *Life of Th. C.* (II 1882, II 1884; n. 1970) aufgrund s. unkrit. Offenheit heftigen Unwillen auslöste. Die 1929 gegr. Carlyle Society befaßt sich mit dem Werk u. der Person C.s u. fördert entsprechende wissenschaftl. Veröffentlichungen u. Tagungen. Die C.S. veranstaltet jährl. 6 Treffen in Edinburgh. Die von der Gesellschaft durchgeführten Thomas Green Lectures and Essay Competitions dienen der gleichen Zielsetzung.

hd

Works, hg. H. D. Traill, XXX 1896–99 (Centenary Edition); XVIII 1906 (Standard Edition). – C.s extensive Korrespondenz bisher nur auszugsweise in versch. Sammelbdn.; im Erscheinen: Collected Letters of Th. and Jane Welsh C., hg. C. R. Sanders, K. J. Fielding, 1970ff (1–4, 1970; 5–7, 1977; 8–9, 1979). – R. L. Tarr, Bibl. of Engl. Lang. Crit. 1824–1974, 1976. – C. Newsletter, 1979ff. – J. A. Froude, My Relations with C., 1903 (posthum). D. A. Wilson, Life of C., VI 1923–34. E. Dew, Jane Welsh and Jane C., 1928. W. Dunn, Froude and C., 1930. F. A. Lea, C., Prophet of Today, 1943. E. Bentley, The Cult of Superman, 1947. G. Calder, The Making of ›Past and Present‹, 1949. J. Holloway, The Victorian Sage, 1953. R. Bell, C's Religious Influence, 1959. J. Kedenburg, Teleolog. Geschichtsbild u. theokrat. Staatsauffassung, 1960. G. Heckner, E. Voltaire schott. Prägung: Th. C., 1962. Ch. F. Harrold, C. and German Thought, 1963. T. Holme, The Cs. at Home, 1965. L. Cazamian, C., [2]1966. A. J. LaValley, C. and the Idea of the Modern, 1968. J. Symons, Th. C., [2]1970. M. Storrs, The Relation of C. to Kant and Fichte, [2]1970. Th. C. (The Critical Heritage), hg. J. P. Seigel, 1971. A. A. Ikeler, Puritan Temper and Transcendental Faith: C's Lit. Vision, 1972. M. Goldberg, C. and Dickens, 1972. P. Rosenberg, Th. C. and the Theory of Radical Activism, 1974. I. Campbell, Th. C., 1974. W. S. Johnson, Th. C. A Study of His Lit. Apprenticeship 1814–31, [2]1975. F. W. Roe, Th. C. as a Critic of Lit., [2]1975. C. and His Contemporaries, hg. J. Clubbe, 1976. C. Past and Present, hg. K. J. Fielding and R. L. Tarr, 1976. I. Campbell, C. and Europe. Some Early Contacts, 1977 (Carlyle Society Edinburgh Occasional Papers, 7). E. M. Behuken, Th. C. Calvinist without the Theology, 1978. J.-Ch. Rojahn, D. romant. Dichter als viktorian. Held: Zur Dichtungstheorie Th. C.s (Engl. u. am. Lit.-theorie, hg. R. Ahrens u. E. Wolff, Bd. 2, 1979, 57–81). I. Campbell, Th. C., 1979 (Writers and their Work).

Carol; unklare Etymologie, evtl. von griech.-lat. ›chorea‹, Tanz, oder ›choraules‹, Flötenspieler; früheste Bedeutung als Rundtanz, davon abgeleitet Tanzlied; ursprüngl. Vierzeiler aus 8silbigen V., von e. Vorsänger gesungen, der 2teilige Refrain vom Chor wiederholt. Bezogen auf Weihnachten als ›Christmas Carol‹, e. Lied zum Ausdruck der Freude über Christi Geburt. In der me. Lit. bezeichnet C. e. lyr. Ged. mit Refrain, der vor der

1. Strophe u. am Schluß jeder weiteren gesungen wurde. E. Beschränkung auf rel. Themen ist nicht festzustellen. Frühester Beleg bei dem Anglonormannen → Wace, in der engl. Lit. in *Handlyng Synne* (zwischen 1303 u. 1338). Unterscheidung von 2 Gruppen: ›medieval manuscript carols‹ in typ. ›burden-stanza‹, d.h. mit Refrain, u. ›folksong carol‹ oder ›ballad carols‹; erst spät schriftl. fixiert, davor mündl. Überlieferung. Zu den ›amorous carols‹ zählen u.a. die volkstüml. Liebesklagen betrogener Mädchen (z.B. *Jankyn and Alysoun*) oder betrogener Ehemänner. Die bekannten *Boar's Head Carols* schildern, basierend auf heidn. Brauchtum, e. zum Weihnachtsmahl versammelte Gesellsch. Unter den C.s mit rel. Themen sind v.a. die des John Audelay zu nennen (entstanden um 1420), z.B. auf die Jungfrau Maria, ›Of a rose, a lovely rose‹ (Ms. Sloane 2593); vgl. dt. »Es ist ein Ros' entsprungen«. Das *Corpus Christi Carol* über den Tod Christi nimmt in der vielschichtigen Behandlung des Stoffes e. Sonderstellung ein; Elemente der Gralssage. Erst am Schluß kommt es zur eindeutig christl. Aussage. Die Tragik des Geschehens erinnert an die → Ballade. E. weiteres Beispiel für den Formenreichtum me. Carol-Lyrik ist *The Nut-brown Maid* (um 1500). E. Abart des C. ist das ebenfalls durch Refrain wirkende ›Lullaby‹ (Wiegenlied). *js*

Early Engl. Lyrics: Amorous, Divine, Moral, and Trivial, hg. E. K. Chambers and F. Sidgwick, [4]1926. The Early Engl. C., hg. R. L. Greene, 1935. Engl. Lyrics of the 13th Cent., hg. C. Brown, [2]1950. Cambridge ME Lyrics, hg. H. A. Person, 1953. Early Engl. Christmas C., hg. R. H. Robbins, 1961. A Selection of Engl. C., hg. R. L. Greene, 1962. Medieval Engl. Verse (Übs.), hg. B. Stone, 1964. The Oxford Book of Ballads, hg. J. Kinsley, 1969. – E. Duncan, The Story of the C., 1911. E. Routley, The Engl. C., 1959.

Caroline Age (lat. Carolus, Charles); Regierungszeit von Charles I (1625–49) u. Charles II (1660–85), als Bz. für die in dieser Zeitspanne entstandene Lit. gebräuchlich. Charakterist. Vertreter sind die Dichter der → Cavalier Poetry wie → Carew, Lovelace, Suckling. Ihre Lyrik zeichnet sich durch kurze Ged. über Themen der Galanterie aus, basiert auf der von → Jonson übernommenen klass. Tradition, ist von italien. Dichtung beeinflußt. Die ›Caroline dramatists‹ (J. → Ford, J. Shirley) standen noch in der elisab. Tradition, setzten sich aber durch verfeinerte Technik u. eleganten Stil vom vorhergehenden → Jacobean Age ab. *ra*

D. Mathew, The Social Structure of Caroline England, 1948. D. Ogg, England in the Reign of Charles II, II [2]1955. L. Stone, The Crisis of the Aristocracy 1558–1641, 1965. S. E. Fish, Self-consuming Artifacts: The Experience of 17th-cent. Lit., 1972. L. C. Knights, Public Voices: Lit. and Politics with Special Reference to the 17th Cent., 1971.

Carroll, Lewis (eig. Charles Lutwidge Dodgson), 27. 1. 1832 Daresbury/Cheshire – 14. 1. 1898 Guildford; Sohn e. Dorfpfarrers; Rugby, 1850 Stud. Mathematik Christ Church College, Oxford; 1855–1881 Lecturer. Nach versch. Fachpublikationen veröffentlichte er unter dem Ps. Lewis Carroll das dem → Nonsense verpflichtete → *Alice's Adventures in Wonderland*, gefolgt von *Through the Looking-Glass* (1872). D. schrieb in e. Mischung aus Humor u. Absurdität; Kinderbücher, die auch unter Erwachsenen ihre Leser finden. *hd*

Complete Works, 1939. – Letters, hg. M. N. Cohen and R. L. Green, II 1979. – S. H. Williams, Bibl., [2]1931. – S. D. Collingwood, Life and Letters of L. C., 1898. S. H. Williams and F. Madan, L. C. Handbook, 1962. R. D. Sutherland, Language and L. C., 1970. R. Kelly, L. C., 1977.

Cary, Arthur Joyce Lunel, 7. 12. 1888 Londonderry/Donegal – 29. 3. 1957 Oxford; Stud. Kunstakademie Edinburgh u. Paris, 1909–12 Oxford. 1912–13 Rotkreuzhelfer im Balkankrieg, dann Laufbahn im nigerian. polit. Dienst. Kämpfte im 1. Weltkrieg in Afrika, kehrte schwerverwundet in den polit. Dienst zurück. Da C. das Tropenklima nicht vertrug, ließ er sich 1920 in England nieder; begann 44jährig e. schriftsteller. Laufbahn. S. Romane sind lebensvoll u. ereignisreich u. werden meist von e. fiktiven Ich-Erzähler berichtet. Die Eindrücke vom primitiven Leben der Eingeborenen spiegeln sich in s. ersten Werken (z. B. *Aissa Saved*, 1932; *The African Witch*, 1936). In der Trilogie *Herself Surprised* (1941), *To Be a Pilgrim* (1942) u. *The Horse's Mouth* (1944) werden die gleichen Begebenheiten in jedem der Bde. von e. anderen Gestalt berichtet: der ungestüm u. naiv vitalen, zugleich aber instinktsicheren Sara Monday, dem stets von anderen Menschen abhängigen Bourgeois Tom Wilcher, dessen Haushälterin u. Geliebte Sara war, u. dem amoral. u. genialen Außenseiter der Gesellsch., dem Maler Gulley Jimson, dem sie Geliebte u. Mutter zugleich sein möchte, aber zur Fessel wird, die er abwirft. Aus 3 Perspektiven (›triple vision‹) fügen sich die Porträts dreier grundverschiedener Menschen u. darüber hinaus e. 4 Jahrzehnte umfassendes Panorama engl. Gesch. zusammen. *ks*

›Except the Lord‹, 1966 (Heritage of Lit. Series). – A. Wright, J. C. A Preface to His Novels, 1959. R. Bloom, The Indeterminate World, 1962. W. Allen, J. C., [2]1963. C. G. Hoffmann, J. C. The Comedy of Freedom, 1964. M. M. Mahood, J. C's Africa, 1964. G. L. Larsen, The Dark Descent, 1965. W. van O'Connor, J. C., 1966. M. J. C. Echeruo, J. C. and the Novel of Africa, 1973. R. W. Noble, J. C., 1973. S. H. Kanu, A World of Everlasting Conflict: J. C's View of Man and Society, 1974. B. Fisher, J. C. The Writer and his Theme, 1979.

The Castle of Indolence, allegor. Ged. von J. → Thomson, d. Ä.

The Castle of Otranto, Roman von Horace → Walpole.

The Castle of Perseverance → Morality Play.

Castle Rackrent, Roman von M. → Edgeworth.

Cato, Trag. von J. → Addison.

Catriona, Roman von R. L. → Stevenson.

Caute, John David, 16. 12. 1936 Alexandria (Ägypten); Stud. Oxford u. Harvard, Dozent für Gesch. Engagierter Marxist, dessen Romane u. Dramen Stellung nehmen zu polit. Fragen wie Imperialismus u. Kapitalismus (z. B. die Romane *At Fever Pitch*, 1959 u. *The Decline of the West*, 1966), Ungarnaufstand (z.B. das Drama *Songs for an Autumn Rifle*, 1961) u. Studentenrevolte (z.B. das Drama *The Demonstration*, 1970). *ks*

Cavalier Poetry bezeichnet e. Genre der Lyrik des 17. Jh., das durch Subtilität, Eleganz u. Melancholie besticht. Bedeutendste Vertreter dieser Richtung: Th. → Carew, J. Suckling, R. Lovelace. Obwohl es keine fest umrissene Gruppe der Cavalier Poets gab, waren die meisten (mit Ausnahme des Landpfarrers R. → Herrick) aristokrat. Herkunft u. lebten am Hof, so daß (bes. unter Charles I) der kgl. Hof zum Zentrum dieser dichter. Bewegung wurde. Von → Jonsons Metaphysik u. von → Donnes Petrarkismus beeinflußt, bedienen sich die Cavalier Poets e. klaren, präzisen Stils u. vernachlässigen das zu der Zeit sehr mod. → conceit. Typ. Kennzeichen des Genres ist die kurze, rhythm. Zeile. Zu e. späteren Gruppe von Cavalier Poets, die nach der Restauration unter Charles II vor allem die Satire pflegten, gehörten der Earl of Rochester, Ch. Sedley, Ch. Sackville (Earl of Dorset) u. Ch. Cotton. Letztere Gruppe wird auch als Court Poets bezeichnet. Ihre zumeist polit. u. sozialen Satiren sind durch den verfeinerten Sinn des Höflings, durch s. hedonist. Lebenseinstellung geprägt. *ra*

J. H. Wilson, The Court Wits of the Restoration: An Introduction, 1948. R. Skelton, Cavalier Poets, 1960.

Caxton, William, 1422 Tenterden/Kent – 1491 Westminster. C. brachte die Kunst des Buchdrucks nach England. Zunächst Lehre bei e. Londoner Kaufmann, anschließend fast 3 Jahrzehnte in den damaligen Niederlanden, Vertretung der Interessen engl. Kaufleute in Brügge; lit. Neigungen. Übs. der *Recuyell of the Historyes of Troye*, 1471 in Köln vollendet, wo C. erstmals mit dem neuen Verfahren des Buchdrucks in Berührung gekommen sein dürfte. 1476 ließ er in Westminster e. Druckpresse aufstellen. Als 1. Band erschien *The Dictes or Sayengis of the Philosophers* (1477). Bis zu s. Tode brachte C. um 80 Drucke heraus, darunter → Malorys *Morte Darthur* u. die EA von Chaucers → *Canterbury Tales*, außerdem viele von ihm selbst angefertigte Übs. aus dem Frz. Ab 1480 auch Holzschnittillustrationen. C.s Verdienst besteht darin, daß er nicht das Lat., sondern die Landessprache bevorzugte u. damit wesentl. zur Festlegung der Graphie des Engl. beitrug. Von bes. Interesse sind s. Prologe u. Epiloge zu den von ihm herausgebrachten Werken, in denen er sich mit sprachl. u. stilist. Fragen, u. a. mit der Problematik der Regionaldialekte, auseinandersetzt. *js*

›The Recuyell of the Historyes of Troye‹, hg. H. O. Sommer, II 1894. C's Prologues and Epilogues, hg. W. J. B. Crotch, EETS, 1928. C's Works, hg. ders., EETS, OS, 176, ²1956. – W. Blades, The Life and Typography of W. C., II 1861–63; n. 1882. G. P. Winship, W. C., 1909. H. Wiencke, D. Sprache C.s, 1930. C. F. Bühler, W. C. and his Critics: A Critical Reappraisal of C's Contributions to the Enrichment of the Engl. Language, 1960. W. Blades, The Biogr. and Typography of W. C., 1971 (repr.).

Celtic Renaissance → Irish Renaissance.

Celtic Revival. Lit. Bewegung in der 2. Hälfte des 18. Jh.; Betonung kelt. Tradition, Lit. u. Mythologie; im Gefolge der Romantik. Starkes Interesse an früher kelt. Bardendichtung. Wichtigster Vertreter Th. → Gray, dessen *The Bard* (1757) u. *The Progress of Poesy* (1757) die Frühphase markieren; umstritten → Macpherson u. s. Ossian-Dichtung. Starker Einfluß auf e. Vielzahl zweitrangiger, aber populärer Dichter. Ausgangs des 19. Jh. erneutes Wiederaufleben im ›Victorian Celtic Revival‹ (F. → Macleod, → Irish Renaissance). *hd*

E. D. Snyder, The C. R. in Engl. Lit., 1923.

The Cenci, Trag. von P. B. → Shelley.

Centlivre, Susannah, geb. Freeman od. Rawkins, 1667 in Irland – 1. 12. 1723 London. Heiratete nach 2 vorausgegangenen Ehen Joseph Centlivre, Küchenchef am Hofe von Queen Anne. Vf. von 18 Bühnenstücken, hauptsächl. Lustspiele, der → comedy of manners verpflichtet; einfallsreich, doch von mäßiger Qualität; bekannter wurden *The Perjured Husband* (1700), *The Busy Body* (1709) u. *A Bold Stroke for a Wife* (1718). *The Wonder! A Woman Keeps a Secret* (1714) verhalf → Garrick zu e. s. Glanzrollen. *hd*

Works, III 1760–61; n. 1872. – R. Seibt, D. Kom. d. Mrs. C. (Anglia, 32 1909, 434–80). J. W. Bowyer, The Celebrated Mrs. C., 1952.

Centre 42; auf Betreiben von A. → Wesker durch e. unter TOP 42 vom Trades Union Congress verabschiedete Resolution im Jahre 1961 begründete Organisation. W. berichtet darüber in e. 1962 veröffentlichten *Encounter*-Artikel ›The Secret Reins: Centre Forty-two‹ (A. W., *Fears of Fragmentation,* 1970, 39–50). Mit Hilfe gewerkschaftl. Subventionen sollte sie den Arbeitern kulturelles Leben näherbringen u. vermitteln. Nach der Durchführung von 6 entsprechenden → Festivals beschränkt sich Centre 42 auf die Leitung des Roundhouse, e. großen Theaters mit Kneipe, das in e. Nordlondoner Arbeiterviertel in der runden u. weiträumigen Gußeisenkonstruktion e. viktorian. Lokomotivschuppens eingerichtet wurde. Wesker zog sich 1970 aus dem Management des Roundhouse zurück. Er beschreibt s. frustrierenden Erfahrungen mit den Gewerkschaften in dem Drama *Their Very Own and Golden City* (1966). Von W.s kultureller Mission ist in den letzten Jahren nichts mehr zu spüren: das Programm des Roundhouse besteht heute vorwiegend aus aufwendigen Musicals u. Rock-Shows. *ks*

Chain of Being, *An → Essay on Man* (A. Pope).

The Champion, moral. Wochenschrift von H. → Fielding.

The Changeling, Tragikom. von Th. → Middleton.

Chapbook; im 18. Jh. kleinformatiges billiges (›cheap‹) Buch oder Heft von 16 bis 32 Seiten. Weiter Themenbereich: aktuelle Ereignisse, Reiseabenteuer, Legenden, Biogr., Schauergesch. u. ä. Verkauf durch Hausierer (›chapmen‹). Für den Lit.historiker als Dokument zeitgenöss. Gegebenheiten u. Stoffe von großem Interesse. *hd*

Chapman, George, 1559 Hitchin – 12. 5. 1634 London; Dramatiker, Poet u. Übersetzer. Lebte ab 1583 im Londoner Kreis um W. → Raleigh. 1605 wurde s. zusammen mit J. → Marston u. B. → Jonson verfaßte Kom. *Eastward Hoe* veröffentlicht, e. Satire auf die Ritterkrönungen James I (1566–1625), was zu zeitweiser Inhaftierung führte. Dennoch genoß er hohes Ansehen bei s. Zeitgenossen. C. wurde durch s. Übs. von Homers *Ilias* bekannt; er übersetzte auch Juvenal, Petrarka, Musaios u. Hesiod ins Engl. Daneben verfaßte er blutrünstige Trag. (→ *Bussy D'Ambois,* 1607), unterhaltsame Kom. u. Sonette, die durchaus mit denen von Shakespeare konkurrieren können. Vermutl. war C. der in Shakespeares Sonetten erwähnte »rival poet«. C. ist zwar noch fest in der elisab. Welt integriert, besitzt aber nicht mehr die selbstverständl. Sicherheit des Weltbildes. Daher kommt es ihm darauf an, daß der Mensch in der in Frage gestellten Welt s. Haltung nicht verliert u. s. Würde unantastbar bleibt. *ra*

Works, hg. R. H. Shepherd, III 1874–5. Plays, hg. A. Holaday, 1970. – J. W. Wieler, C. The Effect of Stoicism upon His Tragedies, 1949. R. Gerber, Übermensch u. Treue: Zur umstrittenen Entwicklung von Ch.s Drama. (Anglia, 76 1958, 510–535). M. MacLure, C.: A Critical Study, 1966. D. Crawley, Character in Relation to Action in the Tragedies of G. C., 1974. P. Ure, Elizabethan and Jacobean Drama, 1975, 166–186.

Chapone, Hester, geb. Mulso, 27. 10. 1727 Twywell – 25. 12. 1801 Hadley; gehörte dem Kreis um E. → Montagu an. Veröffentlichte Essays, Ged. u. Erzählungen, darunter die vielgelesenen *Letters on the Improvement of the Mind* (1774). *hd*

Works, IV 1807. – Memoirs, hg. J. Cole, 1839.

Character Book; für das 17. Jh. typ. lit. Form; Slg. von Essays, die auf der Definition menschl. u. sozialer Typen aufbauten. Anlaß für diese ›characters‹ gaben die kurzen Sketche der versch. Charaktere übereinander in den Kom. der Zeit (Dekker, Jonson) bzw. in den Satiren Donnes. Sie lösten die populären satir. Pamphlete des ausgehenden 16. Jh. ab. Eng an die Charakterzeichnung des griech. Autors Theophrast (372–287 v. Chr.) angelehnt, daher oft die Bezeichnung ›Theophrastan C.‹. Am bekanntesten im 17. Jh.: Sir Th. Overbury, *Characters*, 1614, u. J. Earle, *Microcosmographie*, 1628. Im 18. Jh. geht die Entwicklung des c. b. zurück, statt dessen findet man individuellere Studien in den moral. Wochenschr. (→ periodical essay) sowie detaillierte Charakterzeichnungen im Roman. *ra*

W. Clausen, The Beginnings of Engl. Character-Writing in the Early 17th Cent., (PQ, 25 1946, 32–45). B. Boyce, The Theophrastan Character in Engl. to 1642, 1947. B. Boyce, The Polemic Character, 1640–1661. A Chapter in Engl. Lit. History, 1955. Engl. Character-Writing, hg. H. Berger, 1971 (English Texts 8).

The Charge of the Light Brigade, Ged. von A. → Tennyson.

Charteris, Leslie (eig. Leslie Charles Bowyer Yin), 12. 5. 1907 Singapur; Sohn e. chines. Chirurgen u. e. Engländerin. Als Kind mehrere Weltreisen mit den Eltern. Seit 1932 vorwiegend in USA, Weltenbummler. Erfolgreicher Vf. zahlreicher Kriminalromane u. -gesch., deren Held, »The Saint«, e. Art mod. Robin Hood ist, der durch eigene Gewalttaten Verbrecher bestraft u. Armen hilft. *ks*

Chartism → Carlyle, Th.

Chatterton, Thomas, 20. 11. 1752 Bristol – 25. 8. 1770 London; Sohn e. Lehrers. Begeisterte sich für die Welt des MA. Aus e. Chaucer-Glossar stellte er sich e. altertüml. Vokabular in ebensolcher Orthographie zusammen u. dichtete im Stil der Barden des 15. Jh. Die teils auf bemaltes Pergament in got. Lettern geschriebenen Ged. gab er als Originale des Mönchs Thomas Rowley aus. Zunächst gelang die Fälschung. 1770 sandte er die Mss. an Horace → Walpole, der sie → Gray u. → Mason zeigte, die die Fälschung aufdeckten. C.s früher trag. Tod, er vergiftete sich mit Arsen, gab ihm in der Romantik das Bild des verkannten Genies. Keats widmete ihm s. *Endymion.* Die *Rowley Poems* (hg. M. E. Hare, 1911) verraten in ihrer Originalität u. schöpfer. Phantasie die zweifellos bei C. vorhandene dichter. Begabung.

hd

Complete Works, hg. H. D. Roberts, II 1906. – G. Lindop, Th. C., 1972.

Chaucer, Geoffrey, 1340(?) London – 25. 10. 1400 ebda; Sohn von John C., e. wohlhabenden Londoner Weinhändler. Er genoß ab 1357 als Page der Gräfin v. Ulster, Gattin des Prinzen Lionel, Sohn von Edward III u. später Duke of Clarence, e. höf. Erziehung. 1359 mit dem Heer Edward III nach Frankreich, Gefangennahme u. Freilassung gegen Lösegeld. Nach dem Tod Lionels ging C. 1368 an den Hof von John of Gaunt. Er heiratete die Schwester von dessen 3. Frau. 1372–73 als Gesandter des Kgs. nach Genua u. Florenz, wahrscheinl. Begegnung mit Boccaccio u. Petrarka. 1374 Ernennung zum angesehenen u. einträgl. Amt e. ›Controller of Customs in the Port of London‹. 1376 u. 1377 in geheimer Mission des Kgs. nach Flandern, 1378 Mitglied von Gesandtschaften nach Frankreich u. in die Lombardei. 1386 als ›Knight of the Shire for Kent‹ Parlamentsmitglied. 1388 Wallfahrt nach Canterbury. Begraben in der Westminster Abbey, wo ihm 1555 e. Denkmal errichtet wurde. Nachdem seit 1066 Frz. die Amts- u. Literatursprache war, machte C. die engl. Sprache wieder hof- u. dichtungsfähig. Er war der größte engl. Dichter des MA. S. Gesamtwerk zeichnet sich durch virtuose Vielseitigkeit u. zugleich durch e. künstler. Einheitlichkeit aus, die unverkennbar den Stempel s. individuellen souveränen Heiterkeit u. überlegenen Urbanität trägt. Es läßt sich in 3 Schaffensperioden gliedern: 1) Periode des frz. Einflusses 1359–72, in welcher C. den 8silbigen Paarreim (›short couplet‹) benutzt. In dieser Periode entstanden die beiden allegor. Traumvisionen *The Book of the Duchess* (1369), Elegie auf den Tod von Blanche of Lancaster, der 1. Gattin von John of Gaunt, u. der C. zugeschriebene, aber wohl nur z. T. von ihm verfaßte *Romaunt of the Rose*, e. erweiterte Übs. des frz. *Roman de la Rose* von Guillaume de Lorris u. Jean de Meung, der über 200 Jahre lang die lit. Bibel der höf. Frauenverehrung war. 2) Zeit des italien. Einflusses, insb. Dante u. Boccaccio 1372–86, in welcher C. vor allem die 7zeilige ›heroische‹ Strophe benutzt u. z. T. auch den ›heroischen‹ (5füßiger Jambus) Reimpaarvers (→ heroic couplet). In dieser Periode entstanden die (unvollendete) Dichtung *The House of Fame* (ca. 1372–86), in welcher der Dichter von der Flucht des Aeneas nach dem Fall Trojas träumt, von dessen Aufnahme bei Dido u. Besuch im ›House of Fame‹ sowie im ›House of Rumours‹. Die allegor. Fabel *The Parliament of Fowls* (ca. 1372–86) beschreibt den Werbungsdisput von 3 Adlern um e. schönes Weibchen u. entstand wohl anläßl. der Vermählung von Richard II mit Anna von Böhmen. Themat. Zentrum ist die »fine amour«, die höf. verfeinerte Liebe. Die Troja-Episode *Troilus and Criseyde* (ca. 1372–86) hat kein antikes Vorbild, sondern geht auf den *Roman de Troie* von Benoit de Sainte-Maure zurück. C. übernahm die Gesch. aus Boccaccios *Filostrato* u. ergänzte sie durch die lebendigen u. humorvollen Wesenszüge des Pandarus u. die größere Komplexität von Criseydes Charakter. Thema ist der Kontrast zwischen höf. u. sinnl. Liebe. Der Stoff wurde später Gegenstand e. der → Roman plays von Shakespeare. *The Legend of Good Women* (ca. 1372–86) bietet als Gegengewicht zu der im *Romaunt of the Rose* u. *Troilus and Criseyde* geschilderten weibl. Untreue das Lob klass. Heldinnen. 3) In der Zeit s. reifsten Schaffens 1386–1400 verwendete C. das ›heroic couplet‹, so im größten Teil s. Hauptwerks, den → *Canterbury Tales.* Zu s. Prosawerken gehören e. Boethius-Übs. (1384) u. e. *Treatise on the Astrolabe,* e. Schr. über die Astronomie für s. kleinen Sohn Lewis. Das in der am. Huntington Library befindl. Ellesmere Ms. ist die verläßlichste – u. für die *Canterbury Tales* einzige – Textquelle. Die *Canterbury Tales* wurden zuerst 1478(?) von → Caxton gedruckt, die 1. Gesamtausgabe von C.s Werken nahm W. Thynne 1532 vor. *ks*

Complete Works, hg. W. W. Skeat, VII 1894–97. Complete Works, hg. F. N. Robinson, ²1957. Werke, hg. A. v. Düring, III 1883–86; n. L. Hoevel, 1973f. – Ꝥ. D. Griffith, Bibl. of C., 1908–53, 1955. W. R. Crawford, Bibl. of C., 1967. A. C. Baugh, C., 1968. – J. S. P. Tatlock & A. G. Kennedy, A Concordance to the Complete Works of C., ²1963. B. Dillon, A C. Dictionary, 1974. N. Davis et al., A C. Glossary, 1979. – C.-Handbuch, hg. M. Kaluza, ²1931. C. Schaar, The Golden Mirror. Studies in C's Descriptive Technique and Its Lit. Background, 1955. J. W. Kleinstück, C.s Stellung i. d. ma. Lit., 1956. Ch. Muscatine, C. and the French Tradition, 1957. C., Modern Essays in Criticism, hg. E. Wagenknecht, 1959. C. Criticism, hg. R. Schoeck and J. Taylor, II 1960–62. D. W. Robertson, A Preface to C., 1962. W. Clemen, C.s frühe Dichtung, 1963. R. O. Payne, The Key of Remembrance: A Study of C's Poetics, 1963. D. W. Robertson, A Preface to C. Studies in Medieval Perspectives, 1963. G. G. Coulton, C. and His Engl., ⁹1963. E. Howard, G. C., 1964. M. Bowden, A Reader's Guide to G. C., 1965. M. Hussey et al., An Introduction to G. C., 1965. G. Williams, A New View of C., 1965. J. Gardner u. N. Joost, Papers on the Art and Age of C., 1967. M. W. Grose, C., 1967. C. u. s. Zeit, hg. A. Esch, 1968. J. Lawlor, C., 1968. H. Newstead, C. and His Contemporaries, 1968. Companion to C. Studies, hg. B. Rowland, 1968; n. 1979. E. Wagenknecht, The Personality of C., 1968. C. An Anthology of C. Criticism, hg. J. A. Burrow, 1969. J. J. Mogan, C. and the Theme of Mutability, 1969. W. L. Alderson & A. C. Henderson, C. and Augustan Scholarship, 1970. E. T. Donaldson, Speaking of C., 1970. Critics on C., hg. S. Sullivan, 1970. C. D. Wood, C. and the Country of the Stars, 1970. S. S. Hussey, C. An Introduction, 1971. I. Robinson, C. and the Engl. Tradition, 1971. N. E. Eliason, The Language of C's Poetry, 1972. H. Gillmeister, Discrecioun. C. u. d. Via Regia, 1972. P. M. Kean, C. and the Making of Engl. Poetry, II 1972. T. W. Ross, C's Bawdy, 1972. D. S. Brewer, C., ³1973. Ders., C. in His Time, 1973. S. Kohl, Wiss. u. Dichtung bei C., 1973. D. Mehl, G. C., 1973. R. W. V. Elliott, C's England, 1974. A. F. Scott, Who's Who in C., 1974. P. Elbow, Oppositions in C., 1975. A. S. Miskimin, The Renaissance C., 1975. A. David, The Strumpet Muse: Art and Morals in C's Poetry, 1976. J. C. Gardner, The Life and Times of C., 1976. R. B. Burlin, Chaucerian Fiction, 1977. J. C. Gardner, The Poetry of C., 1977. A. S. Haskell, Essays on C's Saints, 1977. C. Sources and Backgrounds, hg. R. P. Miller, 1977. U. Schaefer, Höf.-ritterl. Dichtung u. sozialhist. Realität, 1977. R. P. Tripp, Jr., Beyond Canterbury, 1977.

Cherbury, Lord of → Herbert, E.

Chester Natural History Society → Kingsley, Ch.

Chester Plays → Mystery Play.

Chesterfield, Philip Dormer Stanhope, 4th Earl of, 22. 9. 1694 London – 24. 3. 1773 ebda; Staatsmann, Diplomat, Schriftsteller. 1712–14 Stud. Trinity Hall, Cambridge; nach dem Tod s. Vaters nahm er 1726 dessen Sitz im Oberhaus ein, Opposition gegen Walpole. 1728 auf Drängen von George II zum Botschafter in Den Haag ernannt. Kehrte aus Gesundheitsgründen 1732 endgültig nach England zurück. Nach Entfremdung mit George II setzte C. s. Kritik an der Regierung Walpoles mit der Veröffentl. satir. Pamphlete fort, ob ihrer geistvollen Aussage von Pope u. Smollett sehr gelobt; z. T. mitverantwortl. für den Sturz Walpoles. 1745–46 Lord Lieutenant von Irland, 1746–48 Staatssekretär. Schrieb für die moral. Wochenschr. ›The World‹; Freund Popes, weniger gutes Verhältnis zu → Johnson, der ihm den Plan des *Dictionary* widmete, von C. zunächst unbeachtet. Nach Erscheinen bekundete C. mit 2 Essays in ›The World‹ jedoch Hochachtung für das Werk. Johnson antwortete, daß er nunmehr auf diese Ehrung verzichten könne. C.s Ansehen basierte sowohl auf s. polit. Leistungen als auch auf s. fundierten Kenntnis der engl. u. frz. Lit. S. lit. Ruhm geht auf die ab 1737 entstandenen u. nach s. Tode veröffentlichten Briefe an s. natürl. Sohn u. an s. Enkel zurück. Elegant formuliert, voller Weltklugheit betonen sie die ausschlaggebende Rolle der Vernunft, stellen Gefühle als zweitrangig hin, vermitteln Ratschläge für erfolgreiches Verhalten in der Gesellschaft: Musterbeispiele der Briefkunst, wenn auch wegen einiger die sog. guten Sitten verletzender Stellen (C. verurteilte das gemeine Laster, sprach sich andererseits aber für die gesellschaftl. Notwendigkeit gelegentl. Intrigierens aus) heftig angegriffen u. als unmoral. verworfen. Keinesfalls war C. der Zyniker, als der er oft galt, eher e. distanziert-krit. Beobachter, illusionslos, der in s. persönl. Verhältnis zu Menschen wiederum große Wärme u. Verständnis zeigen konnte. *hd*

Works, hg. Lord Mahon, V 1845–53. – Letters to his Son, hg. R. Stanhope, II 1774; n. C. Strackey, A. Calthrop, II 1901. Letters to his Godson, hg. Lord Carnarvon, 1890. Letters, hg. B. Dobrée, VI 1932. – S. L. Gulick, Bibl. to 1800, 1935. – S. Shellaberger, Lord C., 1935, ²1951. W. Connely, The True C., 1939. Ders., L. C. and His World, 1951. S. M. Brewer, Design for a Gentleman, 1963.

Chesterton, Gilbert Keith, 29. 5. 1874 London – 14. 6. 1936 Beaconsfield; Karikaturist, Journalist, ab 1900 freier Schriftsteller. Eng befreundet mit H. → Belloc. 1922 zur röm.-kath. Kirche konvertiert, wurde er zum kath. Gegenspieler s. Freundes → Shaw. Äußerst vielseitiger Autor, der witzige Argumentation mit paradoxen Formulierungen, geistreiche Verblüffungstechnik u. groteske Übertreibungen liebte. Romancier, Vf. von Detektivgesch., Lit.historiker, Historiker, Essayist u. Pamphletist mit christl. Grundhaltung. S. dichter. besten Leistungen sind Balladen u. Trinklieder (*Collected Poems*, 1933), einzelne s. lit.krit. Essays u. die Naturschilderungen s. Prosa. Der Detektivroman *The Man Who Was Thursday* (1908) beginnt als burleske Folge phantast. Abenteuer von – zur Tarnung nach Wochentagen benannten – 6 Mitgliedern e. Anarchistenbewegung, die sich schließl. alle als verkleidete Polizisten herausstellen, welche

Land

(D = Deutschland, CH = Schweiz,
A = Österreich etc.)

Absender bitte „computergerecht“
In Blockschrift eintragen.
Ein Kästchen = ein Buchstabe

Straße, Hausnummer

PLZ Ort

Titel, Beruf

☐ Herr ☐ Frau ☐ Firma

Vorname

Zuname

Bitte als
Postkarte
frankieren

Alfred Kröner Verlag
Reinsburgstraße 56
Postfach 1109

7000 Stuttgart 1

der Identität ihres Anführers Sonntag nachjagen; in der großen Schlußszene enthüllt sich die Gesch. aber als Allegorie über das Thema des spielenden Pan-Gottes, der sich die Welt zum Gegenstand schuf u. der sich schließl. zum christl. Gott wandelt, der indirekt Hoffnung verkündet. Die 1911–35 in zahlreichen Fortsetzungen erschienenen *Father Brown Stories* sind kluge, stilist. geschliffene, halb parodist. Detektivgesch., in denen sich e. unscheinbarer, rundl., scheinbar zerstreuter kath. Geistlicher als genialer Detektiv erweist. Im Gegensatz zu anderen Autoren von Detektivgesch. geht es C. weniger um die Entlarvung des Täters als um s. Motive, um moral., psych. oder rel. Implikationen des Verbrechens. Die Romane von *The Napoleon of Notting Hill* (1904) bis *The Poet and the Lunatics* (1929) bieten weniger Studien der menschl. Natur als Diskussion von Ideen, Gesellschaftskritik, humorist. u. phantasievolle Elemente. *ks*

Selected Works, IX 1926. Collected Poems, 1927. C. Reprint Series, XI 1960ff. A Selection from His Nonfictional Prose, hg. W. H. Auden, 1970. Selected Stories, hg. K. Amis, 1972. J. J. Sullivan, Bibl., 1958, suppl. 1968. – An Index to G. K. C., hg. J. W. Sprug, 1966. – J. O'Connor, Father Brown on C., 1937. E. Cammaerts, The Laughing Prophet, 1937. M. Evans, G. K. C., 1938. H. Kuhn, D. Gemeinschaftsgedanke bei C., 1939. C. Clemens, C. as Seen by His Contemporaries, 1939. H. Belloc, The Place of C. in Engl. Letters, 1940. M. Ward, G. K. C., 1943. M. Ward, Return to C., 1952. G. Wills, C. Man and Mask, 1961. R. M. Fabritius, D. Kom. i. Erzählwerk G. K. C.s, 1964. G. Hollis, The Mind of C., 1969. G. K. C. A Centenary Appraisal, hg. J. Sullivan, 1974. I. Boyd, The Novels of G. K. C. A Study in Art and Propaganda, 1975. M. Canovan, G. K. C. Radical Populist, 1978. Y. Denis, G. K. C. Paradoxe et Catholicisme, 1978.

Cheyney, Peter (eig. Reginald Evelyn Peter Southhouse-Cheyney), 22. 2. 1896 London – 6. 6. 1951 London; Gehilfe in e. Anwaltsbüro, Schauspieler, Offizier; 1916 schwer verwundet; Journalist, Privatdetektiv. Autor Dutzender erfolgreicher → detective stories um Lenny Caution u. Slim Callaghan. Im Gegensatz zum ›klassischen‹ Kriminalroman u. ähnl. wie bei I. → Fleming unterscheiden sich diese Helden weniger in ihren Mitteln von den Bösewichten als in ihrer grundsätzl., theoret. Position auf der Seite von Gesetz, Tugend u. Patriotismus. Sie gehen von der Voraussetzung aus, daß gewalttätige u. verräter. Gegenspieler nur durch Gewalttätigkeit u. Verrat bekämpft werden können. *ks*

Chicken Soup Trilogy, von A. → Wesker (*Chicken Soup with Barley,* UA 7. 7. 1958 Belgrade Theatre, Coventry, EA 1959; *Roots,* UA 25. 5. 1959 ebda, EA 1959; *I'm Talking About Jerusalem,* UA 28. 3. 1960 ebda, EA 1960; UA der Trilogie Juni – Juli 1960 Royal Court, London, EA als *The Wesker Trilogy,* 1960). Die Dramen exemplifizieren unter Verwendung autobiograph. Jugendeindrücke (der Name der zentralen Figur Ronald ist e. Anagramm von W.s eigenem Vornamen, die übrigen Charaktere sind Nachzeichnungen s. Eltern, Geschwister u. Freunde) am Beispiel der jüd. Familie Kahn die polit. u. menschl. Situation der engl. Arbeiter in den letzten Jahrzehnten, die desillusionierende Verkümmerung der hohen sozialist. Ideale. Das 1. der Dramen geht aus von den Londoner Straßenkämpfen zwischen Anhängern Mosleys u. Sozialisten in den 30ern. *Roots* bietet e. unsentimentale Schilderung des Landlebens, richtet sich gegen Dumpfheit u. Apathie u. propagiert das Wurzelfassen, d. h. die bewußte Teilhabe am kulturellen u. geistigen Erbe. Gegenstand von *I'm Talking About Jerusalem* ist der Versuch e. jungen Paares, nach den Ideen von W. → Morris in kreativer handwerkl. Arbeit e. Möglichkeit individueller Entfaltung u. Befreiung des Menschen von der Versklavung durch industrielle Produktionsweisen zu finden. Kernthema der Trilogie sind also 3 Aspekte des Sozialismus: Politik in *Chicken Soup,* Liebe in *Roots* u. Kunst in *Jerusalem.* Die Charaktere sind repräsentativ für versch. Haltungen zum Sozialismus. Sarah vertritt e. emotional bestimmten, prakt. zupackenden Altruismus. Die Gewerkschaftlerin Cissie verkörpert e. theoret. geschulte, kühle u. kalkulierende Position. Colonel Dewhurst ist der negativ überzeichnete Arbeitgeber. Die Entwicklung der Personen ist polit. u. ideolog. u. führt von e. kraftvollen, optimist. Idealismus zu frustrierter Desillusion. Die Charaktere sind indessen mehr als nur Sprachrohr: ihre weltanschaul. Positionen ergeben sich folgerichtig aus glaubwürdiger, lebenssprühender, enthusiast. Individualität, die bisweilen gar den Rahmen der Rollenfunktion sprengt. Im privaten Bereich wird der Hoffnungsschimmer e. zumindest zeitweilig erfüllten Lebens durchaus sichtbar. *ks*

H. Oppel, A. W. »The C. S. T.« (D. mod. engl. Drama, ²1966, 344–370).

Childe Harold's Pilgrimage, ep. Ged. in 4 Cantos von Lord → Byron, EA Cantos 1–2, 1812, 3, 1816, 4, 1818; Gesamtausgabe II 1819. In der Strophenform Spensers (→ Spenserian Stanza) geschrieben, gibt das Ged. vor, die Erlebnisse des Protagonisten zu schildern, der sich, s. bisherigen, dem Vergnügen gewidmeten Lebens überdrüssig, auf die Reise begibt, um in fremdem Land Ablenkung zu finden. Er reist zunächst nach Portugal u. Spanien (1), beobachtet krit., vergleicht voller Stolz mit den Errungenschaften Englands, ohne jedoch mit Seitenhieben auf das Spießertum engl. Lebensart zu sparen. S. Weiterreise führt nach Albanien (2), dessen Bevölkerung gleichsam den Aspekt des edlen Wilden verkörpert, dagegen die Griechen, vergebl. zum Kampf gegen die Türken aufgerufen, negativ beurteilt werden. Die 2. Reise (3) geht durch Belgien (»Eve of Waterloo«), zum Rhein u. nach Genf, wo der Held mit → Shelley zusammentrifft. Der in der Schweiz entstandene 3. Canto offenbart e. unter dem Einfluß Shelleys vertieftes Naturerleben. Die Figur des Childe Harold, auch die Darstellung der Natur, tritt dann mehr u. mehr hinter die feierl., symbolträchtige, rhetor. gewichtige Beschreibung von Kunstwerken u. kulturellen Leistungen zurück (4), gleichzeitig Anlaß zur Reflektion über menschl. Schicksal u. die Vergänglichkeit aller Dinge. Venedig, Ferrara, Florenz, Rom sind die Stationen der Reise, wobei Rom den größten Raum einnimmt. Die Identität zwischen Dichter u. Titelfigur wird im Verlauf des Epos immer enger; das poet. Ich überlagert die der Tradition verpflichtete Gestalt des Jünglings u. Knappen (›Childe‹), Typus des Byronschen romant. Helden, der, vom Lebensgenuß übersättigt, zu Unrast u. Einsamkeit verdammt, in die Fremde zieht, Weltschmerz u. Stolz in einem verkörpert. *hd*

Hg. S. C. Chew, II 1936; n. P. E. More, 1958 (Complete Poetical Works). – O. E. Moll, D. Stil v. B.s ›C.H.P.‹, 1911. W. A. Borst, Lord B's First Pilgrimage, 1948. E. R. Vincent, B., Hobhouse, and Foscolo, 1949. W. Pafford, B. and the Mind of Man: ›C.H.‹ and ›Manfred‹, 1962. B. ›C.H.P.‹ and ›Don Juan‹, hg. J. Jump, 1973 (Casebook).

Children of Violence, Romanzyklus von D. → Lessing.

Chips with Everything, Drama von A. → Wesker (UA 27. 4. 1962, EA 1962), das e. militär. Grundausbildung darstellt, wie der Autor sie selbst erlebt hat. Er benutzte bei der Abfassung des Dramas s. ausführl. tagebuchähnl. Briefe. Den dokumentar. Wert der Darstellung erhöhte die Londoner UA noch dadurch, daß sie die Schauspieler von e. echten Unteroffizier exerzieren ließ. Über den realist. Gehalt hinaus ist für W. die RAF-Kaserne e. Mikrokosmos der (durch e. sozialist. Brille gesehenen) Situation der gesamten engl. Gesellsch. Die Soldaten sind Typen unmündiger, unterdrückter Proletarier u. die Offiziere karikaturenhaft arrogante, zyn. Herrenmenschen, etikettiert nach Rängen u. Funktionen. E. der Rekruten, Pip, Sohn e. Generals u. Kapitalisten, versucht, s. Kameraden aus ihrer Lethargie wachzurütteln u. zum Widerstand anzuleiten. Die den Titel des Dramas bildende Notiz auf der Speisekarte e. Arbeiterrestaurants symbolisiert für ihn die anspruchslose Massenabfertigung, mit der sich die Proletarier in resignierter Indifferenz zufriedengeben. Pips Methoden allerdings, etwa s. Kameraden bei e. Weihnachtsfeier dazu zu bringen, statt mit Imitationen von Popmusik zur Gaudi der Offiziere ihre Inferiorität zu beweisen, e. trutziges altes Volkslied anzustimmen, spiegeln eher das Wunschdenken e. kulturbegeisterten Dramatikers wider als e. real denkbare Situation. *C.w.E.* will zur Emanzipation der Arbeiterklasse beitragen, indem es die Herrschaftsmethoden des Establishments enthüllt: »You destroy rebels in society by being kind.« Pip scheitert denn auch: er wird von s. Kameraden isoliert u. von den Offizieren vereinnahmt, indem sie ihm Idealismus u. Mut bescheinigen u. keinen echten Widerstand entgegensetzen. *ks*

Christ I–III, lyr.-hymn. Dichtung. 1. Teil, Christi Geburt; 2. Teil, Christi Himmelfahrt; 3. Teil, Christi Rückkehr zum Jüngsten Gericht; e. der herausragenden Ged. der ae. Lit. Nur der 2. Teil trägt → Cynewulfs Namen in Runenform u. kann als s. Werk angesehen werden. Linguist. u. metr. Untersuchungen stellen C.s Vf.schaft der verbleibenden Teile in Zweifel. Das Ged. zeigt in vollem Ausmaß den Einfluß christl. Lehre auf engl.-heidn. Denkart, da sich lat. Homilien (→ Homilies) u. Hymnen (→ Caedmon) als Quellen anführen lassen. Andererseits sehr persönl. Merkmale. Im Vergleich zu Caedmons → *Christ and Satan* liegt die Betonung weniger auf epischer als auf lyr.

u. dramat. Behandlung des Stoffes. *js*

The ›C.‹ of Cynewulf, a Poem in 3 Parts: The Advent, the Ascension and the Last Judgement, hg. A. S. Cook, 1900. The Advent Lyrics of the ›Exeter Book‹, hg. J. J. Campbell, 1959. – R. B. Burlin, The OE Advent: A Typological Commentary, Yale Studies in Engl., 1968.

Christ and Satan, Ged. in 3 Teilen, in der → Junius-Handschr. Nur bedingt der → Caedmon-Schule zuzurechnen, eher zu → Cynewulf. Behandelt neutestamentl. Themen. Im 1. Teil, ausgehend von der Schöpfung, wird der Fall der Engel mit anschließender Klage, Vergleich der Hölle mit der Herrlichkeit des Himmels, beschrieben. Die Schlußfolgerung des Dichters ist, daß der sündige Mensch e. ähnl. Schicksal erleiden muß. Der 2. Teil schildert die Höllenfahrt, Auferstehung, Himmelfahrt u. Wiederkunft Christi. E. Vergleich mit Cynewulfs → *Christ* zeigt die einfachere Form des *C.a.S.*, was im Grunde für den Kanon der Caedmon-Schule spricht. Der 3. Teil berichtet über die Versuchung Christi. In *C.a.S.* liegt die Betonung des moral. Elements, weniger die epische Schilderung, in der Absicht des Dichters. Versuchung u. Standhaftigkeit Christi erhalten Beispielcharakter. Nur der 1. Teil ist vollständig überliefert; Entstehungszeit aller 3 Teile vermutl. Ende des 9. Jh. *js*

Hg. M. D. Club, 1925.

Christie, Agatha Mary Clarissa, geb. Miller, 15. 9. 1890 Torquay – 12. 1. 1976 Wallingford; Vf. von rund 80 spannend geschriebenen Detektivromanen. Die Gesamtauflage ihrer Werke beläuft sich auf über 400 Mill.; das ununterbrochen ab 1952 seit 27 Jahren (1979) tägl. aufgeführte Stück *The Mousetrap* hält mit Abstand den Rekord der längsten Spielzeit. C.s Werke sind ›klass.‹ Detektivgesch., meist um die Gestalten des unheld., liebenswert sonderbaren belg. Detektivs Hercule Poirot u. der altjüngferl. Amateurdetektivin Miss Marple, mit altmodisch stereotypisierten Charakteren, scharfsinnig konstruierten Verbrechensrätseln u. überraschenden Lösungen. Als zu den besten Kriminalromanen der Weltlit. gehörig gelten *The Murder of Roger Ackroyd* (1926), *Death on the Nile* (1937) u. *Ten Little Niggers* (1939). Zahlreiche Verfilmungen. *ks*

F. Behre, Studies in A. C's Writings, 1967. G. C. Ramsey, A. C., 1968. G. Egloff, Detektivroman u. engl. Bürgertum. Konstruktionsschema u. Gesellschaftsbild bei A. C., 1974.

Christmas Books, Erzählungen von W. M. → Thackeray.

A Christmas Carol, Weihnachtserzählung von Ch. → Dickens.

A Chronicle of Ancient Sunlight, → roman fleuve von H. → Williamson.

Churchill, Charles, Febr. 1731 Westminster – 4. 11. 1764 Boulogne; Geistlicher, Vf. von Pamphleten u. Ged. meist polit. bzw. gesellschaftskrit. Inhalts. C. machte sich mit den Satiren *The Rosciad* (1761), auf zeitgenöss. Bühnendarsteller, *The Ghost* (1762), auf Dr. Johnson u. s. Freunde, *The Prophecy of Famine* (1763), auf Lord Bute, u. der *Epistle to Hogarth* e. Namen. Schloß sich J. → Wilkes an, zahlreiche Beitr. für dessen ›North Briton‹. *hd*

Poems, hg. W. Tooke, III 1804; n. J. Laver, II 1933; n. D. Grant, 1956. – Correspondence of John Wilkes and Ch. C., hg. E. H. Weatherby, 1954. – W. C. Brown, Ch. C. A Revaluation (SP, 40, 1943, 405–24). Ders., Ch. C. Poet, Rake, and Rebel, 1953.

Cibber, Colley, 6. 11. 1671 London – 12. 12. 1757 ebda. Kämpfte auf Seiten der Protestanten gegen James II, verließ aber die Armee, als ihm das Offizierspatent vorenthalten wurde. 1710–33 Direktor Drury Lane Theatre; hervorragender Charakterdarsteller. Als Dramatiker Wiederbelebung der ›comedy of sentiment‹, Reaktion auf den Komödienstil der → Restoration. *Love's Last Shift* (1696) erinnerte mit der Gestalt des Sir Novelty Fashion an → Vanbrughs Lord Foppington *(The Relapse)*. C. erreichte e. großen Zeiterfolg mit *The Careless Husband* (EA 1715; hg. W. W. Appleton, 1966), e. Kom., in der der treulose Ehemann entdekken muß, daß der Grund für die freundl. u. ausgegl. Haltung s. Frau nicht etwa in deren Unkenntnis s. Seitensprünge zu suchen, sondern auf ihre Tugend u. Pflichtauffassung als Ehefrau zurückzuführen ist. 1730 Poet Laureate, deswegen von Pope (*Dunciad*, 1743), Swift, Fielding u. Johnson heftig angegriffen. C.s Memoiren *An Apology for the Life of Mr. C. C., Comedian* (1740), teils an die Adresse s. Kritiker gerichtet, berichten über bekannte Schauspieler u. das Theaterleben s. Zeit. *hd*

Dramatic Works, V 1777. Apology, hg. L. R. N. Ashley, II 1968. – D. C. Croissant, Studies in the Works of C. C., 1912. R. H. Barker, Mr. C. of Drury Lane, 1939 (mit Bibl.). A Sherbo, Engl. Sentimental Drama, 1957. L. R. N. Ashley, C. C., 1965.

City of Spades, Roman von C. → MacInnes.

Clare, John, 13. 7. 1793 Helpstone – 20. 5. 1864 Northampton; Sohn e. Landarbeiters. Veröffentlichte 1820 s. *Poems, Descriptive of Rural Life and Scenery*. Der 2. Gedichtbd. *The Village Minstrel and Other Poems* folgte 1821, danach *The Shepherd's Calendar* (1827) u. *The Rural Muse* (1835). Lebte mit s. Familie in ständiger Not, endete in e. Heilanstalt. C.s Ged. offenbaren s. Mangel an formaler Bildung, den auch s. rustikal kräftige Sprache u. s. ausgesprochenes Gefühl für die Schönheiten der Natur nicht ausgleichen konnte. C.s Leben u. Schaffen diente E. → Bond als Handlungsvorwurf für s. Drama *The Fool: Scenes of Bread and Love.* *hd*

Poems, hg. A. Symons, 1908; n. J. W. Tibble, II 1935. E. Blunden and A. Porter, 1920. Sketches, hg. E. Blunden, 1931. Poems of J.C's Madness, hg. G. Grigson, 1949. Prose, hg. J. W. and A. Tibble, 1951, [2]1970. Later Poems, hg. E. H. Robinson and G. Summerfield, 1966. – Letters, hg. J. W. and A. Tibble, 1951. – J. W. and A. Tibble, J. C. His Life and Poetry, [2]1956. M. Storey, The Poetry of J. C., 1974. P. Levi, J. C. and Thomas Hardy, 1975. J. C., hg. M. Storey, 1973 (The Critical Heritage). G. D. Crossan, A Relish for Eternity: The Process of Divinization in the Poetry of J. C., 1976.

Clarissa Harlowe, Briefroman von S. → Richardson.

Clarke, Arthur Charles, 16. 12. 1917 Minehead; Bauernsohn; Stud. Physik u. Mathematik London; 1941–46 u. 1950–53 Radarspezialist bei der RAF, seit 1954 Meeresforschungen bei Australien u. Ceylon. Direktor der British Interplanetary Society. S. anspruchsvolle, wiss. fundierte SF entwickelt ohne Phantastereien in schlichter, klarer Sprache Ideen über die techn. u. gesellschaftl. Zukunft, die Rolle des Menschen im Universum u. die Folgen des Zusammentreffens mit außerird. Lebewesen. *Prelude To Space* (1951) handelt von den Vorbereitungen e. 1. Mondlandung, *Earthlight* (1955) von e. Mond-, *The Sands of Mars* (1951) von e. Marskolonie, *Islands in the Sky* (1952) von Weltraumstationen. *The Deep Range* (1957) u. *Dolphin Island* (1963) beschäftigen sich mit der Nutzung des Meeres. Myst. Elemente finden sich in dem erfolgreichen Film u. Roman *2001: A Space Odyssey* (1968). Zahlreiche populärwiss. Sachbücher, bekannter Radio- u. Fernsehsprecher, z. B. bei Mondlandungen. *ks*

Clayhanger, 1. Roman der so benannten Trilogie (mit *Hilda Lessways* u. *These Twain*) von A. → Bennett.

Clerihew, humorvoller, epigrammat., nicht skandierender Vierzeiler, Nonsense-Vers, benannt nach dem 2. Vornamen s. Erfinders Edmund Clerihew Bentley (1875–1956), Journalist, Redakteur beim ›Daily Telegraph‹ u. Vf. humorist. Beitr. für ›Punch‹. Thema des C. ist zumeist Biograph. in witziger Form, z. B. in *Biography for Beginners* (1905), *More Biography* (1929), *Baseless Biography* (1939). *hd*

Cloak and Dagger Story, Spielart des Spionageromans; gelegentl. auch Bz. für entsprechende Bühnenstücke u. Filme.

A Clockwork Orange, Zukunftsroman von A. → Burgess u., darauf basierend, Film von Stanley Kubrick (1971, als Bildband 1972).

Cloete, Edward Fairly Stuart, 23. 7. 1897 Paris; engl. Abstammung, Eltern lebten in Südafrika, erzogen in engl. Schulen; 1914–25 Militärdienst, dann bis 1937 u. 1949–53 Farmer in Südafrika (vgl. Autobiogr. *The Gambler,* 1973). Vf. unterhaltsamer, erfolgreicher Afrikaromane; am bekanntesten *Turning Wheels* (1937) u. *Rags of Glory* (1963), anschaul. u. vorurteilslose Chroniken der Gesch. der Buren. C. sieht das Leben als endlosen Zyklus von Reproduktion u. Destruktion, in dem der Beitrag des einzelnen relativ bleibt; so ist auch der Einfluß europ. Zivilisation auf Afrika nur oberflächl. Die Charaktere tendieren zu Stereotypie, die Männer sind von Mut, Liebe u. Gewalttätigkeit bestimmt, die Frauen motiviert von der Erfüllung ihrer Weiblichkeit. *ks*

The Cloister and the Hearth, Roman von Ch. → Reade.

Close Reading → New Criticism.

Closed Couplet → Heroic Couplet.

Closet Drama, Lesedrama, Buchdrama. Bezeichnung für dramat. Werke, die sich weniger für e. Inszenierung eignen als zum Lesen. Gründe sind u. a. Abstraktheit oder Phantastik des Themas, unrealisierbarer Aufwand an Personal oder Bühnentechnik, zu große zeitl. Ausdehnung oder Skepsis des Autors gegenüber den bestehenden Theaterverhältnissen. Die Anschauungen über die Aufführbarkeit wandeln sich; so galten selbst Shakespeares Werke Kritikern des 19. Jh. wegen der mit jeder Inszenierung verbundenen Einschränkung der Phantasie des Rezipienten als c.ds. Der 1. engl. Autor, der dem gedruckten Text durch ausgedehnte Prologe u. Bühnenanweisungen e. autonomen Eigenwert gab, war Ben → Jonson mit s. *Works*. Die Dramen der engl. Romantiker sind größtenteils c.ds: z. B. → Shelley, *The Cenci* u. *Prometheus Unbound;* → Keats, *Otho the Great;* → Byron, *Manfred* u. Wordsworth, *The* → *Borderers*. In → Shaws Dramen stehen Vorwort u. Bühnenanweisungen oft nur in losem Zusammenhang mit dem Bühnengeschehen u. sind nur partiell in solches umsetzbar. In der Moderne werden – zumindest nicht-triviale – Dramen häufiger lesend als im Theater rezipiert: prominente Theaterkritiker u. Bühnenpraktiker plädieren für e. Entliterarisierung des Theaters. Kraftvollster Ausdruck dieser Tendenz in England ist das von Antonin Artaud beeinflußte u. von → Brook geförderte → Theatre of Cruelty, dessen Hauptvertreter → Bond u. → Rudkin sind. *ks*

R. Peacock, The Poet in the Theatre, 1946.

Cloude Howe, 2. Roman der Trilogie *A Scots Quair* von L. G. → Gibbon.

Cobbett, William, 9. 3. 1762 Farnham – 18. 6. 1835 Normandy Farm/Guildford; Sohn e. Landarbeiters; 1783 nach London. Zunächst Schreiber in e. Anwaltskanzlei, 1784–91 Militärdienst (Florida). Setzte sich nach s. Entlassung für e. bessere Bezahlung in der Armee ein. Mußte aus Sicherheitsgründen nach Frankreich u. 1792 weiter nach Amerika flüchten. Hg. der Zs. ›The Censor‹ (1796) u. ›Porcupine's Gazette‹ (1797–99); probrit. Haltung. Nach Schwierigkeiten mit Verleumdungsklagen ging C. nach New York u. kehrte 1800 nach England zurück, wo er ›The Porcupine‹ (1801) zur Unterstützung der Tory-Regierungspolitik herausgab. 1802–35 Hg. ›Cobbett's Weekly Political Register‹. 1803 begann C. mit der Herausgabe der *Parliamentary Debates,* ab 1812 von Hansard übernommen. Wandte sich 1804 von der Regierungspolitik ab u. unterstützte Reformbestrebungen. Die öffentl. Verurteilung der Prügelstrafe beim Militär brachte ihn 1811 für 2 Jahre ins Gefängnis. 1817–19 aus Furcht vor erneuter Verhaftung wieder in Amerika. Nach s. Rückkehr verteidigte C. weiterhin die Reformpolitik. 1832 Abgeordneter für Oldham, als Linksradikaler in Opposition zur Whig-Regierung. Stark voreingenommen, streitsüchtig, jedoch ausgeprägtes Rechtsbewußtsein. S. 1830 gesammelten *Rural Rides* (hg. E. W. Martin, 1958) geben e. anschaul. Bild von den Zuständen in den ländl. Gebieten Englands um 1820–30, verbunden mit Kommentaren zu polit. Tagesthemen u. Fragen der Landwirtschaft. C. wollte sich auf s. Reisen e. eigenes Bild machen, unabhängig von den Meinungen u. Vorschlägen des Agricultural Committee von 1821. *hd*

Letters to Edward Thornton, 1797–1800, hg. G. D. H. Cole, 1937. L. Melville, Life and Letters of W. C. in England and America, 1913. M. Bowen, Peter Porcupine. A Study of W. C., 1935. G. D. H. Cole, Life of W. C. ²1947. N. Pemberton, W. C., 1949. M. L. Pearl, W. C., 1953. J. W. Osborne, W. C., His Thought and His Time, 1966. A. Briggs, W. C., 1967.

Cockney School. In → ›Blackwood's Magazine‹ geprägte, abfällige Bz. für e. Gruppe von Dichtern u. Autoren im 19. Jh., darunter Hazlitt, Hunt, Keats u.

Shelley, deren Werk in Reim u. Diktion nach Meinung der Zs. schlechten Geschmack beweist; z. B. Reimpaare wie ›name‹ u. ›time‹ oder ›vista‹ u. ›sister‹, im Grunde nur für e. Cockney, e. aus der unteren Volksschicht Kommenden, also e. Ungebildeten erträgl. Aus dem Begriff u. s. Verwendung spricht letztl. die gesellschaftl. u. auch polit. Ausrichtung der Zs. *hd*

Coffee Houses. Im 17./18. Jh. beliebter Treffpunkt der Literaten, Politiker u. Intellektuellen; Umschlagplatz lit. wie polit. Nachrichten u. Neuigkeiten. Erste C. H. entstanden in der Zeit des Commonwealth (1649–60). Als Institution miteinander konkurrierend Will's Coffee House (Bow Street) u. Button's Coffee House (Russell Street), von Dryden, Wycherley, Addison, Steele, Pope u. Congreve besucht. *hd*

H. Westerfölke, Engl. Kaffeehäuser als Sammelpunkte d. lit. Welt i. Zeitalter von Dryden u. Addison, 1924. D. A. Berger, D. Konversationskunst i. Engl. 1660–1740, 1978.

Coleridge, Samuel Taylor, 21. 10. 1772 Ottery St. Mary – 25. 7. 1834 Highgate/London; Dichter, Philosoph u. Kritiker, 13. Kind e. Geistlichen u. Lehrers. Nach frühem Tode des Vaters Ausbildung am Christ's Hospital, Beginn der lebenslangen Freundschaft mit Charles Lamb. In Cambridge fühlte C. sich oft einsam, machte Schulden, verließ Cambridge u. ließ sich 1793 für e. Dragonerregiment anmustern. Die Familie bemühte sich erfolgreich um s. Rückkehr nach Cambridge, das C. aber aus ungeklärten Gründen u. in innerer Unruhe 1794 wieder verließ, ohne sich e. Abschlußexamen unterworfen zu haben. Bei e. Aufenthalt in Oxford lernte er den 2 Jahre jüngeren Robert Southey kennen. Andeutungen auf die polit. Gedanken der beiden Freunde gibt das gemeinsam verfaßte Drama *The Fall of Robespierre;* die begeistert aufgegriffene Idee, e. pantisokrat. Gemeinschaft am Susquehanna, Pa., USA, zu gründen, wurde schon 1795 wieder aufgegeben. Im gleichen Jahr u. im Hinblick auf das gemeinsame Projekt mit Southey Heirat mit Sara Fricker, deren Schwestern die Freunde Lovell u. Southey heirateten. E. 1. Slg. von Ged., *Poets on Various Subjects,* wurde 1796 veröffentlicht; die im gleichen Jahr hg. polit. Zs. ›The Watchman‹ hatte keinen Erfolg. C. fand finanzielle Unterstützung durch Freunde u. Gönner, bes. durch Thomas Poole; ab 1798 bewahrte ihn e. Jahresrente der Brüder Josiah u. Thomas Wedgewood vor dem Ruin u. ließ ihn auch von s. Absichten, e. Stelle als Geistlicher in Shrewsbury anzutreten, Abstand nehmen. Im Juni 1797 lernte C. W. u. Dorothy → Wordsworth kennen; e. ungemein fruchtbare Freundschaft zwischen den beiden Dichtern begann. Gemeinsam wurden die *Lyrical Ballads* (1798) veröffentlicht, die u. a. C.s berühmte Ballade ›The Ancient Mariner‹ enthalten. 1 Jahr verbrachte C. nahe bei den Wordsworths in Nether-Stowey, von wo aus sie sich den landschaftl. reizvollen Lake District erwanderten. 1798–99 ausgedehnte Reise nach Dtl. Einflüsse von Kant, Schelling, Schiller u. Bürger; 1800 Übs. der letzten beiden Teile von Schillers *Wallenstein.*

Die Ehe mit Sara war bereits zu diesem Zeitpunkt unglückl., die heiml. Liebe zu Sara Hutchinson, Wordsworths späterer Schwägerin, unerfüllt. 1800 zog C. nach Greta Hall bei Keswick. Psychische u. phys. Schwächen ließen ihn drogen- u. opiumabhängig werden, was zwar s. Bewußtseinshorizont erweiterte, s. Gesundheit aber schadete. 1804–06 versuchte C. ohne Erfolg, in Malta Heilung zu finden. In Rom machte er die Bekanntschaft W. von Humboldts u. Tiecks. Nach s. Rückkehr stellten sich gleichzeitig öffentl. Erfolg u. persönl. Zerrüttung ein, die Trennung von Frau u. Kindern wurde endgültig vollzogen. Schwierigkeiten mit Wedgewood, der s. Unterstützung zurückzog; Spannungen mit Wordsworth, dessen Schwester als einzige Person C. inneren Halt geben konnte. Vorträge über Shakespeare am Royal Institute (1808) fanden e. begeistertes Publikum, die philosoph. Zs. ›The Friend‹ lief 1809–10 an, 1813 hatte die Trag. *Remorse* große Resonanz. 1816 ›Kubla Khan: Or, A Vision in a Dream‹ u. ›The Pains of Sleep‹. C.s wohl bekanntestes Buch, die theoret.-autobiograph. Schr. → *Biographia Literaria* erschien 1817 (II). Wegweisend wurde C.s Theorie von → Imagination and Fancy als Grundkategorien dichter. Schaffens, auf die er bes. bei s. ins Übersinnl. vorstoßenden Stoffen getroffen war. Ab 1818 fand C. die notwendige ständige Betreuung als Dauergast der Arztfamilie Gillman in Highgate. 1824 pensionsberechtigtes Mitglied der Royal Society of Literature. S. späteren Schr. sind fast ausschließl. theoret. Inhalts. Meist philosoph., beschäftigen sie sich mit Metaphysik, Psychol., Ästhetik u. Bibelkritik. C. gilt als Vertreter der engl. Romantik u. der → Lake School. Widmete sich in s. Dichtungen dem Übernatürl., den Schattengebilden der Phantasie, benutzte e. suggestive melod.-poet. u. bilderreiche Sprache. S. eig. lit. Werk ist nicht umfangreich u. nur fragmentar. überliefert, umfaßt aber einige große Kunstwerke. Die Essays spiegeln s. philosoph. Ideenwelt, geprägt durch den dt. Idealismus. *ra*

Collected Works, hg. K. Coburn et al., XXVII 1969ff. Complete Poetical Works, hg. E. H. Coleridge, II 1912; n. 1962. – J. A. Appleyard, C's Philosophy of Lit., 1965. G. Watson, C. the Poet, 1966. T. MacFarland, C. and the Pantheist Tradition, 1969. A. S. Byatt, Wordsworth and C. in Their Time, 1970. R. L. Brett, S.T.C., 1971. G. H. Lenz, D. Dichtungstheorie S. T. C.s: D. Konzeption d. Imagination als Paradigma d. romant. Poetologie, 1971. N. Fruman, C., The Damaged Archangel, 1971. C's Variety: Bicentenary Studies, hg. J. Beer, 1974. M. Lefebre, S.T.C. A Bondage of Opium, 1974.

The Collector, Roman von J. → Fowles.

Collier, Jeremy, 3. 9. 1650 Stow/Cambridgeshire – 26. 4. 1726 London; Geistlicher u. Schriftsteller. Stud. Cambridge, 1673 B. A., 1676 M. A.; 1679–85 Rektor von Ampton/Suffolk. Anschließend Vorlesungen am Gray's Inn. Da C. sich während der Glorious Revolution (1688) in s. *The Desertion discuss'd in a Letter to a Country Gentleman* zugunsten James II u. gegen Bischof Burnets Verteidigungsschr. für Kg. William aussprach, wurde er inhaftiert, jedoch auf Intervention einiger Freunde ohne Verhandlung entlassen. In den folgenden 2 Jahren weitere gegen die Regierung gerichtete Werke, die ihn 1692 erneut ins Gefängnis brachten. 1696 mußte er, nachdem er öffentl. Sir John Friend u. Sir William Parkyns auf dem Schafott die Absolution erteilt hatte, als Geächteter fliehen, konnte aber noch im gleichen Jahr nach London zurückkehren. 1697 *Essays on Several Moral Subjects*, 2. u. 3. Bd. 1705 bzw. 1709. C.s eig. Ruhm als Schriftsteller gründet sich auf s. *Short View of the Immorality and Profaneness of the English Stage* (1698), worin er v. a. → Congreve, → Dryden, D'Urfey, → Otway, → Vanbrugh u. → Wycherley angreift. Kritisiert deren Profanität im Bühnendialog, die negative Darstellung von Geistlichen u. die Begünstigung der Immoralität durch die Kom. Heftige Gegenkritik veranlaßte C. zu weiteren Verteidigungsschr.: *Defence* (1699), *Second Defence* (1700), *Mr. Collier's Dissuasive from the Playhouse, in a Letter to a Person of Quality* (1703), *Further Vindication* (1708). Zwischen 1701 u. 1721 arbeitete C. an 2 Nachschlagewerken, e. *Great Historical, Geographical, Genealogical and Poetical Dictionary* u. e. Kirchengesch. Englands. In s. Position als ›nonjuring bishop‹ (ab 1713) setzte er sich für e. Union mit der griech. Kirche ein, was zu Spaltungen innerhalb der angl. Kirchengemeinschaft führte. C.s Tod bedeutete gleichzeitig das Ende der Verhandlungen mit den kirchl. Würdenträgern des Ostens. *ra*

A Short View, hg. U. Broich, 1967. – R. Ahrens, J. C.s moralist. Intention (Vorführung zur Gesch. Fs. zum 500. Jahrestag d. Eröffnung e. Universität Trier, 1973; 220–30).

Collins, William, 25. 12. 1721 Chichester – 12. 6. 1759 ebda, Winchester School, Stud. Magdalen College, Oxford. Veröffentlichte s. 1. Ged. als Student: *Persian Eclogues* (1742). In den *Odes* (1747) hält sich C. an die lyr. Form s. Zeit, gehört mit s. Emotionalität u. träumer. Phantasie jedoch schon mehr in die Romantik. Persönl. Gefühle u. Stimmungen will die ›Ode to Evening‹ (1746) verdeutlichen. In der Bildersprache u. Personifizierung des Abends zeigt sich der Einfluß der Klassiker, v. a. Horaz. Die Wortmelodik des Ged. erweist sich → Grays ›Elegy‹ überlegen. Enttäuscht über den geringen Erfolg s. Dichtung verfiel C. in Schwermut, starb in geistiger Umnachtung. Vorromantiker, Streben nach Formvollendung. Neben den genannten Ged. sind ›How Sleep the Brave‹, ›The Passion‹, ›To Simplicity‹ u. ›Ode on the Popular Superstitions of the Highlands‹ hervorzuheben. *hd*

Poems, hg. E. Blunden, 1929 (mit Bibl.); n. C. Stone, ²1937. – B. A. Booth and C. E. Jones, Concordance, 1939. – J. W. Mackail, C. and the Engl. Lyric (Trans. Royal Soc. of Lit., 1921). H. W. Garrod, The Poetry of C., 1928. E. G. Ainsworth, Poor C., 1937. O. Doughty, W. C., 1964. O. F. Sigwarth, W. C., 1965.

Collins, William Wilkie, 8. 1. 1824 London – 23. 9. 1889 ebda. Begann nach kurzer Anwaltstätigkeit s. Laufbahn als erfolgreicher Schriftsteller. Schrieb spannende, sehr geschickt aufgebaute, teils melodramat. gefärbte Romane; Beginn des engl. Detektivromans. Bekanntschaft mit Dickens; Beitr. zu dessen *Household Words*, worin zunächst auch *The Woman in White* erschien (1860; n. 1969). C.s Fähigkeit der Spannungserzeugung zeigte sich erneut mit *Armadale* (1866) u. *The Moonstone* (1868; hg. J. I. M. Stewart,

1966). T. S. Eliot: »The first, the longest, and the best of detective novels«.). Zunehmende Popularität s. Romane seit den 50er Jahren dieses Jh., z. T. durch Verfilmung u. Fernsehen. Unterschwellige Sozialkrit. *hd*

Works, XXX 1900. – F. Cordasco and F. Scott, Bibl., 1949. K. H. Beetz, Bibl. 1889–1976, 1978. – K. Robinson, W. C., 1957. R. Ashley, W. C., 1952. N. P. Davis, Life of W. C., 1956. W. S. Bunnell, W. C. ›The Moonstone‹, 1961.

Colloquy → Ælfric.

Colman, George, d. Ä., 18. 4. 1732 (getauft) Florenz – 14. 8. 1794 London; Sohn des brit. Gesandten; Westminster School, 1751–58 Rechtsstud. Christ Church, Oxford; Anwalt Lincoln's Inn; 1767–74 Direktor → Covent Garden Theatre, 1777–89 Haymarket Theatre; Freund des Schauspielers → Garrick, gemeinsam Vf. von *The Clandestine Marriage* (1766). Sehr produktiver Dramatiker, schrieb oder überarbeitete (Terenz) mehr als 30 Stücke. Hg. der Werke von → Beaumont-Fletcher (1778), Übs. Horaz, *Ars poetica* (1783). C.s wirkungsvollste Bühnenstücke waren *Polly Honeycombe* (1760), e. Parodie auf den Lesergeschmack der Zeit, u. *The Jealous Wife* (1761) nach der Vorlage von Fieldings → *Tom Jones.* Geistreiche Handlungsführung, Brillanz der Figurenzeichnung, insb. der exzentr. Charaktere. *hd*

Dramatick Works, IV 1777. Prose on Several Occasions, III 1787. – George Colman (the Younger), Random Records of My Life, II 1830. R. B. Peake, Memoirs of the C. Family, II 1841. J. M. Beatty, Garrick, C. and ›The Clandestine Marriage‹ (MLN, 36 1921, 129–41). E. R. Page, G. C. the Elder, 1935. H. Knochen, D. Dramatiker G. C. d. Ä., 1935.

Colman, George, d. J., 21. 10. 1762 London – 17. 10. 1836 ebda, Sohn des vorgenannten. Vf. zahlreicher Bühnenstücke, bekannter davon *The Heir-at-Law* (1797) mit der Figur des habgierigen, aufgeblasenen Pedanten Dr. Pangloss u. → *John Bull* (1803). *hd*

Dramatic Works, hg. J. W. Lake, IV 1827 (mit Biogr.). R. B. Peake, Memoirs of the C. Family, II 1841. J. F. Collins, G. C. the Younger, 1946.

Comedies von Shakespeare: → happy comedies, → problem plays, → romances.

Comedies of Mood → Fry, C.

The Comedy of Errors, früheste der → happy comedies von Shakespeare.

Comedy of Humours, engl. Sonderform der Renaissancekom. Terminus 1597 von → Chapman als Titel e. exemplar. Stückes. Hauptsächl. ist die c. o. h. mit dem Werk B. → Jonsons verbunden. Der ›humour‹-Begriff geht auf die von Galen verfeinerte hippokrat. Lehre von den 4 Körpersäften (›humours‹) zurück, die in Parallele zu den 4 Elementen (Feuer, Wasser, Luft, Erde) gesehen werden u. durch e. Mischung die 4 Temperamente des Menschen bestimmen. Die ›humours‹ legen indes nicht nur das Temperament e. jeden fest, sondern auch jede individuelle Handlung u. Reaktion: sie beeinflussen die sensitive Seele des Menschen. Dadurch kommt e. psych. Komponente hinzu. Burton weist in s. → *Anatomy of Melancholy* auf die Wechselbeziehung der Körpersäfte u. der sensitiven Seele hin, wenn er schreibt, daß ›bad humours‹ die Seele beeinflußten u. umgekehrt die Seele auf die Humoralkonstitution des Körpers einwirken könne. In Jonsons → *Every Man in His Humour* (1598) sind die 4 ›humours‹ in den Charakteren vertreten: der Sanguiniker, der Phlegmatiker, der Choleriker u. der Melancholiker. Die c. o. h. gilt als Vorläufer der Typen- bzw. Charakterkom. u. ist eng an die → comedy of manners angelehnt. *ra*

J. Schäfer, Wort u. Begriff ›humour‹ i. d. elisab. Kom., 1966. A. C. Dessen, Jonson's Moral Comedy, 1971. N. H. Platz, Ethik u. Rhetorik i. B. Jonsons Dramen, 1976.

Comedy of Manners, engl. Sonderform des Gesellschaftsdramas in der elisab. u. jakobit. Zeit, die anhand einzelner, jedoch repräsentativer Verhaltensschemata Eigenarten, Konventionen, Modeerscheinungen u. Lebensauffassungen der damaligen höheren Gesellschaftsschichten aufzeigt. Im Gegensatz zur → comedy of humours gibt die c. o. m. Typen, nicht individuelle Charaktere wieder u. konzentriert sich auf die exemplar. Darstellung sozialer Probleme u. Mißstände (zumeist Eheprobleme, Standesdünkel, Intrigen etc.). Während die Handlungsstruktur unwichtig ist, lebt die c. o. m. von witziger Dialogführung (›repartee‹), der bes. Atmosphäre u. dem Erzielen kom. Effekte, was häufig durch e. ausgesuchte u. artifiziell wirkende Sprache evoziert wird. Vertreter dieses Genres sind → Etherege, → Wycherley u. → Congreve, deren ›artificial comedy of manners‹ durch → Farquhar u. → Vanbrugh überwunden wurde, indem die dem Stück innewohnende Problematik ernster u. glaubwürdiger gestaltet wurde. Die Anwendung e. natürl. Diktion führte aber noch nicht zum Verzicht auf kom. Effekte. Ende des 17. Jh. schwand als Folge der Reaktion gegen die fragwürdige Moral u. e. wachsenden Sentimentalismus die Popularität der c. o. m. Im 18. Jh. durch → Goldsmith u. → Sheridan, Ende des 19. Jh. durch → Wilde, im 20. Jh. durch → Coward, → Maugham u. → Barrie wieder aufgegriffen. *ra*

C. J. Paine, C. o. M. (1660 – 1700), 1941. N. N. Holland, The First Modern Comedies: The Significance of Etherege, Wycherley and Congreve, 1959. H. T. E. Perry, The Comic Spirit in Restoration Drama, 1962. D. R. M. Wilkinson, The Comedy of Habit: An Essay on the Use of Courtesy Literature in a Study of Restoration Comic Drama, 1964. R. C. Sharma, Themes and Conventions in the C. o. M., 1965/6. K. Muir, The C. o. M., 1970. D. L. Hirst, C. o. M., 1979 (Critical Idiom).

Comedy of Menace → Campton, → Pinter.

Comfort, Alexander, 10. 2. 1920 London; Stud. Medizin u. Naturwiss. Cambridge. Arzt, bedeutendster gerontolog. Forscher in der englischsprachigen Welt; Psychologe, Sozialtheoretiker. Vf. von Essays, med., zoolog., chem., sozial-psych. Schr., Schauspielen, Romanen u. Lyrik. Lit. beeinflußt durch A. Camus; Pazifist u. Anarchist. S. intellektuell konstruierten naturalist. Romane (z. B. *No Such Liberty,* 1941; *The Powerhouse,* 1944; *On This Side Nothing,* 1948) kämpfen leidenschaftl. gegen jede Art der Mechanisierung u. Unterdrückung, sowohl in kommunist. wie in demokrat. Systemen, sie predigen passiven Widerstand u. Gehorsamsverweigerung. Die bildstarken Ged. zeigen Einflüsse Rilkes. *ks*

Comic Epic-poem in Prose. Von → Fielding im Vorwort s. 1. Romans *Joseph Andrews* gewählte programmat. Formulierung zur Definition der neuen Prosagattung, abgesetzt von »foolish novels and monstrous romances«: Roman u. Romancier als Institution zur Bloßstellung menschl. Schwächen u. konventioneller Moral, als toleranter Beobachter, in ernster Absicht u. doch humorvoll, ohne Sentimentalität (→ sentimental novel). *hd*

E. M. Thornbury, H. F's Theory of the Comic Prose Epic, [2]1978.

Comic Relief, Relief Scene, in e. ernstes Stück oder Roman eingelagerte humorvolle Szene oder Begebenheit. Zum einen wird dadurch die drückende Atmosphäre e. trag. Handlung aufgelockert, zum anderen das trag. Geschehen durch den Kontrast in s. Intensität erst richtig bewußt gemacht. Obwohl e. solche Auflockerung nicht zur aristotel. Tragödiendefinition gehört, ist sie im engl. Drama immer wieder benutzt worden. Zu den bekanntesten Beispielen des c. r. zählen einige Szenen aus den Dramen Shakespeares, etwa die Pförtnerszene in *Macbeth,* die Totengräberszene in → *Hamlet,* die Rolle Mercutios in → *Romeo and Juliet* u. die Rolle Launcelot Gobbos in *The Merchant of Venice.* *ra*

L. S. Champion, The Evolution of Shakespeare's Comedy: A Study in Dramatic Perspective, 1970. R. Berry, Shakespeare's Comedies: Explorations in Form, 1973. P. Swinden, An Introduction to Shakespeare's Comedies, 1973. M. Merchant, Comedy, 1972 (Critical Idiom).

The Comical Revenge → Etherege, Sir G.

Common Sense, Begriff bei Th. → Reid.

The Complaint, or Night Thoughts on Life, Death, and Immortality, Ged. von E. → Young.

Compton-Burnett, Ivy, 5. 6. 1884 Pinner – 27. 8. 1969 London; Privaterziehung, Stud. klass. Philologie Royal Holloway College, London. Schildert in zahlreichen Romanen (z. B. *Pastors and Masters,* 1924; *Brothers and Sisters,* 1929; *A House and Its Head,* 1935; *A Family and a Fortune,* 1939; *The Mighty and Their Fall,* 1961) das Familienleben der engl. Oberklasse in der Zeit vor dem 1. Weltkrieg. Die Romane sind fast durchgehend in stilisiertem, oft epigrammat. Dialog geschrieben, die Vf. beschränkt sich auf knappste ›Regieanweisungen‹, was zu e. indirekten Charakterdarstellung führt. Die Stimmung der Romane balanciert zwischen gallenbitterer Kom., sardon. Trag. u. unheiml. Melodramatik. Zentrale Themen sind Tyrannei innerhalb der Familie, Kontaktlosigkeit der Menschen u. die Wirkung des Geldes. Menschl. Schwächen werden erbarmungslos aufgezeigt. *ks*

P. H. Johnson, I.C.-B., 1951. R. Lidell, The Novels of I.C.-B., 1955. F. Baldanza, I.C.-B., 1964. Ch. Burkhart, I.C.-B., 1965. The Art of I.C.-B. A Collection of Critical Essays, hg. Ch. Burkhart, 1972. C. Greig, I.C.-B. A Memoir, 1972. E. Sprigge, The Life of I.C.-B., 1973. A C.-B. Compendium, hg. V. Powell, 1973. H. Spurling, Ivy When Young, 1974.

Comus, oder ***A Masque, presented at Ludlow Castle, before the Earl of Bridgewater, Lord President of Wales;*** Maskenspiel, pastorales Unterhaltungsstück in Ged.-form. Auf Anregung des Musikers H. Lawes von → Milton auf dem väterl. Landgut in Horten geschrieben. UA 29. 9. 1634 anläßl. der Feierlichkeiten zu Ehren des Einzugs des Grafen als ›Lord President of Wales‹ in Ludlow Castle. Als Schauspieler agierten u. a. H. Lawes sowie 3 Kinder des Grafen. *C.* ist Miltons 1. vornehml. in → Blankversen geschriebenes Ged. u. gilt, abgesehen von → *Paradise Lost,* als s. einziges bedeutendes Werk dieser Art. Beherrschendes Thema des Ged. ist die Tugend, die in sich menschl. Freiheit, Sehnen u. Sicherheit einschließt. Der Name *C.* erscheint in den ersten 3 Ausgaben des Ged. noch nicht. Es handelt sich um e. heidn. Gott, Sohn von Bacchus u. Circe, jedoch vom Vf. umfunktioniert zu e. Verführer, der mit Hilfe e. mag. Getränks Menschen enthemmt u. verwandelt. Die Kinder des Grafen, e. Lady u. ihre beiden Brüder, verirren sich e. Tages im Wald. Die Lady wird von ihren Brüdern getrennt u. trifft C., der ihr, als Schäfer verkleidet, in s. Lustpalast Unterkunft anbietet. Der gute ›Attendant Spirit‹, der die Gestalt des Schäfers Thyrsis angenommen hat, erscheint den Brüdern, berichtet ihnen, was vorgefallen ist, u. warnt sie vor der Zauberkraft des C. Zum Schutze überreicht er ihnen die Wurzel e. bestimmten Pflanze. E. Szenenwechsel folgt: C. versucht gewaltsam, der Lady s. Zaubertrank einzuflößen; doch diese, gestärkt durch ihre Sittenreinheit, wehrt sich erbittert u. wird dadurch befreit, daß ihre beiden Brüder C. u. s. Gehilfen in die Flucht schlagen. Da sie es aber versäumt haben, auch den Zauberstab in ihren Besitz zu bringen, bleibt ihre Schwester vorerst weiter an den verzauberten Stuhl gefesselt. Wiederum greift Thyrsis ein. Er verständigt Sabrina, die Gottheit des in der Nähe fließenden Flusses Severn. Sabrina erscheint, umgeben von ihren Wassernymphen, u. befreit die Lady. Nach e. Dankesode an die Gottheit kehren die Lady u. ihre Brüder sicher nach Ludlow Castle zurück. Das Maskenspiel lebt durch die individuelle, poet. Sprache des Dialogs, s. pathet. Grundstimmung u. s. Thema der Sittlichkeit u. Keuschheit, wodurch es Miltons Vorbild, Spensers → *Faerie Queene,* verpflichtet erscheint.

ra

T. A. Riese, D. Theatralik d. Tugend in M.s ›C.‹ (Fs. W. Hübner, 1963, 192–202). A. Fletcher, The Transcendental Masque: An Essay on M's ›C.‹, 1971. W. Kirkconnell, Awake the Courteous Echo: The Themes and Prosody of ›C.‹, ›Lycidas‹ and ›Paradise Regained‹ in World Literature, 1973. F. R. Barnch, M's ›C.‹: Skill, Virtue, and Henry Lawes (Milton Studies, 5 1973, 289–308). ›C.‹ and ›Samson Agonistes‹, hg. J. Lovelock, 1973 (Casebook).

Conceit, (ital. concetto, Einfall, Begriff), geistreiches Wortspiel mit Assoziationen, durch uneig. Gebrauch (Zeugma, Metonymie) e. Begriffes oder Bildes erzielt. Obwohl es durchaus zu humorvollen oder satir. Effekten kommen kann, hat der Gebrauch von c. immer wieder zu gesuchten, weit hergeholten Metaphern geführt, bes. im Barock (vorbereitet durch Giambattista Marino, 1569–1625). Zwangsläufig schwülstiger, überladener Stil (Marinismus); bes. von Shakespeare *(Love's Labour's Lost)* u. → Wordsworth heftig kritisiert. 2 Arten des c. können unterschieden werden: ›Petrarcan conceit‹ beschreibt allein phys. Erfahrungen mit Hilfe phys. Erscheinungen gänzl. anderer Art (»When I turn to snow before your burning rays . . .« Petrarca, Canzone 8), ›metaphysical conceit‹ (→ Metaphysical Poetry) übernatürl. Erfahrungen e. Person oder Sache mit Hilfe e. Begriffs, der keine phys. Gemeinsamkeit mit der beschriebenen Person oder Sache hat (»Each little pimple had a tear in it, To wail the fault its rising did commit« Dryden, der den Tod e. an Pocken gestorbenen Mannes beklagt). Das c. stellt Anforderungen an den Dichter wie an den Leser; einerseits müssen möglichst gelungene Verbindungen zwischen Dingen gefunden werden, die offensichtl. nichts oder nur wenig miteinander gemeinsam haben, andererseits muß der Leser diese Verbindung erkennen können, um die Metapher zu verstehen; bes. Schwierigkeiten bei der Lektüre fremdsprachiger Texte. *ra*

G. R. Hocke, Manierismus i. d. Lit., 1959. K. K. Ruthven, The C., 1969 (Critical Idiom).

Confessio Amantis, Ged. von J. → Gower.

The Confessions of an English Opium Eater, autobiograph. Roman von Th. → De Quincey.

Congreve, William, 10. 2. 1670 (getauft) Bardsley – 19. 1. 1729 London. Jugendjahre in Irland, wo s. Vater im Militärdienst stationiert war. Schon während s. Schulzeit in Kilkenny u. am Trinity College, Dublin, hatte er → Swift als Mitschüler u. Freund. 1688 Rückkehr der Familie nach England. Zunächst Stud. Jura, dann der Lit.; 1692 veröffentlichte er unter Ps. den Roman *Incognita: or Love and Duty reconcil'd.* 1693 mit großem Erfolg UA von *The Old Bachelor* (geschrieben um 1690), s. 1. bedeutenden Kom. 1694 UA von *The Double-Dealer;* weniger erfolgreich zur Eröffnung des neuen Theaters in Lincoln's Inn Fields (C. erhielt e. der Direktorenposten), 1695 UA s. äußerst geistreichen Kom. *Love for Love.* Im gleichen Jahr begann er, sich auch anderen lit. Gattungen zu widmen: ›Pindarique Ode, Humbly Offer'd to the King on his taking Namure‹. 1697 erschien s. einzige Trag., *The Mourning Bride,* welche bei s. Zeitgenossen e. überaus große Zustimmung fand u. s. beliebtestes Stück überhaupt wurde. C.s überragende Bedeutung liegt in s. meisterhaften Beherrschung der → comedy of manners. Als C. 1698 von → Collier in dessen *Short View of the Immorality and Profaneness of the English Stage* (1698) aufs heftigste angegriffen wurde, antwortete er mit s. *Amendments of Mr. Collier's False and Imperfect Citations,* allerdings ohne sonderl. wirkungsvoll zu sein. 1700 UA s. Kom. *The → Way of the World.* Seinerzeit fand das Stück wenig Anklang beim Publikum, gilt jedoch heute als s. Meisterwerk. Über den Mißerfolg enttäuscht, schrieb C. fortan keine Kom. mehr, verfaßte aber 2 Libretti für Opern. Außerdem arbeitete er 1704 an e. Übs. von Molières *Monsieur de Pourceaugnac* mit. Aufgrund s. zahlreichen, hochbezahlten Regierungsposten blieb kaum mehr Zeit, sich als Vf. von Kom. hervorzutun. Befreundet mit e. ganzen Anzahl hochangesehener Schriftsteller: Dryden, Gay, Pope, Steele u. Swift. Von Voltaire wurde er in London besucht. C. war nie verheiratet, unterhielt aber enge Beziehungen zu Mrs. Anne Bracegirdle u. zur Herzogin von Marlborough. *ra*

Works, hg. M. Summers, IV 1923; n. 1965. Complete Plays, hg. H. Davis, 1967. – Concordance to the Plays, hg. D. Mann, 1973. – Th. H. Fujimura, The Restoration Comedy of Wit, 1952. W. H. Van Voris, The Cultivated Stance: The Design of C's Plays, 1966. H. Teyssandier, C's ›Way of the World‹: Decorum and Morality (ES 52, 1971, 124–31). M. E. Novak, W. C., 1971. A. Love, C., 1974.

Coningsby, Roman von B. → Disraeli.

The Connoisseur → Periodical Essay.

Connolly, James → Arden, J.

Conquest, George Robert Acworth, 15. 7. 1917 Malvern/Worcestershire; Stud. Oxford u. Grenoble; Kriegsdienst, 1946–56 im diplomat. Dienst, Univ.-dozent für engl. u. russ. Lit. Wurde bekannt als Hg. der → Movement-Anthologien *New Lines* (I 1956, II 1963). Schrieb Lyrik (*Poems,* 1955; *Between Mars and Venus,* 1962; *Arias from a Love Opera,* 1969), den Zukunftsroman *A World of Difference* (1955) um die Problematik der Identitätsbewahrung unter e. Regierung, die Gedanken kontrollieren kann, u. zahlreiche Lit.studien sowie krit. Bücher über Sowjetpolitik u. Marxismus. Der zus. mit → Amis verfaßte Roman *The Egyptologists* (1965) handelt von e. fiktiven Club, welcher der Verheimlichung außerehel. Affären dient. *ks*

The Conquest of Granada by the Spaniards, heroische Trag. in Verspaaren von → Dryden; UA London Dez. 1670 (1. Teil), Jan. 1671 (2. Teil mit dem Titel *Almanzor and Almahide: or The Conquest of Granada*), Royal Theatre. In zweimal 5 Akten werden alle nur möglichen Konflikte zwischen Liebe u. Ehre auf die Bühne gebracht. Hist. Hintergrund sind die letzten Kämpfe zwischen den islam. Mauren u. den kath. Spaniern unter der Führung von Ferdinand u. Isabella Ende des 15. Jh. Almanzor, e. hervorragender Soldat, kämpft auf der Seite der Mauren gegen die Spanier. Zum Schluß stellt sich heraus, daß er in Wirklichkeit der vor langer Zeit verlorengegangene Sohn des Herzogs von Arcos, e. edlen Spaniers, ist. Er verliebt sich in die Verlobte von Boabdelin, dem letzten Herrscher des Königreichs von Granada. Diese erwidert mit Zurückhaltung Almanzors Liebe, fühlt sich aber dennoch an das Eheversprechen, welches sie Boabdelin gegeben hat, gebunden. Ihr Verlobter ist zwar einerseits eifersüchtig auf Almanzor, andererseits kann er ihn aber nicht als Soldaten entbehren. Almanzors Werben ist erst nach Boabdelins Tod im letzten Akt erfolgreich. Die 10 Akte sind e. Musterbeispiel für die in der Restaurationszeit hauptsächl. von D. gepflegte Gattung der heroischen Trag. Den großen Personenkatalog entnahm D. zwei Vorlagen, den span. *Las guerras civiles* von Ginés Pérez de Hita u. der Romanze *Almahide ou L'esclave Reine* von Madeleine de Scudéry. Vom Duke of Buckingham in dessen Satire *The Rehearsal* angegriffen u. wegen der bombast. Handlung, des Pathos, der Schlachten, Duelle, Morde usw. verhöhnt, die die Entfaltung e. echten dramat. Handlung verhinderten. *ra*

Hg. M. Summers, Works, VI 1931–32, Bd. 3. – J. Loftis, The Hispanic Element in D. (Emory Univ. Quarterly, 20 1964, 90–100).

A. C. Kirsch, D's Heroic Drama, 1965. A. Roper, D's Poetic Kingdoms, 1965. S. A. Zebouni, D. A Study in Heroic Characterization, 1965. A. T. Barbeau, The Intellectual Design of J. D's Heroic Plays, 1969.

Conrad, Joseph (eig. Teodor Józef Konrad Korzeniowski) 3. 12. 1857 Berdiczew/Ukraine – 3. 8. 1924 Bishopsbourne/Kent. Als Sohn poln. Eltern in der Ukraine geboren. Zog mit diesen nach Vologda in Sibirien, wohin sie wegen Teilnahme an der Vorbereitung des poln. Aufstands 1863 verbannt worden waren. Dort starb die Mutter, der Vater kurz nach s. Freilassung in Krakau. C. wuchs bei Verwandten auf; 1874 heuerte er auf e. frz. Schiff an, 1878 auf e. Schiff der engl. Handelsmarine. Er bereiste u. a. den Kongo u. die malaiischen Inseln: Schauplätze vieler s. Werke. 1884 brit. Staatsbürgerschaft; Schiffsoffizier. 1894 gab C. s. Beruf als Seemann auf u. widmete sich der Lit. Er schrieb 13 Romane u. 7 Bde. Kurzgesch. C.s Werke sind zugleich weltanschaul. wie psych. Studien, Abenteuergesch. u. Evokationen e. exot. Milieus, der Weite des Meeres, der Urgewalt der Elemente. C. stellte s. erschrekkenden Vision des moral. Nihilismus u. der Sinnlosigkeit der Welt die stoische Anerkennung heroischer menschl. Würde entgegen. S. Gestalten sind oft völlig isoliert u. müssen fern von Zivilisation u. Kultur immer neue Bewährungsproben ihrer menschl. Qualitäten durchstehen. Die frühen Romane *Almayer's Folly* (1895) u. *An Outcast of the Islands* (1896) verraten noch C.s Schwierigkeiten mit e. fremden Sprache u. e. ungewohnten Medium. Erfolgreich waren die lange Novelle *The Nigger of the Narcissus* (1897), e. meisterhafte Studie der Spannungen an Bord e. Schiffes, die sich an e. isolierten Außenseiterfigur kristallisieren, u. *Lord Jim* (1900), C.s bekanntester Roman, der die Gesch. e. träumer. jungen Engländers erzählt, der in e. imaginären Welt heroischer Taten lebt, in e. Paniksituation aber e. Schiff verläßt, das zu sinken scheint, durch dieses Versagen s. Ehre verliert u. ›vom Rest der Menschheit getrennt‹ alle Erniedrigungen durchlebt, dann in e. arkad. Inselglück Liebe, Ehre u. Selbstvertrauen gewinnt, s. Existenz aber schließl. durch e. Horde brutaler Desperados zerstört sieht u. e. Opfertod stirbt. Die Novelle *Heart of Darkness,* die e. Schiffsexpedition ins Innere Afrikas auf dem Kongo schildert, erhält durch autobiogr. Details (C. erkrankte auf e. Kongofahrt 1890 u. war dem Tode nah), mythensüchtigen Exotismus, zahlreiche Symbole u. zugleich e. scheinbar nüchterne, realist. Objektivität e. komplexes, zwielichtiges, geheimnisvolles Gepräge. Als größte schöpfer. Leistung C.s gilt *Nostromo. A Tale of the Seaboard* (1904), das e. imaginäres südam. Land, Sulaco, s. polit. Situation u. s. gemischtrassige Bevölkerung bis ins kleinste Detail ›authent.‹ darstellt u. mit abrupten Wechseln des Erzählerstandpunktes, der Zeitgestaltung u. der Kausalzusammenhänge e. Markstein auf dem Weg zur Auflösung der traditionellen Romanform ist. E. Versuch in e. neuen Genre ist der Detektivroman *The Secret Agent* (1906–07), die bitter-iron. Gesch. e. polit. Intrige u. zugleich e. psych. Familiendrama. Weitere bekannte Romane C.s sind *Under Western Eyes* (1911), *Chance* (1914) u. *The Rescue* (1920). *ks*

The Works, XXII 1923–28. Collected Edition, XXI 1947–62. – Letters, hg. E. Garnett, 1928. – J. D. Gordan, J. C. The Making of a Novelist, 1940; n. 1963. R. Curle, J. C. and His Characters. A Study of 6 Novels, 1957. R. F. Haugh, Discovery in Design, 1957. A. J. Guérard, C. The Novelist, 1958. The Art of J. C. A Crit. Symposium, hg. R. W. Stallmann, 1960. E. K. Hay, The Political Novels of J. C., 1963. T. Tanner, C. ›Lord Jim‹, 1963. T. E. Boyle, Symbol and Meaning in the Fiction of J. C., 1965. C. A Collection of Crit. Essays, hg. M. Mudrick, 1966. N. Sherry, C's Eastern World, 1966. W. Sievers, Review Notes and Study Guide to C's ›Lord Jim‹, ›Heart of Darkness‹, ›The Secret Sharer‹, 1966. A. Fleishman, C's Politics, 1967. P. Griffith, J. C. ›Lord Jim‹, 1967. C. Rosenfield, Paradise of Snakes. An Archetypal Analysis of C's Political Novels, 1967. D. C. Yelton, Mimesis and Metaphor: An Inquiry into the Genesis and Scope of C's Symbolic Imagery, 1967. J. A. Palmer, J.C's Fiction, 1968. S. D. Hoffman, Comedy and Form in the Fiction of J. C., 1969. N. Sherry, C's Western World, 1971. C. (The Critical Heritage), hg. N. Sherry, 1973. N. Sherry, C. and His World, 1973. C. ›The Secret Agent‹, hg. I. Watt, 1973 (Casebook). C. B. Cox, J. C. The Modern Imagination, 1974. J. C. A Commemoration, hg. N. Sherry, 1976. H. M. Daleski, J. C. The Way of Dispossession, 1977. S. Pinsker, The Languages of J. C., 1978. J. A. Verleun, The Stone Horse. A Study of the Function of the Minor Characters in J. C's ›Nostromo‹, 1978. F. R. Karl, J. C. The Three Lives, 1979. F. Schunck, J. C., 1979.

The Conscious Lovers, Schauspiel von R. → Steele.

Constable, Archibald → Ballantyne, J.

The Constant Wife, Kom. von W. S. → Maugham.

Contingency → Murdoch, I.

Cooper, Anthony Ashley → Shaftesbury, 3rd Earl of.

Cooper, Giles Stannus, 9. 8. 1918 Carrickmines/Co. Dublin – 2. 12. 1966 Surbiton b. London. C.s Dramen u. Hörspiele sind ›philosoph. Thriller‹, die mit hintergründigem, makaberem, farcenhaftem Humor menschl. Extremsituationen analysieren, wie die e. Deserteurs u. e. verzweifelten, lebensmüden Frau in e. von Bombardierung bedrohten Haus (*Never Get Out,* 1950), einiger spießbürgerl., bedenkenlos e. Mord in Kauf nehmender Amateurprostituierten (in dem später von Albee grobschlächtig überarbeiteten *Everything in the Garden,* 1962), der Generalswitwe, die beim Versuch, die Statuen ihres Gatten aus den entlegenen Bereichen des Empire heimholen zu lassen, um sie vor der Zerstörung zu bewahren, von e. Bildhauer betrogen wird, der ihr neue Statuen unterschiebt (*The Return of General Forefinger,* 1961) sowie e. Familie, die Sprache u. Illusionen der Kindheit auch im Erwachsenenalter beibehält (*Happy Family,* 1966). Coopers experimentelle Stücke nehmen in ihrer subtilen Mischung von Düsterem, Ungeheuerl., Vernünftigem u. Kom. viele Entwicklungen vorweg, welche in den Jahren darauf insb. im → Theatre of the Absurd von großer Bedeutung wurden. *ks*

H. Oppel, G. C. ›Everything in the Garden‹ (D. engl. Drama d. Gegenwart, 1976, 65–81).

Cooper, William (eig. Harry Summerfield Hoff), 4. 8. 1910 Crewe. Stud. Cambridge, Lehrer; 1940–45 RAF, Regierungsbeamter, seit 1958 Berater der Atomenergiekommission, seit 1960 des Central Electricity Generating Board. *Scenes from Provincial Life* (1950), 1. Bd. e. Trilogie (*Scenes from Metropolitan Life,* 1951; *Scenes from Married Life* 1961), welche anhand der Erlebnisse des Ich-Erzählers Joe Lunn klare, realist., schlichte, humorvolle u. iron. Darstellungen engl. Alltagslebens bietet: Amouren, Ehe, Familie, Arbeit. *Scenes from Provincial Life* hatte beträchtl. Einfluß auf → Braine, → Storey u. → Barstow. E. wesentl. Grundzug auch der übrigen Werke C.s ist die scharfe Beobachtung der neuen Mittelklasse u. der überraschenden Aspekte in ihrem konventionellen Dasein. The *Struggles of Albert Woods* (1952) u. *Memoirs of a New Man* (1966) geben Einblick in die Welt der Naturwiss. u. Technologie, *You Want the Right Frame of Reference* (1971) in die der Kunst; Gegenstand von *Young People* (1958) u. *Disquiet and Peace* (1956) sind ungewöhnl. Ehen. *The Ever-Interesting Topic* (1953) beschreibt die Wirren um die Einführung des Sexualunterrichts in e. Knabeninternat; *You're Not Alone* (1976) ist das fiktive Tagebuch e. Arztes, der sich in e. 40 Jahre jüngeres Mädchen verliebt. *ks*

Coriolanus → Roman plays, Shakespeare.

Cornhill Magazine, monatl., noch heute erscheinende, 1860 mit → Thackeray als Hg. gegründete Zs., dessen beide letzten Romane, *The Adventures of Philip* u. *Denis Duval,* darin erstmals veröffentlicht wurden; auch → Gaskells *Cousin Phillis* u. *Wives and Daughters* sowie Romane von → Trollope. 1871–82 Hg. Sir L. Stephen, danach J. Payn, R. J. Smith. Zu T.s Zeit, unter Mitarbeit von → Ruskin u. M. → Arnold, einflußreiche u. vielgelesene Publikation. *hd*

Corn Law Rhymes → Elliott, E.

The Cotter's Saturday Night, (Inscribed to R. A. Esq.), Ged. von R. → Burns; entstanden 1785, ED in *Poems, chiefly in the Scottish Dialect,* 1786; neu in zahlreichen Werkausg. u. Anthologien. In der Strophenform der → Spenserian Stanza beschreibt B. im Dialekt s. Heimat das einfache Leben der schott. Bauern. Neben → ›Tam o'Shanter‹ u. ›The Jolly Beggars‹ e. s. bekanntesten Ged., dessen Bilder der Wirklichkeit des elterl. Hauses nachgezeichnet sind. *hd*

Cotton Vitellius A XV, ae. Ms., seit 1753 im Besitz des Brit. Museum; enthält *Beowulf, Judith, Lindisfarne Gospels, Codex Purpureus, Pearl, Sir Gawain and the Grene Knight.* Gehörte zur Slg. von Sir Robert Cotton (1571–1651); Bz. nach der Büste des röm. Kaisers Vitellius, worunter das Ms. lag u. dadurch größtenteils unversehrt blieb, als C.s Bibliothek durch Feuer zerstört wurde. Von s. Enkel, Sir John Cotton, der brit. Nation vermacht. *js*

Couplet, Reimpaar von gleicher Zeilenlänge; hauptsächl. als → heroic couplet, aber auch als 8silbiges c. mit leichterem Rhythmus, z. B. in → Chaucers *The Romaunt of the Rose*; in Angleichung das → Skeltonic c. W. H. → Auden verwendet das 8silbige c. in s. *New Year Letter.* Abgeleitet → blank verse. *hd*

Court Comedy, e. Form der Komödie im späten 16. u. im 17. Jh., die am Hof in London gepflegt wurde. Zu ihren Merkmalen gehören e. barock ausgestaltete Handlung mit großer Kostümierung, Musik u. Prunk, zahlreiche Personen, elaborierte Struktur, geistreicher Stil und ausgefallene Bildersprache; in den theatral. Dimensionen trägt die c. c. eher opernhafte Züge. Shakespeares→ *Love's Labour's Lost* fällt in die Anfangszeit dieser Komödienform; s. Dramen *A→ Midsummer Night's Dream* u. *The → Tempest* stehen noch unter ihrem Einfluß. Ihr Hauptvertreter ist aber J. → Lyly mit *Alexander and Campaspe* (1584) u. *Endimion* (1591). G. Peeles *The Arraingment of Paris* ist ebenfalls dazu zu zählen. Die c.c. ist ein Gelegenheitsdrama, das s. Entstehen u. s. Pflege dem Unterhaltungsbedürfnis Elizabeth I verdankte u. in Form u. Inhalt auf den Geschmack des höfischen Publikums abgestimmt war. *ra*

A. P. Rossiter, English Drama from Early Times to the Elizabethans, 1950. M. C. Bradbrook, The Growth and Structure of Elizabethan Comedy, 1955. W. Habicht, Studien zur Dramenform vor Shakespeare, 1968. P. Saccio, The Court Comedies of J. Lyly: A Study in Allegorical Dramaturgy, 1969. R. Strong, Splendour at Court: Renaissance Spectacle and Illusion, 1973.

Court Masque→ Masque.

Court Poets→ Cavalier Poetry.

Courtesy Book. E. didakt. Buch in der späten Renaissance, das zur Unterweisung von Angehörigen des königl. Hofes diente u. Anweisungen für den zukünftigen ›gentleman‹ u. die ›court lady‹ zur angemessenen Lebensführung in privatem wie politischem Bereich enthielt. Das große Vorbild für England war Castigliones *Il Cortegiano* (1528), das 1561 von Sir Thomas Holy ins Engl. übersetzt wurde. Sir Th. Elyot (1499?–1546) schrieb 1531 s. Erziehungstraktat *Book Named the Governor* in der Tradition des Platonismus. Andere herausragende Beispiele, die zur Ausprägung des ›gentleman‹-Ideals wesentlich beigetragen haben, sind: H. Peacham (1576?–1643?) *The Compleat Gentleman* (1622); R. Brathwaite, *The English Gentleman* (1630); F. Osborne, *Advice to a Son* (1658). Diese Lehrbücher förderten auch die Entwicklung des englischen Prosastils u. dienten der Festigung der moral. Vorstellungen in der Führungsschicht der engl. Renaissance. Sie stehen in erweitertem Sinn in Verbindung mit der zeitgenössischen Essayistik, den ›character-books‹ u. der Ependichtung. *ra*

C. Benndorf, D. engl. Pädagogik im 16. Jh., 1905. J. M. Major, Elyot and Renaissance Humanism, 1964. D. Javitch, Poetry and Court Conduct: Puttenham's ›Arte of English Poesie‹ in the Light of Castiglione's ›Cortegiano‹ (MLN, 87 1972, 865–82).

Covent Garden Theatre, London, 1732 eröffnet, mehrmals abgebrannt u. neu aufgebaut, mit Schauspielern von Rang u. Namen, z. B. → Garrick, → Kemble, Mrs.→ Siddons, Mme. Vestris. Das neue Theater, 1858 fertiggestellt, ist seither hauptsächl. Aufführungsort der engl. u. italien. Oper (Royal Opera House). C. G. mit s. Markt, s. Gebäuden u. Straßen entstand im 17. Jh. nach den Plänen von I.→ Jones auf dem Gebiet des aufgelösten Klosters Old Covent Garden of Westminster. In der Lit. des 17. u. 18. Jh. häufig als Schauplatz von Vergnügung u. eleganter Lebensart. *hd*

Coventry Cycle→ Mystery Play.

Coverley, Sir Roger de; Typus des Country Squire im → ›Spectator‹.

Coward, Sir Noël Pierce, 16. 12. 1899 Teddington – 26. 3. 1973 Jamaika; Sohn e. kinderreichen Musikers, stand schon 12jährig auf der Bühne. In Croydon privat erzogen. Äußerst erfolgreich als Dramatiker, Schauspieler, Kurzgesch.-Autor, Operettendichter u. -komponist (*Blithe Spirit*, 1941), der s. Rolle als ›enfant terrible‹ genoß. 1970 geadelt. Mit Stücken wie *Hay Fever* (1925), *Private Lives* (1930), *Cavalcade* (1931), *Design for Living* (1933), *Present Laughter* (1942), *Waiting in the Wings* (1961), neben → Rattigan Hauptvertreter des → well-made play. Vollendete techn. Routine, brillante Einfälle, verblüffender, oft frecher, iron.-frivoler Witz. C.s pikante Gesellschaftskom. sind desillusionist. Zeitsatiren, die weniger sozialkrit. analysieren wollen als milde schockieren u. skandalisieren. Viele der Stücke spielen in der erprobt attraktiven Sphäre der eleganten High Society. Den polit. Ideendramen u. affektreichen Trag. *Post Mortem* (1931) u. *Point Valaine* (1935) fehlt es an Tiefe u. Originalität. *ks*

Play Parade, VI 1933–62. R. Graecen, The Art of C., 1953. R. Mander & J. Mitcheson, Theatrical Companion to C., 1957. M. Levin, N. C., 1968. S. Morley, A Talent to Amuse, 1969. C. Lesley, The Life of N. C., 1976.

Cowley, Abraham, 1618 London – 28. 7. 1667 Chertsey, Dichter u. Essayist; Sohn e. wohlhabenden Londoner Kaufmanns. Spensers Werke regten C. schon im Alter von 10 Jahren zu der epischen Romanze ›Tragicall History of Piramus and Thisbe‹ an. 2 Jahre später folgte die Dichtung ›Constantia and Philetus‹. Beide Werke veröffentlichte C. 1633 im Alter von 15 J. in *Poetical Blossoms*. Während s. Stud. in Cambridge e. Reihe guter Übs. klass. Werke. Daneben mehrere Theaterstücke, z. B. das pastorale Drama *Love's Riddle* u. die lat. Kom. *Naufragium Joculare* (beide 1638) sowie die gegen die Puritaner gerichtete Kom. *The Cutter of Coleman Street* (1641). Noch im gleichen Jahr mußte er wegen s. royalist. Haltung im Bürgerkrieg Cambridge verlassen u. ging nach Oxford. 1646 begab er sich ins Exil nach Paris, wo er der engl. Königsfamilie als Geheimsekretär diente. 1655 kehrte er als royalist. Spion nach England zurück, wurde aber schon bald verhaftet. Nach nur kurzem Gefängnisaufenthalt entlassen. Nutzte die Möglichkeit, in Oxford Medizin zu studieren. Nach der Restauration erhielt C. vom Kg. e. Lehen u. zog sich aufs Land zurück. Zu s. Hauptwerken sind vor allem noch der Zyklus von Liebesged. *The Mistress* (1647) u. die *Miscellaneous Poems* (1656) zu zählen, welche die vier in 10silbigen ›couplets‹ nach dem Muster der *Aeneis* geschriebenen Bücher der *Davideis* und die *Pindarique Odes* (später Cowleyan Ode genannt) enthalten; von → Dryden, → Coleridge, → Wordsworth u. a. nachgeahmt. Diese Ode ist durch freie Form ohne feste Strukturregeln gekennzeichnet. Daneben verfaßte C. bedeutende Essays, z. B. über *The Advancement of Experimental Philosophy* (1661), u. e. *Discourse by Way of Vision Concerning Oliver Cromwell* (1661). Zu Lebzeiten wurde C. als der größte Dichter s. Jh. gefeiert. *ra*

Complete Works in Verse and Prose, hg. A.

B. Grosart, II 1881; n. 1969. – A. H. Nethercot, A. C. The Muse's Hannibal, 1931. J. Loiseau, A. C., sa vie, son oeuvre, 1931. E. Miner, The Metaphysical Mode from Donne to C., 1972. E. Crosina, A. C. u. d. Rolle d. neuen naturwiss. Vorstellungen in s. Werken, 1972.

Cowper, William, 15. 11. 1731 Great Berkhampstead – 25. 4. 1800 East Dereham; Erziehung in Westminster School; Anwaltsgehilfe, 1752 Middle Temple, 1754 Zulassung als Anwalt. Erste Anzeichen von Schwermut, nach Nervenzusammenbruch Aufgabe s. jurist. Laufbahn. Zog sich zu s. Freund Marley Unwin aufs Land zurück. Nach dessen Tod begleitete er Mary Unwin nach Olney. C.s Freundschaft mit dem dortigen Geistlichen führte zu den *Olney Hymns* (1779), 67 aus s. Feder, viele davon bekannte Kirchenlieder. Nach vorübergehender Besserung s. Gesundheitszustandes litt er nach dem Tod von Mrs. Unwin verstärkt unter depressiven Anfällen; starb in geistiger Umnachtung. Auf ihre Anregung hin waren mehrere Satiren entstanden. 1782 erschien *The Diverting History of John Gilpin*, e. unterhaltsame Ballade über »a linen-draper bold« aus Cheapside, der den 20. Jahrestag s. Hochzeit mit e. Reise feiern will; 1785 *The Task*, ein sechsteiliges didakt. Ged., Huldigung des Friedens u. der Vorzüge ländl. Lebens. Trotz gewisser Lehrhaftigkeit natürl. u. in der Sprache schlichter als etwa Popes Pastoraldichtung. Bereits mit Anzeichen der kommenden Romantik ausgestattet, Bindeglied zwischen Klassizismus u. der Dichtung e. → Burns od. → Crabbe. *hd*

Works, hg. R. Southey, XV 1835–37 (mit Biogr.). Poems, hg. J. Bruce, III 1815; n. H. l'A. Fausset, 1931. Poetical Works, hg. H. S. Mitford, 1967. – Letters, hg. W. Hayley, IV 1809 (mit Biogr.). Unpubl. Letters, hg. T. Wright, 1925. The Letters and Prose Writings of W. C., 1, 1750–1781, hg. J. King, 1979 (im Erscheinen). – L. Hartley, W. C. A List of Crit. and Biogr. Studies 1895–1949, 1950. Ders. W. C. The Continuing Revaluation: An Essay and a Bibl. of Cowperian Studies 1895–1960, 1960. N. Russell, A Bibl. of W. C. to 1837, 1963. – W. Hayley, W. C., III 1803–04. H. l'A. Fausset, W. C., 1928. G. Thomas, W. C. and the 18th Cent., 1935. C. Ryskamp, W. C. of the Inner Temple, 1959. M. Golden, In Search of Stability: The Poetry of W. C., 1960. J. A. Neve, Concordance, 1969. M. Quinlan, W. C. A Critical Life, ²1970.

Cox, Robert → Drolls.

Crabbe, George, 24. 12. 1754 Aldborough/Suffolk – 3. 2. 1832 Trowbridge/Wiltshire. Nach abgeschlossener Schulzeit Arztgehilfe, dann eigene Praxis; 1780 nach London, 1781 Ordinierung, 1782–85 Kaplan von Belvoir Castle (Duke of Rutland) u. Pfarrei. Fand in E. → Burke s. großen Fürsprecher u. veröffentlichte auf dessen Anraten das → Pope nachempfundene Ged. *The Library* (1781). Nach Überarbeitung durch Burke u. Johnson erschien 1783 *The Village*; 1807 *The Parish Register*, Verserzählungen, die s. Talent als Lyriker erstmals voll unter Beweis stellten. C.s Stärke lag in der wirklichkeitsgetreuen Darstellung der Natur. *The Village* steht im Gegensatz zu → Goldsmiths Idylle; in → heroic couplets geschrieben, stilist. weniger eindrucksvoll als durch die Kraft u. Realitätsnähe der beabsichtigten Aussage, Abkehr von der gängigen Idealisierung des Landlebens. Weitere Veröffentlichungen: *The Borough* (1810), *Tales in Verse* (1812) u. *Tales of the Hall* (1817–18). *hd*

Works, hg. A. W. Ward, III 1905–07. New Poems, hg. A. Pollard, 1960. – T. Bareham and S. Gatrell, Bibl., 1978. – J. H. Evans, The Poems of G. C. A Lit. and Hist. Study, 1933. G. Crabbe (Sohn), The Life of the Rev. G. C., hg. E. Blunden, 1941. L. Haddakin, The Poetry of C., 1955. O. F. Sigwarth, Nature's Sternest Painter: Five Essays on the Poetry of G. C., 1964. R. L. Chamberlain, G. C., 1965. R. B. Hatch, C's Arabesque: Social Drama in the Poetry of G. C., 1976. P. New, G. C's Poetry, 1976. B. B. Jain, Poetry of G. C., 1976. B. Nelson, G. C. and the Progress of the 18th Cent. Narrative Verse, 1977. T. Bareham, G. C., 1977.

Cranford, Roman von E. C. → Gaskell.

Crashaw, Richard, 1612 (?) London – 21. 8. 1649 Loreto (Italien). Erzogen in Charterhouse u. Pembroke Hall, Cambridge, 1635–43 Dozent ebda. 1643 reiste C., nachdem der puritan. Bildersturm auch Cambridge erreicht hatte u. er als Anglikaner s. Lehrstuhl aufgeben mußte, nach Leiden u. weiter nach Paris. Trat der röm.-kath. Kirche bei, obwohl s. Vater e. berühmter antipapist. Prediger gewesen war. Von s. Freund → Cowley der engl. Königin Henrietta Maria vorgestellt, durch die C. die Bekanntschaft mit dem Gouverneur von Rom, Kardinal Pallato, machte. Dieser ernannte ihn zu s. Sekretär u. verschaffte ihm 1649 die Pfründe der Basilika-Kirche von Loreto. C. starb kurz nach s. Ankunft. Aus s. Zeit in Cambridge sind s. hervorragenden lat. V. *Epigrammata Sacra* erhalten. S. rel. Hauptwerk *Steps to the Temple* (1646) weist starken Einfluß span. u. ital. Mystik auf. Neben dieser barocken Mystik Vorliebe für erot. Metaphern zur Darstellung rel. Ekstase. Als Anhang erschien e. Slg. weltl. Lyrik, *The Delights of the Muses,* die einige s. berühmtesten Ged. enthält, z. B. ›Music's Duel‹, in welchem e. Nachtigall u. e. Flötenspieler, in Anlehnung an Stradas lat. Ged., e. Streitgespräch führen; außerdem das bekannte Liebesged. ›Wishes. To his (supposed) Mistress‹. ›The Flaming Heart‹, e. Hymne an St. Teresa, entstand noch vor s. Übertritt zum kath. Glauben. Posthum (1652) erschienen weitere, teilweise schon frühere, geistl. Ged. in *Carmen Deo Nostro.* In vielem mit → Donne vergleichbar, teilt er doch nicht dessen Neigung zur Introspektion. Zeigt in s. Werk den der Zeit entsprechenden Reichtum an Metaphorik.

ra

Complete Poetry, hg. G. W. Williams, 1970. Poems, English, Latin, and Greek, of R. C., hg. L. C. Martin, 1937. – G. W. Williams, Image and Symbol in the Sacred Poetry of R. C., 1963. L. L. Martz, The Wit of Love: Donne, Carew, C., Marvell, 1969. R. T. Peterson, The Art of Ecstacy, 1970. M. F. Bertonasco, C. and the Baroque, 1971. M. Cayley, R. C., 1972. R. C. Wallerstein, R. C., 1972.

Creasey, John (14 Pss.), 17. 9. 1908 – 9. 6. 1973 Salesbury/Wiltshire; Vf. von über 560 Büchern mit Gesamtauflage von über 60 Mill., bes. Krimis u. Zukunftsromane um den Toff, Inspektor West u. Dr. Palfrey. *ks*

Crime Novel, Crime Story, → Detective Story.

The Critic, Kom. von R. B. → Sheridan.

Crockett, Samuel Rutherford → Kailyard School.

Cronin, Archibald Joseph, 19. 7. 1896 Cardross (Schottland), aus ärml. Verhältnissen; Stud. Med. Glasgow, Promotion 1925, vielfältige ärztl. Tätigkeit. Lebt in der Schweiz. Seit *Hatter's Castle*

(1931) sehr populärer Unterhaltungsschriftsteller mit Millionenauflage. C.s Erfolgsrezept ist e. oft melodramat. oder romanzenhafte Mischung aus Liebe u. Abenteuer, letzteres oft in med. Bereichen, vor dem Hintergrund schott., schweizer. oder span. Szenerie. *The Stars Look Down* (1935) wird getragen von e. harmlosen emotionalen Empörung über die skrupellose Ausbeutung walis. Bergarbeiter durch den Kapitalismus. C.s Charaktere sind steif u. oberflächl., s. Handlungsvorlagen voll unwahrscheinl. Zufälle. *ks*

Crow, Ged.sequenz von T. → Hughes.

Cruikshank, George, 27. 9. 1792 London – 1. 2. 1878 ebda; Karikaturist. Begann schon früh, Graphiken zu aktuellen Anlässen zu fertigen, die v. a. von William Hone vertrieben wurden. Ab ca. 1819 Buchillustrationen, u. a. für ›Life in London‹. Mit den Illustrationen zu *Sketches by Boz* begann C.s Zusammenarbeit mit → Dickens. Bes. aussagestark sind s. Illustrationen zu *Oliver Twist*, z. B. ›Fagin in the Condemned Cell‹. Ausgeprägte satir. u. moralist. Tendenz. Hg. der Zs. ›The Omnibus‹ (1841) u. ›The Table Book‹ (1845), zu denen u. a. → Thackeray Artikel beisteuerte. ›The Bottle‹ (1847) u. ›The Drunkard's Children‹ (1848) zeigen C.s schon in früheren Arbeiten angedeutete Verurteilung des Alkoholismus u. s. Folgen. S. Stiche erinnern in ihrer Intensität an vergleichbare Arbeiten von → Hogarth. *hd*

A. M. Cohn, Bibl., 1914. – W. B. Jerrold, Life of G. C., 1882. R. J. H. Douglas, The Works of G. C., 1903. R. MacLean, G. C. His Life and Works as a Book Illustrator, 1948.

Culture and Anarchy. An Essay in Political and Social Criticism → Arnold, M.

Cumberland, Richard, 19. 2. 1732 Cambridge – 7. 5. 1811 Tunbridge Wells. Besuchte die Westminster School zus. mit G. → Colman d. Ä. und Ch. → Churchill; Stud. Trinity Coll., Cambridge; im dipl. Dienst, versch. Regierungsämter. C. schrieb empfindsame Lustspiele, von denen bes. *The Brothers* (1769) u. *The West Indian* (1771) Erfolge waren, Farcen, 2 Romane, Essays, einige Trag. 1806–07 veröffentlichte er s. *Memoirs*; Hg. ›London Review‹ (1809), Übs. Aristophanes. Von → Sheridan in *The Critic* als Sir Fretful Plagiary karikiert. Vf. u. Hg. der Wochenschr. ›The Observer‹ (→ periodical essay). *hd*

Posthumous Dramatick Works, II 1813. – Memoirs, hg. H. Flanders, 1856. – S. T. Williams, R. C., 1917.

Cursor Mundi, rel. Versepos, entstanden zwischen 1300 u. 1330, 24 000 V. mit Zusätzen am Schluß des Werkes, meist in 8silbigen Reimpaaren, nordhumbr. Dialekt, Vf. unbekannt, überliefert in 4 Handschr. (davon e. in der Univ.bibl. Göttingen); Darstellung der bibl. Gesch. in 7 Büchern unter Verbindung theol. Lehren mit volkstüml. Thematik u. Legenden, bes. um das Kreuz Christi; Behandlung des gleichen Stoffes wie im ae. → *Dream of the Rood.* Elemente des Mysterienspiels sind feststellbar, jedoch keine Überbetonung des didakt. Ansatzes. Stilist. ansprechende Erzählweise, sprachl. einfach u. direkt, dennoch gefällig. Vergleichbar mit dem *C.M.* ist *Handlyng Synne* (1303–38) von Robert Mannyng of Brunne

(1288–1338), das heutige Bourne in Lincolnshire, sehr freie Übs. des frz. *Manuel des Pechiez* von William of Wadington. Der Autor schreibt in erläuternden Gesch. – 65 anstelle der 54 von Wadington – über die 10 Gebote, die 7 Todsünden, die 7 Sakramente u. letztl. über die Institution der Beichte. Kein Theoretisieren, sondern volksnahe Darstellung anhand passender Beispiele; oft direkte Rede. Ähnl. dem *C.M.* findet sich auch hier e. Verbindung von Sozialkritik, v. a. gegen tyrann. Adlige u. unmoral. Kleriker wie in → *Piers Plowman*, u. belehrender Absicht in konkreten, lebensnahen Situationen; Ausdruck e. verständnisvollen Humanität des Autors, der sich um e. des Lesens unkundiges Publikum bemüht. Als locker verbundene Geschichtenfolge Vorläufer zu → *Canterbury Tales* u. → Gowers *Confessio Amantis*. M.s *Chronicle of England*, e. Gesch. Englands in 2 Teilen, ist weniger bedeutend. Sie setzt ein mit der Landung des sagenumwobenen Brutus u. endet mit dem Tod von Edward I. Teil 1 der Verschronik in 8silbigen Reimpaaren ist e. Übs. von → Waces Übs. der *Historia Regum Britanniae* des → Geoffrey of Monmouth, Teil 2, in Alexandrinern, die volkstüml. Version e. anglo-normann. Ged. von Peter of Langtoft. M. bezieht sich auch auf andere Quellen, z. B. → Bede. Der 2. Teil der Chronik informiert ausführl. über Edwards Regierungszeit u. über Schottland z. Zt. von Bruce. Durch die Verwendung der heim. Sprache wollte M. den Inhalt der Vorlagen möglichst vielen Zeitgenossen zugängl. machen. *js*

›C.M.‹, hg. R. Morris, EETS, OS, 57, 59, 62, 66, 68, 99, 101, 1874–93; n. 57, 99, 101, 1961–62. ›H.S.‹ (mit ›Manuel‹), hg. F. J. Furnivall, EETS, OS, 119, 123, 1901–03. – H. Hupe, Genealogie d. Handschr. d. me. Ged. ›C.M.‹, 1886. J. J. Lamberts, The Noah Story in ›C.M.‹ (MS, XXIV 1962, 217–32).

Curtmantle, Drama von C. → Fry.

Cutty Sark → *Tam o'Shanter;* außerdem Name e. berühmten, 1869 gebauten Segelklippers im Chinahandel.

Cymbeline → romances, Shakespeare.

Cynewulf (Cynewulf-Schule), belegt durch ca. 2600 V.; spätes 8., Beginn 9. Jh. Über C. selbst ist keine gesicherte Aussage zu machen; stammte vermutl. aus Northumbria oder Mercia, was s. häufigen Anspielungen auf das Meer erklären würde. Gegen e. merz. Abstammung spricht jedoch das Fehlen e. dichter. Tradition zu Lebzeiten C.s. Offensichtl. Kleriker mit guten lat. Kenntnissen, evtl. ident. mit Bischof C. von Lindisfarne. Im Gegensatz zur → Caedmon-Schule liegt die Betonung mehr auf dem geistl.-rel. Aspekt: nicht mehr nur Bibelparaphrasen, sondern auch Mystisches, Homiletisches, anspruchsvoller Stil, didakt. ausgeprägt. Nur 4 Werke tragen C.s Runen: → *Elene*, → *Juliana*, → *Christ* oder *Ascension*, *The Fates of the Apostles*. Die persönl. Note ist stärker, die Ged. wirken lyr., Selbstoffenbarung scheint e. Anliegen der Dichter geworden zu sein. Auch werden fremde lit. Einflüsse verarbeitet; Entlehnungen. Die Form gewinnt mehr an Bedeutung; Auswirkungen der Christianisierung werden prägnanter u. überdecken heidn. Relikte. *js*

The Poems of C. (Übs. in Prosa), hg. Ch. W. Kennedy, 1910. The OE ›Elene‹, ›Phoenix‹ and ›Physiologus‹, hg. A. S. Cook, 1919. ›Andreas‹ and ›Fates of the Apostles‹, hg. K. R. Brooks, 1963. – K. Jansen, D. C.-Forschung, 1908. K. Sisam, C. and His Poetry, 1933. M. M. Dubois, Les Eléments Latins dans la Poésie Réligieuse de C., 1943. C. Schaar, Crit. Studies in the C.-Group, 1949.

Dahl, Roald, 13. 9. 1916 Llandaff/Südwales; 1932–39 bei Shell, 1939–45 RAF. Die lakon. Pilotengesch. in *Over to You* (1946) u. die heiter-makaberen Erzählungen in *Someone Like You* (1953), *Kiss, Kiss* (1960), *Twenty-Nine Kisses* (1969), *Switch Bitch* (1974) u. *Tales of the Unexpected* (1979) sind Meisterwerke schwarzen Humors, deren Wirkung auf der originellen, pointierten Mischung alltägl. Situationen u. Reaktionen, konkreter, scheinbar sachl. Details mit grotesken, bizarren Ereignissen u. exzentr. Charakteren beruht. Auch e. Reihe von Kinderbüchern sowie Lyrik. *ks*

Daisy Miller, Charakterstudie von H.→ James.

A Dance to the Music of Time, 12bändiger Romanzyklus, untergliedert in 4 Trilogien, von A. → Powell: *A Question of Upbringing,* 1951; *A Buyer's Market,* 1952; *The Acceptance World,* 1955; *At Lady Molly's,* 1957; *Casanova's Chinese Restaurant,* 1960; *The Kindly Ones,* 1962; *The Valley of Bones,* 1964; *The Soldier's Art,* 1966; *The Military Philosophers,* 1968; *Books Do Furnish a Room,* 1971; *Temporary Kings,* 1973; *Hearing Secret Harmonies,* 1975. Der Zyklus wird zusammengehalten durch die Gestalt des Erzählers Nicholas Jenkins, dessen Lebensabschnitten je e. Trilogie gewidmet ist: a) Schüler in Eton, Student, Berufsanfänger u. Partygast in Oxford u. London; b) Beobachter der wirren sexuellen, wirtschaftl. u. sozialen Dekadenz der Dreißiger; c) Erlebnis des Krieges als unpersönl., dehumanisierendes Unglück; d) Verfall des Freundeskreises, der Familie, Gesellsch., e. Kultur in der Zeit vom 2. Weltkrieg bis 1970. Er schildert als zurückhaltender, humaner, um das rechte Maß bemühter u. letztl. lebensbejahender, humorvoll stoischer Chronist menschl. Schicksale, die persönl., gesellschaftl., ökonom. u. polit. Veränderungen, die Affären, Ehen, Scheidungen, die Langeweile, Ziellosigkeit, verpaßten Gelegenheiten u. ungenützten Möglichkeiten, Kompetenz, Erfolg, Niedergang u. Tod in der Welt der ›middle‹ u. der ›upper classes‹, in der er sich bewegt. Unter den mehreren hundert Charakteren der Romane finden sich immer wieder die kontrastierenden Typen des Machtmenschen u. des Sinnenmenschen, v.a. aber Dutzende idiosynkrat. Individuen – harmlose Originale, phantasievolle Romantiker, kalte, disziplinierte Willensmenschen, deren bemerkenswertester wohl der tollpatschige, dünkelhafte, ehrgeizige, egoist., kompetente Kenneth Widmerpool ist, e. der großen kom. Schurken der zeitgenöss. Lit. Der Zeit kommt die zentrale Funktion zu, ›mehr u. mehr Wahrheit zu enthüllen‹. Wie in dem Poussin-Gemälde *Die vier Jahreszeiten* (1663), auf das P.

den Titel s. Zyklus bezogen hat, treten Einzelcharaktere auf einige ›Schritte‹ hervor u. ordnen sich dann wieder dem ›Tanz der Zeit‹, dem Kontinuum der Gesch., ein. *ks*

H. Spurling, Handbook to A.P's ›M.o.T.‹, 1977.

Daniel, bestehend aus *Daniel A* (1–278 u. 362–764) u. dem Einschub *Daniel B* (279–361), Teil der → Junius-Handschr.; Paraphrase der ersten 5 Kap. des Buches Daniel aus der *Vulgata,* im Stil der → *Genesis* geschrieben. Der Dichter betont v. a. Ds. Frömmigkeit u. Demut; das Preislied der 3 Jünglinge hebt sich von dem sonst einfachen Stil der Dichtung ab. Ursprung vermutl. Northumbria, frühes 8. Jh. *js*

›Exodus‹ and ›D.‹, hg. F. A. Blackburn, 1907. ›D.‹ and ›Azarias‹, hg. R. T. Farrell, 1974.

Daniel Deronda, Roman von G. → Eliot.

Daniel Martin, Roman von J. → Fowles.

D'Arcy, Margaretta → Arden, J.

The Dark is Light Enough, Kom. von C. → Fry.

The Dark River, Drama von R. → Ackland.

Davenant (D' Avenant), Sir William, Febr. 1606 Oxford – 7. 4. 1668 London, Dichter u. Dramatiker, angebl. unehel. Sohn Shakespeares (vermutl. Patensohn). Stud. Jura Oxford. 1633 tötete er e. Mann u. floh nach Holland, wo er vom Hof mit dem Libretto des Maskenspiels *The Temple of Love* beauftragt wurde. 1629 kam s. erstes Drama, *The Tragedy of Albovine,* heraus, gefolgt von der Trag. *A Cruel Brother* (1630). 1636 erschienen die Tragikom. *The Platonick Lovers* u. s. Meisterkom. *The Wits.* Verfaßte 25 Dramen, außerdem das romant. Versepos *Gondibert* (1651), e. Kriegs- u. Liebesgesch. 1638 nach B. → Jonsons Tod zum Poet Laureate ernannt. Hielt im Bürgerkrieg zu den Royalisten, 1643 geadelt. 1650 inhaftiert, wurde D. 1654, angebl. nach Fürsprache Miltons, begnadigt. In der Zeit des puritan. Theaterverbotes (1642–60) organisierte er Privatvorstellungen s. Werke. Während der Restauration begann er, die engl. Bühne zu modernisieren, eröffnete außerdem e. Schauspielbühne. D.s Dramen befassen sich vorwiegend mit Liebes- u. Ehrenkonflikten u. können insofern als Vorläufer von → Drydens heroischen Dramen gelten. Bes. lit. Bedeutung durch die Einführung der Oper mit gereimtem Libretto u. wechselndem Versmaß (dem Inhalt angepaßt) als neue Gattung in England. In der ›Opera‹ *The Siege of Rhodos* (1556), s. bedeutendsten Werk, geht es ebenfalls um die heroische Auseinandersetzung von Liebe u. Ehre. *ra*

Dramatic Works, hg. J. Maidment and W. H. Logan, V 1872–74; n. 1964. – L. Hönnighausen, D. Stilwandel i. dramat. Werk D.s, 1965. H. S. Collins, The Comedy of D., 1967. A. B. Harbage, Sir W. D. Poet Venturer, 1606–68, [2]1971.

David Copperfield *(The Personal History, Adventures, Experience, and Observations of D.C., the Younger),* Roman von Ch. → Dickens, ED ›Household Words‹, Mai 1849 – November 1850; EA 1850. Die Handlung trägt deutl. autobiogr. Züge. Der junge David, von s. Stiefvater Murdstone, Verkörperung geheuchelter Ehrbarkeit, gehässig u. lieblos behandelt, zunächst in das Internat Salem House von Mr. Creakle, dann mit 10 Jahren in die Fabrik geschickt, erlebt e. freudlose Kindheit. Er flieht zu s. Tante Betsey Trotwood nach Dover, die es ihm ermöglicht, die Schule von Dr. Strong in Canterbury zu besuchen. Nach gutem Abschluß wird er Lehrling in dem Anwaltsbüro Spenlow and Jorkins, verliebt sich in Spenlows Tochter u. heiratet sie, obwohl er nicht mehr mit der finanziellen Unterstützung s. Tante, mittlerweile ohne Vermögen, rechnen kann. Mit den knappen Einkünften e. Parlamentsreporters versucht er, den gemeinsamen Unterhalt zu bestreiten. S. Ehe mit Dora ist nicht sehr glückl. Er kann für das kindl.-verspielte Wesen s. Frau, ihre Unfähigkeit, e. geordneten Haushalt zu führen, auf Dauer kein Verständnis aufbringen. Nach Doras Tod verläßt D. England u. verbringt 3 Jahre auf dem Kontinent. Bei s. Rückkehr erfährt er, daß s. Jugendfreundin Agnes, Tochter des Advokaten Wickfield, in dessen Haus er seinerzeit in London freundl. Aufnahme gefunden hatte, sich zu verheiraten gedenke. Obwohl sie ihm stets wie eine Schwester war, ist er von dieser Nachricht schmerzl. betroffen. Unter Zureden s. Tante beschließt D., Agnes aufzusuchen. Beide entdekken ihre Liebe zueinander, er erkennt in ihr die s. Veranlagung entsprechende ideale Lebensgefährtin, ihre Ehe ist glücklich. In den Komplex der Haupthandlung schieben sich mit D.s Schicksal verbundene Nebenhandlungen, z.B. die Entführung von ›Little Em'ly‹, Adoptivtochter des Fischers Peggotty, durch den Aristokraten James Steerforth, e. Freund D.s aus den Tagen in Mr. Creakles Schule. Die Peggottys sind Freunde aus Kindertagen, als die Schwester des Fischers D.s Amme war. Erst nach langer Verfolgung wird die unglückl., von ihrem Verführer verlassene Emily von Ham, Peggottys Neffen, gefunden. Bei s. edlen Versuch, Steerforth nach e. Schiffsunglück bei Yarmouth vor dem Ertrinken zu retten, findet er den Tod. Auch die bekannten Gestalten des sorglos-verschwender. Lebenskünstlers Mr. Micawber u. des unsympath. Intriganten Uriah Heep, Wickfields Angestellter u. D.s Gegenspieler, werden in e. Nebenhandlung vorgestellt. Emily, Steerforth, Mr. Micawber u. Uriah Heep sind Dickenssche Prototypen. Sie repräsentieren fixierte Eigenschaften u. Handlungsweisen, wobei die Charakteristik Emilys als dem Viktorianismus verpflichtete Darstellung betrogener weibl. Unschuld u. die Steerforths als Verkörperung u. Verurteilung des byron. Helden nachromant. Prägung etwas abfällt. Ansonsten besticht die Ich-Erzählung des Romans durch die Lebendigkeit u. Vielfalt ihrer Figuren, der Bösewichter wie der menschl. positiven Charaktere. Die Schilderung der Erwachsenenwelt aus der Sicht des intelligenten u. feinfühligen D., Symbol kindl. Hilflosigkeit inmitten ungezügelten Erwerbsstrebens, gibt Dickens Gelegenheit, Krit. an den Mißständen s. Zeit, bes. des Elends der unteren Schichten u. der Kinderarbeit zu üben. Der Reichtum an realist. Details u. die humorvolle Aufhellung bitterer Erfahrungen, etwa in den Micawber-Szenen, verleihen *D.C.* e. seltene Ausdruckskraft u. inhaltl. Fülle, rechtfertigen s. hohen Rang in der Weltlit. als Bildungs- u. Jugendroman. *hd*

Hg. E. K. Brown, 1950; n. G. H. Ford, 1958; n. N. Burgis, 1980. – E. K. Brown, ›D.C.‹ (Yale Rev., 37 1948, 651–66). J. Butt, The Composition of ›D.C.‹ (Dickensian, 46 1950, 90–94, 128–35, 176–80; 47 1951, 33–38). K. J. Fielding, The Making of ›D.C.‹ (Listener, 19. 7. 1951, 93–95). J. R. Kincaid, The Darkness of ›D.C.‹ (Dickens Studies, 1 1965, 65–75). S. Marcus, D. from Pickwick to Dombey, 1965. W. K. Krans, C.D. ›D.C.‹, 1966.

Davidson, John, 11. 4. 1857 Barrhead (Schottland) – 23. 3. 1909 Penzance; Lyriker, Dramatiker, Essayist, Romanschriftsteller. Zunächst Chemielaborant, dann kurzes Stud. Edinburgh, Lehrer, 1889 London. 1886 *Bruce,* hist. Drama zu Schottlands Gesch., 1889 *Scaramouch in Naxos,* Kom. Erfolgreich mit den erzählenden Balladen *Fleet Street Eclogues* (1893) u. *Ballads and Songs* (1894). D. erläutert s. materialist. Weltanschauung in den *Testaments* (VIII 1901–03). In s. Ged. schildert er das Elend der Menschen in der Großstadt. 1895 *Earl Lavender,* satir. Roman. Bekannte sich zu Nietzsches Idee des Übermenschen; außerdem von → Pater beeinflußt. Blieb andererseits in der Tradition Schottlands u. s. calvinist. Erziehung verwurzelt. Starke Einwirkung auf das Werk von H. → MacDiarmid. Beging in e. Anfall von Schwermut Selbstmord. *hd*

Poems and Ballads, hg. R. R. Macleod, 1959. – H. Fineman, J.D. A Study of the Relation of His Ideas to His Poetry, 1916. G. v. Petzold, J.D. u. s. geist. Werden unter d. Einfluß Nietzsches, 1928. R. R. Macleod, J.D. A Study in Personality, 1957. J. B. Townsend, J.D. Poet of Armageddon, 1961.

Davie, Donald Alfred, 17. 2. 1922 Barnsley; Stud. Cambridge, Dozent u. Prof. für Lit. Dublin, Univ. of California, Cambridge, Univ. of Essex, Stanford. E. Lyriker, dessen Vielseitigkeit e. Zuordnung zu ›Schulen‹ unmögl. macht. Zwar ist er in den *New Lines* vertreten, aber s. Beziehungen zum → Movement sind nur lose. S. frühe Lyrik ist kühl, urban, von klassizist., nüchterner Intellektualität, klar, witzig u. vermeidet jede falsche Pose; in neueren Werken spielen symbolist. u. transzendentale Aspekte e. größere Rolle. Mithg. e. Slg. von Essays über Pasternak, Übs. aus dem Poln., Vf. von Studien über Ezra Pound (1964 u. 1975) u. Thomas Hardy (1973). *ks*

Collected Poems 1950–70, 1972.

A Day in the Death of Joe Egg, Drama von P. → Nichols.

De Quincey, Thomas, 15. 8. 1785 Manchester – 8. 12. 1859 Edinburgh; Journalist, Essayist, Kritiker, Romanautor. Sohn e. Kaufmanns; Stud. Worcester College, Oxford; ohne Abschluß. Ab 1809 Grasmere (Lake Distr.), mit Wordsworth, Coleridge u. Southey befreundet; die *Recollections of the Lake Poets* (1834–40; hg. J. E. Jordan, 1961) sind allerdings wenig zuverlässig; 1830 nach Edinburgh. Verfiel zunehmend der Opiumsucht. 1822 veröffentlichte D. s. persönl. Erfahrungen in *The Confessions of an English Opium Eater* (erweitert 1856; hg. J. E. Jordan, 1960). Die Faszination des Makaberen demonstrieren s. Essays *On Murder Considered as One of the Fine Arts* (II

1827–39), Erörterungen mögl. psych. Beweggründe bekannter Mörder. Vorliebe für schauererregende u. geheimnisvolle Ereignisse, z. B. *Klosterheim* (Roman, 1832). Die meisten s. zahlreichen Essays, Feuilletons u. krit. Studien erschienen zunächst in Zs. Umfangreiches, weit gestreutes Werk, z.T. erst posthum veröffentlicht; geistvoll-witzige Darstellungen; beeinflußte die Lit. des ›fin-de-siècle‹. *hd*

Collected Writings, hg. D. Masson, XIV 1889–90. Uncollected Writings, hg. J. Hogg, II 1891–93, Memorials, hg. ders., II 1891. Posthumous Works, hg. A. H. Japp, II 1891. Lit. Crit., hg. H. Darbishire, 1909. New Essays, hg. S. M. Tuve, 1966. – Diary for 1803, hg. H. A. Eaton, 1928. – J. A. Green, Bibl., 1908. – H. A. Eaton, T.D., a Biogr., 1936. E. Sackville-West, T.D. His Life and Work, 1936. S. Proctor, T.D's Theory of Lit., 1943. J. E. Jordan, T.D. Lit. Critic, 1952 (mit Bibl.). Ders., D. to Wordsworth: A Biogr. of Relationship, 1962 (mit Bibl.).

De religione gentilium, Abh. von E. → Herbert, Lord of Cherbury.

De Veritate prout distinguitur a Revelatione, a Verisimili, a Possibili, a Falso, Abh. von E. → Herbert, Lord of Cherbury.

Dead Man Leading, Roman von V. S. → Pritchett.

Death and Dr. Hornbook, Ged. von R. → Burns.

The Death of William Posters, Roman von A. → Sillitoe.

The Decline and Fall of the Roman Empire, Geschichtswerk von E. → Gibbon.

Decorum, Wohlausgewogenheit zwischen der stilist. Ebene u. den Charakteren e. Stückes. Der Begriff wird v.a. mit der Tradition der klass. Rhetorik u. den höf. Tugenden der Renaissancelit. assoziiert, doch ist er zurückzuverfolgen bis ins 5. Jh. v. Chr. (Aischylos, Sophokles, Euripides). Ästhet. u. moral. Überlegungen liegen dem d. zugrunde u. dienen als Kriterium für die Beziehungen zwischen Stil u. Gegenstand e. Stückes bzw. für die Erfüllung gesellsch. bedingter Verpflichtungen. Im Neoklassizismus regulierte d. mit Hilfe von ästhet. Kriterien die Unterscheidungen lit. Gattungen u. bestimmte, welche Stilebene zu welchem Gegenstand e. dichter. Werkes paßte. So mußte z.B. die Ausdrucksweise e. Kg., Adligen oder sonstigen Angehörigen e. sozial herausgehobenen Klasse auf wesentl. höherer Stilebene liegen als die e. Bauern oder Dieners, d.h. alle Aktionen, Gespräche u. die Szenerie e. Stückes mußten in Harmonie stehen mit s. Charakteren u. s. Gegenstand. Während → Rymer die strikte Anwendung des d. postulierte, trat → Dryden für e. etwas gemäßigte Anwendung ein. Shakespeares Dramen lassen e. Anwendung des d. vermissen, da er Trag. mit Kom. u. hochstehende Sprache mit der Gemeinsprache vermischte. *ra*

A. O. Lovejoy, Essays in the History of Ideas, [2] 1970.

The Defence of Poesie, Poetik von Sir Ph. → Sidney.

Defoe, Daniel, 1660 St. Giles, Cripplegate – 26. 4. 1731 Moorfields/London; Sohn e. Dissenters. Umfassende Erziehung u. Ausbildung in Sprachen, Mathematik, Geographie; e. der ersten bedeutenden engl. Romanschriftsteller, bekannt als Vf. des → *Robinson Crusoe*. Reisen in Spanien, Italien, Dtl., Frankreich; engagierte sich für Monmouth u. schloß sich William III of Orange an, als dieser auf London marschierte. In dem satir. Ged. *The True-born Englishman* (1701) attackierte D. das verbreitete Vorurteil gegen e. Kg. nicht-engl. Geburt. 1702 griff er die Sache der Dissenter auf u. tadelte die engl. Staatskirche ob ihrer Unduldsamkeit in Glaubensdingen. Das notor. Pamphlet, in dem er s. scharfe Ironie voll ausspielte, brachte ihn an den Pranger. Diesen Vorgang nutzend, verfaßte er s. *Hymn to the Pillory* (1703) u. ließ sie verkaufen. Vom Volk als Streiter gegen Unrecht u. Heuchelei geachtet, litt D. dennoch unter dem Gefühl, aufgrund s. rel. u. polit. Einstellung verfolgt zu werden. Gefängnisstrafe wegen s. Flugschr., jedoch nach der Wahl des gemäßigten Tory Harley zum Premierminister wieder freigelassen; unterstützte die Regierung bis zu deren Niederlage 1714. Zeitweilig beauftragt, in Schottland die Union mit England voranzutreiben *(History of the Union,* 1709). Gründer u. Hg. von ›The Review‹, Vorläufer der moral. Wochenschr. Addisons u. Steeles. D.s Romane entstanden, als er sich aufgrund immer stärkerer Anfeindungen u. weiterer Haftstrafen entschloß, endgültig das Feld der polit. Satire u. des polit. Journalismus zu räumen. 1720, e. Jahr nach dem erfolgreichen Erstling *Robinson Crusoe,* erschien *Captain Singleton,* 1722 gefolgt von *Moll Flanders* u. 1724 *Roxana*. Nicht definitiv nachweisbar ist D.s Autorschaft der *Memoirs of a Cavalier* (1724), als geschichtl. abgesicherte Darstellung ausgegeben, doch richtiger als 1. gattungsspezif. Beispiel des hist. Romans zu sehen. Auch der Reiseführer *Tour Thro' the Whole Island of Great Britain* (III 1724–27) ist beispielgebend. Im *Journal of the Plague Year* (1722) verarbeitete D. Zeitdokumente zu e. fiktiven Bericht über die Schrecken des Londoner Pestjahres. Letzte Veröffentlichungen zu Lebzeiten waren *The Complete English Tradesman,* 1726, *Augusta Triumphans, Or, the Way to Make London the Most Flourishing City in the Universe,* 1728, u. *A Plan of the English Commerce,* 1728. *The Complete Gentleman* erschien 1890 (hg. K. D. Bülbring). D. war e. äußerst produktiver u. vielseitiger Autor; einschließl. s. Flugschr. ca. 250 Publikationen. Realist. Darstellungsweise, Klarheit des Stils, sachl., ohne romant. Beiwerk, auch dann, wenn die Geschehnisse es hätten rechtfertigen lassen. Entsprach damit dem geistigen Anspruch s. Zeit; geprägt von J. → Locke. D.s individualist. gestaltete Romanfiguren sind von der Kraft des Selbstvertrauens durchdrungen u. verweisen jede Möglichkeit e. göttl. Vorsehung ins Unwahrscheinl. Selbst s. verbrecher. veranlagten Charaktere sehen darin, auch wenn sie e. Läuterungsprozeß durchlaufen, die einzige unabdingbare Notwendigkeit. *hd*

Novels and Miscellaneous Works, XX 1840–41. Romances and Narratives, hg. George Aitken, XVI 1895. Works, hg. G. H. Maynadier, XVI 1903–04. Novels and Selected Writings (Shakespeare Head Ed.), XIV 1927–28. – Letters, hg. G. H. Hearley, 1955. – J. R. Moore, A Checklist of the Writings of D.D., 1960. – A. W. Secord, Studies in the Narrative Method of D., 1924. J. R. Moore, D. in the Pillory, 1939. J. F. Ross, Swift and D. A Study in Relationship, 1941. W. Freeman, The Incredible D., 1950. J. Sutherland, D., 1950. J. E. Jordan, D. Lit. Critic: His Method and Achievement, 1952. B. Fitzgerald, D.D. A Study in

Conflict, 1954. M. E. Novak, Economics and the Fiction of D.D., 1962. Ders., D. and the Nature of Man, 1963. G. Starr, D. and Spiritual Autobiography, 1965. D., (The Critical Heritage), hg. J. Boulton, 1965. M. Sleinagel, D. and Middle-Class Gentility, 1968. J. Sutherland, D.D. A Critical Study, 1971. J. R. Richetti, D's Narratives, 1975. P. Earle, The World of D., 1976.

Deighton, Len, 18. 2. 1929 London; Kunststud. Oxford; Eisenbahnarbeiter, Flugzeugsteward, freier Schriftsteller. Kriminalautor, dessen 1. Roman, *The Ipcress File* (1962), mit e. Auflage von über 2 Mill. e. Welterfolg war. Weitere anspruchsvolle, erfolgreiche Spionageromane mit harten, zyn. Antihelden als Geheimagenten: *Horse under Water* (1963), *Funeral in Berlin* (1964), *The Billion Dollar Brain* (1966), *An Expensive Place to Die* (1967), *Spy Story* (1974) u. *Yesterday's Spy* (1975). D. vermied es, das Erfolgsrezept s. ersten Romane bis zum Überdruß weiterzuverwenden: *Only When I Larf* (1968) ist e. humorist. Gaunerroman, *Bomber* (1970) e. Anti-Kriegsroman um das versehentl. Bombardement e. dt. Kleinstadt durch 700 RAF-Flugzeuge im 2. Weltkrieg; die Kurzgesch. in *Declarations of War* (1971) führen das Anti-Kriegs-Thema fort. Auch Reiseführer, Kochbücher u. e. Gesch. der Battle of Britain (*Fighter,* 1977), deren potentielle Folgen bei e. Sieg der Nazis in dem Spionageroman *SS – GB* (1978) ausgemalt werden. *ks*

Dekker, Thomas, ca. 1572 London – 25. 8. 1632 ebda; Schriftsteller u. Dramatiker. Über s. Leben ist nur wenig überliefert: litt stets unter großer Armut, mehrmals im Schuldgefängnis. Seit 1598 stand er bei dem Theaterunternehmer Philip Henslowe als Stückeschreiber unter Vertrag. Der überwiegende Teil s. Werke ist in Zusammenarbeit mit anderen Autoren entstanden: *Northward Hoe!* (1607) u. *Westward Hoe!* (1607) mit → Webster; *The Roaring Girle* (1610) mit Middleton; *The Virgin Martyr* (1622) mit → Massinger, etc. D.s Name wird im wesentl. mit 3 allein verfaßten Stükken verbunden: *The Shoemaker's Holiday* (hg. R. L. Smallwood u. S. Wells, 1978), das die Gesch. des Schuhmachers Simon Eyre erzählt, der Bürgermeister von London wurde (1600); *Old Fortunatur* (1600) u. *The Honest Whore* (Teil I 1604; Teil II 1630). Oft ›the Dickens of the Elizabethan period‹ genannt, da er wie dieser genaue Kenntnisse von London u. s. Bewohnern hatte. Alle Stücke sind treffende Studien der Londoner Shakespearezeit, in optimist.-versöhnl. Grundtenor gehalten. Die Charaktere sind individuell, lebensecht, leidenschaftl. Gleichzeitig vermitteln detaillierte Beschreibungen die Interieurs der Geschäfte, Häuser und Inns. Der Geschmack der Städter u. die bes. Atmosphäre in den ›tobacco-shops‹ sind ebenso treffend eingefangen. Neben Volkserzählungen, Chroniken, Fabliaux etc. verfaßte D. zahlreiche satir. witzige Pamphlete mit zeitkrit. Betrachtungen. Alltägl. wird mit Romant. vermischt. Von B. → Jonson in *The Poetaster* (1601) wegen s. Stils angegriffen, reagierte D. mit s. Kom. *Satiromastix; or the Untrussing of the Humorous Poet* (1602). Die Auseinandersetzung mit Jonson wurde zu e. der bekanntesten lit. Dispute im 17. Jh. 1691 schrieb G. Langbaine in s. *Account of the English Dramatic Poets,* D. sei »more famos for the contention he had with B. Jonson for the bays, than for any great reputation he had gained by his own writings«. Heutige Erkenntnisse über D. strafen dieses Urteil Lügen. Die Eigenständigkeit u. Originalität s. lit. Schaffens sind anerkannt u. geschätzt. *ra*

Dramatic Works, hg. F. T. Bowers, IV 1953–61, 1964–66. – K. L. Gregg, Th.D. A Study of Economic and Social Backgrounds, 1924. U. Ellis-Fermor, Th.D., 1964. J. Conover, D.: An Analysis of Dramatic Structure, 1969. G. R. Price, Th.D., 1969. T. N. Greenfield, Induction in Elizabethan Drama, 1969. D. S. McClure, Studies in the Humanities, 1969. R. Raspa, Christian Humanism and Naturalism in the Plays of Th.D., 1971. P. F. Shirley, Serious and Tragic Elements in the Comedy of Th. D., 1974.

Delaney, Shelagh, 25. 11. 1939 Salford; Kind e. Arbeiterfamilie aus Lancashire. Verließ mit 16 die Schule, versch. Arbeiten, u.a. als Verkäuferin u. Photolaborassistentin. Im Alter von 19 verfaßte sie das erfolgreiche Drama *A Taste of Honey* (1959) um e. Mutter, ihre vom farbigen Liebhaber verlassene, schwangere Tochter u. e. homosexuellen Kunststudenten. Wegen der sozialkrit. Aspekte u. der realist. Alltagssprache als weibl. Antithese zu Osbornes → *Look Back in Anger* gefeiert. → Greene fand darin »all the freshness of Osborne... and a greater maturity«. D. begehrt allerdings nicht wie Osborne gegen die nivellierenden Tendenzen des Wohlfahrtsstaats auf, sondern gestaltet in schlichter Weise die Einsamkeit u. Desillusioniertheit e. jungen Menschen. *The Lion in Love* (1960), dessen Titel e. Fabel Äsops entnommen ist, schildert wiederum in lebendigen Dialogszenen nordengl. Slumleben; es fehlt diesem Drama aber die dramat. Kraft des Erstlings. *ks*

Deloney, Thomas, um 1543 London – um 1600 Norwich; Seidenweber, Vf. von großenteils nicht erhaltenen volkstüml. Straßenballaden (→ Broadside Ballads) über aktuelle Themen s. Zeit. D.s Prosaerzählungen über das kleinbürgerl. Alltagsmilieu sind wichtige frühe Beiträge zur Entwicklung des engl. Romans, so z.B. *Jack of Newberrie* (1597), *The Gentle Craft* (1597f.) und *Thomas of Reading* (1600). *ks*

Novels, hg. M. E. Lawlis, 1961, repr. 1978. – M. E. Hablützel, D. Bildwelt D.s, 1946. T. Dahl, An Inquiry into Aspects of the Language of D., 1951. M. E. Lawlis, Apology for the Middle Class: The Dramatic Novels of D., 1960. K.-M. Pätzold, Hist. Roman u. Realismus, 1973.

Demos, a Story of English Socialism → Gissing, G.

Dennis, John, 1657 London – 6. 1. 1734 ebda; Kritiker u. Dramatiker. Sohn e. Sattlers; Harrow School, Stud. Cambridge, 1669 B. A. Zum Abgang gezwungen, da er e. Kommilitonen mit e. Schwert verletzt hatte. 1683 M. A., Oxford. Nach Reisen durch Frankreich u. Italien in London, wo er bald Bekanntschaft mit Dryden, Wycherley u. a. schloß. E. kleine Erbschaft ermöglichte D. Unabhängigkeit für kurze Zeit, in der er sich der Lit. widmete. Später konnte er, von Lord Marlborough gefördert, s. schriftsteller. Tätigkeit fortsetzen. Obwohl er mit der Trag. *Liberty Asserted,* (UA 1704, Lincoln's Inn) großen Erfolg hatte, blieben s. weiteren Ged. u. Stücke ohne große Wirkung auf s. Zeitgenossen. Bekannter als

Kritiker, was ihm den Spitznamen Furius einbrachte. In s. *Remarks* (1696) übte er Krit. an Blackmores *Prince Arthur.* Im gleichen Jahr erschienen die *Letters upon Several Occasions written by and between Mr. Dryden, Mr. Wycherley, Mr. Moyle, Mr. Congreve and Mr. Dennis, published by Mr. Dennis.* Mit s. 1709 entstandenen Stück *Appius and Virginia,* von → Pope wegen s. Schwülstigkeit angegriffen (vgl. *Essay on Criticism,* 585 – 8), begann e. langjähriger Austausch von satir. Pamphleten zwischen den beiden, was letztl. in harte persönl. Krit. ausartete (*Reflections, Critical and Satirical,* 1711; *Remarks upon Cato,* 1713). Ebenso Auseinandersetzungen mit → Addison u. → Steele. Durch diese Spannungen begannen D.s Kräfte zu schwinden; er starb in großer Armut, kurz nachdem für ihn e. Wohltätigkeitsveranstaltung am Haymarket durchgeführt worden war. Heute bes. wegen s. theoret. Schr. *The Advancement and Reformation of Modern Poetry* (1701), *The Grounds of Criticism in Poetry* (1704) u. *Essay on the Genius and Writings of Shakespeare in three Letters* (1712) geschätzt. Er gehörte zu den ersten engl. Kritikern, die ›passion‹ u. ›enthusiasm‹ als entscheidende Kriterien der Dichtung ansahen. *ra*

Critical Works, hg. E. N. Hooker, II 1939 – 43; n. 1965. – H. G. Paul, J. D. His Life and Criticism, 1911. J. A. W. Hefferman, Wordsworth and D.: Discrimination of Feelings (PMLA, 82 1967, 430 – 36).

Dennis, Nigel Forbes, 16. 1. 1912 Bletchingley; Jugend in Rhodesien u. Dtl. (Odenwaldschule); 1934 USA, Journalist; ab 1949 in London; Vf. geistreich-satir., oft gesellschaftskrit., experimentierfreudiger Romane u. Dramen um das Problem der Identität. D. erzielt e. kom. Wirkung, indem er das Absurde, ja Unmögl. in ernsthafter Weise wie etwas Selbstverständl. beschreibt. Der (auch für die Bühne bearbeitete) Roman *Cards of Identity* (1958), e. der brillantesten engl. Werke der Nachkriegszeit, zeichnet die Menschen als willige, leicht manipulierbare Roboter: e. ›Identity Club‹ liefert mit Hilfe von Suggestion u. Hypnose s. Mitgliedern statt der vagen eigenen Identität e. neue nach Bedarf u. Wunsch, in der sie ihre geheimen Sehnsüchte ausleben können. Der Roman *A House in Order* (1966) ist e. Art moral. Fabel um e. Kriegsgefangenen, der durch die Pflege e. Treibhauses s. geistige Ordnung u. Identität zu bewahren sucht. Die Kom. *The Making of Moo* (1958) ist die 1. direkte Attacke gegen die Religion, die je auf e. engl. Bühne aufgeführt wurde. *ks*

Deor, The Complaint of, auch ›Deor's Lament‹ oder ›The Song of Deor‹; 42zeilige Verserzählung, um 980 entstanden, über das mannigfaltige Unglück, das dem Dichter (→ Skop), der s. Platz am Hofe e. anderen räumen mußte, widerfuhr (vgl. → *Wanderer*). Jede Strophe endet mit dem Refrain: »That was surmounted, so may this be«. Diese Besonderheit findet sich sonst in ae. Dichtung nur noch bei *Wulf and Eadwacer.* Wahrscheinl. behandelte jede Strophe ursprüngl. e. bestimmtes Unglück des Dichters. Der Skop am Hof e. Adligen, s. Leben u. Tun, wird bildhaft geschildert. Er ist kein wandernder Sänger wie der des → *Widsith*. Christl. Einflüsse, Hinweise auf die Vergänglichkeit alles Ird. finden sich nur in V. 31–34 u. können e. spätere Interpolation sein. Im → Exeter-Book überliefert. *js*

Hg. K. Malone, [4]1966. – J. Mandel, Exemplum and Refrain: The Meaning of ›D.‹ (YES, 7 1977, 1–19). T. T. Tuggle, The Structure of ›D.‹ (SP, 74 1977, 229–42).

The Deserted Village, Ged. von O. → Goldsmith.

Detective Story, d. novel, thriller; Gesch. oder Roman, in der / dem e. Kriminalfall, sehr oft Mord, durch Scharfsinn u. Energie e. Detektivs gelöst wird. Der Detektiv kann e. Amateur sein, wie Auguste Dupin in dem frühesten Beispiel der Gattung, E. A. Poes *The Murders in the Rue Morgue* (1841), e. Privatdetektiv oder e. Polizeibeamter. Schon bei Poe finden sich mehrere Elemente, die später zum Repertoire der sehr konventionalisierten Gattung gehören: e. scheinbar perfektes Verbrechen; e. unschuldig Verdächtiger, auf den alle Indizien hindeuten; die Stümperhaftigkeit der polizeil. Arbeit; die Exzentrizität u. scharfsinnige Kombinationsgabe des Detektivs; der bewundernde, langsamer denkende Gefährte des Detektivs mit s. Erzähler- u. Mittlerrolle für den Leser; das Axiom, daß die oberflächl. überzeugenden Indizien immer irrelevant sind. Das 1. engl. Beispiel e. d.s. ist W. Collins' *The Moonstone* (1868). Der 1. ›klassische‹ Vertreter der Gattung in England war A. C. → Doyle, dessen Sherlock Holmes-Romane mit *A Study in Scarlet* (1887) begannen. Holmes' Gefährte Watson gab der Vermittlerfigur ihren gener. Namen. Neu ist bei Doyle der dramat. Einsatz techn. u. naturwiss. Raffinessen. Die bedeutendsten weiteren Vertreter der Gattung sind G. K. Chesterton (mit dem Detektiv Father Brown), Dorothy Sayers (mit Lord Peter Wimsey) u. A. → Christie (mit dem Detektiv Hercule Poirot sowie s. ›Watson‹ Captain Hastings u. der altjüngferlichen Detektivin Miss Marple). Ronald Knox stellte 10 ›Regeln‹ für die d.s. auf: 1. Der Verbrecher muß früh erwähnt werden. 2. Keine übernatürl. Lösungen. 3. Es darf höchstens e. geheimen Raum oder Gang geben. 4. Keine unentdeckten Gifte. 5. Keine Chinesen. 6. Der Detektiv ist auf sich allein gestellt. 7. Er darf nicht selbst der Verbrecher sein. 8. Wichtige Hinweise dürfen dem Leser nicht vorenthalten werden. 9. Die Gedanken der ›Watson‹-Figur dürfen nicht verborgen bleiben. 10. Keine Zwillingsbrüder oder Doppelgänger. E. seit den 1960ern zu voller Blüte entfaltete Sonderform der d.s. ist der Spionageroman (z. B. Ian → Flemings James Bond-Romane, John → Le Carré). S. Helden sind nicht mehr die früheren Gentlemen, sondern eiskalte Profis, die ihre Gegner mit deren eigenen brutalen Mitteln besiegen. → Charteris, → Cheyney, → Creasy, → Deighton, → Freeling, → MacLean, → Stewart (Michael Innes), J. G. → Symons. *ks*

O. A. Hagen, Who Done It, 1969. – H. Haycraft, The Art of the Mystery Story, [2]1961. Ders., Murder for Pleasure, 1951; n. 1968. H. Brean, Mystery Writer's Handbook, 1956. A. E. Murch, The Development of the Detective Novel, 1958. T. Szobotka, Aufzeichnungen über d. Kriminalroman, 1961.

Writing Detective and Mystery Fiction, hg. A. S. Burack, 1967. R. Harper, The World of the Thriller, 1969. J. Symons, The D. S. in Britain, ²1969. D. wohltemperierte Mord; zur Theorie u. Gesch. d. Detektivromans, hg. V. Žmegač, 1971. D. Kriminalroman. Zur Theorie u. Gesch. e. Gattung, hg. J. Vogt, II 1971. J. Symons, Bloody Murder. From the D. S. to the Crime Novel, 1972. P. G. Buchloh u. J. P. Becker, Der Detektivroman, 1973. J. P. Becker, Der engl. Spionageroman, 1973. D. Detektiverz. auf d. Spur, hg. P. G. Buchloh u. J. P. Becker, 1977. B. Merry, Anatomy of the Spy Thriller, 1979.

Devil by the Sea, Roman von N. → Bawden.

The Devil Is an Ass, Kom. von B. → Jonson.

The Devils, Drama von J. → Whiting.

Diana of the Crossways, Roman von G. → Meredith.

Dickens, Charles (Ps. Boz), 7. 2. 1812 Landport/Portsea – 9. 6. 1870 Gadshill. Glückl. Kinderjahre kamen zu e. jähen Ende, als D.s Vater, Angestellter beim Besoldungsamt der Marine, 1823 wegen uneingelöster Verbindlichkeiten ins Marshalsea-Schuldgefängnis kam u. die Familie dorthin folgen mußte. D. verdiente während dieser Zeit s. Lebensunterhalt in e. Schuhwichsfabrik (Kinderarbeit). Als nach einigen Monaten die Schuld abgetragen war, konnte er weiter die Schule besuchen. Berufl. begann D. als Kanzleigehilfe, war dann Parlamentsstenograph u. Reporter des ›Morning Chronicle‹. S. lebensnahen Schilderungen aus dem Londoner Milieu erschienen ab 1834 im ›Evening Chronicle‹, ›Monthly Mag.‹ u. in anderen Periodika, 1836 gesammelt als *Sketches by Boz, Illustrative of Every-Day Life and Every-Day People* (II). Im gleichen Jahr beauftragte ihn der Verlag Chapman & Hall, Begleittexte bzw. kurze Gesch. in Verbindung mit Skizzenfolgen des Graphikers → Seymour zu schreiben, als *Posthumous Papers of the → Pickwick Club* in 20 monatl. Forts. bei ständig wachsender Auflage veröffentlicht. Mit s. Charakterisierung des Sam Weller gelang D. in humorvoller Weise die Darstellung e. typ. Cockney, wobei er auf Eigenerlebnisse zurückgreifen konnte. Der unerwartet große Erfolg brachte die Wende. D. wurde bekannt, berühmt u. war fürs erste aller Geldsorgen enthoben. 1837 heiratete er Catherine Hogarth, Tochter des Hg. des ›Morning Chronicle‹. Nach e. wenig glückl. Ehe verließ er s. Frau 1856 u. lebte mit der Schauspielerin Ellen Ternan. 1837–38 erschien → *Oliver Twist,* als nächster Serienroman 1838–39 *Nicholas Nickelby.* In den folgenden Jahren arbeitete D. gleichzeitig an mehreren Romanen, die alle in monatl. Forts. veröffentlicht wurden. Bes. *The Old Curiosity Shop* (1841) traf in s. Pathos den zeitgenöss. Geschmack. *Barnaby Rudge,* ebenfalls 1841, D.s 1. hist. Roman, fand zunächst wenig Resonanz. Die Handlung spielt während der antikath. Gordon Riots. *A Tale of Two Cities* (1859) war e. 2. Versuch in diesem Genre. Immer mehr entwickelte sich D. zum Satiriker mit gesellschaftskrit. Anliegen, ohne jedoch auf den Humor der Pickwickier zu verzichten. 1824 Amerikareise: begeistert empfangen, war er dennoch enttäuscht. Unterstützte die Gegner der Sklaverei u. sprach sich für internationale Copyright-Abmachungen unter

Einbezug der Vereinigten Staaten aus. Die krit. *American Notes* (1842) u. der Roman *Martin Chuzzlewit* (1843–44), worin D. den Verfall der Moral in England wie in Amerika anprangerte, waren der lit. Ertrag s. Reise. Die Weihnachtserzählung *A Christmas Carol* entstand 1843, gefolgt von ähnl. Bdn. während der nächsten 4 Jahre. Aufenthalte in Italien u. der Schweiz brachten e. kurze Ruhepause. 1846 kurzzeitig Hg. der radikal-liberalen ›Daily News‹. *Dombey and Son* (1848) kündigte e. Wandel an. Die Handlung wird straffer geführt, die Sozialkritik schärfer, das Humorvolle der frühen Jahre zurückgedrängt. Psych. Hintergrund der Charaktere, starke Symbolik, z. B. die Eisenbahn als Ausdruck e. zerstörer. Zeit. → *David Copperfield* erschien 1849–50 in monatl. Forts., am 30. 3. 1849 die 1. Nummer der Wochenzs. ›Household Words‹, 1859 abgelöst von ›All the Year Round‹. Die Tendenz v. *Dombey and Son* setzte D. in *Bleak House* (1852–53), e. Roman gegen Materialismus u. Moralheuchelei, fort. Mit Hilfe zahlreicher Figuren, e. komplexen Handlung, den Spannungselementen Mord u. polizeil. Untersuchung faßt D. s. sozialkrit. Anliegen in die Form e. Detektivromans. → *Hard Times* (1854) u. *Little Dorrit* (1857–58) führen die Linie weiter; noch ausgeprägtere Symbolik. Die Welt der Arbeiter war D. jedoch fremd; er sentimentalisiert. 1860–61 *Great Expectations*. Mit *Our Mutual Friend* (1864–65) wollte D. erneut die brüchige Fassade der viktorian. Mittelschicht durchbrechen. Im Rahmen e. melodramat. Handlung werden materialist. Grundhaltung u. rel. Prüderie angeprangert, ohne jedoch Hoffnung auf e. Besserung ahnen zu lassen. 1867–68 reiste er trotz angegriffener Gesundheit wiederum nach Amerika, um aus s. Werken zu lesen, e. Kontakt mit der Leserschaft, den er suchte u. in England seit geraumer Zeit unter starkem Zuspruch gefunden hatte. Zurückgekehrt verschlechterte sich s. Gesundheitszustand. Er kaufte 1868 Gadshill Place, bereits seit 1860 s. ständiger Wohnsitz. Von *The Mystery of Edwin Drood* erschien 1870 noch e. 1. Folge. Auch dieses fragmentar. letzte Werk beweist, daß in keinem von D.s zahlreichen Romanen u. Erzählungen e. Nachlassen der schöpfer. Kraft zu spüren ist. Er war e. Mann von ausgesprochener Vitalität, der gefeierte Romancier s. Zeit. S. früher Tod nach e. Schlaganfall läßt sich auf die ständige hohe Beanspruchung s. Kräfte zurückführen. Durch persönl. Erfahrungen mit Armut u. Entbehrung blieb er stets e. Kritiker ungebremsten Profitstrebens u. viktorian. Krämertums. Engagierte sich für die Schwachen, attackierte die inhumane Macht der Bürokratie; voller Sympathie für menschl. Eigenarten, gutmütiger Humor, Freude an grotesker Übertreibung, gelegentl. pathet. u. melodramat. in der Schilderung sozialen Unrechts. Mit nie versagender Phantasie schuf er e. Vielzahl unvergeßl. Gestalten, eindrucksvoll in ihrer Menschlichkeit. Trotz s. gesellschaftskrit. Anspruchs blieb D. letztl. e. Verfechter viktorian. Moralbegriffe, dem Londoner Kleinbürgertum verbunden. Gegen die

Bedrohung des Individuums durch Geschäftemacherei u. unbewegl. Institutionen setzte er s. Appell an die Nächstenliebe. Liberale Gesinnung, gab mit s. Werk Anstoß zu weitgehenden sozialen Reformen. *hd*

Works, XXXVI 1897 – 1908 (Gadshill Edition); XXIII 1937 – 38 (Nonesuch Edition); XXI 1947 – 59 (New Oxford Illustrated Edition); The Clarendon D., hg. J. Butt and K. Tillotson 1966ff. (bisher 6 Bde.). Speeches, hg. K. J. Fielding, 1960. The Nonesuch D. Letters, hg. W. Dexter, 1938; Pilgrim Edition, hg. M. House, G. Storey, K. Tillotson, K. J. Fielding, 1965 ff. (bisher 5 Bde.) – The Dickensian, 1905ff. Dickens Study Annual, hg. R. Partlow, 1970ff. The D. Studies Newsletter, hg. A. Cohn, K. Denning, 1970ff. – The Year's Work in D. Studies (Sept. ausg. des Dickensian, 1968ff). – J. Gold, The Stature of D. A Centenary Bibl., 1971. – J. Forster, Life, III 1872 – 74 (grundlegende Biogr.); hg. B. W. Matz, II 1911; n. J. W. T. Ley, 1928. G. Gissing, D. A Critical Study, 1898. A. S. G. Canning, D. and Thackeray, 1911. A. C. Swinburne, C. D., 1913. E. Wagenknecht, The Man C. D., 1929. T. A. Jackson, D. The Progress of a Radical, 1938. H. House, The D. World, 1941. U. Pope-Hennessy, C. D., 1945. S. Monod, D. Romancier, 1951. J. Butt and K. Tillotson, D. at Work, 1957. J. Hillis Miller, C. D. The World of His Novels, 1958. J. Manning, D. and Education, 1959. S. Marcus. D. from Pickwick to Dombey, 1965. R. Garis, The D. Theatre. A Reassessment of the Novels, 1965. K. J. Fielding, C. D., 1965. A. C. Coolidge, C. D. as Serial Novelist, 1967. C. D. ›Bleak House‹, hg. A. E. Dyson, 1969 (Casebook). C.D. Centennial (NCF, 24, 1969/70). D. 1970, hg. M. Slater, 1970. G. L. Brook, The Language of D., 1970. B. Hardy, The Moral Art of D., 1970. A. Wilson, The World of C. D., 1970. J. Kincaid, D. and the Rhetoric of Laughter, 1971. M. Goldberg, Carlyle and D., 1972. M. and M. Hardwick, The C. D. Encyclopedia, 1973. P. J. M. Scott, Reality and Comic Confidence in C. D., 1978. I. Leimberg u. L. Cerny, C.D. Methoden u. Begriffe der Krit., 1978.

Dickens Fellowship, London; 1902 gegr. lit. Gesellschaft mit stark sozialer Ausprägung. Organisation von Tagungen, Dickens-Bibliothek, Information. Veröffentlichung: ›The Dickensian‹.

Dictionary of the English Language → Johnson, S.

Diffusionism → Gibbon, L. G.

Dirge, Grabgesang, Totenklage, Klage-, Trauerlied; mit Flötenbegleitung gesungen; von lat. »Dirige, Domine...« als Anfang e. Totenklage. In der Lit. erscheint d. als einfaches, trauervoll-düsteres Ged., oft Volksliedcharakter, z. B. in Shakespeares → *Tempest* (»Full fathom five thy father lies«). Gelegentl. gleichgesetzt mit Monodie. *hd*

Discussion Play → Problem Play.

Disraeli, Benjamin, 1st Earl of Beaconsfield, 21. 12. 1804 London – 19. 4. 1881 ebda Sohn des jüdisch-italien. Lit.historikers Isaac D. 1824 Stud. Jura, Lincoln's Inn; zunehmendes Interesse an Politik, journalist. Tätigkeit. Erregte Aufmerksamkeit mit s. Erstlingsroman *Vivian Grey* (1826 – 27), dessen Hauptgestalten sich unmittelbar auf Zeitgenossen zurückführen ließen. 1837 als Tory-Abgeordneter für Maidstone ins Unterhaus gewählt. Als Verfechter der Protektionspolitik Differenzen mit Sir Robert Peel. In *Coningsby* (1844), e. der 1. polit. Romane der engl. Lit., u. *Sybil, or the Two Nations* (1845) griff D. die egoist. Politik der Whigs an u. machte auf die unwürdigen Lebensbedingungen der Arbeiter aufmerksam. *Tancred, or The New Crusade* (1847) behandelt das Problem der jüd. Bevölkerung Großbritanniens u. fordert Gerechtigkeit. Polit. Anklänge sind auch in *Lothair* (1870) feststellbar, die übrigen 6 Romane weniger von Bedeutung. Trotz s. jüd.

Abstammung u. ohne Protektion erlangte D. höchste Ämter; dreimal Schatzkanzler, 1867–68 u. 1874–80 Premierminister, Vertrauter der Königin. Fortschrittl. Politiker (Young England Group), Verfechter des brit. Imperialismus; Eintreten für e. starke Monarchie als stabiler Faktor gegen Radikalismus. D.s schriftsteller. Werdegang ist eng verbunden mit s. polit. Wirken, der gesellschaftskrit. Ansatz in der stets mit Humor aufgelockerten Darstellung polit. u. sozialer Mißstände unverkennbar. *hd*

Novels and Tales, XII 1926–27 (Bradenham Edition). Selected Speeches, hg. T. E. Kebbel, II 1882. – W. F. Monypenny & G. E. Buckle, Life of B. D., VI 1910–20. M. Masefield, Peacocks and Primroses: A Survey of D's Novels, 1953. C. Roth, B. D., 1952. B. R. Jerman, Young D., 1960. P. Blumfield, D., 1961. P. J. Rooke, Gladstone and D., 1970.

Dissociation of Sensibility. Der Begriff geht auf T. S. → Eliots Rezension e. Anthologie von Sir Robert Grierson, *The Metaphysical Poets,* aus dem Jahre 1921 zurück. Zuerst in ›TLS‹, 1924 als ›The Metaphysical Poets‹ zusammen mit den Essays ›John Dryden‹ u. ›Andrew Marvell‹ in e. kleinen Bd. *Homage to John Dryden* veröffentlicht. Eliot vertritt die Ansicht, daß bis ins frühe 17. Jh. Dichter u. Dramatiker (Eliot nennt namentl. die → metaphysical poetry, den späten Shakespeare, Chapman u. Jonson) die Fähigkeit besessen hätten, geistige u. sinnl. Erfahrung gleichermaßen intensiv zu spüren. Diese Qualität bezeichnet Eliot als »sensibility, feeling, direct sensuous apprehension of thought« u. »recreation of thought into feeling«. Sie konnten Gedanken sinnl. erleben u. ihr Denken u. Erleben unmittelbar in Worte kleiden: »A thought to Donne was an experience; it modified his sensibility.« Sie meditierten nicht durch ihre Dichtung, sondern suchten nach e. sprachl. Äquivalent für ihr Denken u. Fühlen. Solche Werke, in denen diese Umsetzung gelungen ist, gelten als die besten. Die einheitl. Sensibilität war nicht gradmäßig verteilt, sie war dem Dichter entweder eigen oder nicht. In der Zeit nach Donne ging nach der Meinung Eliots diese Fähigkeit verloren; es ist zu beobachten, daß Dichter wie Collins, Gray, Johnson, Goldsmith, Tennyson u. Browning zwar ihre Sprache weiterentwickeln, daß aber ihre ›sensibility‹ sich aufspaltet in Denken u. Fühlen. Am besten veranschaulichen den Anfang dieser Dissoziation → Dryden u. → Milton, die als intellektuell/rational bzw. gefühlsüberbetont eingestuft werden. Symptom der auseinanderklaffenden Sensibilität ist die Feststellung: »The poets revolted against the ratiocinative, the descriptive; they thought and felt by fits, unbalanced; they reflected.« Gemeint sind Ausbrüche von Empfindungen u. Gedanken, die die Einheit von Denken, Fühlen u. Sprechen umstürzen. Für einige Dichter wie Shelley u. Keats macht Eliot geltend, sie strebten mitunter nach e. Vereinheitlichung der Sensibilität; das Interesse dafür sei also nicht verloren gegangen. Die d. o. s. bestimmte die weitere Entwicklung der engl. Dichtung u. stellt e. Maßstab der Lit.krit. dar, bes. in Epochen, wo entweder die vernunftbezogene Auffassung der Dichtung oder die gefühlsbetonte vorherrscht. Als Kritiker, die sich der Uneinheitlichkeit von Denken u. Fühlen bewußt sind, nennt Eliot H. James u. Wyndham Lewis; Kritiker, die sich nicht daran orientieren u. deswegen von Eliot attackiert wurden, sind M. Arnold, Hazlitt u. Pater. Eliots Beschäftigung mit den Metaphysical Poets hatte zur Folge, daß das Interesse an ihnen neu erwachte u. bis heute anhält. *ra*

T. S. Eliot, Selected Essays, 1932 u. ö., 281–291. L. C. Knights, Bacon and the 17th Cent. D. o. S. (Explorations, Essays in Criticism. Mainly on the Lit. of the 17th Cent., 1951, 92–111). F. Kermode, Romantic Image, 1957.

Dixon, Jim, Hauptfigur in K. Amis' Roman → *Lucky Jim.*

Doctor Faustus, Drama von C. → Marlowe.

Dodsley, Robert, 1703 Mansfield(?)/Nottinghamshire – 23. 9. 1764 Durham; führender Hg. u. Verleger des 18. Jh. Zunächst Bediensteter; Gelegenheitsdichtung. Machte durch die Slg. *The Muse in Livery* (1732) u. die *Epistle to Mr. Pope* (1734) auf sich aufmerksam. Mehrere Dramen entstanden 1735–58. Auf Betreiben u. mit Unterstützung Popes wurde D. Buchhändler u. Verleger. Veröffentlichte u. a. die Werke von Young, Sterne u. Pope. Von Bedeutung sind s. Ausgaben *A Select Collection of Old Plays* (XII 1744) u. *A Collection of Poems, by Several Hands* (III 1748; VI 1758), 11 Auflagen bis 1782. Mit Hilfe von → Burke publizierte D. ab 1758 s. *Annual Register,* e. Zusammenfassung herausragender Ereignisse des jeweils vergangenen Jahres; heute noch im Erscheinen. *hd*

Trifles, II 1777. British Poets, hg. A. Chalmers, 1810 (15. Bd.). – R. Strauss, R. D. Poet, Publisher, Playwright, 1910. W. P. Courtney, D's Collection of Poetry, 1910. R. W. Chapman, D's ›Collection of Poems‹ (Oxford Bibl. Soc., III 1933, 269–316).

Doggerel, triviale Versform, Knittelvers; burlesk in der Absicht, holprig im Rhythmus. Als ›tumbling verse‹ bei J. → Skelton; verwandte Formen sind → Limerick u. → Clerihew. *hd*

Dombey and Son, Roman von Ch. → Dickens.

Domestic Tragedy. Im Gegensatz zur klassischen Tragödie, die nach Aristoteles nur hochstehende Persönlichkeiten zeigen darf, handelt die d. t. von gemeinen Menschen der Alltagswelt. Im Bereich der engl. Lit. trat sie bisher in 3 Epochen hervor: In der elisab. Zeit stand e. Mordgesch. im Mittelpunkt des Geschehens der d. t.; in diese Epoche gehören *The Tragedy of Mr. Arden of Feversham* (1591, anon.), *A Woman Killed with Kindness* (1603) von → Heywood, *A Yorkshire Tragedy* (1608, anon.). Im 18. Jh. bereicherte sich die bürgerliche Atmosphäre der d. t. mit dem Sentimentalismus des Zeitalters, wie in G. → Lillos *The London Merchant* (1731) und E. → Moores *The Gamester* (1753). Der Gedanke des bürgerl. Trauerspiels fand anschließend auf dem Kontinent (Frankr., Dtl.) zahlreiche Nachahmer (Diderot, Lessing) u. kehrte auf diesem Umweg im späten 19. Jh. wieder nach England zurück. In diesem Zusammenhang ist der Einfluß von H. Ibsen auf → Shaw von Bedeutung. Als Beispiele aus der anglo-am. Lit. im 20. Jh. wären zu nennen: John Masefield, *Tragedy of Nan* (1909); Eugene O'Neill, *Desire Under the Elms*

(1924); Arthur Miller, *Death of a Salesman* (1949); Tennessee Williams, *Cat on a Hot Tin Roof* (1955). In dieser vorläufigen Endphase mischen sich sozialkrit. Untertöne in die d. t., da nun durch naturalist. Darstellung die Lebenslüge des selbstzufriedenen Bürgertums aus der Perspektive der Arbeiterklasse aufgedeckt wird. *ra*

A. Nicoll, The Theory of Drama, 1923; n. 1966. Ders. British Drama, 1925; n. 1978; A. Sherbo, English Sentimental Drama, 1957. R. Daunicht, Die Entstehung des Bürgerl. Trauerspiels in Deutschland, 1963. M. R. Booth, English Melodrama, 1963. R. B. Heilman, Tragedy and Melodrama: Versions of Experience, 1968. H. A. Glaser, Das bürgerliche Rührstück, 1969. J. Setterquist, Ibsen and the Beginnings of Anglo-Irish Drama, II 1973. G. B. Cross, Next Week East Lynne: Domestic Drama in Performance, 1820 – 1874, 1975. A. Clark, Domestic Drama, Jacobean Drama Studies, hg. J. Hogg, 1975.

Don Juan, unvollendetes satir. Epos, bestehend aus 16 Cantos, von Lord → Byron. EA Cantos 1 – 2, 1819, 3 – 5, 1821, 6 – 8, 1823, 9 – 11, 1823, 12 – 14, 1823, 15 – 16, 1824; Gesamtausg. 1824. Juan, span. Edelmann aus Sevilla, wird im Alter von 16 Jahren von Julia, die in ihrer Ehe als Frau nicht die erhoffte Erfüllung fand, verführt, im Schlafzimmer von deren Gatten entdeckt u. gezwungen, Spanien zu verlassen (1). Das Schiff, auf dem er sich befindet, kentert im Sturm. In höchst realist. Weise schildert Byron, wie die dem Verhungern ausgesetzten Schiffbrüchigen voller Verzweiflung zuerst J.s Hund, schließl. s. Lehrer verzehren. Er selbst findet sich am Ufer e. griech. Insel wieder, wird von Haidée, der Tochter des Piraten Lambro, gesund gepflegt (2); sie verlieben sich ineinander (für B. die romant.-ideale Liebe), werden von Lambro überrascht, der Juan auf e. der Piratenschiffe anketten läßt (3 – 4). Als Sklave in Konstantinopel verkauft, erlebt er in e. Harem phantast. Abenteuer (5). Reiches Lokalkolorit zeugt von B.s Vorliebe für den Orient. Es gelingt J., zur russ. Armee, die Ismailia belagert, zu fliehen. S. Tapferkeit im Kampf um die Stadt zeichnet ihn aus (6 – 8); er wird mit wichtigen Papieren nach Petersburg gesandt, wo Katharina die Große Gefallen an ihm findet (9). In polit. Mission gelangt J. nach England. Das Ged. bricht mit der nun einsetzenden Satire auf die dort herrschenden Verhältnisse ab (10 – 16). Den Gang der Handlung unterbrechen zahlreiche, oft überlange Exkurse von weit gespannter Thematik, meist mit spött. Unterton, persönl. Angriffe – etwa auf Southey, Coleridge u. a. – nicht ausgenommen. J. ist das Bild des anmutigen, unbekümmert dahinlebenden jungen Mannes, der sich in s. Rolle als Liebling schöner Frauen gefällt, in s. Funktion jedoch kaum mehr als verbindendes Element für B.s geistvolles Gesellschaftspanorama. Der Dichter tritt selbst stärker in den Vordergrund als die von ihm geschaffene Figur. Die Verwendung der Ottaverime-Strophe im Zusammenspiel mit ständig variierenden Reimen gibt dem Ged. bes. Reiz. *hd*

Hg. T. G. Steffan and W. W. Pratt, IV 1957 (mit krit. Apparat). – E. F. Boyd, B's ›D. J.‹, 1945. T. G. Steffan, The Making of a Masterpiece, 1957 (Bd. 1 der vorgen. Ausg.). L. Weinstein, The Metamorphosis of ›D. J.‹, 1959. G. M. Ridmour, The Style of ›D. J.‹, 1960. P. G. Trueblood, The Flowering of B's Genius: Studies in B's ›D. J.‹, 1962. A. Horn, B's ›D. J.‹ and the 18th Cent. Engl. Novel, 1962. P. L. Thorsleo, The Byronic Hero. Types and Prototypes, 1962. M. K. Joseph, B. the Poet, 1964.

Donne, John, 22. 1. 1572 London – 31. 3. 1631 ebda; Dichter u. Geistl. Aus wohlhabender kath. Kaufmannsfamilie, Enkel des Dramatikers → Heywood. Ab 1584 Stud. Oxford; 3 Jahre später nach Cambridge, wo er s. Examen ablegte. Ab 1590 Aufenthalt in London, 1592 Stud. Jura, Lincoln's Inn. 1596 als Freiwilliger bei der militär. Expedition von Essex gegen Cadiz, 1597 Teilnahme an der Azorenexpedition. Beide Reisen fanden ihren Niederschlag in s. Ged. ›The Storm‹ u. ›The Calm‹. 1598 Sekretär bei Sir Thomas Egerton, Lordsiegelbewahrer, der ihn 1601 als s. Beobachter ins Parlament entsandte. Durch s. heiml. Heirat mit der Nichte Egertons, nach D.s zeitgenöss. Biograph I. → Walton der »remarkable error of his life«, verscherzte D. sich dessen Gunst, verlor s. Stellung u. geriet dadurch in finanzielle Schwierigkeiten, was ihn zeitweilig ins Gefängnis brachte. Da ihm der Kg. e. weltl. Karriere verweigerte, wurde D. 1615 Geistl. der Anglikan. Kirche. S. Predigten, die er ab 1621 als Dean of St. Paul's hielt, gelten als die besten des 17. Jh. D.s Schaffen umfaßt aber nicht nur Predigten, sondern auch zahlreiche Briefe, Elegien, Satiren, Sonette u. Ged. Zu s. Lebzeiten nur 4 s. Ged. veröffentlicht, darunter die wohl bedeutendsten ›The Anniversaries‹, zwei Ged., die D. 1611 u. 1612 anläßl. der beiden Jahrestage des Todes der 15jährig verstorbenen Elizabeth Drury, Tochter s. Freundes Sir Robert Drury of Hawsted, geschrieben hatte. Bes. im ›Second Anniversary‹ deutl. Bezug zu Elizabeth. Sie wird als Verkörperung der kosm. Ordnung u. ihr Tod in direktem Zusammenhang mit dem auf allen Gebieten feststellbaren Verfall gesehen. D. sagte darüber zu Jonson, daß er »the Idea of a Woman and not as she was« wiedergegeben habe. Die *Songs and Sonnets,* posthum veröffentlicht, enthalten über 50 Ged. (z. B. ›Go and Catch a Falling Star‹; ›Farewell to Love‹; ›The Flea‹ etc), die meist von e. Abschiedssituation ausgehen u. die tiefen Gefühle zu s. Frau preisgeben. D. verarbeitete Kenntnisse aus der Metaphysik, der scholast. Philos., dem Recht, der Theol. u. Medizin, der Psychol., Chemie u. Geographie, aber auch Gefühle aus dem Bereich des Todes u. der phys. Vergänglichkeit. Ähnl. Charaktermerkmale wie die weltl. Lyrik weisen s. 1618 publizierten beiden Zyklen der ›Divine Poems‹, *La Corona* u. *Holy Sonnets,* auf. Die Sonettform Petrarkas aufgreifend, spiegeln sie die unüberwindbare Diskrepanz zwischen dem Bemühen des Menschen u. dem göttl. Gericht. Charakterist. für D.s Schaffen sind Eigenwilligkeit u. Dissonanzenreichtum s. V., desgleichen e. asymmetr., geistreicher Stil u. die Vorliebe für übersteigerte Vergleiche (→ conceit). Beeinflußte die engl. Lyrik bis zur Restauration durch s. dichter. originelle Sprache, vielfältige Metren u. emotionale Tiefe. Zeitweilige Trennungen von s. Frau sowie ihr früher Tod 1617 führten zu e. tiefen Niedergeschlagenheit u. bewirkten e. Negation des Diesseitigen u. die Hinwendung zum Jenseitigen. Im August 1630 sollte ihm das

Amt des Bischofs verliehen werden. Trotz schlechter Gesundheit hielt er noch e. Monat vor s. Tode im Feb. 1631 in Whitehall e. Predigt, die später als *Death's Duel* veröffentlicht wurde. S. Schr. *Pseudo-Martyr* (1610) u. *Ignatius His Conclave* (1611) greifen rel. Aspekte, v. a. die Auseinandersetzung mit den Katholiken, auf. *ra*

Poems, hg. H. J. C. Grierson, II 1912; ²1961. Divine Poems, hg. H. Gardner, 1952. Ders., Elegies, Songs and Sonnets, 1965. – J. R. Roberts, Annotated Bibl. of Modern Criticism 1912–67, 1973. – N. J. C. Andreasen, D. and the Correlative Tradition: The Poetry in its Ovidian and Petrarchan Contexts, 1967. J. B. Leishman, The Monarch of Wit, ⁸1967. K. W. Gransden, J. D., ²1969. R. E. Hughes, The Progress of the Soul, 1969. U. Nelly, The Poet D., 1969. R. C. Bald, J. D. A Life, 1970. R. S. Jackson, J. D's Christian Vocation, 1970. L. L. Martz, J. D. in Meditation: The Anniversaries, 1970. J. L. Stampfer, J. D. and the Metaphysical Gesture, 1970. J. W. Sanders, J. D's Poetry, 1971. G. H. Garrithers, D. at Sermons, 1972. F. W. Payne, J. D. and his Poetry, 1972. J. Winny, A Preface to D., 1972. M. Roston, The Soul of Wit: A Study of J. D., 1974. W. Sanders, J. D's Poetry, 1975. R. Granqvist, The Reputation of J. D. 1779–1873, 1976. A. C. Partridge, J. D. Language and Style, 1978.

Doric; einfacher, ungekünstelter u. kraftvoller Sprachstil in lit. Kunstwerken, Bz. in Anlehnung an den dor. Dialekt des klass. Griechenland; allg. auch breiter, grober Dialekt.

Double-Decker Novel, in der viktorian. Erzähllit. ursprüngl. in Forts. (›serial publication‹), anschließend in 2bändiger Buchausg. veröffentlichter Roman; analog ›three-decker novel‹. *hd*

Double-Masque → Masque.

Douglas, Gavin → Makar.

Douglas, (George) Norman, 8. 12. 1868 Allgäu – 9. 2. 1952 Capri; schott. Vater, österr. Mutter; 1883–89 Gymn. Karlsruhe; ab 1893 im dipl. Dienst, 1894–96 in St. Petersburg. Lebte danach vorwiegend an der Riviera u. in Italien, da ihm s. Homosexualität das Leben in England unmögl. machte. Reise nach Indien u. Ceylon. Der witzige, philosoph. Roman *South Wind* (1917), der e. faszinierende Gesamtschau der mediterranen Insel Nepenthe (= Capri) entstehen läßt, war e. enormer Erfolg u. beeinflußte u. a. → Huxley u. → Durrell. D. war e. eindrucksvolle aristokrat. Persönlichkeit, befreundet mit D. H. → Lawrence, → Conrad, → Strachey u. Hugh → Walpole. Vf. weiterer Romane, Kurzgesch., wiss. Essays, Reisebücher von enthusiast. Kennerschaft, zoolog., geolog. u. archäolog. Schr. Als gehaltvollstes s. Bücher gilt *Old Calabria* (1915), das enthüllendste ist die unkonventionelle Autobiogr. *Looking Back* (1933). *ks*

C. Woolf, Bibl., 1953. – H. M. Tomlinson, N.D., ²1952. R. McGillivray, N. D. (Ps., 1933, unter eig. Vf.-namen R. M. Dawkins; n. 1952). L. Golding, Terrace in Capri, 1934. C. Fitzgibbon, N.D., 1953. N. Cunard, Grand Man: Memoirs of D., 1954. I. Greenless, N.D., 1957. R. D. Lindemann, N.D., 1965. L. Leary, N.D., 1968 M. Holloway, N.D., 1976.

Doyle, Sir Arthur Conan, 22.5.1859 Edinburgh – 7.7.1930 Crowborough/Sussex. Stud. Medizin Edinburgh, 1882–90 Arzt in Southsea. Lit. beeinflußt durch E. A. Poe schuf D. die Figur des exzentr. Meisterdetektivs Sherlock Holmes u. s. Mitarbeiters Dr. Watson in e. Reihe von Detektivgesch., die ab 1891 zunächst im ›Strand Magazine‹, 1903 als *The Adventures of Sherlock Holmes* (XII) erschienen. Richtungweisend für den mod.

Detektivroman (→ detective story). *hd*

Works, XXIV 1930 (Crowborough Edition). The Annotated S. H., hg. W. S. Baring-Gould, II 1968. – H. W. Bell, S. H. and Dr. Watson, 1932. V. Starrett, The Private Life of S. H., 1933 (mit Bibl.). H. D. Thomson, Masters of Mystery: A Study of the Detective Story, 1931. I. D. Carr, The Life of Sir A. C. D., 1949. S. Scott, Blood in Their Ink: The March of the Mod. Mystery Novel, 1953. T. S. Blakeney, Sherlock Holmes; Fact or Fiction, [2]1954. V. Starrett, Studies in Sherlock Holmes, 1956. E. W. Smith, Baker Street and Beyond, 1957. J. M. D. Hardwick, The Sherlock Holmes Companion, 1962. T. H. Hall, Sherlock Holmes and His Creator, 1978.

Drabble, Margaret, 5. 6. 1939 Sheffield. Stud. Cambridge; kurze Zeit Schauspielerin. D.s Hauptanliegen ist Gerechtigkeit in e. von Privilegien beherrschten Gesellsch. Insb. seziert sie aus entschieden feminist. Perspektive mit subtiler psych. Einfühlung u. intellektueller Ehrlichkeit in nüchternem, iron. u. elegantem Stil die Lebensprobleme emanzipierter Frauengestalten, die im Beruf erfolgreich sind u. zugleich ihre Mutterpflichten ernst nehmen. Die meisten sind unverheiratet, geschieden oder lösen sich gerade von ihrem Partner: *A Summer Bird-Cage* (1963) handelt von den Spannungen zwischen 2 unterschiedl. Schwestern; *The Garrick Year* (1964) gestaltet das Schauspielermilieu; *The Millstone* (1965) erzählt die Gesch. der unehel. Schwangerschaft e. jungen Wissenschaftlerin; *Jerusalem the Golden* (1967) u. *The Waterfall* (1969) analysieren die Beziehungen junger Frauen, die sich in Partner verliebt haben, die kaum zu ihnen passen; *The Needle's Eye* (1972) untersucht die Konflikte zwischen Privilegien u. dem Bemühen um soziale Gerechtigkeit anhand der Familienprobleme e. von übertriebenem sozialem Idealismus bestimmten Heldin; im Zentrum von *The Realms of Gold* (1975) steht die Beziehung e. geschiedenen Mutter u. erfolgreichen Archäologin zu e. verheirateten Mann. *The Ice Age* (1977) bietet mit weiterer Perspektive als die früheren Romane das eindrucksvolle Panorama e. nationalen Malaise, indem die vielfältigen privaten Mißgeschicke e. ganzen Gruppe von Charakteren mit Ölkrise u. Dreitagewoche des Winters 1973/74 zusammentreffen. Traditionelle Erzählweise, Vorbilder G. → Eliot u. → James. *ks*

V. Grosvenor, M.D. Puritanism and Permissiveness, 1974.

The Dramatic Censor von Francis Gentleman; EA II 1770, repr. 1969; krit. Essays über beliebte Bühnenstücke, Schauspieler der Zeit, Theaterdirektoren u. ›Most Known Dramatic Writers‹. Der 1. Bd. ist → Garrick, der 2. dem Schauspieler Samuel Foote gewidmet. Bietet Information über den zeitgenöss. Publikumsgeschmack u. damalige Theatergepflogenheiten. *hd*

Dramatic Censorship → Licensing Act.

The Drapier's Letters, Streitschr. von J. → Swift.

Drawcansir, Sir Alexander, Ps. für H. → Fielding.

The Dream of the Rood, Ged. aus der → Cynewulf-Schule, → Vercelli-Book (in Westsächs.); vermutl. spätes 8. Jh., 146 V. Dem Dichter erscheint in e. Traumvision das Kreuz Christi mit der Schilderung der Kreuzigung. German. Elemente fließen mit der Aussage des Kreuzes ein, daß es die Feinde Christi hätte erschlagen können, wenn es gewollt hätte. Auch Christus wird nicht als ergebener Dulder beschrieben, sondern läßt sich stolz wie e. Held kreuzigen. Die Quelle des Ged. ist unbekannt; Verbindungen von Stilelementen des Rätsels (→ Riddles) mit dem pathet. Stil christl. Vershymnen. E. Autorschaft Cynewulfs steht nicht eindeutig fest, trotz Ähnlichkeiten mit *Elene,* v. a. in Vokabular u. Syntax. Durch die imaginative Kraft der Aussage u. Erhabenheit der Darstellung nimmt das Ged. e. Sonderstellung in der ae. christl. Dichtung ein. Es ist zudem einziges Traumged. im Ae., e. Gattung, die im MA weite Verbreitung finden sollte. Am Schluß des Textes steht in Nordhumbr. die Inschrift »Caedmon made me«. Obwohl zeitl. zutreffend, ist die Autorschaft C.s jedoch auszuschließen. *js*

History of the Holy Rood Tree, hg. A. S. Napier, EETS, OS, 103, 1894. B. Dickins and A. S. C. Ross, [4]1963. M. Scranton, 1970. – R. R. Edwards, Narrative Technique and Distance in ›The D. of the R.‹ (PLL, 6 1970, 291–301). D. R. Howlett, The Structure of ›The D. of the R.‹ (SN, 48 1976, 301–06).

The Driver's Seat, Roman von M. → Spark.

Drolls, drolleries, droll-humours (frz. drôle; kom., drollig); kom. u. erfolgreiche Szenen oder Sketche, aus bekannten u. beliebten Dramen ausgewählt. Zur Umgehung des 1642 von den Puritanern verkündeten Theaterverbots aufgeführt, sollten sie in möglichst kurzer Zeit e. Höchstmaß an Unterhaltung vermitteln. Ohne die nötigen Requisiten (Bühnenbild, Kostüme, oft auch ohne Bühne o. ä.) fanden sie in privaten Wohnungen oder auch – inoffiziell – im Red Bull Theatre, London, e. ausgesuchtes Publikum. Z. T. wurde der kurze Text durch Musik oder Tanz ergänzt. Beispiele beliebter d. sind *Bottom the Weaver* (→ *Midsummer Night's Dream)* oder *The Grave Diggers* (→ *Hamlet)*; daneben boten sich Falstaff-Szenen an. Bekanntester ›droll-actor‹ war R. Cox (?–1655), der sich auf dieses Genre spezialisiert hatte u. selbst einige d. schrieb. S. Repertoire wurde 1662 von Francis Kirkman u. d. T. *The Wits; or, Sport upon Sport* herausgegeben. Der Begriff d. diente außerdem zur Bz. früher Formen des Puppenspiels sowie für Slgn. satir. u. humorvoller Ged. *ra*

L. Hotson, The Commonwealth and Restoration Stage, 1964.

A Drunk Man Looks at the Thistle, Dichtung von H. → MacDiarmid.

Drury Lane → Patent Theatres.

Dryden, John, 3. 8. 1631 Aldwinkle – 1. 5. 1700 London. Dramatiker, Dichter, Kritiker, Satiriker u. Übs.; Sohn e. Landedelmannes. 1644 Westminster School, Schulkamerad von → Locke; 1650 Stud. Cambridge. Befaßte sich mit Descartes u. → Hobbes. Bedeutend s. zu dieser Zeit stattfindende Abkehr von traditionellem akad. Curriculum (klass. Studien) zu den Naturwiss. hin. 1654 Sekretär von → Milton u. → Marvell; ab 1657 in London, 1663 Aufnahme in die Royal Society. 1658 verherrlichte D. in s. *Heroic Stanzas* den Tod Cromwells. D.s Wandlung in s. polit. Auffassung kam 2 Jahre später zum Ausdruck, als er anläßl. der Rückkehr von Charles II *Astraea Redux* (1660) verfaßte, 1. Zeugnis s. meisterhaften Beherrschung des → heroic couplet. 1661 schrieb er e. *Panegyric* auf die Restauration. S. frühen Dramen sind *The Wild Gallant* (in Prosa, UA 1663) u. *The Rival Ladies* (UA 1664, wegen der sich reimenden Verspaare von Bedeutung). *The Indian Emperour* (1665) erfreute sich bei s. Zeitgenossen großer Beliebtheit. 1663 Heirat mit Lady Elizabeth Howard, älteste Tochter des Earl of Berkshire. Während der Pestzeit verließ D. London u. lebte bei s. Schwiegervater in Charleton. Nach s. Rückkehr veröffentlichte er *Annus Mirabilis* (1667), in welchem er in heroischem Versmaß über die Pest, das Londoner Großfeuer u. den Seekrieg mit Holland berichtete. Nach → Davenants Tod überraschend zum Poet Laureate (1668), 2 Jahre später zum ›Historiographer Royal‹ mit Jahrespension ernannt. Beides während der Revolution 1688 entzogen, war er einige Zeit auf die Unterstützung von Freunden angewiesen. Zwischen 1668 u. 1681 entstanden 14 Dramen, u. a. *Tyrannic Love, or the Royal Martyr* (1669); *The* → *Conquest of Granada, or Almanzor and Almahide* (in 2 Teilen 1670–71); *Amboyna* (1673), e. Trag. in Prosa u. Blankvers, verfaßt, um die Engländer gegen die Holländer zu verbittern; *Aureng-Zebe* (1675), s. letzte Trag. in Reimen, wie bereits 1673 s. Kom. *Marriage à la Mode,* mit der er die → comedy of manners begründete. Nach diesen Produktionen erschöpft, hielt D. inne u. widmete sich ausschließl. dem erneuten theoret. Stud. der dramat. Komposition u. beschäftigte sich intensiv mit den Werken Shakespeares. Ergebnis dieser Zeitspanne war s. Version der Gesch. von Antonius u. Cleopatra *All for Love, or the World Well Lost* (1678). D. wurde zum bedeutendsten engl. Schriftsteller s. Zeit u. als solcher nicht nur bewundert, sondern auch heftig angegriffen, z. B. 1671 in → Buckinghams *Rehearsal.* Profilierte sich nicht nur als Vf. von Dramen, sondern auch als Autor von lit.krit. Aufsätzen, meist als Vorworte zu s. Dramen konzipiert. Einzige Ausnahme ist der *Essay of Dramatick Poesie* (1668), der als selbständige Publikation e. Antwort auf Sir Robert Howards Angriff gegen die Antike darstellt. Ab 1680 e. Reihe von satir. u. didakt. Ged., u. a. → *Absalom and Achitophel; The Medal* (1682); *Mac Flecknoe* (1679). Nicht nur s. polit. Auffassungswandel, sondern auch s. rel. schlagen sich in den Schr. nieder. Hatte er sich in *Religio Laici or a Layman's Faith* (1682) noch für die Kirche von England eingesetzt, so konvertierte er Ende 1685, nachdem der kath. James II Kg. von England geworden war, zum Katholizismus u. pries die röm.-kath. Kirche u. den neuen Herrscher in s. Ged. *The Hind and the Panther* (1687). 1686 entstand s. herrl. *Ode to the Memory of Mrs. Killigrew.* D.s späte Dramen umfassen u. a. die beiden Opern *Albion and Albanius* (1685) u. *King Arthur* (1691), ferner die Tragikom. *Don Sebastian* (1690), die Kom. *Amphitryon* (1690), die auf Plutarch basierende Trag. *Cleomenes* (1692) u. die Tragikom. *Love Triumphant* (1694). Die letzten Jahre s. Lebens widmete er u. a. Übs., von denen viele in s. *Miscellany Poems* (1684 u. später) wiederzufinden sind. Übersetzte Persius, Satiren des Juvenal (1693), den gesamten Vergil (vollständige Übs. 1697, großer finanzieller Erfolg), sowie Teile von Horaz, Ovid, Homer, Theokrit u. Lukrez. D.s letzte große Arbeit waren die *Fables, Ancient and Modern* (1699), e. Slg. von paraphrasierten Erzählungen aus der Feder Chaucers, Boccaccios u. Ovids. Diese lit. Arbeiten erlaubten ihm e. bescheidenen Unterhalt in den letzten Jahren s. Lebens. In Will's → Coffee House in London traf er sich mit s. Freunden, zu denen Congreve, Vanbrugh, Addison u. der junge Pope gehörten. *ra*

Works, hg H. J. Swedenberg et al., XXI 1956 ff. – A. Beljame, Men of Letters and the Engl. Reading Public in the 18th Cent., 1660 – 1744; D., Addison, Pope, 1948 (frz. 1881). A. C. Kirsch, D's Heroic Drama, 1965. A. T. Barbeau, The Intellectual Design of J. D's Heroic Play, 1969. E. Späth, D. als Poeta Laureatus: Lit. i. Dienste d. Monarchie, 1969. P. Ramsey, The Art of J. D., 1969. R. D. Hume, D's Criticism, 1970, Ph. Harth, Contexts of D's Thought, 1970. J. D. (The Critical Heritage), hg. J. and H. Kinsley, 1971. R. Garnett, The Age of D., 1971. S. N. Zwicker, D's Political Poetry, 1972. M. W. Alssid, D's Rhymed Heroic Tragedies, 1974. J. D. Garrison, D. and the Tradition of Panegyric, 1975. E. Pechter, D's Classical Theory of Lit., 1975. J. C. Grace, Tragic Theory in the Crit. Works of Thomas Rymer, J. Dennis, and J. D., 1975.

The Duchess of Malfi, Trag. von J. → Webster, UA 1671 (Shakespeare Company), ED 1623; Stoff e. Novelle Bandellos (1485 – 1561) entnommen, die wiederum e. Teil von W. Painters (1540? – 94) *Palace of Pleasure* (1566 – 7), e. Kollektion von Übs. unterhaltsamer Gesch. u. Novellen Boccaccios, Bandellos, Herodots, Livius' u. a. darstellt. Die Handlung spielt zu Beginn des 16. Jh. u. ist so absurd u. unwahrscheinl. wie mögl. angelegt. Die Herzogin, frühzeitig verwitwet, heiratet heiml. ihren Haushofmeister Antonio, da ihre beiden Brüder, Ferdinand, Herzog von Kalabrien, u. der Kardinal, gegen e. erneute Heirat sind. Sie wollen das kgl. Blut rein erhalten, streben aber v. a. danach, die Herzogin selbst zu beerben. Um ihre Schwester unter Kontrolle halten zu können, lancieren sie Bosola, e. ehemaligen Galeerensträfling, in ihre unmittelbare Umgebung. Nachdem die Herzogin Antonio schon mehrere Kinder geboren hat, wird sie von Bosola verraten, so daß sie mit ihrem Mann fliehen muß. Sie wird aber von ihren Brüdern gefangengenommen, gefoltert u. zusammen mit 2 ihrer Kinder erwürgt. Ihre Sterbeszene füllt den ganzen 4. Akt u. gilt als großartigste Sterbeszene der elisab. Lit. Im 5. Akt bringen sich, nachdem Antonio von Bosola getötet worden ist, die Mörder gegenseitig um. Das blutrünstige Rachedrama weist alle Merkmale des Schauerdramas, wie Folterung, seel. Quälerei, Wahnsinn etc., auf. Bewundernswert ist der stoische Mut, mit dem jeder s. Schicksal auf sich nimmt, wodurch das Stück an Shakespeares Schicksalsbegriff erinnert. *ra*

Hg. J. R. Brown, 1964. – J. Klier, Struktur u. Gestaltungsprinzip i. d. Dramen J. W.s, 1957. C. Leech, Webster: ›The D. of M.‹, 1963 (Stud. in Engl. Lit., 8). A. Serpieri, J. W., 1966. 20th Cent. Interpretations of ›The D. of M.‹, hg. N. Rabkin, 1968. K. H. Ansari, J. W. Image Patterns and Canon, 1969. L. L. Brodwin, Elizabethan Love Tragedy, 1587 – 1625, 1971. D. Rolle, Ingenious Structure: D. dramat. Funktion d. Sprache i. d. Trag. d. Shakespearezeit, 1972.

Duffy, Maureen, 21. 10. 1933 Worthing; Stud. Engl., London; bis 1960 Lehrerin in Neapel u.

London; Mitglied der Royal Court Writers' Group. Der Roman *That's How It Was* (1962) schildert ergreifend e. innige Mutter-Tochter-Beziehung; die Verzweiflung über den Tod der Mutter liegt hinter der Einsamkeit, Ruhelosigkeit u. sexuellen Triebhaftigkeit, welche die Themen der folgenden Romane bilden. Sie schildern lose miteinander verbundene – oft müde, leicht affektierte – Charaktere in frustrierenden Situationen: *The Microcosm* (1966) ist e. Studie der Probleme von Lesbierinnen; *The Paradox Players* (1967) erzählt die Gesch. e. in elender Zurückgezogenheit arbeitenden Romanautors. Der kindl., geschlechtslose Erzähler Kit in *Love Child* (1971), das modisch gelangweilte u. einsame Produkt von Reichtum u. Kultur, zerstört eifersüchtig mit monströser Klugheit die sich während e. Ferienaufenthalts in e. ital. Villa entwickelnde Liebesbeziehung zwischen s. Mutter u. dem Sekretär s. Vaters. D.s Dramen (am bekanntesten die schwarze Farce *Rites,* 1969) sind Mischungen aus Phantasie u. brutalem Realismus, mit Anspielungen auf mytholog. u. allegor. Elemente. Ihre Ged., insb. die an Frauen gerichteten Liebesged., sind von abstrakter, oft konstruiert wirkender Intensität u. spiritualist. Sinnlichkeit (*The Venus Touch,* 1971). *ks*

Du Maurier, (Dame) Daphne, 13. 5. 1907 London; Enkelin des Schriftstellers u. Karikaturisten George du M.; ihr Vater, Sir Gerald du M., war bekannter Schauspieler. Vf. zahlreicher Erfolgsromane, die z. T. auch verfilmt wurden u. deren Ingredienzen gut erzählte, oft abenteuerl. Handlung, geschickte Charakterzeichnung, Melodramatik, Spannung, Intrigen, Gewalttätigkeit, Schönheit u. Zärtlichkeit sind. Die bekanntesten sind *The Loving Spirit* (1931), *The Progress of Julius* (1933), *Rebecca* (1938), fast e. ›Klassiker‹ s. Genres, *My Cousin Rachel* (1951), *The Flight of the Falcon* (1967) u. *The House on the Strand* (1969). *Golden Lads* (1975) ist e. Studie über Anthony Bacon u. s. Kreis, *The Winding Stair* (1976) e. popularisierende Biographie s. Bruders Francis. Du M.s Autobiographie *Growing Pains* (1977) zeichnet sich durch entwaffnende Schlichtheit u. Bescheidenheit aus. *ks*

Dumb Show; pantomim. Darstellung als Teil e. Theaterstücks, bes. im elisab. Drama. Häufig von Musik begleitet; von starker Aussagekraft in der Funktion e. Vorausdeutung, e. Kommentars oder als szen. Übergang. Neben Shakespeare bei Sackville und Norton, Greene, Marston, Webster u. Middleton. *hd*

Dunbar, William → Makar.

Duncan, Ronald, 6. 8. 1914 Salisbury (Rhodesien); Schule in der Schweiz, Stud. Cambridge; Journalist u. Landwirt. Mitbegründer der → English Stage Company. Sehr produktiver Autor von Dramen, Kurzgesch., Lyrik, Sachbüchern. Schrieb in der Nachfolge von → Eliot Versdramen wie das recht erfolgreiche (1 Jahr Laufzeit) *This Way to the Tomb* (1946), das in der Form e. → masque u. anti-masque die Versuchungen e. ma. Mystikers darstellt u. dann e. mod. Fernsehteam einbezieht, das über den Heiligen berichtet. D.s Experimentierfreude u. Variationsbreite sind größer als die von Eliot u. → Fry. Indessen standen s. stark didakt. Unterton, s. Verurteilung des Materialismus in Verbindung mit konservativer u. christl. Haltung e. dauernden Popularität im Wege. *Don Juan* (1954) u. *The Death of Satan* (1955) zielen auf die Schlußfolgerung hin: »If we don't love something greater than ourselves / We are incapable of loving one another«. D.s. bestes Drama, die Sozialkom. *The Catalyst* (1964) über e. ménage à trois, ist frei von den allegor. u. satir. Elementen der früheren Werke. *The Seven Deadly Virtues* (1971) stellt durch Enthüllung von Motivationen u. Intentionen der Charaktere konventionelle moral. Beurteilungen auf den Kopf. *ks*

M. W. Haueter, R.D., 1969.

The Dunciad, An Heroic Poem, satir. Versepos von A. → Pope, EA 1728. Die 1. Ausgabe enthält 3 Bücher, hauptsächl. gegen den Shakespeare-Herausgeber u. Kritiker Lewis Theobald gerichtet, der Popes Shakespeare-Edition als Anhänger der streng textkrit. vorgehenden Methode Bentleys scharf angegriffen hatte. Die 1729 um e. krit. Apparat erweiterte Fassung *The Dunciad Variorum with the Prolegomena of Scriblerus* weist anstatt der bisher angegebenen Initialen die voll ausgeschriebenen Namen der betreffenden ›dunces‹ (Dummköpfe) aus. 1743 erschien die endgültige Fassung, *The Dunciad in Four Books,* die im 4. Buch den damaligen Poet Laureate C. → Cibber anstelle von Theobald zum ›King of Dunces‹ erhob. Popes umfangreiches, persönl.-satir. Ged., auf Anregungen der Mitglieder des → Scriblerus Club entstanden u. an → Drydens *Mac Flecknoe* (1682) orientiert, war gegen alle Pedanten, Poetaster, Journalisten u. Kritiker gerichtet, die entweder Popes persönl. lit. Antagonisten waren oder aber s. Meinung nach das zeitgenöss. lit. Leben korrumpierten. Das eig. ›mock-heroic epic‹ wird von e. brillant-parodist. Vorspann eingeleitet u. soll generell mit der Torheit abrechnen. Gleich im 1. Buch stellt Pope das Reich der Langeweile vor, wo die Göttin gleichen Namens den Poet Laureate Bays erwählt (ob Bays für Theobald oder Cibber steht, bleibt unklar). Während das 2. Buch als Parodie der Bestattungsspiele aus der *Aeneis* zu werten ist, läßt Pope im 3. Buch vor dem schlummernden Dichterkönig das vergangene, gegenwärtige u. zukünftige Imperium der Dummheit vorbeiziehen u. verkündet schließl. deren triumphalen Sieg, der im 4. Buch ausgeführt wird. Nicht die persönl. Satire, sondern die Anprangerung aller Formen der Dummheit, die den zivilisator. Verfall kennzeichnen, steht im Vordergrund. Plötzl. wird der träumende Dichter aus s. Traumwelt gerissen u. befindet sich wieder im ursprüngl. Chaos. Die Vielfalt des verarbeiteten Materials sowie die konkreten Bezüge u. Anspielungen ließen das Werk bekannt werden. Doch ist insgesamt die Vermischung von kom. Epos u. Satire als wenig glückl. anzusehen, da sie entgegen den Vorschriften des klass. Dekorums keine klare Trennung zwischen den verschiedenen Stilebenen, der niedrigen Versepistel u. der erhabenen des Epos, nach sich zieht. *ra*

Hg. J. R. Sutherland, 1953 (Poems, Twickenham Edition, Bd. 5). – F. R. Leavis, The Common Pursuit, 1952. R. W. Rogers, The Major Satires of Pope, 1955. U. Broich, Stud. zum kom. Epos, 1968. J. E. Sitter, The Poetry of P's. ›D‹., 1971. H. Erskine-Hill, Pope ›The D.‹, 1972.

Dunn, Nell, 1936 London; Vf. von erschütternden, unsentimental u. kommentarlos berichteten sozialkrit. Dokumentationen. Die Bestseller *Up the Junction* (Kurzgesch., 1963) u. *Poor Cow* (Roman, 1967) zeichnen fragmentar. Vignetten des mod. Großstadtlebens im Arbeitermilieu. *I Want* (1972) ist die zusammen mit Adrian Henri durch Fragmente von Korrespondenz erzählte Gesch. e. über 50 Jahre dauernden Liebesbeziehung zweier sozial ungleicher Partner. *Tear His Head off His Shoulder* (1974) läßt 2 einsame ältl. Londoner Frauen ihre Lebensgesch. erzählen. *Living Like I Do* (1977) präsentiert 12 Fallstudien e. alternativen Lebens von alleinstehenden Vätern u. Müttern. *The Only Child* (1978) schildert wenig überzeugend e. inzestuöse Mutter-Sohn-Beziehung. *ks*

Durham Ritual Book → Homilies.

Durrell, Lawrence (Ps. Charles Norden), 27.2.1912 Jullundur (Indien); Schule in Darjeeling, 1923–28 versch. Privatschulen in England. Zeitweilig Barpianist, Rennfahrer u. Grundstücksmakler. Ab 1931 Reisen u. längere Aufenthalte auf Korfu, in Paris u. Athen. 1941–44 Presseattaché in Kairo, 1944–45 in Alexandria, dann auf Rhodos, in Belgrad u. auf Zypern (1954–56). Dazwischen (1947–48) Direktor des Brit. Council Institute in Cordoba/Argentinien. Fast jede Station dieses Wanderlebens wurde Schauplatz e. lit. Werkes. 1957 ließ D. sich in der Nähe von Nîmes nieder. Insgesamt verbrachte er nur 12 Jahre in England. D. ist seit 1937 mit Henry Miller befreundet. S. Werk zeichnet sich durch e. katachresenreichen, eigenwilligen, evokativen Stil, starke Sinnlichkeit u. bes. Intensität der Atmosphäre von Städten u. Inseln des östl. Mittelmeerraumes aus; Landschaft reflektiert u. dominiert nicht nur die Grundstimmung e. Werkes u. die momentanen Empfindungen e. Individuums, auch ihre Gesch. u. ihre Mythen werden zu e. ›historic present‹. Mit ihrem Streben nach abstrakter Lit., totaler Fiktion, steht D.s Kunst den mod. Tendenzen zur lit. Dokumentation diametral entgegen. D. schrieb Werke aller Gattungen: Romane (*Pied Piper of Lovers,* 1935; *Panic Spring,* 1937; *Cêfalu,* 1947; *White Eagles over Serbia,* 1957; *The*→ *Alexandria Quartet; Tunc,* 1968; *Nunquam,* 1970; *Monsieur or The Prince of Darkness,* 1974; *Livia or Buried Alive,* 1978), melod. bildstarke Lyrik u. deftige Balladen (*Collected Poems,* 1960; n. 1968; *Selected Poems,* 1935–63, 1964; *Vega,* 1973; *Plant-Magic Man,* 1973), Versdramen aus der dekadenten antiken Welt (*Sappho,* 1950; *Acte or The Prisoners of Time,* 1961), Essays (*Key to Modern Poetry,* 1952; *Groddeck,* 1960; *The Happy Rock,* 1973), Reiseimpressionen aus Korfu, Rhodos u. Zypern (*Prospero's*

Cell, 1945; *Reflections on a Marine Venus*, 1953; *Bitter Lemons*, 1957) u. grotesk satir. Skizzen aus dem Diplomatenleben (*Esprit de Corps*, 1957; *Stiff Upper Lip*, 1958; *Sauve Qui Peut*, 1966). Dieser formalen Vielfalt steht themat. die Beschränkung auf das Thema der menschl. Suche nach e. Lebenssinn, nach Identität gegenüber, e. Komplex, mit dem die Fragen nach dem Wesen von Liebe u. Kunst eng verbunden sind. D.s erste Romane u. die Diplomatensatiren tendieren zu Oberflächlichkeit u. Banalität. Die Versdramen gestalten in stat.-deklamator. Technik die Versuche der Charaktere, das Leben zu e. Kunstwerk u. damit sinnvoll zu machen. D.s an → Graves, → Eliot u. → Auden orientierte Lyrik ist techn. versiert, ermangelt aber formaler u. themat. Originalität. Lit. Ruhm erlangte D. mit dem *Alexandria Quartet*. *Tunc* u. *Nunquam* zeigen e. neue gesellschaftskrit. Tendenz bei gleichzeitigem Rückgriff auf archetyp. u. myth. Figuren. *Monsieur* (1974) u. *Livia* (1978) sind experimentelle, handlungsarme poet. Romane, angesiedelt in der Provence in u. bei Avignon. Sie bilden den Anfang e. auf 5 Bde. geplanten Zyklus. *ks*

L. D. and Henry Miller. A Private Correspondence, hg. G. Wickes, 1963. – R. A. Potter and B. Whiting, L. D. A Checklist, 1961. M. Beebe, Selected Checklist (MFS, 13 1967/68, 417–21). – A. Perlès, My Friend L. D., 1961. The World of L. D., hg. H. T. Moore, 1962. A Symposium on L. D., hg. H. T. Moore, 1962. J. Unterecker, L.D., 1964. J. A. Weigel, L.D., 1965. G. S. Fraser, L.D. A Study, 1968. H. Isernhagen, Sensation, Vision, and Imagination. The Problem of Unity in L.D's Novels, 1969. W. Hoops, L.D. (Engl. Lit. d. Gegenw., hg. H. W. Drescher, 1970, 250-80). G. S. Fraser, L.D., ²1973 (mit Bibl.).

Dyer, Charles, 17. 7. 1928 Shrewsbury; Schauspieler u. Regisseur; produktiver Vf. von Romanen, gewandt geschriebenen kommerziellen Kriminalstücken u. Farcen wie *Rattle of a Simple Man* (1963) über e. jungfräul. Vierzigjährigen u. e. Prostituierte mit blühender Phantasie oder der Homosexuellenkom. *Staircase* (1966). *Mother Adam* (1972) behandelt tragikom. den Konflikt e. Mannes zwischen dem Wunsch zu heiraten u. der Notwendigkeit, für s. gelähmte, tyrann. Mutter zu sorgen. Durchgehendes Thema von D.s Werken ist die Bewahrung von Anstand u. Reinheit in schäbigen, deprimierenden äußeren Umständen u. in der Einsamkeit des Lebens. *ks*

Dyer, John, 13. 8. 1699 Llanfynydd/Caermarthenshire (Wales) – 15. 12. 1758 Coningsby/Lincolnshire; Stud. Malerei, dann Theol., 1741 Vikar Calthorp/Leicestershire. D. ist Vf. des naturbeschreibenden Ged. *Grongar Hill* (1727), des nach e. Italienreise veröffentlichten didakt. *The Ruins of Rome* (1740) u. des Epos *The Fleece* (1757). Hohe Einschätzung durch → Wordsworth. Die zeitgenöss. Wirkung von *Grongar Hill* vergleichbar mit der von Thomsons → *Seasons*. *hd*

Poems, hg. R. A. Willmott, 1855. H.l'A. Fausset, 1930. Grongar Hill, hg. R. C. Boys, 1941 (mit Einführung). – R. M. Williams, Poet, Painter, and Parson: The Life of J.D., 1956.

The Dynasts, Roman von Th. → Hardy.

Earle, John → Character Book.

Early Morning, Drama von E. → Bond (UA 31. 3. 1968, EA 1968), e. monströse, makabere Groteske, welche ihren mit großen hist. Namen versehenen Figuren ungeheuerl. Taten zuschreibt. Das Stück ist e. der hervorragendsten Beispiele für das aktionsbetonte → Theatre of Cruelty. Symbolismen u. Abstraktionen kommen in phys. Gestalt u. in Aktionen auf die Bühne. Die Lasterhaftigkeit, die das ›patriot. Monstrum‹ Victoria nach B.s Ansicht besitzt, wird in Raubgier, sexuelle Perversionen u. polit. Mordlust umgesetzt. E. von Victorias siames. Zwillingen soll mit Florence Nightingale verheiratet werden. Diese wird noch vor der Hochzeit von der lesb. Königin vergewaltigt. Den Mordplänen von Prinzgemahl Albert kommt Victoria zuvor, indem sie ihn von Florence vergiften läßt u. eigenhändig erwürgt. Es beginnt e. aberwitziges Foltern u. Morden, das schließl. alle in den Abgrund des Todes reißt. Damit ist die Vernichtungswut der Menschen allerdings noch nicht beendet: in e. Kannibalenhimmel fressen sie sich gegenseitig auf. Der einzige, der e. positivere Vision hat, Arthur, verweigert sich der grenzenlosen Destruktivität u. wird damit zum Störenfried, den Victoria beseitigt, indem sie ihre eigenen Zähne als Nägel für s. Sarg benutzt. Aber er erhebt sich in e. weißen Gewand als Geist aus dem Sarg u. steigt auf. *ks*

Ecclesiastical Sonnets → Wordsworth, W.

Edelman, Maurice, 2. 3. 1911 Cardiff – 14. 12. 1975 London; Stud. Cambridge; ab 1945 Parlamentsabgeordneter der Labour Party. Vf. zahlreicher spannend erzählter Romane über Machtkämpfe in Politik u. Geschäftsleben, die sich durch brillante Charakterdarstellung, weltanschaul. Reflektion u. intime Kenntnis polit. Intrigen auszeichnen. *ks*

Edgeworth, Maria, 1. 1. 1767 Black Bouston/Oxfordshire – 22. 5. 1849 Edgworthtown (Irland); Tochter von Richard Lovell E., Grundbesitzer in Irland, Abgeordneter u. Vf. pädagog. Schr. Unterstützte ihren Vater in s. schriftsteller. Tätigkeit (*Practical Education,* 1798; *Essay on Irish Bulls,* 1802). In ihrer 1. eigenständigen Publikation, *Letters to Literary Ladies* (1795), forderte sie die angemessene Erziehung der Frau als längst fällige gesellschaftl. Notwendigkeit. Beeinflussung durch Rousseaus *Emile.* Versuchte mit *Harry and Lucy* (1822) die Anwendbarkeit entsprechender Theorien darzustellen. Die Romane *Castle Rackrent* (1800; hg. G. Watson, 1964), *Belinda* (1801), *The Absentee* (1812; hg. B. Matthews, 1910) u. *Ormond* (1817) enthalten treffende Beobachtungen zum ir. Nationalcharakter. Kritik an der zeitgenöss. Gesellschaft, bes. der ›absentee landlords‹; Betonung des didakt. Anspruchs; heimat- bzw. regionalgebundene Romane. Wegweisend für → Scott, mit dem E. befreundet war, u. J. → Austen. *hd*

Novels and Tales, XVIII 1832–33. Novels, XII 1893. – Chosen Letters, hg. F. V. Bary, 1931. Letters, hg. W. S. Scott, 1953. Education of the Heart: Correspondence of Rachel Mardecai Lazarus and M.E., hg. E. E. MacDonald, 1977. – E. A. Edgeworth, A. Memoir of M.E., III 1867. A. J. C. Hare, Life and Letters, II 1894. E. Lawless, M.E., 1904. M. Michael, Jr. Romane v.

M.E., 1918. T. Goodman, M.E. Novelist of Reason, 1936. J.C. Clarke, M.E., 1950. P.H. Newby, M.E., 1950. E. Inglis-Jones, The Great Maria, 1959.

Edinburgh International Festival → Festivals.

The Edinburgh Review, 1802 von F. Jeffrey, S. Smith u. H. Brougham gegr. Vierteljahresschr. mit großem Einfluß auf das intellektuelle u. kulturelle Leben Großbritanniens in der ersten Hälfte des 19. Jh. Nach 10 Jahren Einzelauflage von 10 000; letztes Erscheinungsjahr 1929. Attackierte in ihren lit.krit. Abhandlungen die → Lake School, insb. Southey u. Wordsworth. Maßgebl. Mitarbeiter: Scott, Macaulay, Carlyle, Hazlitt, Arnold u. Gladstone. Unterstützte die Politik der Whigs. 1809 wurde von Tory-Seite als publizist. Gegengewicht die ›Quarterly Review‹ gegründet. E. der Gründer war Scott, nachdem er sich mit der *E.R.* überworfen hatte. Beide Zs. vertraten ihre lit. u. polit. Ansichten in zuweilen polem. Form. Maßgebl. an der Entwicklung des Rezensionswesens u. der Lit.krit. in Großbritannien beteiligt. *hd*

J. Clive, Scotch Reviewers. The E.R., 1802–15, 1957. A. H. Qureshi, The E.R. and Poetic Truth, 1978.

Edward II → Marlowe, C.

Edwardian; begriffl. Abgrenzung der Zeitspanne vom Tod Königin Victorias (1901) bis zum Beginn des 1. Weltkriegs, etwa die Regierungszeit von Edward VII. Zeitspanne relativen Wohlstandes u. wirtschaftl. Stabilität. In der Lit. beinhaltet E. die Reaktion gegen das ›Victorian Age‹, s. moral., rel. u. gesellschaftl. Vorstellungen wie Maßstäbe. Krit. Haltung gegenüber traditionellen Wertvorstellungen u. etablierter Ordnung, v. a. im Werk von E. A. → Bennett, → Galsworthy, G. B. → Shaw u. H. G. → Wells. *hd*

P. Brendon, Eminent Edwardians, 1979.

The Edwardians, Roman von V. M. → Sackville-West.

The Egoist. A Comedy in Narrative, Roman von G. → Meredith, entstanden 1877–79, EA 1879. Der ›Egoist‹ ist der Landedelmann Sir Willoughby Patterne, gewinnend in s. Art, verehrt u. bewundert von s. älteren Verwandten, Musterbeispiel selbstbezogenen Denkens u. Handelns. Als Mann von gutem Namen u. Wohlstand wirbt er um e. s. Rang u. Ansehen entsprechende Frau. Doch Constantia verläßt ihn noch vor der Heirat, als sie s. wirkl. Wesen durchschaut. Patterne bemüht sich nun um die attraktive Clara Middleton, lädt sie mit ihrem Vater zu sich ein u. findet bei s. Schwiegervater volle Unterstützung für s. Absichten. Auch Clara, zunächst von P.s Lebensstil geblendet, ist e. Heirat nicht abgeneigt, muß aber bald die Gefühlskälte u. den grenzenlosen Egoismus ihres Verlobten erkennen. Als sie sich von ihm trennen will, fürchtet er den Spott der Gesellsch. u. versucht, sie mit allen Mitteln zu halten. Erst mit Hilfe des aufrechten Vernon Whitford, Sekretär im Hause P.s u. dessen Verwandter, vermag sie Abstand zu gewinnen. P. ist in s. tiefsten Wesen verletzt u. kehrt zu der einst verschmähten, weil armen Laetitia Dale zurück, die schließl. einwilligt, s. Frau zu werden. Die flüssig erzählte Handlung, überzeugende Dialogregie (M. ist Vf. e. Essays ›On the Idea of Comedy‹) u. bildreiche Beschreibungen, die zum Thema Egoismus als typ. Zeichen bürgerl. Lebenshaltung symbolhaft in Bezug gesetzt sind, machen den Roman zu e. der herausragenden Werke M.s. Mit Ausnahme Claras verkörpern alle Charaktere, wenn auch nicht so ausgeprägt wie P., unterschiedl. Erscheinungsformen menschl. Selbstsucht; auch ihr Vater, e. Geistlicher, den Annehmlichkeiten des ird. Lebens sehr zugetan. M.s geistreich-brillante, wenn auch gelegentl. manierierte Darstellungsweise e. vom Egoismus u. vom Übel der Selbsttäuschung beherrschten Klassengesellsch., s. Verständnis für die körperl. Bezogenheit zunächst rein gefühlsbedingter Reaktionen, geben dem Roman e. Modernität, die ins 20. Jh. weist. *hd*

Hg. L. Stevenson, 1958. – R. B. Hudson, The Meaning of Egoism in G. M's ›The E.‹ (Trollopian, 3 1948, 163–76). I. H. Buchen, The Egoists in ›The E.‹ The Sensualists and the Ascetics (NCF, 19 1964, 255–69). G. Beer, M's Idea of Comedy (NCF, 20 1965, 165–76).

Elegy written in a Country Churchyard, meditative Dichtung v. Th. → Gray, 32 4zeilige Strophen (›quatrains‹) von 10silbigen V., begonnen 1742, EA 1750. Angesichts der Grabsteine stellt der Dichter in nachdenkl. u. melanchol. Stimmung Betrachtungen an, letztl. über den eigenen Tod, s. Grab u. die Grabinschrift. Schwermütig-feierl. erinnert das Ged. an Miltons *Il Penseroso*. Die verallgemeinernde Behandlung traditioneller Themen (z.B. Gleichheit aller vor dem Tod, Vorzug des bäuerl.-einfachen Lebens, Allgegenwart des Todes, schicksalbedingte Entwicklung menschl. Anlagen), ihre volkstüml. Darstellung, die bildhafte Evokation ländl. Szenerie u. Simplizität machen die *Elegy* zu e. typ. Ged. des 18. Jh. (→ Graveyard Poetry), e. der berühmtesten Ged. der engl. Lit., sprichwörtl. Vertrautheit s. V. u. Bilder. Vorbild des stillen Dorffriedhofs mag Grays spätere Grabstätte Stoke Poges gewesen sein. *hd*

A. L. Reed, The Background of G's E., 1924. F. H. Ellis, G's E.: The Biographical Problem in Lit. Crit. (PMLA, 66 1951, 971–1008). F. Brady, Structure and Meaning in G's E.; B. H. Bronson, On a Special Decorum in G's E.; J. Jack, G's E. Reconsidered (Pottle, 1965, 177–89, 171–76, 139–69).

Elene, Ged. von → Cynewulf über die Kreuzesauffindung durch Helena, Mutter des Kaisers Konstantin, im Jahre 320. Eingangs wird von den großen Taten Konstantins berichtet, der, zum Christentum bekehrt, s. Mutter mit e. Heer nach Palästina schickt, um das Kreuz Christi aufzufinden. Anschaul. Schilderung der Seefahrt u. der Verhandlungen mit den Juden, bis Judas nach Gefängnisstrafe u. Folter das Kreuz ausgräbt. Judas wird getauft u. zum Bischof von Jerusalem geweiht. Der 3. Mai soll in Zukunft als Tag der Kreuzesauffindung gefeiert werden. Strukturell gegliedert in 15 → fits. Legendenhafte Darstellungsweise mit der Absicht, belehrend zu wirken. *js*

Hg. P. O. E. Gradon, 1958.

Elia (Ps.) → Lamb, Ch.

Eliot, George (eig. Mary Ann Evans), 22. 11. 1819 Arbury Farm/Warwickshire – 22. 12.

1880 London; Tochter e. strenggläubigen Methodisten. Wuchs in ländl. Abgeschiedenheit auf; Schulbesuch in Coventry. Nach dem Tod der Mutter (1836) führte sie den Haushalt ihres Vaters bis zu dessen Ableben. 1841 Umzug nach Coventry, Bekanntschaft mit dem Phrenologen Ch. Bray u. s. Schwager, dem Rationalisten Ch. Hennell. Sagte sich unter deren Einfluß von der engen Religiosität ihrer Erziehung los u. lebte ab 1854 in Gemeinschaft mit dem Kritiker u. Freidenker G. H. Lewes. Wurde nach s. Tod (1878) schwermütig. Als 1. lit. Arbeit übersetzte sie 1846 D. F. Strauß' *Leben Jesu.* 1851 – 53 Mithg. der ›Westminster Review‹ u. Vf. zahlreicher Beitr. Auf Anregung von Lewes versuchte sie sich an größeren Erzählungen. Als 1. von 3 Folgen ihrer *Scenes of Clerical Life* erschien in ›Blackwood's Mag.‹ 1857 ›The Sad Fortunes of the Rev. Amos Barton‹. → *Adam Bede,* ihr 1. Roman, sogleich e. großer Erfolg, wurde 1859 veröffentlicht. *The Mill on the Floss* folgte 1860; stark autobiogr. in den einführenden Kap. u. der Schilderung der eigenwilligen, intelligenten u. oft rebell. Maggie Tulliver. Wenig befriedigend das melodramat. Ende. Die pastorale Szenerie des Romans *Silas Marner* (1861), Gesch. e. Tuchwebers, der, weil betrogen u. verstoßen, zum Geizhals wird, paßt mehr ins 18. als 19. Jh. Die schlichte Darstellung menschl. Vereinsamung u. ihrer Überwindung durch Liebe u. Fürsorge ist jedoch beispielhaft für E.s Auffassung von der moral. Bedingtheit des Lebens. Der hist. Roman *Romola* (1863) führt ins Florenz der Medici gegen Ende des 15. Jh. (Savonarola). Die männl. Hauptfigur, Tito Melema, kann als treffende Charakterstudie e. haltlosen, dem Verbrechen zuneigenden Menschen gelten, wenn auch nicht in allem überzeugend. → *Middlemarch* (1871 – 72) hebt sich vom übrigen Spätwerk ab, das mit dem polit. Roman *Felix Holt the Radical* (1866) u. den z. T. Probleme des Judentums behandelnden *Daniel Deronda* (1876) konzeptionelle Schwächen aufweist. E.s Oeuvre zeigt typ. viktorian. Züge, hebt sich jedoch andererseits ab durch den bewußt eingebauten intellektuellen Anspruch u. die subtile Darlegung innermenschl. Verhaltensweisen. Von großem Reiz sind die Beschreibungen ländl. Szenerie. Die starke Tragik des von moral. Ernsthaftigkeit u. Toleranz, dem Motiv von Schuld u. Sühne gesteuerten Geschehens wird gelegentl. durch humorist. Beiklänge gemildert. Beginn des psych. orientierten sozialen Romans. *hd*

Works, hg. J. W. Cross, XXV 1907 – 08 (Warwickshire Edition). Essays, hg. Th. Pinney, 1963. – Letters, hg. G. S. Haight, 1954 ff. (IX) – J. W. Cross, G.E's Life as Related in Her Letters and Journals, III 1885. L. Stephen, G.E., 1902. A. T. Kitchel, G. Lewes and G.E., 1933. G. W. Bullett, G.E., 1947. J. Bennett, G.E. Her Mind and Her Art, 1948, rev. 1962. M. Tosello, Le fonti italiane della ›Romola‹ di G.E., 1956. B. Hardy, The Novels of G.E. A Study in Form, 1959. R. Stump, Movement and Vision in G.E's Novels, 1959. J. Thale, The Novels of G.E., 1959. A Cent. of G.E. Criticism, hg. G. S. Haight, 1965. B. J. Paris, Experiments in Life: G.E's Quest for Values, 1965. Ders., G.E. A Biogr., 1968. U. C. Knoepflmacher, G.E's Early Novels, 1968. G.E. (The Critical Heritage), hg. D. R. Carroll, 1971. Critics on G.E., hg. W. Baker, 1973. G.E. ›The Mill on the Floss‹ and ›Silas Marner‹, hg. R. P. Draper, 1978 (Casebook). A. Mintz, G.E. and the Novel of Vocation, 1978.

Eliot, Lewis, Hauptfigur von Snows→ roman fleuve→ *Strangers and Brothers.*

Eliot, Thomas Sterne, 26. 9. 1888 St. Louis (USA) – 4. 1. 1965 London; Dramatiker, Lyriker, Essayist u. Kritiker; entstammt e. wohlhabenden u. angesehenen Bostoner Familie; Vorfahren unter den 1. engl. Siedlern; Vater Unitarier, Mutter Schriftstellerin. Genoß puritan.-rel. Erziehung; Stud. Harvard (Philos., Psychol., Orientalistik), Sorbonne (Philos., frz. Lit.). Nach e. Gastdozentur in Harvard 1913/14 war E. für e. Jahr in Dtl. (Marburg), anschließend Merton College, Oxford. Nach s. Heirat (1915) mit Vivienne H. Wood unterrichtete er als Lehrer an e. Gymnasium, anschließend als Bankbeamter, ab 1925 als Mitglied des Verlages Faber & Gwyer (später Faber & Faber) tätig. Bereits während s. Studienzeit hatte E. Beitr., meist Ged., zu versch. Zs. geliefert. 1917 erschien s. Gedichtbd. → *Prufrock and Other Observations,* 1919 bei L. u. V. → Woolf in der Hogarth Press der Bd. *Poems.* Schlagartig berühmt wurde E. 1922 mit s. Dichtung *The → Waste Land,* für die er den Dial-Preis (2000 Dollar) erhielt. Die viel diskutierte Arbeit ist, wie man seit der Veröffentlichung des Ms. 1968 weiß, stark beeinflußt von E. Pound. Lit.krit. Essays von E. waren zuerst in der Zs. der Imagisten ›Egoist‹ erschienen, deren Mithg. er war (1917 – 19); später wurde die 1922 von ihm gegr. Zs. ›The Criterion‹, die auch *The Waste Land* abdruckte, sehr erfolgreich (bis 1939). 1920 veröffentlichte er die Slg. *The Sacred Wood: Essays on Poetry and Criticism.* 1927 wurde E. brit. Bürger u. für 2 Jahre Gastprofessor in Harvard; s. Erklärung, daß er polit. e. Monarchist, rel. e. Anglo-Katholik u. in der Dichtung e. Klassizist sei (*For Lancelot Andrewes,* 1928), erregte Aufsehen. 1928 Übertritt zur angl. Hochkirche. E. setzte sich von der vorherrschenden romant. Tradition ab; in *Ash Wednesday* (1930) u. vielen anderen Ged. gestaltete er dichter. die Wiederentdeckung des Glaubens. Die Gedichtslg. → *Four Quartets* erschien sukzessiv ab 1936; Thema ist immer wieder die rel. Erfahrung u. ihre Bedeutung für den Menschen der Gegenwart. Der Zerfall der westl. Kultur wurde von E. als e. Traditionalisten u. Experimentator mit dem kulturellen Erbe des Abendlandes in Verbindung gebracht, das er durch christl. Humanismus zu retten hoffte. Für ihn bedeutete Dichten, Gefühle in ›objektive Korrelate‹ zu transformieren (vgl. s. Essay *Hamlet,* 1919), wobei er sich e. an der mod. Umgangssprache orientierten Diktion bediente u. auf Anschaulichkeit der Metaphern häufig zugunsten von Anspielungen auf Werte der Vergangenheit verzichtete. E. förderte den Rückgriff auf die großen Klassiker (Vergil, Dante, Shakespeare) u. auf die engl. Dichtung vor dem 18. Jh. (Metaphysicals). S. 1. Theaterstück *Sweeney Agonistes* erschien 1926/27; e. weiterer dramat. Versuch (*The Rock*) folgte 1934. Das berühmt gewordene rel. Festspiel → *Murder in the Cathedral* (1935) thematisiert ganz in der Nachfolge der ma. Mysterienspiele u. Moralitäten (vgl. → *Everyman*) den

Konflikt des Erzbischofs Thomas à Becket mit der Krone. Durch die Wiederbelebung des griech. Chores u. durch e. metaphernreiche Sprache begründet er damit unter dem Einfluß von W. B. Yeats das ›poetic drama‹. Weitere Dramen mit Analogien zur griech. Trag. u. häufiger in freien Rhythmen folgen: 1939 *The Family Reunion* sowie die 3 Kom. *The Cocktail Party* (1950), *The Confidential Clerk* (1954) u. *The Elder Statesman* (1958). E. Gedichtbd. für Kinder *Old Possum's Book of Practical Cats* (1939) fand auch bei Erwachsenen Anklang. E.s wichtigste kultur- u. lit.krit. Gedanken sind in den folgenden Essays u. Abh. enthalten: *The Use of Poetry and the Use of Criticism* (1933), *Elizabethan Essays* (1934), *The Idea of a Christian Society* (1940), *Notes Towards the Definition of Culture* (1948), *Poetry and Drama* (1951), *Essays on Poets and Poetry* (1957). Sie umfassen e. weites Feld, beschäftigen sich sowohl mit der hist. Entwicklung von Lit. wie auch mit ihrer Stellung in der heutigen Welt u. der Interpretation des Zeitalters überhaupt. E. gehörte zu den einflußreichsten u. meistgeachteten Literaten s. Zeit. 23facher Ehrendoktor; er erhielt den engl. Order of Merit, 1948 den Nobelpreis für Lit., 1964 die am. Medal of Freedom. E. krit. Ausg. s. Werke fehlt. *ra*

Selected Essays, 1951; n. 1957; Collected Poems, 1963. Complete Poems and Plays, 1969. – D. Gallup, Bibl., 1937; n. 1969. – G. Williamson, A Reader's Guide to T.S.E., 1955. M. Wildi, D. Dramen von T.S.E., 1957. F. O. Matthiessen, The Achievement of T.S.E., [3]1958. H. Kenner, The Invisible Poet, T.S.E., 1960. D. E. Jones, The Plays of T.S.E., 1960. K. Schlüter, D. Mensch als Schauspieler: Studien zur Deutung von T.S.E.s Gesellschaftsdramen, 1962. C. H. Smith, T.S.E's Dramatic Theory and Practice, 1963. R. Germer, T.S.E.s Anfänge als Lyriker 1905–15, 1966. J. Kleinstück, T.S.E., 1966. L. Unger, T.S.E. Moments and Patterns, 1966. D. E. S. Maxwell, The Poetry of T.S.E., [5]1966. T.S.E., The Man and his Work, hg. A. Tate, 1967. H. Gardner, The Art of T.S.E., [2]1968. E. M. Browne, The Making of T.S.E's Plays, 1969. E. in Perspective: A Symposium, hg. G. Martin, 1970. 20th Cent. Interpretations of ›Murder in the Cathedral‹, hg. D. R. Clark, 1971. R. Sencourt, T.S.E. A Memoir, 1971. R. Kirk, E. and his Age, 1972. B. Bergonzi, T.S.E., 1972. E. in his Time, hg. A. W. Litz, 1973. T. S. Matthews, Great Tom: Notes Towards the Definition of T.S.E., 1974. ›The Waste Land‹ in Different Voices: The Rev. Versions of Lectures Given at the Univ. of York in the 50th Year of ›The Waste Land‹, hg. A. D. Moody, 1974. Th. R. Rees, The Technique of T.S.E., 1974. S. S. Haskot, T.S.E. His Mind and Personality, [2]1976. A. P. Frank, D. Sehnsucht nach d. unteilbaren Sein: Motive u. Motivation i. d. Lit. krit. T.S.E.s, 1973. St. Spender, E., 1975. H. Viebrock u. A. P. Frank, Zur Aktualität von T.S.E., 1975. R. Dietrich, Bestand u. Wandel in T.S.E.s krit. Schr.; Beitr. zur Deutung, 1976. B. Rajan, The Overwhelming Question, 1976. D. Traversi, T.S.E. The Longer Poems, 1976. A. P. Brady, Lyricism in the Poetry of T.S.E., 1978. P. Reinau, Recurring Patterns in T.S.E's Prose and Poetry, 1978. A. D. Moody, T.S.E., 1979. H.-W. Ludwig, Trad. u. Innovation i. d. Lit.theorie d. Modernismus: Pound, E. u. die Imagisten (Engl. u. am. Lit.theorie, hg. R. Ahrens u. E. Wolff, Bd. 2, 1979, 312–43). W. Riehle, T.S.E., 1979.

Eliza, Journal to → Sterne, L.

Elizabethan. Die Regierungszeit der humanist. gebildeten Elizabeth I (1558–1603) war e. Periode polit. u. wirtschaftl. (1588 Sieg über die span. Armada), geistiger u. künstler. Blüte, der Höhepunkt der → Renaissance in England. Bes. im letzten Jahrzehnt des 16. Jh. fand e. intensiver Prozeß geistiger Emanzipation, d. h. e. Befreiung vom scholast. Autoritätsglauben u. e. Ablösung von der sozialen Struktur des MA statt. Grundlage der geistigen Leistungen der Zeit war die Verbindung heim. Traditionen mit dem Ideengut u. der

Welthaltung der Renaissance. Zu den bedeutendsten Autoren der Zeit gehören Sidney, Spenser, Lyly, Greene, Lodge, Nashe, Peele, Kyd, Marlowe u. Shakespeare. *ks*

C. Read, Bibl. of British History: Tudor Period, ²1959. – J. Neale, Queen Elizabeth, 1934. M. Waldman, Queen Elizabeth I, 1952. P. Sheavin, The Literary Profession in the E. Age, rev. by J. W. Saunders, 1967. W. Maccaffrey, The Shaping of the E. Regime, 1969. A. L. Rowse, The E. Renaissance: The Life of the Society, 1971. J. Wilson, Entertainments for Elizabeth, 1979.

Elizabethan Sonnet → Sonnet.

Elliott, Ebenezer (Corn Law Rhymer), 17. 3. 1781 Masborough – 1. 12. 1849 Great Haughton; Sohn e. Schmiedes, Autodidakt. Schrieb mit 16 Jahren *The Vernal Walk* (1801), romant. Ged. in Nachahmung von J. → Thomson. Nach dem Bankrott s. Vaters engagierte sich E. als Chartist, was sich auch in s. Dichtung niederschlägt: 1831 *Corn Law Rhymes,* leidenschaftl. Anklage gegen die Korngesetze; volksliedhafter Charakter. E.s Lyrik vermittelt den Eindruck naturnaher Landschaftsbeschreibungen. *hd*

Poetical Works, II 1876. Selected Poems, hg. K. Allott, 1953. – J. Watkins, E.E., 1850. A. Briggs, E.E., the Corn Law Rhymer (Cambridge Jour., 3 1950, 686–95).

Elyot, Sir Thomas → Courtesy Book.

Emblem Books; e. Emblem ist im Griech. u. Lat. e. Wort, das e. Ornament auf Vasen, in e. Mosaik oder auf anderen Gegenständen hinzugefügt wird. Deshalb auch als Motto mit moral. Inhalt oder in Form e. kurzen Ged. (Sonett, Epigramm, Madrigal, Sprichwort) e. Bild mit symbol. Bedeutung hinzugefügt. Slgn. derartiger Emblemata bezeichnet man als e.b., die in England vom 15. bis 17. Jh. besonders populär waren. Die Bilder enthielten meistens Gegenstände wie Flaschen, Blumen, Kompasse, etc. und beeinflußten wesentl. die Bildersprache der → Metaphysical Poetry (Donne, Herbert, Quarles, Wither), die ihre Ged. z. T. in der Form dieser Gegenstände anordneten. Einflüsse lassen sich auch bei Spenser (*The Shepheardes Calendar*) und Shakespeare (*The Merchant of Venice*) nachweisen. E. später Vertreter dieser Kunst ist W. → Blake. *ra*

H. C. Rice, More E.B., 1957 (Bibl.). – R. Freeman, Engl. E.B., 1948 (mit Bibl.). M. Lurker, Bibl. zur Symbolkunst, III 1964. A. Henkel u. H. Schöne, Emblemata: Handbuch zur Sinnbildkunst d. 16. u. 17. Jh., 1967. Engl. and Continental E. B., hg. J. Horden, LVII 1969ff. (facs.). – S. Schuman, Emblems and the Renaissance Drama: A Checklist, 1969.

Emma, Roman von J. → Austen, begonnen 1814, EA III 1816. Als Tochter des wohlhabenden Mr. Woodhouse, Vertreter des engl. Bürgertums, besitzt Emma gesellschaftl. Ansehen. Sie ist hübsch, selbstsicher, allseits bewundert. Doch ihr Reichtum u. die ihr entgegengebrachte Bewunderung sind zugleich ihre schlimmsten Feinde: sie verschließt sich der Selbstkritik u. Selbsterkenntnis. In ihrem Wunsch, Schicksal zu spielen, bringt sie sich u. anderen Unglück. Ihr Schützling, die 17jährige Harriet, soll nicht den unstandesgemäßen Bauern Robert Martin, der sie liebt, heiraten, sondern den jungen Vikar Elton, der aber seinerseits Absichten auf Emma hat u. Harriet als unter sich stehend betrachtet. Schließl. kommen doch noch alle Mißverständnisse u. Verwicklungen, die durch Emmas Eingreifen entstanden sind, zu e. guten Ende. Sie wird sich ihrer persönl. Unzulänglichkeiten bewußt, erkennt ihre eigenen Schwächen u. gelangt zu e. nüchternen Einschätzung ihrer selbst. Als Charakterroman schildert *E.* den Reifeprozeß der Heldin. Dabei bewahren die für A. typ. Ironie-Situationen die Handlung vor e. Abgleiten ins Sentimentale, trotz aller zur Schau getragenen Gefühle. Der Roman kann als A.s Meisterwerk bezeichnet werden, e. der großen Werke der engl. Lit. Die Abgrenzung der Ironie zu stärker satir. bzw. burlesker Charakterisierung ist ebenso beispielhaft wie die geradezu psych. Anlage der Figuren. *hd*

Hg. L. Trilling, 1957. – H. S. Canby, Emma and Mrs. Knightly, 1931. F. W. Bradbrook, J.A. ›E.‹, 1961. W. A. Booth, Point of View and Control of Distance in ›E.‹ (NCF, 16 1961, 95–116). ›E.‹, hg. D. Lodge, 1968 (Casebook).

Empson, William, 27. 9. 1906 Yokefleet Hall/Howdon (Yorkshire); Stud. Mathematik u. Anglistik, Cambridge; 1931–34 Dozent in Tokio, 1937–39 u. 1947–52 in Peking. 1941–47 Leiter der China-Abteilung der BBC. 1953–71 Prof. für engl. Lit., Sheffield. Wie s. Lehrer I. A. → Richards e. Wegbereiter des → New Criticism; *Seven Types of Ambiguity* (1930; n. 1947) u. *The Structure of Complex Words* (1951) beleuchten das Problem der Vieldeutigkeit der Sprache u. ihrer Wirkungen. Gehört als Lyriker der Gruppe um → Auden an; von den Autoren des → Movement sehr geschätzt. Beeinflußt durch Buddhismus, B. Russell u. A. Einstein. E.s kühle, esoter. Lyrik ist dunkel, oft paradox u. voller Rätsel, die trotz zahlreicher Anmerkungen nur schwer zu lösen sind (*Poems,* 1935; *The Gathering Storm,* 1940; *Collected Poems,* 1955). *ks*

H. Meller, D. Ged. als Einübung, 1971. W. E. The Man and His Work, hg. R. Gill, 1974. C. C. Norris, W.E. and the Philosophy of Lit. Crit., 1978. P. and A. Gardner, The God Approached, 1978.

Enclosed Rhyme, 4zeilige Strophe mit der Reimfolge abba; z. B. → Tennysons *In Memoriam.*

Endgame, Schauspiel von S. → Beckett.

Endymion, poet. Romanze von J. → Keats.

English Bards and Scotch Reviewers → Byron, G.

The English Stage Company, 1956 von George Devine gegr. Theatergesellschaft, deren Sitz das Royal Court Theatre am Sloane Square ist. Die E.S.C. besteht aus e. ständigen Ensemble, das s. Stücke im Rahmen e. Repertoires aufführt. Mehr als jede andere Institution hat die E.S.C. sich Verdienste um die Förderung des → New English Drama erworben. Ihr ausdrückl. Ziel ist, neue Autoren zu ermutigen u. jungen Schauspielern, Regisseuren u. Bühnenbildnern e. Experimentierfeld zu bieten. Der 1. durchschlagende Erfolg war Osbornes → *Look Back in Anger* (1956). Es folgten Premieren u. a. von Osbornes *The Entertainer, Luther,* → *Inadmissible Evidence, A Patriot for Me* u. *West of Suez;* Ardens *The* → *Waters of Babylon,* → *Live Like Pigs,* → *Serjeant Musgrave's Dance* u. *The Happy Haven;* → Simpsons *The Hole, A Resounding Tinkle, One Way Pendulum* u. *The Cresta Run;* Weskers *The* → *Kitchen,*

Their Very Own and Golden City, The Old Ones; Bonds *The Pope's Wedding,* → *Saved,* → *Early Morning,* → *Lear, The Sea* u. *The Fool* sowie → Storeys *In Celebration* u. *Home.* Auch inszenierte die E.S.C. zahlreiche brit. Premieren ausländ. Stücke. *ks*

M. Tschudin, A Writer's Theatre. G. Devine and the E.S.C. at the Royal Court 1956–65, 1972.

The English Traveller, Schauspiel von Th. → Heywood.

Enoch Arden, Ged. von A. → Tennyson.

An Enquiry concerning Human Understanding → Hume, D.

An Enquiry concerning the Principles of Morals → Hume, D.

An Enquiry into the Nature and Causes of the Wealth of Nations → Smith, A.

Enright, Dennis Joseph, 11. 3. 1920 Leamington; Vater Briefträger; Stud. Engl. Downing College, Cambridge; Dozent bzw. Prof. in Alexandria, Birmingham, Kobe (Japan), Berlin, Bangkok, Singapur. S. Auslandserfahrungen beschreibt E. in den Romanen *Academic Year* (1955) u. *Memoirs of a Mendicant Professor* (1969). Als Hg. der Anthologie *Poets of the 1950's* (1955) propagierte er im Einklang mit den Intentionen des → Movement ›common sense‹, um damit das Publikum an »Wastelanditis« u. »Dylanitis« vorbeizusteuern. Was ihn vom Movement abhebt, ist s. soziales Bewußtsein, s. Mitgefühl für die betrogenen Unschuldigen dieser Erde. Trockener, präziser, intellektuell klarer Dichter u. Prosaist von iron. Ausgeglichenheit u. scharfem, desillusioniertem Realismus. Gedichtbde.: *Season Ticket* (1948), *The Laughing Hyena* (1953), *Bread Rather than Blossoms* (1956), *Unlawful Assembly* (1958), *Some Men Are Brothers* (1960), *Addictions* (1962), *The Old Adam* (1965), *The Typewriter Revolution* (1971), *Daughters of Earth* (1972), *The Terrible Shears* (1973), *Paradise Illustrated* (1978). *ks*

W. Walsh, D. J. E. Poet of Humanism, 1974.

The Entertainer, Drama von J. → Osborne; → Music Hall.

Entertaining Mr. Sloane, Drama von J. → Orton.

Entertainments → Greene, G.

Epipsychidion, Liebesged. von P. B. → Shelley.

Epistle to Dr. Arbuthnot → *Imitations of Horace* (A. Pope).

Epistolary Novel, Briefroman. Setzt sich als Erzählung vorwiegend aus fiktiven Briefen zusammen, gelegentl. unter Hinzufügung von Tagebuchaufzeichnungen u. ä. Dokumenten. Erster u. wichtigster Vertreter ist Richardson (→ *Pamela,* 1740; *Clarissa Harlowe,* 1747/48; *Sir Charles Grandison,* 1753). Gefühle u. Reaktionen der Charaktere werden dargestellt, ohne daß der Autor eingreifend in Erscheinung tritt. Möglichkeit der Schilderung aus der Sicht unterschiedl. Standpunkte (→ point of view), andererseits Gefahr der Verzettelung u. Geschwätzigkeit. Als sentimental-psych. Roman bes. im 18. Jh. beliebt. Nachfolgend als lit. Erzählform erneut aufgegriffen. *hd*

Epithalamion, lyr. Dichtung von E. → Spenser.

Equus, Drama von P. → Shaffer.

Erewhon, satir.-utop. Roman von S. → Butler; (= ›Nowhere‹).

Erlebte Rede; halb → auktoriale, halb → personale Wiedergabe der gesprochenen oder geschriebenen Worte von Romanfiguren, die mit dem direkten Zitieren die getreue Wiedergabe der sprachl. ›Mimik‹ gemein hat, mit der indirekten Rede die Verwendung der 3. statt der 1. Person u. die Zeitformen der Vergangenheit statt der Gegenwart. In der dt. Lit. wird der Terminus häufig auch für den → indirect interior monologue, also die entsprechende Technik der Wiedergabe von Gedanken u. Gefühlen, verwendet. *ks*

W. Günther, Probleme d. Rededarstellung, 1927. A. Neubert, D. Stilformen d. E.R. i. neueren engl. Roman, 1957.

An Essay concerning Human Understanding → Locke, J.

Essay of Dramatick Poesie → Dryden, J.

An Essay on Criticism, Lehrged. in → heroic couplets von A. → Pope; vermutl. 1709 entstanden, 1711 anonym, 1713 in der endgültigen Fassung erschienen. Intention des Ged. war die Aufstellung e. normativen Poetik, wie sie bereits von P.s Vorbildern in der Antike (Horaz, Quintilian) u. ihren klassizist. Nachfolgern (Vida, Boileau) sowie von J. → Dryden, Mulgrave u. Roscommon, formuliert worden war. Der 3gliedrige Verstraktat beginnt mit e. Hymne auf die Natur, die als beständige u. göttl. begründete Ordnung Ursprung u. Ziel allen lit. Schaffens sein soll: »First follow Nature, and your judgement frame / By her just standard, which is still the same.« Bereits die Dichter der Antike beherrschten die der Natur innewohnenden Regeln u. sind daher, als Reflektoren der Natur, nachzuahmen. Ihrer Tradition folgend setzt P. die Natur mit ›good sense‹ bzw. ›common sense‹ gleich u. leitet daraus das Axiom ab, der Intellekt (›judgement‹) müsse die intuitive poet. Kraft (›wit‹) kontrollieren (Gegensatz zu → Metaphysical Poetry). Die Vernunft wird damit zum alles beherrschenden Kriterium. Im 2. Teil setzt sich Pope mit den erforderl. Grundlagen des ästhet. Urteils auseinander u. erörtert die Maßstäbe der Kritik für die Wertung lit. Werke. An den Überblick über die engl. Dichtung schließt sich im letzten Teil die Aufzählung der Eigenschaften e. guten Kritikers u. e. Abriß der Gesch. der Lit.krit. von Aristoteles bis Boileau u. dem Horazübersetzer Roscommon an. Nach P. stehen die frz. Dichter der Antike am nächsten; Boileau wird als Nachfolger von Aristoteles u. Horaz angesehen. Der *E.C.,* vom 21jährigen P. verfaßt, ist für s. dichter. Entfaltung wichtig: er bedeutet die Hinwendung zu e. didakt.-intellektuellen Dichtung u. ist e. Bekenntnis zum europ. Klassizismus, dessen lit. Tradition P. in s. moral. Maximen mit den Gedanken des aufgeklärten Humanismus verbindet. Der *Essay* wurde aufgrund s. aktuellen Gedankengänge erfolgreich. Während → Addison sich lobend äußerte (er verglich mit der *Ars Poetica* des Horaz), lehnte ihn → Dennis in s. *Reflections, Critical and Satirical upon a Late Rhapsody* ab. Der *E.C.,* in dem P. großen Nachdruck auf die Korrektheit in Stil u. Metrum legt, wirkte vor allem durch s. geschliffene Formulierungskunst u. s. argumentative Schärfe. In s. späteren kritischen Auslassungen (Vorwort zur Shakespeare- u. Anm. zur Homer-Übs.) verhält er sich weniger dogmat. zu Fragen der klassizist. Lit.theorie. *ra*

Hg, E. Audra and A. Williams, 1961. – A. Warren, A.P. as Critic and Humanist, 1929. G. Watson, The Lit. Critics, 1962. W. B. Stein, Pope's ›An E. on C.‹ the Play of Sophia (Bucknell Rev., 13 1965, 75–86). Europ. Aufklärung, hg. H. Friedrich u. F. Schalk, 1966. M. Kallich, Pegasus on the Seesaw: Balance and Antithesis in Pope's ›E. on C.‹ (Tennessee Stud. in Lit., 12 1967, 57–68). M. C. Battestin, The Providence of Wit, 1974. P. Fussell, Wit and Judgement in the Poetic Theory of A.P. (Engl. u. am. Lit.theorie, hg. R. Ahrens u. E. Wolff, Bd. 1, 1978, 252–65).

An Essay on Man. Being the First Book of Ethic Epistles, philosoph. Lehrged. in heroic couplets von A. → Pope; EA anonym 1732–34, ursprüngl. als Teil e. längeren Ged. konzipiert, welches jedoch nicht zur Ausführung kam. Das Ged. besteht aus 4 Episteln u. ist an Henry St. John, Lord Bolingbroke, gerichtet. P. entwirft die Beziehungen von Gott zu den Menschen; er versucht zu beweisen, daß das Universum trotz aller verlockenden Erscheinungen des Bösen allem anderen vorzuziehen ist, u. daß unser Unvermögen, die Perfektion des Ganzen zu erkennen, auf der begrenzten menschl. Vision beruht. In s. Ideen erweist er sich verwandt mit dem Optimismus → Shaftesburys u. dem Deismus → Bolingbrokes. In der 1. Epistel erscheint das Universum als e. »vast chain of being« von vollendeter Harmonie, in welcher der Mensch die Krönung aller Lebewesen darstellt. In der 2. Epistel geht P. von dem Postulat der Selbstbescheidung des Menschen aus. Er soll sich selbst erkennen u. das Erforschen s. Natur als eig. Aufgabe betrachten. Die menschl. Natur besteht aus den beiden widerstrebenden Prinzipien Egoismus u. Vernunft. Egoismus äußert sich in Leidenschaften, welche den Menschen in Form e. »master passion« (dominierenden Leidenschaft) zu ungeahnten Taten beflügeln können. Die 3. Epistel beschäftigt sich mit dem Zusammenspiel dieser widerstrebenden Kräfte in der menschl. Gesellsch. u. ihrer Entwicklung vom Naturzustand bis zu komplizierten Gesellschaftsformen. So fördern, stärken u. ergänzen sich z. B. in der harmon. Gesellsch. die Teile gegenseitig. Die 4. Epistel widmet sich dem Glücklichsein des Menschen. Während es für den Menschen als sozialem Wesen in der Ordnung begründet ist, liegt es für das Individuum in der persönl. Tugend, in welcher allein der Mensch wirkl. Zufriedenheit finden kann. P. schuf mit diesem Ged. e. der anspruchsvollsten Werke der philosoph.-didakt. Dichtung des 18. Jh. Fand bei s. Zeitgenossen lebhaftes Interesse u. wurde u. a. von Warburton, Johnson, Lessing u. Kant auf das heftigste angegriffen bzw. verteidigt. Es gilt als Höhepunkt der didakt. Dichtungen P.s. *ra*

Hg. M. Mack, Twickenham Edition, 1950, Bd. 3. – B. Fabian, Zur Morallehre in A.P.s ›E. on M.‹ (GRM, 38 1957, 290–97). R. H. Zoellner, Poetic Cosmology in P's ›E. on M.‹ (College Engl., 19 Jan. 1958, 157–162). E. Tuveson, ›An E. on M.‹ and the Way of Ideas (ELH 26, 1959, 368–386). R. L. Brett, P's ›E. on M.‹ (Reason and Imagination, 1960). E. Wolff, Shaftesbury u. s. Bedeutung für d. engl. Lit. d. 18. Jh., 1960. B. Fabian, P. u. d. Goldene Kette Homers (Anglia, 8 1964, 150–71). N. K. Lawlor, P's ›E. on M.‹ Oblique Light for a False Mirror

(MLQ 28, 1967, 305 – 316). French, P., Milton and the ›E. on M.‹ (Bucknell Rev., 16 1968, 103 – 111). M. Mack, The Garden and the City: Retirement and Politics in the Later Poetry of P., 1731-43, 1969.

Essay on the Theatre → Goldsmith, O.

Essays Moral and Political → Hume, D. (1741 – 42); → Southey, R. (1832).

Essays of Elia → Lamb, Ch.

Essays on Shakespeare's Dramatic Characters (W. Richardson) → Ruling Passion.

Etherege (oder Etheredge), Sir George, 1634(?) – Jan./Feb. 1691 Paris, Höfling u. Schriftsteller; Stud. Cambridge; verbrachte e. Teil s. Jugend in Frankreich, unter den Stuarts e. Zeitlang in diplomat. Diensten; 1668 – 71 in der Türkei. In Paris geriet E. unter den Einfluß Molières. Kurz nach der Restauration verfaßte er die Kom. *The Comical Revenge; or, Love in a Tub,* die mit Hilfe des Lord Buckhurst, des späteren Earl of Dorset, 1664 im Duke's Theatre erfolgreich aufgeführt wurde. 4 Jahre später veröffentlichte E. die Kom. *She Wou'd if She Cou'd,* die sich durch Handlungsvielfalt, Witz u. Humor von zeitgenöss. Parallelen abhebt. Versetzt den Zuschauer in e. irreale Welt, in der Flirt u. Liebelei einziges ›business of life‹ sind. 1776 erschien s. 3. u. beste Kom. *The Man of Mode; or, Sir Fopling Flutter.* Neben der geistreichen Handlung im Stil der → comedy of manners zeichnet sich dieses Stück v. a. durch die satir. Parodisierung bekannter Londoner Persönlichkeiten aus: Sir Fopling Flutter entspricht Beau Hewit, Dorimant dem Earl of Rochester; in Medley porträtiert E. sich selbst. Die frivolen Abenteuer, die der Protagonist u. Lebemann Dorimant erlebt, sind E.s eigenem Lebenswandel nachgezeichnet: ›Gentle George‹ oder ›Easy Etheredge‹ genannt, lebte e. unbekümmertes Leben in den besten Kreisen Londons (Affäre mit der bekannten Schauspielerin Elizabeth → Barry). Nach s. 3. erfolgreichen Kom. zog E. sich ins Privatleben zurück. Noch vor 1680 wurde er zum Ritter geschlagen u. heiratete, nachdem er s. ganzes Vermögen verspielt hatte, e. reiche Witwe. 1685 wurde er an den Regensburger Gerichtshof entsandt, wo er 3½ Jahre amtierte. Danach siedelte er nach Paris über, wo er auch starb. Den Kom. E.s kommt e. gebührendeerer Platz zu, als ihnen üblicherweise zugestanden wird. In e. literaturarmen Zeit lockerten sie durch Witz, Charme u. Esprit das Tagesgeschehen auf. Typ. für die Strukturierung der Stücke E.s ist e. ernste, in Reimen abgefaßte Haupthandlung, um die kom. Nebenhandlungen in realist. Weise komponiert werden. Die in Prosa gehaltenen Nebenzüge gelten als Vorläufer der Intrigenkom. von Congreve, Goldsmith u. Sheridan. *ra*

Works, hg. H. F. B. Brett-Smith, II 1927. Poems, hg. J. Thorpe, 1963. – Letters, hg. F. Bracker, 1974. – T. H. Fujimura, Restoration Comedy of Wit, 1952. D. Underwood, E. and the 17th Cent. Comedy of Manners, 1957. N. N. Holland, First Modern Comedy, 1959. Restoration Theatre, hg. J. R. Brown and B. Harris, 1965. R. Hume, Reading and Misreading ›The Man of Mode‹ (Criticism, 14 1972, 1 – 11).

The Ettrick Shepherd → Hogg, J.

Eugene Aram, Roman von E. G. → Bulwer-Lytton.

Euphues: The Anatomy of Wit (1578), Erstlingswerk von J. → Lyly. Die spärl. ›Handlung‹ des Romans berichtet vom Aufenthalt des Titelhelden, e. – wie der Name besagt ›wohlgearteten‹ – jungen Atheners von guter Geburt u. Erziehung, im verderbten Neapel. Er verliebt sich in Lucilla, die Verlobte s. neapolitan. Freundes Philautus, die ihre Gunst jedoch bald e. anderen jungen Mann zuwendet. Die beiden betrogenen Jünglinge erneuern ihre Freundschaft u. E. kehrt geläutert nach Athen zurück. Diese Handlung ist nicht mehr als e. roter Faden, an dem lange Diskurse über die populären Anschauungen der Renaissance von Jugend, Alter, Erziehung, Freundschaft, Liebe, Religion, Moral u. dergl. aufgereiht sind; charakterist. für den manierierten Stil des Werkes, der von ihm den Namen → euphuism erhielt, sind Parallelkonstruktionen von sorgfältiger Symmetrie, kunstvolle Kontraste, häufige Lautwiederholungen, Alliterationen u. Asonanzen. Die üppige Fülle von Anspielungen auf die klass. Lit., von Metaphern, Bildern u. Vergleichen hatte kaum mehr e. Funktion für den Inhalt, sollte vielmehr durch Neuheit verblüffen u. Bewunderung für den geistreichen Witz des Autors wecken. Das Werk erfreute sich e. so großen Beliebtheit in höf. Kreisen, daß es noch im Jahr des Erscheinens 4 Aufl. erfuhr u. 12 zu Lebzeiten L.s. Es war bezeichnender Ausdruck e. Hofgesellsch., die in erster Linie für die Pflege e. ebenso raffinierten wie schalen ›Stils‹ in Benehmen u. Sprache lebte. Die Gesellschaftskritik des Romans ist kaum kaschiert: Athen repräsentiert Oxford, Neapel London u. s. oberflächl. witzige, wortreiche Gesellschaft. Diese krit. Ansätze widerruft die Forts. *Euphues and His England* (1580), wo Philautus mit e. aufrechten Dame die Ehe schließt u. Euphues sich als loyaler Freund u. als Bewunderer Englands erweist, bis er schließl. in den Elfenbeinturm Athen zurückkehrt. *ks*

Hg. M. W. Croll and H. Clemons, 1916; n. 1964 (mit ›E. and His England‹); n. J. Winney, Three Elizabethan Romance Stories, 1957. – J. A. Barish, The Prose Style of J. L. (ELH, 23 1956, 14–35.) C. K. Hunter, J. L. The Humanist as Courtier, 1962.

Euphuism; lit. Stilrichtung, nach Lylys → *Euphues: The Anatomy of Wit* (1578) u. dessen Fortsetzung *Euphues and His England* (1580) benannt. L. übernimmt den Namen s. Protagonisten ›Euphues‹ aus Aschams 1570 entstandenem *Scholemaster,* der Euphues wie folgt charakterisiert: »... he that is apt by goodness of wit, and appliable by readiness of will, to learning, having all other qualities in mind and parts of the body that must another day serve learning.« L. widmete s. Werk den ›gentlewomen of England‹ u. schrieb daher in e. ›new English‹, e. Stil, der sich durch Eleganz, Gefälligkeit u. gehobene, ansprechende Stilebene auszeichnet. Die Leserin sollte das Gefühl haben, von e. enthusiast. Verehrer unterhalten zu werden, nicht von e. Pädagogen. Didakt. Absicht L.s war jedoch, durch s. gefälligen Stil zu belehren: Euphues sollte durch s. Beispiel wirken. 50 Jahre lang begeisterte L. s. Leserschaft; s. Stilrichtung diktierte die Sprachebene der spätelisab. Zeit u. leitete die Welle des Euphuismus ein. Der neue Stil orientiert sich am Manierismus des sog. hohen Stils des Spaniers Guevara u. zeichnet sich aus durch gezierte, übersteigerte Wortwahl, e. oftmals durch den Gebrauch von Antithesen ausbalancierte Konstruktion, überstarken Gebrauch von Alliteration, e. Anhäufung witzig-geistreicher Bemerkungen, Illustrationen u. gelehrter Anspielungen auf die antike Mythologie, auf hist. Persönlichkeiten u. auf biolog. Vorgänge im Tier- u. Pflanzenbereich unter der Verwendung von Anaphern, Epiphern u. epigrammat. Parallelismen. Der E. wurde u. a. von R. → Greene in *Menaphon, Camillas Alarum to Slumbering Euphues* (1589) u. von Th. → Lodge in *Rosalynde, Euphues Golden Legacie* (1590) aufgegriffen. Ch. → Kingsley verteidigte E. in *Westward Ho!* (1855). Andererseits sah sich diese Stilrichtung aber auch heftiger Kritik ausgesetzt. So verspottete → Scott den E. in dem Charakter des Sir Piercie Shafton in *The Monastery* (1820); Sir Ph. → Sidney wandte sich gegen diesen Stil, Shakespeare machte ihn in *Love's Labour's Lost* lächerlich. *ra*

F. Landmann, D.E., s. Wesen, s. Quelle, s. Gesch., 1881. J.M. Hart, E., 1889. C. G. Child, J.L. and E., 1894. J.M. Moore, A Study of E., 1896. The Descent of E., hg. J. Winney, 1957.

Eustache and Hilda, Romantrilogie von L. P. → Hartley.

Evans, Mary Ann → Eliot, G.

Evelyn, John, 31. 10. 1620 Wotton House/Dorking – 27. 2. 1706 ebda; Tagebuchschreiber; als Sohn e. reichen Landbesitzers in London u. am Balliol College, Oxford, erzogen. S. Tagebuch führte er von 1641, als er für mehrere Jahre nach Holland ging, bis 1697. S. Reisen brachten ihn auch nach Frankreich u. Italien. Als Royalist überlebte er nur mit Schwierigkeiten die Jahre der Republik u. gewann mit der Restauration die uneingeschränkte Gunst des Hofes. Er unterstützte die Gründung der Royal Society und wurde 1672 deren Sekretär. Unter Charles II und James II bekleidete er Regierungsämter, die ihm Gelegenheit zur Entfaltung s. Organisationstalents boten. 1694 zog er sich an s. Geburtsort zurück, wo er als treuer Anhänger der Church of England s. letzten Lebensjahre verbrachte. E.s *Diary,* bedeutendes Dokument s. Zeit, wurde allerdings erst 1818 veröffentlicht. *ra*

Miscellaneous Writings, hg. W. Upcott, 1825. The Diary of J.E., hg. E. S. de Beer, VI, 1955, n. 1959. – A. Ponsonby, J.E., 1933. G. L. Keynes, E. A Study in Bibliophily and a Bibl. of his Writings, 1937, n. 1968. W. G. Hiscock, E. and his Family Circle, 1955. B. Saunders, J.E. and his Times, 1970.

Every Man in his Humour, Kom. von B. → Jonson; s. 1. von der Chamberlain Company auf die Fürsprache Shakespeares, der selbst mitspielte, hin aufgeführtes Stück, das s. Ruhm begründete. UA Sept. 1598 Curtain Theatre, London; ED 1600. Das Stück verkörpert J.s Kom.theorie: als Maxime stellt er dem zeitgenöss. Drama die Kom. mit realist. Handlungskern entgegen, verbunden mit der Intention, menschl. Torheiten aufzudekken u. zu heilen. So sind s. Figuren Typen bzw. ›humours‹, die aufgrund ihrer 4 Körpersäfte nach den Vorstellungen der antiken Humoralpathologie in exzentr. Weise von bestimmten Eigenschaften beherrscht werden: der eifersüchtige Ehemann, der junge Galan, der betrogene Vater, der feige Prahler, der lächerl. Gimpel etc. Die auftretenden Personen tragen meistens sprechende Namen u. bieten in ihrer Gesamtheit gelungene Typisierungen; e. Gesellschaftsbild der Zeit. Der philisterhafte, in der Provinz lebende Vater Knowell folgt, beunruhigt über die Absichten s. Sohnes in London, diesem in die Hauptstadt. Der listige Diener Brainworm, in s. Typenhaftigkeit an den ›servus‹ der lat. Kom. u. an den ›vice‹ der ma. Moralitäten erinnernd, begleitet die Reisenden in versch. Verkleidungen, wodurch er immer wieder die Beteiligten gegeneinander ausspielen kann. In London werden sie von zahlreichen Narren empfangen, die in ihrer Überzeichnung e. satir. Sittengemälde der Zeit bieten. Brainworm stiftet durch s. Machenschaften e. totale Verwirrung, die nur durch den klugen Richter Clement zum ›happy ending‹ aufgelöst werden kann, in dem sich die Kontrahenten versöhnen. Trotz der schwach. Handlung, die zunächst in Italien, in der Folioausgabe von 1616 dann in England lokalisiert ist, wird das Stück zum Muster e. neuen Kom.typs, der → comedy of humours. Die Ausgabe von 1616 enthält den berühmten, den Neo-Klassizismus in England begründenden Prolog, in dem J. die zeitgenöss. Dramatiker kritisiert, die sich nicht genügend an die Regeln der klass. Poetiken halten. 1752 von → Garrick bearbeitet. *ra*

Hg. A. Scale, 1949. – J. C. Maxwell, Comic Mispunctuation in ›E. M. H.‹ (ES, 33 1952, 218–219). T. N. Greenfield, Introduction in Elizabethan Drama, 1969. A. C. Dessen, J's Moral Comedy, 1971. A. Ferrat, B.J.s 4 große Kom. u. d. Lit.-theorien s. Zeit, 1973. N. H. Platz, Ethik u. Rhetorik i. B.J.s Dramen, 1976. J. ›E. M. H.‹ and ›The Alchemist‹, hg. R. V. Holdsworth, 1978 (Casebook).

Everyman, anonyme engl. → morality, entstanden gegen Ende des 15. Jh. Ob *E.* e. weitgehend wortgetreue Übs. des fläm. *Jedermann* ist oder e. umgekehrte Abhängigkeit besteht, ist noch umstritten, wenn auch der 1. Möglichkeit die größere Wahrscheinlichkeit zukommt. Thema des Dramas ist die Problematik des Todes aus spätma.-christl. Sicht. Die allegor. Charaktere sind u. a. God, Messenger, Death, Everyman, Fellowship, Kindred, Good Deeds, Goods, Knowledge, Beauty u. Strength. Jedermann wird zu Gott gerufen, um Rechenschaft über s. Leben zu geben. Freundschaft, Verwandtschaft u. Besitz versagen sich ihm, nur Gute Taten ist bereit, ihm zu folgen, aufgrund von E.s Verschulden aber zu schwach dazu. Durch Beichte, Reue, Buße u. Mildtätigkeit Jedermanns gestärkt, wird sie vor Gott bezeugen, daß E. e. ausgeglichene Rechnung vorlegen kann. Das Stück zeichnet sich gegenüber den älteren moralities aus durch e. emotional nuancierten, psycholog.-realist. Sprachstil u. e. erhöhte dramat. Prägnanz. Zahlreiche Bearbeitungen des 16. Jh. zeugen von der Popularität des Dramas. Hofmannsthals *Jedermann* geht in großen Teilen auf *E.* zurück. *ks*

›E.‹ A Morality Play, hg. F. Sidgwick, 1902. ›E.‹ and Medieval Miracle Plays, hg. A. C. Cawley, 1959; n. 1974. – H. Vocht, ›E.‹ A Comparative Study of Texts and Sources, 1947. G. Takahashi, A Study of ›E.‹, 1952.

Everything in the Garden, Drama von G. → Cooper.

The Excursion, Ged. von W. → Wordsworth.

Exeter Book, um 975, ae. Ms., von Bischof Leofric vermutl. bereits im 11. Jh. der Dombibliothek von Exeter vermacht. Enthält → *Christ,* → *Guthlac,* → *Juliana,* → *Wanderer,* → *Seafarer,* → *Widsith, The Complaint of* → *Deor,* Rätsel (→ Riddles) u. a. kurze Texte wie → *Physiologus, or Bestiary,* mögl. Vorläufer der ma. Fabeln. *js*

The ›E.B.‹, hg. B. Thorpe, Codex Exoniensis, 1842. Facs., hg. R. W. Chambers, M. Förster and R. Flower, 1933. ›E.B.‹ pt. 1, hg. Sir I. Gollancz, EETS, OS, 104, 1934; n. 1958. ›E.B.‹, pt. II, hg. W. S. Mackie, EETS, 194, 1934; n. 1958.

Exodus, frühes 8. Jh. (→ Junius-Handschr.); durch s. Stoff, weniger durch s. Stil mit der → Caedmon-Schule verbundenes Ged. Der bibl. Vorwurf des Auszugs aus Ägypten dient lediglich. als Gerüst. Geschildert wird die Flucht der Israeliten durch das Rote Meer u. die Vernichtung der Ägypter. In der Figur des Moses zeigt sich die german. Tradition des glorreichen Helden; Kampfszenen in leidenschaftl., gelegentl. pathet. Stil. Sprachl. Untersuchungen rechtfertigen die Einstufung des *E.* als ältestes angelsächs. Ged. zu e. bibl. Thema. *js*

Hg. E. B. Irving, Yale Studies in Engl., 122 1953. – R. T. Farrell, A Reading of OE ›E.‹ (RES, 20 1969, 401 – 17). P. J. Lucas, The Cloud in the Interpretation of the OE ›E.‹ (SMC, 10 1977, 33 – 49). R. M. Ames, The Old Testament Christ and the OE ›E.‹ (SMC, 10 1977, 33 – 49).

Extension → New Criticism.

Eyeless in Gaza, Roman von A. → Huxley.

Fabian Society, 1883/84 gegr. Gesellsch. von engl. Sozialisten, die e. an Fabius Cunctator, dem Gegner Hannibals, ausgerichtete Haltung einnehmen, d.h., sie zögern, den Sozialismus durch sofortige revolutionäre Aktionen anzustreben, plädieren für Geduld u. Abwarten, wollen im Rahmen der bestehenden Ordnung durch Evolution größere soziale Gerechtigkeit erreichen. Seit 1889 Herausgabe der *Fabian Essays.* Führende Persönlichkeiten der Frühzeit waren Sidney Webb u. Mrs. Webb, die Theosophin Annie Besant u. → Shaw. → Wells schloß sich 1903 der F.S. an, trat aber nach heftigen Auseinandersetzungen mit s. Freund Shaw später wieder aus. Die Mitgliederzahl der F.S. war nie groß – maximal einige Tausend – ihr Einfluß aber enorm. Die F.S. war entscheidend an der Gründung der Labour Party beteiligt, mit der sie heute affiliiert ist. 4 brit. Premierminister u. zahllose andere Politiker waren Fabianer, u.a. Laski, Dalton, Attlee. Sie organisiert Versammlungen, Vorträge, Konferenzen, Forschungsarbeiten u. Publikationen. Die für den Einfluß der F.S. wichtigsten Institutionen sind die von ihr begründete London School of Economics u. die Zs. ›New Statesman‹. *ks*

E. R. Peasant, History of the F.S., 1925. E. Reichel, D. Sozialismus d. Fabier, 1947. M. I. Cole, The Story of Fabian Socialism, 1961. A. M. McBriar, Fabian Socialism and English Politics, 1884 – 1918, 1962. N. and J. MacKenzie, The First Fabians, 1977.

The Fable of the Bees, or Private Vices, Public Benefits → Mandeville, B. de.

Fables, Ancient and Modern, Dichtung von J. → Dryden.

Fagin; Dieb, schurk. Gestalt in → *Oliver Twist.*

The Fair Penitent, Blankverstrag. von N. → Rowe.

The Faerie Queene, Versepos von → Spenser, EA 1590 (Buch I–III); 1596 wurden nochmals 3 Bücher publiziert. Das Werk ist e. großangelegtes Epos, das im Stil ma. Werke u. in humanist. allegor. Verkleidung Elizabeth I u. den Earl of Leicester feiert. Der Titel bezieht sich auf ›Glory‹ als Abstraktum u. konkret auf Königin Elizabeth, die auch mit den Namen Belphoebe, Mercilla u. Gloriana bezeichnet wird. Prinz Arthur, in dessen Gestalt sich Leicester darstellt, vereint in s. ›Magnificence‹ die höchste Vollendung aller männl. Tugenden. Nach S.s Planung sollten in je einem von insgesamt 12 Büchern die Abenteuer e. Ritters geschildert werden, der eine der 12 Kardinaltugenden personifiziert. Es liegen nur 6 der Bücher vor sowie e. Fragment des 7., denn S. war bei der Konzeption des Werkes von der Erwartung e. Verbindung von Elizabeth mit Leicester ausgegangen; nachdem sich diese nicht verwirklicht hatte, wurde das Ziel der *F.Q.*, diese Verbindung zu verherrlichen, hinfällig. Buch 1 erzählt die Abenteuer des Red Cross Knight of Holiness (Anglikan. Kirche), dem Beschützer von Virgin Una (Wahrheit, wahre Religion); 2 die von Sir Guyon, dem Knight of Temperance; 3 gestaltet die Legende von Chastity; 4 von Triamond, dem Ritter der Friendship; anläßl. der im 5. berichteten Abenteuer von Artegall, dem Knight of Justice, werden die hist. Ereignisse während Elizabeths Herrschaft geschildert; Buch 6 schließl. beschreibt die Abenteuer von Sir Calidores, dem Repräsentanten der Courtesy; das Fragment des für die Legende von Constance vorgesehenen 7. Buches enthält die Allegorie der Unbeständigkeit. Das Werk als Ganzes ist nicht ohne Monotonie u. überladen von allegor. Beiwerk, s. bes. Reiz liegt in einigen der Episoden u. Beschreibungen, deren maler. anschaul. Sprache vom Entzükken an sinnl. wahrnehmbarer Schönheit getragen ist. Viele der für die Zeitgenossen interessanten Anspielungen sind heute unverständl. Die Versform ist e. von S. erfundene, später von → Thomson d. Ä., → Keats, → Shelley u. → Byron benutzte Strophe (→ Spenserian Stanza).
ks

Ausg. → Spenser (Works). – J. Spens, S's ›F.Q.‹ An Interpretation, 1934. W. H. Both, Aristotel. Gedankengut in S.s ›F.Q.‹, 1941. W. L. Renwick, ›The F.Q.‹, 1947; n. 1951. L. Bradner, E. S. and ›The F.Q.‹, 1948. H. Berger, Jr., The Allegorical Temper, 1957. F. A. Potts, Shakespeare and ›F.Q.‹, 1958. M. P. Parker, The Allegory of ›The F.Q.‹, 1960. A. C. Hamilton, The Structure of Allegory in ›The F.Q.‹, 1961. G. Hough, A Preface to ›The F.Q.‹, 1962. T. P. Roche, Jr., The Kindly Flame: a Study of ›The F.Q.‹, III and IV 1964. P. J. Alpers, The Poetry of ›The F.Q.‹, 1967. T. K. Dunseath, S's Allegory of Justice in ›F.Q.‹, 1968. D. Cheney, S's Image of Nature: Wild Man and Shepherd in ›The F.Q.‹, 1966. R. Sale, Reading S. An Introduction to ›The F.Q.‹, 1968. J. Aptekar, Icons of Justice, Iconography and Thematic Imagery in Book V of ›The F.Q.‹, 1969. K. W. Gransden, A Critical Commentary on S's ›The F.Q.‹, 1969. E. S. ›The F.Q.‹, hg. C. Myers, 1969. M. Evans, S's Anatomy of Heroism: a Commentary on ›The F.Q.‹, 1970. R. Freeman, ›The F.Q.‹ A Companion for Readers, 1970. J. E. Hankins, Source and Meaning in S's Allegory: A Study of ›The F.Q.‹, 1971. H. Tonkin, S's Courteous Pastoral: Book VI of ›The F.Q.‹, 1972. C. Rodgers, Time in the Narrative of ›The F.Q.‹, 1973. A. A. Giamatti, Play of Double Senses: S's ›F.Q.‹, 1975. M. Rose, S's Art: A Companion to Book I of ›The F.Q.‹, 1975. J. Nohnberg, The Analogy of ›The F.Q.‹, 1976. N. Shaheen, Biblical References in

›The F.Q.‹, 1976. R. A. Horton, The Unity of ›The F.Q.‹, 1978.

The Faithful Shepherdess (J. Fletcher) → Pastoral Drama.

Falstaff, Sir John, e. der berühmtesten Kom.figuren Shakespeares, der sowohl in *Henry IV* (→ Histories) als Zechkumpan von Prince Hal, dem späteren Henry V, auftritt, als auch – in tölpelhafte Liebesabenteuer verstrickt – in *The Merry Wives of Windsor* (→ happy comedies). In *Henry V* wird von F.s. Tod berichtet. Vorbild war der 1417 wegen Ketzerei hingerichtete → Lollardenführer Sir John Oldcastle, Lord Cobham, dessen Name wohl mit Rücksicht auf s. Nachfahren von Sh. in F. umgeändert wurde. F. erinnert an die Vice-Figur des ma. → mystery play, besitzt zugleich Elemente des prahler. miles gloriosus, ist dabei aber von überwältigender Individualität u. faszinierender Vitalität. Der fröhl., dicke Säufer F. ist e. König im chaot. Reich des Unsinns, dessen Wesen im Kontrast zwischen unbewegl. Körperfülle u. brillantem Intellekt nicht nur kom. wirkt, sondern auch rührende Züge hat. Während F. in *Henry IV* mit Witz u. Humor jede Situation bewältigt, zeigt er sich in den *Merry Wives* als recht hilflose Zielscheibe von Spott u. derben Scherzen. *ks*

The Family Reunion, Drama in 2 Teilen von T. S. → Eliot, UA 1939 Westminster Theatre, London; EA 1939. In s. themat. an die *Orestie* des Aischylos anknüpfenden 2. Versdrama versuchte E. – wie schon in → *Murder in the Cathedral* –, Probleme von Schuld u. Glauben darzustellen. Im Vordergrund des Geschehens sollte nicht e. hist. Persönlichkeit stehen, sondern Menschen, die die Erfahrungen der Alltagswelt mit denen der Zuschauer teilen. In s. Essay *The Use of Poetry and the Use of Criticism* (1933) hatte E. für s. Dramenfragment *Sweeney Agonistes* bereits s. Hauptperson charakterisiert: »My intention was to have one character whose sensibility and intelligence should be on the plane of the most sensitive and intelligent members of the audience.« Diese Forderung kann auch für Lord Harry Monchensey gelten, den Protagonisten des Stückes. Er ist 35 Jahre alt u. kehrt nach mehrjähriger Abwesenheit nach Wishwood, dem Wohnsitz s. verwitweten Mutter Lady Amy, zurück. Diese möchte im Kreis ihrer Familie ihren Geburtstag feiern. Lady Amy erwartet von Harry, daß er Tradition u. Erbe der Familie weiterführt. Doch in Harrys Leben gibt es e. Schuldproblem: Er war mit e. Frau verheiratet, die von der Familie abgelehnt wurde u. deren Tod er selbst wünschte, weil er sich von ihr trennen wollte. Nachdem s. Frau bei e. Schiffsreise umgekommen ist, fühlt er sich als ihr Mörder u. wird von den antiken Rachegeistern, den Erinnyen, gehetzt. Der Fluch verfolgt ihn überallhin, auch nach Wishwood. Harry ahnt dunkel, daß s. Schuldgefühl nicht nur persönl. ist, sondern auf der ganzen Menschheit lastet. Mit s. quäler. Selbstanklagen wird nun die Welt von Wishwood konfrontiert. E. hat die Familienangehörigen deutl. in mehrere Gruppen unterteilt: Lady Amy, deren dominierende Persönlichkeit ganz die Zuneigung u. Aufmerksamkeit ihrer Söhne beansprucht; außerdem die als Charaktere nicht stark herausgearbeiteten Schwestern Amys, Ivy u. Violet, u. die Onkel Harrys, Gerald u. Charles. Diese 4 Personen treten 5mal zum Chor zusammen. Alle sind in ihrer Auffassung ausschließl. auf das Diesseitige ausgerichtet; die Probleme Harrys wollen u. können sie in ihrer stat., nur äußerl. bewegten Welt des Gesellschaftslebens nicht verstehen: da Harry objektiv gesehen nicht schuldig ist, können sie s. Schuldempfinden nicht begreifen. Demgegenüber findet der ganz auf das Jenseitige gerichtete Harry mit dem Diesseitigen keine Kommunikationsmöglichkeit. Zwischen diesen beiden Gruppen stehen Harrys Tante Agatha, s. Jugendfreundin Mary u. s. Diener Downing, dem nur e. Nebenrolle zukommt. Agatha u. Mary erkennen, daß es sich nicht um Verbrechen u. Strafe handelt, sondern um Schuld u. Sühne. Beide suchen nach e. Weg, um ihn aus s. Zwangsvorstellungen herauszuführen. Mary bietet ihm ihre Liebe an, aber das Erscheinen der Erinnyen verhindert die Überwindung der Schuld durch Liebe. Hier fände Harry keine Erklärung für s. Fluch. Erst Agathas Erzählung verhilft ihm zu e. Verständnis s. Situation: Auch Harrys Vater, mit dem sie e. Verhältnis hatte, trachtete s. Frau nach dem Leben. Obwohl er nie e. Mordversuch unternahm u. objektiv gesehen keine Schuld auf sich lud, hat sich das Bewußtsein e. eingebildeten Schuld wie e. Erbsünde auf den Sohn übertragen. Die Erkenntnis dieses Zusammenhangs verhilft Harry zur Befreiung; er kann, wie Agatha es ausdrückt, zum »consciousness of your unhappy family« werden. In e. ›lyrischen Duett‹ kommt das Gefühl der Befreiung aus dem Gefängnis der Schuld, die die Familie auf sich geladen hat, zum Ausdruck. Er hält erstmals der Erscheinung der Erinnyen stand u. überwindet somit symbol. s. Schuld. Für Harry gibt es nur noch e. Weg: sich von der Welt Wishwoods freizumachen, irgendwo als Missionar »on the other side of despair« Buße zu tun u. ganz der göttl. Erleuchtung zu leben. Mit dieser Entscheidung löst er sich von der beherrschenden Stellung, die Lady Amy in s. Leben eingenommen hat. S. Mutter erfährt vom Ehebruch ihres Mannes u. fühlt sich durch Harrys Entschluß symbol. um ihre Mutterschaft gebracht, die Agatha – wie sie Harry eingesteht – aufgrund ihrer Beziehung zu s. Vater insgeheim für sich beansprucht hat (»I felt you were in some way mine«). Bei Harrys Aufbruch stirbt s. Mutter. E.s Anliegen in *F.R.* war, wie er in *Poetry and Drama* (1951) erklärt, die Entwicklung e. neuen V. mit freier Zäsur, 3 Akzenten u. freier Füllung. Ebenso wollte er die isolierte Stellung des Chores wie in *Murder in the Cathedral* nicht wiederholen. Von dem Werk selbst distanziert er sich, kritisiert Handlung u. Charaktere, bes. Harry, den er als »insufferable prig« bezeichnet, weil er es s. Mutter gegenüber an Rücksicht fehlen lasse. Den Auftritt der Erinnyen empfand er als nicht inszenierbar. *ra*

R. Stamm, The Orestes Theme in Three Plays by E. O'Neill, T.S.E. and J.-P. Sartre (ES, 30 1949, 244–55). R. E. Palmer, Existentialism in T.S.E's ›The F.R.‹ (Modern Drama, 5 1962, 174–86). R. Germer, T.S.E. ›The F.R.‹ (D. mod. Drama, Interpretationen, hg. H. Oppel, 1963, 220–41). M. J. Lightfoot, ›Purgatory‹ and ›The F.R.‹ In Pursuit of Prosodic Description (Modern Drama, 7 1964, 256–66). K. Schlüter, D. Mensch als Schauspieler. Stud. zur Deutung v. T.S.E.s Gesellschaftsdramen, ²1966. R. Kirk, E. and His Age: T.S.E's Moral Imagination in the 20th Cent., 1972. R. Gaskell, Drama and Reality, 1972. E. in His Time, hg. A. W. Litz, 1973.

Fancy → Imagination and F.

Far From the Madding Crowd, Roman von Th. → Hardy.

Farquhar, George, 1677 Londonderry – 29. 4. 1707 London. Dramatiker. Sohn e. Geistlichen. Unter der Obhut des Bischofs von Dromore, Dr. Wiseman, Ausbildung am Trinity College; mußte die Schule jedoch frühzeitig wegen e. Dummejungenstreiches verlassen. Zunächst Soldat, anschließend Schauspieler in Dublin. Nachdem er während e. Auff. von Drydens *Indian Emperour* e. Kollegen in e. Kampfszene mit dem Schwert verletzt hatte, gab er s. Schauspielerkarriere auf u. begann, Stücke zu schreiben. Auf Anregung des bekannten Komödianten Robert Wilkes hin verfaßte er s. 1. Kom. *Love and a Bottle* (1698), die im Drury Lane Theatre erfolgreich aufgeführt wurde. In kurzem Abstand weitere Kom., die alle vom Publikum positiv aufgenommen wurden: *The Constant Couple: or a Trip to the Jubilee* (1699); *Sir Harry Wildair* (1701); *The Twin Rivals* (1702); *The Stage Coach* (1704); *The*→ *Recruiting Officer* (1706) u. *The Beaux' Stratagem* (1707), s. bestes Stück (bis 1828 19 Wiederaufnahmen). Bevor F. diese letzte Kom. beendet hatte, wußte er, daß er todkrank war. Er starb kurz nach der Auff. von *Beaux' Stratagem,* noch nicht 30jährig. F.s Stücke sind ohne Ausnahme durch e. realist. Atmosphäre u. glaubhafte Charaktere gekennzeichnet. Gute Dialogführung u. unerwartete Zwischenfälle u. Abenteuer ließen sie zu großen Publikumserfolgen werden. Durch die ernste Thematik s. Stücke überwindet F. die zu s. Zeit sehr beliebte ›artificial→ comedy of manners‹.
ra

Complete Works, hg. C. A. Stonehill, II 1930. – K. Spinner, F. als Dramatiker, 1956. A. J. Farmer, G.F., 1966. E. Rothstein, G.F., 1967. E. N. James, The Development of G.F. as a Comic Dramatist, 1972.

Fashionable Novel; Romane des 19. Jh., die themat. unter Betonung von Etikette u. feiner Lebensart in gehobenen Kreisen, vornehml. im Adelsmilieu, spielen. Typ. Bulwer-Lyttons *Pelham,* daneben B. Disraeli, Th. Hook, F. Trollope. Gelegentl. abwertend als ›Silver-Fork School‹ bezeichnet (›born with a silver fork in the mouth‹). *hd*

F. Schubel, D. engl. Dandytum als Quelle e. Romangattung, 1950. Ders., D. F.N. E. Kap. z. engl. Kultur- u. Romangesch., 1952.

The Fatal Curiosity, Trag. von G. → Lillo.

The Fatal Marriage, heroische Trag. von Th. → Southerne.

The Fates of the Apostles, Ged. von → Cynewulf (→ Vercelli Book), 122 V. Wahrscheinl. Epilog zur → *Andreas*-Legende.

Father Brown → G. K. Chesterton.

Faustus → Marlowe, C.

Felix Holt the Radical, Roman von G. → Eliot.

Ferdinand Count Fathom, Roman (Schelmengesch.) von T. → Smollett.

Fergusson, Robert, 5. 9. 1750 Edinburgh – 16. 10. 1774 ebda. Stud. St. Andrews; schrieb regelmäßig für ›Ruddiman's Weekly Magazine‹. F.s humorvoll-satir. Dichtung steht z.T. in der Nachfolge A. → Ramsays. Genaue Beobachtung, anschaul. Darstellung schott. Landlebens, Edinburgher Bilder; Freude am Wortspiel, gelegentl. übertriebene Gefühlsäußerung. Von → Burns hoch geschätzt. *hd*

Poems, 1773, hg. M. P. McDiarmid, II 1954–56. Poems by A. Ramsay and R.F., hg. A. M. Kinghorn and A. Law, 1974. – J. A. Fairley, Bibl., 1915. – J. A. Roy, R.F. and 18th Cent. Scotl., 1948. S. Smith, R.F., 1952. A. H. MacLaine, R.F., 1965.

Ferrers, George → *Mirror for Magistrates.*

Ferrier, Susan Edmonstone, 7. 9. 1782 Edinburgh – 5. 11. 1854 ebda. Ihre 3 Romane *Marriage* (III 1818), *The Inheritance* (1824) u. *Destiny, or the Chief's Daughter* (1831) wurden als schott. Gegenstück zum Werk von J. → Austen empfunden. Mit Humor, Komik u. guter Beobachtungsgabe schildert F. Gesellschaft, Sitten u. Brauchtum ihrer Heimat. Von → Scott anerkennend hervorgehoben. *hd*

Works, VI 1882; hg. M. Sackville, IV 1928. – Memoir and Correspondence, hg. J. Ferrier and J. A. Doyle, 1898. – A. Grant, Life of S.F., 1957. W. M. Parker, S.F. and J. Galt, 1965.

Festivals. Große Musikfestspiele gab es in Großbritannien schon im 18. Jh. In Stratford-upon-Avon veranstaltete 1769 → Garrick Shakespeare-Erinnerungsspiele, 1877 wurde das Shakespeare Memorial Theatre gebaut, das 1926 abbrannte u. 1932 durch den heutigen Bau ersetzt wurde. Das heute wichtigste Festspiel, das Edinburgh International Festival, begann 1947. Es animierte → Eliot zu s. Rückkehr zur Bühne u. veranlaßte Tyrone Guthrie zu Experimenten mit e. offenen Bühne. Als von fast noch größerer Bedeutung für die Vitalität des brit. Theaters erwies sich in Edinburgh der ›fringe‹ von Studentenbühnen u. jungen Schauspieltruppen. Das schon vor dem Krieg vor allem auf → Shaw spezialisierte Malvern Festival fand ab 1949 wieder statt. Den Anstoß zur Begründung e. ganzen Reihe von Festspielen gab das allg. Festival of Britain des Jahres 1951: → Whitings *Saint's Day* wurde in der → Arts Council's Festival of Britain Play Competition preisgekrönt; in York wurde zum erstenmal seit Jhn. der York Cycle von → mystery plays wiederaufgeführt u. in Dreijahresabständen wiederholt. Seit den 50ern gibt es neben den leicht versnobt bukol. Opernereignissen von Glyndebourne u. Benjamin Brittens musikal. Aldeburgh Festival e. Vielzahl jährl. Festival-Ereignisse. 1962 wurde das Chichester Festival Theatre eröffnet. Sir Laurence → Olivier baute hier den Kern des Ensembles auf, aus dem die → National Theatre Company hervorging. Das von der ›Sunday Times‹ geförderte Annual Student Festival of Drama hat sich dadurch um die Förderung junger Talente besonders verdient gemacht, daß es seit 1968 ausschließl. engl. UA bietet. Hervorzuheben sind auch die von → Centre 42 organisierten F. *ks*

Fielding, Henry, 22. 4. 1707 Sharpham Park/Somerset – 8. 10. 1874 Lissabon. Entstammte e. alten Adelsfamilie; Vater Offizier unter Marlborough, später General. 1719–24 Eton, Mitschüler von Pitt u. Fox; danach Theaterautor London; ungebundenes Leben als junger Edelmann; Stud. der Rechte Leiden, nach anderthalb Jahren zurück nach England. Von F.s Kom. u. Farcen sind ledigl. die Burleske *The Tragedy of Tragedies, or Tom Thumb* (1730), gemünzt auf die bekannten Dramatiker s. Zeit, die polit. Satire *Pasquin, a Dramatick Satire on Times* (1736) u. die Flugschr. *The Historical Register for the Year 1736* (1737) erwähnenswert. In *Pasquin* kritisierte F. die Korruption unter Walpole, worauf s. Theater am Haymarket unter Anwendung des neu erlassenen Lizenzgesetzes geschlossen wurde. Fortsetzung des Stud., Middle Temple; 1740 Zulassung als Barrister. Hg. v. 4 Wochenschr.: ›The Champion‹, 1739–41 (u.d. Ps. Sir Alexander Drawcansir), ›True Patriot‹, 1745–46, ›The Jacobite's Journal‹, 1747–48 u. ›The Covent Garden Journal‹, 1752 (→ periodical essay). Die Veröffentlichung von Richardsons → *Pamela* gab F. Anlaß zur Romanparodie → *Joseph Andrews* (1742); vermutl. auch Vf. von *Shamela* (1741). 1743 erschienen s. 3 Bde. *Miscellanies,* darin u.a. *Jonathan Wild the Great* u. *A Journey from this World to the Next.* F.s → *Tom Jones* (1749) war bestimmend für die Ausprägung des Romans im 18. Jh. S. letzter Roman, *Amelia* (1751), weist entsprechende Qualitäten auf, zeigt jedoch nicht die gleiche Geschlossenheit; Bitternis über die sozialen Zustände der Zeit u. eigene Erfahrungen zu fehlgeschlagenen Reformversuchen als Justice of Peace (Westminster) überlagern die Handlung. F. repräsentiert e. entscheidenden Abschnitt in der Entwicklungsgesch. des Romans als lit. Gattung. Er spricht von e. → comic epic-poem in prose. Zeichnet e. humorvoll-iron. Bild der zeitgenöss. Gesellschaft, ohne jedoch die moral. Botschaft s. Werke zu beeinträchtigen. Im Gegensatz zu Richardson konzentrierte sich F. mehr auf e. Gesamtschau gesellschaftl. Gegebenheiten als auf die vorwiegend psych. motivierte Schilderung von Einzelcharakteren; führte den kom.-realist. Roman zum Höhepunkt.

hd

Works, hg. A. Murphy, VI 1762 (mit Biogr.); n. L. Stephen, X 1882 (mit Biogr.); n. G. Saintsbury, XII 1893; n. W. E. Henley, XVI 1903, n. 1967 (mit biogr. Essay); n. The Wesleyan Ed., IV 1967ff (noch nicht vollständig). – F. Cordasco, F. A List of Critical Studies 1895–1946, 1948. – F. T. Blanchard, F. the Novelist, 1926. M. Joesten, D. Philos. F.s, 1932. B. M. Jones, H. F. Novelist and Magistrate, 1933. D. Rolle, F. u. Sterne: Unters. über d. Funktion d. Erzählers, 1963. A. Wright, H. F. Mask and Feast, 1965. F. H. Dudden, H. F. His Life, Works and Times, II ²1966. J. Butt, F., 1969. M. Golden, F's Moral Psychology, 1966. M. Irwin, H.F. The Tentative Realist, 1967, G. R. Levine, H.F. and the Dry Mock: A Study of the Techniques of Irony in His Early Works, 1967, F. O. Bissel, F's Theory of the Novel, 1969. H.F. u. d. engl. Roman d. 18. Jh., hg. W. Iser, 1972. J. Ducrocq, Le théâtre de F. et ses prolongements dans l'oeuvre romanesque, 1976. P. Rogers, H. F.: A Biogr., 1979.

Fingal, Titel e. 6teiligen Epos, von J. → Macpherson nach eigenen Angaben aus dem Urtext des gäl. Barden Ossian übersetzt u. 1762 veröffentlicht: Sohn des Riesen Comhal, Kg. von Morven, Gebiet nordwestl. Kaledoniens. F. segelt nach Irland, um

Cuthullin zu helfen; heroische Sagengestalt, Streiter gegen Unrecht u. Unterdrückung; ursprüngl. Held (Finn bzw. Fionn) e. südir. Legendenzyklus (›Fenian‹ oder ›Ossianic Cycle‹). Aufgrund s. Klugheit, Wahrheitsliebe u. s. Edelmuts, nicht wegen überragender Körperstärke, wird er zum Anführer der legendären Kämpferschar gewählt. Das 8teilige Epos *Temora* (Name des Palasts der Kge. von Ulster), von M. ebenfalls in s. *Works of Ossian, Son of Fingal* (1765) veröffentlicht, gehört dem gleichen Zyklus an u. behandelt weitere legendäre Ereignisse u. Taten um Fingal u. Ossian. → Celtic Revival. *hd*

R. Tombo, Ossian in Germany, 1901. D. S. Thomson, The Gaelic Sources of Macpherson's ›Ossian‹, 1952. J. Weisweiler, Hintergrund u. Herkunft d. Ossian. Dichtung, [4]1963.

Finnegans Wake, Roman von J. → Joyce.

Finnsburgh, The Fight at, Fragment von 50 V. Grundlage ist e. german. Legende, die auch in → *Beowulf* u. → *Widsith* erwähnt wird. Das Fragment schildert den Kampf zwischen den Dänen unter Hnaef u. den Friesen unter Finn Folcwalding, erzählt vom Standpunkt der angegriffenen Dänen. Bei dem Besuch der Dänen bei Hnaefs Schwager Finn werden diese nach e. Streit in ihrem Schlafsaal überfallen. Weitere Einzelheiten fehlen. In *Beowulf* (Finnsburgh-Episode) wird hingegen berichtet, daß Hnaef u. Finns Sohn getötet werden. E. Waffenstillstand kommt zustande, doch die Dänen kehren im folgenden Jahr unter Hengest zurück, töten Finn u. nehmen Hnaefs Schwester mit nach Dänemark. Entstehungszeit vermutl. 8. Jh. Ähnl. *Beowulf* liegt *F.F.* v.a. skandinav. Material zugrunde, christl. Elemente fehlen, da nur Kampfszenen geschildert werden. *js*

›F.F.‹ and Episode, hg. D. K. Fry, 1974.

Fit, fytte (ae. fitt), wahrscheinl. von altnord. fit = Saum, Kante, althochdt. fizza = Docke. Teil oder Abschnitt e. Ged., bes. Helden- u. Preislieder, epische Verserzählungen: → *Beowulf,* → *Elene.*

Fitz-Boodle, G. S., Ps. für W. M. → Thackeray.

Flat Character; typenhafter, einprägsamer Charakter, gelegentl. Karikatur, den ›humours‹ des 17. Jh. vergleichbar. Figurenzeichnung auf wenige wesensbestimmende Eigenschaften festgelegt, durchläuft keine oder nur unbedeutende Entwicklung. Im Unterschied dazu ›round character‹: vielschichtig, überraschend wandlungsfähig. Begriffe nach E. M. → Forster, *Aspects of the Novel* (Clark Lectures, 1927; Abinger Edition, 1974). *hd*

The Flax of Dreams, → roman fleuve von H. → Williamson.

Fleming, Ian, 28. 5. 1908 London – 12. 8. 1964 Canterbury; Erziehung in Eton u. Sandhurst, Stud. Psychol. München u. Genf. 1929–39 Reuters-Korrespondent in Moskau; im 2. Weltkrieg Assistent beim Geheimdienst der brit. Marine. 1945–59 Chef des Auslandsdienstes der ›Sunday Times‹. James Bond, der stets siegreiche Superagent des brit. Geheimdienstes mit der Code-Nr. 007 ist nicht mehr e. Gentleman wie Sherlock Holmes, sondern e. skrupellose, effiziente Maschine mit e. Neigung zu Snobismus, Zynismus u. Sadismus. F. liebt Ereignishäufung, Turbulenz u. raffinierte techn. Spielereien. Pointe e. Romans ist jeweils die einfallsreiche Ausschaltung des Gegenspielers durch 007. Proteste gegen sadist. u. erot. Episoden förderten die Popularität der vielübersetzten u. mittlerweile in mehreren 10 Mill. aufgelegten Romane u. der danach gedrehten Filme (mit Sean Connery als berühmtestem James Bond). Die bekanntesten: *Casino Royale,* 1953; *Live and Let Die,* 1954; *From Russia with Love,* 1957; *Goldfinger,* 1959; *Thunderball,* 1961; *On Her Majesty's Secret Service,* 1963; *You Only Live Twice,* 1964; *The Man with the Golden Gun,* 1965. *ks*

D. Fall James Bond. 007 – e. Phänomen unserer Zeit, hg. O. del Buono u. U. Eco, 1966. K. Amis, The James Bond Dossier, 1966, J. Pearson, The Life of I.F., 1966. Ders., James Bond, The Authorized Biogr., 1973.

The Fleshly School of Poetry, Überschrift e. sehr krit. Artikels von R. W. → Buchanan (u. d. Ps. Robert Maitland) in der ›Contemporary Review‹ vom Okt. 1871 zur Kunst u. Kunstauffassung der Präraffaeliten, bes. D. G. → Rossettis, der mit ›The Stealthy School of Criticism‹, antwortete. *hd*

Fletcher, John, Dez. 1579 Rye/Sussex – 28. 8. 1625 London; Dramatiker, Sohn des Bischofs von London, der Maria Stuart zum Schafott begleitete; Neffe von Giles Fletcher; Stud. Cambridge. Starb an der Pest. S. lit. Werk ist durch die enge Zusammenarbeit mit F. → Beaumont gekennzeichnet, aus der etwa 15 Dramen hervorgingen. Beide gehörten ab 1604 zum Kreis um B. → Jonson. 1. alleinverfaßtes Stück ist s. pastorale Tragikom. *The Faithful Shepherdess* (1608). Im Vorwort e. Definition dieser Gattung: Verzicht auf den tödl. Ausgang, realist. Motivation, ahnungsvolle Stimmung, Transposition in e. imaginäre Welt. F.s dramat. Schaffen ist ab 1606 mit Beaumont verbunden; nach dessen frühem Tod Kooperation mit Massinger, Rowley, Shirley u.a. Als Hausdichter der King's Company beherrschte F. nach dem Ausscheiden Shakespeares die folgenden 2 Jahrzehnte des engl. Dramas. Jährlich schrieb er 3 bis 4 Theaterstücke, die wegen ihrer Bühnenwirksamkeit sehr beliebt waren. Weitere Kom.: *Wit without Money* (1614); *Valentinian* (1618/19); *The Loyal Subject* (1618); *The Mad Lover* (1619); *The Humorous Lieutenant* (1619); *Women Pleased* (1620); *The Island Princess* (1621); *The Pilgrim* (1621); *The Wild Goose Chase* (1621) u.a. Als der geborene Skeptiker identifiziert sich F. weder mit s. Helden noch mit den in s. Werken anklingenden moral. Grundsätzen. Er vermischt die Grenzen dramat. Gattungen, erweitert den Stoffbereich von der klass. u. ital. Lit. auf die span. u. frz. Thematik. Es stehen nicht länger übergreifende menschl. Probleme im Vordergrund, sondern triviale private Angelegenheiten; Klatsch, Intrigen, Skandale, Liebeshändel u. das äußere Wahren der Konvention. F. wurde im 17. Jh. dem als veraltet beurteilten Werk Shakespeares vorgezogen, verlor aber ab dem 18. Jh. an Bedeutung. *ra*

Dramatic Works in the Beaumont and Fletcher Canon, hg. F. T. Bowers, X 1966 ff. – T. Beecham, J.F., 1956. C. Leech, The J. F. Plays, 1962. T. N. Greenfield, Induction in Elizab. Drama, 1969. J. B. Savage, Drama and the Aristocracy: a Study of the B. and F. Plays, 1971. S. Lossett, Masque Influence on the Dramaturgy of B. and F. (MP 69 1972, 199–208). N. C. Pearse, J.F's Chastity Plays: Mirrors of Modesty, 1973.

The Flight from the Enchanter, Roman von I. → Murdoch.

Flimnap, Schatzkanzler der Insel Lilliput in → *Gulliver's Travels*.

Florio, John → *Tempest*.

Foedera, conventiones, literae et cuiuscunque generis acta publica, inter reges Angliae, Slg. polit. Dokumente (12.–17. Jh.) von Th. → Rymer.

Folio, größtes Buchformat (Bogen 1mal gefaltet), in welchem z.B. die 1. Gesamtausgabe von Shakespeares Werken (1623) erschien.

The Fool, Drama von E. → Bond.

Ford, Ford Madox (eig. Ford Hermann Hueffer), 17. 12. 1873 Merton/Surrey – 26. 6. 1939 Deauville; Sohn e. dt. Musikkritikers der ›Times‹. Bedeutender Kritiker u. Förderer vieler lit. Talente. Im Kreise der Präraffaeliten aufgewachsen. Befreundet mit → Conrad, mit dem gemeinsam er s. ersten beiden Romane, *The Inheritors* (1901) u. *Romance* (1903) verfaßte. Gründete 1908 die ›English Review‹, als deren Mitarbeiter er u.a. D. H. → Lawrence, H. → James, → Wells u. → Galsworthy gewann. Zu s. besten Werken zählt *The Good Soldier* (1915), e. subtile psych. Studie von Liebe u. Leidenschaft vor dem Hintergrund sozialer Konditionen u. Wandlungen. Aus F.s Erfahrungen im 1. Weltkrieg erwuchs die Roman-Tetralogie *No More Parades* (1924–28), e. Familiengesch. vor dem Hintergrund e. langsam zerfallenden alten u. e. sie ersetzenden neuen Gesellschaftsordnung. Zu den Mitarbeitern s. 1924 gegründeten ›Transatlantic Review‹ gehörten u.a. Pound, Stein, → Joyce u. Hemingway. S. letzten Lebensjahre verbrachte F. vorwiegend in Frankreich u. den USA. *ks*

The Bodley Head F.M.F., V 1962–72. R. Aldington, Life for Life's Sake, 1940. D. Goldring, The Last of the Pre-Raphaelites, 1948. C. B. Ohmann, F.M.F., 1964. F.M.F. (The Critical Heritage), hg. F. MacShane, 1972. D. D. Harvey, F.M.F., 1873–1939: A Bibl., 1962.

Ford, John, 17. 4. 1586 (getauft) Islington/Devonshire – 1640 (?). Lyriker u. Dramatiker; aus angesehener Familie. 1602 Stud. Jura in Oxford. Trat bereits früh als Dichter von Elegien hervor, deren bekannteste jene aus dem Jahre 1606 ist, die er anläßl. des Todes des Earl of Devonshire geschrieben hatte *(Fame's Memorial, or the Earl of Devonshire Deceased)*. Ab 1620 konzentrierte F. sich stärker auf das Abfassen von Dramen, wobei er häufig mit anderen Autoren zusammenarbeitete: Er schrieb *The Sun's Darling* (1624) mit Dekker; *The Witch of Edmonton* (1621) mit Dekker u. Rowley; *Fair Maid of the Inn* (1626) mit Fletcher. Zu den bekanntesten allein geschriebenen Stücken zählen *'Tis Pity She's a Whore* (1633) u. *The Broken Heart* (1633). Obwohl F., der stärker an der genauen psych. Charakterisierung s. Figuren interessiert war, der Handlung wenig Aufmerksamkeit schenkte, waren s.

Stücke sehr bühnenwirksam, was nicht zuletzt auf die Darstellung des Abartigen (z.B. Inzest) u. Gräßl. (Mord, Hinrichtung) zurückzuführen ist. Neben dem schockierenden Element weisen sämtl. Stücke F.s e. melanchol. Zug auf, wobei er durch Burtons → *Anatomy of Melancholy* beeinflußt wurde. In der Tradition von → Beaumont und → Fletcher stehend, übernimmt F. nicht nur deren Vorliebe für sensationelle Handlung, sondern auch die Thematik der Liebe als Lenkerin der Welt u. des Menschen als Sklaven der Liebe. S. Berühmtheit geht v. a. auf die Schönheit s. Sprache u. s. Blankverse zurück. *ra*

Dramatic Works, III 1895; n. 1965. – C. Leech, J. F. and the Drama of His Time, [2]1966. J. Sargeaunt, J. F., [2]1966. M. Stavig, J. F. and the Traditional Moral Order, 1968. D. Rolle, Ingenious Structure: D. dramat. Funktion d. Sprache in d. Trag. d. Shakespearezeit, 1972.

Formula Story. Nach vorgesetztem Muster verfaßte Kurzgesch. (→ short story); bestimmten Wettbewerbsregeln, Lesererwartungen, Vorstellungen e. Hg. usw. entsprechend.

Forster, Edward Morgan, 1. 1. 1879 London – 8. 6. 1970 Coventry; Stud. klass. Philologie u. Gesch. Cambridge, lehrte ebda. Freundschaft mit führenden Mitgliedern der → Bloomsbury Group. 1901–02 Reisen in Mittelmeerländer, 1912 u. 1922 nach Indien. Während des 1. Weltkriegs in Ägypten. F. war e. aristokrat. liberaler Humanist u. urbaner Individualist, der gegen Heuchelei, Philistertum u. Intoleranz kämpfte. S. Romane entwickeln v. a. moral.-philosoph. Ideen; die Handlung ist nebensächl. *Where Angels Fear to Tread* (1905) gestaltet die Begegnung zwischen engl. Respektabilität u. italien. Vitalität, die ihr vulgär erscheint. *A Room with a View* (1908) kontrastiert »the holiness of direct desire« mit den Schranken der Konventionalität. *Howards End* (1910) zeichnet den Gegensatz zwischen philisterhaften Menschen, deren Herz ›unterentwikkelt‹ ist, die sich am ›Außen‹ orientieren, u. lebendigen, künstler., einfühlungsfähigen, am ›Innern‹ orientierten Naturen. Das Motto »Only connect« deutet auf das zentrale Thema: nur Kontakte von Mensch zu Mensch können die Gegensätze überbrücken, die sich aus unterschiedl. Herkunft u. Lebensart ergeben. Hintergrund des Romans ist die Atmosphäre Londons im Wandel von viktorian. Gelassenheit zum mod. Treiben. Kernthema von F.s Meisterwerk *A Passage to India* (1924) ist der fast unüberbrückbare Gegensatz zwischen den Kulturen u. Weltanschauungen von West u. Ost, von stolzen Indern u. Engländern, den allein ›human relationships‹, Freundschaft u. Toleranz, wenigstens teilweise überwinden könnten. F. gibt fein nuancierte, an Dialogen entwickelte Charakterskizzen. Der posthum erschienene, schwache Roman *Maurice* (1971) enthüllt die Probleme des Autors als Homosexueller. *Aspects of the Novel* (1927) ist e. grundlegende romantheoret. Studie. *ks*

Collected Short Stories, 1948, 1954. Selected Writings, hg. G. B. Parker, 1968. Abinger Ed., 1969 (im Erscheinen). B. J. A. Kirkpatrick, Bibl., [2]1967. A. Borello, Annotated Bibl., 1973. – R. Macaulay, The Writings of E.M.F., 1938. L. Trilling, E.M.F. A Study, [6]1967. R. Warner, E.M.F., 1950, n.

1960. F. R. Leavis, The Common Pursuit, 1952. J. McConkey, The Novels of E.M.F., 1957. J. Beer, The Achievement of E.M.F., 1962. K. W. Gransden, E.M.F., 1962. F. C. Crews, E.M.F., 1962. A Wilde, Art and Order, 1964. H. T. Moore, E.M.F., 1965. E.M.F. A Collection of Critical Essays, hg. M. Bradbury, 1966. W. Stone, The Cave and the Mountain, 1965. G. H. Thomson, The Fiction of E.M.F., 1967. N. Kelvin, E.M.F., 1967. L. Brander, E.M.F. A Critical Study, 1968. D. Godfrey, E. M. F's Other Kingdom, 1968. E. P. McDowell, E.M.F., 1969. Aspects of F., hg. O. Stallybrass, 1969. A. Borello, An E.M.F. Dictionary, 1971. E.M.F., hg. P. Gardner, 1973 (The Critical Heritage). R. Martin, The Love that Failed: Ideal and Reality in the Writings of E.M.F., 1974. B. B. Finkelstein, F's Women: Eternal Differences, 1975. J. Colmer, E.M.F. The Personal Voice, 1975. P. N. Furbank, E.M.F. A Life, 1975, II 1978. J. S. Martin, E.M.F. The Endless Journey, 1976. H. Winter, Zur Indien-Rezeption b. E.M.F. u. H. Hesse, 1976. F. King, E.M.F. and His World, 1978. P. N. Furbank, E.M.F. A Life, ²1979. G. Cavaliero, Reading E.M.F., 1979.

Forster, John, 2. 4. 1812 Newcastle – 1. 2. 1876 London. Newcastle Grammar School; University College, London; Inner Temple. Als Lit.kritiker für versch. Zeitungen tätig; 1847–1856 Hg. ›Examiner‹. S. *Life and Adventures of Oliver Goldsmith* (I 1848; II 1854) brachte ihm weithin Anerkennung als Biograph. 1872 erschien der 1. Bd. s. bekannten u. für nachfolgende Biogr. grundlegenden *Life of Dickens,* II 1873; III 1874. *hd*

R. Renton, J.F. and His Friendships, 1912.

Forsyte Saga, Romantrilogie mit novellist. Zwischenstücken von → Galsworthy, 1906–21: *The Man of Property* (1906), *Indian Summer of a Forsyte* (1918), *In Chancery* (1921), *Awakening* (1920) u. *To Let* (1921). Der Zyklus zeichnet Portraits aus 4 Generationen e. weitverzweigten großbürgerl. Familie während der Zeit von 1886 bis 1920. Kern der Handlung ist die Beziehung des Rechtsanwalts Soames Forsyte zu s. 1. Frau, Irene, u. s. 2., Annette. G. kritisiert oft mit scharfer Satire die Engstirnigkeit u. Bigotterie e. gesellschaftl. Schicht, deren Einstellung zu Leben u. Menschen beherrscht wird von zähem Streben nach Besitz von Reichtum, aber auch Menschen, u. dessen Zurschaustellung. Gegenwerte sind recht vage u. emotional dargestellte ästhet. Ideale. Der einstige Weltruhm der Romane ist heute etwas verblaßt; der 1. des Zyklus gilt als der gelungenste. Die Gesch. der Familie Forsyte in der Zeit nach dem 1. Weltkrieg wird in der Trilogie *A Modern Comedy* (1929) mit den Teilen *The White Monkey* (1924), *The Silver Spoon* (1926) u. *Swan Song* (1928) weitergeführt. Die *F.S.* war Vorlage versch. Film- u. Fernsehbearbeitungen. *ks*

Foulis, Hugh → Munro, N.

Four Quartets, Dichtung von T. S. → Eliot, entstanden 1936 bis 42, EA 1944; ca. 900 Verse von großer poet. Kraft. Abstrakte Dichtung mit musikal. Kompositionselementen, die an Beethovens späte Quartette erinnern. Das Werk entzieht sich e. fortlaufenden stoffl. Interpretation: Inhalt u. Motive ordnen sich erst im Muster der musikal. Komposition. Aus der Addition der differenzierten Elemente von E.s weitverzweigter Geistigkeit ergeben sich die Themen der Sinngebung der Zeit durch das Ewige, der Aussöhnung mit den puritan. Vorfahren sowie des Ringens um e. Wiedergeburt des Geistes. *ks*

R. Preston, ›F.Q.‹ Rehearsed, 1946. G. de Masirevich, On the ›F.Q.‹ of T.S.E., 1953, n. 1965. S. Bergsten, Time and Eternity, 1960.

K. Alldritt, E's ›F.Q.‹: Poetry as Chamber Music, 1978. P. Foster, The Buddhist Influence in T.S.E's ›F.Q.‹, 1978.

The Four Seasons, poet. Drama von A. → Wesker.

The Four Zoas, epische Dichtung von W. → Blake.

Fourth Wall Stage, die Illusionsbühne etwa des naturalist. Dramas, die von der Fiktion ausgeht, die Charaktere befänden sich in e. Raum mit 3 Wänden u. bemerkten nicht das Fehlen der 4. Wand u. die Anwesenheit der Zuschauer. Direkte Publikumsanrede u. → asides sind ausgeschlossen. *ks*

Fowles, John, 31. 3. 1926 Leigh-on-Sea; Stud. Oxford. Lehrte frz. Lit. in Frankreich u. London. S. raffiniert erzählten, symbol- u. allegoriereichen Romane lassen die verwirrende Vielschichtigkeit u. Unerklärlichkeit der Realität aufleuchten: Die elegante auktoriale Manipulation des Stoffes dient in dem Bestseller *The Collector* (1963) zur psych. Erforschung des Seelenlebens e. Schmetterlingssammlers, der e. Studentin, die er zu lieben glaubt, gefangenhält u. seziert. In *The Magus* (1966) irrt e. junger engl. Intellektueller auf e. griech. Insel durch das Labyrinth elaborierter Täuschungen u. Prüfungen, wird durch Hypnotismus, Schizophrenie u. Diabolismus verzaubert, versklavt u. belehrt. *The French Lieutenant's Woman* (1969) erzählt in e. Kombination von Elementen des viktorian. u. des mod. Romans, mit Symbolen u. Allegorien, Fußnoten, verwirrenden auktorialen Eingriffen u. 3 alternativen Schlüssen e. Liebesgesch. aus dem Jahr 1867. Im Zentrum der Novellenslg. *The Ebony Tower* (1974) steht die Problematik künstler. Wahrheitssuche. *Daniel Martin* (1977) gestaltet das Thema der verwirrenden Rätselhaftigkeit von Menschen u. Welt anhand der mit zahlreichen Analysen u. Zitaten versetzten Lebensgesch. des Engländers Daniel Martin in den letzten 3 Jahrzehnten; der Roman verteidigt u. illustriert e. humanist. Grundhaltung. *ks*

J. F., Notes on an Unfinished Novel (Afterwords: Novelists on Their Novels, hg. Th. McCormack, 1969, 160–75). M. Bradbury, J.F's ›The Magus‹ (Sense and Sensibility in 20th-cent. Writing, hg. B. Weber, 1970, 26–38). P. Wolfe, J.F., Magus or Moralist?, 1976. B. N. Olshen, J. F., 1978.

Fox, George, Juli 1624 Drayton/Leicestershire – 13. 1. 1691 London; stammte aus e. Weber-Familie u. mußte nach Beendigung s. Schulzeit e. Schuhmacherlehre absolvieren. E. unangenehmer Vorfall in e. Wirtshaus, der ihm drast. die Folgen des Alkoholgenusses zeigte, änderte s. Leben. F. fühlt sich berufen, gegen die Verfehlungen u. Laster der Menschen zu predigen u. Gottes Wort zu verkünden. 1647 verließ F. s. Familie u. gründete die ›Society of Friends‹. Die individualist. Züge s. Lehre, z.B. Verzicht auf kirchl. Institutionen wie Pfarrer, Gemeinde u. Gotteshäuser, verschafften ihm e. große Anhängerschaft. 1650 prägte er für s. Glaubensgemeinschaft den Begriff Quakers (»Tremble at the Word of the Lord«). Die eig. Doktrin zu fassen ist kaum mögl., da sie sehr persönl. ausgelegt werden konnte. Generell glaubten die Quaker an die Möglichkeit der Überwindung der Sünde in der Welt u. traten für Humanismus (1688 Protest gegen Sklaverei), Gewaltlosigkeit, Bejahung des einzelnen ohne Ansehen der Person, Rasse, Religion etc. ein. Durch s. rel. u. polit. Ansichten kam F. in Konflikt mit Kirche u. Staat, was zu wiederholten Gefängnisaufenthalten führte. 1694 wurde posthum von William Penn das *Journal of George Fox* herausgegeben, das die wichtigsten Gedanken der Quaker enthält. *ra*

Works, 1831. – P. Held, D. Quäker G.F., 1949. J. P. Wragge, G.F., 1950. W. C. Braithwaite, The Beginnings of Quakerism, [2]1955. R. A. Knox, Christl. Schwärmertum, 1957. H. Schmidt, D. Formen d. rel. Selbstverständnisses u. d. Struktur d. Autobiogr. in G.F.s ›Journal‹, 1972.

Fragments of Antient Poetry, Slg. von J. → Macpherson.

Framley Parsonage, 4. Roman der Barsetshire Novels von A. → Trollope.

Francis, Sir Philip → *Junius.*

Frankenstein, Schauerroman von M. W. → Shelley.

Franks Casket, Kästchen aus Walfischbein mit Halbreliefbildern u. Inschriften. Seit 1857 bekannt; so bezeichnet nach A. W. Franks, der es 1867 dem Brit. Museum schenkte. Die Bilder entstammen der antiken röm. (Romulus u. Remus-Sage, Eroberung Jerusalems durch Titus), der griech. (Achilles), der heidn.-german. (Wielandsage, Tod Balders) u. der christl. (Anbetung der 3 Weisen aus dem Morgenland) Welt. Der fragmentar. Text gehört zu den Bildern. Zunächst wurde trotz der vorhandenen Runen auf e. Entstehung im frühen 8. Jh. geschlossen; wahrscheinlicher jedoch spätes 6. Jh., angefertigt im Merowingerreich für e. christl. Frankenkg. *hd*

The Oldest Engl. Texts, hg. H. Sweet, EETS, OS, 83, 1885; n. A. S. Napier, An Engl. Miscellany, 1901. – W. G. Collingwood, Northumbrian Crosses of the Pre-Norman Age, 1927. G. B. Brown, The Arts in Early England, 6, 1937. K. Schneider, Zu d. Inschriften u. Bildern d. F.C. u. e. ae. Version von Balders Tod (Fs. Walter Fischer, hg. H. Oppel, 1959, 4–20).

Fraser's Magazine, 1830–82. Die Zs. zählte Carlyle, Lockhart, Coleridge, H. Ainsworth, Thackeray u. Southey zu ihren Mitarbeitern; 1860–74 Hg. J.A. → Froude. *hd*

Frayn, Michael, 8. 11. 1933 London; Stud. Cambridge; Journalist (›Guardian‹- u. ›Observer‹-Kolumnen in je 2 Bdn. gesammelt), Vf. witziger Satiren auf Heuchelei, Konventionalität u. Statusbewußtsein, etwa in den Romanen *The Russian Interpreter* (1966), *A Very Private Life* (1968), *Sweet Dreams* (1973) sowie in den 4 Kurzdramen *The Two of Us* (1970). Die Dramen *Alphabetic Order* (1977) u. *Clouds* (1977) sind unterhaltsame Darstellungen des journalist. Milieus. *ks*

Freeling, Nicholas, 1927 London; erzogen in Frankreich, war Koch in frz. u. engl. Hotels; lebt bei Straßburg. Die Romane um den holländ. Detektiv van der Valk werden F.s Anspruch gerecht, es dürfe keinen Unterschied geben zwischen e. guten Roman u. e. Kriminalroman. *Love in Amsterdam* (1962) zeichnet e. faszinierendes, von Kritikern mit Breughel-Gemälden verglichenes Sprachgemälde der Holländer, *Tsing Boum!* (1969) beleuchtet die Hintergründe des Kampfes um Dien Bien Phu. *This Is the Castle* (1968) gestaltet in e. traumhaft irrealen Atmosphäre vom perversen Verhältnis e. exzentr. Schriftstellers zu s. Tochter. In *A Long Silence* (1972) läßt F. s. Helden umkommen, um Platz für e. neuen zu machen, den er in *Dressing of Diamond* (1974) als Henri Castang einführt. *Gadget* (1977) handelt mit brillanter Verwendung des Physiker-Jargons von der Gefahr e. nuklearen Verwüstung der Erde. *ks*

Freeman, Edward Augustus, 2. 8. 1823 Harborne – 16. 3. 1892 Alicante (Spanien). Fellow Trinity College, Oxford, 1884–92 Regius Professor of Modern History, Oxford. In s. *History of the Norman Conquest* (1867 – 79) vertritt F. den Standpunkt, daß die normann. Eroberung im Grunde keine durchgreifenden Veränderungen in Englands Institutionen oder Bevölkerung hervorgerufen habe. Führender Vertreter der sog. ›Oxford School‹ von Historikern, die die Wissenschaftlichkeit der Geschichtsschreibung betonten u. sich von der sog. lit. Methode, z.B. T. B. → Macaulay u. J. A. → Froude, abwandten. F. stützte sich bei s. Arbeiten ausschließl. auf alte Chroniken. *hd*

The French Lieutenant's Woman, Roman von J. → Fowles.

The French Revolution, Ged. von W. → Blake.

Friel, Brian, 9. 1. 1929 Omagh/County Tyrone; ab 1950 Lehrer, 1960 freier Schriftsteller. Amüsante Kurzgesch. mit feinem Sinn für Lokalkolorit u. humorist. Charaktere (*The Saucer of Larks,* 1962; *The Gold in the Sea,* 1966). Bühnenwirksame, gekonnt geschriebene Dramen, deren Reichweite sich vom burlesk-sentimentalen ir. Emigrantenstück *Philadelphia, Here I Come!* (1965) bis zum grausamen *The Freedom of the City* (1974) erstreckt, e. blutigen Episode der Auseinandersetzungen in Londonderry, u. dem komplexen Familiendrama *Living Quarters* (1978). F. vertritt e. unter mod. Dramatikern seltene lebensbejahende Welteinstellung. *ks*

R. Küsgen, B. F. ›Philadelphia, Here I Come!‹ (D. engl. Drama d. Gegenwart, hg. H. Oppel, 1976, 95 – 106).

The Friends, Drama von A. → Wesker (UA 24. 1. 1970 Stadstea at the Lilla Teatern, Stockholm; EA 1970), dessen Kernthema nicht mehr wie etwa in der → *Chicken Soup Trilogy* die Frage nach dem Wesen des echten Sozialismus ist, sondern die existentielle Problematik der Konfrontation mit dem Tode. Die Personen, auf die sich der Titel bezieht, entstammen mit e. Ausnahme proletar. Familien u. besitzen jetzt gemeinsam 5 Geschäfte für mod. Inneneinrichtungen. Um die sterbende Esther versammelt, blicken sie auf ihr bisheriges Leben zurück, das ihnen jetzt sinnlos u. leer erscheint. Sie diskutieren die Frage, was aus ihren einstigen sozialist. Idealen geworden ist: Nur Esther bewahrte sich die Gesamtschau des Lebens, verstand es, im Chaos der Existenz e. Ordnung zu schaffen, alle anderen repräsentieren diverse Grade der Desintegration. Sie spenden e. Teil ihres Einkommens für die Förderung des Sozialismus in fernen Ländern, aber dies ist nur e. Alibi für die Tatsache, daß sie mehr Energie auf modische Extravaganzen u. exzentr. Gesten verwendet haben als auf ihre soziale Verantwortung. Indem sie den Launen des theoret. von ihnen verachteten Establishments dienten, haben sie dessen Privilegien erworben. Sie erleiden den Schock der Erkenntnis, daß das, was sie für ihre Identität hielten, sich als nichtig erweist. Doch Simone übernimmt Esthers Führungsrolle, stellt den Freunden die Idee der Ordnung vor Augen, die allein befreien u. Neues schaffen kann u. regt sie an zu e. – etwas makaberen – gemeinsamen rituellen Aktion: Esthers Leiche wird wie e. lebendiger Mensch auf e. Sessel unter das Leninbild gesetzt, man ballt die Faust zum Kommunistengruß. Der Geist der Verstorbenen, ihre Fähigkeit, dem Leben Sinn u. Ordnung zu geben, wird in die Zukunft hinein weiterleben. Dies manifestiert sich gest. darin, daß die Freunde beginnen, das Zimmer aufzuräumen. *ks*

Fringe Theatre; Sammelbegriff für die ca. 2 Dutzend aufgrund ihrer Lage wie finanziellen Situation nicht zum etablierten Theater (→ Arts Council, → National Theatre, → Royal Shakespeare Company, → West End) gehörenden Theater, die sich durch große Experimentierfreude u. Improvisationskunst auszeichnen. Vorläufer sind die Theatre Clubs der 1920er; die Blüte des F.T. begann Ende der 1960er. Die meisten sind in Räumen untergebracht, die ursprüngl. nicht für Theaterzwecke gebaut wurden: Keller, Türme, Kirchen, Lagerräume, Pubs, Probebühnen. Oft finden Auff. von kürzeren Dramen zur Mittagszeit statt (›lunchtime theatre‹). Die F.T.s richten sich vorwiegend an e. junges, offenes Publikum, das von der wenig förml. Atmosphäre, der provisor., bisweilen unbequemen Einrichtung, der tabufreien Vitalität u. unbekümmerten Entdeckerfreude der Inszenierungen angezogen wird. Beispiele sind: → Littlewoods Theatre Workshop, der Hampstead Theatre Club, die Soho Theatre Group, The Open Space Theatre, The Portable Theatre, The Basement Theatre, The Cockpit, die Joint Stock Theatre Group u. das Theatre Upstairs im Royal Court Theatre. Beim Edinburgh Festival gibt es e. eigenes ›Fringe‹-Programm. *ks*

Frisby, Terence, 28. 11. 1932 London; Gelegenheitsarbeiten, seit 1957 Schauspieler. F.s *There's a Girl in My Soup* (1968) wurde in London 6 Jahre lang ununterbrochen gespielt u. war auch international e. großer Erfolg. *ks*

Froude, James Anthony, 23. 4. 1818 Dartington – 20. 10. 1894 Salcombe. Stud. Oriel College, Oxford; zunächst stark von Newman (→ Oxford Movement) beeinflußt, später jedoch zunehmend skept. Haltung. Freundschaft mit → Kingsley u. → Carlyle. S. *History of England from the Fall of Wolsey to the Defeat of the Spanish Armada* (1856–70) stieß wegen ungenauer u. weitschweifiger Darstellungsweise auf ablehnende Kritik. Als Hg. von ›Fraser's Mag.‹ (1860–74) verfaßte F. Artikel über theol. u. hist. Themen, außerdem Reiseberichte u. Fabeln. 1869 Lord Rector St. Andrews. 1872–74 erschien *The English in Ireland in the 18th Cent.*, ebenfalls äußerst krit. aufgenommen. Nach Carlyles Tod gab F. dessen *Reminiscences* (II 1881) heraus. S. 4bändiger Biogr. Carlyles (1882–84) u. die *Letters and Memorials of Jane Welsh Carlyle* (1883) wurden als e. bewußt unfreundl. Versuch aufgefaßt, menschl. Schwächen nachzugehen. 1892 Regius Professor of Modern History, Oxford. F.s *Life and Letters of Erasmus* erschien 1859. *hd*

Selected Essay, hg. H. G. Rawlinson, 1915. – A. S. Whitfield, J.A.F. Historian and Man of Letters, 1919. L. Iffländer, J.A.F.s Lebenswerk, 1940. W. F. Dunn, J.A.F. A Biogr., II 1961–63. Ders., F. and Carlyle, 1930. K. J. Fielding, F. and Carlyle: Some New Considerations (Carlyle Past and Present, 1976, 239–69).

Fry, Christopher, 18. 12. 1907 Bristol; Sohn e. Architekten u. Quäkerpredigers, Schule in Bedford, Lehrer, Schauspieler, Lektor, Regisseur bis 1946, danach zurückgezogenes Leben als Landwirt; Gesch. s. Familie u. Kindheitsbiogr. *Can You Find Me,* 1978. Im Anschluß an → Eliot u. J. Anouilh Erneuerer der romant. Verskom. u. des lyr. Versdramas mit flüssigen Versen, kühnen Bildern, geistreicher Ironie. Die V. s. undogmat. christl. Dramen weisen auf »the silent order whose speech is all visible things«, versuchen, »a reality behind appearances« zu erforschen u. sind geprägt von leidenschaftl. optimist. Lebensbejahung. Er bemüht sich in s. Dramen nicht um e. pseudonaturalist. Vordergrund, vielmehr spielt sich das Geschehen in e. schwerelosen Zwischenreich von Märchen u. Wirklichkeit, Wachen u. Traum ab, verbindet ernste Reflexion u. leichte Phantasie. Geniale, vieldeutige Wortspiele u. Metaphern verwandeln die Wirklichkeit ins verzaubernd Unwirkliche. F.s 1. großen Bühnenerfolg, dem Einakter *A Phoenix Too Frequent* (1946), liegt e. Umdichtung des Motivs der Matrone von Ephesus zugrunde, die ihrem Gatten freiwillig in den Tod folgen will, sich dann aber in s. Gruft von e. Soldaten zu neuem Liebesglück verführen läßt. Das Drama feiert den Triumph des Lebenswillens über die Instinkte der Selbstzerstörung. Die 4 großen Kom., die F. als ›comedies of mood‹ bezeichnet, entsprechen dem Zyklus der Jahreszeiten: *The Lady's Not for Burning* (1949) kontrastiert e. Mann, dem der Tod, den er sucht, verweigert wird, mit e. Mädchen, das als Hexe hingerichtet werden soll; das Stück ist dem Frühling gewidmet als Sinnbild des über den Tod triumphierenden Lebens. *Venus Observed* (1950), e. Kom. um die Desillusion mittleren Lebensalters, ist e. Herbststück, das düstere *The Dark Is Light Enough* (1954), im Revolutionsjahr 1848 spielend, e. Winterdrama, u. *A Yard of Sun* (1970) paraphrasiert e. sommerl. Stimmung. *The Firstborn* (1946), *Thor, With Angels* (1948) u. *The Dark Is Light Enough* exemplifizieren F.s Idee des Reifens durch e. Krise. Bedeutendstes Werk ist das für das Festival of Britain verfaßte Traum- u. Symbolspiel *A Sleep of Prisoners* (1951), e. Anti-Kriegs-Stück, in dem Soldaten des 20. Jh. alttestamentar. Episoden neu erleben. Das Stück knüpft an die Tradition ma. → mystery plays an. Thema ist der Kampf zwischen dem Göttl. u. der Sünde, gestaltet im Sinn e. Überwindung des Bösen durch das Gute. *Curtmantle* (1961) stellt in e. Sequenz lebendiger Episoden den Konflikt zwischen Henry II u. Erzbischof Becket dar. F. ist derzeit wegen der moralitätenhaft festgelegten u. durch die Verssprache eingeebneten Charaktere nicht mehr sehr populär. Übs. von Anouilh, Ibsen u. Giraudoux. Drehbücher für die Filme *Barabbas* u. *The Bible* sowie Bearbeitung von Miltons→ *Paradise Lost* als Libretto für Pendereckis Oper. *ks*

D. Stanford, C. F., An Appreciation, [2]1962. H. Itschert, Studien zur Dramaturgie d. ›religious festival play‹ bei C.F., 1963. E. Roy, C.F., 1968. S. M. Wiersma, C.F. A Critical Essay, 1970.

Fuller, Roy, 11. 2. 1912 Oldham; 1968 Oxford Professor of Poetry: Vorlesungen gesammelt in *Owls and Artificers,* 1971, u. *Professors and Gods,* 1973. F.s frühe, von Auden beeinflußte Lyrik spiegelt die soziale Stimmung der 30er Jahre. Seither themat. Erweiterung, oft sind Gegenstand s. Ged. mikroskop. vergrößerte Alltagsemotionen. Formal sehr große Experimentierfreude; auch Romane u. Jugendbücher. *Collected Poems 1931–61,* 1962. *ks*

Gaelic Movement. 1893 von D. Hyde ins Leben gerufene Bewegung zur Pflege u. Wiederbelebung des Gäl. Förderte Eigenständigkeit in Lit. u. Sprache. *hd*

Gainhaim, Sarah, 1. 10. 1922 London; Journalistin, nach 1947 Auslandskorrespondentin in Wien u. Dtl. Die Wientrilogie *Night Falls on the City* (1967), *A Place in the Country* (1968), *Private Worlds* (1971) erzählt das Leben der berühmten Schauspielerin Julia Homburg vor, im u. nach dem 2. Weltkrieg mit stetem Blick für die Verantwortlichkeit des Individuums angesichts großer polit. Ereignisse. *To the Opera Ball* (1975) berichtet die Gesch. e. sozial ungleichen Wiener Paares, die 8 Vignetten in *The Habsburg Twilight* (1979) evozieren die Wiener Atmosphäre Ende des 19. Jh. Mehrere Spionageromane. *ks*

Galsworthy, John (Ps. John Sinjohn), 14. 8. 1867 Kingston Hill/Surrey – 31. 1. 1933 Hampstead; Sohn e. wohlhabenden Londoner Rechtsanwalts. Schule in Harrow, Stud. Oxford; Jurist, der s. Beruf kaum ausübte. G.s Interesse an der Lit. wurde durch die Lektüre von→ Kipling, Flaubert u. Turgenjew geweckt. Zahlreiche Reisen; auf e. Schiffsreise Freundschaft mit→ Conrad. 1932 Nobelpreis für Lit. Als Erzähler unter dem Einfluß russ. Lit. Zurückhaltend objektive Darstellungsweise. In den Romanen *The Island Pharisees* (1904) u. *The Man of Property* (1906), dem 1. Bd. der→ *Forsyte Saga,* sowie einigen Dramen, bes. *Justice* (1910), stellt er der starren alten Ordnung e. menschlichere neue entgegen u. hält dem in s. Traditionen erstarrten Landadel u. Bürgertum Ideale der Brüderlichkeit vor Augen. In den letzten Bdn. der *Forsyte Saga* wird s. Haltung konservativer; er präsentiert der jungen, durch den 1. Weltkrieg erschütterten Generation die viktorian. Tradition als Vorbild; zahlreiche weitere Romane u. Kurzgesch. G.s insgesamt 25 Dramen sind Problemstücke, meist mit trag. Wendung, vom schicksalsmäßig erbarmungslosen Ablauf der Gewalt der sozialen Mächte, die wie e. Maschinerie unabhängig von menschl. Einfluß Schuldige u. Unschuldige zermalmen. S. Versuch, e. neue Schicksalstrag. zu schaffen, scheiterte an der zu starken Zeitgebundenheit s. Themen. *Strife* (1909) handelt von der Sinnlosigkeit des Streiks, der Kapitalisten u. Arbeiter in gleicher Weise schädigt. In *Justice* gestaltet G. das Thema der Einzelhaft als Schmach der menschl. Gesellsch. Er sucht gerecht abzuwägen, sympathisiert als ›humanitarian moralist‹ mit den Unterdrückten. Einige Stücke sind bühnenwirksam, wirken jedoch konstruiert u. stellenweise melodramat. G. wurde bes. auf dem Kontinent e. Zeitlang sehr überschätzt. *ks*

Works, XXVI 1926–32. – H. V. Marrot, Bibl., 1928. E. H. Mikhail, J.G. the Dramatist: a Bibl., 1971. – R. H. Coats, J.G. as a Dramatic Artist, 1926. L. L. Schalit, J.G., 1928. N. Croman, J.G., 1933. H. L. Ould, J.G., 1934. H. V. Marrot, The Life and Letters of J.G., 1935. R. H. Mottram, J.G., 1953. D. Barker, The Man and the Principle, a View of J.G., 1963, dt. als J.G. Gentleman und Poet, 1964. C. Dupré, J. G. A Biogr., 1976.

Galt, John, 2. 5. 1779 Irvine (Schottland) – 11. 4. 1839 Greenock; bereiste als Vertreter e. Handelsgesellschaft den europ. Kontinent, wo er u. a. mit Byron zusammentraf; 1824–34 im Auftrag e. Grundstücksfirma in Kanada. Verlor s. Vermögen u. kehrte enttäuscht nach Schottland zurück. Bekannt durch s. Schilderungen schott. Landlebens verbunden mit e. genauen Wiedergabe des Regionaldialekts, bes. in den Kurzgesch. *Annals of the Parish* (1821, hg. J. Kinsley, 1967) u. dem Roman *The Provost* (1822, hg. I. A. Gordon, 1972). Von s. nachfolgenden Romanen verdienen *The Entail* (III 1822, hg. I. A. Gordon, 1970), *Ringan Gilhaize or The Covenanters* (III 1823), *The Number* (hg. I. A. Gordon, 1975) u. *The Radical* (beide 1832) Erwähnung. E. Bd. *Poems* erschien 1833, s. *Autobiography* (II) im gleichen Jahr. G.s Werk vermittelt den Wandel der Zeit u. die davon ausgehende Veränderung des Lebens auf dem Lande u. in den Kleinstädten. Humorvoll-satir. Darstellungsweise, doch überladen von der Fülle realist. Details. Beschreibt gleichermaßen Psyche u. Handlungsweise s. Figuren. *hd*

Works, hg. D. S. Meldrum and W. Roughead, VIII 1895; n. X 1936. Selected Short Stories, hg. I. A. Gordon, 1978. – H. Linnsden, Bibl., 1931. – J. W. Aberdein, J.G., 1936. F. H. Lyell, A Study of the Novels of J.G., 1942. T. W. Hamilton, J.G., 1947. W. M. Brownlie, J.G. Social Historian, 1952. W. C. Dickinson, J.G., ›The Provost‹ and the Burgh, 1954. E. Frykman, J.G's Scottish Short Stories, 1959. W. M. Parker, S. Ferrier and J. Galt, 1965. I. A. Gordon, J.G. (mit Bibl.), 1972. H. Gibault, J.G., romancier écossais, 1979.

Gangland Novel → Glasgow Novel.

Garrick, David, 19. 2. 1717 Hereford – 20. 1. 1779 ebda. Bedeutendster Schauspieler s. Zeit, Dramatiker. Ging 1737 mit → Johnson nach London; 1. Auftritt 1741, im gleichen Jahr als Shakespeares Richard III begeistert gefeiert. Herausragende Persönlichkeit in den lit. Zirkeln um Johnson; Mitglied des → Literary Club. Großer Interpret trag. u. kom. Rollen (über 90), bes. Shakespeare-Charaktere; Neuinszenierungen, Bearbeitungen u. eigene Stücke. 1769 leitete G. das Shakespeare Jubilee in Stratford. Mit Lacy 1747–76 Direktor des → Drury Lane Theatre. Verfaßte mit → Colman d.Ä. *The Clandestine Marriage* (UA 1766). Umfangreiche Korrespondenz mit Zeitgenossen. G. zog sich 1776 als wohlhabender Mann zurück u. verkaufte s. Lizenzanteil an R. B. → Sheridan. *hd*

Poetical Works, II 1785; n. 1968. Dramatic Works, III 1798. – Correspondence, hg. J. Boaden, II 1831 – 32. Diary, hg. R. C. Alexander, 1928. Letters, hg. D. M. Little and G. M. Kahre, III 1963. – M. E. Knapp, Checklist of Verse by D.G., 1955. – A. Murphy, Life of G., II 1801, repr. 1969. P. H. Fitzgerald, Life of G., II [2]1899; n. 1971. F. Parsons, G. and His Circle, 1906. E. P. Stein, D.G. Dramatist, 1938; n. 1967. A. Burnim, D.G. Director, 1961. M. W. England, G. and Stratford, 1962. J.M. Stochholm, G's Folly: The Sh. Jubilee of 1769 at Stratford and Drury Lane, 1964. F. A. Hedgcock, A Cosmopolitan Actor, 1969.

Gascoigne, George, zwischen 1525 u. 1542, wahrscheinl. 1539 – 7. 10. 1577 Stamford; Vater Friedensrichter u. Parlamentsmitglied aus Bedford. Stud. Cambridge, ohne Abschluß; Abbruch e. jurist. Ausbildung am Gray's Inn, 1558 Parlamentsmitglied; erfolgloser, schuldenträchtiger Versuch, bei Hofe Fuß zu fassen. Zahlreiche Prozesse wegen s. Ehe mit e. nicht rechtsgültig geschiedenen Frau u. wegen Erbschaftsstreitigkeiten mit s. Mutter u. s. Bruder führten zu finanziellem Ruin u. Schuldgefängnis. 1572 – 73 u. 1573 – 74 Soldat in Holland; 1576 im Auftrag der engl. Regierung Reise als Beobachter des Span.-Niederländ. Krieges. Origineller Autor, dessen Bedeutung v.a. in bahnbrechenden Neuerungen besteht: er schrieb die 1. engl. Abh. über Prosodie (*Certain Notes of Instruction*, 1576), die 1. engl. Kom. in Prosa (*Supposes*, 1566), das 1. original engl. Blankversged. (*The Steele Glass*, 1576) u. den 1. engl. Roman (*The Adventures of Master F. J.*, 1573; in italianisierend verfremdeter Version als *The Pleasant Fable of Ferdinando Jeronimi and Leonora de Valasco*, 1575). Der wohl von autobiogr. Erfahrungen beeinflußte Roman schildert die Liebe u. sexuelle Beziehung Jeronimis zu der amoral., verheirateten Leonora, die ihn schließl. zugunsten e. früheren Liebhabers zurückstößt; er reist ab u. Frances, die Tochter Leonoras, stirbt in tiefem Gram. G.s wichtigster Beitr. zur Entwicklung des Romans ist die Präsentation spezif., realer Charaktere u. Verhaltensweisen statt romanzenhaft idealer. *ks*

The Works of G. G., II, hg. J. W. Cunliffe, 1907 – 10. S. A. Tannenbaum, G., 1942. F. E. Schelling, The Life and Writings of G. G., 1893. C. T. Prouty, G. G. Elizabethan Courtier, Soldier and Poet, 1942.

Gaskell, Elizabeth Cleghorn, geb. Stevenson, 29. 9. 1810 London – 12. 11. 1865 Holybourne/Hampshire, Romanschriftstellerin. Tochter e. unitar. Geistlichen, wuchs bei ihrer Tante in Knutsford/Cheshire auf. 1822 – 26 Schule Stratford-on-Avon, 1827 – 28 London, 1832 Heirat mit William G., e. unitar. Geistlichen aus Manchester, 1846–52 Prof. für engl. Lit. u. Gesch. ebda. Ihr 1. Roman, *Mary Barton, a Tale of Manchester Life*, 1848 anonym veröffentlicht (hg. L. Cooper, 1947), wurde e. großer Erfolg. G. nahm die sozialen Unruhen von 1842 – 43 als Grundlage u. schilderte mitfühlend das trostlose Dasein der Industriearbeiter, das sie durch die Tätigkeit ihres Mannes in den Slums von Manchester aus eigener Erfahrung kannte. Die Melodramatik der Handlung paßte in die gängige Romantradition. Guter Einblick in die herrschenden Zustände. Bekanntschaft mit → Dickens; Artikel für dessen Zs.

›Household Words‹ u. ›All the Year Round‹, einige davon in *Cranford* (1853, hg. E. Jenkins, 1947), e. Slg. idyll. Szenen zusammengefaßt. Zunächst in Forts. erschienen 1853 *Ruth* u. 1855 *North and South* (hg. E. Bowen, 1952). Letzterer Roman berührt den Gegensatz zwischen industrialisiertem Norden u. ländl. Süden; immer noch deutl. gesellschaftskrit. Ansatz. Es folgen 1859 *Lois, the Witch*, 1863–64 *Sylvia's Lovers* u. 1864–66 das Fragment *Wives and Daughters* (hg. R. Lehmann, 1948), in ›Cornhill Mag.‹. Ihre Biogr. der Ch. → Brontë (1857; hg. M. Sinclair, 1908), stützt sich auf e. langjährige Freundschaft zwischen beiden Frauen. G.s Werk verrät krit. Beobachtungsgabe, doch keine klassenkämpfer. Tendenz, wenn auch bes. ihr Erstlingsroman wegen der darin eingenommenen Haltung heftig angegriffen wurde. Im Gegensatz zu Dickens u. Kingsley war sie mit den Verhältnissen in den Industriegebieten wohl vertraut. *hd*

Works, hg. A. W. Ward, VIII 1906 (Knutsford Edition); n. 1925. Novels and Tales, hg. C. K. Shorter, XI 1906–19. – Letters, hg. J. Whitehill, 1932; J. A. V. Chapple & A. Pollard, 1966. – A. S. Whitfield, Mrs. G. Her Life and Work, 1929. G. DeWitt Sanders, E.G., 1929 (m. Bibl.). E. Haldane, Mrs. G. and Her Friends, 1930. Y. Ffrench, Mrs. G., 1949. A. B. Hopkins, E.G., 1952. E. Wright, Mrs. G. The Basis for Reassessment, 1965. A. Pollard, Mrs. G., 1965. J. G. Sharps, Mrs. G's Observation and Invention, 1970. W. A. Craik, E. G. and the Engl. Provincial Novel, 1975. A. Easson, E.G., 1979.

Gay, John, 16. 9. 1685 (getauft) Barnstaple/Devon – 4. 12. 1732 London. Nach kurzer Tätigkeit als Kaufmannslehrling freier Schriftsteller, gefördert von → Pope, dem er s. Pastoralged. *Rural Sports* (1713) widmete, u. → Bolingbroke, ohne zunächst große Erfolge zu erzielen. Von → Swift unterstützt schrieb er *Trivia, or the Art of Walking the Streets of London* (1716). Erst mit der Gesamtausgabe s. *Poems* (1720) kam G. zu e. gewissen Wohlstand, dessen er nach dem Zusammenbruch der South Sea Company wieder verlustig ging. Nach vergebl. Versuchen, e. einträgl. Posten bei Hofe zu erlangen, kam s. großer Erfolg mit den *Fables* (1727; 1738) u. der UA der → *Beggar's Opera* (1728), e. Parodie auf die italien. Oper. Die Auff. des Fortsetzungsstücks *Polly* wurde wegen polit. Tendenzen verboten, der Text erwies sich als Verkaufsschlager. Schon in der *Beggar's Opera* war G.s krit. Haltung gegenüber der engl. Gesellschaft im allgemeinen u. Walpole u. den Whigs im besonderen deutl. zu erkennen. Weitere Theaterstücke, *The Wife of Bath* (1730 neu bearbeitet) u. *Acis and Galatea* (1732), blieben weitgehend unbeachtet. Posthum erschienen bzw. wurden aufgeführt *Achilles* (1732) u. *The Distrest Wife* (1743). G.s geistreiche Dichtung wurde mitbestimmend für die Ausrichtung der zeitgenöss. Verskunst. Gelegentl. Veröffentlichungen in Steeles → ›Guardian‹. S. Grab in Westminster Abbey trägt das selbstverfaßte u. bekannte Epitaph »Life ist a jest, and all things show it;/I thought so once, and now I know it.« *hd*

Poetical, Dramatic and Miscellaneous Works, VI 1795 (mit Johnsons ›Introduction‹). – Poetical Works, hg. G. C. Faber, 1926; n. 1969 (mit Bibl.). – Letters, hg. C. F. Burgess, 1966. – L. Melville, Life and Letters, 1921. P. F. Gaye, J.G., 1938. P. M. Spacks, J. G., 1965. S. M. Armens, J.G. Social Critic, ²1970. B. A. Goldgar, Walpole and the Wits: Relation of Politics to Literature 1722 – 1742, 1977.

Genesis, Ged. aus der → Caedmon-Schule, 2936 V., wahrscheinl. in Northumbria im frühen 8. Jh. entstanden; aus 2 versch. Teilen, was die von → Junius vermutete Autorschaft Caedmons ausschließt. Die in das ursprüngl. Ged. eingesetzten V. 235 – 851 stammen aus dem 9. Jh. Es wird deshalb unterschieden in e. ältere *Genesis A* (V. 1 – 234, 852 – 2936) u. e. jüngere *Genesis B* (V. 235 – 851). *G.A* ist e. poet. Paraphrase des 1. kanon. Buches des AT u. beschreibt den Sturz Luzifers u. s. Verbannung in die Hölle. Die Schaffung der Erde entspricht der Darstellung in den einführenden Kap. der *Vulgata*, daran anschließend die Schöpfung bis zur Opferung Isaaks. *G.B* wird von E. Sievers mit dem Dichter des *Heliand*-Liedes in Verbindung gebracht: e. anglisierte Version e. altsächs. Paraphrase des AT, die erneut den Sturz Luzifers schildert, der aus Rache an Gott die Menschen versucht. Die kraftvollen Reden Luzifers erinnern an Miltons → *Paradise Lost.* An die Stelle der german. Helden treten bibl. Figuren, jedoch werden Christus u. s. Jünger noch wie Heerführer u. Gefolge beschrieben. Nimmt man für *G.B* die Verbindung zum *Heliand*-Dichter an, so ergibt sich die 2. Hälfte des 9. Jh. als früheste Datierung der Interpolation. *js*

The Later ›G.‹ and Other OE and Old Saxon Texts Relating to the Fall of Man, hg. F. Klaeber, Engl. Textbibliothek, 15, 1913. D. ältere ›G.‹, hg. F. Holthausen, Alt- u. mittelengl. Texte, 7, 1914. The Later ›G.‹, hg. B. J. Timmer, 1948; n. 1954. – E. Sievers, D. ›Heliand‹ u. d. ags. ›G.‹, 1875. S. von Gajsek, Milton and Caedmon, 1911. W. Bruckner, D. altsächs. ›G.‹ u. d. ›Heliand‹, d. Werk e. Dichters, 1929. F. Klaeber, The Later ›G.‹ and Other Old Engl. and Old Saxon Texts Relating to the Fall of Man, 1931. J. Crawford, Anglo-Saxon Influence on Western Christendom, 600–800, 1933. B. F. Huppé, Doctrine and Poetry: Augustine's Influence on Old Engl. Poetry, 1959.

Gentleman → Courtesy Book.

Gentleman's Magazine, 1731 bis 1914, von dem Londoner Drucker Edward Cave gegründete Zs. mit der Absicht, einmal monatl. aus Zeitungen u. Wochenschr. die jeweils wichtigsten Beiträge nachzudrucken. 1739 nahm die Zs. auf Vorschlag Dr. → Johnsons, der bis 1744 regelmäßig für *G.M.* schrieb, eigene Form an: Parlamentsberichte, Landkarten, Noten, Bibl. der neuesten Publikationen, Belletristik etc. *hd*

The Gentle Shepherd, Schäferdichtung von A. → Ramsay.

Geoffrey of Monmouth, um 1100 – um 1155; wahrscheinl. Benediktinermönch in Monmouth, (Wales); Stud. Oxford, 1151 Bischof von St. Asaph. S. lat. Prosawerk *Historia Regum Britanniae* (ca. 1130 – 38), das vom Fall Trojas bis zum Ende der Keltenherrschaft im Jahre 689 reicht, mischt hist. u. legendäre Ereignisse u. Gestalten mit Erfundenem u. wurde bis ins 18. Jh. für e. wirkl. Geschichtsbuch gehalten. Es enthält u.a. die älteste bekannte Version der Gesch. von *King Lear* u. s. 3 Töchtern. 2/3 des Werkes nimmt die Lebensbeschreibung des Kg. Arthur ein, welchen G. als romant. Heldengestalt präsentiert. Von Gaimar u. Wace ins Anglonormann., von Layamon u. Robert of Gloucester ins Engl. übersetzt; ED 1508 in Paris. Das Werk diente zahlreichen Autoren als Stoffquelle. *js*

›Historia Regum Britanniae‹, hg. A. Griscom, 1929. Übs. G. of M's History of the Kings of Britain, 1966. – E. F. Greulich, D. Arthur-Sage i. d. ›Historia Regum Britanniae‹, 1916. E. Faral, La légende arthurienne; des origines à Geoffrey de Monmouth, III 1929. A. E. Hutson, British Personal Names in the History of G., 1940. H. Pähler, Strukturuntersuchungen zur Historia d. G., 1958. R. W. Hanning, The Vision of History in Early Britain, 1966.

Georgian Poetry, in der Regierungszeit George V veröffentlichte Lyrikanthologie (1911 – 12, 1920 – 22; hg. E. Marsh) e. Gruppe von Dichtern, u.a. R. Brooke, J. Drinkwater, E. Marsh, de → la Mare, → Graves, → Belloc, → Sassoon. Verschiedene der Ged. waren bereits früher entstanden. *G.P.* offenbart den geringen lit. Anspruch der Zeitspanne vor T.S. → Eliot u. → Yeats. *hd*

G. P. 1911 – 22 (The Critical Heritage), hg. T. Rogers, 1978.

The Germ, Zs. → Pre-Raphaelite Brotherhood; → Rossetti, D. G.

Gertrude of Wyoming, Ged. von Th. → Campbell.

Gibbon, Edward, 27. 4. 1737 Putney-on-Thames – 16. 1. 1794 London. 1752 – 53 Stud. Magdalen College, Oxford; konvertierte mit 16 zum röm.-kath. Glauben, darauf vom Vater nach Lausanne geschickt; Bekanntschaft mit Voltaire, Rückkehr zum Protestantismus. 1. Publikation war der wenig beachtete *Essai sur l'étude de la littérature* (1761). Auf e. Italienreise faßte G. den Plan für s. *History of the Decline and Fall of the Roman Empire* (VI 1776 – 88). Das Werk legt größeres Gewicht auf die Interdependenz der Ereignisse als auf deren exakt chronolog. Abfolge. E. der Hauptursachen für den Untergang Roms sah G. im hist. Christentum (1, 1776); deshalb von den Zeitgenossen heftig kritisiert. S. Antwort legte er in *A Vindication of some Passages in the Fifteenth and Sixteenth Chapters* (1779) nieder. G.s Gesch. Roms ist nach wie vor e. der großen hist. Darstellungen in der engl. Lit., aus der Sicht damaliger Erkenntnis fakt. genau (die Ausg. von J. B. Bury bringt Ergänzungen), in ihrer sprachl. Eleganz geprägt von der Vorliebe des Vf. für klass. Diktion. 1774 Mitglied des → Literary Club; 1774 – 83 Parlamentsabgeordneter. G.s Memoiren, e. der bemerkenswerten Autobiogr. des 18. Jh., wurden erst nach s. Tod veröffentlicht. *hd*

Decline and Fall, hg. J. B. Bury, VII 1896 – 1900 u. 1909 – 13; n. O. Smeaton, VI 1954. Miscellaneous Works, hg. Lord Sheffield, V 1814; n. J. B. Bury, 1907. – Memoirs, hg. Lord Sheffield, II 1827; n. G. A. Bonnard, 1966. Journals, hg. D. M. Low, 1926 u. G. A. Bonnard, 1945, 1961. Private Letters, hg. R. E. Prothero, II 1896; n. J. E. Norton, III 1956. – J. E. Norton, Bibl., ²1970. – S. T. McCloy, G's Antagonism to Christianity, 1933. E. Blemden, E.G. and His Age, 1935. R. B. Mowat, G., 1936. D. M. Low, E.G., 1937. P. Fughens, E.G. His View of Life and His Conception of History, 1953. M. Joyce, E.G., 1953. J. B. Black, The Art of History, ²1965. L. B. Braudy, Narrative Form in History and Fiction, 1970. H. L. Bond, The Lit. Art of E.G., ²1976.

Gibbon, Lewis Grassic (eig. James Leslie Mitchell), 13. 2. 1901 Hillhead of Segget/Auchterless (Schottland) – 7. 2. 1935 Welwyn Garden. Nach Abbruch s. Schulausbildung zunächst Zeitungsreporter; 1919 – 23 Royal Army Service Corps; anschließend für kurze Zeit freischaffender Journalist, doch ohne ausreichendes Einkommen; bis 1930 Royal Air Force. Mit der Veröffentlichung e. Kurzgesch. im ›Cornhill Mag.‹ vom April 1928 begann

G.s schriftsteller. Laufbahn. Unter s. eig. Namen erschienen die sog. engl. Romane *The Thirteenth Disciple* (1931), *Three Go Back* (1932), *The Lost Trumpet* (1932) u. *Image and Superscription* (1933). Sie zeigen ihn als Anhänger des Diffusionismus, e. Theorie, wonach der Beginn von Zivilisation u. Kultur schon um 4000 v. Chr. in Ägypten anzusetzen ist, als erstmals die Methode der künstl. Bewässerung mit Nilwasser regelmäßig praktiziert u. damit der 1. Schritt vom Nomadentum des Menschen (Jäger u. Fischer) zum Siedler getan wurde. Von hier ausgehend in kontinuierl. Fortentwicklung zivilisator. u. kultureller Güter Verbreitung über die ganze Welt, einschließl. aller im Gefolge stehender negativen Erscheinungsformen. Ab 1930 wandte sich G. gleichzeitig schott. Themen zu. In die Romantrilogie *A Scots Quair* (*Sunset Song*, 1932, *Cloude Howe*, 1933, *Grey Granite*, 1934), die er unter s. Ps., auf den Mädchennamen der Mutter zurückgehend, veröffentlichte, gingen Erfahrungen der Jugend- u. frühen Mannesjahre ein. Es ist s. bedeutendstes Werk, herausragende Leistung im Bereich des mod. engl. Romans. Die Trilogie schildert das Leben der Chris Guthrie, gleichsam allegor. Figur der Gesch. Schottlands. Das Wissen um e. schott. Nation, das Bestreben, e. solche nationale Einheit bewußt zu machen, ist bestimmendes Element der lit. Aussage. Die Handlung folgt dem schott. Schicksal der Jahre 1911–34 auf 3 Ebenen: persönl. Erleben; gesellschaftl. Bezug, Niedergang des ›Crofting System‹, Auflösung des Kleinstadtgefüges, Aufkommen sozialist.-kommunist. Gedankenguts; symbol. überlagernd die Erkenntnis, daß alles Leben in s. ständigen Wandel immer wieder zum Ursprüngl. zurückfinden muß, für G. die ländl. Gemeinschaft, Verbindung von Gegenwart u. Vergangenheit, Vergänglichkeit des Gegenwärtigen. Die Trilogie gibt kein objektives Bild der Realität, sondern Beschreibungen aus der Sicht der Charaktere, wobei nicht immer erkennbar ist, wessen Gedanken vorgetragen werden. G.s früher Tod setzte e. großen erzähler. Begabung e. vorzeitiges Ende. E. definitive Gesamtdarstellung s. Lebens u. Schaffens steht noch aus. *hd*

A Scots Hairst, hg. I. S. Munro, 1967 (Fragment). Sunset Song, hg. J. T. Low, 1971 (Modern Classics). G. Wagner, Bibl. (The Bibliotheck, 1 1956). – G. E. Smith, The Diffusion of Culture, 1933. G. Walch, Bemerkungen zu L.G.G's ›A Scots Quair‹ (ZAA, 10 1962, 143–52). D. Macaree, Myth and Allegory in L.G.G's ›A Scots Quair‹ (SSL, 2 1964, 45–55.) J. S. Munro, Leslie Mitchell: L.G.G., 1966 M. Peel, Leslie Mitchell: L.G.G. (Books and Bookmen, 17 1972, 30–35). D. Young, Beyond the Sunset, 1973. I. Campbell, Chris Caledonia: The Search for an Identity (SLJ, 1 1974, 45–57). G. Whittington, The Regionalism of L.G.G. (Scottish Geographical Mag., 90 1974, 74–84). R. Johnson, L.G.G. and ›A Scots Quair‹. Politics in the Novel (RMS, 20 1976, 39–53).

Gilbert and Sullivan. Der Librettist Sir William Gilbert (1836–1911) u. der Komponist Sir Arthur Sullivan (1842–1900) schufen 1871 (*Thespis*) bis 1896 (*The Grand Duke*) ihre 14 berühmten, (nach dem Savoy Theatre) Savoy Operas genannten kom. Opern. Ihre größten Erfolge, *Mikado* (1885), *Pinafore* (1878), *Patience* (1881) u. *Gondoliers* (1889) verschafften ihnen e. nahezu unübertroffene Popularität. Die Handlungsvorlagen sind ereignisreich, oft burlesk u. mit deftiger polit. u. sozialer Satire gewürzt; die Charaktere erscheinen weniger als realist. Wesen denn als Phantasiegeschöpfe. *ks*

W. S. G. A Cent. of Scholarship and Commentary, hg. J. Jones, 1970. M. K. Sutton, W. S. G., 1975.

Gissing, George Robert, 22. 11. 1857 Wakefield – 28. 12. 1903 St. Jean-de-Luz (Frankreich). Wegen übereilter Heirat Abbruch s. Stud. am Owes College, Manchester. 1875 London, kurz darauf nach Amerika u. Dtl.; Philosophiestud. Jena. Lebte in Armut. 1880 Rückkehr nach London. Veröffentlichte 17 meist sozialkrit. Romane, Kurzgesch., e. fiktive Autobiographie u. e. Studie über→ Dickens, von dessen Erzähltalent er bes. beeindruckt war; Einfluß auf das eigene Werk. G.s 1. Roman, *Workers in the Dawn* (III 1880) schildert die negativen Auswirkungen von Elend u. drohender Armut auf die Psyche des Menschen. G. lebte zeitweilig in den Londoner Slums, Handlungsschauplatz s. 7. Romans *The Nether World* (III 1889). In *New Grub Street* (III 1891; n. 1962) wies G. auf die Problematik e. zur bloßen Lohnschreiberei degradierten Journalismus hin. Käuflichkeit u. Profitstreben stehen gegen künstler. Verantwortung, schöpfer. Tätigkeit wird abgewertet, alles den Prinzipien e. Gewinn- u. Verlustrechnung unterstellt. Die zumindest in Teilbereichen erfolgte Bestätigung s. pessimist. Prognose rückt gerade diesen Roman erneut in den Vordergrund. Hervorzuheben sind auch *Demos* (III 1886), *Thyrza* (III 1887) u. die Teilfiktion *The Private Papers of Henry Ryecroft* (1903; n. 1964), die e. Leben zeigt, wie es G. vorgeschwebt haben dürfte. Posthum erschienen der hist. Roman *Veranilda* (1904), entstanden 1895 während e. Italienaufenthalts, u. *Will Warburton* (1905). G. blieb der Tradition des viktorian. Romans treu. Düstere Darstellung, nie sehr populär; s. Romanen fehlt der Humor u. das Mitgefühl e. Dickens. Anschaul. u. realist. Milieuzeichnungen, vornehml. der unteren Klassen u. des Mittelstandes. Nähe zu Zola u. den frz. Naturalisten. E. definitive Darstellung von G.s Leben u. Schaffen steht noch aus. *The Private Life of Henry Maitland* von M. Roberts (1912; hg. M. Bishop, 1958), als biograph. Roman konzipiert, wird G.s Persönlichkeit nicht gerecht. *hd*

Commonplace Book, hg. J. Korg. Im Erscheinen, 1969ff. (Harvester Complete Critical Edition). Essays and Fiction, hg. P. Coustillas, 1970. – Letters, hg. A. and E. Gissing, 1927. Letters to Eduard Bertz, hg. A. C. Young, 1962. G. G. and H. G. Wells: Their Friendship and Correspondence, hg. R. A. Gettmann, 1961. Letters to Gabrielle Fleury, hg. P. Coustillas, 1964. – Diary, hg. ders., 1978. – J. J. Wolff, Bibl. (Engl. Fiction in Transition, 3 1960, 3–33) – F. Swinnerton, G.G., a Crit. Study, 1912. M. Yates, G.G. An Appreciation, 1923. A. Weber, G.G. u. d. soz. Frage, 1932. R. C. McKay, G.G. and His Critic Frank Swinnerton, 1933. M. C. Donnally, G.G. Grave Comedian, 1954. J. Korg, G.G., 1963. M. Collie, The Alien Art, 1978. S. V. Gapp, G.G. Classicist, 1978. J. Goode, G.G. Ideology and Fiction, 1978.

Glanville, Brian Lester, 24. 9. 1931 London; Sportjournalist. Sehr produktiv u. vielseitig: Sportbücher, Sportromane (*The Olympian*, 1969; *The Dying of the Light*, 1976; *Target Man*, 1978) u. Kurzgesch. über Sport (*Goalkeepers are Crazy*, 1964), einfühlsame Studien weibl. Sensibilität (*A Cry of Crickets*, 1970),

Familienchroniken wohlhabender jüd. Gesellschaftskreise (*The Bankrupts*, 1958; *The Financiers*, 1972) u. spannende Thriller (*After Rome, Africa*, 1959). *ks*

Glasgow Citizens Theatre, 1947 von J. → Bridie, P. V. Carroll u.a. gegründet. Brachte → Lyndsays *Ane Pleasant Satyre of the Thrie Estaitis* anläßl. des Edinburgh Festivals 1948 zur Aufführung. Durch die 1950 erfolgte Gründung des College of Dramatic Art in Glasgow wird die Aufgabe des Theaters, sowohl engl. als auch schott. Stücke aufzuführen, wesentl. erleichtert. 1965 Gründung des Close Theatre Club im Haus des G.C.T., vorwiegend als Experimentierbühne. *hd*

Glasgow Novel; themat. Sonderform im Bereich der angloschott. Lit. Unter der Bz. werden Romane zusammengefaßt, deren Handlung ganz oder wenigstens teilweise in Glasgow spielt, oder in e. fiktiven Stadt, die sich als Glasgow identifizieren läßt; zumeist von Schriftstellern verfaßt, die die Stadt sehr gut kennen, dort gar geboren sind u. ihre Eindrücke, gelegentl. auch hist. gebunden, künstler. verarbeiten. Drei wesentl. Richtungen sind festzustellen: ›urban → kailyard‹-Romane mit sehr begrenzter, oft sentimental gefärbter Darstellungsweise, Arbeiterromane als ›industrial novel‹ u. ›Gangland‹-Romane mit dem Phänomen der Jugendbanden als Handlungsvorwurf; daneben die Form des realist. Glasgow-Romans, der aufgrund s. lit. Qualität allerdings vor den anderen Ausprägungen liegt. Bekannte Autoren der G. N. sind: W. J. Eccott, H. Foulis u. J. J. Bells (›kailyard‹); D. M. McCulloch, G. Blake u. J. Barke (›industrial novel‹); A. McArthur, H. Kingsley Long, J. McNeillis, B. McGhee, C. Hanley u. G. Friel (›Gangland‹); ders., G. McCrone u. W. McIlvanney (realist.). *hd*

Bibl.: M. Burgess, The G. N. 1870–1970, 1972.

A Glastonbury Romance, Roman von J. C. → Powys.

The Globe Theatre, berühmtestes u. wohl prächtigstes elisab. Schauspielhaus, 1599 von J. Burbage u. dessen Söhnen Cuthbert u. Richard aus dem Holz des 1576 erbauten u. 1598 abgerissenen ›Theatre‹ im südl. der Themse gelegenen Vergnügungsviertel Bankside errichtet. Es war e. großes Gebäude mit e. Strohdach über Galerien u. Bühne, das in der Mitte über dem ›pit‹ offen war. Das Theater brannte 1613 bei e. Auff. von Shakespeares *Henry VIII* bis auf die Grundmauern nieder, nachdem e. Böllerschuß aus e. Kanone das Strohdach in Brand gesetzt hatte. 1614 wiederaufgebaut, nach dem 1642 erfolgten Verbot der Theater im Jahre 1644 endgültig abgerissen. Das Gebäude wurde u.a. bespielt von den Admiral's Men (1590–91) u. der Truppe des Lord Chamberlain (1594–96). Sh. war e. der Anteilseigner des G.T. *ks*

E. K. Chambers, The Elizabethan Stage, II 1923. W. J. Lawrence, The Physical Conditions of the Elizabethan Playhouse, 1927. J. C. Adams, The G. Playhouse: Its Design and Equipment, 1942. C. W. Hodges, The G. Restored: A Study of the Elizabethan Theatre, 1953. I. Smith, Shakespeare's G. Playhouse, 1956. L. Hotson, Shakespeare's Wooden O, 1959. B. Beckermann, Shakespeare at the G., 1962. G. Wickham, Early Engl. Stages 1300 to 1660, II 1963.

The Go-Between, Roman von L. P. → Hartley, 1953. Der alte Leo Colston blickt am Ende s. einsamen Lebens auf die Erlebnisse zurück, die er als Junge von 13 hatte u. die s. emotionale Reduktion bedingten. Als Feriengast in Brandham Hall, dem Schloß der Eltern e. Schulfreundes, dient er der von ihm verehrten Marian, der Tochter des Hauses, die mit Lord Trimingham verlobt ist, als argloser postillon d'amour (go-between) zu ihrem Liebhaber, dem Bauern Ted Burgess. In aller Unschuld verursacht er die Entdeckung der Liebenden. E. Welt bricht in Leo zusammen, er erleidet e. Schock, der e. fiebrige Erkrankung auslöst, in die nur die Nachricht von Burgess' Selbstmord dringt. Dieses Schlüsselerlebnis macht ihn zu e. scheuen, einsamen u. enttäuschten Menschen. Im 2. Teil der Rahmenhandlung kehrt der alte Colston an den Ort des Geschehens zurück u. trifft Marian wieder. Er muß erkennen, daß sie die trag. Ereignisse der Vergangenheit selbstbetrüger. idealisiert. Der Roman zeichnet e. faszinierendes Bild vom Adelsleben der Jahrhundertwende u. ist zugleich e. einfühlsame psych. Studie des jungen Leo. Die zentralen Symbole Sternzeichen, Wetter u. Nachtschattenpflanze vertiefen mit meisterhafter Subtilität das harmlos beginnende u. zu tiefer Tragik intensivierte Geschehen. Der Roman wurde nach dem Drehbuch H. → Pinters von Philip Losey erfolgreich verfilmt. *ks*

Godwin, William, 3. 3. 1756 Wisbech/Cambridgeshire – 7. 4. 1836 London; Dissenter, dann Atheist; Vermittler anarch. Gedankenguts. S. *Inquiry Concerning Political Justice* (II 1793; hg. F. E. L. Priestley, III 1946) kritisiert das vorhandene Gesellschaftssystem, stellt e. neues Wertgefüge dagegen u. gibt Ausblicke auf künftige Entwicklungen. Der von G. vertretene uneingeschränkte Individualismus, e. Drängen nach sozialer Gerechtigkeit, bestimmen auch den Inhalt s. Romane, bes. *Things as They Are; or, the Adventures of Caleb Williams* (III 1794; hg. D. McCracken, 1970); frühes Beispiel e. propagandist. Tendenz- u. Kriminalromans. E. mächtiger Großgrundbesitzer vernichtet die Existenz e. Pächters u. wird schuldig am Tod des benachbarten Gutsbesitzers, der s. despot. Vorgehen nicht gutheißen kann. Erst nach langer Zeit u. weiterem Unrecht wird er als der Mörder entlarvt. 1801 beginnend, entwickelten sich zwischen → Shelley u. G. freundschaftl. Beziehungen. Große Belesenheit, vgl. *Life of Chaucer* (II 1803) u. *Essay on Sepulchres* (1808). In *Of Population* (1820) nahm G. zu → Malthus' Übervölkerungstheorie Stellung. S. *History of the Commonwealth* (IV 1824–28) stützt sich als Geschichtswerk erstmals auf Originaldokumente. Wegbereiter u. Theoretiker der Romantik, beträchtl. Einfluß s. Gedankenguts auf Wordsworth, Coleridge u. Shelley. *hd*

Godwin and Mary, Their Letters, hg. R. M. Wardle, 1967. – B. R. Pollin, Bibl., 1967. – C. K. Paul, W. G., His Friends and Contemporaries, II 1876. H. N. Brailsford, Shelley, G. and Their Circle, 1913. F. K. Brown, The Life of W. G., 1926. D. Fleisher, W. G. A Study in Liberalism, 1951. R. G. Grylls, W. G. and His World, 1953. D. H. Monro, G's Moral Philosophy, 1953. B. R. Pollin, Education and Enlightenment in the Works of W. G., 1962. G. Woodcock, W. G.,

[2]1975. G. Kelly, The English Jacobin Novel, 1976 (Chap. 4).

The Golden Bowl, Perspektivenroman von H. → James.

The Golden Notebook, Roman von D. → Lessing.

Golding, William Gerald, 19. 9. 1911 St. Columb Minor; Stud. Oxford. 1939–61 Lehrer in Salisbury; Kriegsdienst bei der Marine. Sehr origineller, oft bizarrer Autor, unabhängig von den Moden des zeitgenöss. Romans. G. stellt in schlicht. poet., symbol- u. allegorienreicher Sprache, mit moral. Intensität u. tiefer Skepsis die zeitlosen Kernprobleme der Menschheit dar: den Kampf um das Überleben, das Wesen von destruktiven u. altruist. Trieben, Sünde, Schuld, Strafe u. Erlösung, Wert des Fortschritts. Der sehr erfolgreiche, 1963 verfilmte Roman → *Lord of the Flies* ist e. in der Zukunft angesiedelte schlichte Allegorie der Erbsünde. G. führt hier ›die Gebrechen der Gesellschaft auf die Gebrechen der menschl. Natur zurück‹. *The Inheritors* (1955), in dem e. kleiner Neandertalerstamm vom homo sapiens systemat. vernichtet wird, gestaltet G.s Hauptthemen in prähist., *The Spire* (1964) in ma. Szenerie, *Free Fall* (1959) vor der Kulisse des 2. Weltkriegs, die 3 Erzählungen von *The Scorpion God* (1971) im alten Ägypten, vor hunderttausend Jahren in Afrika u. im alten Rom. G.s experimentellstes Werk ist *Pincher Martin* (1956): die Hauptfigur ist schon zu Beginn des Romans im Atlantik ertrunken, ihr furchtbarer Tod wird in e. mit Delirium u. Träumerei verwobenen Rückblende geschildert. *The Pyramid* (1967) stellt realist. den Snobismus u. die Heuchelei in e. engl. Kleinstadt vor dem 2. Weltkrieg dar. Vom 2. Weltkrieg ausgehend bis zu den Gewalttätigkeiten der unmittelbaren Gegenwart erstreckt sich die Handlung von *Darkness Visible* (1979). *ks*

S. Hynes, W.G., 1964. J. R. Baker, W.G. A Critical Study, 1965. B. S. Oldsey & S. Weintraub, The Art of W.G., 1965. M. Kinkead-Weekes & J. Gregor, W.G. A Critical Study, 1967. B. F. Dick, W.G., 1967. C. Pemberton, W.G., 1969. L. Hodson, W.G., 1969. H. S. Babb, The Novels of W.G., 1970. J. J. Biles, Talk: Conversations with W.G., 1971. V. Tiger, W.G. The Dark Fields of Discovery, 1974. H. Lutz, W.G.s Prosawerk, 1975.

Goldsmith, Oliver, 10. 11. 1728 Pallasmore/Longford (Irland) – 4. 4. 1774 London; 1744–49 Trinity College, Dublin; 1754–56 Medizinstud. Edinburgh u. Leiden; 1755–56 Wanderschaft in Frankreich, Italien u. der Schweiz, Gelegenheitsarbeiten; 1757 Rückkehr nach London; karges Dasein, zeitweilig als Heilmittelvertreter, Armenarzt, Hausmeister u. Lohnschreiber: *Enquiry into the Present State of Polite Learning in Europe* (1759), Biogr. Voltaires (1761), von → Beau Nash (1762), → Parnell u. → Bolingbroke (1770), *History of England* (1771). Die Reimpaardichtung *The Traveller* (1764), in der G. die Erfahrungen s. Wanderlebens aus der Sicht des fern der Heimat Weilenden beschreibt, brachte nach langen Jahren unbeachteten Schaffens öffentl. Anerkennung. Okt. – Nov. 1759 Vf. u. Hg. der Wochenschr. ›The Bee‹. Wurde mit → Johnson u. s. Kreis bekannt. Der lit. Durchbruch gelang mit dem Roman *The* → *Vicar of Wakefield* (1766). G.s Kom. *The Good Natur'd*

Man, von → Garrick abgelehnt, wurde 1768 in Covent Garden mit mäßigem Erfolg aufgeführt. Großen Erfolg dagegen hatten die heute noch bühnenwirksamen Kom. *She Stoops to Conquer* (1773) u. das vorausgegangene Ged. *The Deserted Village* (1770). G.s essayist. *Chinese Letters* für J. Newsberys ›Public Ledger‹ erschienen 1762 erneut u. d.T. *The Citizen of the World.* Letzte Werke waren das unvollendete Ged. *Retaliation*, die *Grecian History* u. *Animated Nature* (alle 1774). Die Breite von G.s schriftsteller. Tätigkeit ergab sich nicht zuletzt aus s. ständigen finanziellen Schwierigkeiten. Großmütig, hilfsbereit, kam er häufig selbst in Bedrängnis. S. heiteren Kom., teils mit farcenhaften Elementen angereichert, richten sich bewußt gegen den Kult der Empfindsamkeit. G. ist Verfechter der »laughing comedy«, Angriff auf das sentimentale Drama: *Essay on the Theatre; or A Comparison between Laughing and Sentimental Comedy* (1772). G.s Prosa bestätigte → Johnson Klarheit u. stilist. Eleganz verbunden mit Ebenmaß u. Einsicht, Tugenden des → Augustan Age. *hd*

Works, hg. J. W. M. Gibbs, V 1884–86; A. Friedman, V 1966. – Letters, hg. K. C. Balderstone, [2]1978. – J. Forster, Life and Times of O.G., II 1848. H. Sollas, G.s Einfl. i. Dtl. i. 18. Jh., 1903. A. S. Turberville, English Men and Manners in the 18th Cent., 1926. A. Thorndike, Engl. Comedy, 1929. R. M. Wardle, O. G., 1957. A. N. Jeffares, O. G., 1965 (Writers and Their Work). R. H. Hopkins, The True Genius of O. G., 1969. O. G. (The Critical Heritage), hg. G. S. Rousseau, 1973. A. L. Sells, O. G. His Life and Works, 1974. J. Ginger, The Notable Man: The Life and Times of O. G., 1977. M. K. Danziger, G. and Sheridan, 1977.

The Good Companions, Roman von J. B. → Priestley.

Goodbye to Berlin, autobiogr. Erzählungen von C. → Isherwood.

Gorboduc, Trag. von Thomas Sackville (1536–1608) u. Thomas Norton (1532–83); UA Weihnachten 1561 in e. Londoner Juristenschule, EA 1565, 1. autorisierte Ausg. 1570 u.d.T. *The Tragedie of Ferrex and Porrex. G.* ist die 1. engl. Trag., die unter dem Einfluß Senecas stand. Mit diesem Einfluß verbunden sind die heim. Traditionen des Fürstenspiegels u. der → ›morality‹. Der Inhalt ist e. Stoff aus sagenumwobener brit. Vergangenheit: Kg. Gorboduc teilt s. Reich unter s. Söhne Ferrex u. Porrex auf, der folgende Bruderzwist führt zu moral. Anarchie u. zum Untergang des Reiches. Das Drama demonstriert somit die für die Zeit topikale Bedeutung e. streng geregelten Thronfolge. Das Stück ist in → Blankversen geschrieben. Zu Beginn e. jeden der 5 Akte steht e. → dumb show, die pantomim. den Inhalt vorwegnimmt, den Abschluß bildet jeweils e. Auftritt des Chores. Die Personenkonstellation ist symmetr., z.B. ist jedem der Brüder je e. guter u. e. schlechter Ratgeber an die Seite gestellt. Auch die Handlung schreitet in parallelen Szenen fort, die zwischen dem Hof des Ferrex u. des Porrex wechseln. Sie ist dramaturg. ungeschickt u. belastet von schwerfälligen Prunkreden u. Botenberichten. Das Geschehen tritt zurück hinter dem abstrakten Lehrgehalt. *ks*

G., hg. J. W. Cunliffe, 1912. S. A. Small, The Political Import of the Norton Half of ›G.‹ (PMLA, 46 1931, 641–46). S. R. Watson, The Senecan Influence in ›G.‹ (Studies in Speech and Drama in Honour of A. M. Drummond, 1944).

Gothic Novel, Schauer-, Schrekkensroman; als Bz. abgeleitet von ›Gothic‹ in der Bedeutung von ›gotisch‹ unter Ausweitung auf ›germanisch‹ u. später allg. ›mittelalterlich‹. In der Lit. des 18. Jh. zunächst noch gleichbedeutend mit barbar., ungebildet, Geist u. Ebenmaß der Klassik mißachtend. Ausgangs des Jh. förderte die zunehmende Skepsis gegenüber reiner Vernunftgläubigkeit e. von den Elementen des Mysteriösen, Übernatürl., Phantast., oft Grotesken beherrschte Darstellungsweise im Roman. Als 1. Werk des neuen Genre erschien 1764 *The Castle of Otranto* von Horace → Walpole. Handlungsschauplatz ist e. stilisierte ma. Burg (›Gothic‹) mit Verlies, unterird. Gängen, geheimnisvollen Gemächern, Falltüren, unvermittelt zuschlagenden Torflügeln u.ä.m. Weitere Autoren der G. N. waren ›Monk‹ → Lewis, → Maturin, A. → Radcliffe, C. → Reeve u. M. → Shelley, deren *Frankenstein* allerdings zeitgenöss. europ. Kolorit zugrunde liegt. Auswirkungen der G. N. auf die Romantik, z.B. Byrons Heldenfiguren (*Manfred*) u. P. B. Shelleys Frühwerk. Scotts lit. Interesse an der Gattung war hist. begründet; s. in der Zeit des MA spielenden schott. Romane sind sowohl realist. als auch ›Gothic‹ einzustufen. Nach 1840 verliert der Begriff s. typ. lit. Bedeutungsinhalt, wenn auch gewisse spezif. Charakteristika im Romanwerk von Dickens erneut auftauchen, etwa in → *Oliver Twist.* *hd*

D. J. McNutt, 18th-cent. Gothic Novels. An Annotated Bibl. of Criticism, 1975. – E. Birkhead, The Tale of Terror, 1921. J. M. S. Tompkins, The Popular Novel in Engl. 1770–1800, [2]1962. J. Klein, D. got. Roman u. d. Ästhetik d. Bösen, 1975. C. A. Howells, Love, Mystery, and Misery: Feeling in Gothic Fiction, 1978. F. Lichius, Schauerroman u. Deismus, 1978. D. Punter, The Lit. of Terror: A History of Gothic Fiction, 1979.

Gower, John, ca. 1330 Kent – ca. 1408 Priory St. Mary Overies, Southwark; wohlhabender Landedelmann aus Kent, lebte wahrscheinl. meist in London u. war in s. späteren Jahren oft bei Hofe, wo er hohes Ansehen genoß. Erblindete um 1400. Freund → Chaucers, der ihn ›moral G.‹ nannte. Beigesetzt in der Southwark Cathedral. Zu s. wichtigsten Werken gehören das frz. verfaßte *Speculum Meditantis* oder *Mirour de l'omme*, das in 30 000 8silbigen Zeilen vom Kampf der 7 Laster u. der 7 Tugenden um den Menschen handelt u. e. wertvolles Zeitgemälde liefert, die lat. polit.-satir. Allegorie *Vox Clamantis* (ca. 1382), welche anläßl. des Bauernaufstandes von 1381 die Korruption der zeitgenöss. Gesellsch. enthüllt u. die engl. geschriebene *Confessio Amantis* (ca. 1386–1390), in der der Dichter in 33 444 paarweise reimenden 8Silbern mehr als 100 Gesch. klass., bibl. u. ma. Quellen nacherzählt. Die Gesch. sind eingebettet in die Rahmenerzählung e. Beichte der Sünden gegen die Liebe u. exemplifizieren allegor.-didakt. die 7 Todsünden. Die *Beichte des Liebenden* diente vielen späteren Dichtern als Quelle (so Shakespeare in s. → romance *Pericles*). Unter G.s späteren Werken sind e. frz. Balladenserie (*Cinkante Ballades*), das engl. Ged. *In Praise of Peace* u. das lat. Hexameter-Ged. *Cronica Tripertita*, welches über die letzten Jahre der Regierung von Richard II u. s. Absetzung berichtet. G.s Verse sind techn. vollendet, aber schlicht u. glanzlos, es fehlen der Humor u. die Eleganz Chaucers. *ks*

Complete Works, hg. G. C. Macaulay, IV 1899–1902. – C. S. Lewis, The Allegory of Love, 1936. M. Wickert, Studien zu J. G., 1953. J. H. Fisher, J. G. Moral Philosopher and Friend of Chaucer, 1964. E. Weber, J. G. Zur lit. Form s. Dichtung, 1965. D. Pearsall, G. and Lydgate, 1969. G. Bauer, Studien zum System u. Gebrauch d. ›Tempora‹ i. d. Sprache Chaucers u. G.s, 1970. J. H. Jacobsen, The Church of Love in the Works of Chaucer and G., 1970. P. J. Gallacher, Love, the Word, and Mercury, 1975. I. Masayoshi, J. G. The Medieval Poet, 1976.

Gradgrind, Thomas, Fabrikant u. Bankier, Repräsentant des Utilitarismus → *Hard Times.*

Sir Charles Grandison, Roman von S. → Richardson.

Granville-Barker, Harley, 25. 11. 1877 London – 31. 8. 1946 Paris; ab 1891 Schauspieler, 1904–07 Leiter des Court Theatre. Hervorragende Shakespeare-Inszenierungen im elisab. Stil. Bedeutender Shakespeare-Forscher (*Prefaces to Shakespeare,* V 1923–47; n. VI 1963ff). Übs. span. Dramen von Sierra u. den Brüdern Quintero. Schrieb bühnenwirksame intellektuelle Dramen, die in realist. Dialogen iron. Themen des zeitgenöss. Lebens behandeln, insb. den Konflikt zwischen Individuum u. der – etwa in ihrer Sozialgesetzgebung – als unpersönl. Schicksalsmacht erscheinenden Gesellsch. Bedeutendste Werke: *The Marrying of Ann Leete* (1901), *The Voysey Inheritance* (1905), *Waste* (1907), *The Madras House* (1910), *The Secret Life* (1923). *ks*

Collected Plays, 1967ff. – C. B. Purdom, H. G.-B. Man of the Theatre, Dramatist and Scholar, 1956. M. M. Morgan, A Drama of Political Man: A Study in the Plays of H. G.-B., 1961.

The Grass Is Singing, Roman von D. → Lessing.

Graves, Richard, 4. 5. 1715 Mickleton/Gloucestershire – 23. 11. 1804 Claverton b. Bath. G.s Romane sind reich an Landschaftsbildern, beschreiben die gesellschaftl. Verhältnisse s. Zeit: z.B. *The Spiritual Don Quixote* (1772; hg. C. Tracy, 1967), mit der liebenswerten Schilderung von Leasowes, dem Besitz s. Freundes → Shenstone, *Columella* (1785) u. *Plexippus or the Aspiring Plebeian* (1790). In der Verwendung landschaftl. Kolorits von Rousseaus *Julie* (1761) beeinflußt. *hd*

C. J. Hill, The Lit. Career of R. G., 1934 (Smith College Studies in Mod. Language, 16).

Graves, Robert (von Ranke-Graves), 26. 7. 1895 Wimbledon; Urenkel des dt. Geschichtsforschers L. von Ranke, Mutter Tochter des Münchner Med.-Prof. v. R. Stud. Philol. u. Gesch., Oxford. Im 1. Weltkrieg Offizier in Frankreich. Schrieb im Schützengraben erste Lyrik. 1926–27 Prof. für engl. Lit. in Kairo, dann freier Schriftsteller in England; 1961–66 Professor of Poetry, Oxford. Freundschaft mit T. E. → Lawrence, dessen Biogr. *Lawrence and the Arabs* er 1927 schrieb. Veröffentlichte zunächst mehrere lit.krit. Studien u. Gedichtbde. S. esoter. u. abstrakte, jedoch sehr melod. u. formschöne Lyrik behandelt vielfach rel., philosoph. u. psych. Themen. Die Gedichtslg. *Welshman's Horse* (1925) geht im Titel auf J. → Skelton zurück, dem G. in Geist u. Witz verwandt ist. *Goodbye to All That* (1929) u. *But it Still Goes On* (1930) sind dokumentar. autobiograph.

Schilderungen des Front- u. Nachkriegserlebens. Vf. zahlreicher unkonventioneller hist. Romane, meist in Form e. fiktiven Autobiogr., amüsant u. reich an iron. Anspielungen auf die Gegenwart. Bei aller subjektiven Interpretation der Fakten große Quellentreue u. hervorragende Rekonstruktion des hist. Milieus. In der fiktiven Autobiogr. *I Claudius* (1934) u. der Forts. *Claudius the God and His Wife Messalina* (1934) schildert die unheld. Titelfigur in lebendigem Plauderton die Verfallsjahre der röm. Kultur. Die überreichen Skandalgesch. werden eingerahmt von wohlfundierten Kommentaren zu polit., wirtschaftl. u. militär. Problemen. *Wife to Mr. Milton* (1934) zeigt Milton als Dichter des → *Paradise Lost* in iron. Perspektive. Am problematischsten ist G.s viel angegriffener Roman *King Jesus* (1946). In der Studie *The White Goddess* (1948) geht G. alten kelt. Mythen nach. *ks*

F. H. Higginson, Bibl., 1966. – J. M. Cohen, R. G., 1960. D. T. Day, Swifter Than Reason, 1963. G. Stade, R. G., 1967. J. S. Mehoke, R. G. Peace-Weaver, 1975.

Graveyard School (of Poetry); bezeichnet Lyriker des 18. Jh., deren Dichtung sich vorwiegend mit sentimental-düsteren Themen beschäftigt, bes. → Young (›Night Thoughts‹), J. u. Th. → Warton, W. → Collins (›Ode to Evening‹), Gray (→ *Elegy written in a Country Churchyard*). Richtungsweisend R. → Blair mit ›The Grave‹ (1730). *hd*

Gray, Simon, 21. 10. 1936 Hayling Island; Stud. Cambridge, Engl.-Dozent Vancouver, Cambridge, London. *Colmain* (1963), *Simple People* (1965), *Little Portia* (1968) u. *A Comeback for Stark* (1969) sind scharf beobachtende, satir.-trocken erzählte Gesellschaftsromane. Sehr große Erfolge als Dramatiker mit dem defätist. Universitätsstück *Butley* (1971) u. der geistreichen Charakterstudie *Otherwise Engaged* (1975). *ks*

Gray, Thomas, 26. 12. 1716 Cornhill/London – 30. 7. 1771 Cambridge. Mit Horace Walpole in Eton, Stud. klass. Lit. u. Jura, Peterhouse, Cambridge, begleitete W. 1739–41 auf dessen Grand Tour, Rückkehr nach Cambridge, 1768 Professor für Geschichte u. Moderne Sprachen. Schrieb engl. u. lat. Ged., am Übergang vom Spätklassizismus zur Romantik. Verzichtete auf die Strenge des → heroic couplet zugunsten der größeren rhetor. Freiheit der pindar. Ode: ›On the Spring‹, ›Eton College‹, ›The Progress of Poesy‹, ›The Bard‹, ›The Pleasure arising from Vicissitude‹ (1742–57). Aufgeschlossenheit gegenüber den Schönheiten der Natur u. einfachen Dingen des Lebens inspirierte ihn zu s. → *Elegy written in a Country Churchyard* (1750). Als Prosaschriftsteller von Rang erweist er sich in den Tagebüchern s. Reisen durch Italien (1741) u. im Lake District (1775) sowie s. Korrespondenz. Wordsworth würdigte G.s Dichtung im ›Preface‹ zu den → *Lyrical Ballads*, Coleridge in der → *Biographia Literaria* (Kap. 18). *hd*

Works, hg. E. Gosse, IV 1884; n. A. L. Poole and L. Whibley, 1937. Poems, hg. H. W. Starr and J. R. Hendrickson, 1966. Poems of G., Collins and Goldsmith, hg. R. Lonsdale, 1976. – Correspondence, hg. P. Toynbee and L. Whibley, III 1935. – H. W. Starr, Bibl. 1917–51, 1953. – C. Tovey, G. and His Friends, 1890. Ch. E. Norton, G. as a Naturalist, 1903. W. P. Jones, T. G., Scholar, 1937. H. W. Starr, G. as a Literary Critic, 1941. R. W. Ketton-Cremer, T. G., 1955. M. Golden, T. G., 1964.

Great Expectations, Roman von Ch. → Dickens.

The Great Hoggarty Diamond, Roman von W. M. → Thackeray.

Green, Henry (eig. Henry Vincent Yorke), 2. 10. 1905 Forthampton Court b. Tewkesbury/Gloucestershire – 13. 12. 1973 London; Sohn e. wohlhabenden Industriellen; Erziehung in Eton, Stud. Oxford nach 2 Jahren abgebrochen, Karriere in der Familienfirma vom Arbeiter bis zum Direktor. 1939–43 Kriegsdienst als Feuerwehrmann in London. G. ist e. der originellsten u. experimentierfreudigsten brit. Autoren des 20. Jh. Alle s. Werke spiegeln in poet.-symbol. Darstellung s. Erfahrungen als Schüler u. Student, Geschäftsmann u. Kriegsteilnehmer. Sie stellen meist Personengruppen in schwierigen, den Charakter enthüllenden Umständen dar. Der teilweise autobiograph. Roman *Blindness* (1926) wurde in Eton begonnen u. während G.s Studienzeit publiziert. *Living* (1929) stellt das Leben von Arbeitern in e. Gießerei dar. *Party Going* (1939) beschreibt die Geschehnisse in e. Gruppe reicher junger Leute, die auf dem Weg zu e. Party in Frankreich wegen Nebels einige Stunden in den Räumen des Bahnhofshotels in Victoria Station verbringt, während sich die auf den Bahnsteigen drängenden Pendler mit gemeinsamem Singen die Zeit zu vertreiben suchen. *Caught* (1943) u. *Loving* (1945), die ebenfalls Klassengegensätze kontrastieren, spielen in der Zeit des 2. Weltkriegs. In *Back* (1946), der Gesch. e. heimkehrenden Kriegsteilnehmers, ist zum erstenmal die Perspektive auf e. Gesellschaftsklasse beschränkt. *Concluding* (1948), *Nothing* (1950) u. *Doting* (1952) stellen die Auswirkungen des Wohlfahrtsstaats der Nachkriegszeit auf Individuen u. Gesellsch. dar. Die Autobiogr. *Pack My Bag* (1940) ist e. Selbstporträt des Autors als Knabe u. junger Mann von großer allg. Relevanz. G. ist e. Symbolist. S. Sprache u. Darstellungsweise verbinden ihn mit den großen Neuerern der Romankunst, wie Mann, → Joyce, Gertrude Stein, D. H. → Lawrence u. V. → Woolf. *ks*

E. Stokes, The Novels of H.G., 1959. J. Russell, H.G. 9 Novels and an Unpacked Bag, 1960. A. K. Weatherhead, A Reading of H.G., 1961. R. S. Ryf, H.G., 1967.

Greene, Henry Graham, 2. 10. 1904 Berkhamsted; Vater Schuldirektor, Großneffe von → Stevenson, Stud. Oxford; zunächst Journalist. Bereiste Liberia u. Amerika, 1938 längere Zeit in Mexiko (beschrieben in *The Lawless Roads*, 1939), das Schauplatz mehrerer s. Romane wurde. 1934 Konversion zum Katholizismus. 1941–44 im auswärtigen Dienst, 1942–43 in Sondermission in Westafrika. 1944–48 Verlagsdirektor bei Eyre & Spottiswoode, 1958–68 bei Bodley Head. Wohnt in der Provence (Autobiogr. *A Sort of Life*, 1971). G. unterscheidet bei s. Romanen zwischen ›entertainments‹ mit bewußt reißer. Handlung oder abnormen psych. Situationen u. ernsten Romanen mit oft rel. Hintergrund. Erstere sind handfeste Kriminal- u. Kolportageromane, die indessen mit psych. Raffinement dargeboten werden. In s. ernsten Romanen will G. die Brüchigkeit der Welt aufdecken, will zeigen, wie der sündige Mensch allein auf göttl. Gnade angewiesen ist. Auch hier zeigt er sich als spannend erzählender Romancier. Wegen der eigenartigen Mischung von Abenteuer, Kriminalistik, Erotik u. Religiosität wurden G.s Werke heftig diskutiert. Ihn faszinieren das illusionslos, brutal naturalist. dargebotene Düstere, Böse u. Schreckl., das Problem von Schuld u. Sühne, die Gewissenskämpfe des mit sich u. Gott zerfallenen Menschen, das Erlebnis von Angst u. Verlassenheit. S. Religiosität ist kein stilles, sicheres In-Gott-Ruhen, sie hat vielmehr etwas Gequältes. Viele der Romane spielen in schäbigen Provinznestern exot. Länder (Greeneland). Zuerst bekannt wurde G. durch den im Verbrechermilieu spielenden Unterhaltungsroman *Brighton Rock* (1938), in dem er sich mit dem Problem des Satan. auseinandersetzt. Der Roman berichtet vom moral. Niedergang des siebzehnjährigen Bandenführers Pinkie Brown, zeichnet e. Inferno von Furcht u. Verzweiflung, in dem indessen die ›erschreckende Seltsamkeit der Gnade Gottes‹ durchscheint, welche die Möglichkeit der Erlösung auch bei e. Menschen sichtbar werden läßt, der durch s. soziales Milieu von Geburt an verdammt zu sein scheint. G.s bedeutendstes Werk ist *The → Power and the Glory* um die Verfolgungen u. Glaubensprobleme des schäbigen, zur Zeit der Christenverfolgung im Untergrund lebenden mexikan. ›Whisky Priest‹. *The → Heart of the Matter* kreist um das Problem der Haltung e. Katholiken zum Selbstmord, in den sich die Hauptfigur, Major Scobie, durch Liebe u. Mitleid für 2 Frauen getrieben sieht. Der Roman *The Third Man* (1950) u. G.s Drehbuch zu Orson Welles' berühmtem Film handelt von e. gewissenlosen Verbrecher im Viermächte-Wien der Nachkriegszeit. Romane vor dem Hintergrund topikaler polit. Ereignisse sind *The Quiet American* (1955) (Vietnam), *Our Man in Havanna* (1958) (Kuba), *A Burnt-Out Case* (1961) (Belgisch-Kongo) u. *The Human Factor* (1978) (Südafrika). Die Titelfigur von *The Honorary Consul* (1973) ist e. versehentl. von argentin. Guerilleros entführter Brite; der Roman zeugt von G.s Sympathien für die Revolutionäre u. handelt vom altbekannten Zentralthema der Existenz des Bösen in e. gottgeschaffenen Welt u. dem Wirken der Liebe als positiver Gegenkraft. Der heiter-groteske Roman *Travels with My Aunt* (1969) wandelt die Maxime früher. G.-Figuren: »I suffer therefore I am« um zu: »I have fun – and live in danger – therefore I am«. G. verfaßte auch konventionelle → well-made plays, e. Biogr. (*Lord Rochester's Monkey*, 1974) u. reizvolle Kinderbücher. *ks*

Uniform Edition, 1947ff. Collected Edition, 1970ff. Collected Essays, 1969. The Collected Stories, 1972. – J. D. Vann, G. G., 1970. – G. Madaule, G. G., 1949. P. Rostenne, G. G. témoin des temps tragiques, 1949. J. Rischick, G. G. u. s. Werk, 1951. K. Allott & M. Farris, The Art of G. G., ²1963. E. Stürzl, Von Satan zu Gott: rel. Probleme bei G. G., 1954. F. Wyndham, G. G., 1955, n. 1958. R. Matthews, Conversations with G. G., 1956. J. Atkins, G. G., 1957, n. 1966. F. L. Kunkel, The Labyrinthine Ways of G., 1960. G. G. Some Critical Considerations, hg. R. O. Evans, 1963. D. Pryce-Jones, G. G., 1966. J. Enn, G. G.s Romane: e. Neuinterpretation ihres rel. Gehalts, 1972. G. G. Critical Essays, hg. L. S. Hynes, 1973. E. Charvát, D. Religiosität u. d. Thema d. Verfolgung i. 6 Romanen von G. G., 1973. J. P. Kulshrestha, G. G. The Novelist, 1978. A. Weber, D. Erzählstrukturen von G. G.s katholischen Romanen, 1978.

Greene, Robert, 8. 7. 1558(?) Norwich – 3. 9. 1592 London; Sohn begüterter Eltern, Stud. Cambridge; zahlreiche Reisen nach Frankreich, Italien u. Spanien; e. der → university wits. G. führte das Leben e. witzigen Bohémiens u. starb im Elend an den Folgen e. Gelages mit Heringen u. Rheinwein. Befreundet mit → Nash; vielseitiger Schriftsteller; evtl. Mitautor der später von Shakespeare bearbeiteten → Histories über Henry VI. Zu s. 38 Publikationen zählen Pamphlete, Romanzen u. Dramen. Das als burleskes Pendant zu → Marlowes *Doctor Faustus* konzipierte Liebes- u. Zauberdrama *The Honorable History of Friar Bacon and Friar Bungay* (UA 1594) bildet mit s. Mischung von kom. Realismus, phantast. Spektakel u. euphuist. Rhetorik e. Höhepunkt der romant. elisab. Kom. Die von → Lyly u. → Sidney beeinflußten Romanzen *Menaphon* (1589), n. als *Greene's Arcadia* (1599), *Pandosto, or Dorastus and Fawna* (1588), *Philomela* (1592) u. *Perimedes the Blacksmith* enthalten zauberhafte lyr. Passagen. Die bekanntesten s. zahlreichen Pamphlete sind *Euphues, his Censure of Philautus* (1587), e. Forts. von Lylys → *Euphues*, *Greene's Mourning Garment* (1590), *Never too Late* (1590), *Farewell to Folly* (1591), *A Quip for an Upstart Courtier* (1592) u. das posthum veröffentlichte autobiograph. Werk *A Groatsworth of Wit Bought with a Million of Repentance* (1592), welches die 1. Erwähnung Shakespeares als Autor u. Schauspieler enthält in der berühmten bissigen Attacke: »Yes trust them not: for there is an upstart Crow, beautified with our feathers, that with his Tygers hart wrapt in a Players hyde, supposes he is as well able to bombast out a blanke verse as the best of you: and beeing an absolute Johannes Factotum, is in his owne conceit the onely Shakescene in a countrey.« G.s autobiograph. Schr. u. s. derb realist. Traktate über das *Conny-Catching* (1591 u. 92), welche die Tricks der Londoner Schelme u. Gauner beschreiben, werfen hochinteressante Schlaglichter auf die Unterwelt der Zeit. *ks*

Complete Works, hg. A. B. Grosart, XV 1881–85; n. 1964. The Plays and Poems, hg. J. C. Collins, II 1905. The Complete Plays, hg. T. H. Dickinson, 1909. The Poetry of R. G., hg. T. Hayashi, 1977. – S. A. Tannenbaum, G., Concise Bibl. 1933, suppl. 1945. R. C. Johnson, Bibl. 1945–65, 1968. T. Hayashi, G. Criticism: Comprehensive Bibl., 1971. – J. C. Jordan, R. G., 1915; n. 1965. G. B. Harrison, Shakespeare's Fellows, 1923. C. Sanders, G. and the Harveys, 1932. R. Pruvost, G. et ses romans, 1938. W. Senn, Studies in the Dramatic Construction of R. G. and George Peele, 1973.

Greeneland → Greene, G.

Greenvoe, Roman von G. M. → Brown.

Grendel → *Beowulf*.

Grey Granite, 3. Roman der Trilogie *A Scots Quair* von L. G. → Gibbon.

Grieve, Charles Murray → MacDiarmid, H.

Griffith Gaunt, Roman von Ch. → Reade.

The Group; in ihrer Zusammensetzung recht uneinheitl., vornehml. mit Cambridge u. der Zs. *Delta* assoziierte Dichtergruppe der 50er u. 60er Jahre; darunter Philip Hobsbaum, Peter Redgrove, Christopher Levenson, T. → Hughes, David Holbrook u. E. → Lucie-Smith. Nachdem die G. nach London übergewechselt war, trafen sich Dichter u. Kritiker regelmäßig zu Diskussionen, in denen die Werke der Beteiligten mit schonungsloser Offenheit besprochen wurden. Im Gegensatz zum → Movement ist größere Aufgeschlossenheit für Gegenwartsprobleme zu verzeichnen. Die Dichter der G. wollten v. a. realist. sein. Polit. gesehen vertraten sie e. radikaleren Standpunkt als die Movement-Lyriker; verschiedentl. mit der ›New Left‹ sympathisierend. In s. Vorwort zu *A Group Anthology* (1963) formulierte Lucie-Smith: »The only principle to which we all subscribe is that poetry is discussable ... that the process by which words work in poetry is something open to rational examination.« Die Entwicklung zeigt e. Abkehr von den harmonisierenden Tendenzen des Movement unter Hinwendung zu neuer Härte u. Direktheit im Sinne der von A. Alvarez geforderten »seriousness« (*The New Poetry. An Anthology, ²1968*). Wie viele lit. Gruppierungen können auch G. u. Movement nicht als stellvertretend für e. allg. Ausrichtung gesehen werden. Sie sind Ausdruck bestimmter Ansichten, e. oft sehr individuell angelegten Lebensverständnisses, repräsentativ nur als e. unter anderen Zeiterscheinungen im lit. Leben der Epoche. *hd*

W. Van O'Connor, The New University Wits and the End of Modernism, 1963. G. S. Fraser, The Modern Writer and His World, ²1964 (Part Four: Poetry), A. Thwaite, Poetry Today 1960–1973, 1973.

Grub Street, heute Milton Street; im London des 18. Jh. Treffpunkt der Schreiberlinge und lit. Lohnschreiber. > (abwertend) Grub Street journalism; G. → Gissing, *New Grub Street.* *hd*

The Grub Street Journal, 1730–38, unterstützte → Pope in der → *Dunciad*-Kontroverse.

Grundy, Mrs., Figur der Kom. *Speed the Plough* (UA 1789) von Th. Morton (1764?–1838), sprichwörtl. Symbol gesellschaftl. Konvention u. Schicklichkeit in typ. brit. Ausprägung. Mrs. G. tritt in dem Stück selbst nie auf, ist jedoch in ihrer Funktion durch Dame Ashfields stete Frage »What will Mrs. G. say?« allgegenwärtig. Als gängige Bz. für den intolerant-negativen Aspekt gesellschaftl. Etikette noch heute gebräuchl. *hd*

The Guardian → Periodical Essay.

Guevara, Che → Spurling, J.

A Guide through the Districts of the Lakes → Wordsworth, W.

Gulliver's Travels *(Travels into Several Remote Nations of the World by Lemuel Gulliver, First a Surgeon, and then a Captain of Several Ships),* satir. Reiseroman in 4 Teilen von J. → Swift, EA 1726. Der Plan zu *G.T.* entstand 1713/14 im → Scriblerus Club; ursprüngl. als Beitr. zu den *Memoirs of Scriblerus* konzipiert, niedergeschrieben zwischen 1720 u. 1726. Im 1. Teil gelangt G. als Schiffbrüchiger auf die Insel Lilliput. Er berichtet vom dortigen Leben u. Staatswesen. Die kleine Gestalt der Einwohner u., in entsprechender Verkleinerung, alles in diesem Land an Bauwerken, Einrichtungen u. Gebrauchsgegenständen Bestehende, lassen den Aufwand des Staates, die Auseinandersetzungen im Innern, den Krieg gegen die Nachbarn grotesk u. lächerl. erscheinen. Die Relativität aller menschl. Werte wird demonstriert; für höchste Regierungsämter muß man sich durch bes. Können im Seiltanzen, Springen u. Kriechen ausweisen: Seitenhiebe auf die zeitgenöss. Politik, bes. mit der Karikatur R. Walpoles in der Gestalt des lilliputan. Schatzkanzlers Flimnap. G.s Überlegenheitsgefühl als patriot. Engländer wird im 2. Teil, der Reise nach Brobdingnag, dem Land der Riesen, zu e. höchst zweifelhaften Haltung. Konnte er in Lilliput noch e. ganze Flotte hinter sich herziehen, so ist er nun kaum in der Lage, sich des Ungeziefers zu wehren. Nach Befragung über das engl. Staatswesen faßt der Riesenkönig s. Eindruck zusammen: ».. . I cannot but conclude the bulk of your natives to be the most pernicious race of little odious vermin that nature ever suffered to crawl upon the surface of earth.« Die 3. Reise führt G. zur fliegenden Insel Laputa u. auf das benachbarte Festland Lagado. Die Satire richtet sich gegen die Ansprüche e. rein theoret. Wissenschaft. Die Bewohner von Laputa befassen sich so intensiv mit abstrakten Spekulationen, daß sie unfähig geworden sind, irgendwelche zwischenmenschl. Beziehungen aufrechtzuerhalten. Die ›Academy of Projectors‹ in Lagado, in der man versucht, aus Gurken Sonnenschein zu destillieren, nimmt, satir. überhöht, Bezug auf die Royal Society. Am Negativbeispiel will S. die Unabdingbarkeit des ›common sense‹ u. die Folgen s. Vernachlässigung im Lebensalltag darlegen. Die zur Unsterblichkeit verdammten Struldbrugs auf der Insel Luggnagg offenbaren S.s tiefe Misanthropie u. weisen auf den 4. Teil von *G.T.* Im Land der Houyhnhnms werden die dort lebenden, mit Vernunft begabten Pferdkreaturen zu den menschengestaltigen Yahoos in Kontrast gesetzt. In s. Glauben an die vernunftbedingte u. moral. Natur des Menschen, wie ihn die Aufklärung verbreitete, wird G. e. anderen belehrt. Zutiefst angeekelt u. abgestoßen von der tier. Brutalität u. Primitivität der Yahoos gilt s. uneingeschränkte Bewunderung den Vorzügen der Houyhnhnms, obwohl sie ihn, menschl. unerbittl., des Landes verweisen. In s. ungeminderten Menschenhaß ist G. nicht mehr in der Lage, die ehrl. Hilfsbereitschaft s. Retters Pedro de Mendez zu erkennen u. zu schätzen. Nach England zurückgekehrt, zieht er die Gesellschaft von Pferden dem Leben im Kreis s. Mitmenschen vor. Der Autor verbirgt sich hinter dem fiktiven Erzähler Lemuel Gulliver (›gullible‹ = leicht täuschbar), dessen Abenteuer aus e. gutmütigen, hoffnungsvollen, nationalstolzen Menschen e. überzeugten Misanthropen machen. Die Glaubhaftigkeit des Protagonisten ist den satir. Intentionen des Werks untergeordnet. Der Roman greift in

Parodie versch. lit. Traditionen auf; Anklänge an die Abenteuer von → *Robinson Crusoe.* Kritik kam von Coleridge, Scott u. Thackeray, die S. ob s. bitteren Menschenfeindlichkeit angriffen. Orwell sah in S.s polit. Haltung e. reaktionäre Tendenz. Die märchenhaft-phantast. Erlebnisse des Wundarztes u. späteren Kapitäns G. lieferten in gekürzter u. überarbeiteter Form Stoff für das bekannte Jugendbuch. In s. ungekürzten Fassung gewährt der Text Einblicke in e. unergründl. Menschenbild, ist utop. gerahmte Satire auf menschl. Tun u. Institutionen, e. Werk der Weltlit. *hd*

Hg. H. Williams, 1927; n. R. Q. Greenberg, 1961; n. P. Dixon and J. Chalter, 1967; n. P. Turner, 1971. – L. L. Hubbard, Contributions toward a Bibl. of ›G. T.‹, 1922. – C. Dege, Utopie u. Sat. i. S.s ›G. T.‹, 1934. G. Orwell, Politics vs. Lit. An Examination of ›G. T.‹ (Shooting an Elephant and Other Essays, 1950, 53–67). L. L. Schücking, G.s Reise zu d. guten Pferden geschmacksgeschichtl. betrachtet (Sitzungsber. d. bayr. Akad. d. Wissensch., 8, 1953). A. E. Case, Four Essays on ›G. T.‹, ²1959. W. A. Eddy, ›G. T.‹ A Crit. Study, ²1963. 20th Cent. Interpretations of ›G. T.‹, hg. F. Brady, 1968. W. B. Carnochan, L. G's Mirror for Man, 1968. G. T., hg. R. Gravil, 1974 (Casebook Series).

The Gull's Hornbook → Hornbook.

Gunn, Neil Miller, 8. 11. 1891 Dunbeath (Schottland) – 15. 1. 1973 Inverness; Sohn e. Crofter u. Fischers in Caithness. Selbststud., 1906–37 Steuerbeamter in London, Edinburgh u. Inverness. Zunächst Kurzgesch., veröffentlicht in *Hidden Doors* (1929) u. *The White Hour* (1950). In s. Romanen schildert G. das einfache Leben in den Fischerdörfern u. im schott. Hochland. Möchte u.a. die negativen Auswirkungen der ›Highland Clearances‹ auf die Entwicklung Schottlands u. s. Bevölkerung aufzeigen. Schwerpunkt liegt auf der Beschreibung des Menschen; die Bedeutung des Clan als Einheit steht im Vordergrund. Die Individualität von G.s Romanfiguren u. deren Vielschichtigkeit kommt v.a. im Dialog zum Ausdruck; realist. Darstellung, Einbeziehung der Gedankenwelt. *Highland River* (1931) stellt die Frage nach dem Ursprung des Lebens im Symbol des Flusses. Die gesellschaftl., kulturellen u. polit. Gegebenheiten der Highlands beschäftigen G. in den hist. Romanen *Sun Circle* (1933), *Butcher's Broom* (1934) u. *The Silver Darlings* (1941). Zur mythologisierenden Darstellung der Gegenkräfte Gut u. Böse kommt es in *The Serpent* (1943). Neben → MacDiarmid, der s. Werk als »greatest achievement of its kind in modern Scottish literature, and since Sir Walter Scott« sieht, e. der bedeutendsten Vertreter der → Scottish Renaissance. Die Universalität s. Themen erspart G. den Vorwurf nationaler Voreingenommenheit unter begrenzt regionalem Bezug. *hd*

Novels, XII 1975ff (Souvenir Press Edition; bisher 8 Bde.). – F. R. Hart, The Hunter and the Circle: N. G's Fiction of Violence (SSL, 1 1963, 65–82). Ders., Region, Character, and Identity in Recent Scottish Fiction (VQR, 43 1967, 597–613). Essays on N.M.G., hg. D. Morrison, 1971. N.M.G. The Man and the Writer, hg. S. Alexander and D. Gifford, 1973. T. Nakamura, N.M.G. A Spiritual Survey (SSL, 12 1974, 79–91).

Gunn, Thom(son William), 29. 8. 1929 Gravesend/Kent; Stud. London u. Cambridge, 1954 Forschungsstipendiat Stanford Univ., 1958 Dozent Berkeley Univ., 1966 Stipendium der Rockefeller Foundation. G. ist zusammen mit T. → Hughes der bedeutendste Repräsentant heutiger engl. Lyrik. Er wird zum → Movement gerechnet, besitzt auch die formale Präzision u. Eleganz, die diesen Autoren zu eigen ist, zugleich aber e. Energie, Härte u. Gewalttätigkeit, e. Schwärmerei für Hippies, Motorradgangs u. Popmusik, sowie e. Neigung zu Elementen antiker Mythologie, die ihn andererseits vom Movement absetzen. Zentrales Thema s. in Bildern unserer Zeit, in Bezügen auf klass. Lit. u. differenzierten Naturbetrachtungen vorgetragenen Gedankenlyrik ist die Selbstfindung, die Suche nach e. Art von Ausgeglichenheit, durch die das Ich s. Integrität gegenüber e. düsteren Sartreschen Nichts behaupten könnte. Dies wird in den frühen Ged. (*Fighting Terms*, 1954; n. 1962; *Poems*, 1954; *The Sense of Movement*, 1957; *My Sad Captains*, 1961; *Positives*, 1966) durch e. defensive Verhärtung, Maske u. Pose angestrebt, mit der G. so fasziniert auf das Animal. starrt, daß er zeitweise sogar in den Ruch geriet, der Gewalt das Wort zu reden. Die Stelle, die die Misanthropie noch in *Touch* (1967) innehatte, wird aber zunehmend von »the touch of sympathy that should be the aim of human intercourse« eingenommen. In *The Fair in the Woods* (1969), *Moly* (1971), *To the Air* (1974) u. *Jack Straw's Castle* (1976) geht es G. weniger darum, die Unmittelbarkeit u. Triebsicherheit des Tieres wiederzugewinnen, als um e. Ausgleich zwischen Animalität u. Humanität. Der Mensch beherrscht die Kräfte der Natur nicht, indem er sie abwehrt, sondern – wenn auch im vollen Bewußtsein s. Andersartigkeit – Harmonie zu erreichen versucht. *ks*

A. Bold, T. G. and Ted Hughes, 1976.

Guthlac, 2teiliges Ged. aus der → Cynewulf-Schule über den merz. Heiligen St. G. of Croyland oder Crowland (Lincolnshire), gest. 714. Der A-Teil schildert die Versuchung G.s durch böse Geister, ist mehr Lobpreisung als Beschreibung des Einsiedlerdaseins. Teil B (ab V. 819) geht partiell auf e. lat. Biogr. des Mönchs Felix von Croyland zurück: Schilderung s. Sterbens, wobei Tag u. Nacht mit Sonne u. Mond bes. Bedeutung beigemessen wird. G. muß durch die Nacht der Gefahren wandern. Kurz vor s. Tod leuchtet e. wunderbares Licht über s. Hütte. S. Seele wird zu Gott emporgetragen. Das Ged. bleibt unvollendet; die Schilderung e. Seefahrt läßt an die Autorschaft → Cynewulfs denken. Parallelen zu den 4 von C. signierten Ged. sind in B deutlicher als in A. *js*

The Anglo-Saxon Version of the Life of St. G. (mit Übs.), hg. C. W. Goodwin, 1848. D. ags. Prosa-Leben des Hl. G., hg. P. Gonser, Anglist. Forschungen, 27, 1909. Felix's Life of Saint G. (mit Übs.), hg. B. Colgrave, 1956. – G. Sarrazin, Von Kaedmon bis Kynewulf, 1913. B. Thompson, The OE Poems of St. G., 1931. C. W. Jones, Saints' Lives and Chronicles in Early England, 1947.

Guy of Warwick, → Versromanze, entstanden um 1300, 7000 V., in 4 Handschr. überliefert. Hist. ausgewiesen spielt das Ged. in der Regierungszeit Æthelstans (925–40), des Enkels → Alfreds, u. schildert G.s Heldentaten, s. Werbung um Felice, Tochter des Earl of Warwick, u. Heirat. Kurz darauf unternimmt G. e. Kreuzzug ins Heilige Land u. kämpft, nach England zurückgekehrt, für

Æthelstan gegen die Dänen unter Anlaf. Die patriot. gefärbte Schilderung s. Zweikampfs mit dem Dänen Colbrand erinnert an Byrhtnoth in *The Battle of→ Maldon*, weniger an christl. Lehren u. Vorbilder. G. erschlägt noch e. Drachen, wird schließl. zum Einsiedler, versorgt von s. Frau Felice, der er sich erst kurz vor s. Tod durch e. Ring zu erkennen gibt. Im Gegensatz zur knappen Erzählweise des → *King Horn* ist *G. of W.* weitschweifig, reich an galanter Konversation. Sehr populäre Romanze, noch über das MA hinaus. *js*

Hg J. Zupitza, EETS, ES, 25,26,42,49,59 1875–91, repr. 1966; n. D. J. Conlon, 1971. L. A. Hibbard, Medieval Romance in England, 1960. D. Mehl, D. me. Romanzen d. 13. u. 14. Jh., 1967.

Hadrian VII, Schauspiel von P. → Luke.

Hall, Edward, gestorben 1547. Als überzeugter Anhänger von Henry VIII trug er mit s. Chronik *The Union of the Noble and Illustre Families of Lancastre and York* (1548) am meisten dazu bei, den ›Tudor myth‹, d. h. die Überzeugung, die Herrschaft der Tudors sei Ausdruck von Gottes Willen, zu verbreiten. Das Werk war neben → Holinsheds Chronik die wichtigste Quelle für Shakespeares → Histories. *ks*

Hall, Sir Peter, 22. 11. 1930 Bury St. Edmunds; Sohn e. Bahnbeamten, Stud. Cambridge, 1955–56 Regisseur des Arts Theatre Club, wo er u. a. Becketts → *Waiting for Godot* herausbrachte. Gründer u. 1960–68 Managing Director der → Royal Shakespeare Company, die unter s. Leitung das Aldwych Theatre als Londoner Heim übernahm u. ihr Repertoire auf andere, klass. wie mod., Autoren als Shakespeare ausdehnte, z. B. → Livings, → Rudkins, → Pinter. Unter den Shakespeare-Produktionen H.s erlangten *The Wars of the Roses* (1963), e. Adaption der → Histories, u. der kontroverse → *Hamlet* von 1965 bes. Berühmtheit. 1973 wurde H. als Nachfolger von Sir Laurence → Olivier Direktor des → National Theatre. *ks*

Hall, Willis, 6. 4. 1929 Leeds; bekannt durch s. Antikriegsstück *The Long and the Short and the Tall* (1959). Seit 1960 verfaßte er zusammen mit → Waterhouse zahlreiche unterhaltende Bühnenwerke u. Drehbücher, von naturalist. provinziellen Arbeiterkom. über Revuen u. Satiren bis zu Neufassungen griech. Trag. *ks*

Halliwell, David, 31. 7. 1936 Brighouse; Schauspieler u. Regisseur; Vf. eloquenter experimenteller ›multiviewpoint dramas‹, in denen das Publikum die Charaktere so sieht, wie diese sich selbst sehen, mit phantast. Handlung u. präzise wiedergegebenen realist. Dialogen. Die Hauptcharaktere in *Little Malcolm and His Struggle Against the Eunuchs* (1966) u. *K. D. Dufford Hears K. D. Dufford Ask K. D. Dufford How K.D. Dufford'll Make K.D. Dufford* (1970) sind besessen von der fixen Idee, Hitler nachahmen zu wollen. *ks*

Hamburger, Michael Peter Leopold, 22. 3. 1924 Berlin; Arztsohn, emigrierte 1933 nach Eng-

land, Stud. Oxford, seit 1948 Germanistik-Dozent an engl. u. am. Univ. E. der bedeutendsten lebenden Übs. dt. Lit. ins Engl.: B. Brecht, G. Büchner, G. Eich, H. M. Enzensberger, A. Goes, G. Grass, H. v.Hofmannsthal, J. C. F. Hölderlin, N. Sachs, G. Trakl. Die Erfahrungen von H.s Familie als Flüchtlinge aus Dtl. (vgl. Autobiogr. *A Mug's Game,* 1973) schlagen sich in der erschütternden Lebensunsicherheit s. Lyrik nieder, weitere Themen sind Freundschaft, Liebe, häusl. Alltag, Reisen: *Flowering Cactus,* 1950; *Interrupted Nocturne,* 1952; *The Dual Site,* 1958; *Weather and Season,* 1963; *In Flashlight,* 1966; *Feeding the Chickadees,* 1968; *Travelling,* 1969; *Home,* 1970; *Ownerless Earth,* 1973; *Real Estate,* 1977.
ks

Hamilton, William (of Bangour), 1704 Bangour/Linlithgowshire (Schottland) – 25. 3. 1754 Lyon; Dichter. Entstammte dem Landadel; hervorragende Erziehung, ausgezeichneter Gesellschafter. Zunächst Ged. für A. → Ramsays *Tea Table Miscellany.* Kämpfte 1745 auf Seiten der jakobit. Rebellen, feierte den Sieg von Prestonpans mit der Ode ›Gladsmuir‹, entkam knapp dem Massaker von Culloden, 1749 begnadigt. H.s *Poems on Several Occasions* erschienen 1748 mit e. Vorwort von A. → Smith. S. in mundartl. Schott. geschriebene Ballade ›The Braes of Yarrow‹ beeinflußte → Wordsworth. Übersetzte als erster Homer in → blank verse. *hd*

Poetical Works, hg. Th. Pork, II 1805.

Hamlet, berühmteste (u. mit ca. 4000 Zeilen u. 6 Std. Aufführungszeit längste) von Shakespeares → tragedies (1600/01). Der Stoff geht zurück auf skandinav. Sagenmaterial; die Grundzüge der Handlung, insb. Brudermord, Inzest u. vorgetäuschter Wahnsinn, finden sich im 3. Buch der *Historia Danica* des Saxo Grammaticus vom Ende des 12. Jh. E. erweiternde Bearbeitung der Sage bieten François de Belleforests *Histoires tragiques* (1576). Unmittelbarer Vorläufer des *H.* dürfte e. nicht erhaltener Ur-Hamlet, wohl von → Kyd, e. typ. Rachetrag., gewesen sein, welche die Geistererscheinung, die Pantomime u. das Fechtduell beifügte. Zentrales Motiv von Sh.s Drama ist das Zaudern des Dänenprinzen H., nach dem Gebot der Geistererscheinung s. Vaters für dessen Ermordung durch s. Bruder Claudius, den jetzigen Kg. Claudius, Rache zu üben, nachdem dieser H.s Mutter Gertrude nach dem Tod ihres Mannes in unzieml. Eile geheiratet hatte. Das Zaudern als Warten auf e. günstige Gelegenheit zur Rache, selbst der vorgetäuschte Wahnsinn, sind als äußerl. Element im Grundtypus der Rachetrag. angelegt, wie sie – auf Seneca zurückgehend – von → Kyd, → Marlowe, Peele u. a. für die engl. Bühne entwickelt worden war. In Sh.s Drama sind die Motive der Hauptfigur jedoch komplexer: H. entspricht nach der Psychol. der Zeit dem Typ des Melancholikers; er schwankt zwischen man. Aktivität u. depressiv brütender Untätigkeit. Das Geschehen vereinigt außerdem das barbar. Element des Rachemotivs mit dem Prinzip existentieller Integrität. H. gilt als die intelligenteste Gestalt, welche die

Lit. je hervorbrachte – gerade die Tiefe s. Einsichten u. Empfindungen verbaut ihm die Möglichkeit zu forscher Aktion. Er traut nicht dem Augenschein, versucht, zum Sein durchzudringen, Sachgründe, Beweise, e. Universal-Norm zu finden, kraft derer er handeln kann. Doch die Wahrheit verbirgt sich hinter vielfältigen Masken. Die Geistererscheinung war vielleicht nur e. Blendwerk der Hölle, das H. in Versuchung führen sollte. Über die Frage von Gertrudes Schuldanteil erlangen weder ihr Sohn noch der Zuschauer je Klarheit. H. leidet zudem unter dem moral. Dilemma, daß jedes Rächen der Schuld ihn selbst schuldig macht. So steht über weite Strecken des Dramas – insb. in den 7 langen Monologen H.s – weniger die äußere Handlung im Zentrum der Aufmerksamkeit als die Reflexion des Helden über Grundfragen menschl. Existenz. Kontrastive Haltungen zum Ehrenkodex, der zu privater Rache für den Mord am Vater verpflichtet, demonstrieren Laertes u. Fortinbras. Der jugendl. emotionale Laertes sucht ungestüm den Zweikampf als Rache für s. von H. als Lauscher erstochenen Vater, den Hofmeister Polonius, u. für s. Schwester Ophelia, die H. von sich stieß, obwohl sie s. Liebe erwiderte, u. an deren Wahnsinn u. Tod er so mittelbar Schuld hat. Laertes läßt sich von Claudius zu unlauteren Kampfmethoden überreden, s. vergiftete Waffe bringt H., ihm selbst u. Claudius den Tod, Gertrude stirbt an e. für H. bestimmten Gifttrunk. Der norweg. Prinz Fortinbras, der mit der ungebrochenen Mentalität des heldenhaften Soldaten s. Rache mit militär. Mitteln verfolgte, betritt am Ende als rückkehrender Sieger u. Erbe des verwaisten Throns die Szene. Die Dichte der Komposition zeigt sich u. a. im Reichtum der vielfält. individualisierenden Sprachebenen u. in der leitmotiv. eingesetzten, dynam. ›imagery‹ (v. a. Krankheit, Tod, Maske, Schauspielern, Gift). Die Gesch. der bis heute immer neuen Deutungen, Inszenierungen u. Bearbeitungen verweist auf die faszinierende Profundität u. komplexe Vieldeutigkeit des Dramas. Generationen haben in H. e. Bild ihrer persönl. Eigenarten u. Probleme gesehen. *ks*

C. M. Lewis, The Genesis of ›H.‹, 1907. E. E. Stoll, ›H.‹, a Historical and Comparative Study, 1919. L. L. Schücking, D. Sinn d. ›H.‹, Kunstwerke – Handlung – Überlieferung, 1935, als The Meaning of ›H.‹, 1937. J. D. Wilson, What Happens in ›H.‹, 1935, [3]1957. J. W. Draper, The ›H.‹ of Sh's Audience, 1939; n. 1966. S. de Madariaga, On ›H.‹, 1948, [2]1964. R. Walker, The Time is out of Joint: Study of ›H.‹, 1948. A. A. Jack, Young H., 1950. G. R. Elliott, Scourge and Minister: A Study of ›H.‹ as a Tragedy of Revengefulness and Justice, 1951. H.J. Lüthi, D. dt. H.-bild seit Goethe, 1951. B. L. Joseph, Conscience and King. A. Study of ›H.‹, 1953. E. Hennings, ›H.‹, Sh.s Faust-Trag., 1954. P. Alexander, ›H.‹ Father and Son, 1955. A. Wormhoudt, H's Mousetrap: A Psychoanalytical Study of the Drama, 1956. P. S. Conklin, A History of ›H.‹ Criticism, 1601 – 1821, 1957; n. 1968. H. Levin, The Question of ›H.‹ 1959. L. C. Knights, An Approach to ›H.‹, 1960. W. Babcock, ›H.‹ A Tragedy of Errors, 1961. H. Jenkins, H. and Ophelia, 1963. K. Muir, Sh's ›H.‹, 1963. H. Braddy, H's Wounded Name, 1964. A. G. Davis, ›H.‹ and the Eternal Problem of Man, 1964. M. Holmes, The Guns of Elsinore, 1964. M. Weitz, ›H.‹ and the Philosophy of Lit. Crit., 1964. ›H.‹ heute. Essays u. Analysen, hg. J. Kaiser, 1965. K. Malone, The Lit. Hist. of ›H.‹ The Early Tradition, [2]1965. E. Prosser, ›H.‹ and Revenge, 1967; n. 1971. 20th Cent. Interpretations of ›H.‹, hg. D. Bevington, 1968. ›H.‹ hg. J. Jump, 1968 (Casebook). M. Charney, Style in ›H.‹, 1969. N. Alexander, Poison, Play, and Duel: A Study in ›H.‹, 1971. H. Fisch ›H.‹ and the Word, 1971. L. S.

Cox, Figurative Design in ›H.‹, 1974. Probleme d. ›H.‹-Interpretation i. 20. Jh., hg. W. Erzgräber, 1977.

The Hamlet of Stepney Green, Drama von B. → Kops.

Hampton, Christopher, 26. 1. 1946 Fayal (Azoren); Stud. Frz. u. Dt. in Oxford, 1968 – 70 Dramaturg am → Royal Court Theatre. Experimentierfreudiger Autor bühnenwirksamer Dramen um zwischenmenschl. Beziehungen, insb. den Aspekt emotionaler Isolation bzw. Selbstgenügsamkeit. Am bekanntesten die im Universitätsmilieu spielende schwarze Kom. *The Philantropist* (1970) u. das Dreipersonenstück *Treats* (1976). *Savages* (1974), e. komplexe Mischung aus Dokumentation, Drama u. bitterer Kom., ist e. leidenschaftl. Appell zugunsten der von Vernichtung bedrohten brasilian. Indianer. *ks*

Handlyng Synne → *Cursor Mundi.*

Hanley, James, 3. 9. 1901 Dublin. Verließ mit 13 die Schule, 1914 – 24 Seemann, dann Journalist. Lebt seit 1931 zurückgezogen in Wales. 1. bedeutendes Werk war *Drift* (1930). Die früheren von H.s 25 Romanen, 15 Kurzgeschichten-Bdn., Hörspielen u. 13 Dramen geben die besten u. kraftvollsten Schilderungen des Lebens auf See seit → Conrad; am bedeutendsten die Romane *Boy*, 1931; *Hollow Sea,* 1938; *The Ocean,* 1941 u. *Sailor's Song,* 1943 sowie die Kurzgeschichten-Bde. *Men in Darkness,* 1931 u. *Aria and Finale,* 1932. *The Furys* (1935 – 1958) ist die 5bändige Saga e. Seemannsfamilie. Bes. gelungen die Zeichnung idiosynkrat. Nebenfiguren. In den seit den 1950ern geschriebenen Werken Hinwendung zum Thema menschl. Innerlichkeit, Vereinsamung, Kommunikationslosigkeit, z. B. in *The Closed Harbour* (1952), *Levine* (1956), dem Künstlerroman *A Dream Journey* (1976) u. *A Kingdom* (1978). Wegen s. düsteren Weltsicht, s. altmodischen Realismus u. des schweren Stils wenig populär. *ks*

Hansard, offizielle Publikation der Debatten u. Sitzungsberichte beider ›Houses of Parliament‹, so bezeichnet nach Luke Hansard (1752 – 1828), der 1774 als erster damit begann, die ›House of Commons Journals‹ zu drucken. Ab 1892 findet sich die Bz. nicht mehr auf den Titelseiten. Nach der Firma H. übernahmen mehrere andere, darunter ›Reuter's Telegram Company‹, die Veröffentlichung; heute durch Her Majesty's Stationery Office. *hd*

Happy Comedies, comedies of delight; Gruppe von 10 Dramen Shakespeares: *The Comedy of Errors,* 1590–94; *The Two Gentlemen of Verona,* 1593–94; *The Taming of the Shrew,* 1593 – 94; *Love's Labour's Lost,* 1593 – 95; *A Midsummer Night's Dream,* 1595/96; *The Merchant of Venice,* 1596 – 98; *The Merry Wives of Windsor,* 1597; *Much Ado About Nothing,* 1598/99; *As You Like It,* 1599; *Twelfth Night; or, What You Will,* 1601/02. Die Schauplätze der h. c. sind meist die mittelmeer. der romanzenhaften Vorlagen; neben der geschäftigen u. oft korrupten Alltagswelt des Hofes oder der Stadt gibt es die wunderbare, festl. entrückte, ferienhafte, pastorale Sphäre e. Waldes oder Landsitzes, in welcher die Charaktere e. positive Wandlung erfahren, um dann wieder in ihre ursprüngl. Umgebung zurückzukehren. Die h. c. haben die gemeinsame Grundstimmung des Vergnügten, Festl., Fröhl. u. Heiteren. Der Charakter der Heldinnen u. Helden ist liebenswürdig klar u. harmon.; man ist eher geneigt, mit ihnen zu lächeln als sie zu verlachen. Satire ist auf einige Nebenfiguren beschränkt, aber auch diese sind weniger verachtenswerte Karikaturen als verstehbare Menschen. Die Abenteuer der meist aristokrat. Protagonisten werden kontrapunktiert durch possenhafte parallele Episoden um Personen niedrigen Standes. Zentrales Handlungsmotiv der meisten h. c. sind jeweils die Irrungen u. Wirrungen junger Liebe, die äußere Hindernisse, Mißverständnisse, Verwechslungen u. Eifersüchteleien überwindet u. auf die harmon. Vereinigung der Paare hinausläuft. Züge eher farcenhafter Ehekom. weisen *The Comedy of Errors, The Taming of the Shrew* u. *The Merry Wives of Windsor* auf. Sh.s Darstellung der Liebe läßt sich in ihren romanzenhaften Zügen auf höf. Traditionen u. petrarkist. Dichtung zurückführen, zugleich aber weist sie spezif. realist. Komponenten u. spieler. Witz auf. Die planvolle Konfusion u. farcenhafte Verwechslungskomik um die Zwillinge u. ihr Zwillings-Dienerpaar in *The Comedy of Errors* wird immer wieder durchsichtig auf das tiefere Thema des Existenzverlusts, des Zweifels an der eigenen Identität. Gegenüber der Quelle, Plautus, gewinnt die Liebes- u. Ehethematik an menschl. u. moral. Gewicht, die Charaktere sind idiosynkrat. u. komplexer. In dem wirren, dramentechn. noch unbeholfenen u. relativ selten aufgeführten *The Two Gentlemen of Verona* brechen die anti-romant. Kommentare der Diener u. Clowns in iron. Weise das Ideal romanzenhaft hehrer, alles überwindender Liebe. Zum erstenmal findet sich hier in der Gestalt der Julia der Typ von Sh.s hellsichtigen, witzigen, geistvollen, anmutigen u. beherzten Komödienheldinnen. Der phys. Zähmungsvorgang in der wohl unbeschwertesten Kom. Sh.s, *The Taming of the Shrew,* wird durch e. überzeugende psych. Motivierung vertieft: Petruchio erreicht e. realist., partnerschaftl. Beziehung zu der zänk. Kate, indem er ihr aggressives Verhalten weit übertrifft u. zugleich ihren Sanftmut lobt, bis sie schließl. klug u. witzig mitspielt, Rücksicht u. Selbstbeherrschung lernt. Sie gelangt so zu e. Haltung, die ihrem wahren Wesen mehr entspricht als die zuvor gespielte Rolle der Kratzbürste. Demgegenüber erweist sich Lucentios romant.-idealist. Sicht von Kates allg. bewunderter u. vielumworbener sanfter Schwester Bianca am Ende als üble Täuschung. Den Ausgangspunkt von Sh.s ›literarischster‹ Kom. *Love's Labour's Lost* bildet der Plan Ferdinands von Navarra, sich mit 3 Höflingen zum Zwecke humanist. Studien asket. aus der Welt zurückzuziehen. Er wird durch die Natürlichkeit, den Realismus u. ungekünstelten Witz der Prinzessin von Frankreich u. ihrer Damen als eitle Pedanterie u. dünkelhafte Verstiegenheit entlarvt. Das Stück endet nicht mit liebender Vereinigung der Paare, vielmehr trennen sie sich auf 1 Jahr, in welchem die Männer die Ernsthaftigkeit ihrer Liebesschwüre unter Beweis stellen sollen. *A* → *Midsummer Night's Dream* gestaltet den Bezug von Liebe u. ›imagination‹. In *The*→ *Merchant of Venice* wird die romanzenhafte Liebesgesch. durch die Ambivalenzen der grausamen Shylock-Handlung überlagert. Das – der Überlieferung nach auf Wunsch von Elizabeth I verfaßte – Stück *The Merry Wives of Windsor* zeigt unter Verwendung konventioneller Novellen- u. Komödienmotive → Falstaff, den kom. Helden aus *Henry IV.* (Parts I u. II), in der Rolle des Liebhabers, der – ohne s. frühere Lebensfülle, Agilität u. Gerissenheit – von den beherzten Bürgersfrauen in Szenen voll farcenhafter Situationskomik an der Nase herumgeführt, als amoral. Tölpel u. hilfloser Schmarotzer erscheint. Schon der Titel *Much Ado Abouth Nothing* weist auf das Thema verwirrender Macht des Scheins, der Einbildung oder Suggestion, über das Sein. Es wird dargestellt anhand der Gesch. der Verleumdungsintrige des bösartigen schurk. Bastards Don John gegen Hero, ihrer öffentl. Verstoßung am Hochzeitstag durch ihren Bräutigam Claudio, ihres Scheintods u. der schließl. glückl. Vereinigung des Paares. In kontrapunkt. Entsprechung dazu steht die wohlwollende Intrige Don Pedros, der die spött. widerspenstigen, ehefeindl. Liebenden Benedick u. Beatrice, deren Beziehung offenbar schon seit Jahren vorwiegend in fröhl. Beleidigungen besteht, zusammenführt. *As You Like It* greift, wie der Titel andeutet, e. Reihe von Situationen u. Charaktertypen früherer Kom. wieder auf, variiert sie allerdings in überraschenden Zusammenhängen: Das Auftreten Rosalinds, der positivsten, strahlendsten u. überlegensten Frauengestalt Sh.s, in Männerkleidern ist nicht mehr Ausdruck e. Notwendigkeit, sondern e. munteren, souveränen Spielfreude; ihre Liebe zu Orlando ist weder von außen noch von innen wirkl. bedroht. Die Liebeshandlung um diese beiden wird kontrastiv ergänzt durch das bis zur unfreiwilligen Komik romant. Getue des Schäferpaares Silvius u. Phebe u. die burleske, derb sinnl. Liebesaffäre des kunstvollen Narren → Touchstone mit dem einfältigen Landmädchen Audrey. In der Schäferwelt des Forest of Arden lösen sich alle am korrupten Hof von Herzog Frederick entstandenen Konflikte, die meisten Personen kehren harmon. vereint in ihr gewohntes Dasein zurück, der unverbesserl. desillusionierte u. witzige Melancholiker Jaques indessen bleibt als Einsiedler im Wald. *Twelfth Night, or What You Will,* die in Dtl. mit Abstand populärste von Sh.s h. c., ist geprägt von heiterem Spiel, exzessiven Possen u. verrückten Karnevalsstreichen, wie es am 12. Abend der Weihnachtszeit, am Dreikönigsfest, übl. war. Die zentrale Handlung um die Dreiecksbeziehung zwischen dem extravaganten, melanchol. romant. Schwärmer Orsino, der unverhältnismäßig lange in tiefer Trauer um ihren vor 7 Jahre verstorbenen Bruder befangenen Olivia u. Viola, die aus Liebe zu Orsino e. Hosenrolle als Page spielt, in den sich Olivia verliebt, zeigt, wie so oft in den Kom., e. Entwicklung von narzist., stilisierter romant. Pose zu e. gelösten u. natürl. partnerschaftl. Haltung. Olivia u. Violas Zwillingsbruder Sebastian werden ebenso e. Paar wie Viola u. Orsino. Die kom. Nebenhandlungen um den Trunkenbold Sir Toby Belch, s. Kumpan Sir Andrew Aguecheek u. den weisen professionellen Narren Feste, dem Sh. einige s. schönsten Lieder in den Mund gelegt hat, nehmen hier e. breiteren Raum ein als in den übrigen Kom. In noch größerer Zahl als in *As You Like It* bleiben auch hier Außenseiter vom versöhnl. Ende ausgeschlossen, insb. der uneinsichtige, humorlose Pedant Malvolio. *ks*

E. E. Stoll, Sh's Young Lovers, 1937. H. B. Charlton, Sh.ian Comedy, 1938. G. Gordon, Sh.ian Comedy and other Studies, 1944. J. Palmer, Comic Characters of Sh., 1946. D. L. Stevenson, The Love-Game Comedy, 1946. T. M. Parrott, Sh.ean Comedy, 1949. E. C. Pettet Sh. and the Romance Tradition, 1949. S. C. Sen Gupta, Sh.ean Comedy, 1950. M. C. Bradbrook, The Growth and Structure of Elizabethan Comedy, 1955. J. R. Brown, Sh. and His Comedies, 1957; n. 1962. C. L. Barber, Sh's Festive Comedies, 1959. B. Evans, Sh's Comedies, 1960. D. Traversi, W. Sh. The Early Comedies, 1960. E. T. Sehrt, Wandlungen d. Shakespearschen Kom., 1961. J. D. Wilson, Sh's H. C., 1962. Sh. The Comedies. A. Collection of Critical Essays, hg. K. Muir, 1965. E. M. W. Tillyard, Sh's Early Comedies, 1965. B. O. Bonazza, Sh's Early Comedies, 1966. N. Frye, A Natural Perspective: The Development of Sh.ian Comedy and Romance, 1965; dt. Sh.s Vollendung, 1966. P. G. Phialas, Sh's Romantic Comedies, 1966. Sh's Comedies: An Anthology of Modern Criticism, hg. L. Lerner, 1967. L. S. Champion, The Evolution of Sh's Comedy, 1970. R. Berry, Sh's Comedies, 1972. T. McFarland, Sh's Pastoral Comedy, 1972. Sh.ian Comedy, hg. D. J. Palmer, 1972. P. Swinden, An Introduction to Sh's Comedies, 1973. A. Leggett, Sh's Comedy of Love, 1974. L. Salinger, Sh. and the Tradition of Comedy, 1974. P. Rohrsen, D. Preisrede auf d. Geliebte i. Sh's Kom. u. Romanzen, 1977.

Happy Days, Schauspiel von S. → Beckett.

Hard Times, Roman von Ch. → Dickens, ED ›Household Words‹, April – August 1854; EA 1854. Die Handlung spielt um 1850 in der fiktiven nordengl. Industriestadt Coketown. Thomas Gradgrind, Mitglied des Unterhauses u. angesehener Bürger, hat sich ausnahmslos dem utilitarist. Gedankengut von J. → Mill verschrieben. Dementsprechend verläuft die Erziehung s. Kinder Tom u. Louisa; Tatsachen (»Facts, facts, facts«) u. nicht Empfindungen des Herzens sollen sprechen, ausschließl. Verstandesbildung u. fakt. Wissen stehen im Vordergrund. Das Ergebnis ist vernichtend: Louisa wird mit dem 30 Jahre älteren, gefühllosen, ausbeuter. Bankier u. Fabrikanten Josiah Bounderby, der Gradgrinds Utilitarismus in Praxis vertritt, verheiratet; Tom wächst zu e. skrupellosen u. berechnenden jungen Mann heran, der, als er s. Spielschulden nicht mehr genügen kann, e. Überfall auf die Bank s. Schwagers fingiert, um an Geld zu kommen. Allen Verdacht lenkt er auf den Fabrikarbeiter Stephen Blackpool. Gegenstück zur phantasielosen, selbstsüchtigen Welt der Gradgrinds u. Bounderbys ist Slearys Wanderzirkus. Cissy Jupe, in dieser Umgebung groß geworden, wird von Gradgrind aufgenommen, läßt sich aber nicht nach s. Methoden erziehen. Ihre Menschlichkeit u. Herzenswärme ist es auch, die Louisa wieder Mut gibt, als sie, von dem skrupellosen Politiker James Harthouse aus London fast verführt, verzweifelt Hilfe bei ihrem Vater sucht. Gradgrind resigniert, als er das Unglück s. Tochter sieht u. erkennen muß, was aus s. Sohn als Produkt s. Erziehungsmethode geworden ist. Mit der Haupthandlung verbunden ist die Gesch. des Arbeiters Blackpool. Er repräsentiert das heranwachsende Industrieproletariat u. ist Gegenspieler Gradgrinds, dessen Ausbeuterei er schonungslos aufdeckt. Mit ebensolcher Offenheit warnt er vor den falschen Parolen der Gewerkschaft u. zieht sich die Gegnerschaft s. Arbeitskollegen zu. D.s Zeitroman wird von der Kritik unterschiedl. beurteilt: als fehlgeschlagener Versuch, sich in propagandist. Absicht an e. unbekannten Milieu zu versuchen, andererseits als spätes Meisterwerk, das mit s. Thematik, Sprache u. leitmotiv. Gestaltung über die ›harten Zeiten‹ der 2. Hälfte des 19. Jh. hinausweist. *H. T.* richtet sich gegen die ökonom. Lehre der Manchester School (Free Trade, ›laissez-faire‹-Politik), ist Anklage gegen das utilitarist. Denken e. aufkommenden Industriegesellsch., in der der Mensch mehr u. mehr zum Kalkulationsobjekt absinkt. Anstöße fand D. nicht nur bei s. Besuchen in Manchester u. Preston, sondern auch in den sozialkrit. Schr. → Carlyles, dem der Roman gewidmet ist, letzl. auch in den Reformideen Ch. → Kingsleys. *hd*

Hg. G. H. Ford, 1966. – F. R. Leavis, The Novel as Dramatic Poem: ›H. T.‹ (Scrutiny, 14 1947, 185–203). Ders., ›H. T.‹ An Analytic Note (The Great Tradition, 1949, 227–48). J. E. Butt and K. Tillotson, D. at Work, 1957. R. Garis, The D. Theatre: A Reassessment of the Novels, 1965.

Hardy, Thomas, 2. 6. 1840 Upper Bockhampton/Dorsetshire – 11. 1. 1928 Dorchester; Romanschriftsteller u. Lyriker. Sohn e. Baumeisters; Stud. Architektur London, bis 1880 Architekt in Weymouth. Wuchs in ländl. Umgebung auf u. verlor nie das Gefühl für die Menschen dieser Landschaft. Durchlebte wie viele Intellektuelle des ausgehenden 19. Jh. e. Glaubenskrise, Ursprung s. Philos. vom Ausgeliefertsein des Menschen an unberechenbare Kräfte u. Urgewalten. Gleichzeitig erlebte er den Niedergang jenes ›rural England‹, mit dem er sich eins wußte: die Grafschaften im Südwesten, in der Ausdehnung vergleichbar mit dem Gebiet des früheren angelsächs. Königreichs Wessex, Gegend s. gleichnamigen ›Wessex Novels‹ oder ›Novels of Character and Environment‹. H. schildert den Menschen im hoffnungslosen Kampf gegen e. unabwendbares Schicksal. Charakter u. Umwelt, e. rauhe u. harte Landschaft, stehen in enger Verflochtenheit. Pessimist. Grundton, ohne Glauben an e. göttl. Weltordnung. Die Ursprünglichkeit der Beziehungen zwischen Mensch u. Natur ist um so schwächer ausgebildet, je höher die entsprechende Romanfigur in der gesellschaftl. Rangordnung steht oder mehr dem intellektuellen Bereich zuzuordnen ist. H.s Darstellung ländl. Lebens u. s. Menschen beschreibt e. ehemals heile, geordnete u. in sich geschlossene Welt, die durch das beständige Vordringen des unpersönl. Modernen in Gefahr gerät, sich aufzugeben u. aufzulösen. Im Gesamtwerk nehmen die Wessex-Romane e. zentrale Stellung ein: *Under the Greenwood Tree,* 1872; *Far from the Madding Crowd,* 1874; *The → Return of the Native,* 1878; *The → Mayor of Casterbridge,* 1886; *The Woodlanders,* 1887; *Tess of the D'Urbervilles,* 1891; *Jude the Obscure,* 1895. Dagegen vermitteln s. ›Romances and Fantasies‹ aufgrund ihrer stärker intellektuell angelegten Charaktere e. weniger unmittelbares Bild menschl. Beziehungen u. Verflochtenheit mit der Natur: *A Pair of Blue Eyes,* 1873; *The Trumpet-Major,* 1880; *Two on a Tower* 1882; *A Group of Noble Dames,* 1891; *The Well-Beloved,* 1897. Gleiches gilt für die ›Novels of Ingenuity‹: *Desperate Remedies,* 1871; *The Hand of Ethelberta,* 1876; *A Laodicean,* 1881. H.s gesamtes Romanwerk ist von e. pessimist. Weltanschauung durchzogen. Auch in Liebesbeziehungen sieht er nur e. kurzes Glück, das durch Zufälligkeiten des Schicksals schnell in Leid umschlägt. S. Hauptgestalten sind leidenschaftl. Naturen, ihrer Veranlagung ausgeliefert, eingebettet in die Landschaft e. fest umrissenen Region. H.s Lyrik wird gelegentl. höher eingeschätzt als s. Prosa; teilweise volksliedhafte Eigenschaften, z. B. *Wessex Poems and Other Verses*(1889). 2 Bde. mit Kurzgesch., *Wessex Tales* u. *Life's Little Ironies,* erschienen 1888 bzw. 1894. Das von H. als episches Drama bezeichnete *The Dynasts* (Teil I 1904, II 1906, III 1908) verfolgt in 19 Akten u. 130 Szenen die Napoleon. Kriege vor Waterloo, stellt die einfachen Bewohner von Wessex neben die großen Persönlichkeiten der Epoche. Streng hist. Darstellungen; doch scheinen auch hier überird. Mächte alles menschl. Tun hinfällig zu machen: Personifizierung als »Ancient Spirit«, »Chorus of the Years« u. ä. Insb. H.s Romanwerk verrät viktorian. Erzähltradition, beansprucht jedoch bleibendes Interesse durch die menschl. Grundsätzlichkeit der aufgegriffenen Themen. Neben Werkausgaben zahlreiche, z. T. krit. Einzeleditionen. *hd*

Works, XXIII 1912–13 (Wessex Edition). Works, XXXVII 1920–22. (Mellstock Edition). – Letters, hg. C. J. Weber, 1954. Letters to His First Wife, hg. ders., 1963. Max Gate Corresp., hg. ders. u. C. Weber, 1968. Notebooks, hg. E. Hardy, 1955. Personal Notebooks, hg. R. H. Taylor, 1978. – A. P. Webb, Bibl., 1916. R. L. Purdy, Bibl., 1954. Annotated Bibl., hg. H. E. Gerber, 1973. – L. Abercrombie, T. H., 1912. D. Cecil, H. the Novelist, 1943. A. J. Guérard, T. H., The Novels and the Stories, 1949. J. O. Bailey, T. H. and the Cosmic Mind: A New Reading of ›The Dynasts‹, 1956. S. Hynes, The Pattern of H's Poetry, 1961. J. W. Beach, The Technique of T. H., ²1962. H. Oriel, T. H's Epic Drama: A Study of ›The Dynasts‹, 1963. S. C. Chew, T. H., Poet and Novelist, ²1964. R. Morrell, T. H., The Will and the Way, 1965. C. J. Weber, H. of Wessex, ²1965. W. Marsden, The Poems of T. H., 1969. T. H. (The Critical Heritage), hg. R. G. Cox, 1970. J. O. Bailey, The Poetry of T. H., 1970. E. Hardy, T. H., A Crit. Biogr., ²1970. M. Millgate, T. H., His Career as a Novelist, 1971. F. R. Southerington, H's Vision of Man, 1971. J. I. M. Stewart, T. H., A Crit. Biogr., 1971. F. E. Halliday, T. H., His Life and Work, 1972. P. Meisel, T. H., The Return of the Repressed, 1972. R. J. White, T.H. and History, 1974. J. R. Nelson, H's People: Structure and Character in the Major Fiction, 1974. H. The Tragic Novels, hg. D. P. Draper, 1975 (Casebook). J. Richardson, The Poetry of Necessity, 1975. D. Hawkins, H., Novelist and Poet, 1976. F. B. Pinion, T. H. Art and Thought, 1977. R. Gittings, Young T. H., 1978. Ders., The Older H., 1978. L. J. S. Butler, T. H., 1978. H. The Novelist, hg. A. Smith, 1978.

Hare, David, 1947 Sussex; Stud. Engl. Cambridge. 1968–71 Gründer u. Regisseur des Portable Theatre, 1970–71 ›resident dramatist‹ am → Royal Court Theatre. 1976 Regie von → Brentons *Weapons of Happiness* im → National Theatre. Gesellschaftskrit. Dramatiker. Die witzige anti-feminist. Farce *Slag* (1971) handelt vom Scheitern der großen Ideale e. Frauenkommune durch die Unfähigkeit zu pragmat. Kompromissen. *Knuckle* (1974) ist e. handfeste Kriminalgesch., die satir., empört u. desillusioniert die Machenschaften im Finanz- u. Grundstücksgeschäft durchleuchtet. *Brassneck* (1974), das H. zusammen mit Brenton schrieb, enthüllt die Übel des Kapitalismus anhand e. Panoramas dreier Generationen in e. imaginären Stadt in den Midlands. E. witzigen, entmythologisierenden Nachruf auf den Untergang der Popkultur bietet H. in *Teeth 'n' Smiles* (1976). *Plenty* (1978) versucht in mehreren Zeitsprüngen zwischen 1943 u. 62 e. Bestandsaufnahme von Materialismus u. zerstörten Idealen. H. setzt s. Sozialkritik nicht mit dem dogmat. Ernst e. linken Eiferers in Szene, sondern mit Zynismus, Ironie, Sprachgewandtheit, spieler. Eleganz u. großer psych. Einfühlungsgabe in komplexe Charaktere. *ks*

G. Stebner, D.H. ›Slag‹ (D. engl. Drama d. Gegenwart, hg. H. Oppel, 1976, 192–205). C. W. Thomsen, D. H. ›Teeth 'n' Smiles‹ (Engl. Lit. d. Gegenwart, 1971–75, hg. R. Lengeler, 1977, 56–67).

Hartley, Leslie Poles, 30. 12. 1895 Peterborough/Northamptonshire – 13. 12. 1972 London; Sohn e. Anwalts, erzogen in Harrow, Stud. Oxford. Zentrales Thema von H.s Romanen ist das geistige Vakuum der mod. Welt u. die Suche der Charaktere nach e. Entwicklung zu nicht reduziertem, vollwertigem Menschsein. In der *Eustache and Hilda*-Trilogie, 1958 (*The Shrimp and the Anemone,* 1944; *The Sixth Heaven,* 1946; *Eustache and Hilda,* 1947) u. dem Roman *The* → *Go-Between* wird es – unter Verwendung e. großen Reichtums an Symbolen – behandelt anhand subtiler Studien der Psychol. von Kindern u. Jugendlichen im Rahmen von umfassenden Zeitgemälden des frühen 20. Jh., in *The Boat* (1950) vor dem Hintergrund der Auswirkungen des 2. Weltkriegs auf e. kleines engl. Dorf, in *Facial Justice* (1960) im Rahmen e. mod. Utopia. *The Novelist's Responsibility* (1967) enthält H.s krit. Ansichten zur Lit., bes. zum Roman, z. T. auch Äußerungen zum eigenen Werk. *ks*

The Complete Short Stories, 1973. – P. Bloomfield, L. P. H., 1962. P. Bien, L. P. H., 1963. A. Mulkeen, Wild Thyme, Winter Lightning, 1974.

Havelok the Dane, The Lay of, e. der ältesten me. → Versromanzen, frühes 14. Jh., 3000 V. E. dän. Königssohn mit Namen H. soll auf Betreiben s. betrüger. Vormundes Godard mit Hilfe des Fischers Grim beseitigt werden. Grim u. s. Frau entdecken jedoch das Königsmal auf H.s Schulter, so daß er s. Schicksal entgeht. Sie fliehen nach England, wo H. als Fischerjunge (> Grimsby) u. danach als Küchenjunge am Hofe des Grafen Godrich lebt. Dieser verheiratet ihn mit s. Mündel, der Königstochter Goldborough, die er in verräter. Absicht erniedrigen will. Sie erkennt in H. jedoch bald den Königssohn. Er kehrt in s. Heimat zurück, erobert anschließend England u. nimmt Rache an Godard u. Godrich. Vermutl. von Spielleuten auf Jahrmärkten vorgetragen, schildert die Romanze das Geschehen vom Standpunkt des Volkes aus; das höf. Element verblaßt. Wie in → *King Horn* stehen die Abenteuer des unerkannten Helden im Mittelpunkt, das Motiv der höf. Liebe tritt in den Hintergrund. H. verbindet mehr mit dem einfachen Volk u. dessen ehrl. Arbeit als mit den gesellschaftl. Vorrechten des Adels. Beide Werke scheinen die Haltung e. langsam sich herausbildenden ›Mittelklasse‹ zu artikulieren. *js*

Hg. W. W. Skeat, EETS, ES, 4, 1868; n. K. Sisam, [2]1956. – L. A. Hibbard, Medieval Romance in England, 1960. D. Mehl, D. me. Romanzen d. 13. u. 14. Jh., 1967.

Hay, George Campbell, 1915 Elderslie (Schottland); Sohn von → John H.; im Umfeld der → Scottish Renaissance. Sowohl s. im schott. Idiom als auch die in Engl. geschriebenen Ged. verraten gäl. Tradition (Prosodie u. Syntax), z. B. ›Wind on Loch Fyne‹ (1948). *hd*

Hay, John MacDougall, 23. 10. 1881 Tarbert (Schottland) – 10. 12. 1919 Elderslie. Stud. Glasgow; Journalist, Lehrer Stornoway auf Lewis, 1909 Pfarrer Elderslie. S. Roman *Gillespie* (1914) schildert den Aufstieg u. Fall der Hauptfigur, ähnl. G. D. → Browns *The House with the Green Shutters* u., wie dieser, der → Kailyard School entgegengesetzt. H. beobachtet das Geschehen aus versch. Blickwinkeln, vielschichtiger als Brown. Nachahmung der paratakt. Satzkonstruktion des Kelt. 1916 erschien H.s 2. Roman *Barnacles,* der Gedichtbd. *Their Dead Sons.* *hd*

Gillespie, hg. R. Kamp, 1963. – F. R. Hart, Reviewing H's ›Gillespie‹ (SSL 2, 1964, 19–31).

Haymarket Theatre → Patent Theatres.

Hazlitt, William, 10. 4. 1778 Maidstone – 18. 9. 1830 London; Essayist, Lit.kritiker. Stud. Theol. Unitarian College, Hackney, doch mehr an Philos., Kunst, Lit. u. Politik interessiert; Begegnungen mit Coleridge u. Wordsworth brachten die Wende (vgl. *My First Acquaintance with Poets,* 1811). Porträtmalerei; philosoph. u. polit. Schr., 1815 Parlamentsberichterstatter; Theaterkritiker. Aus Vortragsreihen gingen hervor: *On the English Poets* (1818), *On English Comic Writers* (1819) u. *On the Dramatic Lit. of the Age of Queen Elizabeth* (1820). Kritik an Zeitgenossen (bes. Shelley) veröffentlichte H. in *Table Talk, or Original Essays on Men and Manners* (1821–22) u. in *The Spirit of the Age* (1825). Neben → Coleridge war er der 1. namhafte Lit.kritiker, der Shakespeares schöpfer. Kraft u. Phantasie voll zu würdigen verstand (*Characters of Sh's Plays,* 1817–18). H.s zwiespältiges Naturell entfremdete ihn vielen Freunden u. Bekannten. S. Voreingenommenheit gegenüber Andersdenkenden u. s. jeder Meinungsänderung negativ gegenüberstehende starre Haltung ließen ihn im Alter vereinsamen. S. Essays sind gekennzeichnet durch Vitalität u. stilist. Ausgewogenheit, aufgelockert durch humorist. Einschübe u. Anekdoten. *hd*

Complete Works, hg. P. P. Howe, XXI 1930–34 (Centenary Edition). Essays, hg. R. Vallance & J. Hampden, 1964 – Letters, hg. H. M. Sikes, 1979. – G. Keynes, Bibl., 1931. A. Ireland, Bibl., 1970. – P. P. Howe, Life of W. H., 1922. V. Woolf, W. H. (The Second Common Reader, 1932). C. M. Maclean, Born under Saturn, 1944. H. Baker, W. H., 1962. W. P. Albrecht, W. H. and the Malthusian Controversy, 1950. Ders. H. and the Creative Imagination, 1965. E. W. Schneider, The Aesthetics of W. H., [2]1969 J. Kinnaird, W. H. Critic of Power, 1978. J. L. Mahoney, The Logic of Passion, The Lit. Crit. of W. H., 1978. G. Rowell, Comedy and Engl. Romantic Critics: Hunt, H., Lamb (Engl. u. am Lit. theorie, hg. R. Ahrens u. E. Wolff, Bd. 2, 1979, 45 – 56).

Headlong Hall, satir. Roman von Th. → Peacock.

Heart of Darkness, Novelle von J. → Conrad.

The Heart of the Matter, Roman von G. → Greene, EA 1948. Der während des 2. Weltkriegs nach 15 Jahren Kolonialdienst als Polizeioffizier in e. schäbigen Provinznest an der afrikan. Westküste lebende Major Scobie wird als e. Mensch gezeichnet, der in e. unmoral. Welt moral. sein will, sich aber, wenn er die Maßstäbe s. Religiosität anlegt, unmoral. erscheinen muß. Liebe u. Menschlichkeit werden für Scobie gleichbedeutend mit Sünde – e. Dilemma, in dem Greene den mod. Christen überhaupt sieht. Scobies Ehe ist gescheitert, mit s. Frau Louise verbindet ihn nur noch Mitleid. Die Hilfsbereitschaft für e. junge Schiffbrüchige wird zu Liebe u. Scobie begeht Ehebruch. Er will keine der beiden Frauen verletzen u. verübt – auch vom genius loci, der Hitze, dem Krieg u. finanziellen Problemen beeinflußt – Selbstmord, obwohl er als gläubiger Katholik s. ewige Verdammnis erwartet. *ks*

M.-B. Mesnet, G.G. and ›The H. of the M.‹, 1954.

The Heart of Midlothian, hist. Roman von W. Scott; → *Waverley.*

Heartbreak House. A Fantasia in the Russian Manner on English Themes, Schauspiel in 3 Akten von G. B. → Shaw; EA 1919; UA 10. 11. 1920 Garrick Theatre, New York. Die ›zornige Komödie‹ entstand zw. 1913 u. 1919. Das Vorwort deutet bereits an, daß S. mit diesem Stück die in den Dramen Tschechows (vgl. *Der Kirschgarten*) u. den Schr. Tolstojs vorangegangene Analyse der kultivierten Ziellosigkeit u. Verzweiflung, der Grenzen der Aufklärung, verarbeitet hat. So bezieht sich der Titel auf jenes müßige Vorkriegseuropa; »the guns were loaded«, wie es heißt. Das zentrale Bild des Dramas ist das in Form e. Schiffes konstruierte Landhaus des 80jährigen Kapitäns Shotover. Requisiten, Bühneneinrichtung u. das uns auf dem Dialog aufbauende Stück halten dieses Bild stets im Bewußtsein, so daß *H. H.* als e. Schiff voller Seelen interpretiert werden kann, das durch den Alptraum der zeitgenöss. Geschichte fährt. September 1914; e. gemischte Gesellschaft trifft bei Kapitän Shotover zusammen: s. Tochter Hesione u. deren Ehemann Hector Hushabye, s. jüngste Tochter Ariadne, die vor 23 Jahren gegen den Willen ihres Vaters den reichen Kolonialbeamten Sir Hastings Utterword geheiratet hat, jetzt aber zunächst unerkannt zurückgekehrt ist, direkt gefolgt von ihrem Verehrer Randall, dem Bruder ihres Mannes. Hesione ihrerseits hat die junge Ellie Dunn mit ihrem Vater Mazzini sowie den Industriekapitän Mangan eingeladen. Im Verlauf der Diskussion wird Ellie desillusioniert. Sie entdeckt, daß Marcus, den sie liebt, in Wirklichkeit Hector Hushabye ist, u. daß nicht Mangan der Gönner ihres Vaters ist, sondern eben dieser Hushabye. In diese gespannte Atmosphäre dringt plötzl. e. Fremder ein, e. Einbrecher, der sich der Polizei stellen will. Während die Anwesenden beraten, ob sie sich e. unangenehmen Polizeiverhör stellen sollen, wirft e. feindl. Flugzeug e. Bombe über dem Haus ab. Der Einbrecher u. Mangan werden getötet. Das Hauptthema dieses Dramas ist wiederum das Problem von Schein u. Sein. Die irreale Atmosphäre des Hauses, von Ellie »Heartbreak House« genannt, zwingt jeden in s. Bann u. konfrontiert ihn mit der Wahrheit. Nicht wer man ist, sondern was man wahrhaft ist, zählt. Ellie erkennt die Unwahrheit ihrer Träume; ihre Illusionen werden zerstört u. daran zerbricht ihr Herz. Ebenso werden der Schein der kapitalist. Gesellschaftsordnung, das Streben nach Besitz, Macht u. Bequemlichkeit bloßgelegt. Durch diese absolute Desillusionierung wird das Ende des Glücks herbeigeführt, gleichzeitig aber der Beginn des Friedens: Die Wahrheit des Geistes kann sich entfalten, da nur noch die ›life force‹ existiert. Die von Gott intendierte Aufwärtsentwicklung des Menschen kann beginnen. Nur Kapitän Shotover kann die Wahrheit im Herzen der anderen finden. Er ist der ruhende Pol des Dramas. Aus diesem Grunde haben viele Kritiker in s. Person e. Personifikation Shaws gesehen. Jedoch gilt auch für dieses Stück Shaws dramat. u. weltanschaul. Axiom: »There are no villains and no heroes.« *ra*

R. B. Wilkenfeld, Perpetual Motion in ›H. H.‹ (Texas Studies in Literature and Language, 13 1971, 321–35). S. Weintraub, ›H. H.‹ Shaw's Lear (Modern Drama, 15 1972, 255 – 265). D. J. Leary, Shaw's Blakean Vision. A Dialectic Approach to ›H. H.‹ (Modern Drama, 15 1972, 89 – 103). M. M. Morgan, The Shavian Playground: An Exploration of the Art of G. B. Shaw, 1972. S. Weintraub, B. Shaw, 1914 – 18: Journey to Heartbreak, 1973. M. Valency, The Cart and the Trumpet: The Plays of G. B. Shaw, 1973.

Heep, Uriah, heuchler. Angestellter in Mr. Wickfields Anwaltsbüro, → *David Copperfield.*

Hemlock and After, Roman von A. → Wilson.

Henry IV; Henry V; Henry VI; Henry VIII → Histories, Shakespeare.

Henry Esmond *(The History of H. E., Esq.; a Colonel in the Service of Her Majesty Queen Anne. Written by Himself),* Roman von W. M. → Thackeray, entstanden 1851 – 52. EA III 1852. Für s. hist. Roman, die 3 Jahrzehnte umfassenden Erinnerungen des Titelhelden, wählt Thackeray die Form der fiktiven Autobiogr. Zur Zeit des Span. Erbfolgekriegs wächst H. E. im Schloß der kath. Grafen von Castlewood, e. den Stuarts ergebenen Familie, auf. In e. Verschwörung verstrickt muß der Graf fliehen, Erbe u. Titel fallen H.s Vetter zu; dieser enthüllt ihm s. wahre Herkunft als leibl. Sohn des Geflohenen. Edelmut verbietet es Henry nach dem Tod des Vetters in e. Duell, das Geheimnis zu lüften, da er Rachel, s. Witwe sowie ihre Kinder Frank u. Beatrix nicht besitzlos machen will. Er läßt sich sogar der Mitschuld am Tode s. Vetters zeihen. Lange

Zeit schwankt H. in s. Zuneigung zwischen Rachel, s. Jugendliebe, u. ihrer Tochter. Aufgrund e. Gefängnisstrafe für s. Teilnahme an dem Duell bleibt Henry die für ihn bestimmte Laufbahn e. Geistlichen verschlossen. Er wird Offizier u. nimmt am Frankreichfeldzug Marlboroughs teil. Zurückgekehrt verfällt er der hübschen, aber leichtfertigen u. ehrgeizigen Beatrix, obwohl ihm Rachel, jetzt in Kenntnis der wahren Tatsachen, verziehen hat. Polit. Intrigen e. erneuten Verschwörung für die Sache der Stuarts öffnen ihm die Augen u. bringen ihn von s. Leidenschaft ab. Er heiratet Rachel, sie wandern nach Amerika aus u. lassen sich auf dem Besitz der Esmonds in Virginia nieder. Als gereifter Mann schreibt er dort s. Memoiren, die in *The Virginians,* unter Einbeziehung des Schicksals der beiden Enkelsöhne, fortgeführt werden. Gleich Scott (→ *Waverley*) fand T. im 18. Jh. e. ihn bes. ansprechendes Zeitalter als Hintergrund s. Schilderung. Reale Persönlichkeiten der Epoche, Marlborough, → Steele, → Addison, → Swift, werden einbezogen, geschichtl. Ereignisse dienen als Folie. Als hist. Roman ist *H. E.* hauptsächl. um e. möglichst detailgenaue Wiedergabe des Zeitkolorits bemüht u. weniger, im Unterschied zu → *Vanity Fair,* um die authent. Beschreibung der direkten Umwelt der handelnden Personen. *hd*

Hg. G. N. Ray, 1950; n. G. R. Stange, 1962. – G. Schwanner, T.s Romane ›H. E.‹ u. ›Die Virginier‹, 1922. R. S. Forsyth, A Noble Rake, the Life of Charles 4th Lord Mohun. Being a Study in the Historical Background of ›H. E.‹, 1928. H. O. Grogan, Rachel Esmond and the Dilemma of the Victorian Ideal of Womanhood (ELH, 13 1946, 223–32). J. E. Tilford, Jr., The Love Theme of ›H. E.‹ (PMLA, 67 1952, 684–701). U. Broich, Ironie i. Prosawerk W. T.s, 1958.

Henryson, Robert → Makar.

Heppenstall, Rayner, 27. 7. 1911 Huddersfield/Yorkshire; Stud. Leeds u. Straßburg 1929–33; Lehrer, freier Schriftsteller; Kriegsdienst, 1945–67 bei der BBC. Vf. von klugen, bewußt künstl. Romanen, deren besonderer Reiz in der Mischung von Bizarrem u. Banalem liegt. Die lyr. Innerlichkeit von *The Blaze of Noon* (1939), e. schlichten u. direkten Lobpreisung körperl. Liebe, wird durch die Blindheit des Ich-Erzählers, e. Masseurs, betont. In *Saturnine* (1943, n. 1960 als *The Greater Infortune*) u. in *The Lesser Infortune* (1953) wird die lyr. Geschlossenheit durch schlecht assimilierte autobiogr. Elemente beeinträchtigt. Mit *The Connecting Door* (1962) u. *The Woodshed* (1962) erreichte H. e. vollendete erzähler. Komplexität. *The Shearers* (1969) erzählt in e. Serie überzeugend alltägl. Elemente von e. Mörderfamilie. *ks*

Herbert, Edward, Lord of Cherbury, 3. 3. 1583 Eyton/Shropshire – 20. 8. 1648 London. Philosoph u. Dichter. Bruder von → G. Herbert. Nach Stud. mod. Sprachen, Oxford, mehrere Jahre als Günstling von James I am engl. Hof; 1603 Höhepunkt dieser Zeit mit s. Aufnahme in den Order of the Bath. Verließ 1610 England, um sich in den Niederlanden u. in Savoyen an Militärunternehmungen zu beteiligen. 1619–24 engl. Gesandter in Paris. Nach H.s Rückkehr folgte noch e. kurzes Zwischenspiel im Council of War, bevor er sich um 1630 ins Privatleben zurückzog; 1629 geadelt. Wegen s. Treue zum Monarchen mußte er im Bürgerkrieg den Verlust s. Besitzes hinnehmen u. schloß sich 1645 der Seite des Parlaments an. Trat bes. als Philosoph, aber auch als Historiker u. Poet in Erscheinung. S. philosoph. Anschauungen waren stark von den ›Cambridge Platonists‹ geprägt, deren Auffassungen er übernahm u. weiterführte. Die Verbindung philosoph. u. rel. Vorstellungen war H.s 1. Ziel; für ihn war die wahrhaftige Erkenntnis die Übereinstimmung von Geist u. Wirklichkeit. Er ging von e. Vernunftreligion (natürl. Religion) aus, deren Prinzipien (›common notions‹) von allen Menschen geteilt werden könnten, da sie bereits als ›eingeborene Ideen‹ (innate ideas) in jedem Menschen vorhanden seien. Zu ihnen rechnete er die Existenz Gottes, die Pflicht s. Verehrung sowie die Vorstellung e. göttl. Vergeltung menschl. Tuns. H. glaubte, daß diese natürl. Religion vor allen histor. gewachsenen Religionen vorhanden gewesen sei, die diese natürl. Religion in zahlreiche ›Bekenntnisse‹ (zu denen er auch die versch. Formen des Christentums rechnete) aufsplitterten u. verfälschten. Die Thesen H.s bedeuteten notwendigerweise Vorbehalte gegenüber der Vorstellung von der göttl. Offenbarung, den klass. christl. Dogmen sowie gegenüber der Pflicht e. gottgefälligen Lebens. Dieser christl. Vorstellung hielt er das Prinzip der Vorsehung entgegen, was ihn mit s. Vorwurf, e. Kirche sei nichts als institutionalisierte Religion, die e. wirklich rel. Leben nur hinderl. sei, in starke Konflikte mit versch. kirchl. Autoritäten brachte. S. Ideen, zusammengefaßt in den Schr. *De Veritate prout distinguitur a Revelatione, a Verisimili, a Possibili, a Falso* (1624) u. *De religione gentilium* (1645), waren, obwohl sie die Vereinigung aller rel. Bekenntnisse anstrebten, e. neue, selbständige philosoph. Lehre – e. Vorläufer der ›common sense‹-Philosophie u. des Deismus. H.s grundsätzl. Infragestellen hist. gewachsener rel. Bekenntnisse bedeutete den Anfang der vergleichenden Religionswiss. in England. Neben s. philosoph. Betrachtungen verfaßte H. e. Biographie Henry VIII (1649), e. Autobiographie, die jedoch nur bis 1624 reicht (hg. H. Walpole, 1764), sowie e. größere Anzahl von Ged. (u. a. die Slg. *Occasional Verses,* 1665). Diese zeigen deutl. den Einfluß → Donnes u. stellen mit ihren metaphys. Themen e. Verbindung von Dichtung u. Philos. dar. *ra*

Poems, hg. G. C. Moore Smith, 1923. Minor Poets of the 17th Cent., hg. R. G. Howarth, 1931; n. 1953. E. Cassirer, D. Platon. Renaissance i. Engl., 1932. M. M. Rossi, La vita, le opere, i tempi di E. H. de Ch., III 1947.

Herbert, George, 3. 4. 1593 Montgomery Castle (Wales) – 1. 3. 1633 Bemerton/Wiltshire, jüngerer Bruder von Lord → Herbert of Cherbury, Dichter u. Geistlicher. Aufgrund s. glänzenden Stud. u. s. rhetor. Begabung wurde er 1619 ›public orator‹ der Universität Cambridge. 1626 gab er die Universitätslaufbahn auf, um zunächst Diakon, später (1630) Geistlicher zu werden. Während einige Quellen diese Entwicklung auf e. Order von James I, dessen Gunst sich H. erfreute, zurückführen, sehen andere hierin e. Resignation H.s, dessen Pläne für e. weltl. Karriere gescheitert waren. 1629 Heirat mit Jane Danvers. 1630 Rektor in Bemerton; starb 1633 an Tuberkulose. Schrieb den größten Teil s. 160 Ged. (von wenigen abgesehen, die Mitte der 20er Jahre, den Jahren des rel. Zweifels, entstanden) während s. Tätigkeit in Bemerton; nahezu vollständig in der Slg. *The Church* enthalten, 1633 von ihm in *The Temple* umbenannt (EA posthum 1634). Sie sind gekennzeichnet von H.s Frömmigkeit, s. Ringen mit Gott, wodurch e. große emotionale Intensität erreicht wurde; enthalten e. Fülle von Metaphern, die häufig schwierig zu entschlüsseln sind, u. bestechen durch die Flüssigkeit u. Musikalität ihrer Sprache. H., von → Donne beeinflußt (dieser war mit s. Mutter befreundet), variierte die Form s. Ged. hinsichtl. Zeilenlänge, Reim, Assonanz, Alliteration erhebl. S. Ged. gelten heute als stärkster Ausdruck christl. Glaubens in der engl. Lit. H. verfaßte auch e. Prosa-Stück, *A Priest to the Temple, or, The Country Parson* (1652, geschr. 1632), in dem er, auf persönl. Erfahrung zurückgreifend, Richtlinien zur Ausbildung u. Praxis des idealen Landpfarrers gibt.

ra

Complete Works, hg. A. B. Grosart, III 1868–74. Works, hg. F. E. Hutchinson, 1945. The Latin Poetry, hg. u. übs. M. McCloskey & P. R. Murphy, 1965. Poems, hg. H. Gardner, 1961. – I. Walton, Life of Mr. G. H., 1670. R. Tuve, A Reading of G. H., 1952. J. H. Summers, G. H. His Religion and Art, ^{2}1968. T. S. Eliot, G. H., 1962. V. Poggi, H., 1967. A. Stein, H's Lyrics, 1968. C. Freer, Music for a King: G. H's Style and the Metrical Psalms, 1972. P. Grant, The Transformation of Sin: Studies in Donne, H., Vaughan and Traherne, 1974. S. Thekla, G. H., Idea and Image: A Study of ›The Temple‹, 1974. A Concordance to the Complete Writings of G. H. hg. M. A. Di Cesare and R. Magnani, 1977. S. Köppl, Die Rezeption G. H.s im 17. u. 18. Jh., 1978. J. R. Roberts, G. H. Bibl. of Modern Crit. 1905–74, 1978.

A Hermit Disclosed, Biogr. des letzten engl. Einsiedlers, James Alexander Mason (1857–1942), der in Great Canfield, Essex, lebte; in ihrer Rätselhaftigkeit nachgezeichnet von Raleigh Trevelyan (1960), und auf sehr unterschiedl. Weise dramatisiert von E. → Bond in *The Pope's Wedding,* J. → Saunders in *Next Time I'll Sing to You* u. → Livings in *Jim All Alone.* *ks*

Heroic Couplet, heroic verse, dem → blank verse ähnl. jamb. Pentameter, paarweise gereimt (aa, bb, etc). 2 gereimte jamb. Zeilen werden im Engl. oft ›heroic verse‹ genannt. Wegen des jamb. Versmaßes nur starke Endungen mögl.; e. feste Zäsur besteht nicht. Die Einführung des engl. h.c. wird heute Chaucer zugeschrieben, der sich nach frz. bzw. italien. Einflüssen gerichtet hat. Andere sehen in den 8- oder 10zeiligen, paarweise gereimten Dichtungen Vorläufer des h.c. 1. Höhepunkt in der elisab. Zeit unter Spenser u. Jonson. 2 Erscheinungsformen bilden sich heraus: das ›closed couplet‹ (e. c. enthält jeweils e. vollständigen Satz, d. h. Sinnabschnitte u. metr. Einschnitte sind kongruent), u. das ›open couplet‹ (e. Satz kann in e. c. enden oder darüber hinaus weitergeführt werden, Enjambement). Im 17. Jh. (→ Cowley; → Dryden) erfährt das h.c. e. Reihe formaler Veränderungen: die 2. Zeile wird durch e. Alexandriner ersetzt, das c. durch e. 3. Zeile zum ›triplet‹ ergänzt, u. zuweilen e.

schwache Endung zugelassen. Pope u. Byron verteidigten die strenge Form des c.; Keats hingegen wehrte sich gegen den starren formalen Rahmen u. behielt nur noch das Metrum u. den Paarreim bei: ›open‹ u. ›closed couplets‹ wechseln beliebig ab.

ra

W. C. Brown, The Triumph of Form, 1948. W. P. Piper. The H. C., 1969.

Heroic Play, bes. von→ Dryden u. R. Howard in der Tradition von→ Davenant vertretene spezielle Form der Trag. in der Restaurationszeit. Behandelt in e. an die frz. ›tragédie classique‹ u. das span. Ehrendrama erinnernden Form, z. T. in exot. Rahmen (*The Indian Queen,* 1664; *The→ Conquest of Granada,* 1670/71), die immer wiederkehrenden Themen von Liebe u. Ehre. Im h.p. wurde der traditionelle → Blankvers zugunsten des → heroic couplet aufgegeben, das sich bes. gut für pathet. V. eignet. Bombast. Dialoge, übersteigerte Beispiele von Liebe, Ehre, Tapferkeit, endlose Variationen des gleichen Themas sowie e. falsches Konzept der Trag. lassen die versch. Beispiele des h.p. in heutiger Zeit zumindest unglaubwürdig, wenn nicht z. T. lächerl. erscheinen, da am Ende des h.p. statt der Katastrophe e. Art ›happy ending‹ steht. In den 60er u. 70er Jahren des 17. Jh. sehr beliebt, doch äußerte sich schon in dieser Zeit e. gewisses Unbehagen gegenüber ihrem Pathos, was sich z. B. in der bitteren Satire *Rehearsal* (1671) des Duke of → Buckingham zeigt, die den Hauptvertreter des h.p., Dryden, als Figur miteinbezieht.

ra

A. Nicoll, A History of Restoration Drama 1660 – 1770, ²1928. B. Dobrée, Restoration Trag., 1929. C. V. Deane, Dramatic Theory and the Rhymed h.p., 1931. W. S. Clark, A Definition of the h.p. in the Restoration Period (RES, 8 1932, 437 – 444). A. Harbage, Cavalier Drama, 1936. E. Rothstein, Restoration Trag., 1967. E. M. Waith, Ideas of Greatness: Heroic Drama in England, 1971. Restoration Lit.: Crit. Approaches, hg. H. Love, 1972.

Herrick, Robert, 24. 8. 1591 (getauft) Cheapside/London – 15. 10. 1674 Dean Prior/Devonshire. Dichter u. Geistlicher, wird oft der → cavalier poetry zugeordnet. Wuchs nach frühem Tod s. Vaters (1592) bei e. Onkel auf, der als Goldschmied arbeitete u. ihn in die Lehre nahm. 1614 – 20 Stud. Theol. Cambridge, 1623 Priesterweihe; 1627 Kaplan Buckinghams, den er auf die Insel Rhé begleitete. 1629 Zuweisung der 1. Pfarrstelle durch Charles I. Wegen königstreuer Haltung 1646 von Puritanern aus s. Amt vertrieben, wird H. nach der Restauration 1662 wieder im Amt bestätigt. S. ausschließlich lyr. Werk umfaßt ca. 1400 Ged., die sowohl versch. Stilrichtungen (Elegien, Epigramme, Satiren, geistl. Dichtung etc.) als auch versch. inhaltl. Kategorien zuzuordnen sind: Anakreontik, e. große Zahl von Trinkliedern, aber auch geistl. Dichtung. H. war in s. Jugend mit → Jonson befreundet, der ihn als s. ›poetical son‹ bezeichnete; von ihm sowie von den klass. Autoren Horaz u. Catull erhielt er manche Anregungen. H.s Ged., obwohl meist nur von geringem Umfang, zeugen vom Streben nach Perfektion des Stils u. der Form. Das einzige von ihm publizierte Werk ist s. Gedichtslg. *Hesperides; or the Works both Human and Divine of R. H.* (1648), der auch, mit separatem Titelblatt, die Slg. *Noble*

Numbers (rel. Ged.) angeschlossen ist. H.s lit. Werk blieb bis zum Ende des 18. Jh. nahezu unbekannt. *ra*

Poetical Works, hg. L. C. Martin, 1956; n. 1965. Complete Poetry, hg. J. M. Patrick, 1963; n. 1968. – G. R. Guffey, Bibl. 1949–65, 1968. – M. Chute, Two Gentlemen: The Lives of Herbert and H., 1959. J. Press, H., 1961. R. B. Rollin, R. H., 1966. S. Ishii, A Study of H., 1968. J. L. Kimmey, Order and Form in H's ›Hesperides‹ (JEGP, 70 1971, 255–68). G. W. Scott, R. H., 1974.

Herself Surprised, 1. Roman e. Trilogie (mit *To Be a Pilgrim* u. *The Horse's Mouth*) von J. → Cary.

Heywood, Thomas, 1570/73 (?) Lincolnshire – August 1641 London. Lyriker u. Dramatiker; Stud. Cambridge, arbeitete Zeit s. Lebens als Autor, Schauspieler u. Dramaturg in London. Von den 220 Stücken, die H. selbst geschrieben bzw. an denen er sich beteiligt hatte, sind nur 24 erhalten. Hauptsächl. auf s. Weigerung zurückzuführen, die Dramen drucken zu lassen. Mitglied versch. Schauspieltruppen: Lord Admiral's Company u. Earl of Worcester's Company (ab 1598), Queen Anne's Men (ab 1600). 1603 Heirat mit Anne Butler. Von einigen Romanzen abgesehen (*The Four Prentices of London,* 1615), zeichnen sich die Werke durch e. betont realist. Grundhaltung aus. H.s Interesse galt mehr e. abwechslungsreichen u. spannenden Handlungsstruktur als der prägnanten Charakterzeichnung. Greift daher gern auf bekannte Stoffe der Klassik oder der Gesch. zurück, wie in dem 5teiligen Zyklus *The Golden Ages; Rape of Lucrece; If You Know not Me, You Know no Body, or, The Troubles of Queen Elizabeth* (1605) oder dem stark an Shakespeares *Richard III* angelehnten *King Edward IV* (1599), um durch bes. Effekte u. Spannungsbögen den Stoff interessant zu strukturieren. In s. bekanntesten Stücken *A Woman Killed with Kindness* (1607) u. *The English Traveller* (1633) werden Vertreter der ›middle-class‹ dargestellt, die indes in ihrer Handlungsweise stark von den sonstigen typ. Charakteren abweichen. Beide Werke wurden erfolgreich aufgeführt u. gelten als Vorläufer des bürgerl. Trauerspiels im 18. Jh. S. Hauptgestalten zeigen e. bürgerl., puritan.-selbstlose Haltung, die gegenüber der starken Wirkung der elisab. Rachetrag. auf der Bühne zunächst zurücktrat. *ra*

Dramatic Works, hg. R. H. Shepherd, VI 1874; n. 1964. – F. S. Boas, T. H., 1950. J. Ribner, Jacobean Trag., 1962. A. M. Clark, T. H., Playwright and Miscellanist, ²1967. T. N. Greenfield, Induction in Elizabethan Drama, 1969. G. C. Herndl, The High Design: Engl. Ren. Trag. and the Natural Law, 1970. D. Rolle, Ingenious Structure: D. dramat. Funktion d. Sprache i. d. Trag. d. Shakespeare-Zeit, 1972.

Highland River → Gunn, N.M.

The Highland Society of Scotland, gegr. 1784; ›Highland Soc. of Scotland and Edinburgh‹, 1787, ›Highland and Agricultural Society‹, 1834, heute ›Royal H. and A. S.‹. Die Gesellschaft wurde unter folgenden Zielsetzungen ins Leben gerufen: Erfassung u. Untersuchung der wirtschaftl. u. gesellschaftl. Gegebenheiten der Highlands u. der der Küste vorgelagerten Inseln; Verbesserung der Verkehrsverbindungen, Stärkung von Landwirtschaft, Fischerei, Handwerk u. Handel; Studium u. Erforschung der Sprache, Lit. u. Musik Schottlands. Als offizielle Ämter in der H.S.S. waren im 18. Jh. das des Barden, e. ›Piper‹ u. e. Prof. für gäl. Sprache besetzt. 1797 wurde e. Kommission unter Vorsitz von H. → Mackenzie zur Prüfung der Echtheitsfrage von J. → Macphersons Ossian-Dichtung eingesetzt. 1828 Finanzierung e. Lexikons der gäl. Sprache, Übs. des AT ins Gäl. u. versch. Anthologien gäl. Dichtung. 1876 unterstützte die Gesellsch. mit 100 Guineas die Finanzierung des Lehrstuhls für Gäl. an der Universität Edinburgh. Seit der 2. Hälfte des 19. Jh. liegen die Aktivitäten verstärkt im landwirtschaftl. Bereich, entsprechend auch die themat. Festlegung der Veröffentlichungen. Ausrichtung der ›Royal Highland Show‹. *hd*

Hinde, Thomas (eig. Sir Thomas Chitty, Baronet), 2. 3. 1926 Felixstowe; Stud. Oxford, 1953–60 Public Relations Manager bei Shell in England u. Kenia, Dozent an engl. u. am. Univ. S. glänzend geschriebenen Romane stellen weniger äußere Vorgänge dar, als psych. Beziehungen u. Entwicklungen. H. analysiert das Verhältnis von Illusion u. Realität, gestaltet innere Krisen, Nervenzusammenbruch u. allg. Verzweiflung am Leben. Bes. gelungen die Gestaltung der Empfindungen, Naivitäten u. Unsicherheiten jugendl. Charaktere u. der Atmosphäre des jeweiligen Hintergrunds. Die aufgezeigten Probleme werden nicht gelöst, der Schluß der Romane ist offen. *Happy as Larry* (1957) gestaltet im Schicksal e. ›zornigen‹ Antihelden allg. Ziellosigkeit u. Verzweiflung am Leben. *The Cage* (1962) handelt von den Verwirrungen e. jungen Engländerin in der schwarzen Gesellschaft des mod. Kenia. *High* (1968) ist e. Roman um e. Autor, der an e. am. Univ. unterrichtet u. e. Roman verfaßt; das Produkt u. die Umstände s. Entstehung werden in komplizierten Verschachtelungen dargeboten. *Bird* (1970) erzählt die Erlebnisse e. masochist. 21jährigen Ausreißerin in der Londoner Unterwelt. *ks*

Historia Ecclesiastica Gentis Anglorum → Bede.

Histories, Königsdramen Shakespeares. Schon die Hg. des Folio von 1623 haben die Dramen der Lancaster-Tetralogie (*Richard II,* 1595; *Henry IV,* Parts I, II, 1596–98; *Henry V,* 1599) u. der – bzgl. der hist. Ereignisse daran anschließenden – York-Tetralogie (*Henry VI,* Parts I, II, III, 1589–92; *Richard III,* 1592/93) sowie *King John* (1594–97), das als ›Prolog‹ der H. gesehen werden kann, u. *Henry VIII* (1612/13), das e. Art Epilog bildet, als H. neben die Kategorien der Kom. u. der Trag. gestellt. Die beiden Tetralogien spielen vorwiegend im 15. Jh., der Zeit der Thronkämpfe zwischen den Häusern Lancaster u. York. Das hist. Material entnahm Sh. in erster Linie den Werken von → Holinshed, → Hall, → Geoffrey of Monmouth sowie dem → *Mirror for Magistrates,* ferner e. Vielzahl von zeitgenöss. dramat. Bearbeitungen. Die H. sind polit. Stücke, in denen die didakt. Intention zentrale Bedeutung erlangt. Ursache der Bürgerkriege u. Rebellionen ist die Absetzung des rechtmäßigen Herrschers Henry IV durch den Usurpator Bolingbroke (1399). Die Wirren finden ihren Höhepunkt u. ihr

Ende mit der Vernichtung von Richard III durch Henry Tudor, Earl of Richmond, den Vertreter des Hauses Lancaster, der Elizabeth, e. Tochter des Hauses York, heiratet u. als Henry VII die Tudor-Monarchie begründet. E. Betrachtung der H. in der Chronologie ihrer Entstehung zeigt einerseits Sh.s zunehmend perfektere Beherrschung der dramat. Kunstmittel u. andererseits e. Weg von der Aufteilung der Elemente idealen Königtums auf mehrere Herrscher über das schwärzeste Gegenbild, angenäherte Ebenbilder u. widersprechende Gegenbilder bis schließl. zur Verkörperung des Ideals. In dem panoramahaften, sich über 50 Jahre erstreckenden hist. Schauspiel *Henry VI* kommt der Titelfigur keine zentrale Signifikanz zu, sie ist e. frommer christl. Dulderkönig, der in Teil I als unmündiges Kind erscheint, in II als wehrloser Mann, in III – bzgl. s. Lebensgefühls – als leidender Greis: e. guter Mensch, aber kein Herrscher. Der in ehrenvollem Kampf gegen die Gottesgeißel Joan of Arc fallende Talbot verkörpert militär. Macht u. Tugend, York verbindet Heldentum mit Entschlossenheit, List u. Schlauheit, Gloucester mit Aufrichtigkeit, Liebe u. Opferbereitschaft. Nur e. Kombination aus den Eigenschaften der versch. Herrschertypen läßt das Ideal des vollkommenen Kgs. durchscheinen. Die Schwäche des Kgs. u. der schamlos egoist. Machtkampf der Reichsgroßen lassen das Land tiefer u. tiefer in das totale Chaos e. furchtbaren Bürgerkriegs hineintaumeln, der dem »hellhound« Richard Gloucester den Weg zur Macht ebnet. Dieser ist als die bucklige, heisere Titelfigur von *Richard III* e. diabol. faszinierendes, großartiges Scheusal, ganz gesammelter u. gespannter Wille auf dem Weg zur Krone, dann e. skrupelloser, intelligenter, gewalttätiger Tyrann, der sich ohne Suche nach e. Ausweg s. unausweichl. Untergang stellt. Da hier der Einfluß e. Individuums auf das hist. Geschehen dargestellt wird, sind gegenüber *Henry VI* die Personen weniger zahlreich, die Auswahl der Ereignisse ist straffer. Das Drama schließt beide Tetralogien ab mit dem Sieg über Richard III u. der Wiederherstellung der staatl. Ordnung durch Richmond. Die Titelfigur des zu Beginn des 13. Jh. spielenden *King John* ist e. Usurpator, dem es nicht gelingt, sich zum Herrscher zu legitimieren, denn er ist im Guten wie im Bösen mittelmäßig, schwach, unstet u. verräter. Das Drama *Richard II,* das die Lancaster-Tetralogie einleitet, behandelt das Thema des Gottesgnadentums des Herrschers u. des Rechts auf Widerstand gegen ihn. Richard ist e. ›gemischter Charakter‹, in guten Tagen unbeherrscht, übermütig, herr. u. gütig, in schlechten bildreich melanchol. klagend – immer aber unfähig, die Pflichten s. Amtes zu erfüllen. S. Widersacher Bolingbroke füllt das Vakuum, das der Kg. entstehen ließ, u. meistert mit Staatsräson u. nüchterner Tatkraft die gleichen polit. Situationen, in denen Richard klägl. versagte. Er handelt ebenso notwendig u. trag. wie Richard gerecht u. trag. leidet. Bolingbroke ist e. Usurpator, aber er rettet den Staat. Richard erscheint als leidender

Schmerzenskg., bei dem der Anlaß des Leids vor dessen Ausdruck verblaßt u. der in dem Maße menschl. Sympathien weckt, in dem Bolingbroke sie durch s. Machtübernahme einbüßt. In dem 2teiligen *Henry IV* ist Sh. auf der Höhe der Kunst s. Historienschaffens angelangt: das Stück zeichnet sich durch einmalige Vitalität u. Vielseitigkeit aus. Inhaltl. bietet es die Forts. von *Richard II,* da hier Bolingbrokes Schuld gesühnt wird. Er ist nicht mehr der tatendurstige Usurpator, sondern e. alternder, freudloser Kg., schlaflos u. gebeugt unter dem Joch von Schuld u. Verantwortung für die Uneinigkeit des Landes. Die Summe s. Daseins ist leidgeborene Weisheit, nicht aber kgl. Glanz. Doch steht er nicht im Zentrum der Handlung. Das Stück dramatisiert den Werdegang von Prince Hal, dem späteren idealen Kg. Henry V, im Spannungsfeld von polit. u. privatem Bereich. In Henrys privaten Eskapaden sind volkstüml. u. kom. Elemente breit ausgeführt. Hals ungestümer, lokkerer Lebenswandel in Gesellsch. s. Zechkumpans → Falstaff, dem ›König im Reiche des Unfugs‹ u. e. der geistreichsten u. lebendigsten kom. Figuren im Werk Sh.s, erlangt eigenständige Bedeutung. Im Zentrum der polit. Handlung steht die staatsgefährdende Rebellion des ehrbesessenen Hotspur, die von dem ›bekehrten‹ Hal in der Schlacht von Shrewsbury niedergeschlagen wird. Der Titelheld von *Henry V,* dem letzten Drama der Lancaster-Tetralogie, ist Sh.s idealer Kg.: pragmat., aber auch volkstüml., menschl. u. zugleich vom Hochgefühl s. Gottesgnadentums erfüllt. S. persönl. Lauterkeit, s. militär. u. staatsmänn. Geschick lassen den Fluch von Bolingbrokes Usurpation vorübergehend zurücktreten (bis er dann – wie die früher verfaßten Dramen darstellen – in der unter Henry VI sich anbahnenden Greuelherrschaft von Richard III s. schlimmsten Folgen zeitigt). Henry triumphiert fast mühelos bei Agincourt über die Franzosen u. gewinnt die Tochter des frz. Kgs. für sich. Das erst 1613 evtl. in Zusammenarbeit mit → Fletcher entstandene Drama *Henry VIII* erhält durch Staatsszenen mit pompösen Schaueffekten, zeremonielle, weit ausladende Reden u. großartige theatral. Aufzüge den Charakter e. spektakulären, patriot. Festspiels. *ks*

E. M. W. Tillyard, Sh's History Plays, 1944. W. F. Schirmer, Glück u. Ende d. Könige i. Sh.s Historien, 1953. P. A., Jorgensen, Sh's Military World, 1956. D. Traversi, Sh. From ›Richard II‹ to ›Henry V‹, 1957. M. M. Reese, The Case of Majesty: A Study of Sh's History Plays, 1961. L. C. Knights, W. Sh. The H., 1962. C. Leech, W. Sh. The Chronicles, 1962. R. J. Dorins, Discussions of Sh's H., 1964. S. C. Sen Gupta, Sh's Historical Plays, 1964. A. C. Sprague, Sh's H. Plays for the Stage, 1964. The H. A Collection of Critical Essays, hg. E. M. Waith, 1965. H. M. Richmond, Sh's Political Plays, 1967. R. Weimann, Sh. u. die Tradition des Volkstheaters, 1967. H. A. Kelly, Divine Providence in the England of Sh's H., 1970. R. B. Pierce, Sh's History Plays: The Family and the State, 1971. R. Ornstein, A Kingdom for a Stage: The Achievement of Sh's History Plays, 1972. M. Manheim, The Weak King Dilemma in the Sh.ean History Play, 1973. M. E. Prior, The Drama of Power: Studies in Sh's History Plays, 1973. E. I. Berry, Patterns of Decay: Sh's Early H., 1975.

History of England → Hume, D., → Macaulay, Th. B.

History of the French Revolution → Carlyle, Th.

The History of Friedrich II of Prussia, called Frederick the Great → Carlyle, Th.

Hobbes, Thomas, 5. 4. 1588 Westport b. Malmesbury – 4. 12. 1679 Hardwick Hall; Philosoph u. Staatstheoretiker. Bereits als 15jähriger Stud. Theol. Oxford. Nach erfolgreichem Abschluß 1608 Hauslehrer der Familie Cavendish. Neben dieser Tätigkeit Stud. der klass. Sprachen; übersetzte Thukydides u. Euripides, verfaßte e. in lat. V. gehaltene Autobiographie. 1621–26 Sekretär → Bacons. Bereiste Italien u. Dtl., verbrachte mehrere Jahre abwechselnd in Frankreich (Bekanntschaft mit Descartes u. Mersenne) u. England, zunächst aus persönl., ab 1640 aus polit. Gründen. In Paris unterrichtete er 1641–47 den späteren Kg. Charles II. 1651 endgültige Rückkehr nach England u. Unterwerfung unter das Parlament. Nach der Restauration 1660 Pensionierung. H. ist e. der bedeutendsten Philosophen Englands. S. Hauptwerk *Leviathan* (1651) steht zeitl. zwischen F. Bacons → *Advancement of Learning* (1605) u. J. → Lockes *Essay concerning Human Understanding* (1690). In diesem naturalist. Staats- u. Gesellschaftswerk geht H. vom Urzustand der menschl. Gesellschaft aus, der durch den Kampf ›aller gegen alle‹ gekennzeichnet ist. Aus diesem dem Menschen unwürdigen Zustand bewog nicht, etwa wie Aristoteles, Cicero oder Grotius meinten, e. angeborener Trieb zur Geselligkeit den Menschen, e. Urvertrag zu schließen, sondern der natürl. Trieb zur Selbsterhaltung. In diesem ›Unterwerfungsvertrag‹ überträgt jeder einzelne s. bisherigen Rechte e. einzigen Gewalt, dem Souverän, dessen Macht unveräußerl. u. unteilbar ist, der aber verpflichtet ist, Wohl u. Sicherheit s. Untertanen zu schützen. Somit ist der Staat also nicht aus e. Vertrag zwischen Herrscher u. Volk, sondern aus dem Willen aller einzelnen entstanden. Erst der Staat macht aus der Bestie den Menschen. Der Staat ist das die Freiheit des einzelnen Bürgers verschlingende Ungeheuer, also e. ›Leviathan‹. H. ist ausgesprochener Staatsabsolutist: s. Staat ist e. Machtstaat, in dem das Recht des einzelnen in keiner Weise respektiert wird. Die rel.-kirchl. Staatsautorität wird ebenfalls abgelehnt. Durch s. Theorien machte sich H. bei Staat u. Kirche unbeliebt; lebte daher die letzten 25 Jahre zurückgezogen. S. Ideen haben absolutist. Staatstheoretiker bis ins 20. Jh. beeinflußt. Neben s. philosoph. Betrachtungen gab H. der engl. Lit.krit. neue Anstöße. Als 1. versuchte er, Aussagen über die Poetik zu begründen. Er sieht in der Phantasie u. mehr noch in der rationalen Urteilskraft die essentiellen Voraussetzungen für das Entstehen e. Ged. S. Diktum »Judgement begets the strength and structure, and Fancy begets the ornaments of a Poem« wird grundlegend für die engl. Lit.krit. des 17. Jh. *ra*

The English Works and Opera Philosophica, hg. W. Molesworth, XVI 1839–45. – J. W. N. Watkins, H's System of Ideas, 1965. L. Strauss, H. polit. Wiss., 1965. H.-Studies, hg. K. C. Brown, 1965. F. S. McNeilly, The Anatomy of ›Leviathan‹, 1968. D. P. Gauthier, The Logic of ›Leviathan‹, 1969. ›Leviathan‹: Interpretations and Criticism, hg. B. Baumrin, 1969. W. Förster, H. u. d. Puritanismus, 1969. A. Kosellech u. A. Schnur, H.-Forschungen,

1969. S. S. Wolin, H. and the Epic Tradition of Polit. Theory, 1970. A. G. Gorgani, H. e la Scienza, 1971. R. G. Ross, Th. H. in His Times, hg. H. W. Schneider and T. Waldmann, 1975.

Hogarth, William, 10. 11. 1697 Great St. Bartholomew, West Smithfield/London – 25. 10. 1764 Leicester Fields/ebda; Maler u. Kupferstecher; in moral. Absicht geschaffene Bildfolgen (Moral Pictures). 1. Erfolg mit der Bildergesch. *A Harlot's Progress,* später als Pantomime am Drury Lane Theatre gespielt u. zur Ballade umgeschrieben. 1735 kam es auf s. Initiative zum sog. ›Hogarth's Act‹, e. Gesetz, das den Raubdruck von Kupferstichen strafbar machte. H. schickte den meisten s. Stiche Ölgemälde voraus, auch bei *The Rake's Progress,* der bekannten Serie *Marriage à la Mode* u. *The Election.* 1757 wurde H. als Serjeant Painter bei Hofe eingestellt. S. Versuche, Satiren zu schreiben, scheiterten. Wegen s. Unterstützung der Politik des Earl of Bute wurde er von → Wilkes u. Ch. → Churchill angegriffen. H. ist weniger als Maler, denn als schonungsloser Chronist s. Zeit u. ihrer Gesellsch. bekannt; Bilder von starker Aussagekraft. *hd*

F. Weitenkampf, Bibl., 1890. – R. E. Moore, H's Literary Relationships, 1948. H. Reiter, W. H. u. d. Lit. s. Zeit, 1948. P. C. Quennell, H's Progress, 1955. D. Jarret, England in the Age of H., 1974.

Hogarth Press → Woolf, V.

Hogg, James (gen. The Ettrick Shepherd), 9. 12. 1770 Ettrick Forest/Selkirk (Schottland) – 21. 11. 1835 Altrive; Sohn e. Schäfers, Autodidakt. Freundschaft mit → Scott, der s. dichter. Talent entdeckte. Mit der Verserzählung *The Queen's Wake* (1813), der Beschreibung e. Sängerwettstreits vor Maria Stuart, trat H. erstmals aus dem Schatten s. Freundes. Wurde mit Byron, Wordsworth u. Shelley bekannt, etablierte sich im Kreis der Edinburgher Literaten. S. besten Ged. sind in *Jacobite Relics of Scotland* (1819–21) zusammengefaßt. Prosaerzählungen: *The Brownie of Bodsbeck and Other Tales* (1817, hg. D. S. Mack, 1976) *Winter Evening Tales* (1820) u. *Tales of the Wars of Montrose* (1835). In s. Balladen u. Legenden zeigt sich H.s Talent für volkstüml. Erzählweise u. Wortmelodik. 1822 veröffentlichte er den Roman *The Three Perils of Man* (hg. D. Gifford, 1972), unbeabsichtigte u. groteske Parodie der Gesellschaftssatiren von J. → Austen u. S. → Ferrier, gefolgt von *The Three Perils of Women* (1823), wenig überzeugendes Gegenstück. S. spannungsreicher satir. Roman *The Private Memoirs and Confessions of a Justified Sinner* (1824, hg. T. E. Welby, 1924; n. A. Gide, 1947) verurteilt calvinist. Engherzigkeit. In Erinnerung an Scott erschien 1824 *The Domestic Manners and Private Life of Sir Walter Scott* (n. 1909). Die meisten s. Short Stories verfaßte H. für → ›Blackwood's Mag.‹, wenn er auch dort in Wilsons ›Noctes Ambrosianae‹ nicht sehr schmeichelhaft charakterisiert wurde. Obwohl H. e. formale Schul- oder Universitätsausbildung entbehren mußte, zeigt s. lit. Schaffen große Vielfalt u. bleibt keineswegs auf s. persönl. Erfahrungen beschränkt. *hd*

Tales and Sketches, VI 1837. Works, V 1838–40. Works, hg. T. Thomson, II 1865. Selected Poems, hg. D. S. Mack, 1970. G. B.

S. Douglas, J. H., 1899. A. L. Strout, Life and Letters, 1946 (2. Bd., 1826–35, nicht erschienen). L. Simpson, J. H., a Crit. Study, 1962. E. C. Batho, The Ettrick Shepherd, ²1969. J. H. A Memoir of the Author's Life, hg. D. S. Mack, 1972. I. Campbell, Author and Audience in H's ›Confessions of a Justified Sinner‹ (Scottish Lit. News, 2 1972, 64–76). D. Gifford, J. H., 1976.

Holinshed, Raphael, gestorben 1580 (?); geschickter Kompilator, dessen materialreiche *Chronicles of England, Scotland and Ireland* (1577) neben dem Werk von → Hall zur wichtigsten Quelle von Shakespeares → Histories, von → *Macbeth,* Teilen des → *King Lear* u. *Cymbeline* wurden. *ks*

Holy Willie's Prayer, Ged. von R. → Burns.

Home, William Douglas, 3. 6. 1912 Edinburgh; Sohn des 13. Earl of Home, Bruder des früheren Premierministers; Eton, Stud. Gesch. Oxford, 1935–37 Royal Academy of Dramatic Art. Verweigerte als Offizier im 2. Weltkrieg e. Befehl, der nicht mit s. Gewissen vereinbar war, vom Kriegsgericht zu 1 Jahr Gefängnis verurteilt. Diese Zeit fand ihren Niederschlag in dem Drama *Now Barabbas* (1947). Die weiteren zahlreichen Dramen sind sehr erfolgreiche, konventionelle, bühnenwirksame West End-Boulevardstücke (am bekanntesten: *The Chiltern Hundreds,* 1949; *The Reluctant Peer,* 1964; *The Secretary Bird,* 1968; *Lloyd George Knew My Father,* 1972), deren bes. Reiz in der verhalten iron., humorvollen Darstellung gehobener Gesellschaftskreise u. den polit. Seitenblicken beruht. *ks*

The Homecoming, 2aktiges Drama aus H. → Pinters 3. Schaffensperiode (UA 3. 6. 1965 Aldwych Theatre, London; EA 1965), in welcher die Aneinanderreihung von subjektiven Spekulationen u. Phantasien der Charaktere das auffälligste Darstellungsmittel ist. Gegenstand der rhetor. Höhenflüge in *T. H.* sind die versch. Aspekte wechselseitiger familiärer Beziehungen; als zentrales Thema konstituiert sich die facettenreiche Verschiedenartigkeit individueller Versionen der Wirklichkeitserfassung. Der Vater Max z. B. schwelgt in klischeehaften Ausmalungen s. eigenen Großartigkeit; in den Augen s. Angehörigen ist der alte, am Stock gehende Mann aber zur Bedeutungslosgkeit e. Ersatzhausfrau reduziert. Max' zweitältester Sohn, der kleine Zuhälter Lenny, gefällt sich in der Rolle e. brutalen, skrupellosen Frauenbezwingers. Das Bild der mit dem ältesten Sohn der Familie, der Philosophieprofessor in Amerika ist, zu Besuch kommenden Ruth schillert zwischen dem von ihrem Mann gezeichneten Bild e. braven Professorenfrau u. Mutter von 3 Kindern, dem Aktmodell der Vergangenheit, an das sie sich monologisierend erinnert, u. der kaltblütig hemmungslosen Prostituierten, als die sie sich in der Max-Familie etabliert. Der 1. Teil von Akt I stellt die Hackordnung zwischen Max, s. Söhnen Lenny u. Joey u. s. Bruder Sam fest; der 2. rückt die Störung dieser Ordnung durch die Eindringlinge Ruth u. Teddy ins Blickfeld, der 3. die scheinbare Absorption der beiden in e. krampfhaft harmonisierten Familienidylle nach den Vorstellungen von Max. Akt II bringt in der 1. Hälfte das Zerbrechen dieses Arrangements durch den Einfluß der Gegenwart Ruths, in der 2. Teddys Abreise u. die Bildung e. neuen Hackordnung mit Ruth in der dominierenden Rolle. Die Titelchiffre ist semant. vielschichtig: Teddy u. Ruth kehren heim in Teddys Vaterhaus; Teddy kehrt am Ende des Dramas zurück zu s. »intellectual equilibrium« u. zugleich nach Amerika; Ruth findet e. verlorene oder eingeschlummerte Identität wieder; für die Familie bedeutet ihr Bleiben die Wiederkehr e. weibl. Bezugsperson; Max erlebt e. Rückfall in triebhaft bettelnde Unterwürfigkeit. *ks*

K.-H. Stoll, ›The H.‹ — Spekulationen u. Identitätsfindung (Pinter, 1977, 85–110).

Homilies, Homilien, Predigten, erbaul. Bibelauslegung, v. a. → Wulfstan u. → Ælfric; Blütezeit zwischen 960 u. 1020 im Zug der von Fleury ausgehenden rel. Bewegung. Relativ früh, stilist. zwischen Ælfric u. → Alfred einzuordnen, liegen die *Blickling Homilies* (Fundort Blickling Hall, Norfolk), 18 z. T. unvollständige Texte. In der 1. der *B. H.* wird das Jahr 971 angegeben, wobei unklar bleibt, ob es sich um e. Zeitangabe zur Entstehung oder nur der Transkription e. früheren Textes handelt; wahrscheinl. Slg. versch. Texte. Themen sind u. a. Tod u. Jüngstes Gericht. Weitere 23 H. finden sich im → Vercelli Book, ebenfalls über das Jüngste Gericht u. die Vergänglichkeit alles Ird., v. a. in der 10. H. der Slg. Zu den H. zählen auch die sog. *Lindisfarne Gospels,* e. lat. Text aus dem Kloster Lindisfarne (um 700), Zeugnis frühma. Schreibkunst. Im späten 10. Jh. darin Einfügung e. Interlinear-Exegese in nordhumbr. Dialekt durch Alfred, Kleriker aus Durham. Ferner die *Rushworth Gospels* u. die Auslegung e. lat. Gebetbuches, *Durham Ritual Book,* aus dem 10. Jh. Die in 6 Mss. überlieferten *West-Saxon Gospels* (zwischen 1000 u. 1025) sind eher als früheste erhaltene Übs. e. bibl. Texts zu sehen, wobei Ælfric als Vf. umstritten ist. Als früher Homilientext (9. Jh.) gilt dagegen der *Vespasian Psalter* (Cotton Vesp. A I), dessen Prosateil auf Alfred zurückgehen könnte. *js*

›The Lindisfarne‹ and ›Rushworth Gospels‹, hg. J. Stevenson and G. Waring, Surtees Society, IV 1854–65. ›Blickling Homilies‹ of the 10th Cent., hg. R. Morris, EETS, OS, 58, 63, 73, 1874–80. ›The Lindisfarne Gospels‹, hg. E. G. Millar, 1924. Rituale Ecclesiae Dunelmensis: The ›Durham Collectar‹, hg. A. H. Thompson, Surtees Society, 140, 1927. Vercelli Homilien, hg. M. Förster, Bibliothek d. ags. Prosa, 12, 1932; n. 1964. ›Blickling Homilies‹, hg. R. Willard, Early Engl. Mss. in Facs., 10, 1960. ›Vespasian Psalter‹, hg. S. M. Kuhn, 1965. – G. Grau, Quellen u. Verwandtschaften d. älteren german. Darstellungen d. jüngsten Gerichts (Studien zur engl. Philologie, 31 1908). K. Wildhagen, Studien zum Psalterium Romanum i. England u. zu s. Glossierungen, 1913. H. Glunz, History of the ›Vulgate‹ i. England from Alcuin to Roger Bacon, 1933. R. M. Dawson, ›The Blickling Homilies‹ (N & Q, 16 1969, 248–50).

Hood, Thomas, 23. 5. 1799 London – 3. 5. 1845 ebda. Sohn e. Buchhändlers; Kaufmannslehrling, Kupferstecher, Schriftsteller. S. *Odes and Addresses to Great People,* 1825 anonym veröffentlicht, wurden von Coleridge Ch. → Lamb zugeschrieben. In den humorist. Wortspielen *Whims and Oddities* (1826/27) zeigt sich H.s eigentl. Stärke. Als Hg. der Zs. ›The Gem‹ u. ›The Comic Annual‹ setzte er diese Linie fort. *The Song of the Shirt* (1843) u. *The*

Bridge of Sighs (1845) gehören zu s. besten Ged.; Verbindung von Pathos, soz. Bewußtsein, Mitgefühl u. Empfindsamkeit unter Einbeziehung des Grotesken. *hd*

Works, X 1869–73, XI 1882–84; n. J. Clubbe, 1970 (Auswahl). – Letters, hg. L. A. Marchand, 1945; n. P. F. Morgan, 1976. – F. F. Broderip, Memorials of Th. H., II 1860. E. Oswald, Th. H. u. d. soz. Tendenzdichtung s. Zeit, 1904. W. Jerrold, Th. H. His Life and Times, 1907. J. C. Reid, Th. H., 1963. J. Clubbe, A Victorian Forerunner. The Later Career of Th. H., 1968.

Hopkins, Gerard Manley, 28. 7. 1844 Stratford – 8. 6. 1889 Dublin. Konvertierte 1866 während s. Stud. in Oxford (Balliol College) zur röm.-kath. Kirche. 1868 Novize Jesuitenorden; 1877 ordiniert. Geistlicher in Oxford, im Armenviertel von Liverpool u. in Glasgow. 1884 Prof. für klass. Sprachen, Universität Dublin. Zu Lebzeiten als Dichter weitgehend unbekannt. In s. Frühwerk von Keats, Pater u. den Präraffaeliten beeinflußt. Verbrannte s. Ged. bei Eintritt in den Orden. Erst nach mehrjähriger Pause begann er wieder zu schreiben. S. dichter. Werk wurde 1918 posthum von s. Freund R. → Bridges veröffentlicht. Beachtl. Einfluß auf die jüngere Generation von Lyrikern, Symbol der Moderne. Das Ged. ›The Wreck of the Deutschland‹, 1875 am Anfang von H.s 2. Schaffensphase, entstand aus Anlaß des Untergangs des Schiffes in der Themsemündung, wobei 5 Ordensschwestern, aufgrund von Bismarcks katholikenfeindl. Politik des Landes verwiesen, ums Leben kamen. Das 2teilige Ged. besteht aus 35 8zeiligen Strophen: Leiden Christi (1 – 10), Unwetter u. Anruf Christi auf dem Höhepunkt des Sturmes, gefolgt von erhabener Ruhe u. Dank an Gott für die Erlösung der Seele durch das Leid (11 – 35). H. ließ mit diesem Ged. traditionelle Metrik u. regelbedingte Syntax hinter sich. Eigener Rhythmus, von ihm als ›sprung rhythm‹ bezeichnet; Neuform vergleichbar stabreimender ae. Dichtung. Gipfelpunkte werden ähnl. dem Stabreim durch Akzentuierung herausgehoben. In e. Vorwort erklärt H. die formalen Aspekte des neuen Metrums, erwähnt → *Piers Plowman.* H.s Dichtung ist religiöser Natur, Ausdruck s. Glaubens; erinnert an → Donne u. G. → Herbert. S. Kämpfe finden stärksten Ausdruck in den ›terrible sonnets‹ der späten Jahre. Geht von der inneren Einheit e. jeden Einzeldinges aus, deren sinnl. Faßbarkeit er mit »inscape« bezeichnet. So auch dichter. Sprache, die der Individualität e. Gegenstandes gerecht werden muß: Suche nach dem klischeefreien Begriff, Wortzusammensetzungen eigener Prägung; z. B. »lovely-asunder starlight« für die am Himmel prangenden Sterne, oder »dappled-with-damson west« für Sonnenaufgang. Die zusammenspielende Wirkung auf den menschl. Geist, das persönl. Erleben u. Erfahren des Wesens der Dinge, werden als »instress« definiert. Dichte u. Intensität der gedankl. Aussage machen H.s Ged. nicht immer leicht zugängl. Briefe u. Tagebücher spiegeln s. rel. Entwicklung u. s. ständiges Bemühen um e. formale Erneuerung der Dichtung. *hd*

Poems, hg. R. Bridges and Ch. Williams, 1931; n. W. H. Gardener, 1956. Poems and Prose, hg. J. Reeves, 1953. Sermons and Devotional Writings, hg. Ch. Devlin, ²1959. – Letters to Bridges, Dixon and Patmore, hg.

C. C. Abbot, II [2]1955. Note-Books and Papers, hg. H. House, 1937. Journals and Papers, hg. G. Storey, 1959. – E. S. Cohen, Bibl., 1969. – G. F. Lahey, G. M. H., 1930. J. Pick, G. M. H. Priest and Poet, 1942. W. H. Gardener, G. M. H., 1944. M. M. Holloway, The Prosodic Theory of G. M. H., 1947. W. M. A. Peters, G. M. H. A Crit. Essay towards the Understanding of His Poetry, 1948. M. D. Coogan, Inscape and Instress: Further Analogies with Scotus (PMLA 65, 1950, 66–74). A. Heuser, The Shaping Vision of G. M. H., 1958. P. F. Baum, Sprung Rhythm (PMLA 74, 1959, 418–25). A. B. Boyle, Metaphor in H., 1961. J. E. Keating, ›The Wreck of the Deutschland‹: An Essay and a Commentary, 1963. J.-G. Ritz, Le poète G. M. H. Sa vie et son oeuvre, 1964. K. R. Jankowsky, D. Versauffassung bei G. M. H., d. Imagisten u. T. S. Eliot, 1967. D. MacChesney, A H. Commentary. An Explanatory Commentary on the Main Poems 1876–89, 1968. A Thomas, H. the Jesuit: The Years of Training, 1969. G. M. H. Poems, hg. M. Bottrall, 1975 (Casebook).

Hopkins, John, 27. 1. 1931 London; Stud. Engl. Cambridge, 1962–64 Mitautor der 57teiligen Polizeiserie *Z-Cars* des BBC-TV. Bekannt durch die außergewöhnl. erfolgreiche TV-Tetralogie *Talking to a Stranger* (1967), durch *Find Your Way Home* (1970) u. die Dramen *This Story of Yours* (1969) u. *Next of Kin* (1974). In diesen Werken wird anhand der Darstellung problemat. psych. Beziehungen aus den verschiedenartigsten Perspektiven der involvierten Personen die Komplexität, Einsamkeit, Trostlosigkeit u. Ambiguität des Lebens in der mod. Gesellsch. enthüllt. *The Attempt* (1968) u. *Something in Disguise* (1969) sind abenteuerl. Romane, deren Atmosphäre u. Sprache an Hemingway erinnern. *ks*

W. Habicht, J. H. ›Talking to a Stranger‹ (D. engl. Drama d. Gegenwart, hg. H. Oppel, 1976, 147–159).

Hornbook, e. Form von Kinderfibel, die in der Zeit vom 16. bis 18. Jh. in Engl. sehr bekannt war. Die Bz. leitet sich von der transparenten Hornsubstanz her, mit der e. zu Lernzwecken bedrucktes Blatt Papier abgedeckt wurde. Das Papier war in Holz eingefaßt u. wurde von Kindern am Gürtel getragen. Darauf standen zunächst e. Kreuz, weshalb das h. auch als ›Christ Cross Row‹ bezeichnet wurde, dann das Alphabet in großen u. kleinen Buchstaben. Diese wurden von den Vokalen in verschiedenen Kombinationen mit Konsonanten gefolgt. Den Abschluß bildeten die Beschwörungsformel »in the name of the Father and of the Sonne and of the Holy Ghost, Amen«, das Vaterunser u. die römischen Zahlen. E. berühmtes Beispiel ist *The Gull's Hornbook* von Th. → Dekker, der darin für die unschuldige Jugend satir. Belehrungen über das Leben in London im frühen 17. Jh. niedergeschrieben hat. *ra*

A. W. Tuer, History of the H., [2]1968.

The Hostage, Drama von B. → Behan.

The House with the Green Shutters, Roman von G. D. → Brown.

Household Words → *All the Year Round.*

Housman, Alfred Edward, 26. 3. 1859 Fockbury/Worcestershire – 30. 4. 1936 Cambridge; Sohn e. Anwalts. Stud. klass. Philol., 1892–1911 Prof. für Latein, London u. anschließend Cambridge. In kurzen einfachen Ged., mit e. an Balladen erinnernden Metrum, beschreibt H. die Ausweglosigkeit menschl. Schicksals, z. B. *A Shropshire Lad* (1896) u. *Last Poems* (1922). S. Stil ist gekennzeichnet durch knappen Ausdruck, ohne schmückendes oder überflüssiges Beiwerk. *hd*

Collected Poems, 1940. Manuscript Poems, hg. T. B. Haber, 1955. Complete Poems, hg. ders., 1959. Selected Prose, hg. J. Carter, 1961. – T. G. Ehrsam, Bibl., 1941. A. E. H. An Annotated Handlist, hg. J. Carter and J. Sparow, [2]1957. – A. S. F. Gow, A. E. H. A Sketch Together with a List of His Writings, 1936. L. Housman, My Brother, A. E. H., 1938. P. Withers, A. E. H., 1937. O. Robinson, Angry Dust: The Poetry of A. E. H., 1950. G. L. Watson, A. E. H. A Divided Life, 1957. N. Marlow, A. E. H. Scholar and Poet, 1958. B. J. Leggett, Poetic Art of A. E. H., 1978.

Housman, Laurence, 18. 7. 1865 Bromsgrove/Worcestershire – 20. 2. 1959 Glastonbury. Bruder von A. E. H. Vf. u. Illustrator von Märchen u. Ged. (*A Farm in Fairyland,* 1894). Die zunächst anonym erschienenen *An Englishwoman's Love Letters* (1900) waren e. Sensationserfolg, da ausgedehnte Spekulationen um die Frage der vermuteten Vf. entbrannten: zu den 40 Kandidatinnen gehörte selbst Queen Victoria. *Victoria Regina* (1934) ist e. aus aneinandergereihten anekdot. Begebenheiten erwachsende dramatisierte Biogr. der Queen. Der satir. Roman *Trimblerigg* (1924) entlarvt e. heuchler. Politiker, der in zahlreichen Details an Lloyd George erinnert. *ks*

Back Words and Fore Words. A Selection in Chronological Order, 1945.

Houyhnhnms, mit Vernunft begabte Pferdkreaturen in → *Gulliver's Travels.*

Howards End, Roman von E. M. → Forster.

Hudibras, in 8hebigen Reimpaaren verfaßte Verssatire von S. Butler (1612 – 80), in 3 Teilen (veröffentlicht: 1663, 1664, 1678) mit jeweils 3 Gesängen, die wiederum in 3 Episteln aufgeteilt sind. Hauptzweck dieser mehr als 10 000 V. umfassenden Satire ist e. polem. Attacke gegen den Puritanismus, dessen rel. Fanatismus u. Streben nach Abstinenz für B. nichts als Verlogenheit bedeuten. Die Polemik wird denn auch nur notdürftig hinter e. schmalen Handlung versteckt. E. an Don Quijote erinnernder Reiter, der Presbyterianer H. (den Namen entnahm B. der → *Faerie Queene* Spensers) ist die Hauptfigur, die, begleitet von dem Knecht Ralpho, über Land reitet. H., der mit dem edlen Ritter Don Quijote allenfalls das altersschwache Pferd gemein hat, wirbt um e. reiche Bauernwitwe, e. Unterfangen, das nach einigem Hin und Her, v. a. verursacht durch die Winkelzüge e. Advokaten u. e. Astrologen, scheitert. Im Gegensatz zu Cervantes, der hinter s. Hauptfigur steht, gibt B. H. schonungslos dem Spott preis: er wird nicht müde, Scheinheiligkeit, Selbstzufriedenheit, Zynismus, Geldgier u. Aberglauben des H., des Puritaners par excellence, deutl. zu machen. Das während der Reformationszeit veröffentlichte Pamphlet, in dem der Polemik gegenüber der Kunst Nachdruck verliehen wurde, hat den Beifall aller anti-puritan. Kräfte der Zeit, nicht zuletzt den von Charles II gefunden. Trotz einiger brillanter Attacken gegen die Puritaner, die häufig in Epigrammen gipfeln, kann das Werk nicht über langatmige Passagen hinwegtäuschen, die um so mehr ins Gewicht fallen, als die Handlung sehr schmal u. das Ziel der polem. Angriffe relativ eng gesteckt sind. Die Mittel der Satire

B.s sind burleske Verzerrung, Travestie u. heroischer Stil. *ra*

›H.‹, hg. J. Wilders, 1967. – E. A. Richards, ›H.‹ in the Burlesque Tradition, 1937. E. D. Leyburn, ›H.‹ Considered as Satiric Allegory (Huntington Library Quarterly, 16 1953, 141–60). U. Broich, Stud. zum kom. Epos, 1968. M. A. Seidel, Patterns of Anarchy and Oppression in S. B.'s ›H.‹ (18th Cent. Studies, 5 1971, 294–314).

Hudibrastic Verse, V. mit 8 Silben in Paarreim, benannt nach dem satir. Epos → *Hudibras*. Das Metrum ist e. jamb. Tetrameter mit der Folge aa bb, etc., mit häufig kühnen, übervollen Reimen; bezeichnet noch heute e. überraschenden Reim. *ra*

Hughes, Ted, 17. 8. 1930 Mytholmroyd; Stud. Cambridge, Dozent für Lit. an am. Univ.; war mit der 1963 verstorbenen Dichterin Sylvia Plath verheiratet. Wohl der gefeiertste engl. Lyriker s. Generation, zugleich aber wegen e. gewissen Diskrepanz zwischen der nervösen Feinsinnigkeit s. Beobachtungen u. der Ungeschliffenheit s. Ideen umstritten. H. versucht, in der Mythenschöpfung s. Ged. e. neuem Weltbild zum Durchbruch zu verhelfen: er will den Kontakt zur lebenden Welt wiederherstellen, die dadurch entfesselte Energie u. Gewalt aber kanalisieren u. nutzen. *The Hawk in the Rain* (1957), *Lupercal* (1960) u. *Wodwo* (1967) sind geprägt von e. mit blutgetränkter, gewalttätiger, rauher Agonie, mit apokalypt. Rhetorik u. zugleich elementarer Intensität, feiner Sensibilität u. lakon. Kühle dargestellten Naturerfahrung insb. wirkl. u. imaginärer Tiere als Reflektionen menschl. Verhaltensweisen u. metaphys. Erlebens. Im alptraumhaften Universum von H.s meistdiskutierter Gedichtsequenz *Crow* (1970; n. 1972) finden sich Motive aus Alchemie, Gnosis u. Manichäismus. Protagonist ist e. monströser mytholog. Vogel, der von der Schöpfung der Welt an alle Katastrophen erlebt hat u. als pessimist. Überlebender s. Kommentare zur ›condition humaine‹ abgibt. Demgegenüber dominieren in der Welt von *Prometheus on His Crag* (1973) Gestalten aus der klass. Mythologie wie Kronos, Zeus, Prometheus u. Orpheus. *Cave Birds* (1975; n. 1978) stellt wieder antropomorph. Vögel dar in e. Atmosphäre von dunkler Magie u. myst. Visionen. *Orghast* wurde 1971 für das Shiraz Festival in Persepolis von → Brook inszeniert. Es ist e. Experiment in e. künstl., Orghast genannten, Sprache, die komplizierte Geisteszustände ohne den semant. Zwang konventioneller Sprachen rein durch Laute u. Töne wiederzugeben versucht. *Gaudete* (1977) ist e. ursprüngl. als Drehbuch geplante zärtl., kraftvolle u. obszöne Erzählung in V. u. Prosa über e. angl. Vikar, unter dessen Einfluß die Frauen s. Gemeinde zu Bacchantinnen werden u. in e. obszönen rituellen Orgie e. Mädchen opfern: wiederholt werden Sexualität u. das Schlachten von Tieren gleichgesetzt. Auch Erzählungen u. Ged. für Kinder sowie Hörspiele. *ks*

Selected Poems 1957–67, 1972. – E. Faas, T. H. (Engl. Lit. d. Gegenw., hg. H. W. Drescher, 1970, 590–99). W. Migutsch, Zur Lyrik v. T. H. E. Interpretation nach Leitmotiven, 1971. K. Sagar, The Art of T. H., 1975, ²1978. A. Bold, Thom Gunn and T. H., 1976.

Hughes, Thomas, 20. 10. 1822 Cliffington – 22. 3. 1896 Brighton; Sohn e. Gutsbesitzers.

Rugby Public School; Stud. Oriel College, Oxford, 1848 Zulassung als Anwalt; 1869 Queen's Counsel; 1865–74 Parlamentsmitglied der Liberalen. 1857 veröffentlichte H. s. erfolgreichen Roman *Tom Brown's School Days* (n. 1965) e. didakt. angelegte (›muscular Christianity‹) Darstellung des Schullebens in Rugby z. Zt. von Dr. Th. Arnold, dem Reformator der Public Schools. *Tom Brown at Oxford* (1861) blieb als Forts. ohne Widerhall. Neben e. weiteren Roman, *Scouring of the White Horse* (1859), Autor versch. Biogr. H.s polit. Ansichten waren stark vom christl. Sozialismus geprägt, in Oxford Anhänger von J. F. D. Maurice. Maßgebl. an der Gründung des Working Men's College beteiligt, zeitweilig dessen Direktor. Freundschaft mit → Kingsley.

hd

Works, II 1905. – M. L. Parrish and B. K. Mann, Ch. Kingsley and T. H., 1936. E. C. Mack and W. H. G. Armytage, T. H., 1953.

The Human Age, Romantetralogie von P. W. → Lewis.

Hume, David, 26. 4. 1711 Edinburgh – 25. 8. 1776 ebda; Philosoph, Historiograph, Essayist. Kernstück s. skept. Philos. ist die frühe Arbeit *A Treatise of Human Nature,* mit 25 beendet, 1793 anonym veröffentlicht. Spätere philosoph. Werke, *Enquiry concerning Human Understanding* (1748) u. *Enquiry concerning the Principles of Morals* (1751), gehen in Weiterentwicklung des ursprüngl. Ansatzes darauf zurück. Führte → Lockes Empirismus zur äußersten Konsequenz. H.s Ethik geht davon aus, daß Tugend u. Rechtschaffenheit sowohl das Glück des einzelnen, als auch des anderen wie der Gemeinschaft bedingen. Postulierte damit e. grundlegende Geisteshaltung des 18. Jh. Nicht zuletzt in Anlehnung an H.s Skeptizismus hinsichtl. rein vernunftbetonter Maßstäbe wuchs ab Mitte des Jh. die Gegenkraft des emotionellen Empfindens (›feeling‹) u. fand Niederschlag in der Lit. In *Of the Standard of Taste* (1757) äußert sich H. zu Fragen des Geschmacks, dessen Grundvoraussetzungen er in der menschl. Natur überall fast gleich veranlagt sieht; weitgehender Einklang mit der zeitgenöss. Auffassung, daß neben der Vernunft verstärkt das Element des Geschmacks trotz aller Subjektivität als Urteilsgrundlage heranzuziehen ist. H.s geistesgeschichtl. Bedeutung geht über den engen Rahmen s. Philos. hinaus. S. polit. Ansichten vertrat er in den *Political Discourses* (1752) u. *Of the Origin of Government* (1777). 1752 Keeper of the Advocates Library, Edinburgh; 1754–61 *History of England from the Invasion of Julius Caesar to the Revolution of 1688,* 1. systemat. u. umfassende Darstellung der Gesch. Großbritanniens, wenn auch nicht frei von Vorurteilen. H.s *Essays Moral and Political* (1741) u. spätere Schr. enthalten krit. Anmerkungen zur zeitgenöss. engl. Gesellschaft. In s. volkswirtschaftl. Veröffentlichungen wandte er sich gegen den Merkantilismus u. bereitete den Weg für A. → Smith, der die *Enquiry into the Nature and Causes of the Wealth of Nations* in H.s Todesjahr vollendete. 1763–65 Botschaftssekretär in Paris, brachte Rousseau nach England zurück. Die anfängl. Freundschaft zerbrach wegen Verdächtigungen seitens Rousseaus. Autobiogr. 1777 von Smith, die *Dialogues Concerning Natural Religion* 1779 von s. Neffen herausgegeben. *hd*

Phil. Works, hg. T. H. Green and T. H. Grose, VI 1874–75; n. 1886; repr. 1964. Essays and Treatises, hg. L. A. Selby-Bigge, 1902; n. P. H. Nidditch, 1978. ›An Enquiry concerning Human Understanding,‹ hg. Ch. W. Hendel, 1955. Writings on Economics, hg. E. Rotwein, 1955. An Enquiry concerning the Principles of Morals, hg. Ch. W. Hendel, 1957. – Th. E. Jessop, Bibl., 1938. R. Hall, Fifty Years of H. Scholarship: A Bibl. Guide, 1978. – Letters, hg. Y. T. Greig, II 1932. New Letters, hg. R. Klibansky and E. C. Mossner, 1954. – J. H. Burton, Life and Corresp. of D. H., II 1846. N. K. Smith, The Philos. of D. H., 1941. A. Schinz, Etat present des travaux sur J.-J. Rousseau, 1941. T. Brunius, D. H. on Criticism, 1952. J. B. Stewart, The Moral and Polit. Philos. of D. H., 1963. J. V. Price, The Ironic H., 1965. P. S. Ardal, Passion and Value in H's ›Treatise‹, 1966. T. Penelhume. H., 1975. B. Stroud, H. 1977. C. H. Sisson, D. H., 1976. J. C. A. Gaskin, H's Philos. of Religion, 1978. E. C. Mossner, The Life of D. H., ²1979.

Humours → *Anatomy of Melancholy;* → *Every Man in his Humour;* → Comedy of Humours.

Humphry Clinker, The Expedition of, Roman von T. → Smollett; EA, III 1771. Die Gesch. berichtet von den Erlebnissen e. Reisegesellschaft auf ihrem Weg durch England u. Schottland: Squire Matthew Bramble, nach außen menschenfeindl. u. zum Jähzorn neigender, im Grunde jedoch freundl. Junggeselle mittleren Alters; Tabitha Bramble, s. zänkische, dummschlaue, sich religiös gebende Schwester; Lydia u. Jerry Melford, Brambles soeben der Schule entwachsene Nichte u. deren Bruder, s. Mündel; Winifred Jenkins, schusselige Magd Tabithas; Humphry Clinker, e. Stallknecht, der unterwegs als Kutscher in Dienst genommen u. zum treuen Helfer wird; Lieutenant Obadiah Lismahago, den man wie Mr. Dennison, Landedelmann u. Studienfreund Brambles, unterwegs trifft; George Dennison, dessen Sohn, der unter dem Namen George Wilson als vermeintl. Schauspieler Lydia Melford nachstellt. Er kommt in Bath hinzu, das wie London, Harrogate, Edinburgh u. die Highlands wichtige Station der Reise ist. Das bunte, meist kom. Geschehen wird von S. ohne festes Handlungsgefüge vorangetrieben, wobei er eigene Reiseerinnerungen einbezieht. Die in den verschiedensten sozialen Schichtungen spielenden Episoden geben, verbunden mit detailgenauen Ortsbeschreibungen sowie der Erörterung moral. u. polit. Fragen, e. treffende, vielfach bissige Schilderung der engl. Gesellschaft der 2. Hälfte des 18. Jh. Auffallend ist die Ausgewogenheit der Charakterisierung, bes. von Matthew Bramble, dessen Reizbarkeit u. Neigung zu e. misanthrop. Lebensicht autobiogr. Züge erkennen läßt. S.s letzter u. bester Roman vereinigt die Erzähltradition des pikaresken u. des Briefromans. Die pikareske Ausrichtung ergibt sich einmal in der Reise- u. Episodenstruktur, zum anderen ist sie in der Person des Humphry Clinker angelegt. Die Verwendung von Briefen als Charakterisierungsmittel, in s. Ursprungsform aus Richardsons → *Pamela* bekannt, dient S. hauptsächl. zur besseren Gegenüberstellung unterschiedl. Ansichten. So kontrastiert er z. B. Brambles nüchternes Urteil über die Dünkelhaftigkeit u. gekünstelte Spielart gesellschaftl. Lebens in Bath (→ Beau Nash) mit dem unkrit. u. vom Schein der Dinge leicht beeindruckten Wesen s. Schwester Tabitha. *H. C.* bedeutet gleichzeitig e. Fortentwicklung der pikaresken Erzählform: die Ereignisse sind glaubhafter, stärker miteinander verknüpft, gezielter in ihrer satir. Zielrichtung. *hd*

Hg. G. Saintsbury, 1925 (Works, XII Bd. 11–12); n. H. M. Jones and C. Lee, 1943. – G. M. Kahrl, T. S., Traveller-Novelist, 1945. S. Baker, ›H. C.‹ as Comic Romance (Papers of the Michigan Acad., 46 1961, 645–54). T. R. Preston, S. and the Benevolent Misanthrope Type (PMLA, 79 1964, 51–57).

Hunt, James Henry Leigh, 19. 10. 1784 Southgate/Middlesex – 28. 8. 1859 Putney/London; Sohn e. Geistlichen; Essayist, Lit.- u. Theaterkritiker. Erste Jugendged. wurden von s. Vater veröffentlicht. In *The Story of Rimini* (1816) greift H. auf die Gesch. von Paolo u. Francesca (Dante) zurück. Bekannt auch s. Dichtung *Hero and Leander* (1819); jedoch umfangreicher u. von größerer Bedeutung sind H.s Prosaschr. S. Essays zeigen ihn als genauen, wenn auch etwas oberflächl. Beobachter. Wollte polit., gesellschaftl. u. rel. erneuernd wirken: *Christianism* (1832), *The Town* (1848), *Table Talk* (1851). Als Lit.kritiker erkannte er das Genie von Keats u. Shelley. Schlug Tennyson als Poet Laureate vor. Die nicht nur in s. Schr. gelegentl. zutage tretende Oberflächlichkeit hielt → Dickens in der Gestalt des Skimpole in *Bleak House* fest. 1808 begannen H. u. s. Bruder John den radikal orientierten ›Examiner‹ herauszugeben; 1810 folgte ›The Reflector‹, dann 1822 zus. mit Byron ›The Liberal‹, 1819–21 ›The Indicator‹, 1828 ›The Companion‹ u. 1830–32 e. neuer ›Tatler‹. Wegen e. den Prinzregenten beleidigenden Artikels wurde H. 1813 zu e. 2jährigen Haftstrafe verurteilt. Der s. Werk innewohnende Glaube an das Gute u. Schöne offenbart e. positive Grundhaltung. Zu H.s Freundeskreis gehörten Byron, Shelley, Keats, Th. Moore, Bentham, Hazlitt u. Lamb. *hd*

Poetical Works, hg. Th. Hunt, 1860, n. H. S. Milford, 1923. Selected Essays, hg. J. B. Priestley, 1929. Dramatic Criticism, hg. L. H. and C. W. Houtchens, 1949, repr. 1977. Lit. Criticism, hg. dies., 1956. Political and Occasional Essays, hg. dies., 1962. – Autobiogr., hg. R. Ingpen, II 1903. – Correspondence, ed. Th. Hunt, II 1862. – P. J. Toynbee, Dante in Engl. Lit., II 1903. – B. Miller, L. H's Relations with Byron, Shelley, and Keats, 1910, repr. 1976. E. Blunden, L. H's ›Examiner‹ Examined, 1928. Ders., L. H., 1930, repr. 1970. L. Landré, L. H. Contribution à l'histoire du romantisme anglais, II 1935–36. G. D. Stout, The Pol. History of L. H's ›Examiner‹, 1949. G. Rowell, Comedy and the Engl. Romantic Critics: H., Hazlitt and Lamb (Engl. u. am. Lit.theorie, hg. R. Ahrens u. E. Wolff, Bd. 2, 1979, 45–56).

Hurry On Down, 1953 erschienenes Erstlingswerk von J. → Wain. In der Tradition des → pikaresken Romans schildert W. die Erlebnisse Charles Lumleys, der sich nach e. durchschnittl. Universitätsabschluß weigert, in die Mittelschicht Englands integriert zu werden. Auf der Suche nach s. Identität u. e. sozial nicht zu klassifizierenden Nische innerhalb der Gesellschaft durchläuft er versch. Berufe (Fensterputzer, Kraftfahrer, Krankenhaushelfer, Chauffeur), ohne Fuß fassen zu können. L. bleibt immer Außenseiter, da ihn weder Mittel- noch Arbeiterklasse akzeptieren. Die Sprache als ›class-indicator‹ spielt dabei e. wichtige Rolle. Erst als ›gag-writer‹ für den

Rundfunk findet er am Schluß zu sich selbst u. e. Stellung, die so gut bezahlt ist, daß die von ihm geliebte Frau, derentwegen er Rauschgift geschmuggelt hatte, zu ihm zurückkehrt. Doch auch in dieser Position steht er außerhalb der gesellschaftl. Normvorstellungen. Komik u. offener Schluß sowie e. episodenhafte Struktur mit L. als dem verbindenden ›picaro‹ machen *H.O.D.* zu e. neopikaresken Roman. L. driftet nach der Initiationsszene mit Tharkles von e. Abenteuer zum nächsten. Wegen der Kritik am heuchler., saturierten u. sozial stark hierarch. gegliederten Establishment Englands wurde W. gegen s. Willen zu den → Angry Young Men gerechnet. Er wendet sich jedoch gegen jede Art von Etikettierung, da er darin e. Einschränkung s. persönl. Freiheit sieht. Ohne e. polit. Richtung zu propagieren, tritt W. für die Würde des Menschen ein. S. Charaktere rebellieren gegen e. klassenorientierte, materialist. Welt, in der das Individuum erdrückt wird, müssen aber immer wieder Zugeständnisse machen, um überleben zu können. Die Selbstverwirklichung, die L. anstrebte, gelingt ihm auch in s. neuen Position nicht vollkommen. Das Gefühl des stetigen Kampfes u. des Gefangenseins – viele Metaphern aus diesem Bereich – bleibt bis zum Schluß erhalten. L. ist zwar in e. finanziell guten Position, aber er ist immer noch e. Gefangener der Gesellschaft: e. hoffnungsloser, negativer Unterton, der W.s gesamtes Werk durchzieht. *js*

M. Walzer, J. W. The Hero in Limbo (Perspective, 10 1958/59, 137–45.) W. Van O'Connor, J. W. The Will to Write (The New University Wits, 1963, 30–53, 159–60).

Hutcheson, Francis, 8. 8. 1694 Drumalig b. Saintfield/County Down – 1. 11. 1764 Glasgow. Stud. Glasgow, 1729 Professor of Moral Philosophy, ebda; wesentl. Einflußnahme auf A. → Smith u. die schott. Philos. des 18. Jh., z. T. ausgehend von → Shaftesbury. H.s *System of Moral Philosophy,* Darlegung s. These des ›moral sense‹, erschien posthum 1755 (II). Zentrale Begriffe s. Ethik sind ›benevolence‹ u. ›virtue‹. *hd*

C. Reto, D. Problematik d. Common Sense i. d. Moralphilos. H.s, 1950. W. T. Blackstone, F. H. and Contemporary Ethical Theory, 1965.

Huxley, Aldous Leonard, 26. 7. 1894 Godalming – 29. 11. 1963 Hollywood; stammt aus e. bedeutenden Gelehrtenfamilie: Enkel von Thomas Henry H., dem Vorkämpfer der Evolutionslehre, Großneffe von Matthew Arnold. Erziehung in Eton. Schweres Augenleiden mit vorübergehender Erblindung. Später Stud. Oxford, Dozent für engl. Lit. ebda. Nach Kriegsende bis 1921 Journalist u. Kunstkritiker, Mitarbeiter am ›Athenaeum‹. 1923–30 Italienaufenthalt, schloß Freundschaft mit D. H. → Lawrence, dessen positives Bild er später in der Gestalt von Mark Rampion in dem e. Reihe anderer Zeitgenossen scharf karikierend darstellenden Roman *Point Counter Point* (1928) zeichnete. 1934 Reise nach Mittelamerika, ab 1938 Wohnsitz in Kalifornien. Glänzender Stilist mit e. essayist. wirkenden Erzählstil. Frühe Romane wie *Crome Yellow* (1921) u. *Antic Hay* (1923) zeigen H. als amüsierten, oft auch zyn. Beobachter e. dekadenten Gesellsch. *Point Counter Point* ist der Schlüsselroman e. Epoche. Er zeichnet mit den Mitteln der Satire u. Ironie das Bild e. vom Antagonismus zwischen Denken u. Fühlen gekennzeichneten chaot. Welt, welcher die Kompositionstechnik kontrapunkt. angelegter Personengruppen u. Handlungsabläufe entspricht. *Eyeless in Gaza* (1936) greift Themen, Thesen u. Charaktertypen aus H.s früheren Werken wieder auf u. bietet e. scharfsinnige Analyse der Krankheitssymptome e. selbstzerstörer. materialist. Zeitalters, dem e. myst.-pazifist. Beglückungsideologie entgegengestellt wird. → *Brave New World* (1932), zeichnet das Schreckensbild e. total mechanisierten u. rationalisierten Zukunftswelt. E. positives Gegenbild liefert *Island* (1962). *Grey Eminence* (1941) ist e. Studie des Mystikers Pater Joseph, Richelieus Ratgeber, u. vertritt die Haltung des ›non-attachment‹. H. wurde wie → Isherwood u. G. Heard Mitglied der von ind. Lehren beeinflußten, myst. rel. Gemeinschaft → Vedanta. Seither sah er die Lösung der Lebensprobleme in myst. Kontemplation. Er wollte wegführen von sinnl.-materieller Haltung u. e. allseitiges Lebensbewußtsein fördern. Die Handlung tritt in s. Werken mehr u. mehr zurück, sie ist vorwiegend Vehikel für philosoph. Gespräche u. Gedanken. *ks*

Collected Edition, XXVIII 1946–66. Collected Short Stories, 1957. Collected Essays, 1959. Collected Poetry, hg. D. Watt, 1971. Letters, hg. G. Smith, 1969. – H. R. Duval, Bibl., 1939. C. J. Eschelbach and J. L. Shober, Bibl. 1916–59, 1961. – D. S. Savage, Mysticism and H., 1947. P. Jouguelet, A. H., 1948. S. Heintz-Friedrich, A. H. Entwicklung s. Metaphysik, 1949. J. Brooke, A. H., 1954; n. 1958. J. A. Atkins, A. H. a Lit. Study, 1956; n. 1967. S. Ghose, A. H., a Cynical Salvationist, 1962. A. H., 1894–1963, a Memorial Volume, hg. J. Huxley, 1965. R. W. Clark, The Huxleys, 1967. P. Bowering, A. H. A Study of the Major Novels, 1968. L. A. Huxley, This Timeless Moment, 1969. L. Fietz, Menschenbild u. Romanstruktur i. A. H.s Ideenromanen, 1969. J. Meckier, A. H. Satire and Structure, 1969. L. Brander, A. H. A Critical Study, 1970. Ch. M. Holmes, A. H. and the Way to Reality, 1970. J. Marshall, Darwin and H., 1971. K. M. May, A. H., 1972. P. Thody, A. H. A Biographical Introduction, 1973. S. Bedford, A. H. A Biography, II 1973 u. 1974. A. H. A Collection of Critical Essays, hg. R. E. Kuehn, 1974. D. Watt, A. H. (The Critical Heritage), 1975. B. Krishnan, Aspects of Structure, Technique and Quest in A. H's Major Novels, 1977.

Hyperion, Traumdichtung von J. → Keats.

The Idea of a Christian Society, sozialkrit. Schr. von T. S. → Eliot, EA 1939. Die 3 ursprüngl. im März 1939 am Corpus Christi College, Cambridge, als Vorträge konzipierten Aufsätze entwerfen die Vorstellungen E.s von e. Gesellschaftsform, deren Ziele u. Werte von christl. Traditionen geprägt sind. Vor dem Hintergrund e. von Auseinandersetzungen mit kommunist. u. faschist. Kräften bestimmten Europa erkennt E. , daß es nur die Alternative zwischen Christentum u. Heidentum geben kann. Er fordert dabei nicht die Herrschaft e. Kirche, etwa der kath., sondern wünscht sich, daß Staatsmänner und Vertreter des öffentl. Lebens Rat u. Unterstützung bei den Lehren der Kirche suchen. Sie sollen ganz in dem Bewußtsein handeln, daß die Grundlagen des engl. Staates christl. sind. Die liberale Partei, die sich diesen Forderungen widersetzen könnte, lehnt er ab: sie könnte den Staat unterminieren u. totalitären Kräften Vorschub leisten. E. geht bei s. Überlegungen von der Voraussetzung aus, auch Nichtchristen – außer totalitär oder liberal Eingestellten – könnten diese gesellschaftl. Grundlagen akzeptieren. Trotz s. Ablehnung des Faschismus tritt er nicht für die Demokratie ein, ihm mißfällt ihre egalitäre Tendenz. Der Monarchist E. wünscht sich e. aristokrat. strukturierte Gesellsch. mit e. elitären, gebildeten Führungsschicht auf agrarwirtschaftl. Basis. S. Idee e. christl. Gesellsch. versucht E. an Hand des engl. Staates darzulegen. *ra*

A. P. Frank, D. Sehnsucht nach d. unteilbaren Sein. Motive u. Motivation i. d. Lit.krit. T. S. Eliots, 1973.

The Idler → Johnson, S.

The Idylls of the King, Bearbeitung der Artussage, → Tennyson, A.

Il Penseroso, Ged. von J. → Milton.

I'm Talking About Jerusalem, 3. Drama der → *Chicken Soup Trilogy* von A. Wesker.

Imaginary Portraits, Essays von W. H. → Pater.

Imagination and Fancy; Begriffe, die im Laufe der Jh. immer wieder mit neuen Inhalten gefüllt wurden; bis zum frühen 19. Jh. dem Wesen nach synonym gebraucht. In der Renaissance wurde i. dem Verstand gegenübergestellt u. als e. Mittel betrachtet, mit dessen Hilfe man poet. u. rel. Verstehen erreichen konnte. → Bacon interpretierte i. als e. der 3 Fähigkeiten der rationalen Seele, indem er ausführte, daß sich die Gesch. auf das Erinnerungsvermögen beziehe, die Dichtung auf die i. u. die Philos. auf die Vernunft. Im 17. Jh. wurden die Begriffe zur Beschreibung des verbalen Gestaltungswillens im dichter. Werk benutzt, mit welchem die Dichter ihre Schöpfungen ausschmückten. Im Neoklassizismus verstand man darunter die Fähigkeit, v. a. visuelle Vorstellungen hervorzurufen. Im späten 18. Jh. betrachtete man die der Vernunft gegenübergestellte i. als e. so lebendigen Prozeß des Vorstellungsvermögens, daß sie den Leidenschaften zugeordnet wurde u.e. ›world of beauty of its own‹ bildete. Die Dichter der Romantik hingegen sahen in der i. e. Mittel, das ihnen ermöglichte, innere Beziehungen zu erkennen, wie z.B. die Identität von Wahrheit u. Schönheit. Man unterschied jetzt deutl. zwischen i. u. f. Bes. → Wordsworth u. → Coleridge trugen zu dieser Differenzierung bei. Beide betrachteten das Anfertigen e. Ged. nicht als rationalen, sondern als imaginativen Prozeß. Coleridge identifizierte deshalb in s. → *Biographia Literaria* die schöpfer. Kraft mit i. u. ordnete f. die assoziative Kraft der treffend gewählten, sorgfältigen Ausarbeitung zu. Der i. mißt Coleridge wesentl. größ. Bedeutung bei, denn sie ist es, die konträre Gefühle, Visionen u. Gedanken zu geschlossenem Ganzen formt. J. S. → Mill, Bewunderer der Philos. Coleridges, sah in der ›poetic i.‹ eine Assoziation von Ideen und Bildern, die durch Emotion hervorgebracht werden. In s. Essay *What is Poetry?* (1833) definiert er: »The object of poetry is confessedly to act upon the emotions;

and therein is poetry sufficiently distinguished from what Wordsworth affirms to be its logical opposite, namely, not prose, but matter of fact or science. The one addresses itself to the belief, the other to the feelings.« Mill gab die Einheit von log.-diskursivem Gedankengang u. Emotion wieder auf. Diese neue Entwicklung griff im 20. Jh. I. A. →Richards auf, der sie allerdings Coleridge zuschreibt, und führte sie zu ihrem folgerichtigen Abschluß. Richards bezog sich neben Mill auch auf M.→ Arnold, indem er zwischen Dichtkunst u. Religion e. enge Verbindung sah. Der Poet ist dem Priester gleichgesetzt, da er menschl. Dasein interpretieren u. ihm e. spirituelle Ausgangsbasis geben soll: »We shall then be thrown back, as Matthew Arnold foresaw, upon poetry. It is capable of saving us, it is a perfectly possible means of overcoming chaos« (*Science and Poetry,* 1926, 82–83). Diese enge Beziehung zwischen Poesie u. Religion war nicht die Synthese, die Coleridge ursprüngl. erreichen wollte. *ra*

I. A. Richards, Coleridge on I., 1934. C. M. Bowra, The Romantic Imagination, 1950. J. L. Scoggins, I. and F., 1967. R. L. Brett, F. and I., 1969 (Critical Idiom). G. Powell, Coleridge's ›I.‹ and the Infinite Regress of Consciousness (ELH, 39 1972, 266–78). L. Hönnighausen, Grundprobleme d. engl. Lit.theorie d. 19. Jh., 1977.

Imagism, Imagismus; im Anschluß an Thomas Ernest Hulmes anti-romant., neo-klass. ästhet. Theorien 1912 von Ezra Pound begründete lyr. Richtung, deren Hauptvertreter H. Doolittle, Amy Lowell, J. B. Fletcher u. K. Aldington waren u. die starken Einfluß auf T. S.→ Eliot ausübte. Anregungen gaben u.a. Bergson, der Symbolismus, japan. u. chines. Lyrik sowie die abstrakt-geometr. byzantin. Kunst. Die Gruppe trat 1914 mit der von Pound hg. Anthologie *Des Imagistes,* und dann mit *Some Imagists* (1915, 1916, 1917) an die Öffentlichkeit. Sie löste sich bald wieder auf, ihr Programm aber beeinflußte entscheidend die engl. u. am. Lyrik des 20. Jh. Der I. wandte sich ab von traditionellen Formen zugunsten e. knappen, präzisen Bildersprache von größtmögl. andeutungsreicher Dichte. Jedes nicht sachnahe u. für die Darstellung wichtige Wort sollte vermieden werden. Das Metrum wurde ersetzt durch e. musikal. Rhythmus als Träger von Stimmungen. Zu den vom I. beeinflußten Autoren gehören neben Eliot Conrad Aiken, Marianne Moore, Wallace Stevens u. D. H.→ Lawrence. *ks*

F. Vortriede, D. Imagismus, 1935. S. K. Coffmann, I., 1951. G. Hough, Image and Experience, 1959. G. Hughes, I. and the Imagist, ²1960. W. C. Pratt, The Imagist Poem, 1963.

Imitation. Begriffl. auf die *Poetik* des Aristoteles zurückgehend; ›mimesis‹ (= Nachahmung). A. stellt zu Anfang s. Werkes fest, daß alle Künste in irgendeiner Form Nachahmung der Natur seien. Er verbindet s. Auffassung von der i. der Natur als e. vorgegebenen Realität mit e. Vorstellung vom lit. Werk als e. Objekt, das e. eigene natürl. Form hat. Die beste i. wird erreicht, wenn e. Werk s. ihm eigene Form vollendet entfalten kann. Die Trag. definiert A. als ‹die Nachahmung einer edlen und abgeschlossenen Handlung‹ (6). Sie stellt e. Organismus dar, der von Sophokles zu höchster Vollendung entwickelt wurde. Das Konzept der aristotel. i. der Natur herrschte in der engl. Lit.krit. bis zum Ende des 18. Jh. vor. Die i. der Natur galt als realist. Darstellung des Lebens. Zudem brachte der Erfolg der klass. Autoren in der Anwendung der i. auch die Rhetorik dazu, diesem Vorbild zu folgen. In der Renaissance u. dem Klassizismus wurde sie v.a. als Nachahmung versch. Formen u. Gattungen der Dichtung verstanden. ›Genius‹ konnte zwar nicht durch i. ersetzt werden, doch stellte sie e. sicheren Weg dar, um geschmackl. Fehler zu vermeiden. Die Anwendungsmöglichkeiten waren vielfältig: i. des klass. Gedankengutes u. Übertragung auf die Gegenwart, Aufgreifen von herausragenden Formulierungen u. Darstellungen bei anderen Dichtern, der Gebrauch der Paraphrase u. der freien Übs. In der Romantik wandte man sich vom mimet. Kunstprinzip ab u. ersetzte es durch e. expressives, wodurch die subjektiven Empfindungen u. Eindrücke des Dichters zum Kunstgegenstand wurden. Die Auffassung von der Natur wandelte sich wie die von der i. In der Natur erblickte man das kreative Prinzip des Universums, u. die aristotel. i. wurde ausgelegt als e. Schaffen gemäß e. wahren Idee; e. Kunstwerk wurde zu e. idealisierten Darstellung des menschl. Lebens (Charakter, Gefühl, Handlung), so wie es wahrgenommen werden kann. Mit der Entwicklung des Realismus u. des Naturalismus wurde auch die alte Auffassung von der i. wieder aufgegriffen, wenn auch der Begriff selbst weniger verwendet wurde. Er bezog sich nicht mehr auf Form u. Gehalt, sondern wurde gleichbedeutend mit ›Darstellung‹ (›representation‹). Die neo-aristotel. Schule der ›Chicago Critics‹ hat in unserer Zeit versucht, dem Begriff der i. s. alte Bedeutung wiederzugeben. *ra*

E. Auerbach, Mimesis, Dargestellte Wirklichkeit in d. abendländ. Lit., [5]1971. D. Grant, Realism, 1970 (Critical Idiom).

Imitations of Horace, zwischen 1731–38 auf Lord Bolingbrokes Anregung hin entstandenes satir. Versged. A. → Popes. Die einzelnen V. sind den Satiren u. Episteln des Horaz entnommen, jedoch fertigte Pope keine reinen Übs. an, sondern kleidete s. Imitationen, den Sinn beibehaltend, in e. mod. Gewand. Bereits im 17. Jh. hatte der Earl of Rochester, im 18. Jh. → Swift Horaz als Modell für e. Satire genommen, da man beide Jh. wegen ihrer polit. Struktur u. lit. Reputation mit dem → Augustan Age verglich. Den Satiren P.s wurde später von s. Hg. Warburton die *Epistle to Dr. Arbuthnot* (1735) als Prolog vorangestellt, in dem P. s. Zeitgenossen sowie sich selbst mit Bescheidenheit u. in realist. Einschätzung s. phys. u. geistigen Möglichkeiten (»I was not born for Courts or great affairs«) charakterisiert. S. Grundsatzposition ist in *The First Satire of the Second Book of Horace Imitated* enthalten, in der er die Berechtigung zur satir. Betrachtung s. Umwelt aus s. moral. Überlegenheit (»Virtue«) ableitet. Wie s. kolloquialer Sprachgebrauch u.s. vorherrschend mittlere Stillage in *The Second Satire of the Second Book of Horace* unterstreichen, hebt P. auf die Vorzüge der mittleren Daseinslage (=temperantia) ab, die die menschl. Würde am ehesten bewahrt. Subtile Ironie ist die Tatsache, daß Pope in *The First Epistle of the Second Book of Horace* den regierenden Monarchen George II (1727–60) mit Kaiser Augustus gleichsetzt u. ihn in der panegyr. Sprache des Horaz anredet. Die Übernahme antiker Poesie auf die zeitgenöss. Ebene ermöglichte es ihm, der Satire der Vorlage direkt zu folgen u. sie auf s. Zeit zu übertragen, ohne unmittelbar dafür zur Rechenschaft gezogen werden zu können. Von dem hohen Podest des Moralisten, der sich der Satire bedient (»Hence Satire rose, that just the medium hit, /And heals with Morals what it hurts with Wit.«), prangert er den sittl. Niedergang Englands unter Premierminster Walpole an u. verknüpft damit bissige Bemerkungen über s. zeitgenöss. Dichterkollegen. Diese polit. Invektive erzielt ihren Höhepunkt in dem *Epilogue to the Satires, In Two Dialogues,* dessen 1. Teil ›One Thousand Seven Hundred and Thirty-Eight‹ genannt wurde. Am Schluß des 1. Dialogs leistet P. e. grandiose Apotheose der Korruption, indem er die Tugenden Wahrhaftigkeit, Ruhm u. Weisheit in iron. Verkehrung ausrufen läßt: »Nothing is Sacred now but Villainy.« Neben den in den Imitationen immer wiederkehrenden Themenkreisen Autobiogr. , lit. Kritik u. Politik sind viele Angriffe darin enthalten, die gegen s. persönl. lit. Konkurrenten gerichtet sind, (Lady Mary Wortley Montagu, Lord Hervey, C. Cibber, G. Farquhar etc.); nur Addison findet s. ungeteiltes Lob. Geistreiche Bemerkungen sowie Aphorismen heben die Verssatire von rein zeitgenöss. orientierter Polemik ab. *ra*

Hg. J. Butt, 1939. I. Jack, Augustan Satire, [2]1965. P. Dixon, The World of Pope's Satires: An Introduction to the Epistles and Imitations of Horace, 1968. J. M. Aden, Something like Horace: Studies in the Art and Allusion of Pope's Horatian Satires, 1969.

The Immortal Hour, Roman von F. → MacLeod.

The Importance of Being Earnest, Gesellschaftskom. von O. → Wilde.

Inadmissible Evidence, Drama von J. → Osborne; UA 9. 9. 1964 Royal Court Theatre, London; EA 1965. O., der frühere → ›angry young man‹, der in s. ersten Dramen als Propagator des neuen Lebensgefühls der jungen Generation hervortrat, erweist sich hier zum erstenmal als deren vorurteilsvoller, mißgelaunter Kritiker. Ferner attackieren die Quengeleien der Hauptfigur, des Rechtsanwalts Bill Maitland, die Symptome mod. Massenzivilisation: Lärm, Autos, Mopeds, Computer. Das Drama besteht größtenteils aus Maitlands Selbstgesprächen, zentrales Thema ist die Desintegration s. Persönlichkeit. Nach e. Alptraum Maitlands von e. Gerichtsverhandlung gegen sich, in der er sich selbst anklagt u. verurteilt wird, erleben wir ihn als e. Anwalt, der immerhin noch die Routinearbeit der Kanzlei beherrscht. Es folgen Scheindialoge mit Mandanten, in denen sich zunehmende Persönlichkeitsauflösung dokumentiert. Über weite Strecken ist es zweifelhaft, ob Handlung u. Personen Realität oder Ausgeburt von Maitlands gequälter Phantasie sind, wenn etwa mehrere Mandantinnen von derselben Schauspielerin dargestellt werden. Der Verlust menschl. Kontakts wird noch augenfälliger auf den nächsten Stufen: Maitlands Monolog vor s. völlig stumm dasitzenden Tochter, immer traumähnl. werdende Telefonate, bei denen sich zunehmend Zweifel einstellen, ob überhaupt e. Gesprächspartner da ist, u. schließl. der psychische u. phys. Zusammenbruch, e. regungsloses, apath. Warten. *I.E.* ist e. Studie der Angst vor e. Enthüllung privaten u. berufl. Versagens u. ihrer Folge, des Zerbröckelns der zuvor mühsam aufrechterhaltenen Kulisse. Realist. betrachtet kann das Stück als Chronik e. Nervenzusammenbruchs interpretiert werden. Aber unausgesprochen steckt mehr dahinter: die Frage nach dem, was von der menschl. Existenz bleibt, wenn die äußeren Akzidenzien des Lebens, wenn sozialer Status u. die Kontakte zu den Mitmenschen abbröckeln. Das Drama ist e. der besten, die Osborne geschrieben hat. *ks*

N. H. Platz, J. Osborne, ›I. E.‹ (D. zeitgen. engl. Drama, hg. K.-D. Fehse u. N. H. Platz, 1975, 179–198).

Inchbald, Elizabeth, geb. Simpson, 15. 10. 1753 Stanningfield – 1. 8. 1821 Kensington; Romanschriftstellerin, Dramatikerin, Schauspielerin. Ihre erfolgreiche Gesellschaftskom. *I'll Tell You What* wurde 1785 erstaufgeführt. Schrieb 19 Theaterstücke, deren sentimentaler Grundton durch geistvolle Dialoge u. handwerkl. Können etwas abgeschwächt wird. Hg. der Slg. *The British Theatre* (1806–09). *A Simple Story* (1791; hg. G. L. Strachey, 1908). u. *Nature and Art* (1796; hg. W. B. Scott, 1886) sind romanhafte Erörterungen von Erziehungsfragen u. der Bedeutung von Umwelteinflüssen für die Entwicklung des Menschen. *hd*

Memoirs, hg. J. Boaden, II 1833. – C. R. Littlewood, E. I. and Her Circle, 1921. W. McKee, E. I., 1935. G. Kelly, The English Jacobin Novel, 1976 (Chap. 2).

Incorporated Society of Authors, Playwrights, and Composers; ursprüngl. ›Society of Authors‹, gegr. 1884, Sitz in London. Künstler. u. wissenschaftl., aber auch berufl. Zielsetzung; stellt Statistiken u. anderes Informationsmaterial zur Verfügung; vertritt Autoreninteressen, Einflußnahme auf Honorarfestsetzungen u. Beschäftigungsverhältnisse. Die Gesellschaft vergibt den ›Cholmondeley Award for Poets‹; assoziiert sind die ›Translators Association‹ u. ›Radio Writers Assoc.‹ sowie ›Educational and Children's Writers‹. *hd*

The Indian Emperour, heroische Trag. von J. → Dryden.

Indirect Interior Monologue, indirekter innerer Monolog, → erlebte Rede, ›style indirect libre‹. Halb → auktoriale, halb → personale → Introspektion, die mit dem direkten Zitieren von Gedanken u. Gefühlen im → interior monologue die getreue Wiedergabe der sprachl. ›Mimik‹ e. Romanfigur gemein hat, die größere Eindringlichkeit u. Unmittelbarkeit des Erlebens, mit der → internal analysis die Verwendung der 3. statt der 1. Person u. die Zeitformen der Vergangenheit statt der Gegenwart, wodurch e. größere auktoriale Zuverlässigkeit erreicht wird. Findet im Roman seit J. → Austen weite Verwendung. *ks*

A. Neubert, D. Stilform d. erlebten Rede i. neueren engl. Roman, 1957.

Innes, Michael → Stewart, J.I.M.

Inns of Court: Lincoln's Inn, Gray's Inn, Inner Temple, Middle Temple. Aus dem MA datierende, baul. an Oxford u. Cambridge erinnernde Ausbildungsstätten für Juristen, die sich als ›barrister‹ oder für das Richteramt qualifizieren wollen; heute vornehml. Klubcharakter, doch mit beträchtl. Einfluß auf die Zulassung von Anwälten. Das Interesse der I. of C. am lit. Leben geht auf die Zeit Shakespeares zurück, z.B. Vorführungen außerhalb der ›Publick Theatres‹ u. lit. Arbeiten der ›Fellows‹. Th. → More gehörte Lincoln's Inn, → Bacon Gray's Inn, → Rowe dem Inner Temple an. → Dickens wohnte zur Zeit der Abfassung s. *Pickwick Papers* in e. der Gebäude von Lincoln's Inn; → Thackerays *Pendennis* gibt e. anschaul. Schilderung vom Leben in den I. of C. In der engl. Lit. häufig zitierte Lokalität, auch Handlungsort. *hd*

Inscape → Hopkins, G. M.

Instress → Hopkins, G.M.

Intension → New Criticism.

Interior Monologue, innerer Monolog; → personale Darbietung von Gedanken und Gefühlen e. Romanfigur durch direktes ›Zitieren‹. Erreicht durch Verschwinden des Erzählers unmittelbare Identifikation des Lesers mit der Romanfigur. Hauptvertreter sind → Joyce u. → Woolf. Der Begriff wurde geprägt von E. Dujardin, *Le monologue intérieur,* 1931. *ks*

Internal Analysis, Introspektivanalyse. Wiedergabe von Gedanken und Gefühlen e. Romanfigur in den Worten des allwissenden Autors (›omniscient author‹), mit dessen analysierenden u. erklärenden Erläuterungen. *ks*

Introspektion; Darstellung der Gedanken u. Gefühle von Romanfiguren durch internal analysis, → indirect interior monologue oder → interior monologue; → stream-of-consciousness. *ks*

Irish National Theatre → Irish Renaissance.

Irish Renaissance. Im 19. u. frühen 20. Jh. Bewegung zur Wiederbelebung u. Erhaltung kelt. Kultur u. Lit. als Anreiz für e. neue, von ir. Gedankengut u. Traditionsvorstellungen getragene Lit. Hauptvertreter → Yeats, G. W. Russell, G. Moore, J. M. → Synge, später Lord Dunsany u. → O'Casey. Wesentl. Unterstützung durch Lady Gregory (1852–1932), die mit Yeats die Gründung des Irish National Theatre (→ Abbey Theatre) betrieb u. dafür selbst zahlreiche Stücke verfaßte. Nur schwache Ausprägung in Wales u. Schottland, etwa F. → Macleod. *hd*

U. Ellis-Fermor, The Irish Dramatic Movement, [2]1977.

Isherwood, Christopher William Bradshaw, 26. 8. 1904 Disley; Sohn e. Offiziers, der 1915 fiel. In Repton erzogen, Stud. Gesch. Cambridge u. Med. London, ohne Abschluß; 1929–39 Sprachlehrer in Berlin. Die Erfahrungen dieser Zeit schildern die brillanten Vignetten *Goodbye to Berlin* (1939) – die darin enthalt. Novelle ›Sally Bowles‹ diente als Vorlage des Films *Cabaret* – in e. Mischung aus Fiktion, persönl. Erinnerung, polit. Reportage u. die Autobiogr. *Christopher and His Kind 1929–39* (1977). In *Goodbye* verstand I. sich als liebenswert-sarkast. Beobachter des Lebens, wie »e. Kamera ... die registriert, nicht denkt«. Er vermeidet moralisierende Töne; Auswahl der Objekte, Einstellungen u. Hintergründe bieten indessen mehr als bloßes Registrieren. Die Autobiogr. bietet e. sehr offene u. krit. Auseinandersetzung mit der Vergnügungssucht u. Schalheit der Jugenderlebnisse. Mehrere Europareisen (u.a. Griechenland, Portugal, Spanien, Frankreich, Belgien, Dänemark). Gehörte mit → Auden, C. D. → Lewis, → Spender u. → MacNeice zur linksradikalen Oxforder Literatengruppe. Gemeinsam mit s. Schulfreund Auden schrieb er die expressionist. Versdramen *The Dog Beneath the Skin* (1935), *The Ascent of F6* (1936) u. *On the Frontier* (1938), die bühnenfremd in phantast.-satir. Weise aktuelle Themen behandeln. 1938 Chinareise mit Auden, über die e. gemeinsamer Reisebericht verfaßt wurde (*Journey to a War,* 1939). 1939 zog I. nach Kalifornien, wo er u.a. für Goldwyn-Mayer arbeitete; 1946 wurde er am. Staatsbürger. Reisen durch Südamerika u. Europa. Mitglied der → Vedanta Society, übersetzte versch. ind. rel. Schr. *ks*

S. Westby and C. M. Brown, Bibl. 1923–1967, 1968. C. Heilbrunn, C.I., 1970. A. Wilde, C.I., 1971. P. Piazza, C. I. Myth and Anti-Myth, 1978. B. Finney, C. I., 1979.

The Island of the Mighty, Dramentrilogie von J. → Arden.

Ivanhoe, hist. Roman von W. Scott; → *Waverley.*

Jacobean Age umfaßt die Zeitspanne der engl. Renaissance, geprägt von der Regierungszeit des 1. Stuart, James I (1603–1625). Der Terminus wird hauptsächl. auf die unter James I entstandene Lit. u. Architektur angewandt. Im Anschluß an das elisab. Zeitalter stellt das J.A. die bedeutendste Epoche des engl. Dramas dar. Hauptvertreter der neuen Gattung sind → Shakespeare, → Jonson, → Beaumont, → Fletcher, → Chapman, → Massinger. Das ›Jacobean Drama‹ kontrastiert mit dem elisab. durch e. krit. desillusionierenden Standpunkt, das Bewußtsein der sozialen Mißstände u. e. gehobenen, klass. Stil. Zugleich leitet es die im → Caroline Age sichtbar werdende Dekadenz des Dramas ein, indem sich die Autoren auf Kosten des Inhalts auf theatral. Effekte u. Raffinements konzentrieren. Polit. gesehen stellt das J. A. innen- wie außenpolit. keine erfolgreiche Epoche dar. England fällt als See- u. Handelsmacht gegenüber s. Rivalen zurück. Außerdem werden in dieser Zeit die Grundsteine für den im 17. Jh. ausbrechenden rel.-konfessionellen Konflikt gelegt. *ra*

B. Willey, The 17th Cent. Background, 1934. D. Bush, Engl. Lit. in the Earlier 17th Cent., 1600–1660, 1945. C. V. Wedgewood, 17th Cent. Engl. Lit., 1950; n. 1970. M. Ashley, England in the 17th Cent., 1952. L. Stone, The Causes of the Engl. Revolution, 1529–1642, 1972. Ch. Hill, Change and Continuity in 17th Cent. England, 1974.

Jago, Figur des Schurken u. Verkörperung des Bösen in Shakespeares → *Othello.*

James I, Kg. von Schottland (1406–37) → Makar.

James, Henry, 15. 4. 1843 New York – 28. 2. 1916 London; stammte aus e. Familie von ursprüngl. ir.-schott. Abstammung. S. wohlhabender Vater, Henry James, Sen., war e. führender theol. Schriftsteller u. Anhänger Swedenborgs, J.s älterer Bruder William e. bedeutender Philosoph. Nach e. weltbürgerl. Privaterziehung in New York, London, Paris u. Genf Stud. Jura in Harvard. Ab 1865 regelmäßig Rezensionen für am. Zs., gefördert von s. Freund W. D. Howells. Ab 1869 lebte J., von gelegentl. Besuchen in den USA abgesehen, in Europa (bes. Paris, Rom, London); nach mehr als 20 Jahren in London zog er 1898 um nach Lamb House, Rye. J.s leidenschaftl. Engagement für Englands Kampf im 1. Weltkrieg ließ ihn 1915 die brit. Staatsbürgerschaft erwerben. J. war durch s. scharf registrierende Beobachtung u. perspektiv. Bewußtseinskunst wegweisend für die Entwicklung des mod. psych. Romans. Hauptthema s. populärsten Werke sind die Einflüsse der alten Kultur Europas auf Amerikaner. Die Erzählung *A Passionate Pilgrim* (1875) ist die trag. Gesch. e. von s. Land enttäuschten Amerikaners, der das Heim s. engl. Ahnen aufsucht u. es nach versch. Schwierigkeiten unerwartet in s. Besitz bringt. Mit der Möglichkeit e. verspäteten Glücks vor Augen stirbt er. Der Weg des Titelhelden von J.s 1. bedeutenden Roman, *Roderick Hudson* (1876), führt von e. Rechtsanwaltsbüro in Massachusetts in e. Bildhaueratelier in Rom. Unfähig, sich s. Umgebung anzupassen, scheitert er in der Kunst wie in der Liebe u. kommt auf trag. Weise zu Tode. *The American* (1877) konfrontiert – in noch sehr vereinfachender Weise – den ›barbar.‹, reichen am. Geschäftsmann Christopher Newman (e. sprechender Name) mit der ebenso dünkelhaften wie korrupten frz. Adelsfamilie Bellegarde. Die knappe, komplexe Charakterstudie *Daisy Miller* (1879) zeichnet den Typ e. von Traditionen u. Bindungen ungebundenen, aber auch oberflächl. u. unreifen Menschen. Die Krönung von J.s früher Schaffensperiode, der exquisite Roman → *Portrait of a Lady* (1880–81) präsentiert e. Reihe von am. Charakteren in Europa. Die nächsten Werke, *The Tragic Muse* (1890), *The Spoils of Poynton* (1897) u. *The Awkward Age* (1899) spielen mehr in engl. Szenerie, analysieren mit großer Subtilität den engl. Charakter. Zentralthema des ganz aus dem sich entfaltenden Bewußtsein e. Kindes heraus entwickelten Romans *What Maisie Knew* (1897) ist die allmähl. Entwicklung von Maisies moral. u. geschlechtl. Persönlichkeit aus dem Konflikt zwischen ihrem kindl. Liebesbedürfnis u. den egoist., wechselhaften sexuellen Beziehungen ihrer erwachsenen Bezugspersonen. In s. letzten 3 großen Romanen kehrte J. zu s. »international theme« des Kontrasts von am. u. europ. Wesensart zurück. Der von hohen poet. Qualitäten ausgezeichnete Roman *The → Wings of the Dove* (1902) gestaltet die Auszehrung e. leidenschaftl. Liebe durch wachsendes Besitzstreben u. den Kontakt mit den ›Flügeln der Taube‹, d.h. dem Seelenadel e. todgeweihten, engelhaft reinen schönen Seele. Der Höhepunkt von J.s letzter Schaffensperiode, *The Ambassadors* (1903), zeichnet mit viel Humor u. subtiler Wahrnehmungsgabe die Reaktionen versch. am. Charaktere auf e. europ. Umgebung: Auf Gerüchte von e. Liasion ihres Sohnes Chad mit e. Pariserin hin sendet die resolute Mrs. Newsome ihren von ihr abhängigen, liebenswerten u. naiven Verlobten, Mr. Strether, als ›Gesandten‹ aus, den verlorenen Sohn zurückzuholen. Als auch Strether den Reizen der Stadt erliegt, u., von der Tugendhaftigkeit von Chads Beziehung überzeugt, ihm zurät, in Paris zu bleiben, sendet Mrs. Newsome ihre kühle, höchst ehrbare Tochter Sarah nebst Mann u. Schwägerin als weitere ›Gesandte‹. Chad bleibt in Paris, aber Strether kehrt, nachdem er unzweifelhaft über Chads Beziehung zu Mme. de Vionnet desillusioniert wurde, in paradox-freiwilliger Entsagung nach Amerika zurück. Der Roman ist ganz aus der Perspektive Strethers geschrieben, so daß dessen Erkenntnis der bisherigen Enge s. Lebens, s. geistigen Befreiung u. Bereicherung zentrale Bedeutung erlangen. Der fast ganz in den Reflexionen der Personen angesiedelte Perspektivenroman *The Golden Bowl* (1904) hat den stillen moral. Kampf u. die Bewährungsprobe zweier Ehepaare zum Gegenstand, deren Beziehung durch e. vergoldete Kristallschale mit e. unsichtbaren Sprung symbolisiert wird: die am. Millionärstochter Maggie ist mit dem verarmten röm. Fürsten Amerigo verheiratet, dessen frühere Geliebte Charlotte mit Maggies Vater. Mit Intelligenz u. Geschmack sublimiert Maggie ihre Eifersucht u. gewinnt so die Achtung u. Liebe Amerigos. 1914 begann J. mit der Arbeit an den beiden Romanen *The Ivory Tower* u. *The Sense of the Past,* die unvollendet blieben u. 1917 posthum als Fragmente publiziert wurden. Intime Einblicke in die Werkstatt des Schriftstellers vermitteln die 18 Vorworte, die er für die revidierte Slg. s. Prosaschr. von 1907 – 17 schrieb, e. große Zahl von Briefen (hg. P. Lubbock, II 1920; hg. L. Edel, II 1975 u. 1979) u. die 1878 – 1911 entstandenen, 1947 von F. O. Matthiessen u. K. B. Murdock edierten *Notebooks of H.J.* Neben s. Romanen verfaßte J. fast 100 Kurzgesch., mehrere Reisebücher (*Portraits of Places,* 1883; *A Little Tour in France,* 1884) u. lit.krit. Studien. Die wenigen s. Dramen, die aufgeführt wurden, waren nicht erfolgreich. *The American Scene* (1906) ist e. Bericht s. Impressionen bei e. Amerikabesuch nach fast 20jähriger Abwesenheit; *A Small Boy and Others* (1913) u. *Notes of a Son and a Brother* (1914) evozieren s. Kindheit in New York u. Europa. *ks*

Novels and Tales, XXIV 1907 – 1909, ²1963. The Complete Tales, XII 1962 – 64. The Bodley Head H.J., 1967ff. The Tales, VIII 1973ff. — L. A. Phillips, Bibl., 1968. — F. O. Matthiessen, H.J. The Major Phase, 1944. The Question of H.J. A Collection of Critical Essays, hg. F. W. Dupée, 1945. Ders., H.J., 1951; n. 1965. J. W. Beach, The Method of H.J., 1954. E. T. Bowden, The Themes of H.J., 1956. Q. Anderson, The

American H.J., 1957. F. C. Crews, The Tragedy of Manners: Moral Drama in the Later Novels of H.J., 1957. C. Wegelin, The Image of Europe in H.J., 1958. H. T. McCarthy, H.J. The Creative Process, 1959. R. Marks, J's Later Novels, 1960. R. Poirier, Comic Sense of H.J. A Study of the Early Novels, 1960. O. Cargill, The Novels of H. J., 1961. J. A. Ward, The Imagination of Disaster. Evil in the Fiction of H.J., 1961. L. Edel, H.J., II 1962. D. Krook, The Ordeal of Consciousness in H. J., 1962. H.J. A Collection of Critical Essays, hg. L. Edel, 1963. M. Geismar, H.J. and the Jacobites, 1963. J. Wiesenfarth, H.J. and the Dramatic Analogy, 1963. L. B. Holland, The Expense of Vision. Essays on the Craft of H.J., 1964. D. W. Jefferson, H.J. and the Modern Reader, 1964. K. B. Vaid, Technique in the Tales of H.J., 1964. R. L. Gale, Plots and Characters in the Fiction of H.J., 1965. A. Holder-Barell, The Development of Imagery and Its Functional Significance in H.J's Novels, 1966. S. G. Putt, A Reader's Guide to H.J., 1966. Perspectives on J's ›The Portrait of a Lady‹, hg. W. Stafford, 1967. S. Sears, The Negative Imagination. Form and Perspective in the Novels of H.J., 1968. E. Siegel, J. and the Children: A Consideration of H.J's ›The Turn of the Screw‹, 1968. M. G. Shine, The Fictional Children of H.J. 1969. K. Graham, H.J. The Drama of Fulfilment, 1975. G. Pirie, H.J., 1969. P. Groover, M. G. Shine, The Fictional Children of H.J., 1969. P. Grover, H.J., 1969. E. A. Sheppard, H.J. and ›The Turn of the Screw‹, 1975. D. Gervais, Flaubert and H.J., 1978. S. Donadio, Nietzsche, H.J., and the Artistic Will, 1979. M. Bradbury, H.J. The Later Novels, 1979.

Jane Eyre. An Autobiography, Roman von Ch. → Brontë, entstanden 1846–47; EA (Ps. Currer Bell) III 1847. Die Titelheldin wächst, als Waise lieblos behandelt, im Hause ihrer Tante auf u. wird, um ihre vermeintl. Widerspenstigkeit zu zähmen, in das Lowood-Internat, gemeinnützige Anstalt, Schule u. Waisenhaus, geschickt. Hier verarbeitet Ch. Brontë autobiogr. Erfahrungen aus ihrer Schulzeit in Cowan Bridge. Mit 18 nimmt Jane die Stellung e. Gouvernante auf Thornfield Hall an, verliebt sich in den Schloßherrn Edward Rochester, zu dem sie sich trotz s. düsteren Natur hingezogen fühlt. Unmittelbar vor der Hochzeit erfährt sie, daß Edwards Frau noch lebt u., dem Wahnsinn verfallen, im oberen Stockwerk, von e. Diener bewacht, dahinvegetiert. Die Entdeckung des Geheimnisses erklärt die seltsamen u. unheimlichen Vorkommnisse im Schloß. In ihrer Verzweiflung flieht J., irrt umher, bis sie im Haus der Geschwister Rivers verständnisvolle Aufnahme findet. Als Erbin e. im Ausland verstorbenen Onkels kommt J. unvermutet in den Besitz e. beträchtl. Vermögens. Obwohl sie Edward Rochester nicht vergessen kann, steht ihr Entschluß fest, St. John Rivers, der als Missionar nach Indien gehen will, zu heiraten. Da vermeint sie e. Abends, Rochesters Stimme zu hören, eilt nach Thornfield Hall, erfährt, daß die Irre Feuer gelegt hatte u., während das Haus niederbrannte, umgekommen war. Sie pflegt den schwer verletzten, erblindeten Rochester u. heiratet ihn. S. Erblindung stellt sich als nur vorübergehend heraus; beide leben in glückl. Zufriedenheit. Das Melodrama der Handlung vermag die lit. Bedeutung des Romans nicht zu mindern. B. bemüht sich um Objektivität, bes. in der Schilderung J.s, letztl. ihres eigenen Ichs. Die Heldin hat mit den sonst übl. braven, duldsamen u. sanften Frauengestalten nichts gemein. Mit ihr wendet sich B. gegen die gängige moral. Norm. Verkehrt wird auch das Bild vom starken, beherrschenden Mann: der durch s. Verletzungen behinderte Rochester wird am Ende von J. gepflegt, von der einstmals armen Hauslehrerin s. Tochter. Im Unterschied zu den Romanen *Pride* *and Prejudice* u. → *Emma* ihrer Vorläuferin J. → Austen fehlt *J.E.* die iron. Distanz. Der augenblickl. Erfolg von B.s 1. veröffentlichten Roman ist nachgewiesen. Er stellte den im gleichen Jahr verlegten Roman → *Wuthering Heights* ihrer Schwester Emily in den Schatten. *hd*

Hg. M. Schorer, 1959. – L. Gronemeyer, D. Darst. d. Frau i. d. Romanen d. Ch.B., 1948. B. Hardy, ›J.E. ‹, 1964. ›J.E.‹ hg. M. R. Allott, 1973 (Casebook).

The Jealous Wife, Schauspiel von G. → Colman, d. Ä.

Jeeves, Typenfigur des Butlers in den Romanen von P. G. → Wodehouse.

Dr. Jekyll and Mr. Hyde, The Strange Case of, Roman von R. L. → Stevenson.

Jellicoe, Patricia Ann, 15.7.1927 Darlington; Theaterleiterin u. Regisseurin in London. Begann mit anti-realist. u. anti-rationalist. Experimentierstücken, welche die unbewußten Triebkräfte des mod. Menschen in verstummender, stammelnder Sprache, Musik, Tanz u. Pantomime darzustellen versuchen: Das brillante u. exzentr. *The Sport of My Mad Mother* (1958) behandelt das dumpfe, gewalttätige Leben von Teddyboys. Das auch erfolgreich verfilmte *The Knack* (1962) stellt im Stile e. witzigen Sittenkom. die Beziehungen von 3 sehr versch. jungen Männern zu e. unschuldigen Mädchen dar. Das Schauspiel *Shelley; or, the Idealist* (1966) ist e. weitgehend dokumentar. Bericht vom Leben des Dichters. *The Rising Generation* (1967) handelt von der Bedrohung der jungen Generation durch die mütterl. Gewalt. *The Giveaway* (1970) entwickelt sich aus e. farcenhaften Situation u. beschreibt in knapper, einfacher Handlung e. Dreiecksverhältnis. Auch Stücke für Kinder *(3 Jelliplays,* 1975), Übs. Ibsen u. Tschechow. *ks*

H. Sperber, A.J. ›The Knack‹ (D. zeitgenöss. engl. Drama, hg. K.-D. Fehse u. N. H. Platz, 1975, 164 – 178).

Jenkins, Nicholas, Hauptfigur im Romanzyklus *A* → *Dance to the Music of Time* (A. Powell).

Jennings, Elizabeth Joan, 18. 7. 1926 Boston/Lincolnshire; Stud. Engl. Oxford; Bibliotheksassistentin u. bis 1960 Verlagslektorin; danach freie Schriftstellerin. Zum → Movement gehörende Autorin, die sich als überzeugte Katholikin jedoch später von den eher agnost. Dichtern des Movement distanzierte. Ihr Schaffen reicht von schlichter, ruhiger Gedankenlyrik u. vornehm-kühler Bekenntnislyrik über Themenkreise wie Religiosität, Lit., Mythologie u. Kunst bis zu Kommunikationslosigkeit, Einsamkeit, Wahnsinn u. Nervenzusammenbruch (*Collected Poems,* 1967; *Relationships,* 1972; *Growing-Points,* 1975; *Consequently I Rejoice,* 1977). Übs. Sonnette von Michel Angelo Buonaroti. *ks*

Jerusalem, Ged. von W. → Blake.

Jest Book; Slg. humorvoller, geistreicher, gelegentl. satir. Anekdoten u. Witze; in der Regel kurze, einprägsame, meist mit e. moral. Betrachtung schließende Texte. Als frühestes J.B. gilt *A. C. Mery Talys* (ca. 1526, n. 1567 als *Merry Tales, Witty Questions, & Quick Answers*). Bekannt auch

The Geystes of Skoggan (ca. 1565–66), um e. bestimmte Person angelegt. Diese ›biogr.‹ Tendenz zeigen auch die *Merie Tales of Master Skelton* (1566), teilweise mit negativen Auswirkungen; vergleichbare j.b.s im 17. u. 18. Jh. über Ben → Jonson. *hd*

Shakespeare's Jest-Books, hg. W. C. Hazlitt, III 1864. A Hundred Merry Tales and Other Engl. J.B.s of the 15th and 16th Centuries, hg. P. M. Zall, 1963. – F. P. Wilson, The Engl. J.B.s of the 16. and Early 17. Century (HLQ, 2 1938, 121–58).

The Jew of Malta, Drama von C. → Marlowe.

John Bull, Theaterstück von → Colman d.J., UA 1803. Die Hauptfigur, Job Thornberry, gutmütiger, offener u. ehrl. Kaufmann, großzügig, zugleich unberechenbar und jähzornig angesichts jedweden Unrechts, wollte als Nationalcharakter verstanden sein. In der Folge negativ als Bild des selbstzufriedenen Viktorianers, der erhandelten Reichtum schätzt u. pflegt, Unangenehmes dickfellig nicht zur Kenntnis nimmt, sich Bedeutung zuschreibt u. überall Ansehen beansprucht. Stereotypus des Engländers, Verkörperung nationalspezif. Charakteristika. *hd*

A. W. Bower and R. A. Erickson, The History of J.B., 1976.

John de Trevisa, 1326 (?) Crocadon/Cornwall – 1402; Stud. Oxford, 1362–69 Fellow am Exeter College, Queen's College; wegen Unwürdigkeit, wahrscheinl. in Zusammenhang mit der Verbreitung von → Wycliffes Thesen, entlassen. Danach Geistlicher in Berkeley (Gloucestershire), später Stiftsherr von Westbury-on-Trym. Übersetzte 1387 Ranulph Higdens Geschichtswerk *Polychronicon* (1327) in sehr freier Version ins Engl.; ED 1480 durch → Caxton, in modernisierter Form. In e. Vorwort, ›Dialogue on Translations‹, gibt J. Aufschluß über s. Arbeitsweise. Entsprechend J.s 2. Übs. 1389: Bartholomaeus Anglicus, *De Proprietatibus Rerum* (um 1250). E. von Caxton erwähnte Bibelübs. ist nicht erhalten. Mit s. Übs. verfolgte J. ähnl. Absichten wie → Alfred. Er wollte allg. anerkannte u. belehrende Werke e. breiten Publikum zugängl. machen, da lat. u. frz. Originale in dem Maße weniger Leser fanden, in dem das Engl. als Landessprache an Bedeutung gewann. J. erweiterte da u. dort den Ausgangstext, um Erklärungen beizugeben oder stilist. Verbesserungen anzubringen. Unverständl. gebliebene Passagen oder Formulierungen übertrug er wortwörtl. mit dem Zusatz, »God woot what this is to mene«. J.s Übs. sind frühe Beispiele engl. Prosalit. *js*

›Polychronicon‹ Ranulphi Higden, hg. C. Babington and J. R. Lumby, Rolls Series, IX 1865→ 86 (enthält das lat. Original J.T.s u. spätere Übs.) ›The Travels of Sir Maundeville‹, hg. A. W. Pollard, 1900, n. M. C. Seymour (metr. Version), EETS, 269, 1973.

Johnson, Brian Stanley William, 5.2.1933 London – 13.11.1973 ebda (Selbstmord); Stud. London; ab 1964 Hg. der ›Transatlantic Review‹, 1970 Dozent Univ. of Wales. *Travelling People* (1963), *Trawl* (1966), *The Unfortunates* (1968), *House Mother Normal* (1971), *Christy Malry's Own Double-Entry* (1973) u. *See the Old Lady Decently* (1975) sind formal wie inhaltl. experimentelle Romane mit typograph. Spielereien wie eingeschobenen altmodischen

Lettern, Postkarten oder e. schwarzen Seite, die den Tod e. Charakters repräsentiert, erzähltechn. Eigenarten wie Zeitsprüngen oder Verwendung von langen → interior monologues sowie schockierend makabren u. obszönen inhaltl. Elementen wie dem zur Ablenkung der Sterbenden dienenden Spiel der Altersheiminsassen in *House Mother Normal* mit e. Schachtel voll Hundekot oder der Kopulation der Heimleiterin mit e. Hund vor den Augen ihrer Pfleglinge. Auch Lyrik *(Poems,* 1964; *Poems Two,* 1972), Kurzgesch. (*Street Children,* 1964; *Statement against Corpses* (m. Z. Ghose, 1964), Drehbücher u. Schauspiele. *ks*

Johnson, Pamela Hansford, 29.5.1912 London; seit 1950 mit C. P. → Snow verheiratet. Vf. von ca. 30 in konventioneller Technik erzählten Romanen, die e. breites u. vielschichtiges Panorama des mod. Lebens u. s. Probleme zeichnen, von der lebensvollen Schilderung e. Liebespaares in *This Bed Thy Centre* (1935) über e. unglückl. Ehe in *An Impossible Marriage* (1954), Dreiecksverhältnisse in *The Last Resort* (1956) bis zum Thema des latenten Sadismus e. Modearztes in *An Error of Judgement* (1962) u. dem e. jungen Mannes, der in der Beziehung zu e. älteren Frau menschl. Reife erlangt in *The Good Husband* (1978). J. ist auch nicht auf die feminist. Perspektive beschränkt, die Trilogie *Too Dear for My Possessing* (1940), *An Avenue of Stone* (1947) u. *A Summer to Decide* (1948) verwendet erfolgreich e. fiktiven männl. Erzähler. *The Unspeakable Skipton* (1959), *Night and Silence, Who is There?* (1963) u. *Cork Street, Next to the Hatter's* (1965) geben großmütig humorvolle Bilder der mod. Welt von e. Campus in New Hampshire bis zur fiktiven Londoner Avantgarde des Theaters. Fast alle Romane evozieren e. eigene, abgeschlossene Welt, e. ganz bestimmten Lebensbereich. J. zeigt e. feinen Sinn für die Einflüsse der Umwelt, aber auch für unwägbare Nuancen menschl. Beziehungen; das Verhalten ihrer Charaktere ist oft überraschend u. unberechenbar. *ks*

I. Quigly, P.H.J., 1968.

Johnson, Samuel, 18.9.1709 Lichfield – 13.12.1784 London; Journalist, Essayist, Biograph, Erzähler, Satiriker, Dramatiker; Sohn e. Buchhändlers. Lichfield Grammar School, Pembroke College, Oxford; 1731 Abbruch des Stud. wegen Mittellosigkeit. Versch. Tätigkeiten: Schulsekretär in Market Bosworth; Gelegenheitsjournalist in Birmingham, wo er einige Artikel für das ›Birmingham Journal‹ u. die Übs. e. frz. Fassung von Lobos *Voyage to Abyssinia* (1735) verfaßte. Die Heirat (1735) mit der 20 Jahre älteren Witwe Elizabeth Porter befreite ihn von s. dringenden finanziellen Sorgen; s. Versuch, nahe Lichfield e. Privatschule mit Internat zu gründen, schlug fehl. 1737 zogen J. u. s. Schüler → Garrick nach London, wo er e. der ersten erfolgreichen Berufsschriftsteller wurde. Zahlreiche Beitr. zu Edward Caves Zs. ›The Gentleman's Magazine‹ stammen von ihm, darunter viele engagierte Reportagen über Parlamentsdebatten. Die Satiren *Lon-*

don (1738) u. *The Vanity of Human Wishes* (1749) glichen den Mißerfolg der Blankverstrag. *Irene* (1736) aus, die Garrick 1749 auf die Bühne brachte. 1744 veröffentlichte J. den 1. Teil s. umfangreichen Slg. *Lives of the Poets* mit e. ›Life of Mr. Richard Savage‹, s. Freund, mit dem er größte Armut geteilt hatte. 1747 stellte er für Lord → Chesterfield den Plan zu e. *Dictionary of the English Language* auf, das 1755 erschien. Die Zahl der Wörter wurde durch J.s didakt. Ziel bestimmt, das gute Engl. in der Praxis zu fördern. Daher konzentrierte er sich auf alten Wortbestand (bis → Sidney zurückgehend) u. weniger auf Fachausdrücke u. Modernismen. Während J. die moral. Wochenschr. ›The Rambler‹ (1750–52) u. ›The Idler‹ (1758–60) herausgab, veröffentlichte er gleichzeitig zahlreiche Beitr. zu anderen Zs. u. Sammelwerken, darunter die Biographien von Cheynel (in ›The Student‹, 1751), Cave (in ›The Gentleman's Magazine‹, 1754), Sir T. Browne (als Vorspann der Ausgabe von Brownes *Christian Morals,* 1756) u. Ascham (1761). Der didakt. Roman → *Rasselas* (1759) soll aus Geldnot in e. Woche geschrieben worden sein, um die Kosten für das Begräbnis s. Mutter abzudecken. 1762 erhielt J. e. von Lord Bute ausgesetzte Pension, die es ihm ermöglichte, größere Arbeiten zu beginnen, von denen bes. s. große Shakespeare-Ausg. (VIII 1765) berühmt wurde, die, wenn auch in ihren krit. Erkenntnissen bald überholt, wertvolle editoriale Anmerkungen u. Emendationen lieferte. 1763 lernte er → Boswell kennen, in dem er s. idealen Biographen finden sollte. Mit ihm reiste er 1773 nach Nordschottland u. zu den Hebriden. 2 Jahre später erschien e. Abh. über diese Reise. 1764 gründete J. mit s. Bekanntenkreis den → Literary Club, e. der 1. einflußreichen lit. Gesellschaften Englands, der u.a. s. Freunde Reynolds, Burke, Goldsmith, Garrick, Boswell angehörten. Im gleichen Jahr Bekanntschaft mit Henry u. Hester Lynch → Thrale. Von den zahlreichen Werken J.s. verdient s. Slg. *Lives of the English Poets* (III 1779–81) bes. Erwähnung, Auftragsproduktion für e. Gruppe von Buchhändlern u. Verlegern. J.s. Dichterbiographien stehen am Anfang der Lit.geschichtsschreibung im nachma. England. In Auswahl u. Aussage nicht mehr in allen Fällen nachvollziebar, z. B. Ablehnung der → Metaphysical Poetry u. der Vorromantik. J., das ›literarische Gewissen s. Zeit‹ u. führender Kritiker des späten 18. Jh., forderte e. Lit., die lehrhaft, moral. verbessernd u. log. sein soll. Er gilt als letzter großer Vertreter des Klassizismus in England. Mit scharfem Verstand begabt, geistvoll im Gespräch, das er immer suchte, e. typ. Vertreter des ›common sense‹. *ra*

Works, hg. J. Hawkins and J. Stockdale, XIII 1787; n. Yale Edition, hg. A. T. Hazen et al., 1958ff. J. A. H. Murray, The Evolution of English Lexicography, 1900. Poetical Works, hg. G. Kearsley, 1785; n. D. N. Smith & E. L. McAdam, 1941. – Letters, hg. H. Lynch Thrale Piozzi, II 1788; n. R. W. Chapman, III 1952. – R. W. Chapman, Two Cent. of Johnsonian Scholarship, 1945. De Witt T. Starnes & G. E. Noyes, The Engl. Dict. from Cawdry to Johnson 1604-1755, 1946. J. L. Clifford, Johnsonian Studies 1887-1950, 1951; 1950-60, 1962. – Johnsonian News Letters, hg. J. L. Clifford & J. H. Middendorf (4 Hefte jährl.). – J's

Engl., hg. A. S. Turberville, 1933. W. K. Wimsatt, The Prose Style of J., 1941. J. W. Krutch, J., 1944. A. McNair, Dr. J. and the Law, 1948. J. H. Hagstrum, S. J's Lit. Crit., 1952. J. L. Clifford, Young S.J., 1955. W. A. Bate, The Achievement of S.J., 1955. A. Sherbo, S.J. Editor of Shakespeare, 1956. H. Pearson, J. and Boswell, 1958. D. J. Greene, The Politics of J., 1960. R. Voitle, J. the Moralist, 1961. L. P. Curtis & H. W. Liebert, Esto Perpetua: The Club of Dr. J. and His Friends, 1963. L. F. Powell, J., Boswell and Their Circle, 1965. A. Sherbo, J. on Shakespeare, 1969. M. J. C. Hodgart, S.J. and His Times, 1962; n. 1967. P. Alkon, J. and Moral Discipline, 1967. F. E. Halliday, J. and His World, 1968. C. F. Chaplin, The Religious Thought of S.J., 1968. A. Sachs, Passionate Intelligence: Imagination and Reason in the Work of S.J., 1968. C. Brinitze, Dr. J. and Boswell, 1968. J. L. Clifford & D. J. Greene, S.J., 1970. S.J. (The Critical Heritage), hg. J. T. Boulton, 1971. Ch. Herbert, The Personal History of S.J., 1971. G. Irwin, S.J., A. Personality in Conflict, 1971. P. Fussell, S.J. and the Life of Writing, 1971. L. Damrosch, Jr., S.J. and the Tragic Sense, 1973. J. as Critic, hg. J. Wain, 1973. Ders. S. J., 1974. T. U. Curley, S.J. and The Age of Travel, 1975. M. Lane, S.J. and His World, 1975. W. J. Bates, S.J., 1978.

The Johnson Society, Johnson Birthplace Museum, Lichfield. Die 1910 ins Leben gerufene Gesellschaft sieht ihre vorrangige Aufgabe in der Erforschung von Dr. Johnsons Leben, Werk u. Zeit, aber auch in der Erhaltung s. Geburtshauses, s. Bibliothek u. Mss. Veröffentl. von ›Transactions‹. Verschiedene J.S.s in den Vereinigten Staaten. *hd*

Johnsonese, formvollendeter, ausgewogener, mit Latinismen angereicherter, syntakt. komplexer Prosastil; benannt nach S. → Johnson.

Jonathan Wild the Great, The Life of, Roman von H. → Fielding.

Jones, Inigo, 15. 7. 1573 London – 21. 6. 1652 ebda; Katholik walis. Abstammung, Tischlergeselle, beschäftigte sich zunächst mit der Malerei u. der Ausgestaltung von Bühnenbildern, bevor er als Architekt hervortrat. 1596–1604 Studienreise nach Italien, in deren Mittelpunkt die Landschaftsmalerei stand. Nach s. Rückkehr Bühnenbildner bei Hofe; widmete sich hauptsächl. der Neugestaltung des gesamten Theaterraumes, wobei er im wesentl. auf italien. Anregungen zurückgriff. So führte er im Theater künstl. Beleuchtung, auswechselbare Dekoration u. die fest installierte Bühne ein, da es bis dahin keine Theaterräume gab, die ausschließl. diesem Zweck dienten. Nach e. 2. Studienreise nach Italien (1613/14), die vom Stud. des klassizist. Baustils Palladios (1508–1580) bestimmt wurde, trat J. stärker als Architekt in Erscheinung, nicht zuletzt in s. Eigenschaft als Generalinspekteur des Bauwesens am Hofe. S. bekanntesten Werke sind die Banquet Hall des Schlosses Whitehall (1622), die ursprüngl. nur als Teil e. gigant. Palast-Komplexes nach dem Vorbild des span. ›Escorial‹ gedacht war, sowie die Konzeption des Marktplatzes Covent Garden (1631/38). Den Einfluß Palladios zeigen bes. deutl. Queen's House in Greenwich (1635) u. Wilton House in Wiltshire (vollendet nach 1647). Hierzu kommen zahlreiche Schlösser u. Kirchen; J. gab wesentl. Anregungen zur Renovierung der St. Paul's Cathedral. Während des Bürgerkriegs mußte J. wegen s. kath. Glaubens u. wegen s. Königstreue fliehen. Zwar arbeitete er für diejenigen Adligen, die ihn auf s. Flucht versteckten; zahlreiche Projekte mußten jedoch unterbrochen werden; u. a. blieb die Renovierung von St. Paul's unvollendet. E. Reihe dieser Projekte hat J.s Adoptivsohn John Webb (1611 – 1674) in gleichem Stil vollendet. *ra*

J. Lees-Milne, The Age of I.J., 1953. J. Summerson, I.J., 1966.

Jonson, Benjamin, 11. 6. 1572 London – 6. 8. 1637 ebda; Sohn e. Geistlichen; Schulbesuch in Westminster, kurze Zeit Maurerlehre bei s. Stiefvater, dann als Soldat in den Niederlanden beim Kampf gegen die Spanier. Karriere als Schauspieler, Dramatiker, Dichter u. Lit.kritiker. Freund u. größter Rivale Shakespeares; befreundet auch mit → Bacon, → Beaumont, Fletcher u. → Donne. 1598 tötete J. e. Schauspielerkollegen im Duell, wurde am Daumen gebrandmarkt, kam ins Gefängnis u. entging dem Galgen nur durch den ›benefit of clergy‹. Im Gefängnis konvertierte J. zum kath. Glauben, schwor aber 12 Jahre später wieder ab. 1616 erhielt J. von James I e. Pension, die ihm, wenn auch nicht förml. ernannt, die Position e. l. → Poet Laureate verschaffte. 1618 Reise nach Schottl. u. Besuch bei dem Schriftsteller Drummond of Hawthornden. 1628 wurde er zum Chronisten Londons gewählt. J. schuf auf der Basis der damaligen ›humour‹-Psychol. die elisab. Sittenkom. S. farcenhaften »comicall satyres« wie → *Every Man in His Humour* (1598), *Every Man Out of His Humor* (1599) u. *Cynthia's Revels* (1600) karikieren in klarer, direkter, kolloquialer Sprache versch. ›humour‹-Typen u. kombinieren sie mit Figuren aus der lat. u. italien. Kom. Das Grundschema der Handlung besteht darin, daß die Figuren ausgiebig ihre schrullige Torheit (wie z.B. Gier, Habsucht, Eifersucht) vorführen, durch e. satir. Kommentatorenfigur in e. Schlüsselsituation gebracht werden, in welcher groteske Auswüchse ihres ›humour‹ sie der allg. Lächerlichkeit preisgeben, worauf sie geheilt die Bühne verlassen oder unter dem Gelächter ihrer Umwelt verjagt werden. Die Figuren tragen oft sprechende Namen. Die listige Titelfigur der großen Kom. *Volpone, or The Fox* (1606) gibt vor, zu sterben, um s. prospektiven Erben Geschenke zu entlocken; s. Mitverschwörer sind Mosca (die Mücke) u. der Anwalt Voltore (der Geier); Corvino (der Rabe) opfert sogar s. Frau in Hoffnung auf die Erbschaft; der engl. Reisende in Venedig, Sir Politick Would-Be, verfolgt absurde Pläne u. Erfindungen. In der Kom. *Bartholomew Fair* (1614) verspottet J. die Heuchelei der Puritaner. Die röm. Trag. → *Sejanus, his Fall,* die 1603 mit Shakespeare u. Burbage im Ensemble aufgeführt wurde, handelt von e. (hist.) Vertrauten des Kaisers Tiberius, der wegen s. von maßloser Machtgier getriebenen Intrigenspiels um die Herrschaft schließl. hingerichtet wird. Die Figuren in den Kom. *The Alchemist* (1610) u. *The Devil is an Ass* (1616) werden von maßloser Gier nach Geld getrieben. J. war hochgelehrt u. in der klass. Lit. sehr bewandert; er bemühte sich in s. Dramen um Einhaltung der 3 Einheiten. Zugleich beobachtete er mit scharfem Blick die – unverkennbar engl. – Gesellsch., in der er lebte. S. Kom. spiegeln gesellschaftskrit. den wirtschaftl. u. sozialen Aufstieg des Mittelstandes im elisab. Zeitalter. Mit unverhohlen didakt. Absicht setzt J. die karikaturist. überzeichneten Typen dem Spottgelächter des Publikums aus. 1605–34 schrieb J. zahlreiche graziöse → masques für den Hof u. brachte diese Gattung zu ihrer höchsten Blüte (*Masque of Blackness,* 1605; *Masque of Queens,* 1609; *Love Restored,* 1621; *Mercury Vindicated from the Alchemists,* 1615; *Pleasure Reconciled to Virtue,* 1618; *Newes from the New World,* 1621; *Chloridia,* 1630). S. letztes großes Drama war *The Staple of News* (1625). *ks*

Works, hg. C. H. Herford, P. and E. Simpson, XI 1925–52; n. 1954–65. The Yale B.J., 1961ff. Poems, hg. J. Donaldson, 1976. B.J., hg. T. Gunn, 1974. S. A. Tannenbaum Concise Bibl., 1938, suppl. 1947. – C. R. Baskeville, Engl. Elements in J's Early Comedy, 1911. J. Palmer, B.J., 1934. K. Pfeffer, D. elisab. Sprichwort bei B.J., 1934. R. G. Noyes, J. on the Engl. Stage, 1660–1776, 1935. L. C. Knights, Drama and Society in the Age of J., 1937. C. F. Wheeler, Classical Mythology in the Plays, Masques and Poems of J., 1938. G. E. Bentley, Shakespeare and J., II 1945. G. B. Johnston, B.J.: Poet, 1945. A. H. Gilbert, The Symbolic Persons in the Masques of J., 1948. A. H. Sackton, Rhetoric as a Dramatic Language in J., 1948. M. Chute, B. J. of Westminster, 1953. J. Enck, J. and the Comic Truth, 1957. E. B. Partridge, The Broken Compass: A Study of the Major Comedies of B.J., 1958. J.A. Barrish, B.J. and the Language of Prose Comedy, 1960. C. Thayer, B.J., 1963. R. Knoll, B.J's Plays, 1964. D. C. Boughner, The Devil's Disciple: B.J's Debt to Machiavelli, 1968. J. A. Bryant, Jr., The Compassionate Satirist, 1973. A. Drew-Bear, Rhetoric in B.J's Middle Plays, 1973. J. E. Savage, B.J's Basic Comic Characters, 1973. W. D. Wolf, The Reform of the Fallen World, 1973. J. M. Sturmberger, The Comic Elements in B.J's Drama, 1975. N. H. Platz, Ethik u. Rhetorik in B.J.s Dramen, 1976. S. L. Bates and S. D. Orr, Concordance to the Poems of B.J., 1978. G. Parfitt, B.J.: Public Poet and Private Man, 1976.

Jorrocks, John, zentrale Figur der Romane von R. S. → Surtees; sprichwörtl. Charakter.

Joseph Andrews *(The History of the Adventures of J.A. and of His Friend Mr. Abraham Adams),* Roman von H. → Fielding; EA, II 1742. Als Erwiderung auf den sentimentalen Puritanismus von Richardsons → *Pamela* schrieb F. die Gesch. des J.A., Lakai der wollüstigen Lady Booby, die den tugendsamen jungen Mann zu verführen trachtet. Als ihre Bemühungen ohne Erfolg bleiben, entläßt sie Joseph. S. wirkl. Liebe, Fanny Goodwill, erleidet e. ähnl. Schicksal. Nicht Joseph gelingt nun Fannys Rettung inmitten e. Welt der Bosheit u. des Lasters, sondern Parson Adams, e. liebenswerten, sympath. arglosen Menschen, wahrscheinl. Vorbild für Goldsmiths Dr. Primrose in *The → Vicar of Wakefield.* In absichtl. Übernahme von Richardsons psychologisierender Erzählweise konzipierte F. e. Handlungsablauf, der, bestehend aus locker miteinander verknüpften Episoden, Abenteuern auf Landstraßen, in Postkutschen u. Gasthäusern, reichl. Gelegenheit zu Abschweifungen didakt., philosoph. u. dichtungstheoret. Thematik bietet. Als → comic epic-poem in prose, wie F. s. neue Erzählform nennt, parodiert *J.A.* nicht nur das klass.-heroische Epos, sondern enthält gezielte Gesellschaftskritik. Parson Adams, engl. Version des Don Quijote, sieht sich in s. kindl. Gottvertrauen beständig mit der Schlechtigkeit der Welt, insb. e. korrupten Rechtswesen u. der Lasterhaftigkeit u. Willkür der Herrschenden konfrontiert; e. für die engl. Lit. archetyp. Gestalt. Anfängl. als Burleske geplant, entwickelte sich *J.A.* zu e. Sittenbild der engl. Gesellsch.

des 18. Jh., zum ersten bedeutenden humorist. Roman der engl. Lit. *hd*

Hg. M. C. Batterstin, 1967, (The Wesleyan Fielding, Bd. 1). – Ders., The Moral Basis of F's Art, a Study of ›J.A.‹, 1959. J. Ehrenpreis, F's Use of Fiction: The Autonomy of ›J.A.‹ (Twelve Original Essays on Great Engl. Novels, hg. C. Shapiro, 1960, 23–41).

The Journal of the Plague Year → Defoe, D.

Journal of a Tour to the Hebrides → Boswell, J.

Joyce, James Augustin Aloisius, 2. 2. 1882 Dublin – 13. 1. 1941 Zürich. J. war das 2. von 11 Kindern des John Stanislaus J. u. der Mary (May) Murray. Besuchte ab 1888 das Jesuiten-College Clongowes Wood, gegen dessen strengen rel. Zwang er sich innerl. auflehnte. Ab 1893 Schüler am jesuit. Belvedere College, Dublin, 1898–1902 Stud. der engl., frz. u. italien. Lit. an der kath. Univ. Dublin. In dem 1901 publizierten *The Day of Rabblement,* attackiert er → Yeats u. das ir. lit. Theater, weil sie die dramat. Meisterwerke des Kontinents nicht aufführten. Ab 1902 Stud. Med. u. Naturwiss. Beschäftigung mit der Lit. des Symbolismus u. Realismus. Lehrer an e. Dubliner Privatschule, ab 1904, begleitet von s. Lebensgefährtin Nora Barnacle, im freiwilligen Exil als Journalist u. Lehrer an Berlitzschulen in Triest, Paris u. Zürich. Starb nahezu erblindet, geschwächt durch jahrelange Entbehrungen. J.s. lit. Laufbahn begann mit der zarten, ästhetisierenden Lyrik von *Chamber Music* (1907), den an Tschechow erinnernden 15 düsteren Vignetten s. ir. Heimat, *Dubliners* (1914), u. den volksliedhaften *Pomes Penyeach* (1927), deren geheimes Thema ›frustration‹ ist: Desillusionierung, Enttäuschung, moral. Versagen. Die ganz im Dienst der psych. Einsicht stehende Sprache der Geschichten ist den Erzählfiguren angepaßt, der Erzählstandpunkt oft ins Bewußtsein der Personen verlegt, e. wichtiges Darstellungsmittel ist der → indirect interior monologue. *Dubliners* deutet schon voraus auf Sprache, Charaktere u. Schauplatz der 3 großen Romane J.s. Seit 1904 arbeitete er an dem ab 1914 erschienenen → *Portrait of the Artist as a Young Man. Exiles* (1918) ist e. von Ibsen beeinflußtes Ehedrama. J.s. bedeutendstes Werk ist der ursprüngl. als e. Kurzgesch. für *Dubliners* geplante → *Ulysses.* Der nach 17jähriger Arbeit vollendete *Finnegans Wake* (1939) gilt als e. der schwierigsten Romane der Weltlit. Es ist der ehrgeizige Versuch, das Epos e. geträumten Darstellung der Gesch. der Menschheit in 4 zykl. wiederkehrenden Phasen durch erfundene u. aus insgesamt 22 Sprachen entlehnte, vielschichtige Sprachzeichen u. -laute wiederzugeben, die an Stelle des normalen Nacheinanders von Worten in der Sprache e. komplexes assoziatives Miteinander setzen, das so dicht mit Bedeutungen u. Assoziationen geladen ist, daß es die Interpretation vor fast unlösbare Probleme stellt u. vom Leser schöpfer. Mitspielen am Text verlangt. Das geschichtsphilos. Prinzip der ›recirculation‹ bestimmt auch die Gesamtstruktur des Buches, dessen Geschehen in sich selbst kreist. Die Vieldeutigkeit des Werks führte zu sehr widersprüchl. Interpretationen in der Sekundärlit. *ks*

The J. J. Archive, LXIII 1977. – J. J. Slocum and H. Cahoon, Bibl. 1882–1941, 1953. R. H. Deming, Bibl. 1964. – E. Wilson, Axel's Castle, 1931. H. Broch, J. J. u. d. Gegenwart, 1936. J. Campbell and H. M. Robinson, A Skeleton Key to ›Finnegans Wake‹, 1944. H. Levin, J.J. A Critical Introduction, 1944, ²1960. J.J. Two Decades of Criticism, hg. S. Givens, 1948; n. 1963. H. Gorman, J.J. A Definite Biography, 1948. W. Y. Tindall, J.J. His Way of Interpreting the Modern World, 1950. M. Magalaner & R. M. Kain, J.J. the Man, the Work, the Reputation, 1956. J. I. M. Stewart, J.J., 1957; n. 1964. W. Rothe, J.J., 1957. R. Ellmann, J.J., 1959. M. Magalaner, Time of Apprenticeship, 1959. R. S. Ryf, A New Approach to J.J., 1962. S. L. Goldberg, The Classical Temper, 1961. A. Arnold, J.J., 1963, J. Prescott, Exploring J.J. 1964. A. Burgess, Here Comes Everybody, 1965. R. M. Adams, J.J. Common Sense and Beyond, 1966. W. Litz, J.J., 1966. A. Goldmann, J.J., 1966. D. O'Brien, The Conscience of J.J., 1967. D. v. Recklinghausen, J.J.-Chronik, 1968. H. Cixous, L'exil de J.J. ou l'art du remplacement, 1968. E. Brandabur, A Scrupulous Meanness, 1971. F. Read, E. Pound/J.J. – D. Gesch. ihrer Beziehung i. Briefen, 1972. H. O. Brown, J.J's Early Fiction, 1973. K. Grose, J.J., 1975. C. H. Peake, J.J. The Citizen and the Artist, 1977. M. Hodart, J.J. A Student's Guide, 1978. H. Kenner, J's Voices, 1978. C. MacCabe, J.J. and the Revolution of the Word, 1978. S. Jackson, The Poems of J.J. and the Use of Poems in his Novels, 1978. M. Schlauch, The Language of J.J., ²1978. B. R. Gluck, Beckett and J.: Friendship and Fiction, 1978. H. W. Drescher, J.J. u. V. Woolf: Ästhetik, Funktion u. Form d. mod. Romans (Engl. u. am. Lit.theorie, hg. R. Ahrens u. E. Wolff, Bd. 2, 1979, 344–61).

Juan in America, Roman von E. → Linklater.

Jude the Obscure, Roman von Th. → Hardy.

Judith (Cotton Vitellius A XV, 2d MS), der → Caedmon-Schule zugeordnetes Fragment, jedoch aufgrund des bevorzugten Reims u. sprachl. Merkmale verhältnismäßig spät anzusetzen, vermutl. zwischen 850 u. 940. Möglicherweise Loblied auf Aethelflaed, Königin von Mercia, die im 1. Viertel des 10. Jh. gegen die Dänen kämpfte. Erhalten sind das Ende von Canto IX, Cantos X, XI u. XII. Die erhaltenen Teile schildern die Höhepunkte: Tötung des Holofernes u. Sieg über s. Truppen durch J.s Gefolgsleute. Der Dichter schildert anschaul. die Schlacht, mit den symbol. Figuren Wolf u. Rabe sowie dem Adler, der über der Walstatt s. Kampflied singt. Thematisch der → Cynewulf-Schule nahestehend; Synonymfülle, jedoch einfache Syntax. Als Autor kann e. Dichter angesetzt werden, der beide Schulen wie auch die heroische Tradition der ae. Lit. kannte, da J. als german. Kriegerin dargestellt wird. *js*

›Beowulf‹ and ›J.‹ in a Normalised Orthography, hg. F. P. Magoun, 1959. Hg. B. J. Timmer, 1961. J. P. Hermann, The Theme of Spiritual Warfare in the OE ›J.‹ (PQ, 55 1976, 1–9).

Juliana, ae. Version der *Acta S. Juliana virginis martyris,* Gesch. des Martyriums J.s, die allen Versuchungen widersteht, den Teufel selbst bezwingt u. schließl. den Märtyrertod stirbt. Ihre Peiniger kommen auf e. Schiffsreise um. Die Gestalt der Frau im Mittelpunkt des Ged. zeigt den Einfluß christl. Lehre. Im → Exeter Book überliefert. *js*

Hg. R. Woolf, ²1966. – K. A. Bleeth, ›J.‹ (MÆ, 38 1969, 119–22). R. B. Palmer, Characterization in the OE ›J.‹ (SAB, 41, IV 1976, 10–21).

Julius Caesar, 1. von Shakespeares → Roman plays.

Jumpers, Drama von T. → Stoppard.

Jungle Books, Jugendbücher von R. → Kipling.

Junius, ae. Ms., Bodleian Library Oxford (Bodley Junius), 1655 hg. von Franziskus Junius

(1589–1677), auch François Du Jon, Bibliothekar von Thomas Howard, 2nd Earl of Arundel, Freund → Miltons. Es enthält 4 Ged. zu bibl. Stoffen: → *Genesis*, → *Exodus*, → *Daniel*, → *Christ and Satan*. Vom Hg. J. zunächst → Caedmon, heute vorwiegend s. Schule zugerechnet. *js*

The Caedmon Ms. of Anglo-Saxon Biblical Poetry: Junius XI, facs., hg. Sir I. Gollancz, 1927.

Junius, Letters of, satir. Briefe mit Angriffen gegen die Regierung George III, 1769–72 im Londoner ›Public Advertiser‹ unter dem Ps. Junius veröffentlicht. Abgesehen von den übl. persönl. Schmähungen ist die aus der Sicht der Whigs gegebene polit. Argumentation überzeugend u. klar umrissen. Stilist. zeigen die ›Letters‹ den Einfluß Swifts. Die Identität des Schreibers ist ungeklärt; über 40 Personen wurden verdächtigt, darunter auch E. → Burke. Als Vf. kann wahrscheinl. Sir Philip Francis (1740–1818) gelten, der Zugang zu offiziellen u. vertraul. Informationen hatte u. als Politiker kompromißlos für die Erweiterung der Rechte des Parlaments gegenüber Kg. u. dessen Verbündeten eintrat. 69 der Briefe wurden 1772 in Buchform zusammengefaßt, bis 1812 ca. 70 Nachdrucke. *hd*

Hg. J. Cannon, 1978. – F. Cordasco, A Junius Bibl., 1949. T. H. Bowyer, A Bibliographical Examination of the Earliest Editions of the ›L. of J.‹, 1957. – J. Taylor, The Identity of Junius with a Distinguished Living Character (Sir Philip Francis) Established, 1818. W. H. Burr, Thomas Paine: was he Junius?, 1890. G. Simonson, A History of the ›L. of J.‹ With an Account of the Controversy about the Authorship, 1930. A. Ellegard, Who was Junius?, 1962.

Juno and the Paycock, UA 3. 3. 1924 Abbey Theatre, Dublin, EA 1925. Im Dubliner Dialekt geschriebenes Drama in 3 Akten von → O'Casey, das 20 Jahre hindurch das populärste Stück des Abbey Theatre blieb. Schauplatz ist die Mietwohnung e. proletar. Dubliner Familie. Schon in den ersten Worten wird deutl., wie die Nachwirkungen der ir. Revolution noch im Untergrund weiterschwelen. Die Titelhelden sind die tapfere u. leidgeprüfte Mrs. Boyle, welche die ganze Last der Sorge für die Familie trägt, u. ihr Ehemann, e. Säufer u. Schwadroneur. Es steht angebl. e. beträchtl. Erbschaft ins Haus, worauf die Familie auf Pump große Anschaffungen tätigt. In der Katastrophe des 3. Akts erweist sich jedoch die Erbschaft als hinfällig, die Tochter ist unehel. schwanger u. der Sohn wird als Verräter von Mitgliedern der ir. Befreiungsorganisation erschossen. Das Drama ist e. Plädoyer für mehr Menschlichkeit u. weniger polit. Fanatismus. O'C.s saftiger, volkstüml. Humor bewahrt ihn indessen vor der Gefahr allzu platter u. tendenziöser Kritik: er enthüllt schonungslos, halb verständnisvoll lächelnd u. halb tadelnd, die Schwächen des ir. Nationalcharakters. *ks*

R. Fricker, S.O'C. ›J. and the P.‹, (D. mod. engl. Drama, hg. H. Oppel, ²1966, 181–200).

Kailyard School (schott. kail = Blätterkohl; kailyard, Küchengarten, kleiner Gemüsegarten am Haus) bezeichnet schott. Romanautoren des späten 19. Jh., die sich bevorzugt mit der Schilderung einfachen Landlebens befaßten. Abgeleitet von

»There grows a bonnie brier bush in our kailyard« (I. McLaren, *Beside the Bonnie Brier Bush,* 1894). Wesentl. Mittel der Schilderung sind Dialektformen. Hauptvertreter: J. → Barrie, I. McLaren (Ps. für J. Watson) u. S. Rutherford Crockett. Die schon bei → Galt u. → Burns in Ansätzen feststellbare Reduzierung des schott. Nationalcharakters auf die Eigenschaft pastoral-ländl. Simplizität wird zum alles überlagernden Motiv. Dagegen G. D. → Brown mit s. Roman *The House with the Green Shutters.* *hd*

W. Power, Lit. and Oatmeal, 1935. G. Blake, Barrie and the K.S., 1951. F. R. Hart, The Scottish Novel, 1978 (Kap. 6 + 7).

Kean, Edmund, 17. 3. 1787 London – 15. 5. 1833 Richmond, Schauspieler. Brachte e. neue Konzeption von Shakespeares → Shylock auf die Bühne, die die Rolle nicht mehr als kom. oder trag. Charakter (→ Macklin), sondern bösartig veranlagt interpretierte. K.s Darstellung anderer Schurkengestalten (Macbeth, Jago, Richard III, Barabas in Marlowes *Jew of Malta* usw.) war unübertroffen. *hd*

Keats, John, 29. od. 31. 10. 1795 London – 23. 2. 1821 Rom, Sohn e. Fuhrunternehmers. Entbehrungsreiche Jugend nach frühem Tod der Eltern. Mit 15 Apothekerlehrling, danach bei e. Wundarzt in Edmonton, 1816 Assistenzarzt Guy Hospital, London. Zur Weiterbildung widmete sich K. in s. Freizeit klass. Studien, unter deren Eindruck er 1815 s. bekanntes Sonett ›On First Looking into Chapmann's Homer‹ niederschrieb. Befreundet mit → Hunt, der ihn in den Kreis um → Hazlitt, → Wordsworth u. → Shelley einführte. Letzterer bestärkte K. in der Absicht, ausschließl. s. dichter. Neigungen nachzugehen. Beeinflussung durch Spenser, Milton u. die späteren Werke von Wordsworth u. → Coleridge. 1817 erschien s. 1. Gedichtbd., 1818 gefolgt von der poet. Romanze *Endymion* (»A thing of beauty is a joy for ever. . .«), das die griech. Sage von der Liebe der Mondgöttin zu e. Schäferprinzen behandelt. Brachte ihm seitens der konservativen Zs. ›Quarterly Review‹ u. ›Blackwood's Mag.‹ heftige u. wenig gerechtfertigte Krit. ein. 1819 entstanden K.s große Oden, zusammengefaßt in *Lamia and other Poems* (1820), darunter ›To a Nightingale‹, ›On a Grecian Urn‹, ›On Melancholy‹, ›To Psyche‹; weiterhin die Versromanzen *The Eve of St. Agnes* u. *Eve of St. Mark,* die Ballade *La belle Dame sans Merci, Isabella, or the Pot of Basil,* e. romant. Märchen in Versen, u. *Hyperion* (EA posthum 1856 – 57), in s. 1. Fassung, *The Fall of H.,* e. Epenfragment, in der 2. allegor. Traumdichtung (Milton). Körperl. Überanstrengung nach e. Fußwanderung durch den Lake District u. die Highlands verschlimmerte s. Lungenleiden u. zwang ihn zu Aufenthalten in Neapel u. Rom, wo er, von s. Freund, dem Maler Severn, hingebungsvoll gepflegt, Besserung s. Gesundheitszustandes erhoffte. Fand jedoch keine Heilung u. starb kurz nach s. Ankunft in Rom. Shelley verewigte den Freund in s. Elegie ›Adonais‹. K.s visionäre Dichtung besticht durch klangreiche u. bildhafte Sprache; bedeutender Dichter der Romantik. Starkes Naturerleben, durch antike Mythologie geprägt; Schönheit als Offenbarung des Wahren: ästhet. Sensualismus. Die Oden der Jahre 1819–20 sind voller Wehmut ob der Gewißheit des frühen Todes. E. zentr. Aussage kommt der ›Ode on a Grecian Urn‹ zu. In der Beschreibung der Bilder auf e. Vase verdeutlicht K. den Gegensatz zwischen dem Vergängl., auf den Menschen Bezogenen, u. dem Dauerhaften, zwischen Ird. u. Zeitlosem. Künstler. Vollendung ist Wahrheit. In den Bildern der Vase erschließen sich dem Dichter die Zeitgebundenheit menschl. Daseins u. Strebens u. das Ewige der Kunst zugleich. Kraft s. Schönheit als inneres Wesensmerkmal ist das echte Kunstwerk dafür geschaffen, das Erlebnis der Zeitlosigkeit im zeitl. Gebundenen zu vermitteln. *hd*

Poetical Works and Other Writings, hg. M. B. Forman, VIII 1938 (Hampstead Edition). Poems, hg. E. de Sélincourt, 1926. Poetical Works, hg. H. W. Garrod, 1939; n. 1958. – Letters, hg. M. B. Formann, II 1931; n. H. E. Rollins, II 1958. – J. R. MacGillivray, Bibl., 1949. – H. l'A. Fausset, K., a Study in Development, 1922. S. Colvin, J.K., 1917, überarbeitet 1925; n. 1970. A. Lowell, J.K., II 1925. C. DeW. Thorpe, The Mind of J.K., 1926. C. L. Finney, The Evolution of K's Poetry, II 1936. D. Hewlett, ›Adonais‹: A Life of J.K., 1938. W.J. Bate, Negative Capability: The Intuitive Approach to K., 1939. Ders., The Stylistic Development of K., 1945. J. C. Caldwell, J. K's Fancy, 1945. R. H. Fogle, The Imagery of K. and Shelley, 1949. E. Wasserman, The Finer Tone, 1953. B. Slote, K. and the Dramatic Principle, 1958. B. Blackstone, The Consecrated Urn: an Interpretation of Keats in Terms of Growth and Form, 1959. W. J. Bate, J.K., 1963. A. Ward, J.K. The Making of a Poet, 1963. W. H. Evert, Aesthetic and Myth in the Poetry of K., 1965. L. Gorell, J.K. The Principle of Beauty, ²1970. U. Keller, D. Augenbl. als dichter. Form i. d. Lyr. v. W. Wordsworth u. J.K., 1970. I. Jack, K. and the Mirror of Art, J. B. Evans, J.K., 1971. J.K. The Odes, hg. G. S. Fraser, 1971 (Casebook). H. Viebrock, J.K., 1977.

Keble, John, 25. 4. 1792 Fairford – 29. 3. 1866 Bournemouth. Erziehung im elterl. Haus; 1806 Stud. Corpus Christi College, Oxford; ab 1811 Fellow Oriel College. Mehrere kirchl. Ämter, 1831–41 Professor of Poetry, Oxford. S. Predigt über ›National Apostasy‹ (1833) stand am Anfang des → Oxford Movement. Zur Erinnerung an s. Person u. Treue zur Church of England wurde 1869 das Keble College in Oxford eröffnet. S. in *The Christian Fear* (1827) zusammengefaßten Hymnen u. s. Beitr. zu den *Tracts for the Times* (IV, XIII, LII, LVII, LX, LXXXIX) waren trotz formaler Mängel e. großer Erfolg. *hd*

A. K. Ingram, J.K., 1933. E. G. Harwood, J.K. A Study in Limitatios 1963.

Kelmscott Press → Morris, W.

Kemble, John Philip 1. 2. 1757 Prescot/Lancashire – 26. 2. 1823 Lausanne; herausragender Schauspieler, Shakespeare-Darsteller. Bruder der bekannten Tragödin Sarah → Siddons. *hd*

P. H. Fitzgerald, The K.s, II 1871. H. H. Child, The Shakespearean Productions of J.P.K., 1935. H. Baker, J.P.K., The Actor in His Theatre, 1942.

Kenilworth, hist. Roman von W. Scott; → *Waverley.*

Kenning (altnord. kenna, kenntl. machen); in der ae. Lit. für poet. Umschreibung, ausgeprägt im Preislied. Die dabei übl. Anspielungen auf Sagenstoffe u. Mythen setzten beim Zuhörer e. gewisses Maß an Bildung voraus: aristokrat. Zuhörerschaft. Meist werden alltägl. Substantive bildhaft umschrieben, manchmal übersteigert u. gekünstelt. Beispiele aus → *Beowulf:* ›swanrad‹ – Schwanenstraße, für Meer; ›wundenstefna‹ – gewundener Steven, für Schiff. Zeigt die schöpfer. Kraft des Dichters, bes. unter Verwendung stabreimender Wörter. *js*

H. Marquardt, D. ae. Kenningar, 1938.

Kermode, John Frank, 29.11.1919 Douglas, (Isle of Skye). Stud. Liverpool; 1940 B.A., 1947 M.A. Profilierte sich als Lecturer für engl. Lit. an den Universitäten Durham, Bristol (1965–67), London (1967–74), Cambridge. Neben s. Lehrtätigkeit 1965–67 Mithg. des ›Encounter‹; Hg. der Reihe ›Fontana Modern Masters‹. K. gilt als e. der bedeutendsten Kritiker unserer Zeit. Neben s. zahlreichen Zeitschriftenbeitr. u. Zeitungskrit. insb. wegen s. lit. Studien u. ästhet. Betrachtungen (*Romantic Image,* 1957) bekannt, in denen er auf Tradition u. Kritik der Poesie eingeht u. anhand ausgesuchter Ged. die »Romantic basis« mod. Kunst aufzeigt. Weiterhin geschätzt sind s. *Modern Essays* (1971), e. Slg. brit. Beitr. über Kritiker, Romanschriftsteller u. Dichter, vielfach den *Puzzles and Epiphanies* (1962) u. *Continuities* (1968) entnommen. 1973 erschien *Lawrence,* in dem er der Koexistenz des Propheten u. Künstlers D. H. → Lawrence nachgeht. K. ist Autor u. Hg. u.a. von Shakespeares *Tempest* (Arden-Shakespeare), 1954; *John Donne,* 1957; *The Living Milton,* 1960; *Wallace Stevens,* 1960; *The Sense of an Ending,* 1967; *Oxford Anthology of Engl. Lit.* (hg. mit J. Hollander), 1973; *The Classic* (1975). *ra*

Kidnapped, Roman von R. L. → Stevenson.

The Killing of Sister George, Drama von F. → Marcus.

Kim, Roman von R. → Kipling.

King Horn, früheste der erhaltenen me. → Versromanzen, ausgangs 13. Jh., 1568 V., aus der Gruppe der sog. ›Matter of England‹-Romanzen, populäre Werke ihrer Gattung, die sich in engl. Sprache mit engl. Themen u. legendären Gestalten aus Englands Gesch. befaßten. Der Begriff der ›Matter‹ der me. Romanze wurde erstmals durch den altfrz. Dichter Jean Bodel (1165–1205) in s. *Chanson des Saisnes* (vor 1202) definiert. H., Sohn von Kg. Murray u. Königin Godhild von Suddene (Isle of Man), wird anläßl. e. Überfalls der Sarazenen, vermutl. Wikinger, bei dem s. Vater getötet wird, wegen s. Schönheit mit 2 Gefährten in c. Boot auf dcm Meer ausgesetzt. Er landet in Westernesse, wo sich die Königstochter Rymenhild in ihn verliebt. H. muß sich jedoch erst bewähren u. geht für 7 Jahre nach Irland. Als Wallfahrer kehrt er nach Westernesse zurück, tötet s. Nebenbuhler u. gibt sich dem Kg., Rymenhilds Vater, zu erkennen. Bevor es zu e. glückl. Ende kommen kann, muß H. noch s. Königreich zurückerobern u. zum zweitenmal e. Nebenbuhler beseitigen, der Rymenhild gegen deren Willen geheiratet hatte. Das Ged., in e. Zwischenform von german. Langzeilenvers u. roman. 4hebigen Kurzvers mit Endreim geschrieben, zeigt typ. Motive der Versromanze: z.B. Verbannung u. Rückkehr, Bettlerkg., das treibende Boot als myth. Verbindung zu e. anderen Welt. Geradlinige, chronolog., knappe u. direkte Erzählweise, stilist. nicht sehr anspruchsvoll, mit Klischees befrachtet; volkstüml. Redewendungen u. Wiederholungen. Kurze V. deuten auf e. mündl. Vortrag durch den Spielmann, wobei sich das Interesse sicher mehr auf den Inhalt als den Vortrag richtete. Die handlungsbetonte Darstellung, verbunden mit dem Element der höf. Liebe, entsprach voll und ganz dem zeitgenöss. Geschmack. Der gleiche Stoff, abgesehen von unbedeutenden Abweichungen, wird u.a. in *Horn Childe and Maiden Rimnild* (frühes 14. Jh.) behandelt, wahrscheinl. aus den nördl. Midlands. *js*

›K.H.‹, ›Floriz and Blancheflur‹, The Assumption of Our Lady, hg. J. R. Lumby, EETS, OS, 14, 1866; n. G. H. McKnight, [2]1962. – W. H. French, Essays on ›K.H.‹, 1940. D. M. Hill, An Interpretation of ›K.H.‹ (Anglia, 75, 1957, 157–72). L. A. Hibbard, Medieval Romance in England, 1960. D. Mehl, D. me. Romanze des 13. u. 14. Jh., 1967.

King John → Histories, Shakespeare.

King Lear, e. der 4 großen Trag. Shakespeares (1604/05). → Geoffrey of Monmouths *Historia Regum Britanniae*, → Holinsheds *Chronicles,* Spensers → *Faerie Queene,* der → *Mirror for Magistrates* u. das anonyme Drama *The True Chronicle History of King Leir* berichten das kelt. Sagenmotiv vom alten Kg., der die beste u. von ihm am meisten geliebte s. 3 Töchter verstößt, den beiden anderen s. Reich vermacht u. dafür Undank und Mißhandlungen von ihnen erfährt, bis ihn die Enterbte schließl. rettet. Sh. verlagerte das Gewicht von den äußeren Ereignissen u. vom rührenden Schicksal der jüngsten Tochter auf die Darstellung von Lears seel. Leiden an e. aus den Fugen geratenen Welt, an dem Zerbrechen der hierarch. Ordnung von Familie, Staat u. Kosmos – diese Endspiel-Aspekte liegen der besonderen Bedeutung zugrunde, die das Drama für das 20. Jh. erlangte. L.s Entscheidung, sich aller Macht zu entäußern, u. s. Empörung über Cordelias Ablehnung, ähnl. bombast. Liebesbeteuerungen von sich zu geben wie Regan u. Goneril, entspringen e. völligen Mangel an Menschen- u. Selbstkenntnis u. sind der Auslöser der Katastrophe. Nur die Eingangsszene zeigt L. noch in s. kgl. Machtfülle; er wird dann von den beiden monströs undankbaren Töchtern verstoßen, verliert s. Gefolge u. s. materiellen Besitz, s. Geist verdüstert sich bis hin zum Tiefpunkt der Wahnsinnsszene im Sturm auf der nächtl. Heide, in der L. zu e. schutzlosen animal. Restexistenz reduziert ist. L.s Begleiter, der Fool, verbirgt unter s. Klugheit u. s. faszinierenden Witz tiefes Mit-Leiden, er ist zugleich Lehrer s. Herrn u. sucht wie e. schutzbedürftiges Kind dessen menschl. Nähe. Die Gegenbewegung zu L.s Niedergang, Cordelias Kampf gegen ihre Schwestern, führt schließl. zum Sieg des Guten, verhindert aber nicht das trag. Ende L.s u. Cordelias: sie werden von Gonerils u. Regans Truppen gefangengenommen. Zwar ist ihnen noch e. geläutertes Beisammensein gegönnt, L. kann Cordelia um Verzeihung bitten, aber Cordelia wird in ihrem Kerker erhängt, bevor sie befreit werden kann, u. L. stirbt aus Schmerz über ihren Tod. Der 2. Handlungsstrang um Gloucester, der s. guten Sohn Edgar verstößt, von s. schurk., undankbaren Sohn Edmund verfolgt u. von Regans Gemahl geblendet wird, bildet e. konsequente u. kontrapunkt. Überhöhung, Ergänzung u. Generalisierung des zentralen Geschehens. Auch Gloucester ist vor s. Tode die Wiedervereinigung mit s. guten Kind vergönnt. Den fallenden äußeren Handlungen laufen die inneren entgegen: je mehr sozialer Status und materieller Besitz verloren gehen, je mehr das Bewußtsein vom Zwang e. festgefahrenen Logik befreit wird, desto tiefer werden die Einsichten in das Wesen des Menschen, die wahren menschl. Werte u. in die eigene Schuld. L.s Leiden führt ihn von herr. Ungeduld u. Wut zu Reue, Demut, Mitleid u. Geduld. Der Kg. der Anfangsszene handelte töricht, der verrückte des Schlusses spricht weise. Der phys. sehende Gloucester war blind für die Wahrheit, der blinde findet den Sinn des Lebens. Sie erreichen menschl. Reife auf dem Weg des Leidens, aber um den Preis des Glücks. Cordelias Tod ist sinnlos, die Werte indessen, welche sie verkörperte, behalten ihre Gültigkeit. Zwar finden die Hauptfiguren den Tod, zugleich aber auch die Widersacher: Goneril ermordet ihre Schwester, weil beide Edmund lieben, u. begeht dann Selbstmord; Edgar, Albany u. Kent übernehmen die Herrschaft, die Ordnung ist wiederhergestellt. Dennoch ist *K.L.* e. der dunkelsten, apokalypt. Trag. Sh.s.· das Leiden L.s u. Gloucesters steht in keinem Verhältnis zu ihrer Schuld oder dem Gewinn an Mitgefühl u. Weisheit. Gute gehen ebenso zugrunde wie die Bösen. Die kraftvolle, breit ausgeführte ›imagery‹ von Kleidung u. Nacktheit betont die zentrale Rolle von Schein u. Sein in diesem Drama. Falschheit verbirgt sich durchgehend unter sprachl. Glätte, Treue u. Ehrlichkeit unter Schweigen, Grobheit u. Narretei. *ks*

R. W. Chambers ›K.L.‹, 1940. R. Colie &F. T. Flahiff, Some Facets of ›K.L.‹ Essays in Prismatic Criticism, 1947. E. Muir, The Politics of ›K.L.‹, 1947. R. B. Heilmann, This Great Stage. Image and Structure in ›K.L.‹, 1948; n. 1963. J. F. Danby, Sh's Doctrine of Nature: A Study of ›K.L.‹, 1949. J. M. Lothian, ›K.L.‹ A Tragic Reading of Life, 1949. The ›K.L.‹ Perplex, hg. H. Bonheim, 1960. R. A. Fraser, Sh's Poetics in Relation to ›K.L.‹, 1962. N. Brooke, Sh. ›K.L.‹, 1963. D. J. Duthie, D. Text d. ›K.L.‹, 1965. R. W. Elton, ›K.L.‹ and the Gods, 1966. M. Mack, ›K.L.‹, in Our Time, 1966. H. Gardner, ›K. L.‹, 1967. P. A. Jorgensen, L's Self-Discovery, 1967. H. Oppel, D. Gerichtsszene i. ›K.L.‹, 1968. ›K.L.‹, hg. F. Kermode, 1969. E. L. Goldberg, An Essay on ›K.L.‹, 1974. 20th-cent. Interpretations of ›K.L.‹, hg. J. Adelman, 1978. H. Oppel, Die Vorgeschichte zu ›K.L.‹ im Lichte mod. Adaptionen, 1978.

King's Men, ursprüngl. Lord Chamberlain's Men; bekannteste u. berühmteste der elisab. Schauspieltruppen; gegr. 1594, ab 1599 im → Globe Theatre; nach dem Tod von Elisabeth I als K.M. unter dem Patronat von James I. Shakespeare schrieb die meisten s. Stücke für diese Truppe, der er zunächst als Schauspieler angehörte. Als er sich von der Bühne zurückzog, traten → Beaumont u. Fletcher an s. Stelle. Nach dem Tod von Sh. u. → Burbage kam es zu Unstimmigkeiten, versch. Mitglieder schieden aus. 1623 veröffentlichte die Truppe die 1. Gesamtausgabe von Sh.s Werk (First Folio), damit zugleich die umfangreichste Slg. zeitgenöss. Bühnenstücke überhaupt. *hd*

T.W. Baldwin, The Organisation and Personnel of the Shakespearean Company, 1927. A. Gurr, The Shakespearean Stage 1574–1642, 1970.

King Orfeo → Breton Lay.

Kinglake, Alexander, William, 5. 8. 1809 Taunton – 2. 1. 1891 London; Eton, Stud. Trinity College, Cambridge; B.A. 1832, M.A. 1836; Zulassung als Rechtsanwalt 1837. Gab s. Praxis 1856 auf, um sich ganz der Lit. u. s. hist. Studien widmen zu können. Die Erfahrungen e. Reise (1835) durch die Balkanländer, Kleinasien u. Ägypten, veröffentlichte er u.d.T. *Eothen, or Traces of Travel Brought Home From the East* (1844): persönl. Eindrücke in der Art von → Sternes *Sentimental Journey.* Die 8 Bde. s. *Invasion of Crimea* (1863–87) vermitteln e. umfassendes Bild des Krimkrieges, mit bemerkenswerten Charakterskizzen; sehr geschliffener Stil. *hd*

Kingsley, Charles, 12. 6. 1819 Holne Vicarage/Devonshire – 23. 1. 1875 Eversley/Hampshire; Historiker u. Schriftsteller. Sohn e. Geistlichen; frühreifes Kind, verfaßte schon in jungen Jahren Ged. u. Predigten. 1836–38 Stud. King's College, London; 1838–42 Magdalen College, Cambridge; 1860–69 Prof. für Gesch. der Moderne, ebda. 1842 kirchl. Weihen; 1869 Canon in Chester, 1873 Westminster. Durch s. Freundschaft mit F. D. Maurice u. unter dem Einfluß der Schr. Carlyles wandte sich K. sozialen Problemen zu; Beiträge (Ps. Parson Lot) zu ›Politics for the People‹ (1848) u. ›The Christian Socialist‹ (1850–51). In s. Romanen *Yeast: A Problem* (1848 ›Fraser's Mag.‹, EA 1850) u. *Alton Locke* (1850) vertritt er e. vom Christentum geprägten Sozialismus, verbunden mit starkem Traditionsbewußtsein, propagierte also keinen polit. Radikalismus. *Westward Ho!* (1855, hg. L. A. G. Strong, 1953) erzählt mit patriot. Grundton von abenteuerl. Kaperfahrten u. Kämpfen gegen die Spanier zur Zeit Elizabeth I. In *Two Years Ago* (1857) beschäftigte sich K. erneut mit Problemen s. Tage. Die Märchengesch. *Water Babies* erschien 1863, *Hereward the Wake* (1865; hg. L. A. G. Strong, 1955) nimmt Berichte über den legendären ›outlaw‹ gleichen Namens (um 1070) als Ausgangspunkt der Erzählung. Eindrücke s. Westindienreise fanden in *At Last* (1871) Niederschlag. 1874 Vortragsreise nach Amerika. K.s Vorstellung war die e. ›muscular Christianity‹, der Versuch, Tatkraft mit dem geistigen Anspruch christl. Religion zu vereinen. Stets bemüht, das Los der Massen zu verbessern, verurteilte er das utilitarist. Denken der Manchester-Schule. Zu s. letzten Werken gehören die *Prose Idylls* von 1873. S. 1864 veröffentlichter Aufsatz über J. A. → Froudes *History of England* führte zu der bekannten Kontroverse mit Newman (→ Oxford Movement) u. dessen Antwort in der *Apologia*. K. war e. der wenigen aktiven Christen s. Epoche, die sich hinter Darwins Theorien stellten. Gründete die Chester Natural History Society. *hd*

Life and Works, XIX 1901–03 (Vols. 1–4 Nachdruck C.K. His Letters and Memoirs of His Life, hg. von s. Frau). American Notes, hg. R. B. Martin, 1958. – L. Cazamian, K. le socialisme chretien, 1904. A. Jacobson, C.K.s Beziehungen zu Dtl., 1917. S. E. Baldwin, C.K., 1934. U. Pope-Hennessy, Canon C.K., 1948. R. B. Martin, The Dust of Combat, 1960. G. Egner, Apologia pro C.K., 1969. D. Colloms, The Lion of Eversley, 1974. S. Chitty, The Beast and the Monk, 1975.

Kinsella, Thomas, 4. 5. 1928 Dublin; Finanzbeamter, Engl.-Prof., Lyriker, dessen Stil u. Idiom typ. sind für die neueren ir. Dichter. K. befindet sich im Einklang mit der Tendenz der engl. Lyrik seit den Dreißigern u. hat zugleich entschieden lokale und persönl. Akzente. S. Spannweite reicht von elegant-zarter über trag.-romant. Lyrik bis zu kompromißloser gedankl. Schärfe. Titel wie *Downstream* (1962), *Wormwood* (1966) u. *Notes from the Land of the Dead* (1971) sind Ausdruck s. gequälten, bitteren, wilden u. nostalg. Schmerzes über die Lage des Individuums, den Zustand Irlands u. der Welt. *ks*

Selected Poems, 1956–68, 1973.

Kipling, Joseph Rudyard, 30. 12. 1865 Bombay – 18. 1. 1936 London; Romanschriftsteller, Dichter, Vf. von Kurzgesch.; Vater Methodist, Prof. für Architektur u. Skulptur in Bombay, später Museumskurator in Lahore; sehr kultiviertes Elternhaus. Lebte bis 1871 in Indien, anschließend Southsea bei Portsmouth, 1878–82 Kadettenschule; 1882 als Journalist wieder in Indien; im Auftrag s. Zeitung mehrere Reisen in die ganze Welt. 1889 nach England zurück; 1892 nach Amerika, Neuseeland u. Australien. Im gleichen Jahr Heirat mit Caroline Starr Balestier. Ließ sich zunächst in Vermont, der Heimat s. Frau, nieder. 1896 erfolgte die endgültige Rückkehr nach England. 1859 schlug K. den ihm zugedachten Poet Laureate aus, ebenso später die Verleihung des Order of Merit. 1907 erhielt er den Nobelpreis für Lit.; 1922 Rektor von St. Andrews; Goldmedaille der → Royal Society of Literature; Ehrendoktor von 10 Universitäten. In s. Werk betont K. die kämpfer. männl. Pose. Das brit. Weltreich war ihm Beweis für die Tüchtigkeit s. Männer. Chauvinist. Töne klingen gegenüber unterworfenen Völkern oder feindl. gesinnten Nationen an. Ähnl. → Hardy sieht K. den Menschen der Willkür des Schicksals hilflos ausgeliefert, so heldenhaft der einzelne sich gegen dieses Ausgeliefertsein auch wehren mag. Die vorwiegend exot. Umwelt s. Figuren gelingt als überzeugende Milieuschilderung, bes. eindringl. in den Short Stories. 1887–1926 versch. Sammelbde., darunter *The Days Work* (1898), e. Reihe von Erzählungen, die K.s Begeisterung über Errungenschaften der Technik verraten. Die Slg. *The Brushwood Boy* (1925) u. spätere Kurzgesch. zeigen starke Sensibilität, geben manchmal geradezu krankhaft intensive Einblicke in menschl. Ausnahmesituationen. E. repräsentativen Querschnitt bietet die von Somerset Maugham besorgte Auswahl *A Choice of K's Prose* (1952). Von K.s Romanen sind hervorzuheben *Stalky and Co.* (1899), e. auf eigene Erfahrung zurückgreifende Darstellung des engl. Schulsystems, u. *Kim* (1901), dessen Handlung in Indien spielt u. als typ. angesehen werden kann. Kimball O'Hara, Sohn e. gefallenen ir. Soldaten der Indian Army, findet im Regiment s. Vaters e. Zuhause u. wird schließl. Agent des brit. Geheimdienstes. Abgesehen von der geschickt propagierten Vaterlandsbegeisterung vermittelt der Roman e. lebendiges Bild des geheimnisvollen Kontinents u. s. Menschen. K.s Jugend- u. Kinderbücher sind Klassiker ihrer Art: die auch von Erwachsenen geschätzten Gesch. um das Menschenkind Mowgli der *Jungle Books* (II 1894 u. 95), die *Just So Stories* (1902), *Puck of Pook's Hill* (1906) u. *Rewards and Fairies* (1910). K. wollte dem östl. Ideal der Kontemplation die kampfbetonte Tat entgegensetzen. Gehorsam, Disziplin, Mut u. Entscheidungswille vereinen sich für ihn mit Pflichterfüllung u. Heldentum; so auch in den Soldatenliedern der *Barrack-Room Ballads* (1892; hg. Ch. Carrington, 1974). K. erblickt im Soldaten den Kämpfer für das Empire, den in der Heimat oft allzu gering geschätzten Garanten des brit. Weltreichs. Überzeugter Imperialist; deshalb später verstärkter Krit. ausgesetzt. Heute vorwiegend als Meister der Kurzgesch., als Novellist u. Erzähler exot.-bunter, ebenso anschaul. wie spannender Gesch. vergangener Tage eingestuft. K.s Autobiogr. *Something of Myself* erschien posthum 1937. Sehr intensive u. umfassende Behandlung s. Werke in der Lit.krit. *hd*

Writings in Prose and Verse, Works, XXXVI 1897–1937. Works, XXXI 1923–38 (Bombay Edition). Works, XXXV 1935–39 (Sussex Ed.). A Choice of K's Verse, hg. T. S. Eliot, 1941. Short Stories, hg. R. Jarrell, 1961; n. II 1971. – J. McG. Stewart, Bibl; 1959. H. E. Gerber and E. Lauterbach, Annotated Bibl. (Engl. Fiction in Transition 3, 1960, 1–235; 8, 1965, 136–241). – W. A. Young, A Dict. of the Characters and Scenes of the Stories and Poems of R.K., 1911. R.A. Durand, A Handbook of the Poetry of R.K., 1914. – C. Falls, R.K., 1915. W.M. Hart, K., the Story-Writer, 1918. H. Berlage, Über d. engl. Soldatenlied i. d. 2. Hälfte d. 19. Jh. mit bes. Berücksicht. d. Soldatenl. R.K.s, 1933. G. MacMunn, R.K. Craftsman, 1938. E. Shanks, R.K. A Study in Lit. and Political Ideas, 1940. F. Mertner, D. Prosawerk R.K.s, 1940. H. Brown, R.K., 1945. C. E. Carrington, Life of R.K., 1955. R. Escarpit, R.K. Servitude et grandeurs impériales, 1955. F. Léaud, La Poétique de R.K., 1958. J. M. S. Tompkins, The Art of R.K., 1959. R. L. Green, K. and the Children, 1965. K. and the Critics, hg. E. L. Gilbert, 1965. R. Sühnel, Kontempl. u. Aktion: Orient u. Okzident i. Werk von R.K., 1972. R.K. (The Critical Heritage), hg. R. L. Green, 1971. W. Ganger, Wandlungsmotive i. R.K.s Prosawerk, 1975. S. Islam, K's ›Law‹: A Study of his Philos. in Life, 1975. K. Amis, R.K. and His World, 1976. A. Wilson, The Strange Ride of R.K., 1977. Lord Birkenhead, R.K., 1978.

Kit-Cat Club. Dieser wegen s. illusteren Mitglieder u. geistreichen Toasts berühmte lit. u. gesellschaftl. Club im London des frühen 18. Jh. war ursprüngl. e. Vereinigung führender Whigs, die der Thronfolge des Hauses Hannover wohlwollend gegenüberstanden; Initiator war der Buchhändler Jacob Tonson. Ziel des Clubs war die Förderung der Lit. u. bildenden Künste. Der Name entstand nach den ›kit-cats‹ gen. Pasteten des Pastetenbäckers Christopher Cat, dessen Haus zunächst als Versammlungsort diente. Zu den Mitgliedern des bereits um 1720 wieder aufgelösten Clubs zählten Marlborough, die Lords Halifax u. Somers, Sir Robert Walpole, Garth, → Steele, → Congreve, → Addison u. der Maler Sir Geoffrey Kneller, dessen Portraits vieler Mitglieder in ›Kit-Cat-size‹ (36 × 38 in.) erhalten sind. *ra*

R. J. Allen, The K.-C. C. and the Theatre, (RES, 7 1931, 56–61). R. J. Allen, The Clubs of Augustan London, 1933.

The Kitchen, Drama von A. → Wesker; UA 13.9.1953, EA 1961. Die Arbeitswelt e. Restaurantküche kennt der Autor aus s. jahrelangen Berufstätigkeit als Küchengehilfe, Konditor u. Koch in Norwich, London u. Paris. Er möchte allerdings mehr bieten als e. Dokumentation der Unannehmlichkeiten der Arbeit im gastronom. Gewerbe; in s. »Introduction« schreibt er: »The world might have been a stage for Shakespeare but to me it is a kitchen.« Im Mikrokosmos der Küche erhalten die Figuren ihre Eigenart nicht aus privaten Idiosynkrasien, sondern aus ihrem sozialen Status, ihren berufl. Funktionen oder nationalen Besonderheiten. Zeitdruck u. Hetze am Arbeitsplatz ersticken alle Regungen menschl. Individualität, erzeugen Gereiztheit u. Aggressivität. Als die Kellnerin Monique ihrem Geliebten Peter eröffnet, sie wolle aus materiellen Gründen bei ihrem Mann bleiben, dreht dieser durch, zerschlägt e. Gasleitung u. legt damit den Betrieb lahm. Am Ende des Dramas steht die unbeantwortete Frage nach e. über Arbeit u. Geldverdienen hinausgehenden Lebensinhalt – e. Appell an das Bemühen des Zuschauers um e. persönl. Antwort. *ks*

Kitchen-Sink Drama; Etikett für die naturalist. frühen Dramen von Autoren des → New English Drama wie → Osborne, → Arden, → Wesker, → Pinter u. → Delaney, die in dem schäbigen Unterklassenmilieu spielen, das im Titel von Ardens → *Live Like Pigs* impliziert ist. Die Präsentation e. solchen Hintergrundes ist mehr e. Reaktion gegen die stereotype ›drawing room‹-Szenerie des → well-made play als Ausdruck e. sozialkrit. Haltung der Autoren. Ledigl. Wesker erwies sich als sozialkrit. Autor, u. selbst s. Dramen entfernen sich von der naturalist. Darstellungsweise, mit der er begann. *ks*

The Knack, Sittenkomödie von A. → Jellicoe.

The Knight of the Burning Pestle (1609), Kom. von F. → Beaumont u. J. → Fletcher, der größte Teil des Stückes jedoch von Beaumont. Angelehnt an Cervantes' *Don Quijote*, dessen 1. Teil 1605 in Spanien, 1607 in Brüssel erschien (engl. Übs. 1612), parodiert es das zeitgenöss. Stück *The Four Prentices of London* von Th. → Heywood. Die Burleske, vermutl. 1609 aufgeführt, greift die Vorliebe der Londoner ›middle class‹ hinsichtl. der span. Tradition der fahrenden Ritter an; gleichzeitig satir. Einblick in das Leben der bürgerl.-städt. Kreise. Auf der Bühne wird das Stück *The London Merchant* aufgeführt. E. Kolonialwarenhändler u. s. Frau, die im Publikum sitzen, befürchten, das Stück könne e. Satire auf den Londoner Bürger werden, u. zwingen ihren Lehrjungen Ralph, auf die Bühne zu gehen u. als ›Grocer errant‹ in das Bühnengeschehen einzugreifen. Auf s. Schild ist das Zeichen der brennenden Mörserkeule (›Burning Pestle‹) abgebildet. Das Stück *The London Merchant* läuft weiter ab, wobei Ralph Quijote-ähnl. Abenteuer zu bestehen hat. Die Kom. gibt die von engl. Dramatikern der Shakespeare-Zeit erworbene Fertigkeit im Schreiben wieder, die zu e. großen Teil im Vermischen der verschiedensten Stilebenen liegt: Gesang, Blankvers, Alltagssprache. Auf Charaktere u. deren Reflexionen wird weniger eingegangen. *ra*

R. Weimann, Drama u. Wirklichkeit i. d. Shakespearezeit. E. Beitr. zur Entwicklungsgesch. d. elisab. Theaters, 1958. I. Leimberg, D. Spiel mit d. dramat. Illusion i. Beaumonts ›The K. of the B.P.‹ (Anglia, 81 1963, 142–74).

Knights, Lionel Charles, 15. 5. 1906 Grantham/Lincolnshire; Kritiker; Stud. Cambridge; 1933 Lecturer der engl. Lit. Univ. Manchester, 1947–52 Professor Univ. Sheffield, 1953–64 Univ. Bristol, 1965–73 Cambridge. 1932–53 Mithg. der Zs. ›Scrutiny‹. S. Buch *Explorations* (1946), in dem er in krit. Essays auf die Lit. des 17. Jh. eingeht, wurde viel diskutiert. In s. berühmten Essay ›How Many Children Had Lady Macbeth?‹ (1933) kritisiert er A. C. Bradleys Absicht, Charaktere als reale Personen neben ihrer eig. Funktion im Drama selbst anzusehen. In *Drama and Society in the Age of Jonson* (1937) weist K. auf e. weitere Ausgangsbasis für die Interpretation hin, näml. die Einbeziehung der wirtschaftl. u. sozialen Verhältnisse. S. krit. Hauptwerke sind: *Explorations: Essays in Literary Criticism,* 1946; *Poetry, Politics and the English Tradition,* 1954; *Shakespeare's Politics,* 1957; *Some Shakespearean Themes,* 1959; *An Approach to Hamlet,* 1960; *Further Explorations,* 1965; *Metaphor and Symbol,* 1961; *Public Voices: Literature and Politics,* 1971. *ra*

S. E. Hyman, The Armed Vision: A Study in the Methods of Modern Lit. Crit., 1948.

Kops, Bernard, 28. 11. 1926 London; Sohn jüd.-holländ. Emigranten, Kindheit u. Jugend im Elendsviertel, Schulabgang mit 13, Gelegenheitsarbeiter: diese Zeit wird faszinierend lebendig in der Autobiograph. *The World Is a Wedding* (1973). Nach dem Erfolg des Dramas *The Hamlet of Stepney Green* (1956) freier Schriftsteller. 1958 Dramaturg des Bristol Old Vic. Die folgenden Dramen führen die Thematik des träumer., rebellierenden jungen Juden fort, der gegen die Pressionen s. Umwelt anrennt. Der Roman *The Passionate Past of Gloria Gaye* (1971) ist e. Studie der Phantasien, Visionen u. Alltagsprobleme e. neurot. Soho-Originals. *On Margate Sands* (1978) präsentiert die bedrückende Leidensgesch. e. Patienten in psychiatr. Anstalten. *ks*

Krapp's Last Tape, Schauspiel von S. → Beckett.

Kyd, Thomas, 6.11.1558 (getauft), London – 1594 ebda; Sohn e. Notars, Erziehung in der Londoner Merchant Taylors' School; Schreiber bei e. Londoner Anwalt. Neben → Marlowe bedeutendster engl. Dramatiker vor Shakespeare. K. schuf aus Elementen der Senecatrag., Motiven der italien. Novelle u. einheim. Traditionen den Typus der elisab. Rachetrag., der vielen Dramatikern s. Zeit als Vorbild diente K.s Ruhm beruht auf dem einzigen erhaltenen Drama, *The Spanish Tragedy* (entstanden ca. 1584–8, 1. belegte Auff. 14. 3. 1592 Rose Theatre, London, EA 1592), e. Blankverstrag. in 4 Akten, die sich auszeichnet durch e. kunstvoll konstruierte sensationelle Handlung, den effektvollen Wechsel von Handlungsfülle u. düster-stimmungsvollem Verweilen, e. Mischung von Greueltaten, Intrige u. romant. Liebe u. das von Episode zu Episode fortschreitende Enthüllen immer neuer Charakterfacetten. Das Stück erschien 1592 – 1633 in 10 Ausg., s. anhaltender Erfolg schlug sich auch in zahlreichen Bearbeitungen (u.a. von → Jonson), Anspielungen u. Zitaten bei Zeitgenossen nieder. Es wurde ins Dt. u. Holländ. übertragen. Im Zentrum des Geschehens steht die Rache des span. Marschalls Hieronimo an den Mördern s. Sohnes. Zu Beginn des Dramas treten der Geist des ermordeten Don Andreo u. Revenge, die allegor. Figur der Rache auf; sie bleiben während der ganzen Handlung auf der Bühne u. kommentieren sie in der Funktion e. Chores am Ende der Akte u. im Epilog. Der Rächer fädelt e. raffinierte Intrige ein, um sichere Beweise für die Schuld zu erhalten, nutzt echten u. gespielten Wahnsinn, vollzieht s. Rache schließl. in spektakulärer Weise am Hofe im Verlauf e. Theateraufführung u. begeht sühnenden Selbstmord. Wahrscheinl. verfaßte K. auch e. verlorenen ›Ur-Hamlet‹, den Shakespeare als Grundlage s. Dramas verwendete. Nachfolgende Rachetrag., wie z.B. Shakespeares *Titus Andronicus* u. → *Hamlet,* übernahmen von K. Elemente wie den zur Rache mahnenden Geist, Intrige u. Täuschung b.d. Ausführung, Zögern des Rächers, Spiel im Spiel, Grausamkeiten, Wahnsinn aus überwältigendem Schmerz, gespielten Wahnsinn u. den macchiavellist. Schurken. *ks*

Works, hg. F. S. Boas, 1901. – S. A. Tannenbaum, Concise Bibl., 1941. R. C. Johnson, K. 1940 – 66, 1968. – K. Markschefel, T.K.s Trag., 1885. G. Sarrazin, T.K. u. s. Kreis, 1892. R. Schoenwerth, D. niederländ. u. dt. Bearbeitungen von T.K.s. ›Spanish Tragedy‹, 1903. A. O. Michael, D. Stil in T.K.s Originaldramen, 1905. P. W. Biesterfeldt, D. dramat. Technik T.K.s, 1936. L. L. Schücking, D. Zusätze zur ›Spanish Tragedy‹, 1938. F. Carrère, Le théâtre de T.K., 1951. W. Clemen, K. (D. Trag. vor Shakespeare, 1955, 91 – 102). W. Empson, ›The Spanish Tragedy‹ (Elizabethan Drama. Modern Essays in Criticism, hg. R. J. Kaufmann, 1961, 60 – 80). P. Edwards, T.K. and Early Elizabethan Tragedy, 1966. A. Freeman, T. K. Facts and Problems, 1967. P. B. Murray, T.K. 1969.

La belle Dame sans Merci, Ged. von J. → Keats.

la Mare, Walter John de, 25. 4. 1873 Charlton/Kent – 22. 6. 1956 London; hugenott. Vorfahren; Dichter, dessen Schaffen, abseits der lit. Moden, vorwiegend auf der Imagination, auf Verzauberung u. Traum beruht. Mit kindhaft beglücktem Staunen betrachtet er Blumen, Bäume, Insekten u. Vögel, aber auch e. rauhe, schuldbeladene Erwachsenenwelt. S. Überzeugung war, daß es jenseits von sichtbaren Erscheinungen noch e. Sphäre gibt, die wahrzunehmen unsere Sinne nicht fein genug sind. »Making the actual magical and the magical actual«, schuf er e. eigene Mythologie von Geschöpfen s. künstler. Imagination ohne lit. oder folklorist. Vorbilder. Zauberhaft melod. Sprache. Tendenz zu Wiederholungen u. Klischees. Unnachahml. Lyrik u. Erzählungen für Kinder, auch Nonsense-Dichtungen in der Tradition von → Lear u. → Carroll. S. bekanntester Roman, *Memoirs of a Midget* (1921) zeugt von subtiler Einfühlungsgabe in die Psyche e. Liliputanerin. *ks*

Some Stories, 1970. Complete Poems, 1970. – L. Clark, A Checklist, 1956. – R. L. Mégroz, W.d.l.M., 1924. F. Reid, W.d.l.M.: A Critical Study, 1929. J. A. Atkins, W.d.l.M., an Exploration, 1947. T. S. Eliot et al., Tribute to W.d.l.M., 1948. H. Ch. Duffin, W.d.l.M., 1949. K. Hopkins, W.d.l.M., 1953. W. R. Brain, Tea with d.l.M., 1957. L. Clark, W.d.l.M., 1960. D. R. McCrosson, W.d.l.M., 1966. L. Bonnerot, L'oeuvre de l.M., une aventure spirituelle, 1969.

Label Names; in Drama u. Roman übl. Technik der Namengebung zur Kennzeichnung typ. Eigenschaften oder Gegebenheiten (›evocative names‹), z. B. Doubting Castle (*Pilgrim's Progress*), Sir Oliver Martext (*As You Like It*), Mr. Sponge (R. S. Surtees, *Mr. S's Sporting Tour*), Dotheboyshall (Dickens, *Nicholas Nickleby*), Lord Bareacres (Thackeray, *Vanity Fair*), Dumdrudge (Carlyle, *Sartor Resartus*). *hd*

Lady Chatterley's Lover, Roman von D. H. → Lawrence; ED 1928 als Privatausg. in Florenz, in England u. den USA wegen Obszönität verboten, 1929 Publikation in Paris, 1932 expurgierte Ausg. in London, ungekürzte engl. Ausg. erst 1960 mögl. Kernthema des Romans ist die in Landschaft wie Charakteren sich ausdrückende Konfrontation von mechanisiert-zivilisierter Leblosigkeit mit dem »living universe«. Den Hintergrund bilden einerseits e. häßl., naturfeindl. u. sterile Industrielandschaft in den Midlands u. andererseits der Wald als Sinnbild e. heilen Welt von mag. Ganzheit. Der an den Rollstuhl gefesselte Lord Chatterley sucht s. Impotenz durch hekt. geistige u. wirtschaftl. Produktivität zu kompensieren. Er verkörpert plakativ die Sterilität u. Kontaktlosigkeit des Menschen in der technisierten Welt. S. freizügig erzogene u. schöne Frau Connie erlebt in der sexuellen Vereinigung mit dem ähnl. wie sie selbst durch e. unglückl. Ehe ›versehrten‹, vitalen u. zivilisationsfeindl. Wildhüter Oliver Mellors Regeneration, Selbsterfüllung u. warme Menschlichkeit. Als sie ein Kind erwartet, bietet sie der Gesellschaft die Stirn u. hält trotz aller Anfechtungen zu dem Geliebten. Die Liebenden betreiben ihre Scheidung u. warten vertrauensvoll auf e. bessere Zukunft. Das Buch verdankte s. Skandalerfolg der freimütigen Schilderung sexueller Akte, die für L. integraler Ausdruck s. Idee harmon. Ausgeglichenheit zwischen Geist u. Körper sind. *ks*

A Propos of ›L.Ch.L.‹, 1930. The Trial of L. Ch. Regina *v.* Penguin Books Ltd., hg. C. H. Rolph, 1961.

The Lady's Not for Burning, Kom. von C. → Fry.

The Lady of Shalott, Ged. von A. → Tennyson.

Lady Windermere's Fan, Gesellschaftskom. von O. → Wilde.

Lake School, Lake Poets, Lakers. Bz. für die 3 zu Beginn des 19. Jh. im Lake District (Cumberland, Westmoreland, Lancashire) lebenden romant. Dichter → Coleridge, → Wordsworth u. → Southey; ursprüngl. spött.-abwertend. Der Begriff geht auf Francis Jeffrey u. die → ›Edinburgh Review‹ (Okt. 1807) zurück. In gleich geringschätziger Weise auch von Lord Byron übernommen. Zu unterscheiden ist zwischen den Ansichten u. Werken Southeys einerseits u. der sich über einige Jahre hinwegziehenden fruchtbaren Zusammenarbeit zwischen Coleridge u. Wordsworth andererseits. So bereiteten z. B. die beiden Dichter 1800 die 2. Ausgabe ihrer → *Lyrical Ballads* vor, zu denen Wordsworth das berühmte ›Prelude‹ schrieb; Coleridge verfaßte die → *Biographia Literaria* (1817), in welcher er sich mit der Lit.theorie von Wordsworth auseinandersetzt, die auf der Kantschen Unterscheidung zwischen ›Vernunft‹ u. ›Verstand‹ basiert u. durch die beiden zentralen Begriffe → imagination and fancy gekennzeichnet ist. Die L.S. war im Grunde keine lit. Schule, sondern e. durch Thematik u. Stimmungswiedergabe bedingter, lockerer Zusammenschluß der 3 Poeten. *ra*

N. Nicholson, The Lakers, 1955.

Lalla Rookh, oriental. Versgesch. von Th. → Moore.

L'Allegro, Ged. von J. → Milton.

Lamb, Charles, 10. 2. 1775 London – 27. 12. 1834 Edmonton; von s. Schwester Mary aufgezogen; 1782–89 Schulzeit Christ's Hospital, Beginn s. Freundschaft mit → Coleridge. L. wollte Geistlicher werden, mußte aber den Plan wegen e. Sprachfehlers aufgeben. Nach kurzer Tätigkeit im South Sea House war er 1792–1825 in der Buchhaltung der East India Comp. tätig. L. bewahrte s. Schwester, nachdem diese in e. Anfall man. Depression die Mutter getötet hatte, vor der Einweisung in e. Irrenanstalt u. widmete sich bis zu s. Tod ihrer Pflege. Gemeinsam verfaßten sie die *Tales from Shakespear* (II 1807), Prosaversionen für das Verständnis im Kindesalter. In ähnl. Weise bearbeitete L. *The Adventures of Ulysses* (1808) u. *Poetry for Children* (1809). Im ›London Magazine‹ erschienen 1820–25 s. bekannten *Essays of Elia.* Im Gegensatz zur Tradition des 18. Jh. betonen sie statt der Ratio mehr die persönl. Stimmung u. Gefühlslage, die subjektive Aussage, ohne dabei iron. Distanz zu verlieren. Die im Plauderton geschriebenen Abh. über Dinge des alltägl. Lebens, über Zeiterscheinungen, über Unscheinbares u. scheinbar Zufälliges, machten L. zum Begründer des humorvoll-geistreichen, gelegentl. paradox angelegten Essays. Als Vorläufer können → Steele, → Addison u. → Goldsmith gelten, wenn dort auch das didakt. Element stärker im Vordergrund steht. L.s krit. Werk umfaßt die *Specimens of English Dramatic Poets Contemporary with Shakespear, with Notes* (1808), wodurch er erneute Aufmerksamkeit auf die im 18. Jh. vernachlässigten Zeitgenossen Sh.s lenkte. Für L. → Hunts ›Reflector‹ u. den ›Examiner‹ schrieb er einige krit. Essays. Während L. als Essayist u. Kritiker e. führende Stellung einnehmen konnte, blieb s. Dichtung mittelmäßig. Frühe dramat. Versuche waren ohne Erfolg. Pflegte e. großen Freundeskreis, zu dem u. a. Wordsworth, Coleridge, Southey u. Hazlitt zählten. *hd*

Works, hg. E. V. Lukas, VII 1903–05; n. W. MacDonald, XII 1903. Works in Prose and Verse, hg. T. Hutchinson, II 1909. Criticism, hg. E. M. W. Tillyard, 1923. Essays, hg. R. Vallance & J. Hampden, 1963. Life. Letters and Writings, hg. P. Fitzgerald, VI 1971. – Letters, hg. E. V. Lucas, III 1935. Letters of Ch. and M.L., hg. E. W. Marrs, Bd. 1–3, 1978 (4–6 i. Vorber.). – Bibl., 1908. – E. V. Lucas, Life of Ch.L., II 1905. F. V. Morley, L. before Elia, 1932. E. Blunden, Ch.L. and His Contemporaries, 1933. E. C. Ross, The Ordeal of Bridget Elia: A Chronicle of the L.s, 1940. W. D. Howe, Ch.L. and His Friends, 1944. K. S. Anthony,

The L.s A Study of Pre-Victorian England, 1948. E. Blunden, Ch.L., 1954. G. L. Barnett, Ch.L. The Evolution of Elia, 1964. H. Weber, Studien z. Form d. Essays b. Ch.L., 1964. J. C. Thomson, Ch.L., 1971 (mit Bibl.). G. Rowell, Comedy and the Engl. Romantic Critics: Hunt, Hazlitt, L. (Engl. u. am. Lit.theorie, hg. R. Ahrens u. E. Wolff, Bd. 2, 1979, 45–56).

Lampton, Joe, Hauptfigur in J. Braines Romanen → *Room at the Top* u. *Life at the Top*; e. der zahmeren Verkörperungen e. → ›angry young man‹.

Landor, Walter Savage, 30. 1. 1775 Ipsley Court/Warwick – 17.9.1864 Florenz; Erziehung in Rugby, 1793 Stud. Trinity College, Oxford, aufgrund s. Extravaganzen u. Streitigkeiten von der Univ. verwiesen; erste Ged. (1795) u. das Versepos *Gebir* (1798). Befreundet mit Southey, geschätzt von Wordsworth u. Coleridge, jedoch keinem lit. Kreis zugehörig. E. unstetes Leben führte L. nach Frankreich u. Italien, schließl. Spanien, wo er mit e. selbst angeworbenen Freikorps am Krieg gegen Napoleon teilnehmen wollte. Aus diesem Abenteuer entstand 1812 die Trag. *Count Julian.* Die *Imaginary Conversations* zwischen bedeutenden lit. u. hist. Persönlichkeiten der Vergangenheit entwickelten sich zu L.s Hauptwerk (V 1824–29); eigenwillige Dialoge, zugleich e. Stück Selbstcharakteristik. Hinter vordergründiger Impulsivität verbargen sich bei L. Gefühle echter Freundschaft u. Zuneigung. Dickens porträtierte ihn in der Gestalt des Boythorn (*Bleak House*). Ähnl. Byron war L. e. typ. Beispiel jener jungen engl. Dichter, die aristokrat. oder entsprechend gesinntem Hause entstammten, jedoch e. radikale Grundhaltung bevorzugten. Als Lyriker weniger gewichtig als durch die klass. Einfachheit s. Prosa. *hd*

Complete Works, hg. T. E. Welby and S. Wheeler, XVI 1927–36. Poetical Works, hg. S. Wheeler, III 1937; n. G. Grigson, 1964. – Letters, hg. A. Ainger, II 1891; n. S. Wheeler, 1899. – T. J. Wise and S. Wheeler, Bibl., 1919; R. H. Super, 1954. – J. Foster, W.S.L., 1869. E. Ehrich, Southey u. L. E. Studie über ihre lit., geist. u. menschl. Beziehungen, 1934. R. H. Super, The Publ. of L's Works, 1954, ²1978. Ders. W.S.L., 1954. P. Vitoux, L'Oeuvre de W.S.L., 1964. R. Pinsky, L's Poetry, 1968. F. Elkin, W.S.L's Studies of Italian Life and Lit., 1978.

Langland, William, 1332(?) – 1400(?); Autor des → *Piers Plowman,* über dessen Biogr. kaum mehr bekannt ist, als sich aus autobiogr. Hinweisen in s. Werk deduzieren läßt: er stammte aus den westl. Midlands, wurde wahrscheinl. im Kloster Malven erzogen u. ging nach London, wo er mit Frau u. Kindern in dürftigsten Verhältnissen lebte. *ks*

Larkin, Philip, 9. 8. 1922 Coventry; Stud. Oxford; Bibliothekar. E. der bekanntesten engl. Lyriker s. Generation. Gehört mit K. → Amis u. J. → Wain zu den Hauptvertretern des → Movement. Aus geradezu olymp. Abstand stellt s. Lyrik (*The North Ship, 1945, n. 1966; XX Poems,* 1951; *Poems,* 1954; *The Less Deceived,* 1955; *The Whitsun Weddings,* 1964; *High Windows,* 1974) mit melanchol., toleranter Ironie u. nostalg. Stoizismus in formvollendeter, präziser Ökonomie immer wieder die Unvollkommenheiten des Lebens dar. Ohne Kohärenzverlust erreicht L. Gefühlstiefe u. zugleich komplexe Intellektualität. Er fordert die Unmittelbarkeit des Ged. u. wendet sich gegen die Verwendung von Tradition, Mythos u. lit. Anspielung im Namen e. Kunstauffassung, die das Ged. vor allem als spontane Äußerung u. Gegenwartsanalyse begreift u. als »an affair of sanity, of seeing things as they are.« S. berühmtestes Ged. ist *Whitsun Weddings*. Die Romane setzen sich ähnl. wie die Ged. mit deprimierenden Frustrationen des Lebens auseinander. *Jill* (1946, n. 1964) ist e. der ersten gesellschaftskrit. Univ.-Romane. *A Girl in Winter* (1947) spielt in der deprimierenden Atmosphäre e. engl. Stadt während des 2. Weltkriegs. *ks*

D. Welz, P.L. (Engl. Lit. d. Gegenwart, hg. H. W. Drescher, 1970, 579–89). D. Timms, P.L., 1973. L. Kuby, An Uncommon Poet for the Common Man. A Study of P.L's Poetry, 1974.

The Last Chronicle of Barset, letzter Roman der ›Barsetshire‹-Serie von A. → Trollope.

The Last Days of Pompeii, hist. Roman von E. G. → Bulwer-Lytton.

Late Call, Roman von A. → Wilson (1964), der mit sensiblem Einfühlungsvermögen die gesellschaftl., seel. u. geistigen Probleme der biederen Sylvia Calvert darstellt. Schon der 1911 spielende Prolog über e. Erlebnis in ihrer Kindheit deutet auf die Entbehrungen u. Zurücksetzungen, die ihr bevorstehen. Mittlerweile über 60, zieht sie nach e. Leben als Frau des nichtsnutzigen, parasitären alten Charmeurs u. unverbesserl. Spielers Arthur, den sie als Leiterin bescheidener Hotels miternähren mußte, zu ihrem kürzl. verwitweten Sohn Harold u. dessen Kindern. Harold ist e. progressiver, liberaler Schuldirektor, der in e. von Englands ›New Towns‹ lebt. Die Künstlichkeit u. Ungeborgenheit dieser Städte dokumentiert W. in hervorragender Weise. Sylvia findet sich in ihrem neuen Lebensbereich nicht zurecht: die techn. Spielereien in Harolds Haus erscheinen ihr wie drohende Ungeheuer, die Probleme ihrer Angehörigen bleiben ihr weitgehend fremd, in der Stadt fühlt sie sich verloren. Sie durchlebt die Erkenntnis, daß sie hier keine ihr angemessene Daseinsform finden kann, u. verläßt nach Arthurs Tod Sohn u. Enkelkinder, um ihren Lebensabend selbst zu gestalten. Das Geschick Sylvia Calverts ist typ. für W.s Protagonisten; die Beschränkung des Romans auf e. klar abgegrenzten Stoffbereich verleiht ihm e. im bisherigen Werk des Autors einmalige Geschlossenheit. Mit der Person des Harold Calvert wirft W. die Frage nach den Spielarten der, wie er es nennt, »intellectual dishonesty« auf. *ks*

H. W. Drescher, A. W. An Interview (NS, 67 1968, 351–56).

Latter-Day Pamphlets → Carlyle, Th.

Laughing Comedy, Begriff von → Goldsmith; im Gegensatz zu ›Sentimental Drama‹. Vgl. s. ›Essay on the Theatre; or, A Comparison between Laughing and Sentimental Comedy‹ (1772) u., in Anwendung auf der Bühne, *She Stoops to Conquer* (1773). Typ. Vertreter → Sheridan, meisterhaftes Ausspielen des Komödienregisters, treffende Dialoge u. Charakterisierung. *hd*

Lawrence, David Herbert, 11. 9. 1885 Eastwood – 2. 3. 1930 Vence b. Nizza; 5. Kind e. Bergarbeiters u. e. Lehrerin, die s. Begabung förderte u. ihm unter Opfern 1906–08 die Ausbildung zum Lehrer ermöglichte. L. erkrankte in der Kindheit an e. schweren Lungenentzündung, an deren Folgen er zeitlebens litt. S. Jugenderlebnisse schildert er in dem autobiogr. Roman → *Sons and Lovers* (1913). 3 Jahre Lehrer; 1911 erschien *The White Peacock,* 1912 beschloß L., freier Schriftsteller zu werden. 1913 begann die Liaison mit der Deutschen Frieda, geb. von Richthofen, Schwester des berühmten Piloten u. damals Gattin von Prof. E. Weekley. Sie verließ ihren Mann, lebte mit L. u. heiratete ihn 1914 nach vollzogener Scheidung. 1912–13 Aufenthalte in Dtl., der Schweiz, Italien, Australien u. New Mexico. 1922 Reise nach Australien, anschließend wieder nach New Mexico, wo e. Freund ihm e. Ranch schenkte. Hier entstand 1926 der in Mexiko spielende Roman *The Plumed Serpent,* hier erhielt L. auch die Anregung zu s. besten Novelle *The Woman Who Rode Away* (1928). Rückkehr nach England. Durch die Zensur des 1928 erschienenen Romans → *Lady Chatterley's Lover* gekränkt, verließ L. England u. verbrachte den Rest s. Lebens in Italien u. New Mexico; starb an Tbc. L.s Briefe zeigen s. Ratlosigkeit u. s. Leiden an Minderwertigkeitsgefühlen. In s. großen Romanen *The Rainbow* (1915), *Women in Love* (1920), *The Fox* (1923), *The Plumed Serpent* u. *Lady Chatterley's Lover* stellt L. immer wieder die Auseinandersetzung der Romangestalten mit metaphys. Problemen, mit ihren erot. u. sexuellen Erfahrungen u. ihr Ringen um Selbstverwirklichung dar. Stark beeinflußt durch Freuds Psychoanalyse u. unter dem Eindruck unglückl. Geschlechtsbeziehungen nicht zueinander passender Partner sowie des Konflikts zwischen Instinkt u. Intellekt, stellte L. e. Art Sexualphilos. auf, bekämpfte die Überbewertung des Geistigen u. der Askese, die Unterdrückung gesunder Sinnlichkeit als Ergebnisse e. sterilen u. lebensfeindl. Zivilisation. Erotik bedeutete für L. etwas Sakrales, e. Mysterium, Urkraft des Lebens, Rückführung zum Natürl. Er forderte natürl. Lebensganzheit als Harmonie der Seele u. der Sinne. Nach *Women in Love* schafft der Liebesakt e. kosm. Gleichgewicht (»star equilibrium«), das – trotz vollkommener Vereinigung der Partner – dank der biolog. Polarität e. klare Trennung der Individuen gewährleistet. L. war überzeugt, daß nur e. neue, aus atavist. Quellen gespeiste Religion, wie er sie in *The Plumed Serpent* darstellt, der Menschheit das ›Mysterium des Lebens‹ zurückgeben könne. Er schrieb den Roman, um der Menschheit e. Weg zur Erneuerung zu zeigen. L. veröffentlichte auch Reisebücher (*Sea and Sardinia,* 1921; *Mornings in Mexico,* 1927), Essays (*Psychoanalysis and the Unconscious,* 1921; *A Propos of Lady Chatterley's Lover,* 1930; *Pornography and Obscenity,* 1930; *Apocalypse,* 1931) u. dem → Imagismus nahestehende Lyrik (*Love Poems and Others,* 1913; *Look! We have Come Through,* 1917; *New Poems,* 1918; *Pansies,* 1929; *Last Poems,* 1933). *ks*

Collected Poems, II 1928. Plays, 1933. Selected Essays, 1950. Complete Short Stories, III 1955. Complete Poems, III 1957.

Complete Poems, II 1964. Complete Plays, II 1965. Selected Literary Criticism, hg. A. Beal, 1967. – Letters, hg. A. Huxley, 1932. Collected Letters, hg. H. T. Moore, II 1962. Letters, Bd. 1, 1901 – 13, hg. J. T. Boulton, 1979 (Cambridge Edition). – F. W. Roberts, Bibl., 1963. – F. R. Leavis, D.H.L., 1930. J. M. Murry, Son of Woman, 1931. J. Brown, I Commit to the Flames, 1934. R. Aldington, Portrait of a Genius, 1950. A. West, D.H.L., 1950. W. Tiverton, L. and Human Existence, 1951. H. T. Moore, The Life and Works of D.H.L., 1951. H. Freeman, L. A Basic Study of His Ideas, 1955. W. R. Leavis, D.H.L., Novelist, 1955. L. E. Nehls, D.H.L., III 1957 – 59. A. Arnold, L. and America, 1958. G. Hough, The Dark Sun. A Study of D.H.L., 1959. E. Vivas, L. the Failure and Triumph of Art, 1960. A. Beal, D.H.L., 1961. A. Arnold, L. and German Literature, 1963. J. Moynahan, The Deed of Life. The Novels and Tales of D.H.L., 1963. E.W. Tedlock, Jr., D.H.L. Artist and Rebel: a Study of L's Fiction, 1963. R. P. Draper, D.H.L., 1964. G. H. Ford, Double Measure: A Study of the Novels and Stories of L., 1965. H. M. Daleski, The Forked Flame. A Study of D.H.L., 1965. K. Sagar, The Art of D.H.L., 1966. H. T. Moore and W. Roberts, D.H.L. and His World, 1966. C. Clarke, River of Dissolution. D.H.L. and English Romanticism, 1969. E. Delaveney, D.H.L. L'homme et la genèse de son oeuvre, 1969. T. Marshall, The Psychic Mariner, 1970. F. Kermode, L., 1973. D.H.L. Novelist, Poet, Prophet, hg. S. Spender, 1973. D.H.L. A Critical Anthology, hg. H. Coombes, 1973. Ph. Callow, Son and Lover. The Young L., 1975. S. Sklar, The Plays of D.H.L., 1975. A. Niven, D.H.L., The Novels, 1978. D.H.L. A Critical Study of the Major Novels and Other Writings, hg. A. H. Gomme, 1978. K. Cushman, D.H.L., at Work, 1978. F. B. Pinion, A D.H.L. Companion, 1978. K. Sagar, D.H.L., 1979. J. Worthen, D.H.L. and the Idea of the Novel, 1979.

Lawrence, Thomas Edward, 15. 8. 1888 Tremadoc (Wales) – 19. 5. 1935 Bovington Camp Hospital, Clands Nill/Dorset; unehel. Sohn e. ir. Baronets; Stud. Orientalistik u. Archäologie Oxford. Erforschte Burgen in England, Frankreich u. dem Orient; Fußwanderung durch Syrien. 1912 – 14 Teilnahme an archäolog. Grabungen für das Brit. Museum in Syrien, Mesopotamien, Sinai u. Ägypten. Während des 1. Weltkriegs für den brit. Geheimdienst in Ägypten. Gewann das Vertrauen des Emirs Faisal u. führte die Araber gegen die Türken, was ihn zu e. legendären Vorkämpfer der arab. Unabhängigkeit u. e. der ersten Strategen des Guerillakrieges machte. Lehnte alle Auszeichnungen mit Ausnahme s. Beförderung zum Oberst ab. Auf der Pariser Friedenskonferenz 1919 trat er erfolglos für die Erfüllung der den Arabern gegebenen Versprechen ein. L.s Rolle im Araberaufstand schildert das große Werk *Seven Pillars of Wisdom;* zugleich gibt es e. eindrucksvolles Gemälde der Länder, der militär. u. polit. Ereignisse sowie der führenden Persönlichkeiten. Das Selbstportrait des glorifizierten u. geheimnisumwitterten ›Lawrence of Arabia‹ ist zwiespältig, undurchsichtig u. bis heute umstritten. Die 1919 entstandene 1. Fassung des Ms. kam auf dem Bahnhof Reading unter geheimnisvollen Umständen abhanden, worauf L. es aus dem Gedächtnis nochmals schrieb. Diese Zweitfassung verbrannte er 1922. E. 3. Version erschien 1922 in 8 Exemplaren u. 1926 als Privatdruck in 100 Exemplaren. Größere Auflagen kamen erst nach dem Tod des Vf. heraus. 1927 publizierte L. die gekürzte Fassung *The Revolt in the Desert.* Von der brit. Außenpolitik enttäuscht, schied er 1922 aus dem Kolonialdienst aus, verschenkte s. gesamtes Vermögen u. trat unter dem Namen J. H. Ross als einfacher Soldat in die Armee ein, ging als T. E. Shaw dann zur Luftwaffe, suchte die Kameradschaft zur Truppe. Diese Erfahrungen als Soldat spiegelt in e. schonungslosen Darstellung s. neurot. Persönlichkeit *The Mint*

(1955). Die schon in *The Seven Pillars* hervortretende, geradezu selbstzerstörer. Einsatzbereitschaft hatte sich zu e. Drang nach Selbstvernichtung gesteigert. L. meldete sich nach Indien, übertrug dort die *Odyssee* in Prosa (1932), um sich neben s. Sold e. Einnahme zu verschaffen. 1931 unbegründet wegen Spionageverdacht nach England zurückgerufen, 1935 ordnungsgemäß vom Militär entlassen, erlitt er kurz darauf e. tödl. Motorradunfall. *ks*

L. Thomas, With L. in Arabia, 1924. R. Graves, L. and the Arabs, 1927. B. H. Lidell Hart, T.E.L. in Arabia and After, 1934. V. Richards, T.E.L., 1939. R. Aldington, Lawrence of Arabia. A Biographical Enquiry, 1954. F. Armitage, The Desert and the Stars. A Portrait of T.E.L., 1956. A. Nutting, Lawrence of Arabia. The Man and the Motive, 1961. R. Payne, Lawrence of Arabia. A Triumph, 1962. Ph. Knightley and C. Simpson, The Secret Lives of L. of Arabia, 1969. J. Meyers, The Wounded Spirit, 1973. P. Brent, T.E.L., 1975. F. Clements, T.E.L. A Reader's Guide, 1973. T. J. Donnell, The Confessions of T.E.L., 1978.

Lay (altir. lôid, laid), Vers, kurzes episches Ged., Lied; im 14. Jh. in Nachahmung des frz. → Breton lay. Ursprüngl. hist.-romantisierende Thematik (Abenteuer), von e. ›Minstrel‹ vorgetragen. Seit dem 16. Jh. Liedcharakter, im frühen 19. Jh. gelegentl. Ballade, z. B. → Scotts *The Lay of the Last Minstrel* oder Macaulays *Lays of Ancient Rome*. In der Art dieser Gattung geschriebenes Ged. *hd*

Layamon, Laȝamon, aus Ernley, dem heutigen Arley Regis/Worcestershire, Vf. des *Brut,* Verschronik von 16120 alliterierenden Langzeilen, in 2 Handschr. (frühes u. Mitte 13. Jh.) überliefert. Das Werk ist e. Darstellung der Gesch. Englands beginnend mit der Ankunft des legendären Brutus, e. Urenkels von Aeneas, der der Insel ihren Namen gibt. Nachfolgend tauchen in den dargestellten Ereignissen die Kge. Cymbeline u. Lear sowie Gorboduc auf. Mit V. 12997 beginnt die Schilderung der angelsächs. Landnahme, u. a. mit e. ausführl. Erklärung der Steine von Stonehenge u. ihrer Bedeutung. V. 18844ff berichten von Kg. Artus, s. Feldzügen nach Irland, Island u. den Orkneys sowie den Friedensjahren unter s. Herrschaft. L. berichtet auch von der Anfertigung des großen runden Tisches, der Streitigkeiten um den Vorrang bei der Tischordnung verhindern sollte. Während der Krönungsfeierlichkeiten in London erreicht A. die Herausforderung der 12 Abgesandten Roms. Er gibt Britannien in die Obhut s. Neffen Modred, der sich kurz darauf in s. Abwesenheit gegen ihn erhebt. Nach e. Sieg über die Römer in Frankreich kehrt A. zurück u. wird in der Schlacht bei Camelford tödl. verwundet. 2 Elfen entführen A. in e. Boot auf die myth. Insel Avalon. Merlins Voraussagung der Unsterblichkeit A.s wird erfüllt. Nach A. beginnt für die Briten die Zeit des Niedergangs u. der Vertreibung nach Wales. Im Ggs. zu → Waces *Roman de Brut,* der L. als Vorlage diente, legt die Chronik stärkere Betonung auf das Heroische u. steht voll in der Tradition des german.-patriot. Heldenepos der ae. Epoche. L. macht aus A. e. wahrhaft engl. Kg. u. Helden. Romanzenhafte Züge zeigen sich dagegen bes. in der Rolle der Elfen bei A.s Geburt u. s. Entführung nach der entscheidenden Schlacht. L. benutzte Waces Werk ledigl. als

Ausgangspunkt u. fügte Material aus breton., normann. u. engl. Quellen hinzu. *Brut* ist die erste so zu nennende ›Matter of England‹-Romanze (→ *King Horn*). Der Dichter, wenn auch als Übs. der frz. Vorlage, schuf damit e. eigenständiges Werk, in Geist u. Tonlage als engl. zu bezeichnen. Bedeutendstes Zeugnis engl. Lit. zwischen *Beowulf* u. Chaucer. *js*

Hg. Sir F. Madden, III 1847, n. 1970. N. Bogholm, The L. Texts: A Linguistical Investigation, 1944. H. Pilch, L.s ›Brut‹. E. lit. Studie, 1960.

le Carré, John (eig. David J. Moore Cornwell), 19. 10. 1931 Poole; Stud. der neueren Sprachen Bern u. Oxford; Lehrer in Eton, Diplomat in Dtl., wo s. Romane *The Spy Who Came in from the Cold* (1963) – e. ›Fortsetzung‹ dieses Romans im Londoner Milieu ist *Tinker Tailor Soldier Spy* (1974) – u. *A Small Town in Germany* (1968) spielen. Nach dem Erfolg s. 1. Bestsellers seit 1964 freier Schriftsteller. Die Anti-Helden s. illusionslos als häßl., schäbig u. brutal dargestellten Welt der Geheimdienste sind zu Werkzeugen zweifelhafter Interessen degradiert. Vorübergehende Abkehr vom Genre des Spionageromans in *The Naive and Sentimental Lover* (1971), e. pikaresken, witzigen Roman über e. träumer. Kinderwagenfabrikanten u. s. Beziehungen zu e. wilden jungen Ehepaar. *The Honourable Schoolboy* (1977) ist e. in Hongkong spielender Spionageroman. *ks*

Le Morte Darthur → Malory, Sir Th.

Lear, Drama von E. → Bond (UA 29. 9. 1971 Royal Court Theatre, London; EA 1972), e. sehr freie Umarbeitung von Shakespeares → *King Lear*. Nach B.s simplifizierender Anthropologie wurden die Aggressionen, die aus der dem Menschen aufgezwungenen unnatürl. Lebensweise erwachsen, in Moral, Recht u. Gesetz institutionalisiert u. richten so Schlimmeres an als jeder Verbrecher. Themat. Zentrum von *L.* ist die Verderbbarkeit des Menschen durch die Macht. Die Denaturierung des Humanen, die für Shakespeare mit dem Abfall von der gesellschaftl. Ordnung einherging, wird bei B. zur Folge dieser Ordnung. Ob L. selbst, s. bösen Töchter oder die als linke Revolutionärin gezeichnete Cordelia herrschen: jeder verteidigt s. Position mit unerhörter Brutalität. Das Stück ist »a long scream of pain and horror«. Menschen werden erschossen, zertreten, von Schweinen zerrissen u. mit exorbitanter Grausamkeit gefoltert; e. Gefängnisarzt saugt L. mit e. Apparatur die Augäpfel ab. Beherrschendes Symbol der seel. Verhärtung u. Abkapselung der Machthaber ist die riesige Mauer, an der sie alle weiterbauen. Indessen haben, vor allem in der Gestalt des Totengräbersohns, auch Güte u. Nächstenliebe e. Platz in diesem Drama. Der blinde Seher L. läutert sich zu reiner Menschlichkeit, predigt s. Botschaft (»we have only one thing to keep us sane: pity«) u. setzt sie mit dem Versuch, die Mauer einzureißen, in e. zeichenhafte Aktion um. *ks*

H. Oppel and S. Christenson, E. Bond's ›L.‹ and Shakespeare's ›King Lear‹, (Akad. d. Wiss. u. d. Lit., 1974). G. Stratmann, E. Bond: ›L.‹ (D. zeitgen. engl. Drama, hg. K.-D. Fehse u. N. Platz, 1975, 274–298). H.

Oppel, E. Bond: ›L.‹ (D. engl. Drama d. Gegenwart, 1976, 222–238). W. Habicht, E. Bond: ›L.‹ (Engl. Lit. d. Gegenwart, 1971–75, hg. R. Lengeler, 1977, 22–31).

Lear, Edward, 12. 5. 1812 London – 30. 1. 1888 San Remo; Zeichner, Maler, Nonsense-Dichter. Begann schon früh, s. Lebensunterhalt mit Zeichnungen zu verdienen, v. a. Tierskizzen u. Landschaftsdarstellungen. Für die Kinder u. Enkel s. Gönners Lord Derby zeichnete er Scherzbilder, denen er heitere V. beigab. Erst auf Drängen von Freunden entschloß sich L., das entsprechende *Book of Nonsense* zu veröffentlichen (1846). *Nonsense Songs, Stories, Botany, and Alphabets* erschien 1876. L.s Kinderverse, ähnl. L. → Carroll, zeichnen sich durch Phantasiereichtum u. e. gutes Gefühl für wirkungsvolle Sprachrhythmik aus. Sie verbinden e. seltsam melanchol. Grundstimmung mit Komik u. Groteske. Unstetes Leben; teils aus gesundheitl. Gründen unternahm L. Reisen nach Indien, in den Vorderen Orient u. nach Italien; mehrere Reisetagebücher. → Limerick. *hd*

Illustrated Excursions in Italy, 1846. Journal of a Landscape Painter in Albania, 1851, Southern Calabria, 1852, Corsica, 1870. Views of Seven Ionian Islands, 1863. Queery Leary Nonsense, hg. Lady Strachey, 1911. The Complete Nonsense, hg. H. Jackson, 1947 (mit Einf.). – Letters, hg. Lady Strachey, 1907 u. 1911. – A. Schöne, Unters. z. engl. Nonsense-Lit., 1951. E. Sewell, The Field of Nonsense, 1952. J. Richardson, E.L., 1965. E.L. Davidson, E.L. Landscape Painter and Nonsense Poet, ³1968. V. Noakes, E.L. The Life of a Wanderer, 1968. J. Lehmann, E.L. and His World, 1977.

Leavis, Frank Raymond, 17. 7. 1895 Cambridge – 14. 4. 1978 ebda. Nach Gesch.- u. Anglistikstud. in Cambridge ohne feste Anstellung lange Zeit an versch. engl. Universitäten tätig. Erst als L. über 40 Jahre alt ist, wird er Assistant Lecturer, dann Lecturer u. schließl. mit 65 Reader. Hatte nie e. Professur inne. Die Diskrepanz zwischen dieser bescheidenen akad. Karriere u. dem Erfolg u. Einfluß s. Werke ist unverständl. Größte Bedeutung für s. inneren u. äußeren Werdegang hatte s. Arbeit für die Vierteljahresschr. ›Scrutiny‹, für die er von 1932–53 zahlreiche Rezensionen neuester Lit. sowie krit. Artikel über bekannte u. bedeutende Autoren schrieb. L. gilt heute als e. der einflußreichsten engl. Kritiker der Gegenwart. In der Tradition der Lit.krit. M. → Arnolds stehend, weist er immer wieder auf das ›business of the critic‹ hin. L.s oft eigenwillige Arbeiten betonen v. a. die moral. Bedeutung der Lit. Bereits in s. 1932 erschienenen *New Bearings in English Poetry* spricht er die Aufgabe des Kritikers an, die zwischen Dichtung u. Gegenwart bestehenden Beziehungen aufzuzeigen, zu fördern u. gegebenenfalls zu korrigieren. Lit., die nicht zu geistiger Auseinandersetzung herausfordert, sondern sich auf Emotionen stützt, wird von ihm als künstler. u. moral. wertlos verworfen. Dieser Übergang vom ästhet. zum moral. Verdikt ist einleuchtend angesichts der hohen Bedeutung, die der Dichtung u. ihrer Kritik für den geistigen u. sittl. Zustand der Gesellschaft zugeschrieben wird. L. betont die Subjektivität des Werturteils, da es nicht aus objektiven Kriterien zwingend abgeleitet werden kann. E. Text wird zweifach aktualisiert: der Kritiker muß einerseits dem potentiellen Sinn der Druckzeichen imaginative Wirklichkeit verleihen, andererseits muß er die Relationen zwischen diesem Sinn u. der Gegenwart sehen. Dies bedeutet, daß er e. Urteil über die Funktion des Textes abgeben muß, was wiederum Aussagen über s. ästhet. Qualität u. über s. Stellung in der lit. Tradition voraussetzt. Dies ist dann e. kreative Leistung des Kritikers. Lit.krit. ist nach L. dazu da, Fehlentwicklungen der Gesellschaft zu korrigieren. Gesundung der Gesellschaft ist durch Bildung mögl. Daher sollen z. B. Dozenten u. Studenten ihre Verantwortung für die Gesellschaft durch diszipliniertes u. imaginatives Denken auf sich nehmen. Dem Stud. der einheim. Lit., der ›School of English‹, kommt innerhalb der Universitätsausbildung bes. Bedeutung zu. Das Kennen der engl. Lit. bedeutet das Bekanntsein mit der für England relevanten Tradition u. mit den höchsten Errungenschaften humaner Zivilisation. Diese Thesen von L. führten zu der bekannten Kontroverse mit C. P. → Snow (*Two Cultures*). *ra*

Hauptwerke sind: Mass Civilization and Minority Culture, 1930; New Bearings in English Poetry, 1932; Education and the University, 1943; The Great Tradition: G. Eliot, H. James, J. Conrad, 1948; Mill on Bentham and Coleridge, 1950; The Common Pursuit, 1952; D. H. Lawrence, 1955; Two Cultures? The Significance of C. P. S., 1962; Retrospect of Scrutiny, 1963; English Literature in Our Time and the University, 1969; Dickens, the Novelist, 1972; The Living Principle, 1975. – D. D. Deville, F.R.L., A Study of his Critical Thought, 1971. J. Fraser, L. and Winters: A Question of Reputation (WHR, 26 1972, 1–16). G. Steiner, F.R.L. (20th Cent. Lit. Crit., hg. J. Lodge, 1972). R. Hayman, L., 1976. R. Boyers, F.R.L. Judgment and the Discipline of Thought, 1978. E. Späth, F.R.L. ›The Business of the Critic‹ (Engl. u. am. Lit.theorie, hg. R. Ahrens u. E. Wolff, Bd. 2, 1979, 460–80). R. P. Bilan, The Literary Criticism of F.R.L., 1979.

Lessing, Doris, geb. Doris May Tayler, 22. 10. 1919 Kermanshah (Persien); Offizierstochter; 1942–49 auf e. Farm in Rhodesien, dann Emigration nach England. Die Jugend in Afrika findet in mehreren Romanen ihren Niederschlag. Von e. späteren Besuchsreise berichtet *Going Home* (1957). Im Zentrum der Romane stehen die Spannungen u. Konflikte, die sich aus der Zugehörigkeit zu rass., polit. linken oder feminist. emanzipierten Minoritätengruppen ergeben. In *The Grass Is Singing* (1950) bewahrt e. unglückl., patholog. Weiße in e. Mischung von unterdrückter Sexualität u. Angstkomplexen nicht die als notwendig erachtete Distanz zu e. schwarzen Diener u. wird von diesem schließl. aus verletztem Stolz ermordet. Der Romanzyklus *Children of Violence (Martha Quest,* 1952; *A Proper Marriage,* 1954; *A Ripple from the Storm,* 1958; *Landlocked,* 1965; *The Four-Gated City,* 1969) schildert die Spannungen, die sich zwischen e. um Selbständigkeit u. um das Recht auf polit., intellektuelle u. emotionale Freiheit von Konventionen kämpfenden Frau u. ihren eigenen altmod. Bedürfnissen sowie den Ansprüchen der Gesellschaft ergeben. Der Romanzyklus endet im Jahr 1998 in düsterem Pessimismus. Die besten ihrer Kurzgeschichtenslgn. sind *This Was the Old Chief's Country* (1951), *Five* (1953), *The Habit of Loving* (1957), *The Story of a Non-Marrying Man* (1972). *The Golden Notebook* (1962) ist e. Roman über e. erfolgreiche Autorin, die nicht mehr schreiben kann, schließlich aber zur Selbstbefreiung von falschen

Zwängen u. Dichotomien gelangt. L.s neuere Werke dokumentieren ihre Entwicklung von marxist. Materialismus zum Sufi-Mystizismus: *Briefing for a Descent into Hell* (1971) beschäftigt sich mit Träumen, Rauschzuständen, atavist. Erinnerungen, übersinnl. Wahrnehmungen u. ist e. pessimist. Kritik der ›normalen‹ Verhaltensweisen. Der Roman *The Memoirs of a Survivor* (1974) mischt die Darstellung e. Zukunft, in der die schlimmsten Befürchtungen bzgl. Energieknappheit, Umweltverschmutzung u. Zusammenbruch jeder Ordnung eingetroffen sind, mit befremdl. myst. Elementen. *ks*

C. Ipp, Bibl., 1967. – D. Brewster, D.L., 1965. B. Scheer-Schäzler, D.L. (Engl. Lit. d. Gegenw., hg. H. W. Drescher, 1970, 86 – 103). M. Thorpe, D.L., 1973, P. Schlueter, The Novels of D.L., 1973. D.L. Critical Studies, hg. A. Pratt and L. S. Dembo, 1974. M. Thorpe. D.L's Africa, 1978.

The Letter of Alexander to Aristotle → Prosaromanze.

Letter to Acircius → Aldhelm.

A Letter to Sir William Wyndham, 1. bedeutende polit. Schrift Viscount → Bolingbrokes zur Verteidigung s. Haltung in der Frage der Thronfolge, entstanden 1717 im Exil, veröffentlicht 1753. Wenn auch die hist. Tatsachen subjektiv dargestellt sind, so ist der *L.* dennoch e. hervorragendes Beispiel polit. Lit. des 18. Jh., bes. mit der iron.-sarkast. Beschreibung der Zustände am Hof des Stuartprätendenten u. als Invektive gegen Robert Harley, Lord Oxford. *hd*

Letters from England by Don Manuel Espriella, zeitkrit. Fiktion von R. → Southey.

Lever, Charles → Surtees, R. S.

Leviathan → Hobbes, Th.

Lewis, Cecil Day (Ps. Nicholas Blake), 27. 4. 1904 Ballintubber (Irland) – 22. 5. 1972 Hadley Wood, Kindheit in Nottinghamshire, erzogen in der Sherbourne School, Stud. Oxford; Lehrer, später Univ.-dozent, u.a. in Oxford u. Harvard; 1968 Poet Laureate. Stark traditionalist. Lyriker unter versch. Stileinflüssen. Erste dichter. Versuche noch konventionell, zeitweise unter Einfluß → Audens u. → Spenders. Die visionäre Dichtung *The Magnetic Mountain* (1933) verherrlicht kommunist.-idealist. Tendenzen mit Bildern aus der mod. Technik, *The Loss of Nabara* (1936 – 39) ist e. Versepos über den Span. Bürgerkrieg. Die wichtigsten Themen in L.s Gesamtwerk sind indessen Landschaft, Kunst u. v.a. menschl. Herzensbeziehungen. Die Naturlyrik besingt in reiner, sehr musikal. Sprache die Schönheiten u. Besonderheiten der engl. Landschaft. S. wohl bedeutendsten Gedichtbde., *Word Over All* (1943) u. *Poems 1943 – 1947* (1948), zeugen von meditativer lyr. Gabe unter dem Einfluß von → Hardy. Außerdem Vergil-Übs.; Vf. von lit.-krit. Studien, Jugendbüchern, 3 gesellschaftskrit. Romanen u. rund 20 (u.d. Ps. Nicholas Blake veröffentlichten) anspruchsvollen Detektivromanen. *ks*

Poems of C.D.L. 1925 – 72, 1977. Never Look Back, 1974 (Autobiogr.). – G. Handley-Taylor and T. d'Arch Smith, Bibl., 1968. G. Dyment, C.D.L., 1955.

Lewis, Clive Staples (Ps. Clive Hamilton), 29. 11. 1898 Belfast – 24. 11. 1963 Oxford. Stud. ebda u. 1925 – 54 Dozent; Prof. für engl. Lit. des MA u. der Renaissance, Cambridge; außergewöhnl. vielseitige schriftsteller. Begabung. E. der führenden Vertreter des mod. Anglikanismus; s. christl.-eth. Grundhaltung (vgl. *The Screwtape Letters,* 1942; *The Problem of Pain,* 1940; *Mere Christianity,* 1952) stellt ihn in Nähe zu → Chesterton u. → Sayers. Mit *The Allegory of Love* (1936) bietet er e. hervorragende Studie über ma. höf. Liebesdichtung. *Out of the Silent Planet* (1938), *Perelandra* (1943) u. *That Hideous Strength* (1945) sind → SF-Romane mit rel. u. allegor. Einschlag. L. schrieb außerdem lit.wiss. u. theolog. Essays u. phantasievolle Kinderbücher. *ks*

Poems, hg. W. Hooper, 1964. Studies in Medieval and Renaissance Lit., hg. W. Hooper, 1966. Selected Literary Essays, hg. W. Hooper, 1969. – Letters, hg. W. H. Lewis, 1966. – C. Walsh, C. L. Apostle to the Sceptics, 1949. R. L. Green, C.S.L., 1963. C. S. Kilby, The Christian World of L., 1964. Light on C.S.L., hg. J. Gibb, 1965. Patterns in Love and Courtesy. Essays in Memory of C.S.L., hg. J. Lawlor, 1966. R. B. Cunningham, C.S.L. Defender of the Faith, 1967. P. Kreeft, C.S.L. A Critical Essay, 1969. W. L. White, The Image of Man in C.S.L., 1969. R. L. Green and W. Hooper, C.S.L., 1974.

Lewis, Matthew Gregory (›Monk‹ Lewis), 9. 7. 1775 London – 14. 5. 1818 auf der Heimreise von Jamaika. Westminster School, Stud. Christ Church, Oxford; Aufenthalt in Dtl., Zusammentreffen mit Goethe. Von Jugend an Faszination des Übernatürl. u. Mag. Mit 20 schrieb L. den Schauerroman *The Monk* (III 1796; hg. A. Anderson, 1973) u. traf damit genau den Lesergeschmack der Zeit, wiewohl das lasterhafte Leben des Mönchs Ambrosio zunächst Anstoß erregte. Die für die Zeitverhältnisse krasse Darstellung von Grauen u. Schrecken, verbunden mit sexuellen Exzessen des Helden, wurde in der 2. Auflage entschärft. Zahlreiche Dramen, Ged. u. Erzählslgn.; Einwirkung auf Scott, der an den *Tales of Wonder* (1801) u. *Romantic Tales* (1808) mitarbeitete. Übs. Schillers *Kabale u. Liebe.* Vermittlerrolle zwischen dt. Sturm u. Drang u. engl. Vorromantik. → Gothic Novel. *hd*

Romantic Tales, IV 1808. M. Baron-Wilson, Life and Correspondence, II 1839. K. S. Guthke, Engl. Vorromantik u. dt. Sturm u. Drang. M.G.L.s Stellung i. d. Gesch. d. dt.-engl. Lit.beziehungen, 1958. L. F. Peck, A Life of M.G.L., 1961.

Lewis, Percy Wyndham, 17. 3. 1884 auf e. Schiff vor Maine (USA) – 7. 3. 1957 London; Sohn brit. Eltern, in Rugby erzogen; Stud. Kunstschule Slade, dann Paris u. München. Teilnahme am 2. Weltkrieg. Bedeutender abstrakter Maler (5 Bilder in der Tate Gallery), Begründer des von Kubismus u. Futurismus beeinflußten ›Vorticism‹. Ab 1951 erblindet. Gab 1914/15 zusammen mit E. Pound die Zs. ›Blast‹, später allein noch mehrere kurzlebige Zs. heraus. In L.s Werken gehen Roman-, Lyrik- u. Essayform ineinander über. Kraftvolle, herausfordernde Sprache, boshafte Satire, unbarmherzige Kritik an überkommenen Vorstellungen u. Einrichtungen. *Tarr* (1918), s. 1. Roman u. Hauptwerk des ›Vorticism‹, spielt in der Pariser Bohème zu Anfang des 20. Jh. u. steht unter dem in ausführl. Streitgesprächen abgehandelten Kernthema der Dialektik von Kunst u. Leben. In der Gegenfigur des Titelhelden, dem gewalttätigen, unbeherrschten Otto Kreisler, sahen zahlreiche Kritiker e. Vorausahnung Hitler-Dtls. Die Tetralogie *The Human Age* (1956) spielt zwischen Himmel u. Hölle, in e. Art Purgatorium, in dem die Grenzen zwischen Gut u. Böse verwischt sind. Sie war wegen ihrer krit.-satir. Haltung gegenüber Mensch u. Demokratie heftig umstritten. *ks*

T. Armstrong, Apes, Japs, and Hitlerism: Study and Bibl. of W.L., 1932. G. Grigson, A Master of our Time. A Study of W.L. 1951. The Art of W.L., hg. Ch. Handley-Read, 1951. H. Kenner, W.L., 1954. E. W. F. Tomlin, W.L., 1955. G. Wagner, W.L. A Portrait of the Artist as the Enemy, 1957. D. G. Bridson, The Filibuster, 1972. R. T. Chapman, W.L. Fictions and Satires, 1973. T. Materer, W.L. the Novelist, 1976.

The Liberal, Zs. hg. L. → Hunt u. Lord → Byron.

Licensing Act; staatl. Zensurbestimmungen im 18. Jh. u. später, 1737 teilweise als Folge polit. Satire u. persönl. Anspielungen in → Fieldings *Pasquin* (1736) u. *The Historical Register for 1736* (1737) erlassen. 1538 – 1694 lag die Zensurhandhabung, d. h. Vergabe von Druckerlaubnis u. Aufführungslizenzen, in der Zuständigkeit des Master of the Revels; 1737 – 1968 Zuständigkeit des Lord Chamberlain. 1843 kam es zu e. Überprüfung der Bestimmungen durch das Parlament, erneut 1903 unter genauer Festlegung der Gründe für die Verweigerung e. Lizenz. Die Abschaffung des Amtes erfolgte 1968. Gültigkeit behielt ledigl. die Definition des Begriffs Obszönität gemäß des Obscene Publications Act von 1959. In diesem Zusammenhang kam es 1960 zu dem bekannten Verfahren ›Regina *v.* Penguin Books Limited‹, als der Verlag erstmals in Großbritannien den vollen Text von D. H. Lawrences → *Lady Chatterley's Lover* zur Veröffentlichung brachte. Es erfolgte Freispruch. *hd*

The Trial of Lady Chatterley, hg. C. H. Rolph, 1961. C. J. Radcliffe, Censors, 1961. A. P. Klausler, Censorship, Obscenity, and Sex, 1967. E. Mertner u. H. Mainusch, Pornotopia: D. Obszöne u. d. Pornographie i. d. lit. Landschaft, 1970.

Life at the Top, Roman von J. → Braine; Forts. zu → *Room at the Top.*

Life Force → Shaw, G. B.; → *Man and Superman;* → *Back to Methuselah.*

The Life of Samuel Johnson, Biogr. von J. → Boswell.

Lillo, George, 4. 2. 1693 London – 3. 9. 1739 ebda. Arbeitete anfängl. im Geschäft s. Vaters, begann erst spät für das Theater zu schreiben. *Silvia, or the Country Burial* entstand 1730 nach dem Vorbild der → *Beggar's Opera.* Mit *The London Merchant: or, the History of George Barnwell* (1731; hg. W. H. McBurney, 1965), schuf er e. Modellstück der → domestic tragedy; der Held liebt die Tochter s. Lehrherrn, wird jedoch von e. herzlosen Dirne verführt u. in schwere Schuld verstrickt. Einfluß über die engl. Lit. hinausgehend (Diderot, Lessing). *The Fatal Curiosity* wurde zum Vorläufer der sog. ›fatality plays‹, 1736 am Haymarket Theatre uraufgeführt (hg. W. H. McBurney, 1967). Diente H. → Mackenzie als Vorlage zu s. Trag. *The Shipwreck* (1784). Die für L.s Dramen bezeichnende sentimentale Grundstimmung nahm e. typ. Haltung des empfindsamen Zeitalters vorweg. L. polemisierte gegen die gehobenen Schichten u. unterstrich die Qualität des Bürgertums. *hd*

Works, hg. Th. Davies, II 1775, ²1810. The London Merchant, Fatal Curiosity, hg. A. W. Ward, 1906 (mit Einf. u. Biogr.). – H. W. Singer, D. bürgerl. Trauerspiel i. Engl., 1891. A. Kunze, L.s Einfl. a. d. engl. u. d. dt. Lit., 1911. F. O. Nolte, Early Middle Class Drama 1696–1774, 1935.

Limerick; volkstüml. anapäst. Fünfzeiler mit Reimschema aabba. Den Endreim der 1. Zeile bildet oft e. Ortsangabe, es wird sodann e. kom., oft groteske Situation skizziert, die in der letzten Zeile in e. witzige Pointe umschlägt. Oft wiederholt die letzte Zeile die 1. in leicht variierter Form. Der L. enthält humorist. oder → Nonsense-Lyrik u. streift alle Lebensbereiche; sehr häufig sind deftige sexuelle Anzüglichkeiten u. absurde Perversionen. Der vielleicht bekannteste L. ist: »There was a young lady of Riga/ Who smiled as she rode on a tiger;/ They returned from a ride/ With the lady inside,/ And the smile on the face of the tiger.« Der Ursprung des L. ist ungeklärt, Beispiele gibt es seit dem MA. Der Name L. wurde Ende des 19. Jh. für die Gedichtform gebräuchl. u. rührt her von der ir. Stadt L. am Shannon (westl. Tipperary), in der die oft aus dem Stegreif verfaßten Strophen, durch den ident. Refrain »Will you come up to Limerick?« verbunden, als endloses Gesellschaftslied gesungen wurden. Die älteste Slg. ist *The History of Sixteen Wonderful Old Women* (1821), gefolgt von *Anecdotes and Adventures of Fifteen Gentlemen* (1822). Der ›Poet Laureate of the L.‹ war E. → Lear; auch → Tennyson, → Swinburne, → Rossetti, → Ruskin, → Gilbert, → Bennett, → Stevenson, → Galsworthy, → Kipling, Morris Bishop, Ogden Nash, Conrad Aiken u. v. a. pflegten die Gattung. Auch heute noch weitgehend oral tradiert u. in zahlr. Slgn. verbreitet.

ks

The L.: 1700 Examples, with Notes, Variants, and Index, hg. G. Legman, 1953. – A. Euwer, The Limeratomy, 1917. W. S. Baring-Gould, The Lure of the L., 1967. C. Bibby, The Art of the L., 1978.

Lincoln, Geoffrey → Mortimer, J.C.

Lincoln's Inn Fields → Patent Theatres.

Lindisfarne Gospels → Homilies.

Lindsay, Maurice, 21. 7. 1918 Glasgow; Kunst-, Musik- u. Lit.-kritiker, Lyriker; 14 Jahre als Musikkritiker bei der mittlerweile nicht mehr erscheinenden Tageszeitung ›The Bulletin‹, Fernsehkorrespondent (BBC Scotland). Führte mit G. Bruce das Radioprogramm ›Scottish Life and Letters‹ ein. 1961 Programme Controller of Border Television, 1967 Direktor des Scottish Civic Trust. L. veröffentlichte neben s. Lyrik e. *Burns Encyclopaedia* (1959), *A Portrait of Glasgow* (1972), *The Lowlands of Scotland* (II, 1953) u. *Burns* (²1971). Von großer Bedeutung für die Verbreitung zeitgenöss. Dichtung Schottlands sind s. 2 Anthologien *Modern Scottish Poetry. An Anthology of the Scottish Renaissance 1920–1945* (1946) u. *1925–1975* (1976). Die 1977 veröffentlichte *History of Scottish Lit.* bietet e. guten Überblick. L. steht der anglo-schott. Richtung innerhalb der → Scottish Renaissance nahe. S. 1. Gedichtbd. *No Crown for Laughter* erschien 1943. Weitere Slgn. folgten, zuletzt *Selected Poems 1942–1972* (1973), *The Run*

From Life (1975) u. *Walking Without An Overcoat* (1977). Ausdrucksstärke bei einfacher Sprachgebung, Gefühl u. Gedanken im Geschehen verkörpert, sprachl. Dichte. *hd*

R. Nye, M.L. (Contemporary Poets, 1975).

Linklater, Eric Robert Russell, 8. 3. 1899 Dounby/Insel Hoy (Orkney) – 7. 11. 1974 Aberdeen; Stud. Medizin, dann Lit.; Kriegsteilnehmer 1914–18 u. 1939–45, im 1. Weltkrieg schwer verwundet. 1925–27 Redakteur, Bombay, 1927–28 Univ. Aberdeen. Mitglied Scottish Nationalist Movement; ließ sich als Kandidat der Scottish National Party aufstellen. Längere Aufenthalte in Persien u. den USA. 1945–48 Rektor Univ. Aberdeen. Sehr produktiver Erzähler u. Lyriker, v. a. bekannt durch s. satir. u. pikaresken Romane, z. B. *Juan in America* (1931), *The Men of Ness* (1932), *The Crusader's Key* (1933), *Ripeness Is All* (1935), *Juan in China* (1937), *The Impregnable Woman* (1938), *Judas* (1939), *Cornerstones* (1941), *The House of Gair* (1953). Die Juan-Romane stehen in der Nachfolge → Byrons; bizarr, geistreich-iron., schott. Witz; schwächer in der Forts. Veröffentlichte 1941 s. Autobiographie *The Man on My Back*, 1953 das autobiogr. Reisebuch *A Year of Space*, 1970 s. »third essay in autobiography« *Fanfare for a Tin Hat*. L.s zunehmender Pazifismus kommt bereits in dem Roman *Private Angelo* (1946), der 1943 in Italien spielt, zum Ausdruck. In *Magnus Merriman* (1934) verarbeitete er Erlebnisse aus der Zeit s. polit. Tätigkeit. Von den Ideen u. Zielsetzungen der → Scottish Renaissance beeinflußt. Bes. die Landschaft u. Menschen der Orkney-Inseln symbolisieren für ihn Reinheit u. Reichtum schott. Vergangenheit; Mythen, Gegensatz zum Schmutz mod. Großstädte. Das Meer bleibt geheimnisvolle Urmutter. Bildhafte Sprache. Ähnl. H. → MacDiarmid (*A Drunk Man Looks at the Thistle*) empfindet L. den Zustand alkohol. Berauschtseins weniger als Folge e. Lasters denn als e. Mittel, den Alltag, gewöhnl. Dinge u. Gegenstände in e. neuen Licht tieferer Bedeutung zu sehen. Insgesamt 23 Romane, Kurzgesch., Kinderbücher, Dialogszenen, Theaterstücke u. mehrere hist. Werke, darunter 1968 *The Survival of Scotland*. L.s Stolz auf das skandinav. Erbe zeigt *The Ultimate Viking* (1955), auch die Ansprache ›The Art of Adventure‹ aus Anlaß s. Rektoratsübernahme. Lit.krit. noch wenig erschlossen. *hd*

H. Wernitz, E.L. u. d. schott. Kulturbewegung (GRM, 28 1940, 297–305). D. Zimmermann, Gehalt u. Form i. d. pikaresken Roman E. L.s, 1952. F. R. Hart, Region, Character, and Identity in Recent Scottish Fiction (VQR, 43 1967, 597–613).

The Literary Club (Dr. Johnson's Circle); auf Anregung des bekannten Malers Sir Joshua Reynolds u. unter Mitwirkung von → Johnson 1764 als ›The Club‹ in London gegründet. Zählte 7 Mitglieder: den Balladensammler Bishop → Percy, den Schauspieler → Garrick, den Historiker → Gibbon, den Wirtschaftswissenschaftler A. → Smith, → Boswell sowie E. → Burke u. → Goldsmith. 14tägig traf der Klub zusammen, um Werke der zeitgenöss. u. klass. Lit. zu diskutieren. Der Klub entwickelte auf lit. Ebene e. gewisse dominante Stellung, die teilweise den Absatz der Bücher beeinflußte. Generell gesehen e. typ. Erscheinung des 18. Jh. wie der → Kit-Cat Club oder der Brothers Club, die jeweils nur kurze Zeit existierten u. auf einzelne herausragende Persönlichkeiten bezogen waren. Man traf sich regelmäßig in bestimmten → Coffee Houses, diskutierte u. gab unter e. Ps. Artikel u. Schr. heraus; → Scriblerus Club, → ›Spectator‹ Club; auch → *Pickwick Papers*. *ra*

R. J. Allen, The Clubs of Augustan London, 1933.

Literaturpreise, Großbritannien. Im Regelfall werden etwa 50 versch. L. jährl. vergeben. Die bekanntesten sind: ›James Tait Black Memorial Prize‹, je e. Preis für biogr. Schrifttum u. für Roman, 1920 von Mrs. Janet Coats Black in Erinnerung an ihren Mann, Teilhaber des Verlags A. and C. Black, eingesetzt, Auswahl durch den Regius Professor of Engl. Lit. der Universität Edinburgh (u. a. an Hugh Walpole, 1920, D. H. Lawrence, 1921, A. Bennett, 1924, E. M. Forster, 1925, J. B. Priestley, 1930, N. M. Gunn, 1938, J. Cary, 1942, L. P. Hartley, 1948, G. Greene, 1949, E. Waugh, 1953, C. P. Snow, 1955, A. Powell, 1958, A. Wilson, 1959, M. Spark, 1966, M. Drabble, 1968, I. Murdoch, 1974, L. Durrell, 1975); ›Book of the Year Awards‹ der ›Yorkshire Post‹ für erzählende Prosa u. Sachbuch, seit 1964 (u. a. an M. Spark, 1965, P. H. Newby, 1968, A. Wilson, 1970, E. O'Brien, 1970, M. Drabble, 1972, K. Amis, 1974); ›Cholmondeley Award for Poets‹, 1965 von der Marchioness of Cholmondeley eingesetzt, vergeben durch die Society of Authors, London; ›Commonwealth Poetry Prize‹, seit 1972, Commonwealth Institute; ›Duff Cooper Memorial Prize‹, 1956 in Erinnerung an D.C., 1st Viscount Norwich (1890–1954), für e. lit. Werk in engl. oder frz. Sprache aus den Veröffentlichungen der vorausgehenden 2 Jahre; ›Rose Mary Crawshay Prize for Engl. Lit.‹ (seit 1916) für e. herausragendes krit. oder hist. Werk mit Bezug zur engl. Lit., vorzugsweise über Byron, Shelley oder Keats; ›Engl. Centre of International P.E.N.‹, seit 1969, Dichtung u. Prosa; ›Evening Standard Drama Awards‹, Preisträger seit 1955 waren u. a. J. Osborne, 1965, P. Shaffer, 1958, A. Wesker, 1959, D. Mercer, 1965, T. Stoppard, 1967, W. Heathcote, 1970 (als ›Most Promissing Brit. Playwright‹), weiterhin H. Pinter, 1960, J. Osborne, 1965, Joe Orton, 1966, D. Storey, 1970, T. Stoppard, 1972, A. Ayckbourn, 1974, S. Gray, 1975 (›Best Play of the Year‹); ›Geoffrey Faber Memorial Prize‹, seit 1964, Verlag Faber & Faber; ›William Foyle Poetry Prize‹, seit 1950; ›Guardian Fiction Prize‹, seit 1965; ›Hawthorndon Prize‹, ältester der bedeutenden brit. L., 1919 eingesetzt, durch die Society of Authors an e. engl. Dichter, nicht älter als 41, für das beste Werk des Jahres im Bereich der ›imaginative lit.‹ (u. a. S. Sassoon, 1929, E. Waugh, 1936, G. Greene, 1941, A. Sillitoe, 1960, T. Hughes, 1961, M. Frayn, 1967); ›Library Assoc. Medals‹ für Lyrik, Roman, Kinderbuch, Sachbuch etc.; ›Somerset Maugham

Award‹, 1946 eingesetzt, bes. als Anreiz für junge Autoren (Lyrik, Roman, Kritik, Biogr., Gesch., Philos., Reisebuch); ›National Book League Award‹, bestehend aus 3 Einzelpreisen, dem sehr begehrten ›Booker Prize for Fiction‹, seit 1969 (u. a. an P. H. Newby, 1969, J. Berger, 1972, I. Murdoch, 1978), dem ›David Higham Prize for Fiction‹ (1975) u. dem ›John Llewelyn Rhys Memorial Prize‹ (1942); ›Sir Roger Newdigate Prize for Engl. Verse‹ der Newdigate Prize Foundation, gegr. 1806 durch Sir R. N., 1750–80 Abgeordneter für die Univ. Oxford, verliehen an Angehörige der Univ. für »A copy of English verse of fifty lines and no more, in recommending of the study of the ancient Greek and Roman remains of architecture, and painting«; ›Queen's Gold Medal for Poetry‹, 1933 von George V eingesetzt; ›Royal Soc. of Lit. Awards‹ (›Benson Medal‹, 1917, ›Heinemann Award‹, 1945, ›Winifred Holtby Memorial Prize‹, 1967); ›Schlegel-Tieck Prize‹, seit 1965 von der Translators Assoc. u. der Brit. Soc. of Authors für die beste veröffentlichte Übs. aus dem Dt.; ›Scottish Arts Council Book Awards‹, seit 1972 an schott. Dichter oder in Schottland lebende Autoren vergeben; ›W. H. Smith & Son Literary Award‹, seit 1957, für Autoren aus Großbritannien u. dem Commonwealth; ›Welsh Arts Council Awards‹, seit 1969 für Werke in engl. oder walis. Sprache an junge Autoren vergeben; ›Whitbread Literary Awards‹, von der Brauerei Whitbread and Company gestiftete u. der Booksellers Assoc. vergebene Preise für Roman, bestes Erstlingswerk, Kinderbuch u. Biogr. *hd*

Little Em'ly (Emily Peggotty) → *David Copperfield.*

The Little Girls, Roman von E. → Bowen.

Little, Thomas → Moore, Th.

Littlewood, Joan Maud, 1914 London, Theaterleiterin u. Regisseurin, die mit Ewan MacColl 1934 das Theatre of Action, 1936 die Theatre Union gründete. Durch den 1945 von ihr gegr. u. geleiteten → Theatre Workshop übte sie besonders seit 1953 e. entscheidenden Einfluß auf das → New English Drama aus. *ks*

Live Like Pigs, Drama von John → Arden (UA 30. 9. 1958 Royal Court Theatre London; EA 1964), das, wie fast alle Werke dieses Autors, die Grundpositionen von ›anarchy‹ u. ›order‹ einander gegenüberstellt, hier verkörpert von der wilden, zigeunerhaften, asozialen Familie Sawney u. ihren Nachbarn, den konventionell ordentl., spießigen Jacksons. In 17 Szenen ohne Akteinteilung, aber mit impliziertem 3teiligem Spannungsbogen, jagen sich schlaglichtartig schnell wechselnde, turbulente Konstellationen u. Themen. Moritatenhafte Songs zu Beginn fast jeder Szene akzentuieren die jeweils zentralen Themen. Die ersten 3 Szenen stellen die Familie Sawney vor, die nächsten ihre Beziehungen zu den sie besuchenden Vaganten, den Nachbarn u. Behörden, es folgt e. Reihe turbulenter erot. Verwicklungen, aus denen die Familie scheinbar als Sieger hervorgeht, 11–13 malen diesen

Sieg aus u. stellen so e. retardierendes Element dar, doch die angestaute Aggressivität der Nachbarn schließt sich unausweichl. über den Sawneys zusammen (14–15) u. schlägt (16–17) in offene Gewalt um, vor der sie sich nur noch durch die Flucht retten können. Den Sawneys hat A. e. brutale, vulgäre, enorm bilderreiche u. ausdrucksstarke Sprache von kraftvoller Vitalität u. fremdartiger Farbigkeit auf den Leib geschneidert, e. Gemisch aus Kolloquialismen, Gaunersprache, Archaismen, Slang u. nordengl. Dialekten von bemerkenswerter Geschlossenheit u. ganz eigenem Leben. Die Sprache der Jacksons ist in ihrer leeren Klischeehaftigkeit fast karikaturist. überzeichnet, floskelhaft, durchschaubar u. langweilig. A. vermeidet es, die Sawneys zu romantisieren: ihr Schmutz, ihre Unverschämtheit u. Vulgarität sind unübersehbar, ihre ehrl. Sexualität u. ihr naiver Egoismus lassen sie aber sympathischer erscheinen als die Jacksons mit ihrer dünnen Respektabilität, die e. verklemmte Lüsternheit überdeckt. Die Sawneys werden zu Opfern von Wohlfahrtsstaat u. Nachbarn, nicht weil sie Konflikte suchen, sondern aufgrund ihrer bloßen Existenz. Sie verlieren den Kampf um die Beibehaltung ihrer Lebensweise, gewinnen aber Interesse u. Sympathien der Zuschauer. Das Stück ist e. Appell zu mehr Toleranz u. Verständnisbereitschaft: »live and let live«. *ks*

The Lives of the Poets, Dichterbiogr. von S. → Johnson; grundlegend für spätere Bearbeitungen.

Livings, Henry, 29. 9. 1929 Prestwick; Stud., RAF, Schauspieler, Koch; Dramatiker, der wie → Pinter e. Ohr für die absurden Formulierungen alltägl. Gespräche hat. Unter der Oberfläche der fast handlungslosen, aber oft wild farcenhaften u. exzentr. Stücke erschließt sich die chaot. Sinnlosigkeit des Lebens – nicht, indem der Autor s. Publikum zu eindeutigen Interpretationen lenkt, sondern indem er ihm direkte, unreflektierte Reaktionen abverlangt. Sowohl in der absurden Farce *Stop It Whoever You Are* (1962) als auch in ernsteren Werken wie *Jim All Alone* (nicht publiziert), das wie → Bonds *The Pope's Wedding* u. → Saunders *Next Time I'll Sing to You* auf Trevelyans *A → Hermit Disclosed* beruht, u. *Kelly's Eye* (1964) plädiert er für die Bereitschaft des einzelnen, Verantwortung für den Mitmenschen zu übernehmen. L.s *Pongo Plays* (1971 u. 1975) für Kinder nutzen die Techniken von Music Hall u. Pantomime für e. lustiges, respektloses Kindertheater. *ks*

Locke, John, 29. 8. 1632 Wrington – 28. 10. 1704 Oates; studierte Naturwiss. u. Med., bevor er sich der Philos. u. der polit. Theorie zuwandte. Aufgrund s. Sympathien für die Whig-Partei mußte er während der Regierungszeit von Charles II u. James II England verlassen; lebte in Frankreich u. den Niederlanden. Im Zuge der Glorious Revolution (1688) kehrte L. nach England zurück, setzte sich lit. für den damit vollzogenen polit. Wechsel ein u. arbeitete u. a. mit I. → Newton an der Reform des engl. Münzwesens. Wichtiger als diese Tätigkeit sind L.s Schr., von denen heute *An Essay concerning Human Understanding* (1690; hg. P. H. Nidditch, 1978) als Hauptwerk angesehen wird. Es handelt sich hierbei um e. breit angelegten Versuch, den Ursprung u. die Probleme der sprachl. Benennung von Grundbegriffen (›ideas‹) sowie deren Aufnahme durch den individuellen Verstand zu zeigen. Nach Platon handelt es sich bei Ideen um ›unveränderliche Wesenheiten‹, die ›unentstanden oder unvergänglich‹ sind. Diesem objektiven Charakter der Ideen setzt L. e. subjektiven, v. a. e. empir. entgegen: Ideen bestehen nicht als solche, sondern unterliegen individueller Einschätzung. Sie sind auch nicht angeboren (wie Descartes behauptete), sondern werden durch individuelle Sinneswahrnehmung (›sensation‹) u. Selbstwahrnehmung (›reflection‹) ausgebildet u. geformt. In s. Traktat *On Education* (1693) tritt er ebenfalls für den Erfahrungsgrundsatz u. für e. liberale Erziehungspraxis ein. Neben der Schr. *The Reasonableness of Christianity, as Delivered in the Scriptures* (1695), in der L. die These vertritt, zur Erlangung des Heils reiche die Unterwerfung des Christen unter das göttl. Gesetz bzw. s. aufrichtiges Bemühen, dieses Gesetz zu erfüllen (e. Unterfangen, das auf Grund der Absolutheit dieses Gesetzes scheitern muß), hat u. a. die Abh. *Treatises on Government* (1689/90) große Bedeutung erlangt. Über die Rechtfertigung der Glorious Revolution hinaus (der 1. Teil enthält e. polem. Attacke gegen die Vertreter der absolutist. Staatstheorie) bietet sie, zugeschnitten für die damals aktuellen Verhältnisse in England, die Konzeption e. Verfassungsstaates. Wichtigstes Kriterium ist die Teilung der Macht in 2 Gewalten, die Legislative (Parlament) u. die ihr unterstellte Exekutive (Kg.). Die Macht der Legislative ist nicht absolut – sie beruht auf e. kündbaren Gesellschaftsvertrag. Obwohl L. gegenüber Th. → Hobbes den Grundsatz der Volkssouveränität vertrat, kann nicht von e. demokrat. Verfassung gesprochen werden, weil das Wahlrecht an Grundbesitz bzw. an e. erhebl. Vermögen gebunden war. Dieser Ansatz hat, bes. in der Erweiterung durch Montesquieu (Institutionalisierung der Judikative als 3. Gewalt), bedeutenden Einfluß auf die Verfassungskonzeption der Vereinigten Staaten gehabt. L. ist der staatsphilosoph. Begründer des hist. gewordenen engl. Parlamentarismus. In s. *Letters on Toleration* (1689, 1690, 1692, e. 4. erschien unvollendet posthum) setzt er sich für rel. Freiheit ein u. begründet die Einheit der Kirche (Anglican Church) im nationalstaatl. Rahmen. S. rel. Theorie sollte allerdings auch auf dem Prinzip der Toleranz alle in England existierenden rel. Gruppen vereinen u. zur staatspolit. Tugendlehre beitragen. Insb. wendet L. sich gegen den Absolutismus, da dieser jede Verpflichtung des Individuums gegenüber Staat u. Gesellsch. ausschließt. Diese u. die philosoph. Schr. führten zu zahlreichen Kontroversen mit Gelehrten u. Vertretern der Kirche. Der Streit um s. philosoph. Hauptwerk hielt bis zu s. Lebensende an. *ra*

Works, hg. Bishop Law, X 1801; n. 1963 (facs.). – Correspondence, hg. E. S. De

Beer, 1978. – M. Cranston, J.L., 1957. G. Buchdahl, The Image of Newton and L. in the Age of Reason, 1961. M. V. C. Jeffreys, L. Prophet of Common Sense, 1967. M. Seliger, The Liberal Politics of L., 1968. J.L. Problems and Perspectives. A Collection of New Essays, hg. J. W. Yolton, 1969. J. Dunn, The Political Thought of J.L. An Historical Account of the Two ›Treatises on Government‹, 1969.

Lockhart, John Gibson, 14. 7. 1794 Cambusnethan (Schottland) – 25. 11. 1854 Abbotsford. 1805–09 Stud. Glasgow, 1809–13 Balliol College, Oxford; Abschluß in klass.Lit. Anfängl. Jurist, wandte sich jedoch später zunehmend lit. Aufgaben zu. Zunächst Kritiker u. Vf. satir. Skizzen auf die Edinburgher Gesellschaft für ›Blackwood's Magazine‹. 1818 Bekanntschaft mit → Scott, 1820 Heirat mit dessen Tochter Sophia. 1825–53 Hg. der ›Quarterly Review‹ (→ ›Edinburgh Review‹). Gewichtige Leistung als Biograph: *Life of Robert Burns* (1828), *Memoirs of the Life of Sir Walter Scott* (1838). *Peter's Letters to His Kinsfolk* (1819; hg. W. Ruddick, 1977) schildert auf anschaul. Weise das Leben im Edinburgh u. Glasgow s. Tage. L.s Romane (*Valerius; a Roman Story,* 1821; *Adam Blair,* 1822; hg. D. Craig, 1963; *Reginald Dalton,* 1823; *The History of Matthew Wald,* 1824) zeichnen sich aus durch geschliffenen Stil u. Eindringlichkeit der Figurengestaltung, leiden aber unter e. düsteren Grundton. Schwermut überschattete auch s. letzten Lebensjahre. 1829 Veröffentlichung s. *History of Napoleon Buonaparte* (III). Übs. von Schlegels Vorlesungen zur Lit.gesch. *hd*

Literary Criticism, hg. M. C. Hildyard, 1931. – Life and Letters, hg. A. Lang, II 1897; n. 1970. – G. Macbeth, J.G.L., 1935. M. Lockhead, J.G.L., 1954. F. R. Hart, L. as Romantic Biographer, 1971.

Locksley Hall, Ged. von A. → Tennyson.

Lodge, David, 28. 1. 1935 London; Lit.kritiker u. -wissenschaftler, Schriftsteller; Stud. London u. Birmingham; 1955 B.A., 1959 M.A., 1969 Ph.D.; 1969 Visiting Associate Professor, Univ. of California (Berkeley); seit 1973 Reader in English, Univ. Birmingham. L.s Romane stehen in der Tradition realist. Erzählkunst, z. B. *The Picture Goers* (1960) mit e. Vielzahl sich kontrastierender Charaktere, *Ginger, Your're Balmy* (1965), mit teils autobiograph. Bezug auf Erlebnisse aus der Militärdienstzeit des Autors, *Out of Shelter* (1970), e. Art Bildungsroman, der wie *Changing Places: A Tale of Two Campuses* (1975) das Aufeinandertreffen engl. u. am. Lebensart u. Denkweise im Rahmen e. fiktiven Handlung thematisiert. Als Kritiker u. Wissenschaftler konzentriert sich L.s Arbeit ebenfalls auf den Roman, bes. auf erzähltechn. Aspekte; etwa *Language of Fiction,* 1966, *Graham Greene,* 1966, *The Novelist at the Crossroads,* 1971. Hg. bedeutender Romane des 19. Jh. (Austen, Eliot, Hardy). L. verbindet s. Kreativität als Romancier mit dem theoret. Anspruch s. wissenschaftl. Tätigkeit. Er steht dem lit. Experiment aufgeschlossen gegenüber, erachtet jedoch e. realist. Darstellungsweise als nach wie vor zeitadäquat u. erstrebenswert. *hd*

Lodge, Thomas, 1558(?) Lincolnshire oder London – Sept. 1625 London. Sohn von Sir Thomas Lodge, dem Bürgermeister von London. 1570–71 Ausbildung an der Londoner Merchant Taylors' School, Stud. Oxford bis 1577, 1578 Jura in London. L.s Leben u. Werke zeugen von e. typ. elisab. Vielseitigkeit. Am bedeutendsten sind s. lyr. Ged. u. Romanzen. Er war der hervorragendste Nachahmer des Stils von Lylys → *Euphues*. 1584 publizierte er die Romanze *The Delectable Historie of Forbonius and Priscilla*. *Scillaes Metamorphosis* (1589, n. 1610 als *Glaucus and Scilla*) ist die 1. romant. Versbearbeitung e. klass. Stoffes u. beeinflußte Shakespeares *Venus and Adonis*. L. war 1588 Mitglied e. Expedition zu den Kanar. Inseln u. 1591–93 nach Südamerika. Im Verlauf der 1. Reise entstand s. bekannteste Romanze, *Rosalynde. Euphues Golden Legacie* (1590), welche die Handlungsvorlage für Shakespeares *As You Like It* bot. Die Liebessonette in *Phillis* (1593) sind großenteils Übs. u. Nachahmungen von frz. u. italien. Ged. *A Fig for Momus* (1595) enthält horazische Satiren u. Episteln. Während der Südamerikareise verfaßte L. in den Winterstürmen der Magellanstraße *A Margarite of America* (1596), e. Romanze um die trag. Liebe von Arsadachas, dem Sohn des Kaisers von Cusco, zu Margarita, der Tochter des Kgs. von Muscovy. Stud. Med. in Avignon, Promotion 1603 in Oxford; Arzt. Starb 1625 an der Pest, die er mutig bekämpft hatte. *ks*

Complete Works, IV, hg. E. Gosse, 1883, n. 1963. – S. A. Tannenbaum, L. A Concise Bibl., 1940. R. C. Johnson, L. 1939–65, 1968. – N. B. Paradise, T.L., 1931. C. J. Sisson, L. and other Elizabethans, 1933, repr. 1966. E. A. Tenney, T.L., 1935, repr. 1969. P. M. Ryan, T.L., Gentleman, 1958. W. D. Rae, T.L., 1967.

Lollards, Bz. nach dem holländ. Wort ›lollen‹, murmeln; im 14. Jh. zunächst Schimpfname für die Anhänger → Wycliffes. Prominenter Lollardenführer im 15. Jh. war Sir John Oldcastle, 1414 zum Ketzer erklärt, im Tower inhaftiert, nach s. Flucht erneut gefangen u. 1417 hingerichtet; → Falstaff. *hd*

London Magazine, 1732–85 u. 1820–29, 1954 Wiederaufnahme der Publikation. Ursprüngl. Konkurrenzunternehmen zu → ›Gentleman's Mag.‹; in polit. Opposition zu → ›Blackwood's Edinburgh Mag.‹; Zs. von hohem lit. Rang, mit Lamb, Hazlitt, Hood u. → De Quincey, dessen 1. Fassung des *Opium-Eater* darin erschien, als Mitarbeiter. *hd*

The London Merchant: or, the History of George Barnwell, Schauspiel von G. → Lillo.

London School of Economics → Fabian Society.

Look Back in Anger, 3aktiges Schauspiel von J. → Osborne (ED 1957), das der Gruppe der → Angry Young Men den Namen gab. Die UA im Royal Court Theatre am 8. 5. 1956 markiert den Beginn des → New English Drama u. vermittelte der → English Stage Company ihren 1. großen Erfolg. Die Tiraden des Protagonisten Jimmy Porter verliehen dem Mißbehagen der jungen Intellektuellen der Nachkriegsgeneration über die Reduktion menschl. Möglichkeiten im Wohlfahrtsstaat eloquenten Ausdruck. Der Universitätsabsolvent Porter ist mit

Alison, der Tochter des mit nostalg. Hochachtung gezeichneten pensionierten Colonel Redfern verheiratet. Er betreibt zusammen mit s. Freund Cliff e. Süßwarenstand. Als s. Frau die ständigen Beleidigungen zuviel werden, verläßt sie ihn, worauf ihre Freundin ihren Platz im Bett u. am Bügelbrett einnimmt. Als Alison nach e. Fehlgeburt gedemütigt zurückkehrt, erreicht das Paar in der Phantasiewelt von Eichhörnchen u. Bär e. unsichere Harmonie. Die Originalität u. enorme Wirkung des Stücks bestanden v. a. in der Abkehr vom gepflegten Mittelklassenmilieu des ›drawing room‹ im → well-made play sowie in der vorher undenkbaren Direktheit u. Virulenz von Porters zornigen Attacken auf s. Umgebung u. die Gesellschaft. *ks*

L.B.A., hg. J. R. Taylor, 1968 (Casebook).

The Loom of Youth, Roman von A. → Waugh.

Loot, Drama von J. → Orton.

Lord Chamberlain → Licensing Act.

Lord Chamberlain's Men → King's Men.

Lord Jim, Roman von J. → Conrad.

Lord of the Flies, Roman von W. → Golding, EA 1954, 1963 von P. Brook verfilmt. Auf der Flucht vor den Schrecken e. 3. Weltkriegs wird e. Gruppe brit. Schüler nach e. Flugzeugabsturz auf e. unbewohnte trop. Insel verschlagen. Sie organisieren ihr Leben zunächst nach rationalen u. demokrat. Prinzipien u. wählen den vernünftigen Ralph zu ihrem Anführer. Allmähl. aber wird ihr Versuch, e. neue Zivilisation aufzubauen, durch die der menschl. Natur inhärente primitive Gewalttätigkeit u. Furcht beeinträchtigt: die Gruppe der Jäger unter dem demagog. Jack wird zunehmend wilder u. aggressiver. Die Angst vor »beasties«, insb. der unheiml., an ihrem Fallschirm auf dem Berggipfel gelandeten u. im Wind gespenst. hin- u. herschaukelnden Leiche e. Piloten weckt irrationale Urängste, die zu dem atavist. Opfer des Aufstellens e. Schweinskopfs durch Jacks Anhänger führen. Dieser von Fliegen umschwirrte Kopf ist konkret der ›Herr der Fliegen‹ – zugleich ist der Titel des Romans e. Übs. des Teufelsnamens Beelzebub. Jack gewinnt mehr u. mehr Anhänger, sie verschanzen sich auf e. Felsen, malen sich an wie Wilde u. verursachen in atavist. Blutrünstigkeit den Tod mehrerer Anhänger von Ralph. Dieser wird schließl. zu e. erbarmungslos gejagten Ausgestoßenen, der, während die Insel in Flammen aufgeht, als die ›Jäger‹ ihn auszuräuchern versuchen, nur durch e. mit e. in der Bucht ankernden Kriegsschiff eingetroffenen Navy-Offizier vor dem Lynchtod gerettet wird. Das Schiff wird die Geretteten nicht in e. heile Welt, sondern in e. »civilization... in ruins« zurückbringen. Die Handlung ist e. kulturpessimist. Umkehrung des von dem Offizier erwähnten Romans von Ballantyne, *Coral Island* (1857), in dem die Knaben sich als würdige Sendboten des Imperialismus erweisen. *ks*

W.G's ›L.o.F.‹ A Source Book, hg. W. Nelson, 1963. W.G's ›L.o.F.‹, hg. J. R. Baker and A. P. Ziegler, 1964. G. Handley, W.G., ›L.o.F.‹, 1965. J. S. Whitley, G. ›L.o.F.‹, 1970.

The Lord of the Rings, Roman von J. R. R. → Tolkien.

The Lotus-Eaters, Ged. von A. → Tennyson.

The Lounger, *The* → *Mirror;* moral. Wochenschrift.

Love Child, Roman von M. → Duffy.

Love's Labour's Lost → happy comedies, Shakespeare.

The Loved One, satir. Roman von E. → Waugh.

Lover, Samuel → Surtees, R. S.

Lowry, Clarence Malcolm, 28. 7. 1909 Merseyside – 27. 6. 1957 London; Stud. Philos. Cambridge; längere Aufenthalte in China, Frankreich, USA, Rußland u. Mexiko. Heiratete 1940 die Schriftstellerin Margerie Bonner, mit der er bis 1954 in Kanada lebte. L.s Alkoholismus prägte s. Leben u. fand Ausdruck in s. Werk. Das 1934–44 geschriebene Hauptwerk, der sehr erfolgreiche Roman *Under the Volcano* (1947), stellt symbol. die Verzweiflung u. existentielle Verlorenheit des Menschen in e. Welt der unüberwindl. Einsamkeit dar, die sich nur noch im selbstzerstörer. Rausch ertragen läßt. Das 1. Kap. gibt als Einführung u. Kommentar die Gedanken u. Erinnerungen e. Jugendfreundes der Hauptfigur, die übrigen 11 Kapitel handeln vom letzten Tag im Leben des Geoffrey Firmin, e. ehemaligen brit. Konsuls in e. kleinen mexikan. Stadt, die – Symbol der inneren Hölle der Hauptfigur – in e. von 2 mächtigen Vulkanen beherrschten Urweltlandschaft liegt. Assoziativ gereihte Bilder u. lit. Anspielungen beschwören Vorstellungen von Tod u. Jüngstem Gericht. Der Roman ist in Struktur u. Stil mit → Joyces Werken vergleichbar, erweist sich aber als durchaus eigenständiges Kunstwerk von hervorragendem Rang. L. schrieb ferner Kurzgesch. u. einige Ged. (*Psalms and Songs,* hg. M. Lowry, 1975). *ks*

Les Lettres Nouvelles 5 (Sonderheft M.L.), 1960. Canadian Literature 8 (Sonderheft M.L.), 1961. P. Epstein, The Private Labyrinth of M.L., 1969. D. B. Dodson, M.L., 1970. R. H. Costa, M.L., 1972. D. Day, M.L.: A Biography, 1973. M. C. Bradbook, M.L.: His Art and Early Life – a Study in Transformation, 1974. K. Dorosz, M.L's Infernal Paradise, 1976. D. Miller, L. and the Voyage that Never Ends, 1977. W. H. New, M.L. A Reference Guide, 1978.

Lucky Jim, humorist., pikaresker Roman aus dem Universitätsmilieu von K. → Amis, EA 1954, e. der Hauptwerke der → Angry Young Men. Die Hauptfigur Jim Dixon ist e. typ. Amis-Held: kein introvertierter Ästhet oder Dulder, sondern e. etwas vergammelter Durchschnittsmensch, dessen Protest gegen die leeren Konventionen der Gesellsch. nichts Heroisches hat, sondern von der Weigerung, sich beeindrucken zu lassen, u. von ehrl. Opportunismus getragen ist. Dixon ist Dozent für ma. Gesch., nicht aus Ehrgeiz, sondern weil dieses Fach die geringsten Anforderungen stellte. S. Vorgesetzter, Prof. Welch, repräsentiert die bornierte, überhebl. Selbsteinschätzung e. Schicht, die sich als Kulturträger versteht, in e. im Umbruch befindl. Gesellsch. aber zunehmend lächerl. wird, weil sich ihr Getue von den leeren Wertvorstellungen der Vergangenheit nicht freimachen kann. Jims Verweigerung drückt sich in Spott, Ironie u. Grimassen aus; e. Vortrag über ›Merry Old England‹, den er, des Professors Vortragsstil parodierend, in angetrunkenem Zustand hält, macht ihn akadem. unmögl. Wie bei anderen Angry Young Men ist die Sozialkritik bei Amis nicht grundsätzl. Natur. Vielmehr führt gerade die wohlwollende Freundlichkeit des Establishments Jims Abenteuer zu e. glückl. Ende: wie e. deus ex machina macht ihn der reiche Kunstmäzen Gore-Urquhart zu s. Sekretär u. dessen Nichte Christine schenkt ihm ihre Liebe. S. außergewöhnl. Erfolg verdankt der Roman der humorigen, köstl. saloppen Darstellung von Jims tölpelhaften Mißgeschicken u. der milden Satire auf den reaktionären Kulturbetrieb. *ks*

John D. Huwell, Clan and Conscience in John Braine and K.A. (Crit, 2 1958, 39–53). W. Van O'Connor, K.A. (The New University Wits and the End of Modernism, 1963, 75–102, 160–62).

Lucie-Smith, Edward, 27. 2. 1933 Kingston (Jamaika); Stud. Merton College, Oxford; B. A. 1954; Education Officer 1954–56. 1962 Rhys Memorial Prize u. Arts Council Triennial Poetry Prize; Mitbegründer der → Group. Begann als Lyriker in der Zeit des → Movement; zunächst traditionell, dann, unter dem Einfluß der Group-Diskussionen, Experimentieren mit Formen u. umgangssprachl. Elementen (*Towards Silence,* 1968). L.-S.s Dichtung gewinnt, wenn sie als Ganzes erfaßt wird, obwohl auch die Einzelged. in sich geschlossene künstler. Einheiten darstellen. Ausweitung der Gattung auf ›poster-poems‹ (1971) u. Ged. zu musikal. Vorlagen. S. bisheriges dichter. Werk liegt seit 1954 in mehr als 20 separaten Veröffentlichungen vor. Vf. kunstkrit. Werke; Hg. zahlreicher Anthologien; Übs. von Paul Claudel (1967, 1970). »My activities, though various, seem to revolve about poetry and the modern arts in general.« *hd*

Ludus Coventriae → Mystery Play.

Luke, Peter, 12. 8. 1919 St. Albans; Eton, Kunststud. London u. Paris; Journalist, Mitarbeiter der BBC. Das erfolgreiche Schauspiel *Hadrian VII* (1968) nach dem Roman des wenig bekannten Autors F. Rolfe kontrastiert dessen armselige Lebensweise mit den Wunschträumen s. Werkes. *ks*

Lullaby → Carol.

Lyly, John, ca. 1554–1606; Sproß e. Gelehrtenfamilie, der schon als Student in Oxford u. Cambridge die Protektion des Adels genoß. Er erlangte große Berühmtheit durch den Roman → *Euphues: The Anatomy of Wit* (1578) u. dessen Forts. *Euphues and his England* (1580). Von bes. Signifikanz war der neue Stil dieser Werke, der → Euphuism, der auf kurze Zeit zur allg. Mode wurde, ab ca. 1590 aber zunehmend als übertrieben u. lächerl. galt. L.s Werke sind Produkt u. Ausdruck e. Adelswelt, deren Identität sich weniger in militär., polit. oder ökonom. Aktivitäten manifestiert als in elaborierter Kleidung u. geschraubter Redeweise. Ab 1581 schrieb L. 8 Schauspiele, darunter *Alexander and Campaspe* (1584) u. *Endimion* (1591), die (mit 2 Ausnahmen) von den Knaben der Chorschulen von St. Paul's bzw.

der Royal Chapel bei Hofe aufgeführt wurden. Schöpfer der elisab. Liebeskom. (→court comedy). Das Verhalten s. Charaktere ist von höf. Zeremoniell bestimmt: die Damen zeigen spröde Zurückhaltung, die Herren schmachten wortreich u. schreiben Sonette. Dieses Zeremoniell verband L. mit versch. Elementen der klass. u. engl. Kom.tradition: Bühne, Konventionen, Stoffe u. Figuren sind weitgehend der lat. Kom. entlehnt. Es treten u. a. hist. Gestalten wie Alexander der Große, Diogenes u. Sappho auf, Gottheiten wie Diana, Cynthia u. Ceres. Zugleich aber verwendet L. Gestalten aus der einheim. Schwanktradition wie Ralph, Robin u. Dick, wobei er allerdings die Derbheit u. Ungeschliffenheit, die sich zuvor mit diesen verbanden, durch e. verfeinerte, rhetor. u. witzige Sprache ablöste. Daß Shakespeare von L. nachhaltig beeinflußt wurde, sich allerdings mehr u. mehr distanzierte, beweisen neben ca. 50 Entlehnungen die kontrapunkt. Personenkonstellationen, witzigen Wortgefechte, iron. Spöttereien über das höf. Liebesritual u. die mytholog. Gestalten in Shakespeares Kom. L.s Ruf als manierierter, künstl. überspannter Höfling machte ihn in der Gestalt des Fastidius Brisk zur Zielscheibe der Satire in → Jonsons *Every Man out of His Humour* (1599). *ks*

Complete Works, hg. R. W. Bond, III 1902. – S. A. Tannenbaum, L. Concise Bibl., 1940. R. C. Johnson, L. 1935–65, 1968. – J. D. Wilson, J.L., 1905. A. Feuillerat, J.L., 1910. V. M. Jeffery, J.L. and the Italian Renaissance, 1929. G. K. Hunter, J.L.: The Humanist as Courtier, 1962. P. Saccio, The Court Comedies of L. A Study in Allegorical Dramaturgy, 1969. J. W. Houppert, J.L., 1975.

Lyndsay (Lindsay), Sir David, 1490(?) Cupar/Fife oder Garmylton b. Haddington (Schottland) – (vor) 18. 4. 1555 Edinburgh; Dichter u. Satiriker. Erziehung in St. Andrews; später am Hofe von James IV u. nach dessen Tod Berater des Infanten, James V; 1529 geadelt, Lyon King at Arms; 1531 u. 1536 in offizieller Mission zu Kaiser Karl V.; nach Dänemark, Frankreich u. England. L.s Sympathie gehörte stets dem einfachen Volk; er tadelte Geistlichkeit u. Adel mit scharfer Satire. S. Werk weist ihn als begabten Dichter mit Sinn für Humor u. festen Grundsätzen aus: u. a. *The Dreme,* 1528, *The Complaynt to the King,* 1529, *A Dialogue betwixt Experience and a Courtier,* 1552, *The History of Squyre Meldrum,* 1594 (hg. J. Kinsley, 1959). Als L.s bedeutendste Leistung gilt das unter der Zielsetzung s. rel. Reformbestrebungen geschriebene, anläßl. des Edinburgher International Festival 1948 erneut aufgeführte → Morality Play *Ane Pleasant Satyre of the Thrie Estaitis,* 1540 (hg. J. Kinsley, 1954); Quelle für Ardens → *Armstrong's Last Goodnight.* *hd*

Works, hg. J. Small and J. A. H. Murray, IV 1863–71; n. 1969. – D. Hamer, Bibl., 1929. – W. Murison, Sir D.L. 1938. J. S. Kantrowitz, Dramatic Allegory. L's ›Ane Satyre of the Thrie Estaitis‹, 1975.

Lyrical Ballads, Gedichtslg. von W. → Wordsworth u. S. T. → Coleridge, EA (anon.) 1798. C.s Beitr. bestand aus ledigl. 3 Ged., alle anderen stammten aus der Feder von W. 1800 erschien die 2. erweiterte Ausg. mit nunmehr 5 Ged. von C. (›The → Ancient Mariner‹, ›The Foster Mother's

Tale‹, ›The Nightingale‹, ›The Dungeon‹ u. ›Love‹), W. hatte u. a. ›Goody Blake and Harry Gill‹, ›Simon Lee the Old Huntsman‹ u. das meditative Ged. ›Lines composed a few miles above Tintern Abbey‹ verfaßt, v. a. aber das berühmte ›Preface‹, in welchem er s. Theorie über die Poesie darlegte u. damit zu zahlreichen Kritiken anregte. 1802 erschien die 3. u. 1815 die endgültige Ausg. der *L.B.* Nach W. haben Ged. die Aufgabe, das Alltägl., dem der Glanz des Neuen verliehen werden soll, darzustellen. Das Vorwort zeigt, daß er gänzl. in der Vorstellung gefangen ist, die 1. Dichtung der Menschen sei überströmendes Gefühl gewesen, z. B. in Form von Furcht, Bewunderung, Liebe oder Verehrung e. höheren Wesens. Im Laufe der Zeit habe sich dann die Dichtung immer mehr verfeinert, war aber gleichzeitig e. Verfall in Form von Verlust an poet. Substanz ausgesetzt. Diese Kluft versucht W. zu überbrükken, indem er auf die Sprache einfacher Menschen zurückgreift, da er deren Gefühl für geeignet hält, um die poet. Substanz (»the essential passions of the heart«) zurückzugewinnen. Er postuliert die Bearbeitung der ungekünstelten Sprache u. interpretiert das spontane Gefühl (»the spontaneous overflow of powerful feelings«) als Frucht e. langen Erfahrungs- u. Bildungsprozesses. Die Genielehre lehnt er wie die ›poetic diction‹, in Übereinstimmung mit den dt. Kritikern der Romantik, ab, da sich der Dichter von anderen Menschen zwar graduell, aber nicht prinzipiell unterscheide. Geschmack ist nicht angeboren, sondern muß durch Bildung erworben werden. Freude (›pleasure‹) als Ziel des Kunstwerkes meint jene Bewegkraft, welche die Voraussetzung aller Erkenntnis ist. Die vielleicht bedeutendste Aussage des Vorwortes ist W.s Bemühen, die Eigengesetzlichkeit der Kunst gegenüber der Wiss. wieder deutl. herauszustellen. Während C. zunächst mit den Darlegungen des *Preface* einverstanden war, fing er anläßl. der 3. Ausg. an, die Aussagen s. Freundes in Zweifel zu ziehen, was er dann in s. → *Biographia Literaria* (Kap. 17–20) zum Ausdruck brachte. *ra*

Hg. W. J. B. Owen, 1967. – J. Scoggins, The Preface to ›L.B.‹ A Revelation in Dispute (Studies in Criticism and Aesthetics 1660–1800, hg. H. Anderson u. J. S. Shea, 1967). ›L.B.‹ hg. R. Jones and W. Tydeman, 1972 (Casebook). L. Hönnighausen, Grundprobleme d. engl. Lit.theorie d. 19. Jh., 1977. H. Mainusch, D. Lit.theorie W. Wordsworths (Engl. u. am. Lit.theorie, hg. R. Ahrens u. E. Wolff, Bd. 1., 1978, 394–426).

Lyttelton, George, 1st Baron L., 17. 1. 1709 Hagley – 22. 8. 1773 ebda; Eton, Stud. Christ Church, Oxford; pol. Gegenspiel. Walpoles, 1756 Chancellor of the Exchequer. Zeit s. Lebens war L. e. großzügiger Mäzen, befreundet mit Pope u. Fielding; e. Gentleman des 18. Jh. J. Thomson widmete ihm s. Dichtung *The → Seasons*. L. veröffentlichte u. a. die *Dialogues of the Dead* (1760), deren letzte von Mrs. → Montagu geschrieben wurden. *hd*

Collection of Poems, by Several Hands, hg. R. Dodsley, III 1748 (Bd. 2). – S. C. Roberts, An 18th Cent. Gentleman, 1930. A. V. Rao, A Minor Augustan, 1934. R. M. Davis, The Good Lord L., 1939.

Lytton, 1st Baron, → Bulwer-Lytton, E. G.

Macaronic Verse (italien. maccaroni), burleskes Ged., in dem zwei oder mehr Sprachen vermischt werden, insb. mit lat. oder griech. Ausdrücken; gelegentl. auch Anfügen lat. Endungen. Wahrscheinl. zurückgehend auf Teofilo Folengo (1491 – 1544, Mönch im Orden der Benediktiner), *Liber Macaronicus*. *hd*

J. A. Morgan, Macaronic Poetry, 1872.

Macaulay, Thomas Babington, 1st Baron Macaulay, 25. 10. 1800 Rothley Temple/Leicestershire – 28. 12. 1859 London. 1818 Stud. Trinity College, Cambridge, 1824 Fellow; 1826 Zulassung als Anwalt. Widmete sich zunehmend der Lit. E. Beitrag in der→ ›Edinburgh Review‹ über Milton machte ihn bekannt. Fortan e. der wichtigsten Autoren der Zs., in der er sich für Offenheit u. liberale Politik einsetzte. Parlamentsabgeordneter, 1834 Berufung in den Supreme Council of India, 1839 – 47 u. 1852 – 56 wieder im Parlament. Artikel über Bunyan, Goldsmith u. Johnson für die *Encyclopaedia Britannica*. M.s lit. Ruf gründet sich neben den Essays vor allem auf s. *History of England from the Accession of James II,* IV 1848 – 55, die s. große Belesenheit u. Fähigkeit zur anschaul. Beschreibung unter Beweis stellt. *hd*

Works, hg. Lady Trevelyan, VIII 1866, IX 1905 – 07. Critical and Historical Essays, hg. F. C. Montague, III 1903. History of Engl., hg. Ch. Firth, VI 1913 – 15. Essays, hg. H. Trevor-Roper, 1965. Prose and Poetry, hg. G. M. Young, 1968. – Letters, hg. Th. Pinney, II 1974. – G. O. Trevelyan, Life and Letters, II 1932. R. C. Beatty, M., Victorian Liberal, 1938. Ch. Fith, Commentary on M's ›History of Engl.‹, 1938, n. G. Davies, 1964. J. R. Griffin, Lord M., 1964. J. Millgate, M., 1973.

Macbeth, die als letzte entstandene (1605/06) von Shakespeares 4 großen Trag. u. e. s. am häufigsten gespielten Werke. Sh. hat die legendären Handlungselemente aus → Holinsheds *Chronicles* intensiviert u. gestrafft. Zentrales Thema sind die zwanghaften destruktiven Auswirkungen e. schweren Verbrechens auf das Seelenleben der Täter u. auf die sie umgebende Welt. Der loyale, tapfere Feldherr Macbeth erliegt der Versuchung durch die Weissagungen der Hexen, deren iron. Zweideutigkeit sich später herausstellen wird. S. ehrgeizige Frau stachelt ihn an zum Mord an dem als argloser Gast bei ihnen weilenden ehrwürdigen Kg. Duncan. Während s. kurzen, freudlosen Herrscherzeit führen M.s Angst um die Gefährdung s. usurpierten Amtes, s. moral. Agonie u. s. zerrütteter Seelenzustand zum Mord an Banquo u. weiteren, immer schrecklicheren Freveln, bis schließl. Lady M., durch ihre Gewissensqualen in qualvollen Schlafwandel u. geist. Umnachtung getrieben, Selbstmord begeht u. M. ebenso von der Erkenntnis der Sinnlosigkeit s. Lebens wie der gerechten militär. Vergeltung eingeholt u. von Macduff getötet wird. Die Düsternis von M.s verbrecher. Tyrannei tritt um so prägnanter hervor, als Duncans Königtum, die Darstellung des engl. Königshofs von Edward the Confessor, der den von M. Verfolgten Zuflucht gewährt, u. Malcolms Thronbesteigung am Ende des Dramas e. glänzende Folie vorbildl. Herrschertums darstellen. Bei aller Grausamkeit M.s ist er indessen nicht nur e. schwarzer Bösewicht, sondern auch e. trag. Held, der in s. zahlreichen Monologen den Konflikt zwischen der Faszination des Bösen u. moral. Skrupeln enthüllt u. das Mit-Leiden des Zuschauers weckt. Die Sprache u. die Atmosphäre des Dramas sind durchwebt von Blut, Grauen u. Dunkelheit, von paradoxen Umkehrungen des Natürl. im Bereich der Menschen wie des gesamten Kosmos: »Fair is foul, and foul is fair«. *ks*

E. Kröger, D. Sage von ›M.‹ bis zu Sh., 1904. C. Clark, A Study of ›M.‹, 1926. W. C. Curry, The Demonic Metaphysics of ›M.‹, 1933. R. Walker, The Time is Free: A Study of M., 1949. H. N. Paul, The Royal Play of ›M.‹, 1950. G. R. Elliott, Dramatic Providence in ›M.‹, 1958. W. H. Toppen, Conscience in Sh's ›M.‹, 1962. Approaches to ›M.‹, hg. J. L. Halio, 1966. Sh. ›M.‹, hg. J. Wain, 1968 (Casebook).

MacCaig, Norman, 14. 11. 1910 Edinburgh; Lehrer ebda. M.s gewählte Epitheta, ingeniöse Vergleiche u. präzise Epigramme zeugen von geistreicher Erfindungsgabe u. spieler. Phantasiefülle, hinter der immer wieder ernste Grundthemen wie Liebe u. Tod sichtbar werden. Er begann als halb surrealist. Apokalyptiker (*Far Cry*, 1943; *The Inward Eye*, 1946); wandte sich aber ab *Riding Lights* (1955) e. ihm offenbar natürlicheren, wachen u. witzigen Beobachtung zu, die in stiller Perfektion fein artikulierte Impressionen vom Stadt- u. Landleben in Schottland wiedergibt u. zwischenmenschl. Beziehungen beschreibt (*Selected Poems*, 1971; *A Poet's Year*, 1973; *Tree of Strings*, 1977; *Old Maps and New*, 1978). *ks*

MacDiarmid, Hugh (eig. Christopher Murray Grieve), 11. 8. 1892 Langholm (Schottland) – 9. 9. 1978 Edinburgh; Lyriker, Essayist, Kritiker; Sohn e. Postbeamten; verbrachte s. Jugend auf dem Lande, e. Bindung, die s. ganzes Leben andauerte. Zunächst Journalist, 1915–20 Militärdienst; danach versch. Tätigkeiten in England. 1934 Eintritt in die Kommunist. Partei, Ausschluß 1938 aufgrund s. nationalist. Haltung; 1957 erneute Mitgliedschaft. Gründer des schott. PEN-Club, Mitglied der Scottish National Convention, maßgebl. an der Gründung der Scottish National Party beteiligt. 1957 Dr. h. c. Univ. Edinburgh. M. gab der Lit. Schottlands neue Impulse, indem er über → Burns hinaus auf → Dunbar zurückging, e. Epoche, in der Schottland u. s. Kultur von internationaler Bedeutung, also nicht vorwiegend regional bestimmt u. eingeengt waren. Forderte Besinnung auf die Sprache u. Ausdrucksformen jener Zeitspanne der → Makars. Unter der Begriffsprägung ›Synthetic Scots‹ verstand M. die Bereicherung u. Erweiterung des schott. Idioms durch alte (bes. kelt.), aber auch durch mundartl. Wortelemente, die im heutigen Engl., das er als Medium s. Aussage ablehnte, keine Entsprechung haben: »English is incapable of affording means of expression for certain of the chief elements of Scottish psychology« (1927). Die Ged. in *Sangschaw* (1925; ›Songfest‹) u. *Penny Wheep* (1926, ›Small Beer‹), erstes Ergebnis dieser Bemühungen, wurden richtungweisend für die mod. schott. Dichtung. Gegen anfängl. Widerstand gelang es M., e. neue u. selbstbewußte Einstellung zur Sprache, Gesch. u. Kultur s. Heimat durchzusetzen. Zentrale

Gestalt der → Scottish Renaissance. Der 1939 erfolgte Bruch mit der Bewegung war vorwiegend äußerl. Natur, obgleich sich M. von da ab verstärkt für e. ›Scottish Workers' Republic‹ aussprach. M.s Ged. zeigen den Mystiker, der s. typ. schott. Charaktere mit universellen, existentiellen Problemen konfrontiert. Verzicht auf romantisierende Emotionalität; um e. intellektuelle Durchdringung s. Stoffe bemüht. S. dichter. Anspruch wird am deutlichsten in *A Drunk Man Looks at the Thistle* (1926, erweitert 1976). In ›braid Scots‹ kommt nicht nur, wenn auch zentrales Anliegen, das Thema Schottland zur Darstellung, sondern es steht am Ausgangspunkt metaphys. Überlegungen. Veranschaulicht s. Theorie der ›Caledonian Antisyzygy‹, die Vereinigung an sich unvereinbarer Aspekte, wie sie die Gedanken des vom Whisky Berauschten beim Anblick e. hochgewachsenen Distel, die im geheimnisvollen Mondlicht ständig Form u. Gestalt zu verändern scheint, bestimmen. Erst die vom Dichter neu geschaffene Sprache liefert das geeignete Medium, die tiefgreifenden Gedankengänge des Mannes in Worte zu fassen. In den frühen 30er Jahren, e. für M. persönl. sehr schwierigen Zeitspanne, entstanden die Gedichtslgn. *First Hymn to Lenin* (1931), *Scots Unbound* (1932), *Stony Limits* (1934) u. *Second Hymn to Lenin* (1935). Anliegen sind die »interdependencies of life«, auch bei den polit. Ged. Als wichtigste Bde. folgten *A Kist of Whistles* (1947), *In Memoriam James Joyce* (1955), *The Kind of Poetry I Want* (1961) u. *Collected Poems* (1962, überarbeitet 1967); unterschiedl. aufgenommen. M.s krit. Schrifttum steht unter dem Zeichen s. Wirkens für Schottland, z. B. *Contemporary Scottish Studies* (1926), *Albyn, or Scotland and the Future* (1927), *At the Sign of the Thistle* (1934), *The Battle Continues* (1957), *David Hume: Scotland's Greatest Son* (1962), *A Political Speech* (1972). *Lucky Poet*, Versuch e. Autobiogr., erschien 1943 (1972 mit neuem Vorwort). Die nationalist. Prämisse im Selbstverständnis e. schott. Lit. u. s. unverblümte Einschätzung der polit. Lage des Landes setzten M. ständiger, oft unsachgemäßer Kritik aus, teils auch hervorgerufen durch s. betont intellektuelle Haltung. Zahlreiche Einzel- u. Sammelausg. s. Werke. *hd*

Sammelausg: Speaking for Scotland, 1946. ›Stony Limits‹ and ›Scots Unbound‹, and other Poems, 1956. Three Hymns to Lenin, 1957. Collected Poems, [2]1967. A Lap of Honour, 1967. The Uncanny Scot, hg. K. Buthlay, 1968 (Prosa). A Clyack-Sheaf, 1969. Selected Essays, hg. D. Glen, 1969. More Collected Poems, 1970. H. M. Anthology, hg. M. Grieve and A. Scott, 1972 (Ged. in Scots u. Engl.). Complete Poems, hg. M. Grieve and W. R. Aitken, II 1978. – H. M. Reads His Own Poetry, 1969 (mit e. Erklärung zu s. dichter. Zielsetzung). – D. Young, Plastic Scots and the Scottish Literary Tradition, 1947. M. Lindsay, The Scottish Renaissance, 1948. A. Leslie, The Politics and Poetry of H. M., 1952. D. Glen, H. M. Rebel Poet and Prophet, 1962. Ders., The Lit. Masks of H. M., 1964. K. Buthlay, H. M., 1964 (mit Bibl.). I. Crichton Smith, The Golden Age: An Essay on the Poetry of H. M., 1967. D. Glen, H. M. and the Scottish Renaissance, 1964 (mit Bibl.). J. C. Weston, H. M's ›A Drunk Man Looks at the Thistle‹, 1970. H. M. A Crit. Survey, hg. D. Glen, 1972 (mit Bibl.). A. Scott, The H. M. Makars 1923–72, 1972. E. Morgan, H. M., 1976 (mit Bibl.). K. Buthlay and G. Wright, H. M. An Illustrated Biogr., 1977. Akros (Doppelnummer, 1977).

MacInnes, Colin, 20. 8. 1914 London – 22. 4. 1976 Folkestone; Sohn der Romanautorin Angela Thirkell, in Australien aufgewachsen; 1939–45 Geheimdienst. 1500 Rundfunkmss. für die BBC. Vf. von abenteuerl., lebensvollen realist. Romanen von hohem soziolog. Dokumentationswert, großer Originalität der Sprachgebung u. oft farcenhaftem Humor. *June in Her Spring* (1952) ist e. Romanze vor austral. Hintergrund, *To the Victors the Spoils* (1950) nutzt autobiograph. Kriegserlebnisse. M.s bedeutendste Werke sind die 3 im Milieu der Londoner Unterwelt spielenden Romane *Visions of London* (1969: *City of Spades*, 1957; *Absolute Beginners*, 1959; *Mr. Love and Justice*, 1960), in denen er sozialkrit. die aktuellen Themen farbige Immigranten, Jugend u. Polizei behandelt. Rassenbeziehungen u. das Leben in der Unterwelt sind auch Themen der hist. Romane *Westward to Laughter* (1969), e. im 18. Jh. spielende Abenteuergesch., u. *Three Years to Play* (1970), welcher einprägsam die Welt der Shakespearezeit evoziert. *Out of the Garden* (1974) handelt vom Waffenschmuggel in Ulster. *ks*

Mackenzie, Compton, Sir Edward Montague, 17. 1. 1883 West Hartlepool – 30. 11. 1972 Edinburgh; Romanschriftsteller u. Bühnenautor; entstammte e. Schauspielerfamilie. Stud. Gesch., Oxford, dann Jura am Inner Temple; Mitbegründer der Scottish National Party; 1931–34 Rektor Univ. Glasgow; 1952 geadelt. In realist. Romanen versucht M., ausgehend von e. christl. Grundhaltung, die Situation e. glaubensfeindl. Welt aufzuzeigen (bes. *The Four Winds of Love*, V 1937–45). S. ›Highland Novels‹ zeigen den Erzähler, der Land u. Leute mit gutem Blick für das humorist. Detail darzustellen versteht. Es entsteht e. in sich geschlossene Idylle, vom Ablauf der Zeit unberührt, in Abwehrstellung gegen jede Art Einmischung von außen: *The Monarch of the Glen*, 1941; *Keep the Homeguard Turning*, 1943; *Whisky Galore*, 1947; *Hunting the Fairies*, 1949; *Ben Nevis Goes East*, 1954. *hd*

My Life and Times, X 1963–71 (Autobiogr.). – L. Robertson, C. M. An Appraisal of His Works, 1954. K. Young, C. M., 1968.

Mackenzie, Henry, 26. 8. 1745 Edinburgh – 14. 1. 1831 ebda; Kronanwalt in Edinburgh, Comptroller of Taxes for Scotland. S. Erstlingswerk, der Roman *The Man of Feeling*, erschien anonym 1771 (hg. K. Slagle, 1958; n. B. Vickers, ²1970) u. wurde zum Bestseller des Jahrzehnts. Die Gestalt des tränenreichen Harley ist geprägt von idealisierender Empfindsamkeit. *The Man of the World* (1773) zeichnet als Gegenstück e. schurk. Helden. Der Briefroman *Julia de Roubigné* kopiert → Richardsons *Clarissa*. Außerdem Vf. von Theaterstücken, Ged., Lit.krit., Hg. zweier Periodika ›The → Mirror‹ u. ›The Lounger‹. Scotts Widmung »To Our Scottish Addison« in → *Waverley* bezieht sich auf M. Als Kenner der lit. Szene geschätzt, war M.s Urteil gesucht u. geachtet. S. Besprechung der *Kilmarnock-Poems* von → Burns im ›Lounger‹ 97 (9. 12. 1787) machte den Dichter e. weiteren Publikum bekannt u. brachte ihm Anerkennung. M.s Aufzeichnungen u. ausgedehnte

Korrespondenz geben Auskunft über das geistige Klima der Zeit u. spiegeln s. Haltung zu Fragen der Lit. u. des Geschmacks. 1805 Vorsitzender e. Kommission der → Highland Society of Scotland zur wiss. Prüfung der Ossian-Ged. von → Macpherson. *hd*

Works, VIII 1808. – Letters to Elizabeth Rose of Kilravock, hg. H. W. Drescher, 1967. Anecdotes and Egotisms, hg. H. W. Thompson, 1927. – H. W. Thompson, A Scottish Man of Feeling, 1931. G. A. Barker, H. M., 1975.

Macklin, Charles, ca. 1700 (Irland) – 11. 7. 1797 London; Schauspieler u. Dramatiker. Bekannt durch s. Darstellung des → Shylock, den er wie → Kemble nicht so sehr als komödienhafte, sondern als trag. Figur auffaßte. Beliebter Charakterdarsteller s. Jh., ab 1732 Drury Lane. Trug in der Rolle des Macbeth (1773 → Covent Garden Theatre) erstmals e. der wirkl. Kleidung e. Highland Chieftain entsprechendes Kostüm. Von s. Dramen waren *Love à la Mode* (UA 1759) u. *The Man of the World* (UA 1781) die erfolgreichsten. *hd*

MacLean, Alistair (Ps. Ian Stuart), 21. 4. 1922 Schott. Hochland; 1941–46 Marineoffizier, 1946–53 Stud. Univ. Glasgow, bis 1957 Lehrer. Vf. von harten Abenteuer- u. Agentenromanen mit straff erzählter, großer Handlungsfülle, detaillierten techn. Beschreibungen, an ausgefallenen Schauplätzen spielend. Zahlreiche Bestseller, mehrfach verfilmt. Am bekanntesten: *HMS Ulysses,* 1955; *The Guns of Navarone,* 1957; *Ice Station Zebra,* 1963; *Where Eagles Dare,* 1967; *Puppet on a Chain,* 1969; *The Way to Dusty Death,* 1973; *Circus,* 1975. *ks*

Five War Novels, 1978. – R. A. Lee, A. M. The Key is Fear, 1976.

Macleod, Fiona (eig. William Sharp), 12. 9. 1855 Paisley – 14. 12. 1905 Castello di Maniaci (Sizilien); Kritiker, Essayist, Romanschriftsteller, Lyriker. Stud. Univ. Glasgow, danach kurze Tätigkeit bei e. Anwalt. In London dem Kreis um → Rossetti nahestehend (Biogr. R.s, 1882). Ab 1884 Kunstkritiker des ›Glasgow Herald‹. M.s romant.-visionäre Highland-Romane entstanden unter dem Einfluß der → Irish Renaissance; bedeutendster Vertreter des Victorian → Celtic Revival; bei s. Figurenführung von viktorian. Moralvorstellungen geleitet (›legendary morality‹). Die Übertragung kelt. Sprachbilder ins Engl., bes. in Dramen u. lyr.-ep. Dichtung führte gelegentl. zu Verfälschungen; Anklänge an → Ossian. Publizierte ausschließl. unter dem Ps. Fiona M., Verkörperung des weibl. Elements neo-kelt. Mystik, bes. ausgeprägt in den Romanen *Pharais,* 1893, *The Mountain Lovers,* 1895, *The Washer of the Ford,* 1896, *Winged Destiny,* 1904, u. *The Immortal Hour,* 1908. *hd*

Collected Works, VII 1909–10. – Letters, 1907. – E. A. Sharp, W. S., A Memoir, II 1912. M. Tyler, ›The Immortal Hour‹. An Interpretation, 1923. F. Alaya, W. S. ›Fiona Macleod‹ 1885–1905, 1970.

MacNeice, Louis, 12. 9. 1907 Belfast – 3. 9. 1963 London. Sohn e. protestant. Bischofs; Stud. Oxford. Ab 1930 Univ.dozent für klass. Sprachen. Bereiste 1937 mit → Auden Island (darüber zusammen mit Auden: *Letters from Iceland,* 1937). Neben Auden u. → Spender war M. e. der bedeutendsten »poets of social protest« der 30er, später erweiterte sich s. Haltung zu e. allgemeineren moral. Perspektive. S. Ged. zeichnen sich aus durch brillanten Witz, Ironie u. Zynismus, große Variabilität u. reiche Assoziationen. Die Einflüsse von Jazz u. Umgangssprache sind zu spüren, in den späteren Ged. finden sich oft Bezüge auf klass. u. bibl. Quellen (*Ten Burnt Offerings*, 1952). Hinter dem Titel *The Last Ditch* (1940) verbirgt sich M.s Liebeslyrik. 1951 gekürzte Übs. von Goethes *Faust*, außerdem Hörspiele, Dramen u. zahlreiche lit.krit. Studien. *ks*

J. Press, L. M., 1965. E. E. Smith, L. M., 1970. W. T. McKinnon, Apollo's Blended Dream: A Study of the Poetry of L. M., 1971. D. B. Moore, The Poetry of L. M., 1972. T. Brown, Sceptical Vision: The Poetry of L. M., 1974. Time Was Away. The World of L. M., hg. T. Brown and A. Reid, 1975.

Macpherson, James, 27. 10. 1736 Ruthven/Inverness – 17. 2. 1796 Badenoch; Theologiestud. Aberdeen u. Edinburgh; Lehrer; 1764 Gouverneurssekretär (Florida), 1766 Rückkehr nach England; 1780–9 Parlamentsmitglied. Beachtl. lit. u. übersetzer. Fähigkeiten. 1760 nach Reisen durch Schottland u. zu den Hebriden Veröffentlichung der *Fragments of Antient Poetry Collected in the Highlands, and translated from the Gaelic or Erse Language*. 1762 bzw. 1763 erschienen die Epen *Fingal* u. *Temora*, von M. als s. Übs. der von ihm aufgefundenen Dichtung des gäl. Barden Ossian (Oisin) aus dem 3. Jh. ausgegeben. Sentimentale Grundstimmung, in ganz Europa begeistert aufgenommen (u. a. Goethe, Herder), Auswirkungen auf die romant. Bewegung. Das Vorhandensein u. die Echtheit der Ausgangstexte wurde sofort angezweifelt, M. der Fälschung bezichtigt (S. → Johnson). Legte trotz Aufforderung nie Originale vor. Die andauernde Kontroverse führte nach M.s Tod zur Einsetzung e. Kommission unter H. → Mackenzie zur Klärung des Fälschungsvorwurfs. Der abschließende *Report of the Committee of the → Highland Society of Scotland, appointed to inquire into the nature and authenticity of the Poems of Ossian* (1805) stellte fest, daß M. Sagenüberlieferungen aus dem Gäl. sehr frei bearbeitet u. die Epen vermutl. aus eigenen Werken aufgefüllt hatte. Spätere Forschungsarbeiten stützen diese Feststellung. Wie stark der Zweifel an der Glaubwürdigkeit von M.s Nachdichtung auch war, die Begeisterung über den vermeintl. neu entdeckten Barden wurde kaum gedämpft. In Anlage, Stil u. Inhalt kam das Ossian-Epos der für das ausgehende 18. Jh. typ. Geisteshaltung e. primitivist. Sentimentalismus entgegen. *hd*

Fragments, hg. J. Hoops, 1901; n. O. L. Jiriczek, 1915. Works of Ossian, II 1765; n. W. Sharp and O. L. Jiriczek, III 1940. – G. F. Black, M's Ossian and the Ossianic Controversy: A Contribution towards a Bibl. (Bull. New York Public Libr., 30 1926). – H. Blair, A Crit. Diss. on the Poems of Ossian, 1763. F. B. Saunders, Life and Letters of J. M., 1894. J. S. Smart, J. M., 1905. P. van Tiegham, Ossian et l'Ossianisme dans la littérature européenne au XVIIIe siècle, 1920. E. S. Snyder, The Celtic Revival in Engl. Lit., 1923. A. Gillies, Herder and Ossian, 1933. H. Schöffler, Hergang u. Sinn e. großen Betrugs (Dt. Geist im 18. Jh., 1956). Ossian, Scot. Lit. News, 3 1973.

Maddison, Phillip → Williamson, H.

Magnificence, Drama von H. → Brenton.

Magnus, Roman von G. M. → Brown.

The Magus, Roman von J. → Fowles.

Mahon, Christie, Titelfigur von Synges → *Playboy of the Western World.*

Makar (maker); im 15./16. Jh. hauptsächl. in Schottland eingeführte Bz. für Dichter, geprägt aus der Vorstellung des Dichters als Schöpfer (›creator‹) in Ableitung des griech. ›poetes‹ im Sinne von ›maker‹; > courtly makers. Führende Vertreter: R. Henryson (1430? – 1506), dessen *Testament of Cresseid* (ED 1593) in Forts. zu Chaucers *Troylus and Cryseyde* entstand, W. Dunbar (1465? – 1530?), dessen Villon nachempfundene Elegie *Lament for the Makars* die Vergänglichkeit alles Ird. u. den Tod s. Vorläufer (beginnend mit Chaucer) betrauert, G. Douglas (1474? – 1522), Vf. der Allegorien *The Palice of Honor* (ED 1553) u. *King Hart* (ED 1786), James I (*The Kingis Quair,* 1424). Auch als ›Scottish Chaucerians‹ bekannt. *hd*

R. Henryson Poems, hg. Ch. Elliott, ²1974. Poems and Fables of R. Henryson, hg. H. H of Wood, ²1978. – D. Fox, Chaucer and Chaucerians, 1966. Bards and Makers, hg. A. J. Aitken, M. P. McDiarmid, D. S. Thomson, 1977.

Malaprop, Mrs., Figur in → Sheridans Kom. *The Rivals* (1775). Erzielt durch falsche Verwendung schwieriger Ausdrücke od. Fremdwörter bzw. durch Verwechslung ähnl. lautender Begriffe unfreiwillig kom. Wirkung, z. B. »Illiterate him, I say, quite from your memory« oder ». . . as headstrong as an allegory on the banks of the Nile«. > malapropism. *hd*

Malayan Trilogy, Romantrilogie von A. → Burgess.

The Malcontent, Kom. von J. → Marston.

Maldon, The Battle of, auch ›Byrhtnoth's Death‹ (Cotton Otho A XII); Preis- u. Heldenlied auf die Schlacht von M. (991; früher Maldune, Essex, am Fluß Panta bzw. Blackwater), wo Byrhtnoth gegen die Dänen unter Olaf Tryggvason kämpfte. E. Angebot an B., den Frieden zu erkaufen, um die Schlacht mit e. übermächtigen dän. Gegner zu vermeiden, wird abgelehnt. Nach hartem Kampf – die Symbolfigur des Raben schwebt über dem Schlachtfeld – fällt B. durch e. vergifteten Speer. Das Ged. ist Ausdruck e. tiefen Hasses gegen den heidn. Feind, mit Beispielen german. Gefolgschaftstreue u. für die Tapferkeit der Kämpfer. Die Klage auf den Tod B.s verleiht trag. Dimension u. erinnert an Märtyrerlit.; christl. Einfluß auch im Götteranruf der sterbenden Helden (vgl. → *Beowulf*). Sprache, Vers- u. Darstellungstechnik (Skopstil) von *B. of M.* lassen e. früheres Entstehungsdatum vermuten als für *The Battle of* → *Brunanburh* anzusetzen ist. B. wird als der ideale Heerführer dargestellt: s. Kg. treu ergeben, verantwortungsbewußt gegenüber s. Gefolgsleuten, tief religiös; Verzicht auf die Einbeziehung übernatürl. Elemente. Das Cotton-Ms. wurde 1731 durch Feuer stark beschädigt, war einige Jahre vorher jedoch von J. Elphinston kopiert worden. Diese Abschr. (Rawlinson Collection, Oxford) war maßgebend für spätere Ausgaben, bes. E. V. Gordon, 1937. *js*

›The B. of M.‹ and Other Old English

Poems (Übs. K. Crossley Holland), hg. B. Mitchell, 1965. ›The B. of M.‹, hg. E. V. Gordon, [2]1969. – F. C. Robinson, Some Aspects of the Maldon Poets' Artistry (JEGP, 75 1976, 25–40).

Malory, Sir Thomas, ca. 1408 Warwick – 12. 3. 1471 London. Unter Edward IV mehrfach wegen schwerer Verbrechen im Gefängnis, wo er 1451–70 den größten Teil des Prosaromans *Le Morte Darthur* schrieb (Titel von → Caxton, der das Werk 1485 bearbeitete u. druckte). M. nahm e. Kompilation verschiedenster Quellen vor, v. a. frz. Versromane, Versromanzen u. Ged. um Artus u. die Tafelrunde, u. faßte den episod. Stoff in 21 sinnvoll gegliederten u. durch Querverweise verbundenen Büchern zusammen. Die beiden Hauptstränge der novellist. Handlung sind a) die Regierung des Kgs. Artus, ihr trag. Ende durch Modreds Usurpation u. die Katastrophe der Schlacht von Salisbury u. b) die Gralssuche, bei welcher der sündige Lancelot scheitert u. in Schmach endet. Die Atmosphäre des *Morte Darthur* ist wehmütig märchen- u. legendenhaft, die hehren moral. Ideale der Vergangenheit werden der vom sinnlosen Blutvergießen der Rosenkriege geprägten Gegenwart als Vorbild präsentiert. An die Stelle der rel.-dogmat. Inspiration s. Quellen tritt bei M. e. Freude an der held. Welt u. e. Hochschätzung ritterl. Verhaltens. Das Werk ist nach Umfang u. Anspruch die markanteste Leistung des 15. Jh. u. war für zahlreiche Dichter e. faszinierende Fundgrube kelt.-christl. Mythen u. Sagenstoffe. *ks*

Works, hg. E. Vinaver, III [2]1967; n. [2]1971. King Arthur and His Knights: Selected Tales, hg. E. Vinaver, 1975. Le Morte d'Arthur, hg. P. J. C. Field, 1977. Le Morte d'Arthur: Printed by William Caxton, 1485 (Faks.), 1977. – A Concordance to the Works of Th. M., hg. T. Kato, 1974. – V. D. Scudder, ›The Morte Darthur‹ and Its Sources, 1917. E. Vinaver, Sir Th.M., 1929. Essays on M., hg. J. A. W. Bennett, 1963. M's Originality: A Critical Study of ›Le Morte Darthur‹, hg. R. M. Lumiansky, 1964. C. Moorman, The Book of Kyng Arthur, 1965. W. Matthews, The Ill-Framed Knight, 1966. E. Reiss, Sir T. M., 1966. A. O. Sandred, Studies in the Language of Caxton's M. and that of the Winchester Manuscript, 1968. P. J. C. Field, Romance and Chronicle. A Study of M's Prose Style, 1971. E. T. Pochoda, Arthurian Propaganda, 1971. M. Lambert, M. Style and Vision in ›Le Morte Darthur‹, 1975. L. D. Benson, M's ›Morte Darthur‹, 1976. M. Hodges, Knight Prisoner: The Tale of Sir Th. M. and His King Arthur, 1976.

Malthus, Thomas Robert, 17. 2. 1766 The Rookery b. Guildford – 23. 12. 1834 Bath; Volkswirtschaftler, Sozialforscher. Stud. Jesus College, Oxford; 1798 Geistlicher in Albury; 1805 Professor für polit. Ökonomie, Haileybury College; 1819 Fellow of the Royal Society. Im *Essay on the Principle of Population* (1798; hg. M. P. Fogarty, II 1958) formulierte er s. pessimist. Prognose zur Bevölkerungsentwicklung. E. überarbeitete Fassung veröffentlichte M. 1803 nach e. Korrespondenz mit W. → Godwin, gegen dessen Ansichten sich s. ›Essay‹ richtete, wobei der Hinweis auf die Gefahren der engl. Sozialgesetzgebung bes. deutl. ausfiel. M. führte das Elend der Massen auf das unkontrollierte Anwachsen der Bevölkerung zurück, was in geometr. Progression geschehe, wogegen die zur Verfügung stehende Menge der Nahrungsmittel infolge abnehmenden Ertrags nur arithmet. zunehme. Als natürl. Regulativ (»natural checks«) sieht er z. B. Kriege u. Seuchen; außerdem wird die

Möglichkeit e. »moral restraint« als Mittel der Bevölkerungskontrolle eingeräumt. M.s. Thesen gaben Anlaß zu heftigen Kontroversen u. beeinflußten die gesellschaftspolit. Diskussion s. Zeit. Dickens nimmt in → *David Copperfield* krit. Bezug. 1815 erschien M.s *Inquiry into the Nature and Progress of Rent,* 1820 *Principles of Political Economy* (hg. M. Paglin, 1964). *hd*

J. Bonan, M. and His Work, 1924. K. Balas, M. and the Population Problems of Today, 1936. K. Smith, The Malthusian Controversy, 1951. D. V. Glass, Introduction to M., 1953. G. F. MacCleary, The Malthusian Population Theory, 1953. C. Marx, Marx and Engels on M., 1953. H. Würgler, M. als Kritiker d. Klassik, 1957. S. Ambirajan. M. and Classical Economics, 1959. M. Paglin, M. and Lauderdale. The Anti-Ricardian Tradition, 1961.

Man and Superman. A Comedy and a Philosophy, zwischen 1901 u. 1903 entstandenes Drama von G. B. → Shaw; UA 23. 5. 1905 Royal Court Theatre, London (ohne das *Zwischenspiel in der Hölle)*; 1915 in Edinburgh erstmals vollständig aufgeführt. Markiert e. Wendepunkt in S.s Dramatik, indem es gleichzeitig e. Zusammenfassung s. frühen Werks als auch Ausgangspunkt für neue philosoph. u. theatral. Akzente ist. Das Stück enthält e. Exposition zur Auffassung S.s von der ›life force‹, Urkraft des Daseins, die die Relationen zwischen den Geschlechtern regelt u. die Frau bei der Wahl ihres Partners intuitiv lenkt, um dadurch e. Übermenschen zu schaffen, der die soziale u. polit. Problematik des Menschen lösen kann (vgl. F. Nietzsches Begriff des ›Übermenschen‹). S. setzt diese einleitenden Ideen im Drama um. *M.a.S.* ist e. Umkehrung des Don Juan-Motivs: im Gegensatz zum Handlungsschema der ›Liebesjagd‹ im 16. u. 17. Jh. ist hier die Frau das aktive u. treibende Prinzip. Ann Whitefield, e. Mündel, beabsichtigt, John Tanner, e. zyn.-radikalen Gesellschaftskritiker, Vf. des ›Revolutionist's Handbook‹, zu heiraten. Nachdem sie ihn ›erpreßt‹ hatte, die Vormundschaft zu übernehmen, erfährt Tanner durch s. Chauffeur, den Cockney Henry Straker, von Anns weiteren Absichten. Unter dem Vorwand, e. neuen Langstrecken- u. Geschwindigkeitsrekord aufstellen zu wollen, ergreift er mit s. Wagen die Flucht, wird jedoch in Spanien von Ann u. einigen Freunden gestellt, die ihn in der Sierra Nevada aus den Händen Mendozas, des Führers e. aus Sozialisten, Anarchisten u. Freidenkern bestehenden Räuberbande, befreien. Tanner gibt sich geschlagen, er ordnet sich der ›life force‹ unter, indem er Ann heiratet. Das farcenhafte Geschehen wird erst durch den philosoph. Hintergrund bedeutend. Für die Interpretation des Dramas ist die im 3. Akt eingebettete Vision der Hölle wichtig. In dieser Traumepisode verwandeln sich Tanner in Don Juan, Mendoza in den Teufel, Ramsden, e. Begleiter Anns, in den Komtur u. Ann in Dona Ana. S. läßt diese Protagonisten aus Mozarts Oper *Don Giovanni* nach ihrem Tod in der Hölle e. philosoph. Diskurs bestreiten. Dabei wird der Don Juan-Mythos gemäß der Shawschen Theorie der ›life force‹ verändert: der Verfolger der Frauen wird selbst zum Verfolgten, der sich dadurch der Schaffung des Übermenschen entzieht. Don Juan stellt sich nicht in der Tradition des Byronismus als ›vagabond libertine‹ dar, sondern sieht s. wahre Bedeutung in der Funktion des Gesellschafts- u. Konventionskritikers u. in der Herausforderung des konventionell-rel. Gottes. Tanners bzw. Don Juans Identifikation mit dem Übermenschen wird jeweils e. falschen ›superman‹ gegenübergestellt: dem pseudosozialist. Ramsden, dem philosophierenden Revolutionär Mendoza etc. Durch die Möglichkeit Tanners, mit Hilfe s. Intellekts die essentiellen Fragen des Lebens lösen zu können, erfüllt er das eigentl. Daseinsziel: er kann sich von den Fesseln der Materie lösen, sich selbst verwirklichen u. e. kreative Intelligenz entfalten. Trotz des Untertitels *A Comedy and a Philosophy* ist das Stück nicht vornehml. die Dramatisierung e. Philos., sondern die Konfrontation des Philosophen John Tanner mit den Realitäten s. Umwelt u. die entsprechende Modifikation s. Theoreme. *ra*

Hg. B. Atkinson, 1962. – D. Austin, The Structural Meaning of ›M.a.S.‹, (The Shavian, 4 1971, 127–29). S. Weintraub, Genesis of a Play: Two Early Approaches to ›M.a.S.‹ (Shaw: Seven Critical Essays, hg. N. Rosenblood, 1971, 25–35). C. Hoy, Shaw's Tragicomic Irony. From ›M.a.S.‹ to ›Heartbreak House‹ (VQR, 47 1971, 56–78). M. M. Morgan, The Shavian Playground: An Exploration of the Art of G. B. Shaw, 1972. S. Lorichs, The Unwomanly Woman in B. Shaw's Drama and her Social and Political Background, 1973.

A Man for All Seasons, Drama von R. → Bolt über das Leben von Sir Thomas → More.

The Man of Feeling, Roman von H. → Mackenzie.

The Man of Mode; or, Sir Fopling Flutter, Kom. von G. → Etherege.

The Man Who Was Thursday, Detektivroman von G.K. → Chesterton.

The Mandelbaum Gate, Roman von M. → Spark.

Mandeville, Bernard de, ca. 1670 Dordrecht (Holland) – 21. 1. 1733 London. Erregte mit der Veröffentlichung s. *Fable of the Bees, or Private Vices, Public Benefits* (1714) großes Aufsehen. Das Buch, in dem M. e. zyn. Moralauffassung durch Paradoxa veranschaulicht (z. B. die Doktrin, daß Wohlstand durch Ausgaben entsteht), wurde scharf kritisiert. Ungeachtet der Kritik 9 Neuaufl. bis 1755. *hd*

W. Hübner, M.s Bienenfabel u. d. Begründung d. prakt. Zweckethik i. d. engl. Aufklärung (Grundformen d. engl. Geistesgesch., hg. K. W. P. Meissner, 1941).

Manfred, Lesedrama von Lord → Byron.

Mannyng, Robert, of Brunne → *Cursor Mundi.*

Mansfield, Katherine, 14. 10. 1888 Wellington (Neuseeland) – 9. 1. 1923 Fontainebleau. Viele ihrer Erzählungen haben die glückl. Kindheit in Neuseeland als Hintergrund *(Undiscovered Country; The New Zealand Stories,* hg. I. A. Gordon, 1974). 1903–06 Queen's College, London; 1906–08 Neuseeland; 1909 Heirat mit George Bowden, den sie am Tage der Hochzeit verließ. Ab 1911 befreundet mit → Murry, den sie 1918 nach der Scheidung von ihrem 1. Mann heiratete. Wegen Tbc oft in Frankreich, Dtl., Schweiz: unstetes Dasein (vgl. z. B. *In a German Pension,* 1911; *Je ne parle pas français,* 1919). Freundschaft mit → Huxley, → Woolf u. D. H. → Lawrence, der sie in *Women in Love* als ›Gudrun‹ zeichnete. Starb an Blutsturz in Le Prieuré/Fontainebleau, wo sie sich zur Spezialbehandlung aufhielt. M.s impressionist. Kurzgesch. *(Bliss,* 1920; *The Garden-Party,* 1922; *The Dove's Nest,* 1923; *Something Childish,* 1924) beleuchten schlaglichtartig kleine Episoden u. enthüllen mit subtiler Einfühlungsfähigkeit das innerste Empfinden ihrer Charaktere. M. experimentierte mit wechselnden Erzählerstandpunkten u. setzte häufig die Technik des → stream-of-consciousness ein. Es gibt keine dramat. Ereignisse, die meisten Gesch. sind ausgesprochen handlungsarm. Die Pointe ist oft unterspielt, die Einsicht, zu der die Figuren gelangen, unausgesprochen, nur angedeutet. Die Atmosphäre der Erzählungen ist von Tschechowscher Schwermut überschattet, zarte Heiterkeit u. sanfte Komik mischen sich mit versteckter Tragik. Die nach M.s Tod von J. M. Murry veröffentlichten Bde. *Journal* (1927) u. *Letters* (1928) zeugen von ihrem hingebungsvollen Ringen um künstler. Vollendung u. der Angst, vor deren Erreichen zu sterben. *ks*

Short Stories, 1937. R. E. Mantz, Crit. Bibl., 1931, ²1978. R. Mantz and J. M. Murry, The Life of K. M., 1933. T. Wiegelmann, D. Weltbild d. K.M., 1937. S. Berkman, K.M. A Crit. Study, 1951. A. Alpers, K.M. A Biogr., 1954. I. A. Gordon, K.M., 1954. S. R. Daly, K.M., 1965. N. Hormasji, K.M. An Appraisal, 1967. M. A. Schwendimann, K.M. Ihr Leben i. Darstellung u. Dokumenten, 1967. M. Magalaner, The Fiction of K.M., 1971. L. Moore, K.M., 1972.

Mansfield Park, Roman von J. → Austen.

Marcus, Frank, 30. 6. 1928 Breslau; wuchs in Berlin auf, 1939 Emigration nach London, Schauspieler, Regisseur, Kritiker. Erfolgreicher West End-Dramatiker, bekannt insb. durch *The Killing of Sister George* (1965), e. tragikom. Stück über den künstler. u. menschl. Zusammenbruch e. ältl. lesb. Schauspielerin. Hauptthema der Dramen M.s ist die Frage nach der Bedeutung von Illusionen im menschl. Leben, insb. in den Liebesbeziehungen von Frauen (vgl. *Cleo,* 1966; *Notes on a Love Affair,* 1973). *ks*

Marino Faliero, hist. Drama von Lord → Byron.

Marius the Epicurean. His Sensations and Ideas, Roman von W. → Pater, EA II 1885. Die Handlung vollzieht sich auf 2 deutl. voneinander getrennten Ebenen von unterschiedl. Wichtigkeit. Vordergründig betrachtet, geht es um die wenig dramat. Lebensgesch. des jungen Römers Marius im 2. Jh. n. Chr., deren Stationen rasch aufgezählt sind: Elternhaus (am Berg Luna), Studienzeit in Pisa, Aufenthalt in Rom. Dieser Lebensweg bietet Anknüpfungspunkte für die eigentl. Absicht des Autors: die Auseinandersetzung mit versch. philosoph. Systemen u. Denkrichtungen, die sich M. nacheinander in Gestalt von Eltern u. Freunden präsentieren: Der in s. Elternhaus betriebene griech.-röm. Numa-Kult stellt nur noch e. leeres Ritual dar, das – ebenso wie der von den Hedonisten geprägte Ästhetizismus s. Studienfreundes Flavian – ihm weder e. eth. Fundament noch e. Antwort auf die Herausforderung der Realität des Todes bieten kann. Nacheinander lernt M. führende philosoph. Schulen kennen: Heraklits Ansicht vom ständigen Werden u. Vergehen, Lukrez' Verwerfung der Furcht vor Göttern u. dem Tode, Marc Aurels Stoizismus, s. Streben nach Selbstbescheidung u. Glückseligkeit. Alle diese Begegnungen sind von Enttäuschungen gekennzeichnet, die es M. in zunehmendem Maße erschweren, sich e. neuen Strömung zu öffnen. Aus dieser Einkapselung vermag er sich auch nicht mehr zu lösen, als der Kontakt zu e. christl. Gemeinde ihm endl. e. Antwort auf s. Fragen verspricht. Zwar bewahrt er e. christl. Freund vor der Verfolgung, indem er sich an dessen Stelle ausliefert, doch deutet s. Tod (er fällt in der Gefangenschaft der Pest zum Opfer) darauf hin, daß er den christl. Glauben noch nicht angenommen hatte. Pater geht es in diesem Werk, das nur in formaler Hinsicht an e. Roman denken läßt, nicht um e. hist. Panorama, als vielmehr um die Erörterung weltanschaul. Probleme. Dabei kommen auch Fragen zur Sprache, die für das viktorian. Zeitalter bzw. den Autor von Bedeutung waren. Als 1. Teil e. Trilogie geplant, die aber nie fertiggestellt wurde, deren Ziel aber ebenfalls die Erörterung existentieller Lösungen u. Weltanschauungen vor wechselndem hist. Hintergrund war. *M. the E.* beinhaltet im Grunde e. Auseinandersetzung mit den philosoph. u. rel. Anschauungen des Christentums u. des Hellenismus u. die Gegenüberstellung e. sterbenden u. e. neuen Kultur. Ledigl. 5 Kap. des 2. Bd., *Gaston de Latour* wurden 1888 in ›Macmillan's Magazine‹ veröffentlicht, dessen Ästhetizismus u. Epikureertum die dekadente Lebenseinstellung von O. → Wilde in beispielhafter Perfektion vorwegnahm. *ra*

Hg. O. Burdett, ²1960 (Everyman's 903). – B. Charlesworth, Dark Passages: The Decadent Consciousness in Victorian Lit., 1965. U. C. Knoepflmacher, Religious Humanism and the Victorian Novel, 1965. A. Wardy, W. Pater: The Idea in Nature, 1966. C. Dahl, Pater's Marius and Historical Novels on Early Christian Times (NCF, 28:1 1973, 1–24).

Markham, Robert → Amis, K.

Marlowe, Christopher, 26. 2. 1564 (getauft) Canterbury – 1. 6. 1593 Deptford b. London; Sohn e. Schuhmachers; King's School, Canterbury; Stud. Cambridge, wo er sich e. gründl. Bildung in Theol. u. klass. Lit. aneignete; B.A. 1584, M.A. 1587; Schauspieler. Gehörte zum Kreis der → University Wits, befreundet mit → Kyd u. Nashe. Geheimagent. Kam mit 29 bei e. Messerstecherei in e. Wirtshaus ums Leben. Bedeutendster engl. Dramatiker vor Shakespeare. S. Dramen sind nachlässig konstruiert u. bestehen oft nur aus aneinandergereihten Episoden. Ihre außerordentl. Wirkung beruhte v. a. auf dem Typ der mit maßlos übersteigertem Selbstgefühl ausgestatteten titan. Renaissancehelden, die mit ungeheuerer Willenskraft u. Energie ihren unersättl. Machthunger, ihre unstillbare Neugier u. ihr Verlangen nach unendl. Reichtum verfolgen. Ihr übermenschl. Streben gibt sich niemals mit begrenzten Erfolgen zufrieden, sie überschreiten alle Grenzen sittl. Ordnung, stoßen aber in der Gebrechlichkeit der menschl. Natur, im Tod, an die Grenzen ihrer Macht. M. erzielte mit dem 2teiligen Drama *Tamburlaine the Great* (ca. 1587/88) e. durchschlagenden Erfolg. Der skyth. Schafhirt Tamburlaine zieht aus, die Welt zu erobern, spannt unterworfene Kge. vor s. Wagen u. benutzt sie als Fußschemel, bäumt sich aber gegen den Tod s. geliebten Gattin Zenocrate u. gegen s. eigenes Ende vergebl. auf. In der auf e. engl. Übs. des dt. Volksbuchs beruhenden *Tragicall History of Doctor Faustus (ca. 1588 oder 1593),* e. der erfolgreichsten Dramen der elisab. Bühne, wird der Mensch, der s. Seele verpfändet, um in die tiefsten Geheimnisse der Welt einzudringen, um Macht u. Schönheit zu genießen, mit possenhaften, oberflächl. Kunststückchen abgespeist u. endet in Verzweiflung. Der jüd. Wucherer Barrabas in *The Jew of Malta* (ca. 1589/90) (e. Vorwegnahme von Shakespeares Shylock in *The→ Merchant of Venice*) ist in der Ausführung s. grausamen Rache für die ungerechte Behandlung durch die Christen zunächst erfolgreich, findet aber den Tod in e. selbstkonstruierten Falle. *Edward II* (ca. 1592/93) ist M.s einziges Drama, in dessen Zentrum kein übermenschl. Renaissanceheld steht, sondern e. schwächl. irrender u. leidender Kg., der im Konflikt mit den Adligen unterliegt, abgesetzt u. brutal ermordet wird. Das Drama läßt erstmalig die Entwicklung e. Charakters erkennen u. steht damit am Anfang der Charaktertrag. Der Stoff des in der klassizist. Tradition stehenden Dramas *Dido, Queen of Carthage* (EA 1594) ist wenig dramat.; die Betonung liegt mehr auf Charakterzeichnung u. breit ausgemalten Stimmungsbildern. *The Massacre at Paris* (1593) dramatisiert die Bartholomäusnacht. M.s in→ Blankverse gefaßte bilder- u. metaphernreiche Sprache verleiht – v. a. in *Tamburlaine* u. *Faustus* – der Kraft u. Leidenschaft pathet. Ausdruck; sie wurde bald als bombast. empfunden u. von → Shakespeare z. B. in den Tiraden von Hotspur u. Owen Glendower (*Henry IV*) parodiert. *ks*

Works and Life, hg. R. H. Case, VI 1930–33; n. 1966. Plays, hg. L. Kirschbaum, 1962. Complete Works, II 1973. – S. A. Tannenbaum, Concise Bibl., 1937, suppl., 1947. – U. M. Ellis-Fermor, Ch. M., 1927. T. S. Eliot, Ch. M. (Selected Essays, 1932, 118–25). J. Bakeless, M. The Man in His Time, 1937. F. S. Boas, Ch.M., 1940. M. B. Smith, M's Imagery and the M. Canon, 1940. J. E. Bakeless, The Tragicall History of Ch.M., II 1942. P. H. Kocher, Ch.M.: A Study of His Thought, Learning and Character, 1946. C. Norman, The Muses' Darling: the Life of M., 1946. J. Kleinstück, Untersuchungen zu M.s ›Faust‹, 1947. M. Poirier, Ch.M., 1951. P. Henderson, M., 1952. F. P. Wilson, M. and the Early Shakespeare, 1953. H. Levin, The Overreacher, 1954. D. M. Bevington, From ›Mankind‹ to M., 1962. E. M. Waith, The Herculean Hero in M., Chapman, Shakespeare and Dryden, 1962. D. Cole, Suffering and Evil in the Plays of Ch.M., 1962. J. B. Steane, M. A Critical Study, 1964. ›Doctor Faustus‹. 20th Cent. Interpretations hg. W. Farnham, 1969. M. ›Doctor Faustus‹. A Casebook, hg. J. D. Jump, 1969. C. G. Masinton, Ch.M's Tragic Vision, 1972. J. P. Cutts, The Left Hand of God, 1973. W. L. Godshalk, The Marlovian World Picture, 1974. V. M. Meehan, Ch.M. Poet and Playwright, 1974. C. J. Summers, Ch.M. and the Politics of Power, 1974. S. An do, A Descriptive Syntax of M's Language, 1976. J. R. Howe, M., 1976. J. Weil, Ch.M.: Merlin's Prophet, 1977. F. Bosonnet, The Function of Stage Properties in Ch.M's Plays, 1978. M. (The Critical Heritage), hg. M. Millar, 1979.

Marriage à la Mode, Kom. von J. → Dryden.

The Marriage of Heaven and Hell, Dichtung von W. → Blake.

Marryat, Frederick, 10. 7. 1792 London – 9. 8. 1848 Langham. 1806–30 Marineoffizier. Entwickelte das System maritimer

Flaggensignale; 1819 Fellow der Royal Society. Romane u. Jugendbücher, v. a. über das Leben auf See. Untermauert s. Gesch. mit hist. Angaben aus eigener Erfahrung. S. bekanntesten Werke sind *Frank Mildmay* (III 1829), *Peter Simple* (1834), *Jacob Faithful* (1834), *Mr. Midshipman Easy* (1836) u. *Masterman Ready* (1841). Fesselnde Seeabenteuer, Spannung, Anschaulichkeit, handfester Humor. 1837–39 Aufenthalt in Amerika u. Kanada; *Diary in America* (III 1839): krit. Reisebericht, bes. negativ über den Amerikaner. *hd*

Novels, hg. W. L. Courtney, XXIV 1896–1900; n. XXVI 1929–30. Diary in America, hg. J. Zanger, 1960. – F. Marryat, Life and Letters of Captain M., II 1872. Ch. Lloyd, Captain M. and the Old Navy, 1939. O. Warner, Captain M. A Rediscovery, 1953.

Marston, John, 1575 (?) Coventry (?) – 25. 6. 1634 London. Geistlicher, Dramatiker u. Satiriker; entstammte e. angesehenen Rechtsanwaltsfamilie, s. Mutter war Italienerin. 1591–94 Stud. Jura Oxford; Wechsel zur Lit., 1607 erneuter Wechsel zum Theol.stud. 1609 Priesterweihe, 1616 Übernahme s. 1. Pfarrstelle in Christchurch, Hampshire, wo er bis 1631 blieb. M. begann s. lit. Laufbahn mit dem Abfassen von Ged. (z. B. ›*The Metamorphosis of Pygmalion's Image*‹, 1598) u. satir. Abh. (zusammengefaßt in der Slg. *The Scourge of Villanie,* 1598), die sich hauptsächl. mit sozialen Mißständen u. Meinungsdifferenzen mit lit. Rivalen beschäftigten. 1599 wurden die Publikationen M.s auf Anordnung der Kirchenbehörden verbrannt. 1602–07 Veröffentlichung einiger Dramen, in denen italien. Szenerien, Motive u. Charaktere vorherrschen. In *The History of Antonio and Mellida* (1599), ergänzt durch den 2. Teil *Antonio's Revenge* (ca. 1600), werden themat. Züge aus *Romeo and Juliet* sowie *Hamlet* aufgegriffen u. in melodramat., dann zunehmend blutrünstiger Weise weitergeführt. Dagegen erscheinen M.s Kom. u. Tragikom. gemäßigter. *The Malcontent* (1604) wird oft als s. bestes Werk bezeichnet. Der Titelheld Malevole kreierte e. neue Mode, da s. Verkörperung des verdrossenen Nörglers außerordentl. gelungen war. Mit → Jonson u. → Chapman verfaßte er *Eastward Hoe!* (1605), das wegen s. satir. Inhalts die Autoren ins Gefängnis brachte. 1613 erschien *The Insatiate Countess.* M.s weitschweifender Stil, durch geschraubte Wendungen u. unpassende Metaphern gekennzeichnet, führte zu e. heftigen Streit mit Jonson, der ihn in *The Poetaster* attackierte. Die letzten 3 Jahre s. Lebens verbrachte M. in völliger Zurückgezogenheit; die 1. Gesamtausgabe s. Werke 1633. *ra*

The Works, hg. A. H. Bullen, III 1887; n. 1970. – J. Axelrad, Un Malcontent Elizabethain: J.M., 1955. A. Caputi, J.M., Satirist, 1961. B. Gibbons, Jacobean City Comedy: A Study of Satiric Plays by Jonson, M. and Middleton, 1968. P. J. Finkelpearl, J.M. of the Middle Temple. An Elizab. Dramatist in his Social Setting, 1969. J. S. Colley, M's Theatrical Drama, 1974. M. Scott, J. M's Plays: Theme, Structure and Performance, 1978. M. Scott, J.M's Plays, 1979.

Martin Chuzzlewit, Roman von Ch. → Dickens.

Marvell, Andrew, 31. 3. 1621 Winestead/Yorkshire – 18. 8. 1678 London; Lyriker; Sohn e. Pfarrers; Stud. Cambridge.

Nach s. B.A.-Examen unternahm er 1639 e. 4jährige Reise auf dem Kontinent, hauptsächl. in Italien. Ab 1650 als Tutor tätig; unterrichtete zunächst die Tochter des Commonwealth-Generals Fairfax, dann ab 1653 den Neffen Cromwells. Ab 1657 arbeitete er mit → Milton im ›Foreign Secretaryship‹, bevor er 1659 Parlamentsvertreter von Hull wurde. Obwohl M.s Sympathie in dieser polit. Umbruchzeit den Puritanern gehörte, wechselte er oft s. Meinung. Er machte sich nicht von Persönlichkeiten abhängig, sondern hielt sich konsequent an die Seite, die bessere Regierungsprogramme verhieß. Aus diesem Grunde konnte er das Lobged. ›Horatian Ode upon Cromwell's Return from Ireland‹ (1650) schreiben u. zugleich Charles I hochschätzen. Ebenso begrüßte er die Restauration der Monarchie, kritisierte aber auch in Verssatiren u. Pamphleten die polit. Unordnung unter Charles II. M. ist e. der bedeutendsten Lyriker des 17. Jh; steht in der Tradition → Donnes u. ist e. der herausragenden Vertreter der → Metaphysical Poetry. S. Verehrung für Milton ist aus s. ›On Mr. Milton's Paradise Lost‹ ersichtl. S. wenig umfangreiches Werk enthält einige berühmte engl. Ged.: ›To His Coy Mistress‹ (1681); ›The Garden‹ (1681); ›The Definition of Love‹. Die Ged. wurden erst posthum veröffentlicht, weshalb ihr genaues Entstehungsdatum unsicher ist. M. ist der letzte bedeutende Dichter der alten Tradition. S. Dichtung ist gekennzeichnet durch treffende Formulierungen, eindringl. Bilder u. Einfallsreichtum. Er bevorzugt den 4hebigen gereimten V. und das → conceit. *ra*

Complete Works, hg. A. B. Grosart, IV 1872–75; n. 1966. Complete Poetry, hg. G. de F. Lord, 1968. – H. Bungert, A. M.s polit. Verssatiren u. ecclesiastico-polit. Pamphlete: Studien zur engl. Vers- u. Prosasatire, 1957. P. Legouis, A. M. Poet, Puritan, Patriot, 1964. J. B. Leishman, The Art of M's Poetry, 1966. K. Hofmann, D. Bild i. A. M.s lyr. Ged. 1967. J. M. Wallace, Destiny his Choice: The Loyalism of A.M., 1968. D. M. Friedman, M's Pastoral Art, 1970. A. E. Berthoff, The Resolved Soul: A Study of M's Major Poems, 1970. B. King, M's Allegorical Poetry, 1977. A. M. Essays on the Tercentenary of His Death, hg. R. L. Brett, 1979.

Mary Barton, sozialkrit. Roman von E. C. → Gaskell.

Mason, William, 12. 2. 1724 Kingston-upon-Hull – 7. 4. 1797 Aston; Sohn e. Geistlichen. Stud. St. John's College, Cambridge, 1745 B.A., 1749 M.A. 1754 erhielt M. die Pfarrei von Aston; Domherr von York. Freundschaft mit → Gray, dessen Werk er 1775 herausgab (IV). M.s eigene Dichtung (Oden, Versdramen, Ged.) ist von geringer lit. Bedeutung. Mit s. Freund Gray entlarvte er Th. → Chattertons *Rowley Poems* als Fälschung. *hd*

Works, IV 1811. – Correspondence of H. Walpole and M., hg. M. Mitford, 1851. – J. W. Draper, W.M., 1924 (mit Bibl.).

Masque, (mask); von verkleideten Schauspielern (deren Gesichter zumindest geschwärzt waren) aufgeführte dramenähnl. Stücke, die auf einfachen Volksstücken, ›mumming plays‹ oder Märchen basierten u. durch Musik, Gesang u. Tanz ergänzt wurden. Während diese m.s, deren Ursprünge in der italien. Renaissance zu suchen sind, im 16. Jh. vielfach mit einfachsten Requisiten u. vorwiegend durch Amateurschauspieler aufgeführt wurden, entwickelte sich zu Beginn des 17. Jh. e. durch poet. Texte u. verbesserte Ausstattungen aufgewertetes Genre der m. Diese Entwicklung trieb v.a. → Jonson voran. In enger Zusammenarbeit mit dem Maler u. Architekten I. → Jones konzipierte er zahlreiche m.s, zu denen er, dabei oft zurückgreifend auf folklorist. u. myth. Motive, den Text verfaßte u. Jones die Bühnendekoration entwarf; hierbei ermöglichte die von Jones entwickelte Drehbühne e. Reihe dramaturg. Effekte, z. B. die ›double-masque‹, die vom schnellen Kontrast zweier Bühnenbilder oder Figurengruppen profitierte (etwa ›Himmel‹ vs. ›Hölle‹; so in Jonsons *Masque of Queens).* Die ›double-masque‹ ist e. Vorstufe der ›anti-masque‹ Jonsons, e. grotesken u. iron. Verfremdung der vielfach märchenhaften m. Die ›court masque‹ entwickelte zur gleichen Zeit e. Hang zum szen. Pomp. Die Zusammenarbeit von Jonson u. Jones ist symptomat. für den Richtungsstreit, der um die m. entfacht wurde: während für Jonson das poet., intellektuelle Moment im Vordergrund stand, legte Jones stärkeres Gewicht auf spektakuläre Dramaturgie. Dieser Streit wurde durch die Entwicklung der m. zur höf. Unterhaltung (etwa unter Charles I), wodurch der poet. Charakter sowie der dramat. Aufbau der m. zunehmend vernachlässigt wurde, bald entschieden. Neben Jonson, Th. → Middleton u. F. → Beaumont hat bes. Shakespeare in s. Stücken *A Midsummer Night's Dream* u. *The Tempest* viele Elemente der m. berücksichtigt. Häufig wurde m. mit → pastoral drama verwechselt oder gleichgesetzt. *ra*

E. Welsford, The Court M., 1927. A. Nicoll, M. Mimes and Miracles, 1931. A. Nicoll, Stuart M. and the Renaissance Stage, 1937. L. B. Campbell, Scenes and Machines on the Engl. Stage during the Renaissance, 1937. A. Nicoll, Stuart M. and the Renaissance Stage, 1938, repr. 1963. L. Hönnighausen, Maske u. Perspektive: Weltanschaul. Voraussetzungen d. perspektiv. Erzählens (GRM, 26 1976, 287–307).

Massinger, Philip, 24. 11. 1583 (getauft) Salisbury – 18. 3. 1640 London; Dramatiker; 1602–06 Stud. Oxford, ohne Abschluß. 1604 konvertierte er zum Katholizismus. Arbeitete, dem Trend s. Zeit folgend, mit versch. Dramatikern zusammen: → Dekker, Field, bes. → Fletcher (ca. 30 Bühnenstücke in Koproduktion). Letzterer profitierte von der Zusammenarbeit mit M., da, indem M. die weniger wichtigen Szenen beisteuerte, dieser in den Hintergrund gedrängt wurde u. Fletcher dadurch bei einigen Stücken *(The False One,* 1674; *Thierry and Theodoret,* 1679) als alleiniger Autor auftreten konnte. Mit Field zusammen schrieb er die Trag. *The Fatal Dowry* (1619). Nach dem Tode Fletchers 1625 wurde M. der führende Dramatiker der → King's Men. Er verfaßte neben Trag. u. Tragikom. hauptsächl. Kom., die teils im Stil der → comedy of humours von B. → Jonson, teils der Sittenkom. nachstrukturiert waren; sie zeichneten sich durch Bühnenwirksamkeit, gute Handlungsführung, lebendige Charakterzeichnung u. spannenden Dialog aus u. waren oft an polit. u. rel. Zeitfragen orientiert. S. bekannteste Kom. ist *A → New Way to Pay Old Debts* (ca. 1625), in der M. e. der Hauptgestalten der engl. Lit. schuf, näml. den Erpresser Sir Giles Overreach, der als Typ an B. Jonsons *Volpone* u. an Molières *Tartuffe* erinnert. M. ahmte in Länge u. durch das Stilelement des Enjambement die V. Shakespeares nach u. wurde daher oft der ›Prosa-Shakespeare‹ genannt. *ra*

Plays, hg. W. Gifford, IV 1805; n. F. Cunningham, 1868. – R. H. Ball, The Amazing Career of Sir Giles Overreach, 1939. T. A. Dunn, P.M., The Man and the Playwright, 1957. J. E. Cunningham, Elizabethan and Early Stuart Drama, 1965. F. D. Evenhuis, M's Imagery, 1973.

The Master of Ballantrae, Roman von R. L. → Stevenson.

Master Passion, *An → Essay on Man.*

Matter of England, Romanzen → *King Horn;* → Layamon; → Versromanze.

Maturin, Charles Robert, 25. 9. 1780 Dublin – 30. 10. 1824 ebda; Stud. Trinity College; protestant. Geistlicher St. Peter's, Dublin. Vf. versch. Dramen, von denen *Bertram* auf Vermittlung Scotts u. Byrons 1816 (Drury Lane Theatre) aufgeführt wurde. Etablierte sich mit Erzählungen im Stil der → Gothic Novel, z. B. *The Fatal Revenge* (III 1807), *The Milesian Chief* (1812), *Women* (1818) sowie dem erfolgreichen *Melmoth the Wanderer* (IV 1820; hg. W. F. Axton, 1961), dessen Titelheld e. Mischung aus Faust u. Mephisto darstellt, in der Handlung an Schauerlich-Geheimnisvollem alles Vorausgegangene übertreffend. Geschliffener Stil, meisterhafte Schilderung des Leidenswegs Melmoths, der sich aus s. Pakt mit dem Satan, der ihm ewige Jugend garantiert, zu lösen versucht. Das Thema des ewigen Juden, im weitesten Sinn e. nie endenden Lebens, wird eindrucksvoll entwickelt. Weitreichende Wirkung: → Wilde, der das Ps. ›Sebastian Melmoth‹ annahm, Balzacs *Melmoth reconcilié,* e. Art Forts., Hugos *Han d'Islande,* Baudelaire, Poe. *hd*

Works, hg. G. Saintsbury, 1871. W. Zirus, D. ewige Jude i. d. Dicht., 1928. W. Scholten, Ch.R.M. The Terror-Novelist, 1933.

Maugham, William Somerset, 25. 1. 1874 Paris – 16. 12. 1965 Nizza; Vater Beamter der brit. Botschaft in Paris. M. lernte früher Frz. als Engl., sehr stark durch frz. Geist geformt. 10jährig verwaist, kam M. zu e. Onkel, e. Geistlichen in Kent. Canterbury Cathedral School, 1892–97 Stud. Med. London, Philos. Heidelberg; übte den Arztberuf jedoch nicht aus, sondern wurde freier Schriftsteller. Ausgedehnte Reisen bis Ostasien u. Südseeinseln; exot. Länder bilden vielfach den Schauplatz s. Erzählungen. Lebte in London, New York, Paris, seit 1930 in Cap Ferrat b. Nizza. S. Erlebnisse als Geheimdienstler während des 1. Weltkriegs in der Schweiz schildert er in *Ashenden* (1928). Zahlreiche bedeutende Ehrungen, finanziell als Schriftsteller sehr erfolgreich. Urbane, kosmopolit. Persönlichkeit. Vf. von psych. Romanen u. Novellen um gesellschaftl., erot. u. psych. Probleme. Im objektiven, skept.-iron. Stil kühl-sachl. Diagnose, mit scharfer Beobachtung u. in spannender Handlungsführung stellt M. menschl. Leidenschaften, Verirrungen u. Verstöße des Individuums gegen die gesellschaftl. Konvention dar. Die frühen naturalist. Armeleuteromane *(Liza of Lambeth,* 1897; *Mrs. Craddock,* 1902) sind lit. von Zola u. Maupassant beeinflußt. M.s bestes Werk, der stark autobiograph. gefärbte Bildungsroman *Of Human Bondage* (1915) behandelt pessimist., mitleidlos u. realist. das Thema sexueller Hörigkeit. Philip Carey, der wie der Autor selbst unter e. körperl. Gebrechen leidet, verfällt der Kellnerin Mildred u. findet erst nach Schmerzen u. Demütigungen in der unkomplizierten Liebe zu Sally Athelyn Glück u. Erfüllung. *The Moon and Sixpence* (1919) ist e. Roman über das Leben des Malers Gauguin, der s. gesicherte bürgerl. Existenz hinter sich läßt u. in der Südsee künstler. Erfüllung findet. *Cakes and Ale* (1930) behandelt anhand des Lebens e. an → Hardy erinnernden Dichters den Protest des Individuums gegen soziale Konventionen. Meisterhaft pointierte Kurzgesch., bes. aus dem Leben Weißer in den Kolonien *(The Trembling of a Leaf,* 1921; *The Casuarina Tree,* 1926; *First Person Singular,* 1931). 1903–33 rund 30 erfolgreiche Bühnenstücke um Liebes- u. Eheprobleme, meist im humorist.-iron. Stil → Wildes u. der Restaurationskom. mit witzig-brillanten Dialogen. Das bekannteste u. erfolgreichste: *The Constant Wife* (1927) um e. eigenwillige, unbefangen sachl. Frau, welche die Spielregeln der bürgerl. Ehe umkehrt. Seit s. Tod hat M.s Ansehen stark gelitten. Die gängigste Kritik ist die an s. ›middlebrow attitude‹, an der Verwendung von Klischees u. der mangelnden Originalität. *ks*

Collected Plays, VI 1931–34; III 1952. Complete Short Stories, III 1951. Selected Novels, III 1953. Far and Wide, II 1955 (9 Romane). Best Short Stories, hg. J. Beecroft, 1957. Selected Prefaces and Introductions, hg. G. Shiveley, 1963. Seventeen Lost Stories, 1969. – F. T. Bason, Bibl., 1931. K. W. Jonas, Bibl., 1950. R. T. Stott, The Writings of M., 1956, 1961, 1964, n. 1973. — P. Dottin, M. et ses romans, 1928. R. H. Ward, S. M., 1937. R. Aldington, S. M. An Appreciation, 1939. J. Brophy, S.M., 1952. H. Papajewski, D. Welt-, Lebens- u. Kunstanschauung M.s, 1952. S. A. Jensen, M. Some Aspects of the Man and His Work, 1957. The World of M., hg. K. W. Jonas, 1959. W. Menard, The Two Worlds of M., 1965. G. Kanin, Remembering Mr. M., 1966. B. Nichols, A Case of Human Bondage, 1966. M. K. Naik, W.S.M., 1966. R. Maugham, Somerset and all the Maughams, 1966. R. E. Barnes, The Dramatic Comedy of M., 1968. A. Curtis, The Pattern of M., 1974. F. Raphael, S.M. and His World, 1977. A. Curtis, S.M., 1977. R. Maugham, Conversations with Willie: Recollections of W.S.M., 1978.

Mavor, Osborne Henry → Bridie, J.

The Mayor of Casterbridge, Roman von Th. → Hardy, ED ›The Graphic‹, Januar – Mai 1886; EA 1886. Schauplatz des Romans ist der Südwesten Englands, die von Hardy unter hist. Namen aus Realität u. Fiktion geschaffene Landschaft der *Wessex Novels.* In betrunkenem Zustand verkauft Michael Henchard s. Frau Susan u. s. Tochter Elizabeth-Jane an den Matrosen Richard Newson. Als er sie trotz aller Nachforschungen nicht wiederfinden kann, entsagt er für 21 Jahre dem Alkohol. Nach dem vermeintl. Tod Newsons kehrt Susan mit ihrer Tochter nach Casterbridge (Dorchester) zurück. Aus dem Landarbeiter H. ist mittlerweile e. wohlhabender Heu- u. Getreidehändler geworden; er ist Bürgermeister der Stadt. Durch e. Wiederheirat Susans will er früheres Unrecht ausgleichen, zumal niemand außer ihm die wahre Gesch. der Witwe kennt. Als Susan kurz darauf stirbt, erfährt er, daß das Mädchen die Tochter des Matrosen ist u. s. eigenes Kind kurz nach der Trennung gestorben war. H. nimmt den Schotten Donald Farfrae in s. Geschäft auf, e. intelligenten, freundl. Mann. Als dieser sich selbständig macht, wird er unabsichtl. zu H.s Konkurrenten. E. Fehlspekulation zwingt H. in den Konkurs. Farfrae übernimmt s. Haus u. wird schließl. auch Bürgermeister. Der totgeglaubte Newson taucht auf. Um Elizabeth nicht zu verlieren, erzählt ihm H., daß s. Tochter gestorben sei. Voller Mißtrauen kehrt Newson auf s. Weg aus der Stadt nochmals um, H. vermeidet e. Zusammentreffen, verläßt Casterbridge u. stirbt in der Einsamkeit von Egdon Heath. Elizabeth u. Farfrae heiraten. Von unglückl. Umständen, aber auch durch s. unbeherrschtes, unbeugsames Wesen wurde H., dessen Aufstieg u. Fall Hardy mit hohem Einfühlungsvermögen schildert, letztl. in den Untergang getrieben. Der Vergleich zur klass. griech. Trag. liegt nahe, andererseits erinnert der im Leid gezeigte Gleichmut H.s an die bibl. Gestalt des Hiob, auf den er selbst einmal anspielt. Die engmaschig geknüpfte Handlung des *M. of C.* ist in der Verkettung der Einzelschicksale e. erzähler. Meisterleistung. Die Psychol. der Charaktere, die Verdeutlichung innerer Zustände im Lauf ihrer Schicksale, folgerichtig trotz der vielen Zufallsereignisse, die das Geschehen bestimmen, geben dem Roman e. führende Stellung sowohl im Gesamtwerk Hardys als auch in der Prosalit. des ausgehenden 19. Jh. Der Text der EA unterscheidet sich erhebl. von der Erstpublikation in ›The Graphic‹, wie Hardy überhaupt bis zur Wessex Edition von 1912 ständig Überarbeitungen vornahm.

hd

Hg. H. C. Webster, 1948; n. S. C. Chew, 1950; n. A. Guérard, 1956; n. R. B. Heilman, 1962. – J. Paterson, ›M. of C.‹ as Tragedy (VS, 3 1959, 151-72). D. Brown, T. H. ›M. of C.‹, 1961. R. B. Heilman, H's ›M.‹ Notes on Style (NCF, 18 1964, 307-29). D. Riesner, Kunstprosa i. d. Werkstatt. H.s ›M. of C.‹ 1884-1912 (Fs. W. Hübner, 1964, 267-326). T. H. The Tragic Novels, hg. R. P. Drapes, 1975 (Casebook).

McGahern, John, 12. 11. 1934 Dublin; Stud. Univ. College, Vf. von düsteren, schmerzl.-boshaften Romanen (*The Dark*, 1965; *The Leavetaking*, 1975) u. Kurzgesch. (*Nightlines*, 1970; *Getting Through*, 1978) über das zeitgenöss. Irland mit scharfem Blick für die brutalen Paradoxa der ir. Phantasie. *ks*

McGonagall, William (›The Great William‹), 1830 Edinburgh – 29. 9. 1902, ebda; Schauspieler, Reimschmied. S. zahlreichen Ged., als *Poetic Gems* (II, 1890) zusammengefaßt u. in immer neuen Auflagen veröffentlicht, können ihre Popularität bis heute behaupten; Musterbeispiele trivial-sentimentaler Gebrauchslyrik (*P. G.*, 1975). *hd*

McGrath, John, 1. 6. 1935 Birkenhead; Stud. Oxford, Regisseur. Hauptthema s. z. T. in respektlosem Komödienstil gehaltenen sozialkrit. Stücke ist die zwischenmenschl. u. die polit. Verantwortung der Charaktere. Am erfolgreichsten *Events While Guarding the Bofors Gun* (1966), e. spannendes psych. Drama vor militär. Hintergrund. Das Rockmusical *Soft or a Girl* (1971) bietet e. Panorama des Lebens in Liverpool von der Bombardierung 1941 bis zur Gegenwart. *Bakke's Night of Fame* (1973), die Adaption e. Romans von William Butler, ist die makabere Studie e. exhibitionist. die Wirkung s. bevorstehenden Hinrichtung genießenden Mörders. *ks*

McLaren, Ian, eig. J. Watson → Kailyard School.

Measure for Measure → problem plays, Shakespeare.

Melmoth the Wanderer, Schauerroman von Ch. R. → Maturin.

Memoirs of a Cavalier, fiktive Biographie von D. → Defoe.

Memoirs of Martinus Scriblerus → Scriblerus Club.

Men and Women, Gedichtslg. von R. → Browning.

Mercer, David, 27. 6. 1928 Wakefield; Arbeiterkind, Stud. Chemie Durham, Kunststud. Newcastle; Kunstlehrer in Paris, 1961 Rückkehr nach England, freier Dramenautor. Zuerst durch die Fernsehtrilogie *The Generations* (1961 – 63) bekannt; dann Vf. e. Reihe von experimentierfreudigen Dramen u. Drehbüchern, vorwiegend um den Versuch der Charaktere, ihre spontane Vitalität auch gegen äußere Widerstände e. konformist. Gesellsch. zu verwirklichen, u. die daraus erwachsenden Probleme. Insb. gestaltet M. die emotionalen Konflikte des Intellektuellen aus dem Arbeiterstand, den s. Bildung s. Milieu entfremdet hat, z. B. TV-Trilogie, *Ride a Cock-Horse,* 1966, u. *After Haggerty,* 1970. *Flint* (1970) ist e. köstl. Kom. um e. vitalen alten Geistlichen, der auf e. Motorradreise mit Hippiefreundin Erfüllung u. Ende s. Lebens findet. Die bittere Kom. *Cousin Vladimir* (1978) berichtet von den desillusionierenden Erfahrungen zweier russ. Emigranten in der dekadenten, amoral., haltlosen Londoner Clique, in die sie geraten. *ks*

J. R. Taylor, D. M. (The Second Wave, 1971, 36-58).

The Merchant of Venice, zwischen 1596 u. 98 verfaßtes Drama von Shakespeare, dessen Variationsbreite u. Ambivalenz Deutung u. Einordnung ungewöhnl. umstritten werden ließen: Grausamkeit, Haß u. Bosheit beherrschen weite Teile u. sprengen nach Ansicht vieler Kritiker den Rahmen e. → happy comedy. Shylock wurde bis ins 19. Jh. mit den karikaturist. Zügen e. ›comical villain‹ gezeichnet, heute sieht man ihn mehr als von der Gesellsch. ausgestoßenen Außenseiter, dessen unbarmherzige Rachsucht aus der Summe des ihm u. s. Volk zugefügten Unrechts, der lebenslangen Diskriminierung u. menschenunwürd. Behandlung resultiert u. dessen Pathos Mitleid u. Erschütterung weckt. Er wird zudem durch die Flucht s. Tochter Jessica, die s. Gold u. s. Wertsachen mitnimmt, um sich zu e. guten Partie für Lorenzo zu machen, in Wut versetzt. Die beiden Schauplätze des Dramas sind einerseits die Handelsstadt Venedig, in welcher der ›royal merchant‹ Antonio u. der düstere jüd. Wucherer Shylock ihren Geschäften nachgehen, u. andererseits die arkad. heitere, aristokrat. Ferienwelt von Belmont. Die komödienhafte Liebes- u. Werbehandlung rankt sich um das in Belmont angesiedelte Motiv der Kästchenwahl: nicht Marokko oder Arragon, die das goldene bzw. silberne Kästchen wählen, also vom äußeren Glanz u. Reichtum geblendet werden bzw. an eitler Überheblichkeit scheitern, erlangen die vollkommene u. reiche Portia, sondern Bassanio, der durch die Wahl des unscheinbaren bleiernen Kästchens mit dem Motto »Who chooseth me, must give and hazard all he hath« demonstriert, daß er imstande ist, Portia um ihrer selbst willen zu lieben. Shylock leiht Antonio das Geld, das dieser für s. Freund Bassanio braucht, damit er standesgemäß um Portia werben kann, gegen das Pfand e. Pfundes Fleisch aus Antonios Körper. Als Antonio aufgrund des fälschl. vermuteten Untergangs s. Schiffe nicht zahlen kann, besteht Shylock darauf, s. Herz zu erhalten. Antonios Rettung erfolgt durch das Auftreten Portias in Männerkleidern als Rechtsgelehrter, der die Funktionen des Richters übernimmt u. Shylock – nach e. vergebl. Appell, Gnade zu üben – mit Hilfe e. formaljurist. Tricks ausschaltet: er habe zwar Recht auf e. Pfund Fleisch, wenn er aber auch nur e. Tropfen Blut vergieße, sei s. Leben verwirkt. Die glückl. Vereinigung der Paare am Ende des Dramas ist ebensowenig wie die vorherigen Ereignisse frei von vielschichtigen Ambivalenzen. *ks*

S. A. Tannenbaum, Concise Bibl., 1941. – T. B. Lelyveldt, Shylock on the Stage: Significant Changes in the Interpretation of Sh's Jews, 1951. H. Sinsheimer, Shylock: The History of a Character, or The Myth of the Jew, 1960. B. Grebanier, The Truth about Shylock, 1962. A. D. Moody, Sh. ›T. M. o. V.‹, 1964. W. F. Veltmann, Sh.s Kaufmann von Venedig, 1964. Sh. ›T. M. o. V.‹, hg. J. Vilders, 1969 (Casebook).

Meredith, George, 12. 2. 1828 Portsmouth – 18. 5. 1909 Box Hill/Surrey. Nach dem Tod s. Eltern verbrachte M. 8 Jahre im Internat der mähr. Brüdergemeine in Neuwied. Kurze Tätigkeit in e. Anwaltsbüro, danach Journalist u. Schriftsteller. Heiratete 1849 Mary Peacock, Tochter von Th. L. → Peacock, die ihn jedoch 1860 verließ. Freundschaftl. mit Swinburne verbunden. Strebte in s. von Wordsworth u. Shelley beeinflußten Dichtung e. Verbindung zwischen der naturwissenschaftl. Einstellung des Positivismus (Comte, Mill, Darwin) u. dem Ideengut des neoplaton. Denkens der Romantik an. Bedeutender als Erzähler realist.-psych. Romane. Karge Handlung zugunsten eingehender Charakteranalysen. S. Nebenfiguren sind weiterhin von der Norm gesellschaftl. Konventionen geprägt, typenhaft. Wie *The Ordeal of Richard Feverel* (1859) bringen auch die anderen s. großen Romane – *Emilia in England* (1864, später u. d. T. *Sandra Belloni*), *The*→ *Egoist* (1879) u. *Diana of the Crossways* (1885) – e. bisher unübl. Frauentyp, der Unabhängigkeit anstrebt u. die gleichen Rechte fordert, wie sie dem Mann zugestanden werden. Weitere Romane: 1861 *Evan Harrington*; 1865 *Rhoda Fleming*, Gesch. e. Verführung; 1867 *Vittoria*, Italien z. Zt. der Mazzini-Verschwörung; 1880 *The Tragic Comedians*, Handlungsvorwurf ist die trag. Liebe des dt. Sozialistenführers F. Lassalle zu der Adligen Helene von

Dönniges; 1894 *Lord Ormont and His Aminta*; 1895 *The Amazing Marriage*. 1909 erschien der Bd. *Last Poems*, das Fragment *Celt and Saxon* posthum 1910; im gleichen Jahr UA der Kom. *The Sentimentalist*. M. schrieb als ›allwissender‹ Autor: auktoriale Erzählhaltung, ständig kommentierend, iron. Bemerkungen zum Geschehen. S. Charaktere demonstrieren die Entwicklung des Menschen von ›blood‹ über ›brain‹ zu ›spirit‹; didakt. Anspruch. Gehobener Stil, fast manieriert, Sprache mit überraschenden Metaphern durchsetzt. Von der Lit.krit. heute größtenteils negativ beurteilt: gekünstelte Prosa u. Lyrik. *hd*

Works, XXVII 1909-11 (Memorial Edition, mit Bibl.); n. 1968. Works, XV 1904-20 (Standard Edition). Poetical Works, hg. G. M. Trevelyan, 1912; n. 1928. Poems. hg. P. B. Bartlett, II 1978. – Letters, hg. W. M. Meredith, II 1912; n. C. L. Cline, III 1968. – M. B. Forman, Bibl., 1922. Ders., Meredithiana, 1924. J. C. Olmsted, Bibl. of Crit. 1925-75, 1978. – E. J. Bailey, The Novels of G. M. 1907. G. M. Trevelyan, The Poetry and Philosophy of G. M., 1907. J. W. Beach, The Comic Spirit in G. M., 1911. J. H. E. Cress, G. M. A Study of his Work and Personality, 1918. S. M. Ellis, G.M. His Life and Friends in Relation to His Work, 1919. J. B. Priestley, G. M., 1926. S. Sassoon, M., 1948. L. Stevenson, The Ordeal of G. M., 1953. J. Lindsay, G. M. His Life and Work, 1956. N. Kelvin, A Troubled Eden: Nature and Society in the Works of G. M., 1961. W. F. Wright, Art and Substance in G. M. A Study in Narrative, 1963. R. Guntzmann, D. Wandel d. Erzählkonventionen vom Vikt. zur Mod. Untersuch. zur Erzähltechn. G.Ms., 1977.

The Merry Wives of Windsor, e. von Shakespeares → happy comedies, in deren Zentrum die aus den → Histories bekannte Figur des → Falstaff steht.

Metaphysical Poetry, von J. → Dryden *(Discourse of the Original and Progress of Satire*, 1692) eingeführte u. → Johnson aufgegriffene Bz. für die Werke e. Gruppe von Dichtern, die sich zu Beginn des 17. Jh. um J. → Donne gebildet hatte; von ihnen wandten sich G. → Herbert, → Vaughan u. → Crashaw geistigen, → Marvell, Cleveland u. → Cowley weltl. Themen zu. Ging man noch vor wenigen Jahrzehnten davon aus, Donne habe die ganze Gruppe in hohem Maße beeinflußt, nimmt man dies heute nur noch bei weniger bedeutenden Poeten wie → Herbert of Cherbury, Th. → Carew oder J. Suckling an. Die Eigenständigkeit der Werke von G. Herbert u. Marvell ist allg. akzeptiert. Die Bz. M.P. ist nach heutigen Begriffen irreführend: sehr viele Ged. kreisen um psych. Themen; die Psychol. war aber zur damaligen Zeit noch der Philos. unterstellt, folgl. wurde die Auseinandersetzung mit e. Gefühl (z. B. Liebe in den Ged. von Donne) als etwas nicht phys. Faßbarem in den metaphys. Bereich eingeordnet. In den Ged. u. epischen Werken der M.P. stehen sich spontan wirkende Sprache u. der an die tatsächl. gesprochene Sprache anklingende Rhythmus e. kalkulierten Sprache, bestimmt durch → conceit u. Oxymora, gegenüber, wodurch die Ausdrucksweise zuweilen sehr gesucht u. schwülstig klingt. Man mag darin e. Widerstreit zwischen spontaner Emotion u. berechnendem Intellekt sehen. Die M.P. erlebte zu Beginn des 20. Jh. e. Renaissance, nachdem es lange Zeit um diese dichter. Schule sehr still gewesen war. *ra*

J. B. Leishman, Metaphysical Lyrics, 1934. T. S. Eliot, Selected Essays, ³1951. A. Esch, Engl. rel. Lyrik des 17. Jh., 1955. H. Gardner, The M.P., ²1961. J. Hunter, The Metaphysical Poets, 1965. R. Ellrodt, Les Poètes

Métaphysiques Anglais, II 1960. M. C. Wanamaker, Discordia Concurs: The Wit of M.P., 1975.

Micawber, Wilkins, Figur in Dickens' → *David Copperfield;* Typus e. heiter-unbekümmerten Charakters, voll Vertrauen auf das Glück des günstigen Zufalls; pomphafte Redeweise. > micawberism, micawberish. *hd*

Microcosmographie → Character Book.

The Middle Age of Mrs. Eliot, Roman von A. → Wilson.

Middle Earth → Tolkien, J.R.R.

Middlemarch. A Study of Provincial Life, Roman von G. → Eliot, entstanden 1869-72; EA IV 1871-72. Auf dem Höhepunkt ihres Schaffens führt G. Eliot mit *M.* in e. fiktive Kleinstadt Mittelenglands u. zeichnet das Alltagspanorama der Gesellsch. nach 1830. Als Vorbild könnte Coventry gedient haben. Die begabte u. geistvolle Dorothea Brook, Nichte e. Landedelmanns, repräsentiert den Typus der ehrgeizigen jungen Frau, die sich in der Enge der Provinz nicht entfalten kann. Sie heiratet den 50jährigen Gelehrten Dr. Casaubon. Bald fühlt sie sich durch s. egoist. Verhalten enttäuscht, s. intellektuelles Vorbild verblaßt. Er stirbt nach kurzer Ehe, verfügt jedoch noch vor s. Tode, daß Dorothea im Falle e. späteren Heirat mit s. Neffen, dem Maler Will Ladislaw, zu enterben sei. Im Vordergrund der 2. Handlungseinheit steht die Familie Vincy, stellvertretend für den neuen Mittelstand, u. der tüchtige Landarzt Tertius Lydgate. Letzterer läßt sich in der Stadt als prakt. Arzt nieder. Er u. Rosamond Vincy heiraten. Rosamond gerät jedoch in den von gesellschaftl. Ambitionen beherrschten Kreisen in immer stärkeren Gegensatz zu den fortschrittl. wissenschaftl. Zielen ihres Mannes, der sich damit die Gegnerschaft der anderen, primär materiell denkenden Ärzte zuzieht. E. weitere Handlungseinheit ist mit der Familie Garth im Millieu der wohlhabenden Bauern angesiedelt. Die junge Mary Garth wird von Fred Vincy u. dem Geistlichen Farebrother umworben. Die Gesch. erzählt vornehml. die charakterl. Entwicklung Freds, der sich im Verlauf der Ereignisse von e. schwachen, unselbständigen, allein auf das Vermögen s. Onkels bauenden Menschen zu e. unabhängigen, s. Individualität bewußten Mann wandelt. Die Darstellung des erfolgreichen Bankiers Bulstrode, Schwager von Fred u. Rosamond, bringt letztl. e. 4. Geschehniskomplex ins Spiel. In Bulstrode, mit s. dunklen Vergangenheit, geheuchelten Religiosität u. s. finanziellen Machenschaften, am Schluß von s. bösen Taten verfolgt, sogar zu e. Mord fähig, gelingt E. e. ihrer nachhaltigsten Charakteranalysen. Kontrastfigur im Gesamtgeschehen ist Will Ladislaw, als Ausländer u. Künstler ohnehin e. Außenseiter der Provinzgesellschaft. Dorothea heiratet ihn, der er im Grunde das Ideal verkörpert, das sie in Dr. Casaubon zu finden hoffte. Die vielen Nebenfiguren, jede typ. in Herkunft, Erziehung u. Stellung, vervollständigen die realist. Funktion von *M.* als Spiegelbild der wirtschaftl., polit. u. gesellschaftl. Zustände der Zeit. Die Modernität dieses klass. Romans des 19.

Jh. liegt nicht allein in s. psych. schlüssigen Durchführung des Selbsttäuschungsmotivs, der realist. Zeichnung von Mensch u. Milieu, sondern auch in s. Struktur, die unter dem Aspekt unterschiedl., dennoch aber untereinander abhängiger Perspektiven 4 Handlungsstränge zu e. mehrschichtigen Erzählhandlung verbindet. *hd*

Hg. W. J. Harvey, 1965 (Penguin Engl. Library). – J. Beaty, ›M.‹ From Notebook to Novel, 1960. N. P. Stallknecht, Resolution and Independence: A Reading of ›M.‹ (Twelve Original Essays on Great Engl. Novels, hg. C. Shapiro, 1960, 125-52). D. Daiches, G.E. ›M.‹, 1963. ›M.‹ Crit. Approaches to the Novel, hg. B. Hardy, 1967. ›M.‹ hg. P. Swinden, 1972 (Casebook). G.E's ›M.‹ Notebooks, hg. J. C. Pratt, and V. Neufeldt, 1979.

Middleton, Thomas, 18. 4. 1580 London – 4. 7. 1627 Newington Butts; Sohn e. Maurers, Stud. Oxford ab 1598. Schrieb zunächst Dramen für Knabentruppen, ab etwa 1615 für die → King's Men. 1620 Ernennung zum Stadtchronisten Londons. M.s um 1606-07 entstandene derb-satir. Intrigenkom. aus dem Londoner Alltagsleben *Michaelmas Terme; A Mad World, My Masters* u. *A Trick to Catch the Old One* sind bei aller Komik ernste Darstellungen e. gesellschaftl. Umbruchs. E. Meisterwerk e. Großstadtkom. von wilder Komik u. skandalöser Unanständigkeit ist *A Chaste Maid in Cheapside* (ca. 1613). In s. späteren Werken wandte sich M. von der Komik ab u. der Tragikom. u. Trag. zu, von der Prosa zum Vers u. von der Intrige zur Psychol. Die bekannteste der Tragikom. ist *A Fair Quarrel* (ca. 1615-17). M.s kraftvollste psych. Trag. sind *Women Beware Women* (ca. 1620-27) u. *The Changeling* (1623, zus. mit William Rowley). Beide stellen mit unerbittl. Konsequenz die fortschreitende Korruption der Figuren unter dem Einfluß der zerstörer. Macht des Bösen dar. *ks*

Works, hg. A. H. Bullen, VIII 1885-86. Th.M., hg. M. W. Sampson, 1915. – S. A. Tannenbaum, Th.M., Concise Bibl. 1940. D. Donovan, Elizabethan Bibl. Supplements, I: Middleton, 1939-65, 1967. – H. Jung, D. Verhältnis M.s zu Shakspere, 1904. W. D. Dunkel, The Dramatic Technique of Th.M., 1925. S. Schoenbaum, M's Tragedies. A Critical Study, 1955. R. H. Barker, Th.M., 1958. D. M. Holmes, The Art of M. A Critical Study, 1970. L. C. Stagg, An Index to the Figurative Language of M's Tragedies, 1970. N. A. Brittin, Th.M., 1972. J. F. McElroy, Parody and Burlesque in the Tragicomedies of Th.M., 1972. B. J. Baines, The Lust Motif in the Plays of Th.M., 1973. C. L. Cherry, The Most Unvaluedst Purchase: Women in the Plays of Th.M., 1973. A. Covatta, Th. M's City Comedies, 1973. D. M. Farr, Th.M. and the Drama of Realism, 1973. G. Asp, A Study of Th.M's Tragicomedies, 1974. C. A. Hallett, M's Cynics, 1975. D. J. Lake, The Canon of Th.M's Plays, 1975. B. Nauer, Th.M. A Study of the Narrative Structures, 1977.

A Midsummer Night's Dream, e. der populärsten → happy comedies von Shakespeare (1595/96). Themat. Zentrum der 4 Personengruppen, deren Gesch. das Stück verwebt, ist ihr jeweiliger Bezug zur ›imagination‹ u. deren Produkten – Träume, Liebe, Poesie, Theater: Im Leben der beiden jungen athen. Liebespaare, Hermia u. Lysander, Helena u. Demetrius ist sie die alles beherrschende Macht, der sie ausgeliefert sind wie e. Naturgewalt, die zwischenmenschl. Ordnungen, Gesetze u. Bindungen zunichte macht. Ihre Verliebtheit ist irrational, unreif u. wandelbar; typ. für die Empfindungsweise der Liebenden ist das Verb ›to dote‹, das in keinem anderen Werk Sh.s so häufig vorkommt wie in *M.N.D.* Indessen führen ihre gesunde menschl. Natur u. e. wohlwollendes Schicksal die Wirrnisse der 1. Liebe zum glückl. Ende der Ehe. In der Zauberwelt der Feen verabsolutiert sich die Macht der ›imagination‹ zu e. weder von den Schranken der Menschennatur noch von sozialen Bindungen begrenzten Launenhaftigkeit: Oberons u. Titanias Ehe ist e. Serie von Intrigen, Eifersüchteleien u. Affären, die bis zu Titanias erniedrigender Schwärmerei für Bottom mit dem Eselskopf reicht. Dieser u. die übrigen Handwerker sind Inkarnationen dumpfen, grob ird. Instinkts u. banaler Vernünftigkeit. In Bottoms Dickschädel ist kein Platz für die ›imagination‹, deshalb nimmt er sich in der Zauberwelt der Feen ebenso täpp. aus wie auf dem Theater, für das die Imagination lebenswichtig ist. Das Herzogspaar Theseus u. Hippolyta stellt in ruhiger Überlegenheit Vernunft, Gesetz u. Ordnung als Garanten reibungslosen menschl. Zusammenlebens an die Seite der unzulässigen ›imagination‹. Alles, was im *Sommernachtstraum* geschieht, ist Hochzeitsvorbereitung: schon die ersten Worte erwähnen die bevorstehende Hochzeit von Theseus u. Hippolyta, die beiden jungen Paare wünschen nichts sehnlicher als baldige Heirat, die Handwerker proben die Trag. von Pyramus u. Thisbe als Festspiel zur Hochzeitsfeier, u. die Feen sind gekommen, um das Herzogspaar zu segnen: das Stück endet denn auch mit der festl. Vereinigung der Menschenpaare, während die Feen »in silence sad« davonziehen.

ks

K. M. Briggs, The Anatomy of Puck, 1959. D. P. Young, Something of Great Constancy: The Art of ›M.N.D.‹, 1966. S. Fender, Sh. ›M.N.D.‹, 1968.

Mill, James, 6. 4. 1773 Northwater Bridge (Schottland) – 23. 6. 1836 Kensington; Philosoph, Geschichtsschreiber. Sohn e. Schuhmachers; 1790 Stud. Theol. Edinburgh, 1802 nach London, Lohnschreiber u. Hg. ›Literary Journal‹. Aufgrund s. *History of British India* (1817-18) erhielt er e. gute Stellung bei der East India Comp. Hauptvertreter des Utilitarismus; Verbindung mit → Ricardo u. → Bentham, dessen Lehrmeinung er durch s. Assoziationstheorie e. psych. Erklärung zu geben suchte. M.s *Elements of Political Economy* (1821) u. *Analysis of the Human Mind* (1829) offenbaren den Einfluß von → Hobbes, → Hume u. → Locke.

hd

Selected Economic Writings, hg. D. Wincke, 1966. – L. Stephen, The Engl. Utilitarians, 1900. A.S.Pringle-Patterson, The Philosophical Radicals, 1907. E. Halévy, The Growth of Philosphic Radicalism, 1928. J. Hamburger, J. M. and the Art of Revolution, 1963.

Mill, John Stuart, 20. 5. 1806 London – 8. 5. 1873 Avignon; Sohn des obengenannten; Erziehung u. Wissensvermittlung zu Hause, v.a. in klass. Lit., Logik u. Nationalökonomie. Gründer der ›Utilitarian Society‹ (1823). Vf. wirtschaftspolit. Artikel, 1825 Mitarbeit an → Benthams *Treatise on Judicial Evidence.* M.s Einfluß war beachtl., wenn auch versch. s. Ideen später revidiert oder durch Neuansätze überholt wurden. Die Abh. *On Liberty* (1859), *Representative Government* (1861) u. *Utilitarianism* (1863) nahezu gleichwertig neben den Hauptwerken *A System of Logic* (1843)

u. *Principles of Political Economy* (1848). Trat für die Gleichberechtigung der Frau ein *(The Subjection of Women,* 1869). M.s *Autobiography* (hg. A. Stillinger, 1961) gibt Aufschluß über die streng utilitarist. ausgerichtete Erziehungsmethode s. Vaters u., daraus folgend, e. nicht immer freudvolle Kindheit u. Jugend.

hd

Works, 1905. Collected Works, hg. T.E.L. Priestley, XVII 1963-77. – Letters, hg. H.S. R. Elliot, 1910. – N. MacMinn, J. R. Hainds and McNab McCrimmon, Bibl., 1945. – L. Stephen, The Engl. Utilitarians, 1900. M. A. Hamilton, J.S.M., 1933. E. Halévy, Life of J.S.M., 1954. J. C. Rees, J.S.M. and His Early Critics, 1956. T. Woods, Poetry and Philosophy. A Study in the Thought of J.S.M., 1961. F. P. Sharpless, Lit. Crit. of J.S.M., 1967. J. M. Robson, The Improvement of Mankind: The Social and Political Thought of J.S.M., 1968. E. August, J.S.M. A Mind at Large, 1976. R. K. Halliday, J.S.M., 1976.

The Mill on the Floss, Roman von G. → Eliot.

Milton, John, 9. 12. 1608 London – 8. 11. 1674 ebda; e. der größten engl. Dichter nach → Shakespeare. S. Vater war Notar, nebenbei Geldverleiher, u. brachte es so zu e. ansehnl. Vermögen. M. genoß e. sorgfältige Erziehung an der St. Paul's School, London; 1625 Stud. Cambridge. Lernte Lat., Griech. u. Hebräisch, daneben Privatunterricht u.a. von dem Schotten Th. Young, der ihn in die lat. Poetik einwies; 1629 B.A., 1632 M.A. In Cambridge verfaßte er s. ersten Ged., *On the Death of a Fair Infant Dying of a Cough* (1628), *At a Vacation Exercise in the College* (1628) u. die Ode *On the Morning of Christ's Nativity* (1629). Daneben entstanden e. Reihe von Elegien u. Epigrammen in lat. u. 6 Sonette in italien. Sprache. Nach Beendigung s. Theol.stud. gab er s. Plan, Geistlicher zu werden, auf, um sich der Dichtkunst zu widmen. Zwischen 1632 u. 38 lebte er auf dem Landsitz s. Vaters in Horton/Windsor. In dieser Zurückgezogenheit eignete er sich die Werke der Klassiker an u. legte den Grundstein s. liberalen Denkens. S. beiden Ged. *L'Allegro* u. *Il Penseroso,* die den urbanen, zivilisierten Menschen in 2 versch. Grundhaltungen (›Mirth‹ u. ›Melancholy‹), wie er in → Jonsons lyr. Werken geschildert wird, darstellen, sind entweder in Horton (1632) oder aber noch in Cambridge (1631) entstanden. Vermutl. auf Anregung des Musikers H. Lawes hatte M. zwischen 1630 u. 33 die *Arcades,* e. Miniaturmaskenspiel, geschrieben. 1634 entstand auf Bitten Lawes' hin das Maskenspiel → *Comus,* in dem M. zum erstenmal s. großes Thema, den Konflikt zwischen Gut u. Böse, dramatisierte. Zu Ehren s. bei e. Schiffsunglück ertrunkenen Freundes E. King verfaßte er das Ged. *Lycidas,* s. 1. Versuch, Gottes unergründl. Beschlüsse bezügl. der Menschen zu rechtfertigen. 1638/39 unternahm M. e. Bildungsreise nach Frankreich u. Italien, auf der er in Paris mit Grotius, in Florenz mit dem inhaftierten Galilei zusammentraf. Wegen der wachsenden polit. Spannungen in England kehrte er in s. Heimat zurück, ließ sich in London als Erzieher nieder; führte e. puritan., zurückgezogenes Leben. Als überzeugter Anhänger Cromwells kämpfte er in den Jahren 1641-60 in e. Reihe von Pamphleten gegen die Royalisten, das Episkopat u. für s. Vorstellungen von rel. u. bürgerl. Freiheit, z. B. in *On Reformation Touching Church Discipline in England* (1641), *The Reason of Church-government Urg'd against Prelaty* (1642) u. *Apology against a pamphlet ... against Smectymnuus* (1642), welches autobiogr. Details enthält. Ruhm erlangte er durch s. *Doctrine and Discipline of Divorce* (1643). E. Jahr zuvor hatte er Mary Powell geheiratet, die ihn schon kurz nach der Hochzeit verließ. Erst 1645 kam es zu e. Aussöhnung zwischen ihr u. ihrem Vater, e. Royalisten, u. dem überzeugten Cromwellanhänger M. 1652 verstarb sie nach der Geburt ihres 3. Kindes. 1656 Heirat mit Catherine Woodcock, die 2 Jahre später ebenfalls im Wochenbett verstarb. 1662 heiratete er s. 3. Frau, Elizabeth Minshull. 1644/5 veröffentlichte M. 3 weitere Pamphlete über Ehescheidung, außerdem s. berühmten Traktat *Of Education* (1644), in dem er sich dafür einsetzt, Jugendl. durch intensives Stud. der Klassiker, der Bibel u. der christl. Lehre zu aufgeklärten, kultivierten, verantwortungsbewußten Bürgern u. Führern zu formen. In s. *Areopagitica* (1644) stritt er für die Freiheit der Presse. Ab 1644 ließ s. Sehkraft stark nach u. führte schließl. zu völliger Erblindung. 2 Wochen nach der Hinrichtung Charles' I erschien M.s 1. polit. Traktat, *The Tenure of Kings and Magistrates* (1649). Kurz darauf wurde er Fremdsprachensekretär im Staatsrat von Cromwell u. hatte diesen Posten bis zur Restauration inne. S. beiden Schr. *Pro Populo Anglicano Defensio* (1651) u. *Defensio Secunda* (1654) waren als Propaganda gegen Charles II gedacht. In *A Treatise of Civil Power in Ecclesiastical Causes* (1659) setzte er sich für Religionsfreiheit ein, allerdings sollten die röm. Katholiken davon ausgenommen werden. In *Considerations Touching the Likeliest Means to Remove Hirclings Out of the Church* (1659) zeichnet M. das Ideal von der einfachen, apostol. Lebensführung e. Geistlichen. S. letztes polit. Pamphlet, *The Readie and Easie Way to Establish a Free Commonwealth* wurde 1660, kurz vor der Rückkehr Charles' II, veröffentlicht. Nach dessen Machtergreifung wurde M. für kurze Zeit inhaftiert, verlor den Großteil s. Vermögens u. verbrachte den Rest s. Lebens vereinsamt in ärml. Verhältnissen. In dieser Zeit entstand der Hauptteil s. wohl berühmtesten Werkes → *Paradise Lost* (veröffentlicht 1667), e. rel. Epos in zunächst 10, später erweitert in 12 Büchern. 1671 erschienen s. beiden letzten großen Werke → *Paradise Regained* u. *Samson Agonistes.* Letzteres gilt als das größte sich an die griech. Trag., v. a. an die von Aischylos u. Sophokles, anlehnende engl. Drama. Das in Blankvers geschriebene Stück stellt die letzten Stunden des blinden Kämpfers Samson (Buch der Richter, 16) dar, weist aber auch stark autobiogr. Züge auf u. bringt in der Verkleidung der bibl. Erzählung M.s eigene Enttäuschungen zum Ausdruck. S. späten Werke umfassen e. lat. Grammatik, Briefe, e. Logiktraktat sowie e. fiktiven Reisebericht. Im 18. Jh. verbreitete sich s. Ruhm auch auf dem Kontinent, nachdem → Addison 1712 im ›Spectator‹ s. Epos *Paradise Lost* gewürdigt hatte. M.s Einfluß auf die Dichtung s. Zeit war beträchtl. Er gilt als der letzte große Dichter der engl. Renaissance. *ra*

Complete Works, hg. F. A. Patterson et al., XX 1931–38, 1940. – J. Bradshaw, A Concordance to the Poetical Works of J.M., 1972. A Concordance to M's Engl. Poetry, hg. W. Ingram and K. M. Swaim, 1972. – J. Carey, M., 1970. R. Garnett, Life of J.M., 1970. J. Halkett, M. and the Idea of Matrimony, 1970. M. Lieb, The Dialectics of Creation, 1970. M. M. Ross, M's Royalism, 1970. S. A. Brooke, M., 1971. W. H. Hudson, M. and His Poetry, 1972. H. McLachlan, The Religious Opinions of M., Locke, and Newton, 1972. L. Brisman, M's Poetry of Choice and Its Romantic Heirs, 1973. D. F. Bouchard, M. A Structural Reading, 1974. P. Cullen, Infernal Triad, 1974. T. Jenks, In the Days of M., 1974. F. S. Kastor, M. and the Lit. Satan, 1974. F. M. Krouse, M's Samson and the Christian Tradition, 1974. H. M. Richmond, The Christian Revolutionary: J.M., 1974. A. C. Dobbins, M. and the Book of Revelation: The Heavenly Cycle, 1975. K. W. Stavely, The Politics of M's Prose Style, 1975. J. A. Wittreich, Angel of Apocalypse, 1975. J. S. Hill, J. M., Poet Priest and Prophet, 1979.

Minstrelsy of the Scottish Border, Balladenslg. von W. → Scott.

The Mint, autobiograph. Werk von T. E. → Lawrence.

Miracle Play; geistl. ma. Schauspiel, bes. über Marien- u. Heiligenlegenden im Gegensatz zu den bibl. Stoffen des → mystery play; häufig jedoch werden die beiden Begriffe synonym verwendet. *ks*

The Mirror, 1779/80, u. ›The Lounger‹, 1785–87; moral. Wochenschr., Edinburgh. Späte Fortführung der Tradition des → ›Spectator‹. Hg. u. Vf. der meisten Essays H. → Mackenzie. Als letzter Höhepunkt der für das 18. Jh. typ. Kleinform des → periodical essay geben sie Zeugnis von e. Zeit des Umbruchs auf lit. wie gesellschaftl. Gebiet. Ihre Bedeutung liegt in dem Versuch, in gesellschaftskrit., kulturgeschichtl. u. lit.krit. Beitr. Tradition u. Neuerung zu verbinden. *hd*

H. W. Drescher, Themen u. Formen d. period. Essays i. späten 18. Jh. Unters. zu d. schott. Wochenschr. ›M.‹ u. ›L.‹, 1971.

A Mirror for Magistrates; didakt. u. rhetor.-dramat. Geschichtsdichtung e. Kollektivs von gelehrten u. angesehenen Autoren. Die Initiative zur Abfassung des Werkes ging von dem Drucker J. Wayland aus; es wurde konzipiert von dem ›engl. Cato‹ William Baldwin, der als Philosoph, Dichter, Dramatiker u. Drucker hervortrat, u. von George Ferrers, welcher unter Henry VIII das Amt des ›Master of the King's Pastimes‹ innehatte. Mitarbeiter waren Th. Chaloner, Th. Phaer, Th. Churchyard, J. Dolman, F. Saeger u. R. Holinshed. Das Buch lag 1555 teilweise gedruckt vor, wurde aber unter Queen Mary von der Zensur verboten. In der 1. vollständigen Ausgabe von 1559 folgen auf 2 einleitende Prosaabh. von Baldwin 19 in Versen verfaßte ›tragedies‹, die exempelhaft vom Niedergang großer Persönlichkeiten der engl. Gesch. berichten. Diese Ged. sind wiederum in den Rahmen didakt. begleitender Prosapassagen eingebettet. Der bedeutendste Beiträger, Sackville (→ *Gorboduc*), schrieb die ›Induction‹ u. ›The Complaint of Buckingham‹ für die um 8 ›Tragödien‹ erweiterte Ausgabe von 1563. Die ›Induction‹ gilt als beste Dichtung in engl. Sprache zwischen → Chaucer u. → Spenser. Die Popularität des Werkes beweisen die zahlr., zu immer größeren Dimensionen erweiterten Neuauflagen (1574, 1578, 1587, 1610) ebenso wie die vielen Nachahmungen u. die Einflüsse auf die elisab. Lit.: es enthält die Handlungsvorlagen von über 3 Dutzend Dramen, z. B. Shakespeares → Histories, → *King Lear* u. der → romance *Cymbeline.* *ks*

›A.M.f.M.‹, hg. J. Haslewood, III 1815. ›A.M.f.M.‹, hg. L. B. Campbell, 1938; n. 1960. Parts Added to ›T.M. of M.‹, hg. L. B. Campbell, 1946. – J. Davies, ›A.M.f.M.‹ Considered with Special Reference to the Sources of Sackville's Contributions, 1906. C. R. Laemmerhirt, T. Blenerhassets Second Part of ›A.M.f.M.‹, 1909. L. B. Campbell, Tudor Conceptions of History and Tragedy in ›A.M.f.M.‹, 1936.

Mock Heroic. Bereits im Altertum nachweisbares burleskes Genre, kom.-heroisches Epos. Als lit. Kunstform von Boileau in *Le Lutrin* (1683) aufgegriffen, in der engl. Lit. typ. u. beispielhaft *The→ Rape of the Lock* von Pope. Burleske Nachahmung heroischen Stils (›heroic style‹). *hd*

Modern Painters: Their Superiority in the Art of Landscape Painting to all the Ancient Masters proved by Examples of the Truth, the Beautiful, and the Intellectual, from the Works of Modern Artists, especially those of J. M. W. Turner. By a Graduate of Oxford, Abh. von J. → Ruskin, EA 1843. Intention des Werkes war es, den großen engl. Landschaftsmaler Turner gegenüber dessen Kritikern zu verteidigen. Für R. ist das Bild jeweils das beste, das für den Betrachter die größtmögl. Anzahl an großen Ideen darstellt. Diese durch Kunst vermittelten Ideen sind die 5 Kategorien ›power‹, ›imitation‹, ›truth‹, ›beauty‹, ›relation‹, wobei R.s Aufmerksamkeit v.a. auf die sehr weit definierbare Idee der ›beauty‹ gerichtet ist. Erwies sich als e. solch großer Publikumserfolg, daß R. 1846 e. 2. Bd., 1856 den 3. u. 4. u. 1860 e. 5. Bd. folgen ließ. Im 2. Bd. wird ausgeführt, daß nur e. ›guter‹ Mensch e. großer, schöpfer. Maler sein könne. Gute Kunst basiert auf Glauben, Moral, sorgfältiger Erziehung u. günstigen sozialen Verhältnissen. Am Schluß des Bd.s unterscheidet R. 3 Arten der Imagination: assoziativ, penetrativ, kontemplativ. Der 3. Bd. gibt s. Gedanken zum ›Grand Style‹, zur → pathetic fallacy u., beginnend bei Homer, zur Landschaft der Antike, des MA u. der Moderne wieder. Der 4. Bd., e. Hymne an die Berge, ist der am klarsten durchgegliederte. Kap. 1 – 7 befassen sich mit T.s Technik der Landschaftsmalerei, 8 – 11 analysieren das Material, aus dem die Berge bestehen, 13 – 18 handeln von den sich ergebenden Bergformen, 19 – 20 vertreten die Ansicht, daß die Urquellen der Kunst aus den Bergen stammen. Im 5. Bd. schließl. diskutiert R. die 4 Richtungen der Landschaftsmalerei: heroisch (Tizian), klass. (Poussin), pastoral (Cuyp) u. kontemplativ (Turner). In dem berühmten Kap. ›The Two Boyhoods‹ beschreibt er das Venedig Giorgiones u. das London Turners. Der Bd. endet mit e. flammenden Bekenntnis zu Turner. In der viktorian. Tradition stehend, betont R. in s. Betrachtungen den eth. Gesichtspunkt. Dadurch, daß für ihn die Kunst zum Maßstab jegl. persönl., gesellschaftl. u. nationaler Moral wird, besteht die Gefahr, daß e. Kunstwerk mehr nach der moral. Aussage beurteilt wird als nach den Prinzipien s. künstler. Konzeption. *ra*

J. D. Thomas, Poetic Truth and Pathetic Fallacy, 1961. L. J. Hermann, R. and Turner, 1968. G. P. Landow, The Aesthetic and Critical Theories of J.R., 1971.

Moll Flanders, Roman von D. → Defoe.

The Monk, Schauerroman von M. G. → Lewis.

Montagu, Charles, Earl of Halifax, 16. 4. 1661 Horton/Northamptonshire – 19. 5. 1715 London; Westminster School, Stud. Trinity College, Cambridge; Fellow. S. V. z. Tod von Charles II brachten ihn in Kontakt mit der lit. Szene Londons. *The Hind and the Panther Transvers'd to the Story of the Country and the City Mouse* entstand 1687 (zus. mit → Prior) als Satire auf Drydens Ged. *The Hind and the Panther*. 1689 Abgeordneter für Maldon, im gleichen Jahr Clerk des Privy Council, 1692 Lord of the Treasury. 1692 unternahm M. e. Gesetzgebungsinitiative, welche letztl. zur Einrichtung der Bank of England führte. Er geriet ins Zwielicht, als man ihm vorwarf, unter falschem Namen Geld geliehen zu haben. E. Antrag auf s. Rücktritt als Schatzkanzler wurde abgewiesen. Er trat jedoch aufgrund von Verleumdungen u. Widerstand im Parlament im Mai 1699 selbst zurück. Nach s. 1701 erfolgten Eintritt ins Oberhaus erneuten Vorwürfen des Unterhauses ausgesetzt. Als Befürworter der Thronfolge von George I wurde M. 1714 1st Lord of the Treasury u. erhielt den Hosenbandorden; 1714 Viscount Sunbury and Earl of Halifax. M. war e. großer Organisator u. Wirtschaftswissenschaftler. Ausgeprägter Ehrgeiz u. übermäßige Arroganz schufen ihm viele Feinde. Bei den Dichtern s. Zeit machte er sich als Mäzen verdient. Nur → Pope u. → Swift lehnten ihn ab. *hd*

Montagu, Elizabeth, geb. Robinson, 2. 10. 1720 York – 25. 8. 1800 London; Jugendzeit in Conveney (Cambridgeshire); heiratete 1742 Charles Montagu, Enkel des Earl of Sandwich. Bekannt durch die von ihr eingeführten lit. Abende im Haus der M. in Mayfair. Johnson pries ihren Intellekt u. ihre Gabe der ernsthaften Konversation. M. verfaßte 3 Dialoge für → Lytteltons *Dialogues of the Dead*. Sie war führende Vertreterin der ›Bluestocking‹-Koterie (›Queen of the Blues‹), e. Kreis von Damen (u.a. H. More, F. Burney, H. Chapone) aus der gehobenen Gesellschaft, der sich mit Fragen der Lit. u. des guten Geschmacks befaßte. Der Begriff entstand aus der Gewohnheit, Strümpfe aus blauer Wolle anstatt der modisch-vornehmen seidenen zu tragen, gleichsam äußeres Zeichen e. Abkehr von der sonst herrschenden Gewohnheit seichter, wenig anspruchsvoller Unterhaltung. Man wollte das Interesse an Lit. wecken u. Vorurteile gegenüber der gebildeten Frau abbauen. Später Umkehr der Bz. ins Negative. In ihrem *Essay on the Writings and Genius of Shakespear* (1769) wandte sich M. gegen die Krit. Voltaires. *hd*

Letters, hg. M. Montague, IV 1809–13. Correspondence. 1720–61, hg. E. J. Climenson, II 1906. – J. Basse, Mrs. M., Queen of the Blues, 1928.

Montagu, Lady Mary Wortley, geb. Pierrepoint, 26. 5. 1689 (getauft) Thorsby/Nottingham – 21. 8. 1762 Twickenham, e.

durch Schönheit u. Geist gleichermaßen anziehende Frau; als Folge ihrer exzentr. Verhaltens oft in Schwierigkeiten. Heiratete gegen den Willen ihrer Familie 1712 Edward Wortley-Montagu, der 1716 zum Botschafter in Konstantinopel ernannt wurde. M.s glänzend geschriebenen Briefe aus dieser Zeit enthalten kluge Beobachtungen u. treffende Schilderungen des Orients. 1763 erstmals als *Letters from the East* veröffentlicht, bedeutendes Zeugnis lit. Briefkunst. Ohne M.s Wissen erschienen 1716 Teile ihrer satir. *Town Eclogues* (vollständig 1747), woraus e. heftiger Streit mit Swift, v.a. aber mit Pope erwuchs u. ihre Freundschaft beendete. Schrieb den Epilog zu Addisons Trag. *Cato*; zahlr. kleinere Dichtungen. 1737 verließ sie ihren Mann u. lebte bis nach dessen Tod (1761) in Italien. In dem weniger bekannten Essay *The Nonsense of Common Sense* (1738) setzte sie sich mit→ Chesterfields Betonung des ›common sense‹, der Rolle der Vernunft u. Unterordnung der Gefühle auseinander. *hd*

Poetical Works, hg. J. Reed, 1768. Letters and Works, hg. Lord Wharncliffe, III 1861 u. 1893; n. W. M. Thomas, II 1970. Essays and Poems, hg. R. Halsband & J. Grundy, 1976. – Complete Letters, hg. R. Halsband, III 1965–67. – E. M. Symonds, Lady M.W.M. and Her Times, 1907. L. Melville, Life and Letters, 1925. R. Halsband, The Life of Lady M.W.M., ²1960.

The Moon and Sixpence, Roman über Gauguin von W. S. → Maugham.

The Moonstone, Detektivroman von W. W. → Collins.

Moore, Edward, 22. 3. 1712 Abingdon/Berkshire – 1. 3. 1757 London. Vf. der Verwechslungskom. *Gil Blas* (1751) u. der Prosatrag. *The Gamester* (1753). Letztere sollte das Laster der Spielleidenschaft u. s. Folgen vor Augen führen. Kritisierte auch als Hg. der moral. Wochenschr. ›The World‹ (1753–56) die lasche Moral der Oberschicht. M.s *Fables for the Female Sex* (1744) hinterließen e. nachhaltigen Eindruck, vergleichbar mit→ Gays *Fables. hd*

Poems, Fables and Plays, 1756, n. 1969. Dramatic Works, 1788. – J. H. Caskey, The Life and Works of E. M., 1927.

Moore, George, 24. 2. 1852 Moore Hall/Mayo (Irland) – 21. 1. 1933 London; 1872–82 Stud. Malerei, Paris; versuchte den viktorian. Roman mit naturalist. u. realist. Techniken nach dem Vorbild von Zola, Flaubert, v. a. Balzac zu reformieren. Die Romane *A Mummer's Wife* (1885) u. *Esther Waters* (1894) zeigen deutl. den Einfluß Zolas in ihrer Schilderung des Leidensweges von 2 Frauen, die ohne eigene Schuld ins Elend geraten. Im Gegensatz zu→ Hardy betont M. weniger die Rolle des Zufalls, sondern schildert dokumentar. menschl. Leidensgesch. In s. 2. Schaffensphase stärkere Beschäftigung mit der Psychologie s. Charaktere, z. B. in *Evelyn Innes* (1898) u. *Sister Teresa* (1901). Von den Grausamkeiten in Kitcheners Konzentrationslagern während des Burenkriegs schockiert, verließ M. England u. kehrte nach Irland zurück. Traf mit Vertretern der Irish Literary Renaissance zusammen, beschäftigte sich zunehmend mit ir. Problemen, u. a. im 3. Teil (1914) der autobiogr. Trilogie *Hail and Farewell* (1911–14), der die lit. Szene um

Yeats beleuchtet, mit dem M. an der Gründung des → Abbey Theatre beteiligt war. *The Brook Kerith,* e. Christusroman, erschien 1916, die hist. Romanze *Heloise and Abelard* (1921) vermittelt e. Bild des 12. Jh. M.s Lyrik *(Flowers of Passion,* 1878 u. *Pagan Poems,* 1881) steht unter dem Aspekt der kelt. Erneuerungsbewegung (→ Irish Renaissance). S. Prosawerk weist ihn als Vertreter des realist.-sozialen, später des psych. Romans aus; s. autobiogr. Schr. überliefern e. lebendiges Bild der Zeit. *hd*

Works (Caora Edition), XXI 1922–24. Works (Ebury Edition), XX 1936–38. – Letters, hg. J. Eglinton, 1942. Letters to Lady Cunard, hg. R. Hart-Davis, 1957. – J. A. Williams, Bibl., 1921. – J. Freeman, A Portrait of G.M. in an Study of His Work, 1922. J. Hone, Life, 1936. S. Nejdefors-Frisk, G.M's Naturalistic Prose, 1952. M. Brown, G.M. A Reconsideration, 1955. N. Cunard, Memoirs of G.M., 1956. G. P. Collet, G.M. et la France, 1957. R. A. Cave, A Study of the Novels of G.M., 1978.

Moore, Thomas, 28. 5. 1779 Dublin – 25. 2. 1852 Sloperton Cottage b. Devizes/Wiltshire; ir. Nationaldichter. 1794 Stud. Trinity College; 1799 Middle Temple, London; 1803–18 Admiralitätsbeamter auf den Bermudas. Befreundet mit Byron, dessen Werke er 1832–35 herausgab. S. *Life of Byron* (1830) erwies sich als subjektiv gefärbt u. nicht immer authent., genauer sind s. Biogr. von Sheridan (1825) u. Fitzgerald (1831). Reisen nach Amerika, Frankreich u. Italien. 1801 erste Ged. unter dem Ps. Thomas Little. S. *Irish Melodies* (1807) entstanden zu alten ir. Volksweisen, in einfacher u. volksnaher Sprache. Ihr großer Erfolg veranlaßte ihn zur laufenden Forts. (X 1807–34). Musikal. sehr begabt, trug M. die Melodien gern in den Kreisen der Londoner Gesellschaft vor. *Lalla Rookh* (1817), e. Slg. von 4 oriental. Versgesch., entsprach ebenfalls dem Geschmack der Zeit. Verbindende Prosateile erzählen von der Reise der ind. Prinzessin Lalla Rookh, Tochter des Kaisers Aurungzebe, von Delhi nach Kaschmir, um dort mit dem Kg. von Bucharia vermählt zu werden. Unterwegs wird die Reisegesellsch. von e. jungen Dichter, Feramoz, unterhalten, in den sich die Prinzessin verliebt. Am Ziel der Reise angelangt, stellt sich heraus, daß der Dichter kein anderer als der junge Kg. selbst ist. Die erste der ›Tales‹ in → heroic couplets, die anderen in unterschiedl. Versmaß abgefaßt. Erfreute sich großer Beliebtheit u. machte M. über England hinaus bekannt. Mit *The Twopenny Post Bag* (1813) versuchte M. s. Talent als Satiriker. Der Roman *The Epicurean* erschien 1827, s. *History of Ireland* 1846. *hd*

Poetical Works, X 1840–41; n. H. Godley, 1910. – Letters, hg. W. S. Dowden, II 1965. – Memoirs, Journal and Correspondence, hg. J. Russell, VIII 1853–56. Journal 1818–41, hg. P. Quennel, 1964. – W. T. Trench, Th.M., 1934. L. A. G. Strong, The Minstrel Boy, 1937. R. Birley, Th. M. ›Lalla Rookh‹ (Sunk Without Trace: Some Forgotten Masterpieces Reconsidered, 1962, Kap. V). M. A. DeFord, Th.M., 1967. H. M. Jones, The Harp That Once –, [2]1970. T. Tessier, La poésie lyrique de Th. M., 1976.

Moral Lay. Von → Gay geprägter Begriff, 8silbiger Reimvers s. *Fables,* 1727. → Lay.

Moral Sense → Hutcheson, F.

Moral Weeklies, moral. Wochenschriften → Periodical Essay.

Morality Play, Moralities, rel. Vers-Schauspiel; Dramaform des späten MA, die durch Übertragung der allegor. Darstellungsweise in das dramat. Medium entstand u. sich deshalb auch vom eigentl. Drama unterschied. Die abstrakten Tugenden u. Laster, die in personifizierter Form erscheinen, werden im Kampf um die Seele des Menschen dargestellt, wobei das Schicksal der repräsentativen Einzelseele, nicht das der gesamten Menschheit, im Vordergrund steht. Insofern ist es von den → miracle plays u. den → mystery plays zu unterscheiden. Der Held als verallgemeinerter Typ des Menschen steht in e. moral. Situation, die durch die zu fällende Entscheidung auch belehrend wirken soll. Die Dramatik entsteht durch den Widerstreit der Kräfte des Menschen, die zusammen mit dem Helden auf der Bühne als Personifikationen agieren. Wie die Bühnenbeschreibung zu *The Castle of Perseverance* (ca. 1425–30, hg. F. J. Furnivall and A. W. Pollard, *The Macro Plays*, EETSES 91, 1904) zeigt, wurde durch die Aufführungspraxis eine starke Identifikation des Publikums mit dem Helden ermöglicht. Andere bekannte Moralitäten sind das nur zur Hälfte erhaltene *The Pride of Life* (ca. 1410), *Mankind* (ca. 1473) u. → *Everyman* (vor 1500). Spätere Moralitäten, deren Umfang meistens kürzer ist, sind bühnenwirksamer und dramatischer ausgestattet: *Nature* (1486) von H. Medwall, *Youth* (zu Beginn des 16. Jh.), *Worlde and Chylde* (nach 1485), *Hycke Scorner* (1500), *Welth and Helth* (Anfang des 16. Jh.). Im 16. Jh. geraten die Moralitäten unter den Einfluß des Humanismus u. der Reformation. Zu den humanist. geprägten Stücken gehören *The Four Elements* (1512) von J. Rastell, *Magnificence* (1516) von J. → Skelton, *Wyt and Science* (1541–47) von J. Redford. Von den reformatorischen Moralitäten sind folgende überliefert: *Ane Pleasant Satyre of the Thrie Estaitis* (1540) von D. → Lyndsay, *Lusty Juventus* (1547–50) von R. Wever, *King John* (1538) von J. Bale. 1559 wurde die Produktion durch das Verbot rel. Themen auf der Bühne abgebrochen. Wichtige Elemente sind in das elisab. Drama eingeflossen: planvoller Aufbau, Überwiegen des Wortes über das Bühnenbild, philosoph. Probleme, Übergang vom Menschentyp zum persönl. Helden im Zentrum des Dramas. *ra*

Engl. Miracle Plays, Moralities and Interludes, hg. A. W. Pollard, 1927. Medieval Mystery Plays, Morality Plays and Interludes, hg. V. F. Hopper and G. B. Lahey, 1962. – C. J. Stratman, Bibl. of Medieval Drama, 1954. P. J. Houle, The Engl. M. and Related Drama, 1972. F. E. Penninger, Engl. Drama to 1660 (Excluding Shakespeare), 1976. – R. Southern, The Medieval Theatre in the Round, 1957. D. M. Bevington, From Mankind to Marlowe, 1962. W. Habicht, Studien zur Dramenform vor Shakespeare: Moralität, Interlude, romanceskes Drama, 1965. W. O. Harris, Skelton's ›Magnyfycence‹ and the Cardinal Virtue Tradition, 1965. R. Weimann, Shakespeare u. d. Tradition d. Volkstheaters, 1967. R. Southern, The Staging of Plays before Shakespeare, 1973. H.-J. Diller, D. mittelalterl. Drama von d. Mysterien- u. Mirakelspielen zu d. Moralitäten (D. engl. Drama, hg. J. Nüning, 1973, 1–66). R. Potter, The Engl. M. P., 1975. A. A. Pollard, Engl. Miracle Plays, Moralities, and Interludes. Specimens of the Pre-Elizabethan Drama, 1979.

More, Hannah, 2. 2. 1745 Stapelton – 7. 9. 1833 Clifton; mit → Garrick befreundet, der ihre Trag. *Percy* 1777 erfolgreich uraufführte. M.s *Hints Towards Forming the Character of a Young Princess* (II 1805) u. *Coe-*

lebs in Search of a Wife (II 1809) waren vielgelesene Erbauungsbücher. Vf. zahlreicher Traktate, Begründerin der ›Religious Tract Society‹. Leistete selbst tätige Sozialhilfe für die Armen. *hd*

Miscellaneous Works, II 1811. Works, XI 1831. – Letters, hg. R. B. Johnson, 1925. – M. G. Jones, H.M., 1952. ›The Apology‹, hg. J. B. Trapp, 1979 (Yale Edition Vol. IX).

More (Morus), Sir Thomas, 7. 2. 1478 London – 6. 7. 1535 ebda; Sohn e. Richters, Stud. Oxford, hervorragender Jurist; 1504 Member of Parliament. Bedeutendster engl. Humanist, eng befreundet mit Erasmus von Rotterdam, der oft s. Gast war. Holbein weilte wahrscheinl. 3 Jahre in M.s Haus u. porträtierte ihn u. s. Familie. Integere, tolerante, umfassend gebildete u. gläubige Persönlichkeit. 1518 Mitglied des Privy Council, 1529–32 Lord Chancellor. Günstling von Henry VIII; wegen Verweigerung des Suprematseides u. s. Widerstandes gegen Henrys Scheidung wurde er im Tower inhaftiert u. wegen Hochverrats auf dem Schafott hingerichtet. 1935 als Märtyrer heiliggesprochen. S. *History of Richard III* (geschrieben 1514, unvollständig gedruckt 1543, vollständig 1557) ist e. hist. Charakterbild, das von → Hall benutzt wurde u. Einfluß auf Shakespeares → Histories ausübte. M.s Hauptwerk ist der Staatsroman → *Utopia.* Im Gefängnis entstand das Trostbuch *Dialogue of Comfort against Tribulation.* *ks*

Works, Yale Edition, hg. R. S. Sylvester et al., 1963–76. – Sir Th. M. Neue Briefe, hg. H. Schulte-Herbrüggen, 1966. – R. W. Gibson and J. M. Patrick., Bibl., 1961. F. and M. P. Sullivan, Moreana, IV 1964–68, Index 1971. E. E. Reynolds, M. A Bibliographic. Study, 1965. – F. T. Visser, A Syntax of the Engl. Language of M., III 1946-56. T. Maynard, Humanist as Hero: Life of M., 1947. G. Heidingsfelder, M., 1950. P. J. V. Huber, Traditionsfestigkeit u. Traditionskritik bei M., 1953. L. Paul, Sir Th.M., 1953. J. N. V. Farrow, The Story of M., 1954. P. Hogrefe, The M. Circle, 1959. H. Schulte-Herbrüggen, Utopie u. Anti-Utopie: Von d. Strukturanalyse zur Strukturtypologie, 1960. E. E. Reynolds, The Trial of M., 1964. R. Pineas, M. and Tudor Polemics, 1963. E.E. Reynolds, The Field is Won: The Life and Death of M., 1968. A. Prévost, Th.M. et la crise de la pensée européene, 1969. Essential Articles for the Study of Th.M., hg. R. S. Sylvester and G. P. Marc'hadour, 1977.

Morgan, Charles Langbridge, 22. 1. 1894 Kent – 6. 2. 1958 London; erzogen in den Kadettenschulen Osborne u. Dartmouth, Marineoffizier, im 1. Weltkrieg 4 Jahre in Holland. Die Eindrücke dieser Zeit spiegeln sich in s. Roman *The Fountain* (1932). 1919 Stud. in Oxford, dort Vorsitz der Dramatic Society. Ab 1921 bei der ›Times‹, 1926–39 deren Theaterkritiker. 1939–44 Mitglied des Admiralstabs, dann zog er sich als freier Schriftsteller ins Privatleben zurück. Neuplatoniker u. Neuromantiker, dessen anspruchsvolle psych. Weltanschauungsromane bes. um Konflikte aus Liebe u. Freiheit des Geistes mit pseudophilosoph. Ballast überladen sind. Gepflegte Sprache, satir. Abstand. Die Gestalten verkörpern in erster Linie Abstrakta wie Kunst, Liebe, Tod, was sie oft blutleer erscheinen läßt. M. setzt sich leidenschaftl. auseinander mit dem Zwiespalt zwischen Idee u. Wirklichkeit. Er vertritt den Gedanken der »singleness of mind«, der ›Einsinnigkeit‹, d. h. der Übereinstimmung von Gut u. Böse im Menschen, von Körper u. Geist. In *Portrait of a Mirror* (1929), *The Fountain* u. *Sparkenbroke* (1936) geht es um Wesen u. Möglichkeiten der Kunst. Die Dramen erreichen nicht die künstler. Höhe s. Romane. Das der frz. Tradition nahestehende Schauspiel *The Flashing Stream* (1938) hatte in Paris großen Erfolg. *ks*

O. Delere, Metaphysik u. Ethik i. d. Werken von M., 1939. H. Papajewski, D. Problem d. Wirklichkeit bei C.M., 1940. H. C. Duffin, The Novels and Plays of C.M., 1959. C. Iklé, Individualität u. Transzendenz bei C. M., 1961. V. de Pange, C.M., 1962.

Morris, William, 24. 3. 1834 Walthamstow/Essex – 3. 10. 1896 London; Dichter, Architekt, Buchdrucker, sozialistischer Theoretiker. Marlborough School; Stud. Exeter College, Oxford. Vielseitige Begabung, arbeitete zunächst als Architekt u. Maler; mit → Rossetti befreundet. 1861 Gründung der Firma M., Marshall, Faulkner & Co. (Dekoration u. Innenarchitektur), wegweisend für das Kunsthandwerk des Jugendstils. Als Gegengewicht zur industrialisierten Welt, ihrer Uniformität u. Häßlichkeit, forderte M. die Rückkehr zum ma. Werkgedanken. Als Sozialreformer maßgebl. an der Gründung der Socialist League beteiligt; gab deren Zs. ›The Commonweal‹ heraus. Im polit. Bild Wandlung vom Radikalen zum Sozialliberalen. S. ›praktischer‹ Sozialismus verzichtete auf ideolog. Verbrämung; lehnte kommerzielle Massenproduktion ab, Befürworter handwerkl. Arbeitsweise u. Tradition. In *News from Nowhere* (1891) schildert er e. utop. England nach Verwirklichung des von ihm angestrebten sozialist. Staates, in dem auch das Proletariat Kunst, Schönheit u. Harmonie verstehen u. schätzen lernt (»I don't want art for a few, any more than education for a few, or freedom for a few«). Mit s. Warnung vor der Dominanz der Maschine stand M. abseits der Realität des 19. Jh. S. Ideengut wurde im 20. Jh. von A. Wesker aufgegriffen, verarbeitet u. propagiert (→ *Chicken Soup Trilogy*). M.s Dichtung ist wie s. handwerkl. Streben Ausdruck s. Wunsches nach Schönheit u. Harmonie: *The Life and Death of Jason* (1867) erinnert stilist. an ma. Chronisten, *Sigurd the Volsung and the Fall of the Nibelungs* (1876) festigte s. lit. Stellung. Übs. von Vergils *Aeneis* u. Homers *Odyssee.* 1890 Gründung der Kelmscott Press im Sinne e. handwerkl. orientierten Buchdruckerkunst. Mit selbst entworfenen Lettern wurden 53 Bände hergestellt: Neudrucke s. eigenen Werke sowie einiger Klassiker der engl. Lit. *hd*

Works, XXIV 1910–15, ²1934, n. 1966. – Letters, hg. P. Henderson, 1950. Unpubl. Letters, hg. R. P. Arnot, 1951. Selected Writings and Designs, hg. A. Briggs, 1963. Unpubl. Letters, hg. E. DeLemire, 1969. – H. B. Forman, Bibl., 1970. – J. W. Mackail, Life of W.M., II 1899, n. 1950. E. L. Cary, W. M. Poet, Craftsman, Socialist, 1902. J. Drinkwater, W. M., 1912. A. Clutton-Brock, W.M. His Work and Influence, 1914. B. I. Evans, W.M. and His Poetry, 1925. M. Morris, W.M. Artist, Writer, Socialist, II 1936 (unveröffentl. Texte, Werkregister). L. W. Eshleman, A Victorian Rebel, 1940. L. E. Grey, W.M., Prophet of England's New Order, 1949. E. P. Thompson, W.M. Romantic to Revolutionary, 1955. G. D. H. Cole, W.M. as a Socialist, 1960. R. F. Jordan, The Medieval Vision of W.M., 1960. J. Kocmanová, The Poetic Maturing of W.M., 1964. R. P. Arnot, W.M. The Man and the Myth, 1964. H. Jackson, W.M. Craftsman-Socialist, 1971. D. R. Gardener, The Idle Singer and His Audience: A Study of W.M's Poetic Reputation in Engl., 1976.

Morris Dance, Moriskentanz; wahrscheinl. aus span. ›morisco‹, ›moorish‹/morris, 14.-16. Jh. Volkstüml. Tanz bei Dorffesten, in dem die kostümierten Ausführenden häufig

Figuren der→ Robin Hood-Legende verkörperten. Als Brauchtum um die Mitte des 17. Jh. (Puritanismus) abgeschafft; später erneut als folklorist. Darbietung. Häufige Erwähnung in der Lit. *hd*

Mortimer, John Clifford (Ps. Geoffrey Lincoln), 21. 4. 1923 Hampstead; Harrow Public School, Oxford; Regieassistent u. Drehbuchautor für Dokumentarfilme; 1948–56 Rechtsanwalt in London; 1949 Heirat mit→ Penelope M. Vf. von Dramen, Romanen, Hör- u. Fernsehspielen aus dem bürgerl. Milieu der Gegenwart u. e. 6teiligen TV-Serie über das Leben Shakespeares (1977). Hauptthema s. traditionell konstruierten Boulevardstücke, in denen sich Heiter-Unterhaltsames mit Trag. mischt, ist der einfühlsam dargestellte Versuch einsamer, gestrandeter u. lebensuntüchtiger Menschen, die auf die *Wrong Side of the Park* (1960) geraten sind, sich aus der Traumwelt ihrer Lebenslügen zu befreien u. zu zwischenmenschl. Kommunikation zu gelangen; es zeigt sich immer wieder, wie sehr der Mensch s. Illusionen braucht, um weiterleben zu können, ob in der jurist. Atmosphäre von *The Dock Brief* (1959) u. *The Judge* (1967), der schul. von *What Shall We Tell Caroline?* (1958) oder des Hotels in *I Spy* (1959). In *A Voyage Round My Father* (1971) gibt M. in e. losen Episodenfolge e. witziges, liebevolles u. zugleich krit. Portrait s. exzentr., provozierenden, faszinierenden Vaters, e. blinden Anwalts. *ks*

Mortimer, Penelope Ruth, 1918 Rhyl (Nordwales); Tochter e. anglikan. Geistlichen, 1937–49 verheiratet mit Ch. Dimont, 1949–71 mit→ John Mortimer, 6 Kinder. Hauptthema ihrer Unterhaltungsromane sind familiäre Beziehungen: aus sehr feminist. Sicht stellt M. in kühler, ehrl., oft trivialer Erzählweise morbide, quäler. Ehezwiste dar u. deren Auswirkungen auf die Kinder. Die Heldinnen von Romanen wie *A Villa in Summer* (1954), *Daddy's Gone A-Hunting* (1958), *The Pumpkin Eater* (1962, erfolgreich verfilmt 1964) sind sich ihrer verfahrenen Situation bewußt, aber unfähig, angemessen zu reagieren. *My Friend Says It's Bullet-Proof* (1967) stellt e. Frau dar, die von dem Bedürfnis aufrechtgehalten wird, ihre eigene Verzweiflung zu verstehen. *The Home* (1971) zeichnet mit nüchternem Mut zur Wahrheit die Verzweiflung e. Frau, deren Ehe zerbricht u. die von ihren 6 Kindern verlassen wird. *Long Distance* (1974) berichtet in surrealist., alptraumhafter Weise von der Welt e. Nervenheilanstalt u. den familiären Problemen e. typ. M.-Heldin. *ks*

Morton, Thomas, Dramatiker → Grundy, Mrs.

Mother Goose Rhymes → Nursery Rhymes.

The Mousetrap, Kriminalstück von A. → Christie.

Movement, auch als ›New University Wits‹ bezeichnete Gruppe von Lyrikern, die sich Mitte der 1950er in Oxford formierte. Hauptvertreter sind → Amis, → Conquest, → Gunn, → Jennings, → Larkin u. → Wain. Die Gruppe trat hervor durch die von Conquest hg. Anthologien *New Lines* I (1956) u. II

(1963). Das programmat. Vorwort setzte der oft romantisierenden Pose der Pound-, → Eliot-, → Yeats- u. → Thomas-Nachfolger e. ›neue Nüchternheit‹ entgegen: Vernunft, empir. Beobachtung u. allg. verständl. Diktion in rationalen, konventionellen Versformen, richtet sich aber auch gegen die sozial u. polit. engagierte Lyrik der 30er. In alltägl. Sprache u. ohne esoter. Bildungsballast behandeln die M.-Autoren mit großer Ehrlichkeit u. unmittelbarem Bezug zum heutigen Leben Themen wie Liebe, Sex, Langeweile, Leiden, Vergessen, Hoffnung, Verzweiflung u. Unterdrückung. *ks*

W. Van O'Connor, The New Univ. Wits and the End of Modernism, 1963.

Mrs. Dalloway, Roman von V. → Woolf, EA 1925. Ähnl. Markstein in der mod. europ. Epik wie Joyces → *Ulysses*. *Mrs. D.* ist e. Bewußtseinsroman (→ stream-of-consciousness), der momentane Stimmungen, widersprüchl. Eindrücke u. halbbewußte Erinnerungen aneinanderreiht, ohne sie zeitl. u. räuml. zu ordnen. Bes. Bedeutung haben Symbole u. e. poetisierte Sprache. Das äußere Geschehen spielt an e. Tag im Jahr 1923, an dem die 52jährige Titelfigur Blumen einkauft, überraschend von e. Jugendfreund besucht wird, sich mit ihrem Gatten unterhält, ihre Tochter zu e. Spaziergang entläßt u. e. Abendgesellschaft gibt. Diese Details erfährt der Leser aus ihrer Spiegelung im Bewußtsein der Titelfigur, sie sind Ausgangspunkte der in → interior und → indirect interior monologue wiedergegebenen Bewußtseinsabläufe, in welchen der Furcht vor der Vergänglichkeit u. der Hingabe an den Augenblick leitmotiv. Funktionen zukommen. Die Londoner Gesellsch. wird satir. als phys. u. psychisch überaltert gesehen, als e. Oberschicht, in deren Lebenseinstellung Repräsentationspflichten zum Daseinszweck werden. *ks*

J. Hawthorn, V. W's ›Mrs. D.‹ A Study in Alienation, 1975.

Mrs. Warren's Profession, Schauspiel in 4 Akten von G. B. → Shaw; 1893 entstanden, UA 5. 1. 1902 New Lyric Theatre, London. Dieses letzte der 3 u. d. T. ›Plays Unpleasant‹ veröffentlichten Dramen war als unmittelbare Auseinandersetzung mit dem im zeitgenöss. Theater vorherrschenden Motiv der ›woman with a past‹ konzipiert, indem der sentimentalen u. konventionell-moral. Betrachtungsweise z. B. Arthur Wing Pineros e. realist. Darstellung der Prostitution, ihrer sozialen Ursachen u. der dieses Gewerbe betreibenden Personen entgegengesetzt werden sollte. Das Drama wurde zunächst vom Zensor verboten, bis es im 20. Jh. e. aufsehenerregende Inszenierung in den USA erlebte. Die dramat. Auseinandersetzung wird strukturell vom Generationskonflikt zwischen Mrs. Warren, der einflußreichen Geschäftsführerin e. internationalen Bordellkette, u. ihrer Tochter Vivie, der nach dem realen Vorbild e. jungen Fabierin gestalteten ›new woman‹, getragen. Vivie Warren, eigentl. Protagonistin des Stücks, hat gerade ihr Mathematikstud. in Cambridge mit Prädikat bestanden, e. zu dieser Zeit seltene Tatsache, u.

kehrt nach Hause zurück, wo sie nun von den anrüchigen Geldquellen ihrer Mutter erfährt. Mrs. Warren, e. Frau niederer Herkunft, hat durch Skrupellosigkeit u. Konsequenz erreicht, nicht mehr von der Männerwelt ausgebeutet zu werden, sondern selbst auszubeuten. Ihre Etablissements in europ. Großstädten werfen jährl. mindestens 35 Prozent Reingewinn ab. Vivie läßt sich von der Argumentation ihrer Mutter überzeugen, die die Prostitution als einzigen Ausweg für schöne, aber arme Mädchen sieht, Karriere zu machen, denn die mod. kapitalist. Gesellsch. weist der Frau nur niedrige u. obendrein unterbezahlte Arbeiten zu. Als Vivie jedoch erfährt, daß ihre Mutter trotz des Reichtums, den sie erlangt hat, ihrem alten Gewerbe nachgeht, wendet sie sich von ihr ab. Ihre Erfahrung, das Bloßlegen des wahren Charakters ihrer Mutter sowie die Duldung dieses Gewerbes durch die Gesellsch. bestimmten die Entscheidung über ihre Zukunft: durch den Heiratsantrag des geschäftstüchtigen Sir George Crofts eröffnet sich ihr die Möglichkeit, finanzielle Sicherheit sowie e. Adelstitel zu erhalten, durch den des jungen, romant. Frank Gardner den Traum von junger Liebe zu verwirklichen. Vivie entscheidet sich für e. 3. Möglichkeit: für e. Leben der Arbeit u. der illusionsfreien Ehrlichkeit. Somit bleibt sie sich u. ihrem anfängl. gestellten Ziel treu u. überwindet die ihr auferlegten ›Versuchungen‹. Der Schluß des Dramas ist also kein ›happy ending‹, in dem die konkurrierenden Parteien versöhnt werden, sondern bleibt durch die Ablehnung der durch die Mutter u. ihre Freunde vertretenen Lebensprinzipien u. den Versuch e. realist., prakt. Opposition hoffnungsvoll offen. *ra*

G. Bullough, Lit. Relations of Shaw's Mrs. Warren (PQ, 41 1962, 339 – 58). C. A. Brest, Propaganda and Art in ›Mrs. W's P.‹ (ELH, 33 1966, 390 – 404). B. G. Knepper, Shaw Rewriting Shaw: A Fragment (SR, 12 1969, 104 – 10). R. S. Nelson, ›Mrs. W's P.‹ and Engl. Prostitution (JML, 2 1971/2, 357 – 66). N. Greiner, Idealism. u. Realism. i. Frühwerk G. B. Shaws, 1977.

Much Ado about Nothing → happy comedies, Shakespeare.

Muir, Edwin, 15. 5. 1887 Deerness (Orkney) – 3. 1. 1959 Cambridge; Dichter, Essayist, Lit.-kritiker. 1919 Heirat mit der Schriftstellerin Willa Anderson; lebte in London u. im Ausland, ab 1927 in St. Andrews. 1945 Direktor des British Institute Prag, 1949 Rom, 1950 – 55 Leiter des New Battle Abbey College für Erwachsenenbildung, 1955 – 56 Norton Professor of Poetry, Harvard. Gemeinsam mit s. Frau Übs. von Kafka, Hauptmann, Broch u. Feuchtwanger. Lehnte die sprachl. Zielsetzungen der → Scottish Renaissance ab u. befürwortete schott. Lit. in engl. Sprache. S. Studie *Scott and Scotland* (1936) war der Beginn e. langen, oft ins Persönl. gehenden Auseinandersetzung, die bes. von → MacDiarmid betrieben wurde. M.s Lyrik erfuhr erst spät Anerkennung, metaphys. Dichtung, in der er alltägl. Dingen u. Ereignissen Symbolgehalt beimißt, wobei s. Kindheit auf den Orkneys als Ursprung bes. der Sprachbilder Bedeutung zukommt: *The Voyage* (1946), *The Labyrinth* (1949), *One Foot in Eden* (1956). In den vorausgegangenen *Variations on a Time Theme* (1934) beschr.

M. die Bedeutung von Zeit u. Vergangenheit für s. eigene Person wie für die Thematik s. dichter. Werks. *The Structure of the Novel* (1928) u. *Essays on Lit. and Society* (1949, erweitert 1965) waren für die lit.krit. Diskussion der Zeit richtungweisend. Der autobiogr. Versuch *The Story and the Fable* (1940) erschien 1965 überarbeitet u. d. T. *An Autobiography*. Sind s. 3 Romane von untergeordneter Bedeutung, so gelang es M. v. a. in s. Dichtung, typ. schott. Traditionen u. Themen zu gestalten. M. überwand die sonst durch e. ausschließl. Gebrauch des heimatl. Idioms bedingte Ein- u. Abgrenzung. *hd*

Collected Poems, hg. W. Muir and J. C. Hall, 1960. – E. W. Mellown, Bibl., [2]1966. – Selected Letters, hg. P. H. Butter, 1974. – J. C. Hall, E.M., 1956. P. H. Butter, E.M. Man and Poet, 1966. E. Huberman, The Poetry of E.M., 1971.

Mumming Play → Masque.

Munro, Neil (Ps. Hugh Foulis), 3. 6. 1864 Inverary (Schottland) – 22. 12. 1930 Helensburgh. Entstammte e. Highland-Familie, Vorfahren waren Schäfer u. Bauern. Ab 1881 Journalist, 1918–27 Hg. ›Glasgow Evening News‹. 1908 Dr. h. c. Univ. Glasgow. Schauplatz s. Romane u. romant. Abenteuergesch. sind die Highlands. Das Bild der Vergangenheit dient ihm zur besseren Verdeutlichung der Gegenwart, z. B. *The New Road* (1914), dessen Handlung zwischen 1715 u. 45 spielt. Mit Para Handy, Hauptfigur e. Reihe von Erzählungen (*The Lost Pibroch*, 1896), will M. den typ. Menschen s. Heimat vorstellen. Verwendung schott. Dialekts, Sprachbilder des Kelt. Zeitgenöss. Stoffe behandelte M. v. a. in *Gilian the Dreamer* (1899), *The Daft Days* (1907) u. *Fancy Farm* (1910). *hd*

Works, IX 1935 (Inverary Edition). – H. Wernitz, N.M. u. d. nationale Kulturbewegung i. mod. Schottl., 1937.

Murder in the Cathedral, Versdrama in 2 Teilen u. e. Zwischenspiel von T. S. → Eliot; UA 10. 5. 1935 Canterbury Cathedral, EA 1935. In Anlehnung an → *Everyman* e. mod. christl. Mysterienspiel um Thomas Becket, den Erzbischof von Canterbury u. berühmtesten engl. Heiligen. Das Stück ist e. ›re-enactment‹ exemplar. Vergangenheit, in dem es nicht um den Konflikt zwischen Staatsräson u. kirchl. Auftrag geht, sondern um den Sinn des Märtyrertodes u. s. Bedeutung für das geistl. Heil der Zuschauer. Becket widersteht den 4 Versuchungen zum ird. Lebensgenuß, zu polit. Macht als Kanzler des Kgs. oder als Verbündeter der Barone gegen den Kg. u. schließl. der schwersten, als Märtyrer die Grenzen der hist. Persönlichkeit zu sprengen u. ewigen Ruhm zu erlangen. Mit Hilfe der göttl. Gnade erlangt Becket die Bereitschaft, als Werkzeug Gottes in dessen Willen aufzugehen, zu handeln, indem er leidet: »action is suffering, and suffering action«. E. stellt keine psych. Lösung dar, sondern e. sittl. Entscheidung. Der Chor fungiert als Mittler zwischen dem mod. Publikum u. dem dargestellten Heilsgeschehen, durchlebt aber auch e. Entwicklung vom Ahnenden zum Begreifenden: anstelle der → *Waste Land*-Metaphorik zu Beginn des Dramas deutet sich zu Beginn des 2. Teils in Bildern vegetativer Fruchtbarkeit die Möglichkeit e. geistigen Erneuerung an. Becket läßt den 4 Rittern, die kommen, um ihn zu ermorden, das Domportal öffnen u. bietet s. Leib ihren Schwertern dar. In e. abrupten Wechsel der Stilebenen – welcher wiederum die überzeitl. Gültigkeit des Geschehens betont – treten nun die Mörder mit dem Jargon mod. polit. Redner an die Bühnenrampe u. ›versuchen‹ das Publikum mit s. Indifferenz in Glaubensfragen. Der Schlußchor preist den Tod des Heiligen als e. Quelle von Freude, Gnade u. neuem Leben. *ks*

H. Galinsky, T. S. Eliots ›M. in the C.‹ (NS, 1958, 305–23). H. Kosok, Gestaltung u. Funktion d. Rechtfertigungsszene i. T. S. Eliots ›M. in the C.‹ (NS, 1963, 49–61).

Murdoch, Jean Iris, 15. 7. 1919 Dublin; Schule in London u. Bristol, Stud. Altphilol. Oxford, Philos. Cambridge. 1948–68 Dozentin für Philos. Oxford u. London. Sehr produktive Romanautorin (19 Romane bis 1978), die hohe Intelligenz, Phantasie, Gefühl, Witz, Sinn für Tragik u. spannende Erzählgabe miteinander verbindet. Traditionell realist., oft humorvolle Wirklichkeits- u. Charakterschilderungen, aber auch Gestaltung e. bizarren Welt der Träume, Phantastereien, Perversionen voll hintergründiger Mythen, Symbole u. Allegorien, in die sich die Menschen angesichts ihrer trag. Verlorenheit in der verwirrenden Unfaßbarkeit u. unerträgl. Relativität der Welt flüchten. Hauptproblem der durchweg neurot. Charaktere, etwa in *Under the Net*, 1954, *A Severed Head*, 1961, *An Unofficial Rose*, 1962, *The Unicorn*, 1963, *The Italian Girl*, 1964, *The Nice and the Good*, 1968, *An Accidental Man*, 1971, *The Black Prince*, 1973, *Henry and Cato*, 1976 u. *The Sea, The Sea*, 1978, ist es, von »egoistic, self-centred lives« zu e. ›Existenz‹ im Sinne Heideggers zu gelangen. Die negativen Aspekte Neurose, Konvention u. Macht faßt M. in der Metapher der ›Trockenheit‹ (»dryness«) zusammen u. stellt dieser die Idee der ›Kontingenz‹ (»contingency«) des Menschen entgegen, welche von Liebe, Realität, Freiheit u. Komplexität der Welterfahrung gekennzeichnet ist. M.s Sinn für Pathos u. Tragik zeigt sich im Leben u. Tod des Flüchtlings Mina in *Flight from the Enchanter* (1956), ihr Humor bei der Schilderung von Verlauf u. Ergebnis der Londoner Zechtour in *Under the Net* u. in der Aktionärsversammlung in *Flight from the Enchanter*. *The Bell* (1958) ist e. allegor. Darstellung der versch. Erscheinungsformen rel. Berufung. *Bruno's Dream* (1969) handelt von den myst. Träumen u. Phantastereien e. sterbenden alten Mannes, von Einsamkeit u. Verlorenheit der Menschen u. zugleich von der unerklärl. Macht der Liebe. Die Handlungsführung der Romane verläuft in sorgfältig arrangierten Personenkonstellationen u. zielt auf e. »surprise ending«. *The Three Arrows* (1973) u. *The Servants and the Snow* (1973) sind melodramat. Theaterstücke um M.s zentrale Themen Autorität u. Liebe. *ks*

T. Tominaga and W. Scheidermeyer, I. M. and M. Spark: A Bibl., 1976. – A. S. Byatt, Degrees of Freedom, 1965. P. Wolfe, The Disciplined Heart, 1966. L. Bredella, D. entstellte Wirklichkeit, 1968. R. Rabinovitz, I.M., 1968. V. Rieger, I.M.s ›philosoph.‹ Romane, 1969. B. Kahrmann, I.M. (Engl. Lit. d. Gegenw., hg. H. W. Drescher, 1970, 281–305). L. Hermes, Formen u. Funktionen d. Symbolgebrauchs i. d. Werken I.M.s, 1972. F. Baldanza, I.M., 1974. D. Gerstenberger, I.M., 1975.

Murdstone, Edward, Stiefvater Davids; → *David Copperfield.*

Murphy, Arthur, 27. 12. 1727 Dublin – 18. 6. 1805 London. Zog 1735 nach London; 1736–44 Aufenthalt u. Stud. in Frankreich, danach wieder in London. Vf. von Kom., z. T. auf Stoffvorlagen Molières zurückgehend, Trag., Farcen, z. B. *The Apprentice* (1756), *The Orphan of China* (1759), *Zenobia* (1768), *The Grecian Daughter* (1772). 1752–54 Hg. u. Vf. der moral. Wochenschr. ›Gray's Inn Journal‹ nach dem Vorbild des → ›Spectator‹ u. ›Rambler‹; Übs. Tacitus (1793); 2bändige → Garrick-Biogr. (1801). *hd*

Works, VII 1786. ›The Way to Keep Him‹ and Five Other Plays by A.M., hg. J. P. Emery, 1956. New Essays by A.M., hg. A. Sherbo, 1963. – J. Foot, Life of A.M., 1811. H. H. Drunbar, The Dramatic Career of A.M., 1946. J. P. Emery, A.M. An Eminent English Dramatist of the 18th Cent., 1946.

Murry, John Middleton, 6. 8. 1889 Peckham/London – 13. 3. 1957 Thelnetham; Stud. Oxford, 1919–21 Hg. ›The Athenaeum‹, 1923–48 von ›The Adelphi‹; 3mal verheiratet, in 1. Ehe mit K. → Mansfield. Verbindungen zur → Bloomsbury Group, zu D. H. → Lawrence u. → Eliot. Enorm produktiver Autor. E. der bedeutendsten Lit.kritiker zwischen den Weltkriegen (*Selected Criticism* 1916–57, hg. R. Rees, 1960). Schriften über Pazifismus u. Eintreten für e. christl. Kommunismus (*To the Unknown God*, 1924; *The Necessity of Communism*, 1932; *The Necessity of Pacifism*, 1937; *Democracy and War*, 1940; *Christocracy*, 1942). Psych. vertiefte Biogr. u. Studien von *Dostoevsky* (1916), *Keats and Shakespeare* (1925), *D. H. Lawrence* (1931), *K. Mansfield* (1933), *W. Blake* (1933), *Swift* (1954). Neigung zu Esoterik u. Mystik. *ks*

G. Lilley, Bibl. 1889–1957, 1975. – R. Heppenstall, M. A Study in Excellent Normality, 1934. P. Mairet, J.M.M., 1958. F. A. Lea, The Life of M., 1959. E. G. Griffin, J.M.M., 1969.

Music Hall, Variété, dessen Blütezeit als die populärste Massenunterhaltung von der Mitte des 19. Jh. bis zum 1. Weltkrieg reichte. Die M. H. entwickelte sich seit dem frühen 18. Jh. aus unterhaltenden Aufführungen in Gaststätten u. zu diesen gehörenden Sälen; daher war auch später der Verzehr von Alkoholika übl., bis er – im Zuschauerraum – 1902 verboten wurde. Zum Programm gehörten Songs, komödiant. Szenen, Akrobaten, Dressurakte, Tanzeinlagen. Die Stars waren auf eigene, typisierte Rollen festgelegt, jeder hatte s. ›Markenzeichen‹ u. meist e. ganz bestimmtes Kostüm. Die M. H. übte großen Einfluß auf den Stummfilm aus. Nach dem 1. Weltkrieg wurden Hunderte von M. H.s zu Kinos umgebaut, die Tradition lebte in den spektakulären Shows des Palladium weiter u. in den traditionell orientierten Variétés des Players' Theatre Club. Seit den 1960ern führte die neu erwachende Popularität von Unterhaltungen in Gaststätten zu e. Art Neubelebung der M. H.-Tradition von ihrem Ursprung her. → Osbornes *The Entertainer* bringt e. Reihe von typ. M. H.-Szenen in Rahmen e. Theaterstücks auf die Bühne, welches vom Verfall der M. H. als Symbol für den Zustand Englands handelt. *ks*

My Fair Lady, Musical nach G. B. → Shaws Kom. *Pygmalion.*

My Heart's in the Highlands, Ged. von R. → Burns.

The Mysteries of Udolpho, Schauerroman von A. → Radcliffe.

The Mystery of Edwin Drood, Roman von Ch. → Dickens.

Mystery Play, Mysteries; seit dem 14. Jh. übl. Bz. für die aus e. Ausschmückung der Liturgie entwickelten geistl. Dramen des MA mit bibl. Stoffen, während die → miracle plays Heiligenlegenden darstellen. Häufig werden die Begriffe jedoch synonym verwendet. Die Gattung entstand in Frankreich, als ältestes engl. m. p. gilt *The Harrowing of Hell* (Ende 13., Anfang 14. Jh.). Ihre Blütezeit erreichten die M. im 15. u. 16. Jh., ihr Niedergang geht v. a. auf die protestant. Zensur zurück. Einzelne Episoden wurden jeweils e. Gilde anvertraut (die Goldschmiede statteten die Hl. 3 Kge. aus, die Färber das Pharao-Stück, da sie das Rote Meer zu färben hatten, die Bäcker das Abendmahl etc.) u. im Rahmen großer Prozessionen auf prächtig ausgestatteten Wagenbühnen (→ pageants) an mehreren Stellen wiederholt. Einzelne Auff. auf stationären Bühnen sind ebenfalls anzunehmen. Die Szenen waren zwischen 180 u. 800 Zeilen lang u. in versch. Versformen verfaßt. Aufführungszeiten waren Fronleichnam, Weihnachten, Pfingsten u. Ostern. Bemerkenswert ist die Mischung des Heiligen u. Innigen mit humorist. Elementen, die v. a. in kom. Nebenhandlungen, oft in derb volkstüml. Prügelszenen, hervortreten, sowie die Fähigkeit, den Gedanken u. Gefühlen des einfachen Volkes Ausdruck zu verleihen. Die bibl. Stoffe werden in ahist. Zeitlosigkeit durch realist. Details aus dem Alltagsleben angereichert, manchmal sogar überwuchert. Es existieren 4 große Slgn. (zwischen denen textl. Querverbindungen bestehen), die nach den Städten benannt sind, in denen die Zyklen aufgeführt wurden: York, Chester, Coventry u. Wakefield (letztere nach dem Namen der Familie, in deren Besitz sich das Ms. bis Anfang des 19. Jh. befand, auch *Towneley Plays* genannt). Der ca. 1350 entstandene *York Cycle* ist mit 48 Spielen der größte u. am vollständigsten erhaltene. Die 24 *Chester Plays* sind auf ca. 1327 zu datieren. Sie halten sich genauer an den Bibeltext als die anderen Zyklen. Der lückenhafte *Wakefield Cycle* umfaßt 32 M. u. stammt aus der 1. Hälfte des 15. Jh. Von den 10 Spielen des zum erstenmal am Fronleichnamsfest 1416 aufgeführten *Coventry-Cycle,* der e. überregionale Bedeutung gehabt zu haben scheint, sind nur noch 2 erhalten. Die in e. Ms. von 1468 mit dem Titel *Ludus Coventriae* gesammelten 42 Spiele sind nicht mit Sicherheit in dieser Stadt zu lokalisieren. *ks*

Chief Pre-Shakespearean Drama, hg. J. Q. Adams, 1924. Engl. Miracle Plays, Moralities and Interludes, hg. A. W. Pollard, 1927. Medieval M. Plays, Morality Plays and Interludes, hg. V. F. Hopper u. G. B. Lahey, 1962. 7 Miracle Plays, hg. A. Franklin, 1963. 10 Miracle Plays, hg. R. G. Thomas, 1967. – C. J. Stratman, Bibl. of Medieval Drama, 1954. F. E. Penninger, Engl. Drama to 1660 (Excluding Shakespeare), 1976. – E. K. Chambers, The Medieval Stage, II 1903. G. W. Matthews, The Chester Miracle Plays, 1925. G. R. Owst, Lit. and Pulpit in Mediæval England, 1933. K. Young, The Drama of the Mediæval Church, II 1933. E.

K. Chambers, Engl. Lit. at the Close of the Middle Ages, 1947. A. P. Rossiter, Engl. Drama from Early Times to the Elizabethans, 1950. A. Brown, The Tradition of the Chester Plays, 1951. H. Craig, Engl. Religious Drama of the Middle Ages, 1955. R. Southern, The Medieval Theatre in the Round, 1957. E. Prosser, Drama and Religion in the Engl. M. Plays, 1961. A. Williams, The Drama of Medieval England, 1961. G. Wickham, Early English Stages 1300 to 1600, II 1963. R. Woolf, The Engl. M. Plays, 1972. H. J.Diller, Redeformen d. engl. Mysterienspiels, 1973. M. Halevy, The Evolution of Medieval Drama: From the Life to Come to Recorded Time, 1974. J. Gardner, The Construction of the Wakefield Cycle, 1974.

Napoleon Symphony, Roman von A. → Burgess.

Narrow Road to the Deep North, Drama von E. → Bond.

Nash(e), Thomas, Nov. 1567 Lowestoft – ca. 1601 London; Vater Geistlicher mit puritan. Neigungen; Stud. Cambridge 1582–85/86, dann wahrscheinl. Reise durch Frankreich u. Italien. Ab 1588 in London, wo er durch Schriftstellerei e. dürftigen Lebensunterhalt verdiente, bes. angriffslustiger Vertreter der → University Wits. N. war stets in lit. Fehden verstrickt, insb. in die Martin Marprelate-Kontroverse (Ps. des anonymen Wortführers der Puritaner), die durch e. Schlagabtausch in Pamphleten v. a. zwischen N. u. Gabriel Harvey von 1589–99 N.s gesamte Schaffenskraft in Anspruch nahm. N. stritt zusammen mit → Greene u. → Lyly für das Recht der anglikan. Bischöfe auf Zensur lit. Werke. Bedeutender als die Pamphlete, für die N. so viel Zeit opferte, sind die dazwischen entstandenen, vielseitigen Werke. *Pierce Pennilesse, His Supplication to the Devell* (1592) ist e. handfeste Gesellschaftssatire. In *Christ's Tears over Jerusalem* (1593) erklärt N. s. Reue für s. rel. Zweifel u. s. Sünden, einschließl. der feindseligen Haltung gegen Harvey. Mit *Summers' Last Will and Testament* (UA 1593, ED 1600) versuchte N. sich an e. Kom. um die Kapriolen von Will Summers, dem Hofnarren von Henry VIII *The → Unfortunate Traveller* (1594) gilt als 1. engl. Prosaroman. Das (nicht erhaltene) Drama *The Isle of Dogs* (1597) erboste den Privy Council wegen s. Kritik an der herrschenden Korruption so sehr, daß N. im Fleet Prison inhaftiert u. auf einige Zeit aus London verbannt wurde. N.s temperamentvolle idiosynkrat. Persönlichkeit verleiht ihm e. hervorragenden Platz als Satiriker. *ks*

The Works, hg. R. B. McKerrow and F. P. Wilson, V 1904–10. – S. A. Tannenbaum, Concise Bibl., 1941. – J. Rühfel, D. Belesenheit v. Th. N., 1911. R.-M. Fiebach, D. stilist. Wert d. Funktionsverschiebung bei Th. N., 1957. G. R. Hibbard, Th. N., A Critical Introduction, 1962. K. Klein, Vorformen d. Romans i. d. engl. Erzählprosa d. 16. Jh., 1970.

Nathan und Tabileth, Drama von B. → Bermange.

The National Theatre. Erste Pläne gehen auf das Jahr 1848 zurück. 1938 hatte → Shaw schon den Baugrund für e. Theaterkomplex beschafft. 1949 wurde das entsprechende Gesetz (National Theatre Bill) vom brit. Parlament verabschiedet, 1951 der Grundstein gelegt u. mehrfach umplaziert, bis 1969 die Bauarbeiten für das heutige Gebäude am südl. Themseufer neben der Waterloo Bridge begannen. 1963 wurde Laurence → Olivier zum Direktor des N.

T. ernannt; provisor. Heim war vorerst das Old Vic Theatre. Als Intendant fungierte Kenneth Tynan. Die Zielsetzung des N.T. war es, als Repertoiretheater 6 Kategorien von Schauspielen anzubieten: Shakespeare, engl. Klassiker, zeitgenöss. engl. Werke, Klassiker des Auslandes, zeitgenöss. Werke des Auslandes u. Wiederauff. von Stükken des 20. Jh. mit bes. interessanter Problematik. Bei der Förderung junger Autoren steht das N.T. allerdings deutl. hinter der → English Stage Company zurück. Seit 1973 ist Peter → Hall Direktor des N.T. Der techn. hervorragend ausgerüstete Theaterbau (23 Millionen £) mit s. 3 Häusern (Lyttelton, 890 Plätze; Olivier, 1160 Plätze; Cottesloe, 400 Plätze), größtes engl. Theaterprojekt aller Zeiten, wurde teilweise (Lyttelton) am 16. 3. 1976 durch e. Auff. des → *Hamlet* mit Albert Finney in der Titelrolle eröffnet. Erste UA im Neubau war → Brentons *Weapons of Happiness* unter der Regie von → Hare. Die offizielle Eröffnung des gesamten Komplexes durch die Königin erfolgte am 25. 10. 1976. Häufige Gastspiele von Provinzbühnen u. → Fringe Theatres. Das Personal des N.T. besteht aus rund 500 Angestellten u. über 100 Schauspielern. Die Hälfte s. jährl. Kosten von ca. 2,5 Millionen £ deckt das N.T. durch eigene Einnahmen, die andere Hälfte wird durch Subventionen des → Arts Council u. der Stadt London erbracht. *ks*

J. Cook, The N.T., 1976, J. Elsom and N. Tomalin, The History of the N.T., 1978.

Naughton, Bill, 12. 6. 1910 Ballyhaunis (Irland); Arbeiter, freier Schriftsteller. Niveauvolle, spannende Dramen. Romane, Kurzgesch., Filme, Kinderbücher, Hör-, Fernsehspiele u. Theaterstücke, die handfest u. überzeugend, warmherzig u. humorvoll das Arbeitermilieu in London u. Nordengland darstellen. *Alfie* (Drama 1963, Roman 1966) schildert die amourösen Abenteuer e. Cockney-Don Juans. *ks*

Neo-Classicism; Wiederentdekkung der lat. und griech. Lit., die mit der Renaissance in Europa vom 14. Jh. an einsetzt. Die Beschäftigung mit Platon und Aristoteles, mit Vergil, Ovid und Terenz dauerte zwar auch während des MA an, stand aber unter der Dominanz der Kirche. Die Renaissance leitet die philolog.-gelehrte Auseinandersetzung mit der griech.-röm. Kultur und schließl. die Begeisterung für die antike Welt ein. In England gewann die neo-klassizist. Ausrichtung der Lit. in 2 Wellen an Einfluß. Einmal im 16. Jh. unter dem Zeichen der Gelehrsamkeit und ihres hervorragendsten Vertreters Th. → More. Italien. Kritiker (Minturno, Castelvetro, Fracastoro, etc.), die ihre poetolog. ›Regeln‹ aus den antiken Schriftstellern ableiteten, und Dichter (Petrarka, Tasso) gewannen großen Einfluß auf die engl. Lit., vor allem auf die Sonett-, Pastoral- und Ependichtung dieser Zeit. Im Bereich des Dramas ist mit Ausnahme Shakespeares, der diese Vorschr. ignorierte, e. direkter Einfluß ohne kontinentale Vermittlung zu verzeichnen. B. → Jonson nahm nicht nur in s. dramat., sondern vor allem in s. lyr. Werken die klass. Vorbilder auf.

Zum anderen verstärkte sich der Neoklassizismus mit dem Beginn der Restauration ab 1660 wirksam, so daß e. Überwiegen der klass. Vorbilder und Regeln in der engl. Lit. bis zur Mitte des 18. Jh. zu verzeichnen ist. Er basierte vor allem auf der neuen Philos., die mit der Förderung der Naturwiss. (I. → Newton) einherging, auf der Verehrung von Vernunft und Skepsis, von Witz und verstandesmäßigem Urteil, die alle in der aristokrat. Kultur der Zeit ihren Niederschlag fanden; in rel. Fragen verband er sich mit dem Deismus. J. → Dryden leitete diese Phase des Neoklassizismus durch Übernahme bzw. Diskussion der Poetologie des Aristoteles und des Horaz sowie der frz. Vorstellungen ein. Durchweg klassizist. Kritiker wie Th. → Rymer waren selten. Selbst A. → Pope, der herausragendste Vertreter des engl. Neoklassizismus, bekannte sich nicht eindeutig zu den antiken Vorbildern und verknüpfte s. Lit.theorie mit e. umfassenden Anthropologie und mit der natürl. Weltordnung, der »great chain of being«. Andere Autoren wie → Addison, → Steele, → Swift und → Dr. Johnson ließen sich zwar von klassizist. Normen leiten, doch brachten sie auch andere Maßstäbe wie bürgerl. Tugenden u. neue lit. Formen zur Geltung, so daß sich um 1750 der Übergang zum Romantic Age anbahnte; → Romanticism. *ra*

A. O. Lovejoy, The Great Chain of Being, 1936. A. Beljame, Le public et les hommes de lettres en Angleterre, 1660–1744, 1881, übs. E. O. Lorimer, 1948. P. Hazard, The European Mind, 1680–1715, 1948. Ders., European Thought in the 18th Cent., 1965. H. Honour, Neoclassicism, 1968. I. Simon, Neo-Classical Criticism, 1971. D. Secretan, Classicism (Critical Idiom, 27), 1973. B. Fabian, D. Genielehre d. 18. Jh. – E. Skizze ihrer Entwicklung, (Engl. u. am. Lit.theorie, hg. R. Ahrens u. E. Wolff; Bd. 1, 1978, 285–310). D. Rolle, D. Entwicklung nichtklassizist. Maßstäbe gegen Ende d. 18. Jh. (ebda, 358–393).

The Nether World, sozialkrit. Roman von G. → Gissing.

New Atlantis, Staatsroman von F. → Bacon.

New Bearings in English Poetry → Leavis, F. R.

New Criticism; lit.krit. Bewegung, zu Beginn dieses Jh. in den USA als Reaktion auf die positivist. Ausrichtung entstanden. Wesentl. Einflüsse gingen von den Schr. T. S. → Eliots, Ezra Pounds, I. A. → Richards u. J. E. Spingarns aus. Verdankt ihre Bz. dem gleichnamigen Buch (1941) e. ihrer Hauptvertreter, John Crowe Ransom, u. beherrschte die am. Lit.theorie bis zur Mitte der fünfziger Jahre. Der N.C. geht von der Annahme aus, daß e. lit. Werk e. Eigenleben führe, u. daß deshalb zu s. Analyse alles außerhalb des Werkes Liegende außer acht gelassen werden müsse. Das Kunstwerk darf also nicht als Persönlichkeitsäußerung des Autors verstanden werden. Nur s. Autonomie zählt; alle biograph., hist., hintergrundsbedingten Aspekte werden bewußt negiert. Nicht die Relation Autor-Werk interessiert, sondern nur die Relation Werk-Adressat. Grundlage der Textbetrachtung ist das ›close reading‹, e. deskriptiv analyt. Interpretationsverfahren, das das Werk als organ. Einheit, als ästhet. Phänomen auffaßt u. s. ihm inneliegenden Bedingungen aufdecken soll. Die Wirkung e. Textes erwächst aus s. ›ambiguity‹, die der Kunstsprache innewohnt. Diese Mehrdeutigkeit soll aufgezeigt u. in ihren Schichten aufeinander bezogen werden. So unterscheidet Ransom in *The New Criticism* die Begriffe ›structure‹, das denotativ u. log. bestimmbare Thema e. Ged., u. ›texture‹, den nur konnotativ spürbaren u. immanent vorhandenen Bedeutungsgehalt. A. → Tate hat diesen Dualismus in s. ›tension‹-Theorie in dem Aufsatz *Tension in Modern Literature* (1938) zum Ausdruck gebracht: ›extension‹ bezeichnet ›literal statement‹, ›proposition‹ u. ›rational order of thought‹, ›intension‹ hingegen ›connotation‹ u. ›figurative significance‹. Beide Theorien sind weitgehend miteinander verwandt. Im Gegensatz zu Tate u. Ransom sucht Cleanth Brooks im Ged. e. organ.-dramat. Struktur aufzudecken, deren verschiedenartige Kräfte e. umgreifende, nicht-log. Einheit u. Aussage schaffen. Die Aufgabe des Dichters besteht darin »(to) dramatize the oneness of the experience, even though paying tribute to its diversity.« Hierzu greift er exemplar. die Elemente ›irony‹ u. ›paradox‹ heraus. Die Dramatisierung der Einheitlichkeit der Erfahrung erfordere es, daß die antithet. Aspekte zu e. Gesamtheit verschmolzen würden u. e. Paradox entstände. Dieses poet. Mittel – z. B. die Verwendung e. Metapher – bedinge aber seinerseits Ironie, die sich als »der durch das Bewußtsein der Komplexität der Erfahrung disziplinierte Versuch, die Grenzen des menschl. Geistes bis zu dem Punkt zu dehnen, wo diese Komplexität als Einheit sichtbar wird«, versteht (Halfmann, 73). Diese Einheit aus der Vielheit charakterisiert das Ziel Brooks', die Totalität e. Ged. zu veranschaulichen (*The Well Wrought Urn,* 1947). Durch die Ambiguität tritt die Betrachtung einzelner Bauelemente in den Vordergrund. Dem Wort selbst unterliegt ledigl. e. ›conception‹ (Ransom), es hat nur e. subjektiv erfaßbaren, im Werk verhafteten Symbolcharakter. Der Begriff ›imagery‹ bezeichnet alle Figuren uneinheitl. Sprechens (Metaphern, Bilder, Synästhesie usw.) u. wird verstanden als »an appeal to any of the senses«. Hier fließt die allg. sinnl. Erfahrung in die Bildlichkeiten u. gibt dem Adressaten e. ganz individuelles Verständnis des Textes. Dichtung u. Lit.verständnis werden somit zu e. subjektiven Angelegenheit. Erst relativ spät wandten sich die ›New Critics‹ der Prosa zu, bes. dem Roman, u. versuchten hier, die Erzählhaltung zu definieren. Der zentrale Begriff hierzu ist der des → point of view, der die Blickrichtung des Erzählers beschreibt, wie sie sich in den handelnden Personen bemerkbar macht. Die ästhet. Kommunikation zwischen Werk u. Adressat erfordert es, daß das Kunstwerk in s. spezif. Bedingungen nachvollzogen wird. Das krit. Urteil wird damit zu e. kreativen Tätigkeit. Durch die Nichtbeachtung anderer Bedingungen für das Kunstwerk entsteht aber die Gefahr, daß die Kritik mit dem zu analysierenden Text ident. ist, d. h. sich keiner über den Text hinausgehenden Normen bedienen darf. *ra*

R. Weimann, N.C., 1962. R. Foster, The New Romantics. A Reappraisal of the N.C., 1962. U. Halfmann, D. am. N.C., 1971. R. Wellek, A. Tate: Literary Theorist and Critic, (Engl. u. am. Lit.theorie, hg. R. Ahrens u. E. Wolff, Bd. 2, 1979, 557 – 572).

New English Drama, New Wave; zusammenfassender Terminus für die als Gegenreaktion auf das → well-made play nach dem Muster von Coward u. Rattigan u. das Versdrama Eliots u. Frys seit 1956 (→ *Look Back in Anger*) in England hervorgetretenen, v. a. vom → Royal Court geförderten Tendenzen. An Neuem gemeinsam ist diesem Theater die größere Experimentierfreudigkeit in Form u. Inhalt: Dialekt u. Slang statt gepflegtem Standard English, Vielfalt wechselnder Schauplätze statt ›drawing room‹, lockere, offene, oft wilde u. makabere Gestaltung des ›plot‹ statt ›well-made play‹-Struktur, harte Sozialkritik, bei einigen Autoren vom sozialist. Standpunkt aus, sowie absurde u. groteske Elemente. Die von den New Dramatists geweckte Aufbruchsstimmung führte dem engl. Theater e. große Zahl kreativer Talente zu, die es zu dem derzeit wohl vitalsten u. interessantesten der Welt machen. Herausragende Autoren sind Arden, Bond, Osborne, Pinter, Wesker. Daneben traten hervor bes. Barnes, Behan, Brophy, Campton, Caute, Delaney, Jellicoe, Kops, Mercer, Nichols, Orton, Saunders, Shaffer, Spurling, Stoppard, Storey, Terson, Williams u. Wood, ferner A. Bennett, H. Brenton, T. Griffiths, R. Howard, D. Rudkin u. S. Wilson. *ks*

K.-H. Stoll, The New British Drama. Bibl., 1975. – D. engl. Drama d. Gegenwart, hg. H. Oppel, 1976. J. R. Taylor, Anger and After, 1962; n. 1969. W.-D. Weise, D. ›Neuen engl. Dramatiker‹ i. ihrem Verhältnis zu Brecht, 1969. Insight IV, hg. H. J. Weiand, 1975. D. zeitgen. engl. Drama, hg. K.-D. Fehse u. N. H. Platz, 1975.

The New Fiction Society, vom → Arts Council finanziell unterstützte Gesellsch. mit dem Ziel, für den zeitgenöss. engl. Roman e. möglichst breites Lesepublikum zu gewinnen. Jährl. werden zwischen 20 u. 30 Titel ausgewählt, die den Mitgliedern als monatl. Angebot zur Verfügung stehen, jeweils gleichzeitig mit dem Erscheinen im Buchhandel. Die Gesellsch. erhofft sich daraus e. Unterstützung bes. junger Talente, deren Werke sich aufgrund e. von der geringen Auflagenzahl zwangsläufig abhängigen hohen Preises schlecht verkaufen. Auf dem Weg e. garantierten u. somit verbesserten Absatzes soll Verlegern Anreiz u. Möglichkeit gegeben werden, Buchpreise zu senken u. verstärkt neue Autoren herauszubringen. Zu bisherigen Autoren der N.F.S. gehörten u. a. Amis, Bainbridge, Durrell, Drabble, Fowles, Murdoch u. A. Wilson. *hd*

New Shakespeare Society, von F. J. Furnivall, dem 1. Hg. der Variorum Edition, 1873 gegr.; 1894 wieder aufgelöst. 1874 – 92 Veröffentlichung der ›Transactions‹ der Gesellsch., im bes. Nachdrucke der First Folio u. Quarto Texte.

New Statesman → Fabian Society.

New Towns → *Late Call,* Roman von A. Wilson.

New University Wits → Movement.

New Wave → New English Drama.

A New Way to Pay Old Debts, Kom. in 5 Akten von Ph.→ Massinger; UA zw. 1621–26 The Phoenix, London; ED 1633. Als Vorlage für den Protagonisten, Sir Giles Overreach, diente Sir Giles Mompesson (1584 –1651), notor. Ausbeuter, Wucherer u. Günstling des Hzgs. von Buckingham, der 1621 entlarvt u. verurteilt wurde. Der habgierige O. eignet sich den Besitz s. Neffen Frank Wellborn an, der dadurch mittellos geworden ist. Lady Allworth, deren verstorbener Mann Wellborn einiges zu verdanken hatte, möchte dem Unglückl. helfen. Sie täuscht e. geplante Heirat mit Wellborn vor. O. bietet daraufhin s. Neffen finanzielle Unterstützung an, um ihm e. standesgemäßes Auftreten zu ermöglichen. Auch Tom, Stiefsohn von Lady Allworth u. Page bei Lord Lovell, gelingt es durch e. List, O., den Vater s. geliebten Margaret, zu übertölpeln. Denn dieser wollte s. Tochter mit Lord Lovell vermählen, um sich dadurch e. festen Platz in der Gesellschaftshierarchie zu sichern (Bezug auf die sozialen Veränderungen der Zeit). Mit der Unterstützung von Lord Lovell u. Lady Allworth wird O. wiederum getäuscht, Tom heiratet Margaret. Als O. s. Zukunftspläne vernichtet sieht, verfällt er dem Wahnsinn. M. versteht es, in dieser Blankverskom. Haupt- u. Nebenhandlung so zu verquicken, daß die konventionell romant. Geschehensabläufe geradlinig zum Ziel, zur Zerstörung der Pläne O.s, führen. Die Charakterzeichnung ist sehr ausgeprägt: neben dem skrupellosen, unberechenbaren Sir Giles treten humorist.-kom. Figuren wie Richter Greedy u. Koch Furnace (dessen Name an die→ comedy of manners von B. → Jonson erinnert) auf, die als Gegencharaktere auch in moral. Licht zu sehen sind. Aufgrund der Parallele zum Zeitgeschehen wurde die Kom. e. voller Erfolg u. konnte sich neben den Stükken Shakespeares als Repräsentant des elisab. Dramas behaupten. *ra*

Hg. T. W. Craig, 1964. – R. H. Bowers, A Note on M's ›N.W. to P.O.D.‹ (MLR, 53 1958, 214–215). A. Benett, The Moral Tone of M's Dramas, 1966.

Newby, P(ercy) H(oward), 25. 6. 1918 Crowborough; 1939–42 Kriegsdienst in Frankreich u. Ägypten, 1942–46 Univ.-dozent Kairo. Ägypten bildet die Szenerie von vielen Romanen N.s. 1949–77 bei der BBC, zuletzt Programmdirektor. E. Reihe von N.s 18 Romanen (wie *A Journey to the Interior*, 1945, *The Picnic at Sakkara,* 1955, *Revolution and Roses,* 1957, *Something to Answer For,* 1969, *Kith,* 1977) beschreibt Kontakte zwischen der okzidentalen u. der orientalen Welt aus der Perspektive e. engl. Reisenden oder Lehrers, der sich meist in arab. Ländern befindet. *Mariner Dances* (1948), *The Snow Pasture* (1949), *The Young May Moon* (1950), *A Season in England* (1951), *The Barbary Light* (1962) oder *One of the Founders* (1965) schildern das Leben der engl. Mittel- u. Arbeiterklasse. Seit *The Picnic at Sakkara* (1965) stellt N. Menschen u. Situationen in e. farcenhaften, oft an das Absurde grenzenden Komik dar, das wiederkehrende Kernthema aber, Suche u. Prüfung (›the quest and the test‹), ist ernst: den Protagonisten begegnet auf ihrer Flucht vor e. unerträgl., sinnlosen Dasein Mysteriöses, Verwirrendes; Gewalt bricht plötzl., irrational u. unberechenbar herein, sie erleben die Möglichkeit des Todes, gelangen aber schließl. zu e. Genesung, neuen Identitätsfindung, Wiedergeburt zu e. gereifteren Gleichgewicht, das in mehreren Fällen allerdings nur in e. ganz privaten Bereich imaginativer oder rel. Erfahrungen erreicht wird. *ks*

F. X. Mathews, The Fiction of P.H.N., 1964.

The Newcomes, Roman von W. M. → Thackeray.

Newgate School of Novelists der 30er u. 40er Jahre des 19. Jh., bes. W. H. → Ainsworth u. E. G. → Bulwer-Lytton, die dazu neigten, berühmte Verbrechergestalten idealisiert darzustellen. Als satir. Entgegnung auf die ›Newgate Novel‹ ist → Thackerays *Barry Lyndon* (1844) zu nennen. Bz. abgeleitet von Newgate Prison, bis 1902 am heutigen Standort des Central Criminal Court (Old Bailey). *hd*

K. Hollingsworth, The Newgate Novel, 1963.

Newman, John Henry → Oxford Movement.

Newspeak → *Nineteen Eighty-Four* (G. Orwell).

Newton, Sir Isaac, 25. 12. 1642 Woolsthorpe – 20. 3. 1727 Kensington; Mathematiker u. Physiker; Stud. Cambridge, anschließend Lehrertätigkeit ebda; 1668 M. A., 1669 Lehrstuhl für Mathematik. Wegen e. wiss. Abh. über das Spiegelteleskop Mitglied der → Royal Society; von 1703 bis zu s. Tode deren Präsident. N. forschte auf naturwiss. Gebiet: so verbesserte er das Spiegelteleskop, spaltete das Licht in s. Spektralfarben auf u. stellte die These auf, daß die Farbe ›weiß‹ die Summe aller Spektralfarben sei. Ebenso arbeitete N. auf den Gebieten der theoret. Mathematik u. der Astronomie. In s. Hauptwerk *Philosophiae naturalis principia mathematica* (1687) deutete er neben der Entwicklung der Differential- u. Integralrechnung die Bewegung der Planeten – nach den Keplerschen Gesetzen – als Folge der Gravitation. Diese Hypothese formulierte er in der nach ihm benannten Gravitationsformel endgültig. Letztere Formel sowie die Ansätze zur Differential- u. Integralrechnung haben in die heutige Mathematik Eingang gefunden. N.s Annahmen e. absoluten Raumes u. e. absoluten Zeit wurden dagegen revidiert (Einstein). 1705 geadelt. N.s Entdeckungen, insb. vor dem Hintergrund s. rel. Haltung, blieben nicht ohne Einfluß auf die großen Dichter des 18. Jh. Popes → *Essay on Man* brachte die traditionelle Vorstellung von der natürl. Ordnung aller Dinge unter dem neuen Aspekt von N.s ›rational harmony‹; J. Thomsons → *Seasons* entstand in Übereinstimmung mit s. Grundsätzen. *ra*

The Annus Mirabilis of Sir I.N. 1666–1709, hg. R. Palter, 1970. – M. H. Nicolson, N. Demands the Muse, 1946. B. I. Cohen, Introduction to N.s ›Principia‹, 1971. F. E. Manuel, A Portrait of I. N., 1971.

Next Time I'll Sing to You, Drama von J. → Saunders.

Nicholas Nickleby, Roman von Ch. → Dickens.

Nichols, Peter, 31. 7. 1927 Bristol; Schauspieler, Lehrer, Fernseh- u. Bühnenautor; Vater e. spast. gelähmten Kindes. Vf.

von Fernsehstücken, Drehbüchern u. Dramen, die in e. Mischung von Komik u. brutaler Wirklichkeitsdarstellung die Diskrepanzen zwischen klischeehaften, oft affektierten Prätentionen u. wirkl. Charakter der Personen u. ihrer Beziehungen zueinander enthüllen, insb. im Bereich der Familie. N.s bekanntestes Werk ist *A Day in the Death of Joe Egg* (1967), die autobiogr. beeinflußte tragikomisch-makabere Gesch. der Probleme von Eltern e. spast. gelähmten Kindes. *The National Health, or Nurse Norton's Affair* (1970) befaßt sich mit dem Sterben in e. Krankenhaus. *The Freeway* (1975) gestaltet halb kom., halb enervierend die Vorstellung e. riesigen Verkehrsstaus.

ks

J. R. Taylor, P.N. (The Second Wave, 1971, 16–35).

Nightmare Abbey, satir. Roman von Th. L. → Peacock.

Night Thoughts on Life, Death, and Immortality, Ged. von E. → Young.

Nineteen Eighty-Four, letzter u. berühmtester Roman von G. → Orwell, EA 1949. Das Werk schildert e. anti-utop. Welt, die in nur 3 Staaten mit sehr ähnl. absolutist. Herrschaftsstrukturen aufgespalten ist. An der Spitze von Ozeanien steht der ›große Bruder‹, e. fiktiver Parteiführer, dessen Bildnis allgegenwärtig die Menschen anstarrt. Fernsehaugen kontrollieren alle Bereiche. Rigorose Vorenthaltung traditioneller Lit. unterdrückt die individualist. Werte des Abendlandes, welche die starre totalitäre Herrschaftsstruktur gefährden könnten. Die Regierung hat e. Informationsmonopol, ihre gewaltige Propagandamaschine manipuliert Denken u. Gedächtnis. Gesch. wird je nach Bedarf um- u. neugeschrieben. Mit Hilfe der ständigen Reduktion des Wortschatzes durch e. »Newspeak« genannte Sprache der Zukunft werden die menschl. Denkmöglichkeiten immer weiter reduziert. Am Beispiel des kleinen Angestellten Winston Smith zeigt O., wie der Staat die Bürger perfekt kontrolliert u. manipuliert, jede individualist. Regung brutal u. vollständig ausmerzt.

ks

W. Steinhoff, G.O. and the Origins of ›1984‹, 1975. Ders. The Road to ›1984‹, 1975.

No Laughing Matter, Roman von A. → Wilson.

No Man's Land, Drama aus H. → Pinters 4. Schaffensperiode (UA 23. 4. 1975 Old Vic, London; EA 1975), das schon im Titel auf das typ. Thema von Abkapselung u. Erstarrung hindeutet. Das Stück setzt sanft u. mit hintergründigem Humor e. profunde, endgültige Melancholie in Szene, es bewegt sich im kalten Niemandsland von Leere u. Verzweiflung, angefüllt mit Phantasien u. vorgebl. Erinnerungen. Alle 4 Charaktere rhapsodieren von der Vergangenheit. Sie tragen ihre Träume, Phantastereien u. Lügen vor, ohne daß jemand wirkl. zuhören oder verstehen würde. Zwischenmenschl. Beziehungen sind in e. weitgehend als Fiktion entlarvte Vergangenheit verlagert. Hirst, der wohlhabende Besitzer des Hauses, in dessen Wohnraum das Drama spielt, gibt sich solide

u. erfolgreich, s. Erinnerungs- u. Denkfähigkeit ist allerdings offenbar vom Alkoholkonsum beeinträchtigt, s. zurückhaltende Würde zerbricht in zweimaligem, alkoholbedingtem Kollaps. Er lebt nur noch in der verdeckten u. vergangenen Lebendigkeit e. Photoalbenwelt, ist in e. Niemandsland zwischen Leben u. Tod abgekapselt u. erstarrt. Er hat den schäbigen, erfolglosen Literaten Spooner aufgelesen u. ins Haus gebracht, der durch phantasievoll schwadronierende Erinnerungen Eindruck zu machen versucht, das Glück s. souveränen Isolation betont, aber servil um e. zwischenmenschl. Beziehung bettelt, indem er sich als Faktotum anbiedert. Hirsts Hausgenossen, der beschützende Foster u. der derb aggressive Briggs, hänseln u. foppen Spooner in e. ziellos lässigen Spiel. Hirst ignoriert Spooners Kontaktersuchen u. -angebot, verharrt im Niemandsland s. Erstarrung, Abkapselung u. Unfähigkeit zu helfen oder sich helfen zu lassen. Das Stück endet damit, daß auch Spooner resignierend die Hoffnungslosigkeit der Situation einsieht. Abkapselung bedeutet in diesem Drama nicht mehr wie in den vorgehenden Stücken Pinters geistige Freiheit u. unergründl. Selbständigkeit, sondern eisige, todesähnl. Erstarrung. *ks*

No Quarter, Drama von B. → Bermange.

Non-fiction, Sachlit.; Untergruppen, meist in Buchform, sind History, Biography, Autobiography, Memoirs, Monograph; kürzere Veröffentlichungen: Treatise, Thesis, Essay, Sermon, Article, Paper, teilweise auch der → periodical essay im 18. Jh. *hd*

Nonce-word; in e. vorgegebenen Zusammenhang oder zu e. bestimmten Zweck einmalig geprägtes Gelegenheitswort, z. B. in → Nonsense-Dichtung oder → macaronic verse. *hd*

Nonsense, meist ›Nonsense verse‹; grotesk-unterhaltsame Dichtung. Ausgeprägter Rhythmus, jedoch ohne log. oder unmittelbar nachvollziehbare gedankl. Entwicklung: nonce-words, Komposita unter Hereinnahme fremdsprachiger Elemente, Zungenbrecher, skurrile Druckanordnung. Bes. populär die bis heute geübte Form des → Limerick, der → Clerihew oder absurd-kom. Schilderungen wie in L. Carrolls → *Alice's Adventures in Wonderland* u. *Through the Looking-Glass.* Bekanntester Vertreter des ›Nonsense Verse‹ ist E. → Lear. *hd*

E. Sewell, The Field of Nonsense, 1952. C. W. Thomsen, D. Groteske u. d. engl. Lit., 1977.

Norman, Frank, 9. 6. 1930 Bristol; als unehel. Kind in Heimen aufgewachsen, Gelegenheitsarbeiten in Soho, Sträfling; Vf. von lebensvollen, maler. Musicals über das Proletarier- u. Gaunermilieu in Soho (*Fings Ain't Wot They Used T'Be,* 1960; *A Kayf Up West,* 1964) u. Autobiogr. s. pikaresken Lebens (*Bang to Rights,* 1958; *Stand on Me,* 1960; *The Guntz,* 1962; *Banana Boy,* 1969; *Dodgem-Greaser,* 1971; *One of Our Own,* 1973). *ks*

North and South, sozialkrit. Roman von E. C. → Gaskell.

The North Briton, Zs., hg. J. → Wilkes.

Northanger Abbey, Roman von J. → Austen.

Norton, Thomas → *Gorboduc.*

Nostromo, Roman von J. → Conrad.

Not I, Schauspiel von S. → Beckett.

Novel of Manners; bringt in Handlung, Charakteren u. Sprache spezif. Eigen- u. Gegebenheiten e. bestimmten Gesellschaftsschicht zur Darstellung. Zeit- u. ortsabhängig, vorwiegend Schilderung gesellschaftstyp. Konventionen als beherrschendes Element, z. B. im Werk von → Austen oder, auf die Vergangenheit bezogen, auch bei → Scott (hist. Sittenroman). *hd*

Novel on Yellow Paper → Smith, S.

Novum Organum, philosoph. Traktat u. Hauptwerk von F. → Bacon, 1620 in lat. Sprache erschienen. Als Gegenstück zum *Organon* des Aristoteles verfaßt, strebte B. in diesem Werk e. programmat. Begründung des neuen wissenschaftl. Empirismus an. B. polemisiert gegen das etablierte, von Aristoteles begründete syllogist. System der Wissenschaften. Diesem in log. Folgerungen erstarrten System hält er die induktive Methode entgegen, bei der Wissen aufgrund von Erfahrung u. Experimenten erreicht wird. Die wahre Analyse kann jedoch durch falsche Ausgangsbasen (›idols‹) verhindert bzw. verfälscht werden. B. unterscheidet 4 solcher ›idols‹: »Idols of the Tribe«, gewöhnl. menschl. Schwächen, z. B. die Bevorzugung des Verstandes vor dem Gefühl; »Idols of the Cave«, individuelle Schwächen; »Idols of the Marketplace«, ungenauer Sprachgebrauch; »Idols of the Theatre«, die durch falsche philosoph. Prinzipien hervorgerufen werden. B.s Hauptziel ist die Bestimmung der Grundeigenschaften aller existierenden Dinge u. Lebewesen, die Schaffung e. »alphabet of nature«. Er untersucht in versch. Instanzen die Eigenschaft des Lebewesens oder der abstrakten Erscheinung. Dabei zählt er nicht nur positive, d. h. für die betreffende Erscheinung konstitutive Eigenschaften auf, sondern betrachtet auch negative Instanzen. In der Kontrastierung der positiven u. negativen Instanzen erhält B. dann e. unverfälschtes Bild der gesuchten Erscheinung. B.s Bemühungen richteten sich gegen jedes imaginative Moment in der wissenschaftl. Betrachtung. *ra*

B. Farrington, The Philosophy of F.B., 1964.

Nursery Rhymes; einfache, vielfach überlieferte Kinderlieder, Verse, Auszählreime, kurze Reimgesch. 1. schriftl. Überlieferung ca. 1676 (›As I Was Walking along the Fields‹); bekannte klass. n.r.: ›An Elegy on the Death and Burial of Cock Robin‹ (1744), ›Pussy Cat‹ (1805), ›Humpty Dumpty‹ (1810), ›As I Was Going o'er London Bridge‹ (1849). *hd*

Tommy Thumb's Pretty Song Book, 1744. Mother Goose's Melody, ca. 1765; n. 1786. J. O. Halliwell, Popular Rhymes and Nursery Tales, 1849. An Annotated Mother Goose, hg. W. S. and C. Baring-Gould, [3]1973. – P. and J. Opie, The Oxford Dict. of Nursery Rhymes, [2]1975. – J. B. Kerr, Essay on the Archaeology of Popular Engl. Phrases and N.R., 1834. H. Brett, N.R. and Tales: Their Origin and History, 1924. J. B.

MacDougall, The Real Mother Goose, 1940.

The Nut-Brown Maid, Ged. von M. → Prior.

Objective Correlative; von T. S. → Eliot in s. lit. krit. Essay *Hamlet and His Problems* (1919; *The Sacred Wood,* 1920, 95–103) geprägter Begriff, den er definiert als »...a set of objects, a situation, a chain of events which shall be the formula of that ›particular‹ emotion; such that when the external facts, which must terminate in sensory experience, are given, the emotion is immediately evoked«. Bezeichnet also die Übersetzung e. nur als Vorstellung existierenden Emotion in dramat. Geschehen; gleichzeitig soll das Erleben des Geschehens genau diese Emotion im Zuschauer hervorrufen. Intention des Autors u. Reaktion des Zuschauers müssen korrelieren; das Mittel dazu ist die Vergegenständlichung der Emotion. Somit ist e. wesentl. Grundzug ästhet. Kommunikation erfaßt. E. versteht das o.c. vorrangig als dramenkrit. Begriff zur werkimmanenten Analyse; andererseits kann dadurch auch die Beziehung Autor-Werk beschrieben werden. Da E. die These von der Unpersönlichkeit des Dichters vertritt, der nur Allgemeingültiges in s. Dichtung einfließen lassen darf u. sich selbst dazu zwingen muß, alles Subjektive fernzuhalten, bietet das o.c. e. geeignete Möglichkeit, ausschließl. die Gestaltung u. Aussagekraft e. Ged. in den Vordergrund zu stellen. Diese These vertritt F. O. Matthiessen. Hugh Kenner hingegen hält diese Auslegung für zu weit gefaßt u. bezieht den Begriff nur auf den Entstehungsprozeß des Dramas. A. P. Frank hält ihn im Zusammenhang der Autor-Werk-Beziehung für ungeeignet, da nur das Ged. ›objektiv‹ meßbar sei u. nicht der 2. Faktor, die Emotion, mit dem das Ged. korrelieren soll. Deshalb qualifiziert er diese Formel als pseudowissenschaftl. ab u. läßt sie nur als Selbstäußerung oder Dichtanweisung gelten. *ra*

F. O. Matthiessen, The Achievement of T.S.E., ³1958. A. P. Frank, T.S. Eliot's O.C. and the Philosophy of F. H. Bradley (JAAC, 30, 1972, 311–317). A. P. Frank, D. Sehnsucht nach d. unteilbaren Sein. Motive u. Motivation i. d. Lit.krit. T. S. Eliots, 1973.

O'Brien, Edna, 15. 12. 1932 Galway (Irland); Klostererziehung, Stud. Pharmazie Dublin. Mit schonungsloser, teils schockierender Aufrichtigkeit u. tiefem Mitgefühl stellt O'B. aus feminist. Perspektive die emotionalen u. gesellschaftl. Probleme emanzipierter Frauen in e. nicht emanzipierten Gesellschaft dar. Ihre ersten 3 Romane *The Country Girls* (1960), *The Lonely Girl* (1962) (auch u. d. T. *The Girl with Green Eyes*) u. *Girls in Their Married Bliss* (1964) erzählen die Gesch. zweier wilder ir. Mädchen, die sich im Leben, mit den Männern u. in London zurechtfinden. *August Is a Wicked Month* (1965), *Casualties of Peace* (1966) und *Night* (1972), angesiedelt in London u. an der Riviera, behandeln das Thema der Einsamkeit als Folge der zuvor so ersehnten Emanzipation. Der tagebuchähnl. Strom von Bildern, Impressionen u. Erfahrungen von *A Pagan Place* (1970) erzählt in e. an Proust erinnernden Art die Gesch. e. armen ir. Kindes, das sich immer wieder vor dem Abgrund ewigen Höllenfeuers sieht. Der Film *Zee & Co.* (1971) (mit Michael Caine, Elizabeth Taylor u. Susannah York) behandelt das Dreiecksverhältnis e. spitzzüngigen Ehefrau, e. ihre Beschimpfungen masochist. genießenden Gatten u. s. Geliebten. *Mother Ireland* (1976) ist e. sehr persönl. Buch über Irland, s. Gesch. u. die Erinnerungen der Autorin an ihre Kindheit. Im Zentrum der Kurzgesch. in *The Love Object* (1968) und *A Scandalous Woman* (1974) stehen die Geschicke verlassener u. enttäuschter Frauen. Enttäuschung ist auch das beherrschende Thema des 1977 erschienenen Romans *Johnny I Hardly Knew You.* *ks*

O'Brien, Flann (eig. Brian O'Nolan), 1911 Strabane/Tyrone (Irland) – 1. 4. 1966 Dublin; Journalist u. Schriftsteller; Stud. Gäl., Dt. und Altphilol., Dublin. O'B.s Romane erinnern in ihrer komplizierten Erzählstruktur an Joyce, z. B. *The Hard Life,* 1961, *The Dalkey Archive,* 1964, *The Third Policeman,* 1966. S. Kurzgeschichten u. Dramen erschienen 1972 als *Stories and Plays.* *hd*

A. Clissmann, F. O'B. A Crit. Introduction, 1979.

Obscene Publications Act → Licensing Act.

The Observer → Periodical Essay.

O'Casey, Sean, 30. 3. 1880 Dublin – 18. 9. 1964 Torquay; aus kinderreicher protestant. Familie der Dubliner Slums. Nur 3 Jahre Schulbesuch, später autodidakt. Bildung. Gelegenheitsarbeiten. In s. Jugend Nähe zur kommunist. Partei, organisator. Engagement in der Transportarbeitergewerkschaft, an deren blutigem Streik von 1913 er in führender Position teilnahm. Schrieb seit s. 17. Lebensjahr Dramen unter dem Einfluß des National Club. Erst 1923 wurden 2 davon im Dubliner → Abbey Theatre aufgeführt. Bedeutendster ir. Dramatiker s. Generation. S. Stücke sind phantasievoll, witzig u. reich an grotesklebensfreudigem ir. Humor. Die frühen Werke geben sozialkrit.-realist. Darstellungen des Lebens der Dubliner Unterschicht vor dem Hintergrund polit. Unruhen. Hinter der satir. Wirklichkeitsdarstellung steht die Deutung der Rätsel des menschl. Daseins. Am bekanntesten → *Juno and the Paycock* (1925). *The Plough and the Stars* (1926) enthüllt schonungslos in e. für O'C. charakterist. Mischung aus Satire u. Realismus den Geist, der während der Unruhen von 1915/16 in den Dubliner Slums herrschte, u. verursachte e. Theaterskandal. O'C.s kühn experimentierfreudige pazifist. Tragikom. über den 1. Weltkrieg, *The Silver Tassie* (1928), führte zu e. scharfen Kontroverse u. zum Bruch mit → Yeats. O'C. ging daraufhin 1929 nach London u. begann e. Serie experimenteller Dramen, in denen er sinnbildhaften Gehalt in expressionist. Technik darstellt. Auf diese moralitätenhaften Stücke folgt e. Serie heiterer, optimist. Kom. *The Star Turns Red* (1940), *Red Roses for Me* (1942), *Cock-a-Doodle Dandy* (1949) u. *The Drums of Father Ned* (1960) stellen die von der Jugend verkörperte Vitalität, Liebe u. Großzügigkeit als Gegenkräfte zu lebensverneinender Geschäftstüchtigkeit u. bigotter Kirche heraus. 6bändige Autobiogr., 1939–54. *ks*

Collected Plays, IV 1949–51. – E. H. Mikhail, Bibl., 1972. R. Ayling and M. J. Durkan, Bibl., 1978. – K. Wittig, S.O'C. als Dramatiker, 1937. R. Hogan, The Experiments of O'C., 1960. D. Krause, S. O'C., The Man and His Work, 1960. S. Cowasjee, S.O'C., The Man Behind The Plays, 1963. Ders., S.O'C., 1966. The World of O'C., hg. S. McCann, 1966. W. A. Armstrong, S.O'C., 1967. S.O'C. Modern Judgements, hg. R. Ayling, 1969. M. Malone, The Plays of O'C., 1969. The Sting and the Twinkle, hg. E. H. Mikhail and J.O'Riordan, 1974. D. Krause, S.O'C. and His World, 1976. C. D. Greaves, S.O'C. Politics and Art, 1978.

Ode (griech. ōidē); ursprüngl. sangbares Ged., Chorgesang in der griech. Trag.; lyr. Form des Feierlichen, oft als Anrede, meist reimlos u. stroph., gehobene Sprache u. Stilgebung; Darstellung u. Abhandlung erhabener Stoffe u. Themen, teils Gelegenheitsdichtung aus hohem Anlaß. Klass. Beispiele sind die sapphische, horazische u. pindarische O., letztere von maßgebl. Einfluß auf die europäische Dichtung. In der engl. Lit. erstmals bei B. Jonson; Cowleys *Pindaric Odes* (1656) unterscheiden sich durch freie Form in Verslänge, Reim u. Strophenstruktur. Bedeutende Vertreter der sog. ›Cowleyan Ode‹ sind Dryden u. die Romantiker Wordsworth, Coleridge, Shelley u. Keats. Auch Landor, Patmore, Swinburne u. Tennyson wählten die Form der O. als dichter. Ausdrucksmittel. Im 20. Jh. nur noch selten als eigenständige Form anzutreffen, verschiedentl. Anklänge in Ged. von Auden, MacNeice u. D. Thomas. *hd*

K. Schlüter, D. engl. O., 1964. J. D. Jump. The O., 1974 (Critical Idiom).

Ode on a Grecian Urn → Keats, J.

Of Human Bondage, autobiogr. gefärbter Bildungsroman von W. S. → Maugham.

Of the Standard of Taste → Hume, D.

O'Faolain, Sean, 22. 2. 1900 Cork (Irland); Sachbuchautor, Erzähler; Stud. University College, Cork, 1925 M.A. Mehrere Jahre als Fellow an der Harvard University; 1957–59 Direktor des Arts Council of Ireland. O'F.s Entwicklung als Schriftsteller ist bes. anhand s. Kurzgesch. zu verfolgen. Ausgehend von teils persönl. Erfahrungen als Mitglied der IRA, die in fast romant. zu nennenden Erzählungen Niederschlag finden, stellt er zunächst e. pessimist. Lebensdeutung in den Vordergrund, etwa in der Slg. *A Purse of Coppers*, 1938. Diese Einstellung verliert sich allmählich. Nicht mehr die Darstellung des sich in ständigem Kampf gegen unüberwindbare hist. u. gesellschaftl. Zwänge befindl. Menschen steht im Mittelpunkt, sondern der ambivalente Charakter, der im Grunde genau die widersprüchl. Kräfte im Leben Irlands repräsentiert, wie sie in e. Zeit deutl. werden, in der das von Traditionen beherrschte Land sich anschickt, endgültig den Schritt in die Moderne zu tun. *hd*

M. Harmon, S. O'F. A Crit. Introduction, 1966.

O'Flaherty, Liam, 28. 8. 1896 Aran Islands/Galway (Irland); 1908–12 Blackrock College, 1912–13 University College, Dublin; 1926 Tait Black Memorial Prize. S. Erstlingsroman, *Thy Neighbour's Wife*, erschien 1923, gefolgt von *The Black Soul*, 1924, *The Informer*, 1925, u. *Mr. Gilhoolie*, 1926. Diese u. die nachfolgenden Erzählwerke zeigen e. bewußtes Eingehen auf die Figur des einsamen, gequälten u. ausgeprägt emotional handelnden Menschen. Allein *Famine* (1937), O'F.s wohl bedeutendste Leistung als Romancier, hebt sich als »social documentary« von diesem Grundmuster ab; betont naturalist. Darstellung, in der der Erzähler zurücktritt u. die Einzelereignisse für sich selbst sprechen läßt. Beachtl. Talent als Vf. zahlreicher Kurzgesch., die sich themat. in 2 Hauptgruppen zusammenfassen lassen: ländl. Szenerie u. ihre Menschen sowie Tiersketche. In beiden Bereichen stellt O'F. s. hoch entwickelte Fähigkeit der exakten Beobachtung u. s. großes Einfühlungsvermögen immer wieder unter Beweis. *hd*

J. Zneimer, The Lit. Vision of L. O'F., 1971.

O'Keeffe, John, 24. 6. 1747 Dublin – 4. 2. 1833 Southampton; Schauspieler; sehr produktiver u. erfolgreicher Bühnenautor, dessen Stücke in London mit Beifall aufgenommen wurden. *Wild Oats* (UA 1791, Covent Garden Theatre), s. bekanntestes Stück, fand in jüngster Zeit als Auff. der Royal Shakespeare Company erneut großen Anklang. Von → Sheridan geschätzt; → Hazlitt nannte O'K. »our English Molière«. *hd*

Dramatic Works, IV 1798. Recollections of His Life, II 1826.

The Old Curiosity Shop, Roman von Ch. → Dickens.

The Old Men at the Zoo, Roman von A. → Wilson.

The Old Ones, Drama von A. → Wesker.

Old Times, 2aktiges Drama aus H. → Pinters 4. Schaffensperiode; UA 1. 6. 1971 Aldwych Theatre, London, EA 1971. Das Stück schreitet fort in e. Serie planvoll arrangierter Monologe des Ehepaares Deeley-Kate u. ihrer Besucherin Anna, e. Jugendfreundin Kates. Gegenstand der monolog. Vorstöße sind die – oft fiktiven u. manipulierten – Erinnerungen des jeweiligen Sprechers an e. der anderen Charaktere oder an beide. Die eingeschobenen dialog. Geplänkel verarbeiten die in den Monologen gegebenen Anstöße. Anna u. Deeley versuchen abwechselnd, ihren jeweiligen Versionen über die Vergangenheit mit Kate Gültigkeit zu verschaffen, sie damit festzulegen u. zu ›besitzen‹. Am Ende der weitgehend parallelen Anläufe in den beiden Akten steht Kates Abweisung, in Akt I in e. einzigen Satz, in II in ihrem großen, 2teiligen Schlußmonolog. Sie entzieht sich den analyt. Zugriffen Deeleys u. Annas. Menschen sind nicht etwas, was man durchschauen u. besitzen kann, sie gehören sich selbst in ihrer Unverstehbarkeit, Komplexität u. Vitalität. Deeleys Erkenntnis, daß er s. Frau nie besessen hat, daß sich in ihrem Schweigen nicht Hingabe, sondern Selbstbehauptung verbarg, läßt ihn schluchzen. Im Schlußtableau thront Kate als Siegerin über den beiden gescheiterten Kombattanten. Das Stück stellt e. Markstein in der Entwicklung des Autors dar, indem es nach den früheren Feststellungen der Bedrohtheit u. Fragilität des Menschen, den Zweifeln an der Existenz e. Identität u. den Spekulationen über den Facettenreichtum menschl. Wesens e. in s. Abkapselung unergründl. u. sicher in sich ruhenden Menschen zeigt. *ks*

P. Goetsch, H. Pinter: ›O.T.‹ (D. engl. Drama d. Gegenwart, hg. H. Oppel, 1976, 206–221). K.-H. Stoll, ›O.T.‹-Erinnerungen u. Abkapslung (H. Pinter, 1977, 110–142).

The Old Wives' Tale, Roman von A. → Bennett.

Oldenberg, Drama von B. → Bermange.

Oliphant, Margaret Oliphant, geb. Wilson, 4. 4. 1828 Wallyford (Schottland) – 25. 6. 1897 Wimbledon. Die meisten ihrer Romane erschienen zunächst in ›Blackwoods Mag.‹, am bekanntesten *The Chronicles of Carlingford* (1863–76), bes. *Salem Chapel* (II 1863) u. *Miss Marjoribanks* (III 1866; hg. Q. D. Leavis, 1969). Daneben versch. Bücher zur Gesch. u. e. *Literary History of England 1790–1825.* *hd*

Autobiography and Letters, hg. H. Coghill, 1899. – V. and R. A. Colby, The Equivocal Virtue. Mrs. O. and the Vict. Literary Market Place, 1966.

Oliver Twist; or, The Parish Boy's Progress, Roman von Ch. → Dickens, ED ›Bentley's Miscellany‹, Februar 1837 – März 1838; EA III 1838. Dickens' 2. Roman spielt im Armeleute- u. Verbrechermilieu, durch die → Newgate Novel in die zeitgenöss. Lit. eingebracht. Als Waisenkind wächst Oliver im Armenhaus e. Kleinstadt unter der Aufsicht des tyrann. Mr. Brumble auf. Er entkommt nach London, wo er in die Gewalt des jüd. Hehlers Fagin u. dessen Diebesbande gerät, darunter der Einbrecher Sikes, die Dirne Nancy, u. ›Artful Dodger‹, e. junger Taschendieb. Bei e. Einbruch auf dem Lande wird O. zum Mittäter gemacht, verwundet, entdeckt, aber von Mrs. Maylie, der Hausbesitzerin, vor der Polizei geschützt. Durch Nancy, die Reue über ihr bisheriges Tun empfindet, wird bekannt, daß e. gewisser Monks hinter den verbrecher. Plänen der Bande steht. Als Halbbruder des unehel. geb. O. hatte er dessen Erbteil unterschlagen. Nancy wird wegen ihres Verrats von Sikes umgebracht, der sich danach auf der Flucht versehentl. selbst erdrosselt. O. findet bei Mr. Brownlow, von dem sich zeigt, daß er e. Freund s. verstorbenen Vaters war, Zuflucht u. wird von ihm adoptiert. *O.T.* steht in scharfem Kontrast zu den idyllisch-liebenswerten Gesch. der → *Pickwick Papers.* Dickens greift die Diskussion um das Poor Law von 1830 auf u. äußert sich krit. zu den Wirtschaftstheorien von → Bentham u. → Malthus. Als Fürsorgezögling ist O. e. Opfer s. Umwelt, mangelnden Mitgefühls u. Mitleids auf Seiten der privilegierten Schichten der viktorian. Gesellschaft, in unverschuldeter Armut u. ohne Hilfe auf den Weg des Verbrechens gedrängt. Die Melodramatik der Handlung, wiederum im Unterschied zu den *P.P.* durchgängig angelegt, ist nicht zu übersehen. O. verkörpert die Klischeevorstellung s. Zeit vom unschuldig in Bedrängnis u. Seelennot geratenen jungen Menschen; überzeugender dagegen D.s Bösewichte, sprichwörtl. gewordene Gestalten. *hd*

Hg. J. H. Miller, 1962; n. K. Tillotson, 1966 (Clarendon Dickens). – F. Fiedler, D. Entstehungsgesch. von D.s ›O.T.‹, 1912. J. H. Miller, C. D. The World of His Novels, 1958. K. Tillotson, ›O.T.‹ (E&S, n.s. 12 1959, 87–105). A. Lukas, ›O.T.‹ and the Newgate Novel (DR, 34 1955, 381–87). V. P. Tartella, C. D. ›O.T.‹ Moral Realism and the Uses of Style, 1961. S. Marcus, D. from Pickwick to Dombey, 1965.

Olivier, Sir Laurence, 22. 5. 1907 Dorking, e. der prominentesten engl. Theater- u. Filmschauspieler. Trat zum erstenmal 1922 als Katharina in Shakespeares *The Taming of the Shrew* im Festival Theatre, Stratford-on-Avon, auf. 1926–28 bei der Birmingham Repertory Company, zahlreiche bedeutende Rollen, u. a. 1935 mit John Gielgud in *Romeo and Juliet*. 1937–49 im Old Vic, unterbrochen von Theater- u. Filmrollen in den USA. Management des St. James's Theatre, 1962 Direktor des Chichester Festival, 1963 des National Theatre. Neben zahlreichen groß. Shakespeare-Rollen spielte O. u. a. Button Moulder in Ibsens *Peer Gynt,* Sergius in → Shaws *Arms and the Man,* den Chorus in Anouilhs *Antigone,* den Duke in → Frys *Venus Observed,* den Grand Duke in → Rattigans *The Sleeping Prince,* Archie Rice in → Osbornes *The Entertainer,* Bérenger in Ionescos *Rhinoceros.* Zu s. bedeutendsten Filmen gehören die Shakespeare-Verfilmungen von *Henry V, Hamlet, Richard III* u. *Othello.* Zahlr. Ehrungen. *ks*

Olney Hymns → Cowper, W.

On English Comic Writers, Vortragsreihe von W. → Hazlitt; Essays.

On the English Poets, aus e. Vortragsreihe von W. → Hazlitt hervorgegangene Essay-Slg.

On Heroes, Hero-Worship, and the Heroic in History. Six Lectures Reported with Emendations and Additions, Abh.; ursprüngl. als Vorlesung gehalten von Th. → Carlyle, EA 1841; gibt s. Geschichtsauffassung u. -philos. wieder; richtungweisend für die Historiographie des 19. Jh. C. faßt Gesch. allein als Wirken großer Persönlichkeiten auf; er spricht von »leaders of men... modellers, patterns, and in a wide sense creators« u. sieht in den jeweiligen Führergestalten die Verkörperung e. göttl. Idee. Gleichzeitig entwirft C. e. Ahnenreihe u. Typologie dieser Führer, die er als differenzierte Ausprägungen e. halbgöttl. Heldentums interpretiert: Odin, der Held als Gott; Mahomet, der Held als Prophet; Dante u. Shakespeare, Helden als Dichter; Luther u. J. Knox, Helden als Priester; S. Johnson, Rousseau u. R. Burns, Helden als Schriftsteller; Cromwell u. Napoleon, Helden als Kge. Als ›Gesch. der großen Männer‹ setzt C. den Ablauf der Weltgesch. mit den Biographien bedeutender Persönlichkeiten gleich, die polit., philosoph. u. moral. den Fortlauf der Gesch. beträchtl. beeinflußt haben. Anhand häufig eigenwilliger Interpretationen des ›Helden‹ versucht er, ›wesentl. Wirklichkeit‹ wiederzugeben (löste damit z. B. Cromwells Einschätzung als Fanatiker durch e. positivere ab). Allen ›Helden‹ gemeinsam ist ihr Ruhm u. Einfluß auf geistig-moral. bzw. machtpolit. Auswirkungen ihrer Zeit. Mit s. neuen Geschichtsphilos. begründete C. unbewußt e. Kult des über den Grenzen der Sittlichkeit stehenden Menschen. Diese Idee findet sich in ähnl. Form bei Nietzsche u. Stefan George. C.s Vorlesungen weisen ihn als Kenner der verborgenen Kräfte der Weltgesch. aus, der in e. leicht aufzunehmenden, stilisierten u. emotionalen Sprache s. universales Wissen weitergibt, wobei er aber ökonom. Fakten u. die Dialektik der hist. Situation nicht beachtet, sondern allein von der prägenden Herrscherfigur ausgeht. *ra*

F. Brie, Helden u. Heldenverehrung bei C., 1948. R. A. Donovan, C. and the Climate of Hero-Worship, (UTQ, 42 1973, 122–41).

On Murder Considered as One of the Fine Arts, Essays von Th. → De Quincey.

On the Old and New Testaments → Ælfric.

One Way Pendulum, Drama von N. → Simpson.

Open Couplet → Heroic Couplet.

Order of the Bath; Order of the Garter, Hosenbandorden → *Sir Gawain and the Grene Knight.*

Ormulum, fragmentar. überlieferte rel. Versdichtung (→ Junius I), frühes 13. Jh., 20 000 V. in sog. reimlosen Septenaren (Wechsel von 4hebigen u. 3hebigen Zeilen), bezeichnet nach s. Vf., dem Augustinermönch Orm oder Ormin, wahrscheinl. aus dem NO Englands; engl. Paraphrasen der im Meßbuch enthaltenen Evangelientexte (Perikopentexte) mit e. jeweils dazugehörenden → Homilie, wobei sich O. v.a. auf → Bede als Vorlage verläßt. Inhaltl. u. stilist., d. h. lit. ohne große Bedeutung. Dagegen fällt das Werk durch s. Orthographie auf: Konsonantenverdoppelung nach kurzen Vokalen, z. B. ›Orrm‹, u. Verwendung von Akzentzeichen. Über die Bedeutung der gewählten Schreibweise liegen stark differierende Theorien vor, die sich im einzelnen nur teilweise belegen lassen. Als kulturgeschichtl. Dokument gibt das Ged. Aufschluß über den Bildungsstand u. den lit. Geschmack der einfachen Bevölkerung. O. selbst weist darauf hin, daß beides nicht zu hoch angesetzt werden dürfe; entsprechend s. Diktion u. Gedankenführung, die sich bes. durch ständige Wiederholungen auszeichnet. Die überlieferte Handschr. stellt nur e. Bruchteil des ursprüngl. Textes dar. *js*

Hg. R. M. White, II 1852; n. R. Holt, II 1878. Early ME Verse and Prose, hg. J. A. W. Bennett and G. V. Smitters, [2]1968. – H. C. Matthes, D. Einheitlichkeit d. ›O.‹, 1933. M. Lehnert, Sprachform u. Sprachfunktion i. ›O.‹, 1953. R. W. Burchfield, ›O.‹ Words Copied by Jan Van Vliet from Parts Now Lost (Fs. J. R. R. Tolkien, 1962, 94–111). E. S. Olszewska, Alliterative Phrases in the ›O.‹ (ebda, 112–27).

Oroonoko, Roman von A. → Behn, Vorlage für die gleichnamige heroische Trag. von Th. → Southerne.

Orton, Joe (eig. John Kingsley), 1. 1. 1933 Leicester – 9. 8. 1967 London, Schauspieler; ermordet von e. Gefährten, der darauf Selbstmord beging. O.s 7 Dramen sind wilde, makabere Farcen. Sie leben aus e. explosiven, satir. Sprache, die schockieren will u. Tabus zerstört. Die Dialoge entlarven im Ton unsicherer, manierierter Vornehmtuerei, die von Obszönitäten u. Anzüglichkeiten durchsetzt ist, rel., sexuelle u. familiäre Konventionen ebenso wie sprachl. Klischees als Heuchelei. *Entertaining Mr. Sloane* (1964) läßt sich sehen als die Ausfaltung des im Titel implizierten Wortspiels, indem die Titelfigur, e. junger Mörder, vom ›unterhaltenen‹ Parasiten zum ›unterhaltenden‹ Opfer e. sexbesessenen alternden Frau u. ihres homosexuellen Bruders wird. *Loot* (1967) ist e. brillant makabere Farce auf das konventionelle Beerdigungsritual u. zugleich e. Gaunerkom., in der sich die Polizei als ebenso geistig schwerfällig wie korrupt erweist. Der vulgäre Spaß am Entsetzl. u. die zyn. Demontage von Klischees zielen so offen auf Schockwirkung, daß sich die engl. Theaterzensur zu Eingriffen veranlaßt sah. Der posthum veröffentlichte einzige Roman O.s, *Head to Toe* (1971), bietet den surrealist., phantast. Bericht e. Entdeckungsreise auf dem Körper e. mehrere hundert Meilen großen Riesen, auf dem Staaten von Frauen, bisexuellen Wesen, Tiermenschen existieren – all dies Vehikel für Satiren u. a. auf das engl. Königshaus, europ. Politik, Papst u. Kirche. *ks*

Complete Plays, 1976. – J. R. Taylor, J. O. (The Second Wave, 1971, 125–140). J. Lahr, Prick up Your Ears, 1978.

Orwell, George (eig. Eric Blair), 25. 6. 1903 Motihari/Bengal (Indien) – 21. 1. 1950 London; Stipendiat in Eton; 1922–27 bei brit. Militärpolizei in Indien. S. Protest gegen die Methoden der Kolonialherrschaft spiegelt sich in *Burmese Days* (1934) u. in den Essays *Shooting an Elephant* (einzeln 1931–47, als Buch 1950). Anschließend ruheloses Leben als Vagabund, Tellerwäscher, Lehrer, etc., das er in *Down and Out in Paris and London* (1933) beschreibt. *The Road to Wigan Pier* (1937) schildert die durch O. im Auftrag von V. Gollancz erforschten Lebensumstände der Bergarbeiter. S. Solidarität mit dem Proletariat stand für ihn in schmerzl. Widerspruch zu s. Status als ›bürgerlicher‹ Schriftsteller. 1936 Freiwilliger im Span. Bürgerkrieg, Verwundung (*Homage to Catalonia,* 1938), Anhänger der kommunist. Internationale, unter dem Eindruck des Spanienerlebnisses erbitterter Feind des Kommunismus, Übertritt zur Labour Party. Wurde 1945 durch die phantast. Fabel *Animal Farm* schlagartig berühmt. Das Werk ist e. v. a. gegen den Stalinismus gerichtete geistvolle Satire gegen Massenstaat u. Diktatorenherrschaft u. geht hervor aus der pessimist. Überzeugung, daß alle Revolutionen letztl. nur Verschiebungen im Kaleidoskop der Macht herbeiführen, die Grundstrukturen der Gesellsch. aber immer die gleichen bleiben. Bedeutendstes, weltberühmtes Werk ist der kurz vor s. Tod auf dem Krankenlager vollendete anti-utop. Roman → *Nineteen Eighty-Four.* *ks*

›Animal Farm‹, 1965 (Heritage of Lit. Series). – T. Hopkinson, G. O., ²1955. J. A. Atkins, G.O. A Literary Study, 1954. L. Brander, G.O., 1954. C. Hollis, A Study of G.O. The Man and His Works, 1956. R. Rees, G.O., 1961. R. J. Vorhees, The Paradox of G.O., 1961. T. Hopkinson, G.O., 1962. E. M. Thomas, O., ²1968. G. Woodcock, The Crystal Spirit; A Study of G. O., 1966. B. T. Oxley, G. O., 1967. J. Calder, Chronicles of Conscience. A Study of G.O. and A. Koestler, 1968. K. Alldritt, The Making of G.O. An Essay in Literary History, 1969. R. A. Lee, O's Fiction, 1969. R. Williams, O., 1970. The World of G.O., hg. M. Gross, 1971. D. L. Kubal, Outside the Whale: G.O's Art and Politics, 1972. P. Stansky and Abrahams, The Unknown O., 1972. R. Kalechofsky, G.O., 1973, J. Buddicom, Eric and Us, 1974. A. Sandison, The Last Man in Europe, 1974. G.O. A Collection of Critical

Essays, hg. R. Williams, 1974. A. Zwerdling, O. and the Left, 1974. J. Meyers, A Reader's Guide to G.O., 1975. Ders., G.O. (The Critical Heritage), 1975. Ch. Small, The Road to Miniluv, G.O., the State, and God, 1975. R. Omasreiter, G.O. Lit. als Propaganda (Engl. u. am. Lit.theorie, hg. R. Ahrens u. E. Wolff, Bd. 2, 1979, 481–99).

Osborne, John James, 12. 12. 1929 London; Journalist, Schauspieler, Regisseur. Die UA von → *Look Back in Anger* am 8. 6. 56 war der Beginn e. neuen Ära auf der engl. Bühne; das Stück gab der Gruppe der → Angry Young Men den Namen. Typ. für die meisten Dramen O.s sind e. dominierender, monologisierender, rebell. Protagonist, der alles um sich mit wahlloser Vehemenz geißelt (u.a. die Presse, das Königshaus, die mod. Jugend, den Wohlfahrtsstaat, die Kirche, Rassisten, Nicht-Engländer) u. e. mit mehr Wehmut als Haß gezeichnete Vaterfigur als Repräsentant e. vergangenen, geordneten u. harmon. Welt. Das zentrale Thema des Konflikts zwischen e. nonkonformist. Individuum u. den Normen der Gesellschaft beherrscht O.s im zeitgenöss. England spielenden Stücke *(The Entertainer,* 1957; *Epitaph for George Dillon,* 1958; *Plays for England,* 1963; *Time Present,* 1968; *The Hotel in Amsterdam,* 1968) ebenso wie die hist. (*A Subject of Scandal and Concern,* 1961; *Luther,* 1961; *A Patriot for Me,* 1966; *A Bond Honoured,* 1966; *A Place Calling Itself Rome,* 1973). Daneben tritt das Problem der zwischenmenschl. Kommunikation hervor – am eindrucksvollsten in dem fast ganz monolog. → *Inadmissible Evidence,* neben *Look Back in Anger* O.s bedeutendstes Stück. *West of Suez* (1971) ist e. Konversationsstück über den Zerfall des brit. Empire. Es wirkt wie e. Sammelsurium aller Schwächen O.s, verleiht s. Ressentiments verworrenen, schalen Ausdruck. Die zahlreichen Charaktere treiben Konversation vor dem Hause wohlhabender Engländer auf e. nominell unabhängigen karib. Insel, die früher zum Empire gehörte. Die mod. Theatertechniken parodierende, chaot. Gestalt des Dramas *A Sense of Detachment* (1973), dessen Titel auf die Isolation als Grunderfahrung des heutigen Menschen weist, spiegelt die Disharmonie unserer Welt, erinnert aber auch an die sozialen Tugenden der Vergangenheit u. den zeitlosen Wert der Liebe. Drehbücher zu den Filmen *Tom Jones* u. *Moll Flanders.* *ks*

R. Hayman, J. O., 1968. S. Trussler, The Plays of J.O.: An Assessment, 1969. M. Banham, J.O., 1969. A. Carter, J.O., 1973. H. Ferrar, J.O., 1973. K.-H. Stoll, O.s Charaktere (Pinter, 1977, 182–196).

Ossian → Macpherson, J.

Othello, The Moor of Venice, diejenige von Shakespeares großen Trag. (1603–04), in der das Universale zugunsten e. einmaligen Vorfalls zurücktritt u. die daher als → domestic tragedy bezeichnet werden kann. Dennoch klingt auch hier die grundsätzl. Frage nach dem Wesen des Menschen an. In Sh.s Quelle, e. Novelle aus Giraldi Cinthios *Hecatommithi* (1566), wird der Stoff als melodramat. Kriminalgesch. erzählt mit der Moral, daß e. gegen den Willen der Eltern mit e. barbar. Farbigen geschlossene u. daher widernatürl. Ehe böse enden muß; Disdemona wird von dem intriganten Leutnant u. dem Mohren unter Vortäuschung e. Unfalls meuchlings ermordet; der Mohr erfährt nie, daß sie unschuldig war. Sh. hat gegenüber der Quelle s. macchiavell. Schurken Jago sehr verfeinert, läßt ihn noch listiger, bösartiger u. zyn. vorgehen. Jago hat kaum e. Motiv für s. Haß, er ist e. archetyp. Schurke, die Verkörperung des Bösen in e. besonders grauenhaften Abart: der Gewöhnlichkeit, die das Außergewöhnl., Schöne, Edle der Liebe des edlen Othello u. der reinen Desdemona nicht ertragen kann. Indessen ist Jagos Intrige doch nur der Anlaß e. Verhängnisses, dessen tiefere Ursache in der trag. Disponiertheit der großen u. absoluten Liebe O.s besteht. Tragik erwächst aus der Spannung zwischen e. Liebe, die sich in reiner Idealität über Raum u. Zeit erhoben hat, u. dem Alltägl.-Banalen der sich überstürzenden äußeren Ereignisse, die mit beklemmender Unaufhaltsamkeit auf die Katastrophe zutreiben. Jago vergiftet O. mit teufl. Raffinesse durch die Insinuation e. Untreue Desdemonas mit dem Leutnant Cassio zu wahnsinniger Eifersucht. O. will mit richterl. Strenge die Sinnordnung der Welt wiederherstellen, indem er Desdemona opfert. Doch dem Mord folgt sofort O.s Erkenntnis ihrer Unschuld u. s. tiefen Verwirrung: in s. Reue u. s. Selbstgericht gewinnt er s. Größe zurück. Der Gegensatz zwischen Jago u. O. spiegelt sich in ihrer unterschiedl. Sprache: Prosa im Kontrast zu weitgespanntem Vers, kolloquiale, derbe Gewöhnlichkeit zu erlesener Exotik, tier. Sexualität zu würdevollem Idealismus. O.s Vergiftung durch Jago manifestiert sich in dem Eindringen der sprachl. Eigenarten des Intriganten in O.s Ausdrucksweise. *ks*

G. R. Elliott, Flaming Minister. A Study of ›O.‹ as Tragedy of Love and Hate, 1953. H. Gardner, The Noble Moor, 1955. R. B. Heilman, Magic in the Web. Action and Language in ›O.‹, 1956. J. Bayley, The Characters of Love, 1961. M. Rosenberg, The Masks of ›O.‹, 1961. ›O.‹, hg. L. F. Dean, 1962 (Casebook). ›O.‹, hg. J. Wain, 1971 (Casebook).

Otway, Thomas, 3. 3. 1652 Trotton – 14. 4. 1685 London; Dramatiker; Sohn e. Geistlichen, brach Stud. Theol. in Oxford 1672 ab. Nach e. mißglückten Debüt als Schauspieler u. e. unglückl. Beziehung zu der Schauspielerin Elizabeth → Barry ließ er sich als Soldat in den Niederlanden anwerben, kehrte jedoch bald nach England zurück, da s. Regiment aufgelöst wurde. O.s Leben war durch Armut u. Enttäuschungen gekennzeichnet. S. lit. Ruhm beruht im wesentl. auf 3 Trag., die er während s. Schauspielertätigkeit schrieb u. deren Hauptrollen meist auf E. Barry zugeschnitten waren: *Don Carlos, Prince of Spain* (1676), *The Orphan, or The Unhappy Marriage* (1680, hg. A. M. Taylor, 1977), *Venice Preserv'd, or A Plot Discovered* (1682). O. steht noch unter dem Einfluß des schnell veraltenden heroischen Dramas, orientiert sich aber mehr u. mehr an Corneille u. Racine, indem er die klass. Einheiten von Handlung, Ort u. Zeit die strenge Motivierung des dramat. Geschehens, die Konzentration auf die Katastrophe u. die Geschlossenheit der inneren Handlung betont. O. ist neben → Dryden der bedeutendste engl. Trag.dichter dieser lit. Epoche; beschäftigte sich bes. mit dem

Konflikt zwischen Liebe u. Ehre. *ra*

Works, hg. J. C. Ghosh, II 1932. – G. Fried, Gestalt u. Funktion d. Bilder i. Drama O.s., 1965. R. G. Ham, O. and Lee, ²1969. H. Klingler, D. künstl. Entwicklung i. d. Trag. O.s, 1971. B. Proffitt, Religious Symbolism in O.s ›Venice Preserv'd‹, (PLL, 7 1971, 26–37).

Our Mutual Friend, Roman von Ch. → Dickens.

Overbury, Thomas → Character Book.

Overreach, Sir Giles, Hauptfigur der Kom. *A → New Way to Pay Old Debts* von Ph. Massinger.

Owen, Alun Davies, 24. 11. 1926 (Nordwales); wuchs in Liverpool auf, das den Hintergrund für mehrere s. Dramen bildet; Bergmann, Schauspieler, freier Schriftsteller. Vf. handfest realist. bis phantast.-surrealist. Dramen um die Problematik menschl. Identität in Beziehungen u. Konflikten zwischen Walisern u. Engländern, Katholizismus u. Protestantismus, Religion u. Atheismus, älterer u. jüngerer Generation, so in den lebensvollen Portraits des Arbeitermilieus in Liverpool (*Progress to the Park,* 1962, u. das Musical *Maggie May,* 1964), aber auch vor dem hist. Hintergrund e. Klosters in e. span. Kolonie in Südamerika (*The Rough and Ready Lot,* 1960) oder in e. der neuen engl. Universitäten (*A Little Winter Love,* 1964). Autor des Skripts für den Beatles-Film *A Hard Day's Night,* in den letzten Jahren vorwiegend Arbeit für das Fernsehen. *ks*

The Owl and the Nightingale, kurz nach 1200 entstandenes Ged. aus 897 8silbigen Reimpaarversen; in 2 Handschr. überliefert (Jesus College Oxford 29, Cotton Caligula A IX); Debatte zwischen der ernsten Eule, Symbolgestalt des rel. Dichters, u. der fröhl. unbeschwerten Nachtigall, symbol. für den Dichter der höf. Liebe, über die Wohltaten, die beide den Menschen zu bringen imstande sind; zeigt Elemente der Dialogtradition u. der → Physiologus-Lit. auf, erinnert an zeitbezogene kirchl. Gerichtsverfahren. E. direkte Quelle ist nicht vorhanden, jedoch Bezüge auf Marie de Frances *Laustic* (um 1170) u., in der Nachtigallepisode (V. 1049–62), auf Neckams *De Naturis Rerum* (um 1200). Die Beschreibung des barbar. Nordens (V. 999ff) ist vermutl. e. Entlehnung aus → Alfreds Übs. der *Historia* von Orosius. Die Nachtigall wirft der Eule u.a. ihre Häßlichkeit vor, ihre Grausamkeit als Raubvogel der Nacht; daraus resultierend letztl. Falschheit u. Arglist; sie sei Verkünderin des Unglücks. Die Eule beschuldigt die Nachtigall, daß sie sich im Gebüsch verborgen halte, Torheiten besinge u. die Menschen von rechter Einkehr abhalte, wogegen sie sich als Eule durch Weisheit u. Nützlichkeit auszeichne. E. Höhepunkt tritt ein, als die beiden Kontrahenten tätl. werden u. andere Vögel sie beschwichtigen müssen. Der als Schiedsrichter bestellte Nicholas of Guildford ist nicht zu finden, der Ausgang des Streitgesprächs bleibt offen. Als Autor wurde N. of G. (um 1250) aus Portisham (Dorset) angenommen, wahrscheinlicher ist jedoch die Annahme, daß es sich um e. Ged. von John of Guildford (um 1225) handelt, der als zeitgenöss. Dichter bekannt war. Das Thema ist nicht klar einzugrenzen. Beide Vögel singen zum Ruhm Gottes. Sie erscheinen als symbolhafte Verkörperung des Gegensatzpaares ›vita activa‹ u. ›vita contemplativa‹, Ethik u. Ästhetik. Vielschichtigkeit des Stoffes, eingehende stilist. Ausarbeitung, natürl. Diktion mit umgangssprachl. u. humorvollen Vergleichen u. Verzicht auf künstl. wirkende Sprache stellen den lit. Wert des Werkes dar. Die Naturbeschreibungen betonen im Gegensatz zu ae. Lit. die idyll. Harmonie des kommenden Frühlings, blühender Wiesen oder auch der zarten Farben des Herbstes. Als e. der großen Ged. des engl. MA nimmt *The O. and the N.* e. zentrale Stellung ein. *js*

Hg. J. H. G. Grattan and G. F. H. Sykes, EETS, ES, 119, ²1959; n. E. G. Stanley, 1960 (Cotton Ms.). Reproduced in Facs. from the Surviving Mss., hg. N. R. Ker, EETS, 251, 1963. – B. Sundby, The Dialect and Provenance of the ME Poem ›The O. and the N.‹, 1950.

Oxford Movement, Tractarian Movement, Anglo-Catholic Revival; Versuch geistiger Erneuerung durch Rückbesinnung auf die Kirche des MA. 1833 ausgelöst durch e. Predigt von J. → Keble in Oxford, nachhaltig gefordert u. begründet von J. H. (später Kardinal) Newman in s. *Tracts for the Times* (1833–41). Neben Keble u. N. hauptsächl. getragen von Dr. Pusey u. R. H. Froude. Unterstützt durch lit.-propagandist. Romane, z. B. Ch. M. Yonges *The Heir of Redclyffe* (1853), N.s *Loss and Gain* (1848) u. *Callista* (1856). N.s Übertritt zur kath. Kirche brachte heftige Kritik aus den Reihen des Anglikanismus. Als Ch. → Kingsley die Aufrichtigkeit des Erneuerungsbemühens anzweifelte, antwortete N. mit s. *Apologia pro Vita Sua* (1864), in der Prägnanz u. Klarheit des Stils e. Meisterwerk lit. Sachprosa. Auch Carlyle u. Arnold setzten sich mit den Zielsetzungen der Bewegung krit. auseinander. *hd*

J. H. Newman, Letters and Diaries, hg. I. Ker and T. Gornall (Bd. 1, 1801–1826; Bd. 2, 1827–1831), 1978f.

Pageant; ma. Bühne zur Auff. von Mysterienspielen u. danach benannten Dramen (›pageant plays‹), bewegl. Konstruktion, auch auf Rädern (Fronleichnamsprozession). Im frühen 20. Jh. Umzüge mit lebenden Bildern, kurzen Szenenfolgen, Musik u. Gesangsdarbietungen (in der ›Lord Mayor's Show‹ noch in Ansätzen vorhanden); Freilichtauff., populär-hist. Schaustücke; Nähe zum Laienspiel. *hd*

Paine, Thomas, 29. 1. 1737 Thetford – 8. 6. 1809 New York, polit. Schriftsteller; Sohn e. Kleinbauern. Infolge fehlgeschlagener berufl. Bemühungen 1774 Auswanderung nach Amerika. 1776 setzte er sich mit s. bekannten polit. Flugschr. *Common Sense* für die Unabhängigkeit der am. Kolonien ein. In e. Serie weiterer Schr. (*The Crisis,* 1776–83) gab er den Unabhängigkeitskriegen moral.-propagandist. Unterstützung: »These are the times that try men's souls«. 1787 Rückkehr nach Europa. S. *Rights of Man* (1791; hg. H. Collins, 1969) sind im 1. Teil e. Antwort auf → Burkes *Reflections on the Revolution in France* (1790). 1792 des Hochverrats angeklagt, gelangt P. mit Hilfe → Blakes nach Frankreich. 1802 Rückkehr nach Amerika, wo er jedoch nicht mehr Fuß fassen konnte. P.s Veröffentlichungen, insb. die *Rights of Man*, galten den engl. Radikalen lange Zeit als grundlegende Schr.; stilist. klar u. kraftvoll, andererseits Ausdruck persönl. Vorurteile. *hd*

Works, X 1792; n. 1934. – W. E. Woodward, T. P. America's Godfather, 1946. A. O. Aldridge, Man of Reason: Th.P., 1959. R. R. Fennessy, Burke, P., and the Rights of Man, 1963. J. M. Thompson, The Religious Beliefs of Th.P., 1965.

Pamela, or Virtue Rewarded. In a Series of Familiar Letters from a Beautiful Young Damsel to Her Parents, Roman von S. → Richardson; EA, II 1740. Die sittsame Pamela Andrews wurde im Hause der Mrs. B. zu e. jungen Dame erzogen. Die Handlung des in Briefform erzählten Romans (→ epistolary novel) setzt nach Mrs. B.s Tod ein. P. befindet sich nun in der Obhut von Mrs. B.s Sohn, dem der Wunsch s. Mutter, sich weiterhin um das Wohlergehen ihres Zöglings zu kümmern, nur als Vorwand dient, das in Abhängigkeit stehende unschuldige Mädchen zu verführen. Als sie mit dem Einverständnis ihrer Eltern ihre Stellung aufgibt, wird sie von dem gewissenlosen jungen Mann verfolgt u. auf e. Landgut gebracht; doch sie kann sich s. Nachstellungen erwehren. Ihren Briefen vertraut sie alle Ängste an. E. Tages gelangt das Tagebuch zufällig in Mr. B.s Hand. Er empfindet Reue ob s. schändl. Absichten, läßt P. entkommen u. wirbt fortan ohne Hintergedanken um ihre Gunst. S. ehrenvolles Bemühen wird belohnt. Mit dem Segen der Eltern willigt P. in die Ehe ein, zumal sie sich ihrer heiml. Liebe zu Mr. B. bewußt geworden ist. Ihrer Aufrichtigkeit u. Tugend gelingt es letztl. sogar, den Hochmut s. Verwandten zu überkommen. R.s Roman war im Grunde e. Zufallsprodukt. Im Auftrag zweier Buchhändler sollte er e. Briefsteller für junge Damen verfassen, was sich dann mit Hilfe der verbindenden Funktion s. Heldin in e. zugleich unterhaltende u. belehrende Erzählhandlung ausweitete. Das Vorbild der ›Conduct Books‹ ist unverkennbar. Die Briefe schildern P.s Gedanken, Hoffnungen, Befürchtungen u. seel. Bedrängnis, vertieft zu e. Charakterroman. Thema u. didakt. Zielsetzung kamen dem zeitgenöss. Lesergeschmack entgegen. Die sentimental-larmoyante Selbstbespiegelung der Heldin setzte e. Beispiel für den Roman der Empfindsamkeit (→ sentimental novel), nicht nur für die zahlreichen unmittelbaren Nachahmungen, die R.s Erstlingswerk fand. Andere nahmen P.s zuweilen berechnende Tugendhaftigkeit als Vorwurf für e. Parodie, am bekanntesten Fieldings → *Joseph Andrews*, dessen Titelheld als P.s Bruder ähnl. Anfechtungen über sich ergehen lassen muß. 1741 veröffentlichte R. u. d. T. *Pamela in Her Exalted Position* e. Forts., in der er das würdevolle u. tugendsame Wesen der Gattin gegen die Seitensprünge des leichtsinnigen Ehemannes abhebt. *hd*

Hg. T. C. D. Eaves and B. D. Kimpel, 1971. – E. Danielowski, R.s erster Roman, 1917. A. D. McKillop, Epistolary Technique in R's Novels (Rice Institute Pamphlet, 38 1951, 36–54). D. H. Lawrence, Pornography and Obscenity (Selected Lit. Crit., hg.

A. Beal, 1955, 32–51). B. Kreissman, Pamela-Shamela, 1960. M. Golden, R's Characters, 1963. N. Miller, D. empfinds. Erzähler. Unters. an Romananfängen d. 18. Jh., 1968.

Pantaloon, → roman-fleuve von Ph. → Toynbee.

Paracelsus, dramat. Ged. von R. → Browning.

Paradise Lost, episches Ged. von J. → Milton, ED 1667, ursprüngl. auf 10 Bücher konzipiert, dann 1674 durch Aufteilen des 7. u. 8. Buches auf 12 erweitert; nach der Erblindung M.s fertiggestellt. Ab 1639 beschäftigte sich M. mit dem Vorhaben, e. großes Epos zu schreiben, wobei das lit. Genre feststand, nicht aber das Thema. Einige Mss. aus den Jahren 1640/41 zeigen, daß M. sich mit versch. Themenkreisen aus der Bibel u. der engl. Historie beschäftigt hat. Um 1658 konzentrierte er sich auf den Stoff, den er in *P.L.* verarbeitete; ca. 1663 war das Werk vollendet. M. sah s. Aufgabe nicht in e. reinen Wiedergabe oder gar in e. wissenschaftl.-theol. Auseinandersetzung mit der Bibel, sondern er wollte s. persönl.-private Interpretation über einige Aussagen in der Bibel in e. dramat. geformtes Epos kleiden. Dabei greift er bei der Wahl der Gattung u. der poet. Darstellungsmittel (stilisierte Sprache, mythol. Vergleiche, detaillierte Deskription, prunkvolle Namenaufzählungen) auf Vergils *Aeneis* zurück. Wie bei Vergil beginnt das Epos in medias res u. wird in Rückblenden nachgeholt. Parallelen finden sich auch zu ähnl. zeitgenöss. Epen u. Dramen wie *La semaine ou création du monde* (1778) von Du Bartas, *Adamo* (1613) von G. Andreini, *Adamo caduto* (1647) von S. Della Salandra, *Adamus exul* (1601) von Grotius. *P.L.* beginnt mit »Of Man's First Disobedience« u. zeigt nach dem Anruf der Muse die Absicht des Autors an, »(to) justifie the wayes of God to men«. Satan u. s. Gefolgschaft haben sich nach ihrem Sturz aus dem Himmel wieder gefangen, bauen die sehr konkret dargestellte Hölle erneut auf u. enthüllen in der daran anschließenden höll. Parlamentssitzung gegenseitig ihre Charaktere. M. benutzt die Gelegenheit, an Hand der zunächst überdimensionalen Beschreibung der Hölle Analogien zu den Menschen zu sehen u. am Beispiel der gefallenen Engel den gefallenen Menschen zu schildern. Durch die bekannte Hymne an das Licht wird der Übergang zum Himmel vollzogen. Satan erscheint nach dem Passieren des Höllentores u. Durchqueren des Chaos am Rande der himml. Sphäre, stürzt sich aber ins Universum, dessen Sphären nach musikal. Gesetzen bewegt werden. Im 4. Buch sieht der Leser durch die Augen des Satans erstmals das Paradies; Satan beginnt, Eva mit aufrührer. Gedanken zu beeinflussen, was aber im Lichte der Vernunft zunichte gemacht wird. Das 5. Buch schließt mit dem Besuch des Erzengels Raphael ab, der – nach gutbürgerl. Sitte von Adam u. Eva bewirtet – diese vor dem Verführer warnt. Daran anschließend werden die Ereignisse im Himmel beschrieben, die deutl. Parallelen zum späteren Fall des Menschen aufweisen: Satans Rebellion, der Kampf im Himmel u. der triumphale Sieg des Messias. Mit der drohenden Invokation »on evil dayes though fall'n, and evil tongues« setzt das 7. Buch ein u. weist indirekt auf den Wendepunkt zum Bösen hin. Nach dieser Rückblende setzt Raphael s. Erzählung über die bibl. Schöpfungsgesch. fort. Der Wille Gottes, aus Bösem Gutes zu schaffen, wird bes. hervorgehoben. Adams Einwurf, ob das gewaltige Universum nur wegen der so winzigen Erde geschaffen sein soll, rührt an Fragen, die, wie Raphael antwortet, der Mensch zu wissen nicht befugt sei. Daraufhin referiert Raphael die zeitgenöss. kosm. Theorien, doch spielen diese Theorien gegenüber dem ptolemäischen Hintergrund des Epos keine Rolle. M. bleibt auch hier konservativ, da das Ged. die Tradition aufgreift, Natur- u. Sittengesetz seien ident. mit natürl. u. göttl. Ordnung. Nachdem Adam s. eigene Gesch. u. die Erschaffung Evas geschildert hat, wendet sich das Epos endgültig dem Trag. zu, der Darstellung des Sündenfalls (9), was als Höhepunkt des Epos mit bes. dramat. Lebendigkeit u. psych. Überzeugungskraft vorgetragen wird. Satan hat Eva überzeugt, durch Essen des Apfels gottgleich zu werden, u. Eva glaubt daran. Adams Fall ist anders motiviert; er fällt, weil es ihm an »right reason« fehlt; daraus ergeben sich die Ursünden. Die Spannung, die dieses 9. Buch auszeichnet, läßt in den letzten 3 Büchern nach: der Teufel triumphiert über s. Sieg, Menschen u. Natur wandeln sich, Adam u. Eva beten reumütig zu Gott, der dann die Todesstrafe in die Vertreibung aus dem Paradies umwandelt. Dieses Urteil wird von Erzengel Michael verkündet, der durch die Erwähnung e. Erlösung durch Christus neue Hoffnung im Menschen weckt. Die letzten V., »They hand in hand with wandring steps and slow/Through Eden took their solitarie way« (12, 648f.), bestätigen die beruhigend-tröstenden Worte des Erzengels. *P.L.* ist in Blankvers abgefaßt, wobei der V. durch große äußere Freiheit gekennzeichnet ist; nicht der einzelne V. bildet e. Einheit, sondern die weiträumige Satzperiode, deren Rhythmik kunstvolle Spannung schafft. M. versuchte, die starre engl. Wortstellung durch Imitation des lat. Satz- u. Periodenbaus zu umgehen. Dadurch entsteht e. → poetic diction, die in der Folgezeit vielen Dichtern zum Vorbild wurde. Symbole, Metaphern, Vergleiche aus allen Seinsbereichen verleihen dem Werk Allgemeingültiges. Außer der Zwölfteilung weist es e. starke Strukturierung auf. Dem Mittelteil, der ganz der Allmacht u. Güte Gottes gewidmet ist, stehen die beiden Seitenteile gegenüber: Satans Angriff auf die göttl. Ordnung u. der Weg des Menschen im göttl. Heilsplan. Dieses Stilmittel des Kontrasts wird noch verstärkt durch den strukturellen Aufbau der Bücher; 2 Bücher bilden e. erzähler. Einheit, die im 3. Buch näher interpretiert wird. Dadurch wird die dramat. Qualität erhöht u. der objektive Standpunkt des Vf. unterstrichen. *P.L.* wurde von M.s Zeitgenossen als Modell für viele Dichtungen angesehen. Erst im 20. Jh. änderte sich die positive Haltung durch die Wiederentdeckung der → Metaphysical Poetry. *ra*

Hg. H. Darbishire, II [2]1961. – ›P.L.‹ and

Selected Poetry and Prose, hg. N. Frye, 1951. ›P.L.‹, hg. M. Y. Hughes, 1962. – G. W. Hudson, ›P.L.‹ A Concordance, 1971. L. D. Misek, Context Concordance to ›P.L.‹, 1971. – C. A. Partridges, Approaches to ›P.L.‹, 1968. M. Wilding, M's ›P.L.‹, 1969. M. Studies, hg. J. D. Simmonds, IV 1969–72. L. Babb, The Moral Cosmos of ›P.L.‹, 1971. H. Blamires, M's Creation: A Guide through ›P.L.‹, 1971. J. E. Seaman, The Moral Paradox of ›P.L.‹, 1971. W. G. Riggs, The Christian Poet in ›P.L.‹, 1972. ›P.L.‹ hg. A. E. Dyson and J. Lovelock, 1973 (Casebook). B. M. Berry, Process of Speech, Puritan Religious Writing and ›P.L.‹, 1975. C. M. Crump, The Mystical Design of ›P. L.‹, 1975. C. F. Blessington, ›P.L.‹ and the Classical Epic, 1979.

Paradise Regained, Kurzepos in 4 Büchern von J. → Milton; EA 1671. Das Werk, auf Anregung des Freundes Th. Ellwood geschrieben, ist kein – wie so oft behauptet – Gegenstück zu → *Paradise Lost.* Die Thematik ist die gleiche: die menschl. Versuchung, auf die der Mensch gewordene Christus jedoch nicht eingeht. Durch Christus wird die Anwartschaft auf das Paradies zurückgewonnen, was in *P.L.* bereits angedeutet worden war. Von e. höll. Rat beauftragt, bringt Satan den in der Wüste fastenden Christus in Versuchung, indem er ihm Speise u. Trank, Geld u. Ruhm sowie die Herrschaft über die Reiche der Welt anbietet. Christus weist alle Versuchungen zurück. Als letzten Ausweg greift Satan zur Gewalt u. will Christus von den Zinnen e. Tempels stürzen, fällt aber selbst in die Tiefe. Die himml. Heerscharen feiern den Sieg Christi über die Versuchung, während Christus selbst in s. Elternhaus zurückkehrt. Das Versepos lebt nicht von der Handlung (wenige Szenenwechsel), sondern vom Dialog der beiden Protagonisten, der an das Buch Hiob angelehnt ist. Die hochstilisierte Diktion ist von der Bibel geprägt: die schlichte, natürl. Redeweise Christi kontrastiert mit der weltmänn.-eleganten Rhetorik Satans. Christus wird vollkommen gesehen, e. Beweis für M.s Gottesglauben: als Mensch widersetzt er sich im Gegensatz zu Adam u. Eva den Versuchungen u. besiegt das Böse durch s. Standhaftigkeit. In s. Bedeutung stand das Werk immer der großen Leistung des *P.L.* nach. *ra*

D. Mehl, Zur Interpretation d. ›P.R.‹ (DVJS, 36 1962, 340–355). E. M. Pope, ›P.R.‹ The Tradition and the Poem, 1962. B. K. Lewalski, Milton's Brief Epic. The Genre, Meaning and Art of ›P.R.‹, 1966. P. Grant, Time and Temptation in ›P.R.‹, (UTQ, 43 1973, 32–47).

The Parliament of Fowls, Dichtung, allegor. Fabel von G. → Chaucer.

Parnell, Thomas, 1697 Dublin – 24. 10. 1718 Chester; Stud. Trinity College; Freund Swifts u. Popes. Essays im ›Spectator‹ (460, 501) u. ›Guardian‹ (56, 66); unterstützte Pope bei dessen Übs. der *Ilias* (1713–20), verfaßte dazu als Einl. den *Essay on the Life, Writings and Learnings of Homer* (1715); Mitglied des → Scriblerus Club. Nach e. *Essay on the Different Styles of Poetry* (1712) schrieb P. aus Anlaß des Vertrags von Utrecht das *Poem on Queen Anne's Peace* (1713). Die Satire *Homer's Battle of the Frogs and Mice with the Remarks of Zoilus* (1717) richtete sich v. a. gegen J. → Dennis u. L. Theobald. 1. Gesamtausgabe s. Werke durch Pope. *hd*

Poetical Works, hg. G. A. Aitken, 1894; n. H. l'A. Fausset, 1930 (Minor Poets of the 18th Cent.). – A. H. Cruikshank, Th.P., 1921.

A Passage to India, Roman von E. M. → Forster.

A Passionate Pilgrim, Roman von H. → James.

Past and Present, krit. Schr. von Th. → Carlyle.

Paston Letters, Korrespondenz dreier Generationen der wohlhabenden Familie Paston (Norfolk), von 1422–1509. Gibt guten Einblick in den Alltag des 15. Jh. in England; kraftvolle, sprachl. einfache Prosa, vielfach umgangssprachl. Wendungen. Die Bedeutung der *P.L.* liegt in ihrer Aussage als kulturhist. Dokument. Sie beschreiben die Bemühungen der Familie, ihren Besitz vor den Übergriffen der Adligen u. bewaffneter Banden zu schützen u. zu mehren. Trotz der Wirren des Bürgerkriegs laufen die Geschäfte weiter u. bestimmen den Ablauf des Familienlebens, einschließl. der Wahl der Ehepartner. Während den Söhnen e. angemessene Ausbildung in Eton, Cambridge u. an den → Inns of Court zukommt, erscheinen die Töchter eher als Belastung, ohne große Mitgift kaum zu verheiraten. Unbestritten war die Autorität der Eltern, selbst dann noch, als die Söhne bereits erwachsen u. verheiratet waren. Erst im Gefolge der jüngeren Generation erhält die Korrespondenz e. leichteren, manchmal sogar unbeschwerten Tonfall, teilweise wohl Ausdruck e. zunehmenden Beruhigung der polit. Lage. *js*

Hg. J. Gairdner, VI 1904, n. N. Davis, 1958 (Auswahl). The ›P.L.‹, A Selection in Modern Spelling, hg. N. Davis, 1963. – N. Davis, The Language of the ›P.L.‹, 1955.

Pastoral (lat. pastor, Hirt), Schäfer-, Hirtendichtung; auch arkad. oder bukol., pastorale Dichtung. Ursprung im 3. Jh. v. Chr. mit Theokrit als Hauptvertreter, der in s. Idyllen ländl. Szenerie u. ländl. Leben, e. idealisiertes Arkadien pries. P. wurde schon früh zu e. stark konventionalisierten Form der Dichtung. Bedeutende Beispiele in der engl. Lit.: Spensers → *Shepheardes Calendar* (1579) u. Sidneys → *Arcadia* (1580). Shakespeare verwandte p. im Drama, jedoch unterschiedl. insofern, als er der antiken Vorstellungswelt des Hirtenlebens, den idyll. Gestalten der Schäfer u. Schäferinnen die einfachen Bauern u. die Realität des engl. Landlebens s. Zeit gegenüberstellte (→ *As You Like It*). Miltons *L'Allegro* u. *Il Penseroso* sind die bedeutendsten Pastoraldichtungen des 17. Jh. Unter dem Einfluß Vergils schrieb → Pope s. *Pastorals* (1709); in → *Windsor Forest* (1713) setzte er pastorale Elemente ein, um den Frieden von Utrecht (1713) u. davon ausgehend allg. die Segnungen von Friedensglück u. Wohlstand zu preisen. Klass. Schäferdichtung tritt ab der 2. Hälfte des 18. Jh. nur mehr selten u. dann meist allegorisierend auf. P. ist nicht zu verwechseln mit Naturdichtung. In der mod. Kritik erfährt der Begriff oft e. Ausweitung im Sinne der Bz. des Ursprüngl., Unverfälschten u. Einfachen im Gegensatz zur Wirklichkeitserfahrung, auch negativ gesehen. W. → Empson betrachtet p. als e. Mittel lit. Inversion, komplexe Ideen werden im Einfachen zum Ausdruck gebracht. *hd*

H. E. Toliver, Pastoral Forms and Attitudes, 1971.

Pastoral Drama, Schäferspiel. Der Typ des p. d. entwickelte sich im 16. Jh. in Italien, so daß Torquato Tassos *Aminta* (1573) u. Giovanni Battista Guarinis *Il Pastor fido* (1585) als Vorbilder für das elisab. Drama dieser Prägung wirken konnten. In J. → Fletchers *The Faithful Shepherdess* (1608/9) steht die komplikationsreiche Gestaltung des Liebesthemas mit verschiedenen Varianten in pastoraler Ideallandschaft im Vordergrund. Wenngleich trag. Untertöne mitschwingen, verhilft die im Hintergrund stehende Konzeption des harmon. Goldenen Zeitalters zur Auflösung aller Komplikationen u. zur Herbeiführung e. ›happy ending‹. Schon in Shakespeares romant. Kom. wie → *As You Like It* finden sich pastorale Elemente. S. Daniel versuchte in *The Queenes Arcadia* (1605) mit wenig Erfolg, die italien. Vorbilder zu erreichen. In engl. Umgebung versetzt → Jonson die Handlung s. Fragments *Sad Shepherd* (1637), in dem er den Legendenkreis um → Robin Hood wiederbelebt. Die damit gegebenen naturalist. Züge werden aber in der Entwicklung des Dramas nicht weiter zum Tragen gebracht. *ra*

W. W. Greg, Pastoral Poetry and Pastoral Drama, 1906, n. 1959. R. T. Kerlin, Theocritus in English Literature, 1910. H. Genouy, L'élément pastoral dans la poésie narrative et le drame en Angleterre de 1579 à 1640, 1929. W. Empson, Some Versions of Pastoral, 1935. J. E. Congleton, Theories of Pastoral Poetry in England, 1684–1798, 1952. J. Heath-Stubbs, The Pastoral, 1969. P. Marinelli, Pastoral, 1971. D. Young, The Heart's Forest. A Study of Shakespeare's Pastoral Plays, 1972. T. McFarland, Shakespeare's Pastoral Comedy, 1972. S. Stamnitz, Prettie Tales of Wolues and Sheepe. Tragikomik, Pastorale u. Satire im Drama d. engl. u. italien. Renaissance 1550–1640, 1977.

Patent Theatres. Nach Aufhebung des Theaterverbots 1660 Neugründung versch. Schauspielertruppen, starke Rivalität um Aufführungsrechte in den noch vorhandenen Theatern; Lizenzvergabe (›patent‹) an Davenants ›Duke of York's Company‹ (1661, Lincoln's Inn Fields) u. Killigrews ›King's Company‹ (1663, Drury Lane). Neben diesen p.t. etablierten sich mehrere kleinere Truppen. Ab 1737 durch Parlamentserlaß Monopolstellung von Drury Lane u. → Covent Garden. Trotz zahlreicher Versuche um Neuverteilung erst 1843 Aufhebung der Lizenzbestimmungen. *hd*

W. J. Macqueen-Pope, Theatre Royal Drury Lane, 1945.

Pater, Walter Horatio, 4. 8. 1839 Shadwell b. London – 30. 7. 1894 Oxford; Kunstkritiker, Essayist, Romanschriftsteller. King's School, Canterbury; Stud. Queen's College, Oxford; 1862 B.A., 1865 M.A., 1864–80 Fellow Brasenose College, 1894 Dr. h. c. Univ. Glasgow. Durch s. aus der Philos. entwickelte These des Ästhetizismus führend in der ›l'art pour l'art‹-Bewegung, Einbeziehung weiter Lebensbereiche. Vorzügl. Goethekenner; sieht in ihm den Gipfelpunkt der geistigen Entwicklung der Neuzeit, die Vereinigung von Klassik u. Romantik (*Goethe on Winckelmann*, 1867). Von → Ruskin beeinflußt, enge Verbindung zum Kreis der Präraffaeliten, bes. Swinburne. In der Essay-Slg. *Studies in the History of the Renaissance* (1873) vertritt P. s. Auffassung von der autonomen Stellung der Kunst, keiner anderen Instanz untergeordnet. S. wichtigstes Werk ist der philosoph. Entwicklungsroman → *Marius the Epicurean*, in dem er das Leben des Ästheten als höchstes Ideal darstellt. P.s *Imaginary Portraits* (1887) enthalten dichter. überhöhte Bilder hist. Persönlichkeiten; 1888 Romanfragment *Gaston de Latour*; 1889 *Appreciations*, Aufsätze über Shakespeare, Wordsworth u. a.; 1893 *Plato and Platonism*; 1894 *The Child in the House*, Autobiographie; posthum 1895 *Greek Studies*. P.s Werk hebt sich von der zeitgenöss. Lit. ab. Hauptanliegen blieb stets die Forderung nach Prägnanz des Ausdrucks u. stilist. Feinarbeit. Bedeutendster Schüler s. Ästhetizismus war O. → Wilde, dessen Kult des Sinnl. u. gesteigertes Dekadenzdenken P. jedoch ablehnte. *hd*

Works, hg. C. S. Shadwell, X 1910; n. 1969 (Library Edition). Selected Essays, hg. H. G. Rawlinson, 1927. The Renaissance, hg. K. Clark, 1961. Imaginary Portraits, hg. E. Brzenk, 1964. – Letters, hg. L. Evans, 1970. – T. Wright, Life of W.P., II 1907. A. J. Farmer, W.P. as a Critic of Engl. Lit., 1931. J. G. Eaker, W.P., a Study in Methods and Effects, 1933. R. C. Child, The Aesthetic of W.P., 1940. D. Cecil, W.P. The Scholar-Artist, 1955. E. Chandler, W.P. on Style, 1958. W. Iser, W.P., D. Autonomie d. Ästhet., 1960. R. V. Johnson, W.P. A Study of His Crit. Outlook and Achievement, 1961. G. d'Hangest, W.P. l'Homme et l'oeuvre, II 1961. D. A. Downes, Vict. Portraits: Hopkins and P., 1965. G. C. Mousman, P's ›Portraits‹, 1967. R. Crinkley, W.P., 1970. R. V. Johnson, Aestheticism, [2]1973 (Critical Idiom).

Pathetic Fallacy; von J. → Ruskin 1856 geprägter Begriff, der die Tendenz deskriptiver Dichter bezeichnet, menschl. Emotionen u. Qualitäten auf unbelebte Objekte zu übertragen. In 3 Bdn. s. Werks → *Modern Painters* geht er darauf ein: »They rowed her in across the rolling foam/The cruel, crawling foam«. Anhand dieses Beispiels zeigt er auf: »The foam is not cruel, neither does ist crawl. The state of mind which attributes to it these characters of a living creature is one in which the reason is unhinged by grief. All violent feelings have the same effect. They produce in us a falseness in all our impressions of external things, which I would generally characterize as the pathetic fallacy«. Im weiteren Sinn umfaßt p. f. jeden unwahren Emotionalismus in der Lit., der in e. allzu überschwengl. Beschreibung der Natur mündet. Wird diese Art, Imagination auszudrücken, allzu sehr ins Absurde hinein übertrieben, nähert sich der Dichter dem → conceit. *ra*

J. V. Logan, Wordsworth and the P.F. (MLN, 55 1940, 187–91). J. Miles, P.F. in the 19th Cent. A Study of a Changing Relation between Object and Emotion (Univ. of Calif. Publ. in Engl., 12 1942, 183–304). P. M. Ball, The Science of Aspects: The Changing Role of Fact in the Work of Coleridge, R. and Hopkins, 1971.

Patience → *Pearl*.

Patmore, Coventry Kersey Dighton, 23. 7. 1832 Woodford – 26. 11. 1896 Lymington; Bibliothekar Brit. Museum; im Freundeskreis der Präraffaeliten. Schrieb Artikel u. Ged. für ›The Germ‹. 1862 veröffentlichte P. e. Dichtung in 4 Gesängen, *The Angel in the House*, Apotheose häusl. Idylle u. ehel. Liebe, gelegentl. ins Banale abfallend, doch mit philosoph. Hintergrund. 1864 Übertritt zum kath. Glauben. Danach die myst. Dichtungen *The Unknown Eros* (1877) u. *Amelia* (1878). *hd*

Works, V 1897–1907. Poems, hg. B. Chapneys, [5]1928; n. F. Page, 1949. – B. Chapneys, Memoirs and Correspondence of C.P., II 1900. E. Gosse, C.P., 1905. O. Burdett, The Idea of C.P., 1921. D. Patmore, The Life and Times of C.P., 1949. J.C. Reid,

The Mind and Art of C.P., 1957. F. Page. A Study in Poetry, 1970.

Peacock, Thomas Love, 18. 10. 1785 Weymouth – 23. 1. 1866 Lower Halliford. Zunächst ohne große Neigung für den Kaufmannsberuf s. Vaters folgte P. s. dichter. Neigung. Es entstanden die Ged. ›Palmyre‹ (1806) u. ›The Genius of the Thames‹ (1810). Freundschaft mit Shelley, dessen Nachlaß er verwaltete. S. *Memoirs of Shelley* erschienen 1858–62 (hg. H. F. B. Brett-Smith, 1909). *Headlong Hall*, e. humorvoll-satir. Roman, veröffentlichte P. 1816, gefolgt von *Melincourt* (1817) u. *Nightmare Abbey* (1818), s. besten Werk, e. geistreiche, unterhaltsame Parodie auf die Romantiker Wordsworth, Coleridge u. Byron, sogar s. Freund Shelley. Als weitere Romane, sog. ›conversation pieces‹, erschienen *Maid Marian* (1822), *The Misfortunes of Elphin* (1829), *Crotchet Castle* (1831) u. *Gryll Grange* (1860). Angesehener Klassizist. 1819–56 bei der East India Company tätig, zeitweilig deren Direktor. *hd*

Works, hg. H. F. B. Brett-Smith, C. E. Jones, X 1924–34 (Halliford Edition). Novels, hg. D. Garnett, II [2]1963. Poems, hg. R. B. Johnson, o. J. – C. van Doren, Life of Th.L.P., 1911. J. J. Mayoux, Un Epicurien anglais, 1932. O. W. Campbell, Th.L.P., [2]1970. C. Dawson, His Fine Wit: A Study of Th.L.P., 1970. F. Felton, Th.L.P., 1973. Satirical Novels, hg. L. Sage, 1976 (Casebook).

Pearl, me. Ged., um 1350–80; in 4hebigen alliterierenden V. mit Endreim, 100 Strophen von 12 Zeilen, durch Wiederholung u. Refrain zu Fünfergruppen geordnet, Reimschema abab abab bcbc. Mit *Purity (Cleanness), Patience* u. → *Sir Gawain and the Grene Knight* in der Handschr. Cotton Nero A X überliefert. Aufgrund sprachl. u. metr. Gegebenheiten ist e. gemeinsamer Autor zu vermuten, der sog. ›Pearl Poet‹ oder ›Gawain Poet‹. P. ist vermutl. die im Alter von 2 Jahren verstorbene einzige Tochter des Dichters. In e. Traumvision erblickt er e. an das Paradies erinnernde Landschaft, jenseits des Flusses steht s. mittlerweile erwachsene Tochter. Sie wirft dem Vater s. übermäßige Trauer vor u. ermahnt ihn zu göttl. Vernunft. Als er versucht, über den Fluß zu ihr zu gelangen, erwacht er auf dem Grab s. Tochter liegend u. akzeptiert von nun an s. Schicksal. Keine eindeutige Quelle feststellbar: wohl geringe Einflüsse des *Roman de la Rose*; Parallelen auch zur 14. Ekloge von Boccaccio, in der die Vision e. Schäfers, der s. verstorbene Tochter Olympia sieht, beschrieben wird; außerdem Nähe zu Dantes *Vita Nuova* u. *Divina Commedia.* Der Fluß symbolisiert nicht nur die Trennung zwischen Leben u. Tod, damit zwischen diesseitiger Welt u. Paradies, sondern auch Taufwasser u. Wein als Teil der Eucharistie. In der Verbindung versch. lit. Gattungselemente zeigt sich die Größe des Dichters. Er vermeidet, bestimmte Aspekte, z. B. die eleg. Klage des Vaters, überzubetonen u. bleibt zurückhaltend in s. Schilderung des Unheilvollen, obwohl das Ged. in vielen Passagen e. Paraphrase der Schlußkap. der Apokalypse gibt. Trotz vorhandener Dialoge bleibt das Ged. im Grundton episch erzählend. *Purity*, alliterierendes Ged., 1812 V., kein Endreim, betont seel. Reinheit als oberstes christl. Gebot; Wiederaufnahme des Symbols der Perle für diese Reinheit. Zur Veranschaulichung fleischl. Sünden werden 3 Themenkreise der Bibel angeführt: Sintflut, Zerstörung von Sodom u. Gomorrha, der Sturz Belsazars. Wie in *Pearl* auch hier Verzicht auf predigenden Tonfall zugunsten epischer Erzählung. *Patience,* alliterierendes Ged., 531 V., in der Regel 4zeilige Strophen, als homilet. Paraphrase der Gesch. des Propheten Jonas angelegt, der ungeduldig von Gott die Zerstörung Ninives verlangt, bevor er sich dessen Willen unterordnet. Wirkt gedrängter u. lebendiger als *Purity.* In beiden Ged. zeigen sich die Vorliebe des Dichters für Naturbeschreibung, v. a. Stürme, was als Bindeglied zur ae. Tradition epischer Dichtung, bes. → Cynewulf, gesehen werden kann. Neu hinzu kommt beim ›Pearl Poet‹ die Verbindung von belehrender Absicht mit Humor. *js*

›Pearl‹, ›Cleanness‹, ›Patience‹, and ›Sir Gawain‹, facs., hg. Sir I. Gollancz, EETS, 162, ³1955. J. Gardner (Übs.), Complete Works of the Gawain Poet, 1965. ›Patience‹, hg. J. D. Anderson, 1969. ›Purity‹, hg. Robert J. Menner, Yale Studies in Engl., 61, 1920. ›The Pearl‹, hg. E. V. Gordon, ²1958. – C. O. Chapman, Index of Names in ›Pearl‹, ›Purity‹, ›Patience‹ and ›Gawain‹, 1951. H. L. Savage, The Gawain Poet: Studies in His Personality and Background, 1956.

Pelham, Roman im Stil der → Fashionable Novel, von E. G. → Bulwer-Lytton.

Pendennis, The History of, Roman von W. M. → Thackeray.

Penny Dreadfuls, Shilling Shockers, Kolportageroman; in der 2. Hälfte des 19. u. anfangs des 20. Jh. beliebte Konsumlektüre. Billige Abenteuerromane bzw. -erzählungen, auch als → Detective Story, Wildwest- oder Schauergesch. G. K. Chesterton schrieb e. Essay ›In Defence of Penny Dreadfuls‹. Typ. Elemente der p.d. wiederholen sich heute im Thriller. *hd*

M. Anglo, P.D. and other Victorian Horrors, 1977.

Penny Wheep, Ged. von H. → MacDiarmid.

Pepys, Samuel, 23. 2. 1633 – 25. 5. 1703 Clapham; bedeutender Tagebuchschreiber. Wuchs als Sohn e. Kaufmanns in der Grafschaft Cambridgeshire auf, Erziehung in London u. Magdalene College, Cambridge. 1655 Heirat mit Elizabeth Marchant, Tochter e. Hugenotten. P.s polit. Karriere begann als Sekretär s. Vetters Edward Montagu, Earl of Sandwich, mit dem er 1660 König Charles II aus s. frz. Exil zurück nach England begleitete. Er erhielt im selben Jahr e. offizielle Position in der Admiralität u. hatte fortan die Möglichkeit, das Hofleben direkt zu beobachten. Er wurde zum führenden Historiographen der Navy (*Memoirs of the Navy,* 1690) u. als Präsident der → Royal Society (1684) zum Förderer von Musik u. Naturwissenschaften. Durch die Freundschaft mit James Duke of York, des Königs Bruder, gelangte er in hohe Regierungsämter, bewährte sich im engl.-holl. Krieg (1664 – 67) als treuer u. arbeitsamer Regierungsbeamter; nach mehreren Anläufen 1679 ins Parlament gewählt. In Auslandsmissionen wirkte er dann auch für James II, bis er schließlich in der Glorious Revolution seine politische Karriere beenden mußte. Die letzten Lebensjahre verbrachte er zurückgezogen u. in Frieden mit

Korrespondenzen u. mit dem Aufbau s. wertvollen Bibliothek, die 1724 gemäß s. letzten Willen an das Magdalene College, Cambridge, übergeben wurde. Vor allem aber ist er durch s. *Diary* bekanntgeworden, in dem er 1660–69 mit eigener Kurzschrift s. Beobachtungen des höfischen u. politischen Lebens aufzeichnete. Da er der Geheimhaltung sicher sein konnte, führte er mit großer Offenheit u. Ehrlichkeit s. Tagebuch, das noch heute e. unschätzbare Fundgrube darstellt. Erst 1825 wurde s. Geheimschrift entziffert; 1896 erschien die 1. Ausgabe. Pepys pflegte intensive Freundschaft mit → Dryden und mit J. → Evelyn, dem anderen bedeutenden Tagebuchschreibers. Zeit. *ra*

Diary, ed. H. B. Wheatley, X 1893–99; n. R. Latham and W. Matthews, X 1970–76. Letters of P. and his Family Circle, ed. H. T. Heath, 1955. – P. Hunt, P. in the Diary, 1959. C. S. Emden, P. Himself, 1963. M. H. Nicolson, P's Diary and the New Science, 1965. I. E. Taylor, S.P., 1967.

Percy, Thomas, 13. 4. 1729 Bridgnorth/Shropshire – 30. 8. 1811 Dromore (Irland); Stud. Christ Church, Oxford; 1778 Dekan Carlisle, 1782 Bischof zu Dromore. Vf. mehrerer lit.hist. Werke, u. a. zur chin. Lit. S. Slg. *Reliques of Antient Engl. Poetry* (III 1765), größtenteils dem sog. Percy Folio, e. von ihm zufällig wiederentdeckten Ms. des 17. Jh., entnommen, trug wesentl. zur Neubelebung des Interesses an älterer engl. Dichtung bei. P. stand nicht so sehr in der herausgeber. Tradition des 18. Jh., sondern zielte mehr auf Verständlichmachung u. Verbreitung der Texte. Die große Wirkung des *Ossian* v. J. → Macpherson veranlaßte ihn zur Übs. von *Five Pieces of Runic Poetry* (1763) aus dem Isländ. 1840 Gründung der Percy Society in Erinnerung an s. Arbeit u. zur Fortführung s. Werks der Katalogisierung u. Hg. früher engl. Balladen. *hd*

Reliques, hg. H. B. Wheatley, III 1886; n. M. M. A. Schröer, II 1889–93; The Percy of Old English Ballads and Romances, hg. J. Gollancz, 1905. – Letters, hg. D. N. Smith Brooks, VI 1960–61. – A. C. C. Gaussen, P. Prelate and Poet, 1908. M. Hagedorn, D. Stell, Volksballaden des Percy-Folio-Ms. i. d. engl.-schott. Volksballadentrad., 1940. A. B. Friedman, The Ballad Revival, 1961. O. Arngart, Engl. Border Ballads, 1973.

Sir Percyvelle of Galles, auch *Sir Perceval of Gales,* 15. Jh., Versromanze in 16zeiligen Schweifreimstrophen. Verbindung ursprüngl. volkstüml. Elemente mit dem Artusstoff u. der Gralssage. Wahrscheinl. kannte der Autor die *Conte del Graal* (um 1180) von Chrétien de Troyes. *S.P. of G.* ist die einzige me. Romanze über Parzival, behandelt s. Kindheit, späteren Abenteuer u. Heldentaten, aufgrund derer ihn Kg. Artus zum Ritter schlägt. Keine Erwähnung des Grals. Dagegen behandelt das alliterierende Ged. *Joseph of Arimathie,* über Joseph u. die Gründung e. Kirche bei Glastonbury, später Glastonbury Abbey, sowie die *History of the Holy Grail* (Mitte 15. Jh.) die frühe Gesch. des Gral. Bekanntestes Werk dieses Stoffkreises ist → Malorys Prosaübs. *Le Morte Darthur.* *js*

Hg. J. Campion u. F. Holthausen, 1913. – L. A. Hibbard, Medieval Romance in England, 1960. W. R. J. Barron ›Joseph of Arimathie‹ and the ›Estoire del Saint Graal‹ (MÆ, XXXIII 1964, 184–94). D. Mehl, D. me. Romanzen d. 13. u. 14. Jh., 1967.

Peregrine Pickle, The Adventures of, Roman von T. → Smollett; EA IV 1751. In s. 2. Roman folgt S. erneut der Form der pikaresken Abenteurererzählung. Die Episoden aus P.s Leben in der eleganten Welt von London, Bath u. Paris werden zu e. locker gefügten Handlung aneinandergereiht. Wirkt der Held in s. Lebenshaltung recht arrogant, manchmal sogar unsympath., so sind es die Gestalten aus dem Seemannsleben, die den Leser für sich einnehmen u. nachwirken. Commodore Trunnion, Lieutenant Hatchway u. Bootsmann Tom Pipes gehören zu dem Besten, was der Autor in dieser Richtung geschaffen hat. Die von S. geprägte Figur des alten, oft kauzigen Seebären ist in der Gesch. des engl. Romans beispielhaft für diese Spielart des kom. Charakters. Im Kontrast zu P. u. der dörfl. Umgebung kommen Hawser Trunnion u. s. Gefolge in der Genauigkeit u. Plastizität ihrer Zeichnung am stärksten zur Geltung. In Szenen wie sie sich v. a. in den ersten Teilen des Romans finden, spielt S. das kom. Element in der Schilderung s. Gestalten voll aus. Kraftvoller u. ausdrucksfähiger Erzählstil; zuweilen zeigt sich die für das 18. Jh. typ. Neigung zur klischeehaft pathet. Diktion. Die 1. Ausg. enthielt scharfe Angriffe gegen Zeitgenossen, u. a. gegen Fielding, Garrick, Lord Lyttelton u. Lord Chesterfield. Vor der 2. Ausg. (1758) entfernte S. neben diesen häufig sehr persönl. Attacken auch einige der bes. grob u. eindeutig geschilderten Liebesabenteuer P.s während s. Reisen in Europa. Die purgierte Fassung wurde für spätere Ausg. maßgebend. *hd*

Hg. J. L. Clifford, 1964. – H. S. Buck, A Study of S., Chiefly of ›P.P.‹, 1925.

Pericles, früheste von Shakespeares→romances. *ks*

Periodical Essay; für das 18. Jh. typ. Kleinform, in der Regel Veröffentlichung in sog. ›Periodical Papers‹ (›Moral Weeklies‹, moral. Wochenschr.) Weite Verbreitung, nach Erstveröffentlichung in Einzelnummern oft als Sammelausgaben. Über den moralist. Essay zu Themen wie Erziehung u. Bildung, Modetorheiten, Umgangsformen, Ehe u. Familie, Stadt- u. Landleben u. ä. (›men and manners‹) hinausgehend kunst- u. lit.krit. Betrachtungen, populär-philosoph. Abh. zu Fragen des Geschmacks, Anmerkungen zu tagespolit. Ereignissen. Beispielgebend u. am Anfang der Gattung → ›Tatler‹ u. → ›Spectator‹. Im weiteren Verlauf des Jh. zahlreiche neue Periodika, teils eigenständig, teils bewußt nachahmend; als letzter Höhepunkt Mackenzies ›The → Mirror‹ (1779–80) u. ›The Lounger‹ (1785–87), dazwischen, neben weniger bedeutenden Publikationen, ›The Guardian‹ (Steele, Pope, Gay), ›The Rambler‹ (Johnson), ›The Adventurer‹ (Hawkesworth, Johnson, J. Warton), ›The World‹ (Moore, Chesterfield, Horace Walpole), ›The Connoisseur‹ (G. Colman, Thornton), ›The Observer‹ (Cumberland). Die Verbreitung nützl. Wahrheiten, das Anprangern von Mißständen u. Auswüchsen in der Gesellschaft, Lob der Tugend u. Verurteilung des Lasters waren erklärte Programmpunkte. Die didakt. Tendenz des p. e., in der Absicht, dem Wunsch des zeitgenöss. Lesers nach unterhaltender Belehrung zu entsprechen, wird am deutlichsten im sog. moralist. Essay; gleichsam richtungweisend das dem ersten ›Tatler‹-Essay vorangestellte Motto: »Quidquid agunt homines . . . nostri est farrago libelli«. *hd*

R. S. Crane and F. B. Kaye, Census of Brit. Newspapers and Periodicals 1620–1800, 1927. – E. C. Baldwin, The Relation of the 17th Cent. Character to the P.E. (PMLA, 19 1904, 75–114). L. Stephen, Engl. Lit. and Society in the 18th Cent., 1904. H. Walker, The Engl. Essay and Essayists, 1915. G. S. Marr, The Periodical Essayists of the 18th Cent., 1923. A. S. Turberville, Engl. Men and Manners in the 18th Cent., 1926. W. Graham, Engl. Lit. Periodicals, 1930. W. Oberkampf, D. zeitungskundl. Bedeutung d. moral. Wochenschr., 1934. Studies in the Early Engl. Periodical, hg. R. P. Bond, 1957. W. Martens, D. Botschaft d. Tugend: D. Aufklärung i. Spiegel d. dt. moral. Wochenschr., 1968.

Personal; Erzählweise, in welcher der Autor unsichtbar bleibt, der Leser sich also unmittelbar in e. der Romanfiguren versetzt glaubt. Die personale Technik der Redewiedergabe ist die direkte Rede, personale Wiedergabe von Gedanken u. Gefühlen erfolgt in → interior monologue bzw. → stream-of-consciousness. *ks*

F. Stanzel, D. typ. Erzählsituationen i. Roman, 1955.

Persuasion, Roman von J. → Austen.

Peter Pan, Märchenspiel von J. M. → Barrie.

Peterborough Chronicle → Anglo-Saxon Chronicle.

Philaster, or Love lies a-bleeding, romant. Drama von F. → Beaumont u. J. → Fletcher; UA 1611, ED 1620. 1. im Stil der Tragikom. abgefaßtes Werk, richtungweisend für das engl. Theater der Folgezeit. Angelehnt an span. u. frz. Ritterdichtung mit charakterist. Handlung (vgl. Shakespeares *Twelfth Night*). P., rechtmäßiger Kg. von Sizilien, hat s. Thron an e. Usurpator, den Kg. von Kalabrien verloren. P. liebt dessen Tochter Arethusa u. bleibt durch s. Pagen Bellario mit ihr in Verbindung. Sie soll jedoch Pharamond von Spanien heiraten. Um dies zu verhindern, deckt Arethusa ihrem Vater e. Liebesaffäre zwischen s. Hofdame Megra u. Pharamond auf. Megra rächt sich, indem sie Arethusa e. Verbindung mit Bellario nachsagt, der nun von P. entlassen wird. Schließl. stellt sich heraus, daß Bellario in Wirklichkeit die Tochter e. sizilian. Edelmannes ist, die sich, aus Liebe zu P. als Page verkleidet, in dessen Dienst begeben hat. *ra*

J. E. Cunningham, Elizabethan and Early Stuart Drama, 1965. D. L. Frost, School of Shakespeare, 1968.

Philips, Ambrose, 1675(?) Shropshire – 18. 6. 1749 London; Dichter; Fellow St. John's College, Cambridge. S. *Pastorals* (1709) forderten → Pope zu e. iron. Vergleich mit der eigenen dichter. Leistung heraus (→ ›Guardian‹, 40). S. zahlreichen Lob- und Preisged. brachten ihm den Spottnamen Namby Pamby (›Amby‹ P.) ein. P. schloß sich dem Kreis um → Addison an, wurde polit. aktiv u. hatte nach der Thronbesteigung v. George I versch. Regierungsposten inne; M.P. für Armagh (Irland). Hg. ›Freethinker‹ (1718–19), moral. Wochenschr. in Nachahmung des → ›Spectator‹. *hd*

Pastorals, hg. R. H. Griffiths, 1932. Poems, hg. M. G. Segar, 1937 (mit Biogr.). – B. Dobrée, Engl. Lit. in the Early 18th Cent., 1959.

Phillpotts, Eden, 4. 11. 1862 Mount Aboo (Indien) – 29. 12. 1960 Broad Clyst/Exeter; 1880–90 Versicherungsangestellter, dann freier Schriftsteller. Äußerst produktiver Autor; veröffentlichte über 250 Titel, darunter Detektiv- u. Gesellschaftsromane, Ged., Essays, Schauspiele, Kinderbücher. P.s Gesamtwerk zeigt sehr unterschiedl. Qualität, am bekanntesten sind s. in Devonshire spielenden Romane. *hd*

Dartmoor Novels, hg. A. Bennett, XX 1927–28 (Widecombe Edition). – P. Hinton, Bibl., 1931. – W. Girven, E.P., 1953.

Philosophiae naturalis principia mathematica → Newton, Sir I.

A Philosophical Enquiry into the Origin of our Ideas of the Sublime and Beautiful → Burke, E.

Philosophical Radicals → Bentham, J.

Phineas Finn, polit. Roman von A. → Trollope.

Phiz, Ps. für H. K. → Browne, Illustrator der Dickens-Romane.

The Phoenix, ae. Ged., wahrscheinl. aus der → Cynewulf-Schule (→ Exeter Book); als Adaption größtenteils auf Lactantius, *De Ave Phoenice* (4. Jh.), zurückgehend. Die Darstellung des ird. Paradieses – idyll. Landschaft des ewigen Frühlings, gleichzeitig ewigen Herbstes mit s. Reichtum an Früchten, von Harmonie geprägt, sündenfrei u. ohne Leid – bringt e. neues Element in die ae. Lit. Die Phantasie des Dichters sieht den farbenprächtigen Vogel inmitten dieser Landschaft, wie er, alt geworden, davonfliegt u. in e. fernen Land s. Nest baut, das in Flammen aufgeht. Verjüngt geht er aus der Asche hervor u. kehrt ins Paradies zurück. Phönixmythos u. christl. Unsterblichkeitsglaube verbinden sich zur Allegorie. *js*

Hg. N. F. Blake, 1964.

A Phoenix Too Frequent, Schauspiel von C. → Fry.

Physiologus, ae. Verslit.; Bz. abgeleitet von Ph., e. nicht näher bekannten naturkundigen Dichter. Rel. Allegorien, wobei bestimmte Eigenschaften von Tieren mit Christus in Beziehung gesetzt werden; bruchstückhaft überliefert (→ Exeter Book). Es wird von e. Panther berichtet, dessen Eigenschaften – zahm, mild, freundl. – allerdings mehr denen e. Lamms gleichen; gemeint ist Christus. Gegenspieler ist der hinterlistige Wal, der, e. Insel gleich, ruhig im Meere liegt. Gehen Schiffe vor Anker, reißt er sie mit ihrer Besatzung in die Tiefe. Ähnl. handeln Teufel u. Dämonen, wie der Dichter betont. Belehrende Funktion. *js*

The Old Engl. ›Ph.‹, hg. A. S. Cook, 1921 (Yale Studies in Engl., 63).

Picaresque Novel, Schelmenroman. Übernahme der ursprüngl. in der span. Lit. ausgeprägten Erzählgattung (*Lazarillo de Tormes*, 1554), benannt nach der Gestalt des ›picaro‹ (Schelm, Gauner), abenteuernde Gestalt in Konfrontation mit der bürgerl. Welt- u. Gesellschaftsordnung, erstmals durch Nash in *The → Unfortunate Traveller* (1594). Im 18. Jh. vorherrschende Romanform: Defoe, Fielding, Smollett. Erneute Verbreitung im 20. Jh., neopikaresker Roman der 50/60er Jahre: Amis, Braine, Murdoch, Sillitoe, Wain, Waterhouse. Pikareske Konvention fordert e. Helden aus den weniger privilegierten Schichten der Gesellschaft, verzichtet auf e. zusammenhängend gegliedertes Handlungsgefüge (Episodenreichtum), bevorzugt autobiogr. Erzählweise in der 1. Person, bringt trotz Betonung realist. Details in Sprache u. Ereignissen die im Grunde romant. Lebensgesch. e. Spitzbuben, beleuchtet satir.-krit. gesellschaftl. Gegebenheiten oder nationale Vorurteile. In der Gestalt des pikaresken Helden können sich gesetzl. u. ungesetzl. Handlungsweisen verwischen; nach mannigfachem Auf u. Ab führt ihn der äußere Anlaß in e. oft nur scheinbar geordnetes Dasein, ohne daß sich dadurch s. Grundhaltung ändert.

hd

U. Habel, D. Nachwirkungen d. pik. Romans i. Engl. Nash bis Fielding u. Smollett, 1930. M. Batallion, Le roman picaresque, 1931. K. Allsop, The Angry Decade: A Survey of the Cultural Revolt of the 1950s, 1958. R. Allen, The Rogue's Progress, 1964. St. Miller, The P.N., 1967. A. A. Parker, Lit. and the Delinquent: The P.N. in Spain and Europe 1599 – 1753, 1967. B. Schleussner, D. neopik. Roman, 1969.

Pickwick Papers (*The Posthumous Papers of the Pickwick Club*), Roman von Ch. → Dickens, ED in Forts. 1836 – 37, EA II 1837; Illustrationen von R. → Seymour u. H. K. → Browne. Die in der Tradition der → picaresque novel nach dem Vorbild → Smolletts erzählte Episodenhandlung schildert die vorwiegend kom. Abenteuer des Mr. Pickwick u. s. Freunde Tupman, Snodgrass u. Winkle. Die ursprüngl. Fiktion e. Hg. der Protokolle u. Berichte des von Mr. P. gegründeten Klubs behält Dickens nur kurz bei. Mr. P., zuvorderst als kom. Charakter konzipiert, wirkt als Bindeglied zwischen den fast zufällig aufeinanderfolgenden Ereignissen. S. Weltfremdheit bringt ihn immer wieder in Schwierigkeiten, läßt ihn immer wieder als den Genarrten erscheinen. Unterwegs lernen er u. s. Freunde Samuel Weller kennen, der von nun an die Rolle des unentbehrl. Dieners übernimmt: Mr. P. als engl. Don Quijote des 19. Jh., Sam als s. Sancho Panza. Hinzu kommt e. Vielzahl weiterer, meist exzentr. Gestalten nach dem Muster des Schelmenromans. Sam, neben Mr. P. im Mittelpunkt der Geschehnisse, sorgt für s. Herrn u. verhindert oder korrigiert durch s. Cockney-Schläue so manche aus bloßer Güte, Hilfsbereitschaft u. blindem Menschenvertrauen resultierende Dummheit. Ohne eigentl. Handlungsvorwurf nimmt die Gesch. ihren Lauf, wenn auch der Versuch von Mrs. Bardell, Mr. P. wegen Bruch des Eheversprechens um £ 750 zu erleichtern, u. die sich daraus ergebenden Folgen andeutungsweise e. Kausalverbindung der einzelnen Abenteuer erkennen lassen. Dickens konzentriert sich in den *P.P.* ganz auf die Darstellung s. Figuren (→ flat characters), die er in vielerlei Szenen, vom Londoner Straßenleben bis zur ländl. Idylle, einbaut, mit deren Hilfe er zugleich s. Bild des engl. Biedermeier entfaltet, Ungerechtigkeiten, bes. in der Rechtsprechung, gesellschaftl. Vorurteile u. menschl. Schwächen aufzeigt, jedoch ohne die krit. Sonde anzulegen, ohne die bitteren Negativfolgen, die in s. späteren Werken trotz Humor u. allem Verständnis für s. Umwelt zur Anklage werden. Die Gestalt des Mr. P. zeigt das Können schon des jungen D., der in der Figur des John Jorrocks des Zeitgenossen R. S. → Surtees anfangs e. Vorbild gefunden haben mag, dann aber in eigener Regie s. ersten großen kom. Charakter agieren ließ. Dramatisierungen, Vertonungen, Verfilmungen u. Bearbeitungen unterstreichen die auch heute noch ungeminderte Beliebtheit der Pickwick-Gesch. u. ihrer Charaktere. *hd*

Hg. R. L. Patten, 1972 (Penguin Books). – W. Miller and E. H. Strange, Bibl., 1936. – J. H. Miller, C.D. The World of His Novels, 1958. S. Marcus, D. from Pickwick to Dombey, 1965. W. Axton, Unity and Coherence in ›P.P.‹ (SEL, 5 1965, 663–76).

The Picture of Dorian Gray, Roman von O. → Wilde.

Piers Plowman; William → Langland zugeschriebenes Epos in ungezwungen alliterierenden, recht freien Langzeilen mit 4 Haupthebungen, ohne Endreim u. Strophenbildung, das in Gestalt e. allegor. Vision von großer Stärke u. urtüml. dichter. Bildkraft in e. Reihe von Traumgesichten des Autors realist. die sozialen Verhältnisse der Zeit beleuchtet, insb. die materielle u. geistige Not des Volkes u. die Mißstände in der Kirche. Großes zentrales Thema ist Problematik u. Sinn menschl. Existenz im Rahmen des Weltganzen. Die ›visio‹ des 1. Teils handelt vom richtigen Gebrauch der Güter der Welt bei der Suche nach Wahrheit unter der Führung Peters des Pflügers. Sie zeichnet e. breites, lebendiges Panorama der spätma. Gesellsch. Die ›vita‹ (2. Teil) handelt allegor. von der Suche des einzelnen nach Dowel, Do-bet, Do-best (= gutes, besseres, bestes Tun) mit Hilfe von Thought, Wit u. Study u. a. allegor. Gestalten. Die Titelfigur wandelt mehrfach ihre Bedeutung: sie ist der unprätentiöse, rechtschaffene Pflüger, e. Symbol der menschl. Natur, steht für Petrus, für den idealen Papst u. schließl. Christus. Langland rang e. Leben lang um Verbesserung u. Vertiefung s. Werkes: Die A-Version (Prolog + 11 Bücher) ist auf 1362 zu datieren, die B-Version (ca. 1377) erweitert den Text um mehr als das Doppelte (Prolog + 20 Bücher), die C-Version (ca. 1393/98) auf fast das Dreifache (7354 Langzeilen, Prolog + 23 Bücher). Von der Popularität des *P.P.* zeugen die ca. 50 Mss. ebenso wie die wiederholten frühen Drucke (ED 1550 von Robert Crowley). Wenn auch die – in jeder Version stärker – wuchernden u. ausufernden Allegorien keine klare u. organ. Gesamtkonzeption erkennen lassen, ist *P.P.* doch infolge des Ernstes u. der Inbrunst des Dichters sowie der Kraft u. Direktheit s. Sprache neben Chaucers Werken die größte dichter. Leistung des engl. MA. *ks*

Hg. W. W. Skeat II, 1886; n. 1956–59; T. A. Knott and D. C. Fowler, 1952; G. Kane, 1960 (The 3 Versions); O. Rogers, 1961; S. Brook, 1975: A. V. C. Schmidt, 1978 (Everymans); D. Pearsall, 1979 (C-Text; York Medieval Texts). Neuengl. Version: ›P.P.‹ hg. J. F. Goodridge, 1959; n. 1968. – E. T. Donaldson, ›P.P.‹. The C-Text and Its Poet, ²1966. D. W. Robertson u. B. F. Huppé, ›P.P.‹ and Scriptural Tradition, 1951. W. Erzgräber, W. Langlands ›P.P.‹, 1957. R. W. Frank, ›P. P.‹ and the Scheme of Salvation, 1957. D. C. Fowler, ›P.P.‹ Relations of the A- and B-Texts, 1961. M. W. Bloomfield, ›P.P.‹ as a 14th Cent. Apocalypse, 1962. J. Lawlor, ›P.P.‹: An Essay in Criticism, 1962. E. Salter, ›P. P.‹: An Introduction, ²1963. N. Coghill, Langland's ›P.P.‹, 1964. G. Kane, ›P.P.‹ The Evidence for Authorship, 1965. E. Vasta, The Spiritual Basis of ›P.P.‹, 1965. B. H. Smith, Traditional Imagery of Charity in ›P.P.‹, 1966.

›P.P.‹ Critical Approaches, hg. S. S. Hussey, 1969. A. Bright, New Light on ›P.P.‹, ²1971. E. D. Kirk, The Dream Thought of ›P.P.‹, 1972. M. Carruthers, The Search for St. Truth: A Study of Meaning in ›P.P.‹, 1973. D. Aers, P.P. and Christian Allegory, 1975. The World of ›P.P.‹, hg. J. Krochalis and E. Peters, 1975. J. H. Anderson, The Growth of a Personal Voice ›P.P.‹ and ›The Faerie Queene‹, 1976.

Pikaresker Roman → Picaresque Novel.

The Pilgrim's Progress, from this World to That which is to come: Delivered under the Similitude of a Dream, Wherein is discovered, The manner of his setting out, His Dangerous Journey; And safe Arrival at the Desired Country; Erbauungsbuch von J. → Bunyan, während s. Inhaftierung 1675 entstanden; EA 1678 (1. Teil), 1684 (2. Teil). Das 1. Buch schildert die Reise der Jedermann-Figur Christian aus s. Heimatstadt in die ›Celestial City‹, das ewige Heil. In e. Traumvision läßt B. s. Helden diese Reise antreten. Durch Sünden belastet, verläßt Christian s. Familie u. schlägt den von e. Evangelisten vorgezeichneten Weg zur Rettung s. Heils ein. Dieser Weg ist gefahrvoll. Nachdem er den Sumpf des Verzagens gemeistert hat, wird er von Mr. ›Worldly-Wiseman‹ auf e. Seitenpfad gelockt u. muß nun den ›Hill Difficulty‹ überwinden sowie das Tal der Demut u. des Todesschattens durchschreiten. Nach harter Gefangenschaft in ›Doubting Castle‹ entkommt er mit Hilfe des Schlüssels ›Promise‹ u. kann endl. die ›Celestial City‹ sehen, die er nach Durchquerung des Todesflusses erreicht. Das 2. Buch gibt die gleiche Reise wieder, die nun von Christiana, der Frau des Helden, u. s. Kindern unternommen wird. B. knüpft in *P.P.* an die verbreitete allegor. Lit. Englands an. Parallelen zu → Spenser's *Faerie Queene* werden deutl., bes. aber zur Bibel selbst. Allegor. Darstellung menschl. Lebens u. menschl. Strebens nach dem Heil. Doch heben die konkrete, lebensnahe u. spannende Reise, die Lebensechtheit der Figuren *P.P.* von allen anderen abstrakt gehaltenen Allegorien ab. Menschl. Haltungen u. menschl. Beziehungen werden angedeutet, Weite u. Tiefe rel. Erfahrungen wiedergegeben. Schilderungen der engl. Landschaft u. des Alltagslebens machen das Werk zum Vorläufer des bürgerl. engl. Romans. Kam der puritan. Glaubenshaltung der engl. Öffentlichkeit entgegen; zahlreiche Übs. in alle Weltsprachen.

ra

Hg. J. Thorpe, 1969. – W. Iser, Bunyans ›P's P.‹ D. kalvinist. Heilsgewißheit u. d. Form d. Romans (Medium Aevum Vivium. Fs. W. Bulst 1960, 279–304). B. Haferkamp, B. als Künstler. Stilkrit. Stud. zu. s. Hauptwerk ›P.P.‹, 1963. E. Wolff, Welt als Wildnis u. Weltallegorese (D. engl. Roman, 1964, 12–24). U. M. Kaufmann, The ›P's P.‹ and Traditions in Puritan Meditation, 1966. R. Sharrock, J.B. The ›P.P.‹, 1966. ›P.P.‹, hg. J. Sharrock, 1976 (Casebook).

Pilgrimage, Romanzyklus von D. M. → Richardson.

Pinter, Harold, 10. 10. 1930 Hackney/London; Sohn e. jüd. Arbeiterfamilie. Ab 1950 Schauspieler, zeitweise unter Ps. David Baron. 1956 Heirat mit der Schauspielerin Vivien Merchant, die in vielen s. Stücke auftrat. Regisseur; Hör- u. Fernsehspiele, Dramen, Revuesketches, zahlreiche Filmskripts. P. gilt als der bedeutendste lebende engl. Dramatiker. Das Adjektiv ›pinteresque‹ bezeichnet s. charakterist. Mischung von umgangssprachl. Realistik, kom. Situationen u. jäh hereinbrechender, mysteriöser Bedrohung. Im Mittelpunkt s. Stücke stehen die aus der Situation des Individuums in e. sinnentleerten Welt sich ergebenden Probleme: Kampf um die Existenz, Angst vor der Umwelt, Flucht in spieler. Illusionen, Identitätsfrage, Schwierigkeiten zwischenmenschl. Kommunikation, Frage der Verstehbarkeit u. Verifizierbarkeit von Aussagen u. Ereignissen. P. legt in genau dargestellten Alltagssituationen deren Absurdität bloß, deckt das drohend Unheiml. im Gewöhnl. auf. Die strukturkonstituierenden Personenkonstellationen der Dramen sind von sorgfältiger Regelmäßigkeit. P.s erste Stücke (*The Room*, 1960; *The* → *Birthday Party*, 1960, n. 1965; *The Dumb Waiter*, 1960) wurden als absurde ›comedies of menace‹ bezeichnet: in den scheinbar sicheren, abgeschlossenen Bereich e. Zimmers bricht e. namenlose Bedrohung von außen ein u. zerstört das Refugium. In den späteren Werken kommt die Bedrohung weniger aus e. mysteriösen, feindl. Außenwelt als aus den Situationen u. Charakteren selbst; äußerl. Gewalttätigkeit tritt zurück, die Darstellung ist verhaltener, schlichter u. klarer. In P.s 2. Schaffensperiode (*A Slight Ache*, 1961; *A Night Out*, 1961; *The Dwarfs*, 1961; *The* → *Caretaker*, 1960; n. 1962) weckt die Darstellung von Charakteren anhand ihres körperl. u. seel. Befindens Zweifel an der Erkennbarkeit e. Existenz u. Identität. In *The Collection* (1963), *The Lover* (1963), *The Basement* (1967), *Tea Party* (1967) u. *The* → *Homecoming* (1965) verweisen die durch bedeutungsvolles Schweigen getrennten Spekulationen der Personen auf die Vielfalt mögl. Charakteraspekte, aber auch auf die Möglichkeit e. Identitätsfindung. Die oft als Gedankenmonologe vorgetragenen privatesten Erinnerungen in den Dramen von P.s 4. Schaffensperiode (*Landscape*, 1969; *Silence*, 1969; → *Old Times*, 1971; → *No Man's Land*, 1975) schließl. zeugen von Einsamkeit u. Abkapslung, aber auch von unantastbarer Komplexität u. geistiger Freiheit. → *Betrayal* (1978) benutzt e. ganz neue Technik, indem die Handlung in umgekehrter Chronologie immer weiter in die Vergangenheit zurückschreitet. Zahlreiche Drehbücher (*Five Screenplays: The Servant, The Go-Between, The Pumpkin Eater, The Quiller Memorandum*, 1971; *The Proust Screenplay*, 1978). *ks*

Plays I–III, 1976–78 (Master Playwrights). Poems and Prose, 1949–1977, 1978. – A. P. Hinchcliffe, H.P., 1967. M. Esslin, P., 1967. W. Kerr, H.P., 1967. D. Allgaier, D. Dramen H.P.s, 1968. R. Hayman, H.P., [2]1969. R. Tabbert, H.P.s Dramen d. verlorenen Identität, 1969. J. R. Taylor, H. P., 1969. M. Esslin, The Peopled Wound, 1972; n. als P. A Study of His Plays, 1973. J. R. Hollis, H.P. The Poetics of Silence, 1970. A. Sykes, H.P., 1970. H. T. Schroll, H.P. A Study of His Reputation (1958–69), and a Checklist, 1971. P. A Collection of Critical Essays, hg. A. Ganz, 1972. S. Trussler, The Plays of H.P.: An Assessment, 1973. W. Baker and S. E. Tabachnik, H.P., 1973. R. Imhof, H.P.s Dramentechnik, 1976. L. P. Gabbard, The Dream Structure of P's Plays: A Psychoanalytical Approach, 1976. K.-H. Stoll, H.P. E. Beitr. zur Typologie d. neuen engl. Dramas, 1977.

Piozzi, Hester Lynch → Thrale, H. L.

Pippa Passes, Bühnendichtung von R. → Browning.

The Plain Dealer, Kom. in 5 Akten von W. → Wycherley. UA

Dez. 1676, Drury Lane Theatre, London; e. Mischung aus Molières *Misanthrope* (1666) u. dem elisab. *The Malcontent* (1604). Manly, e. sturer, rauhbeiniger Seemann, wirbt um Olivia, die ihn jedoch hinhält u. ihn um s. Vermögen prellt, das er ihr für die Dauer s. Seereise überlassen hatte. Währenddessen heiratet sie Manlys Freund Vernish. Manly gibt jedoch nach s. Rückkehr nicht auf. Er läßt s. Pagen weiter für sich werben, ahnt indes nicht, daß dieser Page die hübsche u. reiche Fidelia ist, die ihrerseits Manly gewinnen will. Olivia durchschaut ebensowenig die Maskerade u. will den Pagen verführen. Erst jetzt ändert Manly s. Haltung gegenüber Olivia. Er verkleidet sich als Page u. geht auf Olivias Verführung ein, um sie anschließend bloßzustellen. Vernish wird Zeuge dieses Treffens u. greift den vermeintl. Rivalen an, der nur durch Fidelias Eingreifen gerettet wird. Manly erhält s. Vermögen zurück u. heiratet Fidelia, deren Liebe u. Treue s. Menschenverachtung besiegt hat. Dieses Ende entspricht nicht dem der typ. Restaurationskom.; die romant. Figur der Fidelia u. ihre Aussagen in sentimentalen Blankversen stehen konträr zu der Welt der Zügellosigkeit, der Heuchelei u. des Betrugs. W.s Kom. will die traditionelle Thematik der Kom., die sog. ›feinen Kreise‹, verspotten u. angreifen. Alle Charaktere werden am Standard ihres ›wit‹ gemessen, also an Geist u. Lebensart der Helden der → comedy of manners. Es fehlt jedoch die psych. Tiefe, die Figuren sind zu schablonenhaft gezeichnet; bes. im Vergleich zu Molière u. Shakespeare, der bei der Figur des verkleideten Pagen Pate stand. Trotz dieser Mängel e. großer Publikumserfolg. *ra*

A. M. Friedson, Wycherley and Molière: Satiric Point of View in ›The P.D.‹, (MP, 64 1966/67, 189–284). D. Donaldson, Tables Turned: ›The P.D.‹ (EIC, 17 1967, 304–321).

The Playboy of the Western World. Diese Tragikom. in 3 Akten von J. M. → Synge (UA 26. 1. 1907 Abbey Theatre, EA 1907) um den Sieg der Legende über die Wirklichkeit ist e. Variation des Oedipus-Themas: Christie Mahon, e. naiver, furchtsamer u. fabulierfreudiger junger Mann, glaubt, s. Vater erschlagen zu haben, der ihn immer schlecht behandelt hatte. Er erringt mit dem ›Geständnis‹ die Bewunderung der Bewohner e. hinterwäldler. westir. Dorfes u. die Zuneigung der Wirtstochter Pegeen. Ironischerweise beginnt Christie, sich zu dem zu entwickeln, den die anderen in ihm sehen. Da taucht der totgeglaubte Vater auf u. verprügelt ihn. Christie versucht, den Alten zu ermorden, um die Anerkennung des Dorfes zurückzugewinnen, aber diesmal ist die Menge empört u. schickt sich an, ihn zu lynchen. Doch der Alte hat auch diesmal den Schlag überlebt, er zieht mit s. Sohn davon u. ordnet sich ihm unter, da er dessen Wandlung zu e. selbstbewußten Menschen erkannt hat. Pegeen begreift tragischerweise zu spät, was sie verloren hat. *ks*

Plays Pleasant u. **Plays Unpleasant** → Shaw, G. B.

Plot; Handlung, Handlungsvorwurf in Roman, Novelle, Kurzgesch., Drama usw. Unterliegt bestimmten Forderungen:

kausale Verknüpfung, strukturierter Ablauf der Geschehnisse, deutl. Figurenentwicklung, Universalität der Erfahrung, rational erklärbare Konfliktlösungen. Als lit.krit. Terminus sehr unterschiedl. gewichtet u. angewandt. Ausgehend von der Paraphrase inhaltl.-themat. Elemente kann p. im speziellen Fall auf Charaktere u. Handlung, Gliederung, zeitl. Anordnung, Aussageform usw. bezogen werden. In *Aspects of the Novel* (Clark Lectures 1927, Abinger Edition 1974) versuchte E. M. → Forster für den Roman erstmals e. Abgrenzung von p., ›Story‹, ›People‹, ›Pattern‹ u. ›Rhythm‹ aus der Sicht des Schriftstellers. *hd*

E. Dipple, P., 1970 (Critical Idiom). R. Scholes, Elements of Fiction, [3]1971. M. Boulton, The Anatomy of the Novel, 1975.

The Plough and the Stars, Drama von S. → O'Casey.

The Plumed Serpent, Roman von D. H. → Lawrence.

Podsnap, Mr., Charakter in → Dickens' *Our Mutual Friend*, Verkörperung der Selbstzufriedenheit u. Wichtigtuerei; → podsnappery.

Poems, chiefly in the Scottish Dialect → Burns, R.

Poet Laureate; mit e. Ehrensold verbundener Titel, der jeweils e. hervorragenden brit. Dichter verliehen wird. Von 1690 – 1820 mit der Verpflichtung zu Gelegenheitsged., seither ohne Auflagen. Die bekanntesten sind (Datum ihrer Ernennung): Ben Jonson (1616), William Davenant (1638), Dryden (1668), Nahum Tate (1692), Nicholas Rowe (1715), Southey (1813), Wordsworth (1843), Tennyson (1850), John Masefield (1930), C. D. Lewis (1968), Sir John Betjeman (1972). *ks*

Poets' Corner in Westminster Abbey. Das heute vorhandene Bauwerk von W.A. ist e. ehemalige, auf Edward the Confessor zurückgehende (1065) Klosterkirche, unter Henry III wiederaufgebaut. Seit William I Krönungskirche. In P.C. befinden sich die Grabmäler u. Gedenkstätten von Englands bedeutendsten Dichtern. Die Beisetzung in W.A. gilt als nationale Ehrung. *hd*

Poetic Diction bezeichnet die kunstvolle Sprache, die nur in Dichtung verwendet wird. Obwohl sie im allgemeinen von e. Sprecher alltägl. Sprache verstanden wird, liegt die Wahl ihrer Worte u. – dadurch bedingt – ihrer Vergleiche, Metaphern etc. häufig außerhalb des Alltägl. P. d. deutet auf die der Dichtung innewohnende sprachl. Qualität hin, die sie in den Bereich der Kunst erhebt. Ihr Ziel ist, im Leser oder Hörer Empfindungen, Vorstellungen, Assoziationen zu wecken, die sich gewöhnl. Beobachtung entziehen u. nicht objektiv meßbar sind. Das Problem der Wortwahl wurde erstmals in der Trag.definition von Aristoteles behandelt u. gegenüber der Imagination als zweitrangig eingestuft: Sprache soll nur Gedanken übermitteln. In Dichtung u. Kritik wurde diese Frage dagegen zu e. zentralen Problem. → Spenser etwa griff auf Archaismen zurück, u. → Milton entlehnte viele Wörter dem Lat. (›Latinate diction‹). Im 18. Jh. wurde die p. d. bes. heftig diskutiert. → Gray vertrat den Standpunkt, die

Sprache der Dichtung sei notwendigerweise spezialisiert u. von der gewöhnl. weit entfernt: »As to matter of stile, I have this to say: the language of the age is never the language of poetry; except among the French, whose verse, where the thought or image does not support it, differs in nothing from prose. Our poetry, on the contrary, has a language peculiar to itself, to which almost everyone, that has written, has added something by enriching it with foreign idioms and derivatives: nay sometimes words of their own composition or invention« (Brief an Richard West, 1742). → Wordsworth dagegen lehnte diese künstl. Sprache als unnatürl. ab. Er verneinte jeden nennenswerten Unterschied zwischen der Sprache der Prosa u. metr. Dichtung. P. d. sei ehemals lebendige, gesprochene Sprache gewesen, die durch Hinzufügen des Metrums zur künstl. Sprache geworden sei: »In process of time metre became a symbol or promise of this unusual language, and whoever took upon him to write in metre, according as he possessed more or less of true poetic genius, introduced less or more of this adulterated phraseology into his compositions, and the true and the false were inseparably interwoven until, the taste of men becoming gradually perverted, this language was received as a natural language: and at length, by influence of books upon men, did to a certain degree really become so.« (*Preface to* → *Lyrical Ballads*, Appendix). Als Ideal schwebte ihm die einfache, natürl. u. ›unverdorbene‹ Sprache vor, wie sie auf dem Lande gesprochen werde. Die Diskussion um die Rolle der Sprache in der Dichtung wurde auch im 20. Jh. fortgesetzt. I. A. → Richards (*Principles of Literary Criticisms*, 1924) unterschied Dichtung u. andere Formen des Ausdrucks in s. Theorie vom emotiven u. wissenschaftl. Sprachgebrauch. E. Olson (*William Empson, Contemporary Criticism, and Poetic Diction*, 1957) sieht dagegen die Rolle der Sprache ähnl. untergeordnet wie Aristoteles u. erkennt keine Form der Sprache an, die ausgesprochen poet. ist. Richards (*Philosophy of Rhetoric*, 1936) u. W. → Empson (*Seven Types of Ambiguity*, 1930) vertreten beide die Ansicht, daß sich Bedeutung innerhalb e. Ged. nur aus dem Zusammenwirken der Sprache als e. einheitl. Gebildes ergebe, u. daß deshalb die Wahl der Wörter e. fundamentales Element der p. d. sei. W. Nowottny (*The Language Poets Use*, 1962) ergänzt diese Vorstellungen durch die Ansicht, daß Dichtung ihre eigene Ideenwelt schaffe u. sich dadurch von Äußerungen alltägl. Art unterscheide. Ohne die Sprache der Dichtung auf e. spezif. p. d. festlegen zu wollen, sieht er für den Dichter dennoch die Möglichkeit, andere Sprachformen u. Stile miteinzubeziehen. Erst durch das Zusammenwirken dieser durchaus verschiedenartigen Wörter entstehe die charakterist. p. d. *ra*

G. Tillotson, 18th-Cent. P.D., 1942. M. H. Abrams, Wordsworth and Coleridge on Diction and Figures (English Institute Essays, 1952). K. H. Göller, D. P. D. d. 18. Jh. i. England (DVJS, 38 1964, 24–39) J. Schlaeger, Imitatio u. Realisation: Funktionen poet. Sprache v. Pope bis Wordsworth, 1974. A Sherbo, English P.D. from Chaucer to Wordsworth, 1976, 132–157. H. J. Müllenbrock u. E. Späth, Lit. d. 18. Jh., 1978.

Poetic Imagination → Imagination and Fancy.

Poetic Justice; von Th. → Rymer in ›*The Tragedies of the Last Age*‹, 1678 (»A poet must of necessity see justice exactly administered, if he intended to please«) geprägter Begriff, der den Kausalzusammenhang von Schuld u. Sühne erfaßt. Die p. j. ist erfüllt, wenn am Ende e. Dramas das log. u. motivierte Ergebnis der gegebenen Bedingungen e. trag. Plans, der in den ersten Akten des Dramas ersichtl. wurde, steht. Um zu e. derartigen Ergebnis zu gelangen, muß das Weltbild des Vf. auf Harmonie u. ordnende Prinzipien aufbauen. Trifft dieses positive Weltbild nicht zu, kann keine p. j. vorliegen. Neben der Funktion der ausgleichenden Gerechtigkeit, der moral. Verbesserung des Publikums, impliziert die p. j. e. überraschende Wende: auf die gute bzw. schlechte Tat folgt unmittelbar die entsprechende Belohnung oder Bestrafung. Während Aristoteles die p. j. nicht zum Kriterium für die Qualität e. Trag. erhob, begann man im Europa des 17. Jh., sich mit ihr auseinanderzusetzen. In England wurde die theoret. Diskussion 1711 durch e. → ›Spectator‹-Artikel Addisons (Nr. 40) eingeleitet. Heute findet man p. j. bes. häufig in Filmen, Kom. u. Romanen niederer Qualitätsstufe. *ra*

M. A. Quinlan, P. J. in the Drama, 1912.

Poetic Licence; nach J. → Dryden »the liberty, which poets have assumed to themselves in all ages, of speaking things in verse which are beyond the severity of prose«, (›Apology for Heroic Poetry and Poetic Licence‹, *The State of Innocence*, 1677), e. dichter. Freiheit also, die dazu berechtigt, gegen den konventionellen Sprachgebrauch zu verstoßen (z. B. durch Grammatik, Wortsequenz, Archaismen, Reim etc.), um ästhet. Effekte zu erzielen; c. von der Kreativität des einzelnen Dichters abhängige Sondersprache. E. Besonderheit der p. l. ist der Anachronismus, das bewußte Herausnehmen hist. Fakten, Persönlichkeiten, Errungenschaften aus ihrer spezif. Umgebung bzw. Zeit. Diese willentl. Destruktion dient der inneren Wirklichkeit des Kunstwerks. Durch e. Änderung des habituellen Sprachbaues kann weiterhin der Blick für die Verkettung u. gegenseitige Dependenz von Sprachhabitus u. Vorstellungsvermögen geöffnet werden. *ra*

Point Counter Point, Roman von A. → Huxley.

Point of View; als Begriff bes. in der Theorie u. Kritik epischer Texte verwendet, beschreibt die Perspektive, aus der e. Autor erzählt. Man unterscheidet im wesentl. 2 Blickrichtungen: die Erzählweise in der 1. u. in der 3. Person. Die Ich-Erzählung ermöglicht es dem Autor, Gedanken, Beobachtungen u. Empfindungen s. Protagonisten darzustellen. Der Leser soll dessen subjektive Erzählhaltung nachempfinden u. fiktive Wirklichkeit durch die Augen des fiktiven Erzählers sehen können. Der Ich-Erzähler kann im Mittelpunkt des Geschehens stehen *(Huck Finn, Moll Flanders)* oder als Berichterstatter u. Zeuge e. Geschehens Anspruch auf Glaubwürdigkeit u. Korrektheit erheben *(The Fall of the House of Usher).*

Diese Erzählhaltung kann als ›erlebte Rede‹, ›innerer Monolog‹ oder → stream-of-consciousness zur Anwendung kommen. Auf keinen Fall darf der Leser die epische Distanz zwischen Autor u. Erzähler aufheben oder beide gleichsetzen; dies erwartet der Autor nur in nicht-fiktionalen Texten (Tagebuch, Reiseerzählung, Memoiren). Häufiger kommt die Erzählweise in der 3. Person vor, in der vom Autor das Geschehen berichtet wird. Dies kann einmal → personal als betont unparteil. u. sachl. dargestellt werden: der Autor rückt e. Figur in den Vordergrund, beschränkt sich auf die Beschreibung äußerer Vorgänge u. gibt Gesprochenes direkt wieder. Diese Erzählhaltung erweckt den Anschein e. objektiven Aussage zur Wirklichkeit, bleibt jedoch als Fiktion zu erkennen, da sie nie rein auftritt. In der 2. Variante der Erzählweise in der 3. Person, der → auktorialen Erzählsituation, wird das Erzählen als Prozeß stärker hervorgehoben. Gelegentl. finden sich auch Vermischungen der versch. Erzählweisen, so in Thackerays → *Vanity Fair*, wo Becky Sharp Erlebtes in Ich-Form als Brief einflicht, oder in Faulkners *As I Lay Dying*, wo der Autor in ständigem Wechsel von e. Hauptperson zur anderen Einblick in deren Gedanken zu e. zentralen Ereignis gestattet. Der Begriff des p. of v. wird häufig im → New Criticism gebraucht u. gilt dort als e. stat. Formelement, das in jedem Text zu finden ist u. als autonome Konstante in der Entwicklung e. Romans gewertet wird. *ra*

N. Friedmann, P. of V. in Fiction, (PMLA, 70 1955 1160–1184). W. C. Booth, The Rhetoric of Fiction, 1961. L. Edel, The Modern Psychol. Novel, [2]1964. F. K. Stanzel, D. typ. Erzählsituationen i. Roman, 1955 (gekürzt als Typ. Formen d. Romans, 1964).

Poirot, Hercule, Detektiv in den Romanen von A. → Christie.

Polly, Fortsetzungsstück zur → *Beggar's Opera* von J. → Gay.

Polly Honeycombe, Schauspiel von G. → Colman d. Ä.

Pope, Alexander, 21. 5. 1688 London – 30. 5. 1744 Twickenham; Dichter, Kritiker, Übs., größter Satiriker s. Zeit; Sohn e. kath. Buchhändlers. Verbrachte s. Jugend auf dem Besitz s. Eltern in Binfield b. Windsor. Schon in frühen Jahren trat e. Rückgratverkrümmung auf, die zu körperl. Mißbildung u. zu Kleinwüchsigkeit führte; litt Zeit s. Lebens unter s. schwachen Konstitution. S. ständige Krankheit u. Überempfindlichkeit ließen ihn zu e. äußerst mißtrau. Menschen, schließl. zu e. Misanthropen werden, der jeden, der ihn anzugreifen wagte, mit Satire u. Spott verfolgte. Wegen s. Glaubens konnte er keine öffentl. höhere Schule besuchen, sondern war auf Privatunterricht angewiesen. Trotz, vielleicht auch wegen dieser unglückl. Umstände wuchs er zu e. frühreifen Knaben heran, der eifrig Werke in lat., griech., frz. u. italien. Sprache, die er sich selbst beigebracht hatte, las. 12jährig verfaßte er erste Ged., z. B. die ›Ode on Solitude‹. Nach P.s eigenen Aussagen schrieb er s. 1. großes Werk, die *Pastorals*, im Alter von 16; 1709 von J. Tonson in den *Poetical Miscellanies* publiziert. Diese Hirtenged. hatten Vergil zum Vorbild. In ihnen praktizierte P. die klassizist.

Kunstregeln, wodurch er sich bald e. Namen machen sollte. In London wurde er mit W. → Wycherley bekannt, der ihn in die lit. Zirkel einführte. 1711 erschien e. Ged. über die Kunst zu Schreiben u. d. T. *An→ Essay on Criticism,* in welchem P. auf Aristoteles, Horaz, Quintilian, Boileau u. andere Kritiker der Antike sowie der Moderne zurückgreift. Dieser Essay bedeutete e. großen Erfolg u. verschaffte ihm die Bekanntschaft mit → Steele u. → Addison, in dessen → ›Spectator‹ er 1712 s. wohl originellstes Hirtenged., ›The Messiah‹, veröffentlichte. Im gleichen Jahr verfaßte er die ersten beiden Gesänge des kom. Heldenepos *The→ Rape of the Lock.* 1714 erschien die mittlerweile auf 5 Gesänge erweiterte Fassung. Begründete s. endgültigen Durchbruch u. die allg. Anerkennung in s. Zeit. 1713 Vollendung s. Ged. → *Windsor Forest,* in welchem er in Anlehnung an die antiken Dichter, die die Herrschaft des Augustus rühmten, die Regierung von Queen Anne (1702–14) preist u. e. noch größere Glorie in e. regenerierten u. friedl. Gesellschaft ankündigt. E. weiteres frühes Ged. ist ›Eloisa to Abelard‹ (1717). In diesem Werk zeigt er den Kampf zwischen sexueller Leidenschaft u. der Verpflichtung zur Enthaltsamkeit auf. Es basiert auf John Hughes' Übs. (1713) der berühmten Liebesbriefe zwischen Héloïse u. Abélard (12. Jh.). Dieses Ged. erschien, zusammen mit ›Verses to the Memory of an Unfortunate Lady‹ (basierend auf den Elegien von Ovid u. Tibull) u. e. Reihe weiterer Ged. u. Übs. klass. Ged. in dem 1. Bd. von P.s *Works,* 1717. Zu diesem Zeitpunkt war er schon mit s. Hauptwerk beschäftigt, der Übs. von Homers Epos, die er bereits 1713 angekündigt hatte. 1715 erschien der 1. Bd., der die Bücher I–IV der *Ilias* enthielt. 1720 wurde sie in 6 Bdn. vollendet. Bei der Übs. der *Odyssee* (1.–3. Bd., 1725; 4.–5., 1726) wurde P. von W. Broome, welcher schon e. Reihe von Annotationen zur *Ilias* geliefert hatte, u. von E. Fenton unterstützt. Die beiden Übs. waren äußerst lukrativ u. ermöglichten es ihm, 1719 zusammen mit s. Mutter e. gemietete Villa an der Themse bei Twickenham zu beziehen, wo er die restl. Jahre s. Lebens verbrachte. Der enorme Erfolg von P.s Homerübs. beruhte nicht darauf, daß er Homer wortwörtl. folgte, sondern daß er sich bemühte, so zu schreiben, wie Homer geschrieben hätte, wenn er im England des 18. Jh. gelebt hätte. → Johnson charakterisierte diese Homerübs. als »the noblest version of poetry which the world has ever seen«. Als Mitglied der röm.-kath. Kirche war P. mehr mit den Torys verbunden – vor allem mit den Freunden aus den Tory-Zirkeln um → Swift, → Gay, → Arbuthnot u. Viscount Bolingbroke – als mit den Whigs, aus deren Reihe allerdings auch einige s. Freunde kamen, wie → Congreve, → Rowe u. der Maler Ch. Jervas. Zusammen mit Swift, Gay, Arbuthnot etc. war P. Mitglied des → Scriblerus Club u. verfaßte in dieser Zeit Satiren auf die Pedanterie, die in späteren Jahren in ausgereifter Form u. d. T. *Treatise of the Bathos, or the Art of Sinking in Poetry* (1728) u. *Memoirs of Martinus Scriblerus* erschienen.

Die Tory-Anhänger veranlaßten P. auch, die Homer-Übs. anzufertigen. Die Whig-Anhänger hingegen, mit denen sich Addison verbunden fühlte, ermunterten Thomas Tickell, ebenfalls e. Homerübs. zu erarbeiten, welche 2 Tage nach der von P. veröffentlicht wurde. Addison befürwortete die Übs. von Tickell u. äußerte sich mehrfach abfällig über P.s Version. Dieser revanchierte sich, indem er 1723, 4 Jahre nach Addisons Tod, aber wahrscheinl. noch zu dessen Lebzeiten verfaßt, e. Satire über s. Kritiker in dem Sammelband *Cytherea* veröffentlichte. Addison wird hier in Gestalt des Atticus, e. unaufrichtigen Schiedsrichters des lit. Geschmacks, verkörpert. Der Charakter des Atticus erscheint nochmals 1735 in P.s *Epistle to Dr. Arbuthnot*. 1725 folgte P.s Shakespeare-Edition, aufgrund von Fehlern u. Irrtümern, die bei den Annotationen unterlaufen waren, heftig kritisiert. Von den Kritikern exponierte sich bes. Lewis Theobald mit s. Pamphlet *Shakespeare Restored* (1726), was ihm die erbitterte Feindschaft P.s einbrachte. In der nun folgenden letzten Schaffensperiode zeichnete sich P. vor allem als Satiriker aus, wobei *The→ Dunciad*, s. *Moral Essays* u. die Horaz-Imitationen von herausragender Bedeutung sind. Für viele ist *The Dunciad* der Höhepunkt s. Schaffens: 1728 erschien die 1. Version, anonym als Antwort auf alle Kritiker, die P.s lit. Schaffen angegriffen hatten, u. als Satire auf alle schlechten Poeten u. Hg. 1729 erschien die 2. Version mit einigen Veränderungen u. d. T. *The Dunciad Variorum*; 1742 schließl. *The New Dunciad* u. 1743 *The Dunciad in Four Books*. In den 30er Jahren war P. mit s. ›ethic epistles‹ beschäftigt, die in mehreren Teilen erscheinen sollten. 2 davon wurden aber nur geschrieben: die *Moral Essays* 1731–35 u. der → *Essay on Man* (1732–34). 1733 erschien P.s 1. Horaz-Imitation *First Satire of the Second Book of Horace.* Sie war so erfolgreich, daß P. noch weitere Imitationen schrieb, in denen er Horaz' Themen auf die soziale u. polit. Ebene Englands des 18. Jh. übertrug (Horaz' Satiren II, ii u. I, ii in 1734, die Episteln I, vi; II, ii; II, i u. I, i in 1737, Epistel I, vii u. Satire II, vi in 1738). Diese Serie beendete P. 1738 mit dem *Epilogue to the Satires* (ursprüngl. Titel *One Thousand Seven Hundred and Thirty-Eight*), wie schon s. *Epistle to Dr. Arbuthnot*, e. Verteidigung s. eigenen Charakters u. s. Karriere, gleichzeitig aber auch e. Neuformulierung der traditionellen Entschuldigung e. Satirikers für s. Schaffen. Zur gleichen Zeit ließ P. s. Briefe veröffentlichen. Da er aber aus Gründen der Bescheidenheit die Publikation nicht selbst unternehmen wollte bzw. konnte, griff er zu e. List, indem er dafür sorgte, daß e. Teil s. Briefe, welche er partiell leicht veränderte, in die Hände des Buchhändlers Curll geriet, der dafür bekannt war, daß er gern Raubdrucke herausbrachte. 1735 erschien e. Teil dieser ›erschlichenen‹ Briefe, die es P. nun seinerseits ermöglichten, e. korrekte u. authent. Edition s. Korrespondenz herauszubringen (1737). P. ist Hauptvertreter des engl. Klassizismus. S. lit. Werk, von Maß, Klarheit, Vernunft, Tradition u. optimist.

Fortschrittsgedanken getragen, war richtungweisend für s. Jh. *ra*

Works, hg. W. Warburton, IX 1751 u. ö.; n. J. Warton, IX 1797 u. ö. Twickenham Ed. of the Poems, hg. J. Butt et al., XI 1939–67. Prose Works, hg. N. Ault, II 1936; Poetical Works, hg. H. Davis, 1966. – Correspondence, hg. G. Sherburn, V 1956. – R. H. Griffith, Bibl., II 1922–27. J. E. Tobin, Crit. Studies 1895–1944, 1945. – A. M. Shipley, A.P's Prestige in America 1725–1835, 1959. G. Tillotson, P. and Human Nature, 1958. R. K. Root, The Poetical Career of A.P., ²1962. A Warren, A.P. as Critic and Humanist, 1963. J. H. Adler, The Reach of Art: A Study in the Prosody of P., 1964. G. W. Knight, The Poetry of P. Laureate of Peace, 1965. W. K. Wimsatt, The Portraits of A.P., 1965. N. Ault, New Light on P., ²1967. P. B. Clark, A.P., 1967. J. O'Neill, Critics on P. Readings in Lit. Crit., 1968. Essential Articles for the Study of P., hg. M. Mark, 1968. G. Sherburn, The Early Career of A.P., ²1969. M. Mack, The Garden and the City: Retirement and Politics in the Later Poetry of P., 1731–43, 1969. R. A. Brower, A.P., 1968. P. C. Quennell, A. P., 1968. D. Knight, P. and the Heroic Tradition, 1969. L. Stephen, A.P., 1969. B. Dobrée, A.P., 1969. D. H. White, P. and the Context of Controversy, 1970. H. A. Manson, To Homer through P., 1972. J. P. Russo, A.P., 1972. H. Williams, Engl. Letters and Letter-Writers of the 18th Cent.; 1st series, 1973. E. W. Edmunds, P. and His Poetry, 1974. F. M. Keener, An Essay on P., 1974. E. G. Bedford/R. J. Dilligan, A Concordance to the Poems of A.P., II 1974. H.-J. Müllenbrock, Whigs kontra Tories, 1974. P. Fussell, Wit and Judgement in the Poetic Theory of A.P. (Engl. u. am. Lit.theorie, hg. R. Ahrens u. E. Wolff, Bd. 1, 1978, 252–65). G. S. Fraser, A.P., 1978. H. Erskine-Hill and A. Smith. The Art of A.P., 1979, O. H. Griffin, A.P. The Poet in the Poems, 1979.

The Pope's Wedding, 1. aufgeführtes u. publiziertes Drama von E. → Bond.

Popular Fiction, auch commercial fiction; Erzählungen ohne bes. künstler. Anspruch, Trivial- bzw. Unterhaltungslit.

Porter, Jimmy, Hauptfigur von Osbornes → *Look Back in Anger* u. bekannteste Verkörperung e. → angry young man.

A Portrait of the Artist as a Young Man, autobiograph. Roman von J. → Joyce, ED 1914–15 in der Zs. ›The Egoist‹, 1916 EA als Buch. E. Teil der 1904–06 entstandenen Version des *Portrait* wurde 1944 posthum als *Stephen Hero* publiziert; das Fragment ist in der Haltung e. allwissenden → auktorialen Erzählers geschrieben, während *P.* das Geschehen mit dem Medium des → indirect interior monologue ganz aus Stephen Dedalus' Bewußtsein heraus darstellt. Das Buch ist e. fiktive Darstellung des Prozesses, der in J. selbst den Bruch mit der Kirche, das Erkennen s. Berufung als Autor u. die Abkehr von s. Heimat herbeigeführt hat. Dedalus befreit sich mit s. »I will not serve« aus den ungerechten Zwängen der Schule u. der Gefangenschaft im zwielichtigen Labyrinth Dublins zum Künstlerdasein in »exile, silence and cunning«. Im → *Ulysses* taucht Dedalus dann wieder auf, inzwischen aus Paris zurückgekehrt u. ohne den selbstbewußten Enthusiasmus, den er am Ende des *P.* zeigt. *ks*

R. S. Ryf, A New Approach to J's ›P.‹ as a Guidebook, 1962. T. E. Conolly, J's ›P.‹ Criticism and Critiques, 1962. L. Hancock, Word Index to J.J's ›P.‹, 1967.

The Portrait of a Lady, Roman von H. → James; ED 1880/81 ›The Atlantic Monthly‹ in Forts., EA 1881. Im Mittelpunkt steht Isabel Archer, e. Amerikanerin, die von dem Wunsch beherrscht ist, ihr Leben soweit als mögl. selbst zu gestalten. Das 1. Drittel des Romans (Kap. I–XIX) gilt der Einf. u. der Zeichnung der Grundlagen ihres Charakters. Isabel hat ihre am. Heimat verlassen u. hält sich in Gardencourt, dem engl. Landsitz der Touchetts, auf. Ihre optimist. Weltsicht, ihr Drang nach Unabhängigkeit, ihre Natürlichkeit u. ihr romant. Bild vom alten Europa zeichnen sie als typ. Kind der Neuen Welt aus. Der Tod Mr. Touchetts, der sie auf Betreiben s. Sohnes Ralph in s. Testament bedacht hat, ermöglicht ihr aufgrund der materiellen Grundlage e. Leben in Unabhängigkeit. Die Heiratsanträge Lord Warburtons u. Caspar Goodwoods lehnt sie ab, um die ›große Welt‹ kennenzulernen. In Florenz trifft sie auf Gilbert Osmond, den sie heiratet. Gilbert, auch Amerikaner, ist der europ. Tradition am stärksten verfallen. Was jedoch vom Vf. unter ›europäischen Traditionen‹ verstanden wird, ist charakterist. nicht nur für den am. gebliebenen ›point de vue‹ des Autors, sondern zugleich für den Zustand der kosmopolit.-bürgerl. Gesellschaft der europ. Großstädte Ende des letzten Jh. Der am. Traum von Europa setzte sich aus 2 Vorstellungen zusammen, des ausgeprägten Verhältnisses der Europäer zur Kunst u. der Identifizierung des mod. Europäers mit s. heroisch-aristokrat. Tradition. Beide Vorstellungen inkorporiert G. Osmond. Als Kunstsammler u. Connoisseur beurteilt er die Welt nach ästhet. Kriterien, als Anhänger des Ancien Régime ist er kompromißloser Vertreter der aristokrat. Prinzipien, die jedoch zum reinen Formalismus degeneriert sind u. sich daher mit s. Ästhetizismus decken. Isabels Sehnsucht nach dem Schönen läßt sie sich instinktiv an den Mann anschließen, der beides besitzt. Später erfährt sie, daß Osmonds Kultiviertheit nicht echt ist. Im letzten Teil des Romans wird der Zerfall ihrer Ehe gezeigt, der nicht in schrillen Tönen, sondern in der kühlen, geschliffenen Atmosphäre der Florenzer ›society‹ sichtbar gemacht wird. Isabel bleibt jedoch bei ihrem Mann. Ihr trag. Irrtum bestand nicht darin, daß sie Osmond verkannt hatte, sondern darin, daß Osmond dem Bild von dem Mann, den sie sich ersehnt hatte, so sehr entsprach. Auch Osmond hat sich getäuscht. Er hat das Element von Freiheit u. Unschuld, das s. Frau Kraft u. Würde verlieh, verkannt, da er es selbst nicht besaß. In diesem Roman sind nahezu alle Personen, außer Lord Warburton, Amerikaner, die lange in Europa waren u. deren Amerikanertum sich unter dem Einfluß des Alten Kontinents verändert hat (Henrietta Slackpole, Mme. Merle). Alle sind vom am. Drang zur ›independence‹ gezeichnet, der sich entweder wie bei Ralph Touchett zu höchstem Verantwortungsbewußtsein sublimiert, oder wie bei Gilbert Osmond zu äußerster Skrupellosigkeit degeneriert ist (Osmond gilt als der Vorläufer der mod. lit. Figur des ›ugly American‹). *P.L.* deutet bereits e. Wandlung der Thematik u. Form des Romans an. Die herkömml. Thematik der europ. Romantradition, die auf die jeweilige nationale Gesellschaftsordnung konzentriert war, sollte durch das internationale Thema überwunden werden. *ra*

Perspectives of James' ›P.L.‹, hg. W. T. Stafford, 1966. D. Galloway, H.J. ›P.L.‹, [2]1973. E. Wolff, ›P.L.‹ (D. am. Roman, hg. H.-J. Lang, 1972, 168 – 193).

Poulter's Measure; Reimpaar, bestehend aus e. Zwölf- u. e.

Vierzehnsilber, bes. in der elisab. Dichtung: Sidney, Surrey, Wyatt. Die Bz. wurde abgeleitet von e. Tradition der Geflügelhändler (›poulter‹ = ›poulterer‹), als 2. Dutzend 14 Eier zu geben; G. → Gascoigne: »Poulter's measure, which giveth xii for one dozen, and xiiij for another« *The Steele Glass* (1576). *hd*

Powell, Anthony Dymoke, 21. 12. 1905 London; Offizierssohn, 1919–23 Eton, 1923–26 Stud. Gesch. Oxford, Verlagsangestellter. Verheiratet mit Lady V. G. Pakenham. Im 2. Weltkrieg Offizier. 1953–58 Redakteur bei ›Punch‹. *Afternoon Men* (1931) u. *From a View to a Death* (1933) gehören zu den bedeutendsten Zeitgemälden der 30er; in erster Linie aber beruht P.s Bedeutung auf dem 12bändigen Romanzyklus *A→ Dance to the Music of Time* (1951–75). 1976 erschien der 1. Bd. s. Autobiogr. *To Keep the Ball Rolling*, 1978 *Messengers of Day*, in dem P. die lit. Welt zwischen den Weltkriegen beschreibt. *ks*

R. K. Morris, The Novels of A.P., 1968. J. D. Russell, A Quintet, Sextet and War, 1970. B. Bergonzi, A.P., ²1972. N. Brennan, A.P., 1974. J. Tucker, The Novels of A.P., 1976.

The Power and the Glory, Roman von G.→ Greene, EA 1940. Das Werk spielt in den 30ern in e. Mexiko, das seit der 1926 von Präsident Calles begonnenen brutalen Unterdrückung der Katholiken von Gewalttätigkeit, Haß u. Zynismus zerrissen wird. G. hatte das Land auf e. Reise 1938 selbst kennengelernt u. in dem Reisebericht *The Lawless Roads* (1939) beschrieben. Allerdings ist das Mexiko des Romans weniger e. spezif. Staat als e. ›Geisteszustand‹, die ›schreckliche Mondlandschaft des menschl. Daseinskampfes‹ schlechthin. Hauptfigur ist der in Tabasco, wo die Religionsverfolgung am schlimmsten war, als einziger Geistlicher seit 10 Jahren im Untergrund lebende u. arbeitende ›Whisky Priest‹. Er wird von e. – zutiefst von der Idee der Weltverbesserung durch den Kommunismus überzeugten – Polizeileutnant verfolgt, entkommt mehrfach, geht aber schließl. offenen Auges in e. Falle, weil e. Katholik, e. Mörder, nach den Sterbesakramenten verlangt. Der Geistliche wird gefaßt u. zum Tode verurteilt, aber e. neuer Priester nimmt s. Stelle ein. Der spannenden Handlung liegt das Thema der Theodizee zugrunde, der Frage, inwieweit Gott die Sünde zum Heil der Menschen einsetzen kann. Der Roman verleiht G.s Überzeugung Ausdruck, daß die ganze Wirklichkeit menschl. Existenz nur aus e. christl. Haltung heraus mögl. ist, u. sei sie noch so sehr von menschl. Unvollkommenheit geprägt, nicht aber aus e. kapitalist., kommunist. oder faschist. *ks*

K. H. Göller, G.G. ›The P. a. the G.‹ (D. mod. engl. Roman, hg. H. Oppel, 1965, 245–261).

Powys, John Cowper, 8. 10. 1872 Shirley/Derbyshire – 17. 6. 1963 Blaenau Ffestiniogg (Wales). Zu s. Vorfahren gehören→ Donne u.→ Cowper. Bruder der Schriftsteller Theodore F. P. u. Llewelyn P.; Erziehung in Sherbourne, Stud. Cambridge. Lehrer u. Dozent, 1928–34 in USA. Faszinierende Persönlichkeit. Vf. grotesk-phantast., exzentr., schwer zugängl. u. abseits der lit. Strömungen stehender, von e. enthusiast. Anhängerschaft bewunderter Romane. P. verbindet als rel. Seher-Dichter myst. Pantheismus mit philosoph.-skept. Ratio. In *A Glastonbury Romance* (1932) z. B. will P. über die Grenzen des Romanhaften hinaus in die Dimension des Wunderbaren vorstoßen, indem er die in e. mod. engl. Provinzstadt spielende Handlung mit Gralsmotiven u. Merlinphantasien von myst. Religiösität durchsetzt. Weitere bedeutende Romane P.s sind *Wood and Stone* (1915), *Rodmoor* (1916), *Ducdame* (1925), *Wolf Solent,* III (1929), *The Inmates* (1952), *Atlantis* (1954), *The Brazen Head* (1956), *Up and Out* (1957), *All or Nothing* (1960). Auch Biogr., Lyrik (*Wolfsbane Rhymes,* 1916; *Mandragora,* 1917; *Samphire,* 1922) sowie philosoph., soziolog. u. lit. Essays. *ks*

The P. Family, hg. K. Carter, 1972. T. E. Davies, The P. Family, 1972. – H. R. Ward, The P. Brothers, 1935. L. U. Wilkinson, Brothers P., 1947. R. C. Churchill, The P. Brothers, 1962. G. W. Knight, The Saturnian Quest. A Chart of the Prose Works of J.C.P., 1964. H. P. Collins, J.C.P., Old Earth-Man, 1966. K. Hopkins, The P. Brothers, 1967. Essays of J.C.P., hg. B. Humfrey, 1972. J. Hooker, J.C.P., 1973. J. A. Brebner, The Demon Within: A Study of J.C.P's Novels, 1973. G. Cavaliero, J.C.P. Novelist, 1973. Recollections of the P. Brothers, hg. B. Humfrey, 1979.

Powys, Llewelyn, 13. 8. 1884 Dorchester – 2. 12. 1939 Clavadel (Schweiz); Bruder von → John C. u. → Theodore F. P. Stud. Cambridge; längere Aufenthalte in USA, Kenia, Palästina, Westindien, bedingt durch Tbc-Erkrankung. Ab 36. Lebensjahr freier Schriftsteller. P.s Werke sind in ungewöhnl. Weise egozentr. orientiert. Hauptthemen der Romane (*Apples Be Ripe,* 1930; *Love and Death,* 1939), Kurzgesch. (*Ebony and Ivory,* 1922; *Black Laughter,* 1924) u. Essays (*The Cradle of God,* 1929; *Impassioned Clay,* 1931; *Glory of Life,* 1934; *Dorset Essays,* 1935) sind Leben, Reisen u. Reflektionen des Autors. In gepflegtem Stil präsentiert sich e. epikureisch lebensfroher Materialist mit e. gründl. atheist. Abneigung gegen alles Myst. oder Metaphys. *ks*

→ Powys, J. C. – M. Elwin, L. P., 1946.

Powys, T(heodore) F(rancis), 20. 12. 1875 Shirley/Derbyshire – 27. 11. 1953 Sturminster Newton; Bruder der vorgenannten, lebte ab 1900 völlig zurückgezogen in East Chaldon in Dorset. Höchst origineller Schriftsteller, der in s. Romanen (*Black Bryony,* 1923; *Mark Only,* 1924; *Mr. Tasker's Gods,* 1925; *Mr. Weston's Good Wine,* 1927; *Unclay,* 1931; *Captain Patch,* 1935; *Goat Green,* 1935) u. Kurzgesch. (*The Left Leg,* 1923; *The House with the Echo,* 1928; *Fables,* 1929; *When Thou Wast Naked,* 1931; *Bottle's Path,* 1946; *God's Eyes A-Twinkle,* 1947; *Rosie Plum,* 1965) mit grimmigem, bittersüßem Humor, krudem Realismus, pantheist.-symbol. Elementen u. in seltsam archaischem, knappem u. strengem Stil den Mikrokosmos des Dorfes schildert, in dem er lebte. *ks*

→ Powys, J. C.

Präraffaeliten → Pre-Raphaelitism.

Praeterita, Outlines of Scenes and Thoughts perhaps Worthy of Memory in my Past Life, unvollendete Autobiogr. von J. → Ruskin, ED 1885–89. Gegen Ende s. künstler.-lit. Schaffens begann R. dieses s. wohl schönstes Werk, das bruchstückhaft blieb, da er wegen zunehmender geistiger Umnachtung s. Lebensrückblick nicht fertigstellen konnte. Gibt s. Kind- u. Jugendzeit wieder, die bes. glückl. gewesen sein muß: s. Eindrücke in den Alpen, den ›Gates of the Hills‹, s. Reise nach Frankreich u. Italien, s. Freunde Dr. John Brown u. Charles Eliot Norton. R.s außerordentl. Streben nach Wahrheit wird auch in s. Autobiogr. deutl.: »I have never known one whose thirst for visible fact was at once so eager and so methodic«. Genauigkeit in der Faktenwiedergabe, scharfe Beobachtungsgabe u. gute Raffung s. Erkenntnisse u. Erfahrungen zeichnen *P.* als e. der großen engl. Autobiogr. aus. *ra*

The Prelude, or, Growth of a Poet's Mind, autobiogr. Ged. in 14 Büchern von W. → Wordsworth; ursprüngl. Fassung entstand zw. 1799–1805, mehrfach revidiert (1828, 1832 u. 1839), EA posthum 1850; sollte das 3teilige didakt.-philosoph. Epos *The Recluse*, von dem nur *The Excursion*, der mittlere Teil, vollendet wurde, einleiten. In diesem → Coleridge gewidmeten Ged. werden W.s Kindheit, Studienzeit, s. ersten Reisen nach Frankreich sowie s. Reaktion auf die Frz. Revolution wiedergegeben. Hauptthema sind indes nicht biogr. Daten, sondern die dichter. Imagination des freien menschl. Geistes, dessen von aller intellektuellen oder moral. Bindung unabhängige Vitalität. Das Innere des einzelnen, die Seele, mit der Natur u. durch sie mit Gott verbunden, spiegelt sich in der ›Souveränität‹ der Vorstellungskraft. Aus der Natur schöpft W. Lebensgefühl, erschließt sich ihm der geheimnisvolle Zusammenhang des Sinnl. u. Seel. In zahlreichen Variationen läßt W. s. Erfahrung, Gott in sich selbst u. in der Natur wiederzuentdecken, in *The P.* aufleben. Das Bes. an diesem Ged. ist, daß das geheimnisvolle Zusammenfließen von Empfinden u. Denken, von Sinn u. Geist, in e. einzigen Lebensgefühl für den Leser spürbar u. nachvollziehbar wird. Die endgültige Fassung von 1850 fällt knapper formuliert aus u. erweist sich im ganzen auch als sachl. u. diskreter als die ursprüngl. Version von 1805. Die Revisionen beruhen auf e. veränderten Haltung des Dichters in der 2. Hälfte s. Lebens. Die myst.-spontane Versenkung in die Natur wird nun ersetzt durch e. moralisierende Überbetonung des Primats des Geistig-Verstandesmäßigen. W. nähert sich im rel. Bereich immer mehr e. dogmat.-christl. Haltung. Das im Blankvers gehaltene Ged., mit rund 8000 V. in der im 18. Jh. durchaus populären Tradition der ›long poems‹ stehend, dient zugleich als bedeutende Quelle zu W.s Biogr. u. als wichtiger Beleg s. Philos. u. der Philos. der engl. Romantik. *ra*

Hg. E. de Selincourt and H. Darbishire, 1961. – A. F. Potts, W's ›P.‹ A Study of Its Lit. Form, [2]1956. H. Lindenberger, On W's ›P.‹, 1963. J. F. Danby, W.W. ›The P.‹ and Other Poems, 1963. H. Fischer, D. romant. Verserzählung i. England. Versuch e. Gattungsgesch., 1964. Ders., Romant. Antithetik in W.s ›P.‹ (Lit.wiss. Jhrb. d. Görresgesellsch. 1966, 97–118). ›The P.‹, hg. W. J. Harvey and R. Gravil, 1972 (Casebook).

Pre-Raphaelitism, Pre-Raphaelite Brotherhood; von C. u. D. G. → Rossetti, H. Hunt, J. E. Millais, Th. Woolner u. a. 1848 ins Leben gerufene Vereinigung, in Opposition zur zeitgenöss. Kunst- u. Lit.auffassung. Als Forderung Rückkehr zu den künstler. Ausdrucks- u. Darstellungsmöglichkeiten, wie sie in Italien vor Raffael bekannt waren. Abkehr von artifizieller Überhöhung der sprachl. u. bildl. Wirkung, dagegen sinnl. Bildhaftigkeit, Symbolik, Betonung des Details, Neigung zum Übernatürl. Ausdruck in der Lit. bes. bei Rossetti, s. Dichtung u. Dante-Übs., u. in ›The Germ. Thoughts towards Nature in Poetry, Lit., and Art‹, programmat. Zs. der Präraffaeliten, erstmals 1850; umbenannt in ›Art and Poetry‹ (insges. 4 Nummern). *hd*

W. E. Freemann, P., 1965 (Bibl.). – L. Hönnighausen, Präraphaeliten u. Fin de Siècle, 1971.

Pride and Prejudice, Roman von J. → Austen.

Priestley, J(ohn) B(oynton), 13. 9. 1894 Bradford; Sohn e. Lehrers, Kaufmannslehre, Soldat im 1. Weltkrieg; Stud. engl. Lit., Gesch. u. Staatswiss. Cambridge. Ab 1922 Kritiker u. freier Schriftsteller, Regisseur, Rundfunkkommentator. Außerordentl. produktiver, erfolgreicher u. vielseitiger Schriftsteller mit Romanen, Erzählungen, Dramen, Hörspielen u. Essays. Oft werden ihm Mangel an künstler. Ernst, journalist. Leichtfertigkeit u. Beiläufigkeit, sowie belletrist. Eklektizismus vorgeworfen. Zu den anspruchsvolleren Werken gehören das heiter-romant. *The Good Companions* (Roman 1929, Schauspiel 1935) über das kameradschaftl. Mit- u. Füreinander, das aus den bunt zusammengewürfelten Menschen e. Wanderbühne gute Gefährten macht; *Lost Empires* (1965), e. ähnl. pikareske Theatergesch. voll menschl. Wärme; der Roman *Angel Pavement* (1930), in dem die Einsamkeit der Menschen in der bedrohl. unpersönl. Atmosphäre Londons skizziert wird, u. schließl. der autobiograph. beeinflußte, deprimierende Roman *Bright Day* (1946), der von der Künstlichkeit der Unterhaltungsindustrie u. ihrer destruktiven Wirkung auf menschl. Beziehungen u. künstler. Integrität handelt. Typ. für die märchenhaft leichten, eskapist. unterhaltsamen Romanzen P.s sind *Adam in Moonshine* (1927), *Faraway* (1932), *The Magicians* (1954) u. *The Shapes of Sleep* (1962). E. 3. Gruppe von Romanen stellt sich dar als journalist. aktualitätsbezogenes Vehikel des Autors für Durchhalteparolen während des Krieges (*Black-Out in Gretley*, 1942; *Three Men in New Suits*, 1945) bzw. sozialkrit. Anmerkungen (*Wonder Hero*, 1933; *They Walk in the City*, 1936; *Sir Michael and Sir George*, 1964). Die bühnenwirksamen Schauspiele dramatisieren Zeitgesch. u. Zeittheorie (so die realist. Familienstücke *Time and the Conways*, 1937; *An Inspector Calls*, 1945; *The Linden Tree*, 1948) u. experimentieren mit dem rationalist. Kausalitätsbegriff sowie den objektiven Raum-Zeit-Vorstellungen.
Nach P.s Theorie besteht dramat. Erfahrung im Erleben e. erhöhten Wirklichkeit, die zugleich äußerst unwirkl. ist. Bes.

Anerkennung fand P.s psych. u. dramat. überzeugende Verlebendigung von Stimmungen u. zwischenmenschl. Beziehungen. *ks*

E. Petrich, D. Dramentechnik d. 3 Zeitstücke P.s, 1950. I. Brown, J.B.P., 1957. D. Hughes, J.B.P. An Informal Study of His Work, 1958. The World of J.B.P., hg. D. G. MacRae, 1967. S. Cooper, J.B.P. Portrait of an Author, 1970. J. Braine, J.B.P., 1979.

The Prime of Miss Jean Brodie, Roman von M. → Spark.

Primrose, Dr. Charles, Titelfigur des → *Vicar of Wakefield.*

Prior, Matthew, 21. 7. 1664 Wimborne, East Dorset – 18. 9. 1721 Wimpole. Westminster School, St. John's College, Cambridge; 1686 B. A., 1688 Fellow. Nach kurzer Zeit als Tutor beginnt P.s Diplomatenlaufbahn mit e. Posten in Den Haag. Wegen s. Freundschaft mit → Bolingbroke, → Swift u. Lord Harley sowie s. Mitarbeit am Vertrag von Utrecht wurde P. nach dem Tod von Königin Anne verhaftet. E. Slg. s. Ged. erschien nach s. Entlassung 1717. Der Erlös u. e. Zuschuß Lord Harleys sicherten ihm finanzielle Unabhängigkeit. S. Dichtung verrät mehr als nur den Amateur: z. B. ›Henry and Emma‹, e. kom.-satir. Umdichtung der alten Ballade *The Nut-Brown Maid,* der Dialog ›Alma or the Progress of the Mind‹ u., in der Art e. Monologs, ›Solomon or the Vanity of the World‹; allerdings bekannter für s. Epigramme. 1687 schrieb er mit Charles → Montagu die gegen Drydens Ged. *The Hind and The Panther* gerichtete Satire *The Hind and the Panther Transvers'd to the Story of the Country and City Mouse.* S. besten Prosaschr. sind die *Four Dialogues of the Dead* u. der *Essay upon Learning.* *hd*

Poetical Works, hg. J. Mitford, II 1853. – L. G. W. Legg, M.P., 1921. C. K. Eves, M.P., Poet and Diplomatist, 1939.

Pritchett, V(ictor) S(awdon), 16. 12. 1900 Ipswich; ab 1923 Journalist, seit 1953 mehrere Gastdozenturen an am. Univ., 1970 Präsident des engl. PEN-Club, 1974 des internationalen. Vf. von erfolgreichen Romanen u. Kurzgesch., hervorragende Lit.krit., Reiseberichte u. Autobiogr. Scharfer Beobachter der menschl. Natur mit bes. Vorliebe für exzentr. Charaktere u. plötzl. farcenhafte oder tragikom. Wendungen. Frischer Stil, der an e. brillanten Konversationston erinnert. Immer wieder zeigt P. Interesse an der Psyche des engl. Puritaners: e. typ. Repräsentant ist Burkle in *Nothing Like Leather* (1935), der sich aufs Geldverdienen im Ledergeschäft verlegt. *Dead Man Leading* (1937) schildert anschaul. die brasilian. Dschungellandschaft u. gibt Einblicke in die Psyche der Forschungsreisenden, insb. des Puritaners Johnson, der s. verschollenen Vater sucht. In s. bekanntesten Roman, *Mr. Beluncle* (1951), schuf P. e. mod. → Micawber. Mit Sympathie u. Humor werden die zahlreichen Glaubenswechsel, die Selbsttäuschung, Heuchelei u. heiml. Tyrannei der Titelfigur, e. Möbelherstellers, geschildert. P.s zahlreiche meisterhafte Kurzgesch. (z. B. *The Spanish Virgin,* 1930; *Collected Stories,* 1956; *When My Girl Comes Home,* 1961; *The Key to My Heart,* 1963; *Blind Love,* 1969; *The Camberwell Beauty,* 1974; *Selected Stories,* 1978) schildern ähnl. wie die Romane meist Episoden aus dem Leben von Charakteren aus der ›lower middle class‹. *ks*

Private Angelo, Roman von E. → Linklater.

The Private Memoirs and Confessions of a Justified Sinner, satir. Roman von J. → Hogg.

Problem Play; bes. Erscheinungsform des Dramas, die im 19. Jh. entwickelt wurde u. von der Konfrontation des Protagonisten mit e. sozialen Problematik ausgeht. Auf die frz. Dramatiker A. Dumas u. É. Augier zurückzuführen, die auf E. Scribe (→ well-made play) aufbauten u. ernsthafte Themen wie Frauenemanzipation, Ethik, Prostitution etc. zu belehrenden, einfach-strukturierten Thesenstücken verarbeiteten. Unter dem norweg. Dramatiker H. Ibsen (*Nora oder ein Puppenheim*, 1879; *Gespenster*, 1881; *Die Wildenten*, 1884) erreichte das p. p. s. vorläufigen Höhepunkt. In England griff G. B. → Shaw das Problemdrama auf (→ *Mrs. Warren's Profession*). Shaw spricht sich für e. pantheist. konzipierte Weltseele aus, somit gegen e. anthropomorphen Schöpfergott u. die durch Belohnung u. Strafe charakterisierte christl. Ethik. Er bekennt sich zu e. Dialektik des Determinismus u. der freien Willensentscheidung, zu e. Behauptung der Perfektibilität gegenüber sozialer u. staatl. Unterdrückung. Dem p. p. untergeordnet ist das ›discussion play‹, in dem die soziale Problematik nicht als Kern der Handlung, sondern ledigl. als e. der Gegenstände der dialog. Auseinandersetzung erscheint. *ra*

Problem Plays, dark comedies; Gruppe von 3 Kom. Shakespeares (*Troilus and Cressida*, 1601–03; *All's Well that Ends Well*, 1600–04; *Measure for Measure*, 1603/04), in denen stärker als in den → happy comedies das Niedere, Böse u. Gemeine ins Zentrum des Geschehens rückt. Abstrakte Diskussionen philosoph. u. theolog. Probleme – Ehre, Recht, sozialer Rang, Gnade, Keuschheit – nehmen breiten Raum ein. *Troilus and Cressida* reduziert den Trojan. Krieg zu e. zyn. Intrigenspiel. Im Einklang mit der auf ma. Traditionen beruhenden Auffassung s. Zeit muten Sh.s Troilus als Inbegriff des romant., verwirrten Liebhabers u. Cressida als Personifizierung kühl kalkulierender Falschheit u. Sinnlichkeit wie e. satir. Parodie auf Homers *Ilias* an. Alle wichtigen Figuren zeigen negative Wesenszüge; Helena ist Ursache von Zerstörung u. Entwürdigung, Paris e. wollüst. Egoist, der Heroismus des Achilles erweist sich als verbale Chimäre, der Rationalismus des Ulysses als hohl u. wirkungslos, Hector wird als beutegierig u. ruhmsüchtig entlarvt, Menelaus als lächerl. Das Stück erlangt e. sonst bei Sh. nicht zu findende Zwischenstellung zwischen Kom. u. Trag. Es zeigt e. Welt in Unordnung u. Zerfall, in der moral. Wertmaßstäbe mit profunder Skepsis betrachtet werden. Das Ende der Liebes- wie der Kriegshandlung bleibt offen. *All's Well that Ends Well* verarbeitet das Märchenmotiv der Heilung e. kranken Kgs. durch e. Jungfrau, Helena, u. ihrer Belohnung durch die Ehe mit e. Mann ihrer Wahl, Bertram, mit der Erfüllung e. 2., scheinbar unlösbaren Aufgabe: der ›Heilung‹ des nach der Hochzeit flüchtenden Bertram von s. moral. Unreife u. Schwäche durch die Liebe u. Klugheit Helenas. *Measure for Measure* behandelt das in der Weltlit. weit verbreitete Thema des Preises ihrer Tugend, den e. Frau für das Leben ihres Mannes oder Bruders bezahlen soll. Die keusche Schöne Isabella gibt dem erpresser. Verlangen des in plötzl. Begierde entflammten, zuvor puritan. strengen Angelo nicht nach, sondern ist zunächst bereit, den Bruder zu opfern. Auf Anraten des wohlwollend intrigierenden Herzogs Vincentio willigt sie aber zum Schein ein, um Angelo dann im Dunkel der Nacht s. schnöde verlassene Braut Mariana unterzuschieben. Etwas überraschend heiraten Vincentio u. Isabella. Diese dunkle Kom. spielt großenteils im Gefängnis, sie ist durchzogen von Todesgedanken u. der Erkenntnis menschl. Unvollkommenheit. Das ›happy ending‹ von *All's Well* u. *Measure* wirkt absichtl. hohl u. aufgesetzt, konventionell märchenhaft. *ks*

W. W. Lawrence, Sh's Problem Comedies, 1931. E. M. W. Tillyard, Sh's P.P., 1949. E. T. Sehrt, Vergebung u. Gnade bei Sh., 1952. Discussions of Sh's Problem Comedies, hg. R. Ornstein, 1961. P. Ure, W. Sh. The P.P., 1961. E. Schanzer, The P.P. of Sh., 1963. R. G. Hunter, Sh. and the Comedy of Forgiveness, 1965. W. B. Toole, Sh's 3 P.P., 1966. R. A. Foakes, Sh. The Dark Comedies to the Last Plays, 1971. Sh's Later Comedies, hg. D. J. Palmer, 1971.

Prometheus Unbound, lyr. Drama in 4 Akten von P. B. → Shelley; 1818/19 Abfassung in Italien, EA 1820. Das Seelendrama des P. beginnt mit e. langen, von stoischem Gedankengut erfüllten Monolog des an die Eisfelsen des ind. Kaukasus geschmiedeten Protagonisten, in dem er s. Leiden enthüllt. Die eigentl. Handlung besteht aus s. Sieg über Jupiter u. der daraus resultierenden Erlösung des Menschen. Da das Ende durch das ›mächtige Gesetz‹ des Demogorgon feststeht, fehlt die Dramatik. Das Stück lebt von der inneren Handlung. P.s einleitende Worte zeigen bereits s. Wandlung von Haß u. Rache zu Mitleid u. Liebe; er bereut s. Fluch gegen Jupiter, als dieser ihn an den Felsen schmiedete. Tapfer erträgt er alle Qualen, die ihm Jupiters Bote Mercury bringt. Im Bewußtsein, Erlöser der Menschheit zu sein, glaubt er an die Liebe. Damit ist die Überleitung zum 2. Akt gegeben, in dem s. Braut Asia als Ideal der ›Intellectual Beauty‹ erscheint. Asia weiß, daß der Tag der Erlösung bevorsteht. Vor Demogorgon, Verkörperung des wertfreien Prinzips der Notwendigkeit, klagt sie Jupiter an. Demogorgon, an e. höhere Kausalität gebunden, kann erst dann eingreifen, wenn der personale bzw. universale Willensträger e. Schritt auf die Vollkommenheit zu oder von dieser weg getan hat. Diese Bedingung s. Handelns wird durch P.s Tat erfüllt. Im 3. Akt wird Jupiter durch Demogorgon gestürzt. P. wird durch Herkules befreit; Asia u. P. finden wieder zusammen; beide beobachten, wie das Böse von der Menschheit abläßt. Der letzte Akt löst sich ganz vom Traditionellen u. greift das elisab. Maskenspiel wieder auf: Elementarwesen u. Geister feiern bei Tanz, Gesang u. chor. Dialogen die Erlösung, denn in e. kosm. Phantasmagorie finden Erde u. Mond in universal umfassender Liebe zueinander, obwohl der Dichter das Böse nicht für alle Zeiten aus der Welt verdammt sieht. Im Gesamtwerk S.s nimmt *P. U.* e. Sonderstellung ein. Zum erstenmal erreicht die Auseinandersetzung des Autors mit dem Bösen bestimmende Gültigkeit. An → Locke, Holbach, Berkeley u. Platon anknüpfend, greift er die Wechselbeziehung von Geist u. Materie wieder auf: Willensanstrengung allein kann dazu beitragen, Böses u. Ungutes zu vertreiben. Im Gegensatz zur Tradition sieht S. in P. den Vorkämpfer der Menschheit, der gegen die Versklavung durch Jupiter protestiert. Bewußt setzt er s. Charakter von Miltons Satanfigur ab, indem er Rache, Ambitionen u. Neid ausklammert. Das im Blankvers abgefaßte Drama legt durch Sprache u. Handlungsführung e. Identifikation P.s mit Christus nahe, was keineswegs im Gegensatz zu den häufig anzutreffenden Interpretationen der Prometheus-Figur als Symbol der Menschheit auf ihrem Weg zur Vollkommenheit oder als sich entwickelnder Weltgeist steht. Das Versdrama stellt e. Versuch dar, dichter. Experimente, philosoph. Spekulationen u. polit. Reformideen in die bildkräftige Symbolsprache e. mytholog. Raumes umzusetzen. *ra*

Hg. L. J. Zillmann, 1968. – E. R. Wasserman, S's ›P. U.‹ A Crit. Reading, 1965; n. 1971. J. O. Fuller, S. A Biography, 1968. D. King-Hele, S. His Thought and Work, ²1971.

Prosaromanze; weicht als lit. Gattung ausgangs der ae. Epoche vom didakt. bzw. heroischen Tenor ae. Dichtung ab; statt dessen Gesch. um Verrat, Abenteuer u. romant. Liebe; Forts. v. a. in den me. Romanzen. Herausragende Beispiele: → *Apollonius of Tyre* u. *The Letter of Alexander to Aristotle* (Cotton Vitellius A XV), mit der Alexander-Legende als Thema, ausgehend vom griech. *Pseudo-Kallisthenes* (um 200). Noch erinnert Alexander an den wortgewaltigen Helden des ae. Epos, neu ist dagegen der oriental. Hintergrund mit den Beschreibungen e. unbekannten Flora u. Fauna. Entsprechende Schilderungen auch in *The Wonders of the East* (Mitte 11. Jh.), als bloße Slg. phantast. Behauptungen jedoch weniger bedeutend. *js*

3 OE Prose Texts in Ms. Cotton Vittelius A XV, hg. St. Rypins, EETS, OS, 161, 1924. – F. Knappe, D. ags. Prosastück ›D. Wunder d. Ostens‹, 1906.

Prospero, in Shakespeares → *Tempest*; abgesetzter Herzog von Mailand, der mit s. Tochter Miranda u. dem Ungeheuer Caliban auf e. einsamen Insel lebt, durch Zauberkraft s. Feinde in s. Gewalt bringt u. zur Versöhnung führt. P. wird häufig – etwa von dem westind. Autor G. Lamming – als Inkarnation des Kolonialisten interpretiert. *ks*

Dr. Proudie, Bischof von Barchester, in A. Trollopes Roman → *Barchester Towers*.

The Provok'd Wife, Kom. in 5 Akten von J. → Vanbrugh, UA 1697 Lincoln's Inn Fields Theatre, London, ED 1698. Lady Brute u. Sir John haben ihre Ehe auf e. denkbar schlechten Basis geschlossen: für sie waren s. Ruhm u. s. Geld ausschlaggebend, während er nur die phys. Reize s. Frau beachtete. Sir John flieht aus dieser Ehe, indem er von e. Affäre in die andere stürzt.

Um Lady Brute bemüht sich seit einiger Zeit Constant. Obwohl Lady Brute dieser Werbung lange widerstanden hat, gibt sie schließl. nach u. vereinbart e. Rendezvous, zu dem auch noch e. 2. Paar, ihre Nichte u. deren Geliebter, erwartet werden. Die Eifersucht Lady Fancifuls, die den Geliebten der Nichte für sich gewinnen will, stört das heiml. Treffen. Sir John, den Lady Fanciful über die Absichten s. Frau informiert hat, überrascht s. Nebenbuhler im eigenen Haus, scheut jedoch die einzig mögl. Konsequenz, e. Duell. So steht der ruhmreiche Sir John am Ende blamiert da, während sich für die Nichte von Lady Brute u. deren Geliebten e. ›happy ending‹ anbahnt. Obwohl dieses Stück genügend kom. Effekte enthält (Constants Werbung um Lady Brute, das Platzen des geplanten Rendezvous, die Feigheit des Draufgängers Sir John), wird das Eheproblem weniger leichtfertig behandelt als in der ›artificial comedy of manners‹, die in e. solchen Fall ausschließl. die kom. Seiten beleuchtet u. dem Problem recht zyn. gegenübersteht. Nicht so sehr die wortreichen ›repartees‹ als vielmehr e. gefühlvoller u. natürl. Redestil bestimmen das Stück. *ra*

Hg. C. A. Zilmansky, 1970. – P. F. Vernon, Marriage of Convenience and the Moral Code of Restoration Comedy (EIC, 12 1962, 370–87). B. Harris, Sir J. V., 1967. G. M. Berkowitz, Sir J. V. and the Conventions of Restoration Comedy (Genre, 6 1973, 346–61).

The Provost, Roman von J. → Galt.

Prufrock, The Love Song of J. Alfred, Ged. von T. S. → Eliot, entstanden 1910/11, ED ›Poetry‹ 1915; EA *Prufrock and Other Observations* (1917). Gilt als das bedeutendste Werk in E.s Frühphase u. als Vorbereitung auf *The → Waste Land.* E. hat dem Werk, das unter dem Einfluß des frz. Symbolisten Laforgue geschrieben wurde u. dessen Titel an Kiplings Ged. ›The Love Song of Har Dyal‹ erinnert, die Form e. dramat. Monologs, gesprochen von e. alternden Mann, dessen Lebensinhalt im Getriebe großstädt. Salons u. ›tea parties‹ besteht, gegeben. Er verachtet die Werte dieser Gesellsch., ist dennoch fest in ihr verhaftet. Der Monolog enthüllt in raschem Wechsel selbstquäler. Bilder die Schalheit dieser Werte u. s. Suche nach e. Lebensziel, das ewigen Bestand hat. S. Weg durch verlassene Straßen, schmutzige Restaurants u. billige Hotels kulminiert bereits zu Anfang in der Andeutung e. ›overwhelming question‹, die jedoch beiseitegeschoben wird u. dem Wortgeklingel endloser Bildungsgespräche Platz macht. Diese Welt wird kontrastiert mit dem Bild des gelben Rauchs, der die Gestalt e. Katze annimmt. Doch statt unbeantworteter Fragen oder monotoner Unterhaltungen läuft hier die Bewegung auf e. Ruhepunkt hin, der für Prufrock zwar sichtbar, aber nicht erreichbar ist. Die Folge der ersten 3 Bilder schafft e. Spannung, die aus bohrenden Fragen u. mutlosem Ausweichen besteht u. sich durch das ganze Ged. hinzieht. Diese Spannung beinhaltet auch der ›telling name‹ Prufrock, der an Shakespeares weisen Narren Touchstone aus *As You Like It* erinnert u. sich als ›Prüfstein‹ erweist (pruf, proof; rock = Stein,

Fels). Prufrock wäre also e. Prüfstein für s. Gesellschaft. Andererseits kann ›rock‹ auch als ›schaukeln‹ gedeutet werden, als die Haltung e. Menschen, der sich seiner unsicher ist u. zwischen Suchen u. Überzeugung schwankt. E. Traumerlebnis, in dem er von Sirenen eingenommen wird, hilft Prufrock aus s. Umgebung auszubrechen, in der er sich immer deplaziert fühlte. Damit eröffnen sich ihm Möglichkeiten des Erkennens: s. Erfahrungen von der Tiefe des Bewußtseins, des Erlebens u. des Empfindens gehen weit über die der Salongesellschaft hinaus. Selbstquäler. Unsicherheit macht ihn unterlegen, aber s. Wissen, daß die bornierten Charaktere des ›drawing-room‹ diese Vision nicht erleben können, entlarvt ihre Leere u. Wüste ihm gegenüber u. hebt ihn über sie hinaus. Das Erleben e. außerhalb der Monotonie des Alltägl. liegenden Schönen, Vollendeten u. Kunstvollen macht ihn andererseits für e. bedeutende Rolle in eben dieser Alltäglichkeit unfähig. Die ›overwhelming question‹ des Anfangs findet hier ihre Antwort, wenn auch nur in Andeutungen. Alles schließt sich in e. Teufelskreis. P. bleibt in s. Isolation zwischen gesellschaftl. Bedingtheit u. dem Erlebnis des Ewigen u. Absoluten. Er erscheint unfähig, s. Wissen weiterzugeben; die Kommunikationslosigkeit entschuldigt keineswegs s. moral. Feigheit, sich nicht von s. leblosen Welt freimachen zu wollen. E.s Auffassung von der mod. Welt Prufrocks als e. Welt der Leblosigkeit u. des Todes drückt auch das Dantes Inferno entnommene Motto aus. Leben existiert nur scheinbar; aus diesem Endzustand gibt es kein Ausbrechen. Selbst wenn P. s. ›love song‹ singt, findet er kein Gehör, u. umgekehrt kann er selbst in der Welt toter Empfindungen keine Liebe geben, weil er unfähig dazu ist. In der Welt abgestorbener Beziehungen, Werte u. Inhalte richtet sich die Suche P.s auf etwas, das es anzustreben gilt. Sicherl. liegt dieser Wert nicht im Bereich des Übernatürl., die Vision der ›mermaids‹ wäre dadurch zu weit ausgelegt. P.s Suche gilt e. neuen Wert, dem der Kunst u. der Phantasie. Später tritt in E.s Lyrik die christl. Thematik an diese Stelle. In der Bildersprache u. der Beschreibungstechnik verwirklicht E. hier s. Forderung nach dem → objective correlative. Das Hauptmotiv in E.s früher Dichtung, daß die mod. Welt tot sei, findet sich auch in e. Vielzahl anderer Ged.: *Portrait of a Lady, The Hollow Men, The Waste Land.* *ra*

R. Germer, T. S. Eliots Anfänge als Lyriker (1905–1915), 1966. ›P.‹, ›Gerontion‹, ›Ash Wednesday‹, hg. B. C. Southam, 1978 (Casebook).

Puck; im populären engl. Aberglauben e. schelm. Geist (goblin, sprite), der die Menschen mit handfesten Streichen plagt, geschildert u. a. in Shakespeares *A → Midsummer Night's Dream.* Er wird auch Robin Goodfellow u. Hobgoblin genannt. Der Luftgeist Ariel in *The→ Tempest* hat einige Ähnlichkeit mit P., besitzt aber darüber hinaus ganz eigene Wesenszüge. *ks*

The Pumpkin Eater, Roman von P.→ Mortimer, zu dessen Verfilmung H.→ Pinter das Drehbuch schrieb.

Purcell, Henry, 1658(?) London – 21. 11. 1695 ebda; Komponist des Frühbarock, trat gleichermaßen auf den Gebieten der geistl. u. der weltl. Musik hervor. Dies wird schon durch s. Tätigkeit als Organist der Westminster Abbey (seit 1680) u. als Hofkomponist (seit 1683) angedeutet. Beispiele beider Richtungen beeinflußten das Musikleben der damaligen Zeit, sowohl s. *Te Deum* u. *Jubilate* (1644) als auch s. Oper *Dido and Aeneas* (1688). Bes. Kennzeichen des Werks P.s sind die Bühnenmusiken zu zahlreichen bedeutenden engl. Dichtungen, z. B. zu der von Shakespeare (*Timon of Athens*, 1678; *Midsummer Night's Dream*, P. nannte die Bearbeitung *The Fairy Queen*, 1692), Dryden (*Aureng-Zebe*, 1676), D'Urfey (*Virtuous Wife*, 1680). P. übernahm entweder den Originaltext oder zeitgenöss. Bearbeitungen u. vertonte einige herausragende Partien. Als Anregungen bzw. Motive dienten vielfach engl. Volkslieder oder -tänze. Tragende Elemente dieser Werke sind Ballett u. Chor, der im Gegensatz zum damals herrschenden Trend die Handlung nicht nur kommentiert, sondern vielfach auch vorantreibt. P.s Schaffen, das trotz der kurzen Lebenszeit über 50 Musikbearbeitungen umfaßt, markiert Anfang u. Ende des Bemühens um e. engl. Nationaloper. G. F. Händel wandte sich ganz der neapolitan. Oper zu, die sich hinsichtl. der Libretti (italien. oder zumindest fremdsprachige Vorlagen) sowie der Konzeption (Originaloper mit starker Betonung einzelner Charaktere) deutlich von P. unterscheidet. *ra*

R. Sietz, H. P., Zeit, Leben, Werk, 1955. R. E. Moore, H.P. and the Restoration Theatre, 1961. F. B. Zimmermann, H.P., An Analytical Catalogue of his Music, 1963.

Purity → *Pearl.*

Putative Author; fiktiver Vf. e. angebl. nicht von s. wirkl. Autor verfaßten lit. Werks, vom tatsächl. Vf. geschaffene Figur (→ point of view), z. B. → Tristram Shandy als p. a. s. *Life and Opinions* (→ Sterne). *hd*

Pygmalion, Kom. von G.B. → Shaw.

Pylon Poets → Auden, W. H., → Lewis, C. D., → Spender, S.

Quaker → Fox, G.

The Quare Fellow, Schauspiel von B. → Behan.

Quarles, Francis, 8. 5. 1592 Romford – 8. 9. 1644 London; Stud. Christ's College, Cambridge; Lincoln's Inn; Royalist. Lebte nach der Beschlagnahmung s. Besitzes 1613–20 im Ausland, ab 1640 Stadtchronist von London. Vf. epischer Verserzählungen zur Erläuterung von Bibelstellen; Paraphrasen. Q.s rel. Lyrik war in Sprache u. Aussage breiten Kreisen zugängl. (*Divine Poems*, 1647; hg. J. Horden, 1960). Großer Zeiterfolg als Dichter u. Emblematiker (*Emblems*, 1635); stark epigrammat. Prosastil. In späteren Werken (*The Profest Royalist*, 1645, u. *Judgment and Mercy for Afflicted Souls*, 1646) sprach sich Q. gegen puritan. Intoleranz aus. *hd*

Complete Works, hg. A. B. Grosart, III 1880. – J. Horden, Bibl. to 1800, 1948. – K. J. Höltgen, F.Q., 1978.

Quarrel of the Ancients and Moderns bezeichnet die in Frankreich u. England Ende d. 17. Jh. u. Anfang des 18. Jh. aufgekommene Auseinandersetzung zwischen den Verfechtern klass. lit. u. philosoph. Vorstellungen (›Ancients‹) u. den Vertretern der Ansicht, Stoffe aus der Bibel wie auch der zeitgenöss. Lit. seien für die Dichtung geeignet (›Moderns‹). Den geistesgeschichtl. Hintergrund hierfür liefert die Renaissance mit ihrem neuerwachten Interesse an der klass. Antike u. der Entwicklung der Wissenschaft im 17. Jh. Die Thesen der ›Ancients‹ vertraten vor allem Boileau (*L'art poétique*, 1674), La Fontaine u. La Bruyère. Ch. Perrault (*Parallèles des anciens et des modernes*, 1688–97), Fontenelle (*Digression sur les anciens et les modernes*, 1688) u. Th. Corneille dagegen verfochten die Ansicht, die mod. Lit. zeige besseren Geschmack u. sei formvollendeter als die an der Klassik orientierte. Die Auseinandersetzung wurde auch nach England getragen u. begann mit der Veröffentlichung von → Temples Essay *Of Ancient and Modern Learning* (1630), wo er sich gegen die Fortschrittlichkeit der → Royal Society aussprach u. die Ansichten der ›Ancients‹ vertrat. 1694 reagierte William Wotton in s. *Reflections upon Ancient and Modern Learning* darauf, indem er sich für die Entwicklung der Wissenschaften im Sinne der ›Moderns‹ einsetzte. In England verschob sich die Auseinandersetzung von der lit. auf die wiss.-philosoph. Ebene, wobei die ›Moderns‹ die Überlegenheit der ›Ancients‹ in Fragen der Dichtung, Rhetorik u. Kunst anerkannten, jedoch auf ihrem Standpunkt (›new philosophy‹) in der wissenschaftl. Forschung beharrten. Lit. fand der Streit Ausdruck in → Swifts *Tale of a Tub* u. *The Battle of the Books*, wo dieser sich für s. Freund Sir W. Temple einsetzte. *ra*

G. Highet, The Classical Tradition, 1949, [2]1967. G. Ahrends, Swifts ›Battle of the Books‹ u. d. ›Querelle des Anciens et des Modernes‹ (Engl. u. am. Lit.theorie, hg. R. Ahrens u. E. Wolff, Bd. 1, 1978, 217–236).

Quarterly Review → ›Edinburgh Review‹.

Quarto; Buchformat, bei dem die Papierbögen 2 mal gefaltet werden, 1 Bogen also 4 Seiten ergibt. Ca. 20 von Shakespeares Dramen erschienen zu s. Lebzeiten als Q.s.

Queen Mab, Ged. von P. B. → Shelley.

Quiverful, Rev. Mr. → *Barchester Towers.*

Radcliffe, Ann, geb. Ward, 9. 7. 1764 London – 7. 2. 1823 ebda. Nach Horace → Walpole Hauptvertreterin der → Gothic Novel. Ihre ersten Romane *The Castle of Athlin and Dunbayne* (1789), *The Sicilian Romance* (II 1790) u. *The Romance of the Forest* (II 1791) blieben zunächst weitgehend unbeachtet. Mit *The Mysteries of Udolpho* (IV 1794; hg. B. Dobrée and F. Garber, 1970) gelang der Durchbruch, auch international. Vorhandene Anklänge an den empfindsamen Roman entsprachen dem Zeitgeschmack. Die Handlung ist ausgangs des 16. Jh. angesiedelt. Nach dem Tod der Eltern muß sich die wunderschöne

Emily de St. Aubert e. despot. Tante unterwerfen, die mit e. Italiener verheiratet ist. Emily wird auf das düstere Apenninen-Schloß Udolpho der Montonis gebracht, wo sich mit Falltüren, Geheimgängen, übernatürl. Ereignissen, unheiml. Geräuschen u. unerklärl. Vorgängen die typ. Handlung e. Schauerromans entfaltet. Es gelingt ihr zu entkommen, sie kehrt zurück nach Languedoc, trifft Valencourt wieder und beide heiraten. Signor Montoni wird als Haupt e. Räuberbande entlarvt u. verurteilt. Die Gestalt des schurk., leidenschaftl. Helden (Einfluß auf Byron, Poe, Shelley) taucht erneut in *The Italian* (III 1797; hg. F. Garber, 1971), e. Roman zum Thema der Inquisition, auf. In dem posthum veröffentlichten *Gaston de Blondeville* (1826) bleibt das scheinbar Übernatürl. bestimmender Faktor. R.s Romanfiguren sind etwas konturschwach, dagegen verraten Szenerie u. Landschaft ausdrucksstarkes Darstellungsvermögen u. reiche Phantasie. → Scott, der R. immer wieder zur Verwendung des geheimnisvoll Schauerl. als tragendes Element der Handlung geraten hatte, besorgte 1824 e. erste Gesamtausgabe ihrer Romane. *hd*

Posthumous Works, IV 1833. Poetical Works, II 1834. – M. Summers, Bibl., 1938. – A. Grant, A.R., 1951. M. Ware, Sublimity in the Novels of A.R., 1963. P. Arnand, A.R. et le fantastique, 1976.

Radio Writers Association (gegr. 1947) → Incorporated Society of Authors.

Raine, Kathleen Jessie 14. 6. 1908 London; Stud. Biologie Cambridge, Dozentin Morley College, London. Zunächst Rationalistin, später myst.-visionäre Dichterin mit sprachl. vollendeten kurzen, melod., sehnsuchtsvollen, traurigen u. resignierten Ged. über das Wunder der Schöpfung u. die Notwendigkeit von Glaube u. Liebe. Hauptwerke: *Stone and Flower,* 1934; *Living in Time,* 1946; *The Pythoness,* 1949; *The Year One,* 1952; *Collected Poems,* 1956; *The Lost Country,* 1971; *On a Deserted Shore,* 1973; *Unnumbered Pages,* 1974. *ks*

Raleigh (Ralegh), Sir Walter, 1552 (?) Hayes-Barton – 29. 10. 1618 London. Seefahrer, Poet u. Historiker; entstammte dem niederen Landadel. Stud. Oxford, von Elizabeth I protegiert, nach erfolgreichen Kämpfen gegen Spanien u. der Unterdrükkung e. Revolte in Irland in den Adelsstand erhoben; Statthalter von York; zahlreiche Kolonialexpeditionen, u. a. nach Virginia, Guayana, Cadiz. Er importierte Kartoffel u. Tabak erstmals nach England u. kämpfte ruhmvoll gegen die span. Armada. Unter James I in einige Verschwörungen verwickelt, wegen angebl. Hochverrats 1603–16 im Tower inhaftiert. R. erhielt danach den Auftrag, im span. Orinoco Gold zu suchen. Die erwarteten Zusammenstöße blieben nicht aus, u. James I ließ R. als Konzession an Spanien hinrichten. Vom Dichter u. Historiker R. ist wenig erhalten: 30 kürzere Dichtungen, darunter *Cynthia, the Lady of the Sea* (Huldigung an Elizabeth I), *The Lie, The Pilgrimage,* daneben einige Reise- u. Kriegsberichte sowie das einführende Sonett zu E. Spensers → *Faerie Queene.* Wichtigstes Werk ist die *History of the World* (1614), die sich mit der Gesch. u. Mythologie der Antike befaßt u. bis 130 v. Chr. zurückreicht. R. schrieb nur den 1. Bd. dieses breit angelegten Geschichtswerks, das trotz der Verarbeitung reichen Quellenmaterials eher e. Mischung aus Dichtung u. Wahrheit darstellt. *ra*

Complete Works, hg. W. Oldys and T. Birch, VIII 1829; n. 1965. – N. L. Williams, Sir W.R., 1962. C. Hill, Intellectual Origins of the Engl. Revolution, 1965. P. Lefranc, Sir W.R., 1968. S. J. Greenblatt, Sir W.R. The Renaissance Man and his Roles, 1973.

Ralph Roister Doister, 5aktige, farcenhafte Kom. in Knittelversen von Nicholas Udall (1505–56), verfaßt um 1550–53, wahrscheinl. für e. College-Auff. in der Westminster School (1554), deren Direktor Udall war, EA ca. 1566/67. *R.R.D.* ist die 1. engl. Kom., die das klass. Aktschema u. die Rollentypen der röm. Kom. von Plautus u. Terenz engl. Traditionen (Interludes) u. Verhältnissen anpaßt. Der vom Typ des miles gloriosus geprägte törichte Maulheld Roister wirbt um die mit dem auf Reisen befindl. Kaufmann Gawin Goodluck verlobte tugendhafte Witwe Christian Custance. Er wird angestachelt von s. Diener, dem gerissenen Intriganten Matthew Merrygreek. E. Liebesbrief verwandelt sich – e. geschickte didakt. Mahnung Udalls an s. Schüler – durch falsche Interpunktion in e. Beleidigung. R. wird von Custance abgewiesen u. bei dem Versuch, ihr Haus zu stürmen, von ihr u. ihren Mägden verprügelt. Der zunächst vom falschen Schein getäuschte Goodluck läßt sich schließl. umstimmen u. der unschuldig-harmlose Spaß endet mit allseitiger Versöhnung. *ks*

The Dramatic Writings, hg. J. S. Farmer, 1906; n. 1966. – O. Habersang, N.U. ›R.R.D.‹, d. 1. engl. Kom. um 1540, 1893. F. S. Boas, University Drama in the Tudor Age, 1914. Ders., An Introduction to Tudor Drama, 1933. W. L. Edgerton, N. Udall, [2]1966.

The Rambler → Periodical Essay; S. → Johnson.

Ramsay, Allan, 15. 10. 1686 Leadhills/Lanarkshire – 7. 1. 1758 Edinburgh; mit 15 Lehrling bei e. Perückenmacher. 1716–18 neben s. Handwerk frühe dichter. Versuche, 1719 eigene Buchhandlung. Richtete 1726 die 1. Leihbücherei in Schottland ein. Sammler alter Balladen u. Volkslieder, Veröffentlichung zus. mit eigener Dichtung in *The Tea Table Miscellany* (IV 1724–32) u. *The Ever Green. A Collection of Scots Poems* (1724). R. war die beherrschende Gestalt im Kreis der Edinburgher Literaten s. Tage, korrespond. mit Pope u. Gay. S. bedeutendstes Werk *The Gentle Shepherd, A Pastoral Comedy* erschien 1725: Schäferspiel mit natürl. Beschreibung ländl. Lebens u. rustikaler Szenerie im Gegensatz zur sonst häufig gekünstelten Darstellungsweise der Pastoraldichtung. Wegbereiter von → Burns. *hd*

Works, hg. B. Martin, J. W. Oliver, A. M. Vingharn, A. Law, V 1951–70. – B. Martin, Bibl., 1931. – M. Burns, A.R. A Study of His Life and Works, 1931. A. B. Friedman, The Ballad Revival, 1961. P. Zenzinger, My Muse is British: A.R. u. d. Neubelebung d. schott. Dichtkunst im 18. Jh., 1977.

Ransom, J. Crowe → New Criticism.

The Rape of the Lock, kom. Versepos von A. → Pope; ED anonym 1712 (aus 2 Cantos bestehende Fassung), 1714 EA der auf 5 Cantos u. 750 Zeilen erweiterten 2. Fassung. Der ›Lockenraub‹ geht auf e. zeitgenöss. Zwischenfall zurück, in dessen Verlauf sich 2 angesehene aristokrat. Familien, mit denen P. befreundet war, auf das heftigste zerstritten. Lord Peter hatte sich erlaubt, Miss Arabella Fermor e. Locke abzuschneiden, die dies als Beleidigung auffaßte. Zweck des Ged. war es, durch Aufzeigen der Trivialität des Geschehens die beiden Familien wieder miteinander zu versöhnen. P. wandte die Form des satir. Epos an, welches in Frankreich von Boileau (*Le Lutrin,* 1674–83) u. in England von J. → Dryden (*Mac Flecknoe,* 1682) u. Garth (*The Dispensary,* 1699) bereits angewandt worden war. Der eigentl. Vorgang sowie die in keinem Verhältnis dazu stehenden Reaktionen werden überspitzt dargestellt. Die Sprachebene liegt auf der von Homers *Ilias,* wodurch das Ereignis mit dem Raub der Helena gleichgesetzt wird. Die erweiterte Ausg. wurde durch e. ›Maschinerie‹ von übernatürl. Wesen, Gnomen u. Sylphen, göttl. Traumbotschaften, Kampfszenen u. e. Reise in die Unterwelt erweitert, was bei der Öffentlichkeit u. v. a. den Beteiligten auf Ablehnung stieß. P.s Ged. ist weniger e. Ironisierung e. kleinen Vorfalls als die der zeitgenöss. Gesellschaft. Gleichzeitig huldigt er dem zerbrechl. Zauber u. der Eleganz dieser ›feinen‹ Gesellsch., deren komplizierte Etikette unbedeutende Vorfälle zu hochbrisanten Geschehnissen stilisierte. Aufgrund geistreicher Anspielungen u. anzügl. Mehrdeutigkeiten, iron. Gleichsetzung von Trivialem u. Bedeutendem u. mittels pointierter Antithesen gelang es P., Spott u. Sympathie im Gleichgewicht zu halten. Dazu kommt die meisterhafte, mit größter Flexibilität gehandhabte Anwendung des → heroic couplet. *ra*

Hg. A. Beardsley, 1968. – J. L. Jackson, ›The R. of the L.‹ as a Five-Act Epic (PMLA, 65 1950, 1283–1288). Essential Articles for the Study of P., hg. M. Mack, ^{2}1968. P. ›The R. of the L.‹, hg. J. D. Hunt, 1968 (Casebook). U. Broich, Stud. zum kom. Epos. E. Beitr. zur Deutung, Typologie u. Gesch. d. kom. Epos i. engl. Klassizismus, 1680–1800, 1968. P. M. Spacks, An Argument of Images: The Poetry of A.P., 1971. C. Tracy, The Rape Observ'd, 1974.

Rasselas, Prince of Abyssinia, The History of, moral.-didakt. Roman von S. → Johnson; EA II 1759. R., Sohn des abessin. Kaisers, entflieht dem Tal des Glücks, e. von der Außenwelt u. dem Bösen isolierten Umgebung, u. gelangt mit s. Schwester Nekayah u. dem Philosophen Imlac nach Kairo, wo sie die unterschiedlichsten Stände u. sozialen Klassen studieren, mit dem Ziel, diejenigen Menschen herauszufinden, die am glücklichsten sind. Doch die Freunde finden nirgendwo das gesuchte Glück: das Hirtenleben ist keine pastorale Idylle, die Moralphilosophen sind kaum in der Lage, eigenes Unglück zu bewältigen, die Gelehrten reden törichtes Geschwätz, da sie die menschl. Vernunft als unzulängl. erkennen, etc. R. gibt s. Streben, die glücklichste Lebensform zu finden, auf, kehrt nach Abessinien zurück u. bereitet sich auf s. Leben nach dem Tode vor in dem Glauben, daß es nicht wichtig sei, auf welche Art man lebt, sondern daß man bewußt lebt. Das Werk ist e. philosoph. Parabel im Gewand e. oriental. Erzählung. Es enthält sowohl e. Absage an den aufklärer. Optimismus als auch e. Verzicht auf den Glauben an die Entwicklung des Menschen zu e. größeren Glück u. e. größeren Vollkommenheit. Der Reiz des Romans liegt in der Humanität, Melancholie u. Weisheit in den einzelnen Episoden u. essayist. Betrachtungen, aber auch in dem in ihnen fein eingesponnenen Humor. Die Ähnlichkeit zahlreicher Gedanken mit Voltaires *Candide,* das einige Wochen zuvor erschien, ist frappant, aber doch wohl zufällig. *ra*

Hg. R. W. Chapman, [9]1959 (Prose and Poetry); n. R. T. Davies, 1965 (Selected Writings). – G. J. Kolb, The Structure of ›R.‹ (PMLA, 66 1951, 698–717). Bicentenary Essays on ›R.‹, hg. M. Wahba, 1959. F. W. Hilles, ›R.‹ An Uninstructive Tale (Powell Fs., 1965, 111–21). ›The History of R.‹, hg. G. Tillotson and B. Jenkins, 1971. J. White, On ›R.‹ (CritQ, 6 1972, 6–31).

Rattigan, Terence Mervyn, 10. 6. 1911 London – 30. 11. 1977 Hamilton (Bermuda); Diplomatensohn, Schule in Harrow, Stud. Gesch. Oxford. Für Diplomatenlaufbahn erzogen, jedoch schon seit 1934 freier Bühnenautor. 1971 geadelt. Neben → Coward erfolgreichster Vertreter des konventionellen → well-made play. Während die geistreichen, amüsanten Kom. (z. B. *French Without Tears,* 1937; *After the Dance,* 1939; *While the Sun Shines,* 1945; *Love in Idleness,* 1945; *The Prince and the Showgirl,* 1957) in e. unwirkl. Welt des schönen Scheins angesiedelt sind, schildert R.s auf e. realen Ereignis beruhendes Problemstück *The Winslow Boy* (1946) den verzweifelten, ruinösen Kampf e. Bürgers um Rechtfertigung s. Sohnes vor der falschen Beschuldigung, e. Diebstahl begangen zu haben. Nach dem großen Erfolg dieses Schauspiels folgten weitere techn. versierte, zeitnahe Problemstücke, bes. um das Verhältnis des einzelnen zum Staat sowie die Themen Demütigung u. Obsession. Die bedeutendsten sind: *The Browning Version* (1949), *The Deep Blue Sea* (1952), *Separate Tables* (1955), *Variation on a Theme* (1958), *Ross* (1960), *Man and Boy* (1963). Vf. von ca. 30 Drehbüchern. *ks*

Collected Plays 1953–78, IV 1979 – Collected Plays, III 1953–64. – M. Darlow and G. Hodson, T. R. The Man and His Work, 1979.

Raven, Simon Arthur Noël, 28. 12. 1927 London; Stud. Cambridge; 1946–48 u. 1953–57 Militärdienst. Der 10bändige Romanzyklus *Alms for Oblivion* (*The Rich Pay Late,* 1964; *Friends in Low Places,* 1965; *The Sabre Squadron,* 1966; *Fielding Gray,* 1967; *The Judas Boy,* 1968; *Places Where They Sing,* 1970; *Sound the Retreat,* 1971; *Come Like Shadows,* 1972; *Bring Forth the Body,* 1974; *The Survivors,* 1976) schildert unterhaltsam, realist. u. aus sehr konservativer Perspektive die veränderte, oft schäbige Welt des gehobenen Mittelstands nach dem 2. Weltkrieg, e. Welt von Politikern, Beamten, Schriftstellern, Redakteuren, Offizieren, Univ.-dozenten, aber auch Spielern, Prostituierten, Proleten u. Hochstaplern. Der Zyklus erinnert an → Snow u. → Powell, ohne allerdings deren Niveau durchzuhalten. *ks*

K. McSweeney, The Novels of S.R. (QQ, 78 1971, 106–16).

Reade, Charles, 8. 6. 1814 Ipsden House/Oxfordshire – 11. 4. 1884 London; Vf. zahlreicher Romane meist dokumentar. Inhalts, Dramatiker. Sohn e.

Landedelmannes; 1831 Magdalen College, Oxford, 1835 B.A., 1838 M.A.; ab 1835 Fellow; 1836 Jurastud. Lincoln's Inn, 1843 Zulassung als Rechtsanwalt. Widmete sich zunehmend s. lit. Neigungen: am Anfang die Kom. *The Ladies' Battle* (UA 1851, Olympic Theatre), Erfolg mit *Masks and Faces* (Kom., UA 1852, Haymarket). Als 1. Roman erschien 1853 *Peg Woffington,* Prosaversion von *Masks and Faces. It Is Never Too Late to Mend* (III, 1856), e. propagandist. gefärbter Roman, zeigt R.s Interesse an sozialen Mißständen u. ihrer Beseitigung, bes. in den Gefängnissen. Tendenz zur melodramat. Übersteigerung, daneben ausgezeichnete deskriptive Passagen. Roman u. anschließende Bühnenfassung waren e. großer Erfolg, trotz negativer Kritik. *The Cloister and the Hearth* (IV 1861; hg. N. T. Carrington and J. Howarth, 1938), s. bekanntester Roman, vermittelt e. anschaul. Kulturbild Europas im 15. Jh., wenn auch viktorian. Wertvorstellungen allgegenwärtig sind; lockeres Handlungsgefüge, flüssiger Erzählstil. *Hard Cash* (III 1863) schildert die schlimmen Zustände in Irrenhäusern. Der Eheroman *Griffith Gaunt, or Jealousy* (1866) kann als R.s Hauptwerk angesehen werden; von den Zeitgenossen als unmoral. abgetan. In *Put Yourself in his Place* (III 1870) werden die gewerkschaftl. Kampfmaßnahmen des sog. ›rattening‹ angeprangert. Weitere Romane u. Bühnenstücke folgten. R.s lit. Arbeit steht unter dem Zeichen intensiver Quellen- u. Urkundenstudien; Fülle der Einzelbeobachtungen. *hd*

Works, XVII 1895 (Uniform Library Edition). – C. L. Reade and C. Reade, Ch. R., II 1887. M. Elwin, Ch. R., 1931 (mit Bibl.). A. M. Turner, The Making of ›The Cloister and the Hearth‹, 1938. L. Rives, Ch. R.: sa vie, ses romans, 1940. W. Burns, Ch. R. A Study of Victorian Authorship, 1961.

Rebecca, Roman von D. → Du Maurier.

The Recruiting Officer, Kom. in 5 Akten von G. → Farquhar; UA 8. 4. 1706 Royal Theatre, London. Ungewöhnl. ist die Ortswahl des Handlungsgeschehens: während die sonstigen Kom. der Zeit in London spielen, verlegte F. die Handlung nach Shrewsbury in Wales, wo er selbst 1705 für die Armee Marlboroughs Soldaten geworben hatte. Jedoch greifen s. Charaktere auf keine konkreten Personen zurück, sie entsprechen den jeweils typ. Vertretern ihrer Klasse: Captain Plume, Frauenheld u. tüchtiger Soldat; Sergeant Kite, ausgezeichneter Rekruteneintreiber, der schließl. mit Hilfe astrolog. Kenntnisse die Bauernjungen einziehen kann; Melinda, die kokette Geliebte Mr. Worthys; Silvia, das ehrl. Mädchen, das Plume heiraten möchte u. dem dies am Ende auch gelingt. F.s Stück steht in enger Tradition zu der engl. Kom. um 1600: nahezu vollständiger Verzicht auf die typ. Dialoge u. Figuren der → comedy of manners, ledigl. die für die Sittenkom. charakterist. Geliebte tritt in der Gestalt Melindas auf. Der vor dem Hintergrund des Span. Erbfolgekriegs aufgebaute Stoff wurde im 20. Jh. von B. Brecht in s. *Pauken und Trompeten* (1955) wieder aufgegriffen, wo jedoch F.s Kritik an den Rekrutierungsmethoden der engl. Krone noch wesentl. stärker betont u. gegen den am. Kolonialismus Stellung bezogen wird. *ra*

Hg. K. Tynan, 1965. – S. Rosenfeld, Notes on ›The R.O.‹ (Theatre Notebook, 18 1963/64, 47–48). A. Wertheim, B. Brecht and G.F's ›The R.O.‹ (Comp. Lit., 7 1973, 179–90).

Redgauntlet, hist. Roman von W. Scott; → *Waverley*.

Reeve, Clara, 1729 Ipswich – 3. 12. 1807 ebda. Veröffentlichte 1777 unter dem Eindruck von Horace → Walpoles *Castle of Otranto* ihren Erstlingsroman *The Champion of Virtue, a Gothic Story,* 1778 u. d. T. *The Old English Baron* (hg. J. Trainer, 1967). Weitere folgten: *The Two Mentors* (II 1783), *The Exiles* (III 1788), *The School for Widows* (III 1791) u. *Memoir of Sir Roger de Clarendon* (III 1793). Beeinflussung durch den moralist.-sentimentalen Roman (→ Richardson, → Mackenzie), dabei Einbindung des Übernatürl. in e. realist. Rahmen. Mit *The Progress of Romance* (1785; n. 1930) unternahm R. den Versuch e. Überblicks über das zeitgenöss. Romanschaffen. *hd*

D. P. Varma, The Gothic Flame, 1957.

Regional Novel, Regionalroman; betont im Sinne e. geograph. bzw. regionaltyp. Ausschnitts Sitten, Brauchtum, Gesch., Eigenheiten, Lebensart, Sprache, Landschaft u. Natur (›local colour‹, ›period colour‹). Die Menschen e. solchen Darstellung, Handlungsweise u. Wesensart werden nur unter regionalem bzw. hist. Bezug voll verständl.: Wessex-Romane von → Hardy, ›Five Towns‹ bei → Bennett, → Kailyard. *hd*

Ph. Bentley, The Engl. Regional Novel, 1941. L. Leclaire, Le roman régionaliste dans les Iles Britanniques 1800–1950, 1954. G. Bock, Studien zum engl. Provinzroman, 1976.

Reid, Thomas, 26. 4. 1710 Strachan (Schottland) – 7. 10. 1796 Glasgow; Philosoph. Stud. Marischal College, Aberdeen; 1737 Ordination; 1752 Professor of Philosophy, King's College; 1763 Nachfolge von A. → Smith als Professor of Moral Philosophy, Glasgow. S. Hauptwerk *Inquiry into the Human Mind on the Principles of Common Sense* (1764) richtete sich vornehml. gegen → Humes Skeptizismus u. den *Essay on Human Nature*. R.s ›common sense‹-Philosophie geht von bestimmten, allen vernunftbegabten Menschen gemeinsamen Glaubensvorstellungen aus. Mitglied der Aberdeen Society. *hd*

S. A. Grave, The Scott. Philosophy of Common Sense, 1960.

Relief Scene → Comic Relief.

Religio Laici, Ged. von J. → Dryden.

Religio Medici, Abh. von Sir Th. → Browne.

Reliques of Antient English Poetry → Percy, Th.

Renaissance; begann in England nach der Zeit des ›nascent humanism‹ später als in anderen Ländern mit den ab 1490 gehaltenen Vorlesungen über griech. Sprache u. Lit. des in Italien gebildeten Humanisten William Grocyn in Oxford. Zu s. Schülern gehörten Erasmus u. → More. Der 1. wirkl. Renaissancefürst in England war Henry VIII (1509–47). Ihren Höhepunkt erreichte die R. in England zur Regierungszeit der humanist. erzogenen Elizabeth I (1558–1603). *ks*

D. Bush, The R. and Engl. Humanism, 1939. R. Weiss, Humanism in England During the 15th Cent., 1941, [2]1957. P. Meissner, England i. Zeitalter von Humanismus, R. u. Reformat., 1952. R. Hoopes, Right Reason in the English R., 1962. D. C. Allen, Doubt's Boundless Sea: Skepticism and Faith in the English R., 1965. L. Borinski, Engl. Humanismus u. dt. Reformation, 1969. P. Grant, Images and Ideas in Literature of the English R., 1979.

Renault, Mary (eig. Mary Challans), 4. 9. 1905 London; Stud. Oxford, Krankenschwester im 2. Weltkrieg, seit 1948 in Südafrika. Vf. von konventionellen, anschaul. u. spannend geschriebenen hist. Romanen aus der Antike, häufig um das zentrale Thema gleichgeschlechtl. Liebe. R.s größter Erfolg sind die Romane über die Theseus-Legende *The King Must Die* (1958) u. *The Bull from the Sea* (1962). *Fire from Heaven* (1970) beschreibt die Jugend Alexanders des Großen, *The Praise Singer* (1979) das Leben des griech. Dichters Simonides. *ks*

L. C. Burns, Jr., Men are Only Men: The Novels of M.R. (Crit, 6 1963, 102–21). M.R., Notes on ›The King Must Die‹ (Afterwords. Novelists on Their Novels, hg. Th. McCormack, 1969, 80–87). P. Wolfe, M.R., 1969. B. F. Dick, The Hellenism of M.R., 1972.

Restoration, Restauration; Begriff, der zum einen die Wiederherstellung der Stuart-Monarchie durch Charles II (1660) nach dem Interim Cromwells bezeichnet, zum anderen den ca. vierzigjährigen Zeitabschnitt (1660–1702) zwischen Charles II u. Queen Anne auf lit. Ebene umfaßt. Es bilden sich 3 Erscheinungsformen in dieser Restoration Period heraus: Restoration Prose, Restoration Drama u. Restoration Poetry. Durch die → Royal Society beeinflußt, legten die Autoren großen Wert auf e. log.-rationalen, klar strukturierten Prosastil. Th. → Sprat formulierte diese neue Stilrichtung in s. *History of the Royal Society* (1667): »... a close, naked, natural way of speaking; positive expressions; clear sense; a native easiness; bringing all things as near the Mathematical plainness, as they can: and preferring the language of Artisans, Countrymen, and Merchants before that of Wits, or Scholars.« Das Drama, nach 1660 durch Molière, Corneille u. Racine geprägt, erlebt nach der Zeit des Theaterverbots (1642–60) e. neuen Aufschwung. Im Gegensatz zu den Trag. wurden die Kom. von → Etherege, → Wycherley, → Vanbrugh, → Farquhar u. → Congreve erfolgreich aufgeführt. Hauptvertreter der Dichtung dieser Zeitspanne waren neben J. → Dryden die Dichter u. Satiriker S. Butler u. der Earl of Rochester, die auch den preziösen Stil pflegten. Die ›Restoration Poets‹ leiten das Zeitalter der Augustan Poetry ein. *ra*

R. C. Bosher, The Making of the R. Settlement, 1951. G. Davies, The R. of Charles II 1658–1660, 1955. J. W. Johnson, The Formation of English Neo-classical Thought, 1967. P. J. Korshin, Studies in Change and Revolution, Aspects of English Intellectual History, 1640–1800, 1972. J. Miller, Popery and Politics in England, 1660–1688, 1973. Chr. Hill, Change and Continuity in 17th Cent. England, 1974. P. Morrah, R. England, 1979.

The Return of General Forefinger, Drama von G. → Cooper.

The Return of the Native, Roman von Th. → Hardy, ED in Forts., ›Harper's Magazine‹, 1877–79 u. ›Belgravia‹, 1878; EA 1878. Die wild-düstere Naturlandschaft von Egdon Heath in Hardys Wessex, mit deren überwältigender Schilderung die Handlung einsetzt, beherrscht den Roman, bestimmt das Geschehen, die Charaktere u. ihr Leben. Mensch u. Natur sind Einheit. Wer sich dagegen auflehnt oder versucht, sich aus dieser Klammer zu lösen, erfährt die Unerbittlichkeit des Schicksals. Im Mittelpunkt der dichten Handlung steht Clym Yeobright, e. Diamantenhändler, der, des Stadtlebens u. der Sinnlosigkeit s. dortigen Tuns überdrüssig, aus Paris zu s. Mutter in die Einsamkeit der Heide zurückkehrt, um sich hier als Lehrer niederzulassen. Zu ihm fühlt sich die stolze Eustacia Vye hingezogen, da sie hofft, mit s. Hilfe dem ihr verhaßten Heideleben zu entrinnen. Clym heiratet sie wider den Willen s. Mutter. Als er keine Anstalten macht, wieder nach Paris zu gehen, sondern sich mit großem Eifer auf s. neuen Beruf vorbereitet, bleibt ihre Enttäuschung nicht aus. Sie betreibt die weitere Entfremdung zwischen Mutter u. Sohn. Aufgrund e. Augenleidens sieht sich Clym gezwungen, s. berufl. Hoffnungen aufzugeben. Als Ginsterschneider verdient er sich e. bescheidenen Unterhalt. Eustacia nimmt ihre Beziehungen zu Damon Wildeve, Besitzer des Dorfwirtshauses, wie sie e. Fremder in s. Umgebung, wieder auf. Dieser ist inzwischen mit der einfachen Thomasin Yeobright verheiratet, die die Hand des biederen Diggory Venn ausgeschlagen hatte. Clym ist bereit, Eustacia zu verzeihen. S. Brief erreicht sie zu spät, auf ihrem Weg zu dem mit Wildeve vereinbarten Treffpunkt zur Flucht kommt sie in e. nächtl. Unwetter, stürzt in den Fluß u. ertrinkt. Wildeve, der zusammen mit Clym versucht, sie zu retten, findet das gleiche trag. Ende. Thomasin, nun nicht mehr an ihren im Grunde wesensfremden Partner gebunden, entscheidet sich für den aufrechten, ehrl., im Sinne des Wortes natürl. Diggory. Clym, von Schicksalsschlägen gezeichnet, sucht das Leben in Einsamkeit u. zieht als ›travelling preacher‹ durch die Heide. *R.o.N.* ist beispielhaft für H.s Thema der Vergeblichkeit allen Bemühens, sich gegen Schicksalsmächte durchzusetzen, gleichzeitig der Bezogenheit von Mensch u. Natur. Die Konzeption des ›Native‹ Clym Yeobright als zentrale Figur des Geschehens weist hingegen gewisse Schwächen auf. Beherrschend im Mittelpunkt steht eig. Eustacia, fremd in e. ihr fremden Umwelt. Unübertroffen ist H.s Kraft der Naturschilderung u. die dramat. Dichte des Romans. *hd*

Hg. A. J. Guérard, 1950; n. A. W. Litz, 1967. – J. Paterson, The Making of ›The R.o.N.‹, 1960, ²1978. Ch. C. Walcut, Character and Coincidence in ›The R.o.N.‹ (Twelve Orig. Essays on Great Engl. Novels, hg. C. Shapiro, 1960, 153–73). Tragic Novels, hg. R. P. Draper, 1975 (Casebook).

Revenge Tragedy; e. Form der Trag., die zur Zeit Shakespeares ihre Blüte erlebte (1590–1620). Sie geht auf die Dramen des röm. Dichters Seneca, des Erziehers Neros, zurück, dessen 10 Trag. zwischen 1559 und 1581 ins Engl. übersetzt wurden. Seneca will in s. Trag. den machtbesessenen Menschen zeigen, der durch ungebändigte Leidenschaft u. maßlosen Ehrgeiz schuldig wird. Die Handlung besteht deshalb meistens aus der Ermordung e. Hof- oder Familienangehörigen durch e. Tyrannen und aus dem Auftrag an den Protagonisten, diese Schandtat an dem Mörder zu rächen, obwohl sich dieser aufgrund s. herausgehobenen sozialen Status außerhalb der normalen Gerichtsbarkeit befindet. Diese Thematik fiel in der elisab. Zeit deshalb auf solch fruchtbaren Boden, weil sich England gerade vom Feudalstaat zum mod. Rechtsstaat entwickelte, in dem die Gesetze zum Schutze jedes Staatsbürgers wirksam wurden. Auf der einen Seite mußte sich zu dieser Zeit e. Familienmitglied noch zur Stammes- und Sippenrache aufgerufen fühlen; auf der anderen Seite dehnte der Staat s. Anspruch auf gerechte Bestrafung des Mörders aus. Die Kirche verbannte zwar die Rache als Sünde; der Rächer konnte sich aber auch als Instrument der göttl. Rache betrachten. In dieser geistigen Konfliktsituation stand der mit der Rache beauftragte Protagonist. In der elisab. Zeit wurde die r.t. v. a. durch Th. → Kyd, *The Spanish Tragedy* (1592), populär gemacht. Auch Shakespeares frühere Historien *Henry VI* und *Richard III* sowie s. Römerdrama *Titus Andronicus* und v. a. s. *Hamlet* sind zu dieser Tragödienform zu rechnen. Andere Merkmale kamen hinzu: das Zögern des Helden, Hofintrigen, e. gleichwertiger Gegenspieler, geistige Verdunkelung des Helden, philosoph. Monologe, Schreckenseffekte auf der Bühne. Spätere Beispiele waren: C. Tourneur, *The Revenger's Tragedy* (1607), G. Chapman, *The Revenge of → Bussy D'Ambois* (1611), J. → Webster, *The White Devil* (1612) und *The → Duchess of Malfi* (1613), Th. → Middleton, *Women Beware Women* (1621?) und *The Changeling* (1623). Bei Webster ist das Rachethema allerdings nicht mehr auf einzelne Charaktere konzentriert. *ra*

F. L. Lucas, Seneca and Elizabethan Tragedy, 1922. T. S. Eliot, ›Seneca in Elizabethan Translation‹ (1927) u. ›Shakespeare and the Stoicism of Seneca‹ (1927). (Selected Essays, 1932, 65–108 u. 126–140). M. Bradbrook, Themes and Conventions of Elizabethan Tragedy, 1935. R. Ornstein, The Moral Vision of Jacobean Tragedy, 1960. W. Rosen, Shakespeare and the Craft of Tragedy, 1960. G. Steiner, The Death of Tragedy, 1961. N. Brooke, Shakespeare's Early Tragedies, 1968. N. Brooke, Horrid Laughter in Jacobean Tragedy, 1979.

The Review, Zs. von D. → Defoe.

Reynolds, Sir Joshua, 16. 7. 1723 Plympton-Earls – 23. 2. 1792 London; Lehrzeit bei dem Porträtmaler Th. Hudson, Grand Tour, anschließend als Maler in London, wo er als begehrter Porträtist bald zu großer Anerkennung gelangte. Eng mit Dr. → Johnson befreundet; Mitbegründer des → Literary Club. S. Verhältnis zu → Hogarth war eher kühl. 1768 Präsident der Royal Academy of Artists; 1769 geadelt; 1773 ehrenhalber D.C.L., Oxford. R. gilt als der bedeutendste Porträtmaler s. Zeit; hochgeachtet von der Londoner Gesellsch., gern gesehener Gast im Hause der E. → Montagu. S. lit. Werke sind Abh. über Kunst, die auch heute noch Gültigkeit beanspruchen können; darunter die *Discourses on Art* (hg. R. R. Wark, 1959), Vorlesungen (1769–90) an der Royal Academy, in denen er sich mit den klass. Kunstrichtungen in Europa auseinandersetzte, v. a. unter dem Aspekt der Vermittlung bildender Kunst. *hd*

J. Burke, Hogarth and R. A Contrast in Engl. Art Theory, 1943. F. W. Hillis, The Lit. Career of Sir J.R., 1936. D. Hudson, Sir J.R., 1958.

Rhoda Fleming, Roman von G. → Meredith.

Rhyme Royal (iambic pentametre → stanza), 7zeilige Strophe von jambischen Zehnsilbern, Reimschema ababbcc; so bezeichnet nach ihrer Verwendung durch James I von Schottl. (→ Makars) in *The Kingis Quair* (1423) oder der Übs. des frz. ›chant royal‹. Häufig u. zuerst bei → Chaucer, daher gelegentl. auch ›Chaucer Stanza‹. Zahlreiche der großen u. bedeutenden Werke engl. Dichtung verwenden den r.r., z. B. Lydgate, Dunbar, Skelton, Wyatt, Shakespeare u. Morris; stark variiert in *The → Mirror for Magistrates,* in Weiterentwicklung zur → Spenserian Stanza hinführend. *hd*

H. C. K. Wyld, Studies in Engl. Rhymes from Surrey to Pope, 1923. G. S. Fraser, Metre, Rhyme and Free Verse, 1970 (Critical Idiom).

Ricardo, David, 19. 4. 1772 London – 11. 9. 1823 ebda; Sohn e. nach England ausgewanderten niederländ. Juden. Als Abgeordneter für den ir. Wahlkreis Portarlington unterstützte R. die Reformpolitik der Radikalen. Gründer der klass. Schule der Nationalökonomie in England; vertrat e. entschiedenen Liberalismus im Bereich von Handel u. Wirtschaft (›laissez-faire‹). S. Hauptwerk *Principles of Political Economy and Taxation* (hg. E. C. K. Gonner, 1891), angeregt durch J. S. → Mill, erschien 1817 u. befaßt sich im wesentl. mit den Ursachen, die er für die Verteilung des Wohlstandes als bestimmend erachtet, erstmals unter Einbeziehung von Steuern. R.s Werttheorie wurde von Marx aufgegriffen. *hd*

The Works and Correspondence of D.R., hg. P. Sraffa and M. H. Dobb, X 1951. – D.R. and Ricardian Theory. Bibl., hg. B. Franklin and G. Legman, 1949. – J. Rosenberg, R. u. Marx als Welttheoretiker, 1904.

Riceyman Steps, Roman von A. → Bennett.

Richard II; Richard III → Histories, Shakespeare.

Richards, Ivor Armstrong, 26. 2. 1893 Sandbach/Cheshire; Kritiker. Stud. Cambridge; Mitglied vieler Vereinigungen u. Komitees; z. B. The King's Medal for Poetry (1933), The Harvard Commission on English Language Studies (1939–44); ab 1944 Professor für engl. Lit. an der Harvard University. Seit 1975 lebt R. zurückgezogen in Cambridge. Grundlegend war s. 1923 zusammen mit C. K. Ogden herausgegebene Theorie der Bedeutung *The Meaning of Meaning,* worin e. generelle Lösung des Bedeutungsproblems, e. umfassende Analyse von Funktion u. Leistungsfähigkeit der Sprache u. e. daraus abzuleitende Lösung des Erkenntnisproblems zugleich formuliert wurde. Dabei wurde neben der ›symbol.‹ e. 2. Sprachfunktion, die ›emotionale‹ angenommen, auf der s. Theorie der Lit. u. Lit.krit. aufbaut. Ausschlaggebend ist, daß die emotionale Sprachfunktion als Alternative zur referentiellen (symbol.) negativ definiert ist. Die vielfältigen lit.theoret. Bemühungen von R., *Principles of Literary Criticism* (1924), *Science and Poetry* (1926), *Practical Criticism: A Study of Literary Judgment* (1929), lassen sich unter 3 Aspekten subsumieren: theoret. Fassung des Gegenstands (Lit.), Abgrenzung der Lit.theorie von anderen ›sciences‹ wie Psychologie u. Linguistik, Lit.theorie als Theorie der ›prakt.‹ Kritik. Auf die Theoriekonzeption folgten Interpretationen über Hopkins, Eliot, Dostojewski, Forster, Lawrence, bes. Coleridge u. schließl. sogar eigene Lit.beitr. in *Internal Colloquies: Poems and Plays* (1971); zuvor noch *Basic English and its Uses* (1943); *Coleridge on Imagination* (1934); *The Philosophy of Rhetoric* (1936); *Speculative Instruments* (1955); *Goodbye Earth, and other Poems* (1959); *The Screens* (1961); *So Much Nearer: Essays towards a World English* (1968) etc. *ra*

K. Klein, D. Dichterbegriff i. d. mod. engl. Lit.kritik, 1953. M. Krieger, New Apologists for Poetry, 1956. R. Williams, Culture and Society, 1958. G. Watson, Lit. Critics, ²1964. W. H. N. Hotopf, Language, Thought, and Comprehension: A Case Study of Writings of I.A.R., 1965. D. M. Johnson, I.A.R. and the Beginnings of Modern Crit., 1969. J. P. Schiller, I.A.R's Theory of Lit., 1969. I.A.R. Essays in His Honor, hg. R. Brower, H. Vendler and J. Hollander, 1973. H. Grabes, I.A.R.s Bedeutungs- u. Lit.theorie (Engl. u. am. Lit.theorie, hg. R. Ahrens u. E. Wolff, 1979, Bd. 2, 420–36).

Richardson, Dorothy Miller, 17. 5. 1873 Abingdon – 17. 6. 1957 Beckenham; Jugend in London, dann Lehrerin u. kaufmänn. Angestellte. Publizierte 1915–38 e. Zyklus von 12 Romanen, zusammengefaßt u. d. T. *Pilgrimage,* um das Leben e. jungen engl. Lehrerin u. Sekretärin in der Zeit von 1890 bis etwa 1915, e. ›Feministin‹, die ihre Unabhängigkeit zu bewahren sucht u. sich nicht durch die Ehe in e. von Männern u. auf diese hin determinierte Welt hineinzwingen lassen will. Was den Zyklus berühmt machte, ist die neue Erzähltechnik der Bewußtseinsdarstellung (→ stream-of-consciousness), welche – in der 3., nicht der 1. Person wie bei → Joyce u. → Woolf – Wirklichkeit als e. ununterbrochenen Fluß von Wahrnehmungen, emotionalen u. rationalen Reaktionen, Assoziationen u. Erinnerungen reproduziert. Handlung im eigentl. Sinn, Verwicklungen u. Höhepunkte fehlen. Von anderen Autoren hochgeschätzt, aber geringe Popularität, da Denken u. Erleben der Romanhelden nicht interessant genug sind, in 12 Bdn. vor dem Leser ausgebreitet zu werden. *ks*

Collected Works, XII 1938. – J. C. Powys, D.R. A Study, 1931. C. R. Blake, D.R., 1960. G. G. Fromm, D.R.: A Biogr., 1978.

Richardson, Samuel, 1689 in Derbyshire – 4. 7. 1761 London. Aus Geldmangel kam R. nicht zum Universitätsstud., lebte bei s. Eltern u. arbeitete zunächst in e. Druckerei. Machte sich bald selbständig u. druckte u. a. die ›Journals‹ des Unterhauses (1728). Auf Anregung zweier befreundeter Verleger schrieb er s. Erstlingsroman → *Pamela* (1740–41). Als Ausgangstext war vorausgegangen e. Bändchen erbaul. Briefe, Hinweise für die rechte Handhabung der »Common Concerns of Human Life.« *Clarissa Harlowe* (1747–48; hg. P. Stevick, 1971) setzte den Erfolg fort u. machte R. über die Grenzen Englands hinaus bekannt. *Sir Charles Grandison* (1753–54) war als Gegenstück zu *Clarissa* gedacht u. sollte zuerst u. d. T. ›The Good Man‹ erscheinen. Der Einfluß, der von R.s Werk ausging, war beträchtl. u. für die weitere Entwicklung des Romans von maßgebl. Bedeutung. R.s didakt.-moralisierende Romanzen, Briefromane (→ epistolary novel) mit äußerster Realitätsnähe, respektierten die Moralvorstellungen der Zeit u. folgten dem Vorbild puritan. Erbauungslit., in der Moral u. Unmoral belohnt bzw. bestraft werden. Im Gegensatz zu → Fielding bevorzugte R. e. stärker psych. Anlage u. Zeichnung s. Charaktere. *hd*

Works, Shakespeare Head Ed., XIX 1930f. ›Pamela‹, ›Clarissa‹, ›Sir Charles Grandison‹, hg. W. King and A. Bott, 1929–31. – Correspondence of S.R., hg. A. L. Barbauld, VI 1804; n. 1968. Selected Letters, hg. J. Carrell, 1964. – W. M. Sale, S.R. A Bibliographical Record of His Literary Career, ²1968. F. Cordasco, R. A List of Critical Studies 1896–1946, 1948. – E. Poetzsche, S.R.s Belesenheit, 1908. G. F. Singer, The Epistolary Novel: Its Origin, Development, Decline and Residuary Influence, 1933. W. M. Sale, S.R. Master Printer, 1950. R. F. Brissenden, S.R., 1958. A. D. McKillop, S.R. Printer and Novelist, ²1960. M. Golden, R's Characters, 1963. A. Dobson, S.R., ²1968. J. Konigsberg, S.R. and the Dramatic Novel, 1968. M. A. Doody, A Natural Passion: A Study of the Novels of S.R., 1974. G. Levin, R. the Novelist: The Psychological Patterns, 1978.

Richardson, William (1743–1814), *Essays on Shakespeare's Dramatic Characters* → Ruling Passion.

Riddles, Rätsel; 8. oder frühes 9. Jh., 95 r. im → Exeter Book, von kulturhist. Interesse. Lat. Rätsel schon bei → Aldhelm u. → Bede. Große Variationsbreite an Themen, häufig Beschreibung von Gegenständen des Alltags, z. B. Schild (60, Exeter Book), Pflug (2), Dreschflegel (52), Schlüssel (91); Tierrätsel, z. B. Schwan (7), Muschel (11), Fisch (85). Gelegentl. hoher Abstraktionsgrad, didakt. Anspruch, wenig volkstümlich. Bei vielen r. läßt sich e. gewisse Parallele zur → kenning feststellen. *js*

F. Tupper, The Riddles of the Exeter Book, 1910. Die ae. Rätsel, hg. M. Trautmann, 1915. Anglo-Saxon Riddles, P. F. Baum, 1963 (Übs.).

Ridler, Anne, geb. Bradby, 30. 7. 1912 Rugby; Vater Heimleiter der Rugby School. Durch den späten T. S. → Eliot u. durch → Fry beeinflußte Vf. rel. Ged. u. Versdramen nach dem Vorbild der ma. → morality plays, in denen sie in mod. Umgangssprache christl. Themen, insb. das der Erlösung darstellt. *The Shadow Factory* (1946) mischt sozialen Realismus mit rel. Allegorie u. zeigt, wie soziale Ausbeutung durch christl. Lebenshaltung überwunden wird. In dem auf e. Volkslied basierenden *The Mask* (1950) besiegt Liebe e. narzist. Haltung. *Henry Bly* (1950) ist e. Neufassung des Grimm-Märchens vom Bruder Lustig. Das beste von R.s Dramen, *The Trial of Thomas Cranmer* (1956), feiert menschl. Mut u. Glaubensstärke. Intellektuelle Lyrik, reich an Wortwitz u. mit ausgesprochenem Sinn für Rhythmus. *ks*

The Ring and the Book, Dichtung von R. → Browning.

The Rivals, Kom. von R. B. → Sheridan.

The Road to Wigan Pier, Bericht über die Lebensbedingungen engl. Bergarbeiter von G. → Orwell.

Rob Roy, hist. Roman von W. Scott; → *Waverley*.

Robin Hood (zwischen 12. u. 14. Jh.), volkstüml. Held zahlreicher Balladen, erstmals erwähnt in → *Piers Plowman*. R.H. lebte im Sherwood Forest bei Nottingham, war e. ausgezeichneter Bogenschütze, nahm den Reichen, um die Armen zu beschenken, Symbolfigur des Widerstands gegen die normann. Aristokratie. Er u. andere Gestalten der Legende – Friar Tuck, Little John, Maid Marian – finden sich auch im → Morris Dance verkörpert. Die meisten R.H.-Balladen sind ohne großes lit. Gewicht; als Ausgangstext kann die *Lytell Geste of Robyn Hoode* (ED um 1500) angesehen werden. Zahlreiche Bearbeitungen: Balladenzyklen, Prosaversionen, Lieder, Drama, Verfilmung. R.H. steht im Mittelpunkt e. gleichnamigen Schauspiels von → Tennyson, als Locksley in Scotts Roman *Ivanhoe* (→ Waverley). *hd*

Robinson Crusoe (*The Life and Strange Surprizing Adventures of R.C., of York, Mariner*); Roman von D. → Defoe, EA in 3 Tl., 1719–20 (1–2, 1719; 3, 1720). Die Handlung geht größtenteils auf die Erlebnisse des Seemanns Alexander Selkirk zurück, der 4½ Jahre auf der Pazifikinsel Juan Fernandez gelebt hatte, bis er, 1709 von Kapitän Rogers gerettet, nach England zurückgebracht wurde. Rogers veröffentlichte Selkirks Erlebnisse (1712), → Steele ging in s. Wochenschr. ›The Englishman‹ darauf ein. Defoe bereicherte die Gesch. von Selkirks einsamem Leben auf der Insel durch zahlreiche erfundene Geschehnisse u. präsentierte das Ganze als e. wahren Bericht (»just history of fact«). Um e. Höchstmaß an Authentizität zu erlangen, brachte D. zahlreiche sog. Fakten, bis ins kleinste Detail geschildert, ins Spiel. Er erzählt, wie Crusoe, mit Hilfe der wenigen Gerätschaften, die er beim Untergang des Schiffes retten konnte, voller Erfindergeist auf der Insel u. a. e. befestigte Behausung errichtete, sich e. Boot baute u. Wildziegen zu Haustieren machte. Als Kannibalen wieder einmal die Insel mit Gefangenen besuchen, gelingt es ihm, e. der Opfer zu retten. Er nennt ihn Friday, nach dem Tag s. Rettung. Folgend wird das gemeinsame Leben beider beschrieben, schließl. die Ankunft e. engl. Schiffes, dessen meuternde Besatzung von Crusoe an der Aussetzung ihres Kapitäns gehindert wird. Aus Dankbarkeit nimmt dieser ihn u. Friday nach 28 Jahren, 2 Monaten u. 19 Tagen Insellebens mit nach England. Die Anführer der meuternden Matrosen bleiben freiwillig zurück. Sie gründen später mit Spaniern e. Inselstaat, dessen Gesch. D. in der Forts. *The Farther Adventures of R.C.* (1719) schildert. *R.C.* war e. augenblickl. Erfolg: Übs. in zahlreiche Sprachen, Grundlage vieler ähnl. Abenteuergesch. u. Nachahmungen. S. Hauptgestalt wurde zu e. zeitlosen Leitbild, steht andererseits jedoch bewußt in der Zeit der Entstehung dieses ersten modernen Romans, der engl. Aufklärung. Robinson verkörpert das ideale Menschenbild der Epoche: pragmat., nüchtern, vernunftbetont. Er hat absolutes Gottvertrauen, erlangt bescheidenen ird. Wohlstand durch harte u. ehrl. Arbeit, ist optimist. im Glauben an die Menschheit u. beweist die unbegrenzte Entwicklungsfähigkeit des einzelnen zum Wohle der Allgemeinheit. Einfache Sprache, nüchterner Erzählstil fiktiver Realität. In gekürzter u. überarbeiteter Fassung ist der Roman e. beliebtes Jugendbuch. Andauernde krit. Auseinandersetzung mit dem Text u. s. Wirkungsgesch. *hd*

Hg. C. Whibley, III 1925; n. Shakespeare Head Edition of the Novels and Selected Writings, 1927; n. G. Potock, 1945; n. M. W. and G. Thomas, 1966. – A. Lüthi, D.D. u. s. Forts. zu ›R.C.‹, 1920. H. C. Hutchins, ›R.C.‹ and Its Pointing, 1925. I. Watt, ›R.C.‹ as a Myth (EIC, 1 1951, 286–91). M. E. Novak, R.C. and Economic Utopia (KR, 25 1963, 474–90). W. H. Halewood, Religion and Invention in ›R.C.‹ (EIC, 14 1964, 339–51). J. P. Hunter, The Reluctant Pilgrim, 1966. P. Norton, ›R.C.‹, 1967. E. Liebs, Studien z. Rezeption d. ›R.C.‹ i. dt. Jugendbearbeitungen, 1977.

Rochester, 2nd Earl of → Wilmot, J.

Roderick Hudson, Roman von H. → James.

Roderick Random, The Adventures of, pikaresker Roman von T. G. → Smollett.

Rogers, Samuel, 30. 7. 1763 London – 18. 12. 1855 ebda; genoß Privaterziehung, von Jugend an lit. u. künstler. interessiert; Förderer u. Mäzen. Vorbilder waren Johnson, Goldsmith u. Gray. R.s Dichtung zeigt spätklass. Züge, ist bildhaft u. formvollendet, reich an Reflexionen, jedoch aussageschwach: *The Pleasures of Memory* (1792), *Voyage of Columbus* (1810), *Jacqueline* (1814), *Human Life* (1819), *Italy* (1822, 1828). Daneben Essays für ›The Gentleman's Magazine‹. Geistvoll-witziger, gelegentl. sarkast. Gesprächspartner, bekannte Persönlichkeit in den lit. Kreisen Londons (vgl. *Recollections*). *hd*

Poetical Works, hg. E. Bell, 1875 (Aldine Edition). Recollections of the Table Talk of S.R., hg. 1856; n. M. Bishop, 1952. – Italian Journal, hg. J. R. Hale, 1956. – P. W. Clayden, R. and His Contemporaries, 1889. R. E. Roberts, S.R. and His Circle, 1910. C. P. Barbier, S.R. and William Grepur: Their Friendship and Correspondence, 1959. A. J. Shirren, S.R. The Poet from Newington Green, 1963.

Rolle, Richard, of Hampole, 1300 (?) Thornton-le-Dale oder Thornton-le-Street – 29. 9. 1349 b. Hampole; Stud. Oxford, 1319 Rückkehr nach Yorkshire, lebte als Einsiedler in der Nähe von Hampole; Mystiker. Die nach s. Tode verfaßte Schr. *Officium et Legenda de Vita Ricardi Rolle* wurde im Hinblick auf e. geplante Heiligsprechung angefertigt u. gibt genauen Einblick in s. Schaffen. R. wirkte als geistl. Berater von Nonnen des Zisterzienserordens. Aus dieser Zeit stammt die an die spätere Einsiedlerin Margaret Kirby geschriebene Epistel *The Form of Living* (hg. G. E. Hodgson, 1910, modernisierte Fassung). Als s. Hauptwerk gelten *Melos Amoris* oder *Melum Contemplativorum* (hg. E. J. F. Arnould, 1957), *Incendium Amoris* (hg. M. Deansley, 1915) u. *Emendatio Vitae* (hg. F. M. M. Comper, 1914, mit Übs.). R.s Prosa ist nicht nur mit lyr. Ged. durchsetzt, sondern hat allg. stark lyr. Ausprägung. *js*

Engl. Writings of R.R., hg. H. E. Allen, 1931. Selected Writings (Übs.), hg. J. G. Harrell, 1963. – Yorkshire Writers: R.R. of Hampole and His Followers, hg. C. Horstmann, II 1895–96. H. E. Allen, Writings Ascribed to R.R., 1927. F. M. M. Comper, Life of R.R., 1929.

Roman-fleuve, saga novel, Zyklenroman, Romanzyklus, bestehend aus einzelnen selbständigen Romanen, die sich nach dem Vorbild von Balzacs *Comédie humaine* u. Zolas *Rougon-Macquart* stoffl. u. themat. um denselben Problemkreis bewegen u. oft auch durch e. Zentralfigur oder die Gestalt e. Erzählers miteinander verbunden sind. Der bekannteste engl. Romanzyklus zu Beginn des 20. Jh. ist Galsworthys → *Forsyte Saga*. D. → Richardson schrieb den 12bändigen Zyklus *Pilgrimage*. Die voluminösen Beispiele in der zeitgenöss. engl. Lit. sind Powells *A* → *Dance to the Music of Time* (12 Bde.), → Ravens *Alms for Oblivion* (10 Bde.), Snows → *Strangers and Brothers* (11 Bde.) u. → Williamsons *A Chronicle of Ancient Sunlight* (15 Bde.). Aus e. geringeren Zahl von Einzelwerken setzen sich die folgenden bedeutenden zeitgenöss. Zyklen zusammen: Durrells → *Alexandria Quartet*, → Lessings *Children of Violence* (5 Bde.), → Toynbees *Pantaloon*-Zyklus in Versen (4 Bde.), J. I. M. → Stewarts *A Staircase in Surrey* (5 Bde.) u. → Waughs *Sword of Honour*-Trilogie. *ks*

Roman Plays, Römerdramen Shakespeares: *Julius Caesar* (1599), *Antony and Cleopatra* (1606/07) u. *Coriolanus* (1607–08), zu denen bisweilen noch die frühe Trag. *Titus Andronicus* gerechnet wird. Die R.p. eröffnen u. beschließen die Schaffensperiode, in der Sh.s große → tragedies entstanden sind. Quelle waren in erster Linie die Lebensbeschreibungen des Plutarch in der Übs. von Sir Thomas North (1579). Die in diesen Dramen behandelten polit. Themen waren für die Elisabethaner von aktueller exemplar. Bedeutung: Monarchie u. Demokratie, Tyrannenmord, Bürgerkrieg. Im Zentrum des Geschehens steht jeweils der Konflikt zwischen e. großen Individuum u. dem Staat sowie Interdependenz u. Gegensatz von privater Persönlichkeit u. öffentl. Rolle. *Julius Caesar* handelt von der Gefährdung des Staates durch den Dominanzanspruch e. Individuums, Antony u. Cleopatra geben ihre polit. Verpflichtungen zugunsten ihrer Liebesbeziehung auf, u. *Coriolanus* präsentiert die Kampfansage e. einzelnen an den Staat. Die Tatsache, daß in *Julius Caesar* die Ermordung der Titelfigur zu Beginn des 3. Akts erfolgt, deutet an, daß der Gegner, den die Republikaner Brutus u. Cassius vernichten wollten, Caesars Geist, nicht mit dem als unvollkommen u. verletzl. dargestellten Menschen Caesar besiegt ist, sondern in s. Werkzeug Antony u. s. neuen Inkarnation Octavius weiterwirkt – u. siegt. *Antony and Cleopatra* bietet vor dem in ca. 40 locker aneinandergereihten Szenen u. über 10 Jahre hinweg panoram. breit angelegten Hintergrund der Gesch. e. Weltkatastrophe (Untergang der antiken heidn. Welt Ägyptens u. Roms) e. Charakteranalyse der berühmten Liebenden: Cleopatra, die vulgär weibl., faszinierende, grausame u. unergründl. Frau, u. Antony als dionys. u. herkul. Gestalt. Antony versucht, sich von Cleopatra ab- u. s. röm. Aufgaben zuzuwenden, ist aber der Welt des Ostens u. ihrer Sinnenlust verfallen. Die wechselvolle u. oft zwielichtige Beziehung der beiden findet erst im gemeinsamen Selbstmord ihre pathet. verklärte Erfüllung. Der Titelheld des handlungsreichen Dramas *Coriolanus* besitzt Ähnlichkeit mit Antony, allerdings ist er wesentl. negativer gezeichnet. S. zwiespältiger Charakter vereint die ›virtues‹ des röm. Offiziers mit arrogantem adligem Snobismus u. aggressivem, maßlosem Haß auf s. Vaterstadt. Die Plebejer, die er mit allen s. destruktiven Energien herausgefordert hatte, zerfleischen ihn. *ks*

M. W. MacCallum, Sh's R.P. and their Background, 1910. G. W. Knight, The Imperial Theme, 1931; n. 1951. J. E. Philipps, The State in Sh's Greek and R.P., 1940. O. J. Campbell, Sh's Satire, 1943. T. W. Baldwin, W.Sh's Small Latine and Lesse Greeke, 1944. J. A. K. Thomson, Sh. and the Classics, 1952. M. Charney, Sh's R.P. The Function of Imagery in the Drama, 1961. T. B. Spencer, Sh. The R.P., 1963. D. Traversi, Sh. The R.P., 1963. Discussions of Sh's R.P., hg. M. Charney, 1964. H. M. Richmond, Sh's Political Plays, 1967. M. Payne, Irony in Sh's R.P., 1974. J. L. Simmons, Sh's Pagan World: The Roman Tragedies, 1975. P. A. Cantor, Sh's Rome: Republic and Empire, 1976.

Romances; die nach 1608 entstandenen Dramen Shakespeares: *Cymbeline* (1609/10), *The Winter's Tale* (1610/11) u. *The*→ *Tempest* (1610/11), zu denen bisweilen auch die – allerdings wohl nur teilweise von Sh. verfaßten – Stücke *Pericles* (1606–08), *The Two Noble Kinsmen* (1613) u. die→ History *Henry VIII* gerechnet werden. Den Spätwerken gemeinsam sind stat., psych. flache Charaktere, e. traumhaft entrückte Atmosphäre, spektakuläre, sensationelle Zufälle, e. märchenhaft unwahrscheinl. Handlung sowie (mit Ausnahme von *The Tempest*) e. lockere episod. Handlungsstruktur. Häufig fließen pastorale Elemente ein – am deutlichsten im *Wintermärchen.* In den gemeinsamen Themen der Romanzen – Trennung u. Wiedervereinigung von Liebenden u. Familien, Sturm u. Musik, Chaos u. Harmonie, Tod u. Wiedergeburt, Falschheit, Verrat, Eifersucht u. Liebe, Treue, Vergebung – finden sich vielfach Nachklänge aus den→ happy comedies u. den→ tragedies; indessen erlangen weder Bosheit, Verrat u. Niedertracht e. so bedrohl. Macht wie in den großen Trag., noch ist die Liebe der jungen Paare von so unbeschwerter Fröhlichkeit wie in den Kom. Voll ausgeführt ist jeweils die Wiederherstellung der Harmonie, verbunden mit der Evokation von Musik, Frühling u. Fruchtbarkeit, am Schluß der Werke. In *Pericles,* e. teilweise von Sh. überarbeiteten Stück e. anderen Dramatikers, finden sich die Kernthemen der Romanzen noch oberflächl. u. handlungsgebunden. Das Stück präsentiert anhand der auf hellen. Romane zurückgehenden Gesch. des Apollonius von Tyrus e. rohe u. gewalttätige Welt, in der Reinheit u. Unschuld auf wunderbare Weise überleben u. triumphieren. In *Cymbeline,* das in der Szenerie des legendären Kampfes der Briten gegen die Römer von der Wette von Posthumus u. Iachimo über die Treue Imogens, der Frau des Posthumus u. brit. Thronfolgerin, erzählt, lädt Cymbeline ebenso wie Posthumus Schuld auf sich, die zu Trennung u. Hader führt, aber später bereut wird, womit der Weg für harmon. Wiedervereinigung u. Regeneration geebnet ist. Unter den künstl. Handlungseffekten ist das mehrfach verwendete Motiv des Scheintodes bes. auffällig. Die Schuld des Kg. Leontes von Sizilien in *The Winter's Tale* besteht in s. krankhaften, ungehemmt leidenschaftl. Eifersucht, die s. Sohn Mamillus das Leben kostet, scheinbar zum Tod s. Frau Hermione u. zum Verlust s. Tochter Perdita führt; die tiefe, dauerhafte Reue des Leontes macht –

nach e. Zeitsprung über 16 Jahre – die spektakuläre Wiedervereinigung mögl. In *The Tempest* ist die Trennung durch Haß u. Falschheit in die Retrospektive gerückt, glückl. Wiedervereinigung u. Vergebung der Schuld bestimmen die Handlungsgegenwart. Das auf die 1. von Chaucers → *Canterbury Tales* zurückgehende, zusammen mit → Fletcher verfaßte Drama *The Two Noble Kinsmen* stellt die destruktive Wirkung sinnl. Leidenschaft u. die Erlangung menschl. Reife ins Zentrum des Geschehens. *ks*

E. Dowden, Sh. A Critical Study of His Mind and Art, 1875. G. W. Knight, The Crown of Life, 1947. T. M. Parrott, Sh.ean Comedy, 1949. E. C. Pettet, Sh. and the Romance Tradition, 1949. S. C. Sen Gupta, Sh.ean Comedy, 1950. E. M. W. Tillyard, Sh's Last Plays, 1951. H. Oppel, Sh's Trag. u. Romanzen: Kontinuität oder Umbruch?, 1954. D. Traversi, Sh. The Last Phase, 1954. B. Evans, Sh's Comedies, 1960. J. R. Brown, Sh. and His Comedies, 1962. F. Kermode, W. Sh. The Final Plays, 1963. N. Frye, A Natural Perspective: The Development of Sh.ean Comedy and Romance, 1965. R. G. Hunter, Sh. and the Comedy of Forgiveness, 1965. J. P. Cutts, Rich and Strange: A Study of Sh's Last Plays, 1968. R. A. Foakes, Sh. The Dark Comedies to the Last Plays – From Satire to Celebration, 1970. C. Gesner, Sh. and the Greek Romance: A Study of Origins, 1970. H. Felperin, Sh.ean R., 1972. J. Hartwig, Sh's Tragicomic Vision, 1972. H. Smith, Sh's R. A Study of some Ways of the Imagination, 1972. A. R. Velie, Sh's Repentence Plays: The Search for an Adequate Form, 1972. T. A. Nelson, Sh's Comic Theory: A Study of Art and Artifice in the Last Plays, 1973. D. L. Peterson, Time, Tide and Tempest: A Study of Sh's Romance, 1973. P. Rohrsen, D. Preisrede auf d. Geliebte i. Sh.s Kom. u. Romanzen, 1977.

Romanticism; geistige Strömung gegen Ende des 18. u. zu Beginn des 19. Jh., ausgehend von Dtl. u. England. Bei dieser Bewegung handelte es sich um e. Abkehr vom Rationalismus der Spätaufklärung u. von den Idealen des Klassizismus; e. neue Lebens-, Welt- und Kunstanschauung. Frühe Vorläufer des R. sind Jean-Jacques Rousseaus ›Zurück-zur-Natur‹-Philos., der dt. Sturm u. Drang (1770–1780), weiterhin die Mystik u. der Pietismus, welche erstmalig den Durchbruch des gefühlsbestimmten Weltbildes mit sich brachten u. die Kräfte des Gemüts in den Mittelpunkt von Leben u. Dichtung stellten. E. theoret. Begründung der Romantik liefern die Vorlesungen der Brüder Schlegel (A. W. Schlegel, *Über schöne Kunst und Literatur*, 1802–05) u. deren Zs. ›Athenaeum‹ (1798–1800). Der Titel dieser Zs. deutet auf die um 1790 in Dtl. einsetzende ›Gräkomanie‹ hin. In diese Zeit fällt auch die Hinwendung zum Genre → Gothic Novel, zum Volk (Erforschung der Volksdichtung u. Wiederentdeckung volkstüml. Formen), zur Gesch., insb. zum stark von christl. Idealen geprägten MA, Begründung der Geschichtswissenschaft u. Philol., außerdem e. starkes Interesse an den Dichtern der Weltlit., deren Werke mit außergewöhnl. geistiger u. formaler Einfühlungsgabe übersetzt u. dem dt. Geist erschlossen wurden, wie z. B. die von Calderon, Cervantes, Dante u. Shakespeare (Schlegel-Tieck). Die Volksdichtung der Vergangenheit als Ausdruck e. ›Volksgeistes‹ manifestierte sich in Slg. von Volksbüchern (Görres), -märchen (Grimm) u. -liedern (Arnim/Brentano, *Des Knaben Wunderhorn;* Uhland). Sinnbild der Romantik war die ›blaue Blume‹ (Novalis). Die Romantik in England begann 1798 mit der Publikation von Wordsworths u. Coleridges → *Lyrical*

Ballads. Wordsworths *Preface* zur 2. Edition (1800) wurde zum Manifest der engl. Romantiker: Dichtung als »the spontaneous overflow of powerful feelings«. Die Romantik war einerseits e. Reaktion auf die Aufklärung, andererseits aber auch auf die Dominanz der frz. Kultur. Die napoleon. Eroberungspolitik verstärkte u. beschleunigte e. romant. Nationalismus, der sich in e. Rückbesinnung auf das dem Volk Eigene äußerte. Bisher verbotene Sprachen (Toskan., Fläm., Tschech., Breton., Provençal. etc.) fanden wieder Verwendung in der Dichtung; Scotts → *Waverley* übte großen Einfluß auf die engl. Lit. aus. Um 1830 kam es zu e. neuerl. Aufwallung der Romantik, welche auf e. Wechsel der polit. Szene in Frankreich, Belgien u. Griechenland zurückzuführen ist; weiterhin spielten die Erhebungen u. Unabhängigkeitsbestrebungen in Italien u. Polen e. große Rolle, desgleichen das ›Reform Act‹ (1832). In die gleiche Phase fällt der Beginn des romant. Realismus in Theater u. Roman sowie die nähere Identifikation mit dem polit. Liberalismus u. dem Sozialismus. Um die Mitte des 19. Jh. ging die Romantik zu Ende, zeigte aber noch um 1900 starke Einflüsse in der Neoromantik, dem Symbolismus, Futurismus u. Expressionismus. Selbst in den 60er u. 70er Jahren des 20. Jh. tauchen immer wieder romant. Strömungen in der Mode, in Film u. Roman sowie in der Musik auf als Flucht vor den Realitäten der Gegenwart. Die Dichtung der Romantik ist charakterisiert durch den Dualismus der menschl. Natur, d. h. Todessehnsucht einerseits, Lebensbejahung andererseits (Keats, Coleridge, E. A. Poe), das Janusgesicht des Guten u. des Bösen (Blake, Hawthorne, Melville, Dostojewski), Steigerung des schöpfer. Ichs ins Universal-Unendl., Elementare, Durchdringung von Gegenwart u. Vergangenheit mit schöpfer. Phantasie, unüberbrückbare Kluft von Endl. u. Unendl. u., durch Vereinigung von Geist u. Natur, e. Poetisierung des Lebens. Deshalb fehlt vielen Werken der Romantik die strenge formale Konzeption. Die Märchen, Balladen, Lyrik, chronikartigen Erzählungen u. Romane sind statt dessen vielfach durch offene Formen, Arabesken, Improvisationen, Fragmente u. Aphorismen gekennzeichnet. *ra*

M. H. Abrams, The Mirror and the Lamp, 1953. R. Wellek, The Romantic Age, History of Mod. Crit. II 1955. R. Wellek, Concepts of Crit. 1963. H. Mainusch, Romant. Ästhetik, 1969. E. C. Mason, Dt. u. engl. Romantik, ³1970. Engl. Romantic Poets, Mod. Essays in Crit., hg. M. H. Abrams, 1975. L. R. Furst, Romanticism, ²1976 (Crit. Idiom).

Romanzyklus → Roman-fleuve.

Romeo and Juliet, Höhepunkt u. Vollendung von Shakespeares frühen → tragedies (1591 oder 1595/96). Der Stoff wurde vor Sh. mehrfach in Renaissance-Novellen bearbeitet u. war der Zeit gut bekannt. Kernthema der lyr. Liebestrag. ist das Zerbrechen absoluter, weltverachtender Liebe im unvermeidl. Konflikt mit der Umwelt; die Tragik geht nicht wie in den späten Trag. Sh.s aus den Charakteren selbst hervor, sondern aus e. Verkettung fataler Zufälle. Die Liebenden werden ihrer banalen Umgebung so entrückt, daß sie deren Machenschaften u.

Streitigkeiten nicht mehr erfolgreich begegnen können. Das gesamte Geschehen dauert in trag. unaufhaltsamem, jagendem Zeitlauf nur 4 Tage u. Nächte. Den Auftakt bildet e. Straßenkampf zwischen den beiden in lustloser Routine tödl. verfeindeten Veroneser Familien Montague u. Capulet. Montagues Sohn Romeo, der bisher für die schöne Rosaline schwärmte, besucht maskiert e. Ball im Hause Capulet u. entbrennt in tiefer Leidenschaft für Capulets Tochter Julia. Er belauscht sie, als sie auf dem Balkon der Nacht das Geheimnis ihrer Liebe anvertraut, die beiden gestehen sich in inniger Zwiesprache ihre Gefühle u. lassen sich am nächsten Tag von Friar Lawrence trauen. Die Vertrauten der Liebenden, der leichtherzige, witzige Mercutio u. Julias Amme, verleihen der 1. Hälfte des Dramas zahlr. komödiant. Ansätze. Die Atmosphäre verdüstert sich, nachdem Romeo, ohne es zu wollen, Julias streitsücht. Vetter Tybalt tötet, der s. Freund Mercutio ermordet hat. Der Fürst spricht das Verbannungsurteil über Romeo. Die Vermählten verbringen ihre 1. Nacht miteinander u. Romeo verläßt Verona. E. aktuelle Bedrohung Julias tritt dadurch ein, daß ihr Vater die schon früher geplante Vernunftehe mit dem Grafen Paris erzwingen will. Friar Lawrence rät ihr, zum Schein einzuwilligen: sie nimmt am Vorabend der Hochzeit e. Betäubungstrank ein, der sie in e. todesähnl. Schlaf versetzt. Lawrence will Romeo benachrichtigen, der dann Julia befreien u. nach Mantua entführen soll. Da der Bote unter Pestverdacht festgehalten wird, erhält Romeo nicht Nachricht von Lawrence, wohl aber die Kunde von Julias Tod. Vor der Gruft trifft er auf Paris, den er im Zweikampf tötet. Er küßt Julia e. letztes Mal u. begeht durch e. starkes Gift Selbstmord. Die erwachende Julia sieht, was geschehen ist, u. ersticht sich. Über den Leichen der Liebenden versöhnt Prinz Escalus endl. die verfeindeten Familien. Das Drama zeichnet sich aus durch e. außerordentl. Reichtum verschiedenartiger sprachl. Ebenen, durch e. Verbindung kom., lyr. u. trag. Elemente. Es ist neben → *Hamlet* wohl das bekannteste u. beliebteste Stück des Autors u. erfreute sich stets neuer triumphaler Bühnenerfolge. *ks*

R. Fischer, Quellen zu ›R.u.J.‹, 1922. E. E. Stoll, Sh's Young Lovers, 1937. O. H. Moore, The Legend of ›R.a.J.‹, 1950. E. Neis, Erläuterungen zu Sh.s ›R.u.J.‹, [2]1963. W. Schmiele, Sh. ›R.u.J.‹. (Text u. Dokumentation), 1963. R. Q. Evans, The Osier Cage, 1966. I. Leimberg, ›R.u.J.‹, 1968.

Romola, hist. Roman von G. → Eliot.

Room at the Top, Roman von J. → Braine, EA 1957, e. der Hauptwerke der → Angry Young Men. Ich-Erzähler u. Hauptfigur ist der Arbeitersohn u. kleine Angestellte Joe Lampton, der für s. mit militär. Strategie betriebenen Aufstieg durch die Heirat der Industriellentochter Susan Brown mit der Verkümmerung s. spontanen Menschlichkeit bezahlt u. am Unfalltod s. Freundin Alice nicht unschuldig ist. Joe wird zum »zombie«, d. h. zu e. wandelnden Leichnam. Aufgrund der überzeugenden krit. Zeitdarstellung u. der spannenden, wenn auch konventionellen Erzählweise wurde der Roman zu

e. der erfolgreichsten u. meistdiskutierten der 50er Jahre; erfolgreiche Verfilmung. Anlaß zur Krit. boten v. a. die trivialen u. kolportagehaften Elemente. Die Forts. *Life at the Top* (1962) zeigt Joes menschl. reduziertes, bis in Details wie Wohnung oder Familienplanung von den Schwiegereltern bestimmtes u. von der Untreue s. Frau überschattetes späteres Dasein. *ks*

K. Schlüter, D. Kunst d. Erzählens i. John Braines Roman ›R.T.‹, 1965.

Roots, 2. Stück der → *Chicken Soup Trilogy* von A. Wesker.

Rosencrantz and Guildenstern Are Dead, Drama von T. → Stoppard um die im Titel genannten Nebenfiguren aus Shakespeares → *Hamlet.*

Rossetti, Christiana Georgina (Ps. Ellen Allayne), 5. 12. 1830 London – 29. 12. 1894 ebda; wie ihr Bruder Dante Gabriel frühe dichter. Begabung. E. enttäuschte Liebe war Ursache für den oft melanchol. Ton ihrer Lyrik. *Goblin Market and Other Poems* (1862; hg. A. Rackham, 1970) bietet gute Beispiele für R.s Einfühlungsvermögen u. Phantasie, noch frei von der Schwermut, die ihr späteres Werk überschattet, in dem vorwiegend rel. Themen behandelt werden. Durchgeistigte Dichtung, voller Sehnsucht nach e. Vereinigung mit Gott. Nähe zur metaphys. Dichtung; meisterhafte Beherrschung der Sonettform: (›Monna Innominata‹-Zyklus). Auch Erzählungen, Märchen u. Kinderreime: *Sing-Song: a Nursery Rhyme Book* (1872; hg. A. Hughes, 1968). *hd*

Poetical Works, hg. W. M. Rossetti, 1904; n. W. de la Mare, 1930; n. N. Lewis, 1959. Selected Poems, hg. M. Zaturenska, 1970. Family Letters, hg. W. M. Rossetti, 1908; n. 1969. R.-Macmillan Letters, hg. L. M. Packer, 1963. – D. M. Stuart, C.R., 1930. F. Shove, C.R., 1931. Th.B. Swann, Wonder and Whimsey. The World of C.R., 1960. L. M. Packer, C.R., 1963. E. G. Harwood, C.R., 1965.

Rossetti, Dante Gabriel (eig. Gabriel Charles Dante R.), 12. 5. 1828 London – 9. 4. 1882 Birchington-on-Sea; Sohn des italien. Dichters Gabriel R., Mutter italien./engl. Abstammung; Kunststud. Cary's Art Academy u. Royal Academy Antique School, London. Schon s. frühen Ged. beweisen Eigenständigkeit. Als Maler fand R. zunächst kaum Beachtung, bis er mit der Technik der Präraffaeliten in Berührung kam. Die Detailbeachtung u. mystische Interpretation der ma. Malerei entsprach s. Auffassung u. Neigung. Begründete 1848 die → Pre-Raphaelite Brotherhood, e. Bewegung, die ihre Aufgabe darin sah, an die Kunst der Maler vor Raffael anzuknüpfen. → Ruskin machte sich zum Verteidiger der neuen Richtung u. wurde R.s Mäzen. R. befreite sich bald von sklav. naturalist. Genauigkeit u. nutzte das Detail mehr als dekoratives Element. In s. Ged. behandelt er das Übernatürliche unter Einbezug ›gotischer‹ Elemente, bes. um s. Gefühl für die Vergänglichkeit u. die Allgegenwart des Todes Ausdruck zu geben. 1850 gründete er die Zs. ›The Germ‹, die zum Sprachrohr der Vereinigung wurde. Darin erschien im gleichen Jahr s. Ged. *The Blessed Damozel* in e. 1. Fassung. In s. Dichtung von Dante u. der antiken Mythologie beeinflußt; vollendet melod.-schöne V., jedoch überladen. Wegen s. Kunstauffassung wurde R. von

R. W. → Buchanan heftig angegriffen; auf dessen *Fleshly School of Poetry* antwortete er mit s. Schr. *The Stealthy School of Criticism.* *hd*

Collected Works, hg. W. M. Rossetti, II 1886; n. O. Doughty, 1957. – Letters, hg. O. Doughty and J. R. Wahl, IV 1965–67. – E. Waugh, D.G.R., 1928. H. R. Angeli, D.G.R. His Friends and Enemies, 1949, repr. 1977. O. Doughty, D.G.R., ²1960. J. Savarit, Tendences mystiques et ésotériques chez D.G.R., 1961. R. J. R. Howard, The Dark Glass, 1972. B. Dobbs, D.G.R. An Alien Victorian, 1977. St. Weintraub, Four R.s, 1978.

Round Character → Flat Character.

Roundabout Papers, Essays von W. M. → Thackeray.

Roundhouse → Centre 42.

Rowe, Nicholas, 30. 6. 1674 (getauft) Little Borford/Bedfordshire – 6. 12. 1718 London; Sohn e. Rechtsanwalts. Westminster School; Stud. der Rechte, Middle Temple. R. gab den Anwaltsberuf bald auf, um ganz s. lit. Neigungen nachgehen zu können. Erste Stücke wurden am Lincoln's Inn Fields Theatre aufgeführt: *The Ambitious Stepmother* (1700), *Tamerlane* (1702; hg. L. C. Burns, 1966), *The Fair Penitent* (1703). Bekanntschaft mit Pope u. Addison, 1715 Poet Laureate. R. verstand, s. Trag. den Emotionen des Publikums anzugleichen, auch mit *Ulysses* (1706), e. Trag. nach klass. Vorbild, in *Jane Shore* (1714) u. *Lady Jane Grey* (1715). In der Gesch. der Shakespeare-Editionen steht die von R. besorgte Ausgabe (VI 1709) am Anfang der krit. Auseinandersetzung mit den Texten: modernisierte Orthographie, Liste der dramatis personae, Einteilung in Akte u. Szenen, ausführl. Biogr. R.s Stil ist flüssig u. geschliffen, s. Blankversdramen gefallen, bleiben andererseits ohne Nachhall; wenig überzeugende Charakterisierung. *hd*

Works, hg. A. D. Devenish, II 1747. Plays, hg. E. Inchbald, 1808; n. 1970. ›Tamerlane‹, ›The Fair Penitent‹, ›Jane Shore‹, hg. J. R. Sutherland, 1929 (mit Bibl.); n. 1968. – O. Intze, R., 1910. E. K. Broadus, The Laureateship, 1921. A. Jackson, R's Historical Tragedies (Anglia, 54 1930, 307–30). A. Jenkins, N.R., 1977. J. D. Canfield, N.R. and Christian Tragedy, 1977.

Royal Court Theatre → English Stage Company.

Royal Shakespeare Company; 1961 aus der Shakespeare Memorial Company hervorgegangen. Der stete Fortschritt der R. S. C. in den 50ern unter der Leitung von Anthony Quayle u. Glen Byam Shaw wurde von der Ernennung des damals 29jähr. P. → Hall im Jahre 1960 an durch e. schnelle Expansion abgelöst. Von dem Grundsatz ausgehend, daß die Shakespeare-Aufführungen im Memorial Theatre von Stratford nur dann e. adäquaten Stil beibehalten würden, wenn die Schauspieler auch mit anderen, klass. wie zeitgenöss., Autoren vertraut blieben, mietete Hall das Aldwych Theatre als Londoner Heim des Ensembles. Die seit 1963 stattfindenden Gastspielserien der bedeutendsten ausländ. Theater stellen e. außerordentl. Bereicherung des Londoner Theaterlebens dar. *ks*

The Royal Society (of London for Promoting Natural Knowledge), älteste wissenschaftlich ausgerichtete Vereinigung in England. Das Gründungsdatum fällt in das Jahr 1660, jedoch existierten bereits ab 1645 Zusammenschlüsse ähnl. Art, z. B. die Philosophical Society, wobei die Mitglieder sich wöchentl. einmal trafen. Die R.S., die am 28. Nov. 1660 zum erstenmal das Protokoll e. Sitzung veröffentlichte, bestand bei ihrer Gründung aus 55 Mitgliedern. 1661 wurde die Vereinigung durch Charles II gebilligt, ab 1662 führt sie den heute gebräuchl. Namen. 1665 begann die R.S. mit den Veröffentlichungen der ›Philosophical Transactions‹, den Vorläufern der heute bekannten Forschungs- u. Arbeitsberichte. Unabhängig von diesen Veröffentlichungen bemühte die Vereinigung sich um die Publikation von Forschungsergebnissen in Buchform (berühmtestes Exemplar der Anfangsjahre ist → Newtons *Philosophiae naturalis principia mathematica*, 1687). Im 17. Jh. als Mittelpunkt geistigen Lebens nicht nur von Naturwissenschaftlern geschätzt. Seit dem kgl. Konsens steht die R.S. der Regierung für wissenschaftl. Fragen u. Unternehmungen zur Verfügung. So arbeiten ihre Mitarbeiter z. B. seit 1710 am Royal Observatory in Greenwich mit, führten versch. Expeditionen, Meeres- sowie Universumsforschungen durch, waren bei der Bekämpfung trop. Krankheitserreger ausschlaggebend. Noch heute überwacht die Gesellsch. die Maß- u. Münzprägung in England u. verfügt über den jährl. Stipendienfond der Regierung für die wissenschaftl. Forschung. Jährl. am St. Andrew's Day werden die 15 Mitglieder der Vereinigung gewählt, die dann von November bis Juni wöchentl. zusammenkommen. Sitz ursprüngl. Gresham College, seit 1857 Burlington House. *ra*

Th. Sprat, The History of the R.S., 1667; n. 1959. E. N. da C. Andrade, A Brief History of the R.S., 1960. M. Purver, The R.S., 1967.

The Royal Society of Literature of the United Kingdom; 1823 gegr., heute etwa 600 Mitglieder (Fellows; FRSL), Sitz in London; zur Pflege u. Förderung der Literatur im Vereinigten Königreich. Hg. der *Essays by Divers Hands* u. e. ›Report‹.

Rubens, Bernice, 26. 7. 1927 Cardiff; Stud. ebda; 1947–49 Lehrerin, Mitarbeit an Dokumentarfilmen. R.s Romane sind schlichte, direkte, dunkle u. traurige, aber auch humorvolle Chroniken im Milieu der jüd. Mittelklasse u. ihrer Neurosen: *Set on Edge* (1960) stellt die Gefahren u. Probleme konfliktreicher Familienbeziehungen dar; *Mate in Three* (1965) präsentiert die Konflikte zwischen Frau, Ehemann u. dessen Geliebter; *The Elected Member* (1969) ist die Studie e. Anwalts, dessen Leben u. erfolgversprechende Karriere durch Rauschgift ruiniert werden. Mit *Sunday Best* (1971), den fiktiven Bekenntnissen e. glücklos verheirateten, transvestit. Lehrers mittleren Alters, wagte R. sich aus dem vertrauten jüd. Milieu heraus. In *I Sent a Letter to My Love* (1975) finden e. häßl. alte Jungfer u. ihr verkrüppelter Bruder zu neuer Lebenslust, als sie einander – ohne den Briefpartner zu kennen – Liebesbriefe schreiben, bis ihre Beziehung zu e. bizarren, tragikom. Ende kommt. *A Five Year Sentence* (1978) erzählt von e. einsamen Rentnerin, welche die Seiten e. geschenkten Tagebuchs mit der fiktiven Gesch. der

Beziehung zu e. Mann anfüllt, der um ihre Hand anhält, aber am Hochzeitstag verschwindet. *ks*

Rudkin, James David, 29. 6. 1936 London; Stud. Oxford, Musiklehrer. Neben E. → Bond der wichtigste Repräsentant des → Theatre of Cruelty, berühmt durch nur e. Drama, *Afore Night Come* (1963), in dem sich e. Gruppe von Birnenerntern in Suffolk gegen e. schwatzhaften alten Iren zusammenrottet u. sich in e. kaum motivierten rituellen Mord von atavist. Grausamkeit hineinsteigert. Vf. erfolgreicher Fernsehspiele. *ks*

The Ruin, Ged. aus dem → Exeter-Book, 48/49 V. Mit dem Bezug auf röm. Thermen (Bath?) wird e. nicht-german. Element in die ae. Dichtung eingebracht; vermutl. auf klass.-christl. Einfluß zurückzuführen. Enthält die Beschreibung e. ehemals blühenden röm. Stadt u. betont die Tragik ihrer Zerstörung durch die Angelsachsen. Das fragmentar. Ged. enthält keine didakt. oder moral. Äußerungen zur Vergänglichkeit alles Ird. wie, vergleichbar, → *Wanderer* u. → *Seafarer*. *js*

Hg. R. F. Leslie, 1961 (Three Old Engl. Elegies). – D. G. Calder, Perspective and Movement in ›The R.‹ (NM, 72 1971, 442–45). K. Hume, The ›Ruin Motif‹ in OE Poetry (Anglia, 94 1976, 339–60).

Rule Britannia → Thomson, J., d. Ä.

The Ruling Class, Melodrama von P. → Barnes.

Ruling Passion, dominierende Charaktereigenschaft, bes. e. dramat. Figur. Die These von e. das Handeln bestimmenden r.p. steht zunächst in Zusammenhang mit der Ende des 18. Jh. praktizierten ›Psychologisierung‹ Shakespeares, v. a. durch William Richardson, *Essays on Sh's Dramatic Characters* (1774, 1785, 1789, 1797). Für s. moralkrit. Deutung der r.p. übernahm R. Gedanken von Akenside, → Reid, → Hume u. → Hutcheson, der → Shaftesburys Ethik in Schottland weiterentwickelte u. den Begriff ›moral sense‹ popularisierte. Die von R. vertretene Auffassung der r.p. zeigt den Menschen in Konfliktsituationen u. interpretiert charakterist. Verhaltensweisen in ihrer jeweiligen Gewichtung: Lit.krit. wird Moralkrit. *hd*

Rural Rides → Cobbett, W.

Rushworth Gospels → Homilies.

Ruskin, John, 8. 2. 1819 London – 20. 1. 1900 Brantwood/Lancashire; Schriftsteller, Kunstkritiker u. Sozialpolitiker; übte großen Einfluß auf den öffentl. Geschmack des viktorian. Englands aus. 1836–40 Stud. Christ Church College, Oxford; 1854–58 Zeichenlehrer an der Arbeiterakademie London, 1867 Lecturer in Cambridge; 1870–79 u. 1883–84 Slade Professor of Art, Oxford. Bereits während s. Stud. wurde R. durch e. Artikel bekannt, in dem er Partei für den engl. Landschaftsmaler William Turner ergriff. 1843 erschien anonym der 1. von insgesamt 5 Bdn. s. → *Modern Painters*. 1846 wurde der 2. Bd. veröffentlicht. 1848 heiratete er Euphemia Chalmers Gray. Diese Ehe, die durch die Verständigung beider Eltern eingeleitet worden war, verlief unglückl. u. wurde bereits 6 Jahre später annulliert. Das Ergebnis

e. Reise nach Frankreich faßte R. 1849 in *The Seven Lamps of Architecture* zusammen. In diesem Buch legte er die Qualitäten der got. Architektur dar, welche für ihn der sichtbare Ausdruck der Tugend e. Volkes waren. Im Gegensatz dazu war verschlechterte, entartete Kunst für R. e. Zeichen für die Dekadenz e. Volkes u. für s. Degeneration. Die ›Seven Lamps‹ waren ›Sacrifice, Truth, Power, Beauty, Life, Memory, Obedience‹. 1849 überwinterte R. in Venedig. Er nutzte die Zeit für s. Werk *The Stones of Venice,* das 1851–53 in 3 Bdn. erschien u. e. Exemplifikation s. Grundprinzipien, die er in *The Seven Lamps of Architecture* aufgestellt hatte, darstellt. In dem zentralen Kap. über ›The Nature of Gothic‹, Bd. 2, 6. Kap., behandelt R. die ›mental expression‹ der got. Architektur. Dieses Kap. verdeutlicht ebenfalls die Grundauffassung von R., daß alle Kunst nur dem Ruhme Gottes dient, u. wurde zur ›Bibel‹ der neuen ästhet. Schule. In den 50er Jahren zeichnete sich R. durch e. Reihe von Aktivitäten aus. So unterstützte er 1851 die Präraffaeliten, in deren Gemälden er einige Resultate s. eigenen Lehren zu entdecken glaubte. Nach Turners Tod übernahm R. die Aufgabe, die von diesem der National Gallery überlassenen Gemälde u. Zeichnungen zu sortieren u. zu katalogisieren. Für s. Schüler verfaßte er die *Elements of Drawing* (1857) u. die *Elements of Perspective* (1859). *The Political Economy of Art* (1857) zeigt das Verhältnis zwischen Arbeitgeber u. Arbeiter, zwischen Regierung u. Industrie auf u. bildet den Übergang zwischen R. als Kunstkritiker u. als Sozialpolitiker. 1860 erschien e. Teil von R.s *Unto this Last* in ›The→ Cornhill Mag.‹ e. Artikelserie über polit. Ökonomie. Die heftige Reaktion auf die Artikel veranlaßte Thackeray als Hg. der Zs., die Serie schon bald wieder einzustellen; 1862 in Buchform veröffentlicht. Ähnl. heftige Reaktionen löste R. mit s. 4 *Essays on Political Economy* aus, die 1862/63 in→ ›Fraser's Mag.‹ erschienen; 1872 u. d. T. *Munera Pulveris.* R. wandte sich gegen die ›Manchester School‹, die ›laissez-faire‹-Politik u. den Utilitarismus; prangerte das Fehlen sozialer u. moral. Elemente in der Verhaltensweise der Unternehmer s. Zeit an. Er forderte deshalb von der Regierung, daß sie die Freiheit des Wettbewerbs regulieren u. limitieren sollte. Zur Verteidigung s. Ideen schrieb R. zahlreiche Briefe, die er an Zeitungen sandte u. in *Time and Tide* (1867) sammelte. 1865 erschien s. populärstes Werk, *Sesame and Lilies,* in welch. R. e. Zukunft beschreibt, in der die Mädchen e. der der Jungen vergleichbare Schulbildung erhalten, in der es öffentl. Büchereien u. bessere Gesundheitseinrichtungen gibt. R.s Interesse für soziale Reformen kommt auch in *The Crown of Wild Olive* (1866) zum Ausdruck. 1865/66 interpretierte er in *The Cestus of Aglaia* die Gesetze der Kunst. 1871 gründete R. die ›St. George's Guild‹, e. kooperative Organisation v. Landwirtschaft u. Manufaktur. Jedes Mitglied mußte e. Teil s. Vermögens in diese Organisation einbringen. Mit dieser Gilde versuchte R., e. Rückgriff in die Vergangenheit zu tun; bekämpfte z. B. den Gebrauch von Maschinen u. versuchte stattdessen die Wiederbelebung e. Handwebeindustrie. Nachdem er sich von Oxford zurückgezogen hatte, verfaßte er in den Jahren 1885–89 → *Praeterita,* e. Autobiogr. Durch den Fortschritt s. Leidens, von früher Jugend an zeigten sich Anzeichen von Geisteskrankheit, war R. ab 1889 zu keinerlei schriftsteller. Arbeit mehr fähig u. verbrachte die letzten Jahre s. Lebens in völliger Umnachtung. Obwohl von allen Seiten heftig kritisiert u. angefeindet, prägte R. das engl. Leben des 19. Jh. durch s. Ideen, Werke u. Einrichtungen. *ra*

Complete Works, hg. E. T. Cook and A. Wedderburn, XXXIX 1903–12 (36–37: Korrespondenz in Auswahl; 38: Bibl.). The Art Crit. of J.R., hg. R. L. Herbert, 1964. The Lit. Crit., hg. H. Bloom, 1969. – Letters to Kathleen Olander, hg. R. Unwin, 1953. Letters from Venice 1851–52, hg. J. L. Bradley, 1955. Letters to Lord and Lady Mount-Temple, hg. ders., 1964. Winnington Letters, hg. V. A. Burd, 1969. Diaries, hg. J. Evans and J. H. Whitehouse, III 1956–59. Brantwood Diary, hg. H. G. Viljoen, 1971. – T. J. Wise and J. P. Smart, Bibl., II 1893; n. 1964. – Ch. Waldenstein, The Work of J.R. Its Influence on Modern Thought, 1894. J. A. Hobson, J.R., Social Reformer, 1898. E. T. Cook, Life of J.R., II 1911. F. W. Roe, The Social Philosophy of Carlyle and R., 1921. R.G. Collingwood, R's Philosophy, 1922. H. A. Ladd, The Vict. Morality of Art: An Analysis of R's Aesthetic, 1932. E. B. Hagstotz, Educational Theories of J.R., 1942. P. Quennell, J.R. The Portrait of a Prophet, 1949. F. G. Townsend, R. and the Landscape Feeling, 1951. H. G. Viljoen, R's Scottish Heritage, 1956. J. T. Fain, R. and the Economists, 1956. Q. Bell, R., 1963. R. Today, hg. K. Clark, 1963. G. P. Landow, The Aesthetic and Crit. Theories of J.R., 1971. P. M. Ball, The Science of Aspects: The Changing Role of Fact in the Work of Coleridge, R. and Hopkins, 1971. P. H. Walton, The Drawings of J.R., 1972. R. Hewison, R. and Venice, 1978.

Rutherford, Mark → White, W. H.

Ryder, Hauptfigur des Romans → *Brideshead Revisited* von E. Waugh.

Rymer, Thomas, 1641 Yafforth Hall/Yorkshire – 14. 12. 1713 London, neben → Dryden der bedeutendste engl. Lit.kritiker s. Zeit. Sohn e. überzeugten ›Roundhead‹, der 1664 nach e. Presbyterianeraufstand hingerichtet wurde. Stud. Cambridge, ohne Abschluß. 1666 Mitglied des Gray's Inn, 7 Jahre später 1. Niederlassung als Rechtsanwalt. Verstärktes Interesse an Lit.; veröffentlichte 1674 e. Übs. von R. Rapins *Réflexions sur la poétique d'Aristote,* in welcher er die Engländer mit dem Rationalismus u. den neoklassizist. Prinzipien, die in Frankreich zu der Zeit gerade vorherrschend waren, vertraut machte. 1677 erschien die Epistel *Tragedies of the Last Age Considered,* in der er Miltons → *Paradise Lost* u. einige Dramen von → Beaumont und → Fletcher kritisierte, da sich diese Autoren nicht an die Regeln der antiken Schriftsteller gehalten hatten. Im selben Jahr erschien R.s heroische Trag. *Edgar, or the English Monarch,* die allerdings nie zur Auff. kam. In *A Short View of Tragedy* (1693), welche die berühmte Attacke auf Shakespeares *Othello* enthält, untern. R. als 1. Kritiker den Versuch, e. Drama von Shakespeare systemat. zu untersuchen. In s. lit.krit. Werken, z. B. in s. *Essay Concerning Critical and Curious Learning* (1698) fordert R. e. starke Hinwendung zu Aischylos u. Aristoteles. 1681 legte R. in dem Traktat *General Draught and Prospect of Government in Europe* dar, daß die Rechte des Parlaments über dem kgl. Vorrecht stünden. 1692 erhielt er die Stelle des ›Historiographer Royal‹, e. Jahr später wurde er zum Hg. e. Slg. ernannt, die alle in u. mit England abgeschlossenen Verträge publizieren sollte. Zu diesem Zweck setzte sich R. briefl. mit Leibniz in Verbindung, der 1693 den *Codex juris gentium diplomaticus* herausgebracht hatte u. R. wertvolle Anregungen geben konnte. Diese Vertragsslg. wurde R.s Hauptwerk, an welchem er jahrelang auf eigene Kosten arbeitete. Der 1. Bd. der *Foedera, conventiones, literae et cuiuscunque generis acta publica, inter reges Angliae, et alios quosvis imperatores, reges, etc.* XX (1704–35) umfaßt den Zeitraum von 1101–1273. Bis zu R.s Tod im Jahre 1713 erschienen jedes Jahr 1 oder mehrere Bde. 1713 wurde der 15. Bd. mit Dokumenten 1543–86 veröffentlicht. Nach R.s Tod übernahm dessen Assistent Robert Sanderson die weiteren Editionen. R. beeinflußte mit s. engen Aristotelismus u. klass. Rationalismus Dryden. Er ist auf der Seite derjenigen Lit.kritiker zu finden, die für das Alte, Tradierte, Klass. eintreten. *ra*

Critical Works, hg. C. A. Zymansky, 1956.

Sackville, Thomas → *Gorboduc.*

Sackville-West, Victoria Mary, 9. 3. 1892 Knole Castle/Kent – 2. 6. 1962 Sissinghurst Castle; Tochter des 3. Barons Sackville, auf Schloß Knole aufgewachsen, das ihrer Familie von Elizabeth I verliehen wurde u. das den Schauplatz vieler ihrer Romane bildet. Enkelin e. berühmten span. Zigeunertänzerin, deren romanhafte Biogr. S.-W. in *Pepita* (1937) schrieb. Heiratete 1913 den Schriftsteller u. Diplomaten Sir Harold Nicholson, mit dem sie lange in Persien, dann auf Sissinghurst Castle lebte. Im Kreis der → Bloomsbury Group, enge Freundin von → Woolf; gilt als Vorbild der Zentralgestalt von deren *Orlando*. Vf. von Gesellschaftsromanen, Reisebeschreibungen, hist. Essays u. bewußt konventionellen Naturged. mit feinem Gefühl für Stimmungen u. Zwischentöne, ausgezeichneten Charakterstudien. Im Zentrum der 1905 einsetzenden Handlung ihres Hauptwerks *The Edwardians* (1930) steht e. engl. Aristokratenfamilie zur Zeit Edwards VII. Die Autorin zeichnet die Mitglieder der engl. Oberschicht als arrogante, egozentr. Marionetten ohne intellektuelle Neugier, deren Lebensweise so steril u. trivial ist, daß der unausweichl. Untergang ihrer Welt unzweifelhaft erscheint. *ks*

M. Stevens, V.S.-W., 1972. S. R. Watson, V.S.-W., 1972. N. Nicholson, Portrait of a Marriage, 1973.

Sadleir, Michael Thomas Harvey, 25. 12. 1888 Oxford – 13. 12. 1957 ebda; Schule in Rugby, Stud. Oxford; Mitarbeiter, ab 1954 Chef e. Verlagshauses. Bes. interessiert an Leben, Lit. u. Bibliogr. des 19. Jh. (*Excursions in Victorian Bibliography,* 1922). S.s erfolgreichster Roman, *Fanny by Gaslight* (1940), spielt in der Londoner Unterwelt dieser Periode. Die Bücher über → Trollope (*T.: A Commentary,* 1927; *T.: A Bibliography,* 1928) sind Standardwerke, die auf dem Höhepunkt des neu belebten Interesses am Schaffen dieses Autors erschienen. *ks*

Saga Novel → Roman-fleuve.

The Saint, Held der Kriminalromane von L. → Charteris.

Saint Joan, dramat. ›chronicle play‹ in 6 Szenen u. e. Epilog von G. B. → Shaw, UA 28. 12. 1923 Garrick Theater, New York. Während S. einerseits die pseudo-rel. Legenden sowie die lit. Tradition provozieren wollte, ist, ähnl. wie in *Caesar and Cleopatra,* auch die krit. Auseinandersetzung mit Shakespeare u. dessen Johannadarstellung in *Henry VI* e. Motiv für die Arbeit an diesem hist. Stoff. Trotz dieser Auseinandersetzung zögerte S. nicht, in Technik u. Bearbeitungsstrategie von Shakespeare zu lernen. Wie dieser benutzt er das überlieferte Material (Prozeßakten), das ihm vornehml. in T. D. Murrays *Jeanne d'Arc* zur Verfügung stand, teils sehr frei, folgte ihm in einigen Punkten wörtl., fügte an anderen hinzu, zog andere Quellen heran u. fertigte so e. Montage aus heterogenen Quellen, individueller Auswahl u. eigener Imagination. Die lockere Struktur des ›chronicle play‹ erlaubt große Freiheit in Konzeption u. Aufbau. Das Stück beginnt mit e. Auseinandersetzung zwischen Baudricourt, Kommandant der Burg von Vaucouleurs, u. Joan, die e. Pferd, Rüstung u. Eskorte verlangt, um den von Engländern u. Burgundern in die Enge getriebenen Dauphin zu retten. J.s Logik überzeugt, sie erhält das Verlangte. Die 2. Episode gibt e. hist. Augenblick wieder: J. muß am kgl. Hof unter den versammelten Adligen den Dauphin identifizieren. Diesen überzeugt sie von ihrer Sendung, die Gunst des Hofs u. den Segen der Kirche zu erringen. Sie erhält das Oberkommando über die Truppe u. führt diese bis an die Loire: e. Wunder gleich schlägt der Wind um, so daß sie übersetzen, Orléans befreien u. so die Voraussetzungen für die Krönung des Dauphins schaffen kann. Der für S. typ. dramat. Stimmungsumschwung folgt. Der engl. Oberbefehlshaber Earl of Warwick u. Monseigneur Cauchon, Bischof von Beauvais, stimmen darin überein, daß J., indem sie das Recht des Individuums gegenüber den etablierten gesellschaftl. Mächten vertritt, zum Feind von Staat u. Kirche geworden ist; denn ihre patriot. Forderung »Frankreich den Franzosen« sei e. ernste Gefahr für das frz. Feudalsystem, das auf der Bindung an den Feudalherrn aufbaut. Außerdem gefährde sie durch ihre ›inneren Stimmen‹ das Ansehen der Kirche. Somit wird, bevor J. über ihren Sieg triumphieren kann, bereits ihr Lebensgeschick entschieden. Nach der Krönung des Dauphins in Reims will sie immer noch die Engländer aus Frankreich vertreiben, während ihre einstigen Mitstreiter e. vorteilhaften Frieden aushandeln wollen. J. wird von den Burgundern gefangengenommen, von Warwick freigekauft, vor Gericht gestellt u. zum Tod durch Verbrennen verurteilt. Trotz ihres Todes wissen ihre Gegner, daß die hist. Weiterentwicklung nicht aufgehalten werden kann. Der Epilog bestätigt dies: 25 Jahre später erscheint die rehabilitierte J. vor dem von ihr gekrönten Charles VII u. ihren anderen Gegenspielern, die jetzt ihr damaliges Verhalten bereuen. E. mod. gekleideter Herr tritt auf, berichtet von der Heiligsprechung J.s im Jahre 1920 u. fragt die Anwesenden, ob J. nicht als wunderbringende Heilige weiterleben solle; dies wird von allen mit fadenscheiniger Begründung abgelehnt. *S.J.* ist die einzige Trag. S.s im konventionellen Sinn. Als Zentralthema kann das Urteil Warwicks über J. gelten, der in ihr den Protest der individuellen Seele gegen die Einmischung kirchl. u. staatl. Mächte im Verhältnis zwischen Mensch u. Gott, e. protestant. Prinzip also, verkörpert sieht. Im Aufeinanderprallen der starken gesellschaftl. Kräfte u. dem verdächtigen Rebellen, der diese Macht u. ihre Legitimation in Frage stellt, erweist sich jedoch auch, daß es nicht das Zusammentreffen e. heroischen Individuums mit e. korrupten Gesellschaft, sondern der Konflikt zwischen unterschiedl. intellektuellen, moral., theol. u. polit. Positionen ist, der jeweils subjektiv gerechtfertigt erscheint. Die legendären Ausschmückungen dieses Stoffes, J.s Stimmen, ihre charismat. Kraft u. die Unversehrtheit ihres Herzens werden von S. zu Symbolen der neuen Religion, der ›life force‹ u. ihrer unzerstörbaren Wirkung umgedeutet. *ra*

R. Schirmer-Imhoff, ›S.J.‹ Quelle u. ihre Bearbeitung, (Anglia, 74 1956, 102–132). K. Tetzeli v. Rosador, Shaws ›S.J.‹ u. d. Historiker (GRM, 23 1973, 342–55). Ders., D. engl. Geschichtsdrama seit Shaw, 1976.

Salomé, Trag. von O. → Wilde.

Saltire Society (›saltire‹, emblemat. St. Andrew's Cross), 1936 gegr., überparteil. Vereinigung, Hauptsitz Edinburgh, zur Pflege schott. Gesch. u. Tradition u. zur Förderung von Bemühungen, die das kulturelle Leben Schottlands in hist. Perspektive u. im Hinblick auf künftige Erfordernisse bereichern. Hg. der ›Saltire Classics‹, Veröffentlichungen von Texten aus Lit. u. Gesch. Schottlands. *hd*

Sammy Going South, Roman von W. → Canaway.

Samson Agonistes, Trag. von J. → Milton.

Sangschaw, Ged. von H. → MacDiarmid.

Sansom, William, 18. 1. 1912 London; Public School, im 2. Weltkrieg bei der Londoner Feuerwehr, Bank- u. Versicherungsangestellter, Drehbuchautor, seit 1944 freier Schriftsteller. S. ist e. der bedeutendsten zeitgenöss. Autoren von Kurzgesch., witziger, intelligenter, lebendiger u. amüsanter Beobachter der Besonderheiten des Alltagslebens in der Welt der Vorstädte; mit kameraähnl. Auge für visuelle Details, insb. Kleider, realist. Dialogen, präziser Milieu- u. Charakterdarstellung (*The Stories of W.S.,* 1963; *The Ulcerated Milkman,* 1966; *The Vertical Ladder,* 1969; *The Marmelade Bird,* 1973). Gelegentl. kafkaeske Elemente, insb. in *Fireman Flower* (1944), düstere Darstellung der Alpträume u. Schrecken von Irren u. Träumern. S. bester Roman ist *The Face of Innocence* (1951). *ks*

P. Michel-Michot, W.S., 1971.

Sardanapalus, hist. Drama von Lord → Byron.

Sartor Resartus. The Life and Opinions of Herr Teufelsdröckh, Roman von Th. → Carlyle; ED ›Fraser's Mag.‹ 1833–34, EA 1834. Die stilist. u. formal von der dt. Romantik beeinflußte fiktive Biogr. *S.R.* setzt sich aus 3 Büchern zusammen: Einführung in die Philos. der Kleider; Lebensbeschreibung ihres Begründers Diogenes Teufelsdröckh, Prof. der »Allerley-Wissenschaft« in »Weißnichtwo«; krit. Wiedergabe s. philosoph. Ideen. C. zeichnet, was den Titel erklärt, als engl. Hg. u. Interpret der dt. Veröffentlichung. Der ursprüngl. ›Schneider‹ ist der große dt. ›Kleiderphilosoph‹, die ›neu‹ geschneiderte Form (resartus) entsteht durch die verbindenden u. erklärenden Zusätze C.s bei der Edition des ihm fragmentar. vorliegenden Materials. Mit s. Werk ›Kleider, ihr Werden u. Wirken‹ will Teufelsdröckh die Erkenntnis vermitteln, daß alle erfaßbaren Phänomene, Konventionen u. Gesetze, letztl. das Universum selbst, im Grunde nichts anderes sind als Kleidungsstücke, die jeweils für e. gewisse Zeit angelegt u. dann gegen neue eingetauscht werden. Alles vom Menschen Erdachte u. Gestaltete unterliegt e. ständigen Wandel im Ablauf der Gesch. Die so vertretene Geisteshaltung verrät autobiogr. Züge, stärker noch die Schilderung s. Lebens: Entenpfuhl in des Prof. Jugenderinnerungen ist Parallele zu C.s Geburtsort Ecclefechan; die Univ. zu »Weißnichtwo« geht auf Edinburgh zurück. Als zentrale Kap. schildern ›The Everlasting No‹, ›Centre of Indifference‹ u. ›The Everlasting Yea‹ (2. Buch) die krit. Phase der Wandlung, wie sie C. im Juni 1821 selbst erfahren mußte. Mit der Überwindung e. vom Zweifel an der Möglichkeit sicheren Wissens geprägten Haltung öffnet sich der Weg zum ›Everlasting Yea‹, der von Skepsis freien idealist. Lebensauffassung. Nicht nur Thema u. Sprache des Romans erschienen dem zeitgenöss. Lesepublikum fremd u. allzu eigenwillig, C.s Krit. der frühvikt. Gesellsch., ihrer wissenschaftsgläubigen Einstellung u. kapitalist. Ausrichtung stieß weitgehend auf Ablehnung. In *S.R.* sind neben Elementen des dt. Bildungsromans die idealist. Denkansätze Kants u. Fichtes nachvollziehbar. E. Korrektur der widrigen sozialen Zustände sieht C. allein in e. ideell-rel. Neubeginn u. der Ablösung des demokrat. Prinzips durch das e. starken Führerpersönlichkeit. *hd*

Hg. F. W. Roe, 1959. – B. Fehr, D. dt. Idealismus i. C.s ›S.R.‹ (GRM, 5 1913, 81–101). L. Eckloff, Bild u. Wirklichkeit bei C. E. Unters. d. bibl. Ausdrucks i. ›S.R.‹, 1936. G. B. Tennyson, Sartor Called Resartus, 1965. A. J. LaValley, C. and the Idea of the Modern, 1968. G. Brookes, The Rhetorical Form of C's ›S.R.‹, 1972. J. A. Dibble, The Pythia's Drunken Song: Th. C's ›S.R.‹ and the Style Problem in German Idealist Philosophy, 1978.

Sassoon, Siegfried (Lorraine), 8. 9. 1886 Brenchley/Kent – 1. 9. 1967 Heytesbury/Wiltshire; Erziehung in Marlborough, Stud. Cambridge. Wurde durch s. Erfahrungen als Freiwilliger im 1. Weltkrieg zum Pazifisten u. Kämpfer gegen Romantisierung des Krieges u. verlogenen Idealismus, so in den Gedichtbdn. *The Old Huntsman,* 1917, *Counter-Attack,* 1918, u. *The Heart's Journey,* 1928, den weitgehend autobiograph. beeinflußten Romanen *Memoirs of* *a Fox-Hunting Man,* 1928, *Memoirs of an Infantry Officer,* 1930, *Sherston's Progress,* 1936 u. den Autobiogr. *The Old Century and 7 More Years,* 1938, *The Weald of Youth,* 1942, *Siegfried's Journey 1916–20,* 1945. *ks*

Collected Poems 1908–56, 1961. S.S. A Memorial Exhibition, hg. D. Farmer, 1969. S.S. Poet's Pilgrimage, hg. D. F. Corrigan, 1973.

Saturday Night and Sunday Morning, Erstlingsroman von A. → Sillitoe, EA 1958, angesiedelt im Arbeitermilieu Nottinghams; e. der wenigen zeitgenöss. engl. Arbeiterromane. Der 12 Kap. umfassende, ›Saturday Night‹ betitelte 1. Teil schildert die Versuche des 21jährigen Arthur Seaton, aus der Monotonie s. Arbeit in e. Fahrradfabrik in den Taumel erot. u. alkohol. Wochenendeskapaden auszubrechen. Er kämpft nicht gegen das gesellsch. System an, sondern nur gegen einzelne Repräsentanten, die s. ungebärdigen Freiheitsdrang im Wege stehen. Arthur lebt nach den Regeln des Dschungels, fordert s. Umwelt keck heraus, bis ihn deren angestaute Gegenreaktion trifft. Der durch ihn gehörnte Ehemann Bill u. dessen Freund schlagen ihn erbärml. zusammen. Der 3 Kap. umfassende ›Sunday Morning‹-Teil des Werkes beginnt mit Arthurs körperl. u. seel. Genesung. Er erkennt, daß s. Art des Aufbegehrens kein Erfolg beschieden sein kann, beschließt, das Mädchen Doreen zu heiraten u. e. geordnetes, aber nicht konformist. Leben zu führen. Der Roman wurde mit Albert Finney in der Hauptrolle erfolgreich verfilmt. *ks*

Hg. D. Craig, 1968 (Heritage of Lit. Series). – J. D. Hurrell, A.S. and the Serious Novel (Crit, 4 1961, 3–16). J. Gindin, A.S's Jungle (TSLL, 4 1962/63, 35–48). J. R. Osgerby, A.S's ›S.N.a.S.M.‹ (Renaissance and Modern Essays, hg. G. R. Hibbard, G. A. Panichas, A. Rodway, 1966, 215–30).

Saunders, James, 8. 1. 1925 London; Kindheit in ärml. Verhältnissen, Kriegsmarine, Stud. Chemie u. Physik Southampton, bis 1962 Lehrer. S. behandelt experimentierfreudig u. meist analyt. Probleme der zwischenmenschl. Kommunikation, der Identität, der Hilflosigkeit u. der Verantwortlichkeit des Menschen. S. Haltung ist die e. liberalen Humanisten, der für Menschlichkeit, Toleranz u. Verstehen plädiert. *Alas Poor Fred* (1960) erinnert an Ionescos *Amédée:* in den Dialogen e. Ehepaares nimmt die Gestalt Freds, d. h. ihre frühere Liebe zueinander, immer größeren Raum ein. In dem eloquent-phantast., bewußt ›theatralischen‹ *Next Time I'll Sing to You* (1963) erforscht S. anhand der auch von → Livings u. → Bond benutzten Fakten vom Leben u. Tod des 1942 verstorbenen Einsiedlers J. A. Mason in poet., zart humorvollen u. rhetor. vorzügl. Dialogen das Wesen der menschl. Existenz, die Einsamkeit e. Menschen, die zu durchdringen e. anderen kaum mögl. ist. In *A Scent of Flowers* (1965) blickt e. junges Mädchen, das gerade Selbstmord begangen hat, auf s. hilfloses, isoliertes Leben zurück. In ›flash-backs‹ erlebt es noch einmal die wichtigsten Situationen s. Lebens. Das mit Brechtschen Verfremdungseffekten experimentierende Stück *The Borage Pigeon Affair* (1970) attackiert existentielle Paradoxie, Elend u. Heuchelei in unserer Gesellsch. *Games*

(1971) stellt die Diskussionen von 4 Schauspielern dar, die e. Stück über das My Lai-Massaker aufführen sollen. S. ist in Dtl. (über 200 Premieren, u. a. *A Slight Accident,* 1968; *Who Was Hilary Maconochie?,* 1967; *The Pedagogue,* 1968; *Neighbours,* 1968) bekannter als in England u. USA. Zahlreiche Adaptionen lit. Erzählwerke, u. a. von → Murdoch, H. v. Kleist, D. H. → Lawrence, H. → James, → Maugham. *ks*

H. Dörfel, J.S. ›A Scent of Flowers‹ (D. zeitgen. engl. Drama, hg. K.-D. Fehse u. N. H. Platz, 1975, 199–217). D. A. Berger, J.S. ›The Borage Pigeon Affair‹ (D. engl. Drama d. Gegenwart, hg. H. Oppel, 1976, 174–191).

Savage, Richard, 16. 1. 1697 London – 1. 8. 1743 Bristol, gab sich als der unehel. Sohn von Richard Savage, 4th Earl Rivers, u. Anna, Lady Macclesfield, aus, wurde jedoch nicht als solcher anerkannt; zügelloser Lebenswandel. Vf. mittelmäßiger Kom. u. einiger Ged., u. a. *The Bastard* (1728), mit dem er s. sog. Familie unter Druck setzte u. monatl. Geldzuweisungen erreichte, u. das moral.-deskriptive *The Wanderer* (1729). Mit → Johnson befreundet, der s. abenteuerl. Lebensgesch. aufgriff u. veröffentlichte (1744). *hd*

Works, II 1775. Poetical Works, hg. C. Tracy, 1962. – S. V. Makover, R.S. A Mystery in Biography, 1935. C. Tracy, The Artificial Bastard, 1953. S. Johnson, Life of S., hg. C. Tracy, 1971.

Saved, Drama von E. → Bond (UA 3. 11. 1965 Royal Court Theatre, London; EA 1966) u. hervorragendes Beispiel des → Theatre of Cruelty. Die Atmosphäre des im Milieu von Südlondoner Proletariern u. Halbstarken spielenden Stücks ist erfüllt von Gewalttätigkeit u. Lieblosigkeit, die auch der ›positive‹ Charakter Len kaum mildern kann. Len verliebt sich in Pam, zieht zu ihr u. ihren Eltern, die seit Jahren ohne e. Wort miteinander zu wechseln in erstarrter Feindseligkeit nebeneinander leben. Auch als Pam sich als bösartig u. streitsüchtig erweist u. zudem e. anderen jungen Mann, Pete, nachläuft, bleibt Len ihr selbstlos ergeben. Pam bringt e. Kind Petes zur Welt, sucht ihn auf, um ihn wieder für sich zu interessieren, doch er weist sie brutal ab. Da läßt sie den Kinderwagen bei ihm stehen u. geht. Schockierender Höhepunkt des Dramas u. Anlaß für e. bis zur Abschaffung der Theaterzensur gültiges Verbot e. öffentl. Auff. ist die ausführl. dargestellte Steinigung des Babys durch Petes Bande. Sie soll nach Aussage der ›Author's Note‹ enthüllen, wie unnatürl. soziale Konditionen den Menschen zu grausamer Infantilität u. schaler Unverantwortlichkeit herabsinken lassen. Bond sieht die Tötung im Vergleich zu Kriegsereignissen u. sozialer Unterdrückung als ›typ. engl. understatement‹. Er betrachtet das Stück als »almost irresponsibly optimistic«, weil Len trotz aller negativer Erfahrungen, trotz der Bosheit u. Hoffnungslosigkeit der Menschen sich nicht von ihnen abwendet, sondern s. altruist. Impulse bewahrt: am Ende des Dramas steht s. konstruktive Geste der Reparatur e. zerbrochenen Stuhls. Er ›rettet‹ sich, indem er nicht verzweifelt. *ks*

The Savoy (Zs.) Symons, A.

Sayers, Dorothy Leigh, 13. 6. 1893 Oxford – 17. 12. 1957 Witham; Vater Altphilologe u.

Pfarrer, Stud. Romanistik Oxford, legte dort 1915 als e. der ersten Frauen Examina ab. 1926 Heirat mit Captain A. Fleming. Exzentr., eigenwillige Persönlichkeit. Trat zuerst mit rel. Ged. u. Erzählungen an die Öffentlichkeit, publizierte dann Versdramen u. Essays ebenfalls rel. Inhalts sowie zahlreiche psych. vertiefte Detektivromane und -gesch. um den fast legendär gewordenen Lord Peter Wimsey, in denen sie das Verbrechen unter der Frage nach Schuld u. Sühne beleuchtet, ausführl. Milieuschilderungen u. Charakterportraits bietet. In *The Nine Tailors* (1934) klärt Lord Peter e. Jahre zurückliegenden Mord in e. engl. Dorf; in *Gaudy Night* (1935) löst er e. Fall im kenntnisreich geschilderten Milieu e. Oxforder Mädchencolleges. Gelehrte Dante-Übs. u. kontroverse Theologin. Wandte sich später unter dem Einfluß von T. S. → Eliot dem rel. Versdrama zu (*The Man Born to Be King*, 1943). *ks*

C. B. Gilbert, Bibl. of the Works, 1979. – L. Zimmermann, D. rel. Schrifttum D.S., 1948. A. G. Drachmann, D.L.S., 1959. J. Hitchman, Such a Strange Lady, 1975.

Scenes from Provincial Life, Roman von W. → Cooper.

A Scent of Flowers, Drama von J. → Saunders.

The School for Scandal, Kom. von R. B. → Sheridan.

School Plays. Während des → Elizabethan Age wurden in den Schulen u. Universitäten Dramen geschrieben u. aufgeführt, die vornehmlich durch lat. Vorbilder – Terenz u. Plautus für die Komödie, Seneca für die Tragödie – geprägt waren. Berichte über derartige Aktivitäten auch in anderen Ländern (Italien, wo Petrarca schon um 1331 ein Stück in der Terenz-Tradition schrieb, sowie Deutschland u. Holland) datieren bis ins 15 Jh. zurück. In den berühmten ›grammar schools‹ von Eton und St. Paul sind Aufführungen bereits um 1520 bezeugt. Die 1. engl. Kom., N. Udalls → *Ralph Roister Doister,* wurde um 1553 (ED 1567) für e. Aufführung in der Westminster School geschrieben. An den Universitäten Oxford u. Cambridge entwickelten sich zur selben Zeit noch umfangreichere Praktiken, die für die Entwicklung des engl. Dramas von größerer Bedeutung werden sollten. Allmähl. trat an die Stelle des Latein. das Engl., wodurch die Unterhaltungsfunktion immer stärker betont wurde. Die dadurch entstandene Form des ›university play‹, repräsentiert durch das anonyme Stück *Gammer Gurton's Needle* (1566 am Christ's College, Cambridge, aufgeführt, ED 1575), förderte die Schauspielkunst an den Colleges; viele erprobte → University Wits erlebten dann auch große Erfolge in den öffentlichen Theatern von London. *ra*

F. S. Boas, University Drama in the Tudor Age, 1914. A. P. Rossiter, English Drama from Early Times to the Elizabethans, 1950. W. Clemen, Die Tragödie vor Shakespeare, 1955. R. E. Alton, The Academic Drama at Oxford (Malone Society Collections, 5), 1959. G. E. Bentley, The Profession of Dramatist in Shakespeare's Time, 1590 – 1642, 1971. R. Strong, Splendour at Court: Renaissance Spectacle and Illusion, 1973.

Schauerroman → Gothic Novel.

Schelmenroman → Picaresque Novel.

Science Fiction, SF, Zukunftsroman; Erzähllit., welche die Auswirkungen naturwiss. u. techn. Entwicklungen auf Mensch u. Gesellsch. zum Gegenstand hat, häufig aber auch Elemente des Abenteuer- oder Schauerromans verwertet. Meist wird dabei nicht die Entwicklung e. gesamten Kultur projiziert, sondern nur die spezielleren techn. Möglichkeiten. SF ist entweder räuml. – Inseln oder Gestirne – oder zeitl. – meist in die Zukunft, manchmal auch in ferne Vergangenheit weisend – von dem Erfahrungsbereich des Autors u. Lesers entfernt. Vorläufer der SF im weiteren Sinne finden sich schon in phantast. Gesch. des Altertums, in Platos *Politeia* u. Mores → *Utopia*. Als 1. mod. Vertreter wird gewöhnl. E. A. Poe angesehen. Der 1. große Vertreter der SF war Jules Verne, in England H. G. → Wells. Hugo Gernsback gründete 1926 in den USA das SF Magazin ›Amazing Stories‹ u. gab der Gattung ihren Namen. Es folgte e. Vielzahl von – oft trivialen – Magazinen u. Buchreihen. Seit Mitte der 60er Jahre gibt es e. ›New Wave‹, die sich in der ›Inner Space‹-Bewegung auf extreme psych. Erfahrungen konzentriert. Die bekanntesten mod. am. Vf. von SF sind Isaac Asimov u. Robert Heinlein, die bedeutendsten engl. Vertreter C. S. → Lewis, → Clarke u. → Aldiss. *ks*

T. D. Clareson, S.F. Criticism, 1972. L. Sprague de Camp, S.F. Handbook, 1953. B. Bretnor, Modern S.F., 1953. M. Schwonke, Vom Staatsroman zur S.F., 1957. D. H. Tuck, S.F. Handbook, 1959. The S.F.-Novel, hg. B. Davenport, 1964. K. Tuzinski, D. Individuum i. d. engl. evolutionist. Utopie, 1965. H. B. Franklin, Future Perfect, 1966. K. Amis, New Maps of Hell, 1967. R. Adlerbert, S.F., 1968. D. F. Knight, 100 Years of S.F., 1968. B. Appel, The Fantastic Mirror, 1969. B. Aldiss, The Shape of Future Things, 1970. W. Bruckner, Spuren i. All, 1970. T. D. Clareson, S.F., 1971. V. Graaf, Homo Futurus, 1971. E. Barmeyer, S.F., 1972. I. F. Clarke, The Pattern of Expectation, 1979. S.F. A Crit. Guide, hg. P. Parrinder, 1979. D. Suvin, Metamorphoses of S.F.: On the Poetics and History of a Lit. Genre, 1979.

The Scots Language Society; Gesellschaft zur Pflege des Schottischen als sprachl. Medium in Literatur u. Alltag. Starke Interessen auch im schul. Bereich. Jahrestagungen, Literaturwettbewerbe, Veröffentlichung der Zs. ›Lallans: The Magazine for Writing in Lowland Scots‹. *hd*

Scots Musical Museum, Liedslg. von J. Johnson, → Burns, R.

A Scots Quair, Romantrilogie von L. G. → Gibbon.

Scots wha hae wi' Wallace bled, Ged. von R. → Burns.

Scott, Alexander, 28. 11. 1920 Aberdeen; Lit.wissenschaftler, Dichter, Publizist; Stud. Aberdeen, Militärdienst bei den Gordon Highlanders, 1945 M.C.; 1947 Assistant Lecturer, Edinburgh, 1948 Lecturer in Scottish Lit., Glasgow, 1963 Senior Lecturer, 1971 Direktor Department of Scottish Lit., ebda. 1950–51 Mithg. ›Scots Review‹; 1954–57 Hg. ›Saltire Review‹; verantwortl. Hg. der Serien ›Scottish Library‹ (1968–71), ›Scottish Series‹ (1971–75), → ›Makar Series‹ (1974), ›Scottish Books‹ (1975), ›Scottish Poetry‹, Bde. 7–8 (1974–76). Bis 1979 Präsident der → Association for Scottish Literary Studies; Mitglied weiterer wiss. Gesellschaften zur Förderung schott. Lit. u. Kultur, z. B. → Scottish Text Society. E.

der bedeutendsten zeitgenöss. Lyriker der → Scottish Renaissance. S.s Dichtung (*The Latest Elegies*, 1949; *Selected Poems*, 1950; *Mouth Music*, 1954; *Cantrips*, 1968; *Greek Fire*, 1971, *Double Agent*, 1972) zeichnet sich aus durch die Direktheit des sprachl. Mediums: schreibt in Engl. u. in der Sprache des Lallan Scots, erzielt dabei im letzteren Bereich normgebende Wirkung. Große Bandbreite der Form, darunter satir. Ged., Elegien, Liebeslyrik. Vf. zahlreicher lit.krit. Veröffentlichungen; Hg. (1954) der Tagebücher des schott. Dichters William Soutar (1898–1943) u. s. Biogr. *Still Life* (1958). *hd*

Selected Poems 1954–74, 1975.

Scott, Sir Walter, 15. 8. 1771 Edinburgh – 21. 9. 1832 Abbotsford; Sohn e. Anwalts; Schule u. Stud. Edinburgh; Writer to the Signet; 1799 Sheriff-Depute Selkirk; 1806 Clerk of Session. Von Jugend an großes Interesse am Balladengut der schott. Heimat, bes. des Grenzlandes (Border Ballads). S. *Minstrelsy of the Scottish Border* (III 1802–03) enthält freie Bearbeitungen, nachempfunden, z. T. eigene Dichtung, als Slg. angeregt durch → Percys *Reliques*. Unter dem Eindruck e. Vortrags von H. → Mackenzie vor der Royal Society befaßte sich S. mit dt. Lit., Übs. von Bürgers *Leonore* (1796) sowie Goethes *Götz von Berlichingen* (1799) u. *Erlkönig*. Die epischen Versromanzen *The Lay of the Last Minstrel* (1805) u. *The Lady of the Lake* (1810) vereinen ma. Ritterromantik mit themat. Elementen aus populärem Balladengut. Ihr großer Erfolg setzte sich fort mit *Rokeby* (1813), *Lord of the Isles* (1815) u. *Harold Dauntless* (1817). 1802 wurde S. Partner von J. → Ballantyne; 1809 Mitbegründer der ›Quarterly Review‹, e. den Tories nahestehenden Zs., nachdem er s. Mitarbeit an der → ›Edinburgh Review‹ eingestellt hatte. In dem Bewußtsein, daß der Erfolg s. Balladen u. Versromanzen mit der wachsenden Beliebtheit Byrons abzunehmen drohte, wandte er sich erneut s. früher begonnenen hist. Roman → *Waverley* zu, der 1814 anonym als erster der bekannten *Waverley Novels* erschien. 1812 erwarb S. Abbotsford (Tweed), das er großzügig nach s. Geschmack ausbaute. 1820 wurde ihm der Titel e. Baronet verliehen, ehrenhalber akad. Grade von Oxford u. Cambridge. S. beteiligte sich rege am öffentl. Leben, u. a. bekleidete er e. führende Funktion anläßl. des Empfangs für George IV (1824) in Edinburgh. Die finanzielle Belastung, die S. durch s. unglückl. Geschäftsverbindung mit Ballantyne entstanden, u. s. Bemühungen, s. Schuldenanteil ehrenhaft durch schriftsteller. Arbeit abzutragen, zerstörten s. Gesundheit vorzeitig. Nur mittelmäßiger Erfolg war den Dramen *Halidon Hall* (1822), *Macduff's Cross* (1822), *The Doom of Devorgoil* (1830) u. *Auchindrane* (1830) beschieden. Aus S.s umfangreicher editorialer, lit.krit. u. historiograph. Arbeit sind die Ausgaben von Dryden (1808) u. Swift (1814) zu nennen, ebenso die *Border Antiquities of England and Scotland* (1814–17), *Provincial Antiquities of Scotland* (1819–26), *Lives of the Novelists* (zu *Ballantyne's Novelists' Library*, 1821–24), die Essays *On Chivalry* u. *On Romance* (1814-Ausgabe der *Encyclopaedia Britannica*), s. *Life of Napoleon Buonaparte* (1827) u. e. *History of Scotland* (1829–30). *Paul's Letters to His Kinsfolk* erschienen 1816. Sie berichten über S.s Reise nach Brüssel, Waterloo u. Paris kurz nach der Schlacht von Waterloo. S. begründete die Tradition des hist. Romans u. versuchte als erster, die Charaktere der Handlung als Bestandteil u. nicht allein vor dem Hintergrund gesellschaftl. Gegebenheiten zu sehen. Auch unter Verzicht auf die aus der → Gothic Novel bekannten Schilderungselemente des Schauerl. vermitteln s. Darstellungen des schott. Grenzlandes den Eindruck des Geheimnisvollen u. Übernatürl. In s. Romanen schildert S. hist. Ereignisse aus dem Blickwinkel e. fiktiven Erzählers; Individualschicksale werden in den Rahmen wirkl. Begebenheiten gesetzt. Bes. den schott. Romanen, die in der unmittelbaren Vergangenheit spielen, gelingt die Wiedergabe hist. Realität. Die Bearbeitung der dem MA zugeordneten Stoffe verrät dahingehend konzeptionelle Schwächen. Viele der von S. aufgegriffenen u. gestalteten Themen dienten im 19. Jh. als Vorlagen für Opernlibretti, von Rossinis *La Donna del Lago* (1819) bis zu Sullivans *Ivanhoe* (1891). S. zählt zu den herausragenden Persönlichkeiten der schott., darüber hinaus der Lit. Großbritanniens; zahlreiche Einzel- u. Gesamtausg. s. Werke. Beachtl. Resonanz im außerengl. Sprachraum, in zahlreiche Sprachen übersetzt. 1837–38 veröffentlichte → Lockhart s. *Memoirs of the Life of Sir W.S.* in 7 Bdn., e. der bedeutendsten Biogr. aus dem Bereich der engl. Lit. *hd*

Centenary Edition, XXV 1889–91. Poetical Works (with S's notes), XII 1820, hg. J. L. Robertson (Oxford Edition), XII 1904. Miscellaneous Prose Works, hg. J. G. Lockhart, XXVIII 1834–36. Short Stories, hg. Lord D. Cecil, 1934. Sir W.S. on Novelists and Fiction, hg. J. Williams, 1968. – Letters, hg. Sir H. J. C. Grierson, XII 1932–37. Private Letter-Books, hg. W. Partington, 1930. Journal 1825–32, hg. D. Douglas, II 1890; n. J. G. Tait, III 1939–46; n. W. E. K. Anderson, 1972. G. Worthington, Bibl., 1930. W. Ruff, Bibl. Poetical Works, 1937. J. C. Carson, Bibl. 1797–1940, 1943. – M. Bail, S. as a Critic of Literature, 1907. D. Carswell, S. and His Circle, 1930. J. Buchan, Sir W.S., 1932. E. Muir, S. and Scotland, 1936. H. J. C. Grierson, Sir W.S., Bart., 1938 (ergänzt u. korrigiert Lockharts Biogr.). G. H. Needler, Goethe and S., 1950. H. Pearson, S., 1954. J. Jack, Sir W.S., 1958. D. Davie, The Heyday of Sir W.S., 1961. C. O. Parsons, Witchcraft and Demonology in S's Fiction, 1964. C. Keith, Personality of Sir W.S., 1964. A. O. S. Cockshut, The Achievement of S., 1969. E. Johnson, Sir W.S., II 1970. S. (The Critical Heritage), hg. J. O. Hayden, 1970. D. D. Devlin, Sir W.S. and His World, 1971. S. Bicentenary Essays, hg. A. Bell, 1973. J. Mitchell, The S. Operas, 1977. J. Rubinstein, Sir W.S. A Reference Guide, 1978. J. C. Corson, Notes and Index to Sir Herbert Grierson's Edition of the Letters of Sir W.S., 1979.

Scottish Chaucerians → Makar.

Scottish Renaissance; zu Beginn des 20. Jh. einsetzende Erneuerungsbewegung, nationale Kulturbewegung mit weitreichenden u. nachhaltigen Auswirkungen im Bereich der Lit., des Geisteslebens u. der Politik. Frühe Impulse zur Neubelebung schott. Lit. u. Kultur kamen aus der jungen Dichtergeneration des 1914/18-Krieges als Widerstand gegen den zunehmenden Abbau nationaler Identität. In den 20er Jahren wurde für den Bereich der Schulen erstmals die Forderung nach e. ausgewogenen Berücksichtigung des Engl. wie Schott. erhoben (›Movement for the Preservation of the

Scottish Vernacular‹). 1952 legte e. Verordnung des Education Department fest, daß an Schulen in Schottland engl. Aussprache nicht erzwungen werden dürfe, dialektal-schott. Formen zu akzeptieren u. schott. Lit. in die Lehrpläne aufzunehmen ist. Befassung u. Auseinandersetzung mit schott. Lit. unter dem Aspekt e. wiedererwachenden Nationalbewußtseins in der S.R. ist untrennbar mit der Person u. dem Werk H. → MacDiarmids verbunden. In ihm vereinigen sich polit. u. lit. Anspruch zur programmat. Aussage. Außerlit. Vorgänge als Begleiterscheinung der S.R. sind bezeichnend für die Vehemenz der Meinungsäußerungen, v. a. zur Wahl des sprachl. Mediums, auch innerhalb der Bewegung. Dabei trat M. als leidenschaftl. Verfechter e. ›Synthetic Scots‹ hervor. Er u. s. Anhänger betonten, daß e. Dichter nur in der Sprache s. Kindheit volle Ausdruckskraft erreichen könne. Alle Bestrebungen M.s galten der Entwicklung e. Lit.sprache aus dem gesprochenen Wort unter Einbeziehung regionaler u. umgangssprachl. Varianten. Kritikern antwortete er: »I see no reason why an arbitrarily generalized Scots should not yet become an effective medium . . . a new nationalist spirit is abroad and is elsewhere achieving – as it may yet even in Scotland – miracles unimaginable to an older generation« (1952). Die Diskussion dauert an, wobei die polit. u. wirtschaftl. (›devolution‹, Teilautonomie) sowie gesellschaftl. Implikationen in der 2. Hälfte des Jh. erneut stärker in den Vordergrund treten. In direkter Verbundenheit mit den Zielsetzungen, zumindest unter dem Einfluß der S.R. steht das Werk u. a. von L. G. Gibbon, N. M. Gunn, E. Linklater, N. Munro, A. Scott, W. Soutar, J. L. Spence u. D. Young. *hd*

D. Glen, H.M. and the S.R., 1964. Selected Essays of H.M., hg. ders., 1964. J. M. Reid, Scotland's Progress: The Survival of a Nation, 1971. Scottish Lit. in the Secondary Schools (Report of the Scottish Central Committee on English), 1976. H. W. Drescher, Nationalismus i. d. neueren angloschott. Lit. (Literaturen i. engl. Sprache, hg. H. Kosock u. H. Prießnitz, 1977, 37–53).

Scottish Text Society, gegr. 1882, »for the purpose of printing and editing texts illustrative of Scottish Language and Literature«. Verdienst der S.T.C. ist, daß lit. Texte insb. der frühen Epochen bis 1603 in definitiven Ausgaben zur Verfügung stehen, in der Regel durch die Veröffentl. von Jahresbdn. Ohne die wiss. Arbeit der Gesellsch. wäre die Gesch. der schott. Lit. bis zur ›Union of the Crowns‹ weithin in Vergessenheit geraten u. damit das *Dictionary of the Older Scottish Tongue* kaum zu erstellen gewesen. Die gegenwärtige Zielsetzung sieht e. verstärkte Editionstätigkeit auf dem Gebiet der schott. Balladenlit. u. des 18. Jh. vor. *hd*

Scriblerus Club; 1713 von Swift in Verbindung mit Arbuthnot, Atterbury, Bolingbroke, Congreve, Gay, Parnell u. Pope als lit. Vereinigung gegen »false taste in learning« ins Leben gerufen. Martinus Scriblerus aus Münster, e. Mann von großen Fähigkeiten, sehr belesen, jedoch ohne krit. Urteilsvermögen, steht im Mittelpunkt der satir. *Memoirs of M.S.* Größtenteils von → Arbuthnot verfaßt, erstmals in der 1714-Ausgabe von Popes Prosawerk (II) veröffentlicht. *hd*

Memoirs of M.S., hg. C. Kerby-Miller, 1950.

Scrutiny; bedeutendste lit.krit. Zs. des bisherigen 20. Jh., hg. von → Leavis. Indem ›S.‹ mit der Anwendung mod. Methoden auf die Lit. der Vergangenheit in die Welt etablierter lit. Wertungen einbrach, brachte sie e. Fülle neuer Einsichten u. Urteile, wenn auch nichts Großes entdeckt wurde, das zu Unrecht e. Schattendasein geführt hätte. *ks*

›Scrutiny‹. A Quarterly Review, hg. L. C. Knights, H. A. Mason and F. R. Leavis, 20 vols. 1932–53, repr. 1963. – F. Mulhern, The Moment of ›S.‹, 1979.

The Seafarer; entstanden im frühen 8. Jh., 124 V., → Exeter-Book; eleg. Betrachtung des harten Lebens auf See. Der ›Seefahrer‹ entspricht in s. Funktion dem fahrenden Gefolgsmann. Wie der Wanderer (→ *Wanderer*) muß er die Geborgenheit der Gefolgschaftshalle gegen die Unbill der Seefahrt eintauschen, jedoch ist bei ihm der stete Wunsch vorhanden, zur See zu fahren, d. h. er schwankt zwischen Heimweh u. Fernweh. Am Schluß des Ged. auch hier Besinnung auf christl. Tugenden u. e. Leben im Jenseits. Die Verknüpfung christl. u. weltl. Elemente ist organischer als im *Wanderer*. Das Ged. kann allegor. verstanden werden, mit dem Seefahrer als christl. Asketen, dem ›homo peregrinus‹ der christl.-lat. Lit. Das Leben entspricht e. Seereise. Als neues Element kommt die psych. Durchleuchtung des Helden hinzu u. die Abhängigkeit von Gefühl u. Umwelt. Anfängl. als Dialog zwischen dem Seemann u. e. jungen, von der Seefahrt begeisterten Mann gedeutet. Aufgrund fehlender Dialogabgrenzungen ist das Ged. jedoch in der Tradition des ruhelos wandernden, reuigen Sünders zu sehen. Der stärker rel. ausgerichtete 2. Teil könnte e. spätere Hinzufügung sein. *js*

Hg. I. L. Gordon, [2]1966. – O. S. Andersson Arngart, ›The S.‹ An Interpretation, 1937. M. D. Cherniss, The Meaning of ›The S.‹, Lines 97 – 102 (MP, 66 1968, 146 – 49). D. G. Calder, Setting and Mode in ›The S.‹ and ›The Wanderer‹ (NM, 72 1971, 264 – 75). J. Mandel, ›The S.‹ (NM, 77 1976, 538 – 51).

The Seasons, EA 1730, überarbeitet 1746; in → blank verse abgefaßter Ged.zyklus von J. → Thomson; ›Winter‹ (1726), gefolgt von ›Summer‹ (1727), ›Spring‹ (1728) u. ›Autumn‹ (1729). Das Ged. endet mit e. ›Hymn to Nature‹ (1730). Höhepunkt der pastoralen Dichtung, nachhaltiger Einfluß in Dtl. u. Frankreich; stellte erstmals das Anliegen artifizieller Dichtung in Frage. Den locker gereihten Naturschilderungen, verbunden mit menschl. Schicksalen u. Begebenheiten der Zeitgesch., schließen sich moral. Reflexionen unter Zugrundelegung der gängigen Naturphilos. an. Fast schon das Naturempfinden der Romantik vorwegnehmend, schildert das Ged. die im Jahresablauf sich darbietenden Veränderungen, dabei bes. nachhaltig die Kraft der Naturgewalten. Wenn auch die Idylle ländl.-harmon., tugendsamen Lebens volle Ausprägung erfährt, so wird dies nicht als Flucht aus der Realität verstanden. Zivilisation, bei Th. in erster Linie vor dem Hintergrund patriot. Gefühle, bedeutet Fortschritt u. soziale Verpflichtung zugleich. *hd*

›The S.‹, hg. J. L. Robertson, [2]1965 (Oxford Standard Authors). – A. D. McKillop, The Background of Th's ›S.‹, 1942. P. M.

Spacks, The Varied Gods: A Critical Study of Th's ›The S.‹, 1959. R. Cohen, The Art of Discrimination: Th's ›The S.‹ and the Language of Criticism, 1964. Ders., The Unfolding of ›The S.‹, 1970.

Seaton, Arthur, Hauptfigur in Sillitoes Roman → *Saturday Night and Sunday Morning.*

Second Wave; in der engl. Lit.-krit. gängige Bz. für das zeitgenöss. Drama etwa ab Mitte der 60er Jahre, davon unterschieden die Zeitspanne der ›New Wave‹ (→ New English Drama). Klare Grenzlinien lassen sich nicht ziehen, obgleich bei den Dramatikern der S. W. e. Bemühen spürbar wird, das Bild des Menschen u. s. Tuns nicht mehr in gleich konsequenter Weise ausschließl. negativ zu zeichnen. *hd*

J. R. Taylor, The S. W., 1971.

Sejanus, his Fall, Trag. in 5 Akten von B. → Jonson. UA 1603 Globe Theatre, London, durch die Shakespeare Company unter Mitwirkung von Shakespeare u. → Burbage. Gestützt auf antikes Quellengut entspricht J. dem Trend s. Zeit, wesentl. hist. Persönlichkeiten als Stoffreservoir auszunutzen: Sejan (= Lucius Aelius Seianus), Günstling u. Stellvertreter des Kaisers Tiberius, kämpft um die Prädominanz im Staat u. schreckt weder vor Ehebruch noch vor Mord zurück. Tiberius durchschaut Sejan, als er sich durch e. Heirat mit Livia in die Familie des Kaisers einschleichen will. Durch Macro, e. Handlanger des Tiberius, wird Sejan gestürzt. In e. Senatssitzung, in der Tiberius Sejan als Konsul vorschlägt, ihn aber raffiniert bloßstellt, wird er verhaftet u. auf dem Weg ins Gefängnis buchstäbl. vom Volk zerrissen. Der Sturz Sejans bedeutet nicht gleichzeitig die Wiederaufrichtung der Ordnung im Staat, sondern die Fortsetzung der Tyrannei durch Tiberius u. Macro. J. zeichnet in s. Stück die Herrschaft des Chaos u. des Bösen. Er ist noch eng im Tragikbegriff des MA verhaftet, der sich auf den Aufstieg bzw. Fall e. hochgestellten Persönlichkeit bezieht. Die polit. Unordnung entsteht aus der generellen Korruption, e. Ende dieses Chaos ist nicht abzusehen, da J. Bürgerkrieg bzw. Tyrannenmord ablehnt. Dies bedeutet, daß keine positiven Kräfte das Geschehen forcieren können. Sie treten ledigl. in der Funktion rhetor.-kommentierender Charaktere auf. Der so entstandene deklamator. Wesenszug des Stücks sowie die Statik in der Charakterentwicklung ließen die Trag. zum Mißerfolg beim zeitgenöss. Publikum werden. *ra*

D. Boughner, ›S.‹ and Machiavelli (SEL, 1 1961, 81–100). K. W. Evans, ›S.‹ and the Ideal Prince Tradition (SEL, 11 1971, 149–64). G. D. Hamilton, Irony and Fortune in ›S.‹ (SEL, 11 1971, 265–81). N. H. Platz, Ethik u. Rhetorik i. B. Jonsons Dramen, 1976.

Self-Help → Smiles, S.

Sense and Sensibility, Roman von J. → Austen.

A Sense of Detachment, Drama von J. → Osborne.

A Sentimental Journey through France and Italy, Reiseerzählung von L. → Sterne.

Sentimental Novel, Novel of Sensibility; zusammen mit der ›sentimental comedy‹ u. → domestic tragedy Ausdrucksform e. in der 2. Hälfte des 18. Jh. sich ausprägenden Sentimentalismus. Erfreute sich außerordentl. Beliebtheit. Charaktere u. Handlung tragen Züge betont gefühlsbestimmter Reaktionen, die nach Absicht der Autoren gleichermaßen im Leser hervorgerufen werden sollen. Im Ansatz beginnend mit Richardsons → *Pamela* (1740) sind Goldsmiths *The→ Vicar of Wakefield* (1766) sowie Sternes → *Tristram Shandy* (1760–67), vor allem aber H. → Mackenzies *The Man of Feeling* (1771) typ. Beispiele dieser lit. Geschmacksrichtung. *hd*

W. F. Wright, Sensibility in Engl. Prose Fiction, 1760–1814, 1937. E. Erämetsä, A Study of the Word ›Sentimental‹ and of Other Linguistic Characteristics of 18th Cent. Sentimentalism in Engl., 1951. J. M. S. Tompkins, The Popular Novel in Engl. 1770–1800, ²1962. M. Gassenmeier, Typus des ›Man of Feeling‹, 1972.

Serjeant Musgrave's Dance, Drama in 3 Akten von J. → Arden, UA 22. 10. 1959 Royal Court Theatre, London; EA 1960. In e. an film. Darstellungsmittel erinnernden Serie schnell wechselnder Bilder wird e. balladenhaft einfache Handlung präsentiert. Den parabol. Charakter des Stücks unterstreicht zudem e. durchgehende Farbsymbolik: schwarz u. weiß stehen für Tod u. Pflichterfüllung, rot verbindet sich mit wildem, verantwortungslos zerstörendem, grün mit fürsorgl. aufbauendem, fruchttragendem Leben. A.s Ausgangspunkt war das aktuelle Ereignis der Tötung e. brit. Soldaten auf Zypern u. die Rache s. Kameraden an der Bevölkerung. Zum Zwecke der objektivierenden Distanzierung versetzte A. s. Handlung ohne genaue zeitl. Fixierung in die 2. Hälfte des 19. Jh. Der Titelheld, e. düsterer, fanat. Vertreter von Logik u. Ordnung, reist, als Werber getarnt, mit den 3 Soldaten Hurst, Attercliffe u. Sparky in e. nordengl. Bergarbeiterstadt, deren Leben gerade von e. Arbeitskampf beherrscht wird. Sparky möchte mit dem Mädchen Annie, der Repräsentantin von Liebe u. Leben, fliehen, wird aber in e. Streit getötet. Auf dem Höhepunkt des Dramas, dem ›Tanz‹ des Serjeant, enthüllt er vor e. Versammlung der Bevölkerung auf dem Marktplatz der Stadt das mitgebrachte Skelett des Soldaten Billy Hicks, der e. Sohn der Stadt gewesen ist, davonlief, als das Mädchen Annie von ihm schwanger geworden war, u. schließl. als Soldat in e. Kolonialkrieg aus dem Hinterhalt erschossen wurde. Aus Rache hatten s. Kameraden 5 Einheimische getötet. M. ist nun entschlossen, den Krieg dadurch auszurotten, daß er die Schuld zu ihrem Ursprung zurückträgt, indem er 5 × 5 = 25 Stadtbewohner umbringen will. Die Ankunft der vom Grubenbesitzer gegen die streikenden Arbeiter zuhilfe gerufenen Dragoner vereitelt dieses Vorhaben u. am Ende des Dramas wartet M. im Gefängnis auf s. Hinrichtung. Er wollte s. Landsleute auf die Sinnlosigkeit u. Grausamkeit des Krieges hinweisen, muß sich aber sagen lassen, daß sich Krieg nicht durch die wahnwitzige Logik s. eigenen Gesetze ausrotten läßt: »To end it by its own rules: no bloody good... You can't cure the pox by further whoring.« A. beschreibt in s. ›Introduction‹ das Stück als e. schüchternes Plädoyer zugunsten e. vollständigen Pazifismus. M.s Motive sind zwielichtig, s. Methode war falsch – das pazifist.

Ideal behält indessen Gültigkeit. *ks*

H. J. Weiand, J. Arden. ›S.M's D.‹ (Insight IV, 1975, 14–25).

Seven Pillars of Wisdom, autobiograph. Werk von T. E. → Lawrence.

Seymour, Robert, ca. 1800 London – 20. 4. 1836 ebda; schuf Illustrationen zu den Werken versch. Autoren. Zunächst Holzschnitte, dann Kupferstiche, später auch Lithographien. Vorwiegend für satir. Zs. tätig. S. letzte große Arbeit leistete er für Dickens' → *Pickwick Papers.* Meisterhaft szen. Darstellungsweise, überzeugender Karikaturist. Noch vor Veröffentlichung der von ihm illustrierten Erzählungen erschoß sich S. aufgrund wachsender, persönl. aufgefaßter Meinungsverschiedenheiten mit dem Verleger. S. Nachfolge trat H. K. → Browne an. *hd*

Shaffer, Peter, 15. 5. 1926 Liverpool; Bergmann, Stud. Cambridge, Bibliothekar in New York, 1956–62 Lit.- u. Musikkritiker. Alle s. Dramen gestalten anhand zentraler Charaktere starke, elementare Konfliktsituationen. Sie sind e. Plädoyer für Menschlichkeit u. Verstehen. *Five Finger Exercise* (1958) bietet in der Form e. traditionellen realist. Dramas e. vernichtende Kritik der Selbstsucht. Das ehrgeizige, spektakuläre epische Drama *The Royal Hunt of the Sun* (1964) handelt von der Eroberung des Inkareiches u. konfrontiert 2 Welten in Gestalt der beiden starken Charaktere Pizarro u. Atahuallpa. Das auch erfolgreich verfilmte Drama *Equus* (1973) entfaltet das packende Psychogramm e. leidenschaftl. jungen Pferdeverehrers, der sich in e. wahnsinnige Tat verirrt, u. zugleich das s. intellektuell kultivierten Psychiaters, den die Erkenntnis s. eigenen emotionalen Reduziertheit in e. existentielle Identitätskrise stürzt. *ks*

›The Royal Hunt of the Sun‹ 1966 (Heritage of Lit. Series). – H. Wulf, P.S. ›Five Finger Exercise‹, (D. zeitgen. engl. Drama, hg. K.-D. Fehse u. N. H. Platz, 1975, 71–85). D. Schulz, P.S. ›The Royal Hunt of the Sun‹, (D. engl. Drama d. Gegenwart, hg. H. Oppel, 1976, 107–119). L. Černy, P.S. ›Equus‹ (Engl. Lit. d. Gegenwart, 1971–75, hg. R. Lengeler, 1977, 157–169).

Shaftesbury, Anthony Ashley Cooper, 3rd Earl of, 26. 2. 1671 Exeter House/London – 15. 2. 1713 Neapel; Stud. Winchester College; Reisen auf dem Kontinent; 1695 Abgeordneter, nach dem Tod s. Vaters 1699 Sitz im Oberhaus; Vf. moralphilosoph. u. lit. Arbeiten. 1711 erschien s. 3bändiges Werk *Characteristicks of Men, Manners, Opinions, Times* (überarbeitet 1714; hg. J. H. Robertson, II 1963), Darlegung s. Philos. Stand mit der Vorstellung e. universellen Harmonie, e. von Natur aus gegebenen Gutseins des Menschen im Gegensatz zu → Hobbes' *Leviathan.* S. erhob die Forderung intensiven Einfühlens in das Schöne, bereits im Sinne e. mod. Ästhetik; Einflußnahme auf die Vorromantik. S. Auffassung des ›moral sense‹ fand ihre Fortentwicklung bei F. → Hutcheson. *hd*

Life and Letters, hg. B. Rand, 1900. – R. L. Brett, The Third Earl S. A Study in 18th Cent. Lit. Theory, 1951. E. Wolff, S. u. s. Bedeutung für d. engl. Lit. d. 18. Jh., 1960. H. Meyer, Limae labor: Unters. z. Textgenese u. Druckgesch. v. S.s ›The Moralists‹, II 1978.

Shakespeare, William, 23. (?), (getauft) 26. 4. 1564 Stratford-on-Avon – 23. 4. 1616 ebda; 3. von 8 Kindern des Weißgerbers u. Handschuhmachers John Sh. u. s. Frau Mary, die aus der zum Landadel gehörenden kath. Fam. Arden stammt. Besuch der King's New School, e. Lateinschule, in Stratford. Sh.s Leben läßt sich anhand von rund 100 Dokumenten u. rund 50 lit. Anspielungen bei Zeitgenossen in dürftigen Umrißlinien rekonstruieren. Am 27. 11. 1582 stellte der Bischof von Worcester die Genehmigung zur Heirat des 18jähr. Sh. mit der 26jähr. Ann Hathaway aus; Taufe der Tochter Susanna am 26. 5. 1583, der Zwillinge Hamnet u. Judith am 2. 2. 1585. Zwischen der Geburt der Zwillinge u. dem 1. Hinweis auf Sh. in London 1592 existieren keine Zeugnisse; diese ›verlorenen Jahre‹ gaben zu vielerlei Legenden Anlaß: vermutet wurde e. Tätigkeit als Schulmeister, Schauspieler in e. Wandertruppe, Pferdeknecht etc. Wie aus dem giftigen Angriff in → Greenes *Groatsworth of Wit* – »an upstart crow, beautified with our feathers« – ersichtl., hatte sich Sh. 1592 in der Londoner Theaterwelt als Dramatiker u. Schauspieler durchgesetzt. 1593 publizierte er die Verserzählung *Venus and Adonis*, 1594 *The Rape of Lucrece* mit Widmungen an den Earl of Southampton. E. Reihe von Dokumenten aus diesem u. den folgenden Jahren bezeugen den geschäftl. Erfolg des Schauspielers, Autors u. Teilhabers s. Schauspieltruppe. S. ganzes Leben hindurch hielt Sh. die Verbindung zu Stratford aufrecht, 1597 kaufte er das große Haus New Place in Stratford, in den folgenden Jahren tätigte er etliche Investitionen. 1609/10 kehrte er nach Stratford zurück, im Januar 1615 oder 1616 machte er s. Testament. Sh. schrieb in 25 Jahren 38 Stücke von beispielloser inhaltl. wie formaler Komplexität u. Vielgestaltigkeit. 19 Stücke wurden zwischen 1594 u. 1622 in Quarto-Bändchen publiziert, deren Grundlage bei den 12 ›good quartos‹ Mss. des Autors, Kopien von Theaterschreibern, Soufflierbücher oder – im Falle der ›bad quartos‹ – unautorisierte Niederschr. von Schauspielern aus dem Gedächtnis (›memorial reconstructions‹) waren. 1623 edierten Sh.s Schauspielerkollegen John Heminge u. Henry Condell 36 Dramen in e. eindrucksvollen Folio-Band (F_1); für 18 Dramen ist dieser die einzige Quelle. Nicht in F_1 enthalten (die nur teilweise von Sh. verfaßten) *Pericles* u. *The Two Noble Kinsmen*. F_1 teilt die Dramen auf in → Histories, comedies u. → tragedies, die comedies werden meist unterteilt in → happy comedies, → problem plays u. → romances. Wegen der naheliegenden biogr. Spekulationen um die Identität des in der Widmung des Hg. genannten W.H., des in den Ged. angesprochenen jungen Freundes des Autors sowie s. ebenso sinnl. wie wetterwend. Geliebten, der ›dark lady‹, fand Sh.s Zyklus von 154 *Sonnets* (publiziert 1609, entstanden wohl 1593–99) große Beachtung. *ks*

Cambridge Sh., hg. W. G. Clark and W. A. Wright, IX, 1863–66; n. 1891–93. New Variorum Edition, 1871 ff (nicht abgeschlossen). New Cambridge Sh., hg. J. D. Wilson et al., XXXIX 1921–67. Penguin Ed., hg. G. B. Harrison, XXXVII 1937–56. Works, hg. P. Alexander, 1951. New Arden Sh., hg. U. M. Ellis-Fermor et al., 1951ff.

New Yale Ed., 1954 ff. Pelican Ed. 1956–68; n. in 1 Bd., hg. A. Harbage, 1969. Signet Ed. 1963–68; n. in 1 Bd., hg. S. Barnet, 1972. The Riverside Sh., ed. G. B. Evans, 1974. – R. Berman, A Reader's Guide to Sh's Plays: A Descriptive Bibl., 1965; n. 1973. – E. K. Chambers, Sh. A Study of Facts and Problems, II 1930. K. Brunner, W.Sh., 1957. G. Bullough, Narrative and Dramatic Sources of Sh., VIII 1957–75. A Companion to Sh. Studies, hg. H. Granville-Barker u. G. B. Harrison, 1959. G. E. Bentley, Sh. A Biograph. Handbook, 1961. F. E. Halliday, The Life of Sh., 1961; n. 1964. G. E. Dawson, The Life of W.Sh., 1963. P. Alexander, Sh., 1964. The Reader's Encyclopedia of Sh., hg. O. J. Campbell & E. G. Quinn, 1966. M. Spevack, A Complete and Systematic Concordance to the Works of Sh., VIII 1968–75. G. L. Evans, Sh., II 1969. A. Burgess, Sh., 1970. S. Schoenbaum, Sh's Lives, 1970. Wege der Sh.-Forschung, hg. K. L. Klein, 1971. A New Companion to Sh. Studies, hg. K. Muir and S. Schoenbaum. 1971. Sh. (The Critical Heritage), hg. B. Vickers, II 1974. K. Muir, The Sources of Sh's Plays, 1977. Sh.-Handbuch, hg. I. Schabert, ^{2}1978.

Shakespeare Association, 1916 von Sir Israel Gollancz gegr. Vereinigung; Veröffentlichung von Quarto Facsimiles u. Monographien.

Shakespeare Society, gegr. 1840 in London, 1853 wieder aufgelöst; 48 Bde. ›Papers‹, darunter wichtige Dokumente zur Gesch. des elisab. Theaters.

Shamela Andrews *(An Apology for the Life of Mrs. S. A.),* EA 1740; Parodie auf Richardsons → *Pamela* (1740); Vf.schaft ungeklärt, gewisse Eigenheiten des Werks weisen auf H. → Fielding. → *Joseph Andrews* (1742). *hd*

Shandyism, Shandean; bezeichnet Eigenheiten, wie sie in den Mitgliedern der Shandy-Familie in L. Sternes Roman → *Tristram Shandy* vorgezeichnet sind.

Sharp, Rebecca (Becky) → *Vanity Fair,* Roman von W. M. Thackeray.

Sharp, William → MacLeod, F.

Shaw, George Bernhard, 26. 7. 1856 Dublin – 2. 11. 1950 Ayot St. Lawrence/Herefordshire; Vater trinkfreudiger Kornhändler, Mutter gute Musikerin, verließ ihren Mann, gab in London Musikunterricht. S. besuchte die Wesleyan School in Dublin u. wurde kaufmänn. Angestellter in e. Maklerbüro. 1876 zog er zur Mutter nach London. Lebte jahrelang in wirtschaftl. Not. Tägl. Besuche des Lesesaals im Brit. Museum, abendl. Konzert- u. Theaterbesuche sowie die zunächst passive, später dominierende Teilnahme an polit. Versammlungen aller Art formten s. ohnehin häret. Bewußtsein. In diese Jahre fielen s. ersten Kontakte zu anarchist. u. sozialist. Kreisen, der Beginn s. tiefen Freundschaft zu W. → Morris, schließl. die Ablehnung der revolutionären Tendenzen. 5 Romane erschienen in Zs., fanden jedoch wenig Widerhall. Ab 1885 Musikkritiker, 1895–98 Theaterkritiker der ›Saturday Review‹. S. in den 3 Bänden *Our Theatres in the Nineties* gesammelten Rezensionen für ›The Saturday Review‹ gehören zu den hervorragendsten Beispielen engl. Lit.krit. überhaupt. Erwachendes Interesse für soziale Fragen, Lektüre von Marx, 1884 Mitglied der → Fabian Society, in der er sehr viel Einfluß gewann, an zahlreichen Debatten teilnahm u. für die er e. Reihe von Traktaten schrieb. S. bezeichnete sich als Sozialist, bewunderte Hitler u. Mussolini mit ähnl. Enthusiasmus wie Lenin, propagierte zeitweise e. wohlwollende Monarchie, zeitweise die Anarchie. 1925 Nobelpreis für Lit., 1934 Medaille der Irish Academy of Letters. Den Order of Merit u. das Angebot, geadelt zu werden, lehnte er ab. 1928 Rußlandreise, 1931 Amerikareise. Der Essay *The Quintessence of Ibsenism* (1891) legte erstmalig S.s lit. Programm dar: er will die Gesellsch. demaskieren, Konventionen einreißen, gegen den Strom schwimmen. Das zeitübl. Problemstück entwickelt er zur realist. Kom., deren Hauptanliegen das Anprangern sozialer Mißstände u. Ungerechtigkeiten ist. Die ersten s. rund 70 geistvollen, witzigen u. satir. Schauspiele faßte er zusammen als ›Plays Unpleasant‹ (*Widowers' Houses, The Philanderer,* → *Mrs. Warren's Profession,* 1898), da sie unbequeme, sozialkrit. Themen behandeln, stellte ihnen aber 4 ›Plays Pleasant‹ (*Arms and the Man,* → *Candida, The Man of Destiny, You Never Can Tell,* 1898) gegenüber, die in erster Linie unterhalten wollen, indem sie auf amüsante Weise romant. Fiktionen, Lügen u. Illusionen entlarven. Es folgten die *Three Plays for Puritans* (*The Devil's Disciple, Caesar and Cleopatra, Captain Brassbound's Conversion,* 1900). In → *Man and Superman* (1903) übt S. nicht nur Kritik an gesellschaftl. Unvollkommenheiten, sondern entwickelt anhand des Handlungsvorwurfs e. farcenhaften ›Liebesjagd‹ e. positive Philos. des Willens mit s. Idee der biolog. Urkraft, der ›life force‹. Das Diskussionsdrama *Major Barbara* (1907) stellt die Beziehung zwischen Religion u. sozialer Unterdrückung dar u. zeigt den Weg e. Heilsarmeeoffizierin von klischeehaften romant. Illusionen zu nüchtern realist. Lebenssicht. S.s populärste Kom., *Pygmalion* (1912), war die Vorlage des Musicals *My Fair Lady.* S.s philosoph. Hauptwerk ist → *Back to Methuselah* (1921). Den Höhepunkt s. dramat. Schaffens u. s. größten Publikumserfolg stellte → *Saint Joan* (1924) dar. In den letzten Stücken finden sich zunehmend groteske Elemente. S. gab den Texteditionen s. Dramen ausführl. Vorworte u. Szenenanweisungen bei, die im Schnitt 2/5 des gesamten Texts ausmachen. Sie legen die Ansicht des Autors zu dem jeweiligen Problem dar u. zeigen ihn als meisterl. Beherrscher der Antithese. Die Bühnenanweisungen gehen über die vorher übl. rein techn. Anweisungen hinaus, indem sie so ausführl. u. detaillierte Beschreibungen von Szenerie u. Charakteren bieten, daß die Stücke auch als reine Lesedramen ihren Wert haben. S.s geistvolle Dialoge beleuchten jeweils versch. Aspekte e. Problems u. laufen auf e. Doktrin hinaus. Trotz aller Lehr- u. Thesenhaftigkeit sind die Schauspiele bühnenwirksam u. amüsant durch die witzigspieler. Sprache, zahlreiche Extravaganzen u. paradoxe Gedankengänge. *ks*

Works, XXXVII 1931–49 (Standard Edition). Complete Plays with Prefaces, VI 1962. Collected Plays, VII 1970–74. – C. Lewis and V. M. Broad, Dictionary of the Plays and Novels of S., 1929. Konkordanz: E. D. Bevan, X 1971. – A. Henderson, B.S. Playboy and Prophet, 1932; n. 1956. E. Bentley, B.S., 1947; n. 1967. W. Irvine, The Universe of G.B.S., 1949. S. J. Ervine, B.S. His Life, Work and Friends, 1956. J. B. Kaye, B.S. and the 19th Cent. Tradition, 1958. A. C. Ward, B.S. A Biogr., [2]1960. R. M. Ohmann, S. The Style and the Man, 1962. M. Meisel, S. and the 19th Cent. Theatre,

1963. B. C. Rosset, S. of Dublin, 1964. J. P. Smith, The Unrepentant Pilgrim, 1965. E. R. Bentley, B.S., [3]1967. F. Mayne, The Wit and Satire of B.S., 1967. L. Crompton, S. the Dramatist, 1969. H. Fromm, S's Dramatic Criticism, 1967. J. A. Mills, Language and Laughter. Comic Diction in the Plays of G.B.S., 1969. C. A. Carpenter, B.S. and the Art of Destroying Ideals, 1969. L. Crompton, S. the Dramatist, 1971. F. Denninghaus, D. dramat. Konzeption G.B.S.s, 1971. D. Schwanitz, G.B.S. Künstler. Konstruktion u. unordentl. Welt, 1971. M. M. Morgan, The Shavian Playground, 1972. B. F. Dukore, B.S., Playwright, 1973. C. A. Berst, B.S. and the Art of Drama, 1973. K.-H. Schoeps, B. Brecht u. B.S., 1974. Ph. Hartnoll, Who's Who in S., 1975. S. (The Critical Heritage), hg. T. F. Evans, 1976. R. Weintraub, Fabian Feminist: B.S. and Woman, 1977. R. F. Whitman, S. and the Plays of Ideas, 1977. G.B.S., hg. K. Otten u. G. Rohmann, 1978. The Genius of S., hg. M. Holroyd, 1979.

She Stoops to Conquer, Kom. von O. → Goldsmith.

Shelley, Mary Wollstonecraft, geb. → Godwin, 30. 8. 1797 Somers Town – 1. 2. 1851 London. Lernte 1814 → Percy Bysshe Shelley kennen, mit dem sie im Juli des Jahres England verließ u. den sie 1816 nach dem Tod s. 1. Frau heiratete. Ihr anonym veröffentlichter Schauerroman *Frankenstein, or the Modern Prometheus* (III 1818; hg. M. K. Joseph, 1969), entstanden auf Anregung Byrons u. Shelleys während e. Aufenthaltes in Byrons Villa am Genfer See, schildert die grausame Lebensgesch. e. von Menschenhand geschaffenen überdimensionalen menschl. Wesens, das wegen s. Häßlichkeit Anstoß erregt, zwangsläufig als Verkörperung des Bösen angesehen wird u. schließl. voller Haß s. Schöpfer vernichtet. Keiner von S.s späteren Romanen (*Valperga,* III 1823; *The Last Man,* III 1826; *The Fortunes of Peckin Warbeck,* III 1830; *Lodore,* 1835; *Falkner,* III 1837) hatte vergleichbare Wirkung; hebt sich von der Masse der gängigen Veröffentlichungen in diesem Genre ab. *hd*

Letters, hg. H. H. Harper, 1918; F. L. Jones, II 1944–46. Selected Letters, hg. M. Spark and D. Stanford, 1953. – Journal, hg. F. L. Jones, 1947. – W. H. Lyles, Annotated Bibl., 1975. – J. Marshall, Life and Letters of M.W.S., II 1889. R. G. Grylls, M.S., 1938. M. Spark, Child of Light, 1952. E. Nitchie, M.S., 1953. J. de Palacio, M.S. dans son oeuvre, 1969. Mary and the Wrongs of Women, hg. G. Kelly, 1976. The Endurance of Frankenstein: Essays on M.S's Novel, hg. G. Levine and U. C. Knoepflmacher, 1979.

Shelley, Percy Bysshe, 4. 8. 1792 Field Place bei Horsham – 8. 7. 1822 Golf von La Spezia; e. der bedeutendsten Dichter der engl. Romantik neben Wordsworth, Coleridge u. Keats; Dramatiker, Essayist u. Reformer, Idealist, der die Menschen liebte u. stets auf der Suche nach der ›Intellectual Beauty‹ war; Philosoph, der die Realität u. die Wahrheit mit Hilfe des Verstandes u. des Wissens zu ergründen suchte; Rebell gegen alles Unwahre u. Falsche. Stammte aus vornehmer, wohlhabender Familie; Eton College, erhielt hier den Beinamen ›Mad Shelley‹; ab 1810 Stud. Oxford. Im gleichen Jahr verfaßte er s. ersten Werke: den Schauerroman *Zastrozzi* u. die Gedichtslg. *Original Poetry by Victor and Cazire.* E. Jahr später erschien s. 2. Schauerroman *St. Irvyne the Rosicrucian.* In Oxford schloß S. sehr enge Freundschaft mit Th. Hogg. Beide vertraten begeistert die Ideen der Neo-Platonisten u. der engl. polit. Radikalen, was 1811 zu dem Pamphlet *The Necessity of Atheism* führte. Da weder S. noch Hogg Fragen bzgl. dieser Flugschr. beantworten wollten, wurden beide der Universität verwiesen. Sie zogen nach London, wo S. Harriet Westbrook, die 16jährige Tochter e. Kaffeehausbesitzers, traf u. noch im gleichen Jahr heiratete. Dies führte zum lebenslängl. Bruch zwischen ihm u. s. Vater. S. ließ sich im Lake District nieder, wo er die folgenden Jahre verbrachte. Großen Einfluß auf s. Ideen hatte die Schr. *An Enquiry Concerning Political Justice* (1793) des engl. Philosophen u. Schriftstellers W. → Godwin. 1812 u. 1813 unternahm er Reisen nach Irland u. Wales, auf denen er s. Kenntnisse über die See, die Berge, die Natur etc. erweiterte. In Irland versuchte S. außerdem, sich polit. hervorzutun (*Address to the Irish People; Proposals for an Association*, beides 1812). Er bemühte sich, die Iren von dem ›Act of Union‹ zu befreien, doch gab er s. Bestrebungen, enttäuscht von den Realitäten, bald auf. Die Haupterkenntnis, die S. auf dieser Reise gewann, war, daß prakt. Reformen e. Reform des menschl. Geistes vorauszugehen habe. 1812 wurde er mit Godwin u. mit dem Dichter Th. Love → Peacock persönl. bekannt, der S. 1817 zu intensiven Stud. der klass. Autoren anregte. 1812/13 entstand das Ged. *Queen Mab*, das in konzentrierter Form S.s fundamentale Ideen enthält. Die Feenkönigin Mab zeigt durch die Seele der schlafenden Heldin Ianthe die Welt in der Vergangenheit, der Gegenwart u. in der Zukunft: Tyrannei, Religion, Krieg, Kommerzialisierung u. Ehe werden kritisiert. Die Jahre 1814–16 vollendeten den Reifeprozeß S.s als Mann u. als Poet. Obwohl Harriet S. e. Tochter, Ianthe, gebar, kam es zur Entfremdung u. schließl. 1814 zur Trennung. S. verliebte sich nun in Mary Godwin, Tochter des Philosophen G. Im Nov. 1814 gebar Harriet S. e. Sohn, Charles Bysshe. Anfang 1815 verstarb S.s Großvater u. befreite ihn durch s. Erblassenschaft von allen finanziellen Nöten. Er bezog nun mit Mary Godwin e. Haus bei Bishopsgate/Windsor Park. Hier entstand s. 1. großes Ged., *Alastor, or the Spirit of Solitude* (1816, mit anderen Kurzged.), in dem S. zum erstenmal das in s. Werken wichtigste Thema, das der Vision u. Sehnsucht nach den ›moments of delight‹, behandelt. Zwar zeigt der Blankvers Einflüsse → Miltons u. → Wordsworths, doch gewinnt das Ged. durch den Reichtum an Metaphern u. Symbolen überzeugende Eigenständigkeit. Anfang 1816 gebar Mary e. Sohn namens William. Den Sommer verbrachten beide in der Schweiz am Genfer See, wo S. die Bekanntschaft → Byrons machte u. Freundschaft mit ihm schloß. Im Nov. 1816 beging S.s Frau Harriet Selbstmord. Ihr Tod u. die Verweigerung des Erziehungsrechts an s. beiden ehel. Kindern waren e. großer Schock. Dennoch heiratete er schon im darauffolgenden Monat Mary Godwin. Sie ließen sich in Albion House, Marlow, Buckinghamshire, ganz in der Nähe Peacocks, nieder. 1817 Geburt der Tochter Clara. S. verfaßte in dieser Zeit s. längstes Ged., *Laon and Cythna* (1817), in leicht abgeänderter Form als *The Revolt of Islam* erschienen. S. versucht aufzuzeigen, daß die Frz. Revolution nicht wegen ihrer Ideen scheiterte, sondern wegen der Gewalt u. der Rachsucht, mit der sie verfolgt wurden. Mißstimmigkeiten mit s. Vater u. s. Schwiegervater, aber auch s. angegriffene Gesundheit (beginnende Tbc) u. die Furcht, die beiden Kinder aus s. 2. Ehe mit Mary könnten ihm auch weggenommen werden, veranlaßten S., im Frühjahr 1818 nach Italien überzusiedeln. Kurze Zeit darauf starb die Tochter Clara in Este, e. Jahr später verstarb auch s. Sohn William. Da Mary ihn für den Tod ihrer Tochter verantwortl. machte, kam es zu e. gespannten Verhältnis zwischen beiden. Marys ›coldness‹ veranlaßte S., ›Julian and Maddalo‹ u. noch einige andere Ged. zu schreiben, u. a. ›Lines Written Among the Euganean Hills‹. In Italien vollendete er das Ged. ›Rosalind and Helen‹ (1817–18; EA 1819) u. verfaßte den 1. Akt s. lyr. Dramas → *Prometheus Unbound* (II u. III, 1819 in Rom). *The Cenci* (1819) gilt als die größte Trag. s. Zeit u. ist das einzige Werk S.s, in dem er sich mit realen Menschen beschäftigt. Zwar schrieb er diese Trag. für die Bühne, doch verhinderte ihr Thema – der Inzest zwischen Geschwistern – e. öffentl. Auff. 1819 gebar Mary S. noch e. Sohn, Percy Florence. Die polit. Verhältnisse in England veranlaßten zu *The Masque of Anarchy* (1819; EA 1832), e. Anklage gegen den Außenminister u. Unterhausführer Castlereagh. Ebenfalls 1819 veröffentlichte er *Peter Bell the Third,* e. Satire auf Wordsworth. Ende 1819 ließ er sich, nachdem er fast 2 Jahre lang durch Italien gereist war, in der Nähe von Pisa nieder. Hier entstanden einige s. schönsten Ged.: ›Ode to the West Wind‹, ›To a Skylark‹ u. ›The Cloud‹. 1820 erschien e. dramat. Satire auf die Affären von George IV, *Oedipus Tyrannus, or Swellfoot the Tyrant.* 1821 entstanden *Epipsychidion, Adonais* u. *Hellas. Epipsychidion* zählt mit zu den bedeutendsten engl. Liebesged. *Adonais* in der → Spenserian Stanza ist das wohl perfekteste Ged. Es entstand als Reaktion auf Keats' frühen Tod in Rom in Form e. klass. pastoralen Elegie. Zu *Hellas,* e. lyr. Drama, wurde S. durch den Kampf der Griechen um Unabhängigkeit von den Türken inspiriert. Ebenfalls in das Jahr 1821 gehört *A Defence of Poetry,* e. Reaktion auf den Essay s. Freundes Peacock, *The Four Ages of Poetry* (London, 1820). S. legt beredtes Zeugnis vom sozialen u. moral. Wert des Dichters ab. ›The Triumph of Life‹ (e. Fragment) ist s. letztes großes Ged. u. zeigt deutl. Einflüsse s. Stud. Dantes, v. a. aber von Petrarkas *Trionfi.* Neben s. umfangreichen Lyrik verfaßte S. e. Reihe von Prosaschr. u. die unvollendeten philosoph. Essays von 1815. Nach dem Tode ihres Mannes kehrte Mary S. nach England zurück u. veröffentl. gegen den Widerstand ihres Schwiegervaters 1824 die *Posthumous Poems;* 1839 folgten S.s *Works.* *ra*

Complete Works, hg. R. Ingpen u. W. E. Peck, X 1926–30; n. 1965. Poetical Works, hg. Th. Hutchinson, 1934; n. 1970. – Essays and Letters, hg. E. Rhys; n. 1971. – H. B. Forman, The Shelley Library, 1971. – B. Weaver, Toward the Understanding of S., 1966. E. Dowden, The Life of P.B.S., 1966. E. J. Schulze, S's Theory of Poetry, a Reappraisal, 1967. N. Rogers, S. at Work: A Critical Inquiry, 1967. M. Crompton, S's Dream Women, 1967. J. Buxton, Byron and S. The History of a Friendship, 1968. D. H. Reimann, P.B.S., 1969. J. P. Guinn, S's Political Thought, 1969. G. Y. Bornstein,

Yeats and S., 1970. G. McNiece, S. and the Revolutionary Idea, 1970. E. R. Wassermann, S. A Critical Reading, 1971. M. M. Bhalla, Studies in S., 1973. W. C. Barton, S. and the New Criticism: The Anatomy of a Critical Misvaluation, 1973. A. Shealy, Journey Through the Unapparent: A Reading of S's ›The Triumph of Life‹, 1974. F. DeLisle, A Study of S's ›A Defence of Poetry‹, II 1974. A. Young, S. and Nonviolence, 1975. R. Holmes, S., 1975. D. H. Reimann, P.B.S., 1975. G. Carey, S., 1975. H. Fischer, Coleridge u. S., 1976. Shorter Poems and Lyrics, hg. P. Swinden, 1976 (Casebook).

Shenstone, William, 13. 11. 1714 Halesowen/Worcestershire – 11. 2. 1763 ebda; 1732 Pembroke College, Oxford, dort Zeitgenosse von → Johnson. Unter großen finanziellen Opfern gestaltete S. s. Besitz Leasowes zu e. Meisterwerk landschaftsgärtner. Kunst. S.s Dichtung ist der Vorwurf artifizieller Gezwungenheit nicht zu ersparen. Bekanntestes Werk ist *The Schoolmistress* (1742), e. Burleske in Nachahmung → Spensers, dann *Pastoral Ballads* (1755) u. das anonym veröffentlichte *The Judgement of Hercules* (1741). In s. Roman *The Spiritual Don Quixote* gibt R. → Graves e. Schilderung des Dichters u. der Gartenanlagen von Leasowes.

hd

Poetical Works, hg. G. Gilfillan, 1854. Miscellany 1759–63, hg. I. A. Gordon, 1952. – Letters, hg. M. Williams, 1939. – E. R. O. Danill, W.S.s ›Schoolmistress‹ u. d. Aufkommen d. Kleinepos i. d. neuengl. Lit., 1908. M. Müller, W.S., 1935. A. R. Humphreys, W.S., 1937. S. Johnson, Life of S., hg. J. H. Leicester, 1962.

Shepheardes Calendar, Ged. von E. → Spenser.

Sheridan, Richard Brinsley, 30. 10. 1751 Dublin – 7. 7. 1816 London; Sohn des Schauspielers u. Sprecherziehers Th. Sheridan; Dramatiker, Theaterdirektor, Politiker, Anwalt; Schule in Harrow. Lebte lange Jahre in Bath, wo er die Lebensweise der eleganten Welt, später in s. Kom. dargestellt, beobachten konnte. 1775 UA *The Rivals,* Covent Garden Theatre, geschrieben im Alter von 24, gegen den moralisierenden Sentimentalismus. *St. Patrick's Day* u. die kom. Oper *The Duenna* (beide 1775) machten S. zum beliebtesten Bühnenautor s. Zeit. *The School for Scandal,* mit *The Rivals* u. *The Critic* (1779) den klass. u. noch heute bühnenwirksamen Stükken des engl. Theaters zuzurechnen, wurde vom → Lord Chamberlain erst auf persönl. Intervention zur Auff. freigegeben (1777). S. war zeitweilig enger Berater des Prinzregenten, der ihm als Gönner immer verbunden blieb. 1776–80 Direktor Drury Lane Theatre. 1780 Abgeordneter für Stafford, Beginn s. Karriere als Politiker. Profilierte sich durch Eloquenz, bes. im Verfahren gegen Warren Hastings (1787), engagierte sich für die schott. Parlamentsreform, unterstützte die Whig-Politik von Fox, auch während der Frz. Revolution, solange bloße Gewalt noch nicht vorherrschte; vertrat mit ausgeprägtem Patriotismus e. harte Haltung gegen Napoleon, war stets eifriger Verfechter der Pressefreiheit. Als Dramatiker führte S. die Sittenkom. auf e. bis dahin nicht erreichten Höhepunkt; zeichnete einprägsame Charaktere u. stellte die Heuchelei der Gesellschaft bloß. Als Politiker bewahrte er sich stets s. Integrität.

hd

Dramatic Works, hg. T. Moore, 1821. Plays and Poems, hg. R. C. Rhodes, III 1928. Complete Plays, hg. T. Guthrie, 1954. Speeches, III 1842. – Letters, hg. C. J. L. Price, III 1966. – W. Sichel, R.B.S., II 1909. R. C.

Rhodes, Harlequin Sh., 1933, 1972. W. A. Darlington, R.B.S., 1933, 1951 (mit Bibl.). T. H. Sadleir, The Political Career of S., 1912. J. Dulck, Les comédies de R.B.S. Etude littéraire, 1962. A. Thraler, Shakespeare to S., 1963. J. Loftis, S. and the Drama of Georgian England, 1976. M. K. Danziger, Goldsmith and S., 1977.

Sherlock Holmes → Doyle, A. C.

Shirley, Roman von C. → Brontë.

Shoemaker's Holiday, Kom. von Th. → Dekker.

Short Couplet → Chaucer, G.

Short Story, Kurzgesch.; Umfang ca. 500 bis 20.000 Wörter. Im Unterschied zu → Sketch straffere Anordnung der Handlungsstränge u. anspruchsvollere Struktur; meist an e. Zentralereignis orientiert. Konzentration auf wenige tragende Personen oder Geschehnisse, repräsentative Auswahl, Drängung des Zeitablaufs. S.s.s finden sich als in sich geschlossene Erzählungen schon im Roman des 18. Jh., z. B. bei Defoe u. Sterne. Typ. auch ›Wandering Willie's Tale‹ in Scotts *Redgauntlet* (→ *Waverley*). Als eigene Erzählgattung zunächst im 19. Jh. in Amerika durch Hawthorne u. Poe geprägt. Poes Besprechung von Hawthornes *Twice-Told Tales* (1842) versuchte erstmals, Kriterien der s.s. zu definieren. Klassiker der engl. s.s.: E. Bowen, D. H. Lawrence, K. Mansfield, Somerset Maugham, T. F. Powys. *hd*

P. Goetsch, Studien u. Materialien zur S.S., 1971. D. engl. Kurzgesch., hg. H. Göller, G. Hoffmann, 1973. L. Rohner, Theorie d. Kurzgesch., 1973. K. Lubbers, Typologie d. S.S., 1977. J. Reid, S.S., 1977 (Critical Idiom).

Short View of the Immorality and Profaneness of the English Stage → Collier, J.

A Short View of Tragedy → Rymer, Th.

Shylock; Typus des jüd. Wucherers, im Zentrum des Geschehens von Shakespeares → *Merchant of Venice;* → Marlowe.

Siddons, Mrs. Sarah, geb. → Kemble, 5. 7. 1755 Brecon (Wales) – 8. 6. 1831 London. In ihrer Zeit bedeutendste Schauspielerin im trag. Fach. Ihr erster großer Erfolg war die Rolle der Belvidera in → Otways *Venice Preserv'd.* Weiterhin u. vorwiegend Darstellung Shakespearescher Charaktere (bes. Lady Macbeth), doch gleich hervorragend als Jane Shore in → Rowes gleichnamigem Stück. Sie war Modell für → Reynolds Gemälde ›The Tragic Muse‹. *hd*

Th. Campbell, Life of Mrs. S., II 1834.

Sidney, Sir Philip, 30. 11. 1554 Penshurst – 17. 10. 1586 Arnheim (Holland); Soldat, Diplomat, Staatsmann, Dichter u. Kritiker; Enkel des Herzogs von Northumberland. Ab 1564 besuchte er zusammen mit s. lebenslangen Freund u. späteren Biographen F. Greville die Shrewsbury School, standesgemäße Erziehung. 1568–71 Stud. Oxford, Abschluß ohne e. akad. Grad. Am 25. 5. 1572 erlaubte ihm Elizabeth I, zum Stud. fremder Sprachen ins Ausland zu reisen. Die Reise führte ihn nach Paris. Das Erlebnis der Bartholomäusnacht veranlaßte s. Weiterreise nach Frankfurt, 1573 nach Heidelberg, Straßburg, Wien, im Okt. nach Italien, wo er sich längere Zeit in Venedig aufhielt. 1 Jahr später erneut in Wien, Februar 1575 Prag, dann wieder nach England zurück, wo er nun als Kenner europ. Politik galt. In den folgenden Jahren am kgl. Hofe. 1576 reiste er nach Irland, wo s. Vater das Amt des Lord Deputy bekleidete. Dort traf er die Tochter des Earl of Essex, Penelope Devereux, die Stella s. Sonettzyklus *Astrophel and Stella*. 1577 war er in diplomat. Mission zu Kaiser Rudolph II. unterwegs. E. privater Streit mit dem Earl of Oxford u. die Begünstigung anderer Höflinge durch Elizabeth I veranlaßten ihn 1579, den kgl. Hof zu verlassen. Ausschlaggebend für s. lit. Arbeit sind die Begegnungen mit 2 lit. Zirkeln 1579/80. S. wohnte zeitweilig bei s. Onkel, dem Earl of Leicester, in London u. war mit→ Spenser u. E.→ Dyer befreundet. Mit ihnen erörterte er die Möglichkeit der Verwendung klass. Metren im Engl. Auf diesen Einfluß deuten auch die an das klass. Vorbild angelehnten V. in *Arcadia* hin. Der 2. lit. Zirkel traf sich in Wilton im Landhaus s. Schwester Mary, Countess of Pembroke, die sich selbst in stark regelgebundenen Dichtungen versuchte. In diesen Jahren (1577–1580) entstanden S.s Hauptwerke: *The Countess of Pembroke's→ Arcadia, The Defence of Poesie* (ED 1595, hg. W. Clemen, 1950) u. *Astrophel and Stella*. Trotz weitreichender Verbindungen waren s. Einkünfte gering. 1581 u. 1584 Mitglied des Parlaments für Kent, 1583 in den Ritterstand erhoben. Im gleichen Jahr heiratete er F. Walsingham. Durch den Einfluß s. Onkels erhielt er 1585 die Stellung e. ›Master of Ordnance‹. Im Jahr zuvor war er von der Königin in diplomat. Mission nach Frankr. geschickt worden, wo er den Aufbau e. protestant. Liga gegen Spanien vorbereiten sollte. Im November 1585 ernannte ihn Elizabeth I zum Gouverneur von Flushing. In der Schlacht von Zütphen (Holland), wo die protestant. Truppen dem span. Vordringen Einhalt gebieten wollten, wurde S. schwer verletzt u. starb in Arnheim. S. lit. Werk wurde erst posthum veröffentlicht. Die Poetik *The Defence of Poesie,* als Reaktion auf St. Gossons *The School of Abuse* (1579) zu e. nicht genau bekannten Zeitpunkt entstandene Schr., gilt als 1. theoret. Essay in der engl. Lit., dessen Ideen u. Methoden sich an Scaliger, Minturno u. Castelvetro anlehnen; 1595 von W. Ponsonby unter diesem Titel, von H. Olney als *An Apology for Poetrie* gedruckt; 1598 zus. mit der *Arcadia* (W. Ponsonby). S. erklärt Dichtung als »an art of imitation« in Anlehnung an den aristotel. Begriff ›mimesis‹ u. schreibt ihr 2 Funktionen zu, näml. e. unterhaltende u. e. moral-didakt. (»to teach and delight«), die er noch um e. 3. (»to move«) erweitert. Die Vorstellung, Dichtung könne Schönes u. Gutes vermitteln, fügt S.s Ausführungen e. platon. Komponente hinzu. Der Sonettzyklus *Astrophel and Stella* (EA 1591) umfaßt 108 Sonette u. 11 Lieder, letztere erst in der Ausg. von 1598. S. bedient sich der petrark. Sonettstruktur. Vermutl. entstand der Zyklus zwischen 1581, als Penelope Devereux Lord Rich heiratete, u. 1583, dem Jahr der Eheschließung S.s mit F. Walsingham. Viele Ged. spiegeln die Liebe zu e. idealisierten Penelope wider; sie sind indes nicht Ausdruck e. tatsächl. Liebesbeziehung. Die beiden Liebenden tragen monologartig die einzelnen Sonette vor. Zunächst läßt S. sich von der Liebe einfangen, er spielt mit ihr, wird aber dann von ihr ganz eingenommen u. erleidet zahlreiche Schmerzen. Mit Sonett 31 setzt die 2., intensivere Phase der Liebe ein. Astrophel konnte die Liebe Stellas nicht gewinnen u. kann diesen selbstverschuldeten Verlust kaum überwinden. In s. Vorstellungswelt wird Stella zu s. Ideal der Liebe, der Schönheit u. der Tugend. Dramat. Höhepunkt ist das 62. Sonett; Stella wendet sich Astrophel in schwesterl. Liebe zu. Da Astrophel ihre Bedingungen nicht einhalten kann, wird er endgültig verstoßen. Sinn u. Ziel dieses Sonettkranzes ist e. Idealisierung der Liebe. Der Dichter, der mit dem sittl. Gebot in Konflikt gerät, muß diese Krise überwinden. Durch e. gekonnt poet. Ausdruck u. e. verfeinerte Technik ragt S. aus den anderen Sonettdichtern heraus. *ra*

Complete Works, hg. A. Feuillerat, IV 1912–26; n. 1962. Prose Works, hg. A. Feuillerat, IV 1912; n. 1962. – S. A. Tannenbaum, Concise Bibl., 1941. – A. Thaler, Shakespeare and Sir Ph.S. The Influence of ›D.o.P.‹, 1947. J. A. Van Dorsten, Poets, Patrons, and Professors. Sir Ph.S., D. Rogers, and the Leiden Humanists, 1962. E. J. M. Buxton, Sir Ph.S. and the Engl. Renaissance, [2]1964. J. M. Osborn, Young Ph.S., 1972. R. Kimbrough, Sir Ph.S., 1972. L. J. G. Nichols, The Poetry of Sir Ph.S., 1974. A. C. Hamilton, Sir Ph.S., A Study of his Life and Works, 1977. C. Uhlig, S.s ›D.o.P.‹ u. d. Poetik d. Renaissance (Engl. u. am. Lit.theorie, hg. R. Ahrens u. E. Wolff, Bd. 1, 1978, 73 – 93). R. C. McCoy, Sir Ph. S.: Rebellion in Arcadia, 1979.

Sigurd the Volsung, Dichtung von W. → Morris.

Silas Marner, Roman von G. → Eliot.

Sillitoe, Alan, 4. 3. 1928 Nottingham; Arbeitersohn, 1942 – 46 Fabrikarbeiter in Nottingham, 2 Jahre Militärdienst in Malaia, Tbc-Invalide. 1952 – 58 in Frankreich, Italien u. Spanien, danach in London. 1959 Heirat mit der Dichterin Ruth Fainlight. Bedeutendster, engagierter Chronist des zeitgenöss. engl. Arbeitermilieus. Hauptthema s. meist in der realist. geschilderten Welt von nordengl. Fabrikhallen, Erziehungsanstalten u. Kneipen spielenden Romane u. Erzählungen ist der Versuch jugendl. Arbeiter, gegen die repressive etablierte Obrigkeit u. die unerfreul. Routine e. proletar. Alltags zu rebellieren u. ihr im Laufe von S.s Entwicklung deutl. werdender Weg zur Selbstentdeckung durch die (Wieder-) Entdeckung der Klassensolidarität. Während in frühen Werken wie den beiden (auch verfilmten) Bestsellern → *Saturday Night and Sunday Morning* (1958) u. *The Loneliness of the Long-distance Runner* (1959) die Helden Arthur Seaton bzw. Colin Smith kaum über e. Genießen kleiner Alltagsfreuden oder e. ziellose Verweigerungshaltung hinausgelangen, gestaltet *Key to the Door* (1961) anhand von Arthurs Bruder Brian Seaton die Suche des Intellektuellen aus der Arbeiterklasse nach der Fülle des Lebens. *A Start in Life* (1970) ist e. brillante, an Rabelais oder → Fielding erinnernde pikareske Odyssee in der Welt von Gaunern u. Spitzbuben, Sex u. Gefahr. *Travels in Nihilon* (1970) berichtet von verrückten, slapstickhaften Abenteuern in e. korrupten, destruktiven Reich des Nihilismus, in dem menschl. Habgier u. Unvernunft ungehemmt ihr Unwesen treiben.

Frank Dawley in *The Death of William Posters* (1965), *A Tree on Fire* (1967) u. *The Flame of Life* (1974) zeigt aktives kommunist. Engagement, hat in der Rebellion gegen die etablierte Gesellschaft e. sinnvolle Tätigkeit gefunden u. wird so zu e. energiegeladenen »tree on fire«, besitzt »the flame of life«. *ks*

A.S., hg. M. Marland, o.J. (Times Authors, 4). B. Lockwood, Four Contemp. Brit. Working-class Novelists: R. Williams, J. Braine, D. Storey, and A.S., 1967. S. Bahn, A.S. (Engl. Lit. d. Gegenw., hg. H. W. Drescher, 1970, 207–23). A. R. Penner, A.S., 1972. J. Holeczek, A.S. Unters. zur Erzähltechnik s. Romane u. Kurzgesch., 1973. R. D. Vaverka, Commitment as Art: A Marxist Critique of a Selection of A.S's Political Fiction, 1978.

Silver Darlings, hist. Roman von N. M. → Gunn.

Silver-Fork School → Fashionable Novels.

The Silver Tassie, Tragikom. von S. → O'Casey.

Simpson, Norman Frederick, 29. 1. 1919 London; Bankangestellter, 1941–43 Kriegsdienst, dann Lehrer bis 1962. S.s von der bodenständigen engl. → Nonsense-Tradition beeinflußte, höchst originelle Dramen entwickeln mit spleeniger Skurrilität paradoxe, unlog. Ausgangssituationen konsequent fort. Typ. sprachl. Element ist das ›non sequitur‹. In dem Einakter *The Hole* (1958) geht es um e. Loch in der Straße, vor dem die Passanten stehenbleiben u. in das sie ihre persönl. Wünsche, Träume u. Phantasien projizieren. In *One Way Pendulum* (1960) versucht Kirby Groomkirby mit 500 ›Speak-Your-Weight‹-Automaten den Halleluja-Chor von Händel einzustudieren; diesen will er am Nordpol aufführen, um dort e. Menschenansammlung zu erreichen, die e. Neigung der Erdachse u. den Untergang Englands hervorrufen würde – denn Kirby liebt es, Trauerkleidung zu tragen. Die Familie Paradock in *A Resounding Tinkle* (1968) tauscht mit größter Selbstverständlichkeit e. gerade gekauften Elefanten, der als zu groß befunden wird, gegen e. Schlange ein. In *The Cresta Run* (1966) bekommt e. Kleinbürgerehepaar mit e. Geheimdienstabteilung zu tun, deren Chef über das Auftauchen von Straußen mit Teleskopmonokeln in der Nähe von Scarborough beunruhigt ist. *ks*

G. Collier, N.F.S. ›A Resounding Tinkle‹ (D. zeitgen. engl. Drama, hg. K.-D. Fehse u. N. H. Platz, 1975, 25–42). R. Ahrens, N.F.S.: ›One Way Pendulum‹ (D. engl. Drama d. Gegenwart, hg. H. Oppel, 1976, 49–64).

Sir Gawain and the Grene Knight (14. Jh.), Ms. Cotton Nero A X, Versromanze mit Stab- u. Endreim, 2500 V. Bedeutendstes Werk des Gawain-Zyklus (u. a. *Ywain and Gawain,* EETS, 254, 1964; *Sir G. and the Earl of Carlisle,* hg. A. Kurvinen, 1951; *The Turk and G.,* Percy Folio Ms., 1, 1867). Zur Tafelrunde bei Kg. Artus am Neujahrstag auf Schloß Camelot kommt e. in Grün u. Gold gekleideter Ritter, der die versammelten Recken herausfordert. Wer den Mut dazu habe, solle ihn mit s. Streitaxt angreifen, vorausgesetzt, daß er den Schlag am folgenden Neujahrstag zurückgeben dürfe. G. willigt ein u. enthauptet den Grünen Ritter mit dessen eigener Waffe. Dieser nimmt jedoch den Kopf wieder auf, verabredet mit G. e. neues Treffen u. reitet davon. Am darauffolgenden

Weihnachten wohnt G. im Schloß des Ritters Bertilak, der mit G. abspricht, alles auf der Jagd oder sonstwie Erworbene untereinander auszutauschen. Während Bertilak zur Jagd geht, versucht s. Frau erfolglos, G. zu verführen. Am 3. Tag schenkt sie ihm e. Gürtel, der ihn unverwundbar machen soll. Entgegen der Abmachung übergibt G. diesen nicht s. Gastgeber. Zu Neujahr trifft sich G., wie vor e. Jahr vereinbart, mit dem Grünen Ritter bei der nahegelegenen Grünen Kapelle, stellt sich zum Kampf u. wird trotz des Gürtels verwundet. S. Gegner gibt sich als Bertilak zu erkennen u. erklärt ihm, daß er selbst s. Frau beauftragt habe, G.s Charakterfestigkeit zu prüfen. Trotz des zurückbehaltenen Gürtels u. der somit gezeigten Todesangst habe er die Probe glänzend bestanden. G. kehrt nach Camelot zurück u. berichtet der Runde die Schande dieses Versagens. Doch die Ritter gründen in Anerkennung s. Standhaftigkeit, Tugend u. Tapferkeit e. Orden, dessen Mitglieder als äußeres Zeichen ihrer Zusammengehörigkeit e. grünes Band tragen. Diese Episode kann mit der Schaffung des Hosenbandordens (um 1344 durch Edward III) oder des ›Order of the Bath‹ in Verbindung gebracht werden. G. ist e. der herausragenden Ritter der Artussage; in s. Person verbinden sich außerordentl. Mut u. große Tugendhaftigkeit. Weitere, stärker krit. wertende Darstellungen durch → Malory u. → Tennyson. Wie bei e. Sonnengottheit – Gwalchmei, Sonnengott der walis. Mythologie – steigert sich G.s Kraft von Morgen bis Mittag u. nimmt danach wieder ab. Die unmittelbare Vorlage ist unbekannt, doch steht der gleiche Dichter wie für *The→ Pearl* zu vermuten (ebenfalls Cotton Nero A X): Verbindung der für die Zeit u. Gattung typ. Motive der Herausforderung durch e. Gegner u. der Versuchung durch e. Frau; detaillierte Beschreibung der Natur u. des ma. Lebens. Sprachl. schwierig; im Lancashire Dialekt, viele Wörter skandinav. Ursprungs. Neben → Chaucers Werk e. der wichtigsten me. Ged. Symmetr. Aufbau, symbol.-mytholog. Elemente mit rel.-didakt. Anspruch, bes. in der zielstrebigen Haltung G.s. Im Mittelpunkt steht die Frage, ob es dem Ritter gelingen wird, die ihm gestellte Aufgabe zu erfüllen, die Ideale der ›Ritterlichkeit‹ unter Beweis zu stellen. Sinn u. Bedeutungsgehalt der G.-Romanze, ihre allegor. u. symbol. Überhöhung sind Gegenstand zahlreicher krit. Deutungsversuche. *js*

Hg. J. R. R. Tolkien and E. V. Gordon, 1925, n. N. Davis, 1967. Neuengl. Wiedergaben: J. L. Weston, 1898, T. H. Banks, 1929, G. H. Gerould, 1934; vielfach nachgedruckt. – G. L. Kitteredge, A Study of ›G. and the G.K.‹, 1916. O. Löhmann, D. Sage von G. u. d. grünen Ritter, 1938. H. Schnyder, ›Sir G. and the G.K.‹: An Essay in Interpretation, 1961. M. Boroff, ›Sir G. and the G.K.‹: A Stylistic and Metrical Study, 1962. L. D. Benson, Art and Tradition in ›Sir G. and the G.K.‹, 1965.

Sitwell, Dame Edith Louisa, 7. 9. 1887 Scarborough – 9. 12. 1964 London; aus adliger Familie, Schwester von → Osbert u. → Sacheverell S. 1916–21 Hg. der jährl. Anthologie *Wheels,* in der zeitgenöss. dichter. Moden heftig angegriffen wurden. Lebte mehrere Jahre in Paris, befreundet mit Gertrude Stein. Trat entschieden für D. → Thomas ein. Konvertierte 1954 zur röm.-

kath. Kirche. Sehr eindrucksvolle, exzentr. Persönlichkeit. Zahlreiche Ehrungen (vgl. Autobiogr. *Taken Care of,* 1965). Bedeutendste engl. Lyrikerin ihrer Zeit. Ihre frühen Ged. sind verspielt, bizarr, exzentr., experimentieren mit Tanzrhythmen u. Klangeffekten, kühnen Neologismen u. höchst individuellen, überraschenden Bildern. Die 2. Phase ist gekennzeichnet vom Hereinbrechen der ernsten Wirklichkeit in die heitere Phantasiewelt ihrer Dichtung. Das Spätwerk gestaltet unter dem Einfluß des Krieges mit zahlreichen christl. u. antiken Symbolen S.s Mitgefühl mit der leidenden Kreatur u. das Grundgefühl trag. Auswegslosigkeit. Auch Romane (*I Live under a Black Sun,* 1937; *Fanfare for Elizabeth,* 1946) sowie biograph. u. krit. Essays von herausfordernder Schärfe. *Poems 1917–49* (1949); *Collected Poems* (1954); *Selected Poems* (1965). *ks*

R. A. Fifoot, Bibl. of E., Osbert and Sacheverrell S., 1963; n. 1971. – R. L. Mégroz, The Three Sitwells, 1927. C. M. Bowra, E.S., 1947. A Celebration for E.S., hg. J. G. Villa, 1948. J. Lehmann, E.S., 1952. G. Singleton, E.S.: the Hymn to Life, 1961. R. J. Mills, E.S.: a Crit. Essay, 1966. E. Salter, The Last Years of a Rebel, 1967. J. Lehmann, A Nest of Tigers, 1968. J. Pearson, Façades, 1978.

Sitwell, Sir Francis Osbert, Baronet, 6. 12. 1892 London – 4. 5. 1969 Florenz; entstammt altem Adelsgeschlecht, Vater exzentr. Landedelmann, Bruder von → Edith u. → Sacheverell S. Eton, Stud. Oxford, 1912–19 Offizier; ausgedehnte Reisen. Lebte ab 1965 in Italien. Starker Einfluß auf die junge Dichtergeneration zwischen den beiden Weltkriegen. S. Kreis standen E. Pound, T. S. → Eliot, H. Read u. W. → Lewis nahe. S.s gesellschaftskrit. Romane, Essays u. s. Lyrik wenden sich mit Spott u. scharfer Satire gegen Kriegsverherrlichung u. gegen die Insularität, Bigotterie u. geistige Leere e. Oberschicht, die sich vorwiegend mit Sport u. Politik beschäftigte. Die 5bändige Autobiogr. (*Left Hand! Right Hand!* 1944; *The Scarlet Tree,* 1946; *Great Morning!* 1947; *Laughter in the Next Room,* 1948; *Noble Essences,* 1950) gibt eindrucksvolle Zeitbilder u. schildert anschaul. Menschen u. Schauplätze s. Lebens. *ks*

→ Sitwell, E. L.

Sitwell, Sir Sacheverell, 15. 11. 1897 Scarborough; Bruder der vorgenannten; Eton, Stud. Oxford. Einfühlsamer Kunst- u. Musikkritiker u. -historiker. Vf. von formal traditionellen, urbanen Ged. (15 Bde.), Essays, Reisebüchern u. der autobiogr. Phantasie *All Summer in a Day* (1926). *ks*

→ Sitwell, E. L.

Skelton, John, ca. 1460 Diss/Norfolk (?) – 21. 6. 1529 Westminster; Dichter u. Humanist. Erziehung in Cambridge, wo er 1493 e. Grad in Rhetorik erwarb, wahrscheinlich auch in Oxford. Er wurde zum Erzieher von Prince Henry, dem späteren Henry VIII, ernannt u. fand die Wertschätzung der berühmtesten Humanisten seiner Zeit, unter ihnen Erasmus. 1498 Priesterweihe. Bereits 1504 zog er sich nach Diss zurück, nachdem er am Hof Henrys VIII das gesicherte Leben eines ›poeta laureatus‹ geführt hatte. S. Dichterkrönung rechtfertigt er selbst in *Garlande of Laurell,* e. Ged., in dem er s. Werke u. s. Leben preist. Trotz seiner satir. u. farcenhaft. Schriften genoß er bei Hof u. in lit. Kreisen großes Ansehen. Seine satir. Schr. *The Bowge of Court* (1499–1503) beschreibt die Laster u. Gefahren des Hoflebens. In s. *Boke of the Thre Foles* ahmt er Sebastian Brants *Narrenschiff* nach. Beide Gedichte sind in der 7zeiligen Chaucer-Strophe geschrieben, die er in *The Boke of Phylyp Sparowe* (1503–07) zu e. eigenen Versform umgestaltet, dem sog. ›Skeltonical Verse‹. Dieser Vers besteht aus kurzen, meist 6silbigen Zeilen, die in verschiedenen Gruppen reimen, auch ›tumbling verse‹ genannt, weil er dem Autor als Zeichen der Unkonventionalität u. des Mangels an Würde zum Ausdruck s. ›poetry of revolt‹ diente. Wegen s. hüpfenden unruhigen Charakters erinnert er an den Knittelvers. S.s humanist., formbewußten Zeitgenossen erschien der Vers irritierend, da er bei frz. u. italien. Entsprechungen auf e. latein. V. zurückgeht, der mit lockerem Studentenleben u. mit Vagantentum in Verbindung stand. Bei den humanist. Gelehrten stieß der V. deshalb auf Ablehnung. Zur Ironisierung der humanist. Korrektheit gebraucht S. auch häufig frz. u. lat. Wörter. So setzt er sich in *Phylyp Sparowe,* e. Umgestaltung von Catulls Thema vom Tod des Sperlings, mit den Formalitäten der Kirche auseinander, über die das Schulmädchen Jane Scroop im Kloster Klage führt. Durch die Lektüre des Mädchens erfahren wir von der Gelehrsamkeit der Zeit u. von ihrer Hochschätzung der Zeitgenossen → Chaucer, → Gower u. Lydgate. In *Colyn Cloute* (1519) tadelt er weiterhin die Mißstände der Kirche aus der Sicht e. Durchschnittsbürgers, wenngleich er iron. vorgibt, nicht alle Laster der Geistlichkeit zu nennen u. deshalb eher die Kirche zu verteidigen. Schon hier, dann aber mit großer Offenheit in den beiden folgenden Gedichten *Speke, Parrot* (1519–25) und *Why Come Ye Nat to Courte?* (1522/23) greift er den einflußreichen Kardinal Wolsey an. S. *Ballade of The Scottysshe Kynge* preist den engl. Sieg bei Flodden (1513) über die Schotten. Von s. drei Stücken ist nur *Magnificence,* eine Moralität aus dem Jahre 1516 (ED 1933), erhalten, in der er sich gegen die Auswüchse des Ehrgeizes wendet. In der engl. Literatur gilt S. als origineller Satiriker der Vorreformation. *ra*

Complete Poems, ed. P. Henderson, 1931; n. 1964. Poems, ed. R. S. Kinsman, 1969. – R. S. Kinsman and T. Yonge, Canon and Census, 1968 (Bibl.). – M. Pollet, S. Contribution à l'Histoire de la prèrenaissance, 1962, übers. 1971: J. S. Poet of Tudor Engl. E. Schulte, La Poesia di S., 1963. S. E. Fish, S's Poetry, 1965. N. C. Carpenter, S., 1968.

Sketch (lat. schedium, Ged. aus dem Stegreif), skizzenhafte, kurze u. prägnante Darstellung (Drama oder Erzählprosa), ohne ausgeprägtes Handlungsgefüge, typenhaft vergröbernde Charakterzeichnung. Gewöhnl. Schilderung e. einzigen Vorfalls, e. einzigen Szene, e. Einzelperson (descriptive s., character s. u. ä.). Im Unterschied zur → Short Story wesentl. einfachere Darstellungsform. *hd*

F. H. Link, ›Tale‹, ›Sketch‹ u. ›Short Story‹ (NS, 1957, 345–52).

Sketches by Boz → Dickens, Ch.

Skop, westgerm. ›scop‹; Bz. für den Dichter von Helden- u. Preisliedern, Sänger in der Gefolgschaft e. Adligen oder am Fürstenhof; bis ins frühe MA. Der Vortrag des s. war meist Höhepunkt e. festl. Gelages oder e. Feier in der Met-Halle. Die Funde von → Sutton Hoo geben Aufschluß über das zur Begleitung benutzte Musikinstrument. Später gelegentl. auch in der Bedeutung von Spielmann. *js*

W. Wissmann, S. (Sitzungsbericht d. dt. Akad. d. Wiss., Berlin, 1935). E. Werlich, D. westgerm. S., 1969.

Slag, Drama von D. → Hare.

Slapstick (ursprüngl. Narrenpritsche), Situationskomik, Klamauk; hauptsächl. auf der Bühne (Slapstick Comedy), aber auch in anderen lit. Gattungen. Erwünschte Wirkung in der Regel durch beziehungslos aneinandergereihte, pantomim., oft ›handgreifl.‹ Szenen. *hd*

A Sleep of Prisoners, Schauspiel von C. → Fry.

Slope, Rev. Obadiah → *Barchester Towers.*

Smiles, Samuel, 23. 12. 1812 Haddington (Schottland) – 16. 4. 1904 London. Stud. Edinburgh; unterstützte polit. u. soziale Reformen, wie sie von der ›Manchester School‹ vertreten wurden. Bekannt v. a. durch s. weitverbreitetes Buch *Self-Help* (1859; hg. A. Briggs, 1958), das die viktorian.-puritan. Tugend harter Arbeit preist u. gleichzeitig die egoist. Motivation der Utilitaristen verurteilt. *Thrift* (1875), *Duty* (1880) u. *Life and Labour* (1887) setzten diese Tendenz fort. S.s Bewunderung für den ›self-made man‹ kommt auch in s. *Life of George Stephenson* (1857) u. den *Lives of Engineers* (1861–62) zum Ausdruck. *hd*

Autobiogr., hg. Th. Mackay, 1905. – Th. B. Green, S.S. Life and Work, 1904. A. Smiles, S.S. and His Surroundings, 1956.

Smith, Adam, 5. 6. 1723 Kirkcaldy (Schottland) – 17. 7. 1790 Edinburgh. In s. von → Humes u. → Hutchesons Ideen beeinflußten Hauptwerk *Inquiry into the Nature and Causes of the Wealth of Nations,* (1776; hg. E. Cannan, II [2]1961) geht S. davon aus, daß das protektionist. System auf e. Mißverständnis beruht, folgl., daß gerade solche Nationen zu höchstem Wohlstand gelangen konnten, die Handel u. Wirtschaft keine Regulative aufzwangen u. den freien Wettbewerb förderten: Free Trade. Die prakt. Auswirkung von S.s volkswirtschaftl. Überlegungen zeigte sich bes. im 19. Jh., bestimmte weitgehend die handelspolit. Auseinandersetzungen zwischen Whigs u. Tories, Vorstellungen zugunsten der Industrialisierung oder zum Schutz landwirtschaftl. Interessen. *hd*

B. Franklin and F. Cordasco, Bibl., 1950. – C. R. Fay, A.S. and the Scotland of His Days, 1956. J. Cropsey, Polity and Economy: An Interpretation of the Principles of A.S., 1957. W. L. Taylor, F. Hutcheson and D. Hume as Predecessors of A.S., 1965.

Smith, Stevie (eig. Florence Margaret S.), 1902 Hull – 7. 3. 1971 Plymouth; Angestellte e. Londoner Verlags. Bekannt durch *Novel on Yellow Paper* (1936), e. Zeitdokument der 30er Jahre mit Shandyesken Abschweifungen. Der Titel e. ihrer erfolgreichsten Ged., »Not Waving but Drowning« (1957), wurde zu e. geflügelten Wort u. umreißt mit trockenem Humor das Lebensgefühl e. Generation. Ihre kluge, nur scheinbar kunstlose Lyrik ist durchzogen von Gedanken an den Tod. *ks*

Collected Poems, 1975.

Smith, Sydney Goodsir, 26. 10. 1915 Wellington (Neuseeland) – 15. Januar 1975 Edinburgh; Journalist, freier Schriftsteller; Stud. Edinburgh u. Oxford; 1951 Festival of Britain Scots Poetry Award, 1956 Oscar Blumenthal Prize for Poetry (Chicago). Hg. e. Fs. für H. → MacDiarmid (1962), von 2 → Burns-Anthologien (1964, 1966) u. e. Auswahl von Ged. (1959) des → ›Makar Poet‹ G. Douglas. S.s eigene Dichtung, zwischen 1941 u. 1969 veröffentlicht, entstand in e. von ihm geschaffenen Sprachform. Dabei versucht er, dem Gefühl menschl. Ohnmacht gegenüber den anonymen Kräften gesellschaftl. Bedingtheiten Ausdruck zu geben. Bes. Beachtung verdient s. Liebeslyrik, darunter s. wohl bestes Werk: *Under the Eildon Tree: A Poem in XXIV Elegies,* 1948. Mit dem Roman *Carotid Cornucopius* (1947) schuf er für Edinburgh, wie MacDiarmid im Vorwort ausführt, was Joyce mit *Ulysses* für Dublin erreichte. Bewußt patriot. Töne schlägt das Theaterstück *The Wallace* (UA 1960) an. S. gehört zu den führenden Vertretern der → Scottish Renaissance. *hd*

Selected Poems, 1947. Fifteen Poems and a Play, 1969. Collected Poems, 1975.

Smith, Winston, Hauptfigur in Orwells → *Nineteen Eighty-Four.*

Smollett, Tobias George, 19. 3. 1721 (getauft) Dalquhurn/Dumbartonshire (Schottland) – 17. 9. 1771 Monte Negro b. Livorno; bis 1739 Medizinstud. Glasgow, Apothekergehilfe; 1741 Schiffsarzt auf der ›Chichester‹, erlebte den Angriff auf Cartagena; Aufenthalt in Jamaika; 1743 Rückkehr nach London; zunächst als Arzt, dann als Schriftsteller tätig. S. war Mitarbeiter versch. Zs., verfaßte Romane, halbwissenschaftl. Werke u. Reisebeschreibungen; Übs. von Le Sages *Gil Blas* (1748) u. Cervantes' *Don Quijote* (1755), 1756 Hg. ›Critical Review‹ u. 1762 ›The Briton‹. S.s Erstlingsroman *Roderick Random* (1748) entstand in Anlehnung an *Gil Blas* (→ picaresque novel), Einflüsse von → Jonson (Humours) sowie → Swift u. → Defoe (Charakterisierung). *The Adventures of → Peregrine Pickle* (1751) folgte der gleichen Linie, *Ferdinand Count Fathom* (1753) als Schelmengesch. nach Art des *Don Quijote.* Schlechter Gesundheitszustand zwang S. 1763–65 zu Aufenthalten in Italien u. Frankreich. In *Travels through France and Italy* (1766, hg. F. Felsenstein, 1979) berichtet er in unterhaltender, zugleich aber beißend-spött. Weise über s. Reiseerfahrungen, was ihm von L. → Sterne den Beinamen ›Smelfungus‹ einbrachte. 1766 Reise nach Schottland u. Bath. Durch persönl. Enttäuschungen verbittert, verließ S. England 1769 für immer. → *Humphry Clinker* (1771) darf als s. reifstes Werk gelten. Als Meister des pikaresken Romans in England verstand es S., e. Fülle meist grotesker Szenen, voll starker u. bisweilen recht derber Situationskomik, bevölkert von e. Vielzahl exzentr.-schurk. Gestalten, mit großer erzähler. Kraft in s. Werk einzufangen. *hd*

Miscellaneous Works, hg. R. Anderson, VI 1796; Works, hg. G. Saintsbury, XII 1895; W. E. Henley u. T. Seccombe, XII 1899–1901; G. Maynadier XII 1902. Novels, Shakespeare Head Ed., XI 1925f. – Letters, hg. E. S. Noyes, 1926; F. Cordasco, 1950. L. M. Knapp, 1970. – F. Cordasco, S. Criticism 1925–1945, 1947. Ders. S. Criticism 1770–1924, 1948. – D. Hannay, Life of T.S., 1887 (mit Bibl.). H. S. Buck, S. as a Poet, 1925. F. W. Boege, S's Reputation as a Novelist, 1947 (mit Bibl.). L. M. Knapp, T.S. Doctor of Men and Manners, 1949. M. A. Goldberg, S. and the Scottish School, 1959. D. Bruce, Radical Doctor S., 1964 (mit Bibl.). P.-G. Boucé, Les romans de S., 1976. D. Grant, T.S. A Study in Style, 1976.

Snow, Sir C(harles) P(ercy), 15. 10. 1905 Leicester; Stud. Naturwiss. Leicester u. Cambridge, 1930–50 Physik-Dozent Cambridge, hoher Regierungsbeamter, 1957 geadelt, 1964–66 Staatssekretär im Ministerium für Wiss. u. Technologie mit Sitz im Oberhaus. Begann s. schriftsteller. Laufbahn mit dem humorvollen Detektivroman *Death Under Sail,* 1932. S.s Hauptwerk ist der 11bändige Romanzyklus → *Strangers and Brothers.* Wie dieser analysiert auch *In Their Wisdom* (1974) das Funktionieren sozialer Machtstrukturen. Die Rede-Lecture in Cambridge, *The Two Cultures and the Scientific Revolution* (1959), in der S. die Kluft zwischen der traditionell geisteswiss. orientierten Kultur u. der vom naturwiss. technolog. Umbruch geprägten Zeit beklagt, rief e. lebhafte, jahrelange Diskussion hervor, bes. kontrovers mit F. R. → Leavis. *The Two Cultures and a Second Look* (1964) u. *Public Affairs* (1971) führen in weiteren Essays diesen u. verwandte Gedanken aus; insb. geht S. auf das Problem der Kluft zwischen reichen u. armen Völkern der Erde ein. In *The Malcontents* (1972) bietet der Autor e. Studie der zeitgenöss. Jugendkultur. *A Coat of Varnish* (1979), in der Nähe des Detektivromans angesiedelt, nimmt e. Serie brutaler Mordfälle in Belgravia zum Anlaß, die unausgesprochenen Konventionen der Londoner ›upper middle-class‹ krit. auszuleuchten. *ks*

W. Cooper, C.P.S., ²1962. F. R. Leavis, Two Cultures? The Significance of C.P.S., 1962. R. Graecen, The World of C.P.S., 1962. C.P.S. A Spectrum, hg. St. Weintraub, 1963. E. Fuller, C.P.S. Spokesman of Two Communities (Books with Men Behind Them, 1962, 102–34). J. Thale, C.P.S., 1964. D. Cornelius and E. St. Vincent, Cultures in Conflict. Perspectives on the Snow-Leavis Controversy, 1964. R. G. Davis, C.P.S., 1965. F. R. Karl, C.P.S. The Politics of Conscience, 1965. H. Kreuzer, Lit. u. naturwiss. Intelligenz. Dialog über d. ›zwei Kulturen‹, 1969. N. C. Graves, The Two Culture Theory in C.P.S's Novels, 1972. G. Nold, Mimesis d. Wirklichkeit i. Romanwerk C.P.S.s, 1973. D. Shusterman, C.P.S., 1975. S. Ramanathan, The Novels of C.P.S., 1978.

Society of Authors → Incorporated Soc. of Authors.

Society of Friends → Fox, G.

Society for Pure English → Bridges, R. S.

Songs and Sonnets → Donne, J.

Songs of Experience → Blake, W.

Songs of Innocence → Blake, W.

Sonnet, Sonett (italien. sonetto); Ursprung ungeklärt, provençal., vermutl. sogar arab. Einflüsse; wahrscheinl. im 13. Jh. in Sizilien entstanden; europäische Tradition mit Petrarka. Strenger Aufbau: 14 meist 11silbige Zeilen, 5hebiger Jambenvers. Hauptausprägungen in der engl. Lit. sind das ›Elizabethan‹ oder ›Shakespearian s.‹, erstmals bei Wyatt u. Surrey, von Sh. zur Vollendung gebracht, u. die von Milton gewählte S.form. Das Reimschema des Sh.s. ist abab cdcd efef gg, auch abba cddc effe gg; drei 4zeilige Strophen (quatrain) u. e. 2zeilige (couplet), mit deutl. Einschnitt vorwiegend nach der 3. Strophe. Milton entspricht in s. Reimschema abba abba cdc dcd dem Petrarkas, jedoch ohne Einschnitt im Ablauf des Arguments oder der Gedanken. Spenser verbindet italien. S.form u. Sh.s., allerdings mit übergreifendem Reim zwischen den Quartinen: abab bcbc cdcd ee. Nach der Renaissance erlebte das S. in der Dichtung der Romantik s. 2. Höhepunkt, bes. E. Browning, Keats, Rossetti, Wordsworth. Im 20. Jh. nurmehr vereinzelt als Versform aufgegriffen, z. B. Auden u. Spender. *hd*

J. Fuller, The S., 1972 (Critical Idiom).

Sons and Lovers, autobiogr. Roman von D. H. → Lawrence (EA 1913), der das Aufwachsen zwischen e. proletar. Vater u. e. gebildeten, verfeinerten Mutter u. die daraus erwachsenden seel. Konflikte schildert. Die bürgerl. erzogene Gertrude heiratet, von der Vitalität u. Sinnlichkeit des Bergarbeiters Walter Morel fasziniert, unter ihrem Stande. Die Ehe mißlingt, der Vater flüchtet sich in Alkohol, die Mutter in die Liebe zu ihren 4 Kindern. Der 2. Teil des Romans ist e. psych. Studie der komplexen Beziehungen zwischen der Mutter u. ihrem sensiblen u. künstler. begabten Sohn Paul. Dessen Beziehung zu der geistig orientierten Bauerntochter Miriam scheitert ebenso wie die zu der ganz sinnl. u. leidenschaftl. Clara an s. starken Mutterbindung. Gertrude stirbt an Krebs, das Leben erscheint Paul sinnlos, aber er schöpft neue Hoffnung aus dem Gedanken, daß sie in ihm u. durch ihn weiterleben wird, u. wandert e. neuen Anfang entgegen. Liebe richtig verstanden hat für L. rel. Qualität; e. rein geistig orientierte Haltung (Miriam, Gertrude) wie auch e. auf das Körperl.-Sinnl. reduzierte (Clara, Walter) hingegen wirkt destruktiv. *ks*

Sordello, Versepos von R. → Browning.

Soutar, William, 28. 4. 1898 Perth – 15. 10. 1943 ebda; Lyriker. 1916–18 Marine; Stud. Med. u. Lit. Edinburgh. S.s Ged. erinnern an Volkslieder u. Balladen, zeigen aber e. stärkere Betonung des Intellektuellen, v. a. die in engl. Sprache geschriebenen schott. Ged. sind traditionsverhaftet, unmittelbar in ihrem Bezug zur Natur. Folgte zunächst der von → MacDiarmid angeschlagenen nationalist. Tonlage (vgl. s. Ged. ›The Auld Tree‹), erkannte jedoch bald die davon ausgehende Gefahr e. geistigen Isolierung. *hd*

Collected Poems, hg. H. MacDiarmid, 1948. – Diaries of a Dying Man, hg. A. Scott, 1954 (Autobiogr.). – A. Scott, Still Life, 1958.

South Wind, Roman von N. → Douglas.

Southerne, Thomas, 1660 Oxmanstown/Dublin – 22. 5. 1746 London. Stud. Trinity College u. Middle Temple; Freund Drydens, schrieb für mehrere s. Stücke Prologe u. Epiloge. Kam als geschickter Theaterunternehmer zu Wohlstand. S. heroisch. Trag. *The Fatal Marriage,* nach A. → Behns Roman *The Nun,* wurde 1694 mit Erfolg uraufgeführt; später von → Garrick u. d. T. *Isabella, or the Fatal Marriage* neu auf die Bühne gebracht. *Oroonoko* (1695; hg. M. E. Novak and D. S. Rhodes, 1977), wiederum auf e. Vorlage Behns zurückgehend, war e. leidenschaftl. Anklage gegen den Sklavenhandel. S.s Trag. verzeichneten trotz übersteigerter Schauerszenen u. starker Melodramatik e. großen Zeiterfolg; s. Kom. blieben weniger beachtet. *hd*

Works, II 1713. Plays, hg. T. Evans, III 1774. – J. W. Dodds, T.S. Dramatist, ²1970.

Southey, Robert, 12. 8. 1774 Bristol – 21. 3. 1843 Keswick; Westminster School; 1792 Balliol College, Oxford. 1794 Verbindung mit Coleridge u. gemeinsamer Plan zur Gründung e. ›pantisocracy‹ (mit R. Lovell), Idealstaat an den Ufern des Susquehanna. Zunächst noch vom drängenden Geist der Epoche geprägt, vertrat S. später stärker konservative Ansichten u. verurteilte die Frz. Revolution. Reisen nach Spanien u. Portugal erbrachten e. umfassende Kenntnis der Gesch. u. Lit. der Halbinsel. Lebte für kurze Zeit in Dublin, ab 1803 ständig in Greta Hall/Keswick (Lake District); Nachbarschaft zu Coleridge u. Wordsworth. Außer e. kleinen Pension war S. ganz auf den Ertrag s. Feder angewiesen. Er schrieb regelmäßig für die ›Quarterly Review‹; 1809–15 Hg. ›Edinburgh Annual Register‹; 1813 Poet Laureate, nachdem → Scott den Titel abgelehnt hatte. S.s Werk ist sehr umfangreich: epische Dichtung, hist. u. lit.hist. Veröffentlichungen, Reiseberichte, polit. Schr., Übs. Das Epos *Thalaba the Destroyer* wurde in Portugal beendet u. 1801 veröffentlicht. Weitere Epen 1805 *Madoc* u. 1814 *Roderick: The Last of the Goths* (hg. C. Oman, 1962). Die kürzeren Ged. u. volkstüml. Balladen gehören zu s. besten dichter. Leistungen, z. B. ›The Battle of Blenheim‹, ›The Holly Tree‹, ›The Devil's Thoughts‹ (mit Coleridge), ›The Well of St. Keyne‹. Aus e. Artikel für die ›Quarterly Review‹ entstand *The Life of Nelson* (II 1813); klarer Stil u. geschliffene Formulierungen auch in anderen Prosaschr., z. B. *Life of Wesley* (II 1820), *Life of Cromwell* (1821), *The History of the Peninsular War* (1822–32), *The Book of the Church* (II 1823), *The History of Brazil* (1828), *Life of Bunyan* (1830). Der Reisebericht *Letters from Spain and Portugal* erschien 1797. Die fiktiven *Letters from England by Don Manuel Espriella* (1807; hg. J. Simmons, 1952) sind als satir. Zeitkritik konzipiert; polit. u. gesellschaftskrit. Themen beherrschen die *Essays Moral and Political* (1832) u. die erdachten Gespräche *Sir Thomas More: or Colloquies on the Progress and Prospects of Society* (1829). Als e. der 3 Hauptvertreter der → Lake School erreichte S. nicht die dichter. Größe von Coleridge u. Wordsworth, eher Wegbereiter der engl. Romantik. Zahlreiche Briefe offenbaren s. Menschlichkeit, Güte u. Hilfsbereitschaft wie s. Sinn für Humor. *hd*

Poetical Works, X 1837–38; n. H. T. Tuckerman, X 1860. Commonplace Book, hg. J. W. Warter, IV ²1876. Journal of a Residence in Portugal 1800–1801 and a Visit to France 1838, hg. A. Cabral, 1960. – Life and Correspondence, hg. C. C. Southey, VI 1849–50. Correspondence with Caroline Bowles, hg. E. Dowden, 1881. – New Letters, hg. K. Curry, II 1965. – W. Haller, The Early Life of R.S., 1917. J. Simmons, S., 1945. G. Carnall, R.S. and His Age, 1960. J.

Cottle, R.S., 1970. R.S. (The Critical Heritage), hg. L. Madden, 1972.

The Spanish Tragedy → Kyd, Th.

Spark, Muriel Sarah, geb. Camberg, 1918 Edinburgh; lebte einige Jahre in Zentralafrika, 1939–45 Arbeit im engl. Außenministerium, Generalsekretärin der Poetry Society, 1947–49 Hg. ›Poetry Review‹; wohnte in Rom. S. konvertierte 1954 zum Katholizismus. Die damit verbundene Festigung ihres Weltbildes ist die Basis ihres Schaffens. Sie beginnt, das Leben als organ. Einheit zu verstehen. Katholizismus ist für sie weniger Erfahrung e. dogmat. Normensystems als e. ganzheitl. menschl. Grundbefindlichkeit. Daraus ergibt sich als ihr zentrales Thema die satir. Darstellung der Abweichung von »natürl. Menschlichkeit«. S.s Romane sind moral. u. rel. Fabeln im Rahmen geschlossener Kleinwelten voll verschrobener Charaktere. Sie verbinden elegante Brillanz, grotesk-skurrilen schwarzen Humor u. satir. Darstellung trivialer menschl. Torheiten u. Schwächen mit ernsten Fragen nach der Identität des Menschen, Darstellungen von Zwangsvorstellungen, Visionen u. übernatürl. Erlebnissen, Enthüllungen kommunikationsloser privater Scheinwelten u. e. profunden Sinn für metaphys. Dimensionen menschl. u. intellektueller Qualitäten. *The Comforters* (1957) handelt von Menschen unter Zwangsvorstellungen. *Memento Mori* (1959) beschreibt die skurrilen Symptome von Senilität bei den Bewohnern e. Altersheims vor der ernsten Thematik von »Death, Judgement, Hell and Heaven«. *The Bachelors* (1960) spielt in spiritualist. Zirkeln, *The Prime of Miss Jean Brodie* (Roman 1961, Schauspiel 1966, Film 1969) ist e. glänzend geschriebene Parabel des psych. Calvinismus. *The Girls of Slender Means* (1963), e. leichter Roman über e. Mädchenheim gegen Ende des Krieges, läßt Schicksal, Tod u. Böses unter dem Nebel der Zeitbezogenheit sichtbar werden. S.s ehrgeizigster Roman, *The Mandelbaum Gate* (1965), stellt die Identitätssuche e. halb jüd. u. sehr kath. Engländerin im geteilten Jerusalem dar. *The Driver's Seat* (1970) schildert mit pakkender Intensität den Selbstmord e. Frau durch die Hände e. jungen Mannes, der zum wahren Opfer des Verbrechens wird. Die makabere, verwirrende Farce *Not to Disturb* (1971) erzählt aus der Perspektive der Dienstboten die Gesch. e. tödl. endenden Dreiecksliebe. Auch *The Hothouse by the East River* (1973) läßt – diesmal in der Szenerie e. New Yorker Appartements – Elemente des Übernatürl. in e. satir. Gesellschaftskom. einfließen. In *The Abbess of Crewe* (1974) spiegelt die mikroskop. Welt e. Klosters satir. e. Reihe aktueller polit. Themen wie die Watergate-Affäre. *The Takeover* (1976) enthüllt Verrücktheiten wie e. neuheidn. Diana-Kult im müßiggänger. Gefolge e. in Italien lebenden reichen Amerikanerin. *ks*

Collected Stories, 1967. Collected Poems, 1967. – T. Tominaga and W. Schneidermeyer, I. Murdoch and M.S. A Bibl., 1976. – D. Stanford, M.S., 1963. K. Malkoff, M.S., 1968. N. Müller, M.S.s gesellschaftskrit. Romane, 1972. P. Stubbs, M.S., 1973. P. Kemp, M.S., 1974. A. Massie, M.S., 1979.

The Spectator, moral. Wochenschr., März 1711 – Dezember

1712 (Hg. → Addison u. → Steele), Juni – Dezember 1714 (Hg. Addison), insgesamt 635 Nummern; zunächst tägl. Erscheinen, nach Wiederaufnahme der Veröffentlichung dreimal wöchentl. Als bedeutendste Publikation auf dem Gebiet des → periodical essay führt der *S.* die Zielsetzung des → ›Tatler‹ fort u. gibt ihr insb. durch die Beitr. der beiden Hg. lit. Gewicht; weitere kamen von E. Budgell, J. Hughes, A. → Pope u. a. Steele galt gemeinhin als ›Mr. Spectator‹, u. bei ihm lag die herausgeber. Verantwortung. Absicht u. Zweck der Blätter erläutert Addison, der auch den Charakter des ›Mr. Spectator‹ eingangs vorstellt, in der 10. Nummer: »It was said of Socrates, that he brought philosophy down form Heaven to inhabit among men; and I shall be ambitious to have it said of me, that I have brought philosophy out of closets, schools, and colleges to dwell in clubs and assemblies, at the tea-tables and in coffee-houses«. Die Idee des ›Spectator Club‹ wurde geboren, mit den fiktiven Mitgliedern als handlungstragende Figuren der Essays; Charaktertypen: Sir Roger de Coverley, älterer, liebenswerter Country Squire, traditioneller Tory, jedoch polit. ahnungslos; der Templar, Student der Rechtswissenschaft; e. Geistlicher; Captain Sentry, Fachmann in militär. Fragen; Will Honeycomb als ›man about town‹; Sir Andrew Freeport, Kaufmann, Whig, in vielem polit. Kontrastfigur zu de Coverley. Die große Beliebtheit des *S.* sowie der meisten s. Nachfolger beim zeitgenöss. u. auch späteren Leser, ihr nachhaltiger Eindruck als Unterhaltungs- u. Bildungslektüre zugleich, ist letztl. auf diese im Verständnis menschl. Schwächen humorvoll angelegten Charaktere zurückzuführen. Sie geben den *S.*-Nummern themat. Zusammenhang, was den ›Tatler‹-Essays im Grunde noch fehlt, fast schon romanhafte Fügung der diversen Handlungsstränge in Gestalt der handelnden Personen. Addisons Anteil am *S.* ist größer als der Steeles. Die Zs. enthält s. besten schriftsteller. Arbeiten; er ist von beiden das größere Talent, sowohl mit s. Beitr. zu Alltagsthemen wie zu Fragen des Geschmacks, der Kunst, Philosophie u. Lit. Das Thema Politik wurde im *S.* bewußt ausgeklammert; »I... am resolved to observe an exact neutrality between Whigs and Tories, unless I shall be forced to declare myself by the Hostilities of either Side«, bedeutet Mr. Spectator sogleich in der 1. Nummer. »The proper study of mankind is man«, die Wahrheit dieses Wortes von Pope bestätigt sich in den Essays des ›Tatler‹, des *S.*, im periodical essay als eigenständige lit. Gattung des 18. Jh. *hd*

›The S.‹, VIII 1712–15 (1. Gesamtausg.); hg. A. Chalmers, VIII 1806; n. G. A. Aitken, VIII 1898; n. D. F. Bond, V 1965 (definitive Ausg. mit krit. Apparat). – E. Saudé, D. Grundlagen d. lit. Kritik bei J.A., 1906. J. Frazer, Sir Roger de Coverley, 1920. J. Heinrich, D. Frauenfrage b. St. u. A., 1930. R. L. Brett, The Aesthetic Sense and Taste in Lit. Crit. of the Early 18th Cent. (RES, 20 1944, 199–213). G. Graf, Der ›S.‹ von A. u. St. als publizist. Erscheinung, 1952. J. Lannering, Studies in the Prose Style of J.A., 1955.

Speed the Plough, Kom. von Th. Morton; → Grundy, Mrs.

Spence, James Lewis Thomas Chalmers, 25. 11. 1874 Broughty

Ferry (Schottland) – 3. 3. 1955 Edinburgh; Journalist, Mitbegründer der Scottish National Party. Vf. versch. Studien über frühe Zivilisationen u. Mythologien. Bemühte sich in s. Ged., den Stil u. die Tradition der → Makars neu aufleben zu lassen; überwiegend das Stilmittel der Alliteration. S. ist der → Scottish Renaissance zuzurechnen, in vielem Vorläufer von → MacDiarmid. *hd*

Collected Poems, 1953.

Spencer, Herbert, 27. 4. 1820 Derby – 8. 12. 1903 Brighton; Ingenieur. Widmete sich philosoph. Studien mit dem Evolutionsprinzip als Basis s. Theorie: *Programme of a System of Synthetic Philosophy* (1860). S. vermutet hinter allen Phänomenen e. Kraft, die e. Entwicklung der Materie hervorruft, zunächst zur Integration in e. Gleichgewicht, anschließend zur Desintegration. S.s Ethik, v. a. in *Principles of Ethics* (1879 – 93) betont die Freiheit des Individuums, solange diese nicht andere Individuen behindert. S. bemüht sich, utilitarist. Prinzipien mit evolutionären zu vereinen, was ihm jedoch nur teilweise gelingt. In *Education, Intellectual, Moral, and Physical* (1861) befürwortet er e. naturwissenschaftl. betonte Erziehung u. lehnt die Geisteswissenschaften ab. S.s Philos. stieß auf Kritik, u. a. bei Th. → Carlyle. *hd*

Works, XIX 1861 – 1902. Autobiography, 1904. – H. C. Macpherson, H.S. The Man and His Work, 1900. J. Guthmann, Entw. u. Selbstentfaltung b. H.S., 1930.

Spender, Stephen, 28. 2. 1909 London. Während des Stud. in Oxford eng verbunden mit → Auden, C. D. → Lewis u. → MacNeice, mit denen er e. Gruppe poet. Propagandisten des Marxismus bildete. Mitglied der KP, von der er sich nach dem Span. Bürgerkrieg, den er auf republikan. Seite miterlebte, abkehrte: dazu das mit Koestler, Silone, Gide u. a. veröffentlichte Sammelwerk *The God that Failed,* 1950. Univ.-Dozent in USA u. England. Stark kontemplativer, intellektueller Lyriker, beeinflußt von → Yeats, T. S. → Eliot, E. Pound u. R. M. Rilke. S. erstrebt e. Verbindung von Sozialismus u. sozialist. Gemeinschaftsdenken. Nach den sozialist. Anfängen zunehmend individualist. u. humanitäre Züge, aber auch waches soziales Gewissen, Fürsprache für die Unterdrückten. *World Within World* (1951) u. *The Thirties and After* (1978) sind Meisterwerke der Autobiogr. Übs. Toller, Rilke, Garcia Lorca, Schiller. *ks*

Collected Poems 1928 – 53, 1955. – H. B. Kulkarni, S.S. Poet in Crisis, 1970.

Spenser, Edmund, 1552 (?) London – 16. 1. 1599 ebda; aus angesehener Bürgerfamilie. Bedeutendster engl. Dichter seit Chaucer. Vater Schneider, Erziehung an der Merchant Taylors' School, 1569 – 76 Stud. Cambridge; ab 1578 am Hofe des Grafen Leicester, Freundschaft mit Leicesters Neffen, Sir Ph. → Sidney. Beide gehörten zu den Gründern u. Mitgliedern des lit. Clubs ›Areopagus‹. Der Sidney gewidmete *Shepheardes Calendar* (1579; hg. W. L. Renwick, 1930; n. 1968) fand enthusiast. Aufnahme. Die 12 Eklogen (eine für jeden Monat) behandeln in versch. Versformen u. a. die Themen Liebe, Preis der Königin, Religion u. Klage über die

Geringschätzung der Dichtung. 1580 wurde S. Sekretär von Lord Grey de Wilton, der als Lord Deputy nach Irland ging. 1586 erwarb er Kilcolman Castle in der Grafschaft Cork. S. konnte in Irland nie Fuß fassen, fühlte sich dort stets als Verbannter. Die pastorale Elegie *Astrophel* (1586) beklagt ebenso wie *The Ruines of Time* (publ. in *Complaints,* 1591) den Tod von Sidney. Bei e. Londonbesuch 1589 gab S. s. 1579 begonnenes Hauptwerk *The* → *Faerie Queene* (1590) in Druck; die Königin, der es gewidmet war, gewährte ihm e. Jahrespension, nicht aber das erhoffte Amt bei Hofe. Enttäuscht kehrte er nach Irland zurück. 1594 Heirat mit der Irin Elizabeth Boyle, um die er mit s. Sonettzyklus *Amoretti* geworben hatte; feierte die Heirat in *Epithalamion,* e. der vollkommensten u. schönsten lyr. Dichtungen in engl. Sprache (beide zusammen 1595 gedruckt). 1596 gab S. bei e. weiteren Londonbesuch Buch 4–6 der *Faerie Queene* in Druck u. schrieb *Prothalamion* (1596) zur Feier der Doppelhochzeit der Töchter des Earl of Worcester sowie s. kenntnisreiche anti-ir. Prosaschr. *View of the Present State of Ireland* (publiziert 1633). S. Schloß Kilcolman wurde 1598 bei e. Aufstand der Iren niedergebrannt, er mußte mit Frau u. 4 Kindern nach Cork fliehen. Wahrscheinl. fielen den Flammen auch Teile der *Faerie Queene* zum Opfer. S. zog nach London, wo er wenig später in e. kleinen Gasthof starb. *ks*

Poetical Works, hg. J. C. Smith and E. de Selincourt, III 1909–12; n. 1952. Works, hg. W. L. Renwick, IV 1928–34. Works, hg. E. Greenlaw et al., X 1932–49 (Variorum Edition). – W. F. McNeir and F. Provost, Bibl. 1937–72, 1979. – F. J. Carpenter, A Reference Guide to E.S., 1923, suppl. 1937; n. 1967. E. Legouis, E.S., 1923; n. 1956. H. S. V. Jones, E.S. – Handbook, 1930, ²1947. H. G. Lotspeich, Classical Mythology in the Poetry of E.S., 1932; n. 1965. J. W. Bennett, The Evolution of the ›F.Q.‹, 1942; n. 1960. W. B. Watkins, Shakespeare and S., 1950. G. Osgood, Concordance for S's Poetry, 1951. J. Arthos, On the Poetry of S. and the Form of Romances, 1956. R. Freeman, E.S., 1957; n. 1962. R. Ellrodt, Neoplatonism in the Poetry of S., 1960. A. K. Hieatt, Short Time's Endless Monument, 1960. Form and Convention in the Poetry of S., hg. W. Nelson, 1961. W. Nelson, The Poetry of S., A Study, 1963. A. D. Fowler, S. and the Numbers of Time, 1964. E. A. F. Watson, S., 1967. E.S., hg. R. L. Beum, 1968. The Prince of Poets, hg. J. R. Elliott, 1968. S. A Critical Anthology, hg. P. J. Alpers, 1969. S., hg. E. Honig, 1969. Critical Essays on S. from ELH, 1970. P. Bayley, E.S. Prince of Poets, 1971. S. (The Critical Heritage), hg. R. M. Cummings, 1971. A. Fletcher, The Prophetic Moment: An Essay on S., 1971. J. B. Bender, S. and Literary Pictorialism, 1972. Essential Articles for the Study of E.S., hg. A. C. Hamilton, 1972. P. Cullen, Infernal Triad: The Flesh, the World and the Devil in S. and Milton, 1974. J. G. MacCaffrey, S's Allegory: The Anatomy of Imagination, 1976.

Spenserian Stanza, von → Spenser in s. Versepos → *Faerie Queene* eingeführte 9zeilige Strophenform, die aus 8 jamb. Pentametern besteht u. durch e. 6taktige Zeile (meist e. Alexandriner) ergänzt wird. Die 8 jamb. Pentameter sind in e. modifizierten Kreuzreim-Schema ababbcbc angeordnet, an die sich der Alexandriner mit dem Reim c anschließt; aufgrund s. rhythm. Struktur ist er aber deutl. von den übrigen 8 Zeilen abgesetzt. Diese der frz. Balladenstruktur nachgebildete Form stellt e. Verbindung von Bericht u. Kommentar dar. Anders als das abschließende Reimpaar der Ottaverime oder des engl. Sonetts eignet sich der Alexandriner bes. für die Schilderung e. stark emotionalen, dramat. Inhalts. Im 18. u. 19. Jh.

wurde die S.s. wieder aufgegriffen (→ Burns, → Byron). → Shelley wandte sie in *Revolt of Islam* (1818) u. *Adonais* (1821) an. *ra*

E. F. Pope, The Crit. Background of the S.S. (MP, 24 1926, 31–53). E. M. W. Tillyard, The Engl. Epic, 1954.

Spoonerism; meist unbeabsichtigte, zufällige Umstellung von Lautfolgen in Wortgruppen, z. B. ›well-boiled icicle‹ statt ›well-oiled bicycle‹; nach Rev. W. A. Spooner (1844–1930), Warden von New College, Oxford, dem solche Vertauschungen häufig unterliefen (bekannt »the queer old dean« für »the dear old queen«). *hd*

Sporting Life, lit. Darstellung im 19. Jh. → Surtees, R. S.

Sprat, Thomas, 1635 Beaminster – 20. 5. 1713 Bromby; Poet, Literat, Satiriker; theol. u. geisteswiss. Stud., Oxford; 1657 M.A.; 1667 Kaplan von Charles II, 1683 Dean of Westminster, 1684 Bischof von Rochester. 1660 wurden s. zusammen mit → Dryden u. Waller verfaßten Ged. über Cromwell veröffentlicht. S. polem. Schr. *Observations on Monsieur Sorbier's Voyage into England* (1665) war e. Antwort auf e. frz. Reisebericht, der sich kritisierend mit engl. Attitüden auseinandersetzte. Daneben beteiligte sich S. an der Entstehung der Farce *Rehearsal* von Lord → Buckingham u. unterstützte die Bestrebungen des Lord Clarendon, e. *History of the Rebellion and Civil Wars in England* herauszugeben. In der *History of the Royal Society* (1667; hg. J. I. Cope and H. W. Jones, 1958), s. Hauptwerk, vertritt er die Auffassung, daß der Philosoph, nicht der Dichter, der Verkünder der Wahrheit sei. S. will die Naturkenntnis von allem dichter. Beiwerk – »the colours of Rhetoric, the devices of Fancy or the delightful deceit of Fables« – befreit wissen u. hielt die Fellows der → Royal Society – er selbst war 1663 Mitglied geworden – an, in nüchternem u. klarem Stil zu schreiben. *ra*

C. L. Sonnichsen, Life and Works of Th.S., 1932.

Sprung Rhythm → Hopkins, G. M.

Spurling, John, 17. 7. 1936 Kisuma (Kenia); Stud. Oxford. Das Drama *MacRune's Guevara* (1969) ist der gekonnt arrangierte Versuch, Che Guevara objektiv aus versch. Perspektiven zu sehen. *In the Heart of the British Museum* (1972) kreist in e. Kollage kurzer Szenen (die u. a. in der Welt aztek. u. chines. Legenden, im China der Kulturrevolution, im alten Rom u. im Brit. Museum spielen) um die Frage, ob e. Autor polit. ›engagiert‹ sein solle. *ks*

Spy Thriller, Spy Story (Spionageroman) → Detective Story.

The Spy Who Came in from the Cold, Spionageroman von J. → Le Carré.

A Staircase in Surrey, Zyklus von Oxford-Romanen von J. I. M. → Stewart.

Stanza, Stanze, Strophenform aus 2 oder mehreren Verszeilen; vorwiegend Vierzeiler; mit festem Versmaß, meist auch Reimschema, als Struktureinheit. Die Unterteilung e. Ged. in Sn. kann neben der Form auch von gedankl.-inhaltl. Gesichtspunkten ausgehen, dann vergleichbar mit der Anordnung e. Prosatextes nach Abschnitten. Trotz fester Fügung im Sinne e. sich wiederholenden Gliederungsprinzips sind Variationen nicht ausgeschlossen, etwa Trochäus anstelle des Jambus am Zeilenbeginn oder Kürzung e. Verszeile. Bekannte Beispiele: → Chaucer, → Spensers *Endymion,* Coleridges → *Ancient Mariner,* Byrons → *Don Juan.* Als → ›Burns stanza‹ in der Form e. 6zeiligen Strophe: $aaa^4b^2a^4b^2$ (›To a Mountain Daisy‹). → Spenserians. *hd*

G. Saintsbury, Historical Manual of Engl. Prosody, 1910. K. Shapiro and R. Beum, A Prosody Handbook, 1960. G. S. Fraser, Metre, Rhyme and Free Verse, 1970 (Critical Idiom). E. Häublin, The S., 1978 (Critical Idiom).

A Start in Life, Roman von A. → Sillitoe.

Stationer's Company, durch kgl. Charta 1557 gegr. Organisation der Buchdrucker. Wer ihr nicht angehörte, durfte nur mit Sondererlaubnis Druckerzeugnisse zum Verkauf im brit. Königreich herstellen. Die Mitglieder mußten alle zur Publikation vorgesehenen Buchtitel in die Register der S.C. eintragen, wodurch diese wertvolle Informationsquellen über die Lit. der 2. Hälfte des 16. Jh. sind. Die dominierende Rolle der S.C. im Druckgewerbe ließ im Laufe des 17. Jh. nach, wurde aber in modifizierter Weise im Copyright Act von 1709 wiederbelebt. *ks*

L. Kirschbaum, Shakespeare and the Stationers, 1955. C. Blagden, The Stationer's Company: A History 1403 – 1959, 1960.

Steele, Sir Richard, 12. 2. 1672 (getauft) Dublin – 1. 9. 1729 Ilangumar/Carmarthen (Wales); Charterhouse School, Beginn der Freundschaft mit J. → Addison; 1690 Stud. Merton College, Oxford; 1694 Eintritt in die Armee (Life Guards). S.s moral. Grundhaltung trat schon in der Abh. *The Christian Hero* (1701) zutage. In s. Erstlingskom. *The Funeral* (UA 1701, Drury Lane) stellt er im Gegensatz zur Auffassung des ›Restoration Drama‹ Tugend u. Laster nicht konventionalisiert, sondern als Wertbegriffe in ihren wirkl. Erscheinungsformen dar. Theaterwirksamer Einsatz der Empfindsamkeit auch in *The Lying Lover* (1703), *The Tender Husband* (1705), nach Molières *Menteur* u. *Siciliane,* u. in *The Conscious Lovers* (1722), worin soziale Fragen aufgegriffen werden. 1709 begann S. mit der Hg. der moral. Wochenschr. ›The → Tatler‹. Im weiteren Verlauf wurde er von Addison unterstützt. In Zusammenarbeit entstanden 1711 – 12 ›The → Spectator‹ u. ›The Guardian‹ (1713) mit Beitr. von Addison, Berkeley u. Pope. Polit. stand S. auf der Seite der Whigs, von Swift im ›Examiner‹ (1710 – 11) heftig angegriffen. In ›The Englishman‹ (1713–14), e. betont polit. Wochenschr., bezog S. eindeutig Position. Nach der Thronbesteigung George I hatte er mehrere Ämter inne, 1715 geadelt. Weitere von ihm betreute u. zumeist auch abgefaßte Periodika (›Lover‹, 1714; ›Reader‹, 1714; ›Town Talk‹, 1715; ›Tea Table‹, 1716; ›Chit Chat‹, 1716; ›Plebeian‹, 1719; ›Theatre‹, 1720) hatten nur kurze Laufzeiten u. blieben ohne großen Nachhall. S.s Bedeutung liegt in s. ›Tatler‹- u. ›Spectator‹-Essays zum Thema ›men and manners‹: gute Beobachtungsgabe, humorvolle Charakterporträts, klare kraftvolle Sprache, Betonung eth. Werte. Schuf mit dem → periodical essay der moral. Wochenschr. e. eigenständige, für die engl. Lit. des 18. Jh. typ. Gattung u. Aussageform; Auswirkungen auf Roman u. Essay, über England hinausgehende Bedeutung. *hd*

Dramatic Works, hg. G. A. Aitken, 1894. Tracts and Pamphlets, hg. R. Blanchard, 1944. Occasional Verse, hg. ders., 1952. Periodical Journalism 1714–16, hg. ders., 1959. Plays, hg. S. S. Kenny, 1971. – Correspondence, hg. John Nichols, 1787; n. R. Blanchard, 1941. – A. Dobson, R.S., 1886, n. 1970. G. A. Aitken, Life of R.S., II 1889. H. V. Routh, S. and Addison, 1912. W. Connely, Sir R.S., 1934. J. Loftis, S. at Drury Lane, 1952. A. R. Humphreys, S., Addison and Their Periodical Essays, 1959. W. Calhoun, Captain S. The Early Career of R.S., 1964.

Steerforth, James, Schulfreund des Titelhelden in → *David Copperfield.*

Stella, Journal to → Swift, J.

Stephen Hero (J. Joyce) → *Portrait of the Artist as a Young Man.*

Steps to the Temple, Slg. rel. Lyrik von R. → Crashaw.

Sterne, Laurence, 24. 11. 1713 Clonmel/Tipperary (Irland) – 18. 3. 1768 London, Stud. Theol. Cambridge. Ohne finanziellen Rückhalt; 1736 B.A., 1738 Ordinierung. Durch Protektion erhielt S. e. Pfarrstelle in Sutton-on-the-Forest, eifrige Lektüre (bes. Cervantes u. Rabelais). Über den Kreis s. Pfarrei bekannt durch die Predigtslg. *The Case of Elyah and the Widow Zerephath Consider'd* (1747). Die 2 ersten Bde. des Romans → *Tristram Shandy,* dessen stilist. u. erzähltechn. Originalität wie Nichtachtung gängiger Konventionen S. über Nacht berühmt machten, erschienen 1760. Im gleichen Jahr veröffentlichte er die *Sermons of Mr. Yorick.* 1762–64 aus Gesundheitsgründen in Südfrankreich. Die *Sentimental Journey* (1768) verbindet fiktive, heitere u. zugleich gefühlvoll-empfindsame Episoden mit dem tatsächl. Hintergrund s. Reisen in Frankreich u. Italien. Das Werk folgt der gleichen Linie wie *Tristram Shandy,* ist aber subtiler u. ohne die daran kritisierte Mißachtung zeitgenöss. Moralvorstellungen. Frau u. Tochter blieben in Frankreich, als S. nach London zurückkehrte. Die Bekanntschaft mit Eliza Draper führte zum *Journal to Eliza,* das S. von April – August 1767 nach deren Abreise aufzeichnete. Die *Letters from Eliza to Yorick* (1775) u. *Letters supposed to have been written by Yorick to Eliza* (1779) erwiesen sich als Fälschungen. S.s über den Bereich der engl. Lit. hinausreichende Bedeutung liegt in s. Fähigkeit der empfindsamen u. detailscharfen Beobachtung von Menschen u. Landschaft. Meister der Phantasie, humorvoll-derbe Darstellungen überwiegen, s. Charaktere folgen dem Gebot der → ruling passion; mit *T.S.* Vorläufer mod. erzähltechn. Entwicklungen (→ stream-of-consciousness, D. → Richardson, → Joyce, → Woolf). *hd*

Works, hg. W. L. Cross, XII 1904; Shakespeare Head Edition, VII 1926–27. – F. Cordasco, L.S. A List of Critical Studies from 1896 to 1946, 1948. L. Hartley, L.S. and the 20th Cent. An Essay and a Bibl. of Sternean Studies 1900–68. Ders., Annotated Bibl. 1965–77, 1978. – H. W. Hewett-Thayer, S. in Germany, 1905. F. S. Bacon, L'influence de S. en France, 1911. W. L. Cross, Life and Times of L.S., ³1929. B. H. Lehmann, Studies in the Comic, 1941. L. v. d. Heyden Hammond, L.S's ›Sermons of Mr. Yorick‹, 1948. E. N. Dilworth, The Unsentimental Journey of L.S., 1948. A. A.

Mendilow, Time and the Novel, 1952. M. R. B. Shaw, L.S. The Making of a Humorist 1713–62, 1957. A. B. Howes, Yorick and the Critics: S's Reputation in England 1760–1868, 1958. J. C. T. Oates, Shandyism and Sentiment 1760–1800, 1968. L.S. A Collection of Critical Essays, hg. J. Traugott, 1968. J. W. Survant, ›Tristram Shandy‹ and ›Ulysses‹. A Study in the Use of Time, 1971. The Winged Skull, hg. A. H. Cash and J. M. Stedmond, 1971 (Papers from the L. S. Bicentenary Conference). P. Michelsen, L.S. u. d. dt. Roman d. 18. Jh., ²1972. L.S. (The Critical Heritage), hg. A. B. Howes, 1974. H. Moglen, The Philosophical Irony of L.S., 1975. W. R. R. Pinger, L.S. and Goethe, ²1976. W. Freedman, L.S. and the Origins of the Musical Novel, 1978.

Stevenson, Robert Louis Balfour, 3. 11. 1850 Edinburgh – 3. 12. 1894 Vailima (Upolo/Samoa). Wegen schlechter Gesundheit häufig unterbrochene Schulzeit; 1867 Stud. Maschinenbau, Edinburgh; ab 1871 Jurastud. 1875 Zulassung als Anwalt. S. übte s. Beruf jedoch nicht aus, sondern tendierte mehr zu schriftsteller. Tätigkeit; Artikel u. Reiseberichte, zusammengefaßt in *Virginibus Puerisque* (1881), *Familiar Studies of Men and Books* (1882) u. *New Arabian Nights* (1882). Längerer Aufenthalt in Amerika, heiratete dort die 10 Jahre ältere Fanny Osbourne. Rückkehr nach England. Chron. Lungenleiden, weitere Auslandsreisen auf der Suche nach e. geeigneten Klima. In Davos vollendete S. die spannende Abenteuergesch. *Treasure Island* (1883; hg. G. Hogarth, 1971). *The Strange Case of Dr. Jekyll and Mr. Hyde* (1886), psych. Studie e. Persönlichkeitsspaltung, schildert das Doppelleben e. Mannes als geachteter Arzt u. als übler Verbrecher, bei dem am Ende das Böse siegt u. zum Selbstmord führt. *Kidnapped* (1886) offenbart s. Liebe zur Heimat Schottland, s. großes Interesse an dessen Gesch. u. Kampf um Unabhängigkeit. In der Gestalt des aufrechten jungen David Balfour werden die Ereignisse um 1745 wach, auch die Gegensätzlichkeiten zwischen Lowlands u. Highlands; erinnert an → Scott. *Catriona* (1893) setzte diese Tendenz fort. Die beiden Werke u. *The Master of Ballantrae* (1889), Gesch. e. Bruderzwists in der wild-romant. Szenerie des schott. Hochlands, festigen S.s Position als e. der führenden Schriftsteller s. Zeit. Das Romanfragment *The Weir of Hermiston* (EA 1896) nimmt e. Vater-Sohn-Konflikt zum Handlungsvorwurf; erneut meisterhafte psych. Durchleuchtung der Charaktere. S.s Abenteuergesch. stehen in der Tradition → Smolletts, können aber e. höheren künstler. Rang beanspruchen. Außer Romanen umfaßt s. Werk Ged. (hg. J. A. Smith, ³1971), Essays (hg. G. B. Stern, 1950) u. Kurzgesch. (hg. C. Neider, 1969). Von 1890 bis zu s. Tod lebte er ständig auf Samoa. *hd*

Works, hg. E. Gosse, XX 1906–07 (Pentland Edition). Works, hg. L. Osbourne and F. Van de G. Stevenson, XXVI 1922–23 (Vailima Edition). – Letters, hg. S. Colvin, II 1899. Letters to Ch. Baxter, hg. D. Ferguson and M. Waingrow, 1956. Letters, hg. B. A. Booth, 1962. – W. F. Prideaux, Bibl., rev. ed. 1917. G. L. McKay, A Stevenson Library, VI 1951–64. – E. B. Simpson, The R.L.S. Originals, 1912. G. Balfour, Life of R.L.S., II ²1912. F. Swinnerton, R.L.S. A Crit. Study, 1914. J. A. Steuart, R.L.S. A Crit. Biogr., II 1924. L. Osbourne, An Intimate Portrait of R.L.S., 1924. G. S. Hellman, The True S. A Study in Clarification, 1925. D. Daiches, R.L.S. and the Art of Fiction, 1947. L. L. Hinkley, The S.s: Louis and Fanny, 1950. M. Elcoin, The Strange Case of R.L.S., 1950. J. C. Furnas, Voyage to Windward, 1951. J. W. Ellison, Tusitala of the South Seas, 1953. R. Aldington, Portrait of a Rebel, 1957. E. N. Caldwell, Last Witness for R.L.S., 1960. R. Kiely, R.L.S. and the Fiction of Adventure, 1964. E. M. Eigner, R.L.S., 1966. U. Pope-Hennessy,

R.L.S. A Crit. Study, 1974. P. Binding, R.L.S., 1974.

Stewart, J(ohn) I(nnes) M(ackintosh) (Ps. Michael Innes), 30. 9. 1906 Edinburgh; Stud. Oxford, Engl.-Dozent u. Prof. in Leeds, Adelaide, Belfast, Oxford, Washington u. wieder Oxford. Die unter dem Ps. geschriebenen Kriminalromane um Inspektor Appleby zeugen von großer intellektueller Erfindungsgabe; sie sprechen e. urbanes u. gebildetes Publikum an. Als bester Roman gilt *Lament for a Maker* (1938). *The Gaudy,* 1974, *Young Patullo,* 1975, *A Memorial Service,* 1976, *The Madonna of the Astrolabe,* 1977, u. *Full Term,* 1978, bilden e. Zyklus von Oxford-Romanen mit dem Titel *A Staircase in Surrey.* Auch lit.krit. Studien. *ks*

Stoppard, Tom, 3. 7. 1937 Zlin (Tschechoslowakei); Sohn des jüd. Arztes E. Straussler, der 1938 nach Singapur emigrierte. Adoptivkind s. Stiefvaters, des brit. Majors Stoppard. Seit 1946 in England. S. ist der am stärksten intellektuelle u. am deutlichsten lit. beeinflußte Vertreter des → New English Drama. Er gestaltet mit meisterhafter Sprachbeherrschung, ausgeprägtem Sinn für Stil u. Rhythmus sowie sprachl. u. visuellem Witz s. Hauptthemen der Relativität der Wahrheit, des Sprachzerfalls u. der Unzulänglichkeit der Ratio. Der Welterfolg *Rosencrantz and Guildenstern Are Dead* (1967) präsentiert in frischer, präziser Prosa, mit Zitaten aus Albee u. → Osborne, u. fast ohne Handlung die nichtige, indifferente Privatexistenz der Nebenfiguren aus Shakespeares → *Hamlet,* während die eingefügten V. Shakespeares die kurzen, verwirrenden Einblicke der beiden in die unverstandenen Ereignisse der großen Welt darstellen. Die Hauptfigur von *Jumpers* (1972), e. Philosoph, sucht nach e. Oase semant. Klarheit, während in der ihn umgebenden, immer wilder u. chaot. werdenden Welt die Sprache mehr u. mehr an Aussagekraft verliert. In *Travesties* (1975) erinnert sich der ›Erzähler‹ der Inszenierung von → Wildes *The Importance of Being Earnest* durch → Joyce im Zürich des Jahres 1917. Sprachreflexion wird nicht allein durch die Konfrontation von 3 Zeitstilen (Wilde, Joyce 1917, Gegenwart) geboten, sondern auch durch die Präsenz der Sprachartisten u. -verformer Joyce u. Tristan Tzara. *Dirty Linen and New-Found Land* (1976) ist e. eloquente, köstl. Politfarce. *Every Good Boy Deserves Favour* (1978) nutzt mit origineller Erfindungsgabe das Zusammenspiel von Schauspielern u. Orchester auf der Bühne. *Professional Foul* (1978) dreht sich um das in der letzten Zeile wie folgt formulierte Thema: »Ethics is a very complicated business.« Das in e. ehemaligen Kolonie Großbritanniens in Afrika angesiedelte *Night and Day* (1978) diskutiert in 1. Linie die eth. Probleme des Journalismus. In *Amadeus* (UA 1979, National Theatre) behandelt S. die mysteriösen Umstände von Mozarts Tod im Jahre 1791. *ks*

D. Mehl, S.: ›Rosencrantz and Guildenstern are Dead‹ (D. engl. Drama, Bd. 2, hg. D. Mehl, 1970, 336–46). J. R. Taylor, T. S. (The Second Wave, 1971, 94–107). D. Zeh, T.S. ›Rosencrantz and Guildenstern are Dead‹ (D. zeitgenöss. engl. Drama, hg. K.-D. Fehse u. N. H. Platz, 1975, 229–46). C.

H. Salter, T.S. ›Rosencrantz and Guildenstern are Dead‹ (Insight IV, hg. H. J. Weiand, 1975, 144–50). H. F. Plett, T.S. ›Travesties‹ (Engl. Lit. d. Gegenwart, hg. R. Lengeler, 1977, 81–93).

Storey, David, 13. 7. 1933 Wakefield; 3. Sohn e. Bergarbeiters, Schule in Wakefield, Kunststud. an der Londoner Slade School, zugleich Rugby-Profi, dann Lehrer im Londoner East End. Präzise, sozial-realist. Milieudarstellung ohne theoretisierende Analysen. S.s höchst originelle Werke beeindrucken v. a. durch geschlossene, mitreißende Handlungsgestaltung u. die Offenlegung subtiler u. vielfältiger menschl. Beziehungen. Wichtige Themen sind die Macht der Vergangenheit über den Menschen u. die destruktiven Folgen sozialer Desintegration. Im Milieu der Berufssportler spielt der Roman *This Sporting Life* (1960, verfilmt 1963). *Radcliffe* (1963) zeigt am Verhältnis zweier Männer die Gegensätzlichkeit von Körper u. Seele auf. Das Drama *The Restauration of Arnold Middleton* (1967) handelt von e. provinziellen Geschichtslehrer, der über der Abhängigkeit von s. Frau u. dem Reiz, den s. Schwiegermutter auf ihn ausübt, wahnsinnig wird. 1972 bzw. 1973 folgten die Romane *Pasmore* u. *A Temporary Life*. Die Dramen *In Celebration* (1969) u. *The Farm* (1973) enthüllen die Spannungen, die sich beim Besuch sozial avancierter Kinder in ihrem proletar. bzw. bäuerl. Elternhaus ergeben. *The Contractor* (1970) hat Aufsehen erregt durch die Idee, auf der Bühne e. Festzelt für e. Hochzeit erreichten u. abbauen zu lassen. Das handlungslose, sorgsam musikal. komponierte Drama *Home* (1970) zeichnet in den Unterhaltungen von 5 Insassen e. Irrenhauses Desintegrationsformen menschl. Persönlichkeit. *The Changing Room* (1972) stellt in faszinierender Handlungsführung die Vorgänge in der Kabine e. Rugbymannschaft während e. Punktspiels dar. Das unter dem Eindruck der Unruhen in Nordirland u. des Krieges in Vietnam entstandene Drama *Cromwell* (1973) prangert im Rahmen e. verallgemeinernden u. durch Blankverse stilisierten Chronik die Sinnlosigkeit des Krieges an. *Saville* (1976) ist e. Bildungsroman um e. Bergmannssohn aus Yorkshire. *ks*

N. Gray, The Silent Majority, 1973. D.S., ›This Sporting Life‹, 1968 (Heritage of Lit. Series).

Strachey, Giles Lytton, 1. 3. 1880 London – 21. 1. 1932 Inkpen; Stud. Liverpool u. Trinity College, Cambridge. Rezensionen u. Artikel für den ›Spectator‹, führend in der → Bloomsbury Group. In Ablehnung der bislang geübten Praxis, wonach Biographen vornehml. die positiven Seiten e. Person wiedergeben sollten, führte S. e. neue Sicht (›debunking‹) ein: s. Interesse galt weniger dem Fakt., sondern konzentrierte sich auf Psyche u. Motivation; gelegentl. fast karikaturist. Züge: *Eminent Victorians,* 1918; *Queen Victoria,* 1921, biogr. Roman, mit dem Tait Black Memorial Prize ausgezeichnet; *Books and Characters,* 1922; *Pope,* 1925; *Elizabeth and Essex,* 1928; *Portraits in Miniature,* 1931; *Characters and Commentaries,* 1933. Anschaul. Schilderung geschichtl. Personen, Darlegung wechselseitiger Einflüsse u. Beziehungen. Glänzender Stilist, an frz. Vorbildern geschult; guter Kenner der frz. Lit. (*Landmarks in French Lit.*, 1912). *hd*

Works, VI 1948–52. – V. Woolf and L.S. Letters, hg. L. Woolf and J. Strachey, 1956. – Ch. R. Sanders, L.S. His Mind and Art, 1957. M. Kallich, The Psychol. Milieu of L.S., 1961. M. Holroyd, L.S. A Crit. Biogr., 1967.

Strangers and Brothers, 11bändiger → roman-fleuve von C. P. → Snow: *Strangers and Brothers,* 1940; *The Light and the Dark,* 1947; *Time of Hope,* 1949; *The Masters,* 1951; *The New Men,* 1954; *Homecomings,* 1956; *The Conscience of the Rich,* 1958; *The Affair,* 1960; *Corridors of Power,* 1964; *The Sleep of Reason,* 1968; *Last Things,* 1970. Das nach dem halb autobiograph., allgegenwärtigen Ich-Erzähler auch Lewis-Eliot-Zyklus genannte Gesamtwerk ist e. Chronik der Zeit von 1914–68, die in schlichtem, traditionell realist. Stil in jedem Roman e. Panorama gesellschaftl. Verhaltensweisen in e. geschlossenen Gruppe zeichnet, z. B. in e. College in Cambridge oder in Kreisen von Regierungsbeamten. *Time of Hope, Homecomings* u. *Last Things* geben Lebenslauf u. geistig-seel. Entwicklung von Lewis Eliot wieder (»direct experience«); die übrigen 8 behandeln das Leben s. Bekannten aus s. Sicht, also äußere Erlebnisse (»indirect experience«). Die Atmosphäre ist urban, gepflegt bürgerl. Der Autor ist nicht in 1. Linie an der menschl. Psyche interessiert, sondern an der Rolle s. Figuren im öffentl. Leben. Die Romane wurden als ›books of power‹ charakterisiert: sie berichten von den Karrieren u. Entscheidungen scharf profilierter, einflußreicher Männer des öffentl. Lebens – e. rein private oder innere Lebenssphäre gibt es für S. nicht. Wie der Titel des Zyklus andeutet, betrachtet S. die Menschen zugleich als Individuen, die einander im Innersten fremd sind u. es zeitlebens bleiben, u. als Mitmenschen, die darauf angelegt u. angewiesen sind, als Brüder miteinander zu leben. Die pragmat. Grundhaltung der Figuren wie des Autors ist unverkennbar. S.s Bedeutung liegt mehr in der Gewichtigkeit s. Themen – etwa die Frage der atomaren Aufrüstung Englands – begründet als in s. Fähigkeit, die Probleme über ihre oft langatmigen u. sich wiederholenden Erklärungen u. Analysen hinaus durch die Handlungsweise der Romangestalten sinnfällig zu machen. *ks*

B. Bergonzi, The World of Lewis Eliot (TC, 167 1960, 214–25). O. Oppertshäuser, C.P.S. (Engl. Lit. d. Gegenw., hg. H. W. Drescher, 1970, 47–64).

Strawberry Hill Press → Walpole, Horace.

Stream-of-consciousness; Romantechnik, die in der Form e. Weiterentwicklung des → interior monologue versucht, den flüchtigen, willkürl. u. halb- oder unbewußten Fluß von Gedanken, Gefühlen, Empfindungen u. Assoziationen im Gedächtnis e. Menschen – meist angeregt durch äußere Stimuli – sprachl. direkt weiterzugeben. Diese Wiedergabe erhebt protokollierenden Anspruch, setzt sich deshalb über syntakt. u. semant. Konventionen hinweg u. erscheint oft nur in Satzfetzen. An die Stelle e. äußeren Erzählhandlung tritt der Einblick in den Bewußtseinsstrom

e. Person; der Autor erreicht e. weitgehende Identifikation des Lesers mit dem Romanhelden u. verschwindet fast vollständig als Erzähler. Als die wichtigsten Vertreter dieser Technik in der engl. Lit. gelten D. → Richardson, → Woolf u. → Joyce. Die s.-of-c.-Technik fand erstmals Anwendung in dem Roman des frz. Symbolisten E. Dujardin, *Les lauriers sont coupés* (1888), u. steht in ihrer Entwicklung stark unter dem Einfluß der Psychoanalyse (Freud, Adler, Jung). Auf lit. Ebene richtet sie sich gegen die sozio-deskriptive Erzählweise in der → Edwardian novel (Wells, Bennett, Galsworthy u. a.). Das Nachvollziehen des Bewußtseinsstroms erfolgt nicht unstrukturiert. Bei Woolf (→ *Mrs. Dalloway*, → *To the Lighthouse*) kehren bestimmte Bilder immer wieder als werkimmanente Symbole in das Denken zurück. Bei Joyce (→ *Ulysses, Finnegan's Wake*) zielt der abrupte Wechsel von Gedankenfetzen zu Gedankenfetzen immer wieder auf e. kontinuierl. Verbindung zu Schlüsselereignissen menschl. Kultur; dadurch fließt allg. menschl. Erfahrung in die Gestaltung s. Personen u. Szenen ein. *ra*

H. Rauter, J. Joyce: ›Ulysses‹ (F. K. Stanzel, D. engl. Roman, II 1969, Bd. 2, 317–55). F. K. Stanzel, D. typ. Erzählsituationen i. Roman, 1955. Ders., Typ. Formen d. Romans, [5]1970.

Summers' Last Will and Testament → Nash, Th.

Sullivan → Gilbert and Sullivan.

Sunset Song, erster Roman der Trilogie *A Scots Quair* von L. G. → Gibbon.

Surrey, Henry Howard, Earl of, 1517 (?) Kenning Hall/Suffolk – 21. 1. 1547 London; Höfling u. Offizier, wegen Hochverrats mit knapp 30 enthauptet. Freund von → Wyatt. S. schuf die (später von Shakespeare u. → Spenser) zur Vollendung gebrachte Form des elisab. Sonetts, indem er die von Wyatt ins Engl. übertragene Form des Petrarka-Sonetts – Oktave + Sextett – abwandelte in 3 Quartette + 1 Reimpaar (abab cdcd efef gg). EA *Songs and Sonnets* 1557. S.s Übs. e. Teils der *Aeneis* (EA 1557) führte den → Blankvers in England ein. S. Werke zeichnen sich durch Anmut u., angesichts s. Alters, überraschende Vollendung aus. *ks*

›Aeneis‹, hg. F. M. Padelford, [2]1928. Poems, hg. F. M. Padelford, 1920; n. 1928. Poems, hg. E. Jones, 1964. – H. Fehse, S., 1883. E. Casady, H.H., Earl of S., 1938.

Surtees, Robert Smith, 17. 5. 1805 Hamsterley Hall/Durham – 16. 3. 1864 Brighton. Entstammte e. altangesehenen nordengl. Familie; Durham Grammar School, Ausbildung in e. Anwaltskanzlei, 1828 Zulassung Court of Chancery. Vf. e. Reihe humorvoller, heute noch gern gelesener Romane, meist über Ereignisse u. Episoden der engl. Fuchsjagd. 1831–36 Hg. ›New Sporting Mag.‹; s. gesammelten Zs.-Beitr. erschienen 1838 als *Jorrock's Jaunts and Jollities.* Es wird die Annahme vertreten, daß die ursprüngl. im ›New Sporting Mag.‹ veröffentlichte Jagderzählung ›Surrey Shooting: Mr. Jorrocks in Trouble‹ Dickens als Anregung für das 34. Kap. s. → *Pickwick Papers* diente. Die Gestalt des ›hunting-grocer‹ Jorrocks beherrscht, längst zu e. Gestalt von sprichwörtl. Bedeutung geworden, S.s gesamtes Romanwerk, illustriert von John Leech. Es zeigt ihn als vorzügl. Kenner der ländl. Gesellschaft u. ihres Lebensstils (›landed gentry, Victorian squire‹); satir. Untertöne. *Hillingdon Hall; or the Cockney Squire* (III 1845), zunächst 1843 – 44 in ›The New Sporting Mag.‹, e. hierfür bes. typ. Beispiel, erschien 1931 als Neuausgabe mit e. Einleitung von S. → Sassoon. S. unterscheidet sich positiv von der trivial-farcenhaften Darstellung des ›sporting life‹ wie sie von den ir. Erzählern S. Lover (1797 – 1868) u. Ch. Lever (1806 – 72) versucht wurde. *hd*

Novels, X 1929–30; zahlreiche Einzelausg. in Neuaufl. The Hunting Tours of S., hg. E. D. Cumming, 1927 (Zs.beitr.). – H. C. Surtees and H. Leighton, Record of the Family of S., 1925. – E. D. Cummings, R.S.S., Creator of Jorrocks, 1924. H. Darton, From S. to Sassoon, 1931. F. Watson, The Life of R.S.S., 1933. Ders., S. Crit. Study, 1933. L. Cooper, R.S.S. A Biogr., 1952. E. W. Bovill, The England of Nimrod and S. 1815 – 54, 1959. H. W. Drescher, R.S.S. E. frühvikt. Erzähler, 1961. R. L. W. Collinson, A Jorrocks Handbook. A Centenary Dict. of Characters, Places, Situations in the Jorrocks Novels, 1964. D. R. Johnstone-Jones, ›The Deathless Train‹: Life and Works of R.S.S., 1974.

Sutton Hoo; Schiffsgrab aus ae. Zeit, Ausgrabung 1939. Die Funde enthalten u. a. e. kleine Harfe, wie sie wahrscheinl. vom → Skop beim Vortrag benutzt wurde. Wesentl. für das heutige Verständnis der ae. Epoche, bes. Gebrauchsgegenstände, Waffen u. Schmuck. Die Funde werden im Brit. Museum aufbewahrt. *js*

C. Greene, S.H., 1963. B. Großkopf, The Treasure of S.H.: Ship-Burial for an Anglo-Saxon King, 1970.

Swift, Jonathan, 30. 11. 1667 Dublin – 19. 10. 1745 ebda. Nach dem Tod s. Vaters geb., wuchs S. bei s. Onkel, e. Vetter Drydens, auf. Kilkenny Grammar School, Klassengefährte von → Congreve; Stud. Theolog., Trinity College. In den Wirren der Glorious Revolution nach Leicester zu s. Mutter; wurde Sekretär im Dienst von Sir W. → Temple. Der Abhängigkeit überdrüssig, kehrte er nach Irland zurück; Pfarrer in Kilroot/Belfast. Auf Bitten Temples ab 1696 wieder dessen Sekretär (Moor Park); nach T.s Tod Hg. s. Werke. S.s frühe Satiren, *A Tale of a Tub,* gegen Korruption in Religion u. Wissenschaft, u. *The Battle of the Books,* Kampf zwischen Antike u. Moderne, erschienen 1704. Wieder in Irland war S. Geistlicher in versch. Pfarreien, schließl. Dekan von St. Patrick, Dublin. 1708 – 14 häufige Aufenthalte in London, Zeiten des persönl. Triumphs wie der Enttäuschung im Dienste der Öffentlichkeit. Befreundet mit Addison u. Steele, mit Pope, Arbuthnot u. Gay, im → Scriblerus Club. Äußerte sich zunächst für die Sache der Whigs, jedoch langsame Annäherung an die polit. Linie der Tories, v. a. aus rel. Erwägungen. S. großer Förderer war Harley, 1st Earl of Oxford, dessen Politik er im ›Examiner‹ verteidigte. Mit s. Sturz verlor auch S. Einfluß u. Posten; kehrte erneut nach Irland zurück u. setzte sich verstärkt für die Rechte des ir. Volkes ein. Zahlreiche Streit- u. Flugschr. (1720 – 30), darunter die *Drapier's Letters* (1724), worin er gegen die engl. Regierung wegen deren Vergabe des Münzmonopols an Thomas Wood argumentierte. In diese Zeit fiel im privaten Bereich die große Krise s. Beziehung zu Esther Johnson (Stella des 1710–13 entstandenen *Journal to Stella*), illegitime Tochter Temples, u. zu Esther Vanhomrigh (Vanessa des Ged. ›Cadenus and Vanessa‹, 1726). S.s Verhältnis zu Stella bleibt ungeklärt, auch ihre mögl. Heirat. 1726 erschien die bittere Satire → *Gulliver's Travels,* S.s bekanntestes Werk. Nach dem Tod Stellas 1728 weiter in Dublin; s. Leben verdüsterte sich. Er wurde noch mehr zum Pessimisten u. Menschenfeind, e. Haltung, die sich verstärkt in s. Arbeiten niederschlug. Zunehmend vereinsamt, widmet er sich ausschließl. s. ›lower friends‹ u. war bemüht, das schlimme Los der Armen zu mildern. Während der letzten Lebensjahre verfiel S.s Gesundheit zusehends; infolge Gehirntumors starb er blind u. taub in geistiger Umnachtung. S. umfangreiches Werk gliedert sich in Satiren, allg. polit. Schrifttum, Veröffentlichungen zur Sache Irlands, Äußerungen zu kirchl. Fragen u. Vermischtes. Das meiste erschien anonym, ledigl. *Gulliver's Travels* brachte e. Honorar. S.s scharfe Satire wirkt gelegentl. derb u. mitleidlos, ist jedoch stets von hohem moral. Anspruch. Johnson fühlte sich abgestoßen (*Lives of the Poets*). Durchgängig vertrat S. die Position e. aufrechten Christen; trotz ausgeprägter Misanthropie humanitäre Grundhaltung, aber mit größten Zweifeln an der Fähigkeit des Menschen, sich niederen u. animal. Instinkten zu entziehen. S. Verachtung für die Menschheit resultierte im Grunde aus dem eigenen Krankheitsbild, wohl auch die negative u. zerstörer. Konsequenz s. Vorstellungen. *hd*

Works, hg. W. Scott, XIX 1814–24; n. H. J. Davis, XIV 1939–68. S's Polite Conversation, hg. E. Partridge, 1963. Poems, hg. H. Williams, III ²1968. ›Battle of the Books‹, hg. H. J. Real, 1978. Correspondence, hg. F. E. Ball, VI 1910–14; n. H. Williams, V, 1963–65. – L. A. Landa and J. E. Tobin, J.S. A List of Crit. Studies 1895–1945, 1945. J. J. Stathis, A Bibl. of S. Studies 1945–65, 1967. – S. Goulding, S. en France, 1924. R. Quintana, The Mind and Art of J.S., 1936. D. M. Berwick, The Reputation of J.S. 1781–1882, 1941. J. F. Ross, S. and Defoe: A Study in Relationship, 1941. J. M. Bullitt, J.S. and the Anatomy of Satire, 1953. M. Price, S's Rhetorical Art, 1953. D. Herrde, D. Sat. als Form d. Gesellschaftskrit., 1955. K. Williams, J.S. and the Age of Compromise, 1958. O. W. Ferguson, J.S. and Ireland, 1962. I. Ehrenpreis, S. the Man, His Works, and His Age, III 1962–67. E. W. Rosenheim, Jr., S. and the Satirist's Art, 1963. D. Donoghue, J.S., 1971. A. L. Rowse, J.S. Major Prophet, 1975. J.S. (The Critical Heritage), hg. K. Williams, 1970. R. Quintana, J. Locke and J.S., 1977. A. Carpenter, The Irish Perspective of J.S., 1978 (Wuppertaler Hochschulschriften, 13). J.S. The Contemporary Background, hg. C. T. Probyn, 1978. P. Steele, J.S. Preacher and Jester, 1979.

Swinburne, Algernon Charles, 5. 4. 1837 London – 10. 4. 1909 ebda; Sohn e. Admirals, Kindheit auf der Isle of Wight. Eton Public School; 1856–59 Stud. Lat., Griech., Frz., Italien.; Balliol College, Oxford. Freundschaft mit → Rossetti u. W. → Morris. Schloß sich dem Kreis der Präraffaeliten an. Finanziell unabhängig konnte er zeitlebens s. Neigungen nachgehen. 1879 Zusammenbruch nach Jahren übermäßigen Alkoholgenusses; verbrachte die letzten 30 Jahre in Putney, betreut von s. Freund Watts-Dunton. S.s Dichtung zeigt Einflüsse der Antike u. frz. Lyrik (Baudelaire, Gauthier). Schon das 1865 in Nachbildung der klass.-griech. Form entstandene lyr. Drama *Atlanta in Calydon* läßt die für S. typ. Wortmelodik u. Schönheit des V. erkennen. Angriffe auf die Religion, Ablehnung traditioneller Moralbegriffe u. die starke Erotik der Ged. in *Poems and Ballads* (1866) riefen im prüden viktorian. England Entrüstung hervor. S. antwortet s. Kritikern in dem Essay *Notes on Poems and Reviews*. Die 2. Folge der *Poems* (1878) schlägt weniger aggressive Töne an, zeugt aber auch vom beginnenden Alkoholismus; 3. Folge 1889. In Begeisterung für den Freiheitskampf um die nationale Einigung Italiens entstanden 1871 die *Songs before Sunrise,* Verherrlichung e. utop. Republik, in der Vernunft u. Gewissen alleiniges Regulativ sind. Symbolismus u. Naturmystik sind ebenso charakterist. für S.s dichter. Werk wie Klangschönheit u. Verskunst, so in *A Song of Italy,* 1867, *Tristram of Lyonesse,* 1882, *A Century of Roundels,* 1883, *Astrophel,* 1894, *A Tale of Balen,* 1896. Es fehlt andererseits die geistige u. log. Durchdringung, was bes. für s. Lit.krit. gilt; z. B. *Blake,* 1868, *A Study of Shakespeare,* 1880, *A Study of Victor Hugo,* 1886, *A Study of Ben Jonson,* 1889. S. stark der Antike nachempfundenen Dramen behandeln meist Stoffe aus der engl. Gesch., etwa die *Mary Stuart Trilogy* (1865–81). Der Roman *Love's Cross Current,* beeinflußt von den Ideen des Marquis de Sade, entstand 1877 (EA 1905; hg. E. Wilson, 1962; n. M. Zaturenka, 1964), *Lesbia Brandon,* 1859–60 (hg. R. Hughes, 1952). S. Wandel vom Rebellentum zu e. vorherrschend konservativen Lebenshaltung ist in s. Werk nachvollziehbar. *hd*

Works, hg. E. Gosse and T. J. Wise, XX 1925–27 (Bonchurch Edition, mit Bibl.). Poetical Works, II 1924. Novels, hg. E. Wilson, 1962. New Writings, hg. C. Y. Lang, 1964. – Letters, hg. E. Gosse and T. J. Wise, II 1919; n. C. Y. Lang, VI 1960–62. – J. Carter and G. Pollard, Bibl., 1934. – E. Thomas, S., 1912. E. Gosse, S., 1917. T. E. Welby, A Study of S., 1926. G. Lafourcade, La jeunesse de S., II 1928. C. K. Hyder, S's Lit. Career and Fame, 1933. J. A. Cassidy, A.C.S., 1964. R. L. Peters, The Crown of Apollo: S's Principles of Lit. and Art, 1965. Th. E. Connolly, S's Theory of Poetry, 1965. J. O. Fuller, S. A Crit. Biogr., 1968. S. (The Critical Heritage), hg. C. K. Hyder, 1970. M. B. Raymond, S's Poetics, 1971. C. K. Hyder, S. as Critic, 1972. P. Henderson, S. The Portrait of a Poet, 1974.

Sword of Honour, Romantrilogie von E. → Waugh.

Sybil, or the Two Nations, polit. Roman von B. → Disraeli.

Symons, Arthur, 28. 2. 1865 Wales – 22. 1. 1945 Wittersham/Kent; Dichter, Kritiker. Wortführer der engl. Symbolisten. Schrieb für ›The Yellow Book‹, illustrierte Vierteljahresschr. (1894–97) der ›l'art pour l'art‹-Bewegung u. ›fin-de-siècle‹-Dekadenz. Die Verleger waren J. Lane, Hg. H. Harland u. A. → Beardsley. Weitere Mitarbeiter: F. W. Rolfe, H. → James, R. Garnett, E. Gosse u. a. 1896 Hg. ›The Savoy‹. S.s Dichtung war Ausdruck der neuen lit. Richtung (z. B. *Poems,* II 1902). S. Studie *The Symbolist Movement in Lit.* (1899) bietet e. umfassende Darstellung des Symbolismus in England. Die autobiogr. *Confessions: a Study in Pathology* erschienen 1930. Grundlegende Arbeiten über Blake, Hardy, Rossetti, Wilde, Swinburne, die elisab. Dramatiker. *hd*

Collected Works, XVI 1924 (unvollst.) Poetry and Prose, hg. R. Holdsworth, 1974. – T. E. Welby, A.S., Critical Study, 1925. The Yellow Book, hg. F. Harrison, 1974. K. L. Mix, A Study in Yellow: The Yellow Book and Its Contributors, 1960. W. Harris, Innocent Decadence: The Poetry of the ›Savoy‹ (PMLA, 77 1962, 629–36). R. Lhombreaud, A.S. A Crit. Biogr., 1963. E. Baugh, A.S., Poet: A Centenary Tribute

(REL, 6 1965, 70 – 80). The Savoy: Nineties Experiment, hg. St. Weintraub, 1966.

Symons, Julian Gustave, 30. 3. 1912 London; produktiver u. vielseitiger Autor von populären, originellen, melodramat. Detektivromanen, z. T. mit anspruchsvoller psych. Vertiefung (*The Paper Chase,* 1956; *The Players and the Game,* 1972), angesehener Kritiker, Historiker, Lyriker u. Biograph (*A.J.A. Symons,* 1950; *Ch. Dickens,* 1951). *ks*

Synge, John Millington, 16. 4. 1871 Rathfarnham bei Dublin – 24. 3. 1909 Dublin; Sohn e. Anwalts anglo-ir. Abstammung; bis 1892 Stud. Trinity College. Wollte Musiker werden. Bereiste Dtl. u. Italien. Stud. frz. Lit. in Paris, lebte dort als Bohémien, lernte → Yeats kennen. Auf dessen Rat hin besuchte er 1899 die einsamen Aran-Inseln u. studierte die kraftvolle, bilderreiche, von gäl. Elementen durchsetzte Sprache der Fischer. Ab 1904 Direktor des → Abbey Theatre. Früher Krebstod. Führender Dramatiker der → Irish Renaissance. S. Bilder aus dem harten Leben der ir. Bauern u. Fischer mischen krassen Realismus, romant. Überhöhung u. phantasievollen Humor; menschl. Geschicke werden verquickt mit übersinnl., legendären u. myth. Mächten. Das Meer ist e. Schicksalsmacht, die entscheidend in die menschl. Geschicke eingreift. S.s berühmtestes Werk ist *The → Playboy of the Western World* (1907); s. letztes großes Bühnenwerk *Deirdre of the Sorrows* (1910), die Bearbeitung e. alten ir. Legende, blieb Fragment. Auch s. Prosaschr. (*The Aran Islands,* 1907; *In Wicklow and West Kerry,* 1908) schildern in dichter. Sprache die herbe Daseinswelt der Fischer auf den Inseln von Aran, Wicklow u. Kerry. *ks*

Collected Works, IV 1910. Complete Works, 1935. – D. H. Greene and E. M. Stephens, Bibl. 1871 – 1909, 1959. P. M. Levitt, Bibl., 1974. E. H. Mikhail, Bibl., 1975. – W. B. Yeats, S. and the Ireland of His Time, 1911. F. Bickley, J.M.S.: A Critical Study, 1912. M. Bourgeois, J.M.S. and the Irish Theatre, 1913. J. Masefield, J. M. S., 1915. L. A.-G. Strong, J. M. S., 1941. A. Price, S. and Anglo-Irish Drama, 1961. E. Coxhead, J.M.S. and Lady Gregory, 1962. D. Gerstenberger, J.M.S., 1964. D. Corker, S. and Anglo-Ir. Lit., [3]1966. R. Skelton, The Writings of J.M.S., 1971. Ders., J.M.S. and His World, 1971. Sunshine and the Moon's Delight, hg. S. B. Bushrui, 1972. M. Harmon, Centenary Papers, 1972. My Uncle John. Edward Stephen's Life of J.M.S., hg. A. Carpenter, 1974. N. Green, S. A Critical Study of the Plays, 1976. D. Kiberd, S. and the Irish Language, 1979.

Synthetic Scots → MacDiarmid, H.; → Scottish Renaissance.

Tale (angelsächs. talu); kurze Prosa- bzw. Verserzählung, fiktiver oder authent. Hintergrund. Meist einfacher themat. Vorwurf bei eindringl. u. überzeugender Darstellungsweise. Bekannte Beispiele: Chaucer, *Canterbury Tales;* Swift, *A Tale of a Tub;* Crabbe, *Tales in Verse.* Gelegentl. deckungsgleich mit → short story. Bezogen auch auf den Roman, z.B. Dickens, *A Tale of Two Cities.* → sketch. *hd*

A Tale of a Tub, Satire von J. → Swift.

A Tale of Two Cities, Roman von Ch. → Dickens.

Tales of my Landlord, 4 Folgen im Rahmen von Scotts hist. *Waverley Novels;* → *Waverley.*

Talking to a Stranger, Fernsehspiel (Tetralogie) von J. → Hopkins.

Tam o'Shanter, Ged. von R. → Burns, entstanden Herbst 1790, ED 1790; neu in zahlreichen Werkausg. u. Anthologien. Das in Lowland Scots u. der Reimform des → couplet geschriebene, mit ›The → Cotter's Saturday Night‹ u. ›The Jolly Beggars‹ gleichrangige Ged. schildert die Erlebnisse des Bauern Tam, der e. Nachts betrunken an der von bösen Geistern heimgesuchten »kirk of Alloway« vorbei nach Hause reitet. Er sieht Licht in der Kirche u. erblickt den Tanz der Hexen u. Zauberer, zu dem Old Nick, der Teufel, den Dudelsack spielt. Beim Anblick e. der jungen u. hübschen Hexen ruft er »Weel done, Cutty Sark!« (sark = Unterhemd, cutty = kurz). Vom Hexenvolk gejagt, erreicht Tam gerade noch die Mitte der Brücke über den Doon. Hier ist er in Sicherheit; nur den Schweif s. Pferdes bekommen sie noch zu fassen. Während → Carlyle sich für ›The Jolly Beggars‹ aussprach, sah → Hazlitt in *T.S.* e. herausragende dichter. Leistung. Tam, Kate, Wirt u. Wirtin sind treffend nach dem Leben gestaltete Charaktere. Humor u. Dramatik begleiten das in kraftvoller Sprache wiedergegebene Geschehen. *hd*

Tamburlaine, Drama von C. → Marlowe.

The Taming of the Shrew, e. der früheren → happy comedies von Shakespeare.

Tarr, Roman von P. W. → Lewis.

The Task, didakt. Ged. von W. → Cowper.

A Taste of Honey, Drama von S. → Delaney.

Tate, Allen, 19. 11. 1899 Winchester/Kentucky; Dichter, Essayist, Biograph, Lit.- u. Kulturkritiker; Stud. Vanderbilt University; 1922. B.A. 1924 Heirat mit der Romanschriftstellerin Caroline Gordon. 1934–36 Lecturer für engl. Lit. am Southwestern College, Memphis; 1938–9 Professor University of North Carolina, 1951–67 Professor in Minnesota. Hg. versch. Zs.: 1931–34 ›Hound and Horn‹, ›Kenyon Review‹ (1944–47), ›Sewannee Review‹. Mitglied der ›Agrarian Group of Southern Writers and Political Theorists‹, e. der führenden Vertreter des → New Criticism in Amerika, insb. der ›Southern Critics‹. In s. Werken tritt T. für das Tradierte ein, das von der mod. Zivilisation bedrängt wird; s. dominantes Thema ist der Bürgerkrieg, 3 Offiziere s. Familie kämpften im Bürgerkrieg, u. »life's mortal idiocy«. 1950 konvertierte er zum kath. Glauben, was s. Werk der Folgezeit stark beeinflußte (»All literature has a social or moral or religious purpose«). In s. Geschichtsauffassung, die vom Bild der agrar.-aristokrat. Pflanzerkultur des alten Südens u. von der Kritik an der kapitalist.-kommerziellen Industriegesellschaft bestimmt ist, folgte er T. S. → Eliot. T.s Weiterentwicklung des New Criticism ist ohne dessen Einfluß nicht denkbar: Kritik soll die Integrität, Reinheit u. Realität der Sprache gegenüber der Korruption durch die Massenmedien erhalten. Ihre Aufgabe ist »to expound and to elucidate, with as little distortion as possible, the knowledge of life contained by the novel or the poem or the play«. ›Criticism‹ steht zwischen ›imagination‹ u. ›philosophy‹ u. ist daher notwendig. Von s. Lehrtätigkeit enttäuscht, wandte er sich in den 50er Jahren 2 für ihn wichtigeren Fragen zu, u. zwar der Frage nach dem Schicksal der Menschheit u. nach der Aussage der Religion. *ra*

Veröffentlichungen in Auswahl: I'll Take My Stand. The South and the Agrarian Tradition. By Twelve Southerners, 1930; n. 1962. Reactionary Poems on Poetry and Ideas, 1936. Reason in Madness: Critical Essays, 1941. On the Limits of Poetry, Selected Essays: 1928–48, 1948. Poems, 1922–48, 1948. The Hovering Fly and Other Essays, 1949. The Forlorn Demon. Didactic and Critical Essays, 1953. The Man of Letters in the Modern World: Selected Essays: 1928–55, 1955. Collected Essays, 1959. Poems, 1960. Essays of Four Decades, 1968. – M. Fallwell Jr., Bibl., 1969. – F. H. Link, D. Verhältnis d. Dichtung zur Wirklichkeit bei A.T. u. anderen ›new critics‹ (DVJS, 34 1960, 554–80). R. K. Meiners, The Last Alternatives: A Study of the Works of A.T., 1963. J. L. Stewart, The Burden of Time: The Fugitives and Agrarians, 1965. F. Bishop, A.T., 1967. U. Halfman, D. am. New Criticism, 1971. A.T. and His Work: Critical Evaluations, hg. R. Squires, 1972. T. T. West, The Divided Consciousness: A.T., J. C. Ransom, P. E. More (Nature, Community and Will, 1976, 40–96). R. Wellek, A.T.: Lit. Theorist and Critic (Engl. u. am. Lit.theorie, hg. R. Ahrens u. E. Wolff, Bd. 2, 1979, 557–72).

The Tatler, moral. Wochenschr., April 1709–Januar 1711, hg. u. geschrieben von → Steele u. später → Addison; steht mit dem → ›Spectator‹ am Anfang e. sich entwickelnden u. für das 18. Jh. typ. Lit.form, im weiteren Verlauf von zahlreichen Publikationen, auch in anderen Ländern, nachgeahmt. Der *T.* erschien dreimal wöchentl., zunächst als journalist. Initiative, in der Hauptsache mit Berichten u. Nachrichten aus England u. dem Ausland. Nach 6 Monaten verschob sich die inhaltl. Gewichtung zugunsten der beispielgebenden → periodical essays der Zs. mit dem Bereich ›morals and manners‹ als zentralem Thema u. Anliegen. Der Leitgedanke ihrer Moralistik will die Erkenntnis vermitteln, daß Tugend Zufriedenheit bringt u. zu der Harmonie führt, die des Menschen Fühlen, Denken u. Tun bestimmen sollte. Wege, dieses Ziel zu erreichen, gibt es nach Meinung der Essayisten viele; die ständige Mahnung, meist in Form humorist. Sketche, kurzer Gesch. od. fiktiver Leserzuschr. geht dahin, e. der menschl. Gesellschaft nützl. Leben zu führen: Ideal des aufstrebenden Bürgertums. Im *T.* erstmals im Mittelpunkt der »lucubrations« e. Isaac Bickerstaff, von Steele gewähltes Ps., im ›Spectator‹ vertieft u. zur Vollendung geführt, in den nachfolgenden period. Blättern teils übernommen, teils durch mod. Gedankengut bereichert, ist die krit. Darstellung zeitgenöss. Lebens Mittelpunkt dieser essayist. Bemühungen. Bis 1800 mindestens 25 Neuauflagen der *T.*-Essays in Buchform. Wichtige Editionen: J. Nichols, VI 1786; R. Bisset, IV 1797; A. Chalmers, IV 1803; G. A. Aitken, IV 1889–98; L. Gibbs, 1953; noch keine definitive Ausg. mit umfassendem krit. Apparat. *hd*

N. Drake, Essays Illustrative of the ›T.‹, ›Spectator‹, and ›Guardian‹, III 1805. W. Göricke, D. Bildungsideal bei Addison u. Steele, 1921. R. Budde, D. Toleranz- u. Kompromißgedanke d. engl. Aufklärung i. d. ›Moral. Wochenschr.‹ Steeles u. Addison, 1930. W. Papenheim, D. Charakterschilderungen i. ›T.‹, ›Spectator‹ u. ›Guardian‹; ihr Verhältnis zu Theophrast,

La Bruyère u. d. engl. Character-writers d. 17. Jh., 1930. J. Rath, D. Personenbeschr. d. humorist. Charaktere i. d. erzähl. Lit. von Addison bis Dickens, 1933. R. J. Allen, Contemporary Allusions in ›T.‹ (MLN, 55 1940, 292–94). G. Klotz, D. Werturteil d. Erzählers: Formen d. Bewertung d. ep. Gestalten i. ›T.‹ u. ›Spectator‹, 1960. W. Riebe, Themat. u. formale Aspekte d. ›periodical essay‹ i. ›T.‹, 1966.

Tatwine, Erzbischof von Canterbury, Latinist, → Aldhelm.

Taylor, Cecil, 6. 11. 1929 Glasgow; Elektriker, Ingenieur, Vertreter, Journalist. Vf. von naturalist. Dramen, die vor dem Hintergrund des jüd. Milieus in Glasgow die Konflikte schildern, die beim Aufeinandertreffen des jüd. Zusammengehörigkeitsgefühls mit dem Verantwortungsbewußtsein der Gemeinschaft gegenüber entstehen bzw. Konflikte zwischen sozialist. Idealismus u. dem Streben nach e. bequemen Leben. *Bread and Butter* (1967) zeichnet über 30 Jahre der Lebensgesch. zweier dem Wesen nach sehr unterschiedl. Männer: der eine ist polit. Enthusiast u. Idealist, der andere bleibt passiv u. resigniert. Zu T.s besten Kom. gehören *Allergy* (1966) u. *Who's Pinkus? Where's Chelm?* (1967). *ks*

The Tea Table Miscellany, Balladen- u. Gedichtslg. von A. → Ramsay.

Teeth 'n' Smiles, Drama von D. → Hare.

Temora, Epos der Ossian-Dichtung, → Fingal.

The Tempest, die späteste von Shakespeares → romances u. wohl auch das letzte ausschließl. von ihm verfaßte Drama (1610/11). Das Stück ist e. der wenigen Sh.s, die sich nicht auf e. direkte Quelle zurückverfolgen lassen; es verwendet allerdings Elemente aus Berichten über e. Schiffbruch nahe den Bermudas bei der Virginia-Expedition von 1609 u. aus Montaignes Essay ›Of the Cannibals‹ in J. Florios Übs. Die Grundlinien der Handlung sind zudem in Sagen u. Romanzen vorgeprägt. Den im Titel genannten Sturm entfacht der zauberkundige Prospero – wie wir aus s. retrospektiven Worten an s. Tochter Miranda erfahren, unrechtmäßig abgesetzter u. mit Miranda auf e. Insel gestrandeter Herzog von Mailand – um s. Bruder Antonio, den Usurpator s. Throns, u. Kg. Alonso von Neapel, der diesen unterstützt hatte, mitsamt ihrem Gefolge in s. Gewalt zu bringen. Prosperos allgegenwärtiger Helfer ist der Luftgeist Ariel, s. Diener ist das Ungeheuer Caliban, Sohn e. Hexe u. e. Teufels, welches die mit Alonso gestrandeten Rüpel Stephano u. Trinculo zu e. Aufstand gegen Prospero aufzustacheln versucht. Prospero hat dank s. Zauberkraft völlige Kontrolle über alles, was geschieht; er vereitelt das Vorhaben der Rüpel, führt Alonso zur Einsicht s. Unrechts u. zur Reue u. widersteht der Versuchung, Rache zu üben. Das mit e. von Geistern aufgeführten Maskenspiel gefeierte Eheversprechen zwischen Alonsos Sohn Ferdinand u. Prosperos Tochter Miranda besiegelt die Versöhnung. Indessen wird diese zugleich überschattet von der Unbelehrbarkeit der Bösewichte Antonio u. Sebastian u. vom Wissen um die erneute potentielle Gefährdung des Guten nach Prosperos Verzicht auf s. übernatürl. Zauberkräfte. Auffallend an dem Drama ist die

Wahrung der 3 Einheiten, die sich sonst bei Sh. nur in der *Comedy of Errors* findet. Die Sprache der Romanze ist durchwoben von der kontrastiven Gegenüberstellung destruktiver u. konstruktiver Elemente in den Wortfeldern von ›tempest‹ u. ›music‹, ›falsehood/hate‹ u. ›trust/love‹, ›monster/devil‹ u. ›spirit/god‹. *ks*

G. W. Knight, The Sh.ean ›T.‹, 1932, [3]1953. J. D. Wilson, The Meaning of ›T.T.‹, 1936. F. Neilson, Sh. and ›T.T.‹, 1956. D. G. James, The Dream of Prospero, 1967. J. D. Hunt, A Critical Commentary on Sh's ›T.T.‹, 1968. ›T. T.‹, hg. D. J. Palmer, 1968 (Casebook). J. R. Brown, Sh. ›T.T.‹, 1969. 20th Cent. Interpretations of ›T.T.‹. hg. H. Smith, 1969.

Temple, Sir William, 6. 4. 1628 London – 27. 1. 1699 Moor Park; Diplomat u. Essayist. Stud. Cambridge. 1648 Bekanntschaft u. Freundschaft mit Dorothy Osborne; Beginn e. intensiven Briefwechsels, der T. berühmt machte u. mit zu den bekanntesten Korrespondenzen der Restaurationszeit zählt; 1654 Heirat. Die folgenden 8 Jahre verbrachte T. in Irland als Mitglied des ir. Parlaments. Danach kehrten er u. Dorothy nach England zurück u. ließen sich in Sheen nieder. Dipl. Missionen: 1668 brachte er die Tripelallianz zwischen England, Holland u. Schweden zustande; im gleichen Jahr Botschafter im Haag; 1670 Rückkehr nach England; 1674 erneut nach Den Haag, wo er wegen der Hochzeit zwischen Wilhelm von Oranien u. Prinzessin Mary verhandelte. 1681 zog er sich aus dem öffentl. Leben zurück. Während s. letzten Lebensjahrzehnts diente ihm J. → Swift als Sekretär. Während der letzten 20 Jahre s. Lebens schrieb er zahlreiche Essays zu den verschiedensten Themen. Nur wenige wurden selbständig veröffentlicht, die meisten in der 3bändigen Ausg. der *Miscellanies* (1680, 1692, 1701), darunter der wohl berühmteste Essay *Of Ancient and Modern Learning,* welcher durch die Parteinahme für die Traditionalisten zu e. heftigen Kontroverse mit Bentley (*Phalaris*-Briefe) u. Wotton führte. T. setzte sich sowohl mit polit. (*Essay upon the Present State of Ireland,* 1668; *Observations upon the Netherlands,* 1672; *Upon the Original and Nature of Government*) als auch mit lit. (*Of Poetry*) u. bes. mit philosoph. Themen (*Upon the Gardens of Epicurus; Of Heroic Virtue*) auseinander. S. *Memoirs, 1672–1679* (1692) geben über die biogr. Information hinaus e. genauen Einblick in das polit. Geschehen s. Zeit. S. von Swift edierten Briefe (1701) gelten als bedeutendes lit. Zeugnis dieser Zeit. T.s lit. Reputation liegt in s. heute noch gut lesbaren, flüssigen Stil u. s. Begabung als Lit.kritiker. *ra*

Works, II 1720; n. IV 1814. Five Miscellaneous Essays, hg. S. H. Monk, 1963. Letters, hg. J. Swift, III 1700–03. – H. E. Woodbridge, Sir W. T., 1940. R. G. Steensma, Sir W. T., 1970.

Tennyson, Alfred, lst Baron Tennyson, 6. 8. 1809 Somersby/Lincolnshire – 6. 10. Aldworth/Sussex; Vater Geistlicher, frühe Erziehung im Elternhaus, dann Louth Grammar School; 1828–31 Stud. Trinity College, Cambridge. Freundschaft mit Arthur Hallam, dessen früher Tod (1833) ihn zu der Elegie ›In Memoriam‹ (1850) inspirierte, s. wohl beste u. eindringlichste dichter. Leistung: stellt die Frage nach dem Sinn des Lebens

u. der Aufgabe des Dichters; sehr persönl. Ged., zugleich aber Ausdruck viktorian. Glaubenskonflikte. *Poems by Two Brothers* (1827) enthält frühe dichter. Versuche. *Poems Chiefly Lyrical* (1830) errang e. gewissen Erfolg, blieb jedoch im Schatten von Wordsworths u. Byrons Dichtung. Auch der 1833 folgende Bd. *Poems* (darin ›The Lotus-Eaters‹ u. ›The Lady of Shalott‹) wurde von der Krit. kaum beachtet. T. verzichtete 9 Jahre auf weitere Ged.veröffentlichungen. Die 2bändige Slg. von 1842, darin u. a. ›Locksley Hall‹ u. ›Ulysses‹, brachte ihm schließl. die erhoffte Anerkennung; 1850 Poet Laureate. In den folgenden Jahren entstanden mehrere patriot. Dichtungen, z. B. ›Ode on the Death of the Duke of Wellington‹ oder ›The Charge of the Light Brigade‹. *Maud* (1855), e. dramat. Monolog, stieß auf Ablehnung, doch mit *The Idylls of the King* (1859, endgültige Fassung 1888; hg. J. Pfordresher, 1973), e. Bearbeitung der Artussage, in weiteren Ged. fortgeführt, errang T. erneut uneingeschränktes Lob. Das Dialektged. ›The Northern Farmer‹, in *Enoch Arden. Idylls of the Hearth* (1864) enthalten, zeigt T.s Begabung für humorvolle Schilderungen u. die Darstellung kom. Charaktere. Neuland betrat er 1875 mit *Queen Mary,* wie s. weiteren Dramen wenig bühnenwirksam u. ohne bleibenden Erfolg, darunter auch *The Foresters: Robin Hood and Maid Marian* (1891). Führte e. zurückgezogenes Leben; 1884 geadelt. T.s Werk zeichnet sich aus durch gleichnishafte Sprache u. Wohlklang; in der Tradition von Spenser, Milton u. Keats. S. ausgeprägte Individualität verlangte Zeit, bis er als Dichter voll erkannt wurde. T. erkannte die Probleme s. Zeit, konnte jedoch keine Lösung anbieten. Durch die Betonung der Schönheit u. der Poesie als Verbindung von Schönheit u. Wahrheit gab er s. Dichtung e. esoter. Reiz. Spätromant. Überhöhung des viktorian. Materialismus, patriot. Anklänge. Von s. Zeitgenossen hoch geachtet, wurde T. von der Nachwelt kritischer, auch etwas abwertend gesehen. Der Gesamtheit s. dichter. Schaffens gebührt jedoch e. hervorragender Platz nicht nur in der Lit. s. Epoche, sondern der engl. Lit. überhaupt. *hd*

Works, hg. H. Lord Tennyson, IX 1907–08. Poetical Works, Including Plays, 1953. Poems, hg. C. Ricks, 1968. – Unpubl. Correspondence, hg. L. A. Pierce, 1929. – A. E. Baker, Concordance, 1914. Ders., Tennyson Dict., 1916. D. B. Brightwell, Concordance, 1970. – T. J. Wise, Bibl., 1908. – H. Lord Tennyson, Lord T. A Memoir, II 1897. T. R. Lounsbury, Life and Times of T., 1915. J. F. A. Pyre, The Formation of T's Style, 1921. C. Weygandt, The Time of T., 1936. H. Nicolson, T's Two Brothers, 1947. Ch. Tennyson, A.T., 1949. R. W. Rader, T's ›Maud‹: The Biographical Genesis, 1963. E. F. Shannon, T. and the Reviewers, 1952. J. H. Buckley, T. Growth of a Poet, 1960. V. Pitt, T. Laureate, 1962. G. O. Marshall, A.T. Handbook, 1963. T. In Memoriam, hg. J. D. Hunt, 1970 (Casebook). A. C. Benson, T., [4]1970. C. Ricks, T., 1972. Sir Ch. T. and H. Dyson, The T.s, 1974. Ph. Henderson, T. Poet and Prophet, 1978.

The Tenure of Kings and Magistrates, polit. Traktat von J. → Milton.

Terson, Peter (eig. Peter Patterson) 24. 2. 1932 Newcastle-upon-Tyne; Stud. Newcastle u. Bristol, Lehrer. E. Gruppe s. Dramen (z.B. *Zigger Zagger,* 1970; *The Apprentices,* 1970) befaßt sich unter dem Blickwinkel typ. sozialer u. ideolog. Grundpositionen klar u. direkt mit den Alltagsproblemen mod. Jugendlicher. Die andere Gruppe sind die meist im Evesham-Tal spielenden Regionaldramen (z.B. *A Night to Make the Angels Weep,* 1967; *The Mighty Reservoy,* 1970) um das Grundthema der Bedrohung u. Zerstörung ländl. Lebensweisen durch die mod. städt. Zivilisation. *ks*

J. R. Taylor, ›P.T.‹ (The Second Wave, 1971, 108–24).

Tess of the D'Urbervilles, Roman von Th. → Hardy.

The Testament of Beauty, Dichtung von R. S. → Bridges.

Thackeray, William Makepeace (Ps. M. A. Titmarsh, G. S. Fitz-Boodle), 18. 7. 1811 Calcutta – 24. 12. 1863 London; Sohn e. Regierungsbeamten. Bedingt durch den frühen Tod s. Vaters Erziehung in Internatsschulen: Chiswick u. Charterhouse. 1829–30 Stud. Trinity College, Cambridge. 1830 längere Europareise; traf mit Goethe zusammen. 1831 Jurastud., Middle Temple, ohne Abschluß. Januar 1833 bis Februar 1834 mit wenig Erfolg Hg. der Zs. ›National Standard and Journal of Literature, Science, Music, Theatricals, and Fine Arts‹. Journalist. Tätigkeit als Korrespondent in Paris, daneben Kunststud. 1836 Heirat mit Isabelle Shawe. 1837 Rückkehr nach England; schrieb fortan für → ›Fraser's Mag.‹, in dem s. *Yellowplush Papers* (1837–38) sowie die Romane *Catherine* (1839–40), *The Great Hoggarty Diamond* (1841) u. *The Luck of Barry Lyndon* (1844) im ED erschienen. Weitere Werke aus dieser Zeit: *The Paris Sketch Book* (1840) u. *The Irish Sketchbook* (1843). 1842–54 Beitr. u. Karikaturen für ›Punch‹, bekannt die Sketch-Serie ›The Snobs of England‹ (1847; 1848 als *The Book of Snobs*), in der T. mit geschliffener Satire gesellschaftl. Dünkel bloßstellt. S. bedeutendster Roman → *Vanity Fair* erschien ab 1847 in Forts., gefolgt von der stark autobiogr. gefärbten *History of Pendennis* (ab Nov. 1848), dem großen hist. Roman *The History of* → *Henry Esmond* (1852) u. *The Newcomes* (1853–55) mit der Gestalt des Colonel Thomas Newcome, Offizier der Indian Army, T.s eindringl. Charakterstudie e. Mannes, dessen Leben nichts als Pflicht u. Ehre bedeutet. Mit *The Virginians* (1857) setzte T. die Gesch. der Familie Esmond fort; 1851 Vorlesungen über die engl. Humoristen des 18. Jh., 1855 über die ›Four Georges‹. Ab 1860 Hg. des → ›Cornhill Mag.‹; darin die Essays der *Roundabout Papers* (1860–63) u. der unvollendet gebliebene Roman *Denis Duval* (1863). Mehrere Jahre gab T. sog. Weihnachtsbücher heraus, Märchenerzählungen u. Burlesken. Von s. Balladen, e. Form, an der er sich hin u. wieder versuchte, ist ›The Ballad of Bouillabaisse‹ (1849 in ›Punch‹) erwähnenswert. Neben Dickens bedeutendster Erzähler der viktorian. Epoche, dem es jedoch aus versch. Gründen schwerer fiel, sich e. Namen zu machen, wenn auch die monatl. Forts. s. Romane hohe Auflageziffern erreichten. Illusionslose, teils ernüchternde Darstellung der gehobenen Mittelklasse. T. profilierte sich als Kritiker des viktorian. Bürgertums, dabei ausgehend von den Moralvorstellungen s. Zeit; bewahrte stets Distanz zu den Dingen u. vermied die Leidenschaftlichkeit e. Dickens. S. Gesellschaftspanorama erhebt realist. Anspruch unter Verzicht auf Überraschungseffekte, wodurch er sich ebenfalls von Dickens unterschied. In der Tradition des 18. Jh. verhaftet, ließ T. die Welt der sich ausbreitenden Industrialisierung unbeachtet. Trotz s. Anliegens, realist. wahrheitsgetreu zu schildern, rührte er im Grunde kaum an den Tabus des Viktorianismus, gelegentl. sogar Neigung zu Sentimentalität u. Pathos. *hd*

Works, XXII 1867–69. XXIV 1885–86 (Library Edition); Biographical Edition (Einführungen von A. T. Ritchie), XIII 1898–99; Oxford Edition (Einführungen von G. Saintsbury), XVII 1908. – Letters and Private Papers, hg. G. N. Ray, IV 1945–46. – A. Trollope, T., 1879. W. W. Hunter, The T.s in India, 1897. L. Melville, T., II 1910. E. B. Chancellor, The London of T., 1923. G. Saintsbury, A Consideration of T., 1931. J. W. Dodds, T. A. Crit. Portrait, 1941. J. Y. T. Greig, T. A Reconsideration, 1950. L. Ennis, T. The Sentimental Cynic, 1950. G. N. Ray, The Buried Life, 1952. Ders., T. The Uses of Adversity, 1811–1846, 1955. Ders., The Age of Wisdom, 1847–1863, 1958. G. Tillotson, T. the Novelist, [2]1964. J. R. Loofbourow, T. and the Form of Fiction, 1964. D. Flamm, T's Critics, 1966 (mit Bibl.). T. (The Critical Heritage), hg. G. Tillotson and D. Hawes, 1967. J. H. Wheatley, Patterns in T's Fiction, 1969. B. Hardy, The Exposure of Luxury: Radical Themes in T., 1972. J. P. Rawlins, T's Novels: A Fiction that is True, 1974. J. A. Sutherland, T. at Work, 1974. K. C. Phillipps, The Language of T., 1978. R. A. Colby, T's Canvass of Humanity: An Author and His Public, 1979.

Theater der Grausamkeit → Theatre of Cruelty.

The Theatre → Burbage, J.

Theatre of the Absurd. Seit M. Esslins Buch mit diesem Titel (1961) Oberbegriff für die Werke von Autoren wie → Beckett, Eugène Ionesco, Arthur Adamo, Fernando Arrabal, → Simpson, → Pinter, → Nichols, → Whiting u. → Campton, welche, von e. ästhet. Existentialismus ausgehend, das Leben des Menschen als sinn- u. ziellos darstellen. Die Figuren in absurden Dramen haben keine definierbare Identität, finden sich in widersprüchl. u. unsinnigen Situationen, ihre Sprache ist zu banaler Ziellosigkeit u. unlog. Sprunghaftigkeit (non sequitur) reduziert. Sie haben die Suche nach festen Wahrheiten aufgegeben. Die Wurzeln des T.A. reichen zurück bis zur Narrenlit., Clownerie, Commedia dell'Arte, Nonsensedichtung u. Pantomime. Anregungen kamen aus Dadaismus u. Surrealismus u. von Albert Camus' Sisyphus-Essay (1942). *ks*

Theatre of Cruelty. Unter dem Einfluß von Antonin Artauds *Le théâtre et son double* (1938) ab 1963 von den Regisseuren Charles Marowitz u. Peter → Brook in Verbindung mit der → Royal Shakespeare Company initiierte Richtung, die e. Theater unkonventioneller ›multilayered action‹ will, e. schonungslose Offenlegung des existentiellen Schreckens, der sich hinter gesellschaftl. Fassaden verbirgt. Dialog tritt zugunsten von Handlungselementen zurück. Bedeutende Auff.: 1963 Shakespeares → *King Lear* u. 1964 Weiss' *Marat/Sade*. Neue Dramen im Stil des T. o. C. schrieben u. a. → Rudkin u. → Bond. *ks*

Theatre-in-the-round, Arenabühne, die, mitten im Raum befindl., auf allen Seiten von Zuschauern umgeben ist.

Theatre Workshop; von der Regisseurin J. → Littlewood 1945 in Manchester gegr. Theater, ab 1953 im Theatre Royal des Londoner Arbeiterviertels Stratford East. Littlewood u. ihr T. W. spielten in der Gesch. des → New English Drama e. bedeutende Rolle, indem sie u.a. → Behans *The Quare Fellow* u. *The Hostage,* → Delaneys *Taste of Honey* u. → Normans *Fings Ain't Wot They Used T'Be* mit Originalität, Vitalität u. theatral. Frische herausbrachten u. entscheidend mitgestalteten. E. auf der Basis von Soldatenliedern aus dem 1. Weltkrieg vom Workshop erarbeitetes Stück war das antimilitarist. dokumentar. Drama *Oh What a Lovely War* (1963). Der T.W. strebt nach Kollektivität u. fakt.-hist. Realistik. *ks*

K. Tetzeli v. Rosador, T.W. ›Oh What a Lovely War‹ (D. engl. Drama d. Gegenwart, hg. H. Oppel, 1976, 82–94).

Theobald, Lewis, Shakespeare-hg. u. -kritiker; *The* → *Dunciad* von A. → Pope.

The Third Man, Roman von G. → Greene.

Thomas, Dylan (Marlais), 27. 10. 1914 Swansea (Wales) – 9. 11. 1953 New York. Sohn e. Lehrers, Journalist, lebte mit s. Familie im walis. Fischerdorf Laugharne. Starb auf e. Vortragsreise in den USA. Neben → Eliot u. → Auden e. der bedeutendsten Lyriker s. Zeit. Sprachgewaltiger Neuromantiker von überschäumender kelt. Phantasie. Ungewöhnl., leidenschaftl., beschwörende, farbige Bildersprache. Hauptthemen sind Natur, Liebe u. Tod. Das auch erfolgreich an großen Bühnen inszenierte Hörspiel *Under Milk Wood* (1954) spielt an e. sonnigen Frühlingstag in der kleinbürgerl. Welt e. fiktiven walis. Kleinstadt. Zentrales Thema der heterogenen, assoziativ verknüpften Dialoge ist die Liebe in ihren vielfältigen Erscheinungsweisen. Das Stück ruht auf der Allgewalt e. mit verblüffenden Metaphern überfrachteten Sprache, deren oft unkontrolliert assoziative Bilderwelt sich an einigen Stellen verstehender Analyse entzieht. T. verfaßte auch Kurzgesch., Skizzen u. Essays. *ks*

The Poems, hg. D. Jones, 1971. – E. Olson, The Poetry of T., 1954. J. A. Rolph, D.T. Bibl., 1956. D.T., hg. E. W. Tedlock, 1960. T. H. Jones, D.T., 1963. J. Ackerman, D.T.: His Life and Work, 1964. C. Fitzgibbon, The Life of D.T., 1965. D.T.: A Collection of Critical Essays, hg. C. B. Cox, 1966. W. T. Moynihan, The Craft and Art of T., 1966. A. M. Reddington, T.: A Journey from Darkness to Light, 1968. D. Holbrook, The Code of Night, 1972. R. K. Burdette, The Saga of Prayer. The Poetry of D.T., 1972. A. Sinclair, D.T. Poet of His People, 1975. D. Jones, My Friend D.T., 1977. P. Ferris, D.T., 1977. J. Ackermann, Welsh Dylan, 1979.

Thompson, Francis, 18. 12. 1859 Preston – 13. 11. 1907 London; Stud. Theol. ohne Abschluß, anschließend Medizinstud. Owens College, Manchester, ebenfalls ohne Abschluß. Lebte ab 1885 in großer Armut in London, wurde opiumsüchtig, bis er von der Dichterin A. Meynell u. deren Mann in Obhut genommen wurde. T.s Bd. *Poems* (1893) enthält das Ged. ›The Hound of Heaven‹, Schilderung der Flucht des Dichters vor Gott, bis am Schluß Christus als der ›Jagdhund‹ des Himmels mit s. Liebe u. Gnade die Seele des Dichters einfängt. Die verfolgte Seele wird von T. als Sinnbild der Ruhelosigkeit s. Zeit verstanden; in s. Metaphorik von → Patmore u. → Shelley beeinflußt. Bedeutender moderner kath. Lyriker Englands, fand mit s. Mystik u. s. Symbolismus jedoch erst in e. späteren Generation s. Publikum. *hd*

Works, hg. W. Meynell, III 1913. Collected Works, 1947; n. III 1970. Lit. Criticism, hg. T. L. Connolly, 1948. – M. P. Pope, Bibl., 1959. – E. Kawa, D. Jagdhund d. Himmels, 1946. J. E. Walsh, Strange Harp, Strange Symphony, 1968.

Thomson, James, d.Ä., 11. 9. 1700 Ednan/Roxburghshire (Schottland) – 27. 8. 1748 London; Vater Geistlicher. Stud. Theol., Edinburgh; 1720 erste Ged. im ›Edinburgh Miscellany‹; 1725 nach London, Erzieher im Haus des Earl of Haddington. Bekanntschaft mit → Pope, → Arbuthnot u. → Gay. Bereits s. frühe Dichtung zeigt die Nähe zur Natur, bes. der ländl. Szenerie. 1726 erschien ›Winter‹, 1. der 4 Teile s. großen Blankversdichtung *The → Seasons.* Als Tutor von Charles Richard Talbot, Sohn des Lord Chancellor, bereiste T. Frankreich u. Italien. Von den Trag. *Sophonisba* (1730), *Agamemnon* (1738), *Edward and Eleonora* (1739) u. *Tancred and Sigismund* (1745) wurde nur letztere e. Bühnenerfolg. 1734–36 veröffentlichte T. s. Dichtung *Liberty,* in der die Titelpersonifizierung ihr wechselndes Schicksal im Zeitalter des klass. Griechenlands, in Rom u. Großbritannien schildert. Kurz vor s. Tod erschien das 1733 begonnene allegor. Ged. *The Castle of Indolence* (1748; hg. A. D. McKillop, 1961), geschrieben in Anlehnung an → Spensers Sprache, V. u. Strophenform. Doch auch dieses Werk reichte nicht an die Wirkung der *Seasons* heran. Der Text zu ›Rule Britannia‹ entstammt T.s Drama *Alfred* (1740). *hd*

Works, hg. Baron Lyttelton, IV 1750–51. Poetical Works, hg. J. L. Robertson, 1908; n. 1951. – Unpubl. Letters from T. to Wallet, hg. P. Cunningham, 1854. Letters and Documents, hg. A. D. McKillop, 1958. – H. H. Campbell, Bibl., 1976. – L. Morel, J.T. sa vie et ses oeuvres, 1895. K. Gjerset, D. Einfluß v. J.T. auf d. dt. Lit. d. 18.Jh., 1898. G. C. Macauly, J.T., 1908. A. D. McKillop, The Background of T's ›Liberty‹, 1951. D. Grant, J.T. Poet of ›The Seasons‹, 1951. W. B. Todd, The Text of ›The Castle of Indolence‹ (ES, 34 1953, 115–21).

Thomson, James, d.J. (Ps. B.V.), 23. 11. 1834 Port Glasgow – 3. 6. 1882 London. In großer Armut im Royal Caledonian Asylum erzogen; 1851–62 Lehrer an Militärschulen, Entlassung wegen e. Disziplinarvergehens; unstete Natur, starb an Trunksucht u. Schwermut. Wählte s. Ps. als Kombination von Shelley u. Novalis (Bysshe Vanolis), von ihm bes. geschätzte Dichter. Kam zu lit. Ansehen durch s. visionäres Ged. *The City of Dreadful Night* (1874), Ausdruck e. tiefen Pessimismus u. der Verzweiflung, die T.s Leben durch den Verlust ihm nahestehender Personen bestimmte. *Vane's Story and Other Poems* (1881) offenbart e. hoffnungsvolleren Grundton, der in *Insomnia* (1882) wieder der Düsterheit u. Verzweiflung weicht. *hd*

Poetical Works, hg. B. Dobell, II 1895, ›The City of Dreadful Night‹, hg. B. Dobell, 1910; n. G. H. Gerould, 1927; n. E. Blunden, 1932. Poems and Some Letters, hg. A. Ridler, 1963. – J. Weissel, J.T. d. J. Leben u. s. Werke, 1906. B. Dobell, J.T., 1910. H. S. Salt, J.T., ²1914. J. B. Walker, J.T. A Critical Study, 1950. W. D. Schaefer, J.T., 1965.

Thrale, Hester Lynch, 27. 1. 1741 Bodvel/Carnarvonshire (Irland) – 2. 5. 1821 Bath; wider Willen 1763 mit Henry Thrale, Sohn e. reichen Brauereibesitzers, verheiratet. Im Hause der

Thrales fand S. → Johnson 1764–80 gastl. Aufnahme, wobei s. Freundschaft mit Mrs. Thrale ausgiebig Gesprächsstoff lieferte. Nach dem Tode ihres Mannes heiratete die Witwe den italien. Musiker Gabriel Piozzi. Verärgert u. gekränkt weigerte sich J., sie jemals wiederzusehen. 1786 veröffentlichte Mrs. Piozzi ihre *Anecdotes of the Late Samuel Johnson* u. 1788 die *Letters to and from the Late S.J.* Ihre Lebensgesch. erschien 1861 als *Autobiography, Letters and Literary Remains.* *hd*

Thraliana, hg. K. C. Balderston, II 1942 (Tagebücher u. Aufzeichnungen 1776–1809). – A. M. Bradley, Dr. J. and Mrs. Th., 1910. J. L. Clifford, Hester Lynch Piozzi, 1941. M. Hyde, The Th.s of Treatham Park, 1977.

The Three Perils of Man, Roman von J. → Hogg; gefolgt von *The Three Perils of Women.*

Thriller → Detective Story.

Tickell, Thomas, 1686 Bridekirk/Cumberland – 23. 4. 1740 Bath; Stud. Queen's College, Oxford; 1710 Fellow. Große Hochachtung für → Addison, mit dem ihn e. enge Freundschaft verband, u. nach dessen Ernennung 1717 zum Secretary of State T. Undersecretary wurde. Juni 1715 Übs. des 1. Buches der *Ilias,* fast gleichzeitig mit Pope. In der Ballade *Colin and Lucy* bezeichnete er → Gray u. → Goldsmith als die besten Dichter der engl. Sprache. Hg. von Addisons gesammelten Werken gegen den Widerstand von Steele. *hd*

Poetical Works, 1796.

The Time Machine. An Invention, Erzählung von H. G. → Wells, EA 1895, 1. bedeutende u. richtungweisende Anti-Utopie. In der Rahmenhandlung diskutiert e. Gruppe typenhaft gezeichneter Freunde mit dem »time traveller« die Idee von der Zeit als 4. Dimension. Es folgt das Experiment: der Zeitreisende kann sich mit Hilfe e. Apparats, dessen techn. Details nur vage beschrieben werden, beschleunigt auf der Zeitachse hin- u. herbewegen u. so, stets am selben Ort weilend, Jahrtausende überspringen. Er erzählt nach s. Rückkehr von Erlebnissen in 3 Zeitstufen. Die Zustände im Jahr 802 701 bieten anhand e. vergrößernden Projektion zeitgenöss. Tendenzen e. Vehikel für W.s Sozialkritik: erscheint die Welt der Zukunft zunächst wie e. paradies. Idylle, in der zarte, zutraul. Geschöpfe, die ›Eloi‹, in den Tag hineinleben, erweist sich dieser Eindruck nach Einbruch der Dunkelheit als falsch: aus ihren unterird. Fabrikhallen steigen die lemurenhaften ›Morlocks‹ hervor, um die Eloi als e. Art Schlachtvieh einzufangen. Die Lebewesen der Zukunft sind die Ergebnisse e. konsequent fortgeführten Aufspaltung der Menschheit in e. Besitzklasse, die nichtstuend ihr Leben genießt u. darob körperl. u. geistig degeneriert, u. e. Fabrikarbeiterklasse, die moral.-seel. verkümmert. Nach s. Flucht vor den bedrohl. Morlocks gerät der Zeitreisende in e. noch fernere Zukunft, in der menschenähnl. Leben von der Erde verschwunden ist u. nur noch primitive Lebensformen existieren. In e. 3. rund 30 Millionen Jahre entfernten Periode steht der Kältetod der Erde unmittelbar bevor. Von e. 2. Experiment kehrt der Zeitreisende nicht mehr zurück. Es bleibt offen, ob er Opfer s. Abenteuer wurde oder freiwillig in e. besseren Zukunft blieb. *ks*

Timon of Athens, → tragedies, Shakespeare.

'Tis Pity She's a Whore (1627), Trag. in 5 Akten von J. → Ford; UA 1633, Drury Lane Theatre, London. Vor dem Hintergrund der in Parma herrschenden Korruption wird die schicksalhafte Liebe zwischen den Geschwistern Giovanni u. Annabella aufgezeigt. Mit Annabellas Schwangerschaft geraten die beiden erstmals in Konflikt zur Gesellschaft, der aber durch e. von Beichtvater Bonaventura gestiftete Ehe des Mädchens mit dem moral.-dekadenten Adligen Soranzo gelöst wird. Auf dem Hochzeitsfest wird e. Welt voll Intrigen u. Gegenintrigen sichtbar: Hippolita trinkt den Giftbecher, den sie für ihren Geliebten Soranzo bestimmt hatte; Bergetto, e. Freier Annabellas, wird getötet, u. nachdem Soranzo die Wahrheit über Annabella erfahren hat u. sich an den Geschwistern rächen will, tötet Giovanni s. Schwester. In der trag.strukturierten Schlußszene betritt Giovanni, das Herz s. Schwester auf s. Dolch aufgespießt, den Festsaal, ersticht Soranzo u. wird selbst getötet. F.s Drama steht in der Tradition der elisab. Rachetrag., da er deren Motive u. Situationen wieder aufgreift (italien. Szenerie, Maskenzug der Rächer, trag. Feste). Gleichzeitig weist die gewählte Thematik Züge dekadenter Übersteigerung auf: das Inzestmotiv war zwar von Autoren wie Beaumont u. Fletcher angesprochen worden, wurde jedoch erst von F. in s. moral., psych. u. sozialen Problematik ernsthaft behandelt. Ob der Autor durch den 1631 stattfindenden Inzestprozeß gegen Sir Giles Allington angeregt wurde, ist fragl. Für die psych. Motivation u. Gestaltung der Protagonisten benutzte F. u. a. R. Burtons → *Anatomy of Melancholy*. Sprachl. gut strukturierte Ausschmückung der Liebenden im Vergleich zu den wenig differenziert im Blankvers sprechenden Nebenfiguren. *ra*

D. K. Anderson, The Heart and the Banquet: Imagery in ›'Tis Pity‹ and the ›Broken Heart‹ (SEL, 1500–1900, 2 1962, 209–217). N. W. Bawcutt, Seneca and F's ›'Tis Pity She's a W.‹ (N & Q, June 14, N. S. 1967, 215). D. Rolle, J.F.s ›'Tis P. She's a W.‹ (D. engl. Drama, hg. D. Mehl, 1970, Bd. 1, 307–26).

Titmarsh, M. A., Ps. für W. M. → Thackeray.

Titus Andronicus, früheste von Shakespeares → tragedies.

To the Lighthouse, Roman von V. → Woolf, (EA 1927). Wie schon in → *Mrs. Dalloway* sind die Personen um e. zentrale Frauengestalt, hier Mrs. Ramsay, gruppiert. Das Geschehen wird nicht durch e. allwissenden Erzähler wiedergegeben, sondern gespiegelt im Bewußtsein der versch. Figuren. Die im Ferienhaus der Familie Ramsay versammelten Sommergäste stellen e. Mikrokosmos der Gesellsch. dar. Der Roman gliedert sich in 3 Teile: um e. kurzes Mittelstück, welches das Verstreichen e. Jahrzehnts zum Inhalt hat, lagert sich die spiegelbildl. Darstellung weniger Stunden zweier Tage. Die spärl. äußere Handlung besteht in der Planung e. Bootsausflugs zu e. Leuchtturm, der wegen des schlechten Wetters nicht realisiert wird u. erst 10 Jahre später, nach dem Tod der Mrs. Ramsay u. zweier ihrer 8 Kinder, durchgeführt werden kann. Wirklichkeit wird in diesem Roman nicht kausallog. erfaßt, sondern intuitiv in visionären Momenten wie dem Abendessen im 1. Teil, bei dem die Isolation des einzelnen aufgehoben wird, u. bei der in Erinnerung an Mrs. Ramsay unternommenen Fahrt zum Leuchtturm, bei welcher Mr. Ramsay zum erstenmal zu s. Tochter Cam u. s. Sohn James vorzustoßen vermag. Der im Titel genannte Leuchtturm wird zum zentralen, komplexen Symbol, welcher sowohl das Du des Mitmenschen als auch das allg. Außer-Ich, das Feste u. Beständige u. schließl. das Männl. bedeuten kann. *ks*

Twentieth Century Interpretations of ›T.t.L.‹, hg. T. A. Vogler, 1970. V. Woolf, ›T.t.L.‹, hg. M. Beja, 1970 (Casebook).

To a Mouse, Ged. von R. → Burns.

Tolkien, J(ohn) R(onald) R(euel), 3. 1. 1892 Bloemfontein (Südafrika) – 2. 9. 1973 Bournemouth; ab 1896 in England, mit 11 Vollwaise; Stud. Oxford, 1915 – 18 Kriegsdienst, 1920 bis 25 Dozent für engl. Sprache Leeds, 1925 – 59 Prof. für german. Philol. Oxford. Die Prosaepen *The Hobbit* (1937) u. *The Lord of the Rings (The Fellowship of the Ring*, 1954; *The Two Towers*, 1954; *The Return of the King*, 1955) erschaffen Middle Earth, e. märchenhafte, phantast. kelt.-german. Mythenwelt von Hobbits, Trolls, Elfen u. Zwergen mit dem Grundthema des Kampfes zwischen Gut u. Böse. Die Gesch. sind Medium für die Erfindung vielfältiger Sprachen. Sie wurden v. a. aufgrund ihrer Popularität bei jugendl. Lesern weltweite Erfolge. *The Silmarillion* (1977, hg. Christopher T.) erzählt die Vorgesch. von *Lord of the Rings*. *ks*

R. C. West, Annotated Checklist, 1970. – L. Carter, T. A Look Behind ›The Lord of the Rings‹, 1969. W. Ready, The T. Relation, 1969. R. Foster, The Complete Guide to Middle-Earth, 1971; n. 1978. R. Evans, J.R.R.T., 1972. R. Helms, T's World, 1974. D. Grotta-Kurska, J.R.R.T. Architect of Middle-Earth, 1976. C. S. Kilby, T. and the Silmarillion, 1976. J. E. A. Tyler, The T. Companion, 1976. H. Carpenter, J.R.R.T. A Biography, 1977. J. Nitzsche, T's Art, 1979.

Tom Brown's School Days, didakt. Roman von Th. → Hughes.

Tom Jones (*The History of T.J., a Foundling*); Roman von H. → Fielding; EA, IV 1749. Gliedert sich in 3 Teile: Landleben in Somersetshire (Buch 1 – 6), Reiseabenteuer auf den Straßen nach London (7 – 12) u. Aufenthalt in London (13 – 18). Der wohlhabende Squire Allworthy lebt mit s. unverheirateten Schwester Bridget zurückgezogen auf s. Landsitz in Somersetshire. Als e. Mensch von großer Güte u. Menschenfreundlichkeit ist s. Glaube an das Gute im Menschen u. in der Welt nahezu unerschütterl. Im Roman repräsentiert er den Stand der ›landed gentry‹ u. deren Stellung an der Spitze der ländl.-konservativen Gesellschaftshierarchie des 18. Jh. Nach e. mehrmonatigem Aufenthalt in London kommt er zurück und findet in s. Bett e. ausgesetztes Kind liegen. Sogleich läßt er in moral. Empörung über diese schändl. Tat nach den Schuldigen suchen u. glaubt sie in dem Dorfschulmeister Partridge u. dessen Magd Jenny gefunden zu haben. Beide werden aus dem Bezirk verbannt, um bösem Geschwätz zum Nachteil des Kindes, das A. mit dem Namen Tom Jones an Sohnes Statt annimmt, vorzubeugen. Kurz darauf heiratet Bridget in ihrer Einfalt den Mitgiftjäger Captain Blifil. Nach dem plötzl. Tod s. Vaters wird der junge Blifil von der Mutter allein großgezogen. Er u. Tom Jones wachsen zusammen auf, von F. als Gegensatzpaar angelegt: der selbstgefällige u. heuchler. Blifil u. der offenherzige, freundl., naturverbundene, etwas leichtsinnige, stets zu Streichen aufgelegte Tom. Allworthy stellt Thwackum u. Square als Tutoren ein, die bei ersterem mit ihren den Konventionen untergeordneten Erziehungsmethoden Erfolg haben, während Tom s. Zeit lieber bei Black Jack, dem Wildhüter, oder mit entgegenkommenden Mädchen verbringt. Blifil, der schon lange auf die Gelegenheit gewartet hat, u. die beiden Erzieher schwärzen Tom Jones an, so daß er verstoßen wird. Blifil sieht in ihm nicht nur den mögl. Erben Allworthys, sondern auch den Rivalen um die Gunst Sophias, Tochter des benachbarten Squire Western, der, trinkfest, schnell aufbrausend, rauhbeinig, der Fuchsjagd zugetan, wiederum als Gegensatzcharakter angelegt ist. Western versucht, s. Tochter zur Ehe mit Blifil zu zwingen, doch Sophia flieht mit ihrer Magd Honour nach London, um bei ihrer Tante Schutz zu finden. Bücher 7 – 12 erzählen von Flucht u. Verfolgung, von Toms Abenteuern unterwegs, bis unter mannigfachen Schwierigkeiten London erreicht wird. Nach dieser Schilderung e. Gesellschaft ohne bindende moral. Leitlinien führt F. im letzten Teil s. Romans in die gesellschaftl. Kreise der Hauptstadt ein. Erneute Mißverständnisse u. Intrigen stehen dem Glück Toms u. s. Liebe zu Sophia entgegen. Wegen e. Duells landet er im Gefängnis; mit Hilfe gekaufter Zeugen will man ihn an den Galgen bringen. Da wird offenkundig, daß Allworthys Schwester Bridget s. leibl. Mutter ist. Nun hat auch Squire Western nichts mehr gegen die Heirat s. Tochter mit Tom Jones einzuwenden. S. Unschuld am Tod s. Duellgegners Fitzpatrick stellt sich heraus. Allworthy erkennt, daß er sich täuschen ließ u. bittet, ihm s. bisheriges Verhalten nicht nachzutragen. Alles löst sich zum guten Ende auf, Tom u. Sophia leben glückl. auf Allworthys Besitzung. Nur der nachtragende Blifil kann s. Niederlage nicht hinnehmen. Er wird des Hauses verwiesen, erhält aber e. jährl. Rente ausgesetzt. Aufbau, Aussage u. Gestalten des Romans verraten den versierten Bühnenautor. Nach theaterwirksamer Komödiendramaturgie werden die Handelnden miteinander in Verbindung gebracht, getrennt u. wieder zusammengeführt. Am Ende, nach vielen Irrungen u. Verwirrungen, findet jeder s. echte Bestimmung. Der Erzähler in s. allwissenden Haltung lenkt das Geschehen, steuert den Zeitablauf, kommentiert Ereignisse wie Erzähltechnik (→ auktorialer Erzähler). Die Welt ist s. Bühne, auf der er die Gesellschaft agieren läßt. Themat. ist *T.J.* bewußt in die optimist. Geisteshaltung des 18. Jh. eingebunden. In der Gegenüberstellung von Tom u. Blifil will F. darlegen, daß der Mensch von Natur aus zwar zum Leichtsinn, zur Leichtfertigkeit, Vergnügung u. Bequemlichkeit neigt, im Grunde jedoch gut ist, es schließl. aber ihm überlassen bleiben müsse, s. Weg zu finden, auch unter moral. Voraussetzungen. Tom stolpert von e. Dummheit in die andere, doch am Ende erreicht u. erkennt er wahre Rechtschaffenheit. Blifils Verhalten ist dagegen stets u. von Anfang an gesellschaftskonform. Doch er verrät sich als Heuchler u. Schurke, der es mit allen Mitteln auf das Erbe s. Onkels abgesehen hat. S. in vermeintl. Klugheit u. Schläue inszeniertes Ränkespiel wendet sich in letzter Konsequenz gegen ihn. F.s Welt ist sicher e. moral., doch in keiner Weise e. puritan. Die sentimentale Sittenstrenge von Richardsons → *Pamela* bleibt ihm fremd. Die großen Romane F.s sind vom Leitgedanken des ›common sense‹ bestimmt, auch der *T. J.* Die erstrebte realist. Darstellung der Vorgänge wird durch die gewählte Erzählhaltung u. die Nähe zur Komödienstruktur freilich gemindert. Neben dem Titelhelden hinterlassen die übrigen Figuren der Handlung e. stark typenhaften Eindruck, relativ einseitig motiviert, in ihrer Anlage zu exemplar., um im Detail zu überzeugen. Wie schon mit → *Joseph Andrews* ist F.s erzähler. Intention die e. → comic epic-poem in prose, e. ungeschminkten u. humorvollen Schilderung der »plain and simple workings of human nature«. Am Anfang e. neuen Erzählform setzte F. gültige Maßstäbe nicht nur für den engl. Roman, sondern übergreifend für die weitere Entwicklung der Gattung, wenn auch s. große künstler. Leistung u. die tiefe Humanität s. *T.J.* im Urteil der Kritik verhältnismäßig spät volle Anerkennung fanden. *hd*

Hg. W. E. Henley et al., XVI 1903, 3–5 (Drury Lane Edition); n. B. Blackwell, X 1926, 3–6 (Shakespeare Head Edition); n. R. H. Singleton, 1963. – R. S. Crane, The Concept of Plot and the Plot of ›T.J.‹ (Critics and Criticism, 1952, 616–47). F. Stanzel, D. typ. Erzählsituationen i. Roman. Dargestellt an ›T.J.‹, ›Moby Dick‹, ›The Ambassadors‹, ›Ulysses‹ u. a., 1955. M. Johnson, F's Art of Fiction, 1961. J. Ehrenpreis, F. ›T. J.‹, 1964. E. N. Hutchens, Irony in ›T.J.‹, 1965. ›T.J.‹, hg. N. Compton, 1970 (Casebook).

Tomlinson, Charles, 8. 1. 1927 Stoke-on-Trent; Stud. Anglistik Cambridge, Lehrer in London, Privatsekretär in Italien, Engl.-Dozent Univ. Bristol, mehrere Aufenthalte in den USA, Maler u. Dichter. Stilist. wie intellektuell e. der begabtesten neueren engl. Lyriker. Entschiedener Bewahrer des symbolist. Erbes in der engl. Lit. der Gegenwart. Exquisit ausgeführte Ged. mit mikroskop. klarer, frischer Detailbeobachtung, hervorgehend aus Liebe u. Verehrung für die Schöpfung. Im ›moral. Zentrum‹ s. Schaffens steht der Wechselbezug zwischen Individuum u. Welt u. die Transzendierung des Selbst, die Aufhebung der Grenze zwischen Subjekt u. Objekt. T.s Ged. sind oft didakt. konstruiert als Muster zur Nachahmung oder Beispiele zur Untermauerung s. Dichtungstheorie. Vom frz. Symbolismus, M. Moore u. W. Stevens beeinflußt: *Relations and Contraries,* 1951; *The Necklace,* 1955; *Seeing Is Believing,* 1958; *A Peopled Landscape,* 1963; *American Scenes,* 1966; *The Matachines,* 1968; *The Way of a World,* 1969; *Written on Water,*

1972; *The Way In*, 1974; *The Shaft*, 1978. *ks*

Selected Poems 1951 – 1974, 1978.

Tono-Bungay, sozialkrit. Roman von H. G. → Wells.

Tonson, Jacob, ca. 1656 London – 2. 4. 1736 Ledbury/Herefordshire; führender Verleger s. Zeit. Publizierte u. a. → Drydens *Troilus und Cressida*, → Popes *Pastorals* u. → Rowes Shakespeare-Ausgabe, außerdem die moral. Wochenschr. → ›Tatler‹, → ›Spectator‹ u. ›Guardian‹. Mit vielen s. Autoren verband T. e. über das Geschäftl. hinausgehende private Freundschaft. *hd*

Touchstone, der s. Kunst virtuos beherrschende Clown in Shakespeares → happy comedy *As You Like It*, dessen scharfsinnig enthüllende Kommentare u. derb sinnl. Haltung ihn immer wieder zum ›Prüfstein‹ e. idealist. Liebesschwärmerei machen. *ks*

Towneley Plays → Mystery Play.

Toynbee, Theodore Philip, 25. 6. 1916 Oxford; Sohn des Historikers Arnold J. T., Rugby School, Stud. Oxford; 1935 – 39 aktives Mitglied der KP, dann Antikommunist; Kriegsdienst 1940 – 45, Redakteur, seit 1950 beim ›Observer‹. T.s frühe Romane (*The Savage Days*, 1937; *A School in Private*, 1941; *The Barricades*, 1943) bieten scharfe, iron., intellektuelle Skizzen des mod. Lebens. Der Bewußtseinsroman *Tea with Mrs. Goodman* (1947) ist der 1. e. Serie intellektueller, experimenteller Romane, zu denen insb. die originellen, ehrgeizigen, komplexen halb autobiograph. Bde. des »Pantaloon«-Zyklus gehören: *Pantaloon; or, The Valediction* (1961), *Two Brothers* (1964), *A Learned City* (1966), *Views from a Lake* (1968). Der fiktive Erzähler Dick Abberville berichtet mit dem Medium vielfältiger Versformen aus dem Blickwinkel des Endes unseres Jh. über die Zeit 1914 – 50. In *Towards the Holy Spirit* (1973) stellt T. s. auf Erfahrungen von Dichtern, Mystikern u. Liebenden basierende private Theol. dar. *ks*

Tractarian Movement → Oxford Movement.

Tragedies. Ungleiche Vorläufer der großen Trag. Shakespeares sind s. oberflächl., unreifes Schauer- u. Greuelstück *Titus Andronicus* (1590 – 94) mit monströsen Schurken, abgehackten Gliedmaßen u. Köpfen, der Schändung u. Schlachtung von Menschen u. e. kannibal. Gastmahl sowie das poet. u. dramat. Meisterwerk → *Romeo and Juliet*. Die große Zeit von Sh.s Tragödienkunst beginnt u. endet mit den → Roman plays *Julius Caesar* einerseits u. *Antony and Cleopatra* sowie *Coriolanus* andererseits. Die zwischen 1601 u. 1606 im gleichen Zeitraum wie die → problem plays entstandenen großen Trag. sind → *Hamlet*, → *Othello*, → *King Lear* u. → *Macbeth*. Das am wenigsten durchgestaltete Drama Sh.s ist *Timon of Athens* (1605 – 07/08), die Trag. e. Menschen, der nicht das rechte Maß wahren kann – weder in Timons hemmungsloser Großzügigkeit gegenüber falschen Freunden zur Zeit s. Reichtums noch in den exzessiv misanthrop., unbeherrscht haßerfüllten Anklagen u. Verwünschungen e. verfaulten, korrupten Welt zur Zeit s. einsamen Waldlebens. Die Helden der 4 großen Trag. haben höchste Fähigkeiten, sind potentiell edle Gestalten, verursachen aber durch e. Charakterschwäche oder Fehlentscheidung selbst ihren trag. Untergang. Die unversöhnl. Zwiespältigkeit u. Grausamkeit der Ereignisse wird unerbittl. ausgeführt u. nicht durch poet. Gerechtigkeit gemildert; indessen beweisen die Helden noch in Schuld u. Untergang ihre Größe, u. Sh. sieht die Trag. des Individuums nur als vorläufige Störung e. grundsätzl. allumfassenden Ordnung des Kosmos. *ks*

A. C. Bradley, Sh.ean Tragedy, 1904. L. B. Campbell, Sh's Tragic Heroes, 1930. G. W. Knight, The Imperial Theme, 1931; n. 1951. E. E. Stoll, Art and Artifice in Sh., 1933. W. Farnham, Sh's Tragic Frontier: The World of His Final T., 1936. L. L. Schücking, Sh. u. d. Tragödienstil s. Zeit, 1947. H. B. Charlton, Sh.ian Tragedy, 1948. G. B. Harrison, Sh's T., 1951. B. Stirling, Unity in Sh.ian Tragedy, 1956. H. S. Wilson, On the Design of Sh.ean Tragedy, 1957. W. Rosen, Sh. and the Craft of Tragedy, 1959. J. Lawlor, The Tragic Sense in Sh., 1960. I. Ribner, Patterns in Sh.ean Tragedy, 1960. J. Holloway, The Story of the Night: Studies in Sh's Major T., 1961. K. Muir, Sh. The Great T., 1961. Sh. The T., hg. A Harbage, 1964. T. Hawkes. Sh. and the Reason: A Study of the T. and the Problem Plays, 1964. J. Kott, Sh. heute, 1964. Sh. The T., hg. C. Leech, 1965. M. N. Proser, The Heroic Image in 5 Sh.ean T., 1965. V. K. Whitaker, The Mirror up to Nature: The Technique of Sh's T., 1965. N. Frye, Fools of Time: Studies in Sh.ian Tragedy, 1967. G. Brereton, Principles of Tragedy, 1968. N. Brooke, Sh's Early T., 1968. R. B. Heilman, Tragedy and Melodrama, 1968. J. Stampfer, The Tragic Engagement: A Study of Sh's Classical T., 1968. R. W. Battenhouse, Sh.ean Tragedy: Its Art and its Christian Premises, 1969. I. Morris, Sh's God: The Role of Religion in the T., 1972. R. Nevo, Tragic Form in Sh., 1972. M. Mach, Jr., Killing the King: 3 Studies in Sh's Tragic Structure, 1973. B. McElroy, Sh's Mature T., 1973. J. L. Barroll, Artificial Persons: The Formation of Character in the T. of Sh., 1974. L. Danson, Tragic Alphabet: Sh's Drama of Language, 1974. M. Doran, Sh's Dramatic Language, 1976.

The Tragic Comedians, Roman von G. → Meredith.

Traherne, Thomas, 1637 (?) Hereford – 27.9.1674 Teddington; wurde nach theol. Stud. (ab 1653) in Oxford 1660 zum Priester geweiht. Zentraler Punkt s. rel. Ansichten war die Forderung, der Gläubige müsse zum Kind ›zurückkehren‹, um gänzl. unbefangen an Gott glauben zu können. Neben e. theol. Untersuchung *Christian Ethicks* (1675) sind bes. *A serious and patheticall Contemplation of the Mercies of God* (hg. G. Hickes, 1699) u. *Centuries* zu erwähnen. Beide Werke zeigen deutl. die theol. Bezugspunkte: die Bibel u. der Platonismus der Renaissance. Daneben wird die poet. Verwandtschaft zu → Herbert u. → Vaughan deutl. Das Buch *Centuries,* fälschlicherweise oft *Centuries of Meditations* genannt, enthält hundert in rhythm. Prosa verfaßte Abschnitte, unter denen sich auch einige Ged. befinden. Im Vergleich zu den Prosa-Stücken werden die Schwächen s. Dichtungen deutl. Im Gegensatz zu s. Zeitgenossen (→ Metaphysical Poetry) zieht T. schlichte Sprache u. Einfachheit der Bilder vor. *ra*

Centuries, Poems, and Thanksgivings, hg. H. M. Margoliouth, II 1958. A. L. Clements, The Mystical Poetry of T., 1969. S. N. Stewart, The Expanded Voice: The Art of T., 1970. A. J. Sherrington, Mystical Symbolism in the Poetry of T., 1970. R. D. Jordan, The Temple of Eternity, 1972. G. R. Guffey, A Concordance to the Poetry of Th. T., 1974

Translators Association (gegr. 1958) → Incorporated Society of Authors.

The Traveller; or, a Prospect of Society, Ged. von O. → Goldsmith.

Travesties, Drama von T. → Stoppard.

Treasure Island, Abenteuerroman von R. L. → Stevenson.

A Treatise of Human Nature → Hume, D.

Trevor, William (eig. W.T. Cox), 24. 5. 1928 Cork (Irland); Stud. Trinity College, Dublin; Geschichtslehrer, Kunstlehrer, Bildhauer, Werbetexter. Im Zentrum s. farcenhaft kom., makaberen u. erschütternden Romane u. Kurzgesch. steht die Analyse von Charakteren u. deren Beziehungen, die Enthüllung der klägl. Brüchigkeit etablierter Respektabilität, meist dargestellt anhand von Gruppen exzentr. alter Menschen wie den ›old boys‹ e. Public School, den Bewohnern e. Altersheims oder den Gästen e. Hotels. *The Old Boys* (1964, Drama 1972), verbindet Situationen klägl. seniler Entwürdigung mit dem glatten Stil amtl. Verlautbarungen: alles, auch das Sterben, muß mit Stil absolviert werden. In *Mrs. Eckdorf in O'Neill's Hotel* (1969) u. *Miss Gomez and the Brethren* (1971) fungiert jeweils e. Außenseiter als Katalysator, der e. enge Gemeinschaft mit ihren etablierten u. akzeptierten Phantasien u. Lügen zerbrechen läßt. *Elizabeth Alone* (1973) stellt die Lebenserfahrung u. Träume von 4 Patienten e. Krankenstation dar. Desillusion ist auch die Grundstimmung der Kurzgesch. in *Angels at the Ritz* (1975) u. *Lovers of Their Time* (1978). *The Children of Dynmouth* (1976) schildert die bösen Intrigen e. jugendl. Jago, welcher das Produkt der oberflächl. idyll., aber lieblosen u. materialist. mod. Familie ist. *ks*

Tristram Shandy, The Life and Opinions of, Roman von L. → Sterne; entstanden 1759–60; EA Buch I, II 1760, III, IV 1761, V, VI 1761–62, VII, VIII 1765, IX 1767. Von den im Untertitel angekündigten autobiogr. Einzelheiten aus dem Leben des Titelhelden u. Ich-Erzählers ist wenig zu erfahren. Im 1. Buch wird Tristram gezeugt, im 5. durch e. herabfallendes Fenster unfreiwillig beschnitten, im 6. Buch schließl. erhält er s. erstes Paar Hosen. Ledigl. das 7. Buch ist ganz ihm gewidmet u. berichtet im Zeitsprung von s. Bildungsreise in Frankreich. Dagegen tritt e. bunte Reihe humorvoll-exzentr. Gestalten auf: Walter Shandy of Shandy Hall, Tristrams Vater, e. paradoxer Geist; »my uncle Toby«, Bruder des Vaters, dessen Steckenpferd (›hobby horse‹) es ist, Angriffsmöglichkeiten auf befestigte Städte am Modell durchzuspielen, e. liebenswerter Mensch; Corporal Tim, Bediensteter des Onkels, der s. Herrn Interessen teilt; der Geistliche Yorick, Dr. Slop, Mrs. Shandy u. die Witwe Wadman als Nebenfiguren. *T.S.* bringt wenig Handlung, ist vornehml. die Eigendarstellung s. Vf., Ausdruck s. skurrilen Einbildungskraft. Tristram versucht, objektiv zu berichten, gerät aber mehr u. mehr in Abschweifungen. Sterne will den Eindruck vermitteln, daß e. chronolog. schlüssige, mit Anfang u. Ende in sich geschlossene biogr. Erzählung aller Bewußtseinserfahrung widerspricht, wonach es e. zeitl. genau definierbaren Rahmen schwerl.

gibt u. e. mögl. geordnete Aufeinanderfolge immer wieder unterbrochen wird. Die Gesch. s. Geburt mit allen Hindernissen gibt zu zahlreichen Exkursen (›digression‹) Anlaß, die teils mit der Geburt in direktem Zusammenhang stehen, teils nur hereinspielen. Die Welt des ›Shandyism‹ ist voll von Mißverständnissen, Mißgeschick, Steckenpferdreiterei, hinter der sich die Charaktere verbergen, isoliert, doch in ihrer eigenen Art souverän; im Grunde e. Welt der Zufriedenheit, Harmonie u. inneren Ausgeglichenheit im Bewußtsein der selbst gewählten Designation (> Shandean). Auch der auktoriale Erzähler ist einzubeziehen. S. Steckenpferd ist es, alle herkömml. Erzähltechniken u. Stilmittel umzukehren, mit dem Leser e. heiteres Verwirrspiel zu treiben. Dieses mod. Spiel manifestiert sich v. a. in der konsequenten Nichtachtung jedweder Zeitgebundenheit. Die Chronologie wird ständig durchbrochen u. ins Gegenteil verkehrt. So ist das Vorwort erst im 3. Buch zu finden, Episoden werden in den scheinbaren Erzählfluß eingeschoben. Die Handlung beginnt 1718 u. endet 1713, dazwischen wird Zeit gerafft u. gedehnt, psychologisiert. Digressionen greifen bis 1699 zurück, dem Jahr von Tante Dinahs Fehltritt mit dem Kutscher, im ständigen Wechsel der Daten bis einschließl. der Zeit der Niederschrift des Romans 1759–66. Eigenständige Erzählungen erstrecken sich über viele Seiten, z. B. die Gesch. des Mannes mit der übergroßen Nase oder die Abhandlung ›De Nasis‹ des Slawkenbergius mit seitenlangen lat. Zitaten u. engl. Parallelversion. Themen werden angekündigt, gelangen jedoch nie zur Durchführung. S.s Spiel mit dem Leser zeigt sich auch in der typograph. Anlage: e. Kapitel besteht z. B. nur aus e. schwarzen Quadrat, andere aus nur einem Satz. Die Sprache des Romans ist gleichfalls e. ständigem Wechsel unterworfen, von der des Alltags zur poet. oder zur wissenschaftl. Ausdrucksweise. Vieldeutigkeit dient der Verschlüsselung, bes. sexueller Anspielungen. Sternes Erzählweise erinnert an den pikaresken Roman (→ picaresque novel). Nahezu jede eingeschobene Episode bewirkt neue Assoziationen; der Roman ist im Grunde e. Reihung solcher Abschweifungen, das Maß der Zeit wird relativiert. Bei s. Versuch, objektiv zu schildern, erwächst T. die Erfahrung, daß e. solche Objektivität nicht mögl. ist, da jeder zwangsläufig in die eigene Subjektivität eingebunden ist. So wie es zur Relativierung des Zeitbegriffs kommt, so ist alles Erleben relativ, im Bewußtsein des Menschen eigengesetzl. gesteuert. S.s Erzähltechnik wurde mit J. → Lockes Assoziationstheorie oder s. Begriff des »train of ideas« in Vergleich gebracht, was zwar für die Charaktere, weniger aber für den Erzählablauf gelten kann. Nach Erscheinen der beiden ersten Bücher des *T.S.* feierte man S. als Initiator e. neuen Erzählform. Das 19. Jh. brachte für s. Wiedergabe von Bewußtseinsvorgängen u. damit die Einheitlichkeit des Erzählvorgangs zerstörende, episodenbetonte Romanstruktur wenig Verständnis auf. Die Lit.krit. des 20. Jh. sieht das Werk als e. in s. Art frühen Einstieg in die später von → Joyce u. → Woolf konsequent durchgeführte Darstellung des → stream-of-consciousness. *hd*

Hg. G. Saintsbury, 1912 (Everyman's Library); n. 1926 (Shakespeare Head Edition of the Writings of L.S.); n. 1951 (World's Classics); n. J. Watt, 1965 (Riverside Edition); n. M. and J. New, 1978 (Florida Edition). – J. Traugott, T.S's World. S's Philosophical Rhetoric, 1954. V. Sander, Handlungsstränge u. Handlungsgefüge in L.S.s ›T.S.‹ E. Unters. über additive Verknüpfungsform, 1957. H. Fluchère, L. S., de l'homme à l'oeuvre – Biographie critique et essai d'interprétation de ›T.S.‹, 1961. P. Michelsen, L.S. u. d. dt. Roman d. 18. Jh., 1962. D. Rolle, Fielding u. S. Unters. über d. Funktion d. Erzählers, 1963. R. Warning, Illusion u. Wirklichkeit in ›T.S.‹ u. ›Jaques le Fataliste‹, 1965. O. P. James, The Relation of ›T. S.‹ to the Life of L.S., 1966. K. H. Loeschen, L.S. ›T.S.‹, Landpfarrer u. Gentleman. Sozialeth. Beitr. zu e. Original, 1977. J. E. Swearingen, Reflexity in ›T.S.‹, 1977. P. Conrad, Shandyism. The Character of Romantic Irony, 1978.

Troilus and Cressida, frühestes der → problem plays von Shakespeare.

Troilus and Criseyde, Versromanze von G. → Chaucer.

Trollope, Anthony, 24. 4. 1815 London – 6. 12. 1882 Harting/Sussex. Erzogen in Harrow u. Winchester. T.s Vater war Anwalt, ruinierte sich durch Fehlspekulationen, s. Mutter Frances T. (1780 – 1863) e. sehr produktive Romanautorin. Vom Erlös ihrer schriftsteller. Arbeit lebte die Familie nach der Flucht vor den Gläubigern in Belgien. Rückkehr nach dem Tod des Vaters. 1834 – 66 war T. Postbeamter, teils in Irland. 1844 Heirat mit Rose Heseltine. Zur Aufbesserung s. Einkommens begann er, Romane zu schreiben. *The Macdermots of Ballycloran* (1847) war e. Fehlschlag, *The Kellys and the O'Kellys* (1848) zeigte Fortschritte; breite Zustimmung fand *The Warden* (1855), 1. der ›Chronicles of Barset‹. Von nun an wachsender Erfolg u. allg. Anerkennung. Die sich anschließende Romanserie (→ *Barchester Towers* 1857; *Doctor Thorne,* 1858; *Framley Parsonage,* 1861; *The Small House at Allington,* 1864; *The Last Chronicle of Barset,* 1867) schildert in humorvoll-iron. Weise das wenig ereignisreiche Leben anglikan. Geistlichkeit in e. südengl. Kleinstadt. Trotz starker berufl. Beanspruchung verfaßte T. nahezu 50 Romane, teils polit. Inhalts wie *Phineas Finn, the Irish Member* (1869), e. Reihe von Essays u. Kurzgesch., e. Gesamtwerk, das ihm e. großes Vermögen einbrachte. In s. posthum veröffentlichten Autobiographie (1883) gibt er zu, s. Romane v. a. des Geldes wegen geschrieben zu haben, u. macht s. Ansicht deutl., daß Fleiß für e. Schriftsteller wichtiger sei als Inspiration, e. Auffassung, die den oft mechan. Schematismus s. Werke, das Fehlen poet. Qualitäten erklärt. Andererseits gibt T. zu, in s. schriftsteller. Tätigkeit auch persönl. Befriedigung gefunden zu haben. Geriet nach s. Tod in Vergessenheit. In den 30er Jahren des 20. Jh. u. bes. während des 2. Weltkriegs erwuchs e. neues Interesse an s. Barchester-Romanen; auch heute wieder verstärkt Gegenstand lit.krit. Studien. Vordergründig ist T. e. typ. Vertreter des Viktorianismus, Chronist e. in sich gefestigten Gesellschaft, artikuliert jedoch mit Hilfe s. scharfen Beobachtungsgabe e. gewisses Unbehagen an der etablierten Wertordnung der Viktorianer, nicht nur in s. Spätwerk, auch in den scheinbar so angenehm ereignislosen Erzählungen aus dem Städtchen Barchester. *hd*

Barsetshire Novels, hg. F. Harrison, VIII 1923. Barchester Novels, hg. M. Sadleir, XIV 1929 (Shakespeare Head Edition), Oxford Illustrated T., hg. M. Sadleir u. F. Page, XV 1948 – 54 (nicht abgeschlossen). – Letters, hg. B. A. Booth, 1951. – M. L. Irwin, Bibl., 1926. M. Sadleir, Bibl., 1928. – The Trollopian, 1945 ff (weiter als Nineteenth Cent. Fiction). – T. H. S. Escott, A.T. His Work, Associates, and Lit. Originals, 1913. M. Sadleir, T. A Commentary, 1927. H. Walpole, T., 1928. E. Bowen, A.T. A New Judgement, 1945. A. O. J. Cockshut, A.T. A Crit. Study, 1955. B. A. Booth, A.T. Aspects of His Life and Art, 1958. H. S. Davies, T., 1960. R. J. Polhemus, The Changing World of A.T., 1968. A. Pollard, T's Political Novels, 1968. A.T. (The Critical Heritage); hg. D. A. Smalley, 1969. A. Pollard, T., 1970. J. Pope-Hennessy, A.T., 1971. D. Skilton, T. and His Contemporaries, 1972. J. and W. Gerould, A Guide to T., 1975. J. Halperin, T. and Politics, 1977. P. D. Edwards, A.T. His Art and Scope, 1978. R. Tracy, T's Later Novels, 1978. – J. Johnston, The Life, Manners and Travels of Fanny T., 1979.

Trollope, Frances → Trollope, A.

The True-born Englishman → Defoe, D.

The Trumpet-Major, Roman von Th. → Hardy.

Trunnion, Hawser, Commodore → *Peregrine Pickle* (T. Smollett).

Tulliver, Maggie, Hauptfigur in dem Roman *The Mill on the Floss* von G. → Eliot.

Tumbling Verse → Skelton, J.

The Twa Dogs, Ged. von R. → Burns.

Twelfth Night; or, What You Will, letzte der → happy comedies von Shakespeare.

The Two Cultures → Snow, C. P. (Rede Lecture, Cambridge, 1959).

The Two Gentlemen of Verona, e. der früheren → happy comedies von Shakespeare.

The Two Noble Kinsmen, von → Shakespeare u. → Fletcher gemeinsam verfaßte → romance.

2001: A Space Odyssey, SF-Roman von A. C. → Clarke.

Tyndale, William → Authorized Version.

Udall, N. → *Ralph Roister Doister.*

Ulysses, Roman von J. → Joyce, entstanden 1914 – 21, EA 1922 Paris, da in England u. jahrelang auch in den USA von der Zensur wegen Darstellung von Sexualität in Vulgärsprache verboten; 1933 freigegeben. Das Werk hat mit s. Komplexität u. s. Beziehungsreichtum, s. Differenziertheit der Erzähltechniken, der Motiv- u. Symbolfülle e. einzigartige Stellung in der Weltlit. Vordergründig realist. ist *U.* die Chronik von 24 Stunden am 16./17. Juni 1904 im Leben des ir. Juden Leopold Bloom, e. mod. Jedermann, s. Telemachus, Stephen Dedalus, sowie Blooms Ehefrau Marion (»Molly«). Das triviale Gegenwartsgeschehen wird durchsichtig auf Verbindungen zu Mythos u. Gesch., die es ständig relativieren u. parodieren. Der Inseratenagent Leopold Bloom ist e. mod. Odysseus, der junge Stephen Dedalus steht für den homer. Telemachus, Blooms Gattin Molly für Penelope. Jedes der 18 Kapitel entspricht in bezug auf äußere Einteilung u. Gerüst e. Gesang der *Odyssee,* die Episoden sind jedoch angefüllt mit e. Chronik alltägl. Einzelheiten. Zugleich läßt sich zeigen, daß jedes Kap. e. Organ des menschl.

Körpers entspricht. E. Pound legte dar, daß der Aufbau Parallelen zur Sonatenform aufweist. E. weiteren Einfluß auf die Struktur stellt die zur Travestie verformte kath. Theol. dar. Körperl. u. seelisch-geistige Vorgänge werden mit minutiöser Genauigkeit u. in e. Vielfalt wechselnder Erzählperspektiven wiedergegeben. Insb. ist die Verwendung des → stream-of-consciousness von bes. Bedeutung, der in assoziativer Reihung u. ohne syntakt. log. u. eth. Filterung die Erinnerungen, Gefühle u. Träume der Gestalten bis in die Zonen des Vor- u. Unterbewußten reproduziert, kühne temporale u. lokale Sprünge zuläßt (am konsequentesten: bei Mollys Gedanken im Schlußkapitel). Das Werk ist zugleich Epos, Chronik, Drama, Reportage, Essay u. Entwicklungsroman, e. großartige sprachschöpfer. Leistung, die vielfältige Sprachelemente enthält: Wortspiele, Jargon, Rotwelsch, Cockney, Juristensprache, Sprache des Heldenepos, der Totenklage, der Kirche, AE. u. Shakespearesprache. Die Hauptfigur gewinnt über ihre Individualität hinaus allg.-menschl. Relevanz: sie zeigt die immerwährende Odyssee des Menschen durch Prüfungen u. Verlockungen bis hinab ins Schattenreich. *ks*

E. R. Curtius, J.J. u. s. ›U.‹, 1929. S. Gilbert, J.J's ›U.‹. A Study, 1930, ^{2}1952. F. Budgen, J.J. and the Making of ›U.‹, 1934, n. 1960. J. Baake, D. Riesenscherzbuch ›U.‹, 1937. M. L. Hanley, Word Index to J.J's ›U.‹, 1953. R. M. Kain, Fabulous Voyager: J.J's ›U.‹, 1957. R. M. Adams, Surface and Symbol: The Consistency of J.J's ›U.‹, 1962. H. Blamires, The Bloomsday Book. A Guide Through J's ›U.‹, 1966. G. Hart, J.J's ›U.‹, 1968. W. Thornton, Allusions in ›U.‹. An Annotated List, 1968. E. Kreutzer, Spr. u. Spiel in ›U.‹ von J.J., 1969. U. Schneider, D. Funktion d. Zitate in ›U.‹ von J.J., 1970. E. R. Steinberg, The Stream of Consciousness and Beyond in ›U.‹, 1972. E. Lobsien, Der Alltag des ›U.‹: Die Vermittlung ästhet. u. lebensweltl. Erfahrung, 1978.

Under Milk Wood, Hörspiel von D. → Thomas.

Under the Net, Roman von I. → Murdoch.

Under the Volcano, Roman von M. → Lowry.

Understatement, Untertreibung; im lit. Bereich Herunterspielen des starken Ausdrucks, Form der Ironie, Unterdrükkung des Pathos, bes. im mod. Theater.

The Unfortunate Traveller, or the Life of Jack Wilton, kurzer Roman von Th. → Nash, EA 1594; 1. u. bis → Defoe bedeutendster → pikaresker Roman in engl. Sprache. Der Ich-Erzähler Jack Wilton tritt dem Leser zunächst als großsprecher. Erzähler zweier selbsteingefädelter handfester Schelmenstreiche entgegen, dann als eher passiver, in ganz Europa umhergetriebener Augenzeuge u. Chronist hist. Ereignisse, die als kurz aufeinanderfolgend präsentiert werden, in Wirklichkeit aber mehr als 20 Jahre auseinanderlagen: u. a. die Belagerung von Térouanne u. Tournay durch Henry VIII (1513), der Anabaptistenaufstand in Münster (1535), Disputationen in Wittenberg, das Feldlager von Henry VIII in Frankreich (1520). Wilton begegnet den Berühmtheiten der Zeit: Sir Th. → More, Erasmus, Luther, Karlstadt, Cornelius Agrippa, Pietro Aretino u. dem Earl of → Surrey, aber auch Kurtisanen, finsteren Juden u. bestial. italien. Räubern u. Mördern. N.s. scharfzüngige Satire richtet sich insb. gegen die Puritaner, s. höchstes Lob gilt dem ritterl. Earl of Surrey. Der Roman ist durchdrungen von wilder, burlesker Satire, witzigen Wortspielen u. e. rückhaltlosen Realismus, der auch schlimmste Perversionen, Grausamkeiten, Seuchen u. Hinrichtungen minuziös ausmalt. Die Beitr. des *U.T.* zur Kunst des Romans bestehen v. a. in der Konsequenz der Erzählhaltung u. dem Realismus der Darstellungsweise. *ks*

Th. Nash, ›T.U.T.‹ and other Works, hg. J. B. Steane, 1972. – F. Liedstrand, Metapher u. Vergleich in ›T.U.T.‹ von Th. Nash, 1929. F. Stamm, D. ›U.T.‹ d. Th. Nash, 1930. F. K. Stanzel, Nash, ›T.U.T.‹ (D. engl. Roman, Bd. 1, 1969, 54–84). K. Klein, Vorformen d. Romans i. d. engl. Erzählprosa d. 16. Jh., 1970.

University Play → School Plays.

University Wits; Gruppe elisab. Dramatiker u. Pamphletisten, deren wichtigste Vertreter, Greene, Lyly, Lodge, Nash, Peele u. Marlowe waren. Die U. W. popularisierten ihre in Oxford bzw. Cambridge erworbene Gelehrsamkeit, verbanden klass. Einflüsse mit populären Traditionen wie ›interlude‹ u. ›chronicle play‹ u. schufen e. große Zahl Dramen von hohem Rang u. breiter Vielfalt. Sie waren die frühesten engl. Schriftsteller, die mit der Feder ihren Lebensunterhalt verdienten. *ks*

F. S. Boas, Shakespeare and His Predecessors, 1896. C. W. Wallace, The Evolution of the Engl. Drama up to Shakespeare, 1912. F. E. Schelling, Elizabethan Playwrights, 1925. E. Eckhardt, D. engl. Drama i. Zeitalter d. Reformation u. d. Hochrenaissance, 1928. E. H. Miller, The Professional Writer in Elizabethan England, 1959.

Ustinov, Peter Alexander, 16.4.1921 London; russ. Vater, frz. Mutter; Dramatiker, bekannter Schauspieler u. Regisseur. 1968–74 Rektor Univ. Dundee; Autobiogr. *Dear Me*, 1977. U.s unterhaltsame, experimentierfreudige Bühnenstücke sind meist Kom. mit geistreich-witzigen, satir. Dialogen, märchenhaften u. oft wildwuchernd clownesken Zügen; zugleich aber Betrachtung der Probleme des mod. Lebens mit nachdenkl. Ernst u. nüchternem common sense. Im Mittelpunkt stehen häufig hintergründige, exzentr., spontane, kauzige Greise; Hauptthemen sind Generationskonflikt u. Flucht in Erinnerungen u. Illusionen. U.s großer Spürsinn für aktuelle Themen machte s. Stücke sehr erfolgreich, aber auch zeitbedingt und zeitbegrenzt, so *The Love of Four Colonels* (1951) um alliierte Berater im Nachkriegsdtl., *Romanoff and Juliet* (1957), e. Shakespeare-Adaption vor dem Hintergrund des Kalten Krieges, *Photo Finish* (1962), das e. alten Schriftsteller mit s. früheren Lebensstadien konfrontiert, u. *Halfway up the Tree* (1968), in dem e. alter General den Lebensstil der Hippies durch übertreibende Nachahmung ad absurdum führt. *ks*

N. B. Ustinov, Klop and the U. Family, 1973.

Utopia, 1515–16 von Thomas → More geschriebener Staatsroman (EA nlat. 1516, engl. 1551), e. in Gestalt e. Humanistengesprächs dargebotener fiktiver Reisebericht. *U.* ist e. höchst ernsthaftes Gedankenspiel, e. Arbeitshypothese mit zahlreichen Ungereimtheiten u. widersprüchl. Details, das der Autor für nicht zu verwirklichen, aber für denkbar hält. Der griech. Titel bedeutet ›Nirgends-‹ oder ›Kein-Land‹. Hauptthema des Werks ist die Suche nach der idealen Staatsform, zugleich werden v. a. die engl. Sozialverhältnisse u. der Verfall des Mönchtums angeprangert. M.s fiktiver Gesprächspartner ist der Seefahrer Hythlodus (= Possenmacher), der die Staatsformen Englands u. Frankreichs scharf kritisiert u. ihnen den Inselstaat U. gegenüberstellt. Dieser wurde gegr. von e. Kg. Utopus. Er ist e. durch u. durch von e. ungebrochenen Vertrauen auf die Macht der menschl. Vernunft durchgebildetes Gemeinwesen. Die Gesellsch. baut sich auf aus Großfamilien mit etwa 40 Mitgliedern, die zu Gruppen von je 30 Haushalten zusammengefaßt sind. Jeweils 10 Oberhäupter von solchen Gruppen bestimmen e. auf 1 Jahr amtierenden ›Tranibor‹, 200 ›Traniboren‹ wählen das Staatsoberhaupt auf Lebenszeit. Müßiggang ist verpönt. Die Arbeit von Männern u. Frauen hat große zivilisator. Leistungen hervorgebracht. Sie ist so intensiv, daß sie auf 6 Stunden pro Tag beschränkt werden kann, die übrige Zeit wird zur Fortbildung in öffentl. Vorlesungen verwendet. Männer u. Frauen tragen, kaum voneinander unterscheidbar, Uniformen. Da Landarbeit obligator. ist, stehen Stadt- u. Landbewohner in ständigem Austausch. Die Versorgung mit Gebrauchsgütern ist zentral gelenkt u. kostenlos. Das Alltagsleben wird von asket. strenger Disziplin bestimmt. Verbrechen werden mit Zwangsarbeit bestraft. More erfaßte scharfsinnig das Wechselspiel von Volkswirtschaft u. gesellschaftl. Zustand: da Privateigentum e. gerechte Güterverteilung verhindert, ist es in U. ebenso abgeschafft wie der Geldverkehr. Die Religion steht in hohem Ansehen, es herrscht aber rel. Toleranz, alle Utopier verehren e. unbenennbaren Gott unter dem Sammelnamen Mythras. Sie wollen lieber den schwersten Tod erleiden, um eher zu Gott zu kommen, als durch das glücklichste Leben von ihm ferngehalten zu werden. Zu den Ungereimtheiten des Buches gehört es, daß U. zwar im Innern keinen Geldverkehr kennt, aber e. potente Handelsmacht ist. Es gibt Sklaven, aber keine erbl. Sklaverei. Die Anweisungen zu der – notfalls mit Waffengewalt betriebenen – Bildung von Kolonien auf dem Festland sind zutiefst imperialist. geprägt. Das Werk eröffnete die vielschichtige utop. Lit. der Neuzeit u. gab ihr den Namen. *ks*

Hg. E. Surtz and R. S. Sylvester, Yale Edition, Bd. 2, 1964. – G. Dudock, M. and His ›U.‹, 1923. H. Brochhaus, D. ›U.‹ – Schr. d. M., 1929. W. E. Campbell, M's ›U.‹ and His Social Teaching, 1930. C. D. J. Brandt, M. and His ›U.‹, 1932. V. Dupont, L'utopie et le roman utopique dans la littérature anglaise, 1941. H. W. Donner, Introduction to ›U.‹, 1945. R. Ames, Citizen M. and His ›U.‹, 1949. J. H. Hexter, M's ›U.‹, 1952. G. Möbus, Macht u. Menschlichkeit i. d. ›U.‹, 1953. Ders., Politik d. Heiligen: Geist u. Gesetz d. ›U.‹, 1953. M's ›U.‹ and Its Critics, hg. L. Gallagher, 1964. J. B. Gleason, Sun-Worship in ›U.‹, 1965. H. Süssmuth, Studien zur ›U.‹ d. Th.M., 1967. 20th-cent. Interpretations of ›U.‹, 1968. R. S. Johnson, M's ›U.‹, Ideal and Illusion, 1969. A. L. Morton, The Engl. U., [2]1969. R. C. Elliot, The Shape of ›U.‹, 1970. R. Trousson, Voyages aux pays de nulle part, 1975.

Van der Falk, Hauptfigur in den Kriminalromanen von N. → Freeling.

Vanbrugh, Sir John, 24. 1. 1644 (getauft) London – 26. 3. 1726 ebda; Dramatiker u. Architekt, entstammte e. fläm. Familie, die vor span. Verfolgungen nach England geflüchtet war. 1683–85 Stud. Architektur, Paris, später Stud. Lit. Während e. Reihe s. Stücke auf frz. Vorbildern beruhte, schrieb er 2 in eigener Regie: *The Relapse, or Virtue in Danger* (1696), e. ernste Ehebruchsgesch., die in e. unterhaltsamen Teil eingebettet ist, u. *The → Provok'd Wife* (1697). Beide Stücke hatten großen Publikumserfolg. Sie gefielen durch ihre natürl. Sprache, die auf gesuchte u. geschliffene Dialoge verzichtete, wie durch die ernstzunehmende Behandlung des Themas. Es handelt sich bei V.s Stücken weniger um Typenkom. als um Darstellungen gesellschaftl. Verhaltensweisen s. Zeit. Das von V. hinterlassene Fragment *Journey to London* wurde von → Cibber zu dem Stück *The Provok'd Husband* (1728) umgeschrieben u. veröffentlicht. Neben der Lit. Tätigkeit als Architekt: Castle Howard (1699–1726 erbaut) u. Blenheim Palace sind Beispiele s. Schaffens. Erbaute auch das Queen's Theatre, Haymarket (1705), wo er zeitweilig als Direktor tätig war. S. vornehml. barocken Bauwerke zählen heute neben den Bauten Wrens zu den bedeutendsten ihrer Zeit. *ra*

Complete Works and Letters, hg. B. Dobrée and G. Webb, IV 1927–28 (Nonesuch Edition). – L. Whistler, Sir J.V. Architect and Dramatist, 1664–1726, 1938. H. T. E. Perry, The Comic Spirit in Rest. Drama, 1962. B. Harris, Sir J.V., 1967. P. Olleson. V. and Opera at the Queen's Theatre, Haymarket (TN, 26 1973, 94–101). A. R. Huseboe, Sir J.V., 1975.

Vanity Fair, Roman von W. M. → Thackeray, ED in monatl. Forts. Januar 1847 – Juli 1848, EA III 1848. Für s. Gesellschaftsroman, den ›Jahrmarkt der Eitelkeit‹, wählte Thackeray den Untertitel ›A Novel Without a Hero‹. Held ist die Gesellschaft selbst, deren Repräsentanten im ständigen Mit- u. Gegeneinander den Handlungsfaden spinnen. *V.F.* führt den Ansatz des *Book of Snobs* fort, der Arbeitstitel signalisiert die Absicht: ›Pen and Pencil Sketches of English Society‹. Vornehmtuerei u. Berechnung sind die Mittel, die Rebecca (Becky) Sharp, zentrale Figur des bunten Geschehens, mit Virtuosität einzusetzen versteht, um, armer und unbedeutender Abstammung, in e. Welt der Täuschung u. Selbstgefälligkeit die gesellschaftl. Leiter hinanzusteigen. Sie beginnt ihr Spiel mit Amelia Sedley, ihrer Schulfreundin, Tochter e. reichen Kaufmanns. Amelia ist die Verkörperung passiver Weiblichkeit, wogegen Becky, verwaiste Tochter e. unbedeutenden engl. Malers u. e. frz. Tänzerin, ehrgeizig u. skrupellos stets auf ihren Vorteil bedacht ist. Ihr Bemühen, Amelias Bruder Joseph, e. einfältigen, aber reichen Nabob zu heiraten, schlägt fehl. Als Sedleys Geschäft zu Bankrott geht, heiratet Amelias Verlobter George Osborne auf Drängen s. Freundes William Dobbin die nun Verarmte u. wird von s. Vater enterbt. Becky lebt mittlerweile als Gouvernante im Haus des ungebildeten u. geizigen Landjunkers Sir Pitt Crawley, den sie vergebl. für sich zu gewinnen sucht. Heiml. heiratet sie s. Sohn Rawdon, was sie andererseits nicht davon abhält, ihre gesellschaftl.

Ambitionen mit allen Mitteln weiter zu verfolgen. Als Protegé des ältl. u. lüsternen Aristokraten Lord Steyne gelingt ihr die Vorstellung bei Hofe. Wegen ihrer Liaison mit Steyne wird sie bald darauf von Rawdon verstoßen; ihr Glück wendet sich. Amelia wird von dem anfangs so sympath. Osborne enttäuscht, der sich nach der Heirat als selbstsüchtiger Mensch herausstellt u. s. Geld bis auf den letzten Penny verschwendet. Als Offizier fällt er in der Schlacht von Waterloo. Nur die finanzielle Unterstützung Dobbins, der sie immer noch liebt, garantiert Amelia e. bescheidenes Auskommen. Schließl. willigt Amelia in e. Eheschließung ein, als sie von Becky, mit der sie zufällig in e. dt. Badeort zusammentrifft, über den wahren Charakter ihres ersten Mannes aufgeklärt wurde. T.s Thema ist die materialist. eingestellte, dem Weltl. verfallene Gesellschaft. Das Großbürgertum ist vertreten durch die Osbornes u. Sedleys, der ›landed gentry‹ durch Vater u. Sohn Crawley, die Aristokratie durch Lord Steyne. Als ›Manager of the Performance‹ (Vorwort) hält T. die Fäden s. sich kontrastierenden Marionetten, s. Figurenspiels, in der Hand, steuert u. begleitet alles Geschehen als → auktorialer Erzähler. Mit Schärfe durchschaut er menschl. Eitelkeit u. demaskiert den für die engl. Gesellschaft des 18. Jh. – u. gerade auch s. Zeit – bezeichnenden Snobismus. Trotz aller krit. Schärfe wahrt T. iron. Distanz u. verliert selten den Blick für das Kom. e. Situation. S. satir. Gesellschaftspanorama legt menschl. Schwächen bloß, jedoch nicht ohne dafür Nachsicht u. Verständnis zu zeigen. *V.F.* gehört zu den großen Romanen der Weltlit., zeitgebunden im Rahmen der Darstellung, zeitlos in der Thematik. *hd*

Hg. J. W. Beach, 1950; n. L. Stevenson, 1963; n. G. and K. Tillotson, 1963. – E. Walter, Entstehungsgesch. von T.s ›V.F.‹, 1908. L. Stevenson, The Showman of ›V.F.‹ 1947. H. C. Martin, On Style in ›V.F.‹ (Style in Prose Fiction, 1959, 87–113). E. D. H. Johnson, ›V.F.‹ and ›Amelia‹: T. in the Perspective of the 18th Cent. (MP, 59 1961, 100–113). M. Taube, Contrast as a Principle of Structure in ›V.F.‹ (NCF 18 1963, 119–35). A. E. Dyson, ›V.F.‹ An Irony against Heroes (CritQ, 6 1964, 11–32). ›V.F.‹ hg. A. Pollard, 1978 (Casebook).

Vansittart, Peter, 1920 Bedford, schreibt faszinierend lebensvolle, phantasiereiche, bisweilen dunkel symbolhafte Romane. *Pastimes of a Red Summer* (1969) evoziert in überzeugender Weise Ort u. Zeit des Lebens in e. von der Revolution entstellten frz. Landhaus. *Green Knights, Black Angels* (1969) u. *Worlds and Underworlds* (1974) sind faszinierende Mosaiken der Gesch., die V.s Abscheu vor Kriegen u. Absolutismus, s. Sympathien für Liberalismus spüren lassen. *ks*

Variorum Edition (lat. cum notis variorum); krit. Gesamtausgabe mit Textvarianten, abweichenden Lesarten, Entstehungsgesch. u. Interpretationskommentaren nach den Grundsätzen mod. Editionstechnik.

Vathek, An Arabian Tale, phantast. Roman von W. → Beckford.

Vaughan, Henry, 17. 4. 1622 Llansantffraed/Breconshire – 23. 4. 1695 ebda; Stud. Med. u. Jura, Oxford u. London. Während des engl. Bürgerkrieges stand er auf Seiten des Kgs., zog sich jedoch 1675 als Landarzt zurück. Wegen tiefer Naturverbundenheit u. Sympathie zu s. Heimat nannte er sich ›Silurist‹ (= Mann aus Süd-Wales). V. trat vornehml. als Dichter rel. Werke hervor u. wurde in s. frühen traditionellen Ged. von → Beaumont beeinflußt. Nach eigenen Worten hat ihn G. → Herbert zum Glauben bekehrt u. inspiriert. S. berühmtestes Werk ist die Gedichtslg. *Silex Sciutillans* (1650–55). In der Tradition der → Metaphysical Poetry stehend, allerdings ohne deren intellektuelle Schärfe u. Präzision. V. verwendet kaum das charakterist. → conceit; Kern s. Dichtung ist das alte Thema von Mensch u. Gott, eingebettet in generelle rel. Betrachtungen, zu denen er durch die Erfahrung e. schweren Erkrankung u. das Erlebnis des Bürgerkriegs gelangte. Das Ged. *The Retreate* wird als Ausgangspunkt für Wordsworths Immortality-Ode angesehen. *ra*

Works, hg. L. C. Martin, [2]1957. The Complete Poems, hg. A. Rudrum, 1976. – F. E. Hutchinson, V. A Life and Interpretation, 1947. R. Garner, V., 1959. R. A. Durr, On the Mystical Poetry of V., 1962. L. L. Martz, The Paradise Within, 1964. E. Holmes, H.V. and the Hermetic Philosophy, [2]1967. I. Tuttle, Concordance, 1969. K. H. Kregor, A Comparative Study of the Major Images and Themes Shared by H.V. and Th.V., 1970. J. D. Simmonds, Masques of God, 1972.

Vedanta Society. Myst.-rel. Gemeinschaft mit Zentrum in Kalifornien, die sich der Meditation u. den Studien fernöstl. Religionen widmet. Engl. Mitglieder u. a. C. → Isherwood, W. H. → Auden, A. → Huxley. *ks*

Venus Observed, Kom. von C. → Fry.

Vercelli Book, ae. Handschr. in der Dombibliothek von Vercelli, Norditalien, vermutl. um 1000 entstanden. Enthält neben den 23 Vercelli → *Homilies* von geringem lit. Wert noch → *Andreas, Fates of the Apostles, Address of the Soul to the Body,* → *Dream of the Rood* u. → *Elene* sowie den sog. Vercelli → *Guthlac,* e. ae. Prosaadaption des lat. *Vita Guthlaci* von Felix of Croyland (auch Cotton Vesp. D XXI). *js*

Il Codice Vercellese con Omelie e Poesie in Lingua Anglosassone, facs., hg. M. Förster, 1913. D.V.H., hg. Grein u. Wülker, Bibliothek d. ags. Prosa, 12, 1932.

Versromanze; im MA, ausgehend von Frankreich (Chrétien de Troyes, Benoit de Sainte-Maure), als lit. Gattung nach England; Blüte im 13. Jh. Großer Stoffreichtum; Dreiteilung nach dem altfrz. Dichter Jean Bodel (1165–1205): 1. ›Matter of France‹ 2. ›Matter of Britain‹ 3. ›Matter of Rome‹, (später nur noch heim. Stoffe als ›Matter of England‹). Wiederkehrende Motive: der Verbannte u. s. Rückkehr, das ausgesetzte Königskind, das treibende Boot, der als Bettler oder Mönch verkleidete Kg. Die Gattung kann in ihrer Funktion u. Bedeutung als ma. Gegenstück zum mod. Roman gesehen werden. *js*

ME Verse Romances, hg. D. B. Sands, 1966. – L. A. Hibbard, Medieval Romance in England, 1960. D. Mehl, D. me. Romanzen d. 13. u. 14. Jh., 1967. G. Beer, The Romance, 1970 (Critical Idiom).

Vespasian Psalter → Homilies.

The Vicar of Wakefield. A Tale. Supposed to Be Written by Himself, Roman von O. → Goldsmith, entstanden 1761–62; EA, II 1766. Im Mittelpunkt des Geschehens stehen der Landpfarrer Dr. Charles Primrose u. s. Familie. Glückl. verheiratet, mit 6 gesunden Kindern, lebt er e. Leben in Frieden u. Zufriedenheit. Da treffen ihn Unglück u. Schicksalsschläge. Er verliert s. Vermögen, damit s. Unabhängigkeit, u. sieht sich gezwungen, e. neue Pfarrstelle unter dem Patronat Squire Thornhills anzunehmen. Auf dem Weg zu ihrem neuen Heim erfährt die Familie von Mr. Burchell einiges über ihren künftigen Landlord: e. reicher, aber haltloser Mensch, Neffe des großzügigen Sir William Thornhill. Weitere Besuche im Pfarrhaus machen Burchell zum Freund der Primroses, der sich bes. zu Sophia, der 2. Tochter, hingezogen fühlt. S. gutgemeinten Ratschläge kommen Mrs. Primrose jedoch höchst ungelegen, da sie unter dem Einfluß des jungen Squire u. der Damen Lady Blarney u. Miss Cornelia Wilelmina Amelia Skeggs hochfliegende Pläne entwickelt hat. Olivia, die ältere der beiden Töchter, erliegt den Verführungskünsten Thornhills, der sie, nach ihrer beider Flucht, jedoch bald wieder verläßt. Dr. Primrose macht sich auf die Suche, findet Olivia, vergibt ihr u. bringt sie nach Hause zurück. Da findet er s. Pfarrhaus niedergebrannt; auf Betreiben Thornhills kommt er ins Schuldgefängnis. George, s. ältester Sohn, fordert den Squire zum Duell, um die Schande s. Schwester zu rächen. Von gedungenen Raufbolden überwältigt, landet er ebenfalls im Gefängnis u. wird des Mordes beschuldigt. Zu allem Unglück kommt es noch zur gewaltsamen Entführung Sophias. Olivia muß neues Leid erfahren, als sich Thornhill, den sie immer noch liebt, entschließt, Arabella Wilmot, die Tochter e. früheren Nachbarn der Familie, einstige Verlobte ihres Bruders George, zu heiraten. Auf dem Höhepunkt aller widrigen Umstände, die Dr. Primrose voller Gottvertrauen u. mit Fassung hinnimmt, gibt sich Mr. Burchell, nachdem er vorher Sophia retten konnte, als Sir William Thornhill zu erkennen. Er hatte s. Identität bislang nicht offenbart, um sicher zu gehen, daß Sophia ihn nicht nur wegen s. Vermögens liebte. Auch die totgesagte Olivia weilt noch unter den Lebenden. Dr. Primrose erhält sein Vermögen zurück, als man den betrüger. Kaufmann faßt, der ihn durch Spekulationen geschädigt hatte. George heiratet Arabella. Alles Unglück wendet sich ins Gegenteil. Die Figur des Titelhelden u. Ich-Erzählers in *The V. o. W.* ist e. der überzeugendsten lit. Darstellungen des geduldigen, arglos-naiven engl. Landpfarrers in e. langen Reihe ähnl. Romangestalten vor u. nach ihm, beginnend mit Parson Adams in Fieldings → *Joseph Andrews*. G.s Prosa ist gefällig, leicht verständl., flüssig u. elegant, ohne prätentiös zu wirken. Das Geschehen erinnert an die Gesch. Hiobs, doch stellt Primrose s. Gott nie in Frage. Wann immer Primrose Glück u. Zufriedenheit empfindet, setzt e. Schicksalsschlag der Idylle e. jähes Ende. Doch er beweist Standhaftigkeit, seel. Stärke u. Fassung, letztere schon in geradezu stoischer Weise. Mit Humor u. leichter Ironie deutet G. auf menschl. Schwächen. Schein u. Sein stehen zur Frage; keiner ist ohne Fehl u. Tadel. Die Haltung des Ich-Erzählers ist distanziert, allerdings weniger ausgeprägt im 2. Teil des Romans, in dem Spannungserzeugung im Vordergrund steht. Aber auch hier gelingt es G. als Autor, dem Leser Distanz zu vermitteln, indem er sich vom Erzähler abhebt u. die Ironie der Darstellung unterstreicht. Keinesfalls strebte G. e. sentimentale Überhöhung s. Schilderungen einfachen Landlebens an, wie häufig, noch von der Krit. des 20. Jh., in e. falschen, auf die Romantik zurückgehenden Verständnis angenommen wurde. S. Kunst des Genrebilds zeichnet Landschaft, Gasthäuser, das Leben auf den Landstraßen, im Gefängnis, bes. aber im Kreis der Familie voller Wirklichkeitsnähe u. tief empfundener Menschlichkeit. *The V.o.W.* beeindruckte Dickens, war J. Austen u. G. Eliot Vorbild. Der in zahlreiche Sprachen übersetzte Roman markiert e. bedeutsamen Abschnitt in der Entwicklungsgesch. s. Gattung. *hd*

Hg. O. Doughty, 1928; n. A. Friedman, 1966 (Collected Works, V 1966, Bd. 4). – B. Neuendorff, D. Entst. d. ›V.o.W.‹, 1903. K. Eichenberger, O.G. D. Kom. i. d. Werken s. Reifeperiode, 1954. M. Emslie, G. ›V.o.W.‹, 1963.

Victorian; bezeichnet im weitesten Sinn zeittyp. Erscheinungen u. Tendenzen im polit., kulturellen u. gesellschaftl. Geschehen der Regierungsjahre Königin Victorias (1837–1901). In der Bandbreite der Themen u. Gattungen reflektiert vikt. Lit. die Geisteshaltung der Epoche, Umschichtungen u. Wandel; zunehmend krit. im ausklingenden Viktorianismus. *hd*

The Village, Ged. von G. → Crabbe.

The Virginians, Roman von W. M. → Thackeray; in Fortführung von → *Henry Esmond.*

The Vision of Judgement, satir. Dichtung von Lord → Byron.

Vittoria, Roman von G. → Meredith.

Vivian Grey, Roman von B. → Disraeli.

The Vodi, Roman von J. → Braine.

Volpone, Kom. von B. → Jonson.

A Voyage Round My Father, autobiograph. Drama von J. → Mortimer.

Vulgar Errors (Pseudodoxia Epidemica) → Browne, Sir Th.

Wace, Robert, of Jersey, 1100(?) – 1174(?), anglo-normann. Kleriker u. Chronist, unter Henry II Stiftsherr von Bayeux, Vf. des *Roman de Brut* (um 1154), frühe Verschronik (1500 V.) über den legendären Brutus, Urenkel von Aeneas, u. Begründer Britanniens, bis hin zu Kg. Artus u. den engl. Kgn. des 7. Jh. Geschrieben im Stil e. → Versromanze, ausgehend von → Geoffrey of Monmouths *Historia Regum Britanniae.* W. schrieb außerdem den *Roman de Rou* oder *Geste des Normands,* e. Gesch. der Herzöge der Normandie. Der *Roman de Brut* diente → Layamon als Grundlage für s. Bearbeitung des Artusstoffes. *js*

›Roman de Brut‹ or ›Geste des Bretons‹, hg. Le Roux de Lincy, II 1836–38.

Wain, John Barrington, 14. 3. 1925 Stoke-on-Trent; Vater

Zahnarzt, 1946–49 Stud. Oxford, Univ.-Dozent Reading, Bristol, Vincennes, Cincinatti, Oxford. Vf. von Romanen, Essays, Ged. u. journalist. Arbeiten. Als Lyriker e. der Hauptvertreter des → Movement. Die traditionell realist., sozialkrit. u. humorist. Romane handeln von antiheld. Außenseitern, die sich bemühen, dem Erfolgs- u. Konformitätsdruck der mod. Gesellsch. auszuweichen, ihre Individualität frei auszuleben, sich am Ende aber gewöhnl. mit e. Kompromiß zufriedengeben. W. zeigt e. ausgeprägte Freude an Komik u. Farce, e. Abneigung gegen Angeberei u. Dünkel u. e. orthodoxen common sense. S. bekanntesten Werke sind → *Hurry On Down* (1953), e. pikareske, oft farcenhafte Erzählung der Abenteuer e. Oxford-Absolventen, der sich in verschiedenen Gelegenheitsarbeiten versucht, am Ende aber resigniert e. konventionellen Platz in der Gesellsch. einnimmt, *Strike the Father Dead* (1962), dessen Held gegen die starren Prinzipien s. Vaters aufbegehrt, schließl. aber erkennt, daß er ihm bei allen unüberbrückbaren Differenzen doch sehr ähnl. ist, *The Smaller Sky* (1967), in dem W. Sympathie für e. Exzentriker heischt, der im Bahnhof Paddington lebt u. damit die Verfolgung durch die Gesellschaft provoziert, *A Winter in the Hills* (1970), wo W. Busfahrer ebenso wie Dichter zeigt, die in e. Welt gegenseitiger Manipulation auf kurze Zeit ohne Repressalien gegen andere zu leben verstehen, u. *The Pardoner's Tale* (1978), dessen beide Handlungsstränge Leben u. Fiktionen e. Romanautors miteinander verweben. Mit s. lit.theoret. Werk wendet sich W. an den interessierten Durchschnittsleser, im Sinne von → Johnsons ›common reader‹. Er schreibt nicht im Jargon e. lit.krit. vorgebildeten Schicht, versucht also, Lit. e. breiten Öffentlichkeit nahezubringen, zu erklären. Dieser Verzicht auf e. esoter. Lit.krit. ist bes. deutl. in *The Living World of Shakespeare. A Playgoer's Guide* ([4]1970) u. *Samuel Johnson. A Biography* (1975). W.s positivist. u. moralist. Grundeinstellung zeigt sich auch in s. krit. Schr. durch die Betonung der moral. Verpflichtung des Autors. *ks*

R. Weber, J.W. (Insight II, hg. J. V. Hagopian u. M. Dolch, 1965, 341–44). W. P. Rothermel, J.W. (Engl. Lit. d. Gegenw., hg. H. W. Drescher, 1970, 133–149).

Waiting for Godot, frz. verfaßtes, vom Autor selbst ins Engl. übertragenes Schauspiel von → Beckett (UA 5. 1. 1953 Théâtre de Babylone, Paris; EA 1952, engl. 1956). E. der Hauptwerke des → Theatre of the Absurd. Die beiden Landstreicher Estragon, gen. Gogo, u. Wladimir, gen. Didi, warten auf den zweimal von e. namenlosen Boten für den nächsten Tag angekündigten Godot u. vertreiben sich mit sinnlosen Spielen die Zeit. Als dynam. Gegenstück zu den beiden stat. Wartenden erscheinen die orientierungslosen Reisenden Pozzo u. Lucky, die als brutaler Herr u. elender Sklave in e. völligen Abhängigkeitsverhältnis voneinander stehen. Von vornherein sind die Personen gesundheitl. angeschlagen; ihr Zustand verschlechtert sich zusehends. Handlung, Dekor wie Dialoge sind auf außergewöhnl. Weise reduziert. Der Ort des Geschehens, bezeichnet durch e.

Landstraße u. e. kahlen Baum, schwankt im Bewußtsein der Personen ebenso unzuverlässig wie die menschl. Identität. Ihr Dialog registriert die ohnehin evidente Tatsache des Wartens, er füllt u. umspielt die Wartezeit mit trivialen Geräuschen. Denken fordert u. bietet nicht e. Deutung der Probleme menschl. Existenz, geschieht vielmehr wie Tanz, Clownerie, Gesang u. Deklamation um s. selbst willen, ist Spiel u. Kunst, als solches e. Möglichkeit, die Leere e. Zeitlang zu überbrücken. Das Stück enthält Anspielungen auf zahlreiche Werke der abendländ. Kultur, wie Bibel, griech. Trag. Dante, → James u. → Joyce. *ks*

R. Champigny, Interprétation de ›En attendant G.‹ (PMLA, 1960, 329–31); L. E. Harvey, Art and the Existential in Beckett's ›W.f.G.‹ (ebda 137–46). H. J. Weiand, S. Beckett. ›W.f.G.‹ (Insight, IV, 1975, 25–38).

Wakefield Cycle → Mystery Play.

Waldere, Waldhere, 2 fragmentar. überlieferte episch-heroische Ged., 11. Jh., wahrscheinl. Teile e. längeren Dichtung. Im Hintergrund steht die legendäre Gestalt des Walter von Aquitanien. Die Schilderung der Liebe zwischen Walter u. Hildegard gibt *W.* im ae. heroischen Epos e. Sonderstellung. Es ist zu vermuten, daß dem Ged. e. kontinentalgerman. Quelle zugrundeliegt: Austausch von Legendenstoffen in der german. Welt. Das Ms. wurde 1860 in Kopenhagen entdeckt u. befindet sich heute in der dortigen Kgl. Bibliothek. *js*

Hg. F. Norman, ²1949; n. U. Schwab, 1967. – H. M. Smyser and F. P. Magoun, Survivals in Old Norwegian of Medieval Engl., French and German Lit., together with the Latin Versions of the Heroic Legend of Walter of Aquitaine, 1948.

Wallace, Richard Edgar Horatio, 1. 4. 1875 Greenwich – 10. 2. 1932 Hollywood; unehel. Sohn von Schauspielern, von e. Fischhändlerfrau erzogen, Gelegenheitsarbeiten, Soldat im Burenkrieg, dann Journalist. Vf. von über 150 Kriminalromanen u. Detektivgesch. in 27 Jahren, die noch heute in Millionenauflagen verkauft werden, sowie von 17 ähnl. erfolgreichen, melodramat. Schauspielen. *ks*

E. V. Wallace, E.W. by His Wife, 1932. R. G. Curtis, E.W. Each Way, 1932. M. Lane, E.W. The Biogr. of a Phenomenon, ²1964.

Walpole, Horace (Horatio), 4th Earl of Oxford, 24. 9. 1717 London – 2. 3. 1797 ebda; Sohn des Politikers Sir Robert Walpole; Eton u. King's College, Cambridge. Bildungsreise nach Italien u. Frankreich; 1741–68 Abgeordneter. 1747 erwarb W. e. kleines Anwesen, Strawberry Hill (Twickenham), das er in e. Schloß im sog. got. Stil umbauen ließ. Gab mit dem 1753 vollendeten Werk der populären Stilrichtung aristokrat. Anstrich. Lit. bekannt durch s. anonym veröffentlichten Roman *The Castle of Otranto* (1741; 20 Neuaufl. bis 1800; hg. W. S. Lewis, 1974), dessen spannende Handlung im 12./13. Jh. in Italien spielt. Beginn der engl. → Gothic Novel. Mit Hilfe von übernatürl. Kräften wird der Mord am Herrn von Otranto gerächt u. der rechtmäßige Erbe eingesetzt. Mischung aus Realität u. übernatürl. Wirken. 1757 gründete W. die Strawberry Hill Press, in der er e. begrenzte Zahl von Werken s. Freunde druckte. W.s ausgedehnte Korrespondenz ist durch die Anschaulichkeit der lebendig im Plauderton geschriebenen u. von Anekdoten durchsetzten Briefe e. aufschlußreiches u. bedeutendes Dokument des Zeitgeschehens. *hd*

Works, hg. M. Berry et al., IX 1798–1825. – Letters, hg. P. Toynbee, XIX 1903–25. Yale Edition, hg. W. S. Lewis, XXXI 1937–67. – A. T. Hazen, Bibl., III 1969. – M. H. Havens, H.W. and the Strawberry Hill Press 1757–89, 1901. J. H. Edge, H.W. The Great Letter-Writer, 1913. A. D. Greenwood, H.W's World, 1913. P. Yvon, La vie d'un dilettante: H.W., 1924. A. Dobson, H.W., ²1927. I. W. U. Chase, H.W., Gardenist, 1943. R. W. Ketton-Cremer, H.W., ²1946. W. H. Smith, H.W. Writer, Politician, and Connoisseur, 1967.

Walpole, Sir Hugh Seymour, 13. 3. 1884 Auckland (Neuseeland) – 1. 6. 1941 London; Romanschriftsteller; Sohn e. Geistlichen; Stud. King's College, Cambridge u. Emmanuel College, Oxford; zunächst Lay Reader (Church of England), anschließend als Lehrer in Provinzschulen tätig. Begann s. lit. Karriere als Rezensent für die Londoner Zeitung *Standard*. Erster Erfolg mit dem Roman *Fortitude* (1913). Im 1. Weltkrieg mit dem Roten Kreuz in Rußland. Seit 1918 ›Commander of the Order of the British Empire‹, 1937 geadelt. Gewinner des James Tait Black Memorial Prize 1919 u. 1920. W. erwarb umfassende Kenntnisse über → Scott; besaß e. der größten Slgn. von Scott-Mss. Sehr produktiver u. vielseitiger Autor: Romane, Kurzgeschichten, Reisebücher, Biographien, Theaterstücke, außerdem e. Filmskript zu → *David Copperfield*. Schrieb anfängl. realist., später romant.-myst. Romane um den Kampf junger Generationen gegen überholte Vorstellungen der Gesellsch. Viele von W.s Werken sind durch wiederkehrende Charaktere u. Schauplätze miteinander verbunden, z. B. die Romanserie über das Leben in der fiktiven Domstadt Polchester, darunter *The Cathedral* (1929), oder Familienromane wie *Rogue Herries* (1930). W. beschränkte sich in der Auswahl s. Charaktere auf Personen aus der Mittel- u. Oberschicht. *js*

Works, XXX 1934–40 (Cumberland Edition). – Extracts from a Diary, 1934 (priv. ptd, 100 copies). – C. Dane, Tradition and H. W., 1933. M. Steen, H. W., 1933. A. Wall, Sir H. W. and His Writings, 1947. R. Hart-Davis, H. W., 1952. F. A. Swinnerton, In His Figures in the Foreground, 1963.

Walton, Izaak, 9. 8. 1593 Stafford – 15. 12. 1683 Winchester; Biograph. Eisenwarenhändler in London. Freundschaft mit J. → Donne, zu jener Zeit Geistlicher an der Gemeindekirche von St. Dunstan; 1626 Heirat mit Rachel Floud; nach deren Tod (1640) Heirat mit Anne Ken. Nach der Niederlage der Royalisten bei Marston Moor zog er sich nach Stafford zurück u. pflegte die Freundschaft mit berühmten Anglikanern. 1653 erschien die 1. Ausgabe s. berühmten Buches *The Compleat Angler*, in dem erländl. Szenen schildert u. die friedl. Idylle des elisab. Lebens wiedergibt. Er verherrlicht u. lehrt darin die Kunst des Angelns mit der Fliege in unbefangener Einfachheit. Nach fünf Ausgaben (1653, 1655, 1661, 1668, 1676) waren die ursprünglich 13 Kapitel auf 21 angewachsen; e. 2. Teil wurde von s. Freund Charles Cotton beigefügt. Das Werk, in dem u.a. Dialoge zwischen Angler, Jäger u. Falkner enthalten sind, zeugt vom Humor u. der ausgeglichenen Natur des Verfassers. Außerdem schrieb er Biogr. von J. Donne, H. Wotton, G. Herbert (die alle wie er selbst Angler waren), in denen er nicht so sehr den hist. Werdegang, als vielmehr das harmon. Charakterporträt betont. 1878 wurden s. Gedichte u. Prosafragmente u.d.T. *Waltoniana* herausgebracht. In der Kathedrale von Winchester beigesetzt. *ra*

The Complete Angler and Lives, ed. A. W. Pollard, 1901. The Compleat Walton, ed. G. L. Keynes, 1929. The Lives, 1969 (Scolar Press). – M. Bottrall, J.W., 1955. D. Novarr, The Making of W.'s Lives, 1958. J. E. Butt, Biography in the Hands of Walton, Johnson and Boswell, 1966.

The Wanderer, Elegie, vermutl. 8. Jh., 115 V. (→ Exeter-Book.). Der → Skop, von s. Herrn verstoßen, muß mitten im Winter die Heimat verlassen, um e. neuen ›Schatzspender‹ zu finden. Im Schlaf sieht er s. früheres glückl. Leben vor sich; Überleitung von der persönl. auf die allg.-menschl. Situation, die Vergänglichkeit ird. Glücks. Am Schluß erfolgt der Hinweis auf den Trost, den das Vertrauen in e. besseres Leben im Jenseits bieten kann. Ähnl. Elegien auch im Epos, z.B. → *Beowulf:* Klage des Vaters (V. 2444ff). Doch ist die geschlossene lyr. Form charakterist. für *The W.* u. entsprechende Ged. wie → *Deor.* Stroph. Struktur nur andeutungsweise erkennbar; christl. Elemente sind selten u. meist spätere Hinzufügungen. *js*

Hg. R. F. Leslie, 1966; n. T. P. Dunning, and A. J. Bliss, 1969. – D. Whitelock, Early Cultures of Northwest Europe, 1950. B. K. Green, The Twilight Kingdom: Structure and Meaning in ›The W.‹ (Neophil., 60 1976, 442–51).

Wandering Willie's Tale, in den hist. Roman *Redgauntlet* (W. Scott) eingeschobene Kurzgesch.; → *Waverley;* → Short Story.

War of the Worlds, → Science Fiction-Roman von → Wells (1897). W. ist – im Gegensatz zu Autoren wie z. B. Jules Verne – weniger an der Darstellung techn. Zukunftsentwicklungen interessiert als an deren Auswirkungen auf den Menschen. Dennoch ist s. Darstellung des mechanisierten Krieges e. prophet. Vorwegnahme der Katastrophen des 20. Jh. W.s Ziel ist es, die Menschen aus ihrer heiteren Selbstzufriedenheit u. ihrem optimist. Zukunftsglauben wachzurütteln, die er als gefährl. Quelle der Dekadenz ansieht. *W. of the W.* ist der 1. Roman, der das von späteren Autoren vielfach variierte Thema e. Invasion der Erde durch BEMs (Bug Eyed Monsters) von e. anderen Stern behandelt. W.s BEMs sind vampirhaft blutsaugende Ungeheuer von überlegenem Intellekt, die mit ihren Kampfmaschinen, mit Hitzestrahlen u. Giftgas in die ruhige, sichere, gemütl. Welt des viktorian. Englands eindringen. Sie haben den Mars verlassen, weil dort der Prozeß der Abkühlung weiter fortgeschritten ist als auf der Erde. Als sie in Richtung London, der größten Stadt der Welt, vorrücken, bricht die gesellschaft. Organisation zusammen, in wilder Panik, ohne Waffen u. Mittel zum Lebensunterhalt, flieht e. Bevölkerung von 6 Millionen. Nicht die Menschen besiegen die Ungeheuer; diese gehen vielmehr an ird. krankheitserregenden Mikroorganismen zugrunde, denen ihr Organismus keine Abwehrreaktionen entgegensetzen kann. Das auf

W. of the W. beruhende, nachrichtenhaft verpackte Hörspiel von Orson Welles löste 1938 e. Panik aus. *ks*

Warburton, William, 24. 12. 1698 Newark – 7. 6. 1779 Gloucester; Prälat, Bischof ebda; Freundschaft mit → Pope, Verwalter s. lit. Nachlasses (*Works of A.P.,* 1751). W.s kommentierte Shakespeare-Ausgabe (1747) wurde stark kritisiert. Mittelmäßiger Gelehrter, aber von großer Belesenheit. *hd*

Works, hg. Bishop Hurd, VII 1788–94. – J. S. Watron, Life of W.W., 1863. A. W. Evans, W. and the Warburtonians, 1932.

Ward, Mary Augusta, geb. Arnold, 11. 6. 1851 Hobart (Tasmanien) – 24. 3. 1920 London; Stud. Oxford. In ihrem Roman *Robert Elsmere* (III 1888) zeichnet sie das Bild e. von Zweifeln geplagten anglikan. Geistlichen. W. sah e. Stärkung der Kirche durch die Betonung sozialer Aufgaben u. den Verzicht auf Wundergläubigkeit. Ausgeprägt philantrop. Einstellung, wandte sich jedoch entschieden gegen das Wahlrecht für Frauen; gründete 1908 die ›Women's Anti Suffrage League‹. *hd*

Writings, XVI 1911–12.

The Warden, Roman von A. → Trollope.

Warton, Joseph, 22. 4. 1722 (getauft) Dunsfold/Surrey – 23. 2. 1800 Wickham; Bruder des Nachgenannten. Stud. Oriel College, Oxford; 1766–93 Direktor der Winchester Public School. Versch. Gedichtbde., 1744 u. 1746. Einflußreicher Lit.kritiker; forderte stärkere Betonung von Imagination u. Phantasie, Abwendung von der Vorherrschaft der Vernunft. S. *Essay on the Writings and Genius of Pope* (II 1756, 1782) gab richtungweisende Impulse für die Dichtung der Romantik: Unterscheidung zwischen »a man of wit, a man of sense, and a true poet«. Hg. der Werke Popes (1797); Essays für Johnsons ›Adventurer‹. *hd*

Poems, hg. A. Chalmers, 1822, (Brit. Poets, 18). – J. Woole, Biogr. Memoirs, 1806. W. P. Ker, T. W., 1911. E. W. Gosse, Two Pioneers of Romanticism: J. and T.W., 1915. H. Trowbridge, J.W. on the Imagination (MP, 35 1937, 73–87).

Warton, Thomas, 9. 1. 1728 Basingstoke – 21. 5. 1790 Oxford, Bruder des vorgenannten. Stud. Trinity College, Oxford; 1757–67 Professor of Poetry, ebda, 1785 Poet Laureate. In *The Pleasures of Melancholy* (1747) Nachempfindung der Stimmungslagen von Miltons *Il Penseroso,* daneben neoklassizist. Vorliebe für leichtere unterhaltsame Dichtung (*Panegyric on Oxford Ale*). Zu W.s lit.krit. Studien zählen *Observations on the Faerie Queene of Spenser* (1754) u. *History of English Poetry* (IV 1774–81; hg. W. C. Hazlitt, IV 1871). Weckte das Interesse an der Dichtung des MA. Freund Johnsons. *hd*

Poems, hg. A. Chalmers, 1822 (Brit. Poets, 18). – C. Rinaker, T.W. A Biography and Crit. Study, 1916.

The Waste Land, Ged. von T. S. → Eliot, EA ›Criterion‹, Okt. 1922, Ezra Pound gewidmet; e. der bedeutendsten lyr. Werke des 20. Jh. Das Ged. besteht aus 5 ungleich langen Abschnitten: 1. ›The Burial of the Dead‹; 2. ›A Game of Chess‹; 3. ›The Fire Sermon‹; 4. ›Death by Water‹; 5. ›What the Thunder Said‹. Den Titel sowie zahlreiche im Werk vorkommende Symbole entnahm E. dem anthropolog. Werk von J. Weston, *From Ritual to Romance* (1920), das der Frage der Entstehung der Gralssage nachgeht. Der Titel weist bereits direkt auf das verdorrte Land, Wüste völliger Desillusion u. Orientierungslosigkeit, das erst dann wieder fruchtbar werden kann, wenn s. kranker Kg. geheilt ist u. dadurch dem Land s. Fruchtbarkeit zurückgibt. *W.L.* ist e. Botschaft des Dichters an s. Jh., e. neugefaßter Fruchtbarkeitsmythos. Myth. u. zeitgenöss. Szenen wechseln sich ab. Die zunächst fragmentar. u. isoliert wirkenden Szenen bilden jedoch e. organ., gehaltl. Einheit: alle Bilder, Symbole u. Szenen sind Variationen des generellen Grundthemas, dem ›Waste Land‹ der Artusdichtung, wobei E. nicht der bei Chrétien de Troyes aufgezeichneten Handlungsstruktur folgt, sondern nur die Fischerkönig-Episode herausgreift. Dem Leser bleibt ledigl. die vergebl. Suche nach etwas Verlorenem bewußt. Fischerkönig u. ›Waste Land‹ sind die gehaltl. Basis des Ged. Sie sind die ›objektiven Korrelate‹ (→ objective correlative) von E.s Auffassung vom Wesen der Zeit, keine Abstrakta, sondern poet. Konkreta von e. emotionalen Zustand, e. Ausdruck für die Unfruchtbarkeit der mod. Gesellsch., die das Verlangen nach Fruchtbarkeit u. Fortpflanzung aufgegeben hat, die nicht mehr zeugen u. reproduzieren kann u. will. Diese Deskription der sexuellen Sterilität ist die Basis u. der Bezugspunkt der scheinbar heterogenen Szenen. E. versucht, e. Lösung aus diesem phys. u. spirituellen Versagen zu finden. Die letzten Verszeilen beweisen e. Ausweg. Das Herannahen des Donners verheißt Regen u. indirekt auch Fruchtbarkeit. Jedoch müssen 3 Grundforderungen des Donners befolgt werden: Selbstbeherrschung, das Geben von Almosen sowie Mitleid. Hinter diesen Forderungen wird die Verheißung e. tief-rel. Dichters sichtbar: Gehorche, und du bist des Friedens sicher. *ra*

H. Williams, T. S. Eliot: ›W.L.‹, 1968. – K. H. Göller, ›W.L.‹ (Die engl. Lyrik, Bd. 2, 1968, 344 – 64). A Collection of Critical Essays on ›W.L.‹, hg. J. Martin, 1969. M. Bradbrook, T. S. Eliot. The Making of ›W.L.‹, 1972. W. Wetzel, Banale Vitalität u. lähmendes Erkennen, 1974. W. G. French, The Twenties, 1976. E. J. Miller, T. S. Eliot's Personal Waste Land: Exorcism of the Demons, 1977. M. Thormählen, ›W.L.‹ A Fragmentary Wholeness, 1978.

Water Babies, Märchengesch. von Ch. → Kingsley.

The Waters of Babylon, Drama von J. → Arden; UA 20. 10. 1957 Royal Court Theatre, London, EA 1964; e. lustige, burleske Unterhaltung um das Doppelleben des Polen Krank als Zuhälter u. Slumlord in London einerseits u. – als Sigismanfred Krankiewicz – respektabler Assistent e. Architektin andererseits. Die Konstellation der Charaktere zeigt die für A. typ. Anordnung in 2 Gruppen: den Vertretern e. freien, chaot., ungebundenen, opportunist. Lebenshaltung, Krank, Bathsheba, Teresa, Cassidy u. Butterthwaite, werden die polit. Engagierten, die Fanatiker, Weltverbesserer, stramm ideolog. Ausgerichteten in den Personen von Paul, Ginger, Caligula, Barbara u. Loap gegenübergestellt. Kranks Bemühen konzentriert sich darauf, s. Privatleben ohne Einmischung von außen zu gestalten, sich opportunist. durchs Leben zu lavieren, den Weg zu gehen, der ihm ›convenient‹ erscheint. Er möchte nicht involviert u. damit festgelegt werden, doch die Fanatiker engen s. persönl. Bewegungsfreiraum mehr u. mehr ein, insb. Paul, der in Kranks Haus e. Bombe für e. Attentat bauen will. Kranks Tod am Ende des Dramas enthüllt endgültig s. Abhängigkeit von Zeit u. Ort. Die Wiederherstellung der ›Ordnung‹ hat hier nicht e. erleichternde Wirkung wie in den Dramen Shakespeares, sondern eher e. deprimierende: die Welt ist leerer, ärmer, langweiliger geworden, hat an Buntheit u. Vitalität eingebüßt. *ks*

Waterhouse, Keith Spencer, 6. 2. 1929 Leeds. Bietet in Romanen u. den zusammen mit W. → Hall verfaßten Dramen e. neorealist., dokumentar. u. humorist. Darstellung des Schicksals unheld., einsamer Außenseiter. *Billy Liar* (1959; hg. D. Elloway, 1966, Heritage of Lit. Series), e. der besten engl. humorist. Romane seit dem 2. Weltkrieg, stellt das Farcenhafte echter Haltlosigkeit u. Verzweiflung dar (Forts. *Billy Liar on the Moon* 1975); die perverse, nichtige Randexistenz von *Jubb* (1963) hingegen erscheint fast ausschließl. in trag. Perspektive. *Office Life* (1978) ist e. humorist. unterhaltender Büroroman um die brit. Krankheit der Überbesetzung von Arbeitsplätzen u. den daraus resultierenden geschäftigen Leerlauf. *ks*

B. Schleußner, K. W. (Engl. Lit. d. Gegenw., hg. H. W. Drescher, 1970, 190–206).

Watson, Fred, 28. 2. 1927 London; vielfältige Gelegenheitsarbeiten, dann Medizinstud. in Belfast. In *Infanticide in the House of Fred Ginger* (1962) wird auf offener Bühne e. Säugling von betrunkenen Jugendlichen zu Tode geprügelt. Das Stück wird bisweilen als e. Art Vorläufer von → Bonds *Saved* betrachtet, es fehlt ihm aber dessen dramat. Geschlossenheit. *ks*

Watson, John → Kailyard.

Waugh, Alec Alexander Raban, 8. 7. 1898 London. Verlegersohn, Bruder des nachgenannten, erzogen in Sherborne u. Sandhurst, Kriegsdienst; ausgedehnte Weltreisen. Schildert s. Schulerfahrungen in dem sehr erfolgreichen *The Loom of Youth* (1917), seither über 40 lukrative Unterhaltungsromane, z.T. mit gesellschaftskrit. Tendenz, lebendig geschriebene Reiseberichte u. Autobiogr. *ks*

Waugh, Evelyn Arthur St. John, 28. 10. 1903 London – 10. 4. 1966 Taunton; Verlegersohn, Bruder des vorgenannten, Stud. Gesch. Oxford u. Kunst London, Lehrer u. Journalist. 1928–37 ausgedehnte Reisen in Europa, dem Nahen Osten, Afrika u. Amerika. Freundschaft mit dem Philosophen M. d'Arcy, SJ, von ihm beeinflußt 1930 Konversion zum Katholizismus. Im 2. Weltkrieg Kommandooffizier im Nahen Osten u. in Jugoslawien. Extrem konservativer Zyniker u. Kulturpessimist, der die Kuriositäten zeitgenöss. Lebens, die Sinnlosigkeit u. Fragwürdigkeit e. chaot. Daseins enthüllt. In s. frühen Romanen, Mischungen aus Satire, Farce, Burleske u. Groteske (*Decline and Fall*, 1928; *Vile Bodies*, 1930; *Black Mischief*, 1932;

Scoop, 1938, hg. D. Blewitt, 1964, Heritage of Lit. Series), zeichnet er als amüsierter Zuschauer frivole, unterhaltsame Bilder der über e. Abgrund von Heuchelei u. Verzweiflung angesiedelten turbulenten Nichtigkeiten u. Torheiten des Treibens der gehobenen Gesellschaftskreise der 20er u. frühen 30er Jahre. *The Loved One* (1948) ist e. bissige, makabere Satire auf die Auswüchse im am. Beerdigungsgewerbe u. den Infantilismus, den W. in allen Bereichen am. Lebens zu erkennen glaubt. S. Reisebücher schildern bizarre, unverständl. Welten. Die frühen Werke zeichnen sich durch e. ungewöhnl. ökonom. Stil aus, durch scharf pointierte Dialogführung, parodist. Verwendung verschiedenartiger Redeweisen u. die Plazierung makaberer u. schockierender Begebenheiten vor e. kom. Hintergrund. In späteren Büchern, insb. seit dem bedeutenden Bestseller → *Brideshead Revisited* (1945) zeigt sich die Konversion, der Ton ist ernster geworden, anstelle der früheren, fast anarchist. Amoralität tritt die Bedeutung der Religion als Gegenpol des Kuriosen immer deutl. hervor. *Brideshead Revisited* ist das Portrait des Niedergangs der kath. Adelsfamilie Marchmain, beobachtet durch die Augen von Charles Ryder. W. tritt ein für die Gesellsch. u. Traditionen, die er zuvor so brillant attackiert hatte. Die von eigenen Kriegserlebnissen beeinflußte *Sword Of Honour*-Trilogie (*Men at Arms,* 1952; *Officers and Gentlemen,* 1955; *Unconditional Surrender,* 1961; in 1 Bd. 1965) enthüllt anhand der geistigen u. militär. Odyssee des kath. Offiziers Guy Crouchback die frustrierende Hilflosigkeit des Menschen angesichts unsinniger Geschichtsläufe. Die sündigen, wenig liebenswerten Charaktere haben nicht mehr die fröhl.-frivole Bindungslosigkeit der frühen Romane, sondern zeigen Aufrichtigkeit, Integrität u. traurige Würde, stehen in der göttl. Gnade u. sind der Erlösung zugängl. Was im Chaos dieser Welt allein noch zählt, ist die aufrichtige Auseinandersetzung mit der Wirklichkeit u. die Sorge um das Heil e. individuellen Seele. Der Katholizismus erscheint in der Trilogie als die einzige Macht, die den sozialen u. moral. Niedergang unbeschadet überdauern u. ewige Werte über den Krieg hinwegretten kann, e. Auffassung, von der W. später angesichts kirchl. Reformfreudigkeit abrückte. Kühle, klare, kunstvolle Darstellungsweise, Vorliebe für die Verwendung kurioser Details u. exzentr. Charaktere; oft überdeutl., farcenhafte Satire. *ks*

›Brideshead Revisited‹, 1968 (Heritage of Lit. Series). – R. M. Davis et al., A Checklist, 1972. – C. Hollis, E. W., 1954. A. A. De Vitis, Roman Holiday, 1956. F. J. Stopp, E.W. Portrait of an Artist, 1958. M. Bradbury, E.W., 1964. J. F. Carens, The Satiric Art of E.W., 1966. F. Donaldson, E.W. Portrait of a Country Neighbour, 1967. R. M. Davis, E.W., 1969. P. A. Doyle, E.W. A Critical Essay, 1969. Schlüter, K., Kuriose Welt i. mod. engl. Roman. Dargestellt an ausgewählten Werken von E.W. u. Angus Wilson, 1969. W. J. Cook, Masks, Modes, and Morals: The Art of E.W., 1971. E.W. and His World, hg. D. Pryce-Jones, 1973. C. Sykes, E. W. Biogr., 1975.

Waverley; or, 'Tis Sixty Years Since, Roman von W. → Scott; EA III 1814 (4 Neuaufl. im Erscheinungsjahr), 1. der sog. *Waverley Novels.* Das Geschehen umgreift ungefähr 2 Jahre, von der Schlacht bei Preston-Gladsmuir (1745) bis Culloden (1746). Edward Waverley, vorwiegend im Hause s. mit den Stuarts sympathisierenden Onkels erzogen, wird als junger engl. Offizier in Dundee stationiert u. besucht von dort aus häufig das schott. Hochland. Mehr u. mehr beginnt er, dem Anliegen der Clans Verständnis entgegenzubringen. Er verehrt Rose, die Tochter Baron Bradwardines, fühlt sich aber zu Flora, der patriot. gesinnt. Schwester des Chief of Clan Fergus Mac-Ivor hingezogen. Auch hinsichtl. s. Stellung als Offizier der engl. Armee ist sich W. unschlüssig. Oberst Gardiner sieht sich schließl. gezwungen, ihn s. Ranges zu entheben. Man bezichtigt ihn sogar der Anstiftung zur Meuterei. In der Schlacht von Preston rettet W. den in Gefangenschaft geratenen engl. Oberst Talbot. Dieser gibt ihm zu verstehen, daß Gardiners Verhalten, nicht aber s. eigenes, das richtige war. Dennoch kämpft W. weiterhin auf Seiten der Rebellen u. wird bei Culloden gefangengenommen. George II begnadigt ihn u. s. Freunde, nicht dagegen Fergus Mac-Ivor, der hingerichtet wird. Flora entscheidet sich fürs Kloster. Langsam überwindet W. Niedergeschlagenheit u. Zwiespalt, stets hilfreich unterstützt von Talbot. Mit Rose beginnt er e. neues Leben. Durch *Waverley* u. die nachfolgenden Romane, noch im 19. Jh. in nahezu alle europ. Sprachen übersetzt, wurde S. richtungweisend für die Gattung des hist. Romans. Die den so benannten *Waverley Novels* zuzurechnenden Werke erschienen zunächst in versch. Einzelslgn. (*Novels and Tales of the Author of Waverley,* XII 1820; *Historical Romances,* VI 1823; *Novels and Romances,* VII 1824; *Tales and Romances,* XIV 1827; Vorworte, Einleitungen, Anmerkungen, Illustrationen, II 1833), dann, zusammengefaßt unter dem bekannten Titel, in mehr als 20 Gesamteditionen. Als Werke der Weltlit. haben die meisten der *W.N.* Rang u. Bedeutung behalten. Zu Lebzeiten des Autors waren sie bevorzugte Lektüre; rasch aufeinanderfolgende Neuausgaben u. hohe Auflagen bieten dafür hinlängl. Beweis. Neben *Waverley* verdienen die 4 Folgen der *Tales of my Landlord* Erwähnung, darunter bes. *The Heart of Midlothian* (EA, IV 1818) mit dem Edinburgher ›Porteous Riot‹ von 1736 als hist. Ausgangspunkt; hervorragendes Beispiel für S.s Fähigkeit, geschichtl. Geschehnisse u. Einzelschicksale (hier Jeanie Deans, e. der wenigen wirkl. überzeugenden Frauengestalten des Erzählers) in Abhängigkeit zu bringen. In *Rob Roy* (EA, III 1818) setzen die rel. u. polit. Auseinandersetzungen zwischen den Anhängern des Hauses Hannover einerseits u. den kath. Jakobitern andererseits den hist. Rahmen. Hauptfigur ist der Ich-Erzähler Frank Osbaldistone. Weil mehr der Dichtkunst zugetan als am elterl. Geschäft in London interessiert, wird er von s. Vater zur Strafe nach Nordengland auf die Besitzungen s. Onkels geschickt. Unterwegs trifft er erstmals mit Rob Roy zusammen, der im weiteren Verlauf s. Schicksal mitgestalten soll. Nach eigener Aussage sah S. in R.R. die Figur e. schott. Robin Hood. Der Roman ist erzähltechn. nicht ganz so schlüssig konzipiert wie s. Vorläufer.

Hist. Kolorit wird durch e. Fülle realist. Details, v. a. bei der Darstellung von Land u. Leuten erreicht. *Ivanhoe* (EA, III 1820), neben *Waverley* S.s wohl populärster, wenn auch nicht unbedingt bester Roman, führt in das England z. Zt. der Kreuzzüge. Hintergrund bildet die Rivalität zwischen Normannen u. Angelsachsen. Richard Löwenherz u. Robin Hood (Locksley im Roman) stehen mit Wilfred of Ivanhoe im Mittelpunkt e. Handlung, die hist. zwar nur in groben Umrissen nachvollziehbar ist, ma. Leben u. Treiben jedoch in überzeugender Bildhaftigkeit nachgestaltet. In *The Abbot* (EA, III 1820) fanden die Geschehnisse um Maria Stuart beim zeitgenöss. Leser große Zustimmung. *Kenilworth* (EA, III 1821) nimmt daraufhin Ereignisse um Elizabeth I zum Vorwurf. Verbürgtes, Überlieferung u. schriftsteller. Phantasie verbinden sich zu e. hist. Romangeschehen, in dem allerdings die Lebensgesch. der legendären Amy Robsart durch die Melodramatik der Darstellung an Wirkungskraft verliert. *Redgauntlet* (EA, III 1824), »a tale of the eighteenth century«, entbehrt tatsächl. hist. Grundlagen. Bonnie Prince Charlie kehrt nach s. Niederlage bei Culloden (1746) zurück, landet in England u. kämpft um s. Recht als Thronfolger. Des Prinzen treuester Anhänger ist Redgauntlet, der e. Aufstand entfacht. Der Roman besticht durch s. Schilderung der zeitgenöss. Szenerie Edinburghs u. s. Bewohner, von denen Einzelgestalten herausgegriffen u. zu abgerundeten Charakterporträts werden. So z.B. die Gestalt des blinden Spielmanns Willie Stevenson, dessen ›Wandering Willie's Tale‹, als Erzählung in die Romanhandlung eingeschoben, aufgrund entsprechender Gattungskriterien gemeinhin als frühes Beispiel e. Kurzgesch. gilt. Die Romane der Waverley-Gruppe lassen sich nach unterschiedl. Gesichtspunkten (Chronologie, hist. Epochen, Schauplätze, MA, neuzeitl. Schottland) ordnen. Nicht eindeutig ist geklärt, ob der Titelroman als erster entstand. In ihrer Gesamtheit bedeuten die *W.N.* e. neues Verständnis geschichtl. Ereignisse u. Realität in fiktionaler Umsetzung. Das fakt. Überzeugende gelingt S. am besten in Darstellungen aus Schottlands jüngster Vergangenheit, e. Zeitspanne mit bedeutsamen Folgeerscheinungen auf polit. u. gesellschaftl. Gebiet. Dabei beruft er sich mit Vorliebe auf Augenzeugenberichte; die weitere Vergangenheit wird aus Berichten älterer Personen (z.B. Bradwardine in *W.*) erschlossen. Hist. Sittenbilder verbinden sich mit höchst romant. Geschehen; bestechende Detailgenauigkeit, episch ausholende Schilderungen, bildhafter Stil; sprachl. immer dann am kraftvollsten, wenn der heimatl. Dialekt hereinspielt. Geschichtl. Authentizität u. Fiktion werden in Einklang gebracht. Der Protagonist, meist ohne starke Eigengesetzlichkeit, bleibt den Erfordernissen hist. Kolorits untergeordnet. Die stärksten, weil Individualität verkörpernden Charaktere sind bei S. vielfach die exzentr. Nebenfiguren aus dem schott. Alltag. In kom. Szenen u. humorvoll angelegten Zwischenspielen tragen sie zur Auflockerung bei. Mit den *W.N.*

wollte S. Einblick in das Leben u. Brauchtum vergangener Tage geben, letztl. das Geschichtsbewußtsein s. Landsleute wecken: Schottland als Gesch. u. Gegenwart, nationale Existenz aus lit. Perspektive ins Bewußtsein gerückt. Die Glaubwürdigkeit des Dargestellten wird vom Gerüst der Herausgebervorworte, Einleitungen, Schlußkapitel und Nachworte gestützt. Die → auktoriale Erzählform, zwar nicht ganz so konsequent eingehalten wie etwa bei → Fielding oder → Thackeray, bestimmt Anlage u. Aufbau. Das Neue der *W.N.* liegt in der von S. dargebotenen, sehr ausgewogenen Mischung von Historie u. Fiktion, mit geschickt erzeugter Erzählspannung in Bewegung gesetzt. Der hist. Roman S.scher Prägung ist zugleich → novel of manners, im Vergangenheitsbezug nicht ohne moral. Anspruch. Die Rezeption der *W.N.* verzeichnet auch einige negative Stimmen, bes. unter dem Aspekt mangelnder Formdisziplin u. Vielschreiberei (u. a. E. M. → Forster u. G. Lukács). S.s Vermögen, Gesch. immer dann am eindringlichsten zu vergegenwärtigen, wenn die Bindung zur Vergangenheit gefühlsmäßig bes. ausgeprägt u. der zeitl. Abstand zu den Begebenheiten relativ kurz ist, bleibt davon jedoch unberührt. Was hier für die *W.N.* noch im Sinne e. neuen Romangattung gilt, kann für den hist. Roman nach S. allg. festgestellt werden. *hd*

Waverley Novels, XII 1842–47 (Abbotsford Edition); Border Edition, hg. A. Lang, XLVIII 1892–94; Oxford Edition, XXV 1912; zahlreiche weitere Gesamt- u. Einzelausgaben der Romane. – J. T. Hillhouse, The ›W.N.‹ and Their Critics, 1936. J. Marriott, Engl. History and Engl. Fiction, 1940. C. F. Fiske, Epic Suggestion in the Imagery of the ›W.N.‹, 1940. M. Lukács, D. hist. Roman, 1955. M. F. A. Husband, A. Dictionary of the Characters of the ›W.N.‹, 1962. A. Welsh, The Hero of ›W.‹, 1963. N. S. Bushnell, W.S's Advent as a Novelist of Manners (SSL, 1 1963, 15–34). W. Iser, Möglichkeiten d. Illusion i. hist. Roman (Nachahmung u. Illusion, hg. H. R. Jauß, 1969, 135–56, 228–36). K. Massmann, D. Rezeption d. hist. Romane von Sir W.S. i. Frankreich, 1972. K. Gamerschlag, Sir W. S. u. d. ›W. N.‹, 1978. Ders., D. Korrektur d. ›W. N.‹, 1979.

The Waves, Roman von V. → Woolf (1931), der radikal mit den Erzähltechniken des traditionellen Romans bricht. Das »very serious, mystical poetical work« (Woolf) thematisiert das Fortschreiten der Zeit: Tage, Monate, Jahreszeiten folgen aufeinander wie Wellen u. enden für den einzelnen mit dem Tod. Die Bilder vom Zeitablauf am Meer durchziehen leitmotiv. das Werk. Themat. Zentrum ist neben Vergangenheit u. Gegenwart der Tod u. s. Verhältnis zu Leben u. Liebe. Individuen gleichen der Welle, die sich am Strand bricht, während das Meer weiter existiert. E. klare Handlung, zeitl. Fixierung oder e. → auktorialer Erzähler sind nicht zu erkennen, statt dessen reiht das Werk die → interior monologues von 6 Personen aneinander, die zuerst als Kinder auftreten u. dann an mehreren Stationen ihrer sehr versch. Lebenswege wieder zusammentreffen. E. zunächst verwirrende Folge von Sinneseindrücken, Reflexionen, Beschreibungen u. Symbolen wird durchsichtig als Ergebnis strenger formaler Präzision. Den biograph. Perioden entsprechen jeweils Jahres- oder Tageszeiten an der Küste: die Trennung von Person u. Außenwelt hebt sich auf, menschl. Dasein tritt in Bezug zu kosm. Mächten. *ks*

W. Borgers, ›T.W.‹ v. V. Woolf. D. Unters. e. Experiments, 1953. I. Rantavaara, V.W's ›T.W.‹, 1960. R. G. Collins, V.W's Black Arrows of Sensation: ›T.W.‹, 1962. M. Brandt, Realismus u. Realität i. mod. Roman: methodolog. Unters. zu V.W.s ›T.W.‹, 1968.

The Way of all Flesh, autobiogr. Roman von S. → Butler.

The Way of the World, Kom. in 5 Akten von W. → Congreve, UA März 1700, Lincoln's Inn Fields Theatre, London. Mirabell, e. Mann in den besten Jahren, will Millamant, e. Mündel der Lady Wishfort, heiraten. Um deren Widerstand zu brechen, inszeniert er e. Intrige, um Lady Wishfort, deren Schwächen nur zu bekannt sind, erpressen zu können. Mirabell fällt aber seinerseits e. Intrige zum Opfer. Mrs. Marwood, e. Mätresse, die sich für Mirabells Desinteresse an ihrer Person rächen will, u. deren Geliebter Fainall, mit dessen Frau Mirabell e. Verhältnis hatte (als die Beziehung nicht ohne Folgen blieb, arrangierte Mirabell e. Heirat s. Geliebten mit dem ahnungslosen Fainall), wollen Mirabells Pläne durchkreuzen, weil sie an Millamants Mitgift u. am Vermögen der Lady Wishfort interessiert sind. Mrs. Marwood hat e. Gespräch belauscht u. Mirabells Pläne erfahren. Letztere bringt nun die Affäre ans Licht. Trotzdem gewinnen sie dieses Spiel der Intrigen keineswegs, denn Mirabell heiratet schließl. doch noch Millamant. Mrs. Fainall kontert die wütenden Vorwürfe ihres Mannes, der nun von Mirabells Vaterschaft weiß, mit e. Vertrag, der ausgerechnet Mirabell als Verwalter ihres nicht unbeträchtl. Vermögens ausweist. Fast endet dieses Spiel noch versöhnl., denn die Sieger wollen ihre Widersacher nicht vernichten; alle Beteiligten sehen die Vorfälle als unvermeidbare Ereignisse im Lauf der Welt. Obwohl dieses Stück heute nicht nur als das beste C.s, sondern des Genres der → comedy of manners angesehen wird, hatte es bei s. UA so geringen Erfolg, daß der Autor sich vom Theater zurückzog. Verwirrende Beziehungen der Figuren, e. breites Spektrum genau beschriebener Charaktere oder die fast zu geschliffenen Dialoge können Gründe für diesen Mißerfolg gewesen sein. *ra*

Hg. K. M. Lynch, 1965. – P. u. M. Mueschke, A New View of Congreve's ›W. of the W.‹, 1958. Ch. R. Lyons, Disguise, Identity, and Personal Value in ›The W. of the W.‹ (ETJ, 23, 1971, 258–68). A Roper, Language and Action in ›The W. of the W.‹, ›Love's Last Shift‹, and ›The Relapse‹ (ELH, 40, 1973, 44–69).

Webster, John, 1580(?) – 1625(?); wahrscheinl. Sohn e. Londoner Schneiders. S. Kenntnisse der klass. Lit. lassen auf e. gute Schulbildung schließen. W. schrieb ab 1602 in Koproduktion mit mehreren Autoren (→ Heywood, → Marston, bes. → Dekker *Westward Hoe!* u. *Northward Hoe!*) für die Bühne, verfaßte aber ab 1610 Stücke in eigener Regie, darunter *The White Devil, or Vittoria Corombona* (1612), *The → Duchess of Malfi* (1614) u. *The Devils' Law Case* (1614). 31 Jahre später erschien die Trag. *Appius and Virginia.* W. war wahrscheinlich Mitglied der Truppe engl. Komödianten, die 1596 u. a. Dtl. besuchten. S. Werke sind typ. Schauerstücke, zeichnen sich durch realist. Präsentation u. Analogien zur Zeitgesch. aus u. sind durchweg von Seneca beeinflußt. Das eigentl. Interesse gilt e. ausgefeilten Charakterzeichnung, nicht der Handlungsstruktur. Alle Figuren sind von Schicksalsmächten abhängig. Das große Einfühlungsvermögen des Vf. in die Gefühlswelt s. Charaktere wird durch e. ausdrucksstarke Diktion widergespiegelt (bewegl. Blankverse). W. gilt als der begabteste Nachfolger Shakespeares. *ra*

Complete Works, hg., F. L. Lucas, IV [2]1966–67. – F. Lagarde, J.W., 1968. K. H. Ansari, J.W., 1969. P. B. Murray, A Study of J.W., 1969. C. Leech, J.W. A Crit. Study, [3]1970. R. Berry, The Art of J.W., 1972. D. Rolle, Ingenious Structure: D. dramat. Funktion d. Sprache i. d. Trag. d. Shakespearezeit. 1972. E. K. Goreau, Integrity of Life: Allegorical Imagery in the Plays of J. W., 1974. M. West, The Devil and J. W., 1974.

The Weir of Hermiston, Romanfragment von R. L. → Stevenson.

Well-made Novel. Mit e. Problemstellung für den Protagonisten einsetzend werden im weiteren Verlauf an ihn herangetragene Schwierigkeiten gemeistert, am Ende alle Mißverständnisse aufgeklärt u. beseitigt. Anlage u. Erzähltechnik lassen Routine erkennen, keine Experimente, Verarbeitung von Klischeevorstellungen, auf Unterhaltungswert u. Lesererwartung abgestimmt. *hd*

Well-made Play. Handwerkl. perfektes Stück des kommerziellen Boulevardtheaters, das, oft mit großer Starbesetzung, bis 1956 (→ New English Drama) die engl. Bühne beherrschte u. noch heute die Masse der Londoner → West End-Produktionen ausmacht. Das Genre zeigt e. gewisse Offenheit für aktuelle Themen u. Formen, es fehlt aber oft an Profundität u. Konsequenz. Das bühnensichere Grundmuster der Werke rekurriert auf Erprobtes u. Bewährtes. Die großen Meister des w.p. sind Coward u. Rattigan, zur älteren Generation der Autoren gehören B. W. Levy, R. Ackland, J. Popplewell, N. Langley, W. D. Home, J. Forsyth u. T. Willis. In den letzten 2 Jahrzehnten traten u.a. hervor: Luke, J. Mortimer, Owen, Markus, Dyer, W. Hall, Waterhouse, L. Webb, B. Cross, D. Gregan, Frisby, S. Gray, Ayckbourn u. Hampton. *ks*

J. R. Taylor, The Rise and Fall of the W.P., 1967.

Weller, Samuel, Cockney, Diener bei Mr. Pickwick; → *Pickwick Papers*.

Wells, H(erbert) G(eorge), 21. 9. 1866 Bromley/Kent – 13. 8. 1946 London; Kaufmannslehrling, Autodidakt, Stipendiat am Royal College of Science in London, Dozent, später freier Schriftsteller. 1903 Mitglied der → Fabian Society, nach Auseinandersetzungen mit → Shaw später wieder ausgetreten. Reisen nach Dtl., Rußland u. USA, um für s. Ideen zu werben. Besuchte Stalin u. Roosevelt. Äußerst produktiver Autor. Zahlreiche soziolog. Abh. zeigen W.s Entwicklung vom Marxisten zum gemäßigten Sozialisten u. Pazifisten. Die naturwiss.-phantast. Romane *The → Time Machine* (1895), *The → War of the Worlds* (1898), *The First Men in the Moon* (1901), *A Modern Utopia* (1905) sind klass. Vorläufer der → Science Fiction. W. war in erster Linie Reformer u. Zeitkritiker, was s. Romane stark thesenhaft färbt, einige zu fiktiven Paraphrasen von Fabianer-Traktaten werden läßt. In den tragikom. Romanen nach der

Jahrhundertwende schildert er individuelle Gestalten, insb. das Leben kleinbürgerl. Helden. Die autobiogr. beeinflußte Satire *Kipps* (1905) stellt e. kleinen Tuchverkäufer dar, der sich, nachdem er e. beträchtl. Erbschaft gemacht hat, vergebl. den starren Regeln der Gesellsch. anzupassen versucht. *Tono-Bungay* (1909) ist W.s ambitioniertester sozialkrit. Roman. Er handelt von der geschäftl. Karriere des Sohnes e. Haushälterin, der durch das im Buchtitel genannte Allheilmittel zum Millionär wird, sich bei e. abenteuerl. Expedition ruiniert u. schließl. desillusioniert vom kapitalist. Wirtschaftssystem lossagt, um nur noch der ›Wahrheit u. Wissenschaft‹ zu dienen: er konstruiert Kriegsschiffe. Im Spätwerk behandelt W. vielfach die Frage, inwiefern der Mensch fähig sei, Weltbürger zu werden. S. optimist. Einstellung erlitt schwere Erschütterungen durch das Erlebnis beider Weltkriege, s. letzten Bücher sind von düsterer Grundhaltung (z.B. *Mind at the End of Its Tether,* 1945). *ks*

Works, XXVIII 1924–27. H.G.W. Society, Bibl., [2]1968. – E. Guyot, H.G.W., 1920. R. T. Hopkins, H.G.W. Personality, Character and Topography, 1922. J. Brown, H.G.W., [2]1929. H. Mattick, H.G.W. als Sozialreformer, 1935. H.-J. Lang, H.G.W., 1948. N. Nicholson, H.G.W., 1950. M. Belgion, H.G.W., 1953. L. Edel and G. Ray, Henry James and H.G.W., 1957. W. W. Wagar, H.G.W. and the World State, 1961. F. R. Chaplin, H.G.W. An Outline, 1961. B. Bergonzi, The Early H.G.W., 1962. I. Raknem, H.G.W. and His Critics, 1962. M. R. Hillegas, The Future as Nightmare, 1967. D. Hughes, The Man Who Invented Tomorrow, 1968. L. Dickson, H.G.W. His Turbulent Life and Times, 1969. P. Parrinder, H.G.W., 1970. V. Brome, H.G.W., [2]1970. G. A. Connes, A Dict. of the Characters and Scenes in the Novels, Romances and Short Stories of H.G.W., [2]1971. H.G.W. (The Critical Heritage), hg. P. Parrinder, 1972. A. Borello, H.G.W. Author in Agony, 1972. J.-P. Vernier, W. at the Turn of the Century, 1973. J. Williamson, H.G.W. Critic of Progress, 1973. N. & J. Mackenzie, The Time Traveller, 1973. G. N. Ray, H.G.W. & Rebecca West, 1974. H.G.W. A Collection of Critical Essays, hg. B. Bergonzi, 1976. B. Ash, Who's Who in H.G.W., 1979.

Wesker, Arnold, 24. 5. 1932 im Londoner East End aus kleinbürgerl. jüd. Familie russ.-ungar. Abstammung; ab 1948 Schreiner, Verkäufer in e. Buchhandlung, Wehrdienst, 1952–56 Klempner, Landarbeiter, Küchengehilfe, Konditor, Koch u. a. in Norwich, London u. Paris. S. Laufbahn als Dramatiker begann mit e. Ausbildung an der London School of Film Technique. 1961–71 Leiter des von den Gewerkschaften finanzierten → Centre 42. W. ist e. idealist. Kämpfer gegen Ignoranz u. Indifferenz, e. engagierter sozialist. Gesellschaftskritiker. Immer wieder wird in s. Dramen das Wesen des wahren Sozialismus thesenhaft diskutiert; die Charaktere stehen repräsentativ für Möglichkeiten versch. Haltungen zum Sozialismus. W.s naturalist. Darstellung des Proletariermilieus macht ihn zum wichtigsten Vertreter des → kitchen-sink drama, zugleich aber experimentiert er mit Zeitsprüngen, Symbolen, Traumszenen u. zarten psych. Studien. Über ihre Sprachrohrfunktion hinaus sind W.s Charaktere glaubwürdige, lebenssprühende, ›runde‹ Menschen, deren Vitalität den Rahmen ihrer Rollenfunktion sprengt. W. wurde bekannt durch die → *Chicken Soup Trilogy. The* → *Kitchen* zeigt das hekt. Getriebe in der Küche e. großen Restaurants als erschreckendes Abbild e. sinnentleerten, enervierenden Welt der perfektionierten Arbeitsteilung. → *Chips with Everything* enthüllt im Mikrokosmos e. Luftwaffenkaserne den raffinierten Konformitätsdruck des Establishments; *Their Very Own and Golden City* (1966) erzählt von den Frustrationen lebenslanger Bemühungen e. idealist. Architekten, menschenwürdigere Städte zu bauen. *The Four Seasons* (1966), e. poet., ganz aus gesellschaftl. u. polit. Bezügen herausgelöste Gesch. vom Aufblühen u. Vergehen e. Liebesbeziehung, schien e. Abkehr von den bisherigen Formen u. Themen des Autors anzukündigen; *The → Friends* (1970), *The Old Ones* (1972) u. *The Wedding Guest* (1976) kehren zwar wieder zu ähnl. Personal wie die frühen Stücke zurück u. intensivieren noch die Diskussion ideolog. Positionen, weiten diese aber zugleich aus auf elementare menschl. Fragen. Während in den frühen Dramen die Betonung mehr auf dem Polit., Ideolog. liegt, verschiebt sie sich von *The Four Seasons* an auf das Private, Existentielle. In *Said the Old Man to the Young Man* (1978) erweist W. sich auch als Meister der Kurzgesch. Der Essaybd. *Fears of Fragmentation* (1970) bietet Aussagen zum gedankl. Aufbau u. Gehalt s. Werke. *ks*

H. U. Ribalow, A.W., 1965. R. Hayman, A.W., 1970. G. Leeming & S. Trussler, The Plays of A.W., 1971. V. Lindemann, A.W. als Gesellschaftskritiker, 1972. K.-H. Stoll, W.s Ideendrama (Pinter, 1977, 212–26).

Wesley, John, 17. 6. 1703, Epworth/Lincolnshire – 2. 3. 1791 London; Stud. u. Lehrtätigkeit in Oxford. Gründete 1729 mit s. Bruder Charles eine Gemeinschaft, aus der sich die Methodistenbewegung entwickelte. 1735 fuhr W. mit e. Gruppe dt. Geistlicher (Herrnhuter Brüdergemeine) nach Georgia. 1738 Aufnahme in die ›Moravian Society‹, London; erster Laienprediger der Bruderschaft, von der er sich jedoch 1745 trennte. Systemat. Aufbau s. Gemeinden u. Kirchen, wobei er die Kosten aus dem Verkauf s. rel. Schrifttums deckte; 1784 Weihe des 1. methodist. Geistlichen. Gezielte Evangelisation der ärmeren Schichten der engl. Gesellschaft, unermüdl. Einsatz zum Wohle der Gemeinden. W.s Lehre geht von der naturveranlagten Sündhaftigkeit des Menschen aus, betont aber für alle das Vorhandensein göttl. Kraft u. Gnade zur Rettung u. Erlösung im Geiste. Der Methodismus war von weitreichender Wirkung auf nachfolgende rel. Erneuerungsbewegungen, bes. im 19. Jh. Fand auch Niederschlag in der Lit., z. B. → Bennetts *Clayhanger Trilogy*. E. völlige Trennung vom Anglikanismus war im Grunde nie die Absicht W.s, ledigl. e. eigenständige, rel. vertiefte Gemeinschaft innerhalb dieser Kirche. *hd*

Works, XXXII 1771–74; hg. T. Jackson, XIV 1829–31; n. 1958 ff. – Journal, hg. Curnock, VIII 1909–16. Letters, hg. J. Telford, VIII 1931. – R. Green, Bibl. of the Works of J. and Charles W., 1896. – J. Whitehead, J.W., II 1791–93. R. Southey, J.W., II 1820. L. Tyerman, J.W., III 1870–71. W. H. Hutton, J.W., 1927. W. J. Warner, The Wesleyan Movement in the Industrial Revolution, 1930. M. R. Brailsford, A Tale of Two Brothers: J. and Charles W., 1954. W. S. Ethridge, Strange Fires, 1971.

Wessex Novels → Hardy, Th.

Wessex Poems and Other Verses → Hardy, Th.

West End-Theatres. In der Londoner Shaftesbury Avenue u. ihrer Umgebung liegende kommerzielle Theater wie das Apollo, Coliseum, Criterion, Duke of York's, Globe, Haymarket, Lyric, Palace, Piccadilly, Prince of Wales, Queens, Regent, Shaftesbury, die v. a. geschäftl. erfolgreiches Unterhaltungstheater, insb. → well-made plays u. Musicals, produzieren, in den letzten Jahren auch erfolgreiche Stücke der Autoren des → New English Drama herausbringen oder von kleineren Theatern übernehmen. Es gibt derzeit in London 45 West End-, 35 → Fringe- u. 10 Lunchtime-Theater. *ks*

Westminster Abbey → Poets' Corner.

Westminster Review, 1824 von → Bentham u. J. → Mill gegründete Zs. der ›philosophical radicals‹. Veröffentlichte auch Beitr. von G. → Eliot, 1851 stellvertretender Hg. unter J. Chapman.

West-Saxon Gospels → Homilies.

West of Suez, Drama von J. → Osborne.

What Maisie Knew, Roman von H. → James.

Whisky Priest → Greene, G.

White, Terence Hanbury (Ps. James Aston), 29. 5. 1906 Bombay – 17. 1. 1964 Piräus; höchst origineller, vielseitiger Autor. Die auf → Malorys *Morte Darthur* beruhende, mod. Terminologie, Psychol. u. anachronist. Elemente nutzende Arthur-Trilogie *The Sword in the Stone* (1938), *The Witch in the Wood* (1939), *The Ill-Made Knight* (1941) – überarbeitet in 1 Bd. als *The Once and Future King,* 1958 – war die Grundlage des am. Musicals *Camelot* von Lerner u. Loewe. Weitere große Erfolge: *Mistress Masham's Repose* (1946), e. märchenhafte Gesch. über Nachfahren von Gullivers Lilliputanern in England u. *The Goshawk* (1951), e. Bericht von W.s Dressur e. Hühnerhabichts. *ks*

White, William Hale (Ps. Mark Rutherford), 22. 12. 1831 Bedford – 14. 3. 1913 Groombridge; Theologiestud., ab 1854 bei der Admiralität. Vf. stark autobiogr. gefärbter Bücher, z. B. *The Autobiography of Mark Rutherford* (1881), *Mark Rutherford's Deliverance* (1885, hg. H. W. Massingham, 1932). Mit Ironie vollzieht W. e. persönl. Charakteranalyse, die s. Zweifel am christl. Glauben aufgrund wissenschaftl. Erkenntnisse zum Ausdruck bringt. Treffende Beschreibung des kleinbürgerl. Milieus u. der Provinz; folgt e. Tendenz des späten 19. Jh., wonach unter dem Eindruck der Naturwissenschaften Glauben u. Kirche Skepsis entgegengebracht wurde. Übs. Spinozas; krit. Schr. u. Essays. *hd*

Novels, hg. H. W. Massingham, VI 1923. – W. H. Stone, Religion and Art of W.H.W., 1954. I. Stock, W.H.W. – Mark Rutherford, 1956. S. Merton, W.H.W. 1967.

Whiting, John Robert, 15. 11. 1917 Salisbury – 16. 6. 1963 London; Schauspieler, Vf. geistreicher Kom. mit Hang zum Skurril-Absurden. Die Dichte u. ausgefeilte Komplexität s. Dramen stellen höchste Ansprüche an Intellekt, ästhet. Sinn u. Sprachbewußtsein des Publikums. 1. abendfüllendes Drama war *Saint's Day* (1952). Das nach der Vorlage von A. → Huxleys essayist. Dokumentarroman *The Devils of Loudon* (1952) geschriebene, von Ken Russell verfilmte Drama *The Devils* (1961) über den gottsuchenden Stadtpfarrer Grandier u. die teufelsbesessenen Nonnen um Priorin Jeanne dient als Exemplum für die – unbeantwortete – Frage nach der Möglichkeit e. Selbsttranszendierung, nach dem Wesen des Menschen u. dem Sinn des Daseins. *No Why* (1964) hat den Selbstmord e. Kindes zum Handlungsgegenstand. *A Penny for a Song* (1963) ist e. zur Zeit der Napoleon. Kriege spielende heitere Kom., welche die insularen Idiosynkrasien der Engländer aufs Korn nimmt. Drehbücher zu *Cleopatra* u. *The Bible*. *ks*

Collected Plays, hg. R. Hayman, II 1962 – R. Hayman, J.W., 1968. S. Trussler, The Plays of J.W., 1972.

Widowers' Houses, 1. von G.B. → Shaw 1892 beendetes u. 1893 publiziertes Drama in 3 Akten; UA 9. 12. 1892 Royalty Theatre, London. Ursprüngl. war es 1884 u. d. T. *Rhinegold* als Gemeinschaftsarbeit mit dem avantgardist. Theaterkritiker u. Ibsen-Übs. W. Archer in Anlehnung an E. Augiers *La Ceinture Dorée* geplant, wobei Archer das Handlungsgerüst, Shaw den Dialog entwerfen sollte. 1887 wurde der Plan jedoch wegen grundsätzl. ästhet. Differenzen aufgegeben; erst 1892 nahm S. die Arbeit an diesem Stück wieder auf, um es dem inzwischen gegr. Independent Theatre für die 2. Inszenierung zur Verfügung zu stellen. Die Pressereaktion auf die als Provokation aufgefaßte Inszenierung war heftig; sie veranlaßte Shaw jedoch, entgegen s. ursprüngl. Absicht, das Drama 1893 zu veröffentlichen. Der Mediziner Harry Trench unternimmt mit e. Freund e. Rheinreise u. begegnet Mr. Sartorius, in dessen Tochter Blanche er sich sofort verliebt u. um deren Hand er anhält. Als Harry aber erfährt, daß Sartorius durch Vermieten von Elendsquartieren in London zu s. Geld gekommen ist, stellt er Blanche vor die Alternative, sich für ihn oder für ihres Vaters Geld zu entscheiden. Blanche löst die Verlobung. Danach stellt sich heraus, daß Harry u. s. Verwandten von dem Geld leben, das sie als Hypothek auf die Elendsquartiere des Sartorius aufgenommen haben; Trench ist moral. zerstört. Die Verbindung zu Sartorius wird erneuert, als Trench aufgrund der Drohung, daß ihm die Hypothek gekündigt werde, e. Grundstücksspekulation zustimmt. Mit der Aussöhnung Blanche-Trench hat sich letzterer in die Welt des Sartorius integriert, die von der Ausbeutung der Ärmsten lebt u. nur kritiklose Helfershelfer gebrauchen kann. Hinter dem e. Bibelstelle entlehnten Titel (Matthäus 23, 14) sowie dem Namen Sartorius (anklingend an Th. Carlyles → *Sartor Resartus*) verbirgt sich e. satir. Dekuvrierung e. unter dem Deckmantel gesellschaftl. Anerkennung u. privaten Wohlwollens agierenden, ökonom. brutalen Nutznießers der Ärmsten sowie die iron. Bloßstellung e. halbherzigen, weil inkonsequenten u. ausschließl. verbalen Opposition gegen diese Praktiken u. der Integration des Opponenten in das System der Kommodität. In den Nebenfiguren vollzieht sich die karikaturist. Auseinandersetzung mit von Shaw als ›idealist.‹ bezeichneten typ. gesellschaftl. Verhaltensmustern. In diesem ›new drama‹ greift Shaw die kapitalist.-viktorian. Gesellsch. an, die Nutzen aus den Unterprivilegierten zieht, anstatt ihnen zu helfen. Bevor sich die Gesellschaftsstruktur nicht im Sinne des Sozialismus ändert, wird es nach Shaw immer e. Sartorius geben. Aktuellen Charakter erhält *W. H.* durch die ihm von Shaw gegebene Bezeichnung ›bluebook play‹, d. h. e. Drama, in dem wie in Regierungsberichten e. sozialen Frage nachgegangen wird. Die dort aufgeworfene soziale Frage der Ausbeutung der Armen sollte nach ihrer Beseitigung gegenstandslos sein u. das Stück dadurch s. Zeitgebundenheit erweisen. Diese wohl satir. gemeinte Prognose bewahrheitete sich nicht, denn der Entrüstungssturm bei der UA 1892 hielt geraume Zeit u. die soziale Anklage verleiht dem Drama auch heute noch Denkwürdigkeit u. Anerkennung. *ra*

M. Meisel, S. and the 19th Cent. Theater, 1963. Ch. B. Purdom, A Guide to the Plays of G.B. S., 1963. L. Crompton, S. the Dramatist, 1971. F. Denninghaus, D. dramat. Konzeption G.B.S.s, 1971. B. F. Dukore, ›W.H.‹ A Question of Genre (Modern Drama, 17 1974, 27–32).

Widsith, ›Weitfahrt‹ (→ Exeter Book), in der Tradition der Spruch- oder Merkversdichtung, 143 V., Name e. → Skop. 3teiliger Aufbau: Königskatalog, Völkerkatalog, Heldenkatalog; als Ganzes im Sinne e. Lobliedes auf den Sänger, s. Wanderleben, in dessen Verlauf er mit vielen Kgn. u. Völkern zusammentrifft, aufzufassen. Keine chronolog. Geschichtsbetrachtung, ledigl. Nennung von Namen aus mehreren Jh., z. B. Attila u. Theoderich, Finn u. Hnaef, im → *Finnsburgh*-Fragment erwähnt, sowie anderer im → *Beowulf* u. der *Vilkina Saga* erwähnter Personen. Der besungene Skop muß demnach fiktiv sein, worauf auch s. Name hinweist, obwohl er als konkrete Figur dargestellt wird. Kein genaues Entstehungsdatum, vermutl. 7. Jh. oder früher: das christl. Element ist nur sehr schwach vertreten. Der autobiogr. ›Prolog‹ u. ›Epilog‹ sind vermutl. jünger als die erzählten Episoden um Kge. u. german. Helden, die vom Dichter eingefügt wurden. *js*

›W.‹, hg. R. W. Chambers, 1912. ›W.‹ (mit Bibl.), hg. K. Malone, ²1962. – C. A. Brady, The Eormanric of the ›W.‹, 1937.

Wild Oats, Kom. von J. → O'Keeffe.

Wilde, Oscar Fingal O'Flahertie Wills, 16. 10. 1854 Dublin – 30. 11. 1900 Paris; Dramatiker, Lyriker u. Erzähler; verlebte s. Kindheit in e. liberalen Elternhaus. S. Vater war Arzt u. e. Kapazität der Archäologie sowie der Volkskunde Irlands, s. Mutter e. exzentr. ir.-nationalist. Dichterin. Stud. Dublin u. Oxford, dort beeinflußt von → Pater, vom frz. Symbolismus u. von den ästhet. Theorien → Ruskins. 1879 zieht der als Exzentriker u. Dandy bekannte W. als selbsternannter ›Professor of Aesthetics‹ nach London u. wird zum Hauptvertreter der ästhet. Bewegung in England. 1884 Heirat mit Constance Lloyd. Nach e. Vortragsreise durch Amerika (1882) u. nach der karikaturist. Zeichnung s. Person in der kom. Oper *Patience* von Gilbert u. Sullivan gelang W. mit s. Roman *The Picture of Dorian Gray* (1890) der Durchbruch. In diesem amoral.-antibürgerl., bewußt provozierenden Buch gibt er das Bild e. perversen Narzisten wieder, der jedoch am Ende verzweifelt. Die Darstellung dieses Themas, dem Balzacs *Peau de chagrin* zugrunde liegt u. das an → Stevensons *The Strange Case of Dr. Jekyll and Mr. Hyde* erinnert, gewinnt durch s. melodramat. Züge u. den dekorativen Stil. Im Gegensatz dazu fanden s. romant.-sentimentalen Märchen *The Happy Prince* etc. nur wenig Beachtung. Von s. dramat. Werken erlangte die in frz. Sprache abgefaßte Trag. *Salomé* bes. auf dem Kontinent große Resonanz. Bis 1931 nicht zu e. öffentl. Auff. in England zugelassen, wurde sie durch die dt. Übs. von H. Lachmann u. die Oper von R. Strauss, dem sie als Libretto diente, bekannt (1894 EA der von → Beardsley illustrierten Übs. von Lord Alfred Douglas). W.s künstler. wertvollste u. zugleich erfolgreichste Leistung waren s. an der → comedy of manners angelehnten Gesellschaftskom., in denen er hinter frivoler Maske die typ. viktorian. Konventionen u. Moralvorstellungen angriff u. kritisierte: *Lady Windermere's Fan,* 1892; *A Woman of No Importance,* 1893; oder das immer noch populäre *An Ideal Husband,* 1895. Geistreiche Eleganz, witzige Dialoge u. der Kult um e. kommerzialisierten Künstler trugen zur Beliebtheit der Stücke bei, unter denen *The Importance of Being Earnest* (1895) e. Sonderstellung einnimmt. Auf dem Höhepunkt des Erfolges wurde W. der Homosexualität angeklagt, 2 Jahre lang inhaftiert u. dadurch zu e. legendären Figur stilisiert. Nach s. Entlassung erschienen noch 2 weitere Werke, s. Bekenntnisschr. *De Profundis,* (1905) u. die Ballade e. zum Tode verurteilten Mörders *The Ballad of Reading Gaol* (1898). W. war der einzige bedeutende Vertreter der von Frankreich ausgegangenen Décadence-Bewegung in England. Er hatte sich die theatral. Geste zum Lebensprinzip gemacht u. übertrug den Ästhetizismus als Extravaganz der Lebensführung, des Geschmacks u. der Kleidung konsequent in das prakt. Leben. Er gefiel sich in der Rolle des geistreichen, schockierenden Kommentators. S. Bedeutung als Theoretiker, die auf s. krit. Essays *The Critic as Artist* u. *The Decay of Lying* (in *Intentions,* 1891) beruht, wird man sich erst jetzt bewußt. *ra*

Complete Works, hg. J. B. Foreman, 1966. First Collected Edition, hg. R. Ross, XV 1908–22; n. 1969. – Letters, hg. R. Hart-Davis, 1962. – St. Mason, Bibl., ²1972. – H. Montgomery Hyde, The Trials of O.W., 1948. R. Merle, O.W., 1948. H. Pearson, The Life of O.W., ²1954. A. Ojala, Aestheticism and O.W., II 1954–55. E. San Juan, Jr., The Art of O.W. 1967, ²1978 O.W. (The Critical Heritage). hg. K. Beckson, 1970. R. V. Johnson, Aestheticism, ²1973 (Critical Idiom). A. W. Williamson, W. and the Aesthetic Influence (Artists and Writers in Revolt, 1977, 182–196). R. Omasreiter, O.W. (Forum Anglistik, hg. R. Ahrens u. E. Wolff, 1978). E.H. Mikhail, O.W. Bibl. of Criticism, 1978.

Wilkes, John, 17. 10. 1727 Clerkenwell/London – 26. 12. 1797 London; Journalist, Politiker. Stud. Leiden; 1757 mit Unterstützung Pitts Abgeordneter für Aylesbury. S. satir. Zs. ›The North Briton‹ (1762) richtete sich gegen → Smolletts ›The Briton‹. W. griff Lord Bute, die

Regierung u. George III an, vertrat e. polit. radikalen Standpunkt; sehr populär; Kritik an Englands Kolonialpolitik in Amerika. Wegen übler Nachrede zweimal aus dem Parlament ausgeschlossen; 1774 Lord Mayor von London. W.s Sinn für Humor wurde von der Gesellschaft akzeptiert, sogar von Persönlichkeiten wie Dr. Johnson, die ihm polit. mißtrauten u. s. Lebensführung nicht billigten. *hd*

Correspondence of J. W. and Ch. Churchill, hg. E.H. Weatherly, 1954. – W.F. Rae, W., Sheridan, Fox: The Opposition under George III, 1874. C.P.C. Trench, Portrait of a Patriot. A Biography of J. W., 1962.

Will's Coffee House → Coffee Houses.

Williams, Heathcote, 15. 11. 1941 Helsby. S. höchst originelles Erfolgsdrama *AC/DC* (1972) experimentiert mit Lauten, Tönen, verschiedenartigsten Jargons, Obszönitäten u. Lichteffekten, um schizophrene innere Zustände visuell u. auditiv darzustellen. Die Charaktere ›funktionieren‹ aufgrund ihrer elektr. Energie u. versuchen, durch seltsame sadist. Rituale unmittelbaren psychischen Kontakt zueinander herzustellen. *ks*

Williamson, Henry, 1. 12. 1895 Parkstone/Dorset – 14. 8. 1977; mit 17 als Freiwilliger in den 1. Weltkrieg, Journalist, freier Schriftsteller u. Landwirt. W. ist e. der Hauptvertreter des → roman-fleuve in England, s. Werke haben aber zu viele stilist. Unebenheiten u. Schwächen u. sind zu weitschweifig, um gleichberechtigt neben die von → Snow oder → Powell gestellt zu werden. Die Romantetralogie *The Flax of Dreams* (*The Beautiful Years,* 1921; *Dandelion Days,* 1922; *The Dream of Fair Women,* 1924; *The Pathway,* 1928) erzählt die Gesch. von Willie Maddison von der Kindheit bis in die Zeit nach dem 1. Weltkrieg u. zeigt deutl. den Einfluß von W.s Vorbild, dem Naturschriftsteller Richard Jefferies. Der monumentale 15bändige Zyklus *A Chronicle of Ancient Sunlight* (*The Dark Lantern,* 1951; *Donkey Boy,* 1952; *Young Phillip Maddison,* 1953; *How Dear is Life?,* 1954; *A Fox under My Cloak,* 1955; *The Golden Virgin,* 1957; *Love and the Loveless,* 1958; *A Test to Destruction,* 1960; *The Innocent Moon,* 1961; *It Was the Nightingale,* 1962; *The Power of the Dead,* 1963; *The Phoenix Generation,* 1965; *A Solitary War,* 1966; *Lucifer Before Sunrise,* 1967; *The Gale of the World,* 1969), die am Leben des Vf. orientierte fiktive Autobiogr. des Phillip Maddison (e. Cousin von Willie), gibt e. mikroskop. genaues Bild e. schlichten, extrem konservativen Mannes. Der Zyklus beginnt in den 80er Jahren des letzten Jh., schildert die Kindheit vor dem 1. Weltkrieg u. 4 höll. Jahre an der Front. Nach dem Krieg lebt Maddison als Bauer auf dem Land u. schreibt e. Bestseller über Tiere (vgl. *Tarka*-Bücher). Er bewundert Hitler, besucht Berlin u. Nürnberg u. ersucht den Führer persönl., den 2. Weltkrieg zu vermeiden. 1939 wird er in England als faschist. Verräter geächtet. Von den romantisierend faschist. u. rassist. Tendenzen, die – selbst noch im letzten Bd. des Zyklus – nicht nur in der Bewunderung für Hitler u. Mosley evident werden, sondern auch in e. bizarren Versuch, Rudolf Heß aus Spandau zu befreien, wurden Leser wie Rezensenten zunehmend peinl. berührt. W. erlangte großen, bleibenden Ruhm mit stilist. meisterhaften Tierbüchern, z. B. *Tarka the Otter* (1927), *Salar the Salmon* (1935), *Collected Nature Stories* (1970). Zahlreiche Kurzgesch. über das Landleben. *ks*

I. W. Girvan, A Bibl. and a Critical Survey of the Works of H.W., 1931. H. F. West, The Dreamer of Devon, 1932.

Wilmot, John, 2nd Earl of Rochester, 10. 4. 1647 Ditchley – 20. 7. 1680 Woodstock; Stud. Oxford, 1661 M.A.; 3jährige Bildungsreise durch Europa; 1665 Teilnahme am Krieg gegen die Niederländer. W.s Ged. gerieten zum Ausdruck persönl. Enttäuschungen, Zeugnisse e. Lebenswandels ohne feste sittl. Normen; Vorliebe für teils obszöne, zumeist frivole Liebeslyrik. *hd*

Collected Works, hg. J. Hayward, 1926. Poems. hg. V. de Sola Pinto, 1953; n. D. M. Vieth, 1968. – V. de Sola Pinto. W. [2]1962. Ders., The Restoration Court Poets, 1965.

Wilson, Angus Frank Johnstone, 11. 8. 1913 Bexhill; verbrachte Jahre s. Kindheit der Spielleidenschaft des Vaters wegen in billigen Pensionen u. Hotels, in denen er die exzentr. Charaktere kennenlernte, die sich in s. Werken wiederfinden. 3 Jahre in Südafrika bei Verwandten der Mutter, Westminster School, Stud. Gesch. Merton College, Oxford; begeisterter Laienschauspieler. 1936–55 Bibliothekar im Brit. Museum, 1942–46 Foreign Office. W. begann nach e. Nervenzusammenbruch als Therapie Kurzgesch. zu schreiben. Mit 42 Jahren gab er s. Stellung im BM auf, um sich ganz der Schriftstellerei widmen zu können. Dozent Univ. of East Anglia 1963, Prof. 1966; Berkeley, 1967. Unbestechl., bissig-boshafter, pessimist. Analytiker der oft bedrückenden Kuriositäten des mod. Lebens u. satir.-parodist. Charakterschilderer der bürgerl. Gesellsch. insb. versnobter, untüchtiger, parasitärer Familien. Zentrales Motiv s. Werke ist oft das Problem von Verantwortung u. Schuld, die Spannung zwischen öffentl. Erfolg u. Versagen im privaten Bereich. W.s Protagonisten versuchen, ihr Leben nach liberal-humanist. Maximen einzurichten, aber ihr Handeln schafft Konflikte u. Unrecht, sie erreichen e. Scheideweg, erleben e. schmerzhaften Prozeß der Selbsterkenntnis. Ihre scheinbar abgesicherte u. erprobte Weltanschauung erweist sich als Selbsttäuschung, sie werden sich ihrer versteckten Grausamkeit u. Gewalttätigkeit bewußt, das Leben scheint vergeudet. Das Resultat ist moral. Passivität, Zusammenbruch oder Tod; mehrfach aber auch e. bitter erkaufte ›self-realization‹, der Ausblick auf e. Neubeginn. W.s Erfolg begann mit Kurzgesch. (*The Wrong Set,* 1949; *Such Darling Dodos,* 1950); auch die Struktur s. Romane ist oft episod. *Hemlock and After* (1952) behandelt sehr freimütig die Probleme des homosexuellen Romanautors Bernard Sands, der das Vorhandensein des Bösen so lange leugnet, bis es sich ihm an der eigenen Natur offenbart, e. Erkenntnis, an der er zerbricht. Gerald Middleton, die Hauptfigur in → *Anglo-Saxon Attitudes* (1956) akzeptiert nach bitterer Selbsterkenntnis s. Versagen u. s. Einsamkeit. *The Middle Age of Mrs. Eliot* (1958) zeichnet e. einfühlendes Bild der Leere im Leben e. plötzl. verwitweten, liberalen, sensiblen Frau. Sie findet am Ende des Romans zum Neuanfang e. unsteten, aber ihrer ›self-realization‹ entsprechenden Lebens. Während die bisherigen Romane sehr stark vom Gesellschaftsroman des 19. Jh., insb. Zola, → Dickens u. G. → Eliot beeinflußt waren, beginnt W. von dem kuriosen Roman *The Old Men at the Zoo* (1961) an, erzähltechn. zu experimentieren, insb. mit eingeschobenen Pastiches. Die alptraumhaften Elemente, die bisher nur in Details hervortraten, rücken in diesem Werk ins Zentrum, ihre Symbolik ist oft überdeutl. Der Roman gestaltet den Konflikt zwischen Faschismus u. pluralist. Liberalismus vor dem bizarren Hintergrund e. imaginären faschist. Neuen Europas des Jahres 1970. → *Late Call* (1964) ist wohl der geschlossenste Roman W.s. *No Laughing Matter* (1967) gestaltet anhand e. kaum verschleierten Chronik von 4 Generationen der eigenen Familie des Autors den ›Niedergang Englands‹ in den Jahren 1912–67. In diesem Roman äußert sich W.s zunehmende Experimentierfreude u. der Einfluß V. → Woolfs in der Verwendung von inneren Monologen, größerem sprachl. Reichtum, e. Mischung von epischen u. dramat. Elementen, führt aber auch zu e. episod. Aufsplitterung. Diese läßt sich ähnl. in dem personenreichen, räuml. als parodist. Gralssuche von England über Indien, Ceylon, Malaia bis Japan gespannten *As If By Magic* (1973) beobachten. Der Roman verfehlt s. hochgestecktes Ziel, anhand zweier repräsentativer Randgruppen – Hippies u. Homosexuelle – e. tiefschürfende Anatomie der mod. Welt u. ihrer Probleme zu leisten, aufgrund der Künstlichkeit u. Realitätsferne s. Charaktere u. ihres Schicksals. Das Ideendrama *The Mulberry Bush* (1956) ist die subtile Darstellung des Privatlebens e. öffentl. Wohltäters. Weitere Slgn. von Kurzgesch. sind *A Bit off the Map* (1957) u. *Death Dance: 25 Stories* (1969). Unter W.s lit.krit. Studien sind *Emile Zola* (1952) u. *The World of Charles Dickens* (1970) hervorzuheben. Einblick in die Thematik s. schriftsteller. Schaffens gibt die autobiogr. Schr. *The Wild Garden. Or, Speaking of Writing* (1963). *ks*

J. L. Halio, The Novels of A.W., 1964. K. W. Gransden, A.W., 1969. K. Schlüter, Kuriose Welt i. mod. engl. Roman, 1969. B. Scheer-Schäzler, A.W. (Engl. Lit. d. Gegenw., hg. H. W. Drescher, 1970, 104–32). J. Gindin, A.W. (Harvest of a Quiet Eye, 1971, 277–304). K. Wogatzky, A.W. ›Hemlock and After‹. A Study, 1971. K. Schlüter, A.W. ›The Middle Age of Mrs. Eliot‹ (D. mod. engl. Roman, hg. H. Oppel, ²1971, 361–77).

Wilson, Snoo, 2. 8. 1948 Reading; Stud. Engl. Norwich, Regisseur u. Direktor des Portable Theatre. Vf. von vitalen, frech originellen Stücken, welche die phys., sexuellen u. patholog. Aspekte brutaler Gewalttätigkeit als Ergebnis repressiver sozialer Ordnungen enthüllen. Am bedeutendsten *Pignight* (1972) u. *Blow Job* (1972). *ks*

Wimsey, Lord Peter, Zentralgestalt der Detektiverzählungen von D. → Sayers.

Winchester Chronicle → *Anglo-Saxon Chronicle.*

A Window in Thrums, Roman von J. M. → Barrie.

Windsor Forest, EA 1713; pastorales Ged. von A. → Pope, anläßl. des Utrechter Friedens verfaßt. Dem Torypolitiker George Granville gewidmet, der maßgebl. Anteil an den für England erfolgreichen Friedensverhandlungen hatte. *W.F.* ist einerseits e. Teil der engl. Hauptinsel, gleichzeitig aber auch als Königssitz zentrales Symbol Englands u. somit Ausdruck e. universellen Naturgesetzes. Es stellt in gewisser Weise die Wiedergeburt des Paradieses dar u. erhebt somit Anspruch auf Allgemeingültigkeit. Bei dieser Landschaft handelt es sich um e. wohl durchdachten u. unter fähigen, umsichtigen Herrschern gut funktionierenden Mikrokosmos, der in s. Ordnung, s. Frieden u. s. Prosperität auf ganz England übertragen werden kann. In idealisierender Überhöhung preist P. die Stuart-Dynastie, wobei er die regierende Queen Anne als Wegbereiterin des Friedens sowie als Herrscherin u. Schöpferin e. neuen friedl., glückl. u. aufstrebenden Epoche feiert u. ihre Regierungszeit als e. Goldenes Zeitalter (→ Augustan Age) schildert. Im scharfen Gegensatz dazu schildert der kath. P. die Herrschaft von William I u. indirekt die von William III. William I erscheint als Nimrod, der ›gewaltige Jäger‹ des AT; der durch selbstherrl. Rechtsusurpation u. tyrann. Handhabung der Waldgesetze die Auflösung des harmon. Verhältnisses von Mensch u. Natur verschuldet hat. Vor dem Hintergrund dieses aus Frankreich stammenden Eroberers entsteht das Bild von William III, dem Vorgänger von Queen Anne, der ebenfalls Ausländer war, sich mit ausländ. Truppen u. Ratgebern umgab u. England in e. langen, kostspieligen sowie kräfteverzehrenden Krieg stürzte. Erlöser aus dieser blutigen Epoche wird die Friedensbringerin Anne, die, mit göttl. Sanktion versehen, zum Symbol für die Einheit von Staat u. Kirche stilisiert wird. Ihre Religiosität erweist sich in ihrer Loyalität gegenüber der Church of England u. in der Neubelebung des ›royal touch‹. William I hingegen erscheint als Personifizierung der Ungläubigkeit u. ebenso wie der Kalvinist William III als Unterdrücker der Katholiken. Das Ged. endet mit e. Zukunftsvision von der Pax Britannica, in der sich unter der friedvollen Herrschaft der Königin der Wunsch der Menschheit nach e. harmon. Welt erfüllt, die traditionellen polit. u. rel. Verhältnisse Englands die Oberhand gewinnen, u. das Inselreich dank s. maritimen Überlegenheit zu neuer Prosperität gelangt. *ra*

E. R. Wasserman, The Subtler Language, 1959. K. Schlüter, Popes ›W.F.‹ Ortsged. i. pastoraler Gestaltung (Anglia, 79 1962, 177–203). H.-J. Müllenbrock, Whigs kontra Tories, 1974.

The Wings of the Dove, Roman von H. → James, EA 1902. Die Handlung spielt hauptsächl. in London u. Venedig. Zentrales Thema ist der ausweglose existentielle Konflikt der jungen u. sehr vermögenden Amerikanerin Milly Theale, die an e. unheilbaren Krankheit leidet. E. mittelloser Engländer, der Journalist Merton Densher, plant zusammen mit s. heiml. Verlobten Kate Cray, in den Besitz von Millys Vermögen zu gelangen. Sie konnten nicht heiraten, da sich Kates vermögende Tante,

Mrs. Lowder, der Verbindung entgegenstellte. Kate sieht (um nach Millys Tod durch das von ihr ererbte Vermögen zu materieller Sicherheit zu gelangen) den einzigen Ausweg in e. Ehe ihres Verlobten Densher mit Milly, die Densher liebt. Milly schöpft zunächst aus dieser Zuneigung neue Hoffnung u. neuen Lebenswillen, der aber in dem Moment zusammenbricht, als sie von dem geheimen Verlöbnis Kates u. Denshers erfährt. Dennoch setzt sie Densher als Erben ein, e. Entschluß, der Densher erstmals s. bisher niedrige Gesinnung gegenüber der Todkranken erkennen läßt. Nach dem Tode s. Frau sind s. Gefühle so stark (ob Sympathie, Mitleid oder aufrichtige Liebe bleibt unklar), daß e. Fortsetzen der einstigen Beziehung zu Kate unmögl. ist. So scheitert schließl. Kates wohlkalkulierter Plan, durch diese Erbschaft an Millys Vermögen zu kommen. Mit Milly Theale, die J. möglicherweise e. in jungen Jahren an Tuberkulose gestorbenen Cousine nachempfunden hat, steht nicht nur im erzähltechn. Sinn e. beherrschende Figur im Mittelpunkt. Auch im inhaltl.-moral. Sinn bildet sie den Brennpunkt der anderen Figuren, einmal durch ihren Reichtum; zum anderen auch durch ihre Eigenschaften wie Sanftmut u. tadellosen, edlen Charakter übertrifft sie alle anderen an Vollkommenheit. Sie ist die ›Taube‹, der offensichtl. Gegensatz zu der berechnenden Kate. Durch ihre Gefühle gelingt es ihr, Densher zu verunsichern u. ihn schließl., wenn auch erst nach ihrem Tod, von Kate zu trennen. Wiederum klingt auch hier das für J. so charakterist. ›international theme‹ an, wobei in diesem Roman der Offenheit der Amerikanerin Milly der Egoismus u. die Eigennützigkeit der beiden Engländer gegenübergestellt werden, die das Dekadente der europ. Kultur symbolisieren. *ra*

M. Geismar, H.J. and the Jacobites, 1963. L. B. Holland, The Expense of Vision, 1964. O. Segal, The Lucid Reflector; the Observer in H.J's Fiction, 1969. L. Edel, H.J. The Master, 1901 – 16, 1972. H.J's Major Novels: Essays in Criticism, hg. L. H. Powers, 1973. J. C. Rowe, The Symbolization of Milly Theale: H.J's ›W. of the D.‹ (ELH, 40 1973, 131 – 64).

The Winslow Boy, Drama von T. → Rattigan.

The Winter's Tale, → romance von Shakespeare u. e. s. letzten Dramen.

Wodehouse, P(elham) G(renville), 15. 10. 1881 Guildford – 14. 2. 1975 New York; Bankbeamter, ab 1903 freier Schriftsteller, Mitarbeiter von ›Globe‹ u. ›Punch‹. Verbrachte e. großen Teil s. Lebens in den USA, 1955 am. Staatsbürger. In über 70 Romanen stellt W. die Gestalten Ukridge, Aunt Agatha Psmith, den reichen jungen Hohlkopf Bertie Wooster u. s. unnachahml. Butler Jeeves dar. Die Werke bieten e. grob humorist., oft farcenhafte, aber stets gutmütige Darstellung menschl. Idiosynkrasien u. Schwächen in der versnobten Welt der engl. Oberklasse. *ks*

D. A. Jasen, Bibl. and Reader's Guide, 1971. – R. Usborne, W. at Work, 1961. R. B. D. French, P.G.W., 1966. R. J. Vorhees, P.G.W., 1966. G. Jaggard, Wooster's World, 1967. A. R. Hall, The Comic Style of P.G.W., 1972. O. Dudley, P.G.W. A Critical and Historical Essay, 1977. H. W. Wind, The World of P.G.W., 1972. Homage to P.G.W., hg. T. Cazalet-Keir, 1973. D. A. Jasen, P.G.W.: A Portrait of a Master, 1974.

The Woman in White, Roman von W. W. → Collins.

A Woman Killed with Kindness, Trag. von Th. → Heywood.

Women Beware Women, Tragikom. von Th. → Middleton.

Women in Love, Roman von D. H. → Lawrence.

Wood, Charles, 6. 8. 1933 Insel Guernsey; Kind e. Schauspielerfamilie, 5 Jahre Berufssoldat, dann bis 1963 Graphiker in der Anzeigenabteilung e. Zeitung. Zahlreiche Filmskripts; Dramatiker, der v. a. mit Analysen des Krieges u. des Militärs hervortrat, die zugleich von Faszination u. Abneigung bestimmt sind. Die Spannweite s. Darstellungsmittel reicht von oft brutalem oder obszönem Naturalismus über schlichte Thesenhaftigkeit bis zu poet.-myst., makaberen oder farcenhaften Elementen. *Dingo* (1969) wechselt in grotesker Revuehaftigkeit von den sexuellen Phantasien der 3 im Mittelpunkt stehenden Comic-Strip-Soldaten über zur brutalen Realität e. brennenden Panzers u. e. verkohlten Leichnams sowie zu Parodien des verlogenen Hurra-Patriotismus der Kriegs- u. Nachkriegszeit. *»H.« or Monologues in Front of Burning Cities* (1970) denunziert anhand des brutalen engl. Kolonialfeldzugs von General Havelock im Jahre 1857 in Indien den brit. Militarismus an dem hist. Punkt, an dem er sich aus mod. Sicht verselbständigt hat. *Fill the Stage with Happy Hours* (1967) ist e. zugleich zorniges u. rührendes Portrait von W.s schauspielernden Eltern u. Großeltern. *Veterans* (1972) kombiniert die beiden Themenbereiche W.s, Militär u. »show biz«, indem es von e. Filmteam handelt, das e. Kriegsfilm dreht. *ks*

J. R. Taylor, C.W. (The Second Wave, 1971, 59–76.) M. Nentwich, C.W. ›H.‹ (D. zeitgenöss. engl. Drama, hg. K.-D. Fehse u. N. H. Platz, 1975, 247–261).

Woolf, Virginia, geb. Adeline Virginia Stephen, 25. 1. 1882 London – 23. 3. 1941 Lewis; Romanschriftstellerin u. Essayistin; Tochter des Kritikers u. Biographen Sir Leslie Stephen. W. verdankt ihrem Elternhaus 2 wesentl. Dinge: Kultur u. Vermögen u. dadurch die Zugehörigkeit zur Gesellsch. der ›Highbrows‹. Nach dem Tode ihres Vaters 1904 begann sie ihre Tätigkeit als Literaturkritikerin für ›TLS‹. Ihr 1. Roman *The Voyage Out* erschien 1915, 3 Jahre nach ihrer Heirat mit dem Schriftsteller Leonard Woolf. 1917 gründete das Paar die ›Hogarth Press‹. Ihr Salon war Treffpunkt sowie Zentrum der → Bloomsbury Group, zu der u. a. L. Strachey, E. M. → Forster, J. M. Keynes, V. → Sackville-West gehörten. T. S. → Eliot nennt W. den Mittelpunkt des damaligen Londoner lit. Lebens. Diese Position führte zur langsamen Erschöpfung des Körpers u. des Geistes, u. die durch den Krieg ausgelösten Depressionen führten 1941 zum Selbstmord der Schriftstellerin im Fluß Ouse. Während ihr 2. Werk *Night and Day* (1919) noch in der konventionellen Erzählhaltung geschrieben ist, beginnt W. ab 1919 gegen die tradierte Romankunst der sog. → Edwardians (Galsworthy, Bennett, Wells) zu revoltieren, die jeweils von ›Geschichten‹ ausgeht u. daran moralphilosoph. Lehren aufhängt. Schriftstellern kommt nach W.

die Aufgabe zu, Atome der Empfindung u. Vorstellungen in der Folge u. Ordnung darzustellen, in der sie auf den einzelnen wirken, d. h. nicht länger abgerundete, komplexe Charaktere zu zeichnen, sondern sie durch e. Fülle subtiler seel. Einzelheiten in inneren Monologen des Protagonisten oder durch Impressionen anderer Figuren wiederzugeben. Somit soll der Roman zu e. Sequenz von Sinneseindrücken, Empfindungen, Träumereien u. Reflexionen werden, deren Schauplatz die Seele ist, als einziges Prinzip der Zeit im Sinne von J. → Lockes ›Idee der Sukzession‹. Die Zeit wird empfunden als e. Aufeinanderfolge versch. Augenblicke u. als e. Fluß von Gedanken u. Erinnerungen über Jahre u. Jh. hinweg. Ständiges Fließen der Zeit u. des menschl. Bewußtseins (→ stream-of-consciousness) werden in ihren Romanen als Symbole des Endlichen im Unendlichen erfaßt. Durch Aufzeichnung des flüchtigen Augenblicks versucht sie, das fluktuierende Leben einzufangen. W.s 9 Romane sind Sequenzen von Sinneseindrücken, Empfindungen, Träumereien u. Reflexionen; Bewußtseinsroman in der Art von Proust u. → Joyce. *Jacob's Room* (1922) ist ihr 1. Versuch, ihre Theorien im Roman umzusetzen; in → *Mrs. Dalloway* (1925) u. → *To the Lighthouse* (1927) vollendete sie ihre Technik, die auch in ihren Spätwerken *Orlando* (1928), *The → Waves* (1931), *Between the Acts* (1941) zum Ausdruck kommt. W.s Romane sind durch e. fest-organisierte Form gekennzeichnet, welche durch poet. Kunstgriffe, wie immer wiederkehrende Bilder, oder aber durch Einschränkung der Zeit, in der die Handlung spielt, erreicht wird. Das 1953 von ihrem Ehemann veröffentlichte Tagebuch W.s, *A Writer's Diary*, gewährt weitere Einblicke in die Arbeitsmethoden der Autorin u. gibt ihre Intention sowie ihre große Sensibilität wieder. Wegen ihrer Realitätskonzeption u. Romantechnik ist W. die gefeiertste Romanschriftstellerin des 20. Jh. Zu ihren Werken zählen auch: *A Room of One's Own* (1929); *The Years* (1937); *Flush: A Biography* (1933); *R. Fry* (1940). Essays: *The Common Reader*, II (1925 u. 1932); *Three Guineas* (1938); *The Death of the Moth* (1942); *The Moment* (1947); *Granite and Rainbow* (1958); *The Lady in the Looking-glass; Mrs. Dalloway's Party*, hg. S. McNichol, 1973. *ra*

Works, XIV 1919–52. Collected Essays, hg. L. Woolf IV 1965 ff. – Letters, hg. N. Nicolson, 1975–1980. The Diaries, hg. A. O. Bell, V 1977 ff. – B. J. Kirkpatrick, Bibl., ^{2}1967. R. Majumdar, Annotated Bibl. 1915–1974, 1976. – D. Daiches, V.W., ^{3}1963. J. Bennett, V.W. Her Art as a Novelist, ^{2}1964. N. C. Thakur, The Symbolism of V.W., 1965. C. Woodring, V.W., 1966. M. Brandt, Realismus u. Realität i. mod. Roman, 1968. H. Marder, Feminism and Art: A Study of V.W., 1968. H. Richter, V.W. The Inward Voyage, 1970. J. O. Love, Worlds in Consciousness, 1970. Critics on V.W., hg. J. E. M. Latham, 1970. V.W. A Collection of Crit. Essays, hg. C. Sprague, 1971. Q. Bell, V.W. A Biogr., II 1972. Recollections of V.W., hg. J. R. Noble, 1972. A. McLaurin, V.W. The Echoes Enslaved, 1973. N. T. Bazin, V.W. and the Androgynous Vision, 1973. M. Johnson, V.W., 1973. J. Naremore, The World Without Self: V.W. and the Novel, 1973. A. van Kelly, The Novels of V.W. Fact and Vision, 1973. J. Alexander, The Venture of Form in the Novels of V.W., 1974. J. Novak, The Razor Edge of Balance, 1974. A. Fleishman, V.W. A Crit. Reading, 1975. J. Lehmann, V.W. and Her World, 1975. V.W. (The Critical Heritage), hg. R. Majumdar & A. McLaurin, 1975. H. Lee, The Novels of V.W., 1977. J. Lehmann, Thrown to the Woolfs, 1978. P. Rose, Woman of Letters. A Life of V.W., 1978. H. W.

Drescher, J. Joyce u. V.W. Ästhetik, Funktion u. Form d. mod. Romans (Engl. u. am. Lit.theorie, hg. R. Ahrens u. E. Wolff, Bd. 2, 1979, 344–361).

Wooster, Bertie, Typenfigur in den Romanen von P. G. → Wodehouse.

Wordsworth, Dorothy, 25. 12. 1771 Cockermouth – 25. 1. 1855 Rydal Mount/Grasmere; Dichterin, Schriftstellerin; Schwester von → William W. Ihre Tagebücher schildern ab 1798 das gemeinsame Leben mit dem Bruder. Stilist. ausgefeilte Prosa. *hd*

Poetry, hg. H. Eigerman, [2]1970. – Letters of D.W., hg. H. P. Vincent, 1944. Letters of the Family, hg. W. Knight, III 1969. Journals, hg. W. Knight, 1897; n. E. de Sélincourt, II [2]1970; n. M. Moorman, 1971. – C. M. MacLean, D.W. Early Years, 1932. E. de Sélincourt, D.W., [2]1967. A. M. Ellis, Rebels and Conservatives. D. and W.W. and Their Circle, 1967.

Wordsworth, William, 7. 4. 1770 Cockermouth – 23. 4. 1850 Rydal Mount/Grasmere. Bedeutendster Dichter der engl. Romantik gegen Ende des 18. u. Anfang des 19. Jh. Sohn e. wohlhabenden Rechtsanwalts; verlor als 7jähriger s. Mutter, als 13jähriger s. Vater. Während s. Schulzeit las W. u. a. Cervantes, Le Sage, Fielding u. Swift. 1787–91 Stud. Cambridge, nahm nur wenig Anteil am intellektuellen u. gesellschaftl. Leben der Universität u. bevorzugte die Einsamkeit. 1790 unternahm W. mit e. Freund, R. Jones, e. Bildungsreise auf den Kontinent (Frankreich, Schweiz, Dtl.); erstmals Berührung mit der Frz. Revolution. 1791 verließ er als B.A. Cambridge, ging für 4 Monate nach London u. reiste von dort weiter nach Frankreich, wo er bis zum Herbst 1792 blieb. Die meiste Zeit verbrachte er in Orléans u. Blois. Er verliebte sich dort in die Tochter e. Chirurgen, Annette Vallon, die ihm e. Tochter gebar. Die Freundschaft mit e. Offizier der Revolutionsarmee brachte ihn auf die Seite der Volksmassen. W. betrachtete von nun an die Frz. Revolution als e. neue Ära der Freiheit u. des Fortschritts. Nach s. Rückkehr nach England 1793 schrieb W. die *Apology for the French Revolution* (posthum veröffentlicht). Im gleichen Jahr erschienen s. ersten ernsthaften poet. Werke, *An Evening Walk* u. *Descriptive Sketches* (der Alpen). Der Terror in Frankreich u. der Ausbruch des engl.-frz. Krieges im Februar 1793 führten zu e. Periode des Pessimismus in W.s Schaffen. Das Ergebnis ist s. Trag. *The → Borderers* (1795/6). 1795 erhielt er von e. Freund e. Legat von £ 900, welches ihn von finanziellen Schwierigkeiten befreite u. ihm ermöglichte, sich zusammen mit s. Schwester Dorothy in Racedown, Dorset, niederzulassen. Im gleichen Jahr lernte er S. T. → Coleridge kennen. 2 Jahre später zogen W. u. Dorothy nach Alfoxden in die Nachbarschaft von Coleridge. Zusammen veröffentlichten W. und Coleridge 1798 die → *Lyrical Ballads,* die die romant. Bewegung in England einleiteten. Die meisten Ged. stammen aus der Feder von W., nur 4 wurden von C. verfaßt, darunter das berühmte einleitende *The Rime of the → Ancient Mariner.* Die Einnahmen aus diesem Buch ermöglichten es W., mit Dorothy u. Coleridge noch im gleichen Jahr nach Dtl. zu reisen (Besuch Klopstocks in Hamburg). In Goslar begann W. *The → Prelude,* s. große philosoph., autobiogr. Dichtung, die, 1805 vollendet, erst posthum zur Veröffentlichung kam. In Goslar entstanden weiterhin e. ganze Reihe gefühlvoller Ged., z. B. ›Ruth‹, ›Lucy Gray, or Solitude‹, ›Nutting‹, etc. 1799 kehrte W. mit Dorothy nach England zurück u. ließ sich in Grasmere nieder, wo er den Rest s. Lebens verbrachte. Im Jahre 1800 erschien die 2. u. erweiterte Ausg. der *Lyrical Ballads* mit *Observations,* e. krit. Essay, in dem W. das Wesen der lyr. Dichtung beschreibt. 1802 erschienen im Anhang noch W.s Ansichten über → poetic diction. S. Theorien wurden von den Zeit-Kritikern teilweise aufs heftigste angegriffen. 1802 heiratete er s. Cousine Mary Hutchinson. 1801 Reise nach Schottland, 1802 nach Calais, 1803 wiederum nach Schottland, Beginn e. engen Freundschaft mit → Scott. Die polit. Ereignisse auf dem Kontinent veranlaßten W., e. enthusiast. patriot. Haltung anzunehmen. 1807 erschien e. Reihe weiterer Ged., unter denen die *Ode to Duty* u. *Ode on Intimations of Immortality* herausragen, desgleichen die *Miscellaneous Sonnets* u. *Sonnets Dedicated to Liberty.* Ebenfalls im Jahre 1807 entstand die Trag. *The White Doe of Rylstone,* die in der Zeit von Queen Elizabeth I spielt (EA 1815). 1813 erhielt W. das Amt e. Distributor of Stamps für Westmoreland mit jährl. Einnahmen in Höhe von £ 400. 1814 reiste er wiederum nach Schottland; im gleichen Jahr entstand *The Excursion,* von der e. Teil, ›The Story of Margaret‹, schon 1797 geschrieben worden war. Werke mit antikem Inhalt sind *Laodamia* (1814) sowie die Ged. *Dion* (1816) u. *Ode to Lycoris* (1817). 1819 erschienen *Peter Bell* (geschr. 1798) und *The Waggoner* (geschr. 1805). In diesem Jahr verfaßte W. die *River Duddon*-Sonette (EA 1830), gefolgt von den *Ecclesiastical Sonnets* (1822). W. unternahm nun verschiedene Reisen: 1820, 1823 u. 1828 auf den Kontinent (*Memorials of a Tour on the Continent,* 1822), 1829 Irland, 1831 u. 33 Schottland (*Yarrow Revisited,* 1835) u. 1837 Italien. 1838 wurde W. zum Doctor of Civil Law der Universität Durham ernannt. 1839 wurde ihm die gleiche Ehre in Oxford zuteil. 1843 Poet Laureate, Nachfolger s. Freundes → Southey. W.s Bedeutung für die Lit. liegt zum einen in s. klaren, schlichten Sprache, zum anderen in s. Thematik, der Beschäftigung mit dem Verhältnis des Menschen zur Natur. Er bezeichnete sich selbst als e. »worshipper of Nature«. Die pantheist. aufgefaßte Natur wird ihm zum Wegweiser der Menschenliebe, zum Ausdruck des Übersinnl. Vielen s. Zeitgenossen, die in ihrem Glauben erschüttert waren, wies W. e. neuen Weg zur Annäherung an die Erfahrung mit Gott durch das innige Empfinden in u. mit der Natur. Als Dichter der → Lake School betont er die kreative Phantasie in der Lyrik. Er gilt als Meister der Ode u. des Sonetts. Stand Southey als Wegbereiter noch am Anfang e. neuen Naturauffassung u. Weltsicht, so folgten W. u. Coleridge als führende Vertreter der 1. Dichtergeneration der Romantik uneingeschränkt den Zielsetzungen von → imagination and fancy, schöpfer. Aspekt aller Kunst. *ra*

Prose Works, hg. W. Knight, II 1896. Complete Poetical Works, hg. A. J. George and W. Mabie, X 1911 (Grasmere Edition). Poetical Works, hg. E. de Sélincourt and H. Darbishire, V 1940–49 (mit krit. Apparat). Political Tracts of W., Coleridge, and Shelley, hg. R. J. White, 1953. Lit. Criticism, hg. P. M. Zall, 1966. Complete Poetical Works, hg. A. J. George, 1971. – Letters of W. and Dorothy W., hg. E. de Sélincourt, VI 1935–38. – J. V. Logan, W. Criticism, 1947. E. F. Henley and D. H. Stam, W. Crit. 1945–64, 1965. J. D. Caskey and M. M. Stapper, Selective Bibl. 1935–77, 1978. – L. Cooper, Concordance, 1911. – E. Legouis, La jeuness de W., 1896. E. Robertson, W. and the Engl. Lake Country, 1911. G. M. Harper, W.W. His Life, Works, and Influence, II 1916; überarbeitet 1929. A. Beatty, W.W., His Doctrine and Art in Their Historical Relations, 1922. G. W. Meyer, W's Formative Years, 1943. N. Lacey, W's View of Nature, 1948. J. S. Lyon, ›The Excursion‹: A Study, 1950. F. Marsh, W's Imagery, 1952. A. A. Potts, W's ›Prelude‹: A Study of Its Lit. Form, 1953. G. Hartman, The Unmediated Vision, 1954. J. Jones, The Egotistical Sublime: A History of W's Imagination, 1954. B. R. Schneider, Jr., W's Cambridge Education, 1957. F. M. Todd, Politics and the Poet, 1957. M. Moorman, W.W., II 1957–65. J. F. Danby, The Simple W. Studies in the Poems 1797–1807, 1960. C. C. Clark, Romantic Paradox, 1962. C. Salversen, The Landscape of Memory: A Study of W's Poetry, 1965. J. Scoggins, Imagination and Fancy, 1967. A. W. Thomsen, W's Mind and Art, 1969. W. J. B. Owen, W. as Critic, 1969. W. Halliday, W. and His World, 1970. M. Golden, The Self Observed, 1972. P. D. Sheats, W.W., 1974. L. N. Broughton, The Theocretian Element in the Works of W.W., 1974. H. Mainusch, D. Lit.theorie W.W.s (D. engl. u. am. Lit.theorie, hg. R. Ahrens u. E. Wolff, Bd. 1, 1978, 394–426). J. Beer, W. and the Human Heart, 1978.

The World → Periodical Essay.

The Wreck of the Deutschland, Ged. von G. M. → Hopkins.

Wulfstan, Bischof von London (996–1002), von Worcester (1002–1016), Erzbischof von York (1002–1023); mit → Ælfric befreundet u. wie dieser Vf. von Homilien. Im Falle versch. Texte läßt sich nicht genau festlegen, wer von beiden als Autor in Frage kommt. Gesichert ist W.s Vf.schaft für die berühmte Predigt *Sermo Lupi ad Anglos – quando Dani maxime persecuti sunt eos, quod fuit anno millesimo XIII ab incarnatione Domini nostri Jesu Christi,* in der die Verwüstungen durch die Dänen unter Swein nach der Flucht von Kg. Ethelred als Strafe Gottes ausgelegt werden, da das engl. Volk verzweifelt u. führerlos dem Überfall der Heiden gegenüberstand. Der Tod Sweins ist bekannt, folgl. die Entstehung des Texts genau zu datieren: Januar/Februar 1014. Der Prediger mahnt die Gläubigen, Buße zu tun, da Gott nur e. sündiges Volk solchermaßen bestraft. Typ. für W. ist die Wiederholung von Leitsätzen, fast in der Art e. Refrains. Er ist v. a. Prediger, will nicht nur belehrend wirken; s. Worte richten sich weniger an die Vernunft als an das Gefühl. Hierin liegt e. wesentl. Unterschied zu den Predigten des Ælfric. *js*

W., Slg. d. ihm zugeschriebenen Homilien nebst Unters. über ihre Echtheit, hg. A. S. Napier, 1883, repr. 1967. ›Sermo Lupi ad Anglos‹, hg. D. Whitelock, 1939. The Homilies of W., hg. D. Bethurum, 1957. The Homilies of W., hg. A. S. Napier, 1883; n. 1967. ›Sermo Lupi ad Anglos, hg. D. Whitelock, [3]1963; n. 1967. – J. P. Kinard, A Study of W's Homilies: their Style and Sources, 1897. R. Becker, W.s Homilien, 1910. S. Hollis, The Thematic Structure of the ›Sermo Lupi‹, (ASE, 6 1977, 175–95). D. G. Scragg, Napier's W. Homily XXX: Its Sources, Its Relationship to the ›Vercelli Book‹ and Its Style, (ASE, 6 1977, 197–211).

Wuthering Heights, Roman von E. → Brontë, EA III 1847. Der Titel von B.s einzigem Roman ist der Name des einsam im Hochmoor von Yorkshire gelegenen Gutshofes der Familie Earnshaw. Die Handlung spielt im späten 18. Jh. Der Findling Heathcliffe wird bei den Earnshaws zusammen mit den Kindern Hindley u. Catherine wie e. eigenes großgezogen. Doch als der alte E. stirbt, verfolgt Hindley Heathcliffe mit blindem Haß. Allein Catherine empfindet für den Verstoßenen. Als mit dem reichen, kultivierten Edgar Linton von Thrushcross Grange e. neuer Mann in ihr Leben tritt, entdeckt sie der Haushälterin Nelly Dean, die den größten Teil des Romangeschehens erzählt, daß sie Heathcliffe als ihrer nicht würdig erachte. Dieser, unfreiwilliger Mithörer des Gesprächs, verläßt in blinder Eifersucht Wuthering Heights. Nach Jahren kehrt er als reicher Mann zurück u. sucht nun mit allen Mitteln Vergeltung: er zerstört Catherines Ehe mit Edgar, entführt Isabella, Edgars noch unreife Schwester, heiratet sie, behandelt sie dann in e. Weise, daß sie von Wuthering Heights flieht. Catherine, am Rande des Wahnsinns, stirbt bei der Geburt ihrer Tochter. Heathcliffes Rache ist noch nicht befriedigt. Er ruiniert Hindley u. erzwingt die Heirat s. u. Isabellas Sohn Linton mit Catherines u. Edgars Tochter Cathy. Der Sohn besitzt den gleichen Menschenhaß, die gleiche Veranlagung zur Grausamkeit wie s. Vater. Nach Lintons Tod, damit der Vereinigung der beiden Güter, sucht Heathcliffe weitere Gelegenheit, s. Haß zu befriedigen u. peinigt nun Hindley Earnshaws Sohn, so wie er einst von dessen Vater gedemütigt worden war. Noch ehe Heathcliffe s. finsteren Pläne ganz zur Durchführung bringen kann, setzt der Tod, in dem er sich die Wiedervereinigung mit Catherine erhofft, s. Tun e. Ende. Leidenschaftl. Empfindungen u. Naturgewalten bestimmten Menschen u. Handlungen des Romans. Catherine u. Heathcliffe sind wesensverwandte Geschöpfe, durch e. ihrer Natur fremde Bindung voneinander getrennt. Schicksalsmächte u. Naturgesetzlichkeit kennzeichnen ihren verhängnisvollen Weg. Mit Catherine gestaltete die Autorin die Reaktion e. Frau auf die gesellschaftl. Vorurteile u. Zwänge ihrer Zeit, konträr zum Leitbild viktorian. Weiblichkeit, das Unterdrückung des Gefühls u. Unterwerfung forderte. Die zeitgenöss. Antwort auf *W.H.* beweist, wie sehr dieser Roman an grundlegenden Vorstellungen rüttelte. Erst das ausgehende Jh. erkannte s. weitreichende Bedeutung, sowohl als Kunstwerk wie als überzeitl. Aussage. *hd*

Hg. M. Schorer, 1950; n. B. Dobrée, 1955; n. David Daiches, 1965; zahlreiche andere Ausg. – C. Kavanagh, The Symbolism of ›W.H.‹, 1920. C.P. Sanger, The Structure of ›W.H.‹, 1926. F. S. Dry, The Sources of ›W.H.‹, 1937. P. D. Lucas, An Introduction to the Psychology of ›W.H.‹, 1943. M. Visick, The Genesis of ›W.H.‹, 1958. M. Willy, A Critical Commentary on ›W.H.‹, 1966. 20th-Cent. Interpretations of ›W.H.‹. A Collection of Critical Essays, hg. Th. A. Vogler, 1968. Q. D. Leavis, A Fresh Approach to ›W.H.‹, 1969. E.T.M. van de Laar, The Inner Structure of ›W.H.‹, 1969.

Wyatt, Sir Thomas, 1503(?) Allington Castle/Kent – 11. 10. 1542 Sherborne; Stud. Cambridge. Von Henry VIII mit diplomat. u. militär. Aufgaben betraut, u. a. Gesandter bei Karl V.; bereiste Italien, Frankreich, Spanien. Geliebter von Anne Boleyn vor ihrer Heirat mit dem Kg., 1536 im Tower inhaftiert wegen angebl. Ehebruchs mit ihr. Bedeutendster engl. Dichter zwischen → Chaucer u. → Spenser. W. war sehr belesen in der europ., insb. der italien. Lit. u. schrieb Lyrik in e. reichen Vielfalt versch. Versformen, z. B. Dantes terza rima (EA in *Tottel's Miscellany,* 1557). S. 200 Lieder sind größtenteils zur Flöte zu singen. Trotz e. gewissen Monotonie s. Thematik – Klage über die abweisende Haltung der geliebten Dame – schrieb er zahlreiche Ged. von großer lyr. Schönheit. V. a. führte er die Form des petrarkist. Sonetts in Engl. ein, die dann durch s. Freund → Surrey ihre typ. engl. Abwandlung erfuhr. *ks*

Poems, hg. A. K. Foxwell, II 1913. Poems, hg. H. E. Rollins, II 1928 f. Collected Poems, hg. K. Muir and P. Thomson, 1963. Complete Poems, hg. P. A. Rebholz, 1978. – E. C. Hangen, A Concordance to the Complete Poetical Works of W., 1941. – A. K. Foxwell, A Study of W's Poems, 1911. E. K. Chambers, W., 1933. O. Hietsch, D. Petrarcaübs. T.W.s, 1960. K. Muir, Life and Letters of W., 1963. R. Southall, The Courtly Maker, 1964. P. Thomson, W. and His Background, 1964. W. (The Critical Heritage), hg. P. Thomson, 1974. R. Harrier, The Canon of Sir T. W's Poetry, 1975.

Wycherley, William, 1640 Clive – 1. 1. 1716 London; Dramatiker; aus e. wohlhabenden Familie. Stud. Oxford; verbrachte s. Jugend in Frankreich, kehrte aber nach der Restauration nach England zurück. Gelangte an den Hof von Charles II, nicht zuletzt durch s. erste Kom. *Love in a Wood, or St. James's Park* (1672), die ihm das Wohlwollen der Geliebten des Kgs., der Herzogin von Cleveland, einbrachte. W. fiel jedoch durch s. heiml. Heirat mit der Countess of Drogheda 1679 in Ungnade. Schrieb 3 weitere Kom: *The Gentleman Dancing-Master,* 1673, *The Country Wife,* 1675, *The* → *Plain Dealer,* 1677. Begründer der → comedy of manners. Als Satiriker deckt er die menschl. Heuchelei bes. anhand s. Bildes der zeitgenöss. höf. Gesellsch. auf. Derbe Wortkomik, frivole Situationskomik, spannungsvolle Handlung, starke Charakterzeichnung sind die typ. Eigenschaften s. Kom., oft an berühmte Vorlagen angelehnt, z. B. Molières *Misanthrope* oder Shakespeares *Twelfth Night.* W. veröffentlichte in späteren Jahren e. Gedichtbd., wodurch er die Freundschaft → Popes gewann. *ra*

Complete Works, hg. M. Summers, IV 1924; n. 1965. Complete Plays, hg. G. Weales, 1967; n. 1971. Plays, hg. A. Friedmann, 1978. – S. Korninger, W.s satir. Methode, 1958. T. W. Craik, Some Aspects of Satire in W's Plays (ES, 41, 1960, 168–179). R. A. Zunbardo, W's Drama, 1965. P. F. Vernon, W.W., 1965. C. Matlock, Parody and Burlesque of Heroic Ideals in W's Comedies (PLL, 8 1972, 273–286).

Wycliffe, John, 1320 b. Richmond/Yorkshire – 31. 12. 1384 Lutterworth; Stud. Balliol College, Oxford. Als Reformator wandte sich W. entschieden gegen die weltl. u. polit. Macht des Papstes. S. *De Domino Divino* (1317) lehrt, daß alle kirchl. Autorität von der Bibel u. der Gnade Gottes ausgehe, folgl. schlechte Kge., Päpste u. Priester nicht anzuerkennen seien. W.s Lehren wurden von Papst Gregor XI. für ketzer. erklärt. Die von ihm ins Leben gerufene Lollardenbewegung trieb s. Ansichten in ihrer weiteren Entwicklung zur extremen Auslegung. W.s lit. Bedeutung liegt in s. Bibelübs. (1382–88), der ersten in engl. Sprache, kraftvoll u. klar im Ausdruck; Grundlage der späteren → Authorized Version. *hd*

Latin Works, hg. W.-Society, XXXVI 1882–1922; n. 1965. Select Engl. Works, hg. Th. Arnold, III 1869–71. – H. B. Workman, W., ³1966. K. B. McFarlane, W. and Engl. Non-Conformity, ²1972.

Yahoos, menschengestaltige Wesen in → *Gulliver's Travels.*

A Yard of Sun, Kom. von C. → Fry.

Yeast, Roman von Ch. → Kingsley.

Yeats, William Butler, 13. 6. 1865 Sandymount b. Dublin – 28. 1. 1939 Roquebrune Cap Martin b. Mentone (Frankreich); Vater ursprüngl. Rechtsanwalt, wurde Maler, ermutigte s. Sohn zu künstler. Beruf. Kindheit z. T. in London, z. T. im ir. Landkreis Sligo, dessen Gesch. u. Szenerie in Y.s Werken von großer Bedeutung ist. Stud. Kunst in Dublin. Enge Verbindung zu denDichtern des ›fin-de-siècle‹, insb. → Wilde u. → Symons. Y. gründete 1899 mit Lady Gregory das → Abbey Theatre, dessen Leiter er bis zu s. Tode war u. für das er vom heim. Mythos inspirierte Stücke schrieb. S. Einfluß auf J. M. → Synge war beträchtl. Versuche in Theosophie u. Spiritismus, Mitglied des myst. Order of the Golden Dawn. 1917 Ehe mit Georgie Hyde-Lees, e. spiritist. Medium, mit der er in e. abgelegenen Turm lebte. 1922–28 Mitglied des ir. Senats. 1923 Nobelpreis für Lit. Treibende Kraft (*The Celtic Twilight,* 1893) u. bedeutendster Autor der → Irish Renaissance. Seit Shakespeare der 1. erfolgreiche Erneuerer des poet. Dramas: er bewahrte überlieferte Versmaße, prägte ihnen jedoch s. eigenen Rhythmus auf. Dichter-Magier, der durch kelt. Mythen, die ihm Gleichnisse allg.-menschl. Erlebens waren u. durch myst. Symbole das Unsagbare auszusagen versuchte. Y. strebte weg vom Naturalismus, erschuf e. Stimmung von Verträumtheit u. Geheimnis, die e. eigenartigen Zauber ausstrahlt. S. frühe, stark melanchol. Dichtung zeigt Einflüsse der Präraffaeliten u. der Dekadenz-Bewegung, dann Hinwendung zu den frz. Symbolisten, insb. Baudelaire u. Verlaine. Unter Lady Gregorys Einfluß allmähl. Überwindung des Ästhetentums u. der symbolist. ›l'art pour l'art‹-Haltung. 1900–10 lyr.-symbol. Versdramen um ir. Stoffe (*Cathleen ni Houlihan,* 1902; *The Pot of Broth,* 1904; *The King's Threshold,* 1904; *Ideas of Deirdre,* 1907), später mehr Ideendramen, die Y.s Ablehnung der Moderne, des Fortschrittsglaubens u. der Massengesellsch. zum Ausdruck bringen. Den Höhepunkt s. lyr. Schaffens erreichte Y. mit *The Tower* (1928); die *Last Poems* (1939) enthalten s. reifesten u. schönsten Dichtungen. *ks*

Collected Poems, 1933. Collected Plays, 1934. Autobiographies, 1956. The Variorum Edition of the Poems, 1957. The Variorum Edition of the Plays, 1966. Interviews and Recollections, II 1977. – A. Wade, Bibl. of the Writings of W.B.Y., [3]1968. – R. Ellmann, Y., 1948. T. R. Henn, The Lonely Tower, 1950. R. Ellmann, The Identity of Y., 1954. F. A. C. Wilson, W. B. Y. and Tradition, 1958. J. Unterecker, A Reader's Guide to W.B.Y., 1959. J. Hone, W.B.Y. 1865–1939, [2]1962. J. Kleinstück, W.B.Y., 1963. D. R. Clark, W.B.Y., 1964. K. Völker, Ir. Theater: W.B.Y./J. M. Synge, 1967. A. N. Jeffares, A Commentary of the Collected Poems of W.B.Y., 1968. H. Bloom, Y., 1970. R. Ellmann, Eminent Domain, 1970. A. N. Jeffares, The Circus Animals, 1970. B. Levine, The Dissolving Image, 1970. P.L. Marcus, Y. and the Beginning of the Irish Renaissance, 1970. D. Donoghue, Y., 1971. K. P. Jochum, D. dramat. Struktur d. Spiele von W.B.Y., 1971. J. R. Moore, Masks of Love and Death: Y. as Dramatist, 1971. Critics on Y., hg. R. Cowell, 1971. E. Domville, A Concordance to the Plays of W.B.Y., II 1972. W. Künne, Konzeption u. Stil von Y.s Autobiographies, 1972. K. Raine, Y., the Tarot, and the Golden Dawn, 1972. D. Albright, The Myth against Myths:

A Study of Y's Imagination in Old Age, 1973. W.B.Y. A Collection of Criticism, hg. P. J. Keane, 1973. R. Snukal, High Talk: the Philosophical Poetry of W.B.Y., 1973. B. Webster, Y. A Psychoanalytic Study, 1973. A. Dougherty, A Study of the Rhythmic Structure in the Verse of W.B.Y., 1973. G. M. Harper, Y's Golden Dawn, 1974. D. A. Harris, Y. Coole Park and Ballylee, 1974. C. Meir, The Ballads and Songs of W.B.Y., 1974. E. Malins, A Preface to Y., 1974. G. C. Spivak, Myself I must Remake, 1974. A. N. Jeffares and A. S. Knowland, Commentary on the Collected Plays of W.B.Y., 1975. Y. and the Theatre, hg. R. O'Driscoll and L. Reynolds, 1975. G. M. Harper, The Mingling of Heaven and Earth, 1975. L. Liam, The Noble Drama of W.B.Y., 1976. F. Tuohy, Y., 1976. W.B.Y., hg. A. N. Jeffares, 1977 (The Critical Heritage). R. Ellmann, Y. The Man and the Masks, 1979.

Yellow-Backs. Billig produzierte Romanausgaben in gelber Broschur; ausgangs des 19. Jh.

The Yellow Book, Vierteljahresschrift, 1894–97 → Symons, A.

Yellowplush Papers, Artikelserie in ›Frasers Mag.‹ von W. M. → Thackeray.

Yorick → Sterne, L.

York Cycle → Mystery Play.

Yorke, Henry Vincent → Green, H.

Young, Douglas Cuthbert Colquhoun, 5. 6. 1913 Tayport/Fife – 24. 10. 1973 ebda; Stud. St. Andrews, 1934–38 Oxford, M. A., D. Litt.; Professor of Classics St. Andrews u. an versch. am. Univ.; Hg. der Saltire Modern Poets, 1942–45 Vorsitzender der Scottish National Party, 1957–60 des Scottish PEN. Y. bezeichnet s. dichter. Werk als das e. »intermittent, but sometimes quite accomplished, minor poet«. Im Vordergrund stehen lit.krit. u. programmat. Veröffentlichungen, vor allem zu Schottland u. der Frage e. nationalen Lit.; s. Schr. *›Plastic Scots‹ and the Scottish Lit. Tradition* (1946) befaßt sich mit den sprachl. Voraussetzungen für e. solche Lit. (→ MacDiarmid). Y. zählt zu den führenden Vertretern der → Scottish Renaissance. *hd*

Selected Poems, 1950. – C. Young and D. Murison, D. Y., 1978. A Clear Voice: D. Y. Poet and Polymath, o. J. (mit ›Memoir‹ u. Bibl.).

Young, Edward, 3. 7. 1683 (getauft) Upham – 5. 4. 1765 Welwyn; Dichter, Dramatiker; Vater Geistlicher; 1702 Stud. Jura, Oxford; 1714 Bachelor, 1719 Doctor of Civil Law. Bereits in dieser Zeit suchte Y. e. Mäzen, um s. dichter. Neigung nachgehen zu können. Durch s. *Ode on the Last Day* (1713) gewann er die Gunst des Hzg. von Wharton u. begleitete diesen nach Irland. Durch e. Elegie auf Queen Anne (1714) erlangte er die Aufmerksamkeit der Öffentlichkeit. Zweimal versuchte sich Y. als Dramatiker; s. beiden Dramen *Busiris, King of Egypt* (1719) u. *The Revenge* (1721) wurden wenig erfolgreich im Drury Lane Theatre aufgeführt. Zwischen 1725 und 1728 erschien e. Serie von 7 Satiren in → heroic couplets u.d.T. *The Universal Passion,* 1728 als *The Love of Fame* zusammengefaßt. Im gleichen Jahr trat Y. aus Enttäuschung über s. fehlgeschlagenen polit. u. berufl. Ambitionen in den Dienst der Kirche u. wurde im April des gleichen Jahres zum Royal Chaplain ernannt. 1730 Pfarrei in Welwyn, wo er bis zu s. Tode trotz vieler Bemühungen um e. Versetzung blieb. 1731 heiratete er die verwitwete Lady Elizabeth Lee, e. Tochter des Earl of Lichfield. Y. erlitt e. Reihe von Schicksalsschlägen, von denen er sich nie erholte, die ihm aber Kraft u. Anregung zur Dichtung gaben. Nach dem Tod s. Frau 1741 drückte er s. Gedanken über den Tod u. s. Suche nach Trost im Glauben in s. berühmtesten Ged. *Night Thoughts on Life, Death and Immortality* (1742–1745) aus. In etwa 10 000 Blankversen spiegeln 9 ungleich lange Teile s. Grübeln, s. Predigen vom rechten Glauben u. s. theol. Vorstellungen wider. Der Schlußteil mündet in e. Betrachtung des Jüngsten Gerichts u. der Ewigkeit. S. Vorbild war → Milton, dessen dichter. Ausdruckskraft er jedoch keineswegs erreichte. Die Wirkung auf die zeitgenöss. Leser war sehr groß; Y. wurde in ganz Europa bekannt. 1759 erschienen *Conjectures on Original Composition*, s. Freund → Richardson gewidmet. Y. erörtert hier v. a. den Begriff der ›imitatio‹ u. hebt ihm gegenüber das Genie u. s. Originalität hervor. Unter Originalität versteht er nicht das völlig freie Schaffen, sondern die Nachahmung der Natur, während ›imitatio‹ auf Nachahmung der antiken Autoren beschränkt bleibt. S. höchste Einschätzung gilt der ›emulatio‹, der Anstrengung u. dem Wagnis des Schaffensprozesses. Y.s Überlegungen beziehen sich weniger auf das Kunstwerk als auf dessen Schöpfer. Dieser soll als Originalgenie sich der klassizist. Regeln entledigen u. die Originalität s. Denkens unter Beweis stellen. Der Geniebegriff bleibt nicht auf den Dichter beschränkt. Mit diesen Vorstellungen trug Y. zur Überwindung der klassizistischen Theorien bei. Diese Entwicklung in der Lit. hatte bereits zu Beginn des 18. Jh. eingesetzt. Der Erfolg Y.s auch auf dem Kontinent war groß. S. Werke wurden ins Frz., Dt., Italien., Span., Portugies., Schwed. u. Magyar. übersetzt. In Frankreich wurde er dadurch zum Hauptvertreter der ›romantic school‹. *ra*

Complete Works, hg. J. Doran and J. Nichols, II 1854; n. 1969. – Correspondence, hg. H. Pettit, 1970. – F. G. M. Cordasco, Bibl., 1950. H. C. Shelley, The Life and Letters of E. Y., 1914. P. van Tieghem, La poésie de la nuit et des tombeaux, 1921. H. H. Clark, The Romanticism of E. Y., 1929. C. V. Wicker, E.Y. and the Fear of Death, 1952. E. König, E.Y. Versuch e. gedankl. Interpretation auf Grund d. Frühwerke, 1954.

Zangwill, Israel, 14. 2. 1864 London – 1. 8. 1926 Midhurst; Erzähler, Dramatiker; Stud. London, zunächst Lehrer, dann Journalist. Führendes Mitglied des jüd. Literaturzirkels in London; bekannt s. *Children of the Ghetto* (1892), 1899 dramatisiert. Z.s Romane, Kurzgesch. u. Schauspiele aus dem Ghetto zeichnen sich durch strikt realist. Darstellungsweise aus. Außerdem Essays u. Abh. über jüd. Geschichte u. Persönlichkeiten. Gründete die ›International Jewish Territorial Organisation‹ u. war deren erster Präsident. *hd*

Works, XIV 1925. – M. Wohlgelernter, I.Z., 1964.

Zensur → Licensing Act.

Zoas; die 4 wirkenden Kräfte in → Blakes Vision menschl. Daseins vom Sündenfall bis zum Jüngsten Gericht.

AUSWAHLBIBLIOGRAPHIE

I BIBLIOGRAPHIEN

1. abgeschlossen

The Cambridge Bibliography of English Literature, hg. F. W. Bateson, IV 1940; Supplement, hg. G. Watson, 1957 (Weiterführung über 1900 hinaus) – The New Cambridge Bibliography of English Literature, V 1969–77 (1: 600–1660, hg. G. Watson, 1974; 2: 1660–1800, hg. ders., 1971; 3: 1800–1900, hg. ders., 1969; 4: 1900–1950, hg. I. R. Willison, 1972; 5: Index, hg. D. Pickles, 1977) – A. W. Pollard, G. R. Redgrave, A Short-title Catalogue of Books Printed in England, Scotland and Ireland, and of English Books Printed Abroad, 1475–1640, ^{2}1976 (überarbeitet und erweitert von W. A. Jackson, F. S. Ferguson, K. F. Pantzer) – D. Wing, Short-title Catalogue of Books Printed in England, Scotland, Ireland, Wales, and British America, and of English Books Printed in Other Countries, 1641–1700, III 1945–51 – Annals of English Literature, 1475–1950: The Principal Publications of Each Year together with an Alphabetical Index of Authors with Their Works, hg. J. C. Gosh, E. G. Withycombe, R. W. Chapman, ^{2}1961 – W. W. Greg, A Bibliography of English Printed Drama to the Restoration, IV 1939–59 – H. W. Gabler, English Renaissance Studies in German, 1945–1967, 1971 – L. L. Tucker, A. R. Benham, A Bibliography of Fifteenth Cent. Literature, 1928 – A. H. Heusinkveld, E. J. Bashe, A Bibliographical Guide to Old English, 1931 – J. E. Wells, A Manual of the Writings in Middle English, 1050–1500, 1916; Supplements 1–9, hg. J. B. Severs, 1919–51 – W. Bonson, Anglo-Saxon and Celtic Bibliography 450–1087, 1957 – N. R. Ker, Catalogue of MSS Containing Anglo-Saxon, 1957.

K. K. Weed, R. P. Bond, Studies of British Newspapers and Periodicals from Their Beginning to 1800, ›Studies in Philology‹, Extra Series, No. 2, 1946 – Eighteenth Cent. Bibliographies, hg. F. Cordasco, 1970 (Critical Studies Relating to Smollett, Richardson, Sterne, Fielding, Dibdin, Godwin, Gibbon, Young, Burke, and 18th Century Novel).

J. Brynmor, A Bibliography of Anglo-Welsh Literature, 1900–1965, 1970 – H. H. Palmer, A. J. Dyson, English Novel Explication. Criticisms to 1972, 1973 – H. W. Drescher, B. Kahrmann, The Contemporary English Novel. An Annotated Bibliography of Secondary Sources, 1950–1970, 1973 – India in English Fiction, 1800–1970. An Annotated Bibliography, hg. B. K. Gupta, 1973 – K.-H. Stoll, The New British Drama, A Bibliography with Particular Reference to Arden, Bond, Osborne, Pinter, Wesker, 1975 – Cloak-and-Dagger Bibliography. An Annotated Guide to Spy Fiction, 1937–1975, hg. M. J. Smith, Jr., 1976.

2. laufend

Annual Bibliography of English Language and Literature (Modern Humanities Research Organization), 1920 ff. – Year's Work in English Studies, 1920 ff. – British Book News, 1940 ff. (monatl.) – British National Bibliography, 1950 ff. (wöchentl.) – Books and Bookmen, 1955 ff. (monatl.) – Abstracts of English Studies, 1958 ff. (monatl. Sept.–Juni) – MLA International Bibliography of Books and Articles on Modern Languages and Literatures (ursprüngl. in der Zs. ›PMLA‹, als Separatband 1969 ff.) – Annual Bibliography of Scottish Literature, 1971 ff. (Supplement der Zs. ›The Bibliotheck‹.)

Jahresbibliographien zu Shakespeare in: ›Shakespeare Quarterly‹, ›Shakespeare Survey‹, ›Jahrbücher der Deutschen Shakespeare-Gesellschaft West und Ost‹ – English Literature, 1660–1800: A Current Bibliography, in der Zs. ›Philological Quarterly‹, 1926 ff. (Nachdruck u. d. T. ›English Literature, 1660–1800; A Bibliography of Modern Studies‹, 1–2: 1926–50, 1950; 3–4: 1957–60, 1962; 5–6: 1961–70, 1972. 1971–77 u. d. T. ›The Eighteenth Century‹; 1978 ff. Separatveröffentlichung) – The Romantic Movement: A

Selective and Critical Bibliography, in den Zs. ›ELH: A Journal of English Literary History‹, 1937–49, ›Philological Quarterly‹, 1950–64, ›English Language Notes‹, 1965ff. (Nachdruck u. d. T. ›The Romantic Movement Bibliography 1936–70‹, VII 1973) – Victorian Bibliography, in den Zs. ›Modern Philology‹, 1933–56, ›Victorian Studies‹, 1958ff. (Nachdruck u. d. T. ›Bibliographies of Studies in Victorian Literature‹, 1: 1932–44, 1945; 2: 1945–54, 1956; 3: 1955–64, 1967) – Current Bibliography, in der Zs. ›Twentieth Century Literature‹, 1955ff. (erweiterter Nachdruck u. d. T. ›Articles on Twentieth Century Literature 1954–70‹, 1973).

Buchhandelsbibliographien: The English Catalogue of Books, 1830ff.; als British Books, 1959ff. – Whitaker's Cumulative Book List, 1924ff.

II NACHSCHLAGEWERKE, HANDBÜCHER

Who's Who?, 1849ff. (jährl.) – Dictionary of National Biography, hg. L. Stephen, S. Lee, XXII, repr. 1908–09; in Supplementbdn. weitergeführt – DNB. Corrections and Additions, 1923–63, 1966 – Britain. An Official Handbook, 1946ff. (jährl.).

F. Lennartz, Ausländische Dichter und Schriftsteller unserer Zeit, [4]1971 – G. v. Wilpert, Lexikon der Weltliteratur, 1: Autoren, [2]1975; 2: Werke, 1968 – Kindlers Literatur Lexikon, XXV 1974 (dtv).

Pelican Guide to English Literature, hg. B. Ford, VII 1954–61 (zahlreiche Nachdrucke) – A. Schöne, Abriß der englischen Literaturgeschichte in Tabellen, 1965 – S. A. Allibone, A Critical Dictionary of English Literature and British and American Authors, III 1872–75; J. F. Kirk, Supplement, II 1891; repr. V 1966 – A Library of Literary Criticism. Modern British Literature, hg. R. Z. Temple, M. Tucker, III 1966 – Twentieth Century Authors. A Biographical Dictionary of Modern Literature, hg. S. J. Kunitz, H. Haycraft, 1942 (rev. 1966) – Twentieth Century Authors, First Supplement, hg. S. J. Kunitz, V. Colby, 1955 (rev. 1966) – Twentieth Century British Literature. A Reference Guide and Bibliography, hg. R. Z. Temple, M. Tucker, III 1968 – Everyman's Dictionary of Literary Biography, English and American, rev. ed. hg. D. C. Browning, 1969 (repr.) – The Penguin Companion to Literature. Britain and the Commonwealth, hg. D. Daiches, 1971 – W. Karrer, E. Kreutzer, Daten der englischen und amerikanischen Literatur von 1890 bis zur Gegenwart, 1973 – The Oxford Companion to English Literature, hg. P. Harvey, rev. ed. D. Eagle, [4]1975 (repr.) – Contemporary Writers of the English Language, hg. J. Vinson, D. L. Kirkpatrick, III, [2]1977 (1: Poets, 2: Novelists, 3: Dramatists) – Great Writers of the English Language, hg. dies., III 1979 (1: Poets, 2: Novelists, 3: Dramatists) – A Critical Guide to Anglo-Irish Literature, hg. A. Carpenter, A. Clune, T. Brown, III 1980.

The Oxford Book of Literary Anecdotes, hg. J. Sutherland, [2]1976 – The Oxford Literary Guide to the British Isles, hg. D. Eagle, H. Carnell, 1977.

Select Bibliographical Guides: English Poetry, hg. A. E. Dyson, 1971; The English Novel, hg. ders., 1974; English Drama, hg. S. Wells, 1975 – Shakespeare-Handbuch, hg. I. Schabert, [2]1978 – M. Anderson et al., A Handbook of Contemporary Drama, 1972 – The Penguin Dictionary of the Theatre, hg. J. R. Taylor, 1966 – The Concise Oxford Companion to the Theatre, hg. P. Hartnoll, 1972.

A. C. Kennedy, D. B. Sands, A Concise Bibliography for Students of English, [4]1966 – G. Müller-Schwefe, Einführung in das Studium der Englischen Philologie, [2]1968 (mit Bibliographie) – D. F. Bond, A Reference Guide to English Studies, 1971 – Einführung in das Studium der englischen Literatur, hg. J.-Chr. Rojahn, 1974 – Ein anglistischer Grundkurs zur Einführung in das Studium der Literaturwissenschaft, hg. B. Fabian, [3]1979 (mit Bibliographie) – W. Weiß, Das Studium der englischen Literatur, 1979.

III LITERATURGESCHICHTE (Gesamtdarstellungen)

The Cambridge History of English Literature, hg. A. W. Ward, A. R. Waller, XV 1949–53 (zahlreiche Nachdrucke) – G. Sampson, The Concise Cambridge History of English Literature, 1957. – Kurt Wittig, The Scottish Tradition in Literature, 1958 – T. Perry, A History of Welsh Literature, [2]1962 – E. Legouis, L. Cazamian, A History of English Literature, [2]1964 – D. Daiches, A Critical History of English Literature, II [2]1968 – W. F. Schirmer, A. Esch, Geschichte der englischen und amerikanischen Literatur von den Anfängen bis zur Gegenwart, [5]1968 – C. Meigs et al., A. Critical History of Children's Literature, [2] 1969 – E. Standop, E. Mertner, Englische Literaturgeschichte, [2]1971 – A Literary History of England, hg. A. C. Baugh, IV [3]1972 – J. Evans, A Short History of English Literature, [4]1976 – M. Lindsay, History of Scottish Literature, 1977.

IV LITERATURTHEORIE, LITERATURKRITIK

I. A. Richards, The Principles of Literary Criticism, 1924 – Ch. S. Baldwin, Ancient Rhetoric and Poetic, 1924 – Ders., Medieval Rhetoric and Poetic, 1928 – I. A. Richards, Practical Criticism. A Study of Literary Judgment, 1929 – Ders., Renaissance Literary Theory and Practice. Classicism in the Rhetoric and Poetic of Italy, France, and England, 1400–1600, 1939 – K. Burke, The Philosophy of Literary Form, 1941 – J. W. H. Atkins, English Literary Criticism, 1: The Medieval Phase, 1943; 2: The Renaissance, 1947; 3: The 17th and 18th Cent., 1951 – G. Saintsbury, A History of Criticism and Literary Taste in Europe, III [4]1949 – R. S. Crane, Critics and Criticism Ancient and Modern, 1952 – M. H. Abrams, The Mirror and the Lamp. Romantic Theory and the Critical Tradition, 1953 – K. E. Gilbert, H. Kuhn, A History of Esthetics, 1953 – W. K. Wimsatt, Jr., The Verbal Icon: Studies in the Meaning of Poetry, 1954 – R. Wellek, A History of Modern Criticism 1750–1950, 1: The Later 18th Cent.; 2: The Romantic Age, 1955; 3: The Age of Transition; 4: The Later 19th Cent., 1966; 5 noch nicht erschienen – D. Daiches, Critical Approaches to Literature, 1956 – N. Frye, Anatomy of Criticism, 1957 – R. L. Brett, Reason and Imagination, 1960 – F. B. Artz, From Renaissance to Romanticism, Trends in Style in Art, Literature, and Music, 1300–1830, 1962 – G. Watson, The Literary Critics, 1962 – R. Weimann, New Criticism und die Entwicklung bürgerlicher Literaturwissenschaft: Geschichte und Kritik neuer Interpretationsmethoden, 1962 – W. L. Guerin, E. G. Labor, L. Morgan, J. Willingham, A Handbook of Critical Approaches to Literature, 1966 – R. Wellek, A. Warren, Theory of Literature, [3]1966 – P. Goetsch, Die Romankonzeption in England, 1880–1910, 1967 – E. Barmeyer, Die Musen: Ein Beitrag zur Inspirationstheorie, 1968 – J. D. Boyd, The Function of Mimesis and Its Decline, 1968 – Die nicht mehr schönen Künste: Grenzphänomene des Ästhetischen (Poetik und Hermeneutik, 3), hg. H. R. Jauß, 1968 – R. Brinkmann, Begriffsbestimmung des literarischen Realismus (Wege der Forschung, 212), 1969 – H. Mainusch, Romantische Ästhetik: Untersuchungen zur englischen Kunstlehre des späten 18. und des frühen 19. Jh., 1969 – Contemporary Criticism (Stratford-upon-Avon Studies, 12), hg. M. Bradbury, D. Palmer, 1970 – Moderne englische und amerikanische Literaturkritik, hg. W. Erzgräber, 1970 – M. Praz, Mnemosyne: The Parallel Between Literature and the Visual Arts, 1970 – W. K. Wimsatt, Jr., C. Brooks, Literary Criticism: A Short History, IV [6]1970 – V. Žmegač, Marxistische Literaturkritik, 1970 – R. S. Crane, Critical and Historical Principles of Literary History, 1971 – R. Fowler, The Languages of Literature, 1971 – H. N. Fügen, Die Hauptrichtungen der Literatursoziologie u. ihre Methoden, [5]1971 – A. Klein, J. Vogt, Methoden der Literaturwissenschaft I: Literaturgeschichte u. Interpretation, 1971 – W. Iser, Der implizite Leser, 1972 – D. Lodge, Twentieth Cent. Literary Criticism. A Reader, 1972 – C. K. Ogden, I. A. Richards, The Meaning of Meaning, [10]1972 – L. Trilling, Sincerity and Authenticity, 1972 – H. Belke, Lit. Gebrauchsformen, 1973 – S. H. Burton, The Criticism of Prose, 1973 – K. Hamburger, The Logic of Literature, 1973 – H.-J. Heinrich, Spielraum Literatur: Literaturtheorie zwischen Kunst und Wissenschaft, 1973 – D. Janik, Die Kommunikationsstruktur des Erzählwerks: Ein semiologisches Modell, 1973 – Literatursoziologie, hg. J. Bark, II 1974 – S. H. Burton, The Criticism of Poetry, [2]1974 – New Directions in Literary History, hg. R. Cohen, 1974 – F. Voßen, Methoden der Literaturwissenschaft II: Marxistische Literaturtheorie u. Literatursoziologie, [2]1974 – E. Frey, Stil und Leser: Theoretische und praktische Ansätze zur wissenschaftlichen Stilanalyse, 1975 – G. Gabriel, Fiktion und Wahrheit: Eine semantische Theorie der Literatur, 1975 – J. Landwehr, Text und Fiktion: Zu einigen literaturwissenschaftlichen und kommunikationstheoretischen Grundbegriffen, 1975 – D. B. Leistner, Autor, Erzähltext, Leser: Sprachhandlungstheoretische Überlegungen zur Sprachverwendung in Erzähltexten, 1975 – E. Lobsien, Theorie literarischer Illusionsbildung, 1975 – R. Lüthe, New Criticism und idealistische Kunstphilosophie, 1975 – G. Pasternack, Theoriebildung in der Literaturwissenschaft: Einführung in Grundfragen des Interpretationspluralismus, 1975 – K. Stierle, Text als Handlung: Perspektiven einer systematischen Literaturwissenschaft, 1975 – Theorie – Literatur – Praxis: Arbeitsbuch zur Literaturtheorie seit 1970, hg. R. Brütting, B. Zimmermann, 1975 – M. Turk, Dialektischer Dialog: Literaturwissenschaftliche Untersuchung zum Problem der Verständigung, 1975 – H. Winter, Literaturtheorie und Literaturkritik (Studienreihe Englisch, 19), 1975 – H. H. Hiebel, Dichtung – Theorie und Deutung: Eine ästhetische Propädeutik, 1976 – R. Ingarden, Gegenstand und Aufgaben der Literaturwissenschaft: Aufsätze und Diskussionsbeiträge, 1976 – W. Iser, Der Akt des Lesens, 1976 – C. Enzensberger, Literatur und Interesse: Eine politische Ästhetik mit zwei Beispielen aus der englischen Literatur, I: Theorie; 2: Beispiele, 1977 – M. Hüttel, Marxistisch-Leninistische Literaturtheorie: Die theoretische Bedeutung der Literaturkritik von Marx, Engels und Lenin, 1977 – K. Weimar, Anatomie marxistischer Literaturtheorien, 1977 – B. Zimmermann, Literaturrezeption im historischen Prozeß: Zur Theorie einer Rezeptionsgeschichte der Literatur, 1977 – Englische und amerikanische Literaturtheorie, Studien zu ihrer historischen Entwicklung, hg. R. Ahrens, E. Wolff, II 1978–79.

V GATTUNGEN

1. Lyrik

A. C. Bradley, Oxford Lectures on Poetry, [2]1909 – W. H. Courthope, A History of English Poetry, VI 1910–26 (repr.) – H. J. Grierson, J. C. Smith, A Critical History of English Poetry, [2]1947 – D. Bush, English Poetry, 1952 – C. Brooks, R. P. Warren, Understanding Poetry, [3]1963 – V. de Sola Pinto, Crisis in English Poetry, 1880–1940, 1963 – K. Schlüter, Die englische Ode, 1964 – A. S. P. Woodhouse, The Poet and His Faith. Religion and Poetry in England from Spenser to Eliot and Auden, 1965 – Die englische Lyrik. Von der Renaissance bis zur Gegenwart, hg. K. H. Göller, II 1968 – Englische Lyrik von Shakespeare bis Dylan Thomas, hg. W. Erzgräber, 1969 – Epochen der englischen Lyrik, hg. K. H. Göller, 1970 – F. W. Bateson, English Poetry and the English Language, [3]1973 – G. N. Leech, A Linguistic Guide to English Poetry, 1976 (repr.) – W. Weiß, Die elisab. Lyrik, 1976 – English Poetry, hg. A. Sinfield, 1976 (Sussex Books) – J. Wain, Professing Poetry, 1977.

2. Roman, Short Story, Essay

D. Van Ghent, The English Novel: Form and Function, 1953 – Walter Allen, The English Novel, A Short Critical History, 1954 – R. Church, The Growth of the English Novel, 1957 – E. Muir, The Structure of the Novel, [2]1957 – Fricker, Robert, Der moderne englische Roman, 1958 – C. Brooks, R. P. Warren, Understanding Fiction, [2]1959 – W. C. Booth, The Rhetoric of Fiction, 1961 – L. Borinski, Meister des modernen englischen Romans, 1963 – P. Lubbock, The Craft of Fiction, [2]1965 – D. Lodge, Language of Fiction. Essays in Criticism and Verbal Analysis of the English Novel, 1966 – A. P. Hackett, 70 Years of Best Sellers: 1895–1965, 1967 – W. Larrett, The English Novel from Th. Hardy to G. Greene, 1967 – L. Stevenson, The History of the English Novel, 1967 – E. Wagenknecht, Cavalcade of the English Novel. With Supplementary Bibliography, 1967 – Der englische Roman. Vom Mittelalter zur Moderne, hg. F. K. Stanzel, II 1969 – Der moderne englische Roman. Interpretationen, hg. H. Oppel, [2]1971 – K. Otten, Der englische Roman vom 16. zum 19. Jh., 1971 – R. Williams, The English Novel. From Dickens to Lawrence, 1973 – I. Williams, The Realist Novel in England. A Study in Development, 1974 – C. W. Thomsen, Das Groteske im engl. Roman des 18. Jh., 1974 – M. Boulton, The Anatomy of the Novel, 1975 – D. Mehl, Der englische Roman bis zum Ende des 18. Jh., 1977 – The English Novel. Developments in Criticism Since Henry James. A Casebook, hg. S. Hazell, 1978 – F. R. Hart, The Scottish Novel. A Critical Survey, 1978 – J. Cronin, The Anglo-Irish Novel, I 1978 – J. Palmer, Thrillers, 1978.

H. E. Bates, The Modern Short Story, 1956 (repr.) T. O. Beachcroft, The Modest Art. A Survey of the Short Story in English, 1968 – P. Goetsch, Studien und Materialien zur Short Story, 1971 – Die englische Kurzgeschichte, hg. H. Göller, G. Hoffmann, 1973.

H. Walker, The English Essay and Essayists, 1915 – W. Graham, English Literary Periodicals, 1930 – M. H. Law, The English Familiar Essay in the Early Nineteenth Cent., 1934 – H. Fischer, Die literarische Form des Essays und seine besondere geistesgeschichtliche Bedeutung, 1950 – M. R. Watson, Magazine Serials and the Essay Tradition, 1956 – Der englische Essay: Analysen, hg. H. Weber, 1975.

3. Drama, Hör- und Fernsehspiel

G. H. Nettleton, English Drama of the Restoration and Eighteenth Cent., 1642–1780, 1914 – A. P. Roister, Engl. Drama from Early Times to the Elizabethans: Its Background, Origins, and Developments, 1950 – R. Stamm, Geschichte des englischen Theaters, 1951 – A. Nicoll, A History of English Drama, 1600–1900, VI ^{2}1952–59 – C. Brooks, R. B. Heilman, Understanding Drama, 1961 – R. Fricker, Das moderne englische Drama, 1964 – Das moderne englische Drama. Interpretationen, hg. H. Oppel, ^{2}1966 – Das englische Drama. Vom Mittelalter bis zur Gegenwart, hg. D. Mehl, II 1970 – Das englische Drama, hg. J. Nünning, 1973 – Das englische Drama im 18. und 19. Jh. Interpretationen, hg. H. Kosock, 1976 – M. Pfister, Das Drama, 1977 – A. Nicoll, British Drama, ^{6}1978 (rev. J. C. Trewin).

R. F. Felton, The Radio Play: Its Technique and Possibilities, 1949 – J. Bussell, The Art of Television, 1952 – V. Gielgud, British Radio Drama 1922–56, 1957 – J. R. Taylor, Anatomy of a Television Play: An Inquiry into the Production of Two ABC Armchair Theatre Plays, 1962 – Das engl. Hörspiel, hg. H. Prießnitz, 1977 – Ders., Das engl. »radio play« seit 1945: Themen, Typen u. Formen, 1978 – S. R. Elghazali, Literatur als Fernsehspiel, o. J. (Hans-Bredow Inst. für Rundfunk u. Fernsehen).

VI EPOCHEN

1. Alt- und mittelenglische Epoche

W. H. Schofield, English Literature from the Norman Conquest to Chaucer, 1906 – E. Duncan, The Story of Minstrelsy, 1907 – W. P. Ker, Medieval English Literature, 1912 – H. Sparnacy, Verschmelzung legendärer und weltlicher Motive in der Poesie des Mittelalters, 1922 – R. L. Poole, Chronicles and Annals. A Brief Outline of Their Origin and Growth, 1926 – H. Hecht, L. L. Schücking, Die angelsächsische und frühmittelenglische Dichtung, 1927 – Ch. W. Kennedy, The Earliest English Poetry, 1943 – E. K. Chambers, English Literature at the Close of the Middle Ages, ^{2}1947 (Oxford History of Engl. Lit., 2, Part. 2) – H. S. Bennett, Chaucer and the Fifteenth Cent., ^{2}1948 (Oxford History of Engl. Lit., 2, Part 1) – W. L. Renwick, H. Orton, The Beginnings of English Literature to Skelton, 1509, ^{2}1952 – K. Schneider, Die germanischen Runennamen, 1956 – D. Whitlock, Changing Currents in Anglo-Saxon Studies, 1958 – G. K. Anderson, The Literature of the Anglo-Saxons, ^{2}1962 – D. M. Zesmer, Guide to English Literature from Beowulf through Chaucer and Medieval Drama, 1964 (repr.) – Th. Wolpers, Die englischen Heiligenlegenden des Mittelalters: Eine Formgeschichte des Legendenerzählens von der spätantiken lateinischen Tradition bis zur Mitte des 16. Jh., 1964 – S. B. Greenfield, A Critical History of Old English Literature, 1965 – B. Grohskopf, From Age to Age, Life and Literature in Anglo-Saxon England, 1968 – R. M. Wilson, Early Middle English Literature, ^{3}1968 – P. Clemnoes, Rhythm and Cosmic Order in Old English Christian Literature, 1970 – W. A. Chaney, The Cult of Kingship in Anglo-Saxon England, 1970 – K. H. Göller unt. Mitarb. v. U. Böker, Geschichte der altenglischen Literatur, 1971 – S. B. Greenfield, The Interpretation of Old English Poems, 1972 – A. H. Marckwardt and I. L. Rosier, Old English Language and Literature, 1972 – I. Gardner, The Construction of Christian Poetry in Old English, 1975 – W. H. Beale, Old and Middle English Poetry to 1500: A Guide to Information Sources, 1976 – Old English Literature: 22 Analytical Essays, hg. M. Stevens and J. Mandel, 1976 – D. C. Fowler, The Bible in Early English Literature, 1976.

2. 16. und 17. Jahrhundert

C. H. Herford, A Sketch of Recent Shakespearian Investigation: 1893–1923, 1923 – A Companion to Sh. Studies, hg. H. Granville-Barker, 1934 – B. Willey, The 17th Cent. Background, 1934 – R. F. Jones, The 17th Cent., Studies in the History of English Thought and Literature from Bacon to Pope, 1951 – G. Williamson, The Senecan Amble: A Study in Prose from Bacon to Collier, 1951 – M. C. Wiley, The Subtle Knot: Creative Scepticism in 17th Cent. England, 1952 – W. F. Schirmer, Alte und neue Wege der Sh.-Kritik, 1953 – C. S. Lewis, English Literature in the Sixteenth Cent., Excluding Drama, 1954, (Oxford History of English Literature, 3) – A. Esch, Englische religiöse Lyrik des 17. Jh., 1955 – S. Korninger, Die Naturauffassung in der englischen Dichtung des 17. Jh., 1956 – Die Kunstformen des Barockzeitalters, hg. R. Stamm, 1956 – H. Grierson, Cross Currents in English Literature of the 17th Cent., ²1958 – G. Williamson, The 17th Cent. Contexts, 1960 – W. S. Howell, Logic and Rhetoric in England, 1500–1700, 1961 – C. V. Wedgwood, 17th Cent. English Literature, 1961 – Studies in the Elizabethan Stage, hg. C. T. Prouty, 1961 – D. Bush, English Literature in the Earlier 17th Cent., 1600–1660, ²1962 (Oxford History of English Literature, 5) – M. Ashley, England in the 17th Cent., 1962 – H. R. Swardson, Poetry and the Fountain of Light: The Conflict Between Christian and Classical Traditions in 17th Cent. Poetry, 1962 – K. G. Hamilton, The Two Harmonies: Poetry and Prose in the 17th Cent., 1963 – Approaches to Sh., hg. N. Rabkin, 1964 – M. C. Bradbrook, Themes and Conventions of Elizabethan Tragedy, 1964 – Sh. in a Changing World, hg. A. Kettle, 1964 – Sh. 1564–1964, hg. E. A. Bloom, 1964 – V. de Sola Pinto, The English Renaissance, 1520–1688, ³1966 - A. M. Eastman, A Short History of Shakespearian Criticism, 1968 – D. L. Frost, The School of Shakespeare: The Influence of Shakespeare on English Drama, 1600–1642, 1968 – W. von Leyden, 17th Cent. Metaphysics, 1968 – P. Murray, The Shakespearian Scence: Some 20th Cent. Perspectives, 1969 – G. F. Bentley, The 17th Cent. Stage, 1969 – J. R. Mulder, The Temple of the Mind: Education and Literary Taste in 17th Cent. England, 1969 – J. Sutherland, English Literature of the Late 17th Cent., 1969 (Oxford History of English Literature, 6) – R. Weimann, Theater und Gesellschaft in der Sh.-Kritik: Methoden und Perspektiven der Forschung, 1970 – W. H. Halewood, The Poetry of Grace: Reformation Themes and Structures in English 17th Cent. Poetry, 1970 – A New Companion to Sh. Studies, hg. K. Muir und S. Schoenbaum, 1971 – Shakespearian Staging, hg. T. J. King, 1971 – Wege der Sh.-Forschung, hg. K. L. Klein, 1971 – M. Foss, The Age of Patronage: The Arts in Society, 1600–1750, 1971 – E. Miner, The Cavalier Mode from Jonson to Cotton, 1971 – E. Fish, Self-consuming Artifacts: The Experience of 17th Cent. Literature, 1972 – Ch. Hill, The World Turned Upside Down: Radical Ideas During the English Revolution, 1972 – Restoration Literature: Critical Approaches, hg. H. Love, 1972 – D. Bruce, Topics of Restoration Comedy, 1974 – W. Clemen, Perspective Structure in Elizabethan and Jacobean Comedies, 1974 – D. Farley-Hills, The Benevolence of Laughter: Comic Poetry of the Commonwealth and Restoration, 1974 – The Metaphysical Poets: A Casebook, hg. G. Hammond, 1974 – J. A. Goldon, Typology and 17th Cent. Literature, 1975 – A. V. Persson, Comic Character in Restoration Drama, 1975 – J. H. Stodder, Satire in Jacobean Tragedy, 1975 – R. D. Hume, The Development of English Drama in the Late 17th Cent., 1976 – C. J. Sommerville, Popular Religion in Restoration England, 1977 – W. Weiß, Das Drama der Shakespeare-Zeit, 1979.

3. 18. Jahrhundert

E. Gosse, A History of Eighteenth Cent. Literature, 1660–1780, 1889 (zahlreiche Nachdrucke) – H. G. Graham, Scottish Men of Letters in the 18th Cent., 1901 – M. P. Conant, The Oriental Tale in England in the Eighteenth Cent., 1908 – A. Nicoll, A History of Early Eighteenth Cent. Drama, 1700–1750, 1925 – D. N. Smith, Shakespeare in the Eighteenth Cent., 1928 – F. W. Bateson, English Comic Drama, 1700-1750, 1929 – J. M. S. Tompkins, The Popular Novel in England 1770–1800, 1932 – D. Stauffer, The Art of Biography in Eighteenth Cent. England, 1941 – J. Butt, The Augustan Age, 1950 – E. Erämetsä, A Study of the Word ›Sentimental‹ and of other Linguistic Characteristics of Eighteenth Cent. Sentimentalism in England, 1951 – I. Jack, Augustan Satire, 1952 – F. S. Boas, An Introduction to Eighteenth Cent. Drama, 1700–1780, 1953–Eighteenth Cent.

English Literature. Modern Essays in Criticism, hg. J. L. Clifford, 1959 – L. Stephen, English Literature and Society in the 18th Cent., 1963 – J. Sutherland, A Preface to Eighteenth Cent. Poetry, ²1963 – B. Dobrée, English Literature in the Early Eighteenth Cent., 1700–1740, ²1964 (Oxford History of English Literature, 7) – E. Wolff, Der englische Roman im 18. Jh., Wesen und Formen, 1964 – From Sensibility to Romanticism, hg. W. Hilles, H. Bloom, 1965 – R. W. Harris, Reason and Nature in 18th Cent. Thought, 1968 - I. Watt, The Rise of the Novel. Studies in Defoe, Richardson and Fielding, ²1972 – H.-J. Müllenbrock, Whigs kontra Tories. Studien zum Einfluß der Politik auf die englische Literatur des frühen 18. Jh., 1974 – H. Reinhold, Der engl. Roman im 18. Jh., 1978 – L. Borinski, Der englische Roman des 18. Jh., ²1978 – H. J. Shroff, The Eighteenth Cent. Novel. The Idea of the Gentleman, 1979.

4. 19. Jahrhundert

G. K. Chesterton, The Victorian Age in Literature, ²1914 (zahlreiche Nachdrucke) – E. Reynolds, Early Victorian Drama, 1830–1870, 1936 – W. Klemm, Die englische Farce im 19. Jh. 1946 – C. M. Bowra, The Romantic Imagination, 1949 – E. Bernbaum, Guide Through the Romantic Movement, ²1949 – H. Oppel, Die Kunst des Erzählens im englischen Roman des 19. Jh., 1950 – E. C. Batho, B. Dobrée, The Victorians and After, 1830–1914, ²1950 – The Reinterpretation of Victorian Literature, hg. J. E. Baker, 1950 – J. H. Buckley, The Victorian Temper, 1951 – R. C. Churchill, English Literature of the Nineteenth Cent., 1951 – M. Praz, The Romantic Agony, ²1951 – R. D. Altick, The English Common Reader: A Social History of the Mass Reading Public, 1800–1900, 1957 – W. L. Renwick, English Literature, 1789–1815, 1963 (Oxford History of English Literature, 9) – I. Jack, English Literature, 1815–1832, 1963 (Oxford History of English Literature, 10) – D. Cecil, Early Victorian Novelists, 1964 – G. and K. Tillotson, Mid-Victorian Studies, 1965 – G. Hough, The Romantic Poets, ³1967 – The Art of Victorian Prose, hg. G. Levine and W. Madden, 1968 – D. M. Ball, The Central Self: A Study in Romantic and Victorian Imagination, 1968 – R. A. Colby, Fiction with a Purpose. Major and Minor Nineteenth Cent. Novels, 1968 – V. Colby, The Singular Anomaly. Women Novelists of the Nineteenth Cent., 1970 – Essays on 19th Cent. British Theatre, hg. K. Richards, P. Thomson, 1971 – The Victorian Novel. Modern Essays in Criticism, hg. I. Watt, 1971 – The English Novel in the Nineteenth Cent., hg. G. Goodin, 1972 – L. Cazamian, The Social Novel in England, 1830–1850. Dickens, Disraeli, Mrs. Gaskell, Kingsley, 1973 – Der englische Roman im 19. Jh. Interpretationen, hg. P. Goetsch, H. Kosock, K. Otten, 1973 – J. C. Simmon, The Novelist as Historian. Essays on the Victorian Historical Novel, 1973 – L. James, Fiction for the Working Man, 1830–50. A Study of the Literature Produced for the Working Classes in Early Victorian Urban England, 1974 – J. S. Bratton, The Victorian Popular Ballad, 1975 – Literature and Politics in the Nineteenth Cent., hg. J. Lucas, 1975 – N. Rance, The Historical Novel and Popular Politics in Nineteenth Cent. England, 1975 – L. Hönnighausen, Grundprobleme der englischen Literaturtheorie des 19. Jh., 1977 – J. Lucas, The Literature of Change. Studies in the Nineteenth Cent. Provincial Novel, 1977 – Der engl. soziale Roman im 19. Jh., hg. K. Groß, 1977.

5. 20. Jahrhundert

E. Gosse, Modern English Literature, A Short History, ²1905 – R. Church, British Authors. A 20th Cent. Gallery with 53 Portraits, 1948 – W. Y. Tindall, Forces in Modern British Literature (1885–1946), 1949 – H. V. Routh, English Literature and Ideas in the 20th Cent. An Inquiry into Present Difficulties and Future Prospects, ³1950 – D. Daiches, The Present Age After 1920, 1962 - S. Spender, The Struggle of the Modern, 1963 – G. S. Fraser, The Modern Writer and His World, ²1964 – A. C. Ward, Twentieth Cent. English Literature, 1901–1960, 1964 – W. Hortmann, Englische Literatur im 20. Jh., 1965 – Zeitgenössische englische Dichtung, III 1966–68 (1: Lyrik, hg. H. Meller, 1966; 2: Prosa, hg. W. Hüllen, 1966; 3: Drama, hg. H. Nyskiewicz, 1968) – W. Van Connor, The New University Wits and the End of Modernism, 1968 – K. Allsop, The Angry Decade. A Survey of the Cultural Revolt of the Nineteen-Fifties, 1969 – A. S. Collins, English Literature of the 20th Cent. With a Postscript on the Nineteen-Fifties by Frank Whitehead, 1969 – Englische Literatur der Gegenwart in Einzeldarstellungen, hg. H. W. Drescher, 1970 – W. W.

Robson, Modern English Literature, 1970 – The Twentieth Cent., hg. B. Bergonzi, 1970 – Twentieth Cent. Literature in Retrospect, hg. R. A. Brower, 1971 – S. Hynes, The Auden Generation. Literature and Politics in England in the 1930s, 1976 – Englische Literatur der Gegenwart, 1971–1975, hg. R. Lengeler, 1977 – B. Bergonzi, Reading the Thirties, 1978.

J. Press, Rule and Energy. Trends in British Poetry since the Second World War, 1963 – Die moderne englische Lyrik, Interpretationen, hg. H. Oppel, 1967 – M. L. Rosenthal, The New Poets. American and British Poets since World War II, 1967 – J. Press, A Map of Modern English Verse, 1969 – Contemporary Poets, hg. R. Murphy, 1973 – R. Fulton, Contemporary Scottish Poetry. Individuals and Contexts, 1974 – A. Thwaite, 20th Cent. English Poetry. An Introduction, 1978.

H. Reed, The Novel Since 1939, 1946 – J. Lindsay, After the ›Thirties‹: The Novel in Britain, and Its Future, 1956 – J. Gindin, Postwar British Fiction. New Accents and Attitudes, 1963 – W. Allen, Tradition and Dream. A Critical Survey of British and American Fiction from the 1920s to the Present Day, 1964 – Contemporary British Novelists, hg. Ch. Shapiro, 1965 – J. S. Rippier, Some Post-War English Novelists, 1965 – R. Rabinovitz, The Reaction against Experiment in the English Novel, 1950–1960, 1967 – J. Raban, The Technique of Modern Fiction, 1968 – B. Kahrmann, Die idyllische Szene im zeitgenössischen englischen Roman, 1969 – B. Bergonzi, The Situation of the Novel, 1970 – F. R. Karl, A Reader's Guide to the Contemporary English Novel, 1970 – H. Schrey, Didaktik des zeitgenössischen englischen Romans, 1970 – H. C. Webster, After the Trauma. Representative British Novelists Since 1920, 1970 – A. Burgess, The Novel Now. A Student's Guide to Contemporary Fiction, ^{2}1971 – D. Lodge, The Novelist at the Crossroads, 1971 - N. Gray, The Silent Majority. A Study of the Working Class in Post-War British Fiction, 1973 – S. J. Kaplan, Feminine Consciousness in the Modern British Novel, 1975 – The Novel Today, hg. M. Bradbury, 1977 – G. Fensterling, Die Frau im zeitgenössischen englischen Roman (1953–75), 1978 – The Contemporary English Novel, hg. M. Bradbury, D. Palmer, 1979.

L. Kitchin, Mid-Cent. Drama, 1960 – M. Esslin, The Theatre of the Absurd, 1962 – B. Gascoigne, Twentieth Cent. Drama, 1962 – R. Fricker, Das moderne englische Drama, 1964 – F. Lumley, New Trends in 20th Cent. Drama, 1967 – L. Kitchin, Drama in the Sixties, 1966 – J. R. Taylor, The Rise and Fall of the Well-made Play, 1967 – Theatre at Work, hg. Ch. Marowitz, S. Trussler, 1967 – Contemporary Theatre (Stratford-upon-Avon Studies, 4), 1968 – J. R. Taylor, Anger and After. A Guide to the New British Drama, ^{2}1969 – W.-D. Weise, Die ›Neuen englischen Dramatiker‹ in ihrem Verhältnis zu Brecht, 1969 – J. R. Taylor, The Second Wave – British Drama for the Seventies, 1971 – J. R. Brown, Theatre Language, Arden, Osborne, Pinter, Wesker, 1972 – H. Hammerschmidt, Das historische Drama in England (1956–1971): Erscheinungsformen und Entwicklungstendenzen, 1972 – K. J. Worth, Revolutions in Modern English Drama, 1972 – R. Hayman, The Set-Up. An Anatomy of the English Theatre Today, 1973 – A. P. Hinchliffe, British Theatre 1950–70, 1974 – K. Tynan, A View of English Stage, 1944–63, 1975 – Das zeitgenössische englische Drama, hg. K.-D. Fehse, N. H. Platz, 1975 – J. Elsom, Post-War British Theatre, 1976 – Das englische Drama der Gegenwart. Interpretationen, hg. H. Oppel, 1976 – D. Hutchinson, The Modern Scottish Theatre, 1977.

VII KULTUR- UND GEISTESGESCHICHTLICHER HINTERGRUND

G. M. Trevelyan, English Social History, 1945 – The Pelican History of England, IX 1955–65 (zahlreiche Nachdrucke) – K. Kluxen, Geschichte Englands, ^{2}1976 – The Edinburgh History of Scotland. IV ^{2}1978 – The New History of England, hg. A. G. Dickens, N. Gash, X 1978 ff. (bisher Bde. 2: 1509–1558, 5: 1658–1714, 6: 1714–1760, 8: 1815–1865).

J. de Vries, Die geistige Welt der Germanen, ^{2}1945 – The Early Cultures of Northwest Europe, hg. C. Fox, B. Dickins, 1950 – D. Whitlock, The Beginnings of English Society, 1952 – P. H. Blair, An Introduction to Anglo-Saxon England, 1956 – J. Godfrey, The Church in Anglo-Saxon England, 1962 – H. P. R. Finberg, The Formation of England 550–1042, 1974.

G. Willey, The Seventeenth Cent. Background, 1958 – Letters in Tudor and Stuart England, hg. L. B. Wright, 1962 – E. Burton, The Elizabethans at Home, 1970.
A. S. Turberville, English Men and Manners in the Eighteenth Cent., 1932 (repr.) – S. H. Monk, The Sublime: A Study of Critical Theories in Eighteenth Cent. England, 1935 – T. S. Ashton, The Industrial Revolution, 1760–1830, 1948 – T. H. White, The Age of Scandal, 1950 – W. J. Hipple, Jr., The Beautiful, the Sublime, and the Picturesque in Eighteenth Cent. British Aesthetic Theory, 1957 – D. Daiches, The Paradox of Scottish Culture. The Eighteenth Cent. Experience, 1964 – H. Klein, There is no Disputing about Taste. Untersuchungen zum englischen Geschmacksbegriff im 18. Jh., 1967 – P. Gay, The Enlightenment. An Interpretation, II 1966, 1970 – D. Marshall, Eighteenth Cent. England, 1974.
A. Bryant, The Age of Elegance, 1812–1822, 1950 – J. H. Buckley, The Victorian Temper, 1951 – H. Ausubel, The Late Victorians, 1955 – W. E. Houghton, The Victorian Frame of Mind, 1957 – G. K. Clarke, The Making of Victorian England, 1962 – E. P. Thompson, The Making of the British Working Class, 1963 – W. J. Reader, Victorian England, ²1973 – A. Briggs, Victorian People, 1975 – J. A. Morris, Writers and Politics in Modern Britain (1880–1950), 1977 – D.. A. Low, That Sunny Dome. A Portrait of Regency Britain, 1977.
R. Hoggart, The Uses of Literacy, ²1958 – R. Williams, Culture and Society, 1780–1950, ²1961 – Ders., The Long Revolution, ²1965 – A. J. P. Taylor, England, 1914–45, 1965 – Literature and Environment, hg. F. Inglis, 1969 – R. Hoggart, Speaking to Each Other; 1: About Society, 2: About Literature, II 1970 – M. Bradbury, The Social Context of Modern English Literature, ²1972 – The 20th Cent. Mind. History, Ideas and Literature in Britain, hg. C. B. Cox, A. E. Dyson, III 1972.
Literatur – Kultur – Gesellschaft in England und Amerika (Fs. Friedrich Schubel), hg. G. Müller-Schwefe, K. Tuzinski, 1966 – I. Fetscher, Großbritannien. Gesellschaft – Staat – Ideologie, 1968 – J. B. Priestley, The English, 1973 – J. Rockwell, Fact in Fiction, 1974 – R. Williams, The Country and the City, ²1975 – H. Jäger, Großbritannien, 1976 – R. Musman, Britain Today, 1978 – J. A. Sutherland, Fiction and the Fiction Industry, 1978 – J. Hall, The Sociology of Literature, 1979 – C. W. Thomsen, Theater u. Massenmedien in England, 1979.